Das Haus am
Ende der Welt
EIS
ANSU
KAGWHER
EQUERO
Beigas
Deikasee
Deika
Keiwon
Kanthon
WEKTI
Ledan
Apsa
Apsasee
Dasosee
Ledan-
see
Awes
Daso
Meidasee
Kapro
Gelba
Equeros
Meida
Deika
MEDYO
Kanthon
MEUSA
Gudon
Kerdune
Akwan

David und Leigh Eddings

ALTHALUS

DAVID UND LEIGH EDDINGS

Althalus

ROMAN

Deutsch
von Lore Straßl

GUSTAV LÜBBE VERLAG

Gustav Lübbe Verlag
ist ein Imprint der Verlagsgruppe Lübbe

Übersetzung aus dem amerikanischen Englisch von Lore Straßl
Titel der amerikanischen Originalausgabe:
The Redemption of Althalus
Für die Originalausgabe:

Textredaktion: Wolfgang Neuhaus
Schutzumschlaggestaltung: Reinhard Borner
unter Verwendung eines Gemäldes von Albert Belasco,
Kunstverlag Reich's British Art, Baden-Baden
Illustrationen: Johann Peterka, Wien
Satz: Kremerdruck GmbH, Lindlar-Hartegasse
Gesetzt aus der ITC Berkeley Oldstyle aus der Linotype-Library
Druck und Einband: Friedrich Pustet, Regensburg

Printed in Germany
ISBN 3-7857-2038-6

1 3 5 4 2

Sie finden uns im Internet unter:
http://www.luebbe.de

Diesen Roman
widmen wir den Schwestern
Lori und Lynette,
die unser Leben so unglaublich viel
angenehmer gemacht haben.

Danke, danke,
danke, danke, danke, danke.

INHALT

Prolog

Vor dem Anfang gab es die Zeit nicht, und alles war Chaos und Dunkelheit. Doch der Himmelsgott Deiwos erwachte, und durch sein Erwachen begann die Zeit. Und Deiwos blickte auf das Chaos und die Dunkelheit, und eine tiefe Sehnsucht erfüllte sein Herz. Er erhob sich, alles zu erschaffen, was zu erschaffen war. Das Licht drang in die Leere seines Anverwandten vor, des Dämons Daeva. Doch mit der Zeit wurde Deiwos der Arbeit müde und suchte sich einen Ruheplatz. Ein Gedanke genügte, einen hohen Bergfried am Rande von Licht und Finsternis und zwischen dem Reich der Zeit und jenem Ort zu erschaffen, an dem es die Zeit nicht gibt. Und Deiwos zeichnete diesen Rand mit Feuer, um alle Menschen vor dem Abgrund Daevas zu warnen. Sodann zog er sich in seinen Bergfried zurück, um sich mit seinem BUCH zu beschäftigen, derweil die Zeit erhaben ihren Marsch fortsetzte.

Den Dämon Daeva jedoch packte der Zorn, dass Deiwos in sein finsteres Reich eindrang, und seine Seele gebar ewige Feindschaft wider ihn, denn das Licht fügte ihm Schmerz zu, und der geordnete Vormarsch der Zeit war ihm eine schier unerträgliche Qual. Er zog sich auf seinen kalten Thron in der stummen Dunkelheit der Leere zurück. Dort sann er auf Rache gegen das Licht, gegen seinen Anverwandten und gegen die Zeit.

Und ihre Schwester schaute zu und schwieg.

Aus »Der Himmel und die Unterwelt: Die Mythologie des antiken Medyo«

Zur Verteidigung des Althalus sollte darauf hingewiesen werden, dass er sich in einer geldlichen Klemme befand und außerdem mehr als nur ein bisschen beschwipst war, als er sich einverstanden erklärte, das Buch zu stehlen. Wäre er nüchtern gewesen und sein Säckel nicht völlig leer, hätte er vielleicht mehr Fragen über das Haus am Ende der Welt gestellt – und ganz gewiss sehr viele Fragen mehr über den Eigentümer des Buches.

Es wäre Torheit, versuchen zu wollen, Althalus' wahres Wesen zu verheimlichen, denn seine Unarten sind Legende. Wie allgemein bekannt, ist er ein Dieb, ein Lügner, gelegentlich ein Meuchler, ein ungeheuerlicher Aufschneider, und er verfügt nicht über den geringsten Funken Ehrgefühl. Obendrein ist er ein Trinker – wenngleich nicht aus Gewohnheit – und ein Vielfraß und Liebhaber von Damen, die nicht besser sind, als sie sein sollten.

Doch ist er ein Gauner von einnehmender Art, schnellem Begriffsvermögen und viel Humor. In manchen Kreisen äußerte man sogar die Meinung, Althalus könne Bäume zum Kichern und Berge zum Lachen bringen, würde er es darauf anlegen.

Seine geschickten Finger sind sogar noch schneller als sein Verstand; deshalb achtet ein besonnener Mann auch stets auf seinen Geldsäckel, wenn er über die Witze des geistreichen Diebes lacht.

Althalus war stets ein Dieb gewesen, solange er denken kann. Seinen Vater hatte er nie gekannt, und den Namen seiner Mutter wusste er auch nicht mehr genau. Er war im rauen Grenzland unter Dieben aufgewachsen, und schon als Kind hatte ihm seine Schlagfertigkeit Zugang in die Kreise jener verschafft, die davon lebten, sich Wertsachen anderer anzueignen. Er verdiente sich seinen Unterhalt mit Witzen und Geschichten, und als Dank lehrten ihn die Diebe ihr Handwerk.

Sein scharfer Verstand machte Althalus rasch auf die geistigen und körperlichen Grenzen jedes seiner Lehrherren aufmerksam. Einige waren große und kräftige Männer, die sich mit roher Gewalt nahmen, was sie wollten. Andere waren kleine drahtige Burschen, die sich geschickt und unbemerkt bedienten. Noch ehe Althalus den Kinderschuhen ganz entschlüpfte, war ihm bereits bewusst geworden, dass er nie ein Riese sein würde. Eine große, kräftige Gestalt gehörte offenbar nicht zu seinem Erbe. Ebenso wurde ihm klar, dass er sich als Erwachsener nicht mehr durch Lücken und schmale Öffnungen zu interessanten Räumlichkeiten würde hindurchwinden können, in denen man kostbare Dinge aufbewahrte. Er war von mittlerer Statur, schwor sich jedoch, nie mittelmäßig zu werden. Zu jener Zeit begann er zu ahnen, dass ein scharfer Verstand der Stärke eines Bullen und der Verstohlenheit einer Maus wohl überlegen sei, und so nahm er sich vor, sich auf seine Schläue zu verlassen.

Zunächst machte er sich einen bescheidenen Ruf in den Bergen und Wäldern am Rande der Zivilisation. Andere Diebe bewunderten seine Klugheit. Einer drückte es eines Abends in einer Spelunke im Lande Hule mit den Worten aus: »Ich würde schwören, dass dieser junge Althalus die Bienen beschwatzen könnte, ihm Honig zu bringen, oder die Vögel überreden könnte, ihm ihre Eier auf seinen Frühstücksteller zu legen. Ich sag euch, Brüder, dieser Junge wird weit kommen.«

Althalus kam tatsächlich weit. Er war schon vom Wesen her nicht sesshaft und schien mit einer grenzenlosen Neugier gesegnet – oder geschlagen – zu sein, unbedingt sehen zu wollen, was auf der anderen Seite des Hügels oder Berges oder Flusses lag, zu dem er gelangte. Seine Neugier beschränkte sich jedoch nicht auf Örtlichkeiten, noch viel mehr interessierte ihn, was sesshaftere Menschen in ihren Häusern oder Geldsäckeln hatten. Diese doppelte Neugier – verbunden mit der beinahe instinkthaften Erkenntnis, dass er sich lange genug an einem bestimmten Ort aufgehalten hatte – sorgte dafür, dass Althalus ständig weiterzog.

So kam es, dass er das Grasland von Plakand und Wekti gesehen hatte, die sanften Hügel von Ansu und die Gebirge von Kagwher, Arum und Kweron. Hin und wieder hatte er sogar Abstecher nach Regwos und Südnekweros gemacht, obwohl man ihn vor den Schrecken gewarnt hatte, die in den Bergen jenseits des äußeren Randes der Grenze ihr Unwesen trieben.

Was Althalus besonders von anderen Dieben unterschied, war sein erstaunliches Glück. Er konnte jedes Mal gewinnen, wenn er Würfel in die Hand nahm, und egal wohin er sich begab und in welchem Land, er hatte seine Glücksfee dabei, wie er es nannte. Eine Zufallsbegegnung oder ein Gespräch führten ihn fast immer zu dem Reichsten und Arglosesten eines jeden Ortes, und es schien, dass jeder Weg, den er aufs Geratewohl nahm, ihn schnurstracks zu lohnenden Gelegenheiten führte wie keinen anderen Dieb. In der Tat war Althalus noch bekannter für sein Glück als für seine Schläue oder sein Geschick.

Mit der Zeit verließ er sich gänzlich auf sein Glück. Wie es schien, besaß er tatsächlich seine eigene Glücksfee, der er uneingeschränkt vertraute. Es ging so weit, dass er insgeheim glaubte, die Glücksfee spräche im verborgenen Schweigen seines Geistes zu ihm. Und das gewisse Kribbeln, das Althalus stets verriet, wann es an der Zeit war, einen bestimmten Ort zu verlassen, hielt er für die Stimme seiner Fee, die ihn vor Unannehmlichkeiten warnte, die am Horizont lauerten.

Die Verbindung von Verstand, Geschick und Glück hatte ihm

Erfolg gebracht, doch war er auch wendig und flink – und wenn die Lage es erforderte, war er behände wie ein Reh.

Wenn ein Mensch von Diebstahl lebte und regelmäßig zu essen haben wollte, musste er viel von seiner Zeit damit verbringen, Gästen in einer Schenke zu lauschen, da Hinweise für einen einfallsreichen Dieb außerordentlich wichtig sind. Es bringt nicht viel, Arme auszurauben. Althalus mochte einen guten Becher milden Met nicht weniger als andere Schenkengäste, doch trank er selten so viel, dass der Wein ihm zu Kopfe stieg, was man von anderen Zechern nicht unbedingt behaupten konnte. Einem Beschwipsten unterlaufen Fehler, und ein Dieb, der Fehler macht, lebt für gewöhnlich nicht lange. Althalus verstand sich sehr geschickt darauf, in jeder Schenke auf Anhieb jenen Gast auszumachen, der mit der meisten nutzbringenden Information aufzuwarten wusste. Mit Witzen und Großzügigkeit brachte Althalus sein Opfer für gewöhnlich auch dazu, ihn an diesem Wissen teilhaben zu lassen. Redseligen Männern in Schenken Met zu spendieren betrachtete er als Geschäftsauslagen. Althalus sorgte immer dafür, dass der Inhalt seines Becher stets etwa zur gleichen Zeit zur Neige ging wie der des von ihm Eingeladenen. Doch der größte Teil des Mets aus Althalus' Becher rann aus irgendeinem Grund gewöhnlich auf den Fußboden statt in seinen Magen.

Und so wanderte er von Ort zu Ort, erzählte den Männern in den Schenken seine Witze und bezahlte ein paar Tage lang ihren Met. Wenn er dann erfahren hatte, wer die Reichsten in der Gegend waren, stattete er diesen gegen Mitternacht einen Besuch ab, und gegen Morgen war er meilenweit entfernt auf der Straße und unterwegs zu irgendeinem anderen Grenzstädtchen.

Zwar war Althalus hauptsächlich an heimischer Information interessiert, hörte aber notgedrungen auch zu – wenngleich mit großen Bedenken –, wenn Geschichten über die Städte im Flachland von Equero, Treborea und Perquaine erzählt wurden, den zivilisierten Ländern im Süden. Niemand auf der Welt konnte so dumm sein, die Straßen seiner Stadt mit Gold zu pflastern, und ein Springbrunnen mit Fontänen aus Brillanten mochte ja sehr hübsch aussehen, erfüllte jedoch keinen nützlichen Zweck.

Trotzdem regten solche Geschichten Althalus' Phantasie an, und so nahm er sich vor, irgendwann einmal zu den Städten der Ebenen hinunterzusteigen und sich mit eigenen Augen ein Bild von der Pracht und Herrlichkeit zu machen.

Die Ortschaften im Grenzland waren zum Großteil aus Baumstämmen errichtet, während die Städte der Länder im Süden angeblich aus Stein erbaut waren. Das allein wäre schon ein Anreiz für eine Reise in die Zivilisation gewesen, doch Althalus interessierte sich nicht für die Baukunst, und so verschob er seinen Besuch immer wieder aufs Neue.

Er raffte sich erst dazu auf, nachdem er in einer Schenke in Kagwher vom Niedergang des Deikanischen Reiches gehört hatte. Die Hauptursache dafür war offenbar eine so gewaltige Unbesonnenheit, dass Althalus sich nicht vorstellen konnte, sie würde irgendjemandem mit gesundem Menschenverstand auch nur ein einziges Mal unterlaufen – schon gar nicht gleich dreimal, wie der Mann, der die Geschichte erzählte, auf sein Leben schwor.

»Mögen mir alle Zähne ausfallen, wenn's nicht wahr ist!«, versicherte der Mann, der davon berichtete. »Die Bewohner von Deika haben eine sehr hohe Meinung von sich. Als sie hörten, man habe hier in Kagwher Gold entdeckt, waren sie deshalb sofort überzeugt, Gott hätte das Gold für sie gedacht und bloß einen Fehler gemacht, als er es hierher brachte statt zu ihnen hinunter, wo sie sich nur zu bücken brauchten, um es aufzuheben. Deshalb waren sie ein bisschen böse auf Gott, waren aber klug genug, ihn deshalb nicht gleich zu beschimpfen. Stattdessen sandten sie eine Armee hier herauf ins Gebirge, um uns einfältige Bergbewohner davon abzuhalten, uns einfach von den Schätzen zu bedienen, die Gott für sie, die Leute in den Ebenen bestimmt hatte. Nun denn, als diese Armee ins Gebirge kam und die Geschichten über das viele Gold hier oben hörte, sagten sich die Männer, dass ihnen das Soldatenleben nicht mehr so recht gefiel, und so lief die ganze Armee auseinander, und jeder für sich suchte nach Gold.«

Althalus lachte. »So kann man sehr schnell eine Armee verlieren, würd ich sagen.«

»Schneller geht's gar nicht«, pflichtete der humorvolle Geschichtenerzähler ihm bei. »Jedenfalls war der Senat, der die Regierung von Deika leitet, sehr enttäuscht über diese Armee und sandte eine zweite hierher, um die Soldaten der ersten zu verfolgen und sie für ihre Pflichtverletzung zu bestrafen.«

»Das meinst du doch nicht ernst!«, rief Althalus.

»O doch. Genau das hat der Senat getan! Nun, diese zweite Armee fand, dass sie nicht dümmer sei als die erste, und auch diese Soldaten hängten ihre Schwerter und Uniformen an den Nagel, um ebenfalls Gold zu suchen.«

Althalus brüllte vor Lachen. »Das ist die komischste Geschichte, die ich je gehörte hab!«

»Es kommt noch besser«, versprach ihm der grinsende Erzähler. »Der Senat des Reiches konnte es nicht fassen, dass gleich zwei Armeen so pflichtvergessen sein konnten. Immerhin erhielt jeder Soldat täglich eine ganze Kupfermünze. Die Senatoren versammelten sich und hielten endlose Reden, bis ihr Verstand einschlummerte und ihre Dummheit sie so weit trieb, dass sie eine *dritte* Armee hierherschickten, die herausfinden sollte, was aus den beiden ersten geworden war.«

»Meint er das ernst?«, wandte Althalus sich an einen anderen Gast.

»So in etwa geschah es wirklich, Fremder«, erwiderte der Mann in beinahe vornehmem Tonfall. »Ich bin ein lebender Beweis dafür, denn ich diente als Sergeantgeneral in der zweiten Armee. Der Stadtstaat von Deika herrschte beinahe über die gesamte Zivilisation, doch nachdem er drei vollständige Armeen ins Gebirge von Kagwher geschickt hatte, blieben ihm nicht genügend Truppen, die eigenen Straßen zu patrouillieren, geschweige denn die anderen Länder der Ebenen. Unser Senat erlässt immer noch Gesetze, welche die anderen Länder befolgen sollen, aber niemand achtet mehr darauf. Doch unsere Senatoren können es offenbar nicht begreifen und denken sich immer neue Gesetze aus, was Steuern angeht und dergleichen, und die Bürger missachten sie. Unser gewaltiges Reich ist zu einem gewaltigen Witz geworden.«

»Vielleicht habe ich meinen Besuch der Zivilisation zu lange aufgeschoben«, meinte Althalus. »Wenn sie da unten in Deika so dumm sind, ist es für einen Mann meines Gewerbes fast ein Muss, sich ihrer anzunehmen.«

»Ach?« Der ehemalige Soldat blickte ihn fragend an. »Welches Gewerbe betreibst du denn?«

»Ich bin Dieb«, gestand Althalus, »und eine Stadt voll einfältiger Reicher käme für einen wirklich guten Dieb dem Paradies gleich.«

»Ich wünsche dir das Allerbeste, Fremder. Ich war nie ein Freund der Senatoren, die ihre Zeit damit verbrachten, sich neue Möglichkeiten auszudenken, mich in den Tod zu befördern. Aber sei vorsichtig, wenn du in die Tieflande kommst! Die Senatoren erkaufen sich ihren Sitz in dieser hochvornehmen Runde, und das bedeutet, dass sie reich sind. Und reiche Senatoren erlassen Gesetze, die Reichen zu schützen, nicht die gewöhnlichen Bürger. Falls du in Deika beim Stehlen gefasst wirst, musst du mit dem Schlimmsten rechnen.«

»Ich werde nie gefasst, Sergeantgeneral«, beruhigte ihn Althalus, »denn ich bin der beste Dieb auf der ganzen Welt, und was noch besser ist: Kein anderer Dieb ist so vom Glück begünstigt wie ich. Wenn nur die Hälfte der Geschichte wahr ist, die ich soeben hörte, scheint das Deikanische Reich vom Glück verlassen zu sein, während es mich mit offenen Armen empfängt. Solltest du die Gelegenheit bekommen, auf den Ausgang meines Besuchs in Deika zu wetten, dann setz auf mich, denn in einer Lage wie dieser kann ich nicht verlieren.«

Mit diesen Worten leerte Althalus seinen Becher, verbeugte sich vor den Gästen in der Schenke und machte sich frohgemut auf den Weg zu den Wundern der Zivilisation.

ERSTER TEIL

Das Haus am Ende der Welt

1

Althalus der Dieb verbrachte zehn Tage auf der Straße, die aus den Bergen hinunter nach Kagwher führte, ehe er die Reichsstadt von Deika erreichte. Als er die Ausläufer des Gebirges verließ, kam er an einem Steinbruch vorüber, wo Sklaven unter der Knute ihrer Aufseher ein jämmerliches Dasein fristeten und mit schwerem Bronzewerkzeug mühsam Kalksteinblöcke aus dem Berg sägen mussten. Althalus hatte natürlich schon von Sklaverei gehört, nun aber sah er diese Menschen zum ersten Mal mit eigenen Augen. Während er hinunter zu den Ebenen von Equero wanderte, unterhielt er sich in Gedanken mit seiner Glücksfee über diese Angelegenheit und beschwor sie eindringlich, alles zu tun, dass er niemals Sklave wurde, wenn sie ihn wirklich liebte.

Die Stadt Deika lag am Südufer eines großen Sees in Nordequero. Sie war noch prachtvoller als in den Geschichten, in denen ihre Schönheit und ihr Prunk gepriesen wurden. Eine hohe Mauer aus ebenmäßig bearbeiteten Kalksteinblöcken umgab die Stadt, und auch die Häuser waren allesamt aus Stein.

Die breiten Straßen Deikas hatte man mit Platten ausgelegt, und die öffentlichen Gebäude strebten dem Himmel entgegen. Wer sich in dieser Stadt für bedeutend hielt, trug ein prunkvolles Linnengewand, und zur Kennzeichnung wies jedes Privathaus eine Statue seines Besitzers auf, die meist jedoch so schmeichelhaft war, dass sie kaum Ähnlichkeit mit ihrem Vorbild besaß.

Althalus trug Grenzlandkleidung, die ihm viele abfällige Blicke Vorübergehender einbrachte, während er den Prunk der Reichsstadt bewunderte. Nach einiger Zeit hatte er genug davon. Er suchte und fand ein Viertel, wo die Menschen auf den Straßen schlichtere Kleidung trugen und nicht hochnäsig auf ihn herabschauten.

Schließlich entdeckte Althalus eine Fischerschenke am See. Er kehrte dort ein, nahm unauffällig Platz und hielt die Ohren offen, denn überall auf der Welt spinnen Fischer gern ihr Garn. Während die teerverschmierten Männer rundum sich über ihr Tagewerk unterhielten, nippte Althalus sauren Wein und lauschte.

»Ich glaube nicht, dass ich Euch hier schon mal gesehen habe«, wandte einer der Fischer sich höflich an den neuen Gast.

»Ich bin fremd hier«, gab Althalus zu.

»Ach? Woher kommt Ihr?«

»Aus den Bergen. Ich bin heruntergestiegen, um mir die Zivilisation anzuschauen.«

»Und, was hältst du von unserer Stadt?«, fragte der Mann jetzt kumpelhafter.

»Sie ist sehr beeindruckend. Ich bin fast so angetan von Deika, wie einige der Reichen hier von sich selbst angetan zu sein scheinen.«

Ein Fischer lachte herzlich. »Ich nehme an, das war in der Gegend des Forums.«

»Wenn es der Stadtteil mit den vielen prunkvollen Bauwerken ist, wird es wohl dort gewesen sein. Aber ich möchte nichts damit zu schaffen haben.«

»Dir haben unsere reichen Herren nicht gefallen?«

»Jedenfalls nicht so sehr, wie sie sich selbst gefielen. Leute wie wir sollten ihnen aus dem Weg gehen, denn früher oder später ist unser Anblick schädlich für ihre Augen.«

»Wie meinst du das?«, wollte ein anderer Fischer wissen.

»Nun, all diese Burschen im Forum, die mit prächtigen Gewändern auf den Straßen umherstolzieren, haben mich ziemlich herablassend begafft. Und wenn jemand das lange genug tut, bekommt er früher oder später dicke Augen.«

Die Fischer lachten allesamt und die Stimmung in der Schenke wurde entspannt und freundschaftlich. Geschickt hatte Althalus das Thema zur Sprache gebracht, das ihm am wichtigsten war, und alle verbrachten den Rest des Nachmittags damit, über die Reichen von Deika zu lästern. Noch ehe der Abend gekommen war, hatte Althalus sich mehrere Namen eingeprägt. Er verbrachte ein paar Tage damit, sich ein genaueres Bild zu machen, und entschied sich schließlich für einen wohlhabenden Salzhändler namens Kweso. Dann begab er sich zum Marktplatz in der Stadtmitte, besuchte die mit Marmor ausgekleideten öffentlichen Bäder und langte tief in seinen Geldsäckel, um sich Kleidung zu kaufen, die der derzeitigen Mode Deikas entsprach. Das Schlüsselwort für einen Dieb, der Kleidung für gewerbliche Zwecke ersteht, muss aus offensichtlichen Gründen »unauffällig« lauten. Anschließend begab Althalus sich zum Viertel der Wohlhabenden und beobachtete mehrere Tage – und Nächte – das von Mauern umgebene Haus Kwesos. Der reiche

Salzhändler war ein behäbiger, glatzköpfiger Mann mit rosigen Wangen und einem beinahe freundlichen Lächeln. Ein paarmal glückte es Althalus sogar, nahe genug an Kweso heranzukommen, dass er ihn reden hörte. Tatsächlich mochte er den pausbäckigen kleinen Burschen mit der Zeit, was so ungewöhnlich aber nicht war. Wenn man es recht besieht, ist auch ein Wolf in gewisser Weise von dem Reh angetan, mit dem er sich den Wanst voll schlagen will.

Althalus fand den Namen eines der Nachbarn Kwesos heraus. Mit angemessen geschäftsmäßiger Miene trat er eines Morgens durch das Tor des Salzhändlers, schritt zur Haustür und klopfte. Kurze Zeit darauf erschien ein Diener. »Ja?«, fragte er.

»Ich würde gern Herrn Melgor sprechen«, erklärte Althalus ihm höflich. »In einer geschäftlichen Angelegenheit.«

»Ich fürchte, Ihr habt Euch im Haus geirrt. Herr Melgor wohnt zwei Häuser weiter.«

Althalus schlug sich mit der Handfläche auf die Stirn. »Wie dumm von mir«, entschuldigte er sich. »Ich bedauere außerordentlich, dass ich Euch gestört habe.« Inzwischen waren seine Augen jedoch überaus beschäftigt. Kwesos Türriegel war ein schlichtes Ding und von der Eingangshalle zweigten mehrere Türen ab. Althalus senkte die Stimme: »Ich hoffe, mein Klopfen hat Euren Herrn nicht geweckt.«

Der Diener lächelte flüchtig. »Das bezweifle ich. Das Schlafgemach des Herrn befindet sich im oberen Stockwerk an der Rückseite des Hauses. Außerdem steht er um diese Zeit gewöhnlich auf, er dürfte also schon wach sein.«

»Da bin ich beruhigt«, sagte Althalus, während er sich immer noch unauffällig umschaute. »Ihr habt gesagt, dass Herr Melgor zwei Häuser weiter wohnt?«

»So ist es.« Der Diener lehnte sich aus dem Eingang und streckte den Arm aus. »Seht Ihr, dort, es ist das Haus mit der blauen Tür. Ihr könnt es nicht verfehlen.«

»Habt Dank, Freund, und ich möchte mich nochmals entschuldigen, dass ich Euch gestört habe.« Dann drehte Althalus sich um und kehrte auf die Straße zurück. Er grinste übers ganze Gesicht. Die List mit dem »falschen Haus« hatte ihm mehr Informationen eingebracht, als er zu hoffen gewagt hatte. Seine Glücksfee hielt ihn immer noch fest an ihren Busen gedrückt. Nur sie konnte es gewesen sein, die den Diener veranlasst hatte, ihm so allerlei zu erzählen. Es war noch ziemlich früh am Tag, und wenn Kweso sich üblicherweise um diese Zeit erhob, ging er vermutlich früh zu Bett. Also war anzunehmen, dass er um Mitternacht tief und fest schlummerte. Der Riegel an seiner Tür war leicht zu knacken, und im Garten vor dem Haus wuchsen hohe Bäume und üppige, blühende Sträucher, die reichlich Deckung boten. Ins Innere zu gelangen würde nicht schwierig sein. Inzwischen wusste Althalus auch, wo Kwesos Schlafgemach sich befand. Er brauchte sich also bloß in tiefer Nacht ins Haus zu stehlen, zu Kwesos Ruhestatt zu schleichen, ihn zu wecken und ihm eine Bronzeklinge an die Kehle zu setzen, damit er tat, was man ihm sagte. Das Ganze ließe sich in kürzester Zeit auf geschäftsmäßige Weise erledigen.

Leider kam es anders. Das pausbäckige, freundliche Gesicht des Salzhändlers verbarg unerfreulicherweise einen viel schärferen Verstand, als Althalus vermutet hatte. Kurz nach Mitternacht erklomm der schlaue Dieb die äußere Mauer, huschte durch den Garten und drang leise ins Haus ein. In der Eingangshalle hielt er inne, um zu lauschen. Bis auf einige Schnarchlaute, die aus den Gesinderäumen drangen, war es still im Haus. Lautlos wie ein Schatten huschte Althalus zum Fuß der Treppe, um ins obere Stockwerk zu schleichen.

Genau in diesem Augenblick brach in Kwesos Haus ein ohrenbetäubender Lärm aus. Drei Hunde, fast so groß wie Ponys, brachten mit ihrem kehligen Bellen schier die Wände zum Erbeben.

Althalus beschloss, den Rückzug anzutreten. Die leeren nächtlichen Straßen waren mit einem Mal unendlich anziehend für ihn.

Doch die Hunde am Fuße der Treppe schienen andere Pläne für ihn zu haben. Knurrend rannten sie los, wobei sie beängstigend scharfe Zähne fletschten.

Rufe ertönten aus dem Obergeschoss, und jemand zündete Kerzen an.

Althalus wartete angespannt, bis die Hunde ihn fast erreicht hatten. Dann sprang er mit der Behändigkeit eines Akrobaten über die Hunde hinweg, purzelte zum Fuß der Treppe hinunter und stürmte aus dem Haus.

Als er durch den Garten rannte, die Hunde dicht auf den Fersen, spürte er, dass etwas an seinem linken Ohr vorbeisirrte. Jemand im Haus – entweder der so täuschend harmlos aussehende Kweso selbst oder einer seiner unterwürfigen Diener – war offenbar ein fähiger Bogenschütze.

Althalus kletterte die Mauer hinauf, während die Hunde nach seinen Fersen schnappten und Pfeile von den Mauersteinen abprallten, dass Splitter und kleine Steinchen in Althalus' Gesicht rieselten.

Er rollte sich über die Mauerkrone, ließ sich hinunterfallen und spurtete los, noch ehe seine Füße auf dem Pflaster aufsetzten. Die Sache war ganz und gar nicht wie geplant verlaufen. Sein Treppensturz hatte anscheinend Blutergüsse und Schürfwunden an allen möglichen Körperteilen verursacht, und bei seinem Sprung auf die Straße musste er sich wohl einen Knöchel verrenkt haben. Er humpelte dahin und machte seinem Ärger mit lauten Verwünschungen Luft.

Da öffnete jemand aus Kwesos Haus das Gartentor, und die Hunde stürzten heraus.

Das ging dann doch etwas zu weit, fand Althalus. Durch seine Flucht hatte er seine Niederlage bereits eingestanden, doch es sah ganz so aus, als gäbe Kweso sich nicht damit zufrieden und sei auch noch auf Blut aus.

Es bedurfte einiger Ausweichmanöver und Kletterpartien über mehrere Mauern, doch letztendlich gelang es dem Dieb, die hartnäckigen Hunde abzuhängen. Danach durchquerte er die Stadt, um all die Aufregung weit hinter sich zu lassen, und setzte sich auf eine öffentliche Bank, wo er in Ruhe über das misslungene Unternehmen nachdenken wollte. Die zivilisierten Menschen waren offenbar gar nicht so arglos, wie sie aussahen. Jedenfalls beschloss Althalus, der Stadt Deika den Rücken zu kehren; er hatte genug von ihr gesehen. Doch ihm machte die Frage zu schaffen, weshalb seine Glücksfee ihn nicht vor den Hunden gewarnt hatte. Sie hatte doch nicht etwa geschlafen? Er würde mit ihr darüber reden müssen.

Seine Laune hätte schlechter nicht sein können, als er im Dunkeln vor einer Schenke im vornehmeren Teil der Stadt lauerte. Deshalb machte Althalus kurzen Prozess, als zwei modisch gekleidete Gäste auf die Straße torkelten. Er schmetterte den schweren Griff seines Bronzeschwerts auf ihre Hinterköpfe und bescherte den beiden ein friedliches Nickerchen in der Gosse. Dann nahm er sich fürsorglich ihrer Geldbeutel an und befreite die Herren obendrein von ein paar Ringen und einem recht hübschen Armband.

Betrunkene auf der Straße auszurauben war nicht wirklich seine Art, aber Althalus benötigte Reisemittel. Die beiden Männer waren die Erstbesten gewesen, und die Prozedur war die übliche; demnach war die Sache wohl nicht allzu gefährlich. Doch Althalus hielt es für das Klügste, kein Wagnis einzugehen, ehe er sich nicht eingehend mit seiner Glücksfee unterhalten hatte.

Unterwegs zum Haupttor der Stadt wog er die beiden eben erbeuteten Geldsäckel in den Händen. Sie erschienen ihm beachtlich schwer, was ihn zu einem Schritt veranlasste, den er anderenfalls nicht einmal in Erwägung gezogen hätte. Er verließ die Stadt Deika und humpelte bis kurz nach Einbruch der Abenddämmerung dahin, ehe er vor einem großen Bauernhof hielt, wo er tatsächlich ein Pferd erstand – und dafür bezahlte! Das war wider alle seine Grundsätze, doch bevor er nicht die Aussprache mit seiner Glücksfee geführt hatte, wollte er nicht die geringsten Risiken eingehen.

Althalus stieg auf sein Pferd und ritt gen Westen, ohne auch nur einen Blick zurück. Je eher er Equero und das Deikanische Reich hinter sich hatte, desto besser. Abwesend fragte er sich während des Rittes, ob beim Glück eines Menschen etwa die Gegend eine Rolle spielte? Wäre es möglich, dass sein Glück an gewissen Orten nicht zum Tragen kam? Es war ein sehr beunruhigender Gedanke, über den Althalus auf dem Weg nach Westen düster brütete.

Zwei Tage später erreichte er die Stadt Kanthon in Treborea. Ehe er durch das Tor ritt, vergewisserte er sich, dass der legendäre – und anscheinend unaufhörliche – Krieg zwischen Kanthon und Osthos nicht etwa seit kurzem hier brodelte. Da er keine Belagerungsmaschinen sah, wagte er sich in die Stadt.

Das Forum von Kanthon ähnelte sehr dem von Deika, doch die reichen Männer, die dort Rednern lauschten, wirkten im Unterschied zu den Edelleuten von Equero nicht überheblich, sodass Althalus sich durch ihre Anwesenheit nicht gekränkt fühlte. Er besuchte das Forum sogar, um sich Reden anzuhören, doch bei diesen wüsten Ergüssen handelte es sich hauptsächlich um Beschimpfungen des Stadtstaates Osthos in Südtreborea und um Unmutsäußerungen über die neueste Steuererhöhung, und weder das eine noch das andere war für Althalus von Interesse.

Als Nächstes hielt er Ausschau nach einer Schenke in einem bescheideneren Stadtteil. Kaum hatte er gefunden, was er suchte und die wenig Vertrauen erweckende Spelunke betreten, gelangte er zur Überzeugung, dass sein Glück sich wieder meldete: Zwei Gäste führten eine hitzige Auseinandersetzung darüber, wer denn nun der reichste Mann in Kanthon sei.

»Omeso ist viel reicher als Weikor«, behauptete der eine heftig. »Er hat so viel Geld, dass er es nicht mal zählen kann.«

»Natürlich nicht, Dummkopf. Schließlich ist er gar nicht imstande, weiter als bis zehn zu zählen, außer er zieht seine Schuhe aus. Er hat das ganze Geld von seinem Oheim geerbt, selbst aber nie auch nur eine Kupfermünze mit ehrlicher Arbeit erworben. Weikor dagegen hat sich von der Pike auf nach oben geschuftet und weiß deshalb, wie man Geld scheffelt, wenn man's nicht auf silbernem Tablett serviert bekommt. Omeso gibt sein Geld mit beiden Händen aus, so schnell er nur kann, während Weikor sich ein immer größeres Vermögen erarbeitet. In zehn Jahren wird sogar Omeso ihm gehören – allerdings wüsste ich keinen Grund, weshalb jemand diesen Burschen haben möchte.«

Althalus drehte sich um. Er hatte nicht einmal etwas zu bestellen brauchen und doch erfahren, was er wissen wollte, ohne dafür irgendjemandem in der Wirtsstube etwas spendieren zu müssen. Seine Glücksfee war ihm wieder hold. Vielleicht hatte die Örtlichkeit tatsächlich etwas damit zu tun.

Die nächsten zwei Tage sah und hörte er sich in Kanthon um und stellte Fragen über Omeso und Weikor. Schließlich setzte er Omeso ganz oben auf seine Liste, vor allem weil Weikor den Ruf hatte, auf sein schwer verdientes Geld gut aufpassen zu können – im Unterschied zu Omeso. Und Althalus legte nicht den geringsten Wert darauf, bei seiner Arbeit erneut Bekanntschaft mit großen gefräßigen Hunden zu schließen.

Der Dreh mit dem »falschen Haus« ermöglichte es ihm, den Riegel an Omesos Eingangstür in Augenschein zu nehmen, und nachdem er ein paar Abende damit zugebracht hatte, sein Opfer zu beschatten, war Althalus überzeugt, dass Omeso selten vor dem Morgengrauen nach Hause kam und dann so betrunken war, dass es ihm nicht einmal aufgefallen wäre, hätte sein Heim lichterloh gebrannt. Sein Gesinde kannte natürlich die Gewohnheiten des Herrn und verbrachte die Nächte deshalb ebenfalls in der Stadt. So stand Omesos Haus nach Sonnenuntergang beinahe immer leer.

In einer lauen Sommernacht stahl Althalus sich in das Haus und nahm seine Suche auf.

Fast auf Anhieb bemerkte er etwas, das ihm gar nicht gefiel. Omesos Haus sah von außen zwar prächtig aus, war aber mit altem, verschlissenem Mobiliar eingerichtet, das sogar einen Bettler beschämt hätte. Die Vorhänge hingen in Fetzen vor den Fenstern, die Teppiche waren fadenscheinig, und das Messing der Kerzenhalter war fleckig und angelaufen. Das alles schrie lauter als Worte, dass dies *nicht* das Haus eines reichen Mannes war. Offenbar hatte Omeso sein Erbe bereits verprasst.

Doch unbeirrt setzte Althalus seine Suche fort und gab erst auf, als er sich in jedem Gemach, jeder Kammer gründlichst umgesehen hatte. Im ganzen Haus gab es nichts, das des Stehlens wert gewesen wäre. Verärgert zog Althalus sich zurück.

Er hatte immer noch ein bisschen Geld im Säckel, und so blieb er ein paar weitere Tage in Kanthon. Purer Zufall führte ihn in eine Taverne – wie man die Schenken hier nannte –, die von Handwerkern besucht wurde. Met gab es hier nicht, wie offenbar auch sonst nirgends in diesen Breiten. So musste Althalus sich wieder mit saurem Wein begnügen. Er blickte sich in der Gaststube um. Handwerker zählten zu den Leuten, die öfters Gelegenheit bekamen, sich in den Häusern der Reichen umzuschauen. »Vielleicht könnte einer der Herren mich aufklären«, wandte Althalus sich an die Anwesenden. »Ich musste mich vor ein paar Tagen geschäftlich in das Haus eines Mannes namens Omeso begeben, doch kaum hatte ich's betreten, glaubte ich meinen Augen nicht zu trauen. Es gab Stühle dort, die nur drei Beine hatten und die Tische sahen alle so wacklig aus, als würde schon ein heftiger Nieser sie umwerfen.«

»Das ist die neueste Mode hier in Kanthon, Freund«, erklärte ihm ein mit Ton verschmierter Töpfer. »Ich kann keine guten Schalen oder Kannen oder Flaschen mehr verkaufen, weil die Reichen nur noch welche wollen, die angeschlagen oder rissig sind, oder bei denen der Henkel abgebrochen ist.«

»Wenn Ihr *das* für seltsam haltet«, warf ein Holzschnitzer ein,

»müsstet Ihr Euch *meine* Werkstatt anschauen. Ich hatte sonst immer einen Haufen beschädigter Möbelstücke, doch seit das neue Steuergesetz in Kraft ist, kann ich die guten Möbel nicht mal mehr verschenken. Dafür bezahlen die Reichen fast jede Summe für einen wackligen alten Stuhl und dergleichen.«

»Das verstehe ich nicht«, gestand Althalus.

»So schwierig ist das gar nicht, Fremder«, versuchte ein Bäcker es ihm zu erklären. »Unser alter Aryo, der einst die Geschicke des Staates lenkte, hat eine Steuer auf Brot erhoben. Jeder, der Brot aß, unterstützte die Regierung. Aber unser alter Aryo ist letztes Jahr gestorben, und sein Sohn, der nun auf dem Thron sitzt, hat merkwürdige Vorstellungen. Er ist ein sehr gebildeter junger Mann und seine Lehrer waren allesamt Philosophen mit ungewöhnlichen Ideen. Sie überzeugten ihn, dass eine Steuer auf Gewinn gerechter sei als eine Steuer auf Brot, weil die Armen das meiste Brot kauften, während die Reichen den meisten Gewinn machten.«

»Was hat das mit schäbigen Möbelstücken zu tun?« Althalus runzelte verwirrt die Stirn.

»Die Einrichtung ist nur Schau, Freund«, sagte ein Maurer, dessen Montur voller Mörtel war. »Unsere Reichen versuchen den Steuereintreibern weiszumachen, dass sie gar nichts besitzen. Die Eintreiber glauben ihnen natürlich nicht, und so führen sie kleine überraschende Durchsuchungen durch. Wenn ein Reicher in Kanthon so dumm ist, auch nur ein teures Möbelstück in seinem Haus zu behalten, schicken die Steuereintreiber Gehilfen zu ihm, die mit Brechstangen bewehrt sind und die Fußböden des Hauses aufreißen.«

»Die Fußböden? Warum die Fußböden?«

»Weil die Reichen ihr Geld dort am liebsten verstecken. Sie stemmen ein paar Fliesen hoch, graben ein Loch und kleiden es mit Ziegeln aus. In dem Loch verstecken sie dann das ganze Geld, das sie angeblich nicht haben, und legen die Bodenfliesen wieder darüber. Anfangs haben sie sich dabei so ungeschickt angestellt, dass es jedem Narren, der das Zimmer betrat, sofort auffiel. Mein Mörtel macht mich zum reichen Mann. Ich verdiene viel mehr als früher, als ich noch gemauert und verputzt habe. Vor kurzem erst musste ich mir ein eigenes Loch unter dem Fußboden graben, so viel Geld hab ich schon.«

»Warum geben die Reichen denn nicht Handwerkern den Auftrag, diese Löcher für sie anzulegen?«

»Oh, das haben sie anfangs getan, aber dann kamen die Steuereintreiber zu uns Handwerkern und boten uns Belohnungen, wenn wir verrieten, wo in der Stadt neue Fliesen gelegt worden waren.« Der Maurer lachte spöttisch. »Schließlich war es sozusagen unsere Bürgerpflicht, ihnen diese Auskunft zu geben, und die Belohnung war ordentlich. Alle Reichen von Kanthon sind nun gewissermaßen Maurerlehrlinge, doch seltsamerweise hat nicht einer meiner Auszubildenden einen bekannten Namen. Aus irgendeinem Grund nennen sie sich nach ehrlichen Handwerkern. Vermutlich haben sie Angst, dass ich sie an die Steuereintreiber verrate, würden sie mir ihre richtigen Namen sagen.«

Althalus dachte eingehend über das Gehörte nach. Das Steuergesetz des philosophisch veranlagten neuen Aryo von Kanthon hatte ihn mehr oder weniger um sein Geschäft gebracht. Wenn jemand so schlau war, sein Geld vor den Steuereintreibern und ihren gut gerüsteten Abreißtrupps zu verstecken, welche Chance hatte da schon ein ehrlicher Dieb? Althalus könnte sich leicht in die Häuser der Reichen stehlen, aber die Vorstellung, zwischen den wackligen Möbeln umherschleichen zu müssen, während seine Füße sich möglicherweise nur wenige Zoll von geschickt verborgenen Reichtümern befanden, dass er nicht einmal wusste, wo er zu suchen anfangen könnte, jagte ihm Schauder über den Rücken. Außerdem standen die Häuser der Reichen so dicht aneinander, dass der Schreckensschrei eines Menschen, den ein Dolch an der Kehle aus dem Schlaf riss, die ganze Nachbarschaft wecken würde. Das Wissen, dass das Geld so nahe und doch außerhalb seiner Reichweite war, nagte in Althalus Innerem. Er beschloss, lieber schnell zu verschwinden, bevor er der Versuchung nachgab und doch noch blieb. Dabei war Kanthon, wie sich gezeigt hatte, sogar schlimmer als Deika.

So verließ Althalus die Stadt am nächsten Morgen. Zuhöchst erbost darüber, was ihm widerfahren war, setzte er seine Wanderung gen Westen durch die üppigen Getreidefelder Treboreas nach Perquaine fort. Anders als in den Grenzlanden gab es unbeschreiblichen Reichtum in der Zivilisation, doch die so klug gewesen waren ihn anzusammeln, waren offenbar auch klug genug, sich Möglichkeiten einfallen zu lassen, ihn zu behalten. Althalus bekam Heimweh nach den Grenzlanden und wünschte sich inbrünstig, das Wort »Zivilisation« niemals gehört zu haben.

Er überquerte den Fluss nach Perquaine, dem sagenhaften Flachland, wo die Scholle so fruchtbar war, dass Gerüchten zufolge die Feldfrüchte dort wie durch Zauberhand wuchsen und reiften. Ein perquainischer Bauer musste im Lenz lediglich seinen feinsten Staat anlegen, auf seine Felder gehen und rufen: »Weizen, bitte! Oder Gerste, wenn es keine zu große Mühe macht.« Dann konnte er zurück nach Haus und sich wieder ins Bett legen. Althalus war ziemlich sicher, dass es sich bei diesen Gerüchten um Übertreibungen handelte. Doch er verstand nichts von der Landwirtschaft; deshalb mochte vielleicht ein Körnchen Wahrheit darin stecken.

Im Gegensatz zur Bevölkerung der übrigen Welt beteten die Perquainer eine weibliche Gottheit an. Das erschien den meisten Menschen unnatürlich – sowohl in der Zivilisation wie in den Grenzlanden –, doch entbehrte es nicht einer gewissen Logik. Die gesamte Kultur Perquaines beruhte auf den riesigen Getreidefeldern, und die Perquainer waren regelrecht versessen auf Fruchtbarkeit. Als Althalus die Stadt Maghu erreichte, stellte er fest, dass das größte und prächtigste Bauwerk der Stadt der Tempel Dweias war, der Fruchtbarkeitsgöttin. Er machte dort kurz Halt, um einen Blick ins Heiligtum zu werfen – und hatte beinahe das Gefühl, dass die riesenhafte Statue der Fruchtbarkeitsgöttin ihn ansprang. Der Bildhauer musste wahnsinnig oder von religiöser Ekstase erfüllt gewesen sein, als er *diese* Monstrosität geschaffen hatte. Doch wenn man es recht bedachte, gab es eine gewisse verzerrte Logik: Fruchtbarkeit bedeutete Mutterschaft und zur Mutterschaft gehörte das Stillen des Nachwuchses. Was das betraf, war die Göttin Dweia in der Lage, sich Hunderte von Säuglingen gleichzeitig an die Brust zu legen.

Das Land Perquaine war nicht so lange Zeit besiedelt wie Treborea oder Equero, und die Perquainer besaßen Ecken und Kanten, was sie den Bewohnern der Grenzlande verwandter machte als die dünkelhaften Menschen des Ostens. In den Tavernen der schäbigeren Viertel Maghus ging es wilder zu als in denen von Deika und Kanthon, doch das störte Althalus nicht sonderlich. Er schlenderte in der Stadt umher, bis er eine Kaschemme gefunden hatte, in der die Gäste sich unterhielten, statt sich zu verprügeln.

»Druigors Geldtruhe quillt über«, erzählte einer seinen Freunden. »Vor ein paar Tagen hab ich kurz in sein Lagerhaus reingeschaut. Da stand die Truhe, weit offen, und war so voll, dass Druigor Schwierigkeiten hatte, sie zuzumachen und zu verschließen.«

»Hast du was anderes erwartet?«, entgegnete ein anderer Gast am Tisch. »Druigor feilscht erbarmungslos und findet stets eine Möglichkeit, jeden hereinzulegen, mit dem er Geschäfte macht.«

»Ich hab gehört, dass er vorhat, für den Senat zu kandidieren«, erklärte ein magersüchtiger Bursche.

»Dann muss er verrückt sein«, schnaubte der erste verächtlich. »Er wird nicht in Betracht kommen, er hat ja nicht mal einen Titel.«

Der Magersüchtige zuckte die Schultern. »Er wird sich einen kaufen. Es gibt genug Edelleute, die außer ihrem Titel nichts besitzen und gern bereit sind, einen Reichen für viel Geld an Sohnes statt anzunehmen.«

Das Gespräch wandte sich anderen Themen zu; deshalb erhob sich Althalus und verließ die Taverne unauffällig. Er stapfte ein gutes Stück die Kopfsteingasse hinunter, ehe er einen schmuck gekleideten Fußgänger anhielt. »Verzeiht«, sagte er höflich, »ich suche das Lagerhaus eines gewissen Druigor. Ihr wisst nicht zufällig, wo es ist?«

»Jeder in Maghu weiß, wo der Halsabschneider Druigor seine Geschäftchen betreibt«, antwortete der Mann.

»Ich bin nicht von hier«, entgegnete Althalus.

»Ach so. Nun, Druigor hat sein Lager- und Leihhaus drüben am Westtor. Jeder dort kann Euch den Weg weisen.«

»Vielen Dank, mein Herr.« Althalus schritt weiter.

Im Viertel um das Westtor gab es hauptsächlich Lagerhäuser, die an Scheunen erinnerten. Ein hilfsbereiter Bursche zeigte Althalus, welches Druigor gehörte.

Hier herrschte verhältnismäßig viel Betrieb. Leute gingen ein und aus, und vor einer Laderampe warteten mit Säcken beladene Karren. Althalus schaute eine Zeit lang zu. Der stete Strom von Männern, die durch die Vordertür hineingingen und herauskamen, ließ darauf schließen, dass Druigor eine Menge Geschäfte tätigte – für Althalus stets ein viel versprechendes Zeichen.

Er ging die Straße weiter und betrat ein ruhigeres Lagerhaus.

Ein schwitzender Mann zog schwere Säcke über den Fußboden und stapelte sie an einer Wand. »Verzeiht, Nachbar«, sagte Althalus. »Wem gehört dieses Lager?«

»Garwin«, antwortete der Schwitzende. »Ist zurzeit aber nicht da.«

»Oh, schade, dass ich ihn nicht antreffe. Ich komme später wieder«, log Althalus. Dann kehrte er auf die Straße zurück und schritt noch einmal hinunter zu Druigors Lagerhaus. Er betrat es und schloss sich den anderen an, die darauf warteten, mit dem Besitzer zu sprechen.

Als er an der Reihe war, betrat er eine gerammelt volle Kammer, in der ein misstrauisch dreinblickender Bursche an einem Tisch saß.

»Ihr seid ein sehr beschäftigter Mann, wie ich sehe«, stellte Althalus fest und ließ den Blick unauffällig in die Runde schweifen.

»Allerdings, also kommt zur Sache.«

Doch Althalus hatte bereits gesehen, was er gesucht hatte. In der Ecke stand eine wuchtige Bronzetruhe, die mit einem offenbar komplizierten Schloss gesichert war.

»Ich hörte, dass Ihr ein ehrenhafter Mann seid, Meister Garwin«, sagte Althalus so einschmeichelnd er konnte, während er sich weiterhin unauffällig umschaute.

»Ihr seid im verkehrten Lagerhaus. Ich bin Druigor«, erklärte der Mann ihm missmutig. »Garwins Haus ist vier oder fünf Türen weiter nördlich.«

Althalus warf die Hände in die Höhe. »Wie unbedacht von mir, auf einen Säufer zu hören. Der Mann, der mir sagte, dies sei Garwins Lagerhaus, konnte sich kaum noch auf den Beinen halten. Ich werde mich nach ihm umsehen und ihm was aufs Maul geben. Verzeiht, das ich Euch die Zeit gestohlen habe, Meister Druigor. Dafür wird dieser versoffene Schwachkopf bezahlen.«

»Wolltet Ihr ein Geschäft mit Garwin machen?«, erkundigte Druigor sich nun neugierig und um einiges freundlicher. »Ich kann Euch für fast jede Ware einen besseren Preis bieten.«

»Es tut mir schrecklich leid, Meister Druigor«, sagte Althalus bedauernd, »aber mir sind die Hände gebunden. Mein Bruder, dieser Dummkopf, gab Garwin sein Wort, und ich wüsste nicht, wie ich mich da herauswinden könnte. Ich sollte meinem Bruder das Maul stopfen, sobald ich nach Hause komme. Wenn ich das nächste Mal in Maghu bin, kommen wir vielleicht ins Geschäft.«

»Es wäre mir ein Vergnügen, Meister …?«

»Kweso.« Althalus hatte den Namen aufs Geratewohl gewählt.

»Seid Ihr etwa mit dem Salzhändler in Deika verschwägert?«

»Er ist der Vetter unseres Vaters«, antwortete Althalus glatt. »Sie sind zurzeit nicht sonderlich gut auf einander zu sprechen. Eine dieser kleinen Familienstreitigkeiten, Ihr wisst schon. Nun, Ihr habt zu tun, Meister Druigor. Wenn Ihr mich entschuldigen würdet? Ich habe noch ein Hühnchen mit diesem Suffkopf zu rupfen und werde danach Meister Garwin aufsuchen, um herauszufinden, wie viel vom Familienbesitz mein geistig minderbemittelter Bruder verschleudert hat.«

»Wir sehen uns dann also bei Eurem nächsten Besuch in Maghu?«

»Darauf könnt Ihr euch verlassen, Meister Druigor.« Althalus verneigte sich knapp und ging.

Mitternacht war vorüber, als Althalus die Tür von Druigors Laderampe aufbrach. Auf leisen Sohlen schlich er durch den Weizenduft der Lagerhalle zu der Kammer, in der er sich am Nachmittag mit Druigor unterhalten hatte. Die Tür war verschlossen, doch das war kein großes Hindernis für Althalus. Sobald er sich in der Kammer befand, brachte er mit Feuerstein und Zunder eine der Kerzen auf Druigors Tisch zum Brennen. In ihrem Schein begutachtete er das Schloss der riesigen Bronzetruhe. Wie in solchen Fällen üblich sollte das komplizierte Ding alle jene abschrecken, die sich unrechtmäßig für den Inhalt der Truhe interessieren mochten. Althalus war mit dieser Art Schloss jedoch vertraut und hatte es in kurzer Zeit geknackt.

Er hob den Deckel und langte mit vor Erwartung zitternden Fingern in die Truhe.

Doch es waren keine Münzen darin; stattdessen war sie mit Papierfetzen gefüllt. Althalus nahm eine Hand voll heraus und betrachtete sie eingehend. Offenbar waren Bilder auf den Fetzen, nur ergaben sie keinen Sinn. Er ließ sie auf den Boden fallen und fischte weitere heraus. Auch sie waren bebildert.

Verzweifelt wühlte Althalus in der Truhe, doch seine Finger ertasteten nichts, das sich auch nur annähernd wie geprägtes oder wenigstens ungeprägtes Gold anfühlte.

Was sollte das denn? Warum machte sich jemand die Mühe, wertloses Papier aufzubewahren?

Nach etwa einer Viertelstunde gab Althalus es auf. Flüchtig dachte er daran, das Papier auf dem Boden aufzuhäufen und anzuzünden, verwarf diesen Gedanken aber, kaum dass er ihm gekommen war. Das Feuer würde sich zweifellos ausbreiten, und ein brennendes Lagerhaus erregte unliebsame Aufmerksamkeit. Er murmelte ein paar ausgesuchte Verwünschungen und zog sich zurück.

Flüchtig überlegte er, ob er die Taverne aufsuchen und sich den Burschen vornehmen sollte, der so überschwänglich vom Inhalt der Geldtruhe geschwärmt hatte, entschied sich dann aber dagegen. Der Stachel ständiger Enttäuschungen, die er in diesem Sommer hatte hinnehmen müssen, machte ihn reizbar, und er war nicht sicher, ob er sich zurückhalten konnte, wenn er erst einmal angefangen hatte, den Kerl für seine Lügen zu züchtigen. Selbst unter Berücksichtigung seiner gegenwärtigen Verfassung mochte diese Art von Vergeltung in gewissen Kreisen als Mord ausgelegt werden.

Verärgert kehrte er zu seiner Herberge zurück, in der auch sein Pferd versorgt wurde, und verbrachte die restliche Nacht damit, wütend auf den Papierfetzen aus Druigors Geldtruhe zu starren, den er geistesabwesend eingesteckt hatte. Die darauf gemalten Bilder waren gar nicht einmal sonderlich gut. Warum in aller Welt hatte Druigor sich die Mühe gemacht, die Fetzen in einer Truhe zu verschließen? Als endlich der Morgen kam, weckte Althalus den Herbergsvater und beglich seine Rechnung. Dann langte er in seine Tasche. »Oh«, sagte er, »da fällt mir etwas ein.« Er zog den Papierfetzen hervor. »Das habe ich auf der Straße gefunden. Habt Ihr eine Ahnung, wozu das gut sein soll?«

»Natürlich«, erwiderte der Wirt. »Das ist Geld.«

»Geld? Das verstehe ich nicht. Geld wird aus Gold oder Silber geprägt, auch aus Kupfer und Messing. Aber das ist nur Papier! Das ist doch nichts wert, oder?«

»Wenn Ihr das zum Schatzamt hinter dem Senat bringt, kriegt Ihr eine Silbermünze dafür.«

»Warum? Es ist bloß *Papier.*«

»Es trägt das Siegel des Senats, und das macht es so wertvoll wie echtes Silber. Habt Ihr denn noch nie Papiergeld gesehen?«

Als er zum Stall ging, um sein Pferd zu holen, hätte Althalus sich schlechter gar nicht fühlen können. Seine Glücksfee hatte ihn verlassen. Das war der schlimmste Sommer seines ganzen Lebens gewesen. Offenbar wollte man ihn in der Zivilisation nicht haben. Der Reichtum in den Städten der Ebenen war unbeschreiblich, doch so viel Mühe er sich auch gegeben hatte, war es ihm nicht gelungen, auch nur an einen winzigen Teil heranzukommen. Beim Aufsitzen berichtigte er sich. Vergangene Nacht, in Druigors Lagerhaus, hatte er mehr Geld in Reichweite gehabt, als er wahrscheinlich je wieder sehen würde. Aber er hatte es einfach zurückgelassen, weil ihm nicht bewusst gewesen war, dass es sich um Geld gehandelt hatte.

Wehmütig sah er ein, dass er auf den Tiefebenen nichts verloren hatte. Hier war das Leben zu verwirrend. Er gehörte zurück ins Grenzland.

Bedrückt ritt er zum Marktplatz von Maghu, um seine städtische Kleidung gegen derbere Sachen einzutauschen, die geeigneter für die Grenzlande war.

Der Kleiderhändler übervorteilte Althalus, aber das hatte er mehr oder weniger erwartet. In den Tieflanden war seine Glücksfee ihm eben nicht hold.

Es wunderte ihn nicht einmal sonderlich, als er bei seiner Rückkehr vom Kleiderhändler feststellen musste, dass inzwischen jemand sein Pferd gestohlen hatte.

2

Seine Niedergeschlagenheit machte Althalus ein wenig ungnädig gegenüber dem ersten Unglücksraben, der spät in der nächsten Nacht an seinem Versteck vorüberkam. Er trat aus dem Schatten, packte den Ahnungslosen am Schlafittchen und schmetterte ihn mit aller Kraft gegen eine Steinmauer. Der Mann sackte schlaff zusammen, was Althalus noch mehr verärgerte. Irgendwie hatte er sich zumindest ein bisschen Widerstand erhofft. Er ließ den Bewusstlosen in die Gosse sinken und nahm rasch den Geldbeutel des Mannes an sich. Dann – und es gab keinen Grund dafür, den er zumindest vor sich selbst hätte rechtfertigen können – zerrte er den Reglosen in die tiefen Schatten und stahl ihm seine gesamte Kleidung.

Als er die dunkle Straße entlangschritt, sann er darüber nach, wie dumm er soeben gehandelt hatte, aber auf seltsame Weise erschien es ihm passend, da es seine Meinung über die Zivilisation beinahe vollkommen zum Ausdruck brachte. Und dieser Aberwitz bewirkte, dass er sich besser fühlte.

Doch das Kleiderbündel unter dem Arm wurde ihm allmählich lästig. Er zuckte die Schultern und warf es von sich, ohne nachzusehen, ob er irgendetwas davon hätte tragen können.

Wie das Glück es wollte, stand das Stadttor offen, so verließ Althalus Maghu ohne ein Lebewohl. Der Mond war fast voll und sein Schein genügte, den rechten Weg zu finden. Althalus marschierte gen Norden und fühlte sich mit jedem Schritt besser. Im Morgengrauen lag Maghu mehrere Meilen hinter ihm, und voraus sah er die schneebedeckten Gipfel Arums im Licht der aufgehenden Sonne rosig erglühen.

Es war eine lange Wanderung von Maghu zu den Hügeln, die Arum vorgelagert waren, doch Althalus schritt unverdrossen aus. Je rascher er der Zivilisation entkam, desto besser. Sein Entschluss sich ins Tiefland zu begeben, war ein gewaltiger Fehler gewesen. Nicht weil es ihm kein Geld eingebracht hatte; das hätte er wie üblich ohnehin gleich wieder ausgegeben. Was ihm an der ganzen Sache wirklich zu schaffen machte, war die offenbare Entfremdung zwischen ihm und seiner Glücksfee. Das Glück war alles, Geld nichts.

Im Spätsommer befand er sich bereits hoch in den Ausläufern des Gebirges, als er an einem goldenen Nachmittag in einer verkommenen Schenke am Weg einkehrte, nicht so sehr weil er Durst hatte, sondern aus dem Bedürfnis, sich mit Leuten zu unterhalten, die er verstehen konnte.

»Du wirst nicht glauben, *wie* reich er ist«, sagte ein Angetrunkener soeben zum Wirt. »Ich schätze, Gosti Fettwanst hat inzwischen den Reichtum von ganz Arum zusammengerafft.«

Das ließ unseren Dieb sofort aufhorchen. Er setzte sich in die Nähe des Angeheiterten und hoffte mehr zu erfahren.

Der Wirt blickte ihn fragend an. »Was hättest du gern, Nachbar?«

»Met«, antwortete Althalus prompt. Er hatte seit Monaten keinen Met mehr genossen, da die Bewohner der Ebenen anscheinend gar nicht wussten, wie man ihn braute.

»Met.« Der Wirt kehrte hinter seine wacklige Theke zurück, um einzuschenken.

»Ich wollte nicht bei eurem Gespräch stören«, entschuldigte Althalus sich bei dem Beschwipsten.

»Macht nichts«, versicherte dieser ihm freundlich. »Ich hab Arek bloß von einem Häuptling im Norden von hier erzählt, der so reich ist, dass es noch kein Wort für die Zahl der Münzen gibt, die er hortet.«

Der Bursche hatte das rote Gesicht und die blaurote Nase eines Säufers, doch Althalus interessierte sich momentan nicht für die Gesichtsfarbe des Mannes, sondern für dessen Umhang aus Wolfsfell. Wer immer diesen Umhang genäht hatte, hatte merkwürdigerweise die Wolfsohren mitverarbeitet; sie zierten jetzt die Kapuze. Althalus gefiel das sehr. »Wie heißt dieser reiche Häuptling, sagtest du?«, erkundigte er sich.

»Man nennt ihn Gosti Fettwanst – wahrscheinlich weil seine einzige Beschäftigung das Futtern ist. Unentwegt stopft er Essen in sich rein, vom frühen Morgen bis spät in die Nacht.«

»Nach allem, was du gesagt hast, kann er sich das wohl auch leisten.«

Der Halbbetrunkene erzählte weiterhin über den Reichtum des fetten Häuptlings. Althalus täuschte reges Interesse vor und ließ sich und dem Burschen nachschenken, sobald der Becher des anderen leer war. Gegen Sonnenuntergang war der Kerl stockbesoffen, und auf dem Boden neben Althalus breitete sich eine Lache Met aus, denn er hatte seinen Becher immer wieder unauffällig ausgekippt.

Weitere Gäste kehrten nach Sonnenuntergang in der Schenke ein, und je dunkler es draußen wurde, desto lauter wurde es im Schankraum.

»Ich weiß nicht wie's dir geht, Freund«, sagte Althalus, »aber der viele Met steigt mir zu Kopf. Wie wär's, wenn wir ein bisschen nach draußen gehen und uns die Sterne anschauen?«

Der Besoffene blinzelte. »Ich würd schagen, dasch isch 'ne wunnerbare Idee.«

Sie standen auf, und Althalus fasste den Torkelnden am Ellenbogen. »Vorsicht, Freund«, mahnte er und stützte ihn. »Wie wär's da drüben?« Er deutete auf einen nahen Fichtenhain.

Der Betrunkene erklärte sich mit schwerer Zunge einverstanden und taumelte auf die Fichten zu. Schwer atmend blieb er dort stehen und lehnte sich an einen Baum. »Bischschen übel«, murmelte er mit hängendem Kopf.

Althalus zog sein schweres bronzenes Kurzschwert unter dem Gürtel hervor, drehte es um und hielt es an der Klinge. »Freund?«, sagte er.

»Hmm?« Der Volltrunkene hob den Kopf, beäugte Althalus mit belämmerter Miene und stierem Blick.

Althalus schlug ihm den Schwertknauf an die Schläfe. Der Mann wurde gegen den Baumstamm geschleudert und prallte zurück, worauf Althalus ihm den Knauf auf den Schädel hieb. Der Bursche ging zu Boden.

Althalus kniete sich neben ihn und schüttelte ihn leicht.

Der Stockbesoffene fing zu schnarchen an.

»Das scheint zu genügen«, murmelte Althalus. Er legte sein Schwert zu Boden und machte sich an die Arbeit. Nachdem er dem Bewusstlosen den Wolfsfellumhang ausgezogen hatte, nahm er ihm den leider nicht sehr schweren Geldsäckel ab. Auch die Schuhe seines Saufkumpans fand Althalus nicht übel. Nach der weiten Wanderschaft von Maghu herauf hing seine eigene Fußbekleidung fast schon in Fetzen, und neues Schuhwerk war sicher keine schlechte Idee. Der Schnarchende hatte auch einen fast neuen Bronzedolch unter dem Gürtel stecken, den Althalus ebenfalls brauchen konnte. Das Ganze war also wider Erwarten recht gewinnträchtig. Nachdem er den Mann tiefer in den Hain gezerrt hatte, zog er dessen schönen Umhang und die festen Schuhe an. Beinahe traurig blickte er auf sein Opfer hinunter. »So unbeschreiblich viel Reichtum! Und ich bin wieder dabei, läppische Kleider und Schuhe zu stehlen.« Er seufzte und zuckte die Schultern. »Na gut, wenn meine Glücksfee es von mir erwartet, soll es wohl so sein.« Er machte eine knappe Verbeugung vor dem Schnarchenden und verließ die Gegend. Zwar war er nicht gerade überglücklich, doch er war immerhin besserer Laune als im Tiefland.

Althalus schritt fürbass, denn er wollte bereits im Land des nächsten Stammes im Norden sein, bevor der ehemalige Besitzer seines schönen neuen Umhangs erwachte. Am Vormittag war er ziemlich sicher, dass er sich außer Reichweite seines Opfers der vergangenen Nacht befand; deshalb machte er in der Schenke einer kleinen Ortschaft Rast, um zu feiern, dass seine Glücksfee ihm offenbar wieder geneigt war. Der wolfsohrige Umhang wog zwar nicht den ganzen unerkannten Reichtum in Druigors Lagerhaus auf, war jedoch zumindest ein Anfang.

Auch in dieser Schenke erzählte gerade jemand von Gosti Fettwanst. »Ich hab von ihm gehört«, berichtete Althalus den herumlungernden Gästen. »Ich verstehe nur nicht, wie ein Stammeshäuptling zulässt, dass sein Volk ihn bei einem so beleidigenden Namen nennt.«

»Du müsstest ihn ein wenig näher kennen, um das zu verstehen«, erwiderte einer der Schenkengäste. »Natürlich hast du Recht, dass fast jeder andere Stammeshäuptling so einen Namen beleidigend fände, aber Gosti ist sehr stolz auf seine Leibesfülle. Er lacht sogar laut, wenn er damit prahlt, dass er seines Wanstes wegen schon seit Jahren nicht mehr seine Füße sehen kann.«

»Er soll sehr reich sein«, lenkte Althalus das Gespräch auf das Thema, das ihn am meisten interessierte.

»Oh, reich ist er«, bestätigte einer.

»Ist er auf Gold gestoßen?«

»So was Ähnliches. Nachdem sein Vater im letzten Stammeskrieg gefallen ist, wurde Gosti Häuptling – obwohl die meisten schon deshalb nicht viel von ihm hielten, weil er bereits damals fett war. Aber Gosti hat da einen Vetter – Galbak heißt er –, der ist sieben Fuß groß und heimtückischer als eine Schlange. Wie auch immer, Gosti wollte eine Brücke über den Fluss, der durchs Tal führt, weil es dann leichter für ihn wäre, zu Treffen mit den anderen Stammeshäuptlingen zu gelangen. Also befahl er seinen Männern eine Brücke zu bauen. Sie ist nicht gerade ein Meisterstück der Handwerkskunst. Genauer gesagt ist sie so wackelig, dass sich kaum jemand drüber traut. Andererseits würde niemand, der auch nur ein bisschen Verstand besitzt, durch den Fluss waten. Die Strömung ist so stark, dass sie einen im Handumdrehen eine halbe Meile mitreißen würde. Die wackelige Brücke ist jedenfalls eine wahre Goldmine, weil sie die einzige Möglichkeit bietet, auf die andere Seite zu kommen, sofern man nicht einen beschwerlichen Marsch von fünf Tagen auf sich nehmen will, in die eine oder die andere Richtung. Und Gostis Vetter ist der Hüter der Brücke. Jeder, der darüber will, muss tief in die Tasche greifen. So ist Gosti zu dem vielen Geld gekommen, das er in seinem Fort hortet.«

»Wie interessant«, murmelte Althalus.

Andere Länder, andere Sitten, andere Vorgehensweisen. Hier im Hochland von Arum hatte er früher immer den gleichen Dreh benutzt und sich mit lustigen Geschichten und derben Witzen bei den Reichen eingeschmeichelt. Das wäre in den Städten der Ebenen natürlich nicht möglich gewesen, weil die Menschen dort ihre Nase hochtrugen. Offenbar hielten sie Witze für verboten und Lachen für unfein.

Natürlich wusste Althalus, dass Geschichten, die beim Met erzählt wurden, fast immer ausgeschmückt waren. Doch was man über Gosti Fettwanst sagte, musste zumindest ein Körnchen Wahrheit enthalten. Der Mann hatte sicher so viel Geld, dass sich die Zeit und Mühe lohnte, ihm einen Besuch abzustatten. So wanderte Athalus hinauf zu dem Land, in dem Gosti Fettwanst und sein Stamm zu Hause waren, um sich näher umzuschauen.

Während er immer weiter nach Norden ins Gebirge von Arum gelangte, vernahm er dann und wann eine Art Wimmern tief in den Bergen. Er wusste nicht, von welcher Art Tier der Laut stammen mochte, doch es war weit genug entfernt, dass es keine unmittelbare Gefahr darstellte, und so versuchte Althalus nicht darauf zu achten. Doch manchmal in den Nächten schien das Geräusch ihm sehr nahe zu sein, was Althalus ein wenig unruhig machte.

Er erreichte die wackelige Holzbrücke, von der er gehört hatte, und wurde von einem stämmigen Mautner in schlichter grober Kleidung und mit tätowierten Händen und Unterarmen aufgehalten, die ihn als Angehörigen von Gostis Stamm auswiesen. Althalus schluckte bei dem Preis, den der Tätowierte für die Überquerung der Brücke verlangte, bezahlte ihn aber ohne Murren, da er ihn als eine Art Geldanlage betrachtete.

»Das ist ein schöner Umhang, Freund«, bemerkte der Mautner und betrachtete neidvoll Althalus' wolfsohrigen Überwurf.

»Er schützt vor dem Wetter«, entgegnete Althalus mit einem scheinbar gleichmütigen Schulterzucken.

»Wo hast du ihn her?«

»Aus Hule. Ich bin dem Wolf über den Weg gelaufen, weißt du. Er wollte mich anspringen, mir die Gurgel aufreißen und mich zum abendlichen Mahl verspeisen. Ich mag Wölfe eigentlich recht gern, sie heulen so schön. Aber so gern hab ich sie nun auch wieder nicht, dass ich ihnen als Mahlzeit dienen will – schon gar nicht, wenn ich der Hauptgang sein sollte. Nun, ich hatte zufällig mein Würfelpaar bei mir und konnte den Wolf überzeugen, dass es reizvoller sei, ein Spielchen zu machen, wer von uns dran glauben soll, statt zu versuchen, einander zu zerfleischen. Also haben wir unsere Einsätze gemacht und gewürfelt …«

»Was für Einsätze?«, wollte der bärtige Stammesangehörige wissen.

»Was glaubst du wohl? Meinen Körper und sein Fell.«

Der Mautner musste lachen.

»Nun«, Althalus sponn seine Fabel aus, »ich bin der beste Würfelspieler der ganzen Welt – und wir spielten mit meinen Würfeln, denen ich mit viel Zeitaufwand beigebracht habe zu tun, was ich von ihnen erwarte. Um es kurz zu machen, der Wolf hatte eine Pechsträhne; deshalb trage ich jetzt sein Fell, und er ist da droben im Wald von Hule und bibbert vor Kälte, weil er nackt herumlaufen muss.«

Der Tätowierte lachte noch schallender.

»Hast du schon mal einen nackten Wolf mit Gänsehaut am ganzen Leib gesehen?« Althalus täuschte eine mitfühlende Miene vor. »Schrecklich! Er tat mir entsetzlich leid, aber Spielschulden sind Ehrenschulden, wie man so sagt. Es wäre doch geradezu sittenwidrig gewesen, ihm sein Fell zurückzugeben, nachdem ich es gewonnen hatte, nicht wahr?«

Der Mautner krümmte sich jetzt vor Lachen.

»Wie gesagt, das arme Tier hat mir leid getan, und ein schlechtes Gewissen hatte ich auch, denn ich will ehrlich sein – ich hab den Wolf beim Spiel ein paarmal beschissen, und als heimliche Entschuldigung habe ich ihm seinen Schwanz gelassen – und auch nur des Anstands wegen natürlich.«

»Also, das ist vielleicht eine Geschichte, Freund!« Der grinsende

Mautner klatschte Althalus mit fleischiger, tätowierter Hand auf den Rücken. »Die müsste Gosti hören!« Und er beharrte darauf, Althalus über die wacklige Brücke, durch die armselige Ansiedlung aus strohgedeckten Blockhütten und hinauf zu dem beeindruckenden Palisadenfort zu begleiten, von dem aus man zweifellos einen guten Blick auf das Dorf und die Brücke über den schäumenden Fluss hatte.

Sie betraten das Fort und begaben sich in die rauchige Haupthalle. Althalus hatte schon viele Stammeshallen im Hochland von Arum besucht und war deshalb vertraut mit der Gleichgültigkeit dieser Stammesbrüder, was die Reinlichkeit betraf, aber Gostis Halle erhob die Unsauberkeit zu einer Kunstform. Wie in den meisten Stammeshallen war der Erdboden auch der Fußboden, und wie alle anderen hatte auch diese Halle eine Feuergrube in der Mitte. Binsen, die aussahen, als wären sie seit Dutzend Jahren oder länger nicht erneuert worden, waren auf dem Boden verteilt. Alte Knochen und Abfälle verschiedener Art verrotteten in den Ecken, und Hunde – sowie Schweine – dösten da und dort. Es war das erste Mal, dass Althalus Schweinen als Haustiere begegnete.

Im vorderen Teil der Halle stand ein grob gezimmerter Tisch, an dem der fetteste Mann saß, den Althalus je gesehen hatte, und Essen in sich hineinstopfte. Es konnte keinen Zweifel geben, wer dieser Mann war, denn Gosti Fettwanst war nicht zu Unrecht zu seinem Namen gekommen. Er hatte Schweinsäuglein und seine schwabbelige Unterlippe hing tiefer als sein Kinn. Eine gebratene Schweinekeule lag auf dem schmierigen Tisch vor ihm. Er riss gewaltige Brocken aus dem Fleisch und stopfte sie sich in den Mund. Unmittelbar hinter ihm stand ein riesenhafter Mann mit harten, unfreundlichen Augen.

»Stören wir ihn beim Mittagsmahl?«, murmelte Althalus dem Mautner zu.

Der Tätowierte lachte. »Eigentlich nicht. Bei Gosti ist es schwer zu sagen, welches Mahl er gerade zu sich nimmt, weil eins ins andere übergeht. Gosti isst die ganze Zeit, Althalus. Ich selber hab's zwar nie gesehen, aber es gibt hier einige, die schwören, dass Gosti sogar im Schlaf isst. Komm, ich will dich ihm vorstellen – und auch gleich seinem Vetter Galbak.«

Sie gingen zum Tisch. »Ho, Gosti!«, rief der Tätowierte, um den

Fetten auf sich und seinen Begleiter aufmerksam zu machen. »Das ist Althalus. Lass dir von ihm erzählen, wie er zu seinem schönen wolfsohrigen Umhang gekommen ist.«

»Na gut«, brummte Gosti mit kehliger Stimme und nahm einen tiefen Schluck Met aus seinem Trinkhorn. Er blinzelte Althalus aus seinen Schweinsäuglein an. »Wenn es dich nicht stört, dass ich weiter esse, während du mir die Geschichte erzählst?«

»Keineswegs, Gosti«, erwiderte Althalus. »Mir scheint, du hast da noch einen kleinen hageren Fleck unter dem linken Daumennagel, und ich könnte es wirklich nicht verantworten, dass du vor meinen Augen verhungerst.«

Gosti zwinkerte, dann brüllte er vor Lachen, wobei er fettiges Schweinefleisch über den ganzen Tisch spuckte. Im Gegensatz zu ihm verzog Galbak keine Miene.

Althalus schmückte seine Geschichte über das Würfelspiel in epische Länge und Breite aus, und als der Abend sich herabsenkte, hatte er seinen festen Platz auf dem Hocker neben dem feisten Häuptling. Als er nach und nach für sämtliche in Felle gewandeten Stammesbrüder, die im Laufe des Tages in die große Halle gekommen waren, mehrmals verschiedene Versionen seiner Geschichte zum Besten gegeben hatte, erfand er zur allgemeinen Erheiterung in Gosti Fettwansts Halle weitere Lügenmären. Doch so sehr er sich auch bemühte und so laut die anderen lachten, dem riesenhaften Galbak entrang er nicht das leiseste Schmunzeln.

Althalus überwinterte in Gostis Fort. Stets war er mehr als willkommen in der Halle des Fetten, wo er Essen und Met bekam, solange er sich neue Geschichten und Witze ausdachte, die Gostis Wanst vor Lachen auf und ab hüpfen ließen. Gostis vereinzelte Beiträge zur allgemeinen Unterhaltung langweilten seine Stammesbrüder offensichtlich, da der Häuptling sich hauptsächlich darauf beschränkte, mit dem vielen Gold zu prahlen, das er in seiner Schatzkammer gehortet hatte. Anscheinend hatten die Stammesangehörigen diese Geschichten schon so oft gehört, dass sie sie auswendig kannten. Althalus allerdings fand sie ziemlich faszinierend.

Der Winter verstrich, bis der Lenz ihm allmählich die Herrschaft streitig machte. Inzwischen kannte Althalus jeden Winkel von Fettwansts Fort.

Die Schatzkammer war leicht zu entdecken gewesen, da sie rund um die Uhr bewacht wurde. Sie befand sich am Ende des Flurs, der an die Esshalle anschloss; drei Stufen führten zu der schweren Tür hinauf. Ein massives Bronzeschloss deutete unmissverständlich darauf hin, dass hinter dieser Tür Schätze aufbewahrt wurden.

Althalus entging nicht, dass die Wächter ihrer Aufgabe des Nachts nicht den nötigen Ernst entgegenbrachten und gegen Mitternacht bereits tief und fest schliefen – nicht verwunderlich bei Männern, die sich mehrere Kannen Met zur Arbeit mitnahmen.

Er brauchte jetzt nur noch auf die Schneeschmelze zu warten und darauf zu achten, dass er sich bei Gosti und seinem sauertöpfischen Vetter nicht in die Nesseln setzte. Wenn alles gut ging, würde Althalus bei seinem Aufbruch in großer Eile sein. Galbak hatte sehr lange Beine; deshalb musste unser Dieb sicher sein, dass ihn auf den Bergpässen kein tiefer Schnee aufhalten konnte, sonst würde Galbak ihn mit ziemlicher Gewissheit einholen.

Althalus machte es sich zur Gewohnheit immer wieder auf den Hof hinauszutreten, um festzustellen, wie weit die Frühlingsschneeschmelze voranschritt. Als auf dem nächsten Pass die letzte Wechte verschwunden war, hielt er es für an der Zeit, sich zurückzuziehen.

Wie sich erwies, war es nicht so schwierig, in Gostis Schatzkammer zu gelangen, wie der Fettwanst glaubte. Eines Nachts, nachdem das Feuer in der Grube der großen Halle niedergebrannt war und Gosti sowie seine Stammesbrüder besoffen und schnarchend herumlagen, machte Althalus sich an die Arbeit. Er stieg über die Wächter hinweg, die ihren Rausch ausschliefen, öffnete das einfache Schloss und huschte in die Schatzkammer, auf dass deren Inhalt den Besitzer wechselte. In der Mitte der Kammer standen ein grob gezimmerter Tisch und eine feste Bank; in einer Ecke war ein Stapel prall gefüllter Beutel aus Tierhaut. Althalus trug einen dieser Beutel zum Tisch, wo er den Inhalt zu zählen gedachte.

Der Beutel besaß etwa die Größe eines Männerkopfes und war mit einem Lederband zugezogen. Aufgeregt öffnete Althalus ihn, streckte die Finger hinein und nahm eine Hand voll Münzen heraus.

Und starrte enttäuscht darauf. Sie waren allesamt aus Kupfer. Er grapschte eine weitere Hand voll heraus. Diesmal waren ein paar gelb schimmernde Münzen dabei, doch sie waren nicht aus Gold, sondern aus Messing. Althalus leerte den ganzen Beutel auf den Tisch.

Immer noch kein Gold.

Er hob die mitgebrachte Fackel und schaute sich um. Vielleicht bewahrte Gosti sein Gold in einem anderen Stapel auf? Doch da war nur dieser eine. Althalus trug zwei weitere Beutel herbei und leerte auch deren Inhalt auf den Tisch. Wieder waren es nur Kupfer- und ein paar Messingmünzen.

Rasch kippte er sämtliche Beutel aus. Keiner enthielt auch nur ein einziges Goldstück. Gosti hatte ihn hinters Licht geführt – wie offenbar alle Bewohner von Arum.

Althalus fluchte. Er hatte einen ganzen Winter damit vergeudet, einem Dickwanst dabei zuzusehen, wie er sich tagein, tagaus voll fraß. Schlimmer noch, er hatte all die Lügen geglaubt, die dieser fetttriefende Kerl ihm erzählte. Es fiel ihm gar nicht leicht, der Versuchung zu widerstehen, in die Halle zurückzukehren und Gosti den Bauch aufzuschlitzen. Stattdessen setzte er sich auf die Bank und machte sich daran, die Messingmünzen aus dem Haufen zu klauben. Natürlich war ihm klar, dass er nicht genügend zusammenkriegen würde, ihn für die verlorene Zeit zu entschädigen, aber sie waren immerhin besser als gar nichts.

Nachdem er fertig war, stand er auf und kippte abfällig den Tisch um, sodass die nahezu wertlosen Kupfermünzen auf den Boden prasselten.

Wütend verließ er den schäbigen Holzbau, überquerte den schlammigen Hof und schritt durch die armselige Ansiedlung, wobei er seine Leichtgläubigkeit verfluchte. Warum hatte er sich nicht eher in der Schatzkammer umgeschaut?

Seine launenhafte Glücksfee hatte ihn wieder hereingelegt. Immer noch entzog sie ihm ihre Gunst.

Trotz seiner bitteren Enttäuschung beeilte er sich, voran zu kommen. Schließlich hatte er Gostis Schatzkammer in ziemliche Unordnung gebracht, sodass es nicht lange dauern konnte, bis der Fettwanst entdeckte, dass man ihn beraubt hatte. Auch wenn es kein sehr einträglicher Diebstahl gewesen war, erschien es Althalus angebracht, sicherheitshalber ein paar Stammesgrenzen hinter sich zu bringen. Galbak erweckte nicht den Anschein, als würde er die Dinge auf sich beruhen lassen, und Althalus wollte unbedingt einen ordentlichen Vorsprung vor Gostis hartgesichtigem Vetter.

Nach ein paar Tagen angestrengten Marsches hielt er es für unbedenklich, sich in einer Schenke eine anständige Mahlzeit zu gönnen. Wie fast alle im Grenzland trug auch Althalus eine Steinschleuder bei sich, mit der er sehr gut umzugehen verstand, sodass er seinen Hunger mit einem erlegten Hasen oder Eichhörnchen stillen konnte, sofern sich die Möglichkeit bot. Jetzt aber verlangte es ihn nach einem üppigen Mahl.

Noch ehe er die schlichte Schenke am Wegesrand betreten hatte, hörte er jemanden sagen: »... ein Wolfsfellumhang, an dem noch die Ohren sind.« Althalus wich ein paar Schritte zurück und lauschte.

»Gosti Fettwanst ist außer sich«, fuhr der Sprecher fort. »Dieser Althalus hat sich den ganzen Winter bei ihm durchgefressen und seinen Met getrunken – und dann bewies er seine Dankbarkeit, indem er in Gostis Schatzkammer einbrach und zwei pralle Säcke Goldmünzen stahl.«

»So eine Gemeinheit!«, murmelte jemand. »Wie sieht dieser Dieb aus, sagtest du?«

»Wie ich gehört habe, ist er mittelgroß und hat einen schwarzen Bart – aber das trifft auf gut die Hälfte der Männer in Arum zu. Doch an diesem wolfsohrigen Umhang ist er zu erkennen. Gostis Vetter Galbak hat eine hohe Belohnung auf den Kopf dieses Burschen ausgesetzt, aber die kann er meinetwegen gern behalten. Was mich an dem Kerl interessiert, sind die zwei Säcke Gold. Ich werde ihn aufspüren, das könnt ihr mir glauben. Er soll meinen Speer kosten! Ich werde ihm nicht einmal den Kopf absäbeln, um ihn Galbak zu verkaufen.« Der Mann lachte hämisch. »Ich bin nicht habgierig, Freunde. Zwei Säcke Gold sind mehr als genug für mich.«

Althalus stapfte zur Seite der Schenke und machte sich mit Verwünschungen Luft. Am meisten ärgerte ihn die Ironie der ganzen Geschichte. Gosti wollte unbedingt, dass alle in Arum ihn für steinreich hielten. Diese absurde Belohnung war für den fetten Stammeshäuptling lediglich ein Mittel zum Zweck, seine Mär von Reichtum zu erhärten. Wahrscheinlich kugelte Gosti sich jetzt insgeheim vor Lachen, während er mit beiden Händen Nahrung in sich hineinstopfte. Der Fette galt mehr denn je als reichster Mann in Arum. Althalus hatte nicht mehr als eine Hand voll Messingmünzen gestohlen und musste deshalb jetzt um sein Leben laufen, denn er hatte Galbak auf den Fersen, und jedermann in Arum würde nach ihm Ausschau halten – mit einem Dolch.

Das bedeutete leider, dass er sich von seinem wunderschönen Umhang trennen musste, und das schmerzte ihn zutiefst. Er kehrte zur Tür der Schenke zurück und spähte hinein, um herauszufinden, welcher der Gäste ihn beschrieben hatte. Gosti hatte Schuld an dem, was geschehen war, doch der Fette war nicht hier, dass Althalus es ihm heimzahlen könnte – also musste dieses Lautmaul für Gosti herhalten.

Althalus prägte sich das Aussehen des Mannes ein; dann verließ er die Ortschaft, um zu warten und zu beobachten.

Dunkelheit senkte sich bereits über die Berge von Arum, als der Kerl aus der Schenke schwankte und den Pfad entlangtorkelte, der aus der Ansiedlung führte. Er trug einen Kurzspeer mit breiter Bronzespitze und pfiff unmelodisch vor sich hin.

Doch er hörte abrupt damit auf, als Althalus ihn erbarmungslos niederschlug.

Der Dieb zerrte den Kerl in die Sträucher am Wegrand und drehte ihn um. »Ich hab gehört, du suchst mich«, sagte er spöttisch zu dem Bewusstlosen. »Wolltest du was mit mir besprechen?«

Er zog ihm den gestrickten Kittel aus, nahm seinen eigenen schönen, geliebten Wolfsfell-Umhang ab und ließ ihn bedauernd über das Gesicht des Möchtegernmeuchlers fallen. Dann schlüpfte er in den schlichten Kittel, nahm den Geldsäckel und den Speer des Burschen an sich und verließ die Gegend.

Althalus hielt den Kerl, den er soeben beraubt hatte, für keine große Geistesleuchte. Er war sicher, dass der Narr den Umhang tatsächlich tragen würde, und das dürfte die Dinge verschleiern. Die Beschreibung, die der Bursche verbreitet hatte, erwähnte einen schwarzen Bart; deshalb hielt Althalus nach Sonnenaufgang an einem Waldweiher, in dessen Wasser er sein Gesicht sehen konnte, und schabte sich den Bart mit seinem Bronzedolch ab.

Als diese schmerzhafte Sache erledigt war, hielt Althalus es für das Klügste, seine Wanderschaft in den Norden entlang der Bergkämme fortzusetzen statt durch die Schluchten zu ziehen. Sein neues Aussehen würde ihn Fremden gegenüber, die nach einem Mann mit schwarzem Bart und wolfsohrigem Umhang Ausschau hielten, sicher unverdächtig scheinen lassen, doch im Lauf des vergangenen Winters hatten viele Besucher in Gostis Halle Rast gemacht, und falls irgendwelche dieser Gäste zu den Häschern gehörten, würden sie ihn vermutlich erkennen. Und wenn nicht sie, dann Gostis Vetter Galbak. Althalus kannte die Arumer gut genug, um zu wissen, dass sie ihre Suche in den Tälern und Schluchten vornehmen würden, da es schrecklich anstrengend wäre, zu den Bergkämmen hinaufzuklettern, wo es nur wenige Schenken gab, in die sie einkehren könnten. Kein echter Arumer würde sich je weiter als eine Meile von einer Schenke entfernen; da war Althalus sicher.

Voller Bitterkeit erkletterte er den Kamm. Natürlich würde ihm die Flucht gelingen. Er war zu schlau, sich erwischen zu lassen. Aber dass seine Flucht Gostis lügenhafte Prahlereien erhärten würde, fraß am meisten an Althalus. Ja, die Tatsache, dass der größte Dieb der Welt sich nur deshalb nach Arum begeben hatte, um Gosti zu bestehlen, würde den Ruf des Fetten als reichster Mann in Arum bestätigen. Düster schloss Althalus, dass das Pech ihn immer noch verfolgte.

Oben auf den Graten erschwerten die Schneewehen des vergangenen Winters das Vorankommen, doch Althalus stapfte hartnäckig weiter gen Norden. Es gab hier nicht viel Wild, sodass er des Öfteren tagelang nichts in den Magen bekam.

Während er sich grimmig nach Norden plagte, hörte er erneut das eigenartig wimmernde Heulen, das er schon im vergangenen Herbst in den Bergen vernommen hatte, als er zu Gostis Fort unterwegs gewesen war. Was es auch sein mochte, es befand sich da draußen, und Althalus fragte sich allmählich, ob es aus irgendeinem Grund *ihm* folgte. Die wimmernden Schreie, die von den Bergwänden widerhallten, gingen Althalus allmählich durch Mark und Bein.

Ein Wolf war es nicht, da war er sicher. Wölfe streiften in Rudeln umher, und das hier war ein Einzelgänger. Schließlich gelangte er zu seiner Beruhigung zu dem Schluss, dass für diese Kreatur wahrscheinlich die Paarungszeit gekommen war und dass es sich bei ihrem traurigen hohlen Heulen lediglich um eine Ankündigung an Artgenossen vom anderen Geschlecht handelte, dass sie sehr gerne Gesellschaft hätte. Aber was es auch sein mochte, Althalus wünschte sich inzwischen inbrünstig, das Wesen würde anderswo Gesellschaft suchen, denn diese gespenstischen Schreie tiefster Verzweiflung machten ihm arg zu schaffen.

3

Althalus war düsterer Stimmung, als er sich auf den Graten der Berge von Arum nordwärts schleppte. Natürlich waren ihm Rückschläge nicht fremd. Niemand gewinnt immer, aber früher hatte seine Glücksfee ihm nach jeder Niederlage bald wieder zugelächelt. Diesmal war es offenbar anders. Was er auch angepackt hatte, war schief gegangen. Seine Glücksfee hatte ihn nicht nur verlassen – sie legte es darauf an, ihn fertig zu machen. Hatte er etwas falsch gemacht, dass ihre Liebe plötzlich zu Hass geworden war? Mit diesem schrecklichen Gedanken quälte Althalus sich ab, als er aus dem Gebirge von Arum ins üppige Waldland von Hule gelangte.

Hule ist für die bedauernswerten Opfer unterschiedlichster Missverständnisse in den umliegenden Gegenden die bevorzugte Zuflucht. Hilfsbereite Männer, die nur jemandes Pferd »ausliehen, da das erbarmungswürdige Tier endlich einen Ausritt braucht, weil es dauernd im Pferch steht«, oder die lediglich jemandes Silbermünzen ins Freie trugen, um sie für den Besitzer zu »polieren«, fanden Freistatt in Hule, da es dort weder Gesetze gibt noch irgendetwas, das einer Regierung auch nur ähnelt. Und in einem Land, in dem es keine Gesetze gibt, kann es auch keine Gesetzesbrecher geben.

Althalus war bei seiner Ankunft in Hule nach wie vor miesester Laune und hatte Verlangen nach der Gesellschaft seinesgleichen, zu denen er völlig offen sein konnte. Deshalb wanderte er geradewegs durch den Wald zu der mehr oder weniger dauerhaften Behausung eines Hulers namens Nabjor, der guten Met braute und zu einem erschwinglichen Preis ausschenkte. Nabjor hatte auch mehrere dralle junge Dirnen in Diensten, die er Gästen, die sich nach Unterhaltung oder Trost sehnten, auf Wunsch zur Verfügung stellte.

Eine ungewöhnliche Stille herrscht in den schier grenzenlosen Wäldern von Hule. Die Bäume dieses Landes im hohen Norden sind Riesen, und ein Wanderer kann tagelang unter ihrem Ästedach dahinziehen, ohne auch nur ein einziges Mal die Sonne zu sehen. Es sind zum größten Teil Lärchen, auch Fichten, Tannen und Kiefern oder andere immergrüne Bäume, deren abgefallene Nadeln den Boden wie ein dicker feuchter Teppich bedecken und die Schritte des Wandersmannes dämpfen. Wege gibt es im Lande Hule nicht, da die Bäume ständig ihre toten Nadeln abwerfen und damit sämtliche Spuren der Menschen und Tiere verbergen, die vorbeiziehen.

Nabjors willkommenes Lager war auf einer Lichtung an den Ufern eines Baches errichtet, der munter über braune Steine dahinplätscherte. Althalus näherte sich diesem Lager wachsamen Schrittes, denn ein Mann, von dem angenommen wird, dass er zwei schwere Beutel Gold bei sich trägt, neigt zur Vorsicht, wenn er sich an einen Ort begibt, wo sich des Öfteren viele Menschen aufhalten. Nachdem Althalus eine Zeit lang hinter einem gefällten Baum gelegen und das Lager wachsam beobachtet hatte, schloss er, dass sich keine Arumer in der Nähe aufhielten. So erhob er sich und rief: »Ho, Nabjor, ich bin es, Althalus. Keine Aufregung, ich komme hinein.« Nabjor hielt stets eine schwere Bronzeaxt bereit, um im Notfall für Ordnung zu sorgen und gegen Eindringlinge vorzugehen, die ihm nicht freundlich gesinnt waren. Deshalb war es angebracht, ihn nicht zu überraschen.

»Ho! Althalus!«, dröhnte Nabjors Stimme. »Willkommen. Ich dachte schon, die Equeroaner oder Treboreaner hätten dich erwischt und an einem ihrer Bäume aufgehängt.«

»Nein«, antwortete Althalus mit kläglichem Lachen. »Bisher hab ich 's geschafft, die Füße auf dem Boden zu halten, wenn auch nur so gerade eben. Ist dein Met schon reif? Der, den du letztes Mal hattest, als ich bei dir vorbeikam, war noch ein wenig grün.«

»Komm rein und überzeug dich selber«, lud Nabjor ihn ein. »Der neue ist recht gut ausgefallen.«

Althalus trat auf die Lichtung und blickte seinen alten Freund an. Nabjor war ein stämmiger Mann mit sandfarbigem Haar und Bart, großer Knollennase und verschmitzten Augen. Er trug einen zottligen Bärenfellkittel. Nabjor war nicht nur Geschäftsmann, der wohlschmeckenden Met ausschenkte und dralle Dirnen feilbot, sondern auch allerlei von Strauchdieben kaufte, die in Geldnot waren, ohne dass er Fragen stellte.

Die Männer schüttelten einander herzlich die Hand. »Setz dich, mein Freund. Ich hole uns Met, dann kannst du mir von der Pracht der Zivilisation erzählen.«

Althalus ließ sich auf einen als Bank dienenden Baumstamm neben dem Feuer fallen, über dem eine Waldbüffelkeule auf einem Spieß brutzelte. Nabjor füllte derweil zwei riesige irdene Becher mit schäumendem Met. »Wie ist es dir da unten ergangen?« Er kehrte ans Feuer zurück und reichte Althalus einen der Becher.

»Grauenvoll«, stöhnte Althalus.

»So schlimm?« Nabjor setzte sich auf die Baumstammbank an der anderen Seite des Feuers.

»Noch schlimmer, Nabjor. Ich glaube, es gibt noch gar kein Wort dafür, das es beschreiben könnte.« Er nahm einen tiefen Schluck. »Hmm, der ist dir aber besonders gut gelungen, mein Freund.«

»Dachte ich mir doch, dass er dir schmeckt.«

»Ist der Preis gleich geblieben?«

»Denk heut nicht an den Preis, Althalus. Diesmal bist du als mein Freund eingeladen.«

Althalus hob seinen Becher. »Dann trinke ich auf unsere Freundschaft.« Er nahm einen weiteren Schluck. »Weißt du, dass man drunten in der Zivilisation keinen Met braut? In den Schenken kriegst du nur saueren Wein.«

»*Das* nennen die zivilisiert?« Nabjor schüttelte ungläubig den Kopf.

»Wie war das Geschäft?«, erkundigte sich Althalus.

»Gar nicht übel«, erwiderte Nabjor zufrieden. »Die Kunde von meiner Schenke verbreitet sich immer weiter. Inzwischen weiß fast jeder in Hule, dass er nur zu Nabjors Lager zu kommen braucht, wenn er einen guten Becher Met zu einem vernünftigen Preis haben möchte. Und wenn er die Gesellschaft einer hübschen Dame sucht, ist er hier genau richtig. Falls er auch noch über etwas Wertvolles gestolpert sein sollte, das er ohne peinliche Fragen verkaufen möchte, kann er sicher sein, dass ich hier mit mir darüber reden lasse.«

»Mach so weiter, Nabjor, und du stirbst als reicher Mann.«

»Wenn du nichts dagegen hast, würde ich lieber reich leben. Aber genug von mir. Erzähl du mir, was du drunten im Flachland erlebt hast. Wir haben einander über ein Jahr nicht gesehen, da gibt es bestimmt vieles nachzuholen.«

»Dann mach dich auf etwas gefasst, Nabjor«, warnte Althalus. »Diesmal ist es keine lustige Geschichte.« Er machte sich daran, ausführlich von seinen Missgeschicken in Equero, Treborea und Perquaine zu berichten.

»Das ist ja furchtbar!«, rief Nabjor. »Ist denn gar nichts gut gegangen?«

»Gar nichts. Es war so schlimm, dass ich Besoffene überfallen musste, wenn sie aus den Schenken kamen, nur um Geld für die nächste Mahlzeit zu bekommen. Das Glück ist mir abhold geworden, Nabjor. Alles was ich in den vergangenen anderthalb Jahren angerührt habe, hat sich als Pech erwiesen. Anfangs dachte ich, es läge nur daran, dass meine Glücksfee mir nicht ins Flachland gefolgt ist, aber als ich in Arum eintraf, wurde es auch nicht besser.« Er erzählte seinem Freund von der Pechsträhne, die ihm bei Gosti Fettwanst widerfahren war.

»Das sieht nicht gut aus, Althalus«, bedauerte ihn Nabjor. »Zumal es dein *Glück* war, das dich so berühmt gemacht hat. Sieh zu, dass du dich rasch wieder mit deiner Glücksfee versöhnst.«

»Das würde ich ja liebend gern, Nabjor, aber ich weiß nicht wie. Sie war mir stets so zugetan, dass ich mir nie die Mühe machen musste, sie an meiner Seite zu halten. Hätte meine Glücksfee einen Tempel, würde ich eine Ziege stibitzen und sie auf dem Altar opfern. Aber so wie die Dinge in letzter Zeit stehen, würde die Ziege mich aufspießen, bevor ich dazu käme, ihr die Gurgel aufzuschlitzen.«

»Kopf hoch, Althalus. Die Dinge werden sich wieder zum Besseren wenden!«

»Ich hoff's. Ich wüsste auch gar nicht, wie sie noch schlimmer werden könnten.«

Genau in diesem Moment hörte Althalus tief im Wald wieder das verzweifelte wimmernde Heulen.

»Hast du eine Ahnung, welche Kreatur so schrecklich schreit?«, fragte er.

Nabjor legte den Kopf schief und lauschte. »Ich weiß nicht recht«, gab er zu. »Es ist kein Bär, oder?«

»Ich glaube nicht, dass Bären im Wald herumirren und derart auf sich aufmerksam machen. Ich habe das Tier manchmal tagelang heulen gehört, als ich oben in Arum war.«

»Vielleicht sind ihm Gostis Lügen zu Ohren gekommen, und es folgt dir jetzt, um dir dein Gold zu rauben.«

»Sehr komisch, Nabjor«, entgegnete Althalus verärgert.

Nabjor grinste. Dann ging er mit ihren Bechern zur Kanne, um nachzufüllen. »Da«, er hielt Althalus einen der Becher hin, nachdem er zum Feuer zurückgekehrt war. »Schluck deinen Ärger herunter und hör auf, dir Sorgen um Raubtiere zu machen. Sie haben

Angst vor dem Feuer. Was immer da draußen unter den Bäumen heult, wird sich wohlweislich überlegen, ob es hierher kommen und sich zu uns gesellen soll.«

Althalus und Nabjor gönnten sich noch ein paar Becher Met, bevor dem Dieb auffiel, dass sein Freund eine neue Dirne in seinem Lager hatte, eine Maid mit verrucht blickenden Augen und aufreizendem Gang. Althalus sagte sich, dass es vielleicht ganz nett wäre, würden er und die Frau sich näher kennen lernen. Es verlangte ihn gerade jetzt sehr nach Zweisamkeit.

So blieb Althalus eine beachtliche Zeitspanne in Nabjors Lager, um sich der dort gebotenen Unterhaltung zu erfreuen. Es bestand keine Gefahr, dass Nabjors Met so schnell ausgehen würde; für gewöhnlich brutzelte Waldbüffelfleisch am Spieß über dem Feuer, und die Dirne hielt, was ihr verruchter Blick versprach. Nicht nur das, andere Diebe – fast alle alte Freunde und Bekannte – ließen sich von Zeit zu Zeit im Lager sehen, und so verbrachten sie prahlend, fachsimpelnd und bei freundschaftlichem Würfelspiel vergnügte Stunden miteinander. Nach den Pechsträhnen des vergangenen Jahres brauchte Althalus wahrhaftig Entspannung, um seine Nerven zu beruhigen und seinen Humor zurückzugewinnen, denn zu seinem Gewerbe gehörten erheiternde Geschichten und Witze, die einem mürrischen Mann schwerlich abgekauft würden.

Seine magere Habe an Bronzemünzen war jedoch nicht unerschöpflich, und nach geraumer Zeit wurde sein Säckel so dünn, dass ihm wohl nichts übrig bleiben würde, als sich aufzuraffen, um wieder seinem Handwerk nachzugehen.

Und dann, an einem windbewegten Tag gegen Ende des Sommers, als die Wolken, die rasch über den Himmel zogen, die Sonne verdeckten, ritt ein Mann mit tief liegenden Augen und fettigen schwarzen Haarsträhnen auf einem zottigen grauen Pferd in Nabjors Lager. Er rutschte von seinem erschöpften Gaul und kam ans Feuer, um sich die Hände zu wärmen. »Met!«, bestellte er barsch.

»Ich kenne dich nicht, Fremder«, sagte Nabjor misstrauisch und befingerte seine schwere Bronzeaxt. »Du musst mir schon zuerst dein Geld zeigen.«

Die Augen des Fremden wurden hart und er schüttelte wortlos einen schweren Ledersäckel.

Althalus betrachtete den Fremden unauffällig. Der Mann trug

einen Bronzehelm, der bis über den Nacken zu den Schultern reichte, und an sein schwarzes Lederwams waren dicke Bronzeplättchen genäht. Darüber hatte er einen langen schwarzen, prächtig aussehenden Kapuzenumhang geschlungen. Althalus war sicher, dass dieser Umhang ihm sehr gut stehen würde. Nun, er konnte ihn sich nehmen, wenn der Fremde Nabjors Met über den Durst zugesprochen hatte und schlief. Überdies trug der Mann ein Schwert mit breiter Klinge und einen schmalen Bronzedolch unter dem Gürtel.

Die Züge des Fremden waren eigenartig grob geschnitten, sodass sein Gesicht irgendwie unfertig wirkte. Althalus achtete allerdings nicht sonderlich auf das Gesicht des Mannes, sondern suchte angespannt nach möglichen Stammestätowierungen der Arumer. Er hielt es immer noch für angebracht, diesen Stämmen aus dem Weg zu gehen. Doch Hände und Unterarme des Fremden waren ungezeichnet, und Althalus entspannte sich.

Der schwarzhaarige Fremde setzte sich dem Dieb gegenüber auf die andere Seite der Feuergrube und musterte ihn eingehend. Die lodernden Flammen spiegelten sich in seinen Augen. Irgendwie fühlte Althalus sich unbehaglich unter dem Blick des Mannes; schließlich kommt es nicht jeden Tag vor, dass man jemandem begegnet, dessen Augen zu brennen scheinen. »Ah, ich sehe, dass ich dich endlich gefunden habe«, stellte der Fremde in merkwürdigem Tonfall fest. Der Mann redete nicht lange um den heißen Brei herum.

»Du hast mich gesucht?«, entgegnete Althalus so ruhig er konnte. Schließlich war der Kerl schwer bewaffnet, und soweit Althalus wusste, war in Arum immer noch ein Preis auf seinen Kopf ausgesetzt. Vorsichtig schob er sein Schwert unter dem Gürtel in Griffnähe, damit er es im Notfall rasch ziehen konnte.

»Bereits geraume Zeit«, antwortete der Fremde. »Ich habe deine Spur in Deika aufgenommen. Dort unten erzählt man sich, wie schnell du rennen kannst, wenn Hunde hinter dir her sind. Dann folgte ich deiner Fährte nach Kanthon in Treborea und weiter nach Maghu in Perquaine. Druigor zerbricht sich immer noch den Kopf darüber, warum du all sein Geld auf dem Boden verstreut und nichts davon gestohlen hast.«

Althalus zuckte zusammen.

»Du hast nicht gewusst, dass es Geld ist, stimmt's? Wie dem auch sei, ich folgte dir von Maghu hinauf nach Arum. Dort gibt es einen sehr fetten Mann, der sogar noch mehr hinter dir her ist als ich.«

»Das bezweifle ich«, entgegnete Althalus. »Gosti will, dass man ihn für reich hält. Wahrscheinlich weiß ich als Einziger, dass es in seiner Schatzkammer nur Kupfermünzen gibt.«

Der Fremde lachte. »Ich dachte mir schon, dass da etwas faul ist, so wie er sich aufgeführt hat mit seinen Beschuldigungen, dass du ihn ausgeraubt hast.«

»Und warum hast du die ganze Zeit damit verbracht, nach mir zu suchen?«, kam Althalus jetzt zur Sache. »Deine Kleidung deutet auf Nekweros hin, und dort war ich seit Jahren nicht mehr, darum bin ich sicher, dass ich in letzter Zeit nichts von dir geklaut habe.«

»Beruhige dich, Althalus, und steck dein Schwert zurück, damit der Knauf dir nicht ständig in die Rippen drückt. Ich bin nicht hier, um Gosti deinen Kopf zu bringen. Wärst du an einem Geschäft interessiert?«

»Kommt darauf an.«

»Mein Name ist Ghend, und ich brauche einen geschickten Dieb. Kennst du dich im Land der Kagwherer aus?«

»Ich war ein paarmal dort«, antwortete Althalus vorsichtig. »Ich halte nicht viel von den Kagwherern. Sie bilden sich immer gleich ein, dass jeder, der des Weges kommt, nichts anderes im Schilde führt, als sich in ihre Goldminen zu schleichen und sich dort zu bedienen. Was soll ich denn für dich stehlen? Außerdem siehst du aus wie einer, der so etwas gut selbst besorgen kann. Warum willst du da jemand bezahlen?«

»Du bist nicht der Einzige, auf dessen Kopf ein Preis ausgesetzt ist, Althalus.« Ghend verzog das Gesicht. »Ich lege keinen Wert auf den Empfang, der mir zuteil würde, begäbe ich mich jetzt nach Kagwher. Wie auch immer, in Nekweros ist jemand, dem ich verpflichtet bin, und er ist kein Mann, den ich enttäuschen möchte. In Kagwher gibt es etwas, das er unbedingt haben will, und er hat mir aufgetragen, es für ihn zu besorgen. Das bringt mich in eine peinliche Lage, musst du verstehen. Dir ginge es nicht besser, würde jemand dich bitten, ausgerechnet etwas aus Arum zu holen, nicht wahr?«

»Ja, ich verstehe dein Problem. Doch ich muss dich warnen, meine Dienste sind nicht billig.«

»Das habe ich auch nicht erwartet, Althalus. Was mein Freund in Nekweros haben will, ist ziemlich groß und sehr schwer. Ich bin bereit, dir das Gewicht in Gold zu bezahlen, wenn du es für mich entwendest.«

»Du hast dir soeben meine ungeteilte Aufmerksamkeit gesichert, Ghend.«

»Bist du wirklich ein so guter Dieb wie alle behaupten?« Ghends Augen schienen noch intensiver zu glühen.

»Ich bin der Beste.« Althalus zuckte gleichmütig die Schultern.

»Das stimmt, Fremder«, bestätigte Nabjor, der mit einem neuen Becher Met für seinen Freund herbeikam. »Althalus kann alles stehlen, was zwei Enden oder ein Oben und ein Unten hat.«

»Das dürfte eine leichte Übertreibung sein«, meinte Althalus. »Ein Fluss hat zwei Enden, aber ich habe noch nie einen gestohlen, und ein Berg hat ein Oben und ein Unten, und doch habe ich noch nie einen Berg geklaut. Was genau ist es denn, worauf dieser Mann in Nekweros so versessen ist, dass er Gold dafür bietet – irgendein Juwel vielleicht?«

»Nein, kein Juwel.« Ghends Blick wirkte gierig. »Was er haben möchte – und wofür er mit Gold bezahlen wird – ist ein Buch.«

»Du hast gerade wieder dieses magische Wort ›Gold‹ erwähnt, Ghend. Ich könnte den ganzen Tag hier sitzen und dir zuhören, wenn du davon sprichst, aber jetzt sollten wir erst mal zum schwierigen Teil kommen. Was in aller Welt ist ein Buch?«

Ghend blickte ihn scharf an. Der flackernde Feuerschein streifte erneut über seine Augen und ließ sie nun glühend rot brennen. »Ah, deshalb hast du Druigors Geldscheine samt und sonders auf den Boden geworfen. Du wusstest nicht, dass es Geld ist, weil du nicht lesen kannst.«

»Lesen ist für Priester, Ghend, und ich will nichts mit Priestern zu tun haben, wenn es sich vermeiden lässt. Jeder Priester, dem ich je begegnet bin, versprach mir einen Platz an der Tafel seines Gottes – wenn ich ihm alles aushändige, was ich in meinem Säckel habe. Ich glaub ja gern, dass die Essgemächer der Götter recht hübsch sind, aber man muss erst sterben, ehe man an ihre Tafel geladen wird, und so hungrig bin ich nun auch wieder nicht.«

Ghend runzelte die Stirn. »Das könnte die Sache erschweren.

Ein Buch besteht aus Seiten, auf die Worte geschrieben sind, die von Leuten gelesen werden.«

»Ich muss das Buch ja nicht lesen können, Ghend. Ich muss nur wissen, wie es aussieht und wo es sich befindet, damit ich es stehlen kann.«

Ghend blickte ihn nachdenklich an und die tief liegenden Augen glühten. »Da hast du vermutlich Recht«, murmelte er mehr zu sich als zu dem Dieb. »Ich trage zufällig ein Buch bei mir. Wenn ich es dir zeige, wirst du wissen, wonach du suchen musst.«

»Genau«, pflichtete Althalus ihm bei. »Wie wär's, wenn du dein Buch hervorholst und es mich anschauen lässt? Ich brauche ja nicht zu wissen, was es sagt, um es stehlen zu können, oder?«

»Nein«, bestätigte Ghend. »Das brauchst du wohl nicht.« Er erhob sich, ging zu seinem Pferd, langte in den Lederbeutel, der an den Sattel gebunden war, und holte etwas Eckiges, ziemlich Großes heraus. Er kam damit zum Feuer.

»Das ist größer als ich dachte«, bemerkte Althalus. »Es ist also bloß eine Schatulle, nicht wahr?«

»Wichtig ist, was sich darin befindet«, entgegnete Ghend und hob den Deckel. Er brachte ein knisterndes Blatt zum Vorschein, das möglicherweise aus getrocknetem Leder war. »So sieht Schrift aus. Wenn du eine ähnliche Schatulle aufspürst, musst du sie öffnen, um sicherzugehen, dass Blätter wie dieses darin sind, nicht etwa Knöpfe oder Werkzeug.«

Althalus hielt das Blatt hoch und betrachtete es. »Was ist das für ein Tier, das so dünne Haut hat?«, fragte er verwundert.

»Man nimmt ein Stück Kuhhaut und schabt sie mit einem Messer, bis sie fast durchscheinend ist«, erklärte Ghend. »Dann streift man sie glatt, beschwert sie mit Gewichten und trocknet sie. Danach kann man darauf schreiben, und andere können lesen, was da geschrieben steht.«

»Und ich dachte, nur Priester kommen mit solch kompliziertem Zeug daher.« Althalus blickte auf die in gleichmäßigem Abstand beschriebenen Zeilen. »Es sieht fast wie Bilder aus«, stellte er fest.

»Das ist die Schrift«, erklärte Ghend. Er griff nach einem Zweig und zog eine gebogene Linie in die Erde neben dem Feuer. »Das ist das Bild, das ›Kuh‹ bedeutet, da es ein wenig wie Kuhhörner aussieht.«

»Und da behauptet man, dass Lesen so schwierig ist.« Althalus schüttelte den Kopf. »Wir haben kaum darüber geredet, und schon *kann* ich's.«

»Nur solange du bloß von Kühen lesen willst«, berichtigte Ghend kaum hörbar.

»Ich sehe nichts von Kühen auf dieser Seite«, bemerkte Althalus.

»Du hältst die Seite verkehrt herum.«

»Oh!« Althalus drehte sie um und betrachtete sie eine Zeit lang. Einige der sorgfältig auf das Pergament gezeichneten Symbole jagten ihm aus irgendeinem Grund Schauder über den Rücken. »Davon ergibt nichts einen Sinn für mich«, gestand er. »Aber das ist nicht wichtig. Hauptsache ich weiß, dass ich nach einer schwarzen Schatulle Ausschau halten muss, in der Lederblätter sind, stimmt's?«

»Nein. Die Schatulle, die wir wollen, ist weiß«, berichtigte Ghend, »und sie ist um ein gutes Stück größer als diese.« Er hielt das Buch in die Höhe. Das Deckblatt wies rote Symbole auf, die Althalus ebenfalls schaudern ließen.

»Wie viel größer als deines ist das Buch, das ich stehlen soll?«, fragte er.

»Es ist in etwa so lang und breit wie die Länge deines Unterarms«, antwortete Ghend, »und so dick, wie dein Fuß lang ist. Es ist ziemlich schwer.« Er nahm Althalus die Blätter aus getrocknetem Leder aus der Hand und legte sie beinahe ehrfurchtsvoll in die Schatulle zurück. »Nun?«, fragte er dann. »Bist du an meinem Auftrag interessiert?«

»Ich muss noch ein paar Einzelheiten wissen«, antwortete Althalus. »Wo genau ist dieses Buch und wie gut ist es geschützt?«

»Es befindet sich in dem Haus am Ende der Welt drüben in Kagwher.«

»Ich weiß, wo Kagwher ist«, sagte Althalus, »aber ich hatte keine Ahnung, dass die Welt dort endet. Und wo genau in Kagwher ist dieser Ort? In welcher Richtung?«

»Im Norden. Das Haus steht in dem Teil von Kagwher, der im Winter keine Sonne sieht und wo es im Sommer keine Nacht gibt.«

»Ein eigenartiger Ort zum wohnen.«

»Stimmt. Aber der Besitzer des Buches wohnt auch nicht mehr

dort. Es wird sich dir also niemand in den Weg stellen, wenn du das Haus betrittst, um das Buch an dich zu nehmen.«

»Darüber bin ich nicht böse. Kannst du mir ein paar Anhaltspunkte geben? Beschreibungen? Ich komme schneller voran, wenn ich weiß wohin ich muss.«

»Du brauchst bloß dem Rand der Welt zu folgen. Wenn du dann ein Haus siehst, wirst du wissen, dass du am richtigen Ort angelangt bist. Es ist das einzige Haus dort oben.«

Althalus trank von seinem Met. »Hört sich recht einfach an. Und wenn ich das Buch habe, wie kann ich dann dich finden, um mein Gold zu kriegen?«

»Ich werde dich finden, Althalus.« Ghends tief liegende Augen schienen noch heißer zu brennen. »Glaub mir, ich werde dich finden!«

»Ich werde darüber nachdenken.«

»Du bist also einverstanden?«

»Ich sagte, ich werde darüber nachdenken. Wie wär's, wenn wir noch einen Becher von Nabjors Met trinken – da du ja die Rechnung übernimmst.«

Althalus fühlte sich am nächsten Morgen nicht sehr gut, aber ein paar Becher Met beruhigten seine zitternden Hände und löschten das Feuer in seinem Magen. »Ich werde eine Zeit lang fort sein, Nabjor«, wandte er sich an seinen Freund. »Sag der Dirne mit dem verruchten Blick, dass ich mich verabschiedet habe und sie eines Tages wiedersehen werde.«

»Du wirst also dieses Buch für Ghend stehlen?«

»Du hast gelauscht!«

»Natürlich. Bist du wirklich sicher, dass du die Sache übernehmen willst, Althalus? Ghend hat zwar immer wieder von Gold geredet, aber ich kann mich nicht erinnern, dass er dir welches gezeigt hätte. Es ist leicht ›Gold‹ zu sagen, doch es tatsächlich herbeizuschaffen, könnte sich als schwieriger erweisen.«

Althalus zuckte die Schultern. »Wenn er nicht bezahlt, bekommt er das Buch nicht.« Er blickte hinüber zu Ghend, der mit angezogenen Beinen unter seinem prächtigen schwarzen Wollumhang schlief. »Wenn er aufwacht, richte ihm aus, dass ich nach Kagwher aufgebrochen bin, um dort das Buch für ihn zu stehlen.«

»Traust du ihm wirklich?«

»Nicht weiter als dem Schatten, den er wirft.« Althalus lachte spöttisch. »Der Preis, den er mir versprach, deutet sehr darauf hin, dass ein paar Burschen mit langen Messern auf der Lauer liegen, wenn ich meinen Lohn verlange. Außerdem, wenn jemand mir Bezahlung dafür anbietet, dass ich was für ihn stibitze, bin ich ziemlich sicher, dass der Gegenstand wenigstens zehnmal soviel wert ist, wie man mir für den Diebstahl verspricht. Nein, Nabjor, ich traue Ghend nicht über den Weg. Gestern Abend hat er mich ein paarmal angeschaut, nachdem die Glut bereits erloschen war. Trotzdem schien noch Feuer in seinen Augen zu lodern, ein tiefes Rot, und ich bin sicher, dass es sich um keine Spiegelung handelte. Dann war da noch dieses Blatt aus getrocknetem Leder, das er mir gezeigt hat. Die meisten Bilder darauf waren nichts Besonderes, aber einige glühten genauso rot wie Ghends Augen. Diese Bilder sollen Worte bedeuten, und es würde mir gar nicht gefallen, wenn irgendjemand diese Worte zu mir spricht.«

»Wenn du dieses Gefühl hast, warum nimmst du den Auftrag an?«

Althalus seufzte. »Normalerweise hätte ich abgelehnt, Nabjor. Ich traue Ghend nicht und ich glaube, dass ich ihn auch nicht mag. Aber meine Glücksfee hat mich im Stich gelassen, wie du weißt, also muss ich jede Gelegenheit beim Schopf packen – zumindest bis die Fee mir wieder hold ist. Der Auftrag, den Ghend mir anbot, scheint ziemlich einfach zu sein. Ich muss bloß nach Kagwher, ein verlassenes Haus aufspüren und eine weiße Lederschatulle an mich nehmen. Das könnte jeder Dummkopf, aber Ghend hat *mir* diesen Auftrag angeboten, und ich werde ihn ausführen. Eine einfache Sache, und die Bezahlung ist gut. Es wird nicht schwierig sein, alles richtig zu machen. Und wenn ich die Arbeit erledigt habe, könnte es gut sein, dass meine Glücksfee mir wieder ihre Gunst schenkt, wie sie's eigentlich müsste.«

»Du hast eine merkwürdige Religion, Althalus.«

Der Dieb grinste ihn an. »Wenn du es so nennen willst, Nabjor. Ich brauche jedenfalls keine Priester als Mittelsmänner, die mir für ihre Dienste auch noch die Hälfte meines Gewinns abluchsen.« Althalus' Blick fiel auf den schlafenden Ghend. »Jetzt hätte ich's fast vergessen. Ich muss mir ja noch meinen neuen Umhang holen.« Er ging hinüber zum Schlafenden, befreite ihn behutsam von seinem schwarzen Wollumhang und legte ihn um die eigenen Schultern. »Was meinst du?« Er warf sich vor Nabjor in Pose.

»Wie für dich gemacht.« Nabjor grinste.

»Vielleicht stimmt das sogar. Ghend muss den Umhang gestohlen haben, während ich anderswo beschäftigt war.« Er ging zurück und fischte ein paar Bronzemünzen aus seinem Säckel. »Tu mir einen Gefallen, Nabjor.« Er reichte ihm die Münzen. »Ghend hat gestern Abend eine Menge von deinem Met getrunken und mir ist aufgefallen, dass er ihn nicht besonders gut verträgt. Er wird sich nicht sehr wohlfühlen, wenn er aufwacht, darum braucht er Medizin. Gib ihm soviel wie er trinken kann, und wenn er sich morgen Früh wieder nicht gut fühlt, dann kurier ihn mit der gleichen Medizin – und wechsle das Thema, falls er nach seinem Umhang fragen sollte.«

»Wirst du auch sein Pferd stehlen? Reiten geht schneller als wandern.«

»Wenn ich so klapprig werde, dass ich nicht mehr gehen kann, werde ich am Straßenrand betteln. Nein, ein Pferd wäre mir nur im Weg. Versuch Ghend eine Woche lang betrunken zu halten. Ich möchte hoch oben in den Bergen von Kagwher sein, weit weg, bevor er wieder nüchtern ist.«

»Er hat gesagt, dass er Angst hat, sich in Kagwher sehen zu lassen.«

»Auch das kaufe ich ihm nicht ab. Ich glaube, er fürchtet sich bloß vor dem Haus und nicht vor ganz Kagwher. Und ich lege keinen Wert darauf, dass er mir irgendwo im Gebüsch auflauert, wenn ich mit dem Buch unterm Arm aus dem Haus komme. Also sieh zu, dass er besoffen bleibt und mir nicht folgen kann. Und sorg dafür, dass er sich nach dem Aufwachen bald wieder gut fühlt.«

»Dafür bin ich da, Althalus«, sagte Nabjor feixend. »Ich bin der Freund aller, die durstig oder krank sind. Mein guter starker Met ist die beste Medizin auf der Welt. Sie kann einen Regentag versüßen, und wenn ich eine Möglichkeit fände, dass ein Toter sie schluckt, könnte ich ihn wahrscheinlich vom Tod kurieren.«

»Schön ausgedrückt«, meinte Althalus bewundernd.

»Du hast mir oft genug gesagt, dass ich gut mit Worten umgehen kann.«

»Und mit deinen Metkannen. Dann sei Ghends Freund, Nabjor. Heile ihn vom ungesunden Bedürfnis, mir folgen zu wollen. Du weißt ja, ich mag es nicht, wenn mir jemand bei der Arbeit in die Quere kommt. Also mach ihn hier gesund und besoffen, damit ich ihn nicht irgendwo in den Bergen auf ungesunde Weise tot machen muss.«

4

Es war inzwischen Spätsommer im waldigen Hule, und Althalus kam schneller voran, als es zu einer weniger angenehmen Jahreszeit der Fall gewesen wäre. Die Riesenbäume von Hule sorgten für immer währende Dämmerung auf dem Waldboden, wo die dicke Schicht alter Nadeln den Wuchs von Unterholz verhinderte.

Althalus war stets sehr vorsichtig, wenn er Hule durchquerte, und diesmal war er doppelt wachsam. Einer, den sein Glück verlassen hat, sah sich dazu gezwungen, stets auf der Hut zu sein. Es gab noch andere, die durch die Wälder schlichen. Obwohl es ebenfalls Gesetzlose waren, ging Althalus ihnen aus dem Weg. Zwar gab es in Hule keine Gesetze, wohl aber bestimmte Regeln das Benehmen betreffend, und diese Regeln zu missachten konnte sich als höchst gesundheitsschädlich erweisen. Wenn ein Bewaffneter keine Gesellschaft wünscht, ist es nicht ratsam, sie ihm aufzudrängen.

Als Althalus nicht mehr allzu weit von der Westgrenze Kagwhers entfernt war, stieß er auf eines der im Wald von Hule lebenden Tiere, und eine Zeit lang war die Lage ziemlich angespannt. Ein Rudel kräftiger Waldwölfe hatte ihn gewittert und folgte nun seiner Fährte, was Althalus nicht begreifen konnte. In der Regel vergeuden Tiere keine Zeit an Beute, die schwer zu erwischen und zu fressen ist. Offenbar liebten Wölfe jedoch die Herausforderung und verfolgten die ins Auge gefasste Beute manchmal tagelang nur aus Spaß an der Jagd. Althalus verstand Spaß durchaus, fand aber, dass die Wölfe von Hule ihn zu weit trieben.

Deshalb stieg er erleichtert zum Hochland von Kagwher hinauf, wo die Bäume sich so sehr lichteten, dass die Waldwölfe einen letzten Gruß heulten und kehrt machten.

Wie alle Welt weiß, gibt es Gold in Kagwher, und dieses edle Metall war schuld daran, dass mit den Kagwherern nicht gut Kirschen essen ist. Gold verwandelt die Menschen in seltsame Geschöpfe, wie Althalus wusste. Ein Mann, der bloß ein paar Kupfermünzen im Säckel hat, kann der gutmütigste und allen Freuden aufgeschlossenste Bursche sein, doch gibt man ihm nur ein kleines bisschen Gold, wird er augenblicklich argwöhnisch und unfreundlich und verbringt fast jeden Moment damit, sich Sorgen um seinen kostbaren Besitz zu machen und nach Dieben und Banditen Ausschau zu halten.

Die Kagwherer hatten eine erfreulich direkte Methode entwickelt, Vorüberkommende zu warnen, ihren Minen fernzubleiben und auch die von ihnen abgesteckten Bachläufe zu meiden, wo kleine runde Goldklumpen zwischen den braunen Kieselsteinen unmittelbar unter der Wasseroberfläche verstreut lagen. Wenn ein durch Kaghwer Wandernder an Pfählen vorüberkam, die von einem Schädel gekrönt waren, wusste er sofort, dass er sich verbotenem Gebiet näherte. Einige Schädel stammten von Tieren, die meisten aber von Menschen. Es war eine Warnung, die man besser ernst nahm.

Soweit es Althalus betraf, waren die Minen von Kagwher völlig sicher vor ihm. Gold aus dem Gestein zu hauen war Schwerstarbeit, für die andere viel besser geeignet waren als er. Schließlich war Althalus ein Dieb und hielt es für unter seiner Würde, sich sein Geld durch Arbeit zu verdienen.

Ghends Wegbeschreibung war nicht sonderlich genau gewesen, doch Althalus würde auf jeden Fall als erstes nach dem Rand der Welt suchen. Das Problem war nur, dass er keine Ahnung hatte, wie dieser Rand aussah. Er mochte ein verschwommenes, nebeliges Gebiet sein, wo ein unvorsichtiger Wanderer nach einem falschen Schritt für immer und alle Zeit durch das Reich der Sterne stürzte. Das Wort »Rand« ließ jedoch auf eine Art Kante schließen, etwas deutlich Abgegrenztes – vielleicht eine Linie mit festem Boden unter den Füßen auf einer Seite und Sternen auf der anderen, möglicherweise eine unüberwindliche Wand oder gar eine Treppe aus Sternen, die sich bis hinauf zum Thron des Gottes erstreckte, der hier in Kagwher verehrt wurde.

Althalus hatte keine klare Vorstellung von Religion. Er wusste, dass er ein Kind der Glücksfee war, und obwohl sie beide zurzeit nicht auf gutem Fuße standen, hoffte er doch, dass sie ihn bald wieder an ihren Busen drückte. Der Herrscher des Universums war ihm zu weit weg; deshalb hatte Althalus schon vor langer Zeit beschlossen, es Gott – wie immer er genannt wurde – zu überlassen, die Sonnenaufgänge und -untergänge, den Wechsel der Jahreszeiten und den Lauf der Mondphasen zu bewerkstelligen, ohne ihn dabei mit Bitten oder Vorschlägen abzulenken. Alles in allem kamen Althalus und Gott ziemlich gut miteinander aus, da sie einander nicht belästigten.

Ghend hatte gesagt, der Rand der Welt liege im Norden. Deshalb wandte Althalus sich nach links, als er Kagwher erreichte, statt weiterhin die Berge zu erklimmen, wo es die meisten Goldminen gab und wo die Kagwherer ihre Schätze auf kriegerische Weise beschützten.

Er begegnete ein paar schlicht gekleideten, bärtigen Kagwherern, als er in Richtung Norden schritt, doch aus irgendeinem Grund wollten sie nicht über den Rand der Welt reden – offenbar eine Sache, über die sie den Mund halten sollten. Ähnliches hatte Althalus schon des Öfteren erlebt, und er hatte sich jedes Mal darüber geärgert. Etwas zu verschweigen ließ es nicht verschwinden. Wenn es etwas gab, dann war es *da*, und kein Schweigen konnte es aus der Welt schaffen.

Er setzte seinen Weg nach Norden fort. Es wurde zunehmend kälter, und die Ortschaften lagen immer weiter voneinander entfernt, bis es schließlich gar keine Ansiedlungen mehr zu geben schien und Althalus sich mehr oder weniger allein in der Wildnis des Nordens befand. Eines Abends, als er in seinem schlichten Lager über der letzten Glut seines Kochfeuers kauerte, seinen neuen Umhang fest um sich geschlungen, sah er etwas, das ihm unmissverständlich verriet, dass er seinem Ziel näher kam. In den Bergen im Osten senkte die Dunkelheit sich herab, doch im Norden, wo längst Nacht herrschte, brannte der Himmel.

Es erinnerte ihn sehr an einen Regenbogen, der dem Schöpfer entglitten war: vielfarbig, aber nicht gebogen wie er sein sollte, sondern ein schimmernder, pulsierender Vorhang, der am Nordhimmel waberte. Althalus war nicht sehr abergläubisch, aber zu sehen, wie der Himmel brennt, kann man nicht gerade mit einem Schulterzucken abtun.

Er änderte seine Pläne ein wenig. Ghend hatte vom Rand der Welt gesprochen, aber nicht erwähnt, dass der Himmel Feuer fing. Hier oben gab es etwas, vor dem Ghend sich fürchtete, obwohl er wahrhaftig nicht so aussah, als könnte irgendetwas ihm so leicht Angst einjagen. Althalus beschloss seine Suche fortzusetzen. Immerhin ging es um Gold und, was noch wichtiger war, um die Möglichkeit, sein Pech loszuwerden, das ihn über ein Jahr lang hartnäckig verfolgt hatte. Doch dieses Feuer am Himmel schlug eine gewaltige Alarmglocke in seinem Kopf an. Jetzt hieß es genau aufzupassen, was um ihn herum vorging. Wenn sich hier zu viel Ungewöhnliches tat, würde er sich eine andere Aufgabe suchen – vielleicht drüben in Ansu oder im Süden auf den Ebenen von Plakand.

Kurz vor Sonnenaufgang am nächsten Morgen wurde er durch eine menschliche Stimme geweckt. Rasch rollte er sich unter seinem Umhang hervor und griff nach seinem Speer. Er hörte zwar nur eine Stimme, doch wer immer da sprach, schien sich mit jemandem zu unterhalten, stellte offenbar Fragen und lauschte Antworten.

Der Sprecher war ein krummer, klappriger, schmutzstarrender Greis, der sich mithilfe eines Stockes vorwärts schleppte. Sein Haar und der Bart waren weiß und verfilzt, und seine Kleidung aus Fetzen verrottenden Pelzes wurde von Sehnen und gezwirbelten Gedärmen zusammengehalten. Tiefe Furchen durchzogen sein verwittertes Gesicht, und seine rotgeäderten tränenden Augen blickten wirr. Er gestikulierte beim Reden und warf immer wieder verängstigte Blicke zum farblosen Himmel.

Althalus entspannte sich. Dieser Mann stellte keine Bedrohung für ihn dar, und sein verwirrter Zustand war nicht ungewöhnlich für sehr alte Menschen, die den vorhergesehenen Zeitpunkt ihres Todes versäumt hatten. Gleiches konnte aber auch viel jüngeren Menschen geschehen. Manche behaupteten, diese Verirrten würden von Dämonen beeinflusst, doch Althalus zog seine eigene Erklärung vor: Verrückte waren nichts anderes als ganz normale Menschen, die bloß zu lange gelebt hatten und eben deshalb irre waren, weil sie immer noch umherstreiften, wo sie längst friedlich im Grab ruhen sollten. Das genügte wahrhaftig, jemanden um den Verstand zu bringen. Deshalb fingen diese Menschen an, zu Leuten – oder irgendetwas anderem – zu reden, die gar nicht da waren, oder sie sahen Dinge, die niemand sonst zu sehen vermochte. Sie stellten im Grunde keine Gefahr für andere dar; deshalb kümmerte Althalus sich üblicherweise nicht um sie. Leute, die ihre Nase in Sachen steckten, die sie nichts angingen, erregten sich immer über Verrückte. Althalus jedoch war schon lange der Meinung, dass die meisten Menschen ohnehin verrückt waren, und darum behandelte er alle mehr oder weniger gleich.

»He, du dort«, rief er dem irren Greis zu. »Hab keine Angst, ich tue dir nichts.«

»Wer ist da?« Der alte Mann packte seinen Stock mit beiden Händen und schwang ihn.

»Ich bin nur ein Wanderer und hab mich verirrt.«

Der Greis senkte den Stock. »Man trifft hier nicht viele Wanderer. Sie scheinen unseren Himmel nicht zu mögen.«

»Mir ist der Himmel vergangene Nacht auch aufgefallen. Was geschieht da, und warum?«

»Der Himmel ist der Rand von allem«, erklärte der alte Mann. »Beim Feuervorhang am Firmament hört alles auf. Auf dieser Seite ist das Ganze vollendet – mit Bergen gefüllt und Bäumen und Vögeln und Käfern und Menschen und Tieren. Der Vorhang ist der Ort, wo das Nichts beginnt.«

»Das Nichts?«

»Es ist da draußen, Wanderer – das Nichts. Gott ist noch nicht dazu gekommen, dort etwas zu schaffen. Da ist nichts jenseits des Feuervorhangs, gar nichts.«

»Dann habe ich mich doch nicht verirrt. Ich suche nämlich – nach dem Rand der Welt.«

»Wozu?«

»Ich will ihn sehen. Ich habe davon gehört, und jetzt möchte ich ihn mir anschauen.«

»Da gibt es nichts anzuschauen.«

»Hast du ihn je gesehen?«

»Viele Male. Ich lebe hier, und der Rand der Welt ist gerade so weit wie ich gehen kann, wenn ich nordwärts wandere.«

»Wie komme ich dorthin?«

Der Greis deutete mit seinem Stock nach Norden. »Wandere etwa einen halben Tag lang in diese Richtung weiter.«

»Ist der Rand leicht zu erkennen?«

»Du kannst ihn kaum verfehlen – jedenfalls solltest du es lieber nicht.« Der Verrückte kicherte. »Es ist ein Ort, wo du ganz vorsichtig sein musst! Denn sobald du diesen Rand erreicht hast und einen falschen Schritt tust, wird deine Reise sehr viel länger dauern als nur einen halben Tag. Wenn du wirklich so versessen darauf bist, den Rand zu sehen, dann überquere diese Wiese und gehe über den Pass zwischen den beiden Bergen, die sich am Ende der Wiese erheben. Sobald du auf der Passhöhe anlangst, wirst du einen großen toten Baum sehen. Er steht genau am Rand der Welt. Weiter kommst du nicht – es sei denn, du kannst dir Flügel wachsen lassen.«

»Da ich schon so nahe bin, sollte ich mir den Rand auch anschauen.«

»Das ist dir überlassen, Wanderer. Ich habe Besseres zu tun als herumzustehen und ins Nichts zu starren.«

»Mit wem hast du dich eigentlich gerade unterhalten?«

»Mit Gott. Ich und Gott, wir unterhalten uns die ganze Zeit.«

»Wirklich? Wenn du das nächste Mal mit ihm sprichst, dann grüß ihn von mir.«

»Das werde ich – falls ich daran denke.« Mit diesen Worten schlurfte der schmutzige Greis weiter und setzte sein Gespräch mit der Leere um ihn herum fort.

Althalus kehrte zu seinem Lager zurück, packte seine Habe zusammen und machte sich auf den Weg durch die felsige Wiese auf die beiden niedrigen runden Berge zu, die der Greis ihm bezeichnet hatte. Die Sonne ging auf und erhob sich über die Schneegipfel von Kagwher, und die Kälte der Nacht schwand allmählich.

Die Kuppelberge waren mit dunklen Bäumen bewachsen, und ein schmaler Pass führte zwischen ihnen hindurch, wo der Boden von den Hufen des Rotwilds und der Büffel zertrampelt war. Althalus schritt vorsichtig voran und blieb immer wieder stehen, um die Wildfährte nach ungewöhnlichen Fuß- oder Hufabdrücken zu überprüfen. Hier war ein sehr ungewöhnlicher Ort, und es war durchaus möglich, dass hier ungewöhnliche Kreaturen lebten. Und ungewöhnliche Kreaturen hatten manchmal ungewöhnliche Fressgewohnheiten, darum hielt Althalus es für unbedingt erforderlich, sehr vorsichtig zu sein.

Er ging weiter, blieb aber auch jetzt häufig stehen, um sich umzuschauen und zu lauschen. Doch die einzigen Laute, die er vernahm, waren das Zwitschern von Vögeln und das träge Summen einiger Insekten, die nach einer kalten Nacht eben erst erwacht waren.

Als er die Passhöhe erreicht hatte, blieb er lange Zeit stehen, um nach Norden zu blicken – nicht weil es in dieser Richtung etwas zu sehen gegeben hätte, sondern eben weil es nichts gab. Die Tierfährte führte hinunter durch ein schmales Grasstück auf den toten Baum zu, den der verrückte Greis erwähnt hatte; dann endete sie. Jenseits des Baumes gab es nichts. Keine fernen Berggipfel, keine Wolken. Nichts als Himmel.

Der tote Baum war knochenweiß und schien seine knorrigen Äste im stummen Gebet zum gleichmütigen Morgenhimmel zu erheben. Es hatte etwas Beängstigendes. Althalus, der noch unruhiger wurde, ging ganz langsam über das letzte Grasstück und blieb dabei häufig stehen, um die Blicke – und seinen Speer – nach hinten zu wenden. Bisher hatte er nichts Bedrohliches bemerkt, aber hier war ein sehr seltsamer Ort, und er wollte kein Risiko eingehen.

Als er den Baum erreichte, stützte er sich dagegen und beugte sich vorsichtig vor, um über den Rand des Abgrunds zu blicken.

Unter ihm gab es nichts als Wolken.

Althalus war schon oft in den Bergen gewesen und so manches Mal in Höhen oberhalb der Wolken; deshalb war es nicht ungewöhnlich für ihn, auf sie hinunter zu blicken. Diese Wolken jedoch erstreckten sich ohne jede Lücke nordwärts, und nirgends ragte ein Gipfel empor, so weit Althalus zu sehen vermochte. Hier endete die Welt; es gab nur noch Wolken.

Er trat von dem toten Baum zurück und schaute sich um. Da und dort lagen Felsbrocken und Steine. Althalus hob einen auf, der die Größe seines Kopfes besaß, ging damit zum Baum und warf den Stein über den Rand, so weit er konnte. Dann spitzte er die Ohren.

Er lauschte lange Zeit, doch es war nichts zu hören. »Ah«, murmelte er, »hier also muss es sein.«

Er trat ein Stück vom Rand der Welt zurück und folgte ihm nordostwärts.

Es gab Stellen, wo Felslawinen von nahen Berghängen abgegangen und über den Rand gestürzt waren. Althalus fragte sich müßig, ob diese Lawinen die Sterne erschreckt hatten. Aus irgendeinem Grund reizte ihn die Vorstellung zum Lachen, dass die Sterne wie eine Schar aufgescheuchter Wachteln verschreckt in alle Richtung davon geflogen sein mochten, umso mehr, da ihre kalte Gleichgültigkeit ihn manchmal ärgerte.

Am Spätnachmittag nahm er seine Schleuder aus der Tasche und hob ein paar runde Steine aus einem trockenen Bachbett auf. Es gab hier Hasen und Murmeltiere, und ein bisschen frisches Fleisch wäre eine schmackhafte Abwechslung zu den Streifen gedörrten Rehfleisches, die er im Beutel an seinem Gürtel bei sich trug.

Es dauerte nicht lange. Murmeltiere sind sehr neugierig und stellen sich neben ihrem Bau auf die Hinterpfoten, um vorüberkommende Wanderer zu beobachten. Althalus hatte scharfe Augen und war sehr geschickt mit seiner Schleuder.

Er wählte einen kleinen Hain verkrüppelter Nadelbäume, um Feuer zu machen und das erlegte Murmeltier am Spieß zu braten. Nach dem Essen blieb er neben seinem Feuer sitzen und beobachtete das pulsierende, regenbogenfarbige Licht von Gottes Feuer am Nordhimmel.

Kurz nach Mondaufgang verließ er auf einen plötzlichen Einfall hin sein Lager und schlenderte hinüber zum Rand der Welt.

Der Mond liebkoste die schleierfeinen Hauben der in der Tiefe ruhenden Wolken und brachte sie zum Leuchten. Natürlich hatte Althalus dergleichen schon gesehen, nur war es hier anders. Auf seinem nächtlichen Weg entzieht der Mond dem Land, der See und dem Himmel alle Farbe, hier jedoch hatte er keine Macht über die Farben von Gottes Feuer. Die brandenden Wellen des Regenbogenlichts am Nordhimmel ließen auch die Wolkenhauben flammend rot aussehen. Beinahe schien es, als spielten sie dort mit dem bleichen Schein des Mondes und ermutigten das Regenbogenfeuer zu dieser zauberhaften Darbietung. Benommen vom Spiel des farbigen Lichts, das ihn umgab und einzuhüllen schien, legte Althalus sich ins weiche Gras, stützte das Kinn auf die Hände und beobachtete das Werben des Mondes und des Gottesfeuers.

Da hörte er wieder irgendwo zwischen den zerklüfteten Gipfeln im Lande der Kagwherer das einsame wimmernde Heulen, das ihm aus Arum und aus dem Wald vor Nabjors Haus vertraut war. Fluchend erhob er sich und kehrte zu seinem Lager zurück. Welches Wesen dieses Wimmern auch ausstieß, es schien ihn zu verfolgen.

In dieser Nacht schlief Althalus sehr unruhig. Das Feuer Gottes am Nordhimmel und das wimmernde Heulen schienen irgendwie zusammenzugehören und besaßen eine Bedeutung, die er nicht zu fassen vermochte, so sehr er sich auch bemühte. Kurz vor der Morgendämmerung verdrängte ein anderer Traum den von Feuer und Geheul.

Ihr Haar besaß die Farbe des Herbstes und ihr Körper die üppige Vollendung, die Althalus vor Sehnsucht nach ihr beben ließ. Sie trug einen kurzen, derben Kittel und ihr Haar war kunstvoll geflochten. Die heitere Gelassenheit, die aus ihren Zügen sprach, verlieh ihr ein Aussehen, als käme sie aus einer fremden, vielleicht schon vergangenen Welt. Als Althalus im Sommer die zivilisierten Lande im Süden besuchte, hatte er die antiken Statuen bewundert, und das Gesicht seiner Traumbesucherin ähnelte dem dieser Skulpturen mehr als dem jetzt lebender Menschen. Ihre Stirn war hoch, ihre Nase von edelster Form, und ihre fein geschwungenen Lippen versprachen alle sinnlichen Verlockungen dieser Welt. Ihre Augen waren groß und tiefgrün und schienen Althalus bis in die Tiefen der Seele zu blicken.

Ein leichtes Lächeln huschte über ihre Lippen. Sie streckte die Hand aus. »Komm«, forderte sie ihn auf. »Komm mit mir. Ich werde für dich sorgen.«

»Ich wünschte, ich könnte es«, hörte er sich erwidern und verfluchte seine Zunge. »Ich würde es zu gern. Aber es ist so schwer, hier weg zu kommen.«

»Wenn du mit mir gehst, wirst du nie zurückkehren«, sagte sie mit ihrer erregenden Stimme, »denn wir werden zwischen den Sternen wandeln, und deine Glücksfee wird dich nie wieder verraten. Deine Tage werden voller Sonne sein und deine Nächte voller Liebe. Komm, komm mit mir, Geliebter. Ich werde für dich sorgen.« Sie winkte ihm, drehte sich um und ging voraus.

Benommen folgte er ihr. Sie schritten zwischen Wolken und Mond dahin, und das Gottesfeuer hieß sie willkommen und segnete ihre Liebe.

Als er erwachte, empfand er eine tiefe, traurige Leere in seinem Innern, und die ganze Welt erschien ihm bitter, so bitter.

Während der nächsten Tage setzte er seinen Weg nordostwärts fort, wobei er ein wenig darauf hoffte, einen Gipfel aus den ewigen Wolken jenseits des Randes der Welt ragen zu sehen oder irgend sonst etwas darunter – einen Beweis, dass hier nicht alles endete. Schließlich aber musste er sich ungern und widerwillig eingestehen, dass die scharfe Kante, an der er entlangwanderte, wahrhaftig der Rand der Welt war und dass es jenseits davon nur wolkige Leere gab.

Die Tage wurden kürzer und die Nächte kälter. Ein sehr harter Winter drohte. Wenn Althalus nicht bald zu dem Haus gelangte, das Ghend beschrieben hatte, würde er sich irgendeinen Unterschlupf suchen und einen Vorrat anlegen müssen. Er beschloss südwärts zu eilen, sobald die ersten Schneeflocken sein Gesicht berührten, und ein Plätzchen zu suchen, wo er sich bis zum Frühjahr einigeln konnte. Von nun an wandte er den Blick auch immer öfter in den Süden in der Hoffnung, einen Pass zu erspähen.

Vielleicht lag es an seiner geteilten Aufmerksamkeit, dass er das Haus erst erblickte, als er ihm ziemlich nahe war. Es war aus Stein erbaut – sehr ungewöhnlich für das Land hier an der Grenze, wo die Häuser hauptsächlich aus Baumstämmen oder geflochtenen Weidenruten errichtet waren. Zwar hatte Althalus in den zivilisierten Ländern Häuser aus Stein gesehen, doch es war Kalkstein gewesen, der sich mit Bronzesägen bearbeiten ließ. Dieses Haus dagegen war aus Granitblöcken errichtet!

Ein solches Bauwerk hatte Althalus in seinem ganzen Leben noch nicht gesehen. Es war riesig, größer sogar als Gosti Fettwansts Fort in Arum oder der Tempel von Apwos in Deika. Es war so groß und so hoch, dass es mehrere Felsgipfel in der Nähe überragte. Erst als Althalus die Fenster sah, schwanden seine Zweifel, ob es tatsächlich ein Haus war, das hier in den Himmel ragte. Natürliche Felsgebilde haben mitunter eckige Form, aber auch Fenster? Sehr unwahrscheinlich.

Es war um die Mittagsstunde an einem kurzen bedeckten Spätherbsttag, als Althalus das Haus entdeckte. Er näherte sich ihm vorsichtig. Ghend hatte zwar behauptet, dass es unbewohnt sei, aber vermutlich war er nie selbst hier gewesen, da er sich vor dem Bauwerk fürchtete – davon war Althalus immer noch überzeugt.

Das stille Haus stand auf einem Felsvorsprung, der über den Rand der Welt reichte. Der einzige Weg hinein führte über eine Zugbrücke, die den gähnenden Abgrund vor dem schmalen Plateau am Ende der Welt überspannte. War das Haus wirklich leer, musste sein Besitzer sich gewiss eine Möglichkeit ausgedacht haben, die Zugbrücke beim Verlassen zur Sicherheit hochzuziehen. Doch sie war heruntergelassen und lud regelrecht zum Besuch des Hauses ein. Das konnte nur eine Falle sein. Althalus duckte sich hinter einen moosbewachsenen Felsblock, um fingernagelkauend seine Möglichkeiten zu überdenken.

Der Tag schritt voran. Althalus musste sich bald entscheiden, ob er schon jetzt über die Brücke und in das Haus ging oder wartete, bis es dunkel war. Zwar war die Dunkelheit der natürliche Freund aller Diebe, doch war es unter den gegebenen Umständen nicht sicherer, die Zugbrücke bei Tageslicht zu überqueren? Überdies kannte er sich in dem Haus nicht aus; falls es doch bewohnt war, würden die Leute des Nachts wachsam sein und sich auf ihn stürzen, sobald er versuchte, sich hineinzuschleichen. War es da nicht ratsamer, die Brücke bei Tageslicht zu überqueren und den möglichen Bewohnern einen Gruß zuzurufen? Das könnte sie glauben machen, dass er keine schlimmen Absichten hegte. Und Althalus war ziemlich sicher, schnell und überzeugend genug reden zu können, dass die Leute ihn nicht kurzerhand in den Abgrund warfen.

»Nun ja«, murmelte er, »einen Versuch ist es wert.« War das Haus tatsächlich verlassen, würde er lediglich ein wenig Atem vergeuden, und davon hatte er noch genug. Stahl er sich aber Nachts hinein, konnte sich das sehr schnell ändern. Scheinbar freundliche Arglosigkeit war vermutlich der beste Weg.

Althalus richtete sich auf, nahm seinen Speer und schritt ohne jede Heimlichtuerei über die Brücke. Falls jemand im Haus ihn beobachtete, würde ihm das Verhalten des Fremden deutlicher als Worte sagen, dass er nichts Böses im Schilde führte.

Die Brücke endete an einem Torbogen, hinter dem sich ein mit flachen Steinen gepflasterter Hof befand. Zwischen den Steinfugen wucherte Unkraut. Althalus wappnete sich und umklammerte seinen Speer fester. »Ho!«, rief er. »Hallo, ist jemand zuhaus?« Er hielt inne und lauschte angespannt.

Keine Antwort.

»Ist jemand zuhaus?«, versuchte er es erneut.

Drückende Stille.

Die Eingangstür war von beachtlicher Größe. Althalus stocherte ein paarmal mit seinem Speer danach und stellte fest, dass sie sehr massiv war. Wieder dröhnte die Alarmglocke in seinem Kopf. Wenn das Haus wirklich schon so lange unbewohnt war, wie Ghend gesagt hatte, müsste die Tür längst völlig verrottet sein. Hier schienen viele Naturgesetze keine Gültigkeit zu haben. Althalus zog an dem schweren Ring, und die Tür schwang auf. »Jemand zuhaus?«, versuchte er es aufs Neue.

Wieder wartete er, erhielt aber auch diesmal keine Antwort.

Hinter der Tür begann ein breiter Flur, von dem in regelmäßigen Abständen weitere Gänge abzweigten, an deren Wänden sich viele Türen befanden. Die Suche nach dem Buch würde offenbar länger dauern, als er gedacht hatte.

Es wurde immer finsterer im Haus, woraus Althalus schloss, dass die Nacht sich bereits schnell herabsenkte. Das Wichtigste würde nun sein, einen sicheren Schlafplatz zu finden. Das Haus konnte er morgen immer noch durchsuchen.

Er warf einen Blick in einen Seitengang und sah, dass dieser an einer abgerundeten Wand endete. Vermutlich erhob sich dort ein Turm. Ein Turmgemach, überlegte Althalus, war vermutlich sicherer als eines im Erdgeschoss, und Sicherheit erschien ihm in diesem ungewöhnlichen Bauwerk jetzt sehr wichtig.

Er eilte über den Flur und gelangte zu einer Tür, die etwas größer war als jene, an denen er vorübergekommen war. Er klopfte mit seinem Schwertknauf. »Hallo, jemand da?«, rief er.

Natürlich erhielt er keine Antwort.

Der Türverschluss war ein Bronzeriegel, dazu gedacht, in ein Loch zu gleiten, das tief in den steinernen Türrahmen gehauen war. Althalus klopfte mit dem Schwertknauf, bis das Loch frei war. Dann steckte er die Schwertspitze in den Rahmen und stemmte die Tür auf, bereit, jederzeit Schwert oder Speer einzusetzen.

Doch auch hinter dieser Tür befand sich niemand. Aber Stufen führten aufwärts.

Die Wahrscheinlichkeit, dass diese Stufen sich zufällig hinter einer Tür befanden, die Althalus zufällig im Vorübergehen bemerkt hatte, war äußerst gering. Der gerissene Dieb misstraute dem Zufall. Er war fast immer eine Falle, und wenn es in diesem Haus eine Falle gab, musste es fast notgedrungen auch einen Fallensteller geben.

Doch es war nicht mehr sehr hell, und Althalus wollte dem Unbekannten nicht im Dunkeln begegnen. Er holte tief Luft, dann tippte er mit dem Speerschaft auf die unterste Stufe, um sich zu versichern, dass das Gewicht seines Fußes nicht irgendeinen schweren Gegenstand löste, der auf ihn herunterfallen und ihn zermalmen würde. Der vorsichtige Dieb kam nur langsam höher, weil er jede Stufe vorsichtig überprüfte, ehe er den Fuß darauf setzte. Nur weil nach zehn Stufen nichts geschehen war hieß es noch lange nicht, dass auch die elfte ihn nicht umbringen würde. Und so, wie es in letzter Zeit mit seinem Glück bestellt war, konnten solche Vorsichtsmaßnahmen nicht schaden.

Schließlich erreichte Althalus das obere Ende der verborgenen Treppe und beschloss, diesmal nicht zu klopfen. Er klemmte das Schwert unter den linken Arm und zog den Riegel langsam zurück, bis er frei von dem steinernen Türrahmen war. Dann packte er wieder sein Schwert und drückte die Tür mit dem Knie auf.

Vor ihm befand sich ein Gemach, groß und kreisrund. Der Fußboden glänzte wie Eis. War das Haus schon seltsam genug, erschien Althalus dieses kreisrunde Gemach noch seltsamer. Auch die Wände waren wie glatt poliert und wölbten sich zu einer schimmernden Kuppel. Die Kunstfertigkeit, mit der dieses Gemach errichtet war, erschien Althalus vollkommener als alles, was er je gesehen hatte.

Erst jetzt bemerkte er, wie warm es hier war. Er schaute sich um, entdeckte jedoch keine Feuergrube, die der Grund dafür sein konnte. Seinen neuen Umhang benötigte er hier jedenfalls nicht.

Sein Verstand sagte ihm, dass es in diesem Gemach nicht warm sein *konnte*, weil hier kein Feuer brannte und weil der Raum zudem vier große Fenster besaß, die in die vier Haupthimmelsrichtungen wiesen. Durch diese unverglasten Fenster hätte kühler Wind wehen müssen, was aber nicht der Fall war – und somit völlig unnatürlich. Der Winter war nah und die Luft draußen bitterkalt, doch aus irgendeinem Grund drang sie nicht ins Innere des Hauses.

Althalus stand an der Tür und betrachtete eingehend jede Einzelheit des Kuppelgemachs. An der hinteren Wand stand etwas, das wie ein riesiges steinernes Bett aussah, und darauf lagen Roben aus dicken weichen Büffelfellen. Auf einem Steinpodest in der Mitte des Gemachs befand sich ein Tisch aus dem gleichen glänzenden

Stein wie der Fußboden und die Wände, und daneben eine kunstvoll aus Stein gehauene Bank.

Und genau in der Mitte der glänzenden Tischplatte lag das Buch, von dem Ghend gesprochen hatte.

Vorsichtig ging Althalus zu dem Tisch. Er lehnte den Speer dagegen, und mit dem Schwert fest in der Rechten streckte er zögernd die linke Hand aus. Die Art und Weise, mit der Ghend in Nabjors Lager das schwarze Schatullenbuch berührt hatte, ließ darauf schließen, dass Bücher mit größter Vorsicht behandelt werden sollten. Althalus' Finger berührten das weiche weiße Leder der Buchschatulle, dann aber riss er rasch die Hand zurück, um nach seinem Speer zu greifen, weil er ein schwaches Geräusch vernahm.

Es war ein weicher, zufrieden klingender Laut, der von dem fellbedeckten Bett zu kommen schien. Das Geräusch war nicht durchgehend und schien auch seine Tonhöhe nicht beizubehalten; es erinnerte ein wenig an das Ein- und Ausatmen.

Bevor Althalus nachzusehen vermochte, geschah etwas anderes, das seine Aufmerksamkeit von dem Laut ablenkte. Die Dämmerung vertiefte sich vor den Fenstern, doch in dem Gemach wurde es nicht dunkel. Althalus blickte erstaunt in die Höhe. Die Kuppel über ihm hatte zu glühen angefangen und wurde in gleichem Maße heller, wie es im Freien dunkler wurde. Von der Sonne, dem Mond und dem schimmernden Vorhang des Gotteslichts am Rand der Welt abgesehen, war das Feuer die einzige Lichtquelle, doch die Kuppel über Althalus' Kopf brannte nicht.

Dann wurde das zufriedene Geräusch lauter, das vom Bett ausging. Und nun, da es vom Leuchten der Kuppel heller war, konnte Althalus sehen, wer dieses Geräusch verursachte. Er blinzelte, dann lachte er beinahe. Der Laut kam von einer Katze.

Es war ein sehr dunkles, fast schwarzes Tier, dessen Fell sich kaum von den Büffelroben auf dem Bett abhob, sodass Althalus es gar nicht gesehen hatte, als er ins Gemach eingedrungen war. Die Katze lag auf dem Bauch und hielt den Kopf erhoben, obwohl sie die Augen geschlossen hatte. Die Vorderpfoten waren ausgestreckt; es sah aus, als würde sie damit treten. Das Geräusch, das Althalus nicht hatte deuten können, war das Schnurren der Katze gewesen.

Da öffnete sie die Augen. Die meisten Katzen, die Althalus bisher kannte, hatten ihn mit gelben Augen angestarrt. Die Augen dieser Katze jedoch glühten in einem tiefen Grün.

Das Tier richtete sich auf, gähnte, machte einen geschmeidigen Buckel und hob den leicht gebogenen Schwanz. Dann setzte sich das pelzige Geschöpf und blickte Althalus mit seinen grünen Augen eindringlich an, als würde es ihn sein Leben lang kennen.

»Du hast dir sehr viel Zeit gelassen, bis du hergekommen bist«, bemerkte die Katze mit unverkennbar weiblicher Stimme. »Wie wär's, wenn du jetzt die Tür schließt? Du hast sie weit offen gelassen. Die Kälte dringt ein, und ich hasse Kälte.«

5

Althalus starrte die Katze fassungslos an. Dann seufzte er tief und ließ sich niedergeschlagen auf die Bank fallen. Seiner Glücksfee genügte es noch nicht, was sie ihm bereits angetan hatte. Jetzt drehte sie auch noch die Klinge, die sie ihm in die Brust gestoßen hatte. Jetzt glaubte Althalus zu wissen, weshalb Ghend ihn angeworben hatte, das Buch an seiner statt zu stehlen. Das Haus am Ende der Welt brauchte keine Wächter oder heimtückische Fallen. Es schützte sich und das Buch vor Eindringlingen, indem es jeden ungebetenen Besucher in den Wahnsinn trieb. Wieder seufzte Athalus und blickte die Katze vorwurfsvoll an.

»Ja?«, fragte sie mit der aufreizenden Überlegenheit, die anscheinend allen Katzen zu Eigen ist. »Gibt es etwas?«

»Du kannst damit aufhören! Du und das Haus habt schon alles getan, was ihr offenbar tun sollt. Ihr habt mich in den Wahnsinn getrieben.«

»Was in aller Welt faselst du da?«

»Katzen können nicht reden. Du sprichst gar nicht wirklich zu mir – wenn ich's recht bedenke, bist du wahrscheinlich gar nicht da. Ich sehe und höre dich nur, weil ich verrückt geworden bin.«

»Du machst dich lächerlich, weißt du das?«

»Verrückte sind nun mal lächerlich. Auf dem Weg hierher bin ich einem Irren begegnet, der zu Gott sprach. Viele Menschen sprechen zu Gott, aber dieser alte Irre war überzeugt, dass Gott ein Gespräch mit ihm führte.« Althalus konnte das Seufzen nicht lassen.

»Wahrscheinlich wird bald alles vorbei sein. Da ich jetzt verrückt bin, stürze ich mich bestimmt gleich aus dem Fenster und falle für immer und ewig hinunter durch die Sterne.«

»Was meinst du damit, dass du ›für immer und ewig fällst‹?«

»Das Haus steht direkt am Ende der Welt, oder nicht? Wenn ich mich aus dem Fenster dort stürze, werde ich durch das Nichts fallen, das da draußen ist.«

»Wie bist du auf die lächerliche Idee gekommen, dass dies das Ende der Welt ist?«

»Das weiß doch jeder. Die Kagwherer wollen nicht einmal darüber reden, weil sie Angst davor haben. Ich habe über diesen Rand geblickt und nichts als Wolken gesehen. Wolken sind Teil des Himmels, also kann es nur bedeuten, dass dieser Rand der Ort ist, wo die Welt endet und der Himmel beginnt, nicht wahr?«

»Nein.« Die Katze leckte sich abwesend die Pfoten und wusch damit ihr Gesicht. »So ist es ganz und gar nicht. Es gibt etwas da unten. Es ist sehr weit in der Tiefe, aber es ist da.«

»Was ist da?«

»Wasser, Althalus. Und du hast Nebel gesehen, als du über den Rand spähtest. Nebel und Wolken sind mehr oder weniger das gleiche – nur dass Nebel dichter am Boden ist.«

»Du kennst meinen Namen?«, fragte er verwundert.

»Natürlich kenne ich deinen Namen. Ich wurde hierher gesandt, um auf dich zu warten.«

»Ach? Wer hat dich hierher gesandt?«

»Du hast bereits Schwierigkeiten genug, bei Verstand zu bleiben. Damit du ihn nicht ganz verlierst, sollten wir lieber nicht über Dinge reden, die du noch nicht verstehen kannst. Du solltest dich an mich gewöhnen, Althalus. Wir werden lange Zeit zusammenbleiben.«

Er schüttelte seinen Trübsinn ab. »Nein. Mir reicht's. Es war nett, sich mit dir zu unterhalten. Wenn du mich jetzt entschuldigen würdest? Ich nehme das Buch und gehe. Ich würde ja gern noch ein bisschen bleiben und mit dir plaudern, aber der Winter wird mir jetzt schon den ganzen Heimweg dicht auf den Fersen sein.«

»Und genau wie willst du von hier wegkommen?«, erkundigte sich die Katze, während sie ihre Ohren zu putzen begann.

Althalus fuhr herum. Die Tür, durch die er das Turmgemach

betreten hatte, war verschwunden. »Wie hast du das fertig gebracht?«

»Wir brauchen die Tür nicht mehr – jedenfalls nicht so bald –, und sie ließ kalte Luft herein, da du zu faul gewesen bist, sie hinter dir zu schließen.«

Für einen Moment schnürte Entsetzen ihm die Kehle zu. Er saß in der Falle! Das Buch hatte ihn hierher gelockt, und die Katze hatte die Falle hinter ihm geschlossen. Es gab keinen Ausweg. »Ich glaube, ich bringe mich um«, murmelte er düster.

»Nein, das wirst du nicht«, entgegnete sie und begann ihren Bauch zu putzen. »Du kannst es natürlich versuchen, wenn du unbedingt möchtest, aber es wird dir nicht gelingen. Du kannst nicht fort. Du kannst nicht aus dem Fenster springen. Du kannst dich nicht mit deinem Schwert oder Dolch oder Speer erstechen. Gewöhn dich lieber daran, Althalus. Du wirst hier bei mir bleiben, bis wir getan haben, wozu wir bestimmt sind.«

»Und dann darf ich fort?«, fragte er hoffnungsvoll.

»Dann wirst du von hier fort *müssen*. Es gibt etwas, das wir hier zu tun haben. Anschließend müssen wir anderswo etwas anderes erledigen. Deshalb musst du von hier fort, sobald unsere Aufgabe hier getan ist.«

»Und was sollen wir hier tun?«

»Ich soll dich lehren und du sollst lernen.«

»Was lernen?«

»Das Buch.«

»Wie es zu lesen ist, meinst du?«

»Unter anderem.« Die Katze machte sich daran, ihren Schwanz zu putzen, indem sie ihn mit einer gebogenen Pfote zur Zunge hob. »Nachdem du gelernt hast, das Buch zu lesen, wirst du lernen, es zu benutzen.«

»Benutzen?«

»Dazu kommen wir später. Du hast schon jetzt genug Schwierigkeiten.«

»Lass dir etwas sagen und zwar hier und jetzt«, begehrte er hitzig auf. »Mich kommandiert keine Katze herum, verstanden!«

»Da täuschst du dich. Du wirst vielleicht ein Weilchen brauchen, bis du dich daran gewöhnt hast, aber das macht nichts, denn wir haben alle Zeit der Welt.« Sie streckte sich und gähnte. Dann betrachtete sie sich. »Alles hübsch und glatt«, stellte sie zufrieden fest. Sie gähnte wieder. »Möchtest du sonst noch irgendwelche lächerlichen Erklärungen abgeben? Ich habe jedenfalls gesagt, was zu sagen war.«

Das Licht in der Kuppel erlosch.

»Was ist das?«, erkundigte Althalus sich erschrocken.

»Jetzt, da ich meinen Pelz schön sauber und ordentlich habe, werde ich ein Schläfchen machen.«

»Du bist doch eben erst aufgewacht!«

»Was hat das damit zu tun? Du bist offenbar noch nicht bereit zu tun, was du tun sollst, also kann ich in Ruhe noch ein Weilchen schlafen. Sobald du so weit bist, brauchst du mich bloß zu wecken, dann fangen wir an.« Sie machte es sich wieder auf dem dicken Büffelfell bequem und schloss die Augen.

Althalus fluchte eine Zeit lang leise vor sich hin, doch die schlafende Katze zuckte nicht einmal mit einem Ohr. Schließlich gab er es auf, wickelte sich in seinen Umhang und legte sich an die Wand, wo die Tür gewesen war, und schlief ebenfalls.

Althalus hielt mehrere Tage durch, doch sein Gewerbe hatte ihn zu einem leicht erregbaren Mann gemacht, und die erzwungene Untätigkeit in diesem verschlossenen Gemach zerrte an seinen Nerven. Er schritt mehrmals an der Wand entlang, schaute aus den Fenstern und stellte fest, dass er die Hand – sogar den Kopf – mühelos hinausstrecken konnte, doch sobald er versuchte sich hinaus zu beugen, verhinderte es ein unsichtbarer Widerstand. Was immer es sein mochte, es ließ auch die viel kältere Luft von draußen nicht ein. Es gab so vieles an diesem Raum, das Althalus sich nicht zu erklären vermochte, dass schließlich seine Neugier die Oberhand gewann. »Na gut«, sagte er eines Morgens, als der Himmel sich erhellte, zur Katze, »ich gebe auf. Du hast gewonnen.«

»Natürlich habe ich gewonnen. Ich gewinne immer.« Sie schlug die leuchtend grünen Augen auf, gähnte und streckte sich geschmeidig. »Wie wär's, wenn du zu mir herüber kommst, damit wir reden können.«

»Ich kann auch von hier aus reden.« Althalus hatte ein wenig Angst, der Katze zu nahe zu kommen. Es war offensichtlich, dass sie Fähigkeiten besaß, die er nicht begreifen konnte und er wollte nicht, dass die Fähigkeiten gegen ihn eingesetzt wurden.

Die Ohren der Katze zuckten leicht und sie legte sich zurück. »Sag mir Bescheid, wenn du es dir anders überlegt hast.« Sie schlief weiter.

Er stieß ein paar deftige Flüche aus; dann gab er auf, erhob sich von der Bank am Tisch und ging zum Bett mit den Büffelfellen. Er setzte sich, streckte vorsichtig die Hand aus und strich behutsam über den Rücken der Katze, um sich zu vergewissern, dass sie tatsächlich da war.

»Das ging jetzt aber schnell«, bemerkte sie. Wieder öffnete sie die Augen und begann zu schnurren.

»Es führt offenbar zu nichts, wenn ich in dieser Sache stur bleibe. Du scheinst hier alles zu beherrschen. Also. Du willst mit mir reden?«

Sie stupste seine Hand mit dem Näschen. »Ich bin froh, dass du es verstehst«, sagte sie immer noch schnurrend. »Ich habe dich nicht herum kommandiert, nur um zu sehen, ob du gehorchst, Althalus. Ich bin jetzt eine Katze, und Katzen brauchen Streicheleinheiten. Wenn wir uns unterhalten, muss ich dich in meiner unmittelbaren Nähe haben.«

»Dann warst du also nicht immer eine Katze?«

»Wie vielen Katzen bist du begegnet, die reden konnten?«

»So vielen«, witzelte er, »dass ich mich nicht mehr daran erinnern kann.«

Sie lachte, was Althalus ein wenig Befriedigung verschaffte. Wenn er sie zum Lachen bringen konnte, fühlte er sich ihr nicht völlig ausgeliefert.

»So schwer ist es gar nicht, mit mir auszukommen, Althalus«, versicherte sie ihm. »Streichle mich hin und wieder und kraul mich hinter den Ohren, dann ist alles in Ordnung. Hast du irgendwelche Bedürfnisse?«

»Ich muss bald ins Freie, um Wild für uns zu erlegen«, bemühte er sich gleichmütig zu sagen.

»Hast du Hunger?«

»Noch nicht. Aber später bestimmt.«

»Wenn du hungrig bist, werde ich dafür sorgen, dass du etwas zu essen bekommst.« Sie blickte ihn wissend an. »Du hast doch nicht wirklich geglaubt, dass du mich damit hereinlegen könntest, oder?«

Er grinste. »Einen Versuch war es wert.« Er hob die Katze hoch und drückte sie an sich.

»Ohne mich wirst du nirgendwo hingehen, Althalus. Gewöhne dich an den Gedanken, dass ich den Rest deines Lebens bei dir sein werde – und du wirst sehr, sehr lange leben. Du wurdest auserwählt, viele Dinge zu tun, und ich bin auserwählt dafür zu sorgen, dass du es richtig machst. Dein Leben wird viel leichter sein, wenn du dich damit abgefunden hast.«

»Wie wurden wir erwählt – und von wem?«

Mit weicher Pfote tätschelte die Katze seine Wange. »Das erfährst du später«, versprach sie. »Zurzeit würde es dir schwer fallen zu begreifen. Also, wie wär's, wenn wir jetzt anfangen?« Mit einem Satz war sie vom Bett, lief zum Tisch und sprang sichtlich mühelos auf die polierte Platte. »Es wird Zeit, mit der Arbeit anzufangen, Schatz. Komm her und setz dich, dann lehre ich dich das Lesen.«

Zum »Lesen« gehörte das Deuten von Bildern, die ähnlich aussahen wie die in Ghends Buch. Diese Bilder standen für Worte. Bei erkennbaren Bildern wie »Baum« oder »Stein« oder »Schwein« war es ganz einfach. Bei Bildern dagegen, die für »Wahrheit«, »Schönheit« oder »Ehrlichkeit« standen, erwies es sich viel schwieriger.

Althalus war anpassungsfähig – das muss ein Dieb notgedrungen sein –, doch die Lage hier bedurfte der Gewöhnung. Essen erschien scheinbar von selbst auf dem Tisch, wann immer ihn hungerte. Die ersten paar Male erschreckte es ihn noch, aber nach einer Weile achtete er nicht einmal mehr darauf. Selbst Wunder werden alltäglich, wenn sie oft genug geschehen.

Der Winter zog am Rand der Welt ein, und die Sonne verschwand und wich anhaltender Dunkelheit. Die Katze erklärte ihm geduldig, weshalb das so war, doch Althalus verstand nicht recht. Gedanklich konnte er sich damit abfinden, hatte aber immer noch das Gefühl, dass die Sonne sich um die Erde drehte, nicht umgekehrt. Seit Beginn der endlosen Nacht hatte er die Tage nicht mehr zählen können. Wenn man es bedenkt, sagte er sich, gibt es gar keine Tage mehr. Althalus' gewohnte Blicke aus den Fenstern hatten längst geendet. Es schneite sowieso fast unentwegt, und Schnee machte ihn trübsinnig.

Mit dem Lesen kam er einigermaßen voran. Wenn er ein Bild oft genug gesehen hatte, erkannte er es von allein. »Du warst nicht immer eine Katze, nicht wahr?«, fragte er seine Gefährtin wieder einmal, als sie sich nach dem Essen auf das fellbedeckte Bett gelegt hatten.

»Ich dachte, das hätte ich dir bereits gesagt.«

»Was warst du zuvor?«

Sie bedachte ihn mit einem langen festen Blick ihrer leuchtend grünen Augen. »Das zu erfahren bist du noch nicht bereit, Althalus. Ich bin froh, dass du nun ausgeglichener bist, und ich möchte nicht, dass du dich wieder so verrückt aufführst wie anfangs.«

»Hattest du einen Namen – ich meine, bevor du eine Katze wurdest?«

»Ja. Aber du würdest diesen Namen wahrscheinlich nicht aussprechen können. Warum fragst du?«

»Weil ich dich anders anreden will. Dich einfach ›Katze‹ zu nennen ist so, als würde man jemanden ›Esel‹ oder ›Huhn‹ rufen. Hättest du etwas dagegen, wenn ich mir einen Namen für dich einfallen lasse?«

»Nicht wenn es ein schöner Name ist. Ich habe einige der Worte gehört, die du benutzt, wenn du glaubst, dass ich schlafe. Davon gefällt mir keines.«

»Mir würde ›Emerald‹ gefallen, weil deine Augen so grün sind wie dieser Edelstein.«

»Nicht schlecht. Ich hatte mal einen sehr schönen Emerald – ehe ich hierher kam. Ich hielt ihn gern ins Licht der Sonne, um sein Funkeln zu bewundern.«

»Dann hattest du Arme, bevor du zur Katze wurdest, und Hände ebenfalls«, stellte Althalus fest und kam sich sehr schlau dabei vor.

»Stimmt. Möchtest du jetzt vielleicht raten, wie viele es waren und wo sie aus meinem Körper wuchsen?« Sie warf ihm einen verführerischen Blick zu. »Lass es sein, auf den Busch zu klopfen, Althalus. Eines Tages wirst du wissen wer ich wirklich bin, und es wird dich vielleicht überraschen. Aber jetzt brauchst du es noch nicht zu erfahren.«

»Vielleicht nicht«, sagte er listig, »aber hin und wieder verrätst du ungewollt etwas, und das merke ich mir. Nicht mehr lange und ich weiß ziemlich genau, was du gewesen bist.«

»Erst wenn ich will, dass du es weißt«, entgegnete sie. »Du musst deine Gedanken auf sehr wichtige Dinge richten, Althalus.

Wenn ich hier im Haus meine richtige Gestalt annähme, könntest du das nicht.«

»Ist es so schlimm?«

Sie schmiegte sich an ihn und begann zu schnurren. »Du wirst schon sehen, Schatz«, sagte sie. »Du wirst schon sehen.«

Trotz ihrer Überheblichkeit – Althalus hatte den starken Verdacht, dass sie diese Eigenschaft in ihrer wahren Gestalt ebenfalls besaß –, war Emerald ein zärtliches Geschöpf, das ihm immer möglichst nahe sein wollte. Er schlief zwischen den dicken Büffelfellen auf dem steinernen Bett, und sie kuschelte sich an ihn und schnurrte zufrieden. Anfangs mochte er das nicht; deshalb deckte er sich mit seinem wollenen Umhang zu, den er am Hals zusammenhielt; Emerald hatte sich ans Fußende des Bettes gesetzt und ihn gelassen beobachtet. Wenn er dann eingeschlafen war und den Umhang nicht mehr zusammenhielt, schlich sie lautlos das Bett hinauf, bis sie unmittelbar hinter seinem Kopf war. Dann drückte sie geschickt ihre kalte feuchte Nase an seinen Nacken, und Althalus zuckte bei dieser überraschenden Berührung zusammen. Das verschaffte ihr Gelegenheit, unter den Umhang zu gelangen, und sie kuschelte sich an seinen Rücken und schnurrte, ein für Althalus ungemein beruhigendes Geräusch, sodass es ihn nicht störte, sie neben sich zu wissen. Da ihr dieses Spiel großen Spaß zu machen schien, schloss Althalus weiterhin seinen Umhang eng um den Hals und gab ihr die Gelegenheit hineinzukriechen, wenn er schlief. Es kostete ihn nichts, und solange sie Freude daran hatte …

Eine ihrer Angewohnheiten mochte er allerdings gar nicht: Sie wusch ihm das Gesicht – für gewöhnlich, wenn er tief und fest schlief, worauf er abrupt erwachte, weil sie ihre Pfoten halb um seinen Kopf geschlungen hatte, um ihn ruhig zu halten, während sie ihm mit ihrer rauen Zunge vom Kinn bis zur Stirn das Gesicht leckte. Die ersten paar Male war er zurückgezuckt und hatte frei zu kommen versucht, doch immer dann hatte sie die Pfoten angespannt und ihn ganz leicht ihre Krallen spüren lassen. Althalus verstand. Er konnte diese Ableckerei nicht ausstehen, hatte aber gelernt, sie zu erdulden. Wenn zwei zusammenlebten, mussten immer Abstriche gemacht werden, und von ein paar unangenehmen Angewohnheiten abgesehen war es gar nicht so schwer, mit Emerald auszukommen.

Obwohl die anhaltende Dunkelheit im hohen Norden es unmöglich machte, Anfang und Ende eines Tages zu erkennen, war Althalus ziemlich sicher, dass ihr Tagesablauf sich ziemlich genau nach dem Auf- und Untergehen der Sonne weiter im Süden richtete. Natürlich ließ diese Vermutung sich nicht bestätigen, doch Althalus hielt es für sinnvoll, daran zu glauben.

Seine »Tage« verbrachte er am Tisch vor dem aufgeschlagenen Buch, neben dem Emerald aufmerksam saß. Ihre Unterhaltung beschränkte sich hauptsächlich darauf, dass er auf ein Symbol tippte, das ihm noch nicht vertraut war und fragte: »Was bedeutet das?« Emerald sagte es ihm, worauf er weitermachte, bis er wieder zu einem ihm fremden Bild kam. Die Pergamentseiten lagen lose in der weißen Lederschatulle, und Emerald wurde sehr ungehalten, wenn Althalus sie falsch zurücklegte. »Sie ergeben keinen Sinn, wenn du sie so durcheinander bringst«, rügte sie ihn.

»Vieles davon macht sowieso keinen Sinn.«

»Leg sie zurück, wie sie waren!«

»Schon gut, schon gut. Mach dir keinen Knoten in den Schwanz.« Diese Bemerkung löste stets eine ihrer kleinen Balgereien aus: Emerald legte die Ohren zurück, duckte sich über ihre Vorderpfoten, wobei ihr Hintergestell hin und her schwang, und peitschte mit dem Schwanz. Dann sprang sie auf Althalus' Arm und nahm seine Hand ins Mäulchen. Doch sie fuhr dabei nie die Krallen aus, und wenngleich sie wild fauchte, biss sie nicht zu.

Althalus rächte sich, indem er mit der freien Hand ihr Fell zerwühlte, was Emerald zu hassen schien, weil sie immer ziemlich lange brauchte, bis sie es mit der Zunge wieder geglättet hatte.

Da Emerald eine Katze war, zumindest in ihrer derzeitigen Erscheinungsform, verfügte sie über einen ausgesprochen scharfen Geruchssinn und beharrte darauf, dass Althalus sich regelmäßig wusch – jedes Mal wenn er sich auch nur umdrehte, wie ihm schien, denn eine große geflieste Wanne mit dampfendem Wasser tauchte dann plötzlich neben dem Bett auf, worauf Althalus sich erhob und sich seufzend auszog. Er hatte erkannt, dass es leichter war zu baden, als mit Emerald zu streiten. Im Lauf der Zeit genoss er es sogar, sich vor jedem Abendessen im warmen Wasser zu aalen.

In diesem langen Winter kam Althalus ein seltsamer Gedanke, der vermutlich auf die ständige Dunkelheit zurückzuführen war. Er war immer noch nicht ganz sicher, tatsächlich nicht verrückt zu sein, und wie es beim Irrsinn gewöhnlich der Fall war. Hatte sich der Irrsin bei ihm eingestellt, weil er nicht zu dem ihm vorbestimmten Zeitpunkt gestorben war – genau wie der Greis, der sich mit Gott unterhielt? Aber vielleicht hatte er diesen Zeitpunkt gar nicht versäumt? Was war, wenn jemand sich in Hule – oder nachdem er die Berge von Kagwher bereits erklommen hatte – von hinten an ihn herangeschlichen und ihm den Kopf mit einer Axt gespalten hatte und er schon tot war? Wenn es schnell genug gegangen wäre, hätte er es vielleicht gar nicht mitbekommen, und sein Geist war weitergewandert. Vielleicht lag irgendwo seine Leiche und das Gehirn quoll ihm aus den Ohren, während sein Geist den Weg zu diesem Haus fortgesetzt hatte, ohne zu ahnen, dass sein Körper tot war. Es war gar nicht Althalus gewesen, der den verrückten Greis gesehen hatte, der mit Gott sprach, und er hatte gar nicht wirklich den Rand der Welt erreicht und das Feuer Gottes erblickt. Das alles hatte sein Geist sich nur ausgedacht, der nun sein vorbestimmtes Ziel erreicht hatte und für immer und alle Zeit hier in diesem verschlossenen Gemach mit Emerald und dem Buch bleiben würde. Jedermann weiß, dass das Leben nach dem Tod viel Seltsames mit sich bringt, also war es sinnlos, sich über ein Gemach zu erregen, in dem es stets warm und bequem blieb und das ohne Feuer beleuchtet wurde. Nein, es gab wahrhaftig keinen Grund, jedes Mal »unmöglich« zu rufen, wenn etwas Ungewöhnliches geschah. Das Ganze war lediglich sein höchstpersönliches Leben nach dem Tod.

Wenn er es recht bedachte, war dieses Leben gar nicht so übel. Er hatte es warm und gut zu essen, und zur Unterhaltung hatte er Emerald. Gewiss, dann und wann hätte Althalus gern ein paar Becher von Nabjors Met gehabt oder hin und wieder eine Schwester der Dirne mit dem verruchten Blick. Doch je mehr Zeit verging, desto unwichtiger wurde ihm dergleichen. Er hatte ein paar grauenvolle Geschichten über das Leben nach dem Tod gehört, aber wenn es nicht schlimmer wurde als bis jetzt, konnte Althalus sich damit abfinden, tot zu sein – »damit zu leben« würde wohl nicht zu seiner Lage passen. Nur eines hätte er gern getan: den Mann gejagt, der ihn getötet hatte. Doch als stoffloser Geist könnte er den Halunken nicht einmal in Stücke hacken. Dann kam ihm der Gedanke, dass er dem Kerl als Geist tüchtig Angst einjagen könnte, was vielleicht noch viel befriedigender wäre, als den Burschen abzuschlachten.

Althalus fragte sich, ob er Emerald überreden könnte, es ihm zu gestatten. Er würde ihr versprechen, zu ihrem gemeinsamen Leben nach dem Tod hierher zurückzukehren, sobald er seinen Mörder zu Tode verängstigt hatte. Aber er war fast sicher, dass Emerald kein Vertrauen in die Versprechen eines Geistes haben würde, der als Lebender für seine Lügen berühmt gewesen war. Nachdem er sich die Sache lange durch den Kopf hatte gehen lassen, beschloss er, mit seiner pelzigen Zimmergefährtin nicht darüber zu reden.

Dann aber kehrte die Sonne zum Dach der Welt zurück, und der Gedanke schwand, dass er tot sein könnte. Die ewige Dunkelheit hatte zu Althalus' Vorstellung vom Leben nach dem Tod gepasst, doch nun gab die Rückkehr der Sonne ihm das Gefühl, wieder geboren zu sein.

Inzwischen konnte er das Buch recht gut lesen und fand es zusehends interessanter. Doch eine Sache machte ihm noch Gedanken. Eines Spätnachmittags legte er die Hand auf das Buch und blickte Emerald an, die zu schlafen schien, das Kinn auf den Pfoten. »Wie lautet sein echter Name?«, fragte er sie.

Ihre grünen Augen wirkten verschlafen, als Emerald sie aufschlug. »Wessen Name?«

»Von dem, der das Buch geschrieben hat. Er nennt ihn kein einziges Mal.«

»Er ist Gott, Althalus.«

»Ja, ich weiß, aber welcher? Jedes Land, das ich besucht habe, hat seinen eigenen Gott – oder seine eigene Götterfamilie –, und alle haben unterschiedliche Namen. War der Schreiber vielleicht Kherdhos, der Gott der Wekti und Plakander? Oder Apwos, der Gott von Equero? Wie heißt er?«

»Deiwos, selbstverständlich.«

»Deiwos? Der Gott der Medyoner.«

»Natürlich.«

»Die Medyoner sind die albernsten Menschen der Welt, Emerald.«

»Was hat das damit zu tun?«

»Man sollte meinen, das Volk, das den echten wahren Gott verehrt, wäre vernünftiger.«

Sie seufzte.

»Es ist stets ein und derselbe Gott, Althalus. Ist dir das inzwischen denn nicht klar geworden? Die Wekti und Plakander nennen ihn Kherdos, weil sie nur ihre Schaf- und Rinderherden im Kopf haben. Für die Equerosaner ist er Apwos, denn ihr Interesse gilt hauptsächlich den Gewässern. Die Medyoner sind das älteste Volk in diesem Teil der Welt und brachten den Namen mit sich, als sie hierher kamen.«

»Woher kamen sie denn?«

»Aus dem Süden – nachdem sie gelernt hatten, Schafe zu züchten und Getreide anzubauen. Nachdem sie eine Zeit lang in Medyo gelebt hatten, breiteten sie sich ringsum aus, und es entstanden neue Lande, deren Bewohner den Namen Gottes veränderten.« Sie stand auf und gähnte. »Wie wär's mit Fisch zum Abendessen?«

»Wir hatten schon gestern Abend Fisch und vorgestern ebenfalls.«

»Na und? Ich mag Fisch. Du nicht?«

»Oh, ich hab nichts gegen Fisch, aber nach drei Wochen täglich dreimal Fisch hätte ich gern eine kleine Abwechslung.«

»Dann richte dir dein Abendessen selber«, brauste sie auf.

»Du weißt genau, dass ich das noch nicht kann.«

»Dann wird dir nichts anderes übrig bleiben als zu essen, was ich auftische, nicht wahr?«

»Fisch?«, fragte er seufzend.

»Ein wunderbarer Vorschlag, Althalus! Ich bin froh über deinen abwechslungsreichen Speiseplan.«

Es gab sehr viele Begriffe in dem Buch, die Althalus nicht verstehen konnte, und so unterhielten er und Emerald sich viele angenehme Abende darüber. Doch sie verbrachten auch viel Zeit mit Spielen. Schließlich war Emerald eine Katze, und Katzen spielen gern. Emerald täuschte beim Spielen eine Ernsthaftigkeit vor, die sie Althalus ungemein liebenswert machte, und sie füllte fast alle Leere in seinem Leben aus. Manchmal tat sie beim Spielen etwas völlig Albernes, dass es fast menschlich wirkte. Althalus dachte darüber nach, und ihm wurde bewusst, dass nur Menschen albern sein konnten. Tiere nahmen sich viel zu ernst, um auch nur ahnen zu können, dass sie sich lächerlich machten.

Einmal, als er schon einige Zeit in das Buch vertieft war, bemerkte er aus den Augenwinkeln eine Bewegung, und ihm wurde bewusst, dass Emerald sich anschlich. Er hatte ihr seit einigen Stunden wirklich nicht genügend Zuwendung geschenkt, und das duldete sie nur eine gewisse Zeit, dann forderte sie seine volle Aufmerksamkeit. Einen heimlichen Schritt nach dem anderen schlich sie über den polierten Fußboden, aber da Althalus sie bemerkt hatte, war er darauf vorbereitet, als sie sprang, und fing sie mit beiden Armen in der Luft auf. Wie immer in einem solchen Fall folgte eine vergnügliche Balgerei; dann drückte er sie an sein Gesicht. »Oh, ich liebe dich, Emmy!«, sagte er überschwänglich.

Sie riss den Kopf zurück. »Emmy?«, zischte sie. »EMMY!?!«

»Aber das tun fast alle«, bemühte er sich zu erklären. »Nachdem sie eine Weile zusammenleben, erfinden sie Kosenamen füreinander.«

»Setz mich ab!«

»Sei doch nicht gleich so wütend!«

»Emmy, also wirklich! Lass mich sofort runter, oder ich reiss dir ein Ohr ab!«

Althalus war ziemlich sicher, dass es bloß eine Drohung war, setzte sie jedoch auf den Boden und tätschelte sie kurz am Kopf.

Sie drehte sich seltsam zur Seite, mit zurückgelegten Ohren und aufgestelltem Fell.

»Aber Emmy«, tat er erschrocken, »wie kannst du nur so zornig werden! Ich bin bestürzt. Bestürzt!«

Sie fluchte, und das überraschte ihn nun wirklich. »Du bist wirklich wütend, nicht wahr?«

Sie zischte ihn wieder an, und er lachte. »O Emmy, Emmy, Emmy«, sagte er zärtlich.

»Ja, Althie, Althie, Althie?«, entgegnete sie boshaft.

»Althie?«

»Du hast recht gehört.« Sie legte sich aufs Bett und schmollte.

Er bekam kein Abendessen, bedauerte es aber nicht. Er hatte jetzt eine Möglichkeit entdeckt, es ihr heimzuzahlen, wenn sie wieder anfing, überheblich zu tun. Ein »Emmy« würde ihren hochmütigen Blick sofort verschwinden lassen und sie in sprachlose Wut versetzen. Und das wollte Althalus im Notfall nutzen.

Am Tag darauf schlossen sie wieder Frieden, und der Alltag kehrte zurück. An diesem Abend verwöhnte sie ihn mit einem Festessen. Ihm war klar, dass es eine Friedensgeste war, und er lobte ihr Essen fast nach jedem zweiten Bissen.

Als sie dann zu Bett gegangen waren, wusch sie sein Gesicht sehr lange. »Hast du wirklich gemeint, was du gestern gesagt hast?«, schnurrte sie.

»Was soll ich gemeint haben, das ich gesagt habe?«

Sofort legten ihre Ohren sich zurück. »Du hast gesagt, dass du mich liebst. Hast du das ehrlich gemeint?«

»Oh«, sagte er, »das. Natürlich habe ich's ehrlich gemeint. Das solltest du gar nicht zu fragen brauchen!«

»Lüg mich nicht an!«

»Würde ich dich je anlügen?«

»Natürlich! Du bist der größte Lügner auf der Welt.«

»O danke, Emmy.«

»Ärgere mich nicht, Althalus«, warnte sie ihn. »Ich habe alle vier Pfoten um deinen Kopf geschlungen. Du solltest lieber nett zu mir sein – es sei denn, du willst dein Gesicht lieber hinten am Kopf statt vorn.«

»Ich werde nett sein«, versprach er.

»Dann sag es noch einmal.«

»Was denn, Schatz?«

»Du weißt schon.«

»Na gut, Kätzchen, ich liebe dich. Fühlst du dich jetzt besser?«

Sie rieb das Gesicht an dem seinen und fing zu schnurren an.

Die Jahreszeiten kamen und gingen, wie bei Jahreszeiten üblich, obwohl die Sommer hier auf dem Dach der Welt kurz, die Winter dafür umso länger waren. Und nachdem Frühling und Sommer, Herbst und Winter mehrere Male gewechselt hatten, trat die Vergangenheit in den Hintergrund, bis sie nur noch eine verschwommene Erinnerung war. Die Tage vergingen ungezählt, so sehr plagte Althalus sich mit dem Buch ab. Immer öfter starrte er zu der leuchtenden Kuppel hinauf und dachte über die seltsamen Dinge nach, die ihm das Buch verraten hatte.

»Was hast du für ein Problem?«, fragte Emerald einmal gereizt, als Althalus am Tisch saß und nicht auf das Buch achtete, das vor ihm auf der glänzenden Platte lag. »Du tust ja nicht einmal so, als würdest du lesen.«

Althalus legte eine Hand auf das Buch. »Ich habe gerade etwas gelesen, das ich nicht verstehe«, gestand er.

Sie seufzte. »Erzähl mir, was du nicht verstehst, dann werde ich's dir erklären. Du wirst es zwar auch dann nicht verstehen, aber ich erkläre es dir trotzdem.«

»Du kannst sehr beleidigend sein, weißt du.«

»Natürlich weiß ich das, schließlich tue ich das mit Absicht – aber du liebst mich doch immer noch, nicht wahr?«

»Oh – ich denke schon.«

»Du *denkst* schon?«

Er lachte. »Ich hab dich aufgeschreckt, nicht wahr?«

Sie legte die Ohren zurück und zischte ihn an.

»Sei lieb.« Er streckte die Hand aus und kraulte sie hinter den Ohren. Dann blickte er auf die schwierige Zeile. »Wenn ich das richtig lese, steht da, dass alles, was Deiwos erschaffen hat, in seinen Augen den gleichen Wert besitzt. Bedeutet das, dass ein Mensch nicht wichtiger ist als ein Käfer oder ein Sandkorn?«

»Nicht direkt«, antwortete Emerald. »Es bedeutet, dass Deiwos seine Schöpfung nicht in einzelnen Teilen sieht. Das Ganze ist wichtig für ihn. Ein Mensch ist nur ein Teilchen des Ganzen, und er ist ja auch nicht lange hier. Er wird geboren, lebt sein Leben und stirbt nach so kurzer Zeit, dass die Berge und Sterne ihn nicht einmal bemerken, wenn er an ihnen vorübergeht.«

»Das ist ein trauriger Gedanke. Wir sind kaum mehr als nichts, hm? Deiwos wird uns nicht mal vermissen, wenn der Letzte von uns gestorben ist, oder was meinst du?«

»Oh, wahrscheinlich schon. Es gibt Wesen, die einst gelebt haben, die es aber nicht mehr gibt, und Deiwos erinnert sich immer noch an sie.«

»Warum hat er diese Wesen dann aussterben lassen?«

»Weil sie alles getan hatten, was sie tun sollten. Sie hatten zu Ende geführt, wozu sie bestimmt gewesen waren, und so hatte Deiwos sie gehen lassen. Außerdem – wenn alles, was je gelebt hat, noch hier wäre, gäbe es keinen Platz für Neues.«

»Früher oder später wird das auch mit den Menschen so sein, nicht wahr?«

»Das ist nicht ganz sicher, Althalus. Andere Wesen nehmen die Welt, wie sie sie vorfinden, der Mensch dagegen verändert sie.«

»Und Deiwos leitet uns bei diesen Veränderungen?«

»Warum sollte er? Deiwos greift nicht in die Geschichte der Menschen ein, Schatz. Er setzt die Dinge in Bewegung und zieht dann weiter. Alle Fehler, die du machst, sind dir selbst zuzuschreiben. Gib Deiwos nicht die Schuld daran.«

Althalus streckte die Hand aus und zerzauste ihr Fell.

»Lass das. Es dauert eine Ewigkeit, es wieder glatt zu kriegen.«

»Dann hast du zwischen deinen Nickerchen wenigstens etwas zu tun, Emmy«, sagte er und wandte seine Aufmerksamkeit wieder dem Buch zu.

6

Die Vergangenheit schwand immer mehr aus Althalus' Gedächtnis, so sehr beschäftigte ihn das Buch. Inzwischen konnte er es von Anfang bis Ende lesen, und das hatte er bereits so oft getan, dass er lange Textstellen aus dem Gedächtnis aufzusagen vermochte. Je vertrauter er mit dem Buch wurde, desto stärker veränderte es seine Vorstellung von der Welt. Dinge, die ihm vor seiner Ankunft im Haus am Ende der Welt sehr wichtig erschienen waren, kamen ihm nun belanglos vor.

»War ich wirklich so unbedeutend, Em?«, fragte er seine Gefährtin an einem Abend im Frühherbst während eines dieser schier endlosen Jahre.

»Worum geht es denn, Schatz?«, fragte sie abwesend beim Ohrenputzen.

»Ich hatte mir immer eingebildet, der geschickteste Dieb der Welt zu sein, doch zum Schluss war ich kaum mehr als ein gewöhnlicher Straßenräuber. Ich hab den Leuten eins übergebraten, um ihnen die Kleidung wegzunehmen.«

»Das trifft es ziemlich genau, ja. Worauf willst du hinaus?«

»Ich hätte mehr aus meinem Leben machen können, nicht wahr?«

»Deshalb sind wir ja hier, Schatz. Ob es dir gefällt oder nicht, du wirst mehr daraus machen. Dafür sorge ich schon.« Ihre grünen Augen wirkten noch rätselhafter als sonst. »Es ist an der Zeit, dass du lernst, dir die Macht des Buches zu Nutze zu machen.«

»Was meinst du mit ›zu Nutze zu machen‹?«

»Mit dem Buch kannst du Dinge geschehen lassen. Was dachtest du, woher jeden Tag dein Essen kommt?«

»Dafür bist du zuständig, Em. Es wäre unhöflich von mir, dir deinen Aufgabenbereich streitig zu machen.«

»Unhöflich oder nicht, du wirst lernen, Althalus. Bestimmte Worte aus dem Buch haben die Bedeutung etwas zu tun – Worte wie ›hacken‹ oder ›graben‹ oder ›schneiden‹. Ohne dass du dir den Buckel krumm arbeiten musst, kannst du all das mit dem Buch tun, sobald du damit umzugehen verstehst. Anfangs wirst du das Buch berühren müssen, wenn du dergleichen tun willst. Nach einiger Übung wird es aber auch ohne das Buch gehen. Dann brauchst du es dir bloß vorzustellen.«

»Das Buch wird immer hier sein, nicht wahr?«

»Darum geht es, Schatz. Das Buch muss hier bleiben. Es wäre zu gefährlich, es mit hinaus in die Welt zu nehmen. Du aber hast da draußen einiges zu erledigen.«

»Ach? Was meinst du mit ›einiges‹?«

»Kleinigkeiten, wie die Welt zu retten, dafür zu sorgen, dass die Sterne am Himmel bleiben, wo sie hingehören, und dass die Zeit ihren normalen Lauf nimmt.«

»Nimmst du mich auf den Arm, Em?«

»Nein, eigentlich nicht. Doch zu diesen Kleinigkeiten kommen wir später. Versuchen wir es erst einmal mit etwas ganz Leichtem. Zieh einen Schuh aus und wirf ihn zum Bett hinüber. Dann befiehl ihm zurückzukommen.«

»Ich glaube nicht, dass er mir gehorchen wird, Emmy.«

»Doch, wird er, wenn du das richtige Wort benutzt. Du brauchst nur die Hand auf das Buch zu legen, den Schuh anzuschauen und ›*gwem*‹ zu sagen. Es ist nicht anders, als ein Hündchen zu rufen.«

»Das ist ein schrecklich altmodisches Wort, Emmy.«

»Kein Wunder. Es ist eines der ersten Worte. Die Sprache des Buches ist die Mutter deiner Sprache, die daraus erwachsen ist. Versuch es einfach, Schatz. Über die Sprachveränderungen können wir uns ein andermal unterhalten.«

Zweifelnd schlüpfte er aus einem Schuh und warf ihn zum Bett. Dann legte er eine Hand auf das Buch und sagte halbherzig *»gwem«*.

Nichts geschah.

»Das war's dann wohl«, murmelte er.

»Du musst es ihm befehlen, Althie. Glaubst du ein Hündchen würde auf dich hören, wenn du es so unentschlossen rufst?«, meinte Emerald tadelnd.

»*Gwem!*«, befahl er seinem Schuh scharf.

Er rechnete nicht mit dessen Gehorsam, darum war er nicht darauf gefasst, ihn abzuwehren, und der Schuh traf ihn im Gesicht.

»Ein Glück, dass wir nicht mit deinem Speer angefangen haben«, bemerkte Emmy. »Du solltest wenigstens eine Hand ausstrecken, damit der Schuh weiß, wo du ihn haben willst.«

»Es klappt tatsächlich!«, rief Althalus überrascht.

»Natürlich klappt es. Hast du mir nicht geglaubt?«

»Nun – doch, eigentlich schon. Ich hätte nur nicht gedacht, dass es ganz so schnell geht. Eigentlich hatte ich erwartet, der Schuh würde über den Boden zu mir rutschen. Aber dass er herbeifliegt …«

»Du hast es nur ein wenig zu scharf gesagt, Schatz. Wenn du so etwas tust, ist der Tonfall sehr wichtig. Je lauter und schärfer du befiehlst, desto schneller geschieht es.«

»Das werde ich nicht vergessen. Vom eigenen Schuh ins Gesicht getreten zu werden hinterlässt bestimmt eine bleibende Erinnerung. Warum hast du mich nicht davor gewarnt?«

»Weil du nicht zuhörst, Althie. Ich vergeude nur den Atem, wenn ich dich auf etwas aufmerksam mache. So, versuch es jetzt noch einmal.«

Der Schuh legte in den nächsten Wochen Meilen zurück, und Althalus wurde zusehends geschickter, den richtigen Befehlston zu finden. Er entdeckte auch, dass andere Worte den Schuh veranlassten, andere Dinge zu tun. Bei »*dheu*« erhob er sich vom Boden und schwebte vor ihm. Bei »*dhreu*« sank er auf den Boden zurück.

Althalus übte es eines Spätsommertages, als ihm ein verwegener Gedanke kam. Er blickte zu Emerald, die auf dem Bett saß und eifrig ihre Ohren putzte. Er widmete ihr seine angestrengte Aufmerksamkeit, legte eine Hand auf das Buch und sagte: »*Dheu.*«

Sogleich erhob Emerald sich in die Luft und schwebte in Kopfhöhe vor ihm. Sie putzte weiterhin ihre Ohren, als wäre nichts geschehen. Dann blickte sie ihn an und ihre grünen Augen wirkten eisig. »*Bhlag!*«, befahl sie scharf.

Ein Kinnhaken warf Althalus zu Boden. Der Schlag schien aus dem Nichts gekommen zu sein und hatte ihn bis zu den Zehenspitzen erschüttert.

»So was tun wir einander doch nicht an, nicht wahr?«, flüsterte Emerald beinahe freundlich. »Und jetzt lass mich runter!«

Von der Wucht des Schlages schielte er leicht. Er bedeckte ein Auge mit dem Handteller; so konnte er Em nun wieder sehen. »*Dhreu*«, murmelte er entschuldigend.

Emerald machte es sich erneut auf dem Bett bequem. »Das ist viel besser«, schnurrte sie. »Wirst du jetzt aufstehen, oder gedenkst du noch eine Zeit lang auf dem Boden liegen zu bleiben?« Sie wusch ihre Ohren weiter.

Aus ihrem Verhalten schloss Althalus, dass es Regeln gab, die man besser nicht brach. Ihm wurde auch bewusst, dass Emerald ihm den nächsten Schritt vorgeführt hatte. Sie war nicht in der Nähe des Buches gewesen, als sie ihm den Kinnhaken verpasste.

Er übte mit seinem Schuh weiter, mit dem er vertrauter war als mit sonst etwas seiner Habe. Außerdem hatte der Schuh keine scharfen Ecken und Kanten. Nur um festzustellen, ob er es fertig brächte, fügte er ihm ein Flügelpaar an, worauf der Schuh unbeholfen im Gemach umherflatterte und ständig gegen irgendetwas prallte. Grinsend dachte er, dass ein fliegender Schuh in Nabjors Lager oder in Gosti Fettwansts Halle eine echte Sensation wäre. Aber beides lag sehr lange zurück. Müßig kramte Althalus in seiner Erinnerung, um vielleicht herauszufinden, wie viele Jahre er bereits hier verbracht hatte, doch irgendwie war es unmöglich, auf die richtige Zahl zu kommen.

»Wie lange bin ich schon hier, Emmy?«, rief er.

»Schon ziemlich lange, Althi. Warum fragst du?«

»Reine Neugier. Ich kann mich kaum noch an die Zeit zuvor erinnern.«

»Zeit bedeutet in diesem Haus nicht wirklich etwas, Schatz. Du bist hier um zu lernen, und viele der Dinge in dem Buch sind äußerst schwierig. Dein Verstand hat sehr lange gebraucht, sie ganz zu verstehen. Fast jedes Mal, wenn so etwas geschah, ließ ich deine Augen schlafen, während dein Verstand gearbeitet hat. Dadurch war es viel ruhiger. Du hast dich mit dem Buch herumgeschlagen, nicht mit mir.«

»Warte mal. Habe ich dich richtig verstanden? Willst du damit sagen, dass ich manchmal eine Woche oder länger in einem solchen Schlafzustand verbracht habe?«

Sie bedachte ihn wieder einmal mit einem ihrer aufreizend überlegenen Blicke.

»Einen Monat?«, fragte er ungläubig.

»Mehr.«

»Du hast mich doch nicht etwa jahrelang schlafen lassen?«, rief er aufgeregt.

»Schlaf ist sehr gut für dich, Schatz. Das Schöne an diesen Nickerchen ist, dass du dabei nicht schnarchst.«

»Wie lange, Emmy? Wie lange bin ich schon hier oben bei dir eingesperrt?«

»Lange genug, dass wir einander kennen gelernt haben.« Dann stieß sie mit Duldermiene einen ihrer Seufzer aus. »Du musst zuhören lernen, wenn ich dir etwas sage, Althalus. Du bist schon lange genug hier im Haus, um das Buch lesen zu können. Dazu hast du auch gar nicht so lange gebraucht. Doch es *verstehen* zu lernen, hat sehr lange gedauert. Du bist auch noch nicht ganz fertig damit, machst aber Fortschritte.«

»Das bedeutet, dass ich sehr, sehr alt bin, nicht wahr?« Er hob die Hand, ergriff eine Haarsträhne und zog sie herunter, um sie zu betrachten. »So alt kann ich gar nicht sein«, sagte er spöttisch. »Mein Haar ist noch nicht einmal weiß.«

»Warum sollte es weiß sein?«

»Das ist so. Wenn jemand alt wird, wird sein Haar weiß.«

»Das ist es ja gerade. Du bist nicht alt geworden. In diesem Haus verändert sich nichts. Du bist noch genauso alt wie an dem Tag, als du es betreten hast.«

»Was ist mit dir? Bist du auch noch genauso alt wie damals?«

»Habe ich das nicht gerade gesagt?«

»Wenn ich mich recht entsinne, hast du mal gesagt, du wärst nicht immer hier gewesen.«

»Nein, nicht immer. Vor langer Zeit war ich anderswo. Dann aber kam ich hierher, um auf dich zu warten.« Sie blickte über die Schulter auf die Berggipfel, die durch das Südfenster zu sehen waren. »Die gab es damals noch nicht.«

»Ich dachte Berge stehen ewig.«

»Nichts währt ewig, Althalus – außer mir, natürlich.«

»Die Welt muss ganz anders ausgesehen haben, als es diese Berge noch nicht gab«, murmelte er nachdenklich. »Wo haben die Menschen damals gelebt?«

»Es gab keine Menschen. Statt ihrer lebten andere Wesen, doch sie sind ausgestorben. Sie haben getan, was sie tun sollten, darum ließ Deiwos sie gehen. Er vermisst sie aber noch.«

»Du sprichst von Deiwos immer so, als würdest du ihn kennen ... ich meine, so von Angesicht zu Angesicht.«

»So ist es auch, wir kennen einander sehr gut.«

»Nennst du ihn ›Deiwos‹, wenn du dich mit ihm unterhältst?«

»Manchmal. Wenn ich seine Aufmerksamkeit wirklich gewinnen will, nenne ich ihn ›Bruder‹.«

»Du bist die Schwester Gottes?«, vergewisserte Althalus sich verblüfft.

»Gewissermaßen.«

»Ich glaube nicht, dass ich dem weiter nachgehen möchte. Kehren wir zu unserem vorherigen Thema zurück, Em. Wie lange bin ich schon hier? Nenn mir eine Zahl.«

»Zweitausendvierhundertsiebenundsechzig Jahre – bis vergangene Woche.«

»Jetzt machst du aber einen Scherz, nicht wahr?«

»Nein. Willst du sonst noch etwas wissen?«

Er schluckte heftig. »Einige meiner Nickerchen waren viel länger als ich dachte, stimmt's? Das macht mich zum ältesten Menschen auf der Welt, nicht wahr?«

»Nicht ganz. Es gibt da einen Mann namens Ghend, der ist ein gutes Stück älter als du.«

»Ghend? So alt ist er mir gar nicht vorgekommen.«

Emeralds grüne Augen wurden noch runder. »Du kennst Ghend?«

»Natürlich kenne ich Ghend. Er hat mir doch den Auftrag erteilt, hierher zu kommen und das Buch zu stehlen.«

»Warum hast du mir das nicht gesagt?«, fauchte sie ihn an.

»Ich muss es erwähnt haben.«

»Hast du nicht. Du Narr! Das hast du mir seit fünfundzwanzighundert Jahren verschwiegen!«

»Beruhige dich, Emmy! Wir kommen nicht weiter, wenn du

dich so schrecklich aufregst.« Er blickte sie lange und fest an. »Ich glaube, du solltest mich jetzt wirklich einweihen, worum es hier geht, Emmy – und versuch nicht noch einmal, mich zu vertrösten, dass ich es nicht verstehen werde oder noch nicht bereit bin für gewisse Dinge. Ich will jetzt genau wissen, was vorgeht und warum es so wichtig ist.«

»Dafür haben wir keine Zeit.«

Er lehnte sich auf seiner Bank zurück. »Nun, dann werden wir uns die Zeit eben nehmen, Kätzchen. Du hast mich lange genug als Schoßtier behandelt. Ich weiß nicht, ob du es bemerkt hast, aber ich habe keinen Schwanz, und selbst wenn ich einen hätte, würde ich nicht jedes Mal damit wedeln, wenn du die Finger schnippst. Du hast mich nicht völlig gezähmt, Emmy. Und lass dir gesagt sein, dass wir erst weitermachen, wenn du offen und ehrlich zu mir bist.«

Ihr Blick war eisig und ihr Tonfall beinahe unfreundlich: »Was willst du wissen?«

Er legte eine Hand auf das Buch. »Oh, ich weiß nicht. Warum fangen wir nicht mit allem an, dann können wir von dort weitermachen.«

Sie funkelte ihn an.

»Noch mehr finstere Geheimnisse, Emmy? Nun red schon. Wenn die Dinge wirklich so ernst sind, wie du zu glauben scheinst, dann sei auch ernst.«

»Nun, vielleicht bist du ja bereit zu erfahren, was vorgeht«, gab sie nach. »Wieviel weißt du über Daeva?«

»Nur, was im Buch darüber steht. Ich hatte nie von ihm gehört, ehe ich hierher kam. Er ist sehr wütend auf Deiwos, wie mir scheint. Und Deiwos scheint das zu bedauern, aber er wird trotzdem weitermachen mit dem, was er tut, ob es Daeva nun gefällt oder nicht – wahrscheinlich weil er es tun muss.«

»Also, das ist eine ungewöhnliche Auslegung.« Sie grübelte eine Weile darüber nach. »Aber wenn ich es recht bedenke, steckt mehr als nur ein Körnchen Wahrheit darin. Irgendwie ist es dir gelungen, die Vorstellung vom Bösen anders zu definieren. Nach deiner Ansicht ist das Böse nichts weiter als Uneinigkeit über das Wesen der Dinge. Deiwos findet, dass sie so oder so sein müssten, und Daeva meint, dass sie anders sein sollten.«

»Ich dachte, das habe ich gerade gesagt. Mit der Erschaffung der Dinge hat der Streit angefangen, nicht wahr?«

»Das ist wohl etwas zu vereinfacht ausgedrückt, aber es kommt der Sache ziemlich nahe. Deiwos erschafft Dinge, weil er sie erschaffen muss. Die Welt und der Himmel waren nicht vollendet, so wie sie waren, das hat Deiwos erkannt. Aber Daeva war anderer Meinung. Wenn Deiwos etwas tut, um die Welt und den Himmel zu vollenden, bringt das Veränderungen mit sich. Daeva hält das für eine Verletzung der natürlichen Ordnung. Er will nicht, dass sich irgendetwas verändert.«

»Wie schade. Aber er kann wohl nicht viel dagegen tun, oder? Wenn etwas verändert wurde, ist es schon anders. Daeva kann es ja schlecht *um*ändern, nicht wahr?«

»Er bildet es sich aber ein.«

»Die Zeit fließt nur in eine Richtung, Emmy. Wir können nicht umkehren und etwas ungeschehen machen, das sich in der Vergangenheit ereignet hat, nur weil uns seine Weiterentwicklung nicht gefällt.«

»Daeva glaubt aber, dass er es kann.«

»Dann ist er nicht ganz richtig im Kopf. Die Zeit läuft nicht rückwärts, nur weil er es so will. Das Meer mag austrocknen und der Wind die Berge abtragen, doch die Zeit fließt von der Vergangenheit zur Zukunft – wahrscheinlich das einzige, das sich nicht ändern wird.«

»Wir können nur hoffen, dass du Recht hast, Althalus, denn wenn nicht, wird Daeva siegen. Dann wird er alles ungeschehen machen, was Deiwos erschaffen hat, und Erde und Himmel in ihren Urzustand zurückversetzen. Wenn es ihm gelingt, die Zeit rückwärts fließen zu lassen, wird das, was er jetzt tut, Dinge verändern, die in der Vergangenheit entstanden, und wenn er die Vergangenheit ändern kann, werden wir nicht mehr hier sein.«

»Was hat Ghend mit all dem zu tun?«, fragte Althalus plötzlich.

»Ghend war einer der Frühzeitmenschen, die vor etwa zehntausend Jahren in diesen Teil der Welt kamen, ehe der Mensch gelernt hatte, bestimmte Steine zu kochen, um Kupfer zu gewinnen, oder Zinn mit Kupfer zu mischen, damit Bronze entsteht. Ihre gesamten Werkzeuge und Waffen waren aus Stein, und Ghends Häuptling wies ihn an, Bäume zu fällen, damit der Stamm Getreide anbauen konnte. Ghend hasste diese Arbeit, und das nutzte Daeva, ihn von Deiwos abtrünnig zu machen. Daeva kann sehr überzeugend sein, wenn er es darauf anlegt. Ghend betete also Daeva an und ist seit damals sein Hoher Priester und der absolute Herr von Nekweros.« Plötzlich blickte Emerald auf. Dann glitt sie geschmeidig vom Bett und sprang auf den Sims des Nordfensters. »Ich hätte es wissen müssen«, sagte sie verärgert. »Er tut es schon wieder.«

»Was?«

»Komm her und sieh selbst.«

Althalus trat ans Fenster und fuhr ungläubig zurück. Da war etwas draußen, das nicht dort sein dürfte. Die Welt schien nicht mehr hier zu enden. »Was ist das?« Ungläubig starrte er auf etwas, das wie ein weißer Berg aussah.

»Eis«, antwortete Emerald. »Das passiert nicht zum ersten Mal. Ab und zu kommen Daeva und Ghend hierher, um den Lauf der Dinge zu verlangsamen – für gewöhnlich immer dann, wenn sie der Meinung sind, dass Deiwos ihnen zu weit enteilt.«

»Das sind Unmengen Eis, Emmy. Als ich hierher kam, waren die Wolken weit unten. Ist das Wasser gestiegen?«

»Nein, es ist schon vor langer Zeit gefroren. Jeden Winter schneit es darauf, und der Schnee schmilzt nicht mehr. Neuer Schnee häuft sich, drückt auf die alte Schicht und presst sie zu Eis.«

»Wie dick ist es?«

»Etwa zwei Meilen, vielleicht auch drei.«

»Ich meinte, wie dick es ist, Emmy, nicht wie weit entfernt.«

»Das habe ich auch so verstanden. Sobald es dick genug ist, wird es höher sein als das, was wir den Rand der Welt nennen. Dann wird es in Bewegung geraten. Es wird die Berge zermahlen und hinunter auf die Ebenen wälzen. Nichts wird es aufhalten können, und kein Mensch kann hier mehr leben.«

»Hast du das schon einmal gesehen?«

»Mehrere Male. Es ist so ziemlich die einzige Möglichkeit für Ghend und Daeva, Deiwos bei seinem Tun zu unterbrechen. Wir werden unseren Plan ändern müssen, Althalus.«

»Ich wusste gar nicht, dass wir einen Plan haben.«

»Oh, wir haben durchaus einen, Schatz. Ich bin nur noch nicht dazu gekommen, dir davon zu erzählen. Weißt du, ich dachte, uns bliebe mehr Zeit.«

»Du hattest doch bereits fünfundzwanzighundert Jahre, Emmy. Wie viel hättest du denn *noch* gebraucht?«

»Wahrscheinlich weitere fünfundzwanzighundert. Hättest du mir schon früher von Ghend erzählt, hätte ich die Dinge vielleicht in Ordnung bringen können. Jetzt müssen wir List walten lassen. Ich hoffe nur, dass Deiwos nicht zu böse auf mich wird.«

»Dein Bruder hat schrecklich viel zu tun, Em«, sagte Althalus. »Ich finde, wir sollten ihn nicht auch noch mit Kleinkram belästigen.«

Sie lachte. »Ganz meine Meinung, Schatz. Wir wurden füreinander geschaffen.«

»Wird dir das jetzt erst bewusst? Ich begebe mich nach Nekweros und töte Ghend. Das wäre die einfachste List, die wir anwenden könnten, meinst du nicht?«

»Das ist ziemlich unverblümt, Althalus.«

»Ich sage, was ich denke, Emmy. Um den heißen Brei herumzureden ist Zeitverschwendung, und genau dazu wird es letztendlich kommen. Ghend wollte, dass ich hierher marschiere und das Buch stehle, damit er es vernichten kann. Wenn ich ihn töte, können wir *sein* Buch vernichten. Dann muss Daeva wieder von vorn anfangen.«

»Woher weißt du von Daevas Buch?«, fragte sie scharf.

»Ghend hat es mir in Nabjors Lager gezeigt.«

»Er trägt es wirklich und wahrhaftig mit sich herum? Was denkt er sich dabei?«

»Frag mich nicht, was jemand anderes denkt, Em. Wahrscheinlich hat er gewusst, dass ich noch nie ein Buch gesehen hatte, also hat er eines mitgebracht, damit ich eine Vorstellung davon bekomme. Doch die Bilder in dem Buch waren gar nicht wie unsere.«

»Du hast sie doch nicht etwa berührt, oder?«

»Nicht das Buch selber, aber er hat mir eine der Seiten gezeigt.«

»Die Seiten *sind* das Buch, Althalus. Du hast beide Bücher mit den bloßen Händen berührt?«, erkundigte sie sich schaudernd.

»Ja. Ist das so wichtig?«

»Die Bücher sind das Absolute, Althalus. Sie sind die Quelle der allerhöchsten Macht. Unser Buch ist die Macht des reinen Lichtes, das Buch Ghends die Macht der absoluten Finsternis. Als du die

Seite seines Buches berührtest, hätte es dich völlig verreinnahmen müssen.«

»Wenn du mit ›vereinnahmen‹ verderben meinst… verdorben war ich schon ein wenig, Em, aber damit können wir uns später eingehend beschäftigen. Sag mir jetzt lieber, was du von meinem Vorschlag hältst. Ich kann mich über die Grenze nach Nekweros schleichen, ohne dass mich irgendwer bemerkt. Sobald ich Ghend schlafen geschickt habe, verbrenne ich sein Buch, und dann gibt es keine Schwierigkeiten mehr damit, habe ich Recht?«

»O Schatz«, seufzte sie.

»Es ist die einfachste Lösung, Em. Warum die Dinge schwieriger machen, wenn es nicht nötig ist?«

»Du würdest nicht weiter als eine Meile über die Grenze gelangen, Schatz. Ghend ist dir um etwa siebentausendfünfhundert Jahre voraus. Er kann sich des Buches auf eine Weise bedienen, die du dir nicht einmal vorzustellen vermagst. Es ist ein sehr komplizierter Vorgang, sich eines Buches zu bedienen. Man muss es so gut kennen, dass einem die Worte von selbst kommen.« Sie blickte ihn nachdenklich an. »Liebst du mich wirklich, Althalus?«, fragte sie.

»Natürlich. Das brauchst du nicht zu fragen. Aber was hat das mit unserem derzeitigen Thema zu tun?«

»Es ist von allergrößter Bedeutung, Althalus. Du musst mich ohne jegliche Einschränkung lieben. Denn wenn nicht, dann geht es nicht.«

»Geht was nicht?«

»Mir ist eine List eingefallen. Vertraust du mir, Schatz?«

»Dir trauen? So oft wie du dich angeschlichen und mich von hinten angesprungen hast? Ha!«

»Was soll das wieder heißen?«

»Du bist hinterlistig, Kätzchen. Ich liebe dich, aber ich bin nicht so dumm, dir zu trauen.«

»Das ist doch nur Spielen. Das zählt nicht.«

»Was haben Liebe und Vertrauen damit zu tun, Ghends Buch loszuwerden?«

»Im Gegensatz zu dir kann ich mit unserem Buch umgehen; aber du kannst da draußen in der Welt Dinge tun, die *ich* nicht tun kann.«

»Das erklärt wohl unser Problem. Wie gehen wir es an?«

»Wir reißen die Barrieren zwischen uns nieder, aber dazu müssen wir einander absolut vertrauen. Ich muss imstande sein, in deinen Verstand zu gelangen, um dir zu sagen, was du tun musst und welche Worte aus dem Buch du dazu benötigst.«

»Dann steck ich dich einfach in meine Tasche und wir ziehen los, um Ghend zu töten?«

»Ein bisschen komplizierter ist es schon, Althalus. Ich glaube, du wirst es besser verstehen, wenn jeder im Verstand des anderen ist. Zuerst aber musst du deinen Geist leeren, damit ich hinein kann.«

»Wovon redest du eigentlich?«

»Denk an Licht – oder Dunkelheit – oder Leere. Dann vergiss deinen Verstand.«

Althalus bemühte sich, an gar nichts zu denken, doch das gelingt fast nie. Der Verstand kann wie ein aufsässiges Kind sein. Befiehlt man ihm aufzuhören, gehorcht er erst recht nicht.

Emerald legte die Ohren gereizt zurück. »Wir müssen etwas anderes versuchen. Vielleicht …?« Ihre Stimme klang unsicher. »Geh zum Südfenster und schau zu den Bergen von Kagwher. Wähl den nächsten aus und zähl die Bäume, die auf ihm stehen.«

»Die Bäume zählen? Wozu?«

»Weil ich es gesagt habe. Stell keine dummen Fragen, tu's einfach!«

»Schon gut, schon gut, Em, reg dich nicht auf.« Er trat ans Südfenster. Der nächste Gipfel war nur etwa eine Meile entfernt. Althalus machte sich daran, die schneebedeckten Bäume zu zählen. Der Schnee ließ ihre Umrisse verschwimmen, was das Zählen erschwerte.

»Geh ein bisschen zur Seite.« Emeralds Stimme schien in sein rechtes Ohr zu murmeln. Er riss überrascht den Kopf herum. Er konnte sie nicht auf der Schulter fühlen, wohl aber ihren warmen Atem an der Wange spüren.

Emerald saß nach wie vor auf dem etwa ein Dutzend Fuß entfernten Bett. »Ich bat dich ein wenig zur Seite zu gehen, Schatz«, sagte ihre Stimme in seinem Kopf. »Ich brauche etwas mehr Platz.«

»Was tust du?«

»Psst! Ich bin beschäftigt.«

Ihm war, als bewege sich etwas in seinem Kopf. »Halt dich

still«, ermahnte ihn ihre Stimme. »Soviel Platz nehme ich gar nicht ein.«

Dann schwand das Gefühl, einen Fremdkörper im Kopf zu haben, und Althalus verspürte dort das sanfte Auf und Ab ihres Schnurrens. »Jetzt gehörst du mir!«, triumphierte sie.

»Was geht da vor?«, fragte er erschrocken.

»Du brauchst nicht mehr laut mit mir reden, Schatz«, hauchte sie in seinem Verstand. »Nun, da ich hier bin, kann ich deine Gedanken hören, und du kannst meine vernehmen, wenn du dir die Mühe machst und lauschst.«

»Wie hast du das angestellt?«

»Nicht laut reden, Althalus. Denk die Worte. Es ist ein schier unerträglicher Widerhall hier, wenn du sie denkst und gleichzeitig sprichst.«

Er sandte seinen Gedanken nach innen. »Bist du wirklich da drinnen?«

»Mein Bewusstsein, ja. Es ist aber auch auf dem Bett. Mit dem Verstand ist es einfach, an zwei verschiedenen Orten gleichzeitig zu sein.« Ihm war als kitzle ihn etwas über dem linken Ohr. »Es ist hier drin mehr Platz als ich dachte. Du bist klüger als ich mir vorgestellt hatte, und du bist wirklich ziemlich poetisch.«

»Würdest du bitte aufhören, da drin herumzukramen?«

»Ich denke gar nicht daran. Katzen sind neugierig, wusstest du das nicht?«

»Wie ist es dir gelungen, so schnell einzudringen? Ich dachte, es würde eine lange Zeit dauern.«

»Das dachte ich ehrlich gesagt auch. Bevor du zu zählen anfingst, konnte ich die Barriere nicht überwinden. Kaum hast du die Bäume gezählt, löste sie sich auf.«

»Bedeutet das, dass ich jedes Mal ›eins – zwei – drei‹ sagen muss, bevor ich mich auf diese Weise mit dir unterhalten kann?«

»Nicht mehr, Schatz. Ich bin jetzt drin und du wirst mich nie wieder los.«

»Daran muss ich mich erst gewöhnen. Ich hatte noch nie jemand in meinem Kopf.«

»Ist es sehr unangenehm?«

»Eigentlich nicht.«

»Jetzt werde ich bei dir sein, wohin immer du auch gehst.«

»Ich hatte nicht vor, ohne dich irgendwo hinzugehen, Em. Darüber wollte ich längst schon mit dir reden. Ohne dich gehe ich nirgendwo hin, Kätzchen – selbst wenn es bedeuten würde, dass die Welt deshalb in Scherben fiele. Die Welt spielt für mich keine Rolle mehr, nur du bist wichtig für mich.«

»Bitte sag so etwas nicht, Althalus.« Ihre Stimme in seinem Kopf klang gerührt. »Das erschwert mir das Denken.«

»Ja, ist mir aufgefallen. Aber wenn man es recht bedenkt, haben wir darauf hingearbeitet, seit ich hierher kam, nicht wahr? Du hast damit angefangen, dass du laut zu mir geredet hast, und einer sprechende Katze läuft man nicht jeden Tag über den Weg. Im Grunde genommen sind wir jetzt nur einen Schritt weiter gegangen, damit du nicht diese Tausende von Jahren vergeuden musst, mich das Buch nutzen zu lehren. Wir könnten gleich aufbrechen, würde der Winter sich nicht gerade breit machen.« Er blickte Em mit einer hochgezogenen Braue an. »Jetzt da du die Tür geöffnet hast, dringt alles Mögliche durch«, sagte er laut. »Glaub nicht, dass ich es beanstanden möchte, Em, aber sind diese Gedanken schicklich?«

Sie funkelte ihn einen Augenblick an, dann sprang sie vom Bett und stolzierte davon.

»Macht dich das verlegen, Em?«, fragte er sanft.

Sie drehte sich um und fauchte ihn an.

ZWEITER TEIL

Der Zusammenschluss

7

»Bleib bloß draußen, Althalus! Was da drin ist geht dich nichts an!«

»*Du* hast die Tür geöffnet, Em«, erinnerte er sie sanft. »Ihre Flügel schwingen nach beiden Seiten, weißt du.«

»Kümmere du dich um deine eigenen Angelegenheiten und hör auf zu schüffeln. Du musst besser hinhören! Wenn ich dir sage, welches Wort du benutzen sollst, übertrage ich ein Bild seiner Bestimmung. Du musst das Bild ebenso im Kopf haben wie das Wort. Das Wort ist lediglich ein Laut, Schatz. Nichts wird geschehen, wenn du nur Laute von dir gibst. Jetzt versuch es noch einmal.«

»Wie lange wird es dauern, ehe wir aufbrechen?«

»Einen Monat vielleicht – sechs Wochen im Höchstfall. Sobald der Frühling beginnt, ziehen wir los, ob wir dann bereit sind oder nicht.«

»In Arum müssen wir etwas abholen?«

»Den Dolch, ja.«

»Ist das der Dolch, mit dem ich Ghend töten kann?«

»Wirst du damit aufhören!«

»Aber darum geht es doch, oder etwa nicht? Ghend behindert, was Deiwos zu tun versucht, deshalb soll ich ihm Ghend vom Hals schaffen. So ungewöhnlich ist das nicht, Em. So etwas habe ich schon gemacht. Ich bin zwar in erster Linie Dieb, aber ich schrecke auch vor einem Mord nicht zurück, wenn die Bezahlung stimmt. Ich dachte, das hattest du im Sinn.«

»Das ganz gewiss nicht!«

»Es ist aber eine einfache Lösung, Emmy, und du brauchtest dir nicht einmal die Pfötchen schmutzig zu machen. Wir holen den Dolch in Arum ab, und dann geht's nach Nekweros, wo ich Ghend den Garaus mache.«

»Nein, das ist nicht, wofür der Dolch bestimmt ist, Althalus. Auf seiner Klinge steht etwas geschrieben. Es gibt einige Leute, die wir brauchen, und wir werden sie daran erkennen, dass sie die Schrift lesen können.«

»Ist das nicht etwas umständlich? Red mit deinem Bruder und lass dir von ihm sagen, wer diese Leute sind. Dann suchen wir sie auf und machen weiter.«

»So geht das nicht, Althalus. Die Lage ändert sich. Wenn die Dinge auf eine Weise geschehen sind, brauchen wir diese und jene Personen. Sind sie auf eine andere Weise verlaufen, benötigen wir andere Leute. Die Umstände bestimmen, wer uns helfen soll.«

»Bedeutet das dann nicht, dass die Schrift auf der Dolchklinge sich mit den Umständen ändert?«

»Nein, nicht die Schrift ändert sich, Schatz, sondern die Deutung.«

»Einen Moment! Hat die Schrift denn nicht dieselbe Bedeutung für alle?«

»Natürlich nicht! Jeder, der irgendeine Schrift liest, entnimmt ihr seine eigene Bedeutung. Wenn du dir die Schrift auf der Klinge anschaust, siehst du ein bestimmtes Wort. Andere werden ein anderes Wort sehen. Die meisten sehen überhaupt keines, nur Schnörkel. Die Personen, die wir brauchen, werden ein Wort sehen und es laut aussprechen.«

»Woher wollen wir wissen, dass sie es richtig gelesen haben?«

»Wir werden es wissen, Schatz. Glaub mir, wir werden es wissen!«

Das Winterende zog sich noch gut den nächsten Monat dahin, bis plötzlich eines Nachts ein warmer Wind aus Südwesten wehte und den Schnee fast geschmolzen hatte, noch ehe der Morgen anbrach. Althalus stand am Südfenster und beobachtete, wie die schlammig braunen Bäche der Kagwherer Hänge über die Ufer rauschten. »Hast du das getan, Em?«, fragte er.

»Was?«

»Den Wind gerufen, damit er den Schnee schmilzt?«

»Ich mache mich nicht am Wetter zu schaffen, Althalus. Deiwos mag es nicht, wenn wir das tun.«

»Wenn wir es ihm nicht sagen, bemerkt er es möglicherweise gar nicht. Wir sind jetzt schon nicht mehr ganz ehrlich. Was spielt es da für eine Rolle, wenn wir ein bisschen mehr mogeln? Vielleicht sollten wir ein wenig daran arbeiten? Du lehrst mich das Buch zu benutzen und ich bringe dir bei, wie man lügt, betrügt und stiehlt.« Er grinste sie an.

»Das ist nicht komisch, Althalus!«, brauste sie auf.

»Mir hat es eigentlich Spaß gemacht. Schließen wir eine Wette ab, wer den anderen zuerst – wie hast du es genannt? – vereinnahmen kann?«

»Vergiss es.«

»Vereinnahmen macht Spaß, Em. Bist du sicher, dass du es nicht versuchen möchtest?«

»Hör auf damit!«

»Überleg es dir, Em, und gib mir Bescheid, wenn du es doch probieren möchtest.«

Während der nächsten Woche, in der sie darauf warteten, dass die Frühjahrsfluten versickerten, waren sie beide gereizt. Dann, nachdem die Bergbäche sich wieder mit ihren natürlichen Betten zufrieden gaben, nahm Althalus seine Waffen an sich, und sie bereiteten sich auf ihren Aufbruch vor.

Er zog seinen Umhang über die Schultern und blickte sich um. »Ich glaube, das ist alles. Mir wird dieser Turm fehlen. Hier hatte ich zum ersten Mal ein Zuhause von Dauer. Meinst du, dass wir eines Tages zurückkommen können?«

»Ja, ich glaube schon. Gehen wir's an?«

Er hob sie hoch, dann langte er über die Schulter und schüttelte die Kapuze zurecht. »Wie wär's, wenn du dich da hineinkuschelst, Em?«, schlug er vor. »Es ist bequemer für dich, und ich hab beide Hände frei, wenn ich sie schnell brauche.«

»Na schön«, murmelte ihre Stimme in seinem Kopf. Sie kletterte über seine Schulter und stieg hinunter in die beutelgleiche Kapuze. »So dürfte es ganz gut gehen.«

»Wird man dich sehen können, wenn wir draußen sind?«

»Nur wenn wir es wollen.«

Er blickte zur Wand und sah, dass Emmy die Tür hatte erscheinen lassen.

»Keine Fragen? Nicht mal irgendwelche Bemerkungen?« Ihre lautlose Stimme klang enttäuscht.

»Oh, tut mir leid, Em. Ist es so besser?« Er wich zurück und tat sehr erstaunt. »Ein Wunder!«, rief er. »In dieser Mauer ist ein Loch! Und jemand hat es sogar mit einer Tür bedeckt! Kannst du dir das vorstellen?«

Sie zischte ihm ins Ohr.

Er lachte, öffnete die Tür und stieg die Treppe hinunter. »Vergiss nicht, das Licht auszumachen.«

Als sie die Zugbrücke überquerten, fiel ihm etwas ein. »Es hat vielleicht nichts zu bedeuten, Em, aber ich sag's dir trotzdem, weil du jedes Mal deinen Schwanz in Gefahr bringst, sich zu verknoten, wenn ich etwas erwähne, das nicht sehr wichtig zu sein scheint. Mir ist irgendein Tier oder so was gefolgt, als ich hierher kam. Ich habe es nie gesehen, aber hören konnte ich es ganz deutlich.«

»Wie hat es sich angehört?«

»Es war eine Art Wimmern oder Heulen, aber nicht ganz wie das eines Wolfes. In unregelmäßigen Abständen hab ich's auf dem ganzen Weg hierher immer wieder gehört.«

»Wie ein verzweifelter Schrei? So wie ein Mensch schreit, wenn er irgendwo herabstürzt?«

»Das kommt der Sache nahe. Aber es war kein Mensch.«

»Nein, wahrscheinlich nicht.«

»Hätte ich ihm auflauern sollen, um zu sehen, was es war?«

»Dir hätte diese Kreatur bestimmt nicht gefallen. Ghend hat sie dir nachgeschickt, um sich zu vergewissern, dass du auch tust, was er von dir verlangt hat.«

»Ich werde es Ghend eines Tages heimzahlen. Wird dieses Untier noch da draußen lauern, auf der anderen Seite der Brücke?«

»Wäre möglich. Aber wir können nicht viel dagegen unternehmen.«

»Ich könnte es jagen und töten.«

»Töten kannst du es nicht, denn es ist ein Geist. Ist das Töten eigentlich immer deine erste Lösung für jedes Problem?«

»Nicht für jedes, Em, aber ich kann Tiere oder Menschen töten, wenn die Situation es erfordert, ohne mir gleich die Augen auszuweinen. Es gehört zu meinem Gewerbe, sozusagen. Wenn ich mein Handwerk richtig mache, brauche ich niemanden zu töten, aber wenn etwas schief geht – nun ja.«

»Du bist ein schrecklicher Mensch, Althalus.«

»Ja, ich weiß. Hast du mich nicht deshalb gedungen?«

»Gedungen?«

»Du möchtest etwas getan haben, und du willst, dass ich es für dich tue. In nächster Zeit müssen wir uns über meinen Lohn unterhalten.«

»Lohn?«

»Ich arbeite nicht kostenlos, Em. Das wäre gewerbewidrig.« Mit dem Speer in der Hand schritt er weiter über die Zugbrücke.

»Du möchtest Gold, nehme ich an?«, fragte sie in vorwurfsvollem Tonfall.

»Oh, Gold ist in Ordnung, aber ich würde es vorziehen, mit Liebe bezahlt zu werden. Liebe kann nicht gezählt werden, also ist sie wahrscheinlich wertvoller als Gold.«

»Du verwirrst mich, Althalus.«

»Ich habe mich auch schwer bemüht.«

»Du hänselst mich, nicht wahr?«

»Traust du mir so etwas zu? Mir? Der ich so liebenswert bin?«

Am anderen Ende der Brücke hielt Althalus und lauschte angespannt, ob er das Wimmern von Ghends Kreatur hören könnte, doch Wald und Berge blieben stumm. »Es ist ihm bestimmt zu langweilig geworden«, meinte er.

»Vielleicht.« Zweifel schwang in Emeralds Stimme mit.

Althalus drehte sich zu einem letzten Blick auf das Haus um, doch es war nicht mehr da. »Hast du das getan?«, fragte er.

»Nein, das tut es von selbst. Du konntest das Haus bei deiner Ankunft nur sehen, weil du es solltest. Sonst braucht niemand es zu sehen, also ist es unsichtbar. Begeben wir uns jetzt nach Arum, Schatz«, sagte sie. Dann drehte sie sich solange in seiner Kapuze herum, bis sie es bequem genug zum Schlafen fand.

Sie schafften etwa fünfzehn Meilen an diesem Tag, an dem Althalus an der Kante des Abgrunds entlangstapfte, die er trotz der nun weit im Norden emporragenden Gletscher immer noch als den Rand der Welt ansah. Am Abend suchten sie Zuflucht zwischen verkrüppelten Bäumen, und Althalus machte ein Feuer. Dann sagte ihm Emmy die Worte, die Brot und Brathähnchen herbeibrachten.

»Nicht schlecht«, murmelte sie, während sie an einem Stück Hähnchen kaute, »aber ist es nicht ein bisschen zu sehr durchgebraten?«

»Habe ich je an deiner Kochkunst herumgenörgelt, Em?«

»Es war nur eine Frage, Schatz. Ich habe nicht genörgelt.«

Er lehnte sich an einen Baum und streckte die Füße zum Feuer aus. »Ich glaube, da ist etwas, das du noch wissen solltest, Em«, sagte er nach reiflicher Überlegung. »Bevor ich in Ghends Auftrag das Buch stehlen sollte, hatte ich eine ziemliche Pechsträhne. Vielleicht ist sie ja inzwischen vergangen, aber damals hat nichts so geklappt, wie ich es gern gehabt hätte.«

»Ja, ich weiß. Ich fand die Sache mit dem Papiergeld in Druigors Truhe ganz besonders spaßig, du nicht?«

Er starrte sie an. »Das warst du? Du hast hinter meiner Pechsträhne gesteckt?«

»Natürlich. Ohne die Pechsträhne hättest du doch gar nicht daran gedacht, Ghends Auftrag anzunehmen, oder?«

»Und davor warst du für all das Glück verantwortlich, für das ich so berühmt war?«

»Natürlich. Denn wenn du zuvor nicht so viel Glück gehabt hättest, würdest du deine Pechsträhne gar nicht bemerkt haben, oder?«

»Du bist meine Glücksfee, Em, nicht wahr?«

»Nur nebenbei, Schatz. Wir alle spielen mit dem Glück oder Pech bestimmter Personen. So bringen wir sie dazu, das zu tun, was wir möchten.«

»Ich habe dich jahrelang als Glücksgöttin angebetet, Emmy.«

»Ich weiß. Und ich habe es genossen.«

»Einen Moment«, unterbrach er sie. »Hast du nicht gesagt, du hättest nicht gewusst, dass es Ghend war, der mich gedungen hat, das Buch zu stehlen? Wie konnte dir das entgangen sein, wenn du auf meiner Schulter gesessen hast, um mit meinem Glück zu spielen?«

»So nahe war ich nicht, Althalus. Ich wusste, dass jemand es tun würde, aber dass Ghend sich selbst dazu herablässt, hätte ich nicht erwartet. Ich dachte, er würde einen seiner Knechte damit beauftragen, Argan vielleicht oder Khnom. Pekhal ganz sicher nicht, das war mir klar.«

»Wer sind sie?«

»Seine Knechte, wie ich schon sagte. Du wirst sie bestimmt kennen lernen, bevor das alles vorüber ist.«

»Du hättest mich in Equero fast umbringen lassen, weißt du das? Einige von diesen Pfeilen haben mich verdammt knapp verfehlt, als ich durch Kwesos Garten floh.«

»Aber sie *haben* dich verfehlt. Ich hätte doch nicht zugelassen, dass dir wirklich etwas passiert, Schatz.«

»Das mit dem Papiergeld war also deine Idee? Niemand könnte wirklich glauben, dass Papier etwas wert ist.«

»Die Idee ist gar nicht so neu. Kaufleute stellen einander kleine Papierstücke aus – als Versprechen, für Erstandenes zu zahlen. Sie sind nicht so unhandlich wie Gold. Die Maghuer haben diese Idee in die Tat umgesetzt.«

»Warst du es auch, die dafür gesorgt hat, dass Gosti Fettwanst mich angelogen hat, was seinen Reichtum in der Schatzkammer betrifft?«

»Nein, das war vermutlich Ghend. Er hatte ebenso viel Grund, dir zu dem Zeitpunkt Pech zu wünschen wie ich.«

»Ich hatte mich wirklich gefragt, warum mir plötzlich alles misslang. Kein Wunder, wenn man mir gleich von zwei Seiten Pech gewünscht hat.«

»Ist es nicht schön, wenn jeder sich so um dich bemüht?«

»Ist meine Pechsträhne denn jetzt vorbei?«

»Natürlich, Althalus. Ich bin deine Glücksfee und liebe dich über alles – solange du genau das tust, was ich dir sage.« Sie tätschelte seine Wange mit ihrer weichen Pfote.

Ein paar Tage später erreichten sie den toten Baum. »Es gibt ihn tatsächlich noch«, staunte Althalus.

»Er ist ein Wegweiser, Schatz. Deshalb sorgen wir auch dafür, dass er bleibt.«

Sie wandten sich nun südwärts und wanderten etwa eine Woche lang durch Kagwher hangab. Eines Spätnachmittags, nachdem sie über eine Kuppe gekommen waren, sahen sie im Tal ein paar zusammengekauerte Hütten. »Was meinst du, Em?«, fragte Althalus über die Schulter. »Sollten wir uns da unten mit ein paar Leuten unterhalten? Ich habe keine Ahnung, was sich zurzeit auf der Welt tut, würde es aber gern erfahren.«

»Wir möchten nicht, dass jemand sich an unser Hiersein erinnert, Schatz. Ghend hat überall Augen und Ohren.«

»Ja, natürlich. Dann schlafen wir am besten gleich hier. Und morgen können wir noch vor Tagesanbruch an dieser Ortschaft vorbeieilen.«

»Ich bin nicht schläfrig, Althalus.«

»Kein Wunder, du hast ja auch den ganzen Tag geschlummert. Marschieren musste ich, und deshalb bin ich jetzt ziemlich müde.«

»Na gut, dann ruh deine armen Beine eben hier aus.«

So müde war Althalus aber auch wieder nicht. An der kleinen Ortschaft war ihm beim ersten Blick etwas aufgefallen: Am Südende gab es eine Koppel mit Pferden, und über dem Gatter lagen einfache Sättel ausgebreitet. Es war immer noch ein weiter Weg nach Arum und Reiten würde schneller gehen – und leichter sein –, als zu marschieren.

Er beschloss, Emmy mit seinem Plan nicht in Gewissensqualen zu bringen. Schließlich war er ein Meisterdieb und ohne weiteres fähig, ein Pferd und einen Sattel ohne Hilfe – oder unerwünschte Bemerkungen – zu stehlen.

Althalus bereitete das Abendessen zu. Nachdem sie gegessen hatten, kuschelten sie sich unter seinen Umhang und schliefen.

»Was tust du?«, erkundigte Emmy sich schläfrig in seinem Kopf, als er kurz nach Mitternacht zum Aufbruch rüstete.

»Ich dachte, wir sollten uns früh auf den Weg machen, um diese Ortschaft hinter uns zu haben, ehe die Leute aufwachen. Des Nachts zu wandern bietet die beste Möglichkeit, nicht gesehen zu werden.«

»Es stört dich doch nicht, wenn ich noch ein bisschen weiterschlafe, oder?«

»Natürlich nicht, Em, kuschle dich wieder in die Kapuze und träum was Schönes.«

Sie drehte sich so lange in der Kapuze seines Umhangs herum, bis sie die bequemste Stellung gefunden hatte und schnurrte sich wieder in den Schlaf.

Sie erwachte allerdings ziemlich abrupt, als Althalus sein neues Pferd zum Galopp antrieb.

»Ich hätte es ahnen müssen«, murmelte sie.

»Wir befinden uns auf einer Art heiligen Mission, Em, nicht wahr?«, entgegnete er mit ironischem Pathos. »Wir wollen die Welt retten. Da ist es doch gut und richtig, dass die Menschen auf unserem Weg ihr Scherflein dazu beitragen, meinst du nicht?«

»Du änderst dich wohl nie, Althalus.«

»Wahrscheinlich nicht. Schlaf weiter, Em. Ich habe jetzt alles im Griff.«

Im Sattel kamen sie schnell voran und erreichten das Waldland von Hule zwei Tage nachdem Althalus das Pferd »beschlagnahmt« hatte.

Da und dort gab es Ortschaften im tiefen Wald von Hule, was

Althalus erzürnte. Hule war wild und einsam gewesen, aber nun waren schmuddelige Menschen hergekommen und hatten die einst so stille Gegend verseucht. Die Ortschaften waren eine Ansammlung verwahrloster Blockhütten auf schlammigem Boden, und alle waren von stinkenden Abfällen umgeben. Das störte Althalus jedoch nicht so sehr wie die Tatsache, dass die Eindringlinge Bäume fällten, deren Stümpfe nun überall traurig herumstanden. »Zivilisation«, brummte er in tiefster Verachtung.

»Was?«, erkundigte Emmy sich schläfrig.

»Diese Leute fällen Bäume, Em!«

»Das tun die Menschen nun mal, Schatz.«

»Erbärmliche Menschen meinst du. Menschen, die sich vor der Dunkelheit fürchten und über Wölfe reden, ohne das Wort ›Wolf‹ auszusprechen. Verschwinden wir von hier. Der Anblick dieser Müllhalde macht mich krank.«

Auf ihrem Weg in den Süden kamen sie an ein paar weiteren Ansiedlungen vorbei, und Althalus' Meinung über deren Bewohner wurde nicht viel freundlicher.

Seine Stimmung besserte sich jedoch, als sie durch die Ausläufer von Arum ritten. Althalus hielt es für unwahrscheinlich, dass der Mensch, und wenn er noch so zivilisiert wurde, je eine Möglichkeit fände, die Berge niederzureißen.

Sie begannen das Vorgebirge zu erklimmen. Am zweiten Tag, als der Abend sich über die Berge senkte, ritt Althalus ein Stück den schmalen Pfad zurück und errichtete ihr Nachtlager auf einer kleinen Lichtung.

»Könnten wir als Nachtmahl Fisch haben?«, bat Emmy, nachdem das Feuer loderte.

»Ich dachte eigentlich an Rindfleisch.«

»Das hatten wir doch gestern erst.«

Althalus wollte etwas sagen, lachte dann aber nur.

»Was ist so komisch?«

»Hatten wir ein solches Gespräch nicht schon einmal? Ich weiß noch, wie wir uns darüber unterhielten, dass wir sechs oder acht Tage hintereinander das Gleiche aßen.«

»Das war etwas anderes.«

»Ja, sicher«, gab er nach. »Na gut, Schatz, wenn du Fisch möchtest, essen wir Fisch.«

Sie schnurrte erwartungsvoll.

Althalus schlief gut in dieser Nacht, doch ein beinahe vergessener Instinkt warnte ihn kurz vor dem Morgengrauen vor nahender Gefahr. »Jemand kommt, Em«, weckte er sie mit einem eindringlichen Gedanken.

Sofort riss sie die grünen Augen auf und sandte einen suchenden Gedanken aus. Dann fauchte sie.

»Was ist los?«, fragte er scharf.

»Pekhal! Sei vorsichtig, Althalus. Er ist äußerst gefährlich.«

»Hast du nicht gesagt, er sei einer von Ghends Knechten?«

»Ghends Bestien träfe es besser. In Pekhal ist nicht mehr viel Menschliches. Er wird versuchen, dich zu töten, da bin ich ganz sicher.«

»Das haben schon viele versucht, Em.« Althalus rollte unter seinem Umhang hervor und griff nach seinem Speer mit der Bronzespitze.

»Leg dich nicht mit ihm an, Althalus. Er ist gemein und bösartig und wird versuchen, dir mithilfe einer List nahe genug zu kommen, dass er dich mit seinem Schwert erschlagen kann. Ich vermute, er ist inzwischen auf der Suche nach einem Frühstück.«

»Er frisst Menschen?«

»Und das ist nicht einmal seine schlimmste Angewohnheit.«

»Mir fällt da etwas ein, wie ich mir den Burschen vom Leibe halten kann.« Althalus grinste freudlos.

Ein Krachen erklang aus dem Unterholz. Rasch huschte Althalus hinter einen Baum, um unbemerkt beobachten zu können.

Der Mann war ein Gigant mit beinahe tierhaftem Gesicht. Mit einem riesigen Schwert, dessen Klinge offenbar nicht aus Bronze war, bahnte er sich einen Weg durchs Gestrüpp. »Wo bist du?«, brüllte er heiser.

»Ich bin mehr oder weniger hier«, erwiderte Althalus. »Du brauchst nicht näher zu kommen.«

»Zeig dich!«

»Warum sollte ich?«

»Ich will dich sehen!«

»So schön bin ich gar nicht.«

»Zeig dich!«, brüllte die Bestie erneut.

»Wenn du meinst, Nachbar«, entgegnete Althalus sanft. Er trat hinter dem Baum hervor und blickte durchdringend auf den schwer bewaffneten Wilden. »*Dheu!*«, befahl er.

Die Bestie erhob sich ein Stück in die Luft und fluchte erschreckt.

»Nur eine Vorsichtsmaßnahme, Freund«, erklärte Althalus höflich. »Du scheinst mir heute Früh schlecht gelaunt zu sein – zweifellos liegt dir jemand im Magen, den du gefressen hast.«

»Lass mich runter!«

»Nein. Ich glaube, du bist gut aufgehoben da, wo du bist.«

Die groteske Bestie hieb mit ihrem Schwert durch die Luft, als könnte sie das unsichtbare Band durchtrennen, das sie hielt.

»Du hast doch nichts dagegen, wenn ich mir das näher ansehe, oder?«, fragte Althalus höflich. Er streckte die Hand aus und befahl: »*Gwem!*«

Das riesige Schwert wirbelte aus der Hand des Giganten und schwebte gehorsam zu Althalus herab. »Sehr beeindruckend.« Er wog die schwere Waffe in der Hand.

»Gib es mir zurück!«

»Nein, bedaure. Du brauchst es nicht!« Althalus stieß die schwere Klinge in den Waldboden, dann nahm er der Bestie auf die bewährte Weise auch den Dolch und den Beutel vom Gürtel.

Pekhal brüllte noch wilder als zuvor und seine Fratze war vor hilfloser Wut verzerrt.

Althalus hob die Hand, und aufs Neue befahl er: »*Dheu!*«

Pekhal schwebte weitere zwanzig Fuß in die Höhe. Sein Gesicht wurde kreidebleich, und vor Schreck riss er die Augen weit auf. Dann endeten seine Bewegungen; starr vor Angst verharrte er.

»Wie ist die Aussicht da oben?« Althalus machte die Sache allmählich Spaß. »Möchtest du dir die Dinge vielleicht aus ein paar Meilen Höhe anschauen? Ich mach's dir möglich, wenn du willst.«

Pekhal starrte ihn an. Aus seinen Augen sprach, nein, schrie grelles Entsetzen.

»Verstehen wir uns jetzt, Freund?«, erkundigte sich Althalus. »Wenn du Ghend das nächste Mal wiedersiehst, dann grüß ihn von mir und richte ihm aus, er soll mit solchem Unfug aufhören. Ich arbeite nicht mehr für ihn, also haben wir nichts mehr miteinander zu schaffen.« Althalus hob seinen neuen Geldbeutel und den Dolch auf. Den Beutel verstaute er in seiner Tasche, ehe er sein neues Schwert aus dem Boden zog und mit dem Dolchknauf auf die schwere Klinge pochte, die einen hellen Laut von sich gab, beinahe wie das Läuten einer Glocke. Dann überprüfte er die Schwertklinge mit dem Daumen. Sie schien ihm viel schärfer zu sein als die seines Bronzeschwerts. »Sehr schön«, murmelte er. Er blickte zu Pekhal hinauf. »Ich möchte mich bestens für die Geschenke bedanken, Freund. Leider kann ich dir dafür nur meine alten Waffen verehren, aber da du so viel erhabener bist als ich, wirst du das sicher nicht beanstanden.« Er legte seine Bronzewaffen ab. »Vielleicht machen wir eines Tages wieder Geschäfte«, rief er. »Ich wünsche dir einen schönen Tag.«

»Willst du ihn einfach da oben schweben lassen?«, tadelte Emmy.

»Oh, ich nehme an, er wird bei Sonnenuntergang herunter kommen. Wenn nicht heute, dann morgen oder am Tag darauf. Was hältst du von einem Frühstück, ehe wir weiterreiten?«

Emmy bemühte sich zwar, konnte ihr Lachen aber nicht ganz unterdrücken. »Du bist unmöglich!«, maunzte sie.

»Aber es macht doch Spaß, oder etwa nicht? Ist dieser Hirngeschädigte das Beste, das Ghend zu bieten hat?«

»Ghend setzt Pekhal ein, wenn ihm rohe Gewalt angebracht erscheint. Die anderen sind viel gefährlicher.«

»Wenigstens etwas. Sonst würde man ja vor Langeweile einschlafen.« Er betrachtete seinen neuen Dolch eingehend. »Was ist das für ein Metall?«

»Die Menschen nennen es Stahl«, antwortete Emerald. »Sie haben vor etwa einem Jahrtausend gelernt, ihn zu schmieden.«

»Ich war zu der Zeit wohl zu beschäftigt, darum ist es mir entgangen. Woher kommt dieses Metall?«

»Du hast doch das rote Gestein in Plakand gesehen, nicht wahr?«

»O ja. Plakand ist rot von vorn bis hinten.«

»In diesem Gestein befindet sich ein Metall, das Eisen genannt wird. Als die Menschen lernten, heißere Feuer zu machen, konnten sie das Eisen gewinnen. Es ist härter als Bronze, aber es ist spröde. Es muss mit anderen Metallen gemischt werden, damit man es für Waffen oder Werkzeug verwenden kann.«

»Dann hat es Bronze völlig verdrängt?«, fragte Althalus.

»In den meisten Fällen, ja.«

»Dieses Eisen mag vielleicht besser als Bronze sein, aber es sieht nicht so schön aus. Dieses Grau ist freudlos.«

»Was in aller Welt soll das denn heißen?«

»Es ist eine Frage der Anmut, Em. Wir sollten immer danach streben, unser Leben mit Schönheit zu umgeben.«

»Ich kann nichts Schönes in irgendetwas entdecken, das geschaffen wurde, Menschen zu töten.«

»In allem ist Schönheit, Emmy. Du musst nur lernen, sie zu sehen.«

»Wenn du mir einen Vortrag halten willst, rolle ich mich zusammen und schlaf weiter.«

»Was immer du möchtest, Em. Aber bevor du einschlummerst, solltest du mir vielleicht noch sagen, welcher Stamm hier in Arum den Dolch hat, den wir brauchen. Wenn ich jeden Mann in diesen Bergen danach fragen muss, könnte es eine ziemliche Weile dauern, bis ich die Waffe gefunden habe.«

»Ich weiß, wo der Dolch ist, Schatz, und du warst schon dort. Du hast dir sogar einen beachtlichen Namen bei dem Stamm gemacht, der diese Waffe besitzt.«

»Ich? Ich meide die Berühmtheit, wo ich nur kann.«

»Warum eigentlich? Nun, du erinnerst dich an die Halle von Gosti Fettwanst, oder?«

»Dort ist der Dolch?«

»Ja. Der jetzige Häuptling hat ihn. Er weiß jedoch nicht, wie die Waffe in den Besitz des Stammes gekommen ist oder welche Bedeutung sie hat, deshalb bewahrt er sie im gleichen Raum auf wie alle anderen Ersatzwaffen.«

»Ist das ein Zufall? Ich meine, dass der Dolch sich in Gostis Halle befindet?«

»Wahrscheinlich nicht.«

»Würdest du mir das bitte erklären?«

»Lieber nicht. Das Wort ›Zufall‹ scheint aus irgendeinem Grund stets religiöse Streitgespräche auszulösen.«

Während der nächsten Tage ritten sie den Grat entlang, dem Althalus auf seiner Flucht vor Gosti gefolgt war, bis sie schließlich den hohen Pass erreichten, der über die Schlucht blickte, in der Gostis

Palisadenfort gestanden hatte. Es war durch eine große steinerne Festung ersetzt worden, und die wacklige Mautbrücke, der Gosti seine armseligen Einnahmen verdankt hatte, war verschwunden. Dafür überspannte jetzt eine feste Steinbrücke mit mehreren Bögen das schäumende Wildwasser. Althalus lenkte sein Pferd vom Pfad zwischen die Bäume zurück.

»Reiten wir nicht hinunter?«, fragte Emmy.

»Es ist schon fast Abend, Em. Warten wir damit bis zum Morgen.«

»Warum?«

»Weil mein Gefühl es mir rät, in Ordnung?«

»Also gut, also gut«, entgegnete Emerald mit übertriebenem Sarkasmus. »Wir müssen unseren Gefühlen gehorchen, nicht wahr?«

»Sei lieb«, murmelte er. Dann saß er ab und trat zum Rand der Bäume, um auf die Siedlung außerhalb der Burg zu spähen. Irgendetwas kam ihm merkwürdig vor. »Warum tragen die Männer alle Frauengewänder?«, fragte er.

»Sie nennen die Röcke Kilts, Althalus.«

»Ein Rock ist ein Rock, Em. Was ist an Leggings wie den meinen auszusetzen?«

»Diese Männer hier ziehen eben Kilts vor. Fang deshalb keinen Streit mit ihnen an. Behalte deine Ansicht für dich.«

»Jawohl, gnä' Frau«, entgegnete Althalus. »Du möchtest heute zum Abendessen wieder Fisch, nehme ich an.«

»Wenn es keine zu großen Umstände macht.«

»Und wenn doch?«

»Das würde ich wirklich sehr bedauern.«

8

Althalus und Emmy erhoben sich schon in den frühen Morgenstunden von ihrem Nachtlager, warteten jedoch, bis die Bewohner der Siedlung aufgewacht waren, ehe sie aufsaßen und dem Pfad durch den Wald hinunter zur Ortschaft folgten. Althalus fiel auf, dass die Häuser fester erbaut waren als bei seinem letzten Besuch.

Gerade als ein kräftiger Bursche in schmutzigem Kilt aus einem der Häuser nahe der Festungsmauer trat, kamen sie unten an. Der

Mann streckte sich und gähnte, doch als er Althalus heranreiten sah, wurden seine Augen wachsam.

»He, du da, Fremder«, rief er.

»Meinst du mich?«, rief Althalus zurück.

»Du wohnst nicht hier, also bist du ein Fremder, oder etwa nicht?«

Althalus tat, als würde er sich umschauen. »Nicht zu glauben, du hast Recht. Ist es nicht seltsam, dass es mir nicht selber aufgefallen ist?«

Der misstrauische Blick des Mannes schwand und er grinste verstohlen.

»Habe ich etwas Komisches gesagt?«, fragte Althalus, immer noch mit Unschuldsmiene, und saß ab.

»Du bist ein spaßiger Bursche, wie mir scheint.«

»Ich tue mein Bestes. Ich habe festgestellt, dass beim Kennenlernen ein bisschen Humor die erste Verlegenheit nimmt. Ich will damit sagen, ich bin im Grunde gar kein Fremder, sondern ein Freund, der bisher bloß noch nicht bekannt war.«

»Das werde ich mir merken«, sagte der Mann, der jetzt übers ganze Gesicht lachte. »Und wie heißt du, Freund, der du mir bisher bloß noch nicht bekannt warst?«

»Althalus.«

»Soll das ein Witz sein?«

»Wieso? Stimmt mit meinem Namen etwas nicht?«

»In unserem Stamm gibt es eine uralte Geschichte über einen Mann, der Althalus hieß. Ach, übrigens, ich bin Degrur.« Er streckte die Hand aus.

Althalus schüttelte sie. »Freut mich, dich kennen zu lernen, Degrur. Worum geht es bei der Geschichte über diesen anderen Althalus?«

»Er war ein Dieb.«

»Ach ja? Was hat er gestohlen?«

»Geld. Der Stammeshäuptling damals hieß Gosti Fettwanst und war der reichste Mann der Welt.«

»Na so was!«

»Gostis Schatzkammer war bis zur Decke mit Gold gefüllt – bis Althalus des Weges kam. Nun, dieser Althalus konnte so gut Witze erzählen, dass sich sogar die Wände vor Lachen bogen. Eines Nachts, nachdem alle so viel getrunken hatten, dass sie in der Halle in tiefen Schlaf fielen, brach der Dieb Althalus in Gostis Schatzkammer ein und stahl sämtliche Goldmünzen. Es heißt in der Geschichte, dass er zwanzig Pferde brauchte, um alles fortzuschaffen.«

»Das war eine Menge Gold.«

»Und ob. Ich könnte mir allerdings vorstellen, dass die Geschichte im Lauf der Zeit aufgebauscht wurde und sich gar nicht so viel Gold in der Schatzkammer befunden hatte.«

»Damit hast du wahrscheinlich recht, Degrur. Ich hörte mal von einem Mann, der war angeblich so groß wie ein Berg.«

»Ich gehe jetzt in die Halle«, erklärte Degrur. »Was hältst du davon, wenn du mitkommst und ich dich mit unserem Häuptling bekannt mache? Ich könnte mir vorstellen, dass es ihn interessiert, einen Mann namens Althalus kennen zu lernen.«

»Damit er mich im Auge behalten kann? Mein Name könnte hier ein wenig Misstrauen auslösen.«

»Mach dir deshalb keine Gedanken, mein Freund. Kein Erwachsener nimmt diese alten Geschichten noch ernst.«

»Wollen wir's hoffen.«

»Würde es dich erschrecken, wenn ich dich darauf aufmerksam mache, dass eine Katze aus der Kapuze deines Umhangs spitzt?«

»Nein, ich weiß, dass sie da ist. Ich hatte mein Lager oben in den Bergen aufgeschlagen, als sie herbeigeschlichen kam. Vermutlich wollte sie was zu fressen klauen. Wir freundeten uns sozusagen an und beschlossen, eine Zeit lang gemeinsam weiterzuwandern. Wie heißt denn euer Häuptling?«

»Albron. Er ist noch sehr jung, aber wir sind zuversichtich, dass er sich ganz gut machen wird. Sein Vater, Baskon, hat die meiste Zeit den Kopf im nächstbesten Weinfass stecken gehabt, und einem besoffenen Häuptling unterlaufen Fehler.«

»Was ist ihm denn passiert?«

»Eines Nachts ist er sturzbetrunken auf den höchsten Turm hinaufgetorkelt und hat Gott zu einem Zweikampf herausgefordert. Manche meinen, Gott habe die Herausforderung angenommen, aber ich glaube eher, dass Baskon über die Turmbrüstung gefallen ist. Er war über den ganzen Innenhof verteilt.«

»So hoch wie der Turm ist, dürfte dieser Baskon ziemlich platt gewesen sein.«

Sie betraten den Innenhof der steinernen Festung. Althalus bemerkte, dass der Hof gepflastert war, genau wie der vor dem Haus am Ende der Welt. Degrur stieg die Stufen zur schweren Eingangstür voran, dann traten sie ein und schritten einen langen, von Fackeln erhellten Korridor entlang zur Esshalle.

Bärtige Männer saßen dort an der langen Tafel und verzehrten Frühstück von Holztellern. Althalus schaute sich um, während er und Degrur sich dem Tisch näherten. Schlachtenbanner und ein paar uralte Waffen zierten die grauen Steinwände. Die riesigen Scheite in der Feuergrube prasselten einladend. Der Steinboden war offensichtlich an diesem Morgen bereits ausgefegt worden, und im Gegensatz zu früher gab es auch keine Hunde mehr, die in den Ecken kauerten und an Knochen nagten.

»Sauber, sauber. Das sieht man gern«, murmelte Emmy lobend.

»Mag schon sein, aber allzu viel bedeutet es auch wieder nicht«, entgegnete Althalus.

»Mein Häuptling«, wandte Degrur sich an einen Mann im Kilt, der am Kopfende der Tafel saß, »ich unterhielt mich mit diesem Reisenden, den sein Weg an der Festung vorüberführte, und ich dachte mir, Ihr möchtet ihn vielleicht kennen lernen; denn er ist sehr berühmt.«

»Ach?« Der Stammeshäuptling, ein Mann mit klugen Augen und glattrasiertem Gesicht, blickte Degrur fragend an.

»Jeder hier hat schon von ihm gehört, mein Häuptling. Der Mann heißt Althalus.«

»Das ist doch nicht dein Ernst!«

Jetzt grinste Degrur übers ganze Gesicht. »So hat er sich mir jedenfalls vorgestellt. Wenn das wirklich sein Name ist, könnte er mich angelogen haben, damit ich unachtsam werde.«

»Das ergibt überhaupt keinen Sinn, Degrur!«

»Ich bin gerade erst aufgestanden, mein Häuptling. Ihr erwartet doch nicht, dass ich irgendwas Sinnvolles von mir gebe, wenn ich noch nicht richtig wach bin, oder?«

Althalus entnahm diesem Geplänkel, dass ein bisschen Spaß hier an der Tagesordnung war. Häuptling Albron war offenbar ein Mann mit Humor. Althalus trat vor und verbeugte sich höfisch. »Ich bin hocherfreut, Eure Bekanntschaft zu machen, Häuptling Albron.« Dann blickte er sich auffällig in der Halle um. »Ich sehe, dass ihr seit meinem letzten Besuch hier einige Verbesserungen gemacht habt.«

»Ihr wart schon einmal hier?« Albron zog fragend eine Braue hoch.

»Ja – vor ziemlich langer Zeit. Damals hielt der Häuptling Säue in dieser Halle. Schweine sind ja recht brauchbar, würde ich sagen – gut zu ihrer Mutter und dergleichen –, aber als Haustiere nicht eben sauber, und sie in der Esshalle zu halten, ist meines Erachtens auch nicht das Richtige. Es sei denn, man mag seinen Speck ganz frisch.«

Albron lachte. »Heißt Ihr wirklich Althalus?«

Althalus seufzte bedauernd. »Ich fürchte ja, Häuptling Albron«, erwiderte er theatralisch. »Ich war überzeugt, dass Euer Stamm mich inzwischen vergessen hat. Berühmtheit kann manchmal sehr unangenehm sein, findet Ihr nicht auch, edler Häuptling? Aber da mein schreckliches Geheimnis nun gelüftet ist und Ihr offenbar nicht zu beschäftigt seid, könnten wir vielleicht zur Sache kommen. Ist es Eurem Stamm seit meinem letzten Besuch gelungen, genügend Gold zu horten, dass es sich wenigstens diesmal für mich lohnt, es an mich zu bringen?«

Häuptling Albron blinzelte, dann brach er in Lachen aus.

»Nun, es hat ja keinen Sinn mehr, auf den Busch zu klopfen«, fuhr Althalus fort. »Wann wäre es Euch genehm, dass ich Euch ausraube? Ihr könnt Euch sicher vorstellen, mit welchem Lärm und Durcheinander das verbunden ist, denn alle werden brüllen und herumlaufen, und die Vorbereitungen für die Verfolgung müssen getroffen werden. Ein Diebstahl kann für die Opfer unter anderem sehr zeitraubend sein.«

»Ihr habt Euch wirklich gut gehalten, Meister Althalus«, bemerkte Häuptling Albron grinsend. »Nach der Geschichte, die wir schon als Kinder über Euch hörten, habt Ihr Gosti Fettwanst vor ein paar tausend Jahren ausgeraubt.«

»Oh, so lange ist das schon her? Meine Güte, wie die Zeit verfliegt!«

»Frühstückt mit uns, Meister Althalus«, lud Albron ihn ein. »Da Ihr mir all mein Gold rauben wollt, werdet Ihr ein paar Dutzend Pferde brauchen, um es wegzuschaffen. Wir könnten es beim Frühstück besprechen. Ich habe ein paar Pferde übrig, und einige haben sogar noch alle vier Beine. Ich bin sicher, wir werden handelseinig. Nur weil Ihr mich bestehlen wollt, muss das ja nicht heißen, dass wir nicht ins Geschäft kommen, oder?«

Althalus lachte und setzte sich zu den Männern an der Tafel, und auch während des Essen flogen Witze hin und her. Nachdem sich alle die Bäuche voll geschlagen hatten, bot der junge Häuptling Albron Althalus einen Krug an, in dem sich ein Getränk befand, das Albron als Ale bezeichnete.

»Trink nicht«, warnte Emmys Stimme in Athalus' Kopf.

»Das wäre unhöflich, Em«, entgegnete er stumm. Er hob den Krug an die Lippen und trank.

Es kostete seine ganze Selbstbeherrschung, das grässliche Zeug nicht auf den Boden zu spucken. Guter kräftiger Met war ein wundervoller Trunk, doch Albrons Ale war so bitter, dass Althalus fast daran erstickte.

»Ich hab's dir ja gesagt.« Emmys Stimme klang ungemein selbstzufrieden.

Althalus setzte den Krug vorsichtig ab. »Ich habe mich schon lange nicht so gut unterhalten, Häuptling Albron«, sagte er, »doch ich habe da noch eine wichtige Frage.«

»Der sicherste Fluchtweg, nachdem Ihr mich ausgeraubt habt?«

Althalus lachte. »Nein, mein Häuptling. Wenn ich wirklich dieser andere Althalus wäre, hätte ich schon alles geplant, ehe ich zu Euch herunter kam. Wie meine Kleidung Euch vermutlich verraten hat, bin ich kein Arumer.«

»Der Gedanke kam mir allerdings, Meister Althalus.«

»Nun, ich komme aus dem Osten von Ansu und bin jetzt bereits mehrere Jahre auf der Suche nach einem bestimmten Gegenstand.«

»Ein wertvoller Gegenstand?«

»Nicht für andere, wahrscheinlich, aber ich benötige ihn, um mein Erbrecht beanspruchen zu können. Meines Vaters älterer Bruder ist der Arkhein unseres Landes.«

»Arkhein?«

»Es ist ein Adelstitel, mein Häuptling – etwa vergleichbar mit Eurem. Wie dem auch sei, der einzige Sohn meines Onkels – mein Vetter – hatte vor ein paar Jahren eine Auseinandersetzung mit einem Bären, und nicht viele gehen aus einer solchen Balgerei als Sieger hervor, da die Bären von Ansu sehr groß und noch dazu außerordentlich unfreundlich sind. Jedenfalls besiegte der Bär meinen Vetter. Und da sein Vater, mein Onkel, nur diesen einen Sohn hatte, wird der Titel nach seinem Tod frei.«

»Dann werdet Ihr der nächste Arkhein! Meinen Glückwunsch, Meister Althalus«, gratulierte Albron.

»So einfach ist das leider nicht, mein Häuptling.« Althalus verzog das Gesicht. »Ich habe noch einen anderen Vetter, den Sohn von meines Vaters jüngerem Bruder. Er und ich sind im selben Sommer geboren. Wir Ansuner haben keinen allzu genauen Kalender, deshalb weiß niemand mit Sicherheit, wer von uns beiden der Ältere ist.«

»Aus solchen Gründen sind schon Kriege ausgebrochen.«

»Das weiß auch mein Onkel, der Arkhein. Deshalb rief er meinen Vetter und mich auf seine Burg und untersagte uns klipp und klar, Heere aufzustellen und Bündnisse zu schließen. Dann erzählte er uns eine Geschichte. Vor langer Zeit besaß einer unserer Ahnen einen sehr schönen Dolch. Dann kam es zu einem der Scharmützel, die in Ansun an der Tagesordnung sind und dem unser Vorfahr zum Opfer fiel. Nach Sonnenuntergang kamen die Leichenfledderer, die nach einer Schlacht offenbar unvermeidbar sind.«

»O ja!« Albron nickte grimmig.

»Anscheinend habt Ihr dergleichen selbst schon erlebt. Wie auch immer, einer dieser Halunken nahm den Dolch unseres Ahnherrn an sich. Der Schaft der Waffe war zwar nicht mit Edelsteinen verziert, aber so schön gearbeitet, dass der Bursche sich wahrscheinlich dachte, er könnte den Dolch lohnend an den Mann bringen. Unser Onkel schlug meinem Vetter und mir einen Wettstreit vor. Er wollte demjenigen von uns seinen Titel vererben, der diesen Dolch findet und zu ihm bringt.« Althalus seufzte dramatisch. »Seit jenem Tag bin ich unterwegs, ohne Rast und ohne Ruh. Ihr würdet nicht glauben, wie aufregend das Leben sein kann, wenn man mit einem Auge nach einem uralten Kleinod Ausschau hält und mit dem anderen nach Meuchlern.«

»Meuchlern?«

»Mein Vetter ist ziemlich bequem, um nicht zu sagen faul, deshalb kann er sich nicht dafür begeistern, durch die Weltgeschichte zu ziehen und nach einem alten Dolch zu suchen. Er findet's viel einfacher, mich ermorden zu lassen, als die Mühen eines Wettstreits auf sich zu nehmen. Doch um zur Sache zu kommen – mir ist ein Bursche begegnet, der mir erzählte, er sei in Eurer Waffenkammer gewesen und habe dort ein Messer gesehen, auf das die Beschreibung des gesuchten Dolches passt.« Althalus beobachtete Albron aus den Augenwinkeln. Die Geschichte, die er sich eben aus den Fingern gesogen hatte, schien die Fantasie des Stammeshäuptlings anzuregen. Althalus war zutiefst erleichtert, dass ihm zumindest die Begabung geblieben war, andere mit seinen Geschichten zu fesseln.

Häuptling Albron erhob sich. »Sehen wir doch nach, Arkhein Althalus«, schlug er vor.

»Ich bin noch nicht der Arkhein, mein Häuptling«, berichtigte Althalus.

»Ihr werdet es aber sein, falls der Dolch sich in meiner Waffenkammer findet. Ihr seid ein vornehmer Herr, der sich gewählt und mit Witz auszudrücken versteht, Althalus, und diese Eigenschaften schätze ich. Und Euer Vetter dagegen scheint mir ein träger und dummer Knabe zu sein. Ich werde tun, was ich kann, dass Ihr den Titel Eures Onkels erbt.«

Althalus verbeugte sich. »Ihr erweist mir Ehre, mein Häuptling.«

»War das nicht ein bisschen dick aufgetragen?«, rügte Emmy in Althalus' Kopf.

»Ich kenne diese Arumer, Em, darum weiß ich genau, welche Art von Geschichte ich ihnen erzählen muss. Diese ist mir wirklich gut gelungen. Es kam ein Held darin vor, und ein Schurke, und eine gefährliche Suche, sogar die Drohung eines Bürgerkriegs. Was braucht eine gute Geschichte mehr?«

»Ein bisschen Wahrheit.«

»Ich verderbe doch eine gute Geschichte nicht mit der Wahrheit, Em. Das wäre eine Verletzung meiner künstlerischen Vollendung.«

»O je«, seufzte sie.

»Vertrau mir, Kätzchen. Der Dolch ist bereits so gut wie in meinen Händen, und ich werde ihn nicht einmal kaufen müssen. Albron wird ihn mir schenken – und seinen Segen gleich dazu.«

Albrons steinerne Waffenkammer lag an der Rückseite der Festung und war prall gefüllt mit Schwertern aller Art, Äxten, Helmen, Dolchen und Kettenhemden.

»Das ist Reudh, mein Waffenmeister«, stellte Albron seinem Gast einen stämmigen Burschen im Kilt und mit borstigem rotem Bart vor. »Beschreibt ihm den Dolch, den Ihr sucht.«

»Er ist etwa anderthalb Fuß lang«, erklärte Althalus dem Rotbärtigen, »und hat eine ungewöhnlich geformte Klinge, ein wenig wie ein Lorbeerblatt. In diese Klinge ist etwas eingeprägt. Soviel ich weiß, handelt es sich dabei um eine Schrift in einer uralten Sprache, die niemand mehr versteht.«

Reudh kratzte sich am Kopf. »Oh«, sagte er schließlich. »Der ist es! Er ist recht hübsch, zu hübsch für meinen Geschmack. Mir sind die üblichen Waffen lieber.«

»Dann ist er also hier?«

»Er war hier. Der junge Eliar nahm ihn mit, als er in den Krieg zog, drunten in Treborea. Der Dolch hat ihm gefallen, drum hab ich ihm die Waffe überlassen.«

Althalus bedachte Albron mit einem verwunderten Blick. »Habt Ihr Streit mit jemandem in Treborea, mein Häuptling?«

»Nein, eine geschäftliche Vereinbarung. In den alten Zeiten versuchten die Anführer unten in den Tälern ständig, den Stammeshäuptlingen Arums Bündnisse aufzuschwatzen – Bündnisse, die unser Blut kosteten und ihnen Gewinn einbrachten! Vor fünfzig Jahren hielten alle Häuptlinge von Arum eine geheime Versammlung ab und beschlossen, nie wieder solche Bündnisse einzugehen. Wenn die streitlustigen Herren aus den Tälern jetzt Soldaten brauchen, so müssen sie uns dafür bezahlen, dass wir sie ihnen ausleihen.«

»Ausleihen?«

»Ja, und es läuft nicht schlecht für uns, Meister Althalus. Wir stehen in diesen Kriegen auf niemandes Seite, deshalb kann man uns nicht um unseren Anteil am Gewinn beschwindeln, wenn die Kämpfe erst zu Ende sind. Es ist reine Geschäftssache. Wenn jemand Söldner will, bezahlt er im Voraus dafür. Wir nehmen keine Schuldscheine oder Papiergeld, nur Gold, ehe sich auch nur einer unserer Männer in Marsch setzt.«

»Wie haben die Herren aus dem Flachland das aufgenommen?«

»Soviel ich gehört habe, waren ihre Schreie der Entrüstung so laut, dass sie vom Mond widerhallten. Doch die Häuptlinge von Arum ließen sich nicht erweichen. Entweder bezahlen die Herren aus dem Tal, oder sie ziehen ohne Unterstützung in ihre Kriege.« Albron kratzte sich nachdenklich am Kinn. »Wir Arumer sind ein kriegerisches Volk und es gab Zeiten, da schon die geringste Kleinigkeit einen Stammeskrieg auslösen konnte. Doch das ist längst vorbei. Seit vierzig Jahren gab es unter uns nicht eine bewaffnete Auseinandersetzung mehr.«

Althalus grinste ihn an. »Warum die Länder seiner Nachbarn zum Spaß niederbrennen, wenn man Perquaine und Treborea für Gold in Flammen setzen kann? Aber sagt – welche treborianische Stadt hat die Dienste dieses jungen Eliar erstanden?«

»Kanthon. Das stimmt doch, Reudh?«, fragte Albron. »So genau merke ich es mir nicht. Meine Männer sind derzeit in einem halben Dutzend Kriegen im Einsatz.«

»Ja, mein Häuptling«, antwortete Reudh. »Es ist Eliars erster Einsatz. Deshalb habt Ihr ihn in einen der ruhigeren Kriege abkommandiert, damit er erst einmal hineinschnuppern kann. Der Krieg zwischen Kanthon und Osthos zieht sich schon seit zehn Jahrhunderten dahin. Niemand nimmt ihn noch sonderlich ernst.«

»Nun, dann werde ich mich wohl nach Kanthon begeben müssen«, erklärte Althalus. »Das hat wohl auch seine gute Seite, nehme ich an.«

»Und welche?«

»Unten in Treborea ist alles ziemlich übersichtlich. Das soll keine Beleidigung sein, mein Häuptling, aber für meinen Geschmack gibt es hier in Arum zu viele Bäume.«

»Ihr mögt keine Bäume?«

»Nicht, wenn die Meuchler meines Vetters mir dahinter auflauern können. Das Flachland ist zwar ziemlich eintönig, doch ein wenig Eintönigkeit kann sich als sehr beruhigend für meine Nerven erweisen, die in letzter Zeit zum Zerreißen gespannt waren. Wie sieht Eliar denn aus?«

»Er ist ein schlaksiger Junge«, erklärte der rotbärtige Waffenmeister, »aber gerade erst fünfzehn, also wächst er noch. Wenn er am Leben bleibt, wird er wahrscheinlich ein beachtlicher Kämpfer. Er ist nicht allzu klug, aber auch das könnte sich ändern. Jedenfalls ist er mit Leib und Seele bei der Sache und hält sich für den größten Krieger seiner Zeit.«

»Dann sollte ich mich beeilen«, meinte Althalus. »Das hört sich so an, als würde es dem jungen Eliar nichts ausmachen, sich in größte Gefahr zu stürzen.«

»Gut erkannt, Meister Althalus«, sagte Albron bewundernd. »Diese Beschreibung passt auf fast jeden Halbwüchsigen in ganz Arum.«

»Das ist aber gut fürs Geschäft, nicht wahr, Häuptling Albron?«

»O ja.« Albron grinste halbherzig. »Für die ganz Jungen kann ich gewöhnlich den doppelten Preis verlangen.«

Althalus und Emerald verließen Albrons Festung am nächsten Morgen, um südwärts zu ziehen. »Kennst du den Weg nach Kanthon?«, fragte Emmy, als sie die Schlucht abwärts ritten.

»Natürlich, Em. Ich kenne verschiedene Wege zu beinahe jeder Stadt auf der Welt.«

»Und noch ein paar mehr, um aus diesen Städten zu verschwinden?«

»Selbstverständlich. Eine Stadt rasch zu verlassen ist in meinem Gewerbe manchmal lebenswichtig.«

»Ich frage mich weshalb.«

»Sei lieb, Emmy. Wenn wir den Dolch von Eliar haben, wohin müssen wir dann?«

»Ich habe nicht die leiseste Ahnung.«

»Was?«

»Mach dir keine Sorgen, Althalus. Die Schrift auf dem Dolch wird es uns verraten.«

»Ich dachte die Worte auf der Klinge verraten uns, welche Leute wir brauchen.«

»Das auch, aber noch viel mehr. Die Bedeutung dieser Inschrift ist um einiges umfassender, Schatz, und sie ändert sich je nach den Umständen. Sie verrät uns, wohin wir uns begeben sollen, wen wir finden müssen und was wir als Nächstes zu tun haben.«

»Das hört sich fast so an wie das Buch.«

»Ein wenig. Aber die Klinge ändert ihre Aussage, das Buch nicht. Sehen wir zu, dass wir weiter kommen, Althalus. Wir haben einen langen Weg vor uns.«

Sie ritten hinunter ins Flachland von Perquaine und erreichten nach einer Woche die Stadt Maghu. Seit Althalus' erstem Besuch hatte sich hier vieles verändert, doch nach wie vor war der antike

Tempel das auffallendste Bauwerk der Stadt. Als sie daran vorbeiritten, gebärdete Emmy sich ungewöhnlich feindselig, fast wütend. Sie lag wie üblich in der Kapuze seines Umhangs und fauchte plötzlich. »Was hast du denn?«, fragte Althalus.

»Ich *hasse* dieses Bauwerk!«, antwortete sie wild.

»Was gefällt dir nicht daran?«

»Grotesk!«, zischte sie.

»Nun ja, es ist ein wenig ausgefallen, aber nicht so viel anders als die Tempel, die ich bisher gesehen habe.«

»Ich meine nicht den Tempel, Althalus. Ich rede von der Statue im Innern.«

»Ach so, die mit den vielen Brüsten? Sie ist doch nur die hiesige Gottheit, Em. Du darfst das nicht so persönlich nehmen.«

»Es *ist* persönlich, Althalus!«

Er spürte die Wut, die in ihr tobte, und blickte scharf über die Schulter nach ihr. Ein plötzlicher Einfall veranlasste ihn, einen forschenden Gedanken in jenen Teil ihres Gehirns zu senden, den Emmy stets als persönlich und privat vor ihm zu schützen suchte. Was Althalus fand ließ ihn zusammenzucken. »Bist du wirklich so?«, stieß er hervor.

»Ich habe dich gebeten, da nicht einzudringen!«

»Du bist Dweia, nicht wahr?«

»Erstaunlich. Du hast es sogar richtig ausgesprochen.« Ihre Stimme klang schneidend. Sie war zweifellos schlechtester Laune.

Beinahe ehrfurchtsvoll fragte Althalus: »Warum hast du mir das nicht gesagt?«

»Weil es dich nichts angeht!«

»Siehst du wirklich aus wie diese Statue?«

»Wie eine Zuchtsau, meinst du? Wie eine ganze Meute von Zuchtsäuen?«

»Ich meine das Gesicht, nicht diese vielen zusätzlichen ...«, er suchte nach einem Wort, das sie nicht beleidigen würde.

»Auch das Gesicht stimmt nicht ganz.«

»Dweia ist eine Fruchtbarkeitsgöttin. Hat das irgendwas zu sagen? Ich meine, ist es für mich von Belang?«

»Möchtest du diese Frage neu formulieren – solange du es noch kannst?«

»Vielleicht sollte ich sie lieber zurücknehmen.«

»Eine kluge Entscheidung.«

Sie ritten aus Maghu hinaus. Althalus grübelte darüber nach, was er erfahren hatte. Auf eigenartige Weise ergab es Sinn. »Beiß mich jetzt nicht«, bat er Emmy. »Sag mir nur, ob ich es richtig verstehe. Deiwos lässt Dinge entstehen, stimmt's?«

»Na und?«

»Nachdem er sie hervorgebracht hat, erschafft er andere Dinge und übergibt dir die bereits fertigen. Du erhältst sie am Leben, indem du dafür sorgst, dass sie alle Nachwuchs bekommen – oder was immer.« Plötzlich kam ihm ein weiterer Gedanke. »Deshalb hasst du Daeva so sehr, nicht wahr, Em? Er will alles vernichten, was Deiwos erschuf. Du aber möchtest es bewahren, es am Leben erhalten. Beginnen eure Namen deshalb alle mit dem gleichen Laut? – Deiwos, Dweia und Daeva? Und bedeutet es, dass du auch Daevas Schwester bist, nicht nur die Schwester Deiwos'?«

»Ein bisschen komplizierter ist es schon, Althalus, aber du kommst der Sache nahe. – Gib Acht, auf der Straße kommen uns Männer entgegen.«

Althalus folgte ihrem Rat. »Du solltest lieber den Kopf einziehen, bis ich herausgefunden habe, wer die Burschen sind.«

Beim Näherkommen bemerkte Althalus, dass die Männer Kilts trugen. Die meisten hatten blutige Verbände, und mehrere humpelten auf Stöcke gestützt dahin. »Arumer«, flüsterte er Emmy zu. »Die Muster ihrer Kilts deuten darauf hin, dass sie zu Albrons Stamm gehören.«

»Was tun sie hier in Perquaine?«

»Keine Ahnung, Em. Ich werde sie fragen.« Althalus zügelte sein Pferd und wartete, bis die Verwundeten näher waren.

Der Vorderste war groß, hager und dunkelhaarig. Er hatte einen blutigen Verband um den Kopf und blickte mürrisch drein.

»Ihr seid aber weit von zu Hause«, stellte Althalus zur Begrüßung fest.

»Wir sind dabei, etwas dagegen zu unternehmen«, entgegnete der mit dem mürischen Gesicht.

»Ihr gehört zu Albrons Stamm, nicht wahr?«

»Woher wisst Ihr das?«

»Das verrät mir das Muster eurer Kilts, Nachbar.«

»Ihr seht mir nicht wie ein Arumer aus.«

»Ich bin auch keiner, aber ich bin mit euren Sitten vertraut. Sieht so aus, als wärt ihr in Schwierigkeiten geraten.«

»So ist es. Wir kämpften in Häuptling Albrons Diensten als Söldner drüben in Treborea. Eigentlich sollte es ein gemütlicher kleiner Krieg sein, aber dann geriet er aus den Fugen.«

»Es geht doch nicht etwa um diese kleine Streitigkeit zwischen Kanthon und Osthos?« Ein eisiger Klumpen bildete sich in Althalus' Magen.

»Ihr habt davon gehört?«

»Wir kommen geradenwegs aus Häuptling Albrons Halle.«

»Wir?«

»Meine Katze und ich«, erklärte Althalus.

»Eine Katze ist ein ungewöhnlicher Weggefährte für einen erwachsenen Mann«, bemerkte der Hagere. Er blickte auf seinen zerschundenen Trupp. »Ruht euch aus«, rief er im Befehlston. Dann sank er ins Gras am Straßenrand. »Habt Ihr ein wenig Zeit und erzählt mir, was uns weiter voraus erwartet?«

»Gewiss.« Althalus schwang sich aus dem Sattel. »Übrigens, ich bin Althalus.«

Der verwundete Truppführer blinzelte erstaunt.

»Es ist nur ein Zufall«, versicherte ihm Althalus. »Ich bin nicht *der* Althalus.«

»Das habe ich auch nicht erwartet. Mein Name ist Khalor. Ich bin der Alte dieses Trupps – oder besser, was von dem Trupp noch übrig ist.«

»So alt seht Ihr gar nicht aus.«

»Es ist ein treborianischer Rang, Freund Althalus. Wir sollen uns den Sitten und Gebräuchen anpassen, wenn wir auf die Ebenen kommen, um die Kriege für die Bewohner hier zu führen. Daheim, bei Albrons Stamm, ist mein Rang Sergeantgeneral. Sind Euch zufällig irgendwelche Gruppen Bewaffneter begegnet, als Ihr aus den Bergen gekommen seid?«

»Nur ein paar Jäger auf Pirsch, Sergeantgeneral Khalor. Ich glaube, Ihr könnt ohne Schwierigkeiten heimkehren. Wie Euer Stammeshäuptling mir erzählte, leben die Stämme von Südarum mehr oder weniger in Frieden miteinander. Was ist Euch und Euren Männern zugestoßen?«

»Albron hat uns vor etwa sechs Monaten den Kanthonern als

Söldnertruppe zugeteilt. Wie ich schon sagte, handelte es sich angeblich um einen ruhigen kleinen Krieg. Wir bräuchten nichts anderes zu tun, hieß es, als uns den Osthosern in kriegerischer Pose zu präsentieren – Ihr wisst schon, das Übliche: Unsere Schwerter und Streitäxte schwenken, Schlachtrufe ausstoßen – all dieser Unfug, von dem die Flachländer sich beeindrucken lassen. Doch dann war dieser Schwachkopf auf dem Thron von Kanthon so begeistert, dass er uns befahl, ins Land des Aryos von Osthos einzufallen.« Der Sergeantgeneral schüttelte verärgert den Kopf.

»Ihr habt es ihm nicht ausreden können?«

»Ich hab's versucht, Althalus. Bei den Göttern, ich hab's versucht. Ich hab ihm klar gemacht, dass er ein ganzes Heer dazu bräuchte, mindestens aber zehnmal so viele Söldner, wie wir es waren, doch dieser Esel wollte nicht hören. Versucht niemals, einem Flachländer militärische Dinge zu erklären.«

»Wie es aussieht, Sergeantgeneral, wurdet Ihr geschlagen.«

»Geschlagen ist ein viel zu mildes Wort – und, bitte, Sergeant oder Khalor genügt. Wir wurden nicht geschlagen, Althalus, wir bekamen einen Tritt in den Hintern und sind im Dreck gelandet, wenn Ihr es genau wissen wollt. Bedauerlicherweise konnten wir Osthos unbemerkt erreichen, nachdem wir über die Grenze marschiert waren.«

»Bedauerlicherweise?«

»Sie hatten nicht damit gerechnet und waren deshalb nicht darauf vorbereitet. Daraufhin wurde der Schwachkopf in Kanthon größenwahnsinnig und befahl mir, die Stadt Osthos zu belagern. *Belagern!* Dabei hatte ich nicht mal genügend Männer für eine Straßensperre! Aber dieser Esel in Kanthon wollte einfach nicht auf mich hören.«

Althalus begann zu fluchen.

»Falls Euch die Worte ausgehen, kann ich Euch mit sehr schönen Beschimpfungen aushelfen, die alle auf meinen ehemaligen Arbeitgeber zutreffen. In den letzten zwei Wochen habe ich obendrein noch eigene erfunden. – Ihr scheint das Ganze ziemlich persönlich zu nehmen.«

»Allerdings. Ich bin auf der Suche nach einem jungen Burschen unter Eurem Befehl. Eliar ist sein Name. Er befindet sich nicht zufällig unter Euren Verwundeten?«

»Leider nicht, Althalus. Ich fürchte, Eliar ist längst tot, es sei denn, diese Wilde drunten in Osthos schneidet sich immer noch kleine Stückchen aus ihm heraus.«

»Was ist passiert?«

»Eliar war begeistert, dass er zu den Söldnern durfte. Ihr wisst vielleicht, wie junge Burschen in ihrem ersten Krieg sind. Wie dem auch sei – der Aryo von Osthos hatte seinen Truppen befohlen, sich jedes Mal ein Stück zurückzuziehen, wenn sie uns sahen. Eliar und einige der anderen unreifen Bürschchen unter meinem Kommando gelangten deshalb zu der Ansicht, dass des Aryos Krieger Memmen sind. Sie haben nicht erkannt, dass es sich bei ihnen um Männer handelte, die einem sehr klugen Befehlshaber gehorchten. Als wir die Stadtmauer erreichten, schlossen die Osthosier einfach ihre Tore und forderten uns auf, hereinzukommen, falls wir den Mut aufbrächten. Und ich stand da mit meiner Schar junger Kriegsbegeisterter, die vor Wut schäumten und mich anflehten, die Mauer zu stürmen. Eliar schrie am lautesten, deshalb ernannte ich ihn zum Anführer und befahl ihm, das Tor zu stürmen und zu sehen, wie viele seiner Gleichgesinnten er dabei verlieren würde.«

»War das nicht ein wenig rabiat, Khalor?«

»Will man herausfinden, ob ein Junge nicht bloß ein Schaumschläger ist, gibt's keine andere Möglichkeit. Außerdem war Eliar ein netter Bursche, auf den die anderen Halbwüchsigen hörten. Überdies ist es Teil der Ausbildung. Ich soll ein Auge auf diese wilden Jungen haben, die stets eine Gruppe von Gefolgsleuten um sich scharen. Diese Jungs soll ich in Situationen bringen, in denen sie beweisen können, ob sie wirklich das Zeug haben, Befehlshaber einer Truppe zu werden. Dass einige dabei draufgehen, lässt sich nicht vermeiden. Nun, um mich kurz zu fassen, Eliar und seine Jungs stürmten brüllend und Waffen schwingend über die Wiese zum Stadttor, als wollten sie die Mauern so erschrecken, dass die von selbst einstürzten. Als sie ungefähr fünfzig Schritt vom Angriffsziel entfernt waren, wurde plötzlich das Tor aufgerissen, und der Aryo von Osthos führte seine Truppen höchstpersönlich heraus, um meinen brüllenden kleinen Barbaren eine Lehrstunde in Sachen Kriegskunst zu erteilen.«

»Es war eine sehr handfeste Lektion, nehme ich an«, sagte Althalus düster.

»Eine Lektion, die mit Händen und Füßen erteilt wurde. Sie zertrampelten meine Jungs regelrecht. Eliar war natürlich im dichtesten Getümmel und machte seine Sache gar nicht so schlecht, bis er schließlich den Aryo persönlich als Gegner hatte – dessen Waffe zufällig eine Streitaxt war. Eliars Schwert brach unmittelbar am Heft ab, und ich dachte: Das war's, Eliar. Aber der Junge überraschte mich – und den Aryo wahrscheinlich noch mehr. Er warf ihm nämlich sein abgebrochenes Schwert ins Gesicht und zückte seinen Dolch. Bevor der Aryo das Gleichgewicht wieder fand, war Eliar über ihm und stach wie ein Besessener auf ihn ein. Er dürfte zwei dutzend Mal auf den armen Edelmann eingestochen haben, und bei jedem Stoß ließ er eine Wunde so breit wie seine Hand zurück. Ich hatte nicht gedacht, dass dieser seltsame Zierdolch solche Wunden schlagen könnte, wenn man ihn richtig benutzt. Die Mannen des Aryos überwältigten Eliar natürlich. Sie nahmen ihn und die anderen Überlebenden seines Stoßtrupps gefangen und brachten sie in die Stadt.«

»Wer war diese Wilde, die Ihr vorhin erwähnt habt?«

»Des Aryos Tochter. Sie hat eine Stimme, mit der sie vermutlich aus einer Meile Entfernung Glas schneiden kann. Wir konnten sie ganz deutlich hören, als die Getreuen ihres Vaters dessen Leiche zu ihr brachten. Wir hörten auch, wie sie den Männern befahl, auf der Stelle die schützenden Mauern der Stadt zu verlassen, um uns in kleine Stücke zu hacken. Ich hatte nicht geglaubt, dass wahre Krieger sich von einer Frau Befehle erteilen ließen, doch Andine hat eine Stimme, der man fast von selbst gehorcht.« Khalor wand sich. »Mir kommt's so vor, als könne ich sie immer noch hören. Wer weiß, vielleicht ist es tatsächlich so. Eine solche Stimme habt Ihr ganz bestimmt noch nie gehört. Es ist erst zweieinhalb Wochen her, doch ich traue ihr zu, dass sie immer noch lauthals verkündet, dass sie jeden Baum in der Gegend mit unseren Gedärmen behängen will.«

»Andine?«, fragte Althalus.

»Ja, so heißt sie. Es ist ein hübscher Name für ein hübsches Mädchen, aber sie hat ein sehr hässliches Wesen.«

»Ihr habt sie selbst gesehen?«

»O ja. Sie stand oben auf der Stadtmauer, um sich daran zu ergötzen, wie ihre Krieger uns abschlachteten. Sie schrie fast unentwegt nach Blut, immer mehr Blut, und fuchtelte mit Eliars Dolch herum. Sie ist gewalttätig, blutgierig und jetzt auch noch die Herrscherin von Osthos.«

»Eine Frau ist Herrscher?«, vergewisserte Althalus sich verblüfft.

»Sie ist keine gewöhnliche Frau, Althalus. Sie ist aus Stahl. Sie war des Aryos einziges Kind, darum werden jetzt alle vor ihr auf die Knie fallen und sie ›Arya Andine‹ nennen. Für Eliar wäre es besser gewesen, sie hätte ihn gleich töten lassen. Doch das bezweifle ich. Wahrscheinlicher ist, dass sie höchstpersönlich mit seinem eigenen Dolch Stücke aus ihm schnippelt, und dann muss er dabei zuschauen, wie sie ihn in kleinen Portionen zum Frühstück verzehrt. Es würde mich nicht wundern, wenn ihr eine Möglichkeit einfällt, dem Jungen so schnell das Herz aus der Brust zu schneiden, dass er noch lange genug lebt, um zu sehen, wie sie es vor seinen Augen genüsslich verspeist. Haltet Euch von ihr fern, Althalus. Ich kann Euch nur raten, ihr vierzig, fünfzig Jahre Zeit zu lassen, sich zu beruhigen, ehe Ihr Euch auch nur in ihre Nähe begebt.«

9

»Was schert es uns, wenn sie ihn tötet, Em?«, fragte Althalus. »Es ist der Dolch, den wir wollen, nicht ein halbwüchsiger Junge aus Arum.«

»Wann wirst du lernen, weiter als zu deiner Nasenspitze zu blicken, Althalus?«, rügte sie ihn in einem herablassend und gleichermaßen kränkenden Tonfall.

»Genug der Beleidigung, Em«, sagte er scharf.

»Tut mir leid, Schatz. Das war ein bisschen gemein, nicht wahr? Ich will ja nur darauf hinweisen, dass alles irgendwie zusammenhängt und durchaus einen tieferen Sinn ergibt. Nichts geschieht allein aus sich selbst heraus. Eliar ist wahrscheinlich ein grober, ungebildeter Barbar aus dem arumischen Hinterland, aber er hat den Dolch aus Albrons Waffenkammer ausgewählt. Vielleicht war es nur eine spontane Entscheidung, aber das können wir erst mit Sicherheit wissen, wenn wir ihn auf die Probe stellen. Falls er nicht entziffern kann, was auf der Klinge steht, tätscheln wir ihm den

Kopf und schicken ihn heim. Kann er sich aber einen Reim daraus machen, muss er mit uns kommen.«

»Und wenn er ist, wie ich war, ehe ich zu dem Haus kam? Ich konnte damals nicht einmal den eigenen Namen lesen.«

»Das ist mir nicht entgangen. Doch es spielt keine Rolle, ob der Junge lesen kann oder nicht. Falls er einer der Auserwählten ist, wird er wissen, was die Schriftzeichen bedeuten.«

»Wie sollen wir wissen, dass er sie richtig gedeutet hat?«

»Wir werden es wissen, Schatz. Glaub mir, wir werden es wissen!«

»Warum weihst du mich nicht ein? Verrate mir, welches Wort auf der Klinge steht.«

»Ich hab dir doch schon gesagt, dass es für jeden, der es als Wort erkennt, eine andere Bedeutung hat.«

»Das ergibt doch keinen Sinn, Emmy! Ein Wort ist ein Wort, oder etwa nicht? Es muss eine ganz bestimmte Bedeutung haben!«

»Hat das Wort ›Zuhause‹ eine ganz bestimmte Bedeutung?«

»Ja, sicher. Es bezeichnet den Ort, wo man lebt – oder den, von dem man ursprünglich kommt.«

»Dann ist es für jeden ein anderer, stimmt's?«

Althalus runzelte die Stirn.

»Zerbrich dir deshalb nicht den Kopf, Schatz. Das in die Dolchklinge geprägte Wort ist ein Befehl, der für jeden, den wir finden müssen, etwas anderes aussagt.«

»Dann kann es doch nicht bloß ein Wort sein!«

»Das habe ich nie behauptet. Jeder Auserwählte, der die Klinge betrachtet, wird den für ihn bestimmten Sinn erkennen.«

»Dann wechselt das Wort?«

»Nein, es ist von Dauer. Die Schrift bleibt dieselbe. Nur die Deutung ändert sich.«

»Du machst mir Kopfschmerzen, Em.«

»Grüble nicht darüber nach, Althie. Du wirst es besser verstehen, sobald wir den Dolch haben. Das ist jetzt unser vordringlichstes Problem: den Dolch – und Eliar – von Andine zu bekommen.«

»Ich weiß schon die Lösung, Em. Ich werde Andine beides abkaufen.«

»Abkaufen?«

»Ihr etwas geben, damit sie mir Eliar und den Dolch überlässt.«

»Althalus, Eliar ist ein Mensch! Menschen kann man nicht kaufen!«

»Da täuschst du dich, Em. Eliar ist Kriegsgefangener und damit in dieser Kultur ein Sklave!«

»Das ist ja widerlich!«

»Gewiss, aber so ist es nun mal. Ich werde ein paar reiche Männer ausrauben müssen, damit ich an genug Gold herankomme, um dieses Geschäft abzuwickeln. Falls Arya Andine wirklich so versessen darauf ist, Eliar abzuschlachten, wie Sergeant Khalor vermutet, werde ich eine riesige Menge Gold benötigen, ihr den Jungen abzuschwatzen.«

»Vielleicht«, murmelte Emerald und ihre grünen Augen wirkten nachdenklich. »Vielleicht auch nicht. Wenn wir das Buch richtig benutzen, wird sie ihn uns sogar sehr gern verkaufen.«

»Ich bin schon so einigen rachsüchtigen Damen begegnet, Em. Glaub mir, ich werde *Unmengen* Gold brauchen. Wenn Khalor Recht hat, wird Andines Appetit auf Eliars Blut inzwischen gewaltig gestiegen sein. Wir müssen das Haus eines sehr wohlhabenden Bürgers suchen. Dann raube ich ihn aus, und wir begeben uns hinunter nach Osthos und machen Andine ein Angebot.«

»Es gibt andere Möglichkeiten zu Gold zu kommen, Althalus.«

»Ich weiß. Es aus einer Mine schürfen. Aber darauf lege ich keinen Wert. Ich habe in den Bergen von Kagwher viele tiefe Löcher gesehen, und nur aus einem von hundert holte man ein Körnchen Gold heraus, wie ich mir sagen ließ.«

»Ich glaube, an diesem Verhältnis könnte ich etwas ändern, Schatz.«

»Selbst dann würde es mir nicht gefallen, im Fels herumzuhacken, Em. Davon bekomme ich Rückenschmerzen.«

»Nur weil du ein bisschen eingerostet bist, aber das wird sich rasch ändern. Machen wir uns schon mal auf den Weg. Wir haben noch einen Ritt von mehreren Tagen vor uns, bevor du mit dem Schürfen anfangen kannst.«

»Es gibt hier im Flachland kein Gold im Boden, Em.«

»O doch, wenn man weiß, wo man danach suchen muss. Reite weiter, mein tapferer Junge, reite weiter.«

»Soll ich darüber lachen oder weinen?«

Sie ritten während der nächsten Tage im gleichmäßigen Kanter südwärts über die dürren Getreidefelder von Perquaine. Am Nachmittag des dritten Tages, der seit ihrem Gespräch mit Sergeantgeneral Khalor vergangen war, zügelte Althalus das Pferd und saß ab.

»Warum halten wir?«, erkundigte Emmy sich.

»Wir verlangen dem Pferd zu viel ab. Ich werde neben ihm hergehen, damit es sich ein bisschen erholen kann.« Althalus blickte auf die sonnengedörrten Felder. »Armselig«, murmelte er.

»Was?«

»Die Ernte in diesem Jahr. Mir scheint, dass es kaum der Mühe wert ist, sie in die Scheune zu bringen.«

»Das macht die Dürre, Schatz. Es regnet nicht mehr viel.«

»Wir müssten uns doch eigentlich der Küste nähern, Em. Entlang der Küste regnet es häufig.«

»Die Küste ist jetzt weit entfernt, Schatz. Wir haben uns im Haus darüber unterhalten, erinnerst du dich? Jedes Jahr wird alles Wasser der Welt mehr und mehr vom Eis eingeschlossen. Die Folgen sind Dürre und ein Absenken des Meeresspiegels.«

»Können wir das wieder in Ordnung bringen?«

»Wie meinst du das?«

»Das Eis schmelzen, damit die Dinge wieder so werden, wie sie sein sollten?«

»Warum wollt ihr Menschen immer an der natürlichen Ordnung herumpfuschen?«

»Wenn etwas nicht ist, wie es sein sollte, richten wir's eben.«

»Wie kommst du auf die aberwitzige Idee, dass es nicht ist, wie es sein sollte?«

»Weil es nicht so ist wie früher, Em. So, wie wir die Dinge sehen, ist es nicht in Ordnung.«

»Wer von uns denkt jetzt wie Daeva?«

»Das Meer austrocknen zu lassen und die ganze Welt in eine Wüste zu verwandeln, macht die Dinge nicht besser, Em.«

»Veränderung bedeutet nicht unbedingt Verbesserung, Althalus. Veränderung ist Veränderung. ›Besser‹ und ›schlechter‹ sind von Menschen erdachte Begriffe. Die Welt verändert sich ständig, und kein Jammern wird sie davon abhalten.«

»Die Küstenlinie sollte bleiben, wo sie ist!«, beharrte er.

»Du kannst es ihr ja befehlen. Vielleicht hört sie auf dich. Ich würde an deiner Stelle aber keine hohe Wette darauf abschließen.« Emerald blickte sich um. »Wir müssten den Ort, den wir suchen, im Lauf des morgigen Tages erreichen.«

»Sind wir denn auf der Suche nach einem besonderen Ort?«

»So könnte man sagen. Es ist der Ort, wo du anfangen wirst, für deinen Lebensunterhalt zu arbeiten.«

»Wie kannst du so etwas Unnatürliches auch nur vorschlagen?«

»Es wird gut für dich sein, Lieber – frische Luft, körperliche Ertüchtigung, nahrhaftes Essen ...«

»Ich glaube, ich lebe lieber ungesund.«

Sie schlugen an diesem Abend ein einfaches Lager inmitten eines nicht zu dichten Gestrüpps nahe der Straße auf und ritten schon im Morgengrauen weiter.

»Dort ist es!«, rief Emmy, nachdem sie etwa zwei Stunden unterwegs waren.

»Dort ist was?«

»Der Ort, wo du ein wenig ehrliche Arbeit verrichten wirst, Schatz.«

»Ich wollte, du würdest mir das nicht ständig unter die Nase reiben.« Althalus blickte über eine flache Hügelkuppe, die früher anscheinend bewirtschaftet gewesen war, auf der jetzt aber nur noch niedriges trockenes Gras wuchs. »Ist das der Ort?«, erkundigte er sich.

»Ja, das ist er.«

»Wie kannst du sicher ein? Es ist ein ganz gewöhnlicher Hügel. Wir sind an Dutzend ähnlichen vorübergekommen.«

»Stimmt. Aber das hier ist kein gewöhnlicher Hügel. Hier befindet sich die Ruine eines alten Hauses, die mit Erde bedeckt ist.«

»Wer hat das getan?«

»Der Wind. Der Boden ist sehr trocken, und der Wind hebt Erde auf und trägt sie mit sich, bis er an eine Stelle kommt, wo irgendetwas sie aufhält. Dort lässt er die Erde dann fallen.«

»Entstehen alle Hügel auf diese Weise?«

»Nicht alle.«

Althalus blickte blinzelnd zur Kuppe. »Ich werde Werkzeug brauchen. Wenn du darauf bestehst, Em, grabe ich, aber nicht mit bloßen Händen!«

»Darum kümmern wir uns schon. Ich sage dir, welche Worte du benutzen musst.«

»Ich finde immer noch, dass es einfacher wäre, jemanden zu berauben.«

»Es ist mehr Gold in dem Hügel, als du in einem Dutzend Häuser der Reichen finden würdest, an denen wir vorbei gekommen sind. Du sagst, du brauchst Gold, um es bei Andine gegen Eliar und den Dolch einzutauschen. Na gut, dort ist das Gold. Grab es aus!«

»Woher weißt du, dass da Gold ist?«

»Ich weiß es eben. Es ist mehr Gold in dieser Ruine, als du je auf einem Haufen gesehen hast. An die Arbeit, Junge!«

»Ich bin ein bisschen müde, Em.«

»Würdest du immer sofort tun, was ich dir sage, müsste ich's nicht ständig wiederholen. Und weil du es schließlich ja doch tun wirst, tu's lieber gleich, statt mit mir zu streiten.«

Er gab auf. »Ja, Liebes.«

»Guter Junge«, lobte sie. »Guter Junge.«

Sie sagte ihm, wie man mit einem einzigen Wort eine Schaufel erstehen lassen konnte; dann wies sie ihn zu einer Stelle etwa fünfzig Schritt den Südhang des Hügels empor. Als er sein Pferd hinaufführte, bemerkte er ein paar uralte Blöcke aus Kalkstein, die ein Stück aus der Erde ragten. Zum Bau des Hauses waren die Kanten offenbar gerade gesägt worden, doch Wind und Wetter hatten sie so stark verformt, dass sie sich kaum noch von unbearbeitetem Fels abhoben. »Wann wurde das Haus verlassen?«, erkundigte Althalus sich.

»Vor ungefähr dreitausend Jahren. Sein Erbauer war ursprünglich ein Landmann. Dann wanderte er nach Arum, ehe jemand etwas von dem Gold ahnte. Er hat gar nicht danach gesucht, fand aber durch Zufall mehr als genug.«

»Wahrscheinlich, weil er als erster dort war. Warum ist er nach Arum gezogen, wenn er nichts von dem Gold dort ahnte?«

»Es gab da ein kleines Missverständnis zwischen ihm und seinen Nachbarn, was den Besitz einer bestimmten Sau betraf, darum beschloss er, eine Zeit lang in die Berge zu ziehen, bis die Leute sich beruhigt hatten. Ich bin sicher, du verstehst das. Hier ist die Stelle, Schatz. Sitz ab und fang an zu graben.«

Althalus saß ab, nahm Emmy aus der Kapuze und hob sie auf den Sattel. Dann nahm er seinen Umhang ab und stülpte die Ärmel hoch. »Wie tief muss ich schaufeln?«, fragte er.

»Ungefähr vier Fuß. Dann stößt du auf Platten, die du hochstemmen musst. Darunter befindet sich ein kleiner Keller mit dem Gold.«

»Bist du sicher?«

»Hör auf, Zeit zu vergeuden, und fang an zu graben, Althalus.«

Er seufzte und gab auf. »Ja, Liebes.« Widerstrebend stieß er seine Schaufel in den Boden.

Die Dürre hatte die Erde sehr trocken werden lassen, deshalb war das Graben gar nicht so schwer, wie Althalus angenommen hatte.

»Ich würde die Erde nicht so weit den Hügel hinunterwerfen, Schatz«, riet Emmy nach einer Weile. »Du musst sie nämlich wieder ins Loch schaufeln, wenn du fertig bist.«

»Warum?«

»Damit niemand das Gold findet, das du zurücklassen musst.«

»Ich werde kein Gold zurücklassen, Em.«

»Wie willst du es mitnehmen?«

»Auf dem Pferd, Liebes. Es ist sehr kräftig.«

»So kräftig nun auch nicht.«

»Wie viel ist es denn?«

»Mehr als unser Pferd schleppen kann.«

»Wirklich?« Althalus schaufelte schneller.

Nach etwa einer halben Stunde stieß er auf die Platten, die Emmy erwähnt hatte. Er vergrößerte das Loch, um etwas mehr Platz zu haben; dann lehnte er die Schaufel an die Wand der Öffnung und kniete sich auf die Platten und versuchte, seinen glänzenden Stahldolch dazwischen zu schieben. »Wonach muss ich hier Ausschau halten, Em?«, fragte er. »Die Platten liegen so dicht aneinander, dass ich die Klinge nicht zwischen die Ritzen bekomme.«

»Halt die Augen offen«, riet sie. »Du musst die eine finden, die ein bisschen wackelig ist.«

Er stocherte weiter herum, bis er die Platte entdeckt hatte. Sand und Staub, den die Jahrhunderte herbeigetragen hatten, war zwischen die Fugen gesickert und Althalus brauchte eine ganze Weile, bis er sie mit der Dolchspitze freigekratzt hatte. Dann steckte er die Klinge zurück in die Scheide, griff nach der Schaufel, drückte sie in die Fuge und stemmte sich auf den Schaufelstiel.

Die Platte ließ sich verhältnismäßig leicht heraushebeln, und muffige Luft schlug ihm entgegen. Unter den Platten befand sich Raum, aber er war zu dunkel, als dass Althalus etwas hätte sehen können. Er stemmte eine weitere Platte hoch, damit mehr Licht in die Kammer fallen konnte.

Nun waren dicht gestapelte, staubbedeckte Ziegel zu sehen. Bittere Enttäuschung erfüllte ihn. Aber warum sollte jemand sich so viel Mühe machen, nur um Ziegelsteine zu verstecken? Althalus griff ins Loch und wischte den Staub von einem der Ziegel.

Fassungslos starrte er darauf. Der Ziegel war leuchtend gelb.

»Großer Gott!«, entfuhr es Althalus, der weiteren Staub entfernte.

»Er ist gerade beschäftigt, Althalus. Kann ich ihm etwas ausrichten?«

»Hier unten müssen Tonnen von Gold liegen!«

»Das habe ich dir doch gesagt«, erinnerte sie ihn selbstgefällig.

Das Gold war zu rechteckigen Blöcken gegossen worden, ungefähr so groß wie eine Männerhand, aber etwas dicker. Jeder wog um die fünf Pfund. Althalus ertappte sich dabei, dass er heftig zitterte, während er die Goldziegel heraushob und auf die Steinplatten legte.

»Nimm nicht zu viele, Althalus«, riet Emmy.

»Zwanzig?«, fragte er bedauernd.

»Ich glaube nicht, dass das Pferd gern mehr tragen möchte.«

Althalus zwang sich, bei zwanzig Goldbarren aufzuhören. Er legte die Steinplatten zurück, schaufelte die Erde wieder ins Loch und stach mehrere Büsche aus, die er in die Erde über den Steinplatten pflanzte, um seine private Goldmine zu verbergen.

Dann knüpfte er zwei große Beutel, verstaute je zehn Barren darin und hängte sie unmittelbar hinter dem Sattel über den Rücken seines Pferdes. Vor sich hin pfeifend saß er auf.

»Du bist ja richtig aufgekratzt«, stellte Emmy fest.

»Ich bin stinkreich, Em!«, erklärte er begeistert.

»Dass du stinkst, fällt mir schon seit Tagen auf. Es wird höchste Zeit, dass du ein Bad nimmst!«

»So habe ich es nicht gemeint, Kätzchen.«

»Aber ich. Dein Körpergeruch könnte Milch zum Stocken bringen.«

»Ich hab dir ja gesagt, dass schwere körperliche Arbeit nichts für mich ist, Em.«

Sie überquerten den Osthos am späten Nachmittag und schlugen ihr Lager auf der treboreanischen Seite auf. Um des lieben Friedens willen badete Althalus, wusch seine Kleidung und rasierte sich das erste Mal seit einem Monat wieder. Emmy war sehr davon angetan. Am nächsten Morgen erhoben sie sich früh, und drei Tage später sahen sie die Mauer der Stadt Osthos vor sich. »Beeindruckend«, stellte Althalus fest.

»Ich bin sicher, sie würden sich über deine Anerkennung freuen«, erklang Emmys Flüstern in seinem Kopf. »Wie sieht dein Plan aus, Zutritt zum Palast zu erlangen?«

»Ich muss mir erst noch etwas einfallen lassen. Was ist das Wort für ›fern halten‹?«

»*Bheudh*. Eigentlich bedeutet das soviel wie eine Warnung, aber dein Gedanke, wenn du dieses Wort aussprichst, überträgt diese Bedeutung. Warum fragst du?«

»Ich muss zu Fuß einen bestimmten Beamten aufsuchen und hätte es nicht gern, wenn ein Halunke mir mein Pferd stiehlt. Es ist mir zurzeit besonders teuer.«

»Warum denn das?«

Althalus entfernte sich ein Stück von der Straße und verwandelte unter Emmys Anweisung fünf seiner Goldbarren in Münzen, auf die eine Weizengarbe geprägt war – wodurch sie als perquainische Währung gekennzeichnet waren. Dann ritt er in die Stadt. In einem Schneidergeschäft erstand er elegante Kleidung, um seine ländliche Herkunft zu vertuschen. Emmy enthielt sich eines Kommentars, als er aus dem Laden zurückkehrte.

Er saß wieder auf und ritt zu den amtlichen Gebäuden in der Nähe des Palasts, um sich umzuhören und Fragen zu stellen.

»Ich würde mich freiwillig nicht einmal in ihre Nähe begeben, Fremder«, riet ein silberhaariger Höfling, als Althalus sich erkundigte, wie man eine Audienz bei Arya Andine bekam.

»Ach? Und wieso nicht?«, fragte Althalus.

»Sie war schon vor dem Tod ihres Vaters schwierig, aber jetzt ist sie geradezu unmöglich.«

»Bedauerlicherweise habe ich etwas Geschäftliches mit ihr zu besprechen. Ich wollte mit dem Aryo darüber reden, habe aber erst vor kurzem erfahren, dass er nicht mehr lebt. Was ist ihm zugestoßen?«

»Ich dachte, das wüsste jeder. Die Kanthoner sind vor ungefähr einem Monat bei uns eingefallen und sandten ihre Söldner, die Stadt zu belagern. Unser edler Aryo führte ein Heer aus den Palastmauern, um diese unverschämten Barbaren zu vertreiben. Dabei hat einer dieser Halunken ihn gemordet.«

»Meine Güte!«

»Dieser Unmensch wurde natürlich gefangen genommen.«

»Sehr gut. Hat Arya Andine ihn hingerichtet?«

»Nein, noch lebt er. Arya Andine lässt sich verschiedene Möglichkeiten durch den Kopf gehen, ihn aus dem Leben in den Tod zu befördern. Ich bin sicher, ihr wird schließlich etwas so Grausames einfallen, dass es der Gräueltat dieses Unholds gerecht wird. Welche Geschäfte betreibt Ihr, mein Freund?«

»Ich bin Arbeitsvermittler«, antwortete Althalus.

Der Höfling blickte ihn verwirrt an.

Althalus zwinkerte ihm verschmitzt zu. »›Arbeitsvermittler‹ klingt viel schöner als ›Sklavenhändler‹, findet Ihr nicht? Ich hörte von dem Angriff auf eure Stadt, und dass eure Soldaten mehrere Angreifer gefangen nehmen konnten. Ich dachte mir, ich schaue mal hier vorbei und kaufe sie euch ab. Die Besitzer der Salzminen in Ansu bezahlen derzeit beachtliche Summen für kräftige, gesunde Sklaven. Gefangene Krieger bringen in den Salzminen Höchstpreise, und ich bezahle in gutem Gold. Meint Ihr, Arya Andine wäre interessiert?«

»Das Wort ›Gold‹ könnte sie aufhorchen lassen.« Der Höfling nickte. »Eliar wird sie behalten wollen – das ist der junge Bursche, der ihren Vater getötet hat –, aber wahrscheinlich wäre sie bereit, Euch die anderen zu verkaufen. Wie lautet Euer Name, mein Freund?«

»Ich heiße Althalus.«

»Ein sehr alter Name.«

»Meine Familie war etwas altmodisch.«

»Wie wär's, wenn wir uns zum Palast begeben, Meister Althalus?«, schlug der Höfling vor. »Ich stelle Euch unserer unmöglichen Arya vor.«

Der alte Herr ging mit dem Besucher zum Palasttor, wo er und Althalus, der sein Pferd führte, sofort eingelassen wurden. »Die Soldaten werden sich Eures Pferdes annehmen, Meister Althalus«, versicherte ihm der Silberhaarige. »Ach, übrigens, mein Name ist Dhakan. Ich bin der Schatzmeister von Osthos. Verzeiht, ich vergesse schon mal, dass Fremde mich nicht kennen.«

»Es ist mir eine Ehre, Eure Bekanntschaft zu machen, Schatzmeister Dhakan.« Althalus verbeugte sich höflich.

Emmy, die ein wenig geziert auf dem Sattel des Pferdes gesessen hatte, sprang geschmeidig auf die Steine des Innenhofs.

»Euer Schoßtier, Meister Althalus?«, fragte Dhakan erstaunt.

»Ich glaube, sie sieht es eher anders herum, Euer Liebden. Katzen sind so.«

»Ich habe eine Schildkröte«, erklärte Dhakan. »Sie ist nicht sehr schnell, aber das bin ich auch nicht mehr.«

Osthos war eine uralte Stadt mit einem gewaltigen Palast und prächtigem, säulenumrahmtem Thronsaal. An der Seite gegenüber vom Eingang befand sich ein mit roten Behängen eingefasstes Podium, auf dem ein prunkvoller Thron stand. Die Herrscherin Andine, die Arya von Osthos, saß auf diesem Thron. Sie achtete offensichtlich nicht im Geringsten auf die einschläfernde Rede, die ein dicker Mann in weißem Umhang hielt. Bei dieser Rede ging es darum, die junge Arya auf diplomatische, behutsame Weise darauf aufmerksam zu machen, dass sie nicht genug auf die Staatsgeschäfte achtete.

Andine war jung – sehr jung sogar. Althalus schätzte sie auf nicht mehr als fünfzehn. Alle anderen im Thronsaal schienen bereits das Greisenalter erreicht zu haben. Nur der Arumer, den man an eine Marmorsäule neben dem Thronpodest gekettet hatte, war ebenso jung wie die Herrscherin. Andine blickte den Gefangenen mit ihren großen, fast schwarzen Augen durchdringend an und spielte scheinbar abwesend mit einem langen Dolch von der Form eines Lorbeerblattes.

»Das ist der Dolch, Schatz!«, erklang Emmys aufgeregte Stimme in Althalus' Kopf.

»Ist der Junge, der da an die Säule gekettet ist, der Mörder?«, flüsterte Althalus Dhakan ein wenig ungläubig zu.

»Schrecklich, nicht wahr?«, wisperte Dhakan zurück. »Unsere schöne, aber verzogene Herrscherin ließ ihn seit seiner Gefangennahme nicht aus den Augen.«

»Hat sie denn kein Verlies?«

»Aber gewiss. Die anderen Gefangenen befinden sich alle dort. Doch aus irgendeinem seltsamen Grund sehnt unser kleines Mädchen sich nach dem Anblick dieses jungen Raufbolds. Sie hat noch kein Wort zu ihm gesagt, hat jedoch kaum die Augen von ihm gelassen. Sie sitzt auf dem Thron, spielt mit diesem Dolch und beobachtet ihn.«

»Er scheint mir ein bisschen unruhig zu sein.«

»Wärt Ihr das an seiner Stelle nicht auch?«

Da überquerte Emmy mit elegant geschwungenem Schwanz anmutig den Marmorboden und sprang mühelos auf das Podium.

»Was tust du?«, sandte Althalus ihr einen erschrockenen Gedanken nach.

»Halt dich da heraus, Schatz!«, ermahnte sie ihn. Dann stellte sie sich auf die Hinterbeine und stützte die Vorderpfoten auf den Marmorthron. Mit einem fragenden Miau blickte sie die junge Arya an.

Andine riss den Blick von ihrem Gefangenen und schaute auf die grünäugige Katze neben ihrem Knie. »Was bist du für ein niedliches Kätzchen!«, rief sie. »Wo kommst du her, Mieze?«

»Verzeiht, Hoheit«, entschuldigte Althalus sich und trat näher. »Emmy, komm sofort zu mir!«

Arya Andine bedachte ihn mit einem verwunderten Blick. »Ich glaube nicht, dass ich Euch kenne«, sagte sie. Ihre Stimme war voll und wohlklingend, und von der Art, die einen Mann erregt.

»Gestattet, Hoheit.« Dhakan trat vor und verbeugte sich leicht. »Das ist Meister Althalus. Er ist gekommen, um Euch einen geschäftlichen Vorschlag zu unterbreiten.«

Wieder miaute Emmy fragend.

»Möchtest du dich auf meinen Schoss setzen, Mieze?« Andine beugte sich vor und hob Emmy auf. Sie hielt die Katze vor sich und blickte ihr ins Gesicht. »Oh«, sagte sie mit ihrer vollen Stimme, »bist du süß!« Dann setzte sie die Katze auf ihren Schoß. »Nun? Das wolltest du doch, nicht wahr?«

Emmy fing zu schnurren an.

»Meister Althalus ist Geschäftsmann, Arya Andine, und handelt mit Gefangenen«, erklärte Dhakan. »Er hat von dem kürzlich erfolgten Angriff auf die Stadt gehört und kam nun hierher, um sich nach der Möglichkeit zu erkundigen, Euch diesen grässlichen arumischen Abschaum abzukaufen. Darf ich Euch empfehlen, ihn anzuhören, Hoheit?«

»Was in aller Welt wollt Ihr mit diesen Barbaren anfangen, Meister Althalus?«, fragte Andine neugierig.

»Ich unterhalte gute Geschäftsverbindungen mit Ansu, Hoheit«, antwortete Althalus. »Die Besitzer der dortigen Salzminen sind stets an kräftigen jungen Männern interessiert. Eine Salzmine hat einen hohen Verschleiß an Arbeitskräften.«

»Ihr seid Sklavenhändler?«

Althalus zuckte entschuldigend die Schultern. »Es ist ein Geschäft wie jedes andere, Hoheit. Sklaven sind eine kostbare Ware. Ich erstehe sie an Orten, wo man sich ihrer entledigen will und bringe sie zu anderen, wo sie arbeiten müssen und wenigstens noch für jemanden von Nutzen sind. Jeder hat etwas davon: Wer sie mir verkauft, bekommt Gold, und der Käufer erhält Arbeiter.«

»Und was bekommen die Sklaven?«

»Zu essen, Hoheit. Ein Sklave braucht sich nicht den Kopf über seine nächste Mahlzeit zu zerbrechen. Er bekommt sogar bei Missernten zu essen oder wenn die Fische nicht anbeißen.«

»Unsere Philosophen sind der Ansicht, dass Sklaverei unsittlich ist.«

»Ich beschäftige mich nicht mit Philosophie, Hoheit. Ich nehme die Welt, wie ich sie vorfinde. Nun, ich bin bereit, Euch zehn perquainische Goldgarben für jeden gesunden, kräftigen Gefangenen zu bezahlen, den Ihr verkaufen möchtet.«

Sie starrte ihn erstaunt an. »Das ist ein beachtlicher Preis, Meister Althalus«, sagte sie mit ihrer aufregenden Stimme.

»Ich kaufe nur beste Ware, Eure Hoheit, darum bezahle ich auch sehr gut. Ich handle nicht mit Kindern oder Greisen oder jungen Frauen. Ich kaufe lediglich junge, starke, gesunde Männer, die gute Arbeit leisten.« Er blickte zu dem jugendlichen Arumer, der an die Marmorsäule gekettet war. »Wenn Ihr gestattet, Hoheit?« Er verbeugte sich leicht und schritt hinüber zu der Säule, wo Eliar trostlos in Ketten auf dem Marmorboden saß. »Aufstehen!«, brüllte Althalus.

»Wer verlangt das?«, brummte Eliar dumpf.

Althalus streckte die Hand aus, fasste Eliar am Haar und riss ihn empor. »Gehorche, wenn ich dir etwas befehle!«, fuhr Althalus ihn an. »Mach das Maul auf, ich will deine Zähne sehen!«

Eliar presste die Lippen zusammen.

»Er ist stur, Meister Althalus.« Andine schüttelte den Kopf. »Ich habe mich wahrhaftig sehr bemüht, ihm seine Starrköpfigkeit auszutreiben.«

»Es gehört eine gewisse Härte dazu, einen Sklaven gefügig zu machen, Hoheit«, erklärte Althalus, zog den Dolch unter seinem Gürtel hervor und stemmte Eliars Zähne damit auseinander. »Gute, gesunde Beißerchen«, stellte er fest. »Sehr vielversprechend. Schlechte Zähne bei einem Sklaven weisen gewöhnlich darauf hin, dass etwas faul mit ihm ist, und wenn es nur die Zähne sind.«

Eliar versuchte Althalus anzuspringen, doch seine Ketten gaben ihm nicht genügend Spielraum.

»Er ist dumm«, bemerkte Althalus, »aber das lässt sich vielleicht ändern. Junge«, wandte er sich an den Gefangenen, »hat dein Sergeant dich nie darauf hingewiesen, dass es töricht ist, einen Bewaffneten mit bloßen Händen anzugreifen? Erst recht, wenn du angekettet bist.«

Eliar zerrte an den Ketten und versuchte verzweifelt, sich loszureißen. »Kräftige Muskeln hat er auch«, sagte Althalus anerkennend. »Für den hier würde ich tief in den Säckel greifen, Hoheit.«

»Er steht nicht zum Verkauf!«, rief Andine hitzig, und ihre großen dunklen Augen schienen zu lodern.

»Alles ist käuflich, Hoheit.« Althalus lachte spöttisch.

»Geh nicht zu weit, Althalus«, murmelte Emmys schnurrende Stimme in seinem Kopf. »Ich bearbeite sie noch.«

»Glaubst du, du kannst sie umstimmen?«

»Wahrscheinlich. Sie ist noch sehr jung und deshalb noch sehr beeinflussbar. Bitte sie darum, dir die anderen Gefangenen zeigen zu lassen. Du wirst möglicherweise alle kaufen müssen, um Eliar zu kriegen.«

»Darüber können wir uns später unterhalten, Hoheit«, wandte Althalus sich an die Arya. »Dürfte ich mir auch die anderen Gefangenen anschauen?«

»Selbstverständlich, Meister Althalus«, antwortete Andine. »Habt die Güte, ihn zu den Verliesen zu geleiten, Schatzmeister Dhakan.«

»Sofort, Hoheit«, antwortete der silberhaarige alte Herr. »Wenn Ihr mir folgen würdet, Meister Althalus.«

Die beiden verließen den Thronsaal.

»Eure Arya ist eine schöne junge Frau, Schatzmeister Dhakan«, bemerkte Althalus.

»Das ist auch der einzige Grund, weshalb wir ihre Verrücktheiten ertragen, Althalus. Sie ist so schön, dass wir ihre Schwächen übersehen können.«

»Sie wird sich ändern, Dhakan. Ich rate Euch, vermählt sie. Wenn sie erst Kinder hat, wird sie erwachsen.«

Neun junge Arumer, alle mit einem Kilt bekleidet, lagen im Verlies. Ein paar litten noch unter den Verwundungen, die sie sich in der Schlacht vor der Mauer von Osthos zugezogen hatten. Althalus täuschte vor, die Gefangenen sachkundig zu mustern. »Im Großen und Ganzen nicht schlecht«, sagte er während der Rückkehr zu Dhakan. »Aber der Einzige, der meines Erachtens wirklich etwas taugt, ist der Bursche, der im Thronsaal an die Säule gekettet wurde. Wenn wir die Arya überreden könnten, ihn gemeinsam mit den anderen zu verkaufen, werde ich ihr ein Angebot unterbreiten. Wenn nicht, schaue ich mich anderswo um.«

»Ich werde mit ihr reden, Meister Althalus«, versprach Dhakan. »Vielleicht solltet Ihr der Arya ausführlich schildern, welche Schrecknisse die Sklaven in den Minen von Ansu erwarten. Ein bisschen Übertreibung kann nicht schaden. Unser kleines Mädchen giert nach Rache. Wenn wir sie überzeugen können, dass das Leben eines Sklaven in den Salzminen viel grausamer ist als alles, was sie sich hier für ihn ausdenken könnte, überlegt sie es sich vielleicht. Seid beredt, Althalus! Malt die abscheulichsten Gräuel aus, die Euch einfallen! Unsere liebe kleine Andine ist voller Hass und Rachewünsche. Menschen, die von solchen Empfindungen geleitet werden, treffen oft übereilte Entscheidungen. Ich werde Euch helfen, so gut ich kann. Ich möchte, dass dieser junge Eliar aus Osthos und aus Andines Reichweite verschwindet. Falls sie sich weigert, ihn an Euch zu verkaufen, werde ich mir etwas einfallen lassen, ihn kurzerhand umzubringen. Ich muss ihn loswerden!«

»Vertraut mir, Dhakan«, sagte Althalus zuversichtlich. »Wenn es um Kaufen und Verkaufen geht, bin ich der Beste!« Er sandte einen Gedanken an Emmy. »Hast du sie soweit, Em?«, fragte er.

»Ich komme der Sache näher.«

»Versuch ihr Interesse an den Salzminen zu wecken.«

»Wozu?«

»Damit ich ihr ein paar Schauermären erzählen kann.«

»Du willst sie belügen?«

»Nein, ich werde ihr die Wahrheit erzählen. Sofern die Dinge sich nicht drastisch verändert haben, sind die Zustände in den Minen von Ansu schlimmer als die in der tiefsten Hölle von Nekweros. Dhakan meint, das könnte den Ausschlag geben. Bearbeite das Mädchen tüchtig, Em. Wenn sie Eliar nicht an uns verkauft, wird Dhakan ihn töten lassen.«

Als Althalus und Dhakan den Thronsaal betraten, sahen sie, dass Andine den Lorbeerblattdolch zur Seite gelegt hatte und nur noch Augen für Emmy hatte. Sie lächelte – ein Lächeln, das an die aufgehende Sonne erinnerte. Sogar wenn sie Eliar finster angestarrte hatte, war sie wunderschön gewesen, doch als sie nun lächelte, raubte ihre Schönheit Althalus den Atem.

Dhakan stieg auf das Thronpodest und sprach eindringlich auf seine junge Herrscherin ein.

Andine schüttelte mehrmals heftig den Kopf. Dann winkte Dhakan Althalus zu.

Althalus näherte sich dem Thron. »Ja, Euer Liebden?«, fragte er Dhakan.

»Ich glaube, wir sollten zur Sache kommen, Meister Althalus«, antwortete Dhakan. »Wie steht es mit Eurem Angebot?«

»Neun perquainische goldene Weizengarben für jeden der Gefangenen unten im Verlies.«

»Ihr habt zehn gesagt!«, schrillte Andines Stimme plötzlich durchdringend. Sergeant Khalors Beschreibung ihres Organs war eine glatte Untertreibung gewesen.

Althalus hob einen Finger. »Der Preis hängt von unserer Einigung ab, Hoheit. Wenn Ihr Euch bereit erklärt, auch Eliar zu verkaufen, mache ich Euch ein ungleich besseres Angebot. Ich bezahle Euch einundachtzig goldene Weizengarben für die neun Mann im Verlies. Gebt Ihr Eliar darauf, sollt Ihr hundert für alle mitsammen erhalten.«

»Das ist ein Unterschied von neunzehn Goldstücken. So viel ist er nicht wert.« Wieder hob sich die Stimme.

»Er hat die besten Anlagen, Hoheit. In Ansu werde ich ihn ganz vorn aufstellen, damit die Minenbesitzer ihn sich gut anschauen können. Sie werden den gesamten Trupp erstehen, nur um Eliar zu bekommen. Ich erkenne gute Ware, wenn ich sie sehe. Ich könnte sogar Krüppel verkaufen, würde ich den Käufern Eliar als Blickfang bieten.«

»Wie ist es in diesen Salzminen?«, wollte das Mädchen mit beinahe lustvoller Neugier wissen. »Wie würdet Ihr sie beschreiben?«

Althalus schüttelte sich scheinbar schaudernd. »Ich würde sie lieber gar nicht beschreiben, Hoheit. Drüben im Osten, in Wekti, Plakand und Equero, haben Verurteilte darum gefleht, dass man sie hinrichtet, wenn sie als Strafe für Mord oder dergleichen in die Salzminen verkauft werden sollen. Dorthin geschleppt zu werden, ist schlimmer als die grausamste Hinrichtung. Wenn ein Sklave Pech hat, steht er in den Minen zehn schreckliche Jahre durch. Wer mehr Glück hat, verreckt nach wenigen Monaten.«

»Erzählt mir ein wenig mehr davon«, schnurrte Andine.

Althalus beschrieb die Zustände in den Salzminen ausführlich und brauchte dabei kaum zu übertreiben. Er sprach von der Finsternis, in der die Unglücklichen ihr qualvolles Leben fristen mussten, und berichtete von den häufigen Stolleneinbrüchen, bei denen die vom Glück begünstigten Sklaven von Steinen und Geröll zerquetscht wurden. Er sprach von der immer währenden Kälte, dem unaufhörlichen würgenden Staub, und er vergaß auch die stämmigen Sklaventreiber mit den Peitschen nicht. »Alles in allem«, schloss er, »sind Meuchler und anderes Gesindel klug, wenn sie sich aufhängen, ehe man sie zu den Minen schleppen kann.«

»Dann seid Ihr also überzeugt, dass die Arbeit in den Salzminen ein viel schrecklicheres Los ist als der Tod?«, vergewisserte sich Andine und ihre wunderschönen Augen leuchteten.

»O ja«, versicherte Althalus. »Ein viel, viel schrecklicheres Los.«

»Ich glaube, wir kommen vielleicht doch ins Geschäft, Meister Althalus«, entschied sie. »Einhundert goldene Weizengarben für alle miteinander, sagtet Ihr?«

»Das war mein Angebot, Hoheit.«

»Einverstanden – wenn ich als Draufgabe Eure Katze bekomme.«

»Wie bitte?«

»Ich will dieses niedliche Kätzchen! Wenn Ihr es mir überlasst, gilt der Handel.«

10

»Tu, was sie sagt, Althalus!« durchschnitt Emmys Gedanke seine Bestürzung.

»Das werde ich ganz sicher nicht!«, brauste er auf.

»Du glaubst doch nicht wirklich, dass sie mich gegen meinen Willen hier behalten kann? Aber fordere als Draufgabe den Dolch.«

»Wie soll ich das denn fertig bringen?«

»Das ist mir egal. Überleg dir was! Dafür bezahle ich dich schließlich. O ja, noch etwas. Wenn du den Dolch von ihr bekommst, schieb ihn unter deinen Gürtel, ohne ihn anzuschauen.«

»Warum soll ich ihn nicht anschauen?«

»Kannst du denn nie etwas tun, ohne Fragen zu stellen? Du darfst auf keinen Fall einen Blick auf den Dolch werfen, ehe wir nicht von hier fort sind. Tu ausnahmsweise mal, was ich sage, ohne Widerrede.«

Er gab auf. »Ja, Liebes«, sagte er stumm.

»Wo liegt das Problem, Meister Althalus?«, fragte Andine und streichelte die schnurrende Katze auf ihrem Schoß.

»Ihr habt mich überrumpelt, Hoheit«, antwortete er. »Ich liebe meine Katze sehr.« Er kratzte sich am Kinn. »Das wirft ein ganz anderes Licht auf das Geschäft. Die Sklaven sind bloß eine Ware. Euch Emmy zu überlassen ändert alles. Wenn ich mich von ihr trennen soll, müsst auch Ihr eine Dreingabe leisten.«

»Zum Beispiel?«

»Oh, ich weiß nicht.« Er tat, als dächte er darüber nach. »Es müsste etwas Persönliches von Euch sein. Ich liebe meine Katze viel zu sehr, als sie in ein unpersönliches Geschäft einzubeziehen. Ich würde mich vor mir selbst schämen, würde ich sie einfach verkaufen.«

»Ihr seid ein ungewöhnlicher Mann, Meister Althalus.« Arya Andine blickte ihn mit strahlenden Augen an. »Welche Art meines persönlichen Besitzes würde Euren verwöhnten Geschmack zufriedenstellen?«

»Es braucht nichts von großem Wert zu sein, Hoheit. Ich musste für Emmy ja nichts bezahlen. Ich habe sie vor ein paar Jahren am Straßenrand gefunden. Sie versteht sich sehr gut darauf, sich ins Herz eines Menschen zu schmeicheln.«

»Das ist mir nicht entgangen.« Andine drückte Emmy an ihre Wange. »Ich bin ganz verrückt nach diesem Kätzchen«, gestand sie mit ihrer aufregend pulsierenden Stimme. »Sucht Euch etwas aus, Meister Althalus. Nennt Euren Preis.«

Althalus lachte. »So etwas solltet Ihr wirklich nicht sagen, Hoheit. Wenn ich kein ehrbarer Geschäftsmann wäre, könnte ich Kapital aus Eurer plötzlichen Zuneigung zu meiner Katze schlagen.«

»Nennt Euren Preis«, wiederholte Andine. »Ich muss sie haben!«

»Oh, ich weiß nicht – irgendetwas eben. Wie wär's mit dem Dolch, mit dem Ihr da gespielt habt? Es sieht aus, als würdet Ihr daran hängen. Ja, dieser Dolch würde mich zufriedenstellen.«

»Wählt etwas anderes.« Andines Blick wirkte mit einem Mal besorgt.

»Ah – nein, Hoheit, ich glaube nicht. Meine Katze für Euren Dolch. Ihr müsst etwas hergeben, das Euch etwas bedeutet, so wie ich, sonst werdet Ihr Emmy nicht gebührend zu würdigen wissen.«

»Mit Euch zu verhandeln ist nicht einfach, Meister Althalus«, beklagte sie sich.

Emmy streckte ein weiches Pfötchen aus und streichelte über die glatte Wange der Arya.

»O je.« Andine schmiegte Emmy ans Gesicht. »Nehmt den Dolch, Meister Althalus. Nehmt ihn! Es ist mir egal. Nehmt, was Ihr wollt. Ich muss sie haben!« Sie griff nach dem Lorbeerblattdolch und warf ihn auf den Marmorboden vor dem Podest.

»Wenn Ihr gestattet, Hoheit, kümmere ich mich um die Einzelheiten«, erbot sich der silberhaarige Dhakan. Offenbar war er es, dem die Regierungsgeschäfte hier in Osthos oblagen.

»Danke, Schatzmeister Dhakan.« Andine erhob sich und wiegte Emmy jetzt besitzergreifend in den Armen.

»Sei ein liebes Kätzchen, Em.« Althalus bückte sich nach dem Dolch. »Beiß nicht!«

»Beißt sie?«, erkundigte sich Andine.

»Manchmal.« Althalus schob den Dolch unter seinen Gürtel. »Aber nicht fest. Und für gewöhnlich nur, wenn sie beim Spielen zu übermütig wird. Stupst sie mit dem Fingernagel auf die Nase, dann benimmt sie sich sofort wieder. Oh, ich sollte Euch vielleicht noch warnen, Hoheit. Seid nicht überrascht, wenn sie Euch ausgiebig das Gesicht wäscht. Ihre Zunge ist ein bisschen rau, aber man gewöhnt sich mit der Zeit daran.«

»Was frisst sie am liebsten?«

»Fisch, natürlich.« Althalus verbeugte sich. »Es war ein Vergnügen, mit Euch Geschäfte zu machen, Hoheit.«

Das Rasseln der langen Kette ging Althalus bereits auf die Nerven, noch ehe er und die zehn jungen Arumer auch nur das Stadttor von Osthos erreicht hatten. Es erinnerte ihn ständig daran, dass er nicht mehr allein war, und genau das störte ihn.

Sobald sie die Stadt hinter sich hatten, sandte Althalus einen fragenden Gedanken zum Palast. So weit war er während der vergangenen fünfundzwanzig Jahrhunderte nie von Emmy entfernt gewesen, und das gefiel ihm gar nicht.

»Ich bin im Augenblick sehr beschäftigt, Althalus«, antwortete sie in Gedanken. »Stör mich jetzt nicht. Begib dich zu dem Ort, wo wir die Münzen prägten und warte dort auf mich.«

»Hast du schon eine Ahnung, wie lange du bleiben wirst?«

»Bis irgendwann heute Nacht. Behalte Eliar und lass die anderen frei.«

»Ich habe eine Menge Geld für sie bezahlt, Em!«

»Du hast nicht schwer dafür gearbeitet. Zeig ihnen in welcher Richtung Arum liegt und sag ihnen sie sollen zusehen, dass sie heim kommen. Sie sind uns nur im Weg.«

Die Mauern von Osthos waren noch in Sicht, als Althalus sein Pferd zur Seite wendete und über ein freies Feld zu dem kleinen Eichenhain ritt, wo er und Emmy die fünf Goldbarren in Münzen verwandelt hatten. Während sein Pferd übers Feld trabte, verschärfte Althalus sein Gehör und richtete es auf die Gefangenen, um zu erfahren, was sie im Schilde führten.

»... nur ein Mann«, hörte er Eliar wispern. »Sobald wir uns noch ein Stück von der Stadt entfernt haben, fallen wir gemeinsam über ihn her und töten ihn. Gib das an die anderen weiter. Sie brauchen nur auf mein Zeichen zu warten. Bis es soweit ist, tun wir alle so, als wären wir eingeschüchtert und geschwächt. Haben wir den Burschen erst, werden wir ihm zeigen, was in uns steckt!«

Althalus lächelte im Stillen. »Das hätte ihm schon vor Stunden einfallen können«, murmelte er zu sich selbst. »Ich frage mich, warum er so lange dazu gebraucht hat.« Zweifellos würde es einiger Anstrengungen bedürfen, die jungen Burschen vom Plan ihres Anführers abzubringen.

Als sie alle den Hain erreicht hatten, saß Althalus ab. »Meine Herren«, wandte er sich an seine Gefangenen. »Ich möchte, dass ihr euch setzt und mir zuhört. Ihr habt vor, eine ziemlich übereilte Entscheidung in die Tat umzusetzen, aber zuvor solltet ihr etwas wissen.« Er nahm den Schlüssel für die Ketten und ließ den jungen Mann am Kettenende frei. »Komm hierher«, forderte er ihn auf. »Du und ich werden deinen Freunden etwas vorführen.«

»Ihr wollt mich töten, nicht wahr?«, fragte der Junge mit zitternder Stimme.

»Wo ich so viel Geld für euch bezahlt habe? Mach dich nicht lächerlich.« Althalus führte den Jungen zur Mitte der Lichtung. »Passt gut auf!«, befahl er den anderen. Er richtete die Hand mit der Fläche nach oben auf den bebenden Jungen. *»Dheu«*, befahl er und hob langsam die Hand.

Der Gefangene stieß einen erschreckten Schrei aus, als er vom Boden abhob. Immer höher schwebte er, während Althalus theatralisch die Hand langsam weiter in die Höhe führte. Nach kurzer Zeit schien der Junge nur noch ein Punkt am Himmel hoch über ihnen zu sein.

»Also gut«, wandte Althalus sich an die offenen Mundes starrenden Gefangenen. »Was lernen wir daraus? Was glaubt ihr, würde unserem Freund da oben zustoßen, wenn ich ihn einfach losließe?«

»Er würde fallen?«, würgte Eliar hervor.

»Sehr gut, Eliar. Du bist schnell von Begriff. Und was würde ihm passieren, wenn er auf den Boden fiele?«

»Es würde ihn wahrscheinlich umbringen.«

»›Wahrscheinlich‹ ist zu vorsichtig ausgedrückt, Eliar. Er würde auf dem Boden zerplatzen wie eine überreife Melone. Das ist eure Lektion für heute, meine Herren. Ihr wollt euch doch nicht gegen mich stellen? Nein, ganz im Gegenteil, ihr werdet alles tun, um mich gewogen zu halten. Benötigt jemand eine weitere Demonstration meiner Fähigkeiten?«

Alle schüttelten heftig den Kopf.

»Gut. Da ihr nun einseht, wie die Dinge stehen, können wir euren Freund ja wieder herunterlassen.« Althalus sagte: *»Dhreu«*, wie damals im Haus am Ende der Welt zu seinem Schuh, und senkte dabei bedächtig die Hand.

Der Junge schwebte zum Boden herab, wo er unverständlich brabbelnd zusammenbrach.

»Hör auf damit!«, befahl Althalus ihm ungehalten. »Ich habe dir nicht wehgetan!« Er schritt die Kette entlang und schloss den eisernen Halsring eines jeden Sklaven auf, außer Eliars. Dann deutete er nach Norden. »Arum liegt in dieser Richtung, meine Herren. Helft eurem verstörten Freund auf die Beine und geht heim. Ach ja, und wenn ihr zurück seid, richtet Häuptling Albron aus, dass ich den gesuchten Dolch gefunden habe, und dass Eliar mit mir kommen wird. Albron und ich können uns zu einem späteren Zeitpunkt darüber einigen.«

»Worum geht es hier?«, fragte Eliar heftig.

»Euer Häuptling und ich haben eine Abmachung. Du wirst eine Zeit lang für mich arbeiten.« Althalus blickte auf die anderen. »Habe ich nicht gesagt, ihr sollt nach Hause laufen? Warum seid ihr noch nicht fort?«

Als Althalus sie das letzte Mal sah, rannten sie.

»Wollt Ihr mir nicht die Kette abnehmen?«, fragte Eliar.

»Das kann noch ein Weilchen warten.«

»Wenn Ihr eine Abmachung mit meinem Häuptling habt, braucht Ihr mich nicht gefesselt zu halten. Er kann sich auf mich verlassen.«

»Die Kette wird dir deine Überlegungen erleichtern, Eliar. Solange du gefesselt bist, brauchst du nicht gegen schwierige moralische Entscheidungen anzukämpfen. Möchtest du etwas zu essen?«

»Nein«, antwortete der Junge gekränkt. Eliar machte es offenbar Spaß, gekränkt zu sein. Von seiner mürrischen Miene abgesehen war er ein recht gut aussehender Jüngling, groß und blond. Trotz seiner Jugend waren seine Schultern breit und muskulös, und sein Kilt gewährte den Blick auf seine kräftigen Beine. Es war leicht zu verstehen, weshalb die anderen jungen Arumer von Sergeantgeneral Khalors Abteilung Eliar zu ihrem Anführer erwählt hatten.

Althalus schlang die Kette des Jungen um einen Eichenstamm und verschloss sie gut; dann streckte er sich auf dem laubbedeckten Boden aus. »Du solltest ein bisschen schlafen«, riet er Eliar. »Wir haben noch einen weiten Weg vor uns und müssen uns beeilen, also werden wir in den nächsten Tagen nicht viel zum Schlafen kommen.«

»Wohin gehen wir?« Eliars Neugier siegte über seine Gekränktheit.

»Ich habe nicht die geringste Ahnung«, gestand Althalus. »Ich bin aber sicher, dass Emmy es uns sagen wird, sobald sie hier ist.«

»Eure Katze?«

»Die Dinge sind nicht immer wie sie scheinen, Eliar. Schlaf jetzt.«

»Könnte ich Brot oder sonst was zu essen haben?«

»Hast du nicht gesagt, du hast keinen Hunger?«

»Ich habe meine Meinung geändert. Ich könnte wirklich etwas zu essen brauchen.«

Althalus rief einen Laib Brot herbei und warf ihn seinem Gefangenen zu.

»Wie habt Ihr das gemacht?«, fragte Eliar erstaunt.

»Es ist nur ein kleines Kunststück, das ich vor ein paar Jahren aufgeschnappt habe. Nichts Besonderes.«

»Es ist das erste Mal, dass ich gesehen habe, wie jemand so etwas macht. Ihr seid nicht wie andere Menschen, nicht wahr?«

»Nicht sehr, nein. Iss jetzt dein Abendbrot und schlaf, Eliar.« Althalus streckte sich aus und schlummerte ein.

Emmy erschien kurz nach Mitternacht im Eichenhain und stellte fest, dass Althalus soeben erwachte. »Bist du nicht ein bisschen unvorsichtig, Schatz?«, rügte sie ihn.

»Unvorsichtig? Wieso?«

»Ich dachte, du würdest Eliar im Auge behalten.«

»Er kann nicht fliehen, Em – es sei denn, er nimmt den Baum mit.«

»Hattest du Schwierigkeiten, seine Freunde zu überreden, dass sie sich zurückziehen?«

»Nicht besonders. Sie hatten auf dem Weg hierher ein Komplott geschmiedet, aber dann habe ich ihnen gezeigt, dass es keine besonders gute Idee war.«

»Ach? Und wie?«

»Ich habe auf gut Glück einen von ihnen ausgewählt und hab dann das Gleiche mit ihm getan wie vor ein paar Wochen mit Pekhal. Er und die anderen verstanden sofort. Dann kettete ich sie los und befahl ihnen heimzukehren. Ihr Aufbruch war ziemlich überstürzt.«

»Prahlhans!«

»Ich kenne die Denkweise der Arumer, Em. Sie sind ungemein treu und ergeben, also musste ich etwas so Einschneidendes tun, dass sie ihre Treue und Ergebenheit vergessen. Ich glaube, du hättest es auch nicht gern gehabt, hätten sie uns in den Büschen aufgelauert. Nun, ich konnte sie voll und ganz überzeugen, dass eine Heimkehr das Beste für sie ist.«

»Hast du den Dolch?«

Althalus tätschelte den Griff, der unter seinem Gürtel hervorragte. »Ja, hier.«

»Komm in den Mondschein mit mir«, forderte Emmy ihn auf und tänzelte ihm voraus aus dem Hain.

»Was hast du vor?«

»Du wirst die Klinge lesen.«

»Ich lasse mir nur von dir befehlen, Em, nicht von dieser alten Waffe.«

»Nur eine Vorsichtsmaßnahme, Althalus. Der Dolch wird dafür sorgen, dass du unterwegs nicht das Interesse verlierst.«

»Was ist los mit dir? Traust du mir nicht?«

»Dir trauen?« Sie lachte spöttisch.

»Das war jetzt nicht sehr nett von dir, Em.«

»Zieh ganz einfach die Klinge heraus und lies sie, Althalus. Halte uns nicht auf.«

Er zog den Dolch unter dem Gürtel hervor und hielt die Klinge ins Mondlicht. Die Gravur war ein kompliziertes Gebilde und wirkte mit ihren ineinander verschlungenen Linien sehr eindrucksvoll und bedeutsam. Die Schrift war anders als die einzelnen Piktogramme, die Althalus im Buch gesehen hatte, denn die Zeichen auf der Klinge gingen ineinander über. Es fiel ihm nicht schwer, ein bestimmtes Wort zu erkennen, da es im bleichen Mondschein leuchtete.

»Was sagt es?«, fragte Emmy angespannt.

»SUCHE!«, antwortete er prompt.

Ein weicher, melodischer Ton erklang und wurde zu einer wunderbaren Weise, die ihn einhüllte, ihn zu liebkosen schien. So sehr rührte ihn die Melodie, dass ihm Tränen in die Augen stiegen.

»Jetzt bist du mein!«, triumphierte Emmy.

»Das war ich zuvor schon, Em. Singt der Dolch wahrhaftig?«

»O ja.«

»Warum?«

»Um mich wissen zu lassen, dass du auserwählt bist – und dass du genau das tun wirst, was ich dir sage.« Sie bedachte ihn mit einem listigen Blick. »Setz dich, Althalus!«, befahl sie.

Er gehorchte sofort.

»Steh auf!«

Auch das tat er umgehend, sagte aber: »Hör jetzt auf damit, Emmy!«

»Tanze!«

Er begann herumzuhopsen. »Das werde ich dir heimzahlen, Em!«, drohte er.

»Nein, wirst du nicht. Lass jetzt das Herumgehüpfe. Ich wollte dir nur zeigen, wozu der Dolch imstande ist. Du wirst Ähnliches mit der Waffe tun können – für den Fall, dass Eliar oder welche von den anderen, die später zu uns stoßen, zu viel … nun ja, Eigensinn entwickeln.«

Althalus betrachtete die Dolchklinge noch eingehender. »Ich kann nur dieses eine Wort erkennen. Es springt mir mitten aus all den anderen Schnörkeln entgegen.«

»Die anderen ›Schnörkel‹ sind für andere bestimmt.«

»Warum kann ich sie nicht lesen?«

»Niemand kann sie alle lesen, Althalus. Einige dieser Wörter waren für Menschen bestimmt, die vor Tausenden von Jahren lebten, andere sind für solche, die erst in Jahrtausenden geboren werden. Unsere derzeitige Krise ist nicht die einzige in der Geschichte der Welt, weißt du.«

»Hat die Klinge dir verraten, wohin wir als Nächstes gehen werden?«

»Das erfahren wir erst, nachdem Eliar *seine* Anweisung gelesen hat. Alles zur rechten Zeit und am rechten Ort.«

»Was immer du sagst, Liebes.« Er runzelte die Stirn. »Sehen wir mal, ob ich es richtig verstehe. Niemand, mit Ausnahme bestimmter Personen, kann den Dolch lesen, stimmt's?«

»Stimmt.«

»Jeder andere sieht lediglich diese Schnörkel, die bedeutungslose Verzierungen zu sein scheinen?«

»Sagte ich das nicht schon?«

»Was würde geschehen, wenn ich sie Ghend zeigte – oder Pekhal oder Khnom?«

»Ihre Schreie wären wahrscheinlich sehr laut. Allein der Anblick des Dolches verursacht den Beauftragten Daevas unerträgliche Schmerzen.«

Althalus grinste. »Vielleicht sollte ich den Dolch dann nicht zum Speckschneiden benutzen.«

»Das würdest du nicht wagen!«

»War nur ein kleiner Scherz, Em. Der Dolch scheint sehr nützlich zu sein. Ich werde ihn in Ehren tragen.«

»Tut mir leid, Schatz, aber du bist nicht derjenige, der ihn tragen wird.«

»*Was*? Wer dann?«

»Eliar, wahrscheinlich.«

»Bist du ganz sicher, dass du den Burschen unter Kontrolle halten kannst? Immerhin ist er ein berufsmäßiger Meuchler, Em. Wenn ich ihm den Dolch aushändige, wird seine erste Amtshandlung wohl darin bestehen, mir die Klinge in den Bauch zu stoßen.«

»Es gibt keine absolute Gewissheit im Leben, Althalus.«

»Oh, danke, Em. Sehr beruhigend«, sagte er sarkastisch.

»Die Wahrscheinlichkeit, dass er dich tötet ist nicht größer als die, dass die Sonne heute Morgen im Westen aufgeht.«

»Ich glaube, auf eine solche Wahrscheinlichkeit würde ich sogar Geld wetten. Wecken wir ihn doch, damit er uns sein Wort vorliest.«

»Lass ihn schlafen. Sobald er die Klinge gelesen hat, wissen wir, wohin es als Nächstes geht, und wir werden sofort aufbrechen müssen. Wir wollen doch nicht im Dunkeln herumirren.«

Althalus zuckte die Schultern. »Du hast das Sagen, Em.« Er blickte sie neugierig an. »Was hast du getan, dass Andine ihre Meinung geändert hat? Sie wollte mir Eliar nicht *wirklich* verkaufen.«

»Ich habe sie dahingehend beeinflusst, mich mehr zu lieben als Eliar zu hassen.«

»Ich dachte, so etwas könntest du hier nicht.«

»Ich habe ihre Liebe nicht erschaffen, Schatz. Ich habe sie nur dazu ermutigt. Andine ist sehr jung und sehr leidenschaftlich. Sie liebt und hasst mit jeder Faser ihres Ichs, und sie liebt noch tiefer, als sie hasst. Um ihrer Liebe freie Bahn zu schaffen, brauchte ich nur süß und verschmust zu sein. Das kann ich sehr gut, wie du dich bestimmt erinnerst.«

»Ich glaube immer noch, dass du geschwindelt hast, Em.«

»Nein, habe ich nicht. Andine ist sehr hübsch und riecht gut. Sie ist weich und warm, und ihre Stimme klingt wie eine Glocke. Es ist sehr leicht, sie zu lieben, und sie erwidert Liebe aufrichtig. Ich habe sie nicht beschwindelt, Althalus. Ich habe sie geliebt – und liebe sie immer noch.«

»Ich dachte, du bist dazu bestimmt, nur mich zu lieben!«

»Was für eine lächerliche Idee! Nur weil ich Andine liebe, bedeutet das nicht, dass ich dich weniger gern habe. Meine Liebe ist grenzenlos, weißt du.«

»Aber jetzt hast du dich von Andine davongestohlen und sie damit um Eliar, den Dolch und dich selbst gebracht – alles an einem Tag. Ich glaube wirklich, dass wir von hier verschwinden sollten, Em, am besten sofort!«

»Sie wird erst in der Frühe erwachen, dafür habe ich gesorgt. Und als Erstes nach dem Aufwachen wird sie mich im ganzen Schloss suchen. Auf den Gedanken, ihre Krieger auszuschicken, kommt sie erst später.«

»Bist du sicher?«

»Vertrau mir.«

Eliar schlug die Augen schon vor dem ersten Morgengrauen auf, hatte aber vergessen, dass er an den Baum gekettet war, denn er versuchte, sich von den Fesseln zu befreien, ehe er richtig wach wurde.

»Hör auf!«, befahl Althalus scharf. »Du wirst dich verletzen.«

Eliar beruhigte sich. Er hob ein Handgelenk, dass die Kette leicht klirrte. »Ihr braucht mich nicht mehr gefesselt zu halten. Ich habe nachts darüber nachgedacht. Wenn Ihr tatsächlich eine Abmachung mit meinem Häuptling habt, werde ich tun, was Ihr mir befehlt. Habt Ihr mich aber angelogen, müsst Ihr Euch ihm gegenüber verantworten.«

»Endlich scheinst du zur Vernunft zu kommen«, lobte Althalus. »Ich dachte, ich müsste erst deine Zähne zurechtschütteln, bevor du so weit bist.«

»Ich bin ein guter Söldner und befolge die Befehle meines Häuptlings. Ich brauche sie nicht zu verstehen, um so zu handeln.«

»Ich glaube, wir werden ganz gut miteinander auskommen.« Althalus nickte. »Streck die Hände aus, dann nehme ich dir diese dumme Kette ab.«

Der befreite Eliar streckte sich und gähnte. »Ich konnte nicht besonders gut schlafen, weil die Kette bei jeder Bewegung klirrte«, beschwerte er sich. »Wie soll ich Euch anreden? Sergeant vielleicht? Gebieter sag ich auf keinen Fall zu Euch, egal was Ihr mir antut.«

»Falls du mich je ›Gebieter‹ nennst, flechte ich dir die Finger und Zehen zusammen. Ich heiße Althalus, also nenn mich bitte auch so.«

»Ist das wirklich Euer Name? In unserem Clan gibt es eine Sage über einen Althalus.«

»Ich weiß. Häuptling Albron hielt es nur für einen Zufall, aber da hat er sich getäuscht.« Althalus verzog das Gesicht. »Mein Name ist so ziemlich das einzige Wahre an der Sage. Der Rest ist die größte Lüge, die ich in meinem Leben hörte – und ich habe eine ganze Menge Lügen gehört. Ich will es dir nicht verheimlichen, Eliar. Ich bin derjenige, der Gosti Fettwanst vor fünfundzwanzig Jahrhunderten ausgeraubt hat, aber Gosti hatte kein Gold in seiner Schatzkammer, nur Kupfer und ein bisschen Messing. Er wollte, dass alle glaubten, er sei der reichste Mann der Welt, also verbreitete er wilde Lügen, wie viel Gold ich ihm gestohlen hätte. Du kannst dir nicht vorstellen, in welche Schwierigkeiten ich dadurch geraten bin.«

»Niemand kann so lange leben!«, entgegnete der Junge abfällig.

»Das dachte ich auch, bis Emmy mich eines Besseren belehrte. Aber kommen wir zur Sache. Kannst du lesen?«

»Krieger vergeuden ihre Zeit nicht mit solchem Unsinn.«

»Da ist aber etwas, das du lesen musst.«

»Ich habe Euch eben gesagt, dass ich nicht lesen kann, Althalus. Ihr werdet es mir vorlesen müssen.«

»Nein. Das würde zu nichts führen.« Althalus zog den Dolch aus seinem Gürtel und hielt ihn Eliar entgegen. Er deutete auf die komplizierte Gravur der Klinge. »Was sagt dir das?«, fragte er.

»Ich kann nicht lesen! Das habe ich Euch doch schon gesagt!«

»Schau die Klinge an, Eliar. Wenn du das nicht tust, kannst du natürlich auch nicht lesen.«

Eliar blickte auf die blattförmige Klinge und riss erschrocken den Kopf zurück. »›FÜHRE!‹ steht darauf!«, rief er. »Ich kann es wahrhaftig lesen!« Dann fuhr er zusammen, als die Melodie des Dolches ihn berührte.

»Hübsch, nicht wahr?«, meinte Althalus.

Emmy hatte beobachtend in der Nähe gesessen. Jetzt erhob sie sich und schlenderte zu ihnen. Sie betrachtete Eliar, der immer noch benommen auf den Dolch starrte. »Befiel ihm etwas, Althalus«, riet sie. »Lasst uns sichergehen, dass du ihn vollkommen beherrschst, bevor du ihm den Dolch aushändigst.«

Althalus nickte. »Steh auf, Eliar!«

Der Junge plagte sich sofort auf die Füße. Er schwankte ein wenig und drückte sich eine Hand an die Schläfe. »Es hat mich ein bisschen schwindelig gemacht«, gestand er.

»Tanze!«, wies Althalus ihn an.

Eliar begann herumzuhopsen.

»Genug!«

Eliar hörte zu hopsen auf.

»Leg beide Hände über den Kopf.«

»Warum tun wir das?« Der Junge hob die Hände.

»Wir wollen uns nur vergewissern, dass es klappt. Du kannst die Hände wieder herunternehmen. Ist dir jetzt irgendetwas Merkwürdiges aufgefallen?«

»Ihr habt mir befohlen, Dinge zu tun, die irgendwie lächerlich waren«, antwortete Eliar.

»Wenn sie dir lächerlich vorkamen, warum hast du sie dann getan?«

»Ich bin Söldner, Althalus. Ich tue immer, was mein Vorgesetzter mich heißt. Wenn er mir etwas Lächerliches befiehlt, ist er der Lächerliche, nicht ich.«

»Das nimmt dem Ganzen eine Menge Spaß, nicht wahr, Em?«, sagte Althalus laut. »Hat der Dolch Eliar gezwungen herumzuhopsen oder war das nur seine Ausbildung?«

Eliar blickte Emmy überrascht an. »Wie ist Eure Katze von Andine weggekommen?«

»Sie kennt ein paar Tricks und Schliche.«

»Andine wird sehr wütend sein. Vielleicht sollten wir rasch verschwinden – gleich nach dem Frühstück.«

»Bist du hungrig?«

»Ich bin immer hungrig, Althalus.«

»Warum frühstücken wir dann nicht?« Althalus hielt dem Jungen den Dolch entgegen. »Da, du bist dazu bestimmt, ihn zu tragen. Steck ihn irgendwo unter deinen Gürtel und verlier ihn nicht.«

Eliar legte die Hände in den Nacken. »Ich will Euch nicht verheimlichen, dass ich Euch vergangene Nacht umbringen wollte, ehe wir uns näher kennen lernten. Das solltet Ihr vielleicht bedenken, bevor Ihr mir den Dolch so einfach zurückgebt.«

»Du wirst doch jetzt nicht versuchen, mich umzubringen, oder?«

»Nein. Jetzt nicht.«

»Warum nicht?«

»Weil *Ihr* es nun seid, der die Befehle gibt. Durch Eure Abmachung mit Häuptling Albron seid Ihr so etwas wie mein Sergeant. Ein guter Soldat versucht nie, seinen Sergeanten zu töten.«

»Dann habe ich ja nichts zu befürchten. Nimm den Dolch, Eliar, und wir frühstücken.«

»Eine wundervolle Idee!«, sagte Eliar begeistert und schob den Dolch unter seinen Gürtel.

»Speck? Oder Schinken?«

»Was Ihr schneller besorgen könnt.«

Althalus schuf etwas Schinken und einen Laib Schwarzbrot, dazu einen Riesenbecher Milch.

Eliar schlang alles herunter, als hätte er seit einer Woche nichts bekommen.

Althalus erschuf mehr Nahrung. »Wie lange wird er weiter so viel in sich hineinstopfen?«, fragte er Emmy stumm.

»Ich bin mir nicht sicher«, antwortete sie. Sie beobachtete Eliar, und ihre großen grünen Augen wirkten leicht benommen. »Versuch ihn soweit abzulenken, dass er mir den Dolch zeigt. Ich muss herausfinden, wohin wir uns als Nächstes begeben sollen.«

»Eliar«, sagte Althalus, »du kannst weiter essen, aber Emmy muss einen raschen Blick auf deinen Dolch werfen.«

Eliar murmelte etwas Unverständliches.

»Sprich nicht mit vollem Mund«, wies Althalus ihn zurecht. »Hol den Dolch aus deinem Gürtel und zeig ihn Emmy!«

Eliar nahm das Schinkenstück, von dem er aß, in die Linke, wischte sich das Fett von der Rechten im Gras ab, und brachte den Dolch zum Vorschein. Immer noch mit vollem Munde kauend hielt er ihn Emmy entgegen.

Sie blickte flüchtig darauf. »Awes«, stellte sie fest.

»Dort sind doch nur Ruinen, nicht wahr?«, fragte Althalus.

»Na und?«

»Ich wollte es bloß erwähnen, weiter nichts. Ich sattle das Pferd.«

Emmy beobachtete wieder Eliar beim Essen. »Es hat keine Eile, Althalus.« Ihre stumme Versicherung klang leicht amüsiert. »So wie's aussieht, kommt unser Kleiner gerade auf den Appetit.«

11

»Wo genau ist dieser Krieg?«, erkundigte sich Eliar, der neben Althalus' Pferd her stapfte. »Und was sind das für Leute, gegen die wir kämpfen werden?«

»Krieg?«, fragte Althalus erstaunt.

»Man verpflichtet keine Söldner, nur um sie vorzuzeigen, Althalus. Ich bin ziemlich sicher, Ihr habt Euch nicht die ganze Mühe gemacht, mich Andine abzukaufen, bloß weil Ihr Euch einsam gefühlt habt. Sergeantgeneral Khalor riet uns immer, so viel wie möglich über die Leute herauszufinden, gegen die wir kämpfen sollen.«

»Euer Khalor ist ein kluger Mann, Eliar.«

»Wir alle schauten zu ihm auf – obwohl er bei unwichtigen Kleinigkeiten manchmal ziemlich pingelig sein konnte. Könnt Ihr Euch vorstellen, dass er sich einen halben Tag und länger über einen winzigen Rostflecken an einem Schwert ausließ?«

»Manche Krieger sind eben so«, meinte Althalus. »Ich persönlich kann mich über so etwas nicht allzu sehr erregen. Ein rostiges Schwert kann ebenso gut töten wie ein auf Hochglanz poliertes.«

»Wir werden großartig miteinander auskommen.« Eliar grinste breit. »Also, gegen wen soll ich kämpfen?«

»Der Krieg, in den wir verwickelt sind, ist nicht gerade ein gewöhnlicher Krieg – zumindest gegenwärtig nicht. Der Punkt, bei dem es um Armeen und Schlachtfelder geht, ist noch nicht ganz erreicht.«

»Wir müssen erst die Seiten erwägen?«

Althalus blinzelte, dann lachte er. »Diese Formulierung könnte dem, was wir tun, näher kommen als alle, die ich bisher gehört habe.«

»Pass auf, was du sagst!«, rügte Emmy ihn stumm aber scharf.

Wieder lachte Althalus. »Deshalb mussten wir den Dolch unbedingt in die Hände bekommen, Eliar. Nur er kann uns verraten, wer auf unserer Seite steht. Jene, die wir dabei haben müssen, können von ihm lesen. Andere vermögen das nicht. Emmy kann mehr davon lesen als du und ich, und es verrät ihr, wohin wir gehen müssen, um die Leute zu finden, die wir brauchen.«

»Sie ist wohl gar keine richtige Katze, oder? Meine Mutter hat eine Katze, aber die tut nichts anderes, als Mäuse jagen, fressen und schlafen. Wenn Emmy so wichtig ist, seid Ihr ein großes Wagnis eingegangen, als Ihr den Dolch für sie eingetauscht habt. Andine ist eine sehr eigenartige kleine Dame. Ihr habt Glück gehabt, dass sie Emmy nicht an einen ihrer Bettpfosten gekettet hat.«

»So wie sie dich an diese Säule im Thronsaal ketten ließ?«

Eliar schüttelte sich. »Das war eine wirklich schlimme Zeit für mich, Althalus. Allein ihr Blick jagte mir Angst und Schrecken ein. Stundenlang saß sie auf ihrem Thron, spielte mit meinem Dolch und starrte mich an. Frauen sind sehr merkwürdig, nicht wahr?«

»O ja, Eliar, das kann man wohl sagen!«

Kurz vor Mittag erspähte Althalus einen Bauernhof, der ein Stück von der Straße entfernt stand, und er bog auf den Weg ein, der zu dem Anwesen führte. »Wir besorgen dir ein Pferd, Eliar«, erklärte er.

»Ich kann zu Fuß mit Euch Schritt halten, Althalus.«

»Möglich, aber wir haben einen weiten Weg vor uns. Ich werde mit dem Bauern reden und sehen, was er zu bieten hat.«

Während Althalus sich mit dem dürren Landmann unterhielt, begutachtete Eliar die Gäule auf der riesigen Koppel hinter dem Bauernhaus. »Den!« Er kraulte einen großen Rotfuchs hinter den Ohren.

Der Bauer wollte protestieren, unterließ es jedoch, als Althalus seinen Säckel klimpern ließ.

»Ihr habt ihm zu viel bezahlt«, stellte Eliar beim Losreiten fest.

»Geld bedeutet nicht wirklich etwas.«

»Geld bedeutet immer etwas – es sei denn, Ihr habt es auf die gleiche Weise herbeigerufen wie die Speisen.« Er blickte Althalus scharf an. »So war es doch, nicht wahr? Ihr habt Euch ein wenig zurückgelehnt, eine Handbewegung gemacht, und ein großer Haufen Gold erschien, stimmt's?«

»Nein, ich habe ...«, Althalus hielt inne, und seine Augen weiteten sich plötzlich. »Könnte ich das wirklich? Gold herbeirufen?«, sandte er seine erstaunte Frage an Emmy, die in der Kapuze seines Umhangs döste.

»Ja, wahrscheinlich.«

»Warum hast du mich dann graben lassen?«

»Ehrliche Arbeit ist gut für dich, Schatz. Außerdem funktioniert es nicht ganz so. Speisen sind eine Sache, aber Mineralien sind eine ganz andere.«

»Warum?«

»Weil es so ist, Althalus. Es gibt ein gewisses Gleichgewicht, an dem wir nicht rütteln sollten.«

»Würdest du mir das erklären?«

»Nein, ich glaube nicht.«

Die nächsten beiden Tage ritten sie angestrengt dahin, bis sie eine gute Entfernung zwischen sich und Osthos gelegt hatten. Dann ließen sie sich etwas Zeit, damit die Pferde ein wenig ausruhen konnten. Das Flachland von Treborea, unter der heißen Sommersonne ausgedörrt und unfruchtbar, drückte ihnen aufs Gemüt; deshalb vertrieb Althalus die Zeit, indem er Eliar leicht ausgeschmückte Geschichten über seine frühen Abenteuer erzählte, ehe er sich ins

Haus am Ende der Welt begeben hatte. Wie alle Arumer hörte Eliar solche Geschichten für sein Leben gern und war genau die Art von Zuhörer, die Althalus' Herz erwärmte.

Ein wenig schwindelte Althalus aber schon, während sie dahinritten. Jedes Mal wenn Eliars Aufmerksamkeit nachließ, brachte ein gebratener Hühnerschenkel oder eine Kante frisch gebackenes Brot sie sogleich zurück.

Aus irgendeinem Grund fand Emmy ausgedehnte Schläfchen allerdings begehrenswerter als Althalus' bunte Geschichten.

Wenn sie ihr Nachtlager aufschlugen, übernahm Eliar die Versorgung der Pferde. Althalus schaffte Heu und Hafer herbei, hin und wieder gezwungenermaßen auch Wasser. Die eigentliche Arbeit jedoch tat Eliar, und die Pferde schienen ihn sehr zu mögen. Alles in allem war Althalus mit dieser Arbeitsteilung sehr zufrieden.

Ein paar Tage später ritten sie an den Mauern der Stadt Leupon vorüber, überquerten den Kanthon und gelangten so in das Gebiet von Equeros. Das Seenland war nicht ganz so ausgetrocknet wie die Ebenen von Perquaine und Treborea, und hier musste die Bevölkerung sich auch nicht um versiegende Wasserlöcher scharen oder sich entlang der Flussufer niederlassen.

Zehn Tage dauerte es, bis sie Equero durchquert hatten und nach Medyo gelangten, der Wiege der Menschheit. Nach weiteren fünf Tagen erreichten sie jenen sagenhaften Ort, an dem der Fluss sich gabelte und an dessen gegenüberliegendem Ufer die Ruinen der Stadt Awes zu sehen waren.

»Was ist hier geschehen?«, fragte Eliar, während sie am Westufer des Flusses auf die Fähre warteten, die sie – gegen Entgelt – zu den Ruinen von Awes brachte.

»Soviel ich gehört habe, gab es hier einen Krieg«, antwortete Althalus. »In jener Zeit herrschte die Priesterschaft über ganz Medyo und die Lande ringsum. Schließlich aber wurden die heiligen Männer ein wenig zu habgierig, und die Armee kam zu der Ansicht, dass die Welt ohne so viele Priester ein wesentlich schönerer Ort sein mochte. Also marschierte sie los, um zu sehen, ob sich das bewerkstelligen ließe. Die Priester verfügten über eigene gut ausgebildete Streitkräfte, und die beiden Armeen führten einen langen und erbitterten Krieg auf den Straßen von Awes.«

»Das muss aber schon sehr, sehr lange her sein. Aus den Straßen da drüben wachsen uralte Bäume in den Himmel.«

»Althalus«, murmelte Emmys Stimme. »Ich muss mit Eliar direkt sprechen, also werde ich mir deine Stimme leihen. Ich glaube, es wäre leichter, wenn er mich dabei auf den Armen hielte.«

»Warum das?«

»Tu es einfach, Althalus«, erwiderte sie. »Stell nicht immer dumme Fragen!«

Althalus hob Emmy hoch und hielt sie dem jungen Krieger hin. »Da«, sagte er, »Emmy will mit dir reden. Du sollst sie halten.«

Eliar legte rasch die Hände hinter den Rücken. »Nein, lieber nicht.«

»Überwinde dich! Nimm sie, Eliar!«

»Ich verstehe die Katzensprache nicht, Althalus«, protestierte Eliar, nahm Emmy jedoch, wenngleich unwillig, in die Arme.

»Ich bin sicher, sie wird sich dir verständlich machen.«

»Halt dich jetzt raus, Althalus«, befahl Emmy stumm. »Zähl Bäume oder tu sonst etwas. Ich werde mich deiner Stimme bedienen, misch dich nicht ein!« Dann hörte Althalus seine eigene Stimme fragen: »Kannst du mich hören, Eliar?« Die Stimme erschien ihm etwas weicher und höher.

»Warum sollte ich Euch nicht hören können, Althalus?«, erwiderte der Junge. »Ihr seid ja nur ein paar Fuß entfernt. Allerdings klingt Ihr ein wenig merkwürdig.«

»Ich bin ja auch nicht Althalus, Eliar«, erklärte die Stimme, die über Althalus' Lippen kam. »Ich spreche nur mit seiner Stimme. Sieh mich an, nicht ihn!«

Eliar blickte erstaunt auf Emmy hinunter.

Die Katze rümpfte die Nase. »Du brauchst ein Bad!«

»Ich war in letzter Zeit ziemlich beschäftigt, edle Dame«, antwortete der Junge.

»Du darfst mich streicheln, wenn du möchtest«, sagte Emmy.

»Jawohl, edle Dame.« Eliar fing an.

»Nicht so fest!«

»Entschuldigung.«

»So ein netter Junge«, murmelte Emmy mit ihrer geborgten Stimme. »Also gut, Eliar, hör mir jetzt aufmerksam zu. Es besteht eine ziemliche große Chance, dass wir auf der anderen Seite des

Flusses auf Feinde stoßen. Was tust du, wenn plötzlich ein Feind vor dir steht?«

»Ihn töten, edle Dame.«

»Richtig.«

»Emmy!« Althalus gewann die Macht über seine Stimme zurück.

»Ich habe dir gesagt, dass du dich raushalten sollst, Althalus. Das ist eine Sache zwischen dem Jungen und mir! Also hör zu, Eliar, wir werden da drüben Priestern begegnen. Ich möchte, dass du jedem, auf den wir stoßen, den Dolch zeigst. Kannst du dich einfältig stellen?«

Eliar machte ein zerknirschtes Gesicht. »Ich bin ein Bauernjunge aus dem Hochland von Arum, edle Dame. Wir werden dort einfältig geboren.«

»Es wäre mir lieber, wenn du ›Emmy‹ zu mir sagst. So förmlich brauchen wir nicht zu sein. Du musst mich ja nicht gleich duzen. Pass auf, du sollst Folgendes tun: Wenn wir uns mit einem Priester unterhalten, dann setz dein einfältigstes Arumergesicht auf und streck den Dolch aus, dass er ihn gar nicht übersehen kann. Und dann sagst du: ›Tschuldigung, Hochwirde, kannste mir sag'n, was auf 'm Messer da steht?‹«

»Das kriege ich mit ernster Miene nicht heraus, Emmy.« Eliar lachte. »Gibt es auf der ganzen Welt wirklich jemand, der so beschränkt ist?«

»Du würdest dich wundern, Eliar. Du musst die Worte üben, bis du sie ohne Kichern sagen kannst. Die meisten Priester werden sich keinen Reim aus dem machen können, was auf der Klinge steht. Einige werden so ehrlich sein und zugeben, dass sie die Inschrift nicht lesen können, andere werden behaupten, sie hätten bloß keine Zeit und wichtigere Dinge zu tun. Derjenige, den wir suchen, wird das entscheidende Wort auf die gleiche Weise lesen, wie du es getan hast, und sobald er es ausspricht, wird der Dolch zu singen anfangen.«

»Ich dachte mir schon, dass so etwas passiert, Emmy. Aber was hat das mit Feinden zu tun?«

»Solltest du zufällig einem Feind den Dolch zeigen, wird er schreien und versuchen, sich die Augen zuzuhalten.«

»Warum?«

»Weil der Anblick des Dolches ihm Schmerzen bereitet – wahrscheinlich größere Schmerzen, als er in seinem ganzen bisherigen Leben verspürt hat. Sobald das geschieht, musst du ihm die Klinge geradewegs ins Herz stoßen.«

»Ist gut, Emmy.«

»Keine Probleme? Keine Fragen?«

»Nein, Emmy. Ihr habt hier das Sagen. Wenn Ihr mir etwas befehlt, dann tue ich's. Sergeantgeneral Khalor hat uns immer angewiesen, Befehle umgehend auszuführen, ohne dumme Fragen zu stellen. Und Eure Befehle sind wirklich unmissverständlich. Wenn jemand schreit, sobald ich ihm den Dolch zeige, wird er tot sein, noch ehe das Echo verklungen ist.«

Emmy hob eine weiche Pfote und streichelte seine Wange. »Du bist ein so guter Junge, Eliar«, schnurrte sie.

»Danke, Emmy. Ich versuche mein Bestes.«

»Ich hoffe, du hast aufmerksam zugehört, Althalus. Vielleicht hättest du dir ein paar Notizen für künftige Fälle machen sollen. Es spart viel Zeit, wenn jemand Befehle befolgt, ohne erst endlose Diskussionen anzufangen wie einer, den ich kenne.«

»Dürfte ich jetzt meine Stimme zurück haben?«

»Ja, Schatz. Ich brauche sie nicht mehr, jedenfalls zurzeit nicht. Sobald ich sie wieder benötige, gebe ich dir Bescheid.«

Das Fährschiff brachte sie über den westlichen Nebenlauf des Medyos, und sie ritten in die Ruinenstadt. Beinahe alle Priester, die dort zwischen den zerfallenen Häusern in unfachmännisch errichteten Holzhütten hausten, trugen Kutten mit Kapuzen. Trotzdem gab es erkennbare Unterschiede zwischen ihnen: Die Kutten jener, die im nördlichen Teil der Ruinenstadt lebten, waren schwarz; diejenigen, die in der Mitte von Awes wohnten, trugen weiße Kutten, und die an der Flussgabelung zu Hause waren, kleideten sich in braune Kutten. Althalus fiel auf, dass sie kaum miteinander redeten, höchstens um zu streiten.

»Ihr deutet das völlig falsch«, sagte ein Priester aus dem Nordende der Stadt, der eine schwarze Kutte trug, zu einem fetten Burschen in weißer Kutte. »Der Wolf hielt sich im neunten Haus auf, als es geschah, nicht im zehnten.«

»Die Karten lügen nicht!«, brauste der fette Priester auf. »Die Sonne hatte sich inzwischen zum vierten Haus bewegt, und das bedeutet, dass der Wolf im zehnten war!«

»Worüber streiten sie?«, erkundigte Althalus sich stumm bei Emmy.

»Astrologie. Sie ist ein Eckpfeiler der Religion.«

»Welcher Religion?«

»Im Grunde genommen der meisten Religionen, denn sie gründen sich auf den Wunsch zu erfahren, was die Zukunft bringt. Astrologen glauben, dass alles in den Sternen steht, was in kommenden Zeiten geschehen wird.«

»Und stimmt das?«

»Warum sollten die Sterne etwas damit zu tun haben, was hier geschieht? Außerdem gibt es die meisten Sterne gar nicht mehr, über welche die Priester hier streiten.«

»Ich fürchte, das verstehe ich nicht, Em.«

»Die Sterne sind Feuer, und Feuer erlöscht irgendwann.«

»Wenn sie erloschen sind, warum streiten die Priester dann noch ihretwegen?«

»Weil sie nicht wissen, dass diese Sterne erloschen sind.«

»Sie brauchen doch bloß nachzusehen, Em.«

»So einfach ist das nicht, Althalus. Die Sterne sind viel weiter entfernt, als den Menschen bewusst ist, und es dauert eine lange Zeit, ehe ihr Licht uns erreicht. Wahrscheinlich gibt es die Hälfte der Sterne gar nicht mehr, die du des Nachts am Himmel bewunderst. Jedenfalls versuchen die Priester hier die Zukunft vorherzusagen, indem sie auf die Geister toter Sterne blicken.«

Althalus zuckte die Schultern. »Nun ja, wenigstens haben sie dann etwas zu tun.« Er ließ den Blick über die Ruinen und schuttbestreuten Straßen schweifen. Die Priester schlenderten einzeln oder in kleinen Gruppen umher, doch gab es in Awes auch Leute, die nicht in Kutten gekleidet waren. Althalus sah einen Mann, der neben einer halb eingefallenen Mauer so etwas wie einen Laden errichtet hatte. Er stand hinter einem groben Tisch, auf dem Töpfe, Pfannen und Kessel aufgebaut waren.

»Willkommen, Freunde.« Der Mann rieb sich hoffnungsvoll die Hände. »Seht Euch um und kauft. Seht Euch um und kauft. Ihr werdet in ganz Awes keine besseren Töpfe und Kessel zu niedrigeren Preisen finden als bei mir.«

»Sei vorsichtig, Althalus«, murmelte Emmy. »Das ist Khnom. Er arbeitet für Ghend.«

»Dann wusste Ghend, dass wir hierherkommen?«

»Nicht unbedingt. Er hat wahrscheinlich nur seine zahlreichen Knechte beauftragt, die Augen nach uns offen zu halten. Präg dir Khnoms Gesicht ein. Er wird uns wahrscheinlich wieder über den Weg laufen.«

»Sucht Ihr nach irgendetwas Besonderem, Freund?«, erkundigte sich der angebliche Händler. Er war ein kleinwüchsiger Mann und offenbar darauf bedacht, Althalus nicht in die Augen zu blicken.

»Ja, nach Auskunft, um ehrlich zu sein, Nachbar«, antwortete Althalus. »Ich bin mit den Sitten hier in Awes nicht vertraut. Wäre es möglich, dass ich ein Geschäft in einer der unbenutzten Ruinen eröffne?«

»Das wäre keine so gute Idee«, entgegnete der Händler. »Geschäfte werden hauptsächlich in diesem mittleren Teil der Stadt getätigt, und die ›Weißkutten‹, die hier sozusagen nach dem Rechten sehen, erwarten eine ›Spende‹, wie sie es nennen, ehe jemand ein Geschäft eröffnen kann.«

»Eine Bestechung, meint Ihr?«

»Ich würde dieses Wort nicht vor ihnen in den Mund nehmen. Tut so, als wärt Ihr ein frommer Einfaltspinsel. Alle Geistlichen lieben einfältige Gemeindemitglieder.« Khnom bedachte Althalus mit einem verstohlenen Blick, um festzustellen, wie dieser die etwas frevlerische Bemerkung aufgenommen hatte.

Althalus verzog keine Miene. »Könnten wir unsere Zelte hinter den Läden aufschlagen?«, fragte er.

»Das hätten sie nicht gern – und selbst wenn, würdet Ihr's wahrscheinlich bereuen. Sie beten nämlich viel und nicht gerade leise. Wir Geschäftsleute haben unser eigenes Viertel, wenn man es so nennen kann, drüben bei den Überresten der Ostmauer.«

»Wie kommen diese Priester zu Geld, wenn sie etwas kaufen möchten?«

»Sie erstellen Horoskope für Leute, die an diesen Unsinn glauben, und verlangen einen ziemlich hohen Preis.«

»Gut. Sie betrügen ihre Gemeindemitglieder, und wir betrügen sie. Ich mache gern Geschäfte mit jemandem, der sich für schlauer hält als ich. Ich danke Euch für die Auskunft.«

»War mir eine Freude, Euch zu helfen. Braucht Ihr irgendwelche Töpfe oder Pfannen?«

»Im Moment nicht. Trotzdem vielen Dank.«

»Er weiß, wer du bist, Althalus«, warnte Emmys Gedankenstimme.

»Das ist mir klar. Er ist schlau, das gestehe ich ihm zu, aber er benimmt sich nicht wie ein echter Händler.«

»Woran hast du das erkannt?«

»Er hat mich kein einziges Mal nach meinem Gewerbe gefragt. Das aber ist die erste Frage, die ein Händler stellt. Keiner möchte einen Konkurrenten in seiner Nähe. Sollten wir uns seiner entledigen? Eliar und ich könnten ihm gleich das Lebenslicht auspusten.«

»Nein. Es ist nicht eure Aufgabe, gegen Khnom vorzugehen. Seid vorsichtig in seiner Nähe.«

»Wohin gehen wir jetzt?«, erkundigte Eliar sich.

»An der Ostmauer ist ein Händlerviertel, dort werden wir unser Lager aufschlagen«, antwortete Althalus. »Gleich in der Früh halten wir dann Ausschau nach dem, den wir brauchen.«

»Könnten wir vielleicht Seife machen?«, fragte Eliar, während sie ihre Pferde die schuttbestreute Straße entlang führten.

»Wahrscheinlich. Warum?«

»Emmy möchte, dass ich ein Bad nehme. Das scheint Frauen immer als Erstes in den Sinn zu kommen. Auch meine Mutter redet von nichts anderem, wenn ich sie zu Hause besuche.«

»Ich nehme an, du badest nicht sehr gern?«

»Oh, ich bade, wenn es wirklich notwendig ist, aber einmal die Woche genügt doch üblicherweise, oder? Es sei denn, man hat den Stall ausgemistet.«

»Emmy hat eine sehr empfindsame Nase. Wir sollten nichts tun, das sie kränken könnte.«

»Du könntest auch ein Bad gebrauchen, Althalus«, murmelte Emmys Gedankenstimme.

»Ich brauche kein Bad, Em!«, protestierte er stumm.

»Da täuschst du dich. Du brauchst sogar dringend eins! Du reitest jetzt schon mehrere Wochen und riechst aufdringlich nach Pferd. Bade! Bald! Bitte.«

Sie begannen früh am nächsten Morgen, und Eliar stellte sich nach einigen verlegenen Anfangsversuchen durchaus geschickt an. Sein offenes jungenhaftes Gesicht half ein wenig, wenn er einen Priester nach dem anderen mit seiner Frage löcherte. Die meisten weigerten sich zuzugeben, dass sie nicht lesen konnten, wie Althalus bemerkte. Ihre übliche Entgegnung war ein schroffes: »Ich bin zu beschäftigt für solch einen Unsinn.« Einige erboten sich jedoch zu einer Deutung – gegen Entgelt. Ein Fanatiker mit tief liegenden Augen behauptete hitzig, die Schrift müsse ein Werk des Teufels sein, da er sie nicht lesen könne.

Althalus und Eliar ließen ihn mitten auf der Straße stehen, während er noch immer wetterte und wild gestikulierte.

»Da kommt noch einer«, sagte Eliar leise. »Was haltet Ihr davon, wenn wir von nun an Wetten abschließen, was die Burschen sagen werden, wenn ich ihnen den Dolch zeige? Der da scheint mir einer von denen zu sein, die immer zu sehr beschäftigt tun.«

»Ich glaube eher, er ist einer von denen, die Geld für eine Deutung verlangen«, entgegnete Althalus grinsend.

»Wie kommt Ihr darauf?«

»Er schielt, weil er mit einem Auge nach Deiwos am Himmel schaut und mit dem anderen auf den Boden nach einer Münze, die jemand verloren haben könnte.«

»Ich hoffe bloß, er ist nicht wie dieser Fanatiker. Der nächste, der meinen Dolch ein Instrument des Teufels schimpft, kriegt meine Faust ins Gesicht.«

Der Priester, der ihnen auf der leeren Straße entgegenkam, wirkte ausgemergelt, und seine schielenden Augen und das zerzauste Haar ließen an einen Wahnsinnigen denken. Seine zerschlissene braune Kutte war steif von Dreck und sein Körpergeruch schier unerträglich.

»Verzeiht, Hochwürden«, sagte Eliar höflich und trat näher an den Schielenden heran. »Ich habe soeben diesen Dolch gekauft und sehe so etwas wie eine Schrift auf seiner Klinge. Leider habe ich nie lesen gelernt und weiß darum nicht, was die Zeichen besagen. Könntet Ihr mir vielleicht helfen?«

»Zeigt her«, forderte der Priester mit rauer, krächzender Stimme.

Eliar streckte den Dolch aus.

Dem Priester entfuhr ein schriller Schrei, der von den umstehenden Ruinen widerhallte. Er taumelte rückwärts, schlug die Hände vor die Augen und schrie, als wäre er in kochendes Pech getaucht worden.

»Ich hoffe, Ihr nehmt das nicht persönlich, Ehrwürdiger«, entschuldigte Eliar sich, als er den Dolch in die Brust des Priesters stieß.

Der Schrei erstarb abrupt und der Mann brach tot zusammen, ohne zuvor auch nur einmal gezuckt zu haben.

Althalus wirbelte herum und sein Blick suchte die leeren Fenster- und Türöffnungen ab. »Schaff ihn außer Sicht!«, befahl er Eliar. »Schnell!«

Eliar steckte rasch den Dolch weg, packte den Toten bei den Handgelenken und zerrte ihn hinter eine halb verfallene Mauer. »Hat uns jemand gesehen?«, fragte er ein wenig außer Atem.

»Ich glaube nicht«, antwortete Althalus. »Komm her und halte Wache. Ich möchte die Leiche durchsuchen.«

»Wozu?« Eliar richtete sich auf. Seine Hände zitterten leicht.

»Beruhige dich! Reiss dich zusammen!«, wies Althalus ihn an.

»Es geht schon, Althalus«, versicherte der Junge. »Ich bin nur erschrocken, als er auf einmal so losgeschrien hat.«

»Warum hast du dich entschuldigt, bevor du ihn getötet hast?«

»Ich wollte höflich sein. Mutter hat mir Anstand beigebracht. Ihr wisst ja, wie Mütter sind.«

»Behalte die Straße im Auge. Gib mir sofort Bescheid, wenn jemand kommt.« Althalus durchsuchte die Kleidung des Toten, ohne zu wissen wonach. Die Taschen waren völlig leer. Mit dem Fuß schob er Schutt auf die Leiche, dann kehrte er auf die Straße zurück.

»Habt Ihr etwas gefunden?« Eliars Stimme klang ein wenig aufgeregt.

»Beruhige dich«, riet Althalus ihn erneut. »Wenn du so etwas tust, musst du es richtig machen, sonst begehst du Fehler.«

Da kam ein Priester in schwarzer Kutte auf sie zu. Er war verhältnismäßig jung und hatte kastanienbraunes Haar. Seine dunklen Augen blitzten ergrimmt. »Ich habe gesehen, was ihr getan habt! Ihr seid Meuchler!«

»Solltet Ihr Euch nicht erst mit den Einzelheiten befassen, bevor Ihr solche Behauptungen aufstellt?«, sagte Althalus ruhig.

»Ihr habt ihn kaltblütig ermordet!«

»Mein Blut war nicht sonderlich kalt«, entgegnete Althalus. »Deines, Eliar?«

»Eigentlich nicht«, antwortete der Junge.

»Der Mann war kein Priester, Ehrwürdiger«, erklärte Althalus ihrem Ankläger. »Ganz im Gegenteil – es sei denn, Daeva hat hier eine eigene Priesterschaft gegründet.«

»Daeva!«, stieß der jugendliche Priester hervor. »Woher kennt Ihr diesen Namen?«

»Ist er denn geheim?«, fragte Althalus sanft.

»Er sollte der Allgemeinheit nicht bekannt sein! Gewöhnliche Leute könnten durch Wissen um Daeva körperlichen und geistigen Schaden erleiden.«

»Gewöhnliche Leute sind wahrscheinlich viel klüger als Ihr glaubt, Hochwürden. In jeder Familie gibt es ein paar schwarze Schafe. Daran ist nichts ungewöhnlich. Deiwos und Dweia sind nicht sehr glücklich darüber, dass ihr Bruder den falschen Weg einschlug, aber es war nicht ihre Schuld.«

»Ihr seid ein Priester, nicht wahr?«

»So, wie Ihr es sagt, klingt es wie eine Anschuldigung.« Althalus lächelte leicht. »Eliar und ich arbeiten gewissermaßen für Deiwos, aber ich würde nicht so weit gehen, uns Priester zu nennen. Der Mann, den Eliar gerade schlafen schickte, stand in Daevas Diensten. Als wir das erkannten, haben wir ihn getötet. Es ist ein Krieg im Gange, Hochwürden. Eliar und ich sind Soldaten und kämpfen in diesem Krieg.«

»Ich bin auch ein Kämpfer des Gottes Deiwos«, versicherte ihm der Priester.

»Das ist noch nicht bewiesen, mein junger Freund. Erst müsst Ihr eine kleine Probe bestehen. Darum ging es vorhin. Der Bursche, der jetzt hinter der Mauer liegt, hat die Probe nicht bestanden. Deshalb musste Eliar ihn töten.«

»Die Sterne haben nichts von einem Krieg gesagt.«

»Möglicherweise hat die Neuigkeit sie noch nicht erreicht.«

»Die Sterne wissen alles!«

»Darüber lässt sich streiten. Vielleicht haben sie in diesem Fall ihr Wissen auch nur für sich behalten. Wäre ich der Heerführer in diesem Krieg, würde ich meine Schlachtpläne nicht jede Nacht an den Himmel kritzeln. Ihr vielleicht?«

Die Augen des Priesters wurden besorgt. »Ihr rüttelt an den Grundfesten des Glaubens!«, klagte er Althalus an.

»Nein, bloß an einer falschen Auslegung. Ihr blickt zum Himmel und vermeint Bilder zu sehen, doch es sind nicht wirklich Bilder, sondern bloß Lichtpunkte, die durch endlose Weiten getrennt sind. Es gibt keinen Raben da oben, keinen Wolf, keine Schlange oder andere Bilder, die man sich vorstellt. Der Krieg tobt hier, nicht dort. Aber das steht nicht zur Debatte. Lasst uns herausfinden, ob Ihr wirklich einer der Kämpfer des Himmelsgottes seid.«

»Ich habe ein Gelübde geleistet, ihm zu dienen«, antwortete der fromme Priester.

»Und ist er je dazu gekommen, Euch wissen zu lassen, ob er Euer Gelübde angenommen hat?«, fragte Althalus. »Vielleicht seid Ihr ja nicht geeignet.«

Wieder blickten die Augen des jungen Mannes mit dem kastanienfarbenen Haar besorgt.

»Euch quälen Zweifel, Freund, nicht wahr?«, fragte Althalus mitfühlend. »Ich kenne das aus eigener Erfahrung. Manchmal ist dieser Zweifel so schlimm, dass alles, was man glauben möchte, einem wie Spott und Hohn vorkommt – wie ein grausamer Witz.«

»Ich möchte glauben! Ich versuche, so sehr zu glauben.«

»Eliar und ich sind hier, es Euch zu erleichtern«, versicherte ihm Althalus. »Zeig ihm den Dolch, Eliar.«

»Wenn Ihr wünscht«, entgegnete Eliar gehorsam. Er blickte auf den besorgten Priester. »Regt Euch nicht auf, Hochwürden. Ich werde Euch jetzt meinen Dolch zeigen. Ich habe nicht vor, Euch damit zu bedrohen oder dergleichen. Auf der Klinge steht etwas geschrieben, das Ihr uns vorlesen sollt. Wenn Ihr es nicht könnt, schütteln wir einander die Hände und trennen uns als Freunde. Solltet Ihr jedoch ein Wort auf der Klinge erkennen, werdet Ihr Euch uns anschließen. Das ist die Probe, von der Althalus sprach.«

»Zeig ihm einfach den Dolch, Eliar«, befahl Althalus. »Du brauchst ihm keine Rede zu halten.«

»Er ist sehr reizbar«, erklärte Eliar dem jetzt sichtlich verblüfften Priester. »Althalus ist der älteste Mann der Welt und Ihr wisst ja, wie übellaunig alte Leute manchmal sein können. Aber wir sollten jetzt wirklich zur Sache kommen, bevor er wild herumhüpft und geifert, dass ihm der Schaum vorm Mund steht.«

»Eliar!« Althalus' Stimme wurde laut und drohend. »Zeig ihm den Dolch!«

»Jetzt versteht Ihr, was ich meine.« Eliar zog den Dolch unter seinem Gürtel hervor und deutete auf die komplizierte Gravur auf der Klinge. »Das hier sollt Ihr lesen«, erklärte er. »Das Wort springt Euch regelrecht an, Ihr braucht Euch also nicht anzustrengen.«

»Eliar!«, knirschte Althalus.

»Ich will ihm doch nur helfen!« Eliar hielt den Dolchgriff fest in der Hand und drehte ihn so, dass die Klinge sich unmittelbar vor dem bleichen Gesicht des zitternden Priesters befand. »Was sagt sie Euch, Hochwürden?«, fragte er höflich.

Der jugendliche Priester wurde noch bleicher, als wäre jeder Tropfen Blut aus seinem Gesicht gewichen. »ERLEUCHTE!«, antwortete er so ehrfürchtig wie im Gebet.

Der Dolch in Eliars Faust fing freudig zu singen an.

»Ich wusste, dass er der Richtige ist, Althalus«, sagte Eliar gleichmütig. »Deshalb hab ich versucht, es ihm zu erleichtern. Ihr seid kein schlechter Sergeant, aber manchmal etwas grob. Ihr solltet daran arbeiten, wenn Ihr mir die Bemerkung gestattet.«

»Danke«, antwortete Althalus in mürrischem Tonfall.

»Das wurde mir bei meiner Ausbildung beigebracht.« Eliar schob den Dolch wieder unter seinen Gürtel. »Ich bin gewissermaßen Eure rechte Hand. Wenn ich also sehe, wie sich etwas besser machen lässt, ist es meine Pflicht, Euch darauf hinzuweisen. Ihr müsst natürlich nicht darauf hören, wenn Ihr nicht wollt, aber ich würde Euch enttäuschen, wenn ich es nicht erwähnte, stimmt's?«

»Sag nichts, Althalus!«, befahl Emmy stumm.

Althalus seufzte. »Nein, Liebes«, antwortete er resigniert.

12

Der junge Priester mit dem kastanienfarbenen Haar war schlaff auf einen moosüberwucherten Stein gesunken und starrte mit abwesendem Staunen auf den Boden.

»Alles in Ordnung mit dir?«, fragte Eliar ihren neuen Gefährten nun vertraulich.

»Ich habe das Wort Gottes gesehen«, erwiderte der Priester mit zittriger Stimme. »Deiwos hat zu mir gesprochen!«

»Ja«, versicherte ihm Eliar, »wir haben ihn auch gehört.« Dann verbesserte er sich: »Das heißt, eigentlich haben wir den Dolch gehört, aber da es im Grunde genommen Gottes Klinge ist, kommt es auf das Gleiche heraus, nehme ich an.«

»Warum hat der Dolch diesen Laut von sich gegeben?« Die Stimme des Priesters zitterte immer noch und war voller Ehrfurcht.

»Ich glaube, auf diese Weise gibt Gott uns zu verstehen, dass du derjenige bist, den wir gesucht haben. Ach ja, ich bin Eliar.«

»Man nennt mich Bheid«, erwiderte der Priester und blickte dem jungen Arumer verwirrt ins Gesicht.

»Ich freue mich, deine Bekanntschaft zu machen, Bheid.« Eliar schüttelte dem Priester die Hand.

»Bist du nicht arg jung, schon ein Heiliger zu sein?«, wunderte sich Bheid. »Alle anderen Heiligen, die ich kenne, sind viel älter.«

Eliar lachte. »Mich hat noch nie jemand einen Heiligen genannt. Ich bin nur ein Söldner, der zufällig für Gott arbeitet. Ich begreife nicht einmal, was vor sich geht, aber das macht nichts. Ein Söldner muss nicht verstehen, er muss bloß tun, was man ihm befiehlt.«

Bheid wollte sich erheben, doch Eliar legte ihm die Hand auf die Schulter. »Es ist vielleicht besser, wenn du noch eine Zeit lang still sitzt«, meinte er. »Denn wenn du dich auch nur in etwa so fühlst wie ich, nachdem ich die Klinge gelesen hatte, sind deine Knie wohl noch ziemlich wacklig. Gott hat eine sehr laute Stimme. Das ist dir sicher nicht entgangen.«

»Wie hätte mir *das* entgehen können!«, entgegnete Bheid inbrünstig. »Was müssen wir jetzt tun?«

»Da fragst du besser Althalus. Er ist derjenige, der mit Emmy reden kann, und Emmy trifft die Entscheidungen.«

»Wer ist Emmy?«

»Soviel ich verstanden habe, ist sie die Schwester Gottes, aber momentan sieht sie wie eine Katze aus und verbringt die meiste Zeit damit, in der Kapuze von Althalus' Umhang zu schlafen. Es ist ein wenig kompliziert. Emmy ist älter als die Sonne und richtig süß, aber wenn man einen Fehler macht und sie verärgert, kann sie einem die Nase abbeißen.«

Bheid blickte Althalus vielsagend an. »Der arme Junge ist im Kopf nicht ganz richtig, stimmt's?«

»Eliar? O doch. Er hat allerdings seit einer Stunde oder mehr nichts zu essen gehabt. Da ist er möglicherweise nicht mehr ganz zurechnungsfähig.«

»Ich fürchte, bald verstehe ich gar nichts mehr«, gestand Bheid.

»Gut. Das ist der erste Schritt zur Weisheit.«

»Es würde für mich vielleicht mehr Sinn ergeben, würde ich Euer Sternzeichen kennen – und das von Eliar. Wenn ich eure Horoskope lesen könnte, wüsste ich vielleicht genau, wer ihr seid.«

»Glaubst du wirklich daran, Bheid?«, fragte Althalus.

»Astrologie ist der Grundstein der Religion«, versicherte Bheid. »Deiwos hat unsere Bestimmung in die Sterne geschrieben. Die Priesterschaft hat die Pflicht, die Sterne zu studieren, damit wir dem Menschen das Wort Gottes verkünden können. Was ist Euer Sternzeichen? Wann wurdet Ihr geboren?«

»Vor sehr langer Zeit, Bheid«, antwortete Althalus mit einem schwachen Lächeln. »Ich fürchte, du würdest nicht viel Glück haben, mein Horoskop zu lesen, weil die Sterne sich seither sehr verändert haben. Sie hatten andere Namen und die Menschen, die zu ihnen emporschauten, sahen andere Sternbilder wie du jetzt. Die untere Hälfte des Wolfes war das Unterteil der Schildkröte, wie die alten Himmelsbeobachter das Sternbild nannten, und was die Astrologen jetzt den Keiler nennen, war die obere Hälfte des Wolfes.«

»Das ist Blasphemie!«, rief Bheid.

»Darüber würde ich mir keine allzu großen Sorgen machen, Bheid. Diese Astrologen sind längst tot und können dir nichts mehr anhaben.«

»So habe ich es nicht gemeint.«

»Ich weiß, aber sie würden es so sehen, nicht wahr?« Althalus legte die Hand auf Bheids Arm. »Es gibt keine Bilder am Himmel, weißt du. Wie ich schon sagte, sind die Sterne nicht miteinander verbunden, um uns Bilder zu zeigen – aber das hast du bereits geahnt, nicht wahr? Das ist wohl auch die Ursache deiner Glaubenskrise, nehme ich an. Du *möchtest*, dass es da oben einen Wolf und einen Eber und einen Drachen gibt, doch wenn du hinaufblickst, kannst du sie nicht wirklich sehen. Habe ich Recht?«

»Ich versuche es!« Bheid wimmerte beinahe. »Ich versuche es so sehr! Aber sie sind einfach nicht da!«

»Die Dinge haben sich für dich geändert, Bheid. Du brauchst nicht mehr Rat suchend zum Himmel zu schauen, weil Eliar Deiwos' Dolch hat. Diese Waffe sagt uns, wohin wir als nächstes müssen.«

»Werden wir Awes verlassen?«

»Da bin ich sicher. Und ich glaube, wir haben einen weiten Weg vor uns.«

»Du vergeudest Zeit, Althalus«, erklang Emmys tadelnde Stimme in seinem Kopf. »Du und Bheid könnt auf dem Weg zurück nach Osthos über die Sterne nachgrübeln.«

»Osthos!«, protestierte Althalus laut. »Emmy, wir kommen gerade von dorther!«

»Ja, ich weiß. Jetzt müssen wir dorthin zurück.«

»Habt Ihr gerade mit Emmy geredet?«, fragte Eliar. »Hat sie gesagt, dass wir nach Osthos zurück müssen? Ich darf mich dort nicht mehr sehen lassen, Althalus! Wenn Andine mich entdeckt, hat mein letztes Stündlein geschlagen. Wahrscheinlich bringt das Mädchen mich eigenhändig um.«

»Stimmt etwas nicht?«, fragte Bheid verwirrt.

»Wir haben soeben unseren Marschbefehl erhalten«, erklärte Althalus. »Eliar ist nicht allzu erfreut darüber.«

»Ist etwas geschehen, das mir entgangen ist?«

»Emmy sagte mir, dass wir nach Osthos zurück müssen.«

»Ich fürchte, ich verstehe dieses ganze Gerede über die Person nicht, die ihr Emmy nennt.«

»Emmy ist Deiwos' Bote – sozusagen. Die Sache ist ein wenig komplizierter, aber wir wollen dich jetzt nicht noch mehr verwirren. Deiwos sagt Emmy, was getan werden soll. Dann erklärt sie es mir und ich gebe es weiter.«

»Wir nehmen Befehle von einer Katze entgegen?«, rief Bheid ungläubig.

»Nein, von Gott. Aber wir können uns auf dem Weg nach Osthos darüber unterhalten. Emmy will, dass wir möglichst bald aufbrechen.« Althalus schaute sich um. »Häufen wir noch weitere Steine auf den Toten, damit er nicht so leicht zu sehen ist. Dann holen wir deine Habe, und ich kaufe dir ein Pferd. Wir werden am frühen Morgen losreiten.«

Sie verbargen die Leiche gründlicher und zogen durch die Ruinen zum Nordende von Awes. »Wer ist diese Andine, von der du gesprochen hast?«, wandte Bheid sich an Eliar.

»Sie ist die Herrscherin von Osthos«, antwortete Eliar. »Sie will mich töten.«

»Warum, in aller Welt?«

»Nun«, erwiderte Eliar sichtlich verlegen. »Ich habe auf gewisse Weise ihren Vater getötet, aber das war im Krieg, und so etwas geschieht in einem Krieg nun mal. Ich habe lediglich meine Pflicht getan, doch Andine hat es persönlich genommen. Ich habe mir wirklich nichts dabei gedacht, denn ich bin Söldner und führe Befehle aus, aber ich fürchte, Andine hat das nicht so recht verstanden.«

»Versteht *Ihr*, was er da redet?«, fragte Bheid Althalus verständnislos.

»Du hättest dabei sein müssen«, antwortete Althalus. »Es war wirklich äußerst kompliziert. Wir können uns auf dem Weg nach Osthos darüber unterhalten.«

Am Nordende von Awes, wo die in schwarze Kutten gekleideten Priester hausten, holten sie Bheids Decken und seine wenige restliche Habe und kehrten zu dem Behelfslager zurück, wo Althalus und Eliar in der Nacht zuvor geschlafen hatten. Anschließend begaben Eliar und Bheid sich zur Koppel des Pferdehändlers und kehrten mit einem Reittier für ihren neuesten Gefährten zurück.

»Ich habe entsetzlichen Hunger, Althalus«, sagte Eliar hoffnungsvoll. »Könnten wir heute Abend Rindfleisch statt Fisch bekommen?«

»Ich werde Feuer machen«, erbot sich Bheid.

»Das ist nicht nötig«, versicherte Althalus ihm. Dann beschwor er ein großes Roastbeef und mehrere Brotlaibe herbei.

Bheid zuckte heftig zusammen.

»Da stellen sich dir die Haare auf, nicht wahr?« Eliar lachte. »Ich hatte Angst, das erste Abendbrot zu essen, das er auf diese Weise herbeibeschworen hatte. Aber das Essen, das er mit Worten erschafft, ist wirklich sehr gut.« Eliar langte mit großer Begeisterung zu.

»Wie macht Ihr das?«, fragte Bheid Althalus mit ehrfürchtiger Stimme.

»Emmy nennt es ›das Buch benutzen‹«, antwortete Althalus. »Sie hat es mich im Haus am Ende der Welt gelehrt, wo das Buch sich befindet.«

»Welches Buch?«

»Das Buch Deiwos' natürlich.«

»Ihr habt das Buch Deiwos' wahrhaftig gesehen?«

»Es gesehen?« Althalus lachte. »Ich habe fünfundzwanzig Jahrhunderte damit gelebt. Ich kenne es vom Anfang bis zum Ende auswendig und von Seite zu Seite, falls du es wirklich hören möchtest. Ich glaube, ich könnte es sogar von unten nach oben zitieren, wenn es sein müsste.«

»Aber wie könnt Ihr mit dem Buch Deiwos' Wunder wirken?«

»Das Buch ist das Wort Gottes, Bheid. Es ist in einer uralten Sprache geschrieben – ein wenig wie die unsere, aber eben nicht genauso. Die Worte aus der alten Sprache lassen Dinge geschehen. Wenn ich sage ›Rindfleisch‹ geschieht gar nichts. Sage ich jedoch ›gwou‹ bekommen wir ein Abendessen. Natürlich gehört ein bisschen mehr dazu, aber im Grund genommen ist es das. Ich habe viele Jahre damit zugebracht, das Buch auswendig zu lernen.« Er tippte sich an die Stirn. »Ich habe es jetzt hier, darum brauche ich es nicht mit mir herumzuschleppen – was natürlich sowieso nicht gestattet wäre. Das Buch muss im Haus bleiben. Es wäre nicht sicher, es in die wirkliche Welt hinauszutragen. So, aber jetzt solltest du essen, bevor das schöne Roastbeef kalt wird.«

Eliar bediente sich noch des Öfteren; dann unterhielten sie sich ein Weilchen, ehe sie sich in ihre Decken wickelten und schliefen.

Es war Awes. Althalus war sicher, dass es Awes war, doch es gab keine Häuser. Er vermochte zwar die Gabelung des Medyo zu sehen, doch statt der Ruinen erblickte er einen Hain alter Bäume. Er streifte eine Zeit lang zwischen den mächtigen Eichen dahin; dann wandte er sich gen Westen und gewahrte in weiter Ferne Menschen, die allmählich über das Grasland in seine Richtung wanderten. Auch vermeinte er von irgendwo aus der Ferne ein schwaches, verzweifeltes Wimmern zu hören, das an seiner Seele zerrte.

Als die Menschen das gegenüberliegende Flussufer erreichten, konnte Althalus erkennen, dass sie in Tierhäute gekleidet waren und Speere mit Steinspitzen trugen.

Er wälzte sich herum und tastete unter seiner Decke nach dem Stein, der sich ihm in die Hüfte bohrte. Nachdem er ihn ergriffen hatte, warf er ihn von sich und schlief mühelos wieder ein.

Unter den Eichen standen nun primitive Hütten. Die Menschen in den Tierhäuten bewegten sich dazwischen umher und flüsterten, flüsterten, flüsterten in verängstigtem Tonfall. »Er kommt, er kommt, er kommt«, sagten sie. »Bereitet euch auf sein Kommen vor, denn er ist Gott.« Die Gesichter einiger Leute strahlten, die anderer waren von Furcht gezeichnet. Und immer noch sagten alle: »Er kommt, er kommt, er kommt.«

Ghend bewegte sich flüsternd, flüsternd unter ihnen. Die Leute wichen entsetzt vor ihm zurück. Doch Ghend achtete nicht auf ihre Bestürzung, und seine Augen brannten, brannten.

Da hob Ghend das Gesicht und blickte mit diesen brennenden Augen Althalus an. Und Ghends Augen versengten Althalus' Seele. Nun erhob Ghend die Stimme: »Es ist von geringer Bedeutung, mein Dieb. Lauf, Althalus, lauf, und ich werde dich durch die Nächte und Jahre verfolgen. Das Buch wird dir nichts nützen, denn ich schleppe dich vor Daevas Thron, und so wie ich wirst du ihm durch all die endlosen Äonen dienen. Und wenn die Äonen enden, beginnt der Lauf der Zeit aufs Neue, immer wieder und immer wieder, und du wirst sehen, dass nichts so ist, wie es war.«

Das Wimmern wurde zu einem grässlichen Kreischen.

Althalus setzte sich schweißgebadet auf. »Gott!«, rief er heftig zitternd.

»Wer war das?«, erklang Bheids verstörte Stimme aus der Dunkelheit. »Wer war dieser Mann mit den Feueraugen?«

»Du hast ihn auch gesehen?« Eliars Stimme zitterte ebenfalls.

»Entferne dich ein Stückchen, Althalus!« Emmys Stimme in seinem Kopf klang unerbittlich. »Ich muss mit ihnen reden.«

Althalus spürte, wie er ziemlich grob zur Seite gestoßen wurde. »Eliar«, befahl Emmy, »sag Bheid, wer ich bin.«

»Jawohl, edle Dame«, antwortete Eliar und wandte sich an ihren neuen Gefährten. »Bheid«, sagte er, »es ist Emmy, die jetzt redet. Das tut sie hin und wieder. Althalus mag ja noch da sein, aber sie bedient sich seiner Stimme.«

»Die Katze?«, vergewisserte Bheid sich ungläubig.

»Ich würde sie mir nicht als Katze vorstellen«, riet Eliar. »Auf diese Weise verbirgt sie nur, was sie wirklich ist. Ihre wahre Gestalt würde uns wahrscheinlich blenden, wenn wir sie sähen.«

»Psst, Eliar«, ermahnte Emmy ihn sanft.

»Jawohl, edle Dame.«

»Was ihr soeben erlebt habt, meine Herren, war nicht unbedingt ein Traum«, sagte Emmy. »Althalus ist Ghend früher schon begegnet und wird euch von ihm erzählen können, sobald ich seine Stimme nicht mehr brauche. Es war, was Ghend – und Daeva – zur Wirklichkeit machen wollen.«

»Wer waren diese Menschen, die wir gesehen haben?«, fragte Bheid, der am ganzen Leibe zitterte.

»Die Medyoner. Sie kamen als erste in diesen Teil der Welt – vor zehntausend Jahren. Sie beteten Deiwos an, doch Daeva versucht es zu verhindern. Er will die Dinge so verändern, dass die ersten Medyoner ihn anbeten, nicht Deiwos.«

»Aber das ist unmöglich!«, rief Bheid. »Sobald etwas geschehen ist, kann es nicht mehr verändert werden.«

»Behalte das gut im Gedächtnis, Bheid«, riet ihm Emmy. »Vielleicht hilft es. Daeva jedoch scheint nicht deiner Meinung zu sein. Er glaubt, dass er die Vergangenheit verändern kann – indem er die Gegenwart verändert. Deshalb haben wir uns zusammengefunden. Wir sollen verhindern, was Daeva versucht. Was in diesem Albtraum geschah, wird auf ähnliche Weise wieder geschehen. Ihr werdet Dinge sehen, die sich gar nicht ereignet haben – und ihr werdet nicht immer schlafen, wenn ihr diese Dinge seht.«

»Das macht keinen Spaß mehr, Emmy«, beschwerte Eliar sich. »Wenn diese Wachträume aus dem Nichts kommen wie das Erlebnis vorhin, wie können wir da erkennen, was echt ist und was nicht?«

»An dem Wimmern«, erklärte sie. »Wann immer ihr das Wimmern in der Ferne hört, werdet ihr wissen, dass Ghend die Vergangenheit verändern möchte. Ebenso wird dieses Wimmern euch verraten, dass ihr euch nicht in der Gegenwart befindet. Ihr könnt in die Vergangenheit oder in die Zukunft versetzt sein, auf keinen Fall aber befindet ihr euch an dem Ort, der das Jetzt genannt wird.«

Althalus blickte nach Osten, wo das erste fahle Grau des neuen Tages den Horizont berührte. »Es ist fast Morgen«, wandte er sich an seine Gefährten. »Packen wir unsere Sachen zusammen und brechen auf.«

»Aber vorher frühstücken wir doch, nicht wahr?«, fragte Eliar mit besorgter Stimme.

Althalus seufzte. »Aber sicher, Eliar, vorher wird gefrühstückt.«

Die Sonne ging auf, als die Fähre sie über die Westgabelung des Flusses brachte. Nachdem sie auf dem Weg nach Westen ein paar Meilen zurückgelegt hatten, ritt Bheid zu Althalus' Seite. »Können wir reden?«, fragte er.

»Ich nehme an, das ist gestattet«, antwortete Althalus.

»Wie habt Ihr herausgefunden, wo das Buch Deiwos' sich befindet? Seit ich ein Junge war, hörte ich Geschichten darüber. Seit Jahrhundeten streiten Priester und Gelehrte sich über die Existenz und Bedeutung dieses Buches. Die meisten meiner Lehrer behaupteten, dass es sich dabei in Wirklichkeit um den Nachthimmel handle, doch einige waren der Meinung, dass es wahrhaftig existiert. Offenbar waren sie diejenigen, die Recht hatten.«

»Ja.« Althalus nickte. »Das Buch gibt es wirklich.«

»Wie habt Ihr es gefunden? Kam Gott in einer Vision zu Euch?«

Althalus lachte. »Nein, es war nicht Gott, der zu mir kam, sondern Ghend.«

»Ghend?«

»Er suchte mich auf und warb mich an, das Buch für ihn zu stehlen. Er sagte mir auch, wo ich das Haus finde.«

»Warum sollte ein ehrlicher Mann sich auf so etwas einlassen?«

»Ein ehrlicher Mann hätte es wohl auch nicht getan. Doch mir waren solche Probleme fremd. Ich bin ein Dieb, Bheid.«

»Ein Dieb?«

»Das ist ein Mensch, der Dinge stiehlt. Ich bin vermutlich der beste Dieb der Welt und habe mir in diesem Gewerbe einen guten Ruf geschaffen. Deshalb suchte Ghend mich auf und versprach, mich fürstlich zu bezahlen, wenn ich das Buch für ihn stehle. Dann beschrieb er mir, wo es sich befindet.«

»Im Haus am Ende der Welt?«

»So nennt man es zumindest. Es steht am Rand einer Klippe im nördlichen Kagwher und ist das größte Haus, das ich je gesehen habe. Doch es steht so gut wie leer. Nur ein Zimmer ist eingerichtet – das, in dem sich das Buch befindet. Und Emmy war natürlich auch dort. Sie schalt mich, weil ich mich so sehr verspätet hatte.

Ich dachte anfangs, ich hätte den Verstand verloren. Und dann befahl sie mir, dass ich endlich aufhören sollte, mich dumm aufzuführen, und lehrte mich das Lesen.«

»Aus Deiwos' Buch?«, vergewisserte Bheid sich ehrfürchtig.

»Ein anderes Buch gab es dort nicht.«

»Wie sieht es aus?«

»Es ist eine mit weißem Leder überzogene Schatulle, in der sich die einzelnen Seiten befinden – unendlich viele. Emmy war immer schrecklich wütend, wenn ich sie durcheinander brachte. Nun, jedenfalls lernte ich das Buch zu lesen, und dann entdeckten Emmy und ich eine Möglichkeit, miteinander zu reden, ohne dass wir unsere Stimmen benutzen mussten. Darauf verließen wir das Haus, um den Dolch zu suchen. Wir fanden heraus, dass Eliar ihn besaß. Er ist Söldner und kämpfte in einem bereits vierzig oder fünfzig Generationen währenden Krieg zwischen Kanthon und Osthos. Eliar führte einen Sturm auf die Mauer von Osthos und tötete dabei den Aryo im Kampf. Das gefiel Andine, der Tochter des Aryos, ganz und gar nicht, und so dachte sie sich die schlimmsten Grausamkeiten aus, nachdem Eliar gefangen genommen wurde. Doch ich konnte ihr Eliar abkaufen, indem ich mich als Sklavenhändler ausgab. Jetzt kehren wir nach Osthos zurück, um noch jemand anders zu finden.«

»Wie lange ist es her, als Ghend Euch auf die Suche nach dem Buch schickte?«

»Emmy sagt, es sind inzwischen fünfundzwanzig Jahrhunderte vergangen. Ihren Worten zufolge altert man in dem Haus nicht, und das ist gut so. Wäre ich normal gealtert, hätte ich jetzt einen weißen Bart – etwa zwölf Meilen lang.«

»Ist Emmy wahrhaftig die Schwester Gottes?«

»Das hat sie mir erzählt. Eigentlich heißt sie Dweia, aber sie hat mir versichert, dass sie nicht wirklich so aussieht wie die Statue in ihrem Tempel in Maghu.«

»Ihr betet ein Weib an?« Bheids Augen drohten vor Entrüstung aus den Höhlen zu quellen.

»Ich bete sie nicht an, Bheid. Ich liebe sie, aber ich bete sie nicht an. Anbetung würde absoluten Gehorsam erfordern, und das bedeutet, dass man auf den Knien herumrutschen muss und ähnlichen Unsinn. Zwar tue ich meistens, was Emmy von mir verlangt, verbringe aber nicht viel Zeit auf den Knien. Ehrlich gesagt streiten wir uns fast die ganze Zeit. Emmy streitet gern – fast so gern wie sie sich anschleicht und mich anspringt.«

»Darf ich sie berühren?«, fragte Bheid nun beinahe ehrfürchtig.

»Emmy«, rief Althalus über die Schulter, »wach auf. Bheid will dich hinter den Ohren kraulen.«

Emmy hob das verschlafene Gesicht aus der Kapuze. »Das wäre nett«, murmelte sie.

Althalus langte hinter sich, hob sie aus seiner Kapuze und streckte sie Bheid entgegen. »Hier, halt sie, Bheid. Sie wird dir zwar die Seele stehlen, aber warum sollte es dir anders ergehen als Eliar und mir?«

Bheid riss die Hand zurück.

»War nur ein Spaß, Bheid«, versicherte Althalus.

»Bist du da wirklich ganz sicher, Schatz?«, fragte Emmy, und ihre grünen Augen wirkten noch rätselhafter als sonst.

Bheids Hände zitterten, als er Emmy an sich nahm, doch er entspannte sich, kaum dass sie zu schnurren anfing.

»Wann machen wir Rast zum Mittagessen?«, rief Eliar hinter ihnen.

Sie ritten weiter durch die westlichen Landstriche von Medyo und hielten sich größeren Straßen so gut wie möglich fern. Durch das plötzliche Erscheinen des Schieläugigen in Awes war ihnen klar geworden, dass Ghend seine Knechte überall hatte. Althalus wusste zwar, dass sie mit ihnen fertig würden, doch der Gedanke, jemanden zu töten, wenn es nicht unbedingt sein musste, gefiel ihm nicht. Ein wirklich guter Dieb sollte niemanden umbringen müssen.

Es war Mittsommer, als sie sich der Brücke über die Westgabelung des Flusses Osthos näherten. Vorsichtshalber bog Althalus von der Straße ab und führte Eliar und Bheid in einen Hain ein Stückchen flussauf.

»Em«, fragte er stumm, nachdem sie abgesessen hatten, »wen genau sollen wir in Osthos finden?«

»Rate«, antwortete sie selbstgefällig.

»Sei nicht so!«, rügte er sie.

»Du kennst sie bereits, Schatz.«

Er blinzelte. »Das meinst du doch nicht ernst!« Fast hätte er es laut gesagt.

»O doch.«

»Wie sollen wir in ihren Palast gelangen?«

»Du bist der Dieb, Althalus. Wenn du Dinge stehlen kannst, dürftest du auch imstande sein, ein kleines Mädchen zu stehlen.«

»Emmy, ihr Palast wird von einem ganzen Heer bewacht! Ein Schrei von ihr, und dreißig Mann gleichzeitig stürzen sich auf mich.«

»Dann werden wir dafür sorgen müssen, dass sie nicht schreit, stimmt's?« Emmy überlegte. »Ich glaube, wir sollten Eliar und Bheid hier lassen, ebenso dein Pferd. Wir werden uns klammheimlich, still und leise in den Palast schleichen. Ich bin eine Katze und du bist ein Dieb. Wir wissen, wie wir das anstellen müssen. Die anderen nicht.«

»Wie lange weißt du schon, dass Andine sich uns anschließen wird?«

»Seit Eliar den Dolch gelesen hat.«

»Warum haben wir sie dann nicht gleich mitgenommen, ehe wir nach Awes gereist sind?«

»Das wäre die falsche Reihenfolge gewesen, Schatz. Alles muss am richtigen Ort und zur richtigen Zeit geschehen.«

Althalus blickte Eliar an und erinnerte sich, wie Andine den Jungen angeschaut hatte. »Ich glaube, dein Bruder hat einen ziemlich absonderlichen Humor, Em.«

»Aber Althalus«, sagte sie. »Du schockierst mich!«

Es war bereits nach Mitternacht, als Althalus und Emmy sich in Andines Palast stahlen. Diesmal ließ Emmy sich nicht tragen, sondern huschte auf leisen Pfoten vor ihm her, um ihn warnen zu können. Sobald sie sich im Innern des gewaltigen Gebäudes befanden, führte sie ihn zu den Privatgemächern der Arya. »Sie schläft«, teilte Emmy ihm mit. »Vor ihrer Tür halten zwei Gardisten Wache. Ermuntere sie zu einem Nickerchen.«

»Ist das nicht ein Widerspruch in sich?«

»Red nicht so viel. Sag einfach ›leb‹.«

»Und das erfüllt seinen Zweck?«

»So war es bisher immer. Aber du solltest die Männer wecken, nachdem wir uns zurückgezogen haben. Man würde es für merkwürdig halten, wenn sie fünfzig oder sechzig Jahre an einem Stück schliefen, so wie du es im Haus getan hast.«

»So hast du das mit mir gemacht?«

»Allerdings. Beeil dich, Althalus, die Nacht dauert nicht ewig.«

Die beiden Gardisten blieben an der Tür stehen, doch ihr Kinn war auf die Brust gesunken und sie schnarchten leise. Althalus griff an ihnen vorbei zur Klinke.

Da zischte Emmy plötzlich.

»Was ist los?«, flüsterte er.

»Argan!«

»Was ist ein Argan?«

»Er ist kein Was, sondern ein Wer. Die Wache links von der Tür ist Argan.«

»Müsste ich den Namen kennen?«

»Später, ja. Argan ist einer von Ghends Knechten.«

»Wie praktisch.« Althalus griff nach seinem Dolch.

»Steck ihn weg!«, befahl Emmy abfällig.

»Es wäre eine einfache Lösung, Em.«

»Vielleicht, aber wie willst du das Problem lösen, das sich später ergeben wird?«

»Was für ein Problem?«

»Den Mann ins Leben zurückzubringen, wenn er unbedingt lebendig und in guter Verfassung sein muss.«

»Ich fürchte, das habe ich jetzt nicht verstanden.«

»Das hab ich auch nicht angenommen. Steck den Dolch weg, Althalus. Nicht du bist es, der mit Argan abrechnen muss. Genauso wenig wie es deine Aufgabe war, mit Pekhal oder Khnom Schluss zu machen. Lass ihn in Ruhe.«

»Einen Moment, Em. Ghend wusste also, dass wir hierher kommen?«

»Ja, wahrscheinlich.«

»Woher?«

»Vermutlich hat Daeva es ihm gesagt.«

»Und wie hat Daeva es herausgefunden?«

»Auf die gleiche Weise wie ich natürlich. Wir hören Dinge, die du nicht hören kannst, Althalus. Ich weiß über Personen wie Khnom und Pekhal und Argan Bescheid, und Daeva über Menschen wie Eliar und Bheid und Andine. Sie sind bedeutende Leute, und von bedeutenden Leuten geht ein bestimmter Ton aus, den nur wir vernehmen können. Lass Argan in Ruhe, und sehen wir zu, dass wir Andine herausbringen, ehe er aufwacht.«

13

Der bleiche Schein des Vollmonds fiel durch das offene Fenster auf das Gesicht der schlafenden Arya. Die volle Pracht ihres schwarzbraunen Haares lag auf dem Kopfkissen ausgebreitet und der Schlaf hatte den gebieterischen Ausdruck ihres Gesichts gemildert, sodass sie nun sehr sehr jung und verwundbar aussah.

Lautlos wie ein Schatten huschte Emmy zum Bett und setzte sich auf das Kopfkissen der Schlafenden. Ihre grünen Augen wirkten geheimnisvoll, während sie Andines Antlitz betrachtete. Dann fing sie zu schnurren an.

»Wie kriegen wir sie hier heraus?«, fragte Althalus stumm. »Ich könnte sie vermutlich tragen, aber …«

»Sie wird selbst gehen«, antwortete Emmy. »Sieh dich nach Kleidung für sie um und vergiss einen dunklen Umhang nicht.«

»Muss sie nicht wach sein, um zu gehen? Und wird sie nicht schreien, sobald sie die Augen öffnet?«

»Ich weiß, was ich tue, Althalus. Vertrau mir. Und jetzt hol ihr etwas zum Anziehen.«

Althalus kramte in einer Truhe, bis er passende Reisekleidung, Stiefel und einen gut geschneiderten Umhang gefunden hatte. Als er sich umdrehte, sah er, dass Andine auf der Bettkante saß. Ihre großen Augen waren weit offen, trotzdem schien sie nichts um sich herum wahrzunehmen.

»Bündle ihre Sachen einfach zusammen«, befahl Emmy. »Ich werde dafür sorgen, dass sie sich anzieht, sobald wir aus der Stadt sind. Der Umhang genügt einstweilen.«

Andine stand auf und hielt Emmy in den Armen. Noch immer waren ihre Augen blicklos.

Althalus legte dem Mädchen den Umhang über die Schultern. »Wie lange kannst du sie auf diese Weise schlafend halten?«, fragte er Emmy.

»Solange es nötig ist.«

»Sechs oder sieben Wochen wären keine schlechte Idee. Wenn das erste Gesicht, das sie beim Aufwachen sieht, Eliar gehört, könnte sie ziemlichen Lärm machen.«

Emmys Blick wurde nachdenklich. »Da magst du Recht haben«, murmelte sie. »Lass mich in Ruhe darüber nachdenken. Aber jetzt wollen wir gehen.«

Sie führten ihre Gefangene, die wie in Trance war, auf den Korridor, wo Althalus kurz stehen blieb, um das Gesicht des schlafenden Argan zu mustern. Ghends Knecht hatte blondes Haar und ebenmäßige Züge.

»Was tust du?«, fragte Emmy ungeduldig.

»Ich präge mir sein Aussehen ein, damit ich ihn später wieder erkenne«, antwortete Althalus grimmig.

Sie schritten den Korridor hinunter. Nachdem sie um eine Ecke gebogen waren, weckte Althalus Argan und seinen Kameraden mit Gedankenkraft auf. Dann führte er die Arya von Osthos stumm aus ihrem Palast.

Sie schritten ruhig durch die dunklen Straßen von Osthos. Am Tor schickte Althalus die Wachen mit ›leb‹ in den Schlaf; dann verließen sie die Stadt.

»Ich glaube, du hattest tatsächlich Recht, Althalus«, sagte Emmy sinnend, während Andine sich unbewusst ankleidete. »Es dürfte wirklich besser sein, sie erst zu wecken, wenn wir in Perquaine sind. Spätestens morgen Mittag werden ihre Soldaten hinter jedem Strauch in Treborea nach ihr suchen.«

Schon bald schlossen sie sich Eliar und Bheid wieder an. Eliar betrachtete die junge Frau, die ihn wahrscheinlich immer noch auf grausame Weise töten wollte. »Geht es ihr gut?«, erkundigte er sich erstaunlich besorgt. »Ich meine, Ihr habt ihr doch nicht wehtun müssen, oder?«

»Emmy hat sie in den Schlaf geschickt«, antwortete Althalus. »Es ist wahrscheinlich das Beste, sie nicht zu wecken, ehe wir Treborea hinter uns haben.«

»Aber sie wird in ihrem derzeitigen Zustand nicht auf einem Pferd sitzen können«, meinte Bheid.

»Ich kümmere mich um sie«, schlug Eliar vor. »Ich setze sie vor mir aufs Pferd und passe auf, dass sie nicht hinunterfällt.«

»In Ordnung«, erklärte Althalus sich einverstanden. »Du bist für das Mädchen verantwortlich. Also pass auf sie auf. Und jetzt lasst uns losreiten. Ich möchte, dass Osthos bis zum Morgen ein gutes Stück hinter uns liegt.«

Sie überquerten den Flusslauf des Maghu zwei Tage später nördlich der perquainischen Stadt Gagan und ritten in das von der Dürre heimgesuchte Land im Westen. Die Arya Andine war noch immer halb bewusstlos, und Eliar war während des ganzen Rittes außerordentlich besorgt um sie. Er hatte das Mädchen behutsam festgehalten, hatte es bei jeder Rast mit erstaunlicher Sanftheit vom Pferd gehoben und es später wieder hinaufgesetzt. Bei den Mahlzeiten fütterte er Andine; er selbst war bei weitem nicht mehr so unersättlich wie zuvor.

»Bilde ich es mir nur ein, Althalus, oder benimmt Eliar sich ein bisschen merkwürdig?«, fragte Bheid, nachdem sie den Fluss überquert hatten.

»Er nimmt seine Pflichten sehr ernst«, entgegnete Althalus, »und erbietet sich freiwillig zu weiteren, um zu helfen. Ich glaube allerdings, sein Pflichteifer wird mit der Zeit ein wenig nachlassen.«

Bheid lachte. »Nach allem, was Ihr mir erzählt habt, sollte er Andine nicht so nahe sein, wenn sie erwacht. Falls sie ihn tatsächlich so sehr hasst, wie Ihr sagt, wird sie wahrscheinlich versuchen, ihm das Herz herauszureißen, sobald sie ihn sieht.«

»Das werden wir in Kürze herausfinden. Emmy will unser kleines Mädchen heute Abend wecken. Ich sollte wohl vorbereitet sein, wenn Eliar ihr den Dolch unter die Augen hält, damit sie das Zeichen auf der Klinge liest. Sie könnte es als Aufforderung missverstehen.«

Am Spätnachmittag suchten sie Unterschlupf in der Ruine eines längst verlassenen Hauses, und Althalus beschwor Rindfleisch zum Abendessen herbei, ehe Emmy Fisch vorschlagen konnte. Seit Osthos hinter ihnen lag, hatte Eliar Andines Nahrung in kleine Stücke geschnitten und das Mädchen behutsam gefüttert, während es brav den Mund öffnete und kaute, was Eliar ihr gab, die Hände artig auf dem Schoß gefaltet.

Nach dem Abendbrot bediente Emmy sich wieder Althalus'

Stimme, um ihre Anweisungen zu erteilen. »Ich möchte, dass du vor ihr stehst und ihr den Dolch direkt vor die Augen hältst, wenn ich sie aufwecke, Eliar. Auf diese Weise sieht sie die Klinge, bevor sie dich bemerkt. Sobald sie den Dolch liest, wird sie mehr oder weniger gezwungen sein zu tun, was man ihr befiehlt. Zunächst wird sie vielleicht ein wenig toben, aber keinesfalls versuchen dich umzubringen.«

Eliar setzte ihre Gefangene auf einen Steinblock am Feuer, holte den Dolch hervor und hielt ihr die Klinge vor die Augen, während er sich vor sie stellte. Emmy sprang auf den Schoß des Mädchens, kuschelte sich hinein und schnurrte.

Leben strömte in die dunklen Augen der Arya zurück.

»Könnt Ihr mir sagen, was diese merkwürdige Schrift bedeutet, Hoheit?«, fragte Althalus und deutete auf den Dolch.

»GEHORCHE!«, antwortete Andine, ohne zu überlegen.

Der Dolch sang freudig, und Emmy schnurrte noch lauter.

Andines Miene war verwirrt und benommen zugleich. Dann schien ihr plötzlich bewusst zu werden, dass Emmy auf ihrem Schoß kuschelte. Sie nahm die Katze in die Arme und drückte sie an sich. »Ungezogenes Kätzchen!«, schalt sie. »Lauf ja nie wieder weg. Wo warst du denn?«

Dann ließ sie den Blick aus großen Augen durch die Ruine schweifen, während der Dolch sein Lied fortsetzte. »Wo bin ich?«, fragte sie heftig.

»Bleibt lieber sitzen, Hoheit«, riet Althalus. »Euch wird zu Anfang ein wenig schwindelig sein.«

Die Arya hörte ihm offenbar nicht zu. Stattdessen starrte sie Eliar an. »Du!«, sagte sie scharf, ließ Emmy fallen und streckte beide Hände wie Krallen nach des jungen Arumers Gesicht aus, wobei sie aufsprang. »Meuchler!«, rief sie schrill.

Dann wurde ihr offenbar schwindelig. Sie wäre gefallen, hätte Eliar sie nicht aufgefangen. »Seid vorsichtig, Hoheit«, rief der Junge, »dass Ihr Euch nicht verletzt!«

»Überlass es mir, mich um sie zu kümmern«, schlug Bheid vor. »Sie muss sich erst ein wenig beruhigen.«

»Dafür sorge ich schon, Bheid«, wehrte Eliar ab. »Sie kann mir nichts anhaben, weißt du.«

»Sie dir vielleicht nicht, aber dein Anblick möglicherweise ihr.

Ich bin sicher, dass sie bald wieder Vernunft annimmt, aber bis es soweit ist, solltest du ihr nicht zu nahe kommen.«

»Wahrscheinlich hat er Recht, Eliar«, pflichtete Althalus ihm bei. »Das kleine Mädchen ist ein bisschen impulsiv.«

»Ein bisschen?«, entfuhr es Eliar. Dann seufzte er mit einem gewissen Bedauern. »Vielleicht habt Ihr Recht. Ich werde ihr ein paar Tage fernbleiben.«

Althalus und Bheid setzten Andine wieder ans Feuer und Emmy sprang zurück auf den Schoß des Mädchens.

»Wo sind wir?«, fragte Andine mit ihrer melodischen Stimme.

»In Perquaine, Hoheit«, antwortete Althalus.

»Perquaine? Das ist unmöglich.«

»Ich würde dieses Wort nicht zu rasch in den Mund nehmen, Hoheit«, riet ihr Bheid. »Althalus kann fast alles tun – und Emmy sogar noch mehr.«

»Ich glaube nicht, dass ich dich kenne«, sagte Andine.

»Ich heiße Bheid«, stellte er sich vor, »und bin Priester – nun, ich war Priester, bis Althalus mich rief.«

»Was geht hier vor, Meister Althalus?«, fragte das Mädchen scharf. »Ich dachte, Ihr wolltet die Sklaven, die Ihr mir abgekauft habt, in die Salzminen von Ansu bringen.«

»Da habe ich Euch gewissermaßen angelogen, Eure Hoheit«, gestand er ohne Verlegenheit. »Eliar war der einzige, den ich wirklich brauchte. Die anderen habe ich heimgeschickt.«

»Dieb!« Ihre Stimme hob sich theatralisch.

»Das trifft es ziemlich genau«, bestätigte Althalus. »Wir wollen die Sache jetzt klären. Ihr seid soeben in die Dienste Deiwos getreten, des Himmelsgottes.«

»Das ist verrückt!«

»Andine«, sagte er streng, »wie lautete das Wort, das Ihr auf der Klinge gelesen habt?«

»Gehorche«, antwortete sie.

»Genau! Und jetzt haltet den Mund, denn ich werde versuchen, Euch die Sache zu erklären. Ich bin der Lehrer, Ihr die Schülerin. Das heißt, dass ich lehren soll und Ihr dasitzt und dumm dreinschaut.«

»Wie könnt Ihr es wagen?«

»Mund halten, Andine!«

Ihre Augen wurden noch größer und sie wehrte sich mit allen Kräften gegen den Zwang, den Althalus ihr soeben auferlegt hatte, doch kein Laut kam über ihre Lippen.

»Ich habe das Gefühl, das könnte sich hin und wieder als recht nützlich erweisen«, murmelte Bheid wie zu sich selbst.

»Ruhe, Bheid!«, wies Althalus ihn zurecht.

»Entschuldigt.«

Althalus erklärte der widerwilligen Schülerin geduldig die Lage. »Mit der Zeit wird es Euch leichter fallen«, versicherte er ihr zu guter Letzt. »Ich dachte, ich würde den Verstand verlieren, als Emmy mich in die Pfoten bekam, aber das verging – allmählich. Sie hat eine ganz besondere Art, wie Ihr wahrscheinlich schon wisst.«

»Wie meint Ihr das?«, fragte das Mädchen.

»Wacht auf, Andine! Hättet Ihr mir Eliar wirklich verkauft, hätte nicht etwas sehr Mächtiges die niedlichen Pfötchen um Euer Herz gelegt? An dem Tag, als ich Euren Palast betrat, hat Euch nur eines beschäftigt – Eliars Tod. Dann sprang Emmy auf Euren Schoß und schnurrte. Eine halbe Stunde später hättet Ihr mir wahrscheinlich ganz Osthos für sie gegeben, oder etwa nicht?«

»Nun ja...«, Andine betrachtete hilflos die Katze auf ihrem Schoß. »Sie ist einfach zum Knuddeln!« Sie hob Emmy auf die Arme und drückte das Gesicht an den pelzigen Eroberer ihres Herzens.

»Na also«, bemerkte Althalus trocken. »Ich werde dich von jetzt an duzen, denn du bist bei weitem nicht so reif und weise, wie du glaubst. Und denk daran, versuch gar nicht erst, dich ihr zu widersetzen, denn sie bleibt immer die Siegerin. Liebe sie einfach und tu, was sie sagt. Sie wird sich mit allen Mitteln durchsetzen und schreckt auch vor kleinen Schwindeleien nicht zurück.«

»Nun ist es genug, Althalus!«, wies Emmy ihn stumm aber scharf zurecht.

»Ja, Liebes. Hast du zufällig die Klinge gelesen, als Eliar sie Andine zeigte?«

»Selbstverständlich.«

»Wohin müssen wir als Nächstes?«

»Nach Hule.«

»Hule ist sehr groß, Em. Den Namen unseres neuen Gefährten hast du nicht zufällig mitbekommen?«

»Den Namen dieses Gefährten brauchen wir nicht, Schatz. Er wird *dich* finden.«

»Ihr zwei unterhaltet euch wieder, nicht wahr?«, fragte Eliar ein bisschen wehmütig.

»Sie hat mir nur unsere Anweisungen gegeben. Wir müssen nach Hule.«

Eliars Augen leuchteten auf. »Dann kommen wir durch Arum, stimmt's? Ob ich mir wohl die Zeit nehmen kann, kurz meine Mutter zu besuchen? Sie macht sich immer große Sorgen um mich.«

»Ich sehe keinen Grund, dir den Wunsch abzuschlagen. Du darfst deiner Mutter aber nicht sagen, was wir tun.«

Eliar grinste. »Keine Angst, ich kann schweigen. Vieles, was ich als Junge getan habe, weiß sie heute noch nicht. Wirklich belogen habe ich sie aber nie, denn ein Sohn sollte seine Mutter niemals belügen. Hin und wieder habe ich allerdings dieses oder jenes vergessen. Ihr wisst ja, wie das ist.«

»O ja.« Althalus lachte. »Solange ich mich erinnern kann, habe auch ich immer wieder dieses oder jenes vergessen.«

»Mein Magen knurrt, Althalus. Ich war so beschäftigt, mich um Andine zu kümmern, dass mir offenbar ein paar Mahlzeiten entgangen sind. Ich bin kurz vor dem Verhungern.«

»Gebt ihm lieber etwas, Althalus«, riet Bheid. »Wir wollen doch nicht, dass er uns vom Fleisch fällt.«

»Ihr könntet Andine fragen, ob sie auch etwas möchte. Ich konnte sie mittags nicht dazu bringen, mehr als ein paar Bissen zu essen.«

Andine starrte sie an.

»Das alles hast du gar nicht mitbekommen, Andine, nicht wahr?«, meinte Bheid lächelnd. »Und verzeih, wenn ich dich duze, aber das ist unter Gefährten, wie wir es nun sind, so üblich. Nur Emmy und Althalus sind davon ausgenommen. Aber ich schweife ab. Nachdem Emmy dich schlafen schickte, hat Eliar sich deiner angenommen wie eine Glucke sich ihres einzigen Kükens. Er hat mehr Zeit damit verbracht, dich zu füttern, als selbst etwas zu sich zu nehmen. Dabei ist Essen gerade jetzt sehr wichtig für ihn. Wenn man genau hinsieht, kann man ihn beim Wachsen beobachten.«

»Wovon redet Ihr? Er ist ein erwachsener Mann!«

»Nein, er ist ein Junge«, berichtigte Bheid sie. »Und bitte, duze auch du mich. Eliar ist wahrscheinlich nicht älter als du.«

»Er ist größer als andere Männer in Osthos.«

»Das liegt daran, dass Arumer allgemein größer sind als Treboreaner«, erklärte ihr Althalus. »Je weiter man nach Norden kommt, desto größer sind die Menschen – vielleicht damit sie über den vielen Schnee hinwegschauen können, der sich im Norden anhäuft.«

»Wenn Eliar nur ein Junge ist, was hatte er dann in einem Krieg verloren?«

»Er kommt aus einem Stamm, der vom Kriegshandwerk lebt, also auf einer tieferen Kulturstufe steht als die zivilisierten Völker. Es war sein erster Krieg, in dem es eigentlich ruhig hätte zugehen sollen. Aber diesen Einfaltspinsel auf dem Thron von Kanthon stach der Hafer und er befahl den Söldnern, die er von Eliars Stammeshäuptling angeworben hatte, ins Gebiet deines Vaters einzufallen. Das war etwas sehr Dummes, das nicht hätte passieren dürfen. Nicht Eliar war schuld, dass dein Vater fiel, sondern dieser Narr in Kanthon. Eliar hat nur Befehle befolgt. Das Ganze war das Ergebnis einer Reihe dummer Fehler, aber das ist wohl bei den meisten Kriegen so. Niemand gewinnt einen Krieg wirklich, wenn man es recht bedenkt. Meinst du, dass du jetzt etwas essen kannst? Du musst natürlich nicht, aber Eliar macht sich Sorgen, weil du auf dem Weg von Osthos hierher so wenig zu dir genommen hast.«

»Warum sollte ihn das kümmern?«

»Eliar fühlt sich für dich verantwortlich, und er nimmt seine Pflichten sehr ernst.«

»Ihr habt mich diesem Ungeheuer anvertraut?«, rief sie schrill. »Da kann ich ja von Glück reden, dass er mich nicht umgebracht hat!«

»Das würde er nicht tun, Andine – ganz im Gegenteil. Hätte dich unterwegs jemand bedroht, hätte Eliar ihn getötet oder beim Versuch, dich zu retten, sein Leben für dich gegeben.«

»Ihr lügt!«

»Frag ihn.«

»Ich rede nicht mit ihm, und wenn mein Leben davon abhängt!«

»Dazu könnte es eines Tages durchaus kommen, also sei nicht so starrsinnig.«

»Bedräng sie nicht, Althalus«, ermahnte ihn Emmys Stimme. »Sie ist noch nicht bereit. Halt Andine und Eliar einstweilen getrennt und überlass das Mädchen eine Zeit lang lieber Bheids Fürsorge. Ich kümmere mich darum, dass sie darüber hinwegkommen wird.«

»Soll ich ihr ein Pferd kaufen?«

»Noch nicht. Sie muss sich erst etwas eingewöhnen.«

»Du meinst, sie würde versuchen zu fliehen?«

»Das würde der Dolch nicht zulassen, Schatz, aber sie will sich der Wahrheit nicht stellen, was Eliar wirklich ist, deshalb könnte sie sich gegen den Zwang wehren – und das wiederum könnte ihr große Schmerzen verursachen. Bleib du bei Eliar und halt ihn von Andine fern. Wir müssen die Kinder behutsam behandeln, bis sie vernünftig sind.«

Sie ritten weiter durch die ausgedörrten Felder von Perquaine. Althalus und Bheid achteten darauf, dass zwischen Eliar und Andine stets ein Abstand gewahrt wurde. Althalus erkannte rasch, dass der Priester mit dem kastanienfarbigen Haar über außergewöhnliche Klugheit verfügte; sobald er von dem anerzogenen Wahn geheilt war, dass Astrologie eine religiöse Bedeutung hatte, konnte er seinen scharfen Verstand nutzbringender einsetzen. »Bilde ich's mir nur ein, Althalus«, fragte Bheid eines Abends, als sie allein waren, »oder tut sich wirklich etwas zwischen den beiden jungen Leuten? Sie sehen einander nie ins Gesicht, doch heimlich wandert ihr Blick aus irgendeinem Grund immer wieder zum anderen.«

»Sie sind in diesem Alter, Bheid«, antwortete Althalus.

»Ich verstehe nicht ganz.«

»Ihr Alter. Ihre Triebe. Sie sind beide halbwüchsig – mit allem, was dieses Wort ausdrückt. Es ist eine sehr schwierige Zeit für sie beide. Und für dich und mich ist sie sogar noch schwieriger, fürchte ich.«

»Ja«, bestätigte Bheid. »Das ist mir nun klar.«

»Das Einfachste wäre vermutlich, du würdest die beiden vermählen. Wir könnten ihnen dann ungefähr eine Woche geben, die Unterschiede zwischen Jungen und Mädchen zu ergründen. Anschließend kehren wir zum normalen Tagesablauf zurück.«

Bheid lachte. »Es würde sich nicht als ganz einfach erweisen, dass Andine dabei mitmacht. Wie ein Teekessel kocht sie allzu leicht über.«

»Gut gesagt, Bheid.« Althalus nickte. »Eliar ist ein unkomplizierter kleiner Junge, und Andine das genaue Gegenteil. Ich könnte mir jedoch vorstellen, dass Emmy Pläne für sie hat.«

»Hat sie mit Euch darüber geredet?«

»Das ist nicht nötig. Emmy und ich sind schon so lange beisammen, dass ich ihre Absichten auch ohne Worte erahne. Es gehört zu ihrem Wesen, Jungen und Mädchen zusammenzubringen. Daran solltest du denken, Bheid. Wahrscheinlich sieht sie sich bereits nach einer Frau für dich um.«

»Ich bin Priester, Althalus. Die Männer meines Ordens heiraten nicht. Das ist eines der Gelübde, die wir ablegen.«

»Dann solltest du dir vielleicht überlegen, einem anderen Orden beizutreten. Wenn Emmy dich verheiraten will, dann wird sie das tun, ob es dir gefällt oder nicht.«

Als sie sich Maghu näherten, sagte Emmy so scharf in Althalus' Kopf, dass es widerhallte: »Dort vor uns!«

»Was ist da?«

»Der Mann an der linken Straßenseite ist Koman, Althalus. Wappne dich. Er wird versuchen, in deinen Geist zu dringen!«

»Ist er auch einer von Ghends Knechten?«

»Ja – und wahrscheinlich der gefährlichste. Stell dich zwischen ihn und Eliar. Der Junge ist nicht gerüstet, es mit ihm aufzunehmen.«

»Und ich bin es? Was soll ich tun?«

»Zwischen ihn und die anderen treten. Blick ihm ins Gesicht und zähle Bäume.«

»Wieder mal das Bäumezählen, Em?«, murmelte er düster.

»Überspring die Zahlen.«

»Du hast mich missverstanden, Em.«

»Spring von sechs nach acht, dann zurück nach drei. Verquirle die Zahlen, als würdest du Rühreier machen.«

»Und was soll das bewirken?«

»Es lenkt seinen Geist von seiner Absicht ab. Er wird sich in dein Bewusstsein stehlen wollen. Wirfst du ihm aber wirre Zahlen entgegen, kann er sich weder auf dich noch die anderen konzentrieren. Er ist auf Hinweise aus und wir wollen ihm keine geben. Also block ihn ab, Althalus!«

»Ich hoffe, du weißt, was du tust, Em. Und bitte sag nicht wieder ›vertrau mir‹.«

Der Mann am Straßenrand hatte ein strenges Gesicht mit kurzem weißem Bart. Althalus bemerkte, dass seine Augen fast auf die gleiche Weise brannten wie Ghends in jener Nacht in Nabjors Lager. Althalus zügelte sein Pferd und blickte dem Mann direkt ins Gesicht; dabei zählte er lautlos: »Eins, zwei, drei, vier, neunhundertzweiundvierzig, acht, neun, zwölf.«

Der Mann blinzelte; dann schüttelte er das Haupt, als wollte er klaren Kopf bekommen.

»Neunzehn, vierundachtzig, zwei, vier, sechs, zweiundfünfzig.«

Koman – als den Emmy ihn identifiziert hatte – funkelte Althalus mit brennendem Hass an.

»Macht's Spaß?«, fragte Althalus und fuhr fort: »Elf Millionen und ein Viertel, dreizehn, sieben, neunzig und sechs Achtel, dreiundvierzig …«

Koman stapfte davon, wütend vor sich hin murmelnd.

»Es wird mir stets ein Vergnügen sein, mit Euch zu plaudern, Freund«, rief Althalus ihm nach. »Wir müssen es bald einmal wieder tun.«

»Das mit den Bruchzahlen war ein genialer Einfall, Schatz.« Emmys Gedanken schnurrten regelrecht.

»Dachte ich mir doch, dass es dir gefällt.«

»Wie in aller Welt bist du auf diese Idee gekommen?«

Althalus zuckte die Schulter. »Eine rasche Überlegung. Ich dachte mir, wenn ganze Zahlen ihn schon stören, müssten Brüche ihn schier zur Verzweiflung treiben.«

Von einem Bauern am Stadtrand von Maghu erstand Althalus eine lammfrohe Stute für Andine. Die Arya war nicht sehr erfreut über dieses Reittier, doch trotz Emmys Versicherungen, dass sich das hitzköpfige Mädchen mit seiner Lage abgefunden hatte, hielt Althalus es für besser, ihr kein Pferd zu überlassen, das verhältnismäßig schnell sein mochte.

Dann verließen sie die perquainischen Landstriche und ritten zum Vorgebirge von Arum. Bheid und Andine trotteten Seite an

Seite, und der Priester mit dem kastanienfarbigen Haar versuchte dem Mädchen zu erklären, weshalb der Schnee auf den Berggipfeln Arums nicht in der Sommersonne schmolz. Andines Lehrer hatten offenbar sehr viel von Logik gehalten, denn trotz der weißen Bergkappen beharrte sie darauf, dass es dort oben wärmer sein musste, weil die Gipfel der Sonne näher waren.

Nachdem Andine das drei Tage lang immer wieder erklärt hatte, gab Bheid es auf.

Sie erreichten das Tal mit Häuptling Albrons Festung kurz nach der Mittagsstunde eines strahlenden Sommertages. Althalus wandte sich an Eliar: »Bleib nicht zu lange bei deiner Mutter. Kennst du den Wasserfall ein paar Meilen weiter im Fluss?«

»Sogar sehr gut. Wir sind gern in dem ruhigen Gewässer am Fuß des Falles geschwommen«, antwortete Eliar.

»Dort werden wir unser Lager aufschlagen. Versuche, dich uns vor Anbruch der Dunkelheit anzuschließen.«

»Ich werde da sein«, versprach Eliar. Dann bog er ab und ritt ins Tal hinunter.

»Nun«, sagte Andine spöttisch, »ich bin sicher, den sehen wir nie wieder.«

»Wie kommst du darauf?«, fragte Althalus.

»Weil er davonlaufen und sich verstecken wird.«

»Das bezweifle ich.«

»Er ist nur bei uns geblieben, weil Ihr ihn mit irgendeinem Zauber dazu gezwungen habt. Er ist ein Meuchler, und Meuchlern kann man nicht trauen. Und Ihr habt ihm diesen kostbaren Dolch gelassen, den Ihr so sehr benötigt. Auch davon müsst Ihr Euch verabschieden, Meister Althalus.«

»Du täuschst dich in jeder Beziehung, Andine. Eliar ist Söldner und führt jeden Befehl aus. Bei Anbruch der Nacht wird er sich uns wieder anschließen. Den Dolch trägt er, weil er und kein anderer dazu bestimmt ist. Er besucht nur seine Mutter, das ist alles.«

»Ich bin es leid, von seiner Mutter zu hören«, brauste sie auf.

»Sie stehen einander sehr nahe, Andine«, warf Bheid ein. »Seit ich Eliar kenne, habe ich oft mit ihm gesprochen. Sein Vater fiel vor mehreren Jahren in einem Krieg; deshalb war es an Eliar, für seine Mutter zu sorgen. Er war noch zu jung für die kämpfende Truppe, sogar für einen Arumer, doch seine Mutter brauchte seinen Sold, um nicht am Hungertuch nagen zu müssen. Also zog Eliar in den Krieg, um auf seine Art die Liebe zu Vater und Mutter zu beweisen. Dein Vater hatte das Pech, sich ihm in den Weg zu stellen, während er die Liebe und Verehrung für seine Eltern unter Beweis stellte. Hast du das in gewisser Weise nicht auch getan hast, als du Eliar töten wolltest, ehe Althalus dazwischen trat?«

»Das ist keineswegs das gleich, Bheid!«, brauste sie auf. »Mein Vater war der Arya von Osthos. Eliars Vater war ein einfacher Söldner.«

»Und deswegen glaubst du, dass Eliar seinen Vater weniger liebte als du den deinen? Wir alle lieben und verehren unsere Eltern, Andine, und der Bauer oder einfache Soldat liebt und trauert ebenso tief wie der Edelmann. Du solltest ein wenig darüber nachdenken, bevor du in deiner Wut wieder irgendwelchen Unsinn daherredest!«

Sie schlugen ihr Lager in einem kleinen Tannenwald neben dem Wasserfall auf, und Andine verbrachte den Nachmittag damit, auf einem Baumstumpf zu sitzen und ins tosende Wasser zu starren.

»Könnte sein, dass du da in einer offenen Wunde gestochert hast, Bheid«, meinte Althalus. »Unsere kleine Arya scheint über ihre Vorurteile nachzudenken.«

»Klassenunterschiede verhindern das Verständnis füreinander, Althalus. Und alles was uns hindert, andere zu verstehen, müsste abgeschafft werden.«

»Diese Meinung solltest du vielleicht nicht herumposaunen, Bheid«, riet Althalus. »Sie dürfte dich in gewissen Kreisen nicht sehr beliebt machen.«

Wie Althalus vorhergesagt hatte, schloss Eliar sich ihnen bei Sonnenuntergang wieder an. Der Junge war in bester Stimmung. Arya Andine schien mehrmals nahe daran, boshafte Bemerkungen fallen zu lassen, doch offenbar hatte Bheids kleine Predigt ihr ein wenig Wind aus den Segeln genommen, und so entschuldigte sie sich schließlich mit schrecklichen Kopfschmerzen und legte sich schlafen.

Der Sommer näherte sich seinem staubigen Ende, als sie aus den nördlichen Ausläufern Arums in das riesige Waldgebiet von Hule ritten. Trotz allem Erlebten freute Althalus sich, zurück zu sein. Er hatte einmal zu Emmy gesagt, das Haus am Ende der Welt sei für ihn einem dauerhaften Zuhause näher gekommen als alles andere, jetzt aber wurde ihm bewusst, dass dies nicht völlig der Wahrheit entsprochen hatte. Egal wie weit er gereist war, wenn er nach Hule zurückkehrte, fühlte er sich immer gut. Jetzt endlich erkannte Althalus, dass Hule sein Zuhause war.

Sie ritten ein gutes Stück in den Wald, und Althalus freute sich und war gleichermaßen überrascht, dass er sich auch jetzt hier auskannte. Aus irgendeinem Grund wunderte er sich jedoch nicht, als er feststellte, dass es immer noch einen Ort gab, an den er sich sehr gut erinnerte, und dass keiner der neueren Siedler in Hule diesen Ort mit Holzhütten, Lehmstraßen und Baumstümpfen verunstaltet hatte. »Wir bleiben hier«, wandte er sich an seine Begleiter.

»Aber es ist noch lange nicht Abend, Althalus«, gab Bheid zu bedenken.

»Dann haben wir umso mehr Zeit, unser Lager aufzuschlagen. Das hier ist der richtige Ort!«

»Das verstehe ich nicht ganz«, gestand Bheid.

»Der Dolch hat uns nach Hule geschickt, Bheid. Hier ist Hule!«

»War nicht auch schon vor zehn Meilen Hule? Und wird es zehn Meilen weiter nicht immer noch Hule sein?«

»Nein, das glaube ich nicht. Ich werde mich erkundigen, was Emmy dazu meint, aber ich bin sicher, dass genau hier der richtige Ort ist. Hier begann alles, mein Freund. Hier war es, wo Ghend mich angeworben hat, das Buch Deiwos' aus dem Haus am Ende der Welt zu stehlen. Hier hat sich Nabjors Lager befunden. Emmy und ich unterhielten uns im Haus ausgiebig über Zufälle. Ich habe das starke Gefühl, dass einige Dinge, die reine Zufälle zu sein schienen, gar keine waren. Es gibt Dinge, die müssen geschehen! Als Emmy den Dolch las und mir sagte, das Wort laute ›Hule‹, war dies hier der erste Ort, an den ich dachte, und ich glaube, dass es so hatte sein *sollen*. Er ist einer dieser bedeutsamen Orte, Bheid, also bleiben wir eine Weile hier. Vielleicht finden wir heraus, ob bedeutsame Ereignisse bedeutsame Orte benötigen, um geschehen zu können.«

»Ich glaube, du begreifst allmählich, Schatz«, beglückwünschte Emmy ihn stumm.

Nachdem sie ihr Lager aufgeschlagen hatten, stocherte Althalus ein wenig herum, um festzustellen, ob er nach so vielen Jahrhunderten noch irgendwelche Spuren von Nabjors Schenke fand. Er gelangte schließlich zu dem Spalt zwischen den zwei stehenden Felsblöcken, wo Nabjor seinen Met hatte gären lassen. Am hinteren Ende des Spaltes befand sich ein Steinhaufen, auf dem die arg verwitterten Überreste einer großen bronzenen Streitaxt lagen. Selbst in ihrem gegenwärtigen Zustand erkannte Althalus sie. Er seufzte. »Zumindest gab es jemanden, dem du so viel bedeutet hast, dass er dich anständig beerdigte, alter Freund«, sagte er zu dem Grab. Dann lächelte er. »Ich könnte dir eine erstaunliche Geschichte erzählen, wenn du noch hier wärst, Nabjor. Du mochtest ja immer schon gute Geschichten, nicht wahr? Wie sehr ich wünschte, du wärst noch da! Ein paar Becher von deinem Met wären jetzt genau das Richtige. Wenn das alles vorbei ist, werden wir vielleicht irgendwo auf einer Wolke sitzen können und deinen Met trinken, und dann erzähle ich dir alles über das Haus am Ende der Welt.«

Wieder seufzte er. »Schlaf gut, alter Freund«, murmelte er.

Es war kurz nach Mitternacht und ihr Feuer war heruntergebrannt. Althalus wunderte sich nicht sonderlich, als sein Instinkt ihn warnte, dass jemand sich verstohlen ihrem Lager näherte. Lautlos rollte er unter seinen Decken hervor und kroch in die vom Feuer entfernte Dunkelheit.

»Habt Ihr es auch gehört?« Eliars Wispern kam aus dem Schatten eines gigantischen Baumes.

Nicht einmal das überraschte Althalus. »Ich glaube, es ist der, auf den wir warten«, entgegnete er flüsternd. »Möglicherweise wird er versuchen wegzulaufen. Halte ihn auf, aber tu ihm nichts.«

»In Ordnung.«

Sie warteten und atmeten so leise sie konnten. Dann vernahm Althalus ein schwaches Scharren ein Stück entfernt im Wald. »Er ist nicht sehr gut«, flüsterte er Eliar zu.

»Was tut er?«

»Er versucht, sich zu unserem Lager zu schleichen – wahrscheinlich um zu stehlen, was er in die Hände bekommen kann. Er muss ziemlich ungeschickt sein, wenn er nicht imstande ist, sich leiser zu bewegen. Er wird sich zu unseren Pferden schleichen wollen.«

»Wird er versuchen sie zu stehlen?«

»Wahrscheinlich. Arbeite dich von hinten an ihn heran. Ich schleiche zu den Pferden hinüber. Er wird mich nicht sehen, also kann ich ihn überraschen. Sollte er mir entkommen, dann schnapp du ihn dir.«

»Ist gut.« Eliar verschwand in der Dunkelheit.

Es erwies sich als nicht sonderlich schwierig, den Möchtegerndieb zu fassen. Als er die Stelle erreichte, wo die Pferde angebunden waren, wartete Althalus bereits in der Dunkelheit auf ihn, und Eliar befand sich nur wenige Schritte hinter ihm. Sie packten ihn fast gleichzeitig von vorn und von hinten. »Er ist ja bloß ein kleiner Junge, Althalus!«, rief Eliar, der ihren sich sträubenden Gefangenen festhielt.

»Ja, ich habe es bemerkt.« Althalus packte das Kind am Schlafittchen und zog es zum Feuer.

»Ich hab nichts getan«, rief der Junge schrill und versuchte immer noch sich zu befreien.

»Das liegt wahrscheinlich daran, dass du zu ungeschickt für diese Art von Arbeit bist«, rügte ihn Althalus. »Wie heißt du denn?«

»Althalus«, antwortete der Junge etwas zu rasch.

Eliar krümmte sich vor plötzlichem Lachen. »Such dir lieber einen anderen Namen aus, mein Freund. Der Mann, der dich am Schlafittchen hält, ist der echte Althalus.«

»Wirklich?«, erwiderte der Junge erstaunt. »Ich dachte, er wär bloß 'ne alte Sage.«

»Wie heißt du wirklich, Junge?«, fragte Althalus ihn erneut. »Und keine Lügen mehr.«

»Man nennt mich Gher, Meister Althalus.« Der Junge wehrte sich nicht mehr.

»Zeig ihm den Dolch, Eliar«, befahl Althalus. »Ich glaube, Gher ist der, auf den wir gewartet haben.«

Eliar zog den Dolch hervor. »Was steht auf dieser Klinge, Gher?«, fragte er.

»Ich kann nicht lesen, Herr.«

»Versuch es!«

Gher blickte blinzelnd auf den Dolch. »Mir scheint, als steht da ›TÄUSCHE!‹«, meinte er zweifelnd. »Kommt das dem Wort nahe?«

Der Dolch sang bereits sein Freudenlied.

»Nahe genug, wie mir scheint«, beglückwünschte Eliar ihren neuesten Gefährten. »Willkommen, Gher.«

14

»Es war nicht leicht für mich, seit mein Vater sich vergangenes Jahr zu Tode gesoffen hat«, klagte Gher sein Leid. »Ich hab Botengänge für Dweni gemacht – er hat eine Schenke nicht weit von hier. Ich hab die Reste von seinem Tisch essen und in dem Schuppen hinter der Schenke schlafen dürfen. Eine Menge Diebe sind bei Dweni eingekehrt. Ich hab ihnen zugehört, wenn sie sich unterhalten haben, war aber schlau genug, keine Fragen zu stellen. Hab ich was falsch gemacht, wie ich mich an Euer Lager angeschlichen hab, Meister Althalus?«

»Auf die Idee leise zu sein, bist du wohl nicht gekommen?«

Gher ließ den Kopf hängen. »Ich hab gedenkt, dass ihr alle schlaft.«

»Trotzdem hättest du nicht so viel Lärm machen dürfen! Du warst lauter als ein betrunkener Bär.«

»Hättet Ihr wohl Zeit, mir ein paar Tipps zu geben?«, fragte Gher hoffnungsvoll.

»Wir werden sehen.«

Gher hatte verdrecktes und verfilztes blondes Haar und trug abgelegte Kleidungsstücke, die er offenbar zu flicken versucht hatte, allerdings mit wenig Erfolg, und die ebenso schmutzig waren wie sein Gesicht und seine Hände.

»Dann hast du also gar keine Familie?«, fragte Eliar.

»Nicht dass ich wüsste. Nun ja, mein Vater hat sich an kaum noch was erinnert, kurz bevor er starb. Kann sein, dass er Geschwister hat, aber dann hat er mir nie von denen erzählt. Er war meist viel zu betrunken, als dass er vernünftig hätte reden können.«

»Was war mit deiner Mutter?«

»Ich bin nicht sicher, ob ich überhaupt je eine hatte.«

Eliar schluckte bei dieser Antwort. »Ist dir nicht ein bisschen schwindelig?«

»Nein. Warum sollte mir schwindelig sein?«

»Bei mir drehte sich alles, nachdem ich von der Klinge gelesen hatte.«

»Mir geht's gut. Arbeitest du für Meister Althalus?«

»So könnte man es nennen«, antwortete Eliar.

Bheid trat in den Feuerschein. »Ich habe den Dolch singen gehört.« Er starrte Gher an. »Ist das unser neuester Akoluth?«

»Das sagt jedenfalls das Messer«, erklärte Althalus.

»Er ist ja noch ein Kind!«, murmelte Bheid betroffen.

»Du kannst dich mit dem Dolch darüber unterhalten, wenn du möchtest. Ich wähle sie nicht aus, Bheid, ich suche sie nur. Er heißt übrigens Gher.«

»Welches Wort hat er denn gelesen?«

»Es war ›Täusche!‹, nicht wahr, Althalus?«, vergewisserte Eliar sich.

»So hab ich's jedenfalls verstanden.«

Bheid runzelte die Stirn. »Suche, führe, erleuchte, gehorche und täusche«, zählte er auf. »Das letzte Wort passt meines Erachtens nicht dazu.«

»Emmy kann es bestimmt erklären«, meinte Eliar. »Emmy kann alles erklären.«

»Was macht ihr alle hier?« Andine trat mit verärgerter Miene ins Licht. »Wie soll ich bei diesem Lärm schlafen?«

»Wir haben gerade unseren neuesten Gefährten kennen gelernt, Andine«, erklärte Althalus.

»Den?« Sie betrachtete Gher abfällig. »Konnten wir nichts Besseres finden?«

»Im Lauf der Zeit wird alles offenbart«, verkündete Bheid mit leicht spöttischem Unterton.

»Halte deine Predigten anderswo, Bheid!«, brauste Andine auf. Sie musterte Gher von Kopf bis Fuß. »Ist er vielleicht unter einem Stein hervorgekrochen? Oder aus der nächsten Jauchegrube?«

»Muss ich mir das von ihr gefallen lassen, Meister Althalus?«, rief Gher hitzig.

»Lass ihn los, Althalus«, wisperte Emmys Stimme.

»Wird der Rest der Nacht dann nicht sehr unruhig?«, sträubte er sich.

»Tu's einfach, Schatz.«

»Wie du meinst, Em.« Althalus blickte den Jungen an. »Du darfst ihr gern sagen, was du davon hältst, Gher. Doch wappne dich. Unsere geliebte Andine hat eine ausdrucksvolle – und durchdringende – Stimme.«

»Was soll das heißen?« Andines Stimme hob sich um mehrere Oktaven.

»Wir lieben deine Stimme, kleine Hoheit«, antwortete Althalus mit unbewegtem Gesicht. »Du musst aber noch ein wenig an deinen Crescendos arbeiten. Vielleicht versuchst du es mit Atemübungen. Sieh zu, dass du etwas Tiefe in deine Stimme kriegst, damit du nicht ganz so hastig vom Wispern zum Gellen gelangst. Es wird viel beeindruckender klingen, wenn du deine Stimme beherrschst.« Er blickte Gher an. »Möchtest du noch etwas hinzufügen, Junge?«

»Ich will ihr bloß sagen, dass mir ihr hochmütiges Gehabe nicht gefällt.« Gher blickte Andine ins Gesicht. »Na schön, edle Dame, ich bin Hinterwäldler. Na und? Wenn's Euch nicht passt, wie ich ausseh, dann schaut mich einfach nicht an. Ich hab keine Eltern und trag Lumpen, weil ich nichts anderes zum Anziehen finden kann. Ich glaub aber nicht, dass Euch das was angeht. Ich muss zu sehr aufpassen, dass ich am Leben bleib, als dass ich mir Sorgen über mein Aussehen machen könnt, und wenn's Euch nicht gefällt, habt Ihr eben Pech.«

»Mach Platz, Althalus«, befahl Emmy. »Ich werde sofort etwas klarstellen!« Er spürte, wie sie sein Bewusstsein grob zur Seite stieß.

Andine starrte Gher an. »So spricht man nicht zu mir!«, stieß sie hervor.

»Vielleicht nicht ins Gesicht«, erwiderte Gher unerschrocken. »Aber wenn Ihr hin und wieder den Mund halten und anderen zuhören würdet, tätet Ihr herausfinden, was sie wirklich über Euch denken. Aber das wollt Ihr ja gar nicht wissen, nicht wahr? Ich bin nicht in 'nem Palast aufgewachsen wie Ihr, edle Dame, sondern in 'nem Dreckhaufen, drum hab ich keine feinen Manieren.«

»Das muss ich mir nicht anhören!«

»Müssen vielleicht nicht, aber Ihr solltet es. Ich atme ein und aus genau wie Ihr, edle Dame, und die Luft gehört mir nicht mehr und nicht weniger als Euch. Und jetzt geht mir lieber aus dem Weg, denn mir wird bei Eurem Anblick noch schlechter als Euch bei meinem.«

Andine rannte davon.

»Steckst *du* dahinter?«, fragte Althalus stumm.

»Natürlich. Ich sagte dir doch, dass ich dergleichen durch dich machen muss. Gher wird sich gut entwickeln, Althalus.« Emmy hielt kurz inne. »Ich bitte dich allerdings, dafür zu sorgen, dass er sich wäscht.«

Sie blieben mehrere Tage in Nabjors altem Lager und machten Gher mit seiner neuen Situation vertraut. Der Junge war von schneller Auffassungsgabe, daran bestand kein Zweifel. Zu einer anderen Zeit und an einem anderen Ort hätte Althalus ihn vielleicht als Lehrling unter seine Fittiche genommen, da er die gewaltigen Möglichkeiten des Jungen erkannte. Es dauerte jedoch eine Zeit lang, ihn davon zu überzeugen, dass regelmäßiges Baden seine Beliebtheit steigern würde. Mit Emmys Hilfe zauberte Althalus Kleidung für ihren Rekruten herbei, sodass er nicht mehr so aussah, als wäre er vom Karren eines Lumpensammlers gesprungen.

Andine ging Gher aus dem Weg, so gut es möglich war – bis zum Morgen des vierten Tages. Da trat sie mit entschlossener Miene ans Feuer, einen Kamm und eine Schere in der Hand. »Du!« Sie wies auf einen Baumstumpf. »Setz dich da hin. Sofort!«

»Was habt Ihr mit mir vor?«

»Ich werde dein Haar richten. Du siehst aus wie ein Heuhaufen.«

»Ich kann es glatt streichen, wenn Euch das so stört.«

»Psst. Setz dich!«

Gher blickte rasch Althalus an. »Muss ich ihr gehorchen?«

»Ich an deiner Stelle würd's tun. Wir wollen doch Friede in der Familie, soweit möglich. Und du darfst sie ruhig duzen. Das ist beschlossene Sache unter den Gefährten.«

»Wie kannst du da überhaupt hindurchsehen?«, fragte Andine und griff nach der Haarfülle, die über Ghers Stirn hing. Dann fing sie angespannt zu kämmen und schneiden an. Aus irgendeinem

Grund schien sie ihre selbstgestellte Aufgabe sehr ernst zu nehmen.

Gher war Haareschneiden nicht gewöhnt, deshalb zuckte er immer wieder zusammen. »Halt still!«, befahl sie. Fast eine Stunde lang kämmte und schnitt sie. Des Öfteren machte sie einen Schritt zurück, um ihre Arbeit kritisch zu betrachten. »Fertig«, erklärte sie, nachdem sie noch ein widerspenstiges Härchen gestutzt hatte. Sie wandte sich an Althalus. »Was haltet Ihr davon?«

»Sehr schön.«

»Ihr habt nicht einmal hergeschaut!« Ihr Tonfall stieg um mindestens eine Oktave.

»Schon gut, schon gut. Ich sehe es mir an. Reg dich nicht auf.«

Ghers Haar war nun ordentlich gestutzt und frisiert. Andine hatte ihm Ponyfransen kreiert und das übrige Haar in Schlüsselbeinhöhe gerade geschnitten – auf die Art, wie Althalus sie aus Osthos kannte. »Wirklich nicht übel«, lobte er sie. »Wo hast du das gelernt?«

»Ich habe meinem Vater immer das Haar geschnitten«, antwortete sie. »Bei ungepflegtem Haar fangen meine Finger immer zu kribbeln an.«

»Wenigstens sieht er nicht mehr wie ein Hirtenhund aus«, bemerkte Bheid.

Andine hob Ghers Kinn und blickte ihm ins Gesicht. »Jetzt kannst du dich sehen lassen, Gher. Du bist sauber, hast neue Kleidung und eine ordentliche Frisur. Spiel nicht gleich wieder im Schlamm.«

»Nein, bestimmt nicht«, versprach Gher. Er blickte sie fast schüchtern an. »Althalus hat gesagt, dass ich Euch duzen soll.« Er blickte sie verlegen und gleichermaßen entschuldigend an. »Du bist schrecklich hübsch, Andine«, platzte er heraus. »Und was ich damals in der Nacht zu dir gesagt hab, war nicht wirklich so gemeint.«

»Ich weiß.« Sie warf den Kopf zurück. Dann strich sie über sein frisch frisiertes Haar und küsste ihn auf die Wange. »Lauf jetzt, Gher, und spiel ein bisschen, aber mach dich nicht gleich wieder schmutzig.«

»Nein, Andine«, versprach er.

Sie schaute sich um und klickte abwesend mit der Schere. »Noch jemand?«, fragte sie.

An diesem Nachmittag las Emmy den Dolch. »Kweron«, sagte sie dann zu Althalus. »Wir müssen noch eine Person finden und mitnehmen, und wir sollten uns beeilen.«

Am nächsten Morgen brachen sie ihr Lager ab und ritten nordwestwärts durch den uralten Wald von Hule. Seltsamerweise hatte Andine darauf bestanden, dass Gher sich zu ihr auf ihre sanfte Stute setzte.

»Ich dachte anfangs nicht, dass sie miteinander auskommen würden«, sagte Eliar zu Bheid und Althalus. »Ist etwas geschehen, von dem ich nichts weiß?«

»Gher hat in jener Nacht offenbar etwas zu ihr gesagt, das sie bis ins Mark getroffen hat«, erklärte Bheid. »Ich bin sicher, er ist der erste Mensch von niederer Herkunft, dem sie je begegnet ist. Wahrscheinlich hatte sie nicht die geringste Ahnung, welch elendes Leben die meisten einfachen Leute führen. Gher hat eine lose Zunge, und vermutlich überraschte es unsere kleine Prinzessin, dass er überhaupt reden kann. Dass sie ihm die Haare geschnitten hat und auf ihrem Pferd mitreiten lässt sind ihre Art, sich für ihre Ungerechtigkeit ihm gegenüber zu entschuldigen.«

»Du hast ziemlich radikale Ansichten für ein Mitglied der Priesterschaft, Bheid«, stellte Althalus fest.

»Das Wesen allen Strebens der Menschheit sollte Gerechtigkeit sein, Althalus. Im Grunde ihres Herzens wollen Menschen gerecht und gütig sein, doch gibt es so mancherlei Hindernisse. Es ist die Pflicht der Priesterschaft, den Menschen auf dem richtigen Weg zu halten.«

»Ist es nicht ein bisschen früh am Tag für so tief schürfende philosophische Diskussionen?«, fragte Althalus.

»Es ist nie zu früh – oder zu spät – zu lernen, mein Sohn«, erklärte Bheid salbungsvoll.

»Also, das ist nun wirklich der Gipfel der Unverschämtheit.«

Bheid grinste ihn verschmitzt an. »Ich freue mich, dass es Euch gefallen hat.«

Es war früher Herbst in Kweron und das Laub von Birken und Espen färbte sich. Althalus war nicht oft in diesem Teil des Gebirges gewesen, hauptsächlich weil zu jener Zeit, als er sich in Ghends

Auftrag zum Haus am Ende der Welt begeben hatte, nur wenige Menschen hier lebten. Die hiesigen Siedlungen waren klein und primitiv, und die Einwohner offenbar so verängstigt, dass sie sich gar nicht aus ihren Hütten trauten.

»Die Leute hier sind nicht sehr freundlich«, stellte Eliar fest, während sie durch die schlammige Straße eines weiteren Weilers ritten. »Zu Hause kommen alle herausgelaufen, um Fremde anzugaffen, hier dagegen verkriechen sich die Menschen.«

»Die Kweroner sind angeblich sehr abergläubisch«, berichtete Bheid. »Ich habe gehört, dass sie gewalttätig werden, wenn nur der Schatten eines anderen sie berührt. Es könnte etwas mit der Nähe Kwerons an Nekweros zu tun haben. Den Sagen nach soll dann und wann Schreckliches aus Nekweros kriechen.«

»Hat Emmy Euch bereits gesagt, wohin wir müssen?«, wollte Eliar von Althalus wissen.

»Das wird sie sicher noch – irgendwann.«

Während der nächsten Woche ritten sie westwärts und kamen bei dem schmalen langen Fjord, der die Westgrenze Kwerons bildete, aus dem Gebirge. Genau wie die See am Rand der Welt war der Fjord fast zugefroren.

»Wir kommen näher, Althalus«, murmelte Emmy eines Spätnachmittags. »Ziehen wir uns ein Stück in den Wald zurück und schlagen ein Lager auf. Dann sehen wir, du, Bheid und ich uns in ein paar dieser Ortschaften unten am Rand des Fjords um.«

»Wonach suchen wir, Em?«

»Nach einer Hexe.«

»Das ist nicht dein Ernst!«

»Die Einheimischen halten sie für eine, was natürlich Unsinn ist. Wir wollen uns mit den Priestern in diesen Dörfern unterhalten, und das kann Bheid am besten. Erwähne das Wort ›Hexe‹ nicht vor den anderen, es könnte ihnen in die falsche Kehle geraten.«

Sie ritten ein Stück in den Wald hinein und Althalus sprach kurz zu Bheid. Dann wies er Eliar, Andine und Gher an zu warten. »Bheid und ich werden uns heimlich umschauen«, sagte er zu ihnen. »Diese Kweroner sind ein bisschen merkwürdig. Ich möchte erst wissen, woran wir sind, ehe wir uns alle in diesen Ortschaften sehen lassen.«

Dann ritten Althalus und Bheid zu dem Weg zurück. »Ich muss mit ihm reden, Schatz«, sagte Emmy. »Wie wär's, wenn du inzwischen ein Nickerchen machst oder dergleichen.«

»Sehr komisch, Em.«

»Du brauchst mir bloß Platz zu machen, Althalus. Du kannst zuhören, wenn du möchtest, aber halt dich heraus! Bheid!«, rief sie.

Der junge Mann blickte Althalus scharf an. »Seid Ihr das, Emmy?«, fragte er.

»Ja. Setz deine priesterliche Miene auf und besinn dich auf deine Kenntnisse der Astrologie. Ich möchte, dass du in jeder dieser Ortschaften den einheimischen Geistlichen aufsuchst. Stell dich vor und behaupte, du seist hierher gekommen, um festzustellen, ob es der Wahrheit entspricht, was du in den Sternen gelesen hast.«

»Ich werde möglicherweise genauere Auskünfte brauchen, Emmy.«

»Sag ihnen, wenn du die Sterne richtig gedeutet hast, wird sich hier in Kürze eine gewaltige Lawine lösen.«

»Ist das wirklich der Fall?«

»Ich kann es so gut wie versprechen. Ich werde Althalus einen ganzen Berg einstürzen lassen, falls wir tatsächlich eine so gewaltige Katastrophe brauchen. Ich möchte, dass du sehr besorgt tust. Du bist um die halbe Welt gereist, um die Leute hier zu warnen. Mach ein großes Getue. Erreg dich. Wirf das Wort ›Unglück‹ um dich, so oft du die Gelegenheit hast. Dann, nachdem Althalus einen Teil irgendeines Berges einstürzen ließ, wird jeder hier glauben, dass du ein heiliger Mann bist, und alle werden dir trauen.«

Bheid machte ein etwas verwirrtes Gesicht. »Wozu dient diese Veranstaltung, Emmy?«

»In einem der Dörfer hat man eine Frau, die der Hexerei bezichtigt wird, in Ketten gelegt, um sie als Höhepunkt eines großen Volksfests auf dem Scheiterhaufen zu verbrennen. Du wirst den verantwortlichen Priester überreden, sie stattdessen an dich auszuliefern. Behaupte, dass du sie zur Befragung nach Awes schaffen wirst.«

»Das könnte sich als ein wenig schwierig erweisen, Emmy«, gab er zu bedenken.

»Nicht unbedingt. Du brauchst ihnen bloß zu sagen, dass die

Priesterschaft in Awes sich ein Bild von Daevas Plänen machen muss, um Schritte dagegen unternehmen zu können. Erzähle mit beängstigender Ergriffenheit vom Schicksal der Welt, von ewiger Finsternis, von Teufels- und Dämonenhorden, die aus der Hölle heraufstürmen, und von ähnlichem Unsinn. Ich werde dafür sorgen, dass Althalus deine Worte mit Donnerkrachen und Erdbeben und vielleicht ein paar himmlischen Trompeten begleitet.«

»Emmy!«, entsetzte sich Bheid.

»Ja? Hast du irgendwelche Probleme damit?«

»Aber das ist doch alles Schwindelei!«

»Na und?«

»Ich bin Priester, Emmy, kein Scharlatan! So geht das nicht!«

»Warum nicht?«

»Ich bin zur Wahrheit verpflichtet.«

»Es ist die Wahrheit, Bheid. Du musst die Dinge nur vereinfachen, damit einfache Leute sie verstehen können.«

»Ist diese Frau, die wir retten werden, wirklich eine Hexe?«

»Natürlich nicht. Sie ist eine von uns – das heißt, sie wird es sein, sobald sie den Dolch liest. Wir brauchen sie, Bheid! Ohne sie werden wir versagen!«

»Ihr zwingt mich, einen meiner heiligsten Eide zu verletzen!«

»Oh, das tut mir leid. Dann werden wir es anders machen und stattdessen jeden in diesem Teil von Kweron töten. Du wirst kniehoch in Blut waten, aber deine Seele wird rein bleiben. Wirst du darauf nicht stolz sein?«

»Das ist ungeheuerlich!«

»Es liegt ganz bei dir, Bheid. Du kannst entweder ein Schwindler oder ein Schlächter sein.« Sie legte eine kurze Pause ein. »Rasch, Bheid, beeil dich! Wenn wir alle diese Leute töten müssen, sollten wir es rasch angehen.«

»Nimmst du ihn nicht sehr hart ran, Em?«, murmelte Althalus stumm.

»Er wird lernen müssen zu tun, was man ihm anschafft, Schatz. Die Worte, die jeder von euch von der Klinge liest, betreffen uns alle. Du bist nicht der einzige, der sucht, und Andine nicht die einzige, die gehorchen muss. Wir alle suchen und wir alle gehorchen.« Dann wandte sie sich wieder dem sehr beunruhigten jungen Priester zu. »Nun, Bheid, was soll's sein? Lügen oder Blut?«

»Welche Wahl habe ich?«, entgegnete er hilflos. »Ich werde die Leute belügen.»

»Sehr vernünftig«, lobte sie.

Sie ritten hinunter in eine schlichte Ansiedlung, in der vor der Eiszeit vermutlich Fischer gehaust hatten. Althalus saß von seinem Pferd ab und näherte sich einem bärtigen Bürger, der einen stumpfsinnig blickenden Ochsen führte. »Verzeih«, wandte Althalus sich an den Mann, »wo kann ich euren Priester finden?«

»Gleich da drüben in der Kirche. Aber er ist vielleicht noch nicht wach.«

»Dann wecke ich ihn. Mein verehrungswürdiger Gebieter muss mit ihm reden.«

»Er mag es nicht, wenn er aus dem Bett geholt wird.«

»Lebendig begraben zu werden wird ihm bestimmt noch weniger gefallen.«

»Lebendig begraben?«, rief der Bärtige entsetzt.

»In einer Lawine.«

»Was für eine Lawine?«

»Eine, die alsbald von einem Berg herunterrollen wird. Danke für die Auskunft, Freund. Ich wünsche dir einen wunderschönen Tag.«

»Das hättet Ihr nicht sagen sollen, Althalus«, zischte Bheid, nachdem der besorgte Mann mit dem Ochsen außer Hörweite war.

»Das gehört zur Vorbereitung, Bheid«, erklärte Althalus. »In einer solchen Lage sind Gerüchte ungemein nützlich.«

Der örtliche Priester war ein hoch gewachsener unordentlicher Mann mit schwermütigen Augen. Er hieß Terkor. »Ich habe Astrologie wahrscheinlich nicht so gründlich studiert, wie ich es hätte sollen«, gestand er Bheid. »Wir befinden uns hier sehr abgelegen, sozusagen am äußersten Rand der Zivilisation. Ich sorge mich um die Kranken, tröste die Trauernden und schlichte Streitereien. Da bleibt nicht viel Zeit für die Sterndeuterei. Was habt Ihr in den Sternen gelesen?«

»Der Drache ist ins siebente Haus gezogen«, antwortete Bheid, »und mit dem zunehmenden Mond gehen häufig Naturkatstrophen einher. Ich bin sicher, Ihr erkennt die Zeichen.«

»In dieser Beziehung muss ich mich auf Euch verlassen, Bruder. Das Wesen und Wirken der Sterne übersteigt mein Vorstellungsvermögen.«

»Der Drache ist eines der drei Erdzeichen«, erklärte Bheid, »und der Mond lässt auf Untergang und Vernichtung schließen – Erdbeben, Lawinen und dergleichen. Wie auch immer, als ich den Kurs des Bären berechnet hatte, erkannte ich, dass die Katastrophe sich hier in Kweron ereignen wird. Ich sah mich verpflichtet herzukommen, um euch zu warnen, und so brachen mein Diener und ich sofort auf. Den Göttern sei Dank, dass wir es noch rechtzeitig geschafft haben.«

»Ihr seid ein edelmütiger Mann, Bruder. Wenige hätten sich die Mühe gemacht.«

»Es ist meine Pflicht, Bruder. Ich lese die Sterne, um meine Mitmenschen vor schicksalhaften Gefahren warnen zu können. Die meisten meiner Priesterbrüder in Awes beschäftigen sich damit, Horoskope gegen Bezahlung zu erstellen. Ich dagegen suche Hinweise auf Naturkatastrophen.«

»Konntet Ihr ergründen, welcher Art dieses Unglück sein wird?«

»Die Stellung des Mondes lässt darauf schließen, dass ein Berghang nachgeben wird.«

»Eine Lawine? Oh, ihr Götter!«

»So habe zumindest ich es gedeutet. Einige meiner Brüder in Awes sind allerdings der Meinung, ein Komet würde auf die Erde fallen, aber dem kann ich nicht beipflichten. Für einen Kometen befindet sich der Hahn im falschen Haus.«

»Für uns spielt es keine große Rolle, Bruder, ob ein Komet oder eine Lawine auf uns fallen wird«, meinte Terkor. »Das eine wie das andere würde vielen das Leben kosten.«

Bheid schaute sich um, als wollte er sich vergewissern, dass sie allein waren. »Ist hier in letzter Zeit irgendetwas Ungewöhnliches geschehen, Bruder Terkor? Ich las davon, dass in dieser Gegend etwas sehr Böses sein Unwesen treibt. Die Sterne scheinen sich gegen dieses Übel zusammenzutun.«

»Nekweros befindet sich auf der anderen Seite des Fjordes, Bruder Bheid«, erwiderte Terkor. »Etwas Böseres ist kaum vorstellbar.«

»Nein, Bruder Terkor. Es befindet sich auf der Kweronseite. Es mag jedoch verborgen sein.«

»Vielleicht ist es das, was Bruder Ambho vor kurzem eine Meile südlich an der Küste in Peteleya aufgedeckt hat. Bruder Ambho ist ein sehr eifriger Hexenjäger.«

»Eine Hexe?«, rief Bheid scheinbar entsetzt.

»Bruder Ambho hält die Frau jedenfalls dafür. Ganz unter uns – ich finde Ambhos Beweise nicht sehr überzeugend. Die Frau heißt Leitha, und Ambho will sie morgen bei Sonnenaufgang auf dem Scheiterhaufen verbrennen.«

»Deiwos sei Dank!«, rief Bheid. »Dann bin ich noch rechtzeitig gekommen, ihm das auszureden.«

»Das bezweifle ich, Bruder Bheid. Ambho ist darauf versessen, sie zu verbrennen. Wie alle, die er für Hexen hält.«

»Ich werde ihn zur Vernunft bringen«, sagte Bheid düster.

»Das kann ich mir nicht vorstellen. Wenn es um Hexen geht, ist Ambho fanatisch.«

»Soll das heißen, dass das Edikt des vergangenen Jahres hier nicht bekannt ist?«, rief Bheid heftig. »Es gab ein Konzil der obersten Geistlichen aller Religionen, und das Edikt fiel einstimmig aus. Alle Hexen müssen zur Befragung nach Awes gebracht werden! Was bildet dieser Bruder sich eigentlich ein? Der Erlass sollte sofort verbreitet werden!«

»Kweron ist weit von Awes entfernt, Bruder Bheid. Wahrscheinlich weiß Ambho überhaupt nicht, wo es liegt. Warum sollen wir unsere Hexen nach Awes senden, statt sie zu verbrennen?«

»Wir müssen die Gelegenheit erhalten, sie zu befragen, Bruder Terkor. Hexen haben einen Pakt mit Daeva. Wenn wir sie zum Reden bringen, können wir uns vielleicht ein Bild von den dunklen Absichten dieses Oberteufels machen. Vielleicht hängt das Schicksal der Menschheit davon ab.«

»Ich habe noch von keiner Frau gehört, die zugegeben hätte, eine Hexe zu sein.«

»Das kommt daher, dass Ihr nicht wisst, wie eine solche Befragung vonstatten gehen muss. Es gibt sakrale Objekte in Awes. Kein Diener des Bösen erträgt es, sie auch nur anzublicken. Der Schmerz, den es ihnen und anderen verursacht, die einen Pakt mit Daeva haben, ist so unerträglich, dass sie uns alles gestehen, damit wir einen solchen heiligen Gegenstand aus ihrem Blickfeld entfernen. Wenn wir zwei oder drei Hexen zu befragen vermögen, werden wir Daevas geheimste Gedanken erfahren.«

»Offenbar hält unser verehrter Exarch das nicht für erforderlich«, meinte Terkor.

»Wir müssen uns umgehend nach Peteleya begeben und Bruder Ambho dazu veranlassen, uns diese verfluchte Frau auszuliefern, damit ich sie zur Befragung nach Awes bringen kann. Das Schicksal der Menschheit kann davon abhängen.«

»Ich hole mein Pferd«, erklärte Terkor und ging.

»Du machst das sehr geschickt, Bheid«, lobte Althalus.

»Ich hasste es«, entgegnete Bheid. »Terkor ist ein anständiger Mann.«

»Das ist wahr«, bestätigte Althalus. »Aber so sehr hast du ihn nun auch nicht beschwindelt. Das Schicksal der Menschheit mag durchaus davon abhängen, was wir unternehmen. Terkor tut das Richtige aus falschen Gründen – trotzdem ist es das Richtige.«

»Ihr werdet sehr beredt sein müssen, Bruder Bheid, um Ambho zu überzeugen, Euch die Hexe Leitha zu übergeben«, sagte Terkor, während sie südwärts ritten. »Er ist dafür bekannt, dass er keine echten Beweise braucht, um Frauen der Hexerei anzuklagen und dem Feuer zu überantworten. Ihm genügen schon ein oder zwei Anschuldigungen. Ich an Eurer Stelle würde betonen, was Ihr in den Sternen gelesen habt. Wenn ich Euch recht verstanden habe, gibt es eine Verbindung zwischen der Naturkatastrophe und der Hexe von Peteleya.«

»Ihr habt recht verstanden, Terkor. Es ist bekannt, dass die Sterne dergleichen hin und wieder tun. Ihre Botschaften sind Warnungen, die häufig auch gleich eine Lösung verbergen.« Er langte unter die Kutte und brachte seine zusammengerollte Sternenkarte zum Vorschein. »Ich sehe es mir noch einmal an.«

»Lass es stimmen, auch wenn es nicht wirklich ganz der Fall ist«, flüsterte Althalus.

»Ja«, wisperte Bheid zurück. »Bereitet Emmy darauf vor, dass ich vielleicht ein paar kleinere Steinlawinen brauche, um glaubhaft zu sein.«

Der Priester von Peteleya war ein ausgezehrter, griesgrämig blickender Fanatiker. Er hatte sich in Westkweron den Ruf eines unduldsamen Hexenjägers erworben, der sich sträubte, seine Gefangene an Bheid auszuliefern, da es seiner Vorstellung zuwiderlief, was mit der Frau geschehen sollte. »Das Edikt von Awes hat keine Macht über mich, Bheid«, rief er heftig.

»Das Edikt vielleicht nicht, Ambho«, entgegnete Bheid eisig, »doch die Sterne sehr wohl. Missachtet ihre Warnung auf eigene Gefahr. In welchem Zeichen seid Ihr geboren?«

»Dem Eber«, antwortete Ambho ein wenig unruhig.

»Dachte ich's mir! Die Sterne haben uns vor jenen gewarnt, die im Zeichen des Eber geboren sind.«

»Ihr wagt es, mein Sternzeichen zu beleidigen!« Des Priesters Augen quollen aus den Höhlen.

»Ihr Ebergeborenen seid stur! Manchmal müssen euch die Sterne um die Ohren fliegen, ehe ihr Vernunft annehmt.« Bheid warf die Hände in die Höhe. »Ich habe getan, was die Sterne befahlen. Wer nicht hören will, muss fühlen.«

»Das Wort ist ›*twei*‹, Schatz«, erklärte Emmy. »Denk an ein tiefes Donnern, wenn du es sagst, aber sei vorsichtig.«

Althalus wandte sich dem Berg zu, der auf Peteleya herabblickte. *»Twei«*, befahl er stumm.

Der Donner erschallte Meilen unter der Erdoberfläche und war so tief, dass man ihn mehr spürte als hörte. Er schwand langsam nordwestwärts.

»Was war das?«, rief Ambho.

»Die letzte Warnung, Ebergeborener«, antwortete Bheid drohend. »Schließt Friede mit Eurem Gott. Ich fürchte, keiner von uns sieht heute Abend die Sonne untergehen, wenn Ihr Euch weiterhin weigert, mir die Hexe auszuliefern.«

»Das war nur ein Zufall«, entgegnete Ambho abfällig.

»Zufälle gibt es nicht, mein Bruder. Alles was geschieht, geschieht aus irgendeinem Grund. Wählt, Ambho, und wisset, dass das Leben eines jeden in Peteleya von Eurer Entscheidung abhängt.«

Althalus stupste die Erde aufs Neue, etwas fester diesmal.

Das splitternde Krachen, das sie nun vernahmen, erinnerte an das Ächzen gefrorener Bäume im Frost des hohen Nordens, und die Erde erschauerte unter ihren Füßen.

Ein paar große Steinbrocken polterten den steilen Berghang herab.

»Die nächste Lawine wird vermutlich das Ende bedeuten.« Althalus blinzelte den Berg hinauf. »Lebt wohl, Meister Bheid. Es war mir eine Freude, Euch zu dienen. Wenn Gott uns gewogen ist, wird die Lawine uns alle auf Anhieb töten. Ich möchte ungern lebendig begraben werden, Ihr?«

»Nehmt sie«, kreischte Ambho. »Bringt die Hexe nach Awes, aber lasst die Lawinen aufhören!«

»Irgendwie wusste ich, dass er das sagen würde«, wandte Althalus sich an niemanden im Besonderen.

15

Leitha, die Hexe, hatte flachsfarbenes Haar, das ein inneres Licht zum Leuchten zu bringen schien. Sie war hoch gewachsen und schlank, ihre Haut sehr blass, fast wie feiner Marmor, den Bildhauer so schätzen, und ihre Augen waren vom tiefsten Blau, groß und glänzend und sehr weise. Auf dem Marktplatz von Peteleya hatte man sie an eine steinerne Säule gekettet, die rußig war von früheren Feuern.

Als sie kamen, Leitha loszubinden, war ihre Miene gleichmütig, doch ihre Augen verrieten schreckliches Leid.

»Das ist nur ein Aufschub, Hexe«, krächzte Ambho mit seiner rauen Stimme, während er ihre Ketten löste. »Die Priester der heiligen Stadt Awes werden dich hochnotpeinlich befragen und dich zwingen, ihre Fragen über deinen höllischen Gebieter zu beantworten. Und dann wirst du brennen.«

»Ich habe keinen Gebieter, Ambho«, antwortete sie mit ruhiger Stimme. »Ich bin nicht wie du. Ich habe deine Seele gesehen, Priester, und sie ist schwarz. Was dort brennt, hast du selber gezündet, nicht ich, auch nicht die anderen, die du den Flammen zum Fraß vorgeworfen hast. Deine Wollust ist das einzige Böse hier und du kannst es nicht vertreiben, indem du die Objekte deiner Begierde verbrennst, wie du es immer wieder versuchst. Jeder deiner Gedanken bricht das Gelübde, das du abgelegt hast, und die Flammen, in denen du brennen wirst, sind viel heißer als jene, die du für uns zündest. Geh fort und läutere deine Seele!«

Ambhos Gesicht verriet plötzlich Schuldbewusstsein und Ekel vor sich selbst. Er drehte sich um und rannte davon.

Althalus erstand ein Pferd für Leitha und bezahlte eine unverschämte Summe; dann verabschiedeten er und Bheid sich von Terkor und ritten einen der bewaldeten Hänge empor. Als sie außer Sichtweite von Peteleya waren, hielt Althalus an. »Befreien wir sie von den Ketten.« Er saß ab und half Leitha vom Pferd. Dann betrachtete er das einfache Schloss, das ihre Hände zusammenhielt, brach es auf, nahm dem Mädchen die Ketten ab und schleuderte sie in einem plötzlichen Wutanfall so weit ins Unterholz wie er nur konnte.

»Vielen Dank, Althalus.«

»Du kennst meinen Namen?« Er staunte.

»Jetzt ja.«

»O je«, murmelte Emmy.

»Was ist los?«, fragte er verwirrt.

»Dweia weiß, dass ich Eure Gedanken hören kann, Althalus.« Leitha lächelte schwach. »Es beunruhigt sie.«

»Das kannst du?«, entfuhr es Bheid.

»Ja. Es wunderte mich immer, dass andere es nicht auch können.«

»Deshalb wollte Ambho dich auf dem Scheiterhaufen verbrennen.«

»Das war nicht der Grund. Ambho hatte ein Keuschheitsgelübde abgelegt, brach es in Gedanken aber immer wieder. Statt sich selbst dafür die Schuld zu geben, wälzte er sie auf jene ab, die unwissentlich seine Wollust weckten. Es passiert vielen, dass sie ihre Schuld nicht erkennen wollen.«

»Du hast eine große Gabe, Leitha.«

»Wie man es sieht. Ich würde sie dir gern abtreten, Bheid, wenn ich könnte. Die Stille muss wundervoll sein.« Jetzt blickte sie Emmy an. »Es bringt nichts, es verbergen zu wollen, Dweia. Früher oder später werden es alle wissen. Das war der Fehler, den ich in Peteleya beging. Ich versuchte diese so genannte Gabe zu verbergen – und sieh, wohin es mich fast gebracht hätte.«

»Mach Platz, Althalus«, befahl Emmy.

»Ich kann Euch auch ohne seine Stimme hören, Dweia«, sagte Leitha. »Ich glaube nicht, dass ich mich Euch anschließen will.«

»Ich fürchte, du hast keine Wahl, Leitha«, vernahm Althalus Emmys Antwort.

Leitha seufzte. »Wahrscheinlich nicht.«

»Was geht hier vor?«, fragte Bheid verwirrt Althalus.

»Die Damen unterhalten sich.« Althalus tippte mit einem Finger auf die Stirn. »Hier drinnen«, fügte er hinzu. »Und es ist inzwischen ein wenig eng.« Er schaute sich um. »Sehen wir zu, dass wir weiterkommen. Ich möchte vor Einbruch der Dunkelheit wieder bei den anderen sein.«

Die Abenddämmerung breitete sich über dem Vorgebirge von Westkweron aus, als sie Eliar, Andine und Gher in ihrem kleinen Lager im Wald erreichten.

Gher fragte Althalus: »Ist sie die Gesuchte?«

»Emmy scheint es zu glauben.«

»Sie ist sehr hübsch, nicht wahr?«

»Allerdings. Und das hätte ihr fast den Tod gebracht. Der Priester dieses Städtchens hatte die Angewohnheit, hübsche Mädchen auf dem Scheiterhaufen zu verbrennen. Schöne Frauen weckten unkeusche Gedanken in ihm, und er hielt Brennholz für die einfachste Methode, diese Gedanken loszuwerden.«

»Habt Ihr ihn getötet?«, fragte Gher empört.

»Ich habe es in Betracht gezogen, aber Emmy redete es mir aus. Ich liebe Emmy, aber sie kann manchmal sehr unvernünftig sein. Sie billigt es nicht, wenn man etwas tötet, das nicht als Nahrung dienen soll.«

»Wenn Ihr möchtet, rede ich mit Eliar. Dann könnt Ihr Emmy ablenken, während Eliar und ich uns in dieses Städtchen schleichen und den Priester abmurksen.«

»Sie würde es herausfinden«, entgegnete Althalus düster. »Dann würde sie uns mindestens eine Woche lang mit Verachtung strafen.«

»Ich habe dich gehört, Althalus!«, wies Emmy ihn zurecht.

»Das wundert mich nicht, Em. Wenn du deine Nase aus den Dingen heraushieltst, die dich nicht betreffen, würdest du nicht so viel hören, das dich beleidigt.«

»Könntest du Gher vielleicht an die Kandare nehmen? Er ist ein blutrünstiger Wilder!«

»Ich mag ihn. Lassen wir Leitha den Dolch heute Abend lesen?«

»Wir warten lieber bis morgen Früh. Ich muss sie erst noch ein wenig bearbeiten. Sie will nichts mit dem zu schaffen haben, was wir tun.«

»Wollte das überhaupt einer von uns?«

»Benimm dich, Schatz.«

»Ja, Liebes.«

Unter dem stahlgrauen Himmel erstreckte sich der dichte, dunkle Wald. Althalus hatte sich verirrt, wusste aber nicht so recht, wohin er eigentlich gewollt hatte, bevor er in diese düstere Welt eingedrungen war. Sein Geist schien sich selbstständig gemacht zu haben, und jedes Mal, wenn er ihn leiten wollte, verdrängte ein hohles Wimmern seine Gedanken, und er tastete sich hilflos durch das wirre Dickicht. Er hatte das Gefühl, dass dieser Furcht einflößende Wald endlos war, doch mit seltsamer Entsagung plagte er sich grimmig weiter.

Plötzlich wurde sein Verstand in Alarmbereitschaft versetzt und er kämpfte sich durch Gedanken und Erinnerungen, die ineinander wucherten wie die Pflanzen des Waldes, als das hohle Wimmern ihn zurück in die Tiefe der Welt zog, die Ghend um ihn gesponnen hatte wie eine dunkle Spinne ihr Netz.

»Sie kommt!«, sangen die Bäume. »Sie kommt«, freuten sich die Ranken. »Sie kommt!«, schrillte der hohle Himmel. »Werft euch demutsvoll vor ihr auf die Knie!«

Und wieder einmal schritt Ghend durch den Wald und über die Ebene, während der Tag zum Sonnenaufgang zurückkehrte. »Und wie wirst du sie begrüßen, mein Dieb?«, fragte Ghend, und seine Augen begannen zu brennen.

»Ich werde ihr die Stirn bieten, so wie ich dir und deinem Gebieter die Stirn bieten werde.«

»Dein lächerlicher Trotz ist bedeutungslos, Althalus«, erklärte Ghend mit den brennenden Augen voll tiefer Verachtung. »Denn Gelta, die Königin der Nacht, wird dich überwältigen, und ich, der Diener der Finsternis, werde dich in die Hölle schleppen, wo Daeva, der Herr über alles, sich deiner Seele bemächtigen wird.«

Althalus lachte. »Deine Illusion nährt sich aus Hass, Ghend, aber halte sie ruhig fest, wenn du das Bedürfnis hast. Drück diese

Illusion an deine Brust und sei so wachsam, wie man nur sein kann. Doch wie sehr du dich auch daran klammern magst, ich werde sie dir aus den Armen stehlen und die Sonne wieder auf ihren rechten Weg bringen. Die Zeit wird nicht zu dem Ort zurückkehren, den sie hinter sich gelassen hat. Deine Illusionen sind Torheit und deine Verwünschungen entbehren jeder Kraft. Ich werde der Königin der Nacht die Stirn bieten, und ich werde dir die Stirn bieten, Diener der Finsternis, und erst recht werde ich dem die Stirn bieten, der dein Gebieter ist, aber nie mein Gebieter sein wird.«

Und Ghend kreischte …

… und Althalus erwachte.

»Bist du wahnsinnig?«, rief Emmy in seinem Kopf.

»Woher soll ich das wissen, Em?«, entgegnete er ruhig. »Verrückte wissen nicht, dass sie verrückt sind, oder? Ich glaube, wir haben uns im Haus des Öfteren darüber unterhalten. Ich dachte, es wäre interessant den Spieß umzudrehen. Ghend versucht, mit der Wirklichkeit zu spielen, aber darin bin ich der Meister. Ich kenne die unterschiedlichsten Möglichkeiten, die Regeln eines jeden Spiels zu ändern, das er sich ausdenken kann.«

»Ihr solltet nicht so überrascht sein, Dweia«, murmelte Leithas sanfte Stimme. »Habt Ihr ihn nicht ursprünglich deshalb angeworben?«

»Du solltest dich nicht in unseren Geist drängen, Leitha!«, rügte Emmy sie scharf.

»Reine Neugier, Dweia«, entgegnete Leitha. »Ihr könnt mich nicht wirklich davon fern halten, wisst Ihr?«

»Hätten die Damen vielleicht die Güte, sich einen anderen Ort für ihre Diskussion auszusuchen?«, bat Althalus. »Ich würde gern ein wenig schlafen, aber bei dem Krach, den ihr in meinem Kopf macht, ist das unmöglich.«

Sie erwachten, als die Sonne aufging. Althalus forderte Eliar und Bheid auf, mit ihm den Wald ringsum zu erkunden. »Die Gegend ist nicht gerade einladend«, warnte er sie. »Die Kweroner stellen keine übermäßige Bedrohung dar, aber für meinen Geschmack befinden wir uns ein wenig zu nahe an Nekweros.« Er hatte beschlossen, Ghends nächtlichen Besuch für sich zu behalten.

Bei ihrer Rückkehr ins Lager fanden sie Andine und Leitha in ein Gespräch vertieft vor. Gher saß mit gelangweilter Miene in ihrer Nähe, doch als er sie kommen sah, leuchtete sein Gesicht auf. »Habt ihr etwas gefunden?«, erkundigte er sich hoffnungsvoll.

»Ein Reh«, antwortete Eliar, »aber keine Menschen.«

»Füttern wir die Pferde«, schlug Althalus vor, »dann sorge ich für ein Frühstück.«

Eliar seufzte erleichtert. »Ich dachte schon, Ihr hättet es vergessen. Ich wollte Euch gerade daran erinnern.«

»Worüber unterhalten die Damen sich, Gher?«, fragte Bheid, während sie zu den angepflockten Pferden gingen.

»Hauptsächlich über Gewandung«, erwiderte Gher, »zuvor über Frisuren. Sie scheinen sich recht gut zu verstehen. Vielleicht liegt es auch daran, dass Emmy auf Andines Schoss liegt und sie von Meinungsverschiedenheiten abhält.«

»Du darfst nicht vergessen, dass Emmy auch als Katze ein Mädchen ist«, entgegnete Eliar. »Sie interessiert sich wahrscheinlich tatsächlich für Gewänder und Frisuren.«

Nachdem sie die Pferde versorgt hatten, kehrten sie zu den Damen zurück, und Althalus beschwor Frühstück für alle.

»Habt Ihr je zuvor schon so etwas gesehen?«, flüsterte Eliar Leitha zu.

»Nein, noch nie. Es ist wirklich eine erstaunliche Darbietung«, antwortete sie, »aber du darfst mich ruhig duzen.« Dann sah sie staunend zu, wie Eliar sich auf das Frühstück stürzte.

»Er ist noch im Wachsen«, erklärte ihr Bheid.

Nachdem Eliar dreimal soviel gegessen hatte wie die anderen, sagte Emmys Stimme zu Althalus: »Zeigen wir Leitha jetzt den Dolch, Schatz. Ich glaube zwar zu wissen, wohin wir uns als Nächstes begeben sollen, aber lass uns die Regeln einhalten.«

»Ist gut, Liebes.« Er blickte Leitha an. »Es gibt da eine kleine Formalität, die wir hinter uns bringen sollten, Leitha. Es ist an der Zeit, dass du den Dolch liest.«

»Es tut wirklich nicht weh, Leitha«, versicherte Andine ihrer neuen Freundin. »Es ist etwas überraschend, und mir wurde ein bisschen schwindelig, während es Gher gar nichts ausmachte. Kannst du lesen?«

»Ja«, antwortete Leitha. »Die Schrift, die ich kenne, ist zwar nicht die gleiche wie eure, aber das dürfte keinen großen Unterschied machen.«

Eliar wischte sich den Mund am Ärmel ab, dann holte er den Dolch hervor. »Keine Angst, ich will dich damit nicht bedrohen, Leitha. Da steht etwas auf der Klinge, das du lesen sollst.«

»Ich weiß. Zeig sie mir.«

Eliar streckte ihr den Dolch mit der linken Hand entgegen.

»Du hältst ihn verkehrt herum.«

»Oh, tut mir leid.« Er drehte ihn um. »Was sagt er dir?«

»›LAUSCHE!‹«, antwortete sie.

Der Gesang des Dolches schien diesmal irgendwie gehaltvoller zu sein. Staunend blickte Eliar sie an.

Da legte Leitha die Finger um sein Handgelenk. »Nimm ihn noch nicht weg«, bat sie und blickte angespannt auf die schimmernde Klinge.

Plötzlich fing sie zu zittern an und schwankte, als würde ihr der Boden unter den Füßen weggezogen.

Bheid fing sie rasch auf.

»Tu das nicht, Leitha!«, rügte Emmy mit Althalus' Stimme.

»Verzeiht, Dweia«, antwortete Leitha ängstlich. »Ich musste es wissen. Da steht so viel!«

»Zu viel, es mit einem Mal aufzunehmen, Leitha.« Dann wandte Emmy sich in Gedanken wieder an Althalus. »Ich hatte Recht. Die Zeit ist gekommen, nach Haus zurückzukehren.«

»Das ist ein weiter Weg, Em, und der Winter ist nicht mehr fern.«

»Ich weiß aus erster Quelle, dass wir es schaffen werden, Schatz.«

»Ich habe es Ambho fast zu leicht gemacht«, erzählte Leitha Andine, während sie ins Gebirge ritten. »Ich tat den Mädchen in Peteleya den Gefallen, ihnen die Zukunft vorherzusagen. Ich wusste, was sie dachten und was sie wirklich wollten; deshalb konnte ich ein wenig weiter gehen, als ihnen reiche Männer zu versprechen, schöne Häuser und eine Schar Kinder. Ambho legte das auf seine Art aus, um die Ältesten zu überzeugen, dass ich eine Hexe bin.«

»Wie ist es, die Gedanken anderer zu hören?«, fragte Andine neugierig.

»Beunruhigend. Was die Leute sagen und denken ist nicht immer das Gleiche.« Sie blickte sich um, wollte sich vergewissern, dass Eliar nicht in Hörweite war. »Deine Gefühle für ihn sind sehr verwirrend, nicht wahr, Andine? Eine Seite von dir möchte ihn umbringen, weil er deinen Vater getötet hat, doch eine andere findet ihn körperlich sehr anziehend.«

»Das stimmt nicht!« Andine errötete tief.

»Doch, Andine.« Leitha lächelte. »Es ist nicht deine Schuld, weißt du. Wir kommen nicht gegen unsere Gefühle an. Vielleicht sollten wir in absehbarer Zeit mit Dweia darüber reden. Sie ist für so etwas zuständig, glaube ich zumindest.« Leitha blickte zu Emmy hinüber, die von ihrem üblichen Platz in Althalus' Kapuze offenbar aufmerksam zuhörte. »Möchtet Ihr Euch an unserer Unterhaltung beteiligen, Dweia?«, fragte Leitha mit Unschuldsmiene.

»Danke, kein Bedarf«, erwiderte Emmy barsch.

»Warum nennst du Emmy immer bei diesem anderen Namen?«, fragte Andine neugierig.

»Weil sie in Wirklichkeit Dweia ist, keine Katze.« Leitha zuckte die Schultern. »In ihrer eigenen Wirklichkeit sieht sie uns ähnlich – nur dass sie viel schöner ist.«

»Sie schwindelt.«

»Natürlich.« Leitha lächelte. »Tun wir das nicht alle? Schwärzen wir unsere Wimpern nicht, damit sie länger aussehen? Zwicken wir uns nicht in die Wangen, um sie rosiger zu machen? Dweia ist ein Mädchen, nicht viel anders als du und ich. Nur kann sie viel besser mogeln.«

»Das genügt, Leitha!«, tadelte Emmy.

»Stimmt es denn nicht?« Wieder machte Leitha große Unschuldsaugen.

»Ich sagte, das genügt!«

»Jawohl.« Unwillkürlich lachte Leitha.

»Und halt auch du den Mund, Althalus!«

»Ich hab doch gar nichts gesagt, Em!«

»Dann lass es auch dabei!«

Sie überquerten das Gebirge von Kweron und ritten ohne Zwischenfälle nach Hule hinunter. Trotz Emmys Versicherung, dass sie ihr Ziel noch vor Einbruch des Winters erreichen würden, trieb Althalus die Pferde so schnell an, wie er es wagte. Die Vorstellung im Norden Kagwhers von einem frühen Schneesturm überrascht zu werden, behagte ihm gar nicht. Lieber eine Woche früher eintreffen als ein halbes Jahr zu spät, fand er.

Sie mieden die wenigen Ansiedlungen in Hule und kamen rasch voran. Trotz seiner Abneigung gegen die »Zivilisation« musste Althalus zumindest vor sich selbst zugeben, dass man auf Straßen leichter und schneller vorankam.

Es war Spätherbst, als sie die Ausläufer des Kagwhergebirges erreichten. Sie waren inzwischen als Gruppe länger als einen Monat beisammen. Alle hatten sich an die erstaunlichen Schwankungen von Andines Stimme gewöhnt sowie an Eliars durch nichts zu bremsenden Appetit. Althalus und Bheid hatten Gher einige seiner rauen Sitten abgewöhnt. Leithas besondere Gabe erwies sich als recht nützlich, vor allem wenn sie Einheimischen aus dem Weg gehen wollten. Ihre Schwermut hatte sich gelegt, und dann und wann erschien auf ihrem Gesicht sogar der Anflug eines Lächelns. Sie und die manchmal sehr aufbrausende Andine hatten eine starke gegenseitige Zuneigung entwickelt.

Sie wandten sich nordostwärts, der unbestimmten Grenze zwischen Hule und Kagwher zu, und folgten in etwa der gleichen Route, die Althalus vor fünfundzwanzig Jahrhunderten auf seinem Weg zum Haus am Ende der Welt genommen hatte.

»Damals, Bheid, war doch vieles anders«, hing er eines Nachmittags seinen Erinnerungen nach, als sie sich dem Abgrund näherten, den er immer noch als »Rand der Welt« betrachtete.

»Das ist eine ziemliche Zeit her, Althalus«, gab Bheid zu bedenken.

»Tatsächlich! Ich glaube, du hast Recht«, entgegnete Althalus in gespieltem Staunen.

Bheid lachte. »Tut mir leid, manchmal kann ich diesem Verlangen nach unnötigen kleinen Weisheiten nicht widerstehen.«

»Vielleicht kuriert das Buch dich ja davon, wenn wir erst im Haus sind.« Da fiel Althalus plötzlich etwas ein. »Studierst du immer noch jede Nacht die Sterne, Bheid?« Er bemühte sich, die Frage beiläufig klingen zu lassen.

»Reine Gewohnheit, nehme ich an. Aber so ganz kann ich die Vorstellung nicht abschütteln, dass die Sterne unser Schicksal bestimmen.«

Althalus zuckte die Schultern. »Es ist ein sauberes, billiges Steckenpferd. Beobachte die Sterne ruhig, soviel du willst. Du solltest besonders auf den Nordhimmel achten. Er könnte in Kürze eine Überraschung für dich bereithalten.«

»Ich bin sehr vertraut mit dem nördlichen Himmel, Althalus. Ich kann mir nicht vorstellen, dass er mir viel Neues zu bieten hat.«

»Wir werden sehen.« Althalus blickte blinzelnd nach Südwesten. »Es wird Zeit, nach einem Lagerplatz Ausschau zu halten. Die Sonne geht bald unter.«

Sie erreichten den »Rand der Welt« etwa zwei Tage später.

»Wie könnt Ihr geglaubt haben, dass die Welt hier endet?«, wollte Andine von Althalus wissen. »Seht Euch doch nur die vielen weißen Berge dort an.«

»Sie waren damals noch nicht da, kleine Hoheit.«

»Ich habe Euch doch gebeten, mich nicht so zu nennen. Ihr braucht mich nicht zu erinnern, was für ein dummes Ding ich einmal war!«

Sie schlugen ihr Lager bei dem toten Baum an Rand der Welt auf und Althalus beschwor Fisch zum Abendessen herbei.

»Schon wieder Fisch?«, murrte Gher.

»Wir müssen Emmy bei Laune halten, Gher«, erklärte Eliar. »Außerdem ist Fisch wirklich sehr gesund.«

»Warum hast du es ihnen nicht gesagt, Schatz?«, fragte Emmy stumm.

»Ich möchte ihnen die Überraschung nicht verderben, Kätzchen.«

»Du bist kindisch.«

Althalus zuckte die Schultern. »Das fortschreitende Alter, zweifellos. Bitte misch dich nicht ein. Ich will ihre Gesichter sehen, wenn es soweit ist.«

»Wann wirst du je erwachsen, Althalus?«

»Nie, hoffe ich.«

»Eliar«, bat Althalus nach dem Abendessen. »Wie wär's, wenn du und Gher noch ein wenig Brennholz sammeln würdet? Wir werden es am Morgen brauchen.«

»Ist gut.« Der junge Arumer stand auf. »Komm mit, Gher.«

Die beiden gingen über den schmalen Grasstreifen zu einem kleinen Gehölz mit verkrüppelten Bäumen. Kurz darauf gellte Ghers Stimme: »Althalus, der Himmel brennt!«

»Na so was«, meinte Althalus. »Man stelle sich vor.«

»Das war grausam, Althalus«, wies Leitha ihn zurecht. »Warum habt Ihr ihnen nicht vom Nordlicht erzählt?«

»Ich dachte das Himmelsfeuer würde ihnen größere Freude bereiten, wenn sie es selbst entdecken.«

Natürlich gingen sie nun alle, um es sich anzusehen. Gottes Feuer leuchtete in dieser Nacht besonders prächtig; es schimmerte und pulsierte in großen wogenden Wellen am Nordhimmel.

»Was *ist* das?«, rief Andine mit ängstlicher Stimme.

»Es hat viele Namen«, antwortete Leitha, »und die Menschen haben viele Erklärungen dafür. Einige sind sehr weit hergeholt, und immer scheint Religion eine gewisse Rolle zu spielen.«

Bheid starrte offenen Mundes auf das ungewöhnliche Feuer im Norden.

»In welchem astrologischen Haus würdest du das ansetzen, Bheid?«, fragte Althalus hinterhältig.

»Ich – ich könnte es nicht sagen. Es bewegt sich!«

»Meinst du, es ist ein Omen?«

»Er hänselt dich nur, Bheid«, beruhigte Leitha den jungen Priester. »In Nordkweron achtet niemand mehr auf diese Lichter.«

»Sie sind über den ganzen Norden verteilt?« Bheids Stimme zitterte.

»Offenbar. Ich hatte keine Ahnung, dass man sie hier ebenso wie in Kweron sehen kann.«

»Brennt dieses Licht jede Nacht?«

»Wenn es bewölkt ist, kann man es nicht so gut sehen. Und zu bestimmten Jahreszeiten ist es viel besser sichtbar.«

»Ihr habt davon gewusst, Althalus, nicht wahr?«, sagte Bheid vorwurfsvoll.

»Ich war ziemlich sicher, dass wir dieses Himmelsschauspiel erleben würden. Als ich es das erste Mal sah, fand ich es recht interessant.« Da entsann er sich etwas, an das er seit langer Zeit nicht mehr gedacht hatte. »Ich war auf dem Weg zum Haus am Ende der Welt, um das Buch zu stehlen, als ich es das erste Mal sah. Damals war ich sehr abergläubisch und überzeugt davon, dass Gott mich damit warnen wollte, es nicht zu tun. Eines Nachts ging ich zum Rand der Welt und blickte darüber. Der Mond war aufgegangen und unterhalb des Randes befanden sich Wolken. Ich legte mich ins Gras und beobachtete, wie der Mondschein und Gottes Feuer oben auf diesen Wolken ihr Spiel trieben. Es war das Schönste, das ich je gesehen hatte. In jener Nacht träumte ich von einer wunderschönen Frau, die mir sagte, sie würde für alle Zeit für mich sorgen, wenn ich mit ihr käme. Ich habe so meinen Verdacht, was den Ursprung dieses Traumes betrifft.« Er warf einen raschen Blick über die Schulter auf Emmy.

»Würde ich so etwas tun, Schatz?«, fragte sie übertrieben unschuldig.

Leitha lachte.

»Wie viel weiter ist es denn noch, Althalus?«, fragte Eliar an einem kalten bewölkten Nachmittag wenige Tage später. »Ich rieche Schnee in der Luft.«

»Nicht mehr sehr weit.« Althalus blickte in den Süden. »Diese Berge kommen mir sehr vertraut vor.«

»Was ist das?«, rief Andine erschrocken, als ein vertrautes Wimmern von den nahen Berggipfeln widerhallte.

»Wir bleiben jetzt dicht beisammen«, befahl Althalus. »Das ist Ghend da draußen.«

»Ghend selbst?«, entfuhr es Bheid bestürzt.

»Vielleicht, vielleicht auch nicht. Jedenfalls ist Ghend oder einer seiner Knechte nicht weit, wann immer dieses Heulen zu hören ist.«

»Gar nicht weit«, warf Leitha ein. »Sie ist sehr beeindruckend, aber ihr Pferd scheint sich verirrt zu haben.«

Althalus blickte das bleiche Mädchen aus Kweron scharf an.

»Sie ist da draußen«, sagte Leitha ruhig und deutete mit der Hand nordwärts.

Wolken hatten sich jenseits des Randes der Welt zusammengeballt. Sie wogten in der vom Eis tief unten aufsteigenden Strömung.

Eine dunkle Gestalt auf einem schwarzen Pferd ritt auf einer bewegten Wolkenspitze.

Dem Wuchs nach war sie zweifellos eine Frau. Ihr glänzender, eng anliegender Brustpanzer machte es deutlich. Ihr schwarzes Haar flatterte im Wind, und sie hielt einen archaisch aussehenden Speer. An ihrer Hüfte hing ein Krummschwert mit breiter Klinge. Ihre abstoßenden Züge waren von grausamer Kälte. »Ich bin Gelta, die Königin der Nacht«, rief sie mit hohler Stimme.

»Du bist das Abbild von Gelta«, verbesserte Leitha den schrecklichen Schemen, »ein unstofflicher Schatten. Kehr zu Ghend zurück und sag ihm, er soll seine Botschaften selbst überbringen.«

»Hab Acht, Gedankensaugerin«, fauchte die dunkle Gestalt. »Sprich nicht so zu mir, sonst wirst du deine Worte bereuen.«

»Wir reiten zum Haus am Ende der Welt«, antwortete Leitha gelassen. »Wenn du dich weiter darüber unterhalten willst, dann besuch uns dort – falls du es wagst.«

»Versuch es mit einem kategorischen ›dhreu‹, Schatz«, riet Emmy. »Es wird Gelta vielleicht nicht berühren, aber ihrem Pferd wird es gar nicht gefallen.«

Althalus lachte. Dann blickte er die schwer gerüstete Königin der Nacht an. »Halt dich fest«, rief er ihr zu, ehe er das Wort *»dhreu«* wie einen Peitschenknall hervorstieß.

Ihr Pferd wieherte, als sie durch die Wolken in die Tiefe stürzten und verschwanden.

»Also, das war die Letzte von ihnen«, sagte Emmy zufrieden. »Ich hatte mich schon gefragt, wann sie auftaucht.«

»Ihr habt es gewusst?«, staunte Leitha.

»Natürlich. Gleichmaß, Leitha. Symmetrie. Allen anderen sind wir schon begegnet. Ghend hätte Gelta nie ausgelassen.«

Althalus runzelte die Stirn. »Ist es Zufall, dass sie jetzt ebenso viele sind wie wir?«

»Natürlich nicht.« Emmy machte es sich wieder in seiner Kapuze bequem.

»Wir werden ihnen allen wieder begegnen, Dweia, nicht wahr?«, fragte Leitha.

»Natürlich«, antwortete Emmy. »Darum geht es, liebe Leitha.«

»Wirst du wieder laut sprechen können, wenn wir zurück im Haus sind, Em?«

»Ja, Althalus. Warum?«

»Hat mich nur interessiert. Ich werde es genießen, wenn ihr Damen meinen Kopf nicht mehr als Ratskammer benutzt.«

Eliar blickte Leitha fast ehrfürchtig an. »Ich bin sehr froh, dass du auf unserer Seite stehst. Du hast vor niemand Angst, nicht wahr?«

»Für gewöhnlich nicht.«

»Sehen wir zu, dass wir weiter kommen«, forderte Althalus die Gefährten auf. »Sobald wir im Haus sind, werden wir unsere Ruhe haben und vor Ghends Überraschungen sicher sein.«

Sie erreichten das Haus an einem stürmischen Vormittag, nachdem die Wolken sie seit dem frühen Morgen mit Graupel eingedeckt hatten.

»Es ist gewaltig!« Bheid starrte auf die riesige Granitfestung.

»Nur ein kleiner Bau, in dem Emmy und ich unser Zuhause sehen«, entgegnete Althalus. »Er wird uns vor dem Sturm schützen.«

Die Hufe ihrer Pferde klapperten über die schweren Planken der Zugbrücke.

»Warum habt Ihr die Brücke nicht hochgezogen, als Ihr herausgekommen seid?«, wandte Eliar sich an Althalus. »Sie verlockt doch jeden, der vorbeikommt.«

»Nein, nein«, antwortete Althalus. »Die einzigen, die das Haus sehen können, sind die, die es sehen sollen.«

»Es steht mitten im Freien, Althalus!«

»Trotzdem können nur bestimmte Personen es sehen.« Althalus führte sie auf den Innenhof und saß ab.

»Du erinnerst dich doch, wo die Stallungen sind, Althalus?« Emmy sprach jetzt laut in ihrer eigenen Stimme.

»Sie redet!«, rief Andine.

»O ja.« Althalus grinste. »Aber ich bin sicher, du wirst dir bald wünschen, sie würde es nicht tun.«

»Kümmert ihr Männer euch um die Pferde«, befahl Emmy. »Ich nehme die Damen mit ins Haus, wo es gemütlicher ist.« Sie kletterte aus Althalus' Kapuze und sprang geschmeidig auf den gepflasterten Boden. »Ihr werdet in den Stallungen frisches Heu finden. Nehmt den Pferden die Sättel ab und füttert sie. Dann kommt ins Turmgemach.«

Emmy führte Andine und Leitha mit anmutig schwingendem Schweif ins Haus, während Althalus und die anderen die Pferde zu den Stallungen brachten.

»Daran müssen wir uns erst gewöhnen«, meinte Bheid.

»O ja«, pflichtete Althalus ihm bei und nahm seinem Pferd den Sattel ab. »Als ich damals hierher kam, dauerte es nicht lange und ich war überzeugt, dass das Haus mich in den Wahnsinn getrieben hat. Manchmal bin ich immer noch nicht sicher, dass meine Räder alle in dieselbe Richtung rollen.«

Das Haus hatte einen angenehmen, vertrauten Geruch, als Althalus durch den Korridor zu der Treppe ging, die zum Turmgemach führte, gefolgt von Bheid, Eliar und Gher.

»Es ist ziemlich warm hier«, stellte Bheid fest und öffnete seinen Umhang. »Überhaupt nicht zugig.«

»Wer immer das Haus erbaute, hat seine Sache gut gemacht«, bemerkte Eliar.

Althalus lächelte. »Ich bin sicher, er wird sich über dein Lob freuen.«

»Wer hat es denn erbaut, Althalus?«

»Derjenige, der hier wohnte, höchstwahrscheinlich. Er macht alles gern selbst – zumindest steht das im Buch.«

Althalus klopfte an die Tür des Turmgemachs. »Dürfen wir eintreten?«

Die Tür öffnete sich – von allein, wie es schien.

»Was sollte das?«, fragte Emmy.

»Eliar hat mir Unterricht in gutem Benehmen erteilt.«

Emmy, Andine und Leitha saßen auf dem Bett mit den Büffelfellen, und die Kuppel leuchtete leicht.

»Es ist schön, wieder zu Hause zu sein.« Althalus nahm seinen Umhang ab.

»Mach es dir hier gar nicht erst bequem, Schatz. Ich habe andere Vorbereitungen getroffen.«

»Was ist daran verkehrt, hier zu bleiben wie früher?«

»Ist dir noch gar nicht aufgefallen, dass wir in unserer kleinen Gruppe zwei verschiedene Arten von Personen haben, Schatz? Wir haben diese Mädchen-Personen hier bei mir und diese Knaben-Personen drüben bei dir.«

»Ist gut.«

»Waren dir die Unterschiede zwischen Knaben-Personen und Mädchen-Personen bewusst?«

»Ich sagte ›ist gut‹, Em!«

»In den meisten Gegenden wird es als unanständig betrachtet, wenn Mädchen-Personen und Knaben-Personen zusammen schlafen, ehe nicht gewisse Formalitäten erledigt wurden. Wusstest du das, Schatz?«

»Macht sie das oft?«, fragte Gher.

»Ständig«, erwiderte Althalus düster.

»Geht wieder hinunter«, sagte Emmy in freundlichem Tonfall. »Rechts befindet sich ein großes Gemach. Dort werdet ihr Knaben-Personen schlafen. Versucht ja nicht, die Tür an der linken Treppenseite zu öffnen! Dort ist das Gemach, in dem die Mädchen-Personen und ich schlafen werden. Wenn ihr die Tür aufmacht, schlag ich euch die Krallen ins Gesicht.«

Das Zimmer rechts der Treppe war geräumig und auf Frauenart hübsch eingerichtet. Althalus hatte bei seinem ersten Besuch vor Jahrhunderten hineingespäht, da war es völlig leer gewesen. Nun, da Emmy das Buch selbst benutzen konnte und seine Hilfe dabei nicht mehr brauchte, hatte sie ihrer Fantasie freien Lauf gelassen. Der Boden war mit Teppichen ausgelegt, an den Fenstern hingen Vorhänge, und die schweren Möbelstücke wiesen reiche Verzierungen auf. Die Betten waren groß, Decken und Kopfkissen lagen darauf, und ein schwerer Tisch mit vier Stühlen stand in der Mitte des Zimmers. In einem großen Kamin prasselte ein wohliges Feuer, und wie Althalus es beinahe erwartet hatte, befand sich in einer Ecke eine große Badewanne.

»Ich hätte nicht gedacht, dass Emmy so – so …«, Bheid suchte nach einem passenden Wort.

»Tugendsam ist, meinst du?«, half Althalus ihm aus. »O ja, Emmy kann die Ausgeburt der Tugend sein. Was möchtet ihr Herren zum Abendessen?«

»Alles, bloß kein' Fisch«, antwortete Gher rasch.

»Ich persönlich hätte gern Roastbeef«, rief Eliar, »viel, viel Roastbeef.«

Althalus konnte nicht einschlafen. Er war ins Haus zurückgekehrt, doch ohne Emmy, die sich schnurrend an ihn kuschelte, mied ihn der Schlaf.

Schließlich gab er es auf, streifte die Decken zurück und trat hinaus auf den leeren Korridor.

Das Haus war unverändert, aber da Emmy nicht bei ihm war, kam es ihm kalt und abweisend vor. Mürrisch stieg Althalus die Treppe zu dem vertrauten Turmgemach hinauf.

Er trat ans Nordfenster und starrte verärgert hinaus auf das Eis.

Da vernahm er einen sanften Laut hinter sich und plötzlich war alles wieder gut. Emmys Schnurren hieß ihn zu Hause willkommen.

»Komm«, hörte er sie sagen, »komm mit mir, Schatz, und ich werde für dich sorgen.«

Er drehte sich sprachlos um.

Das Mädchen aus seinem alten Traum saß auf dem mit Büffelfellen bedeckten Bett hinter dem Tisch, auf dem Deiwos' Buch lag. Ihr Gesicht und die Figur waren noch schöner, als Althalus sie in Erinnerung gehabt hatte.

»Komm zu mir, mein geliebter Althalus«, schmeichelte sie. »Ich werde für dich sorgen.«

DRITTER TEIL

Dweia

16

Ihr Gesicht war immer noch dasjenige, das zweitausend und mehr Jahre in seinen Träumen zu ihm gesungen hatte – ein Gesicht von wundersamer Vollkommenheit. Sie erhob sich, und ihre grünen Augen drangen tief in seine Seele, während ihre weichen Arme sich besitzergreifend um ihn legten und ihn in einer heftigen Umarmung an sie zogen.

Seine Sinne schienen zu taumeln, und er verlor sich in ihrem schier endlosen Kuss.

Wie lange sie sich in den Armen hielten, würde er nie wissen, und während sie sich aneinander schmiegten, hörte er einen wundersamen, vertrauten Klang. Die Göttin, die seine Träume erfüllt hatte, war stets mit ihm in diesem Haus gewesen, und ihrer beider Leben waren untrennbar verwoben. Vieles, das ihm zuvor fremd erschien, war ihm nun klar. »Du tust das, um mich wissen zu lassen, dass wir immer zusammen hier gewesen sind, nicht wahr?«, fragte er sie.

»Was in aller Welt redest du da, Althalus?«

»Du schnurrst, Emmy.«

»Ganz gewiss nicht«, entrüstete sie sich, und das Schnurren verstummte.

Althalus lächelte insgeheim. Ihr Spiel war offenbar noch nicht zu Ende. »Vielleicht habe ich es nur in meiner Fantasie gehört.« Erneut küsste er ihren weichen vollendeten Mund, und wieder begann sie zu schnurren.

»Sprich zu mir, Althalus.« Sie entzog sich ihm.

»Jetzt?«

»Bevor die Leidenschaft uns übermannt.«

»Ich dachte, das wolltest du.«

»Nicht jetzt, Geliebter. Dafür haben wir später alle Zeit der Welt. Momentan müssen wir jedoch einen klaren Kopf behalten.«

Bittere Enttäuschung erfüllte ihn, doch er verdrängte sie. »Ja, wir sollten wirklich miteinander reden.«

Sie trat einen Schritt zurück und strich an den Schläfen durch ihr leuchtend rotbraunes Haar. »Ist es nicht warm für diese Jahreszeit? Was hast du gemeint?«

»Du bist tatsächlich Dweia, nicht wahr? Das hast du mir jedenfalls gesagt, als wir durch Maghu kamen.«

»Und du erinnerst dich sogar daran. Erstaunlich.«

»Sei lieb«, rügte er sie aus Gewohnheit. »Mich interessiert, ob unsere Gefährten dich so wahrnehmen werden wie ich. Oder wirst du Dweia für mich sein und Emmy für die anderen?«

»Das dürfte sich als etwas schwierig erweisen, Althalus. Es würde mir vielleicht gelingen, aber welchen Sinn hätte das?«

»Dein wahres Aussehen ist überwältigend, weißt du? Die anderen haben hier alle Wichtiges zu tun und müssen sich konzentrieren. Wäre eine göttliche Ablenkung da nicht hinderlich?«

Sie lachte silberhell und umarmte ihn impulsiv. »Wie süß!« Sie küsste ihn wieder. »Du willst mich ganz für dich behalten, nicht wahr?«

»Nun ... äh«, stammelte er verlegen, »das ist vielleicht einer der Gründe, aber wir müssten wirklich darüber reden. Deine Schönheit ist in gewisser Weise eine Gefahr, Dweia.«

»Habt Dank, edler Herr.« Sie machte einen übertriebenen Knicks.

»Würdest du bitte ernst sein und mir zuhören? Es könnte ein Problem geben, das wir nicht außer Acht lassen dürfen. Andine und Leitha würden vielleicht grün vor Neid, wenn sie dich sehen. Und es dürfte sich als vergebliche Liebesmüh erweisen, wenn sie mit Eliar oder Bheid reden wollen, solange du in der Nähe bist. Allein dein Anblick wird jeden um den Verstand bringen.«

»Das tue ich nicht mit Absicht, Liebster. Meine Brüder und ich existieren auf einer anderen Wirklichkeitsebene, die immer wieder durchscheint, und wenn wir sie noch so sehr zu verbergen suchen. Du erinnerst dich gewiss, dass du sie manchmal sogar bemerkt hast, als ich Emmy die Katze war. Ich bin von Natur aus zärtlich, und das scheint sich nicht auf die Dauer verheimlichen zu lassen.«

»Trotzdem halte ich es für besser, wenn du deinen Pelz wieder anlegst, Em. Unsere jungen Freunde müssen selbstständig und klar denken können, vor allem während wir jetzt hier sind, und dazu wären sie beim Anblick vollendeter Schönheit nicht in der Lage.«

»Es ist Teil unserer Aufgabe hier, Althalus, dass die anderen sich an meine Anwesenheit gewöhnen. Und es ist bei weitem besser, dass es ihnen den Kopf hier verdreht als in der wirklichen Welt, wenn es noch dazu hart auf hart geht.«

»Vielleicht.« Althalus war durchaus nicht überzeugt. »Da ist noch etwas. Wirst du nicht zu sehr auffallen, wenn wir außerhalb des Hauses sind?«

Sie zuckte die Schultern. »Dann werde ich wieder Emmy die Katze sein.«

»Ist das deine eigene Idee, oder hat dein Bruder dir verboten, das Haus in deiner wahren Gestalt zu verlassen?«

»Verboten?«, entrüstete sie sich.

»Nun, schließlich ist er eine Gottheit.«

»Das bin ich auch, Althalus, und niemand sagt mir, was ich tun darf und was nicht! Emmy ist meine Schöpfung, nicht die meines Bruders. Ich bediene mich ihrer als Tarnung. Du müsstest doch alles über Tarnung und Täuschung wissen. Es ist Teil deines Handwerks, ebenso wie des meinen. Keiner meiner Brüder braucht zu wissen, was ich tue. Und indem ich als Katze umherschleiche, erfahren sie es auch nicht.« Sie lachte verschmitzt. »Hin und wieder schleiche ich mich sogar an Deiwos heran, und er spürt nicht einmal, dass ich in seiner Nähe bin.«

»Du und Deiwos steht euch sehr nahe, nicht wahr?«

»Eigentlich nicht. Wir haben unterschiedliche Interessen, deshalb gibt es auch nicht sehr viel, worüber wir uns unterhalten könnten. Wir begrüßen uns, wenn wir einander begegnen, aber das ist es eigentlich schon.«

»Eine Gottheit zu sein ist offenbar eine recht einsame Sache.«

»Nein. Wir haben unsere Gedanken zur Gesellschaft.« Sie bedachte ihn mit einem leidenschaftlichen Blick. »Und jetzt habe ich außer meinen Gedanken auch dich.«

»O ja, und mich wirst du nicht wieder los.« Da fiel ihm etwas ein. »Wenn ihr, du und deine Brüder, so vollkommen in eurem Wesen und Wirken seid, warum versucht Daeva dann alles zu verändern? Was verspricht er sich davon?«

»Oh, das reicht weit zurück, Althalus«, erwiderte sie versonnen. »Daeva vernichtet – doch nur die Dinge, die Deiwos und ich ihm zu vernichten erlauben, und das erniedrigt ihn. Er ist der Lumpensammler des Universums, der aufklaubt, was wir fortwerfen. In gewissem Sinne ist er der Gott des Nichts und durchdrungen von ewiger Finsternis. Deiwos ist glücklich, wenn er erschafft, und mir macht es Freude, seine Schöpfungen zu bewahren. Doch in der

Finsternis und Leere gibt es nicht viel Freude. Deshalb hat Daeva, als seine Einsamkeit unerträglich wurde, Ghend aufgesucht, damit er Gefährten für ihn finde, um die Leere seines Daseins zu füllen. Ich fürchte nur, dass mein Bruder mit Ghend nicht die richtige Wahl getroffen hat.«

»Er tut dir leid, Dweia, nicht wahr?«

»Ein bisschen, ja. Ich bin für mein weiches Herz bekannt.«

Althalus blickte aus dem Ostfenster und sah, dass der Morgenstern aufgegangen war. »Es ist gleich Zeit, die Kinder zu wecken.« Er kratzte sich am Kinn. »Du hast wahrscheinlich Recht mit den getrennten Schlafgemächern, aber wäre nicht ein gemeinsames Esszimmer angebracht? Wenn du Mauern zwischen Knaben-Personen und Mädchen-Personen errichtest, hat das nur zur Folge, dass die meisten darüber nachdenken, wie sie diese Mauern überwinden können. Geben wir ihnen jedoch die Möglichkeit, bei den Mahlzeiten zusammenzukommen und hin und wieder auch hier im Turmgemach, werden sie sich bemühen zu lernen, was du ihnen beibringen willst. Und ein wenig gemischte Gesellschaft hilft vielleicht auch, gewisse Triebe im Zaum zu halten. Stimmt's?«

»Du hast Recht, Althalus. Manchmal überraschst du mich. Richte schon mal ein Esszimmer in der Nähe der Schlafgemächer her. Ich werde hier oben auf dich warten. Auf diese Weise kannst du sie auch ein wenig auf die neue Emmy vorbereiten.«

»Das ist auch keine schlechte Idee.«

»Oh, was das Thema Mahlzeiten betrifft – da ist noch etwas.«

»Und das wäre?«

»Wenn ich mich an eure Tafel setze, möchte ich keinen Fisch sehen.«

»Ich dachte, du bist ganz versessen auf Fisch.«

»Emmy frisst gern Fisch. Ich kann ihn nicht ausstehen.«

Althalus »machte« beeindruckend schöne Möbelstücke für ihr Esszimmer. Es kostete ihn nicht mehr Mühe, als einen einfachen Schragentisch und harte Bänke zu schaffen. Er glaubte, eine angenehme Umgebung würde »die Kinder« dazu ermuntern, nach dem Essen zu bleiben und Umgang miteinander zu pflegen, was ihnen wahrscheinlich manches erleichtern würde, wenn sie wieder über die

Zugbrücke zurück in die Realität mussten. Und damit es ihnen auch wirklich gefiel, machte er ein fürstliches Frühstück.

Dann weckte er sie, indem er an ihre Türen klopfte, und wartete im Korridor vor dem Esszimmer wie ein aufmerksamer Gastgeber. »Beeilt euch«, forderte er sie auf, als sie aus ihren Schlafgemächern traten. »Emmy wartet oben auf uns, und ihr wisst ja, wie ärgerlich sie wird, wenn wir zu spät kommen.«

»Isst sie denn nicht mehr mit uns?«, fragte Eliar.

»Diesmal nicht«, antwortete Althalus. »Sie wollte mir die Gelegenheit geben, euch zu warnen, dass sie nicht mehr Emmy die Katze ist.«

Eliar blickte ihn bestürzt an. »Ich mag Emmy!«

»Warte, bis du sie jetzt siehst.«

Leitha riss den Mund auf. »Sie hat doch nicht ihre wahre Gestalt angenommen?«

»Doch«, erwiderte Althalus. »Sie ist jetzt Dweia. Es wird nicht einfach sein, sich daran zu gewöhnen.« Er spürte, wie etwas sein Bewusstsein streifte.

»Oh!« Leitha biss sich auf die Lippe.

»Was ist?«, erkundigte Andine sich.

»Sieht sie wirklich so aus?«, wandte Leitha sich wieder an Althalus.

»Ja, das kommt ihr ziemlich nahe. Ich habe ein gutes Auge für Feinheiten.«

»Oh!«, sagte Leitha erneut.

»Was hast du, Leitha?« Andine blickte sie verwirrt an.

»Wir sind jetzt hässliche Entlein, Andine.«

»So schön kann sie doch nicht sein, oder?«

»Sogar noch schöner«, seufzte Leitha.

»Könnten wir uns nicht beim Essen darüber unterhalten?« Eliar starrte hungrig auf den Tisch, der sich unter der Last der Köstlichkeiten bog.

»Eliar hat Recht. Frühstücken wir, ehe alles kalt wird. Dann steigen wir hinauf, und ich mache euch mit Dweia bekannt.«

Leitha seufzte. »Ich habe keinen großen Hunger.«

Nach dem Frühstück folgten sie Althalus die Treppe hinauf zum runden Turmgemach.

Dweia stand am Marmortisch und hatte beinahe abwesend eine Hand auf das Buch gelegt. Sie trug ein weißes Gewand in antikem Schnitt, das ihre Arme bis zu den Schultern entblößte, und ihr leuchtendes Haar floss den Rücken hinunter. Ihr vollendetes Gesicht wirkte geheimnisvoll. »Guten Morgen, Kinder«, sagte sie lächelnd.

»Seid Ihr wirklich unsere Emmy?«, fragte Gher verblüfft.

»Ja, Gher«, antwortete sie sanft. »Ich habe mich eine Zeit lang hinter Emmy verborgen. Aber da es jetzt nicht mehr notwendig ist, verstecke ich mich nicht länger.« Sie bedachte Althalus mit einem Seitenblick. »Unser glorreicher Anführer war ein wenig besorgt über diesen Wandel. Er meinte, dass meine unbeschreibliche Vollkommenheit euch alle zu kreischenden Verrückten macht.« Sie legte den Kopf schief, als würde sie lauschen. »Merkwürdig«, sagte sie. »Ich höre nicht das leiseste Kreischen. Könnte es sein, dass Althalus sich getäuscht hat? Ist es möglich, dass er eure Vernunft unterschätzte?«

»Schon gut«, gestand Althalus ein. »Ich habe mich getäuscht. Du brauchst nicht darauf herumzureiten.«

»Auf etwas herumzureiten fällt wohl eher in dein Fach, oder nicht?«

»Seid Ihr wahrhaftig Gottes Schwester?« Bheids Stimme bebte vor Ehrfurcht.

»Das kommt darauf an, wie man es betrachtet, Bheid.« Sie lächelte. »So wie ich es sehe, ist Deiwos der Bruder einer Gottheit. Ich bin sicher, Deiwos sieht es anders, aber das ist sein Problem, nicht wahr? Wir drei – Deiwos, Daeva und ich – sehen die Dinge aus einem leicht unterschiedlichen Blickwinkel. In meinen Augen erschafft Deiwos Dinge, damit ich sie lieben kann, und Daeva beseitigt den Unrat.«

»Das ist eine erstaunliche Definition, Eure Göttlichkeit«, bemerkte Leitha. »Habt Ihr sie in letzter Zeit Euren Brüdern vorgetragen?«

»Das wäre Zeitvergeudung, Leitha. Meine Brüder sind beide zu sehr von sich beeindruckt, als dass sie die Dinge so sehen würden, wie sie wirklich sind. Sie können manchmal schrecklich langweilig sein.« Sie blickte die anderen mit leicht zusammengekniffenen Augen an. »Ich sehe, dass ihr euch der Lage angepasst habt, also sollten wir uns an die Arbeit machen. Erschaff uns noch ein paar Möbelstücke, Althalus. Warum sollten wir es uns nicht bequem machen?«

»Was immer du möchtest, Dweia.«

»Wäre es möglich, Eure Göttlichkeit, dass Ihr Euch ein paar Sommersprossen sprießen lasst? Ihr macht das Leben für die arme Andine und mich sehr schwer, wisst Ihr?«

»Wir sind keine Konkurrentinnen, Leitha«, versicherte Dweia ihr sanft.

»Was für eine weltfremde Einstellung zum Leben«, murmelte Andine.

»Wie sollen wir Euch anreden?«, wollte Bheid wissen, als sie alle in den von Althalus erschaffenen bequemen Sesseln Platz genommen hatten.

»Kannst du ›Dweia‹ denn nicht aussprechen, Bheid?«, fragte Leitha mit vorgetäuschter Neugier.

»Einige Priesterorden verbieten es, den Namen Gottes in den Mund zu nehmen«, erklärte Bheid.

»Das ist Unsinn«, versicherte ihm Dweia. »Kleingeister versuchen, ihre Unzulänglichkeit hinter sinnlosen Förmlichkeiten und endlosen Disputen über Unbedeutendes zu verbergen. Du stehst über dergleichen, Bruder Bheid, oder du wärst nicht hier. Ich habe einen Namen. Bitte benutze ihn. Es ist sehr verwirrend, wenn jemand zum Himmel blickt und sagt ›O Gott‹. Meine Brüder und ich können nie sicher sein, wer von uns damit gemeint ist.« Sie lachte. »Dadurch entstand in Plakand einmal ein völlig neuer Glaube. Wir drei – meine Brüder und ich – erhörten einen Priester gleichzeitig. Er verstand es als Offenbarung, und überall in Plakand entstanden dreiköpfige Idole.«

»Einige Priesterorden lehnen Götterstatuen ab«, sagte Bheid düster. »Sie behaupten, niemand könne Gott wirklich sehen.«

»Du kannst mich sehen, oder etwa nicht?«, fragte Dweia. »Die Statuen interessieren uns nicht sonderlich – mit Ausnahme dieser Monstrosität in Maghu.« Sie machte eine Pause und stützte die Hand fester auf das Buch. »Wir kommen ein wenig vom Thema ab. Ich glaube, es ist das Beste, es anfangs so einfach wie möglich zu halten, damit wir alle denselben Ausgangspunkt haben. Also – wir drei, Deiwos, Daeva und ich, haben immer existiert, und es kommt selten vor, dass wir uns in irgendeiner Sache einig sind.«

»Ein Krieg der Götter, meint Ihr?«, fragte Eliar.

»Wir sind nur drei, Eliar«, erinnerte sie ihn. »Da kann man es wohl kaum als Krieg bezeichnen. Solange es meine Brüder und mich betraf, führten unsere Meinungsverschiedenheiten lediglich zu einigen interessanten Streitgesprächen, nicht viel mehr. Wir waren höflich zueinander, wenn wir uns begegneten – was nicht oft der Fall war –, und ließen es dabei beruhen. Dann entstand die Spezies Mensch und alles änderte sich. Andere Lebewesen nehmen die Welt so, wie sie sie vorfinden. Bei den meisten Menschen war es nicht anders. Einige jedoch haben das Verlangen, sich schöpferisch zu betätigen – die Dinge zu verändern. Manche Veränderungen sind gut, andere nicht. Aber es liegt in der Natur des Menschen, alle auszuprobieren.«

»Wann geschah das?«, fragte Bheid.

»Der Mensch kam erst vor ungefähr zehntausend Jahren auf der Suche nach Ackerland in diesen Teil der Welt. Wahrscheinlich hat nichts die Welt so sehr verändert wie der Anbau von Getreide. Er garantierte dem Menschen das Überleben und ließ ihn sesshaft werden, sodass er Behausungen errichten musste. Auf diese Weise entstanden Siedlungen und Städte – und die Zivilisation entstand. Wie auch immer, der Urmensch kam aus dem Süden jenseits von Meusa und Plakand. In der ursprünglichen Heimat dieser primitiven Menschen gab es einen schier grenzenlosen Regenwald, doch die Bäume mit Steinäxten zu fällen, um Platz für Felder zu schaffen, war ihnen zu beschwerlich, und so zogen sie auf der Suche nach baumlosem Land nordwärts.«

»Das war vor zehntausend Jahren?«, vergewisserte Bheid sich staunend.

»In etwa. Die Menschen hatten damals keine guten Kalender, und meine Brüder achteten nicht sonderlich auf die Zeit. Ghend gehörte zu den ursprünglichen Siedlern in Medyo. Er war von Anfang an sehr von sich eingenommen und das gefiel seinem Häuptling nicht, deshalb setzte er ihn stets für besonders schmutzige Arbeiten ein. Doch der Häuptling war nie mit Ghend zufrieden, wie viel Mühe der sich auch gab, die Befehle ordentlich auszuführen. In Ghend wuchs Hass auf den Häuptling heran. Es ist eine düstere

Geschichte, die während der endlosen Jahrhunderte immer wieder aufs Neue erzählt wurde. Ghends übersteigertes Selbstbewusstsein ließ ihn nicht erkennen, wie lächerlich er sich manchmal machte. Hätte er über sich selbst lachen können, wäre wohl alles anders verlaufen, doch er konnte es nicht, und das verschaffte Daeva Zugang zu ihm. Er bot Ghend Ruhm, Macht und Unsterblichkeit an, und Ghend ging nur zu gern auf dieses Angebot ein. Um seine Seele für immer zu seinem Eigentum zu machen, nahm Daeva seinen Jünger, oder besser Sklaven, mit nach Nahgharash.«

Leitha stöhnte auf. »O nein, nicht dorthin!«

»Wohin sonst? Schließlich ist Nahgharash das Zentrum von Daevas Macht.«

»Ich habe noch nie davon gehört«, gestand Eliar.

»Es liegt in Nekweros tief in der Erde und ist ein Ort unbeschreiblichen Grauens«, erklärte Leitha.

»Nur wenn Daeva es so will, Leitha«, verbesserte Dweia sie. »Daeva wollte Ghend versklaven, darum versorgte er ihn mit allem, was er begehrte. Soweit es Ghend betraf, war Nahgharash ein Ort unendlicher Glückseligkeit. Anfangs gab Daeva sich beinahe wie Ghends Diener, doch als sein Griff um Ghends Seele fester wurde, änderte sich das. Zeit existiert in Nahgharash nicht, und Daeva ist unendlich geduldig. Als Ghend schließlich Nahgharash verließ, war Daeva der Gebieter und Ghend sein Sklave.«

»Lodern seine Augen wirklich wie Feuer? Brennen sie wie in dem Traum, den wir in Awes alle hatten?«, wollte Eliar wissen.

»O ja«, versicherte ihm Althalus. »Ghend könnte allein mit den Augen einen Pfad durch den dunkelsten Wald leuchten.«

»Das ist das Zeichen Daevas«, warf Bheid ein.

»Nicht ganz«, widersprach Dweia. »Es ist Ghends eigenes Feuer. Als Daeva ihn völlig beherrschte, sandte er ihn mit dem gleichen Befehl nach Medyo zurück, den der Dolch Althalus erteilt hat.«

»›Suche‹?«, fragte Althalus. »Was sollte er denn suchen?«

»Das Gleiche wie du, Schatz«, antwortete Dweia. »Daeva brauchte bestimmte Personen und befahl Ghend, sie ausfindig zu machen. Wir sind ihnen begegnet, ihr wisst also, wer sie sind.«

»Pekhal und diese anderen?«

»Richtig. Pekhal war der Erste, und ihn für sich zu gewinnen war nicht schwierig. Es war vor etwa neuntausend Jahren, als Ghend

Nahgharash verließ, um nach Medyo zurückzukehren. Pekhal war ein Meuchelmörder, der sich im Landesinneren von Medyo herumtrieb und jeden tötete, der irgendetwas an sich trug, was von Interesse für ihn war – Kleidung, Nahrung, Waffen – alles, das auch nur den geringsten Wert hatte. Er tötete sogar Menschen, die nichts besaßen, wenn er hungrig war und es ihn nach Fleisch gierte.«

»Das ist doch nicht Euer Ernst!«, rief Andine.

»Das kam in jenen Tagen öfter vor, als die meisten wissen, Andine, und Pekhal war ein Barbar. Ghend benutzte zuerst sein Buch, um ihn zu unterjochen; dann gewann er ihn mit den unterschiedlichsten Vergnügungen für sich – Dinge, auf die wir nicht näher einzugehen brauchen.«

»Habt Ihr diesen Pekhal geseh'n, Meister Althalus?«, fragte Gher.

»Emmy und ich liefen ihm in Arum über den Weg, als wir auf der Suche nach dem Dolch waren. Die Jahre hatten ihn nicht zu seinem Vorteil verändert.«

»Ihr hättet ihn umbringen sollen.«

»Das durfte ich nicht, weil es nicht in Emmys Pläne passte.«

»Du weißt genau, dass nicht das der Grund war, Althalus«, rügte ihn Dweia.

»Was immer du sagst, Liebes«, antwortete er sanft. »Wen hat Ghend angeworben, nachdem er Pekhal beherrschte?«

»Khnom kam als nächster, doch zu der Zeit hatten die Medyoner sich bereits ausgebreitet – bis nach Wekti, Plakand und Equero. Die Ausbreitung dauerte fünfzehnhundert Jahre, doch Ghend ist sehr geduldig, wie ich schon sagte, und so wartete er. Khnom lebte in Ledan in Equero und war ein berüchtigter Betrüger. Er handelte hauptsächlich mit Flachs, doch die Ballen, die er zum Kauf bot, waren mit Unkraut vermischt. Die Bürger von Ledan jagten ihn schließlich davon und teilten den Bewohnern benachbarter Städte mit, dass Khnom nicht zu trauen sei. Sämtliche Tore wurden ihm verschlossen, und zu jener Zeit war die Wahrscheinlichkeit sehr gering, dass ein Ausgestoßener überlebte. Ghend und Pekhal fanden ihn versteckt im Weidendickicht eines Seeufers, dem Verhungern nahe. Ghend hatte keine Schwierigkeiten, ihn anzuwerben, weil es für Khnom wahrhaftig die allerletzte Chance war.«

»Er hat Töpfe und Pfannen feilgeboten, als Althalus und ich ihm in Awes begegneten«, erinnerte Eliar sich.

»Er hat so *getan*, als würde er Töpfe und Pfannen verkaufen«, verbesserte Althalus den Jungen. »In Wahrheit war er dort, um ein Auge auf uns zu werfen.«

»Khnom ist der geborene Betrüger. Er kann seine Miene, sein ganzes Auftreten in Windeseile verändern«, berichtete Dweia weiter. »Er kann reizend sein und sich einschmeicheln, doch nur ein Tor würde ihm trauen.«

»Mir gefällt diese Geschichte allmählich«, sagte Gher begeistert. »Welcher von Ghends Knechten war der nächste?«

»Gelta.«

»Die Dame im Eisenhemd mit dem Pferd auf den Wolken?«

»Genau die. Sie war vor etwa sechstausend Jahren die Königin eines kriegerischen Stammes in Ansu.«

Bheid runzelte die Stirn. »War das für Ansu nicht ungewöhnlich? Soviel ich weiß, betrachten ansunische Männer Frauen nicht einmal als Menschen.«

»Du hast sie selbst gesehen, Bheid«, entgegnete Dweia. »Sie ist groß und kräftig wie ein Barbarenkrieger, nur viel wilder. Gelta ist eine ausgesprochen hässliche Frau mit pockennarbigem Gesicht und großer Nase. Sie wuchs unter den Kriegern ihres Vaters auf und denkt mehr wie ein Mann denn eine Frau. Sie ist durch Blut gewatet, um auf den Thron zu kommen, und wer sie ihres Geschlechts wegen ablehnte, lebte nicht mehr lange genug, den nächsten Sonnenuntergang zu sehen.«

»Wie in aller Welt ist es Ghend gelungen, eine solche Frau zu bekehren?«, fragte Bheid verwundert.

»Er gab ihr Macht, Bheid. Gelta hat viele Begierden, und die nach Macht ist noch größer als die anderen. Für ihre Seele bot er ihr die Herrschaft über das Reich, was Gelta für einen guten Handel hielt.«

»Wer kam danach?«, fragte Eliar.

»Tausend Jahre vergingen, bis sie den nächsten Rekruten fanden«, erzählte Dweia die Geschichte weiter. »Nach dem Niedergang Medyos durch die Religionskriege des fünften Jahrtausends erlebte das Deikanische Reich seinen Aufstieg. Anfang des sechsten Jahrtausends war ein Priester des Equero-Gottes Apwos in der Stadt Deika zu Hause. Er hieß Argan und hatte einen heftigen Streit mit seinem Hohen Priester über irgendeine obskure astrologische Frage. Der Hohe Priester befahl ihm schließlich, Abbitte zu tun, doch Argan weigerte sich. Da stieß der Hohe Priester ihn dank der Macht seines Amtes aus der Priesterschaft aus.«

»Großer Gott!«, entfuhr es Bheid. »Das ist ja schrecklich!«

»Dieser Meinung war auch Argan. Der Sinn seines Lebens war ihm genommen, und er fiel in absolute Verzweiflung. Ghend pflückte ihn wie einen reifen Apfel.«

»Gibt es wirklich einen Gott namens Apwos?«, fragte Gher.

»Es ist eine Abwandlung von ›Deiwos‹«, erklärte Dweia. »Der Name ›Apwos‹ bedeutet ›Wassergott‹, so wie ›Kherdos‹ ›Hirtengott‹ bedeutet. Die Medyoner blickten zum Himmel, die Equeroaner auf ihre Seen, und die Wekti und Plakander auf ihre Schaf- und Rinderherden. Sie bedienen sich unterschiedlicher Namen, aber sie alle meinen denselben Gott.«

»Wissen sie das?«

»Nicht wirklich.« Dweia zuckte die Schultern. »Ich hatte ungefähr ein Dutzend verschiedener Namen, seit das alles begann. Wie dem auch sei – Ghends letzter Rekrut lebte vor dreitausend Jahren in Regwos und besaß die gleiche Gabe wie Leitha.«

»Ich würde es nicht als Gabe bezeichnen«, wandte Leitha ein.

»Koman sieht das anders. Regwos ist ein armes Land. Ursprünglich hatte Osthos es erschlossen, doch es ist unfruchtbar und es gibt nur sehr wenig Gold dort.«

»Wir haben noch ein paar Ansiedlungen entlang der Küste«, warf Andine ein, »aber sie kosten uns mehr, als wir je aus ihnen herausholen können. Sie sind bloß eine Bürde.«

»Koman benutzte seine Gabe, um Geheimnisse aufzuspüren«, erzählte Dweia weiter. »Dann verkaufte er sie. Zufällig lernte er Ghend kennen. Ihm gefiel, was er in dessen Gedanken lesen konnte. Er brauchte nicht angeworben zu werden, er schloss sich freiwillig an.« Sie lächelte. »Althalus hat dem armen Koman etwas Entsetzliches angetan, als wir ihm begegnet sind. Aber das weiß Leitha besser zu würdigen als ihr anderen.«

»Emmy hat mich gewarnt, dass Koman versuchen würde, meine Gedanken auszuspionieren«, erklärte Althalus. »Sie riet mir zu zählen – aber nicht der Reihe nach, sondern kreuz und quer, vor und zurück. Um die Sache interessanter zu machen, habe ich ein paar Brüche hinzugefügt – sieben und fünf Achtel, zweiundneunzig und zwölf Zweiunddreißigstel und dergleichen. Aber Koman schien das gar nicht lustig zu finden.«

Leithas Augen wurden plötzlich ganz groß und sie schauderte. »Althalus, bitte versprecht mir, dass Ihr mir so etwas nie antun werdet.«

»Wäre das so schmerzhaft?«, fragte Andine ihre Freundin.

»Es wäre furchtbar!« Wieder schauderte Leitha. »Wie hat Koman darauf reagiert, Althalus?«

»Wenn ich mich recht entsinne, verschwand er rasch die Straße hinunter. Die Selbstgespräche, die er dabei führte, wären nichts für die Ohren unschuldiger Maiden gewesen.«

»Haben wir nicht schon Mittag?«, erkundigte Eliar sich plötzlich.

»Seit dem Frühstück sind erst ein paar Stunden vergangen«, erinnerte Andine ihn, doch ihre Stimme klang ungewöhnlich sanft, und sie ließ nichts von ihrem üblichen Spott oder ihrer offenen Feindseligkeit gegenüber dem jungen Arumer spüren.

»Ich weiß, dass es für euch lästig sein muss, wie ich ständig übers Essen rede«, entschuldigte Eliar sich mit verlegener Miene. »Aber ich kann einfach nicht anders! Eine Stunde, nachdem ich gegessen habe, bin ich schon wieder am Verhungern!«

»Warum stopfste dir nicht die Taschen mit was zu Futtern voll, Eliar?«, riet ihm Gher. »So tät'st du immer was zu knabbern haben, wenn der Hunger dich überkommt.«

Eliar war sichtlich schockiert. »Oh, das könnte ich nicht, Gher! Es würde von schlechten Manieren zeugen, würde ich im Beisein von euch anderen etwas essen!«

Das erheiterte Andine so sehr, dass sie herzhaft lachte.

17

Das Haus war für die anderen ein Ort in der Fremde, für Althalus jedoch das Zuhause, und es war schön, wieder zurück zu sein. Dweia setzte ihre Unterrichtsstunden über die Geschichte der Welt fort, doch Althalus war mit den Gedanken meist woanders. Er fand, dass er bereits genug von der Welt kannte. Wenn Dweia ihre Zeit mit sinnlosem Unterricht vergeuden wollte, war es ihre Sache. So hatte sie wenigstens einen Zeitvertreib, und vor dem Frühjahr würden sie ohnehin nicht aufbrechen.

Nachdem ein paar Wochen vergangen waren, kam Althalus ein merkwürdiger Gedanke. Er wartete, bis er und Dweia allein waren, ehe er mit ihr darüber sprach.

»Deiwos hat dieses Haus erbaut, nicht wahr?«

»Das richtige Wort ist ›erschaffen‹, nicht erbaut. Da besteht ein Unterschied, weißt du.«

»Hat er es dir gegeben?«

»Nein, ich habe es geklaut.«

»Dweia!«

Sie lachte. »Das lässt dich aufhorchen, nicht wahr? Deiwos kam hierher, um nachzudenken, nachdem er die Sterne aus seinen Gedanken erschaffen hatte. Dann ging er wieder fort und ließ das Haus zurück. Da er es nicht mehr benutzte, bin ich einfach eingezogen – als Emmy die Katze.«

»Was ist, wenn er das Haus zurück haben will?«

»Dann hat er Pech. Jetzt gehört es mir, Althalus. Wenn Deiwos ein Haus will, soll er irgendwo ein anderes erschaffen – auf dem Mond von mir aus.«

»Weiß er, dass du es so siehst?«

»Er müsste es zumindest wissen, ich habe es ihm oft genug gesagt. Deiwos hat diese Welt erschaffen und mit Menschen belebt. Das war seine Aufgabe, und die ist erfüllt. Jedenfalls gehört das Haus jetzt mir. Er hat hier nichts mehr verloren.«

»Wir werden erst im Frühjahr aufbrechen, nicht wahr?«

»Die Jahreszeiten haben hier keine Bedeutung, Schatz. Das solltest du inzwischen doch wissen. Wir brechen auf, sobald wir bereit sind.«

»Wir können nicht mitten im tiefsten Winter reiten, Em.«

»Um wie viel willst du wetten, Althalus?«

»In Kürze wird der Schnee fünfzehn Fuß hoch liegen und die Sonne wird nicht mehr aufgehen. Das dürfte uns wohl hier festhalten.«

»Nein. Hör jetzt zu, Althalus. Pass auf und lerne.«

»Du kannst einen bis aufs Blut reizen, Em.«

»Schön, dass du's einsiehst.«

»Geht das noch lang so weiter, Meister Althalus?«, fragte Gher ein paar Tage später leise beim Mittagessen.

»Was?«

»Dieser ganze Kram, wer vor tausend und nochmal tausend Jahren an Orten, von denen ich noch nie gehört hab, was Bestimmtes getan hat. Verratet Emmy bitte nicht, dass ich das gesagt hab, aber es wird schrecklich langweilig. Wen kümmert's schon, was vor fünftausend Jahren im Deikanischen Reich passiert ist?«

»Ich war einmal dort«, erzählte Althalus dem Jungen. »Zu einer Zeit, ehe ich herkam und Emmy mich in die Pfoten bekam. Die Kaufleute von Deika waren alle sehr reich, doch es mangelte ihnen an gesundem Menschenverstand, sodass sich für einen Mann mit meinem Beruf interessante Möglichkeiten eröffneten. Der Gedanke an reiche, aber sehr dumme Männer war mehr als erfreulich.«

»Was ist dann geschehen?«, fragte Gher aufgeregt.

Althalus erzählte ihm eine reich ausgeschmückte Version seines Abenteuers in Kwesos Haus. Er hätte sich keinen besseren Zuhörer als Gher wünschen können und genoss es, bis Dweia darauf aufmerksam machte, dass es Zeit sei, wieder an die Arbeit zu gehen.

Während sie die Treppe hinaufstiegen, fiel Althalus die verschwörerische Miene Andines auf, und er erinnerte sich, dass sie Dweia zur Seite gezogen hatte, ehe sie sich an die Mittagstafel setzten. Auch um Dweias Lippen spielte ein verschmitztes Lächeln. Da war etwas im Busch!

»Da gibt es eine Sache, die verstehe ich nicht ganz«, gestand Bheid, als Dweia noch einmal die Geschichte von Treborea durchging. »Ihr habt mehrmals erwähnt, dass die Küste der Südsee sich verändert hat.«

»So ist es auch.«

»Was kann einen Küstenverlauf verändern? Ich dachte immer, dass Dinge wie Berge und Küsten unwandelbar seien.«

»Aber nein, Bheid.« Dweia lachte. »Sie verändern sich ständig. Die ganze Welt wechselt langsam aber stetig ihr Aussehen. Selbst bei den Bergen ist es ein Auf und Ab wie bei den Gezeiten, und die geringste Veränderung des Klimas kann den Verlauf einer Küste um Hunderte von Meilen verschieben. Ein Mensch lebt nicht lange genug, dass ihm derartige Veränderungen auffallen könnten, aber sie finden statt. Die Südküste weicht bereits seit mehr als zweitausend Jahren zurück.« Dweia wies aus dem Fenster, das nach Norden lag. »Das Eis da oben ist Schuld daran.«

»Wie kann Eis im hohen Norden eine solche Auswirkung auf die Südküste haben?«

»Eis ist gefrorenes Wasser.«

»Ja, sicher. Und?«

»Es gibt nur eine bestimmte Menge Wasser. Diese Menge ist gleich bleibend. Ein Teil davon findet sich in den Gewässern, ein anderer in der Luft – zum Beispiel Regenwolken –, und wieder ein anderer ist in den Gletschern gefangen. Dann und wann verändert sich das Klima. Es wird kälter und die Gletscher wachsen. Immer mehr Wasser wird in den Gletschern eingeschlossen und immer weniger bleibt für die Gewässer und die Wolken. Es regnet kaum mehr und der Meeresspiegel fällt. Dadurch verändert sich der Küstenverlauf. Das Meer an der Südküste war nie sehr tief und je mehr Wasser zurückweicht, desto mehr Land kommt zum Vorschein.«

»Die Werke Gottes sind wundersam«, zitierte Bheid fromm.

»Mein Bruder würde sich freuen, das zu hören«, stellte Dweia trocken fest.

»Deiwos ist allmächtig.«

»Ich meinte meinen anderen Bruder.«

Bheid starrte sie entsetzt an.

»Diese Klimaveränderung hat Daeva verursacht«, erklärte sie ihm. »Wir leben in interessanten Zeiten. Daeva hat seine Leute um sich geschart, und ich die Meinen um mich. Wir stehen vor einem großen Krieg, Bheid, und Daeva wird tun, was er nur kann, um Ghend einen Vorteil zu verschaffen. Die Gewässer weichen zurück, und wenn sich die Gletscher erst in Bewegung setzen, werden die Berge zu Maulwurfhügeln zermalmt. Die Dürre wird Hungersnöte nach sich ziehen, und riesige Reiche werden zerfallen. Ist das nicht aufregend?«

»Es ist das Ende der Welt!«, rief Bheid entsetzt.

»Nicht wenn wir siegen.«

»Und nun sonnst du dich im Bewusstsein deiner Wichtigkeit, nicht wahr, Bheid?«, meinte Leitha spöttisch. »Rette die Welt, Junge! Rette sie!«

»Das genügt, Leitha!«, rügte Dweia das blasse Mädchen.

»Ich konnte eine so gute Gelegenheit einfach nicht ungenutzt verstreichen lassen, Dweia«, entschuldigte Leitha sich.

»Ist es nicht an der Zeit für ... ?«, begann Eliar.

Andine saß in dem Sessel neben ihm. Althalus war aufgefallen, dass sie den jungen Arumer den ganzen Nachmittag nicht aus den Augen gelassen hatte. Sie tippte ihm mit der Linken aufs Handgelenk und bot ihm mit der Rechten ein großes Stück Käse an. Eliar nahm es beinahe abwesend und aß.

Andines Lächeln war wie die aufgehende Sonne.

Dweia warf Althalus einen heimlichen Blick zu und ihr Gedanke schnurrte: »Hast du das gesehen?«

»Natürlich«, antwortete er stumm. »Hast du sie dazu aufgefordert?«

»Nein, es war ihre eigene Idee. Sie hat einen kleinen Beutel mit Leckerbissen unter ihrem Sessel. Jedes Mal wenn Eliars Magen zu knurren anfängt, gibt sie ihm etwas zu essen. Wenn du näher hinsiehst wirst du bemerken, dass es dem Jungen gar nicht richtig bewusst wird. Andine behauptet, sie gibt ihm das Essen, damit er den Unterricht nicht stört. Aber ich habe das Gefühl, es steckt ein bisschen mehr dahinter. Auf gewisse Weise will sie ihm etwas Gutes tun und ihm Abbitte leisten, so wie damals bei Gher, als sie ihm die neue Frisur verpasste.«

»Sie ist ein sehr kompliziertes kleines Mädchen, nicht wahr?«

»Das ist sie in der Tat«, pflichtete Dweia ihm bei. »Aber im Grunde genommen ein sehr liebes.«

»Wie lange sind wir bereits hier, Althalus?«, erkundigte Eliar sich ein paar Tage später, als sie zum Turmgemach hinaufgingen.

»Wenigstens einen Monat.«

»Das dachte ich auch. Tut sich draußen etwas Eigenartiges?«

»Eigenartiges?«

»Die Tage müssten dem natürlichen Lauf der Dinge gemäß kürzer werden, doch soweit ich es beurteilen kann, ist das nicht der Fall.«

»Dweia spielt ein bisschen, das ist der Grund.«

»Ich verstehe nicht ...«

»Ich auch nicht, jedenfalls nicht völlig. Dweia beeinflusst die

Zeit. Wahrscheinlich erleben wir ein und denselben Tag immer wieder, nur dass in seinem Verlauf ständig etwas anderes geschieht.«

»Es bringt wohl nichts, wenn ich sage, dass so etwas unmöglich ist, oder?«

»Hör zu, Eliar. Ghend treibt sich da draußen herum, und wir müssen bereit sein, seine Pläne zu vereiteln, was immer er versucht. Das Problem ist, dass wir noch nicht so weit sind. Deshalb hat Dweia uns hierher ins Haus gebracht. Hier gebietet sie über die Zeit. Wenn wir Jahre brauchen, uns vorzubereiten, wird sie uns diese Jahre geben, doch sobald wir draußen in der Wirklichkeit sind, wird seit unserem Kommen nur ein Tag vergangen sein.«

»Nur dass wir um fünfzehn Jahre älter sind.«

»Ich glaube nicht, dass es so verläuft, Eliar.«

»Ich verstehe nicht.«

»Da bist du nicht der Einzige.«

»Halte dich bitte von unseren Gedanken fern, Leitha«, tadelte Dweia sie später am Vormittag.

»Ich kriege es nicht in den Griff«, gestand das flachsblonde Mädchen seufzend. »Ich wollte, ich könnte es. Aber sobald ich jemanden anschaue oder reden höre, stelle ich mich auf ihn ein. Spricht dann ein anderer, beschäftige ich mich sofort mit ihm. Ich will es gar nicht, es geschieht von ganz allein.«

Dweia öffnete das Buch. »Am besten wir unternehmen sofort etwas dagegen. Deine Gabe – wenn wir sie so nennen wollen – ist völlig vom Zufall bestimmt, sodass sie sich nicht in Schach halten lässt.« Sie sah die obersten Blätter des Buches durch, bis sie offenbar die richtige Seite gefunden hatte, und holte sie hervor. »So ist Deiwos das gleiche Problem angegangen. Seine Lösung ist simpler als meine, deshalb ist es vielleicht ganz gut, wenn du damit anfängst. Später zeige ich dir, wie ich es mache.«

»Ich werde alles versuchen, Dweia«, versprach Leitha ihr inbrünstig. »Ich will dieses Ding nicht in meinem Geist.« Sie nahm Dweia das knisternde Pergament aus der Hand und blickte darauf. »Ich dachte, ich könnte es lesen, aber die Buchstaben sind mir unbekannt. Ich vermag sie nicht zu deuten.«

»Es ist eine sehr archaische Schrift, Leitha. Es gibt eine Möglichkeit, sie rascher zu entziffern. Leg das Blatt einfach auf das Buch und drück deine Hand darauf.«

»Ihr wollt, dass ich mit der Hand lese?«, fragte Leitha ungläubig.

»Außer du möchtest lieber deinen Fuß dazu benutzen. Versuch es einfach, Leitha.«

Das bleiche Mädchen legte zweifelnd die Seite auf das weiß überzogene Buch und drückte dann die Hand darauf. Ihre blauen Augen wurden immer größer. »So einfach kann es doch nicht sein!«, sagte sie kopfschüttelnd.

»Wie wäre es, wenn du's versuchst.«

Leitha lehnte sich zurück und schloss die Lider. Auf ihrem Gesicht erschien ein Ausdruck beinahe überirdischen Friedens. Plötzlich riss sie die Augen weit auf und holte tief Luft.

Dann schrie sie abrupt.

»Du bist zu weit gegangen, Leitha«, erklärte Dweia, »und warst ein kleines bisschen zu schnell.«

»Alles ist so leer!« Leithas Stimme zitterte. »Da ist gar nichts mehr!«

»Weil du ein wenig über das Ziel hinausgeschossen bist, Liebes. Ganz so weit solltest du eigentlich nicht kommen. Wenn du fleißig übst, wird es immer besser. Du musst es knapp über den Kopf eines jeden um dich herum richten. Zwar wirst du dann immer noch das leise Murmeln hören, dem du dein Leben lang gelauscht hast, aber die Gedanken wirst du nicht mehr vernehmen. Willst du sie aber hören, brauchst du deine Aufmerksamkeit lediglich der Person zu widmen, deren Gedanken dich interessieren.«

Leitha schüttelte sich. »Was war diese grauenvolle Leere?«

»Der Klang des Nichts, Leitha. Du hattest sie auf die Decke gerichtet, weißt du.«

»Versteht das irgendjemand?«, erkundigte Eliar sich verwirrt.

»Leitha hat ein Paar extra Ohren«, erklärte Gher. »Sie kann hören, was wir denken – auch wenn sie's gar nicht will. Emmy hat ihr grad beigebracht, wie sie diese Ohren woanders hin richten kann. Das muss doch jedem klar sein.«

Leitha blickte den Jungen erstaunt an. »Woher weißt du das?«

»Keine Ahnung«, gestand Gher, »es hat ganz einfach Sinn gemacht. Natürlich bin ich dir immer ausgewichen, seit wir beieinander sind.«

»Ausgewichen?«

»Ich hab spüren können, was du gemacht hast, drum bin ich schnell zur Seite gewichen und du hast an mir vorbeigeschossen.«

Dweia blickte den Jungen in tiefem Staunen an.

»Na so was«, murmelte Althalus.

»Was willst du damit sagen?«, fragte Dweia heftig.

»Nichts, Liebes«, antwortete Althalus mit Unschuldsmiene. »Gar nichts.«

»Ist es nicht an der Zeit für ...«, begann Eliar.

Andine gab ihm ein Stück von einer Frucht, und er verstummte.

»Beschäftige du dich mit den anderen, Liebster«, bat Dweia. »Ich werde dann kurz mit jedem unserer Mitstreiter unter vier Augen sprechen, um ein paar Dinge zu klären.«

Er blickte sie verwundert an.

»Auf diese Weise geht es schneller, Althalus. Sie werden mir ihr Herz öffnen, wenn sie allein sind. Vor allen anderen wäre es ihnen peinlich. Jeder hat das eine oder andere kleine Geheimnis, das er nicht vor der Gemeinschaft offenbaren möchte.«

»Du hältst also nichts von öffentlichen Geständnissen?«

»Öffentliche Geständnisse sind eine Art persönliche Zuschaustellung. Sie erfüllen keinen Zweck und sind Zeitverschwendung.«

»Ich dachte wir hätten alle Zeit der Welt.«

»Nein, so viel haben wir nun auch wieder nicht.«

»Worüber reden sie, Meister Althalus?«, fragte Gher. Er blickte auf Dweia und Bheid, die zusammen vor dem offenen Buch am Tisch saßen.

»Ich nehme an, dass Dweia Bheids Geist von falschen Vorstellungen befreit. Bheid wurde als Priester in Astrologie unterrichtet, da blieb eine Menge Unsinn haften.«

»Glaubt überhaupt jemand an diesen Quatsch?«

Althalus zuckte die Schultern. »Die Menschen möchten wissen, was geschehen wird und glauben, dass die Astrologie es ihnen verraten kann. Es stimmt die meiste Zeit zwar nicht, was aber nichts daran ändert, dass die Leute weiterhin daran glauben.«

»Ist das nicht dumm?«

»Ein bisschen, aber die meisten Menschen brauchen irgendetwas, an das sie glauben können. Es gibt ein paar, die an nichts glauben, aber die sind etwas ungewöhnlich.«

»Ich hab nie sehr viel geglaubt. Die Sonne geht wahrscheinlich morgen auf und der Frühling kommt nach dem Winter, aber so gut wie alles andere geschieht durch Zufall.«

»Das kommt der Sache ziemlich nahe, würde ich sagen. Ich glaubte früher an die Glücksfee, aber Dweia hat mich gewissermaßen davon kuriert.«

Gher kicherte plötzlich. »Andine hat es gerade wieder getan. Eliar merkt es gar nicht, dass er dauernd gefüttert wird, nicht wahr?«

»Wahrscheinlich nicht«, pflichtete Althalus ihm bei. »Eliar ist ein netter unkomplizierter Junge. So lange Andine ihm etwas zu essen beschafft, stellt er keine Fragen. Er achtet nicht einmal darauf, was sie tut.«

»Ich versteh nicht, was mit ihr los ist. Wie ich zu euch gekommen bin, hat sie ihn nicht aussteh'n können. Jetzt ist sie ständig um ihn besorgt.«

»Sie bemuttert ihn, Gher. Frauen tun das gern, wie ich bemerkt habe. Anfangs hat sie ihn gehasst, aber das ändert sich immer mehr.«

»Ich bin froh, dass sie dadurch jetzt nicht mehr an mir rumfummelt. Ich hab wirklich genug davon gehabt, dass sie mich ständig frisiert hat.«

Nach mehreren Tagen ließ Dweia Bheid allein mit dem Buch und wandte ihre Aufmerksamkeit Andine zu. Vieles von ihrer Unterhaltung war deutlich zu hören. Die Arya von Osthos war ein wunderschönes junges Mädchen mit schwarzbraunem Haar und großen dunklen Augen. Und vor allem war sie von ungezügeltem Temperament. Der Dolch hatte sie zum Gehorsam angewiesen, und das gefiel ihr ganz und gar nicht.

Althalus hatte seinen Sessel unauffällig näher an die Tür gerückt und verbrachte die meiste Zeit damit, die anderen zu beobachten, ohne dass sie es bemerkten.

»Was tust du eigentlich, Althalus?«, fragte Dweia ihn eines Spätnachmittags, als sie im Turmgemach allein waren.

»Beobachten, Em, beobachten und lernen. Hast du mir das nicht nahe gelegt?«

»Und was hast du inzwischen gelernt?«

»Dass wir eine sehr seltsame Personengruppe um uns versammelt haben, die nicht das sind, was sie auf den ersten Blick zu sein schienen. Mit Ausnahme von Gher sind sie nicht glücklich über ihre Aufgabe. Andine hasst das Wort ›Gehorche‹, und Eliar fühlt sich nicht wohl mit dem ›Führe‹, weil er weiß, dass er noch nicht imstande ist, eine Armee zu führen.«

»Das ist es auch nicht, was ›führe‹ in dieser Situation bedeutet, Schatz, aber dazu kommen wir bald. Was hast du über die anderen herausgefunden?«

»Du warst meines Erachtens etwas zu abrupt mit Bheid. Sobald du ihm die Astrologie ausgeredet hattest, wusste er nicht mehr, was er glauben sollte. Es fehlt nicht viel, und er glaubt an gar nichts mehr. Er ist davon überzeugt, dass ›erleuchte‹ eine Aufforderung zur Predigt ist, aber die Ausarbeitung einer Predigt, die von nichts handelt, dürfte schwierig sein.«

»Er versteht es auch noch nicht richtig, Althalus«, entgegnete Dweia. »Wenn es soweit ist, *wird* er verstehen. Was ist mit Leitha?«

»Sie bereitet mir am meisten Sorgen. Sie setzt eine beinahe fröhliche Miene auf und macht anzügliche Bemerkungen, aber sie hat auf der Klinge irgendetwas gelesen, was sie eigentlich nicht hätte lesen sollen. Die anderen sind sich nicht ganz sicher, was der Dolch ihnen befohlen hat, doch Leitha weiß es. Sie weiß genau, was sie tun muss und wem sie es antun muss. Und darüber ist sie nicht glücklich, Em. Das Leben hat es bisher nicht gut mit ihr gemeint und sie ist fast sicher, dass es noch schlimmer werden wird.«

»Sie ist viel stärker, als sie zu sein scheint, Althalus. Ich bin sicher, du wirst eine Möglichkeit finden, ihr zu helfen – wenn du dir genug Mühe gibst.«

Dweia und Gher unterhielten sich am Ostfenster. Eliar und Andine standen am Südfenster; er erzählte ihr irgendwelche Kriegsgeschichten, und sie täuschte offenbar Bewunderung vor, während sie ihn in nahezu regelmäßigen Abständen mit irgendwelchen Naschereien fütterte. Leitha hatte sich zu Bheid an den Marmortisch gesetzt und beide waren in das Buch vertieft. Dadurch war Althalus sich selbst überlassen. Er blickte durch das Nordfenster auf die Eisberge jenseits des Randes der Welt. Trotz Emmys gegenteiliger Versicherung sah er in dem Abgrund im Norden noch immer das Ende von allem, eine Überzeugung, bei der er sich wohler fühlte, weil sie der Welt eine endliche Grenze verlieh. Ihm gefiel die Bedeutung des Wortes »unendlich« nicht sehr.

»Du siehst in mir immer noch eine Hexe, nicht wahr, Bheid?«, hörte Althalus Leitha den jungen Priester fragen.

»Keineswegs«, entgegnete Bheid. »Wie kommst du auf diesen Gedanken?«

»Ich weiß, dass du mich nicht magst.«

»Wie kommst du bloß darauf, Leitha? Ich mag dich sogar sehr. Du bist eine meiner getreuen Gefährtinnen.«

»Das hört sich an, als wäre ich ein Möbelstück.«

»Was willst du denn damit sagen?«

»Ich bin noch keinem Mann wie dir begegnet, der sich nicht bewusst war, dass ich eine Frau bin.«

»Oh, ich bin mir dessen durchaus bewusst, Leitha, aber es ist nicht so wichtig für unsere Aufgabe.«

Sie seufzte. »Du denkst nicht daran. Seit dem Ende meiner Kindheit blickten die Männer mich alle auf eine ganz gewisse Weise an … und alle hatten gewisse Gedanken.«

»Du meinst von der Art wie der Priester Ambho sie hegte?«

»Genau. Der Mann in Peteleya hatte solche Gedanken.«

»Du bist sehr schön, Leitha.«

»O danke, gütiger Herr«, spöttelte sie.

»Wie bist du nur auf die Idee gekommen, dass ich dich nicht mag?«

»Du denkst nicht das Gleiche über mich wie diese anderen Männer.«

»Diese Gedanken sind schmutzig, Leitha. Ein Priester muss so etwas unterdrücken.«

»Das mag ja sein, aber es führt dazu, dass ich mich unwohl fühle. Du verabscheust diese schmutzigen Gedanken, wie du es nennst, und wenn du sie unterdrückst spüre ich deinen Hass, der zwar diesen Gedanken gilt, den ich aber als gegen mich gerichtet empfinde.«

»Das liegt wirklich nicht in meiner Absicht.«

»Ich habe da vielleicht eine Lösung.«

»Lass hören, Leitha.«

»Löse dich ein wenig von dieser Tyrannei der Keuschheit und lass ein paar der schmutzigen Gedanken entwischen.«

»Wa-as?«

»Keine *zu* schmutzigen natürlich, das würde uns beide beunruhigen. Aber ein paar winzige, nicht so schlimme könnten nicht schaden.« Sie lächelte gewinnend und hielt Daumen und Zeigefinger hoch, wie um etwas Winziges abzumessen. »Wenn du sie nur so klein halten würdest, schaden sie deinem Gelübde nicht, wären für deine Verhältnisse aber verwegen genug. um mich erkennen zu lassen, dass du in mir eine Frau siehst. Ich glaube, du solltest auf ›gezügelt zügellos‹ hinarbeiten. Das könnte dir nicht schaden, und ich würde mich um vieles wohler fühlen.«

Bheid starrte sie einen Augenblick an, dann lächelte er sanft. »Selbstverständlich, Leitha«, versprach er. »Ich glaube ›gezügelt zügellos‹ wird mir gelingen, wenn du dich dann besser fühlst. Dafür sind Freunde schließlich da, nicht wahr?«

Sie dankte ihm mit einem strahlenden Lächeln.

»Halt dich da raus, Althalus«, ermahnte ihn Dweias schnurrende Stimme.

»Was immer du sagst, Liebes.«

»Die Entstehung der Gletscher führte zu einer Dürre, die in den Landen im Süden große Unruhen verursachte«, erzählte Dweia den Gefährten ein paar Tage später. »Reichtum und Macht und prunkvolle Städte sind bedeutungslos, wenn es nichts zu essen gibt. Das ist natürlich der Schlüssel zu Ghends Plan. Das Chaos ist sein Verbündeter – und die Gletscher verursachen Chaos.«

»Hast du mir nicht mal gesagt, dass Ähnliches schon zuvor passiert ist?«, erinnerte Althalus sie.

»Ja, das ist jetzt die vierte Eiszeit in den letzten Millionen Jahren. Bisher waren diese Eiszeiten auf Klimaveränderungen oder Meeresströmungen zurückzuführen, die ihre Richtung wechselten. Diese Kältekatastrophe aber ist das Werk Daevas. Es ist ein wichtiger Teil seines Planes, die Reiche im Süden zu zerrütten – ihr Geldwesen, ihre Verwaltungen und ihre Regierungen –, damit die Menschen dort sich dem nächstbesten starken Mann zuwenden, der die Ordnung wiederherzustellen verspricht. Die Zivilisation ist dem Zusammenbruch nahe. Es droht ein allgemeiner Aufstand.«

»Mein Volk würde sich nie gegen mich auflehnen!«, rief Andine heftig.

»Da wäre ich mir nicht so sicher, Liebes.« Dweia lächelte mitfühlend. »Ghend hat bereits Aufwiegler in Osthos, und euer Krieg gegen die Kanthoner erleichtert ihnen den Auftrag.«

»Wir haben diesen Krieg nicht angefangen!«

»Ich weiß. Als Althalus und ich uns auf unserem Weg von Arum nach Osthos befanden, trafen wir Khalor, Eliars Sergeantgeneral. Er bezeichnete den Aryo von Kanthon als Schwachkopf. Ich bin sicher, dass einer von Ghends Knechten viel mit den strategischen Entscheidungen des Aryos zu tun hatte.«

»Sergeant Khalor war nicht sehr glücklich über diesen Krieg«, erinnerte Eliar sich. »Er bedachte den Häuptling der Kanthoner mit allen möglichen wenig schmeichelhaften Namen.«

Andines große Augen verengten sich nachdenklich. »Das bedeutet, dass Ghend meinen Vater auf dem Gewissen hat, nicht wahr?«

»Ghend war letzten Endes für den Tod deines Vaters verantwortlich«, bestätigte Dweia.

»Eliar?«, rief Andine auf ihre gewinnendste Weise.

»Ja, Andine?«

»Würdest du für mich arbeiten?«

»Ich verstehe nicht ganz.«

»Ich brauche jetzt einen tüchtigen Berufssoldaten. Die Bezahlung ist sehr gut – sowohl in klingender Münze wie in anderen Dingen.« Sie legte eine Hand auf sein nacktes Knie.

»Ich müsste erst mit meinem Häuptling darüber reden, Andine, aber ich bin sicher, dass wir eine Vereinbarung treffen können. Was, genau, erwartest du von mir?«

»Ich wäre dir unendlich dankbar, wenn du diesen Ghend für mich aufspüren und niedermetzeln würdest – und ich möchte dabei sein und zusehen, während du ihn abschlachtest. Ich will, dass Blut fließt, Eliar – viel, viel Blut, und ich will Ghend laut schreien hören vor Schmerz. Wie viel wird mich das Ganze kosten? Was meinst du?«

»Dafür werde ich ganz bestimmt nichts von dir verlangen, Andine. Wir sind jetzt Freunde und es wäre nicht richtig von mir, Geld für einen so kleinen Gefallen zu verlangen, nicht wahr?«

Andine stieß einen Freudenschrei aus, schlang die Arme um Eliars Hals und küsste ihn leidenschaftlich. »Ist er nicht der netteste Junge, den ihr je gesehen habt?«, wandte sie sich an die Gefährten.

Dweia saß am nächsten Vormittag am Marmortisch. Sie hatte eine Hand auf dem Buch liegen und ihre grünen Augen blickten gedankenverloren.

Althalus und die anderen betraten das Turmgemach und nahmen still ihre Plätze ein.

»Ich möchte, dass ihr ganz genau aufpasst«, wandte Dweia sich an die kleine Versammlung. »Ihr alle wisst von der ›Benutzung‹ des Buches und wie Eliar den Dolch ›benutzt‹. Jetzt ist es an der Zeit, dass ihr lernt, das Haus zu ›benutzen‹.« Sie erhob sich und blickte von einem zum anderen. »Das wird vielleicht schwierig für euch sein. Es wird euch möglicherweise schwer fallen, einiges von dem hinzunehmen, was ich nun anspreche. Aber es wird euch keine andere Wahl bleiben, als mir zu vertrauen. Ich habe mehrmals angedeutet, dass das Haus nicht wirklich hier ist, aber das stimmt nicht ganz. Das Haus *ist* hier, aber es ist auch sonst überall.«

»Wollt Ihr damit sagen, dass es herumwandert?«, fragte Gher ungläubig.

»Nein, das muss es gar nicht, Gher. Es ist überall zur selben Zeit. Bestimmt ist euch aufgefallen, wie groß das Haus ist.«

»O ja«, antwortete Althalus. »Als ich hierher kam, um das Buch zu stehlen, war ich überzeugt, dass ich Wochen brauchen würde, um jedes Zimmer zu durchsuchen.«

»Du hättest Jahrhunderte gebraucht, Althalus, und selbst dann hättest du es nicht einmal oberflächlich geschafft. Sagen wir einstweilen bloß, dass dieses Haus die Welt ist, obgleich das eine zu grobe Vereinfachung darstellt. Das Haus ist noch viel größer als die Welt. Wenn ich sage, das Haus ist überall, meine ich überall. Als Deiwos es ursprünglich erschuf, gab es nur dieses eine Gemach hier. Von hier machte er sich auf den Weg, alles andere zu erschaffen. Zu jedem Ort, den er entstehen ließ, schuf er eine Tür. Deshalb wuchs das Haus und deshalb sind die Türen wichtig – nicht die Zimmer. Ein Beispiel: Wenn Andine ihren Thronsaal betreten wollte, um mit ihrem Schatzmeister Dhakan zu reden, könnte sie ihr Pferd satteln, durch Kagwher hinunterreiten, sich an Kanthon vorbeistehlen und schließlich nach Osthos gelangen. Es gibt aber auch eine andere Möglichkeit. Sie brauchte nur den Korridor des Hauses entlanggehen, der in den Süden führt, dort eine bestimmte Tür öffnen und durch diese Tür in ihren Thronsaal treten.«

»So einfach kann es doch nicht sein!«, rief Bheid.

»Ist es auch nicht. Sie muss nicht nur durch die richtige Tür, sie muss auch *glauben*, dass es die richtige ist. Der Schlüssel zur Tür ist der Glaube.«

»Und wenn sie's nicht glaubt?«, wollte Gher wissen.

»Betritt sie ein leeres Zimmer.« Dweia zuckte die Schulter. »Als ich sagte, dass der Glaube der Schlüssel ist, meinte ich es wörtlich.«

»Demnach ist es eine Frage des Glaubens und der schöpferischen Vorstellung?«, sagte Bheid nachdenklich.

»Richtig. Wir schaffen Dinge, indem wir glauben, dass sie so sind.«

»Es gibt Leute da draußen, die alle möglichen seltsamen Dinge glauben, Emmy. Diese Dinge sind nicht deshalb wahr, weil die Leute *glauben*, dass sie wahr sind«, widersprach Eliar.

»Für diese Leute sind sie wahr.«

»Drum ists viel besser, wenn man an gar nichts glaubt, Eliar«, meinte Gher. »Dann kommt nicht alles so durcheinander.«

»Aber es macht die Welt auch ein wenig einsam, nicht wahr?«, entgegnete Eliar.

»Man kann damit leben.«

»Die Menschheit muss an etwas glauben, Gher«, erklärte Bheid dem Jungen.

»Warum?«

»Weil ...« Bheid stockte.

»Wir haben mit Gher noch einen weiten Weg vor uns, nicht wahr?«, sagte Leitha.

»Ja«, bestätigte Althalus. »Aber er ist ein guter kleiner Junge, darum wird er Geduld walten lassen und uns den Weg zeigen.«

»Das habe ich nicht gemeint, Althalus.«

»Ich weiß. Aber das ist erst der Anfang.«

»Das reicht, Althalus«, wies Dweia ihn zurecht.

»Ja, Liebes.«

Gher runzelte die Stirn. »Ghend kann das auch, nicht wahr? Ich mein', er besitzt dieses Haus in Nekweros und das hat auch so Türen, oder nicht?«

»Ja. Es heißt Nahgharash.«

»Dadurch kann er – oder seine Leute – schbar aus dem Nirgendwo auftauchen. Das wird die ganze Sache doch sehr interessant machen, nich wahr?«

»Mit ›schbar‹ meinst du wohl scheinbar, oder? Aber beschreib mir, was du unter ›interessant‹ verstehst«, forderte Dweia ihn auf.

»Spaß«, erklärte Gher. »Ghend taucht hier auf, wir tauchen dort auf, und keiner weiß genau, wo jemand anders ist – oder wen er bei sich haben wird, wenn er auftaucht. Das is das spassendste Spiel, das man sich vorstellen kann.«

»›Spassendst‹?«, fragte Eliar. »Ich glaube nicht, dass es dieses Wort gibt.«

»Du hast doch verstanden, was ich mein', oder nicht?«

»Ja, schon, aber …«

»Dann is' es doch ein Wort, nicht wahr?«

»Der Junge wird mir noch viel zu denken geben, glaube ich«, stellte Dweia fest.

»Es ist Osthos!«, rief Andine, als Eliar die Tür am Ende eines der langen, schwach beleuchteten Korridore im Südflügel des Hauses öffnete.

»Nur schauen, Andine«, befahl Dweia. »Geh jetzt nicht hindurch. Wir haben nicht genug Zeit, nach dir zu suchen.«

Althalus bemerkte, dass die Türschwelle verschwommen war, während alles dahinter scharf und klar wirkte. Eine mit Kopfsteinen gepflasterte Straße führte an einigen der Läden vorbei, die er in Osthos gesehen hatte, und dann leicht hangauf zu Andines Palast.

»Es ist besser, du schließt die Tür, Eliar«, forderte Dweia ihn auf. »Sie lässt die Zeit herein.«

»Was tut sie?«, fragte Eliar verwirrt.

»Wir wollen nicht, dass die Zeit sich schon bewegt. Dazu sind wir noch nicht bereit. Wir müssen noch sehr viel durchnehmen, und bevor wir das geschafft haben, ist es für uns erforderlich, dass die Zeit stillsteht.«

Eliar schloss gehorsam die Tür. »Ich verstehe das wirklich nicht, Emmy.«

»Das brauchst du jetzt auch nicht.«

»Ihr sprecht von der Zeit, als ginge es ums Wetter, Göttlichkeit«, bemerkte Leitha.

»Auf gewisse Weise ähneln sich die Zeit und das Wetter, Leitha.« Dweia blickte das blasse Mädchen aus Kweron neugierig an. »Sag mir, Liebes, warum beharrst du darauf, mich ›Göttlichkeit‹ zu nennen?«

»Aus Respekt, Göttlichkeit.« Leitha blickte sie mit ihren großen blauen Augen an.

»Das stimmt nicht, Leitha. Du hast vor niemandem aufrichtigen Respekt. Du tust es nur, um mich zu foppen, nicht wahr?«

»Ich würde nicht im Traum daran denken, eine Göttin zu foppen, Dweia«, protestierte Leitha.

»O doch. Nicht dass es mir etwas ausmacht, aber ich fand, dass wir das klären sollten.«

»Dann wird es nicht mehr soviel Spaß machen.«

»Ein bisschen hänseln stört mich nicht, Leitha. Es ist eine Art des Spielens und ich habe sehr lange Zeit als die Katze Emmy verbracht, darum verstehe ich etwas vom Spielen. Irgendwann werde ich es dir beibringen.«

»Ich werde brav sein«, versprach Leitha.

»Das bezweifle ich. Bring uns nach Kanthon, Eliar.«

Eine Woche lang erkundeten sie die Möglichkeiten der Türen im Haus – zumindest schien es ihnen, als wären bloß sieben Tage vergangen. Althalus hatte beschlossen, dem Unterschied zwischen »scheinen« und »sein« nicht nachzugehen.

Während dieser Ausflüge trat Eliar als ihr Führer auf. Dweias Erklärung dafür war ziemlich verschwommen. Der Dolch hatte irgendetwas damit zu tun, schloss Althalus. Wer oder was immer den Jungen erleuchtete, Eliar führte sie geradewegs zur jeweils gewünschten Tür, wann immer Dweia meinte, dass sie sich irgendwo umschauen sollten. »Ich habe nicht die geringste Ahnung, woher ich weiß, welche Tür es ist«, gestand Eliar. »Emmy sagt ›Agwesi‹, und ich öffne sofort die Richtige. Meistens weiß ich nicht einmal, in welches Land sie uns bringt.«

»Das ist gar nicht notwendig, mein lieber Junge«, sagte Andine voll Zuneigung. »Der Dolch befahl dir ›führe‹, und genau das tust du. Ändere nichts. Wir lieben dich alle genau so, wie du bist.« Sie strich sanft über seine Wange. Aus irgendeinem Grund schien Andine die Finger nicht von Eliar lassen zu können.

Schließlich schlug Dweia vor, in ihr Klassenzimmer zurückzukehren. »Wir haben so ziemlich alles erledigt, was hier zu tun war. Wir wissen jetzt, wie das Haus zu benutzen ist – zumindest zum Teil – und ein paar weitere Dinge sind nun an Ort und Stelle, deshalb ist es an der Zeit, dieses Haus zu verlassen.«

»Wir wissen *zum Teil*, wie das Haus zu benutzen ist?«, fragte Gher hellhörig. »Bedeutet das nicht, dass es noch mehr kann, als uns bloß von einem Ort zum anderen bringen?«

»Lassen wir es einstweilen darauf beruhen«, entgegnete Dweia.

»Meine Neugier macht mir zu schaffen, Emmy«, gestand der Junge. »Ich glaub', ich hab eine Idee. Habt Ihr was dagegen, wenn wir drüber reden täten?«

»Warum sollte ich was dagegen haben, Gher? Also, heraus damit!«

»Ihr habt gesagt, das Haus spielt mit der Zeit – ich mein', die Zeit bewegt sich oder bewegt sich nicht, je nachdem wie Ihr wollt.«

»Das stimmt.«

»Nun, durch die Türen spielt das Haus mit der Entfernung, nicht wahr?«

»Ein bisschen komplizierter ist es schon, aber grundsätzlich hast du es erfasst.«

»Wenn's mit der Entfernung spielt, kann's dann nicht auf die gleiche Weise mit der Zeit spielen? Ich drück mich wohl nicht besonders gut aus, nicht wahr? Ihr habt uns gesagt, das Haus wär überall – und zur selben Zeit.«

»Ja. Sprich weiter.«

»Dann ist es doch auch allzeit, richtig? Ich mein damit, dass es wahrscheinlich irgendwo im Haus eine Tür zur vergangenen Woche gibt – oder eine zum nächsten Jahr. Drück ich mich so aus, dass es einen Sinn ergibt?«

Dweia blickte ihn beunruhigt an. »Du solltest diese Art von Frage eigentlich noch nicht stellen, Gher.«

»Ihr habt gerade ›noch nicht‹ gesagt, Emmy«, trumpfte der Junge auf. »Das kann wohl nur bedeuten, dass wir noch dazu kommen, nicht wahr?«

Dweias grüne Augen wurden schmal. »Jetzt bin ich an der Reihe, eine Frage zu stellen, Gher.«

»Ich werd sie wohl nicht beantworten können, Emmy. Ich bin bloß ein Hinterwäldler.«

»Wir können es ja versuchen. Entfernung ist Raum, nicht wahr?«

»Nun ja, gewissermaßen, glaub ich.«

»Was ist der Unterschied zwischen Raum und Zeit?«

Gher runzelte die Stirn. »Soweit ich's sehen kann, ist da keiner. Sie sind das Gleiche, nicht wahr?«

Dweia sog laut den Atem ein. »Mit wem hast du gesprochen, Gher? Woher hast du diesen Gedanken?«

»Der is' mir grad gekommen, glaub ich. Als Ihr ›Raum‹ statt ›Entfernung‹ gesagt habt, klickten mehrere Dinge zusammen. Hab ich was gesagt, das ich nicht sagen sollte, Emmy? Tut mir leid, wenn ich Euch ein wenig aus der Fassung gebracht hab.«

»Das hast du nicht, Gher. Es hat mich bloß überrascht. Nur wenigen Personen ist bisher die Einheit von Raum und Zeit bewusst.«

»Ich hab drüber nachgedacht, seit Eliar mir von dem Traum erzählt hat, den wo ihr alle in Awes geträumt habt«, erklärte Gher. »Als wir dann die Türen benutzt haben, um im Raum rumzuhüpfen, ist mir der Gedanke gekommen, dass Ghend vielleicht seine Türen benutzt, um in der Zeit rumzuhüpfen, und wenn Hüpfen gleich Hüpfen ist, macht es vermutlich keinen Unterschied, ob man im Raum hüpft oder in der Zeit. Dadurch kam ich dann drauf, dass da kein Unterschied ist – dass Raum und Zeit das gleiche sind. Anfangs hat's nicht viel Sinn gemacht, aber irgendwie passt es jetzt zusammen. Und wenn man es recht bedenkt, erklärt es viel, nicht wahr?«

»Großer Gott!«, entfuhr es Bheid.

»Ja?«, fragte Dweia.

»Ich – ich meinte nicht …«, stammelte Bheid.

»Du solltest mit dem Wort Gott wirklich nicht so leichtfertig umgehen«, rügte sie ihn. »Macht es dir zu schaffen, was Gher gerade gesagt hat?«

»Ist dieser Junge menschlich?« Bheid blickte Gher beinahe ehrfürchtig an. »Seine Gedanken übersteigen meine so himmelhoch, dass ich nicht einmal die Hälfte von dem verstehe, was er sagt.«

»Er ist ein bisschen ungewöhnlich«, gab Dweia zu.

»Ungewöhnlich oder nicht, er ist trotzdem unser Gher.« Andine streckte die Hand aus und zauste das Haar des Jungen. »Er ist nur ein krausköpfiger kleiner Knabe, der dringend ein Bad braucht.«

»Ich hab erst vorige Woche gebadet!«, protestierte Gher.

»Dann wird's aber Zeit!«

»Schon?«

»Es tut ja nicht weh, Gher.« Sie lachte, umarmte den Jungen und zog ihn an sich.

18

»Sie werden dir nicht glauben, Bruder Bheid«, versicherte Eliar ihrem Priestergefährten. »Wir Arumer werden so ausgebildet, dass wir nichts glauben, was die Menschen aus dem Flachland uns erzählen. Wir finden eure Kriege und Sitten merkwürdig und glauben nicht an eure Götter.«

»Dann ist euer Leben leer.«

»Das Geld macht's wieder wett – meinte zumindest Sergeant Khalor.«

»Er muss ein sehr schlechter Mensch sein.«

»Da täuschst du dich, Bheid«, stellte Althalus klar. »Sergeantgeneral Khalor ist ein sehr guter Soldat, und er ist klug genug, seinen Auftraggebern nicht zu glauben, wenn sie ihm statt klingender Münze himmlische Belohnung versprechen. Die Arumer arbeiten nur gegen Bezahlung, da weiß man bei Gechäftsbeziehungen, woran man ist.«

»Wo wollen wir genügend Geld hernehmen, alle Arumer anzuwerben?«

»Ich habe eine kleine geheime Goldmine, Bheid«, erklärte Althalus. »Ich kann sämtliche Stämme bezahlen – wahrscheinlich sogar mehrere Male, wenn ich will. Die Arumer sind die besten Krieger der Welt und können andere ausbilden, dass sie fast ebenso gut werden. Das ist, was wir wirklich brauchen. Die zusammengewürfelten Armeen der übrigen Welt kämpfen für ihren Glauben – der sich von heute auf morgen ändern kann. Die Arumer kämpfen für Gold, und das ist beständig. Ein Trupp Arumer kann binnen zweier Monate erfolgreich eine ganze Armee ausbilden. Und dann lehren sie die Soldaten Strategie und Taktik. Unser Eliar ist erst fünfzehn Jahre, aber er weiß mehr von Taktik als die meisten Generäle der Länder im Flachland.«

Eliar verzog das Gesicht. »Wenn Sergeant Khalor einen Rekruten ausbildet, lernt der so oder so, und das Erste, was der künftige Krieger lernt, ist genau das zu tun, was der Sergeant ihm befiehlt. Khalor hat eine sehr lockere Faust.«

»Wie grausam!«, rief Andine.

»Nein«, widersprach Eliar. »Es ist sogar etwas wie Güte. Mein Sergeant lehrte uns das Überleben. Was könnte gütiger sein? Im Krieg werden Menschen getötet. Ich verdanke meinem Sergeant, dass ich nicht dazugehöre.«

»Dann ist es eine Form von Nächstenliebe?«

»So weit würde ich nicht gehen. Der Sergeant wollte, dass wir am Leben bleiben, um genug Männer für die nächste Schlacht zu haben. Bei der Strategie kommt es vor allem darauf an, seine Männer am Leben zu halten. Wenn man sich um seine Männer kümmert, kümmern sie sich auch um einen selbst.«

»Sind wir hier im Haus fertig, Dweia?«, erkundigte Althalus sich.

»Für den Augenblick, ja.«

»Dann könnten wir aufbrechen, um mit Häuptling Albron zu verhandeln. Sein Stamm ist der größte in Arum, und er kennt uns; deshalb können wir bei ihm ohne viele Worte schnell zur Sache kommen.«

»Die anderen Häuptlinge hören auf Albron«, erklärte Eliar.

»Da bin ich sicher. Er und ich sind gut miteinander ausgekommen. Natürlich habe ich ihm keinen reinen Wein eingeschenkt, was den Dolch betrifft, aber das dürfte ich ohne größere Schwierigkeiten klären können. Wirklich wichtig ist, dass nur ein Stammeshäuptling eine Zusammenkunft aller Häuptlinge von Arum einberufen kann – wir hätten nicht die Zeit, jeden Stamm des ganzen Landes einzeln aufzusuchen. Wir müssen zu ihnen allen gleichzeitig reden, und dazu ist Albron der Schlüssel.«

»Die Waffenkammer ist vielleicht am geeignetsten, Eliar«, erklärte Althalus dem jungen Arumer beim Abendessen. »Wir sollten lieber nicht plötzlich auf der Straße vor der Festung deines Häuptlings auftauchen. Ghend hat seine Augen wahrscheinlich überall. Meinst du, du könntest das fertig bringen?«

»Ich denke schon«, antwortete Eliar. »Ich habe es natürlich noch nicht versucht, aber ich habe so das Gefühl, dass ich sogar eine bestimmte Stelle in einem Raum auswählen kann.«

»Würde es jemanden stören, wenn ich einen Vorschlag mache?«, fragte Leitha.

»Mich nicht.« Eliar häufte sich seinen Teller wieder voll.

»Dafür bin doch ich zuständig, Eliar«, rügte ihn Andine. »Leg das zurück und reich mir deinen Teller.«

»Entschuldigung.«

»Erschrecken die Leute denn nicht, wenn wir plötzlich aus dem Nichts auftauchen?«, fragte Leitha.

Bheid blickte sie an. »Ließe sich das denn umgehen?«

»Warum kommen wir nicht einfach durch die Tür? Wir müssen doch ohnehin durch eine, so wird es uns natürlicher erscheinen – und jedem auf der anderen Seite ebenfalls.«

»So machen, dass diese Seite der Tür hier ist und die andere dort?«, warf Gher ein.

»Gut überlegt, Gher«, lobte Leitha den Jungen.

»Danke.« Gher neigte höflich den Kopf. »Aber vielleicht könnten wir irgendwann doch aus dem Nichts auftauchen.«

»Warum sollten wir?«

»Weil es spassender wäre.« Gher grinste. »Ich tät gern sehen, wie jemand bei unserm Anblick vor Schreck erstarrt.« Er blickte Althalus an. »Das wär doch genau richtig, wenn man jemand ausrauben will, nicht wahr, Meister Althalus? Ihr wisst schon, auftauchen, den Geldbeutel schnappen und verschwinden. Auf diese Weise könnten wir eine Menge Geld stehlen – ohne dass wir wirklich von zu Haus weg müssen.«

»Hm«, murmelte Althalus beinahe verträumt. »Hm, ja, wirklich.«

»Vergiss es«, ermahnte ihn Dweia.

Andine stellte Eliars vollen Teller vor ihn. »Iss, bevor es kalt wird.«

»Ja, Andine.« Er griff nach dem Löffel.

An der Eindringlichkeit, mit der Andine Eliar beim Essen

zuschaute, war etwas beunruhigend Besitzergreifendes. Althalus schauderte und wandte den Blick ab.

»Wann bist du heimgekommen, Eliar?«, fragte Rheud, der rotbärtige Rüstmeister, als sie alle durch die Tür in seine Waffenkammer traten.

»Gerade eben, Rheud.«

Althalus fühlte sich ein wenig schwindelig. Mit nur einem einzigen Schritt so viele Meilen zu überwinden, konnte einen etwas aus der Fassung bringen.

»Entspann dich, Althalus«, schnurrte ihm Emmy die Katze aus ihrem üblichen Platz in der Kapuze seines Umhangs zu. Althalus erkannte, dass er Emmy während der vergangenen Wochen vermisst hatte, so lächerlich es sein mochte.

»Ich war mir nicht sicher, dass es sich tatsächlich machen lässt, Em. Aus dem Fenster auf einen Hunderte von Meilen entfernten Ort zu blicken, ist etwas völlig anderes, als diese Meilen von einem Augenblick zum anderen hinter sich zu bringen.«

»Du hast mir nicht getraut?«

»Natürlich habe ich dir getraut, Em, zumindest – nun, äußerlich.«

»Aber innerlich nicht.«

»Über eine Sache reden ist etwas anderes, als sie zu tun, Em.«

»Es wird von Mal zu Mal leichter. Gib auf Eliar Acht, Althalus, dass er nicht versehentlich Geheimnisse verrät.«

»Ich sehe, dass Ihr unseren Jungen gefunden habt, Meister Althalus«, sagte Rheud erfreut. »Hatte er den Dolch, den Ihr gesucht habt?«

»O ja«, antwortete Althalus. »Es war ein wenig kompliziert, aber jetzt ist es im Wesentlichen so, wie's sein soll.«

»Ihr reist nicht mehr allein, wie ich sehe.« Rheud fuhr durch seinen borstigen roten Bart und beäugte Andine und Leitha.

»Nur ein paar alte Freunde, denen ich zuvor nicht begegnet war«, antwortete Althalus. »Ist Häuptling Albron jetzt in der Haupthalle?«

»Da müsste er eigentlich sein«, antwortete Rheud. »Er lässt sich an der Frühstückstafel gern Zeit. Als Erstes hat er am Morgen seine Geschäfte im Sinn. Er sagt, dass er die Hälfte seiner Tagesarbeit schaffen kann, ehe er vom Frühstückstisch aufsteht. Haben die Meuchler Eures Vetters Euch Schwierigkeiten gemacht da unten im Flachland?«

»Nein, eigentlich nicht«, entgegnete Althalus. »Ich konnte sie abhängen.«

»Vielleicht bedankt Ihr Euch bei unserem Häuptling dafür. Er hat bekannt gegeben, dass jeder, der sich nach Euch oder diesem Zierdolch erkundigt, festgenommen werden soll. Ihr habt Eindruck bei Häuptling Albron gemacht, Meister Althalus.«

»Wir haben uns gut verstanden. Hat er viele Knechte meines Vetters abgefangen?«

»So einige«, erwiderte Rheud. »Unter anderem einen stämmigen Burschen mit flacher Stirn. Mit dem gab's aber so einige Schwierigkeiten. Nach allem, was ich hörte, brauchte es ein Dutzend Männer, um ihn zu überwältigen.«

»Ach?«

»Er sagte, sein Name sei Pegoyl oder so ähnlich ...«

»Pekhal?«

»Könnte sein, ja. Die Stammesbrüder, die ihn schließlich gefangen nahmen, haben ihm ein eisernes Halsband umgelegt und ketteten ihn an ein Gespann mit sechs Ochsen, um ihn hierher zu ziehen – nachdem sie heraus gefunden hatten, dass ein Zweiergespann ihn nicht von der Stelle brachte.«

»Ist er noch da, Rheud?«, erkundigte Eliar sich aufgeregt.

»Nein, er konnte fliehen – fraß sich durch die Verliestür, behaupten einige. Ihr habt Glück gehabt, Meister Althalus, dass er Euch nicht gefunden hat. Er war mehr Bestie als Mensch.«

»Ich weiß, ich bin ihm schon mal begegnet. Es war schön, wieder mit dir zu plaudern, Rheud. Jetzt werde ich sehen, ob ich euren Häuptling noch erreiche, ehe er sein Frühstück beendet. Ich möchte ihm ein Geschäft vorschlagen.«

»Für Geschäfte ist Albron immer zu haben.«

Althalus führte die anderen auf den Korridor hinaus.

»Interessant«, murmelte Bheid. »Ihr macht Ghend offenbar sehr nervös, wenn er seine bevorzugten Knechte auf Euch ansetzt.«

»Das ist nicht sicher, Bheid. Pekhal handelt vielleicht von sich aus. Bei unserer letzten Begegnung war ich nicht allzu freundlich zu ihm, und das hat er möglicherweise persönlich genommen.«

»Darf ich Emmy tragen?«, bat Andine, und aus ihren großen dunklen Augen sprach sehnsüchtiges Verlangen.

Althalus verspürte einen plötzlichen Stich heftiger, unvernünftiger Eifersucht. »Wir sollten sie lieber lassen, wo sie ist«, wehrte er ab. »Möglicherweise will sie mir Anweisungen erteilen, während wir mit Eliars Häuptling reden.«

»Das ist eine gemeine Ausrede!«, brauste Andine auf.

»Nimm dich zusammen, Andine«, rügte er sie müde.

Häuptling Albron saß noch an der Frühstückstafel in der großen Halle, als Althalus mit den Gefährten eintrat. »Ich werd verrückt! Wenn das nicht Meister Althalus ist!«, rief der junge Häuptling und erhob sich.

»Es ist mir eine Freude, Euch wiederzusehen, Häuptling Albron.« Althalus machte einen Kratzfuß.

»Vielleicht erfahren wir jetzt endlich, was drunten in Osthos passiert ist«, meinte Albron. »Ich sehe, dass Ihr Eliar bei Euch habt.«

»Ja, er ist recht brauchbar. Oh, das erinnert mich daran, dass ich Euch noch für seine Dienste bezahlen muss.«

»Das kann warten. Was in aller Welt habt Ihr da unten gemacht? Diese Jungs, die Ihr heimgeschickt habt, haben bei ihrer Rückkehr puren Unsinn geplappert.«

»Darüber unterhalten wir uns am besten unter vier Augen, Häuptling Albron«, entgegnete Althalus vorsichtig. »Es geht vieles vor sich, das Ihr wissen solltet, und einiges mag ein wenig merkwürdig erscheinen.«

»Eliar!«, brüllte eine Stimme vom hinteren Ende des Tisches. »Hast du deine gute militärische Ausbildung vergessen?«

Eliar zuckte zusammen. »Verzeih, Sergeant Khalor, ich wollte niemanden unterbrechen.«

»Das ist keine Entschuldigung! Erstatte Meldung!«

»Jawohl, Sergeant.« Eliar stand stramm und salutierte vor Häuptling Albron. »Soldat Eliar erstattet Meldung.«

Albron erwiderte den militärischen Gruß. »Du wächst ja immer noch, Eliar, und scheinst auch in die Breite zu gehen.«

»Jawohl, mein Häuptling.«

»Rühr dich, Junge.« Albron lächelte. »Deine Mutter hat mir erzählt, dass du sie im Spätsommer vergangenes Jahr besucht hast. Warum hast du dich da nicht gemeldet?«

»Ich habe es ihm verboten, Albron«, sprang Althalus ein. »Wir waren auf geheimer Mission und ich wollte nicht, dass unsere Widersacher, die uns den ganzen Weg beschattet haben, den Jungen entdecken. Das ist eine der Fragen, die wir erörtern sollten, wenn wir unter uns sind.«

»Ihr weckt wahrhaftig meine Neugier, Althalus. Wie wär's, wenn wir uns in meine Arbeitsstube zurückziehen, wo wir ungestört reden können? Ich habe so das Gefühl, dass eine lange, interessante Geschichte im Gange ist – und ich wüsste es zu schätzen, wenn Ihr mir erlaubt, den beiden liebreizenden jungen Damen in Eurer Gesellschaft meine Aufwartung zu machen.«

»Darf ich vorschlagen, Sergeantgeneral Khalor zu unserem Gespräch hinzuziehen? Über kurz oder lang wird er in die Sache mit einbezogen werden, deshalb wäre es gut, ihn von Anfang an dabei zu haben.«

Häuptling Albron zog eine Braue hoch.

»Ich will Männer in Dienst stellen«, sagte Althalus gerade heraus. »Seid Ihr interessiert?«

»An Geschäften bin ich immer interessiert, Althalus.« Albron rieb sich die Hände.

»Was ist in Osthos wirklich passiert, Eliar?«, fragte Sergeant Khalor, während sie Häuptling Albron über einen langen, mit Fackeln beleuchteten Gang zur hinteren Seite der steinernen Festung folgten. »Deine Kameraden waren sehr verwirrt, als sie heimkamen.«

»Ich weiß es selbst nicht so genau, Sergeant Khalor«, gestand Eliar. »Es sind sehr viele Dinge geschehen, die ich damals nicht verstand und die auch jetzt kaum einen Sinn für mich ergeben. Althalus hat mich und die anderen von Andine freigekauft. Er behauptete, er wolle uns in Ansu als Sklaven an die Salzminen verschachern.«

»Soweit ich mich erinnere, wollte Andine zu der Zeit dein Blut trinken. Was hat sie davon abgebracht?«

»Emmy.«

»Wer ist Emmy?«

»Sie arbeitet mit Althalus zusammen. Ich glaube, es ist besser, wenn er das selbst erklärt. Ich würde nur alles durcheinander bringen. Es geschieht so vieles, das ich nicht verstehe.«

Was Häuptling Albron seine Arbeitsstube genannt hatte, erwies sich als gemütlicher Raum mit großem offenem Kamin und mit Binsen bedecktem Fußboden. Auf einem langen Wandbrett befanden sich Bücher und eine größere Zahl Schriftrollen. »Lest Ihr viel, Althalus?«, fragte der junge Häuptling.

»Ich habe ein einziges und einzigartiges Buch studiert, Albron – ein sehr umfangreiches Werk. Ihr habt eine Menge Bände hier, wie ich sehe.«

»Eines meiner Steckenpferde. In letzter Zeit lese ich vor allem gern treboreanische Gedichte.«

»Und welchen Dichter bevorzugt Ihr?«, fragte Andine.

»Ich liebe die mitreissenden Epen Sendhris, junge Dame. Er ist einer der großen Poeten Kanthons.«

»Ihr vergeudet Eure Zeit, Häuptling Albron!«, wies sie ihn heftig zurecht. »Kanthonesische Poesie ist das Pergament nicht wert, auf das sie gekritzelt ist.«

»Unsere liebe Arya hat ihre eigenen Ansichten über manche Dinge, Häuptling Albron.« Leitha lächelte leicht.

»Arya?«

»Wie vergesslich von mir«, entschuldigte Althalus sich. »Häuptling Albron, die dunkelhaarige junge Dame mit der aufregenden Stimme ist Arya Andine, die Herrscherin von Osthos. Die wortgewandte blonde Dame ist Leitha, die Hexe von Kweron.«

»Hexe?« Albron blinzelte.

»Das werde ich Euch heimzahlen, Althalus«, drohte Leitha. »Das Ganze war ein Missverständnis, Häuptling. Unser Priester hatte einige sehr unpriesterliche Begierden, und da er sich für unsagbar fromm hielt, gelangte er zu der Ansicht, dass jede junge Frau, die diese Begierden weckte, eine Hexe sein müsse. Er wollte mich als Brennholz-Ersatz benutzen, doch Althalus und Bheid konnten es ihm ausreden.«

Häuptling Albron verneigte sich. »Euer Besuch ist eine Ehre für mein Haus, edle Damen«, sagte er förmlich.

»Der junge Bheid hier ist ein Deiwos-Priester aus Awes in Medyo«, fuhr Althalus fort. »Und der Knabe heißt Gher. Ich bilde ihn zum Dieb aus.«

»Ihr habt eine ungewöhnliche Schar von Gefährten, Althalus. Ach, übrigens, habt Ihr den gesuchten Dolch gefunden?«

»Ja. Zurzeit steckt er unter Eliars Gürtel.«

»Ich dachte, Ihr wolltet die Waffe Eurem Onkel in Ansu zurückbringen.«

»Nun, ich muss gestehen, die Geschichte, die ich Euch bei meinem letzten Besuch erzählte, entsprach nicht ganz der Wahrheit.« Althalus verzog das Gesicht. »Um ehrlich zu sein, Albron, hatte ich sie aus dem Stegreif erfunden, denn wenn ich Euch gesagt hätte, wozu ich den Dolch tatsächlich brauchte, hättet Ihr mich als gemeingefährlichen Irren in Ketten legen lassen. Ich gebe es ungern zu, aber ich arbeite für die Gottheit.«

»*Darum* dreht sich alles?«

»Ich fürchte ja. Es war nicht wirklich meine Idee, aber die Gottheit hat so ihre Art, Menschen dazu zu bringen, dass sie tun, was sie von ihnen erwartet.«

»*Sie*?«

»Es ist ziemlich kompliziert.«

Albron schüttelte erstaunt den Kopf. »Ich hatte eigentlich etwas anderes von Euch erwartet. Hier in Arum werdet Ihr nicht viel Glück haben, fürchte ich. Wir mischen uns nicht in Religionskriege ein. Erstens werden diese Auseinandersetzungen stets sehr fanatisch geführt, und zweitens möchten wir nicht, dass unsere jungen Männer von allen möglichen Irrglauben angesteckt nach Hause kommen. Arumer kämpfen für irdische und nicht für himmlische Werte.«

»Ich bezahle viel Geld, und niemand muss an irgendetwas glauben, wenn er für mich arbeitet.« Althalus griff unter seinen Umhang und brachte zwei seiner ovalen Goldbarren zum Vorschein. »Ist das Eure Aufmerksamkeit wert, Häuptling Albron?«

Albron stemmte die Barren hoch. »Schön, schön«, er grinste breit, »das ist allerdings eine mehr als gute Grundlage für ein Gespräch.«

»Ich dachte mir gleich, dass Ihr es so seht. Ich biete Gold, Albron, nicht ewiges Leben oder einen Platz an Gottes Tafel. Es wird zu einem Krieg kommen und ich brauche Soldaten, keine Bekehrten.«

»Wenn Ihr es auf dieser Grundlage belasst, Althalus, glaube ich, dass jeder Stamm in Arum mitmachen wird.«

Althalus steckte seine Goldbarren wieder ein. »Als Beweis meiner Zahlungsmoral sollten wir vielleicht für Eliars Dienste abrechnen. Wieviel schulde ich Euch für den vergangenen Sommer?«

»Was ist der übliche Satz, Sergeant Khalor?«, fragte Albron.

»Zwei Goldstücke wären angebracht, mein Häuptling«, erwiderte Khalor.

»Zwei?«, protestierte Althalus. »Er ist nur ein Junge!«

»Er hat das Zeug zum Hauptmann. Vielleicht sogar zum General!«

»Aber noch ist er weder das eine noch das andere, Khalor. Ich bezahle für seinen jetzigen Rang. Ein Silberstück dürfte reichen. Vielleicht wird er ja einmal ein General, doch bis dahin ist es noch weit.«

»Ihr habt Euch seiner ohne Häuptling Albrons Einverständnis bedient«, gab Khalor zu bedenken. »Dafür werdet Ihr eine Strafe bezahlen müssen.«

»Er war ein Gefangener – und Andine war nahe daran, ihn in kleine Stücke zu zerlegen.«

»Das stimmt.« Khalor nickte. »Und Ihr habt ihm das Leben gerettet, denke ich. Vielleicht könnte ich auf ein Goldstück heruntergehen.«

»Ein halbes Goldstück!«

»Fünfzehn Silberstücke!«, konterte Khalor.

»Zwölf!«

»Warum sagen wir nicht dreizehn? Nur um es in freundschaftlichem Rahmen zu halten.«

»Erinnere mich, von einem Pferdehandel mit dir Abstand zu nehmen, Sergeant Khalor«, brummte Althalus. »Also gut – dreizehn.«

»Wenn Khalor nicht bereits den höchsten Rang in unserer Kampftruppe innehätte, wäre jetzt eine Beförderung fällig«, murmelte Albron.

»Ich glaube nicht, dass wir das in allen Einzelheiten durchzugehen brauchen, Häuptling Albron«, meinte Althalus kurze Zeit später. »Wenn man es recht betrachtet, kämpfen wir weniger für unsere Religion als gegen die unseres Feindes. Dieser Feind ist ein Mann namens Ghend, der die ganze Welt dazu bekehren will, seinen Gott zu verehren. Das werden wir verhindern. Ghend hat kleine Geheimgruppen seiner Anhänger gebildet, die in vielen Ländern der Tiefebene die Bevölkerung zur Rebellion aufwiegeln. Die Armeen dieser Länder sind hauptsächlich zu zeremoniellen Zwecken aufgestellt. Die Soldaten sind sehr geschickt, wenn es darum geht, die Rüstungen zu polieren, im Kampf aber taugen sie gar nichts. Deshalb bin ich hierher gekommen. Arumer sind wahre Soldaten, und ich möchte sie anwerben, die Männer des Flachlands auszubilden, damit sie ihre Kriege selbst führen können – zumindest diesen einen –, und sie zu beraten.«

»Dadurch bringt ihr mich um meine zukünftigen Geschäfte, Althalus«, wandte Albron ein.

»Ganz und gar nicht. Nachdem wir Ghends Armeen vernichtet haben, dürfte alles wieder so werden wie zuvor. Die Fürsten des Flachlands werden sich auch weiterhin von ihrem Ehrgeiz antreiben lassen und in Arum Söldner anwerben. Es ist eine Sache des Geldes, Albron. Es kommt sehr teuer, eine Armee auszubilden und zu unterhalten. Selbst wenn gerade kein Krieg geführt wird, müssen die Soldaten mit Essen und sonstigem versorgt werden. Es ist deshalb letztendlich billiger, Arumer anzuwerben.«

»Über wie viel Gold verfügt Ihr, Althalus?«, erkundigte Albron sich vorsichtshalber.

»Genug – hoffe ich. Wie lange, glaubt Ihr, wird es dauern, die Stammeshäuptlinge zu einer Besprechung zusammenzurufen? Ich möchte zu allen reden.«

Albron überlegte. »Das wird sich wohl kaum vor dem nächsten Frühjahr machen lassen. Denn sobald die Pässe eingeschneit sind, verlässt niemand in Arum seine Ansiedlung.«

Althalus täuschte eine nachdenkliche Miene vor. »Ist das früh genug, Em?«, fragte er stumm.

»Damit habe ich in etwa gerechnet, Althalus«, antwortete sie. »Ich kenne die Arumer gut genug, um zu wissen, dass sie eine Anlaufzeit brauchen. Ghend ist auch noch nicht ganz bereit. Ich würde sagen, dass der Krieg nicht vor Mitte nächsten Sommers beginnt.«

»Ich werde in meinem Terminplan nachsehen, ob ich den Krieg noch einschieben kann, Em.« Er grinste.

Die Flüsse rauschten kalt und klar durch die steinernen Schluchten der Berge. Adler zogen hoch am Himmel ihre Kreise und Wölfe pirschten durch die Wälder.

Berge und Wälder waren still, ganz still. Plötzlich erklang von weit her ein Wimmern unendlicher Verzweiflung. Und dann erschienen mit einem Male die Menschen aus dem Westen. Primitiv waren sie, und verrottende Tierhäute bedeckten ihre Blöße, und rot waren ihre Werkzeuge und Waffen – Äxte und Beile aus rötlichem Kupfer.

Und Ghend wandelte zwischen den Menschen, wisperte und wisperte, und seine Augen glühten im Rot des Kupfers.

Und die Menschen hatten Angst.

Ghend aber trieb sie an und sie begaben sich zu den Flüssen, in denen sich Gold befand. Und Ghend befahl den Menschen: »Bergt das Gold und opfert es Daeva, eurem Gott, denn er liebt es und wird euch für diese Opfergabe segnen.«

Und die Menschen machten sich an die schwere Arbeit, gelbes Gold aus dem Sand in den Flüssen zu sieben, und die ganze Zeit hallte das Wimmern von den Berghängen, und die Menschen hatten Angst, große Angst, während sie unter der schweren Fron stöhnten.

»Eine unruhige Nacht, nicht wahr?«, wandte Althalus sich am nächsten Morgen an den verstörten Häuptling Albron.

»Hattet Ihr ebenfalls Albträume?«, fragte Albron.

»O ja – und wahrscheinlich alle anderen auch. Das ist gar nicht so ungewöhnlich, wisst Ihr. Nicht mehr ganz frisches Fleisch im Eintopf kann sich bei allen, die davon gegessen haben, auf ungute Weise bemerkbar machen. Dieser besondere Albtraum rührte jedoch nicht von schlechtem Fleisch her. Er war ein Geschenk von Ghend. Ihr habt eine Schar verängstigter, in Tierhäute gekleideter Menschen mit Kupferwerkzeug gesehen, nicht wahr?«

»Woher wisst Ihr das?«

»Weil ich das Gleiche geträumt habe, Albron. Wahrscheinlich hatten alle in der Festung diesen Traum. Ghend hat das schon öfter getan. Er versucht, die Wirklichkeit zu verändern. Darum geht es in dem bevorstehenden Krieg. Ghend will Dinge ändern, die wir nicht geändert haben wollen; deshalb werden wir ihn davon abhalten.«

»Wie, in aller Welt, könnt Ihr jemanden aufhalten, der eine solche Macht besitzt?« Albrons Gesicht war aschgrau und seine Hände zitterten.

»Nun, ich werde ihn ein bisschen töten«, antwortete Althalus. »Die Leute sind meist viel willfähriger, wenn man sie erst getötet hat.«

»Möchtet Ihr mein Schwert ausleihen?«, bot Albron ihm an. »Habt Ihr dieses schreckliche Wimmern auch in Eurem Traum gehört?« Er schauderte.

»O ja!«, erwiderte Althalus grimmig. »Jedes Mal, wenn Ihr diesen Laut hört, spielt Ghend seine Spielchen mit Eurem Verstand, und was Ihr seht, ist nicht wirklich, sondern von Ghend geschaffen.«

»Wie habt Ihr das herausgefunden?«

»Ihr wollt doch gar nicht, dass ich Euch diese Frage beantworte, Albron. Ihr seid eingefleischter Skeptiker, und wenn ich Euch erzähle, wie ich es herausgefunden habe, würdet Ihr glauben, dass ich Euch bekehren will. Ich bin kein Missionar. Ich beschäftige mich nicht mit dem Glauben oder Unglauben anderer. Dweia bezahlt mich, weil ich der geschickteste Dieb aller Zeiten bin.«

»Ihr werdet bezahlt?«

»Natürlich. Es wäre berufswidrig, umsonst zu arbeiten. Da wir gerade davon reden – ich werde die nächsten paar Tage nicht hier sein. Ich möchte meiner Goldmine einen kleinen Besuch abstatten. Es sei denn, Ihr und die anderen Häuptlinge würdet Schuldscheine annehmen. Die könnt ihr natürlich gern haben, aber …« Er unterbrach sich und grinste.

»Aber Gold ist uns lieber, mein Freund, ganz recht«, entgegnete Albron.

»Das dachte ich mir schon. Möglicherweise hat mein Name etwas damit zu tun. Ist es nicht ein Gebot der Arumer, niemandem mit Namen Althalus zu trauen?«

»Es ist unser höchstes Gebot, mein Freund.«

»Perquaine?«, wandte Eliar am Morgen ein, nachdem er, Althalus und Bheid ins Haus zurückgekehrt waren. »Es gibt kein Gold in Perquaine, Althalus.«

»Es kommt darauf an, wo man danach sucht«, entgegnete Althalus. »Es ist keine natürliche Goldmine, Eliar, sondern eine Schatzkammer in der Ruine eines alten Hauses.«

»Wie seid Ihr darauf gestoßen?«, fragte Bheid erstaunt.

»Emmy hat mich auf unserem Weg nach Osthos dort hingebracht. Was brauchst du alles an Einzelheiten, Eliar, um die richtige Tür zu finden?«

»Nicht viel. Emmy und ich haben ein wenig geübt, bevor wir uns alle zur Festung des Häuptlings begaben. *Ihr* müsst genau wissen, wohin Ihr wollt, ich nicht.«

»Das ergibt keinen Sinn, Eliar«, wandte Bheid ein.

»Ich weiß. Das habe ich Emmy auch gesagt, aber sie zeigte mir, dass ich mich getäuscht habe. Der Dolch hat irgendwie damit zu tun. Wenn Althalus sich ein Bild von dem gewünschten Ziel vorstellt, nimmt der Dolch es auf und weist mich auf die richtige Tür hin. Ich vermute, dass der Dolch etwas Ähnliches tun kann wie Leitha. Er holt sich die Auskunft, die er braucht, direkt aus dem Verstand des Betreffenden. Dann teilt er mir mit, wohin ich muss. Emmy hat sich nicht sehr klar ausgedrückt, als sie mir sagte, wie es geht. Ihr wisst ja selbst, wie sie manchmal ist. Sie meinte, es sei nicht wichtig, dass ich weiß, *wie* es zu machen ist, nur *dass* es zu machen ist.«

»Ganz unsere Emmy!« Bheid nickte. »Und ich glaube, mit diesem Dolch hat es eine noch viel größere Bewandtnis, als sie uns gesagt hat.«

»Irgendwann werden wir uns sicher mit ihr darüber unterhalten«, meinte Althalus. »Aber jetzt sollten wir unsere Schaufeln holen und ein wenig Gold ausgraben.«

Eliar führte sie durch einen Korridor im Südflügel des Hauses. Etwa in der Mitte blieb er vor einer Tür stehen, die genauso aussah wie alle anderen. »Das ist sie.« Eliar öffnete.

Unmittelbar davor erstreckte sich eine Straße, und Althalus sah rechts den vertrauten Hügel. »Ja, hier ist es«, versicherte er den Gefährten. »Wir wollen um die Südseite herum gehen.« Er trat durch die Tür auf die Straße und kratzte mit seiner Schaufel ein großes Zeichen in die Erde.

»Wozu soll das gut sein?«, wunderte Eliar sich.

»Damit wir genau wissen, wo die Tür ist.«

»Ich weiß, wo sie ist, Althalus.«

»Wir wollen kein Risiko eingehen. Es wäre ein weiter Marsch zurück zum Haus, falls wir die Tür nicht mehr fänden.«

Sie gingen um die Südseite des Hügels herum, und Althalus führte sie zu der Stelle hinauf, die er im vergangenen Frühjahr getarnt hatte. Er stieß die Schaufel in den Boden. »Hier ist es, meine Herren. Fangt an zu graben, etwa vier Fuß tief. Werft den Aushub nicht zu weit. Wir brauchen ihn, um das Loch wieder aufzufüllen.«

»Warum?«, erkundigte Bheid sich neugierig.

»Um das Gold zu verbergen, das wir hier lassen.«

»Nehmen wir denn nicht alles mit?«

»So viel brauchen wir nicht, um die Arumer anzuwerben.«

»Wieviel ist es denn?«

»Das weiß ich selbst nicht so genau. Ich habe das letzte Mal nur etwa hundert Pfund mitgenommen. Wir wissen jetzt, wie wir hierher kommen, und können jederzeit zurückkehren und weiteres Gold holen, sollte es sich als notwendig erweisen. Fangen wir zu graben an, meine Herren.«

Sie brauchten etwa eine Viertelstunde, um zum Fliesenboden zu gelangen. Dann stocherte Althalus vorsichtig mit seinem Dolch herum, bis er die lose Platte gefunden hatte. Er stemmte sie hoch, langte in den verborgenen Keller und hob einen der ovalen Barren heraus. Er blies den Staub davon weg, damit das gelbe Metall gut zu erkennen war.

»Großer Gott!«, hauchte Bheid ehrfürchtig und starrte auf das wertvolle Stück in Althalus' Händen.

»Hübsch, nicht wahr?« Althalus streckte ihm den Goldbarren entgegen. »Hier, halt ihn, während ich eine Laterne besorge. Ich habe nämlich keine Ahnung, wie groß dieser Keller ist. Es ist ziemlich dunkel hier unten.« Mit dem Wort »lap« schuf er eine Laterne, zündete sie an und hielt sie in den Keller. »Reich mir die Hand, Eliar. Ich möchte mir beim Hinunterspringen nicht die Beine brechen.«

Der Keller war etwa acht Fuß tief, und die Stapel Goldbarren erstreckten sich in allen Richtungen in die zunehmende Dunkelheit. »Meine Güte!«, murmelte Althalus ehrfürchtig.

»Ist noch mehr da unten?«, rief Eliar herunter.

»Ich glaube, so schnell wird uns das Gold nicht ausgehen. Steig aus dem Loch hinaus, Eliar. Ich werde die Barren zuerst Bheid hochreichen, er kann sie dann zu dir hinaufheben. Staple sie ein gutes Stück vom Rand des Loches auf. Bheid, du zählst mit. Ich glaube, zweihundertfünfzig Barren werden unsere derzeitigen Ausgaben decken.«

»*So viele* sind da unten?«, staunte Bheid.

»Das ist nicht einmal ein Bruchteil, Bruder Bheid. Wir werden mit einem riesigen Vermögen zurückkehren. Also, gehen wir's an. Ich möchte das Gold vor Sonnenuntergang im Haus haben, und dieses Loch muss wieder zugeschüttet werden.«

19

»Warum lassen wir es nicht in Barrenform?«, fragte Eliar, als sie zu dritt im Turmgemach saßen und fasziniert den sorgfältig aufgestapelten Reichtum betrachteten, den sie ins Haus geschafft hatten.

»Die meisten Menschen haben nie einen Goldbarren zu Gesicht bekommen«, erklärte Bheid. »Münzen jedoch erkennen sie, weil sie fast jeden Tag damit zu tun haben.«

»Das mag stimmen«, gab Eliar zu, »aber warum ausgerechnet perquainische Münzen?«

Bheid zuckte die Schultern. »Sie sind Standard in der ganzen bekannten Welt. Ihr Gewicht ist präzise, und die Perquainer verfälschen die Edelmetalle für ihre Münzen nicht, wie es in anderen Ländern geschieht.«

Eliar beäugte den Stapel Goldbarren. »Das wird ziemlich viel Zeit kosten, nicht wahr?«

»Nein.« Althalus schüttelte den Kopf. »Emmy hat mir Möglichkeiten gezeigt, die Sache zu beschleunigen, als wir es das letzte Mal gemünzt haben.«

»Wann war das?«

»Kurz bevor ich dich Andine abkaufte.« Althalus kratzte sich am Ohr. »Aber zuerst sollte ich vielleicht ein paar feste Fässer machen. Zwanzigtausend Münzen passen nicht so ganz in meinen Säckel.«

»Seid Ihr gerade beschäftigt, Albron?«, fragte Althalus den jungen Stammeshäuptling am nächsten Morgen nach dem Frühstück.

»Eigentlich nicht. Wieso?«

»Ich möchte Euch etwas zeigen.«

»Gut. Wo ist es?«

»Nicht weit weg«, antwortete Althalus ausweichend.

»Es schneit.«

»Das ist kein Problem. Gehen wir?«

Eliar und Bheid warteten im Gang vor Rheuds Waffenkammer auf die anderen. Eliar stand stramm und salutierte.

»Was führt Ihr im Schilde, Althalus?«, fragte Albron misstrauisch.

»Ich möchte Euch nur beweisen, dass wir wirklich die Mittel haben, die Stämme von Arum für ihre Söldnerdienste zu bezahlen.«

»Ihr habt Euer Gold in meiner Waffenkammer?«

»Nein, aber wir müssen durch die Waffenkammer zu dem Raum, in dem ich das Gold aufbewahre. Bring uns durch die Tür, Eliar.«

»Wir gehen hier durch, mein Häuptling.« Eliar öffnete die Tür der Waffenkammer und führte die Männer über die Schwelle ins Turmgemach des Hauses.

»Das ist nicht meine Waffenkammer!« Albron schaute sich erstaunt um.

»Nein, allerdings nicht«, entgegnete Althalus.

Albron blickte völlig verstört drein. »Wo sind wir?«

»Es ist eine andere Art von Raum, Albron. Habt keine Furcht. Ihr seid völlig sicher.«

»Wir haben nur eine Art Abkürzung genommen, mein Häuptling. Es gibt hier keine Gefahren«, versicherte ihm Eliar. »Hier ist wahrscheinlich sogar der sicherste Ort auf der ganzen Welt.«

»Deshalb habe ich Euch hierher gebeten, Albron.« Althalus deutete auf die festen Holzfässer, die entlang der gewölbten nördlichen Wand aufgereiht standen. »Nachdem Ihr gesehen habt, was diese Fässer enthalten, können wir in Eure Festung zurückkehren.«

Albron blickte wirr um sich und seine Hand lag um den Schwertgriff. »Was ist das für …« Er unterbrach sich abrupt, als Bheid eines der Fässer öffnete, eine Hand voll Goldmünzen herausnahm und sie klimpernd zurückfallen ließ.

»Hübsch, nicht wahr?«, murmelte Althalus.

»Ist in allen diesen Fässern …« Wieder hielt Albron inne und beobachtete Bheid, der weitere Münzen herausholte und sie wieder melodisch in das mit Geldstücken gefüllte Fass regnen ließ.

»Warum vergewissert Ihr Euch nicht selbst, Albron?«, forderte Althalus ihn auf. »Öffnet jeden Behälter, leert alle Münzen auf den Boden, wenn Ihr möchtet. Deshalb sind wir her gekommen. Es ist unwichtig, wie wir das gemacht haben. Um diese kleine Einzelheit braucht Ihr Euch nicht zu kümmern. Der Zweck dieses morgendlichen Ausflugs ist der, Euch zu beweisen, dass wir Euch und die anderen Stammeshäuptlinge nicht betrügen wollen. Ich besitze Gold und bin bereit, es auszugeben. Habt keine Hemmungen, die Münzen zu untersuchen. Beißt darauf oder kratzt mit dem Messer daran, um sicherzugehen, dass es pures Gold ist. Ich wurde beauftragt, Euch meine Vollmacht vorzulegen, und ich hielt das für die schnellste Weise.«

Albron begutachtete eine der Münzen auf seinem Handteller. »Das Gewicht stimmt«, murmelte er. »Und sie ist frisch geprägt. Sind alle so?«

»Seht selbst nach. Es könnte ein Weilchen dauern, aber wir haben viel Zeit.«

Albron ließ die Münzen in seiner Hand ins offene Fass zurückrieseln. Dann öffnete er weitere Fässer und wühlte in jedem mit beiden Händen. »Eure Bevollmächtigung ist sehr überzeugend, Althalus.«

»Glaubt Ihr mir jetzt, dass ich Euch nicht beschwindelt habe?«, fragte Althalus.

»In der Tat.« Beinahe widerstrebend nahm Albron die Hände aus den Goldfässern und blickte durchs Nordfenster auf die Gletscher hinter dem Ende der Welt. »Wir sind nicht in Arum, habe ich Recht?«, fragte er.

»Wir sind sogar ziemlich weit weg.« Althalus lachte. »Macht Euch keine Hoffnungen, Albron. Ihr könnt dieses Haus nicht belagern, weil Ihr es nie findet werdet.«

»Daran dachte ich gar nicht – nun, zumindest nicht ernsthaft. Aber es ist nicht klug, einem Arumer so viel Gold auf einem Haufen zu zeigen, Althalus.«

»Würdet Ihr Euch gern noch einige Räume des Hauses ansehen?«

»Ja. Ihr habt meine Neugier geweckt.«

»Gut. Ich werde eine Besichtigungstour mit Euch machen. Dabei können wir uns über dies und das unterhalten.«

»Wir warten hier«, sagte Bheid.

»Das wollte ich gerade vorschlagen.« Althalus führte Albron zur Tür.

Die beiden stiegen die Treppe hinunter, und Althalus zeigte dem arumischen Häuptling den Speisesaal und die Schlafgemächer. »Ein beachtlicher Prunk«, bemerkte Albron.

Althalus zuckte die Schultern. »Ess- und Schlafgemächer«, sagte er gleichmütig.

»Ich habe das Gefühl, dass Ihr heute in seltsamer Stimmung seid, mein Freund«, meinte Albron.

»Das liegt an dem Haus.« Althalus führte Albron einen langen Korridor entlang. »Es verursacht unterschiedliche und mitunter merkwürdige Stimmungen.«

»Kommt Ihr oft hierher?«

»Heute ist erst das dritte Mal, aber die ersten beiden Besuche waren sehr ausgedehnt.«

»Das ist eine ziemlich verschwommene Antwort.«

»Ich weiß. So muss es auch sein. Das Haus ist gewissermaßen ein Tempel. Mir wurde ausdrücklich untersagt, näher darauf einzugehen.«

»Dieser junge Priester – erteilt er Euch Befehle?«

»Nein, ich ihm. Ich erhalte meine Befehle direkter.«

Sie schritten weiter den Korridor entlang, öffneten Türen und blickten in leere Räume. »Das ist ein sehr eigenartiges Bauwerk, Althalus«, stellte Albron fest. »Es scheint immer größer zu werden, doch fast alle Gemächer sind leer.«

»Nur wenn ich sie nicht benötige. Falls wir Besuch bekommen, kann ich sie mit allem ausstatten.«

»Habt Ihr denn kein Gesinde?«

»Nein, ich brauche keins.«

»Wissenswertes von Euch erfahren zu wollen, ist so, als würde man versuchen, Wasser aus einem Stein zu quetschen«, sagte Albron klagend.

»Tut mir leid. Ihr müsst verstehen, ich bin zu Stillschweigen verpflichtet – Berufsgeheimnisse und dergleichen.«

Albron ließ den Blick nachdenklich über den Korridor schweifen. »Ich müsste eigentlich verängstigt sein angesicht all dieser Rätsel und Wunder, doch aus irgendeinem Grunde bin ich es nicht.

Ich habe keine Ahnung, wo ich mich hier befinde oder wie ich hierher kam, doch seltsamerweise beunruhigt mich das nicht im Geringsten. Auch meine Stimmung ist merkwürdig – mir kommen da ein paar sehr eigenartige Ideen.«

»Ach?«

»Ich dachte gerade, dass Ihr vielleicht der echte Althalus sein könntet.«

»Läuft ein Nachahmer herum?«

»Sehr komisch«, brummte Albron. »Diese Witzelei über Euren Namen bei unserer ersten Begegnung war gar keine, oder?«

»Sagen wir – nicht alles.«

»Ihr seid wahrhaftig der Althalus, der Gosti Fettwanst vor ungefähr dreitausend Jahren beraubt hat?«

»Es waren nur fünfundzwanzighundert Jahre. Macht es nicht schlimmer, als es ist.«

»Wie, in aller Welt, habt Ihr es fertig gebracht, so lange zu leben?«

»Ich wurde sozusagen ermuntert, weiter zu atmen«, antwortete Althalus trocken. »Seid Ihr sicher, dass Ihr wirklich hören wollt, was geschehen ist?«

»Macht schon, erzählt mir die Geschichte. Ich entscheide später, wie viel davon ich glauben werde.«

»Also gut. Ich war ein Dieb, Albron. Zu einer Zeit, noch ehe die Menschen Stahl herzustellen vermochten. Wie auch immer, mein Glück hatte mich im Stich gelassen, und das machte mir sehr zu schaffen. Ich kam durch Arum und hörte, wie reich Gosti war, darum ging ich zu seinem Palisadenfort und unterhielt ihn einen ganzen Winter lang mit abenteuerlichen Geschichten. Als der Schnee im Frühjahr endlich schmolz, beraubte ich ihn – aber glaubt mir, daher habe ich diese zwanzig Fässer Gold nicht. Gosti war ein feister Prahlhans. Er wollte, dass die ganze Welt ihn für den Reichsten der Reichen hielt. Der größte Teil seines sagenhaften Schatzes bestand jedoch aus Kupfermünzen.«

»Über diesen Schatz habe ich mir immer so meine Gedanken gemacht«, gestand Albron.

»Das braucht Ihr jetzt nicht mehr. Nachdem mir die Flucht gelungen war, begegnete ich einem Mann namens Ghend, der mich anwarb, ein Buch für ihn zu stehlen. Das Buch befand sich in diesem Haus, deshalb kam ich her. Die Göttin Dweia wartete hier bereits auf mich. Ich wusste nicht, dass sie eine Gottheit war, weil sie sich mir als Katze zeigte.«

»Dieselbe Katze, die Ihr in der Kapuze Eures Umhangs herumtragt?«

»Ja. Ich nannte sie ›Emerald‹ wegen ihrer grünen Augen. Als sie mit mir zu reden begann, war ich überzeugt, den Verstand verloren zu haben. Doch ich kam darüber hinweg, und Emerald lehrte mich das Lesen. Ich verbrachte ungezählte Jahre damit, das Buch zu studieren, das ich für Ghend hätte stehlen sollen. Um es kurz zu machen: Emerald – kurz ›Emmy‹ oder ›Em‹ – und ich verließen das Haus im vergangenen Frühjahr und machten uns daran, die Leute aufzuspüren, die wir brauchten – Eliar und die anderen. Nachdem wir sie alle gefunden hatten, kehrten wir zu einer Art Weiterbildungskurs in dieses Haus zurück, und da zeigte Emmy sich als die, welche sie wirklich ist: die Göttin Dweia.«

»Dass ich mir so etwas anhöre!« Albron schüttelte den Kopf. »Aber was noch viel schlimmer ist – ich glaube es fast.«

Althalus bedachte ihn mit einem verschmitzten Blick. »Ich bin ein Meister im Geschichtenerzählen, Albron. Das muss man als Dieb beherrschen, um sich an reiche Leute heranzumachen. Der arme alte fette Gosti hat fast den ganzen Winter lang gelacht und gekichert – bis ich ihn ausgeraubt habe.« Althalus schaute sich um. Der Korridor schien leer zu sein. Er war sich jedoch fast sicher, dass dem nicht so war. »Das wird mich jetzt wahrscheinlich in Schwierigkeiten bringen, doch der Höflichkeit halber sollte ich Euch darauf hinweisen, dass dieses Gespräch mit großer Sicherheit sehr geschickt beeinflusst wird.«

»Beeinflusst? Wie?«

»Das weiß ich nicht, aber Ihr stellt genau die richtigen Fragen und ich gebe Euch genau die richtigen Antworten. Als Dweia mich heute Morgen anwies, Euch hierher zu bringen, dachte ich, sie wollte nur, dass ich Euch die vielen Fässer mit Gold zeige. Jetzt bin ich mir nicht mehr so sicher. Das Gold war möglicherweise nur der Köder, mit Euch herzukommen, damit wir dieses Gespräch führen. Ich bin fast überzeugt, dass sie ganz in der Nähe ist, um Euch Fragen und mir Antworten einzugeben. Sie möchte anscheinend aus irgendeinem Grund, dass Ihr wisst, was hier geschehen ist. Sie will Euch nicht bekehren, aber sie möchte, dass Ihr Euch auskennt.«

»Übertreibt Ihr mit Eurem Misstrauen nicht ein wenig, Althalus?«

»Benutzt Euren Kopf, Albron. Würde jemand mit ein bisschen Verstand die verrückte Geschichte glauben, die ich Euch eben erzählt habe?«

Albron lachte verlegen. »Jetzt, da Ihr es sagt…« Er beendete den Satz nicht.

»Althalus! Hör sofort damit auf!«, rügte Emmy ihn stumm aber heftig, und er lachte erfreut.

»Was ist so komisch?«, erkundigte Albron sich.

»Soeben wurde die Vermutung bestätigt, die ich Euch gegenüber äußerte«, erklärte Althalus. »Mir wurde unmissverständlich befohlen, sofort damit aufzuhören.«

»Ich habe nichts gehört.«

»Könnt Ihr auch nicht. Emmy spricht hier drinnen mit mir.« Er tippte sich an die Stirn. »Die Idee ist ihr gekommen, ehe wir im vergangenen Frühjahr das Haus verließen. Etwa ein halbes Jahr lang saß diese Katze in meiner Kapuze und sagte mir genau, was ich tun sollte. Ich brauchte diese Anweisungen überhaupt nicht. Ich kann meine eigenen Lügen erfinden. Doch Dweia hat das überwältigende Bedürfnis, sich einzumischen.« Althalus zuckte die Schultern. »Sie ist eben eine Frau, und anscheinend sind alle Frauen so. Sie trauen uns Männern einfach nichts zu. Zuerst schaffen sie uns etwas an, und dann mischen sie sich ständig ein, während wir zu tun versuchen, was sie wollen. Im Grunde genommen sind sie uns dabei nur im Weg.«

»Wird es Euch nicht in Schwierigkeiten bringen, wenn Ihr so über sie redet?«

»Was sollte sie mir schon antun? Sie braucht mich zu sehr, als dass sie mich in Brand setzt oder in eine Kröte verwandelt. Sie weiß, dass ich sie liebe, und Dweia ist die Liebe wichtiger als blinder Gehorsam oder Unterwürfigkeit und scheinheilige Schmeicheleien. Sie und ich streiten die ganze Zeit, aber das ist eine Art Spiel, und Dweia hat so viel Zeit als Katze Emmy verbracht, dass Spielen notwendig für sie ist.«

»Ich würde sie gern kennen lernen.«

»Es könnte Euch die Seele kosten. Ich glaube, mit dieser Unterhaltung verspricht sie sich Eure Unterstützung bei der Zusammenkunft der Häuptlinge. Ich werde Religion überhaupt nicht erwähnen, sondern von Politik reden, als handle es sich um einen der üblichen Kriege. Emmy will vermutlich, dass ich die Häuptlinge belüge, und Ihr sollt mir beipflichten. Ihr braucht nicht zu glauben, was ich Euch erzählt habe – wahrscheinlich ist es sogar besser, wenn Ihr es nicht glaubt –, aber aus irgendeinem eigenartigen Grund müsst Ihr es wissen. Seht es einmal so, Albron: Wir binden den Häuptlingen einen Bären auf. Ich aus religiösen Gründen und Ihr um des Goldes wegen. Trotzdem sind wir Partner und es ist wichtig, dass wir einander verstehen.«

»Ich verstehe, Althalus.« Albron grinste breit. »Wenn wir es auf dieser Grundlage belassen, werden wir großartig miteinander auskommen.« Er streckte ihm die Hand entgegen. »Partner?«

»Partner«, bestätigte Althalus und sie schüttelten die Hände.

Nach Häuptling Albrons Besuch im Haus schneite es zwei Wochen fast pausenlos, und ganz Arum trug eine dicke weiße Decke. Alle Bergübergänge waren durch den vielen Schnee unpassierbar geworden, und die Boten, die Albron zu den anderen Stämmen geschickt hatte, mussten sich regelrecht einen Tunnel schaufeln, um zur Festung in Mittelarum zurückkehren zu können.

»Es ist in etwa, wie wir es erwartet haben, Althalus«, sagte Albron, als die beiden eines verschneiten Nachmittags allein im Arbeitsgemach des Häuptlings saßen. »Die meisten Stammesführer kommen zur Zusammenkunft.«

»Was heißt ›die meisten‹?«

»Es sind insgesamt zehn Stämme, doch die von Deloso und Agus lassen sich entschuldigen. Ich hatte auch gar nicht mit ihrem Erscheinen gerechnet. Ihre Gebiete liegen an der Ostgrenze von Arum, und wir anderen halten sie mehr für Kagwherer denn Arumer. Es gab viele Verschwägerungen über diese Grenze hinweg; deshalb blieben diese beiden Stämme nicht von reinem arumischem Blut. Es sind ohnehin kleine Stämme, die nie sehr gute Krieger hervorbrachten. Ich glaube nicht, dass sie uns sehr abgehen werden.« Er rollte die Augen himmelwärts. »Mir bestimmt nicht. Ich mag Deloso nicht, und Agus kann ich nicht ausstehen.«

»Ach?«

»Beide verbringen ihre ganze Zeit damit, sich bei den Minenbesitzern in Kagwher einzuschmeicheln, denn von dort kommt all ihr Geld. Ihre Stämme sind vertraglich verpflichtet, die kagwherischen Minen zu bewachen. Sie marschieren nicht und sie kämpfen nicht. Sie stehen bloß Wache. Sie sind fett und faul und bereit, für niedrigen Lohn zu arbeiten, da bloßes Herumstehen nicht sehr anstrengend ist.«

»Ich glaube, dann werden wir ohne sie auskommen. Haben andere Stämme irgendwelche Eigenarten, von denen ich wissen sollte?«

»Wir sind Arumer, Althalus. Wir haben alle unsere Eigenarten. Wir haben keine Kultur, und mit den guten Sitten ist es auch nicht weit her. Kein Arumer hat je ein Gedicht verfasst oder Musik komponiert. Wir sind Barbaren.«

»Ich glaube, Ihr beurteilt euch etwas zu hart, Albron.«

»Wartet, bis Ihr die anderen kennen gelernt habt. Bestimmt wird Euch sofort auffallen, dass wir uns alle einem einzigen Mann namens Delur unterwerfen. Wäre sein Stamm nicht der größte von Arum, würden wir Delur nicht einmal beachten. Er ist etwa achtzig Jahre alt und betrachtet sich als das Oberhaupt der Stammeshäuptlinge. Der alte Narr trägt sogar eine Krone. Seine Leute sind sehr gute Soldaten, darum dulden wir seine Unverschämtheiten. Er ist ein langweiliger, seniler alter Sprücheklopfer; trotzdem schmeicheln wir ihm auf geradezu abscheuliche Weise, denn nur er kann unseren Erfolg gewährleisten. Sobald ich Delur auf meine Seite gezogen habe, werden die anderen wahrscheinlich sofort mitmachen. Wir brauchen Delur nicht persönlich, wohl aber die vielen guten Männer, die er abkommandieren kann.«

»Ihr kennt ihn, Albron, also werde ich ihn Euch überlassen.«

»Gut. Auf diese Weise werde ich meine Kommission verdienen.«

»Kommission?«

»Ihr habt doch vorgehabt, mir eine Prämie für jeden Häuptling zu bezahlen, den ich überrede, nicht wahr, Althalus?«

»Das können wir später ausfeilschen. Erzählt mir erst mal von den anderen Häuptlingen.«

»Gwetis Stamm ist fast so groß wie Delurs, doch Gweti ist nicht sehr beliebt. Er ist habgierig und äußerst geizig. Er bezahlt seinen Stammesbrüdern den niedrigsten Sold und zwingt sie, ihre Waffen selbst zu kaufen. Sie hassen ihn, machen jedoch trotzdem gute Miene zum bösen Spiel, weil Gweti ihr Häuptling ist. Er ist ein dürres Kerlchen mit ergrauendem Haar und eingefallenen Wangen, und er verströmt einen muffigen Geruch. Die meiste Zeit verbringt er damit, sein Geld zu zählen.«

»Ihr mögt ihn offenbar nicht besonders.«

»Wie, in aller Welt, kommt Ihr auf diese Idee, Althalus?«, tat Albron erstaunt. »Ich bin fast sicher, Gweti hat auch seine guten Seiten. Dass mir noch keine aufgefallen ist, hat nichts zu bedeuten. – Oh, ich sollte Euch wohl vor Twengor warnen. Er ist groß, kräftig und streitsüchtig. Beim geringsten Anlass fällt er über einen her, also seid vorsichtig, was Ihr in seiner Anwesenheit sagt. Er säuft unentwegt und kann sich nur brüllend verständigen. Er hat einen borstigen, abstehenden schwarzen Bart. Ich bin sicher, er hat in den letzten Dutzend Jahren kein einziges Mal gebadet. Aber seine Stammesbrüder würden ihm sogar in die Hölle folgen. Im Kampf ist er vom Glück begünstigt wie kein anderer, und wenn er seine Mannen verdingt, dann gleich den gesamten Stamm. Ein Zug oder ein Bataillon – so etwas gibt es bei ihm nicht. Bei Twengor heißt es immer alles oder nichts, und er führt seine Leute selbst an.«

»Ein Enthusiast.«

»Ein was?«

»Ein Mann, der mit Leib und Seele dabei ist.«

»So könnte man sagen. Sein Neffe, Laiwon, ist genauso schlimm. Es gibt also zwei Stämme mit Enthusiasten.«

»Sie gehören verschiedenen Stämmen an? Ist das nicht etwas ungewöhnlich? Ich dachte, ein Stamm wäre eine größere Familie.«

»So war es vor ein paar hundert Jahren. Damals war alles ein Stamm, das einen Ost- und Westzweig besaß, die durch einen schmalen Pfad, der durch eine tiefe Schlucht führte, miteinander verbunden waren. Vor etwa zweihundert Jahren jedoch verschüttete eine Lawine diesen Weg und sie hatten keine Möglichkeit mehr, miteinander in Verbindung zu bleiben. So gab es nach einer Weile zwei Stämme statt einem. Nun, da die Fehden zwischen den Stämmen überstanden sind, können sie durch die Gebiete anderer Stämme reisen und einander besuchen. Seither ist es zur Verschwägerung zwischen diesen beiden Stämmen gekommen, und ich vermute, wenn Twengor sich erst zu Tode gesoffen hat oder sein Glück ihn in einem Kampf verlässt, wird Laiwon versuchen, die beiden Stämme wieder zu vereinen – wahrscheinlich indem er sich einen neuen Weg durch diese Schlucht bahnt.«

»Die politischen Machenschaften der Arumer sind komplizierter, als ich dachte.«

»Kriege sind ein Zeitvertreib während des Sommers, mit Politik beschäftigen wir uns das ganze Jahr über. Die südlichen Stämme – Smeugors und Tauris – sind ziemlich groß, aber keine wirklich guten Kämpfer. Vielleicht weil sie zu nahe an der Zivilisation leben. Dort nimmt man ihre Dienste ohnehin nicht für Kriege in Anspruch. Smeugor und Tauri verdingen ihre Leute zum Bau prächtiger Paläste und schöner Straßen. Sie sind für das Maurerhandwerk besser geeignet als für den Kampf, doch Smeugor und Tauri können sich offenbar nicht entscheiden, was sie nun wirklich sind. Sie bemühen sich, die Menschen der Ebenen zu beeindrucken, indem sie sich als Arumer ausgeben, und uns wollen sie vortäuschen, zivilisierte Flachländer zu sein und damit Eindruck schinden.«

»Im Grund genommen sind sie also weder das eine noch das andere«, meinte Althalus.

»Eben. Man kann sich auch nicht auf sie verlassen, fürchte ich. Sie werden Euer Gold rasch einstecken, aber es kann geraume Zeit dauern, ehe auch nur ein paar ihrer Männer auf einem Schlachtfeld auftauchen.«

»Ich werde daran denken.« Althalus überlegte. »Das sind neun Stämme einschließlich Eurem, Albron. Wer ist der Häuptling des letzten?«

Albron verzog das Gesicht. »Neigwal«, antwortete er abfällig. »Ich könnte es wahrscheinlich nicht beweisen, aber ich habe den Verdacht, dass er ein unbeabsichtigter Nachfahre unseres geliebten Gosti Fettwanst sein könnte. Er ist bestimmt genauso feist, wie Gosti es war, und auch nicht viel gescheiter. Seine Gesundheit ist nicht die beste, darum wird er wahrscheinlich nicht mehr sehr lange unter den Lebenden weilen.«

»Woran leidet er denn?«

»An Fresssucht. Er mampft sich zu Tode«, antwortete Albron unverblümt. »Er ist zu fett, um noch durch eine normal große Tür zu kommen, und schnauft bei der geringsten Anstrengung wie ein löchriger Blasebalg. Ich bin sicher, dass er nicht zu der Zusammenkunft erscheinen wird; für gewöhnlich taucht bei solchen Anlässen sein Sohn Koleika auf. Koleika ist so dürr, wie sein Vater fett ist. Er hat gewaltige Unterkiefer und redet fast nie. Er ist der eigentliche Häuptling des Stammes, aber er tut, als müsse er bei seinen Entscheidungen zuvor stets die Erlaubnis seines Vaters einholen. Das gibt ihm die Möglichkeit festzustellen, von wo der Wind weht, ehe er sich festlegt.«

»Ihr Arumer seid keineswegs so unkompliziert, wie alle anderen zu glauben scheinen, nicht wahr?«

»Richtig, Althalus. Euer Vorteil liegt in diesen zwanzig Fässern Gold, die im Haus warten. Diesen Vorteil müsst Ihr unbedingt nutzen. Zeigt ihnen bei jeder Gelegenheit Gold. Klimpert damit, während Ihr redet, dann werden sie mit fast allem einverstanden sein, was Ihr vorschlagt. Ihr seid ein sehr unterhaltsamer Bursche, Partner, aber das bedeutet Ihnen nicht so viel wie Euer Gold. Der langweiligste Mensch der Welt ist über alle Maßen anziehend, wenn er Goldmünzen von einer Hand in die andere rieseln lässt.«

Der Winter schien kein Ende nehmen zu wollen. Ein Schneesturm folgte dem anderen mit quälender Regelmäßigkeit. Althalus nutzte die Zeit, Gher in der schönen Kunst des Taschendiebstahls zu unterrichten. »Pass besser auf, Gher«, tadelte er den Jungen einmal. »Dieser Handgriff war schrecklich plump.«

»Tut mir leid, Meister Althalus. Mir ist grad eine Idee gekommen, die hat mich abgelenkt.«

»Was für eine Idee?«

»Ghend will doch alles auf der Welt verändern, indem er durch die Allzeit zurückgeht und Spielchen mit dem treibt, was wirklich passiert ist, richtig?«

»Das sagt Dweia, ja.«

»Wenn Ghend das kann, könnten wir's dann nicht auch?«

»Wahrscheinlich – wenn es Dweias Wille ist.«

»Ist das ein Problem? Ihr könnt Dweia doch dazu bringen, dass sie fast alles tut, was Ihr möchtet. Jedes Mal wenn Ihr sie anlangt, fängt sie an zu schnurren. Andine benimmt sich mit Eliar auch nicht viel anders. Vielleicht könntet Ihr mir das irgendwann mal erklären. Ich versteh nicht so recht, was vorgeht, wenn Leute erwachsen werden. Wie auch immer, wenn Ghend Dinge in der Allzeit verändert, braucht Ihr ihm doch bloß folgen und sie einfach wieder zurück verändern, nicht wahr?«

»Ja, in etwa.«

»Wär's da nicht einfacher, wenn man Ghends Vater in der Allzeit abmurkst? Dann tät's Ghend überhaupt nicht geben, richtig?«

Althalus blinzelte.

»Wär das nicht die einfachste Weise jemand umzubringen? Man muss nicht ihn töten, man muss bloß zurück und seinem Vater die Kerze auspusten.« Gher runzelte die Stirn. »Aber da hätt man gar keinen Grund ihn abzumurksen. Ich mein', worin wär da der Sinn, wenn man jemand umbringt, der überhaupt nie gelebt hat? Das war's, was mich abgelenkt hat, als ich Euch die Tasche ausräumen sollte, und drum hab ich Euch versehentlich gestoßen. Ich mein', ich hab überlegt, ob es nicht irgend 'ne Möglichkeit gibt, um Ghend rumzukommen. Er geht in der Allzeit rückwärts. Könnten wir nicht stattdessen vorwärts geh'n?« Wieder runzelte der Junge die Stirn. »Ich krieg das nicht so richtig raus, nicht wahr? Was ich mein ist, wenn das jetzt passiert, führt's dazu, dass es nächste Woche passiert.«

»Das nennt man ›Ursache und Wirkung‹, Gher.«

»Ja«, murmelte Gher geistesabwesend. »Sagen wir, ich heb von einer Stelle einen Stein auf und leg ihn auf eine andere, richtig?«

»Wenn du es sagst.«

»Aber angenommen man geht in der Allzeit vorwärts und legt ihn zurück, wo er war. Wär das dann nicht so, als hätt man ihn gar nicht woanders hingelegt gehabt? Da fängt mein Problem an. Wenn man es so macht, tät man was tun und gleichzeitig nichts tun.«

»Du machst mir wieder Kopfschmerzen, Gher.«

»Erlaubt mir, dass ich mich weiter damit befass', Meister Althalus. Ich bin fast sicher, dass mir irgendwas einfällt, wie dass man's tun kann.«

»Und was soll das bringen?«

Gher blickte ihn erstaunt an. »Seht Ihr das denn nicht, Meister Althalus? Wenn wir das mit Ghend täten – ihn was tun lassen und gleichzeitig nicht tun lassen – tät ihn das nicht stillstehen lassen, als wär er plötzlich wie zu Stein erstarrt? Danach könntet Ihr ihn als Hutablage benutzen. Worauf ich wirklich hinaus will ist, dass ich ziemlich sicher bin, dass die Zeit keine gerade Linie ist, sondern eher ein Kreis. Und wenn wir irgendwas ändern, was in diesem großen Kreis von der Allzeit passiert, wird es alles andere verändern, nicht wahr? Ist das nicht die komischste Idee, die Ihr je gehört habt? Wir können alles, was je geschehen ist, jederzeit verändern, wann immer wir wollen.«

»Warum ich?«, stöhnte Althalus und grub das Gesicht in die Hände.

Anfang des Frühjahrs traf ein mit Schlamm beschmierter Arumer auf Albrons Festung ein und teilte ihm mit, dass Häuptling Delur am folgenden Tag eintreffen würde.

»Er ist früh dran, nicht wahr?«, bemerkte Althalus. »Einige der Pässe sind noch veschneit.«

»Das würde Delur nicht sonderlich stören, mein Freund«, entgegnete Albron. »Sein Stamm ist der größte in ganz Arum und das reibt er uns gern unter die Nase. Wahrscheinlich hat er ein paar Hundert Mann vorausgeschickt, um einen Pfad durch den Pass zu trampeln. Er ist zu alt zu reiten, darum lässt er sich entweder in einer Art Sänfte tragen oder sitzt in einem Schlitten. Er kümmert sich nicht sehr um die Elemente. Wie ich schon erwähnte, hält er sich für den König der Könige von Arum. Er will vor den anderen Häuptlingen hier sein, um gewissermaßen das Zepter zu schwingen.«

»Werden die anderen ihm denn Respekt erweisen?«

»Eurem Gold werden sie viel mehr Respekt erweisen, aber wir wollen den alten Delur trotzdem auf unsere Seite ziehen – wegen der vielen Krieger, die er zur Verfügung hat. Ich werde ihm um den Bart streichen und mich sehr unterwürfig geben. Das wird ihn in die rechte Stimmung versetzen, bei uns mitzumachen, und Eure Goldfässer dürften ihn ganz besonders beeindrucken.«

»Dafür haben wir sie, Albron. Mit zwanzig Fässern Gold kann man wohl jeden Menschen beeindrucken.«

Häuptling Delur war ein hoch gewachsener Greis mit schneeweißem Haar und langem weißem Bart. Wenn er zufällig daran dachte, hielt er sich steif aufrecht, als hätte er einen Stock verschluckt, doch wenn er sich gerade mit etwas anderem beschäftigte, war er so krumm, als würde das Gewicht seiner Jahre ihn niederdrücken. Seine Überkleidung war aus kostbaren Pelzen geschneidert, wie Althalus bemerkte, als der Greis sich aus dem Schlitten erhob, den vier stämmige Männer gezogen hatten, und seinen stählernen Helm zierte ein breites Goldband, sodass seine Kopfbedeckung einer Krone durchaus ähnelte.

»Sei gegrüßt, mein Sohn Albron.« Die Stimme des Greises klang geschwächt.

»Ihr erweist meinem Haus eine große Ehre, hoher Häuptling«, erwiderte Albron mit vollendeter höfischer Verbeugung. »Wir hatten Euer Eintreffen nicht so früh erwartet.«

»Deine Botschaft weckte große Neugier in mir, mein Sohn«, entgegnete der Greis. Dann bedachte er seine Schlittenzieher mit einem nicht sehr freundlichen Blick. »Außerdem schien mir, dass es meinen Dienern an der nötigen körperlichen Betätigung mangelte. Mir deuchte, eine kleine Reise durch die Berge würde helfen, ihren Kopf frei zu machen und ihren Körper zu stählen, auf dass sie mir besser dienen können – schließlich versichern sie mir alle, dass mir zu dienen ihr einziger Lebenszweck sei.«

Diese flüchtige Ironie verriet Althalus, dass Albrons Einschätzung des großen Häuptlings nicht in sämtlichen Belangen gestimmt hatte. Delur war nicht so senil, wie die anderen Häuptlinge anscheinend glaubten. Althalus beschloss den Greis unauffällig, doch umso aufmerksamer zu beobachten, um sich selbst ein Bild von ihm zu machen.

»Begeben wir uns ins Haus, hoher Häuptling«, lud Albron ihn ein. »Es ist kalt und unfreundlich im Freien, während Euch in meiner Halle ein wohliges Feuer willkommen heißt.«

20

Kurz vor Mitternacht, etwa eine Woche später, rieb Emmy die Nase an Althalus' Nacken und weckte ihn aus tiefem Schlaf. Ihr Katzennäschen war kalt und feucht, und wie immer zuckte er davor zurück. »Ich wünschte, du würdest das lassen«, brummelte er.

»Warum sollte ich, solange es wirkt? Geh, weck die anderen, Althalus. Es gibt einiges, worüber wir uns unterhalten müssen – im Haus.«

Er warf die Decken von sich, kleidete sich an und ging über den Korridor, um auch seine Gefährten aus dem Schlaf zu reißen.

»Ist etwas passiert?«, erkundigte Bheid sich, als sie alle auf dem Flur standen.

»Ich weiß es nicht. Sie hat mir nichts gesagt, aber sie will mit uns allen reden – ungestört. Bring uns zum Haus, Eliar.«

»Ist gut.« Eliar führte sie zur Tür der Waffenkammer, öffnete sie und trat mit den anderen in das vertraute Turmgemach.

»Gibt es ein Problem, Emmy?«, erkundigte Gher sich bei Dweia, nachdem sie ihre wahre Gestalt angenommen hatte.

»Eigentlich nicht. Ich hielt es nur für angebracht, dass wir darüber reden, wie wir den Häuptlingen unser Angebot unterbreiten sollen. Das Ganze wird strategisch besser laufen, wenn wir alle die gleiche Geschichte erzählen. Verständlicherweise können wir ihnen nicht sagen, was wirklich vor sich geht. Wenn Albron Recht hat, wollen Arumer nichts mit religiösen Kriegen zu tun haben; deshalb müssen wir uns etwas Politisches für sie ausdenken.«

»Dann lasst die Söldnertruppen in meinem Krieg kämpfen, Dweia«, erbot Andine sich. »Allein die Vorstellung, dass alle Stämme Arums gegen die Stadt Kanthon marschieren, erwärmt mir das Herz.«

»Eine gute und einfache Lösung«, meinte Bheid. »Die Arumer wissen von dem immer wieder aufflackernden Krieg zwischen Osthos und Kanthon, also brauchen wir keine umständliche Geschichte zu erfinden, weshalb wir eine große Armee benötigen.«

»Und ich bin dabei, sie rührend um ihre Hilfe zu bitten, die Kanthoner zu zermalmen«, fügte Andine hinzu.

»Es hat vieles für sich, Dweia«, stieß Althalus in das selbe Horn. »Als Arya von Osthos trägt sie den Schlüssel zu ihrer Schatzkammer bei sich. Damit wäre das Vorhandensein des Goldes erklärt – für den Fall, dass irgendein Häuptling sich für dessen Herkunft interessiert.«

»Traust du dir auch zu, eine überzeugende öffentliche Rede zu halten?«, fragte Leitha ihre zierliche Freundin.

»Hast du die vergangenen Monate geschlafen, Leitha?«, erwiderte Andine verschmitzt. »Ich spreche immer zur Öffentlichkeit. Du hast doch wohl nicht gedacht, meine Dramatik sei Zufall? Meine Stimme ist das am besten gestimmte Instrument in ganz Treborea.

Ich kann damit die Vögel verstummen lassen und Steine erweichen, wenn ich es darauf anlege. Ich würde diese Fässer voll Gold wahrscheinlich gar nicht benötigen. Gebt mir eine halbe Stunde und ein kleines Gemach, und ich mobilisiere die Arumer lediglich mit meiner Stimme.«

»Da mag sie Recht haben«, warf Eliar ein. »Als ich in ihrem Thronsaal an der Säule angekettet war, hielt sie viele Reden über mich, bis ich selbst überzeugt davon war, dass diese Bestie Eliar ein schreckliches Los verdient hatte.«

»Das ist wirklich kein schlechter Vorschlag, Dweia«, überlegte Althalus laut. »Albron soll Andine den Häuptlingen vorführen. Dann fleht sie die Männer auf anrührende Weise um ihre Hilfe an. Anschließend übergibt sie mir das Wort. Ich erkläre alles und biete ihnen das Gold für ihre Unterstützung an. Albron weiß, was tatsächlich vorgeht, und kann mögliche kleinere Unstimmigkeiten übertünchen.« Er lehnte sich im Sessel zurück. »Allerdings ist es ein wenig ungewöhnlich. Es ist nicht üblich, dass ein Herrscher eine solche Bitte persönlich vorträgt. Dafür hat er schließlich seine Diplomaten, nicht wahr?«

»Wie kommt Ihr auf die Idee, dass ich mich wie andere Herrscher benehmen?«, fragte Andine hitzig. »Ich handle fast nie wie erwartet. Wir erzählen die folgende Geschichte, Althalus: Ungeachtet aller Einwände meiner Ratgeber bin ich allein nach Arum gereist, nur begleitet von ein paar Dienern, um die Stämme zu bitten, mich im Krieg gegen die verruchten Kanthoner zu unterstützen. Trotz des Risikos für meine eigene Person stellte ich mich einer Welt voller Gefahren, um mich zu Albrons Festung zu begeben und den Stammeshäuptlingen meinen Fall vorzutragen.«

»Ist das nicht etwas zu melodramatisch?«, meinte Bheid.

»Ich werde zu Arumern reden, Bruder Bheid«, erinnerte ihn Andine. »Für Perquainer oder Equeroaner würde ich mir etwas anderes einfallen lassen. Arumer sind ein Völkchen, das zur Melodramatik neigt, und ich werde ihnen eine unvergessliche Vorstellung geben. Bittet Albron lediglich darum, mich vorzustellen und sich dann zurückzuziehen. Die Häuptlinge werden mir in einer halben Stunde aus der Hand fressen.«

»Bist du nicht ein wenig überheblich?«, meinte Leitha zweifelnd.

»Kein bisschen, Leitha«, entgegnete Andine. »Ich bin die Allerbeste.«

»Entschuldigung«, sagte Gher.

»Sprich, Junge«, forderte Althalus ihn auf. »Möchtest du etwas hinzufügen?«

»Nun, wär das nicht zu einfach? Ich mein', würden die Arumer glauben, dass es so viele Soldaten braucht, bloß um eine einzige Stadt niederzumachen?«

»Da hat er einen wunden Punkt getroffen, Althalus«, pflichtete Eliar ihm bei. »Sergeant Khalor erzählte uns, dass die Flachländer immer versuchen, mit so wenigen Söldnern wie nur möglich auszukommen. Ich fürchte, wir brauchen einen größeren Krieg, damit die Häuptlinge uns glauben.«

»Das ist aber der einzige Krieg, den ich momentan habe«, erwiderte Althalus.

»Nein, stimmt nicht«, widersprach Gher. »Da ist doch die Sache zwischen Euch und Ghend, nicht wahr?«

»Das ist ein religiöser Krieg, Gher. Hast du nicht gehört, wie Albron gesagt hat, dass Arumer sich nicht für Kriege anheuern lassen, die mit Religion zu tun haben?« Er schüttelte den Kopf. »Wir müssen uns an die Politik halten und die Religion aus dem Spiel lassen.«

»Warum sagt Ihr nicht einfach, dass die Kanthoner für die Nekweroser arbeiten? Oder dass sie auf der gleichen Seite sind, oder irgendsowas. Nach dem, was Leitha sagt, weiß niemand viel über die Nekweroser – außer dass sie zum Fürchten sind. Wir könnten vielleicht sagen, dass es in Nahgharash einen König oder so was Ähnliches gibt, der die ganze Welt erobern will, und dass es ihm gelungen ist, den Trottel in Kanthon dazu zu bringen, dass er ihm hilft. Tät das der Wahrheit nicht ziemlich nah kommen? Und sollte eine gute Lüge nicht wenigstens ein kleines bisschen wahr sein? Wenn wir bloß von dem Krieg zwischen Andine und dem Hohlkopf in Kanthon reden, wär das nicht ein wenig zu dürftig? Und wär's nicht gut, wenn Andine das eine oder andere offenlässt, so was wie einen strittigen Punkt, den wir nicht genau erklären können?«

»Ihr solltet aufpassen, dass der Junge Euch nicht den Rang abläuft, Althalus.« Leitha blickte ihn an. »Ich würde sagen, er hat zum Spurt angesetzt.«

In jener Nacht, da die Gefährten in Albrons Festung zurückkehrten, wehte ein warmer Wind über die Berge und schmolz den Schnee auf den Pässen. Das Schmelzwasser ließ Flüsse und Bäche über die Ufer treten. Nachdem das Hochwasser zurückgegangen war, trafen nach und nach die übrigen Häuptlinge ein.

Koleika, der Sohn des feisten Häuptling Neigwal und heimlicher Führer des Stammes, war der Erste. Er sah aus, wie Albron ihn beschrieben hatte: hager, fast dürr, mit pechschwarzem Haar und weit vorstehendem Kinn. Statt des traditionellen Kilts trug er ein enges Lederbeinkleid, ebenso schwarz wie seine übrige Kleidung. Er redete selten, und wenn, bewegte seine Oberlippe sich dabei kaum. Bei seiner Ankunft sprach er nur kurz zu Albron, dann hielt er sich größtenteils abseits.

Ein paar Tage später kamen Smeugor und Tauri angeritten, die Häuptlinge der südlichen Stämme. Der dicke Smeugor hatte ein feurig rotes Gesicht voll entzündeter Pickel und tiefen Narben. Er gab sich betont fröhlich, doch seine schmalen Augen wirkten kalt und hart wie Achat. Tauri hatte schütteres blondes Haar und ein glattes bartloses Gesicht. Offenbar sah er sich als Frauenheld. Er trug die elegante Gewandung der Flachländer, die allerdings nicht gerade vor Sauberkeit strotzte, und er beäugte jedes weibliche Wesen in Albrons Halle mit unverhohlener Lüsternheit. Genau wie Koleika hielten die beiden sich abseits.

»Ich wittere alte Feindseligkeiten, Albron«, wandte Althalus sich an ihren Gastgeber. »Geht etwas vor sich, was ich wissen sollte?«

»Es ist ein Überbleibsel aus den alten Stammesfehden, Althalus. Kein Häuptling traut einem der anderen völlig. Diese Zusammenkunft, die ich für Euch einberufen habe, ist ein Bruch mit der Tradition, und die anderen betrachten das Treffen mit Argwohn. Die Geschichte der Arumer ist eine tragische Wiederholung von Täuschung, Verrat und offenem Mord. Wir sind stets wachsam, wenn wir uns ins Gebiet eines anderen Stammes begeben. Hätte ich nicht so mit Eurem Gold geprahlt, hätten die meisten gar nicht zugesagt. Es wird ein bisschen lebhafter, sobald Twengor eingetroffen ist.«

Der dicke, bärtige Häuptling Twengor war betrunken, als er sich Albrons Festung näherte, und sein Neffe, Häuptling Laiwon, ritt dicht neben ihm, um darauf zu achten, dass sein im Sattel schwankender Onkel nicht vom Pferd fiel. Twengor grölte alte Trinklieder, die in der Schlucht nicht gerade melodisch widerhallten. Laiwon war ein schroffer junger Mann, der offenbar im Schatten seines berühmten Onkels stand.

Häuptling Gweti traf als letzter ein. Althalus entging nicht, dass die anderen ihm auswichen. Gweti hatte einen übergroßen Schädel, jedoch ein winziges Gesicht, das kaum ein Viertel davon einnahm. Seine hervorstehenden Augen waren unruhig und seine rechte Wange zuckte nervös. Seine Stimme erinnerte an das Blöken eines Schafes.

»Ich hatte gedacht, sie wären alle mehr wie Albron«, gestand Andine ihren Freunden mit etwas besorgter Miene. »Aber sie sind primitive Barbaren.«

»Plagen dich jetzt etwa Zweifel, was deine Fähigkeiten als Rednerin betrifft?«, spöttelte Leitha.

»Nein, das nun wieder nicht, aber ich werde es wohl anders angehen müssen. Albron ist ziemlich gebildet, doch um die Aufmerksamkeit der anderen Häuptlinge zu gewinnen, werde ich wohl die Holzhammermethode anwenden müssen.«

»Ich kann es kaum erwarten, deine Rede zu hören, Andine.«

»Um ehrlich zu sein, Leitha, ich selber auch nicht«, entgegnete Andine mit immer noch besorgter Miene.

Die Häuptlinge von Arum und ihre Gefolgsleute versammelten sich am Morgen nach Gwetis Ankunft zum Frühstück in Albrons Halle. Der Lärm war beachtlich. Albron legte auf ein Mindestmaß an Tischmanieren Wert, doch einige der anderen hatten offenbar noch nie etwas davon gehört. Nach dem Frühstück schlug Albron vor, dass die Häuptlinge ihm mit ihren Beratern in ein ruhigeres Gemach folgen sollten. Dort könnten sie darüber sprechen, aus welchem Grund er, Albron, um diese Zusammenkunft ersucht hatte.

Die Ratskammer, zu der er sie führte, lag im hinteren Teil der Festung, fernab des fast ohrenbetäubenden Lärms in der Speisehalle. Die Kammer war vollkommen sicher und streng bewacht und befand sich nicht in einem der Türme. Einer alten arumischen Sage zufolge war es in einem Turm einst zu einem fürchterlichen Gemetzel gekommen. Seit damals fanden alle Sitzungen arumischer Häuptlinge traditionsgemäß im Erdgeschoss statt. In der Mitte des

Raumes stand ein langer Tisch mit großen Sesseln für die Häuptlinge, dahinter kleinere für die Berater. Die zwanzig Fässer voll Gold, die Eliar aus dem Haus herbeigeschafft hatte, waren unauffällig in einer Ecke abgestellt. Die Sessel für Althalus und seine Gefährten standen am unteren Tischende, von wo sie alle Häuptlinge im Auge behalten konnten.

»Worum geht es hier, Albron?«, donnerte Twengor. »Seit über einem Jahrhundert hat niemand eine Zusammenkunft aller Häuptlinge einberufen.«

»Der Herrscher einer der Stadtstaaten von Treborea hat sich an mich gewandt«, erwiderte Albron. »Offenbar braucht man dort Söldner.«

»Und du willst uns mitverdienen lassen?«, blökte Gweti. »Das sollen wir dir glauben?«

»Der betreffende Herrscher will mehr Männer, als ich ihm bieten kann«, entgegnete Albron. »Recht besehen haben wir alle zusammen nicht genügend. Es gibt reichlich Arbeit – und Gold – für jeden unversehrten Mann in ganz Arum.«

»Ich liebe es, wenn jemand von Gold spricht«, sagte Gweti mit verträumten Gesichtsausdruck.

»Ich schließe aus deinen Worten, Albron, dass diese Fremden die Abgesandten des erwähnten Herrschers sind.« Koleika blickte Althalus an.

»Darauf wollte ich gerade kommen«, antwortete Albron. »Flachländer haben Sitten, die uns völlig fremd scheinen. So merkwürdig und unpassend wir es auch finden mögen, dort ist es nicht ungewöhnlich, dass eine Frau auf dem Thron sitzt.«

»Das ist ja widersinnig!«, grollte Twengor. »Du bist gerade ein gutes Stück in meiner Wertschätzung gesunken, Albron.« Er wandte seine blutunterlaufenen Augen den Fässern zu. »Wie wär's, wenn wir eines davon anzapfen? Vielleicht geht alles glatter, wenn wir's mit Bier hinunterspülen.«

»Das sind keine Bierfässer, Twengor.« Albron lächelte. »Aber ihr Inhalt dürfte es uns leichter machen, dass die Person, die unsere Söldner möchte, eine Frau ist.«

»Jetzt reicht's. Ich gehe«, erklärte der mundfaule Koleika und erhob sich.

»Eine außerordentlich reiche Frau, Koleika«, fügte Albron hinzu.

»Du solltest dir ihr Angebot anhören, bevor du eine unüberlegte Entscheidung triffst.«

»Viel Gold auszuschlagen wird dich bei deinen Leuten unbeliebt machen, Koleika«, gab Laiwon zu bedenken. »Wenn ein Häuptling eine derartige Fehlentscheidung trifft, kann es leicht zu offenem Aufstand kommen.«

Koleika kratzte sein vorstehendes Kinn. »Na gut.« Er setzte sich wieder. »Ich werde zuhören, aber ich verspreche nichts.«

»Es würde mir nichts ausmachen, für eine Frau zu arbeiten, solange sie reich genug ist«, blökte Gweti. »Sogar für eine alte Ziege würde ich arbeiten, wenn sie mir ausreichend Gold anböte.«

»Ziege?«, rief Andine entrüstet.

Leitha legte flüchtig die Hand auf den Arm des zierlichen Mädchens. »Warte ab!«

»Das bringt uns zum Kern der Sache«, fuhr Albron ungerührt fort. »Die junge Dame dort, die aussieht, als würde sie Häuptling Gweti am liebsten die Augen auskratzen, ist Arya Andine von Osthos. Sie möchte mit uns über Gold reden.«

»Ich werde Euch ein wenig von Eurer Schau stehlen, Althalus«, murmelte Andine. »Möglicherweise müsst Ihr Eure Rede ein bisschen ändern.« Ihre dunklen Augen glühten.

»Hübsches kleines Ding, nicht wahr?«, sagte Tauri unüberhörbar zu Smeugor. »Sie hat eine Menge mehr zu bieten als nur Gold.«

»Das ist mir nicht entgangen«, entgegnete der pickelgesichtige Smeugor lüstern.

»Sehe ich für Euren Geschmack ziegenhaft genug aus, Häuptling Gweti?«, fragte Andine.

»Verzeiht meine unbedachte Wortwahl«, entschuldigte sich Gweti. »Könnt Ihr mir vergeben?«

»Nicht so leicht, Häuptling Gweti«, antwortete Andine. »Ich glaube, ich werde Euch heute ohne Abendessen ins Bett schicken. Morgen können wir dann noch einmal darüber reden.« Sie machte eine Pause und blickte jeden Häuptling durchdringend an. »Wir wollen keine Zeit vergeuden, meine Herren. Ich möchte Euch etwas zeigen und dann reden wir darüber.« Sie drehte sich zur Seite. »Eliar, wärst du so gut, eines dieser Fässer für mich zu öffnen?«

»Selbstverständlich, Andine.« Eliar stand auf, ging zu den Fässern und nahm von einem den Deckel ab.

»Schütte es auf den Boden«, befahl sie.

»Auf den Boden?«

»Die Seiten eines Zimmers nennt man Wände, oben ist die Decke, und unten ist der Boden. Und nun schütte, Eliar!«

Eliar kippte das Fass langsam, sodass ein wahrer Regen leuchtend gelber Münzen melodisch zu Boden klimperte.

»Hübsch, nicht wahr?«, wandte Andine sich an die verblüfften Häuptlinge.

Sie antworteten nicht. Althalus bemerkte, dass die meisten nicht einmal atmeten.

Eliar schüttete die letzten Münzen aus. »Es ist leer, Andine.«

»Dann nimm dir das nächste Fass vor.«

»Jawohl, Hoheit.«

Zwei Fässer später hob Andine die rechte Hand. »Das dürfte für den Moment genügen.« Sie blickte auf den Berg Münzen. Dann lächelte sie den Stammeshäuptlingen von Arum gewinnend zu. »Habe ich jetzt Eure Aufmerksamkeit, meine Herren?«

Gweti würgte. »Ich kann nicht für die anderen reden, Prinzessin, aber meine habt Ihr.«

»Vielleicht lasse ich Euch doch nicht ohne Essen schlafengehen, Häuptling Gweti«, sagte sie mit ihrer aufregenden Stimme. »Seht Ihr, meine Herren, es ist gar nicht so schwer, mit mir auszukommen.« Dann änderte sich ihr Tonfall und wurde beinahe zur Herausforderung. »Der Zweck dieser Zurschaustellung besteht darin, dass ich Söldner in Dienst nehmen möchte. Seid Ihr interessiert?«

Der greise Häuptling Delur fing unwillkürlich zu zittern an.

»Befehlt über mich und meine Männer, hochwohlgeborene Arya!«, rief er.

»Ist er nicht der liebenswerteste ältere Herr auf der ganzen Welt?«, sagte Andine beinahe zärtlich.

»Wen sollen wir abschlachten, Prinzesschen?«, fragte Twengor. »Nennt mir seinen Namen, und ich bringe Euch seinen Kopf.«

»Erstaunlich«, sagte Andine mit gespielter Verwunderung. »Alle behaupten, dass Reden halten schwierig ist. Meine wurde offenbar mit großem Anklang aufgenommen.«

»Mit musikalischer Begleitung findet jede Rede größeren Widerhall, Andine«, gab Leitha zu bedenken. »Und Eliar spielt die Goldfässer wie ein berühmter Virtuose.«

»Es ist die bezauberndste Musik, die ich je gehört habe«, sagte Koleika inbrünstig. »Ich bin froh, dass ich zum Konzert geblieben bin.«

»Ich bin nur ein naives kleines Mädchen«, fuhr Andine fort, »deshalb werde ich es meinem Kämmerer überlassen, euch mit den ermüdenden Einzelheiten vertraut zu machen. Und nun, da ich mir eure Liebe verdient habe, werdet ihr es wahrscheinlich gar nicht erwarten können zu tun, worum ich euch bitte.«

»Und das wäre, Hoheit?«, fragte Gweti.

»Oh, ich weiß nicht. Wäre ›Brandschatzen! Kämpfen! Töten!‹ zu viel verlangt?«

»Damit habe ich keine Probleme«, entgegnete Laiwon. »Ihr braucht nur zu befehlen, Arya Andine, und wir ›brandschatzen-kämpfen-töten‹!«

Althalus wirkte verwirrt, als er sich erhob. »Meine geliebte Arya hat mir den Teppich unter den Füßen weggezogen«, wandte er sich mit kläglicher Miene an die Anwesenden. »Es war eigentlich so gedacht, dass ich Euch das Gold zeige.«

»Eine Frau nutzt jede Gelegenheit, ihre Reize vorzuweisen«, bemerkte Tauri mit wissendem Lachen.

»Vielleicht ist es das.« Althalus nickte. »Jedenfalls wollte ich Euch zuerst die Lage schildern und dann das Gold ausschütten und Euch versichern, dass sie bereit ist zu zahlen. Nun hat sie mir die Schau gestohlen.«

»Aber sie hat sich unsere ungeteilte Aufmerksamkeit erworben, Kämmerer Althalus«, warf Albron geschickt ein. »Es dürfte nicht übertrieben sein, wenn ich sage, dass sie uns bereits so gut wie angeworben hat. Ihr braucht uns jetzt nur noch mitzuteilen, wer die Bedauernswerten sind, die sich ihren Zorn zugezogen haben.«

»Hauptsächlich der Herrscher von Kanthon, doch man muss die Sache vielleicht auch noch aus einem anderen Blickwinkel betrachten. Der Aryo von Kanthon meint, er stehe kurz davor, Herrscher von ganz Treborea zu werden, aber das Denken ist nicht seine Stärke. ›Schwachkopf‹ ist vermutlich das Freundlichste, womit man ihn je bezeichnet hat.«

Die Häuptlinge lachten.

»Tatsächlich wurden die Kanthoner von den Nekwerosern hinters Licht geführt. Meine geliebte Herrscherin weiß das. Lasst euch nicht von ihren scheinbar arglosen großen Augen täuschen, meine Herren. Ihr Verstand ist schärfer als jedes Messer und sie weiß genau, wer der wirkliche Feind ist. Knechte von Nahgharash haben in jedem Land der Tiefebene Aufwiegler angeworben, und meine Arya wäre Euch sehr dankbar, wenn Ihr diese Unruhestifter wenigstens ein kleines bisschen niedermetzeln würdet.«

»Ist ›niedermetzeln‹ nicht absolut und endgültig, Kämmerer Althalus?«, gab Albron zu bedenken. »Ich wüsste nicht, wie man jemanden ›halb niedermetzeln‹ könnte. Jedenfalls, sobald wir knietief in Blut waten, möchte sie, dass wir in Nekweros einfallen, nicht wahr?«

»Später vielleicht«, antwortete Althalus. »Arya Andine hält es für angebracht, dass wir uns zunächst aller feindlichen Kräfte in unserem Rücken entledigen, ehe wir Nahgharash angreifen. Sie findet, dass Ordnung etwas für sich hat.«

»Ordnung mag ja recht schön sein«, Twengor brüllte es beinahe, »aber mir gefällt ihr ›brandschatzen-kämpfen-töten‹ viel besser. Wäre das nicht ein großartiger Spruch für ein Banner?« Er schüttelte sich vor halb besoffenem Lachen.

»Das scheint komplizierter zu werden, als ich dachte, Kämmerer Althalus«, meinte der pickelgesichtige Smeugor spitz. »Wir können mit prahlerischen Worten um uns werfen, doch wenn ich Euch recht verstehe, geht es hier nicht um eine Belagerung oder eine einzelne Schlacht, sondern um einen umfassenden Krieg von Ansu bis Regwos. Wir Arumer sind die besten Krieger der Welt, doch sind wir für diese Art von Krieg wirklich bereit?«

»Smeugor hat Recht«, fiel Tauri sogleich ein. »Von Gold hat man nur dann etwas, wenn man am Leben bleibt. Einen derartigen Krieg aber können wir niemals gewinnen.«

»Wenn du so darüber denkst, Tauri, dann bleib zuhaus«, donnerte Twengor. »Ich hab in meinem ganzen Leben keinen Kampf verloren! Ich würde die Sonne selbst angreifen, wenn der Sold entsprechend wäre!«

Diese Streitfrage beherrschte den Rest des Tages. Smeugor und Tauri brachten immer weitere Einwände zur Sprache und ritten darauf herum, dass es nicht genügend Arumer für einen großen Krieg gäbe. Twengor und die anderen rümpften darüber die Nase, doch die beiden Häuptlinge aus dem Süden ließen es sich nicht ausreden.

»Es ist spät, meine Herren«, schritt Albron bei Sonnenuntergang geschickt ein. »Wie wär's, wenn wir uns zum Abendessen zurückziehen? Wir können das alles morgen weiter besprechen.«

»Unser Gastgeber hat Recht«, pflichtete der greise Häuptling Delur ihm bei. »Setzen wir uns zu Tisch und begeben uns danach zu Bett, damit wir morgen klarer denken können.«

»Ein guter Vorschlag«, murmelte Koleika ohne die Spur eines Lächelns.

»Ihr müsst Euch täuschen, Leitha!«, wehrte Albron an diesem Abend ab, nachdem sie die Häuptlinge bei ihrem Saufgelage in der Speisehalle allein gelassen hatten.

»Nein, Häuptling Albron«, versicherte ihm das blonde Mädchen. »Smeugor und Tauri arbeiten beide für Ghend.«

»Sollen wir sie umbringen?«, fragte Gher.

»Ich glaube, Ihr solltet diesen Jungen lieber an die Leine legen, Althalus«, riet Albron. »Ich wüsste keinen schnelleren Weg, einen Stammeskrieg vom Zaun zu brechen, als Smeugor und Tauri zu töten.«

»Es würde uns überdies einen Vorteil nehmen«, entgegnete Althalus nachdenklich. »Da ich jetzt weiß, dass die beiden für Ghend arbeiten, können wir sie dazu benutzen, ihm falsche Information zukommen zu lassen und ihn an der Nase herumzuführen.«

»Aber nicht lange, Althalus«, gab Bheid zu bedenken. »Nachdem sie es ein paar Mal getan haben, wird Ghend sie beide umbringen lassen.«

»Wie schade!« Althalus seufzte scheinbar bedauernd. »Natürlich würde das bedeuten, dass Smeugors und Tauris Stämme sich verpflichtet sähen, gegen Ghends Stamm zu marschieren. Und das ist doch im Grunde genommen, was wir wollen, nicht wahr? Es wird uns natürlich sehr leid tun, aber ich bin sicher, dass wir darüber hinwegkommen. Schließlich sind wir tapfere Krieger, die mit allen Schicksalsschlägen fertig werden.«

Gleich nach dem Frühstück am nächsten Morgen versammelten sich die Häuptlinge wieder in der Ratskammer an der Rückseite von Albrons Festung. »Wo ist das Gold?«, erkundigte Gweti sich bestürzt.

»Wir haben es an einen sicheren Ort gebracht«, erklärte Althalus. »Wir möchten doch nicht, dass irgendein Dieb es stiehlt, oder?«

»Möge Gott uns davor bewahren!«, blökte Gweti inbrünstig.

»Das wird er«, entgegnete Althalus. »Ich weiß es aus erster Hand. Nun denn, meine Herren, ich nehme an, dass Ihr beschlossen habt, für meine geliebte Arya zu arbeiten?«

»Gleich nachdem die Streitigkeiten geschlichtet sind«, antwortete Twengor. Er blickte Andine an. »Wieviel seid Ihr bereit zu bezahlen, werte Arya – und für wie lange?«

»Das wird Euch Sergeantgeneral Khalor sagen, den ich um Unterstützung gebeten habe. Er ist einer der erfahrensten Söldnerführer von Häuptling Albron. Er kennt sich mit diesen Einzelheiten weit besser aus als ich. Und er wird dafür sorgen, dass ich nicht ausgenommen werde. Meine Herren, Ihr müsst selbst auf Eure Vorteile achten.«

»Ich habe von Khalor gehört«, blökte Gweti sichtlich enttäuscht. »Ich hatte eigentlich gehofft …«

»Dass Ihr mich persönlich hereinlegen könntet, Häuptling Gweti?«, fragte Andine kokett. »Würdet Ihr wirklich ein armes, unschuldiges kleines Mädchen übervorteilen?«

Er seufzte enttäuscht. »Nein, wahrscheinlich nicht.«

»Ist er nicht ein Schatz«, sagte Andine beinahe liebevoll. »Meine Herren, Leitha und ich werden Euch nun Eurem Vergnügen überlassen. Wenn ich es recht verstanden habe, kann das Feilschen zu Gefühlsausbrüchen führen, die sich in sehr farbiger Sprache Luft machen – einer Sprache, die das Ohr unschuldiger Damen verletzen könnte. Viel Spaß, meine Herren – aber lasst es bitte nicht zu Handgreiflichkeiten kommen.« Gefolgt von Leitha schwebte sie aus der Sitzungskammer.

Sergeant Khalor hielt trotz einiger wütender Proteste eisern am »Standardsold« als Grundlage für die Verhandlung fest. Vor allem Gweti wollte eine ziemlich ungewöhnliche Soldvereinbarung. Offenbar hatte er einige Rechenübungen durchgeführt und dabei herausgefunden, dass ihm der »Standardsold« einen großen Teil dieser zwanzig Goldfässer unzugänglich machen würde, was ihm fast körperliche Schmerzen zu bereiten schien.

»Recht betrachtet, Häuptling Gweti, bin ich sehr großzügig«, erklärte Khalor. »Wir verdingen jeden Mann, den Ihr uns zur Verfügung stellen könnt. Wenn er aufrecht stehen, Blitze sehen und Donner hören kann, bezahlen wir für ihn. Ich werde keinen Soldnachlass für Krüppel aushandeln, wie ich es vielleicht tun sollte. Wir sind ehrenwerte Arumer, edle Häuptlinge. Wie würde der Rest der Welt es sehen, wenn wir ein unschuldiges junges Mädchen übervorteilten?«

»Wen schert es, wie der Rest der Welt es sehen würde?«, begehrte Gweti auf.

»Ihr solltet es bedenken, Häuptling Gweti!«, entgegnete Khalor. »Wenn sich herumspricht, dass Ihr ein Betrüger seid, wird nie wieder jemand Geschäfte mit Euch machen wollen. Eure Soldaten werden zu Hause bleiben und Ihr selbst werdet sie verköstigen müssen. Ihr werdet alt und klapprig sein und mehr Schulden haben als Haare auf dem Kopf, ehe wieder jemand Söldner von Euch anheuert.«

»Der gute Sergeant spricht die Wahrheit, Sohn Gweti«, sagte Häuptling Delur pathetisch. »Der Wohlstand ganz Arums mag davon abhängen, was wir heute hier entscheiden. Wie allgemein bekannt sind die arumischen Krieger die besten der Welt. Doch wenn arumische Häuptlinge sich als unehrlich erweisen, wer wird dann je wieder mit Gold in diese hehren Berge kommen, um Geschäfte mit uns zu machen? Gebt euch mit weniger zufrieden, meine Söhne, damit ihr mehr erreichen könnt.«

Althalus beobachtete insgeheim Smeugor und Tauri, die ein Stückchen abseits von den anderen saßen und miteinander flüsterten. Sie schienen sich um irgendetwas Sorgen zu machen. Andines offene Zurschaustellung des Goldes hatte sie anscheinend verunsichert.

Unmittelbar hinter dem ungleichen Paar saßen die Berater ihrer Stämme. Althalus glaubte Unzufriedenheit in ihren Mienen zu lesen. Smeugor und Tauri waren bei ihren Leuten offenbar nicht sonderlich beliebt. Ihre unverkennbare Bestürzung über Andines Strategie, allen das Gold zu zeigen, hatte bei ihren Männern zu einer gewissen Verdrossenheit geführt. Althalus legte diese Erkenntnis einstweilen zur späteren Verwendung beiseite. Momentan mochten Smeugor und Tauri sehr nützlich sein, doch sobald das nicht mehr der Fall war, konnte eine planmäßig durchgeführte Meuterei das Problem gewiss rasch lösen.

Das Feilschen zog sich den größten Teil des Tages dahin, da jeder Häuptling sich bemühte, Gründe zu finden, seinen Anteil am Gold zu erhöhen. Doch Sergeantgeneral Khalor hielt an seinem ursprünglichen Angebot fest, nach der Anzahl der Söldner zu bezahlen. Hartnäckig wiederholte er, »so viel pro Kopf«, beinahe so, als kaufe er eine Schafherde. Die Häuptlinge der kleineren Stämme protestierten heftig, doch Khalor achtete nicht auf ihre Behauptungen, ihre Leute hätten die »bessere Ausbildung«, die größere »Kampfbegeisterung« und »überlegene Waffen«. Schließlich zog er einen Schlussstrich. »Das ist mein letztes Angebot, meine Herren. Nehmt es an oder lasst es bleiben. Falls Arum nicht genügend Männer für uns hat, kann ich wahrscheinlich Rekruten in Kweron oder Kagwher finden. Ich bin sicher, dass ich keine Schwierigkeiten habe, genügend Soldaten für diese Armee zu bekommen, wenn ich die einträglichen Plünderungen erwähne, zu denen es in diesem Krieg zweifellos kommt. Arumer wären mir zwar lieber, aber ich nehme, was ich kriegen kann.«

Nach diesen Worten brach der Widerstand mehr oder weniger zusammen.

»Ach, da wäre noch etwas«, fügte Khalor hinzu. »Bezahlung bei Lieferung. Ich gebe kein Goldstück für Versprechungen. Erst wenn ich die Männer vor mir sehe, öffne ich meinen Säckel.«

»Das ist aber nicht üblich!«, schimpfte Gweti. »Unser Wort wurde stets anerkannt!«

»Diesmal nicht, Häuptling Gweti«, entgegnete Khalor. »Ich kaufe Männer, keine Zusagen!«

Albron beugte sich zu Althalus hinüber. »Ich habe Euch ja gleich gesagt, dass Khalor sehr geschickt ist. Findet Ihr nicht, dass seine Dienste eine Zuwendung wert sind?«

»Ganz gewiss, Albron«, antwortete Althalus. »Lasst mich sehen, was ich Euch als Zuwendung gebe. Als Besitzer der Goldmine kann ich so gut wie alles bekommen. Darum verspreche ich Euch, dass ich keinen Versuch machen werde, Euch Khalor abzuwerben. Was haltet Ihr von dieser Zuwendung?«

Es war lange nach Mitternacht, als Emmy Althalus auf die übliche Weise weckte. Er stellte fest, dass ihre Nase weder wärmer noch trockener geworden war.

»Wir müssen zum Haus, Althalus«, drängte sie.

»Schwierigkeiten?«

»Ghend macht seinen Zug. Wir sind zwar noch nicht ganz so weit, müssen aber einen Gegenzug planen.«

Althalus zog sich an und schritt den von Fackeln beleuchteten Gang hinunter, um die Gefährten zu wecken. Wieder einmal traten sie durch die Tür der Waffenkammer und stiegen die Treppe zum Turmgemach hinauf.

»Wekti steht vor dem Zusammenbruch«, erklärte ihnen Dweia. »Das müssen wir unterbinden.«

»Wekti?« Bheid gähnte. »Wer macht sich schon etwas aus Wekti? Es ist kaum mehr als eine riesige Schafweide.«

»Wenn Wekti fällt, dann fällt auch Plakand, Bruder Bheid«, entgegnete Dweia scharf. »Dann marschieren sie gegen Medyo. Awes liegt an der Ostgrenze von Medyo, und diesmal wird nach der Schlacht nichts übrig bleiben. Die Vernichtung von Awes war schon immer ein Teil von Ghends Plan.«

»Wie sollen wir genügend Männer dorthin kriegen, um erfolgreich einzuschreiten, Emmy?«, fragte Eliar. »Es dauert einen Monat oder mehr, um von Arum nach Wekti zu gelangen.«

»Benutz die Türen«, schlug Gher vor.

»Ich kann keine arumischen Söldner zum Haus bringen, Gher«, wehrte Eliar ab.

»Du brauchst sie doch gar nicht zum Haus bringen, Eliar«, meinte Gher. »Bring stattdessen das Haus zu ihnen – nun, nicht das ganze Haus. Zwei Türen genügen wahrscheinlich.«

Eliar schüttelte verärgert den Kopf. »Würdest du das bitte erklären?«

»Ich hab mich damit beschäftigt«, gestand Gher, »und vielleicht irgendwas überseh'n. Wir wollen ja nicht, dass alle Arumer vom Haus und den Türen wissen. Doch ich glaub', ich weiß, wie man sie durchschleusen kann, ohne dass sie auch bloß ahnen, dass sie da gewesen sind. Aber wir werden eine Menge Büsche brauchen.«

»Büsche?«

»Damit sie nicht merken, was wir tun. Es muss etwa so gehen:

Du führst diese arumische Armee an und lässt sie einen Pfad entlangmarschieren, der sich durch ein riesiges Dickicht aus Büschen schlängelt. In diesem Dickicht hast du eine Tür versteckt. Sie marschieren also ahnungslos durch diese Tür und sind im Haus, nur dass sie's nicht wissen, weil wir auch auf dem Korridor eine Menge Büsche aufgebaut haben. Dann …« Er unterbrach sich, runzelte die Stirn und sagte: »Upps.«

»Was ist?«, fragte Eliar.

»Ich fürcht', ich hab was nicht bedacht. Die Türen sind nicht breit genug. Ich mein', du führst eine riesige Schar Söldner an, aber die marschieren doch nicht im Gänsemarsch …« Er schüttelte den Kopf. »Ich glaub', da muss ich mir erst noch was einfallen lassen.«

»Mach dir wegen der Türen keine Sorgen, Gher«, warf Dweia ein. »Dafür bin ich zuständig. Sie können so breit sein – oder schmal –, wie ich es will.«

»Das ist ja großartig, Emmy! Also könntet Ihr die Türen so schmal machen, dass ich mich als Einziger hindurchzwängen kann?«

»Du schweifst ab, Gher«, rügte Leitha den Jungen. »Führe erst mal einen Gedanken zu Ende, bevor du dich auf den nächsten stürzt! Du hast also eine Armee draußen auf dem Gang. Was willst du mit ihr anstellen?«

»Oh, stimmt. Ich hab mir gedenkt, dass Eliar sie durch eine Tür ins Haus führt, die sie nicht sehen können, und sie wissen nicht, dass sie im Haus sind, weil die Büsche alles verbergen. Dann gehen sie zu einer anderen Tür und hindurch nach Wekti. Sie fangen hier herüben an und enden da drüben, aber sie wissen's nicht.«

»Nur dass sie aus den Bergen direkt ins Flachland treten«, wandte Eliar ein.

»Darum kann das Haus sich kümmern. Weil es Allzeit ist, kann es den Marsch durch die Büsche so lang dauern lassen, wie Emmy es möcht'. Die Söldner werden denken, dass sie schrecklich viele Wochen durch dieses Dickicht marschiert sind, aber wenn sie naus kommen, ist in Wirklichkeit nur eine Minute vergangen. Wir werden's wissen, aber sie nicht.« Er blickte Dweia an. »Könnten wir's so tun, Emmy?«

»Ich glaube schon«, antwortete sie. »Was hat dich auf diese Idee gebracht, Gher?«

»Vor kurzem hab ich mitgekriegt, wie dieser Häuptling mit dem eingefallenen Gesicht zu dem mit dem Riesenkinn geredet hat. Er hat sich hämisch gefreut, dass er für viele Wochen bezahlt wird, in denen seine Männer nur marschieren. Da ist mir eingefallen, dass für das Haus Entfernung und Zeit keine Bedeutung haben. Das Haus ist so was wie 'ne Abkürzung, doch das sollen diese Leute nicht erfahren. Einige tät es schrecklich aufregen, und andere täten vielleicht versuchen das Haus so zu benutzen, wie's uns nicht gefallen tät'. Da bin ich auf die Idee mit den Büschen gekommen. Sie werden gar nichts von dem Haus erfahren, weil sie ja nicht mal wissen, dass sie hier waren. Das müsste doch so gehen, nicht wahr, Emmy?«

Dweia lächelte ihn liebevoll an. »Du bist ein echter Schatz, Gher. Ich glaube, ich schulde dir eine Menge Umarmungen und Küsse für diesen Einfall.«

Gher errötete heftig. »Nur ein ›Danke‹ wär mir lieber, Emmy«, wehrte er ab. »Ich mag solche Umarmerei und Küsserei nicht. Ich fühl mich bei dieser Knutscherei gar nicht wohl.«

»Knutschereien werden schon noch interessant, wenn du erst ein wenig älter bist, Gher«, versicherte ihm Andine. Dann richteten ihre großen Augen sich auf Eliars Gesicht, und ein Lächeln huschte über ihre Lippen. Sie sagte nichts, doch aus irgendeinem Grund färbte Eliars Gesicht sich tiefrot.

VIERTER TEIL

Eliar

21

Über den Bergen von Kagwher tobte ein Unwetter mit stürmischen Wolken, Blitzen und Donnerschlägen, die beinahe an den Steinen des ewigen Hauses am Ende der Welt rüttelten. Vom Wind gepeitschter Regen wusch die Zinnen, doch bald nach Mitternacht beruhigten sich die Elemente; die Mondsichel stahl sich zwischen den Wolken hervor und blickte hinab auf die vom heftigen Gewitter gescheuerten Felsen.

Dweia stand am Nordfenster und blickte sinnend hinaus. Ein Bild vollkommener geistiger und körperlicher Harmonie, dachte Althalus bewundernd.

»Was genau macht Ghend eigentlich in Wekti, Dweia?«, fragte er, nachdem sie sich wieder dem Turmgemach zugewandt hatte.

»Das Unheil kommt aus dem Norden, Althalus«, antwortete sie und blickte ihn mit ihren rätselhaften grünen Augen nachdenklich an. »Ghend hat Gelta nach Südansu gesandt, damit sie die Stämme dort aufwiegelt. Im vierten Jahrtausend herrschte Gelta über die Völker, die entlang der Grenze lebten, und sie steht in ihrer Sagenwelt an erster Stelle. Ihre Wiederkehr wird als Wunder erachtet, und die Südansuner sind überzeugt, dass sie eine unsterbliche Kriegsgöttin ist. Sie werden ihr blind folgen. Wenn wir sie nicht aufhalten, wird sie Wekti binnen eines Monats zerschmettern.«

»Wie konnte sie die Ansuner überzeugen, dass sie dieselbe Gelta ist, die vor so vielen Jahrtausenden ihre Heerführerin war?«, fragte Althalus. »Die Ansuner sind zwar nicht sehr gescheit, aber das dürfte sogar für sie schwer zu schlucken gewesen sein.«

»Ghend hat ihnen etwas vorgezaubert, Schatz«, erwiderte Dweia. »Nachdem Gelta aus dem Himmel geritten kam, gab es kaum noch Zweifler in Südansu.«

»Haben die Wekti Soldaten, die sie ihnen entgegenschicken können?«, fragte Eliar. »Zumindest so viele, um sie eine Zeit lang aufzuhalten?«

Bheid lachte.

Eliar blickte ihn erstaunt an. »Was findest du so komisch?«

»Wekti ist ein Land, in dem Schafe gezüchtet werden, Eliar«, erklärte Bheid. »Es ist das Land der in weiße Kutten gekleideten Priester, die ›Demut‹ zu einer Kunstform entwickelt haben. Die Wekti werden sich nicht verteidigen. Dafür haben die abtrünnigen Kuttenträger gesorgt.«

»Wir sollten uns ein andermal über Theologie unterhalten, Bheid«, schlug Althalus vor. »Ich brauche jetzt Tatsachen, keine Anprangerungen. Wo ist die Hauptstadt von Wekti und wer ist der Herrscher?«

»Verzeiht, ich bin ein wenig abgeschweift. Die Regierung Wektis befindet sich in der alten ländlichen Hauptstadt von Keiwon. Sie stammt noch aus den Tagen des Deikanischen Reiches, und der Titularherrscher ist ein direkter Nachfahre des letzten Statthalters.«

»Titularherrscher?«

»Er ist nicht ernst zu nehmen, Althalus. Der offizielle Titel lautet ›Natus‹, was so viel wie ›Vater‹ bedeutet. Schäfer haben manchmal recht merkwürdige Einfälle. Jedenfalls ist der Name dieses Natus' Dhakrel. Er ist ein Oberhaupt ohne jegliche Machtbefugnisse. Er trägt eine goldene Krone, kleidet sich in eine Toga im Schnitt der antiken Deikaner, und hält für gewöhnlich ein Zepter in der Hand. Er ist ein dicker Glatzkopf mittleren Alters, der keine Angst haben muss, von klugen Gedanken gequält zu werden. Seinen Palast verlässt er genauso wenig wie irgendwelche seiner ›königlichen Proklamationen‹. Die Speichellecker an seinem Hof versichern ihm ständig, wie bedeutend er sei. Sein Gesicht ist auf den wektischen Münzen zu sehen – und damit erschöpft sich in etwa seine Bedeutung.«

»Wer herrscht dann wirklich?«, erkundigte Andine sich.

»Exarch Yeudon.«

»Exarch? Ist das ein Adelstitel?«

»Nein, ein theologischer Begriff, Prinzessin. An der Spitze jedes der drei Orden steht ein Exarch. Grob übersetzt heisst das ›Priester der Priester‹. Yeudon ist der wahre Machthaber in Wekti und daher derjenige, mit dem wir verhandeln müssen. Er ist intelligent und verschlagen. Ich würde ihm nicht über den Weg trauen.«

Eliar ließ nicht locker. »Und sie haben überhaupt keine Armee?«

»Nur zwei Paradelegionen in Dhakrels Palast«, erwiderte Bheid. »Die Männer sind fett, faul und wahrscheinlich völlig nutzlos. Sie tragen zwar Schwerter, können aber nicht damit umgehen. Müssten sie mehr als eine Meile marschieren, würden sie wahrscheinlich vor Erschöpfung zusammenbrechen.«

Eliar runzelte die Stirn. »Was ist mit den Bürgern? Könnten wir aus ihnen brauchbare Soldaten machen?«

Bheid lächelte. »Das bezweifle ich. Sie sind Schäfer und selbst eher Schafe als Menschen. Bei Lärm würden sie vor Angst blökend in alle Richtungen davonlaufen. Der durchschnittliche Wekti verbringt die meiste Zeit damit, Lämmer an seine Brust zu drücken und schlechte Gedichte – und noch schlechtere Lieder – über seine Liebe zu der Schafhirtin im nächsten Tal zu machen.«

Eliar wandte sich an Dweia. »Müssen wir uns unbedingt mit diesem Volk befassen, Emmy? Es scheint mir nicht der Mühe wert zu sein.«

»Wir haben keine andere Wahl, Eliar«, erwiderte die Göttin. »Ghend beherrscht bereits Nekweros im Westen. Du solltest dich vielleicht mit Sergeant Khalor über die strategische Lage unterhalten, wenn der Feind an zwei Fronten lauert. Wir werden weniger die Wekti verteidigen als unsere Ostflanke.«

»Daran hatte ich nicht gedacht«, gab Eliar zu.

»Wir begeben uns am besten nach Keiwon und reden mit diesem Yeudon«, entschied Althalus.

Bheid lachte. »Bis es dazu kommt, ist der Krieg wahrscheinlich vorüber.«

»Das verstehe ich nicht ganz.«

»Die Weißkutten sind überaus traditionsbewusst, Althalus. Es dauert etwa sechs Monate, eine Audienz bei Yeudon zu bekommen. Wir müssten durch einen wahren Wildbach überheblicher kirchlicher Würdenträger waten, ehe wir den Exarchen auch nur aus der Ferne sehen dürften.«

»Ich könnte für eine Tür sorgen«, schlug Eliar vor.

»Wir sollten uns keiner Türen an Orten bedienen, die uns unbekannt sind«, wehrte Althalus ab. »Ghend könnte Spione in Keiwon haben.« Er blickte Bheid nachdenklich an. »Wer ist das Oberhaupt deines Ordens?«

»Exarch Emdahl.«

»Wenn er einen Boten zu Yeudon senden wollte, würde dieser Bote vermutlich keine größeren Schwierigkeiten haben, ohne die üblichen Formalitäten zu diesem Yeudon zu gelangen, oder?«

»Vermutlich. Aber es würde mindestens eine Woche dauern, zu meinem Exarchen vorgelassen zu werden und ihm die Lage zu schildern.«

»Dein Exarch ist ein schwer beschäftigter Mann, Bheid. Wir brauchen ihn nicht zu belästigen. Wer trägt seine Botschaften üblicherweise zu Yeudon?«

»Wahrscheinlich ein Scopas – einer der Edlen unserer Kirche.«

»Tragen sie eine bestimmte Gewandung?«

»Ihre Roben sind aus Sackleinen genäht, wenn Ihr das meint.« Bheid zupfte an seinem grob gewebten schwarzen Habit. »Und sie tragen rote Schärpen um die Hüfte.«

»Meinen Glückwunsch zu deiner Beförderung, Scopas Bheid.«

»Das können wir nicht tun!«

»Warum nicht? Wenn es nur bestimmter Kleidung bedarf, um Türen zu öffnen, spinne ich dir Goldstoff, so viel du willst.«

»Es ist verboten!«

»In Awes vielleicht, aber wir wollen nicht nach Awes, Bheid. Wir wollen nach Keiwon. Dein Orden hat in Keiwon keinen religiösen und weltlichen Einfluss, also treffen die üblichen Regeln dort nicht zu.«

»Das sind Spitzfindigkeiten, Althalus.«

»Natürlich. Spitzfindigkeit ist die Grundlage jeder Religion. Hast du das nicht gewusst? Brauchst du außer der Gewandung irgendwelche Bescheinigungen?«

Bheid wollte sich weiter gegen Althalus' Plan verwehren, kniff dann aber die Augen zusammen. »Also gut. Vielleicht ist es nichts weiter als ein Auftrag. Zwar widerspricht er allem, was ich gelernt habe, aber …«

»Unsere Ziele sind edel, Scopas Bheid. Und die Mittel, sie zu erreichen, spielen keine große Rolle.« Althalus blickte Dweia an. »Begleitest du uns?«

»Ich glaube, du schaffst es diesmal auch ohne meine Hilfe. Die Mädchen, Gher und ich warten hier.«

»Wie du willst.« Althalus erhob sich. »Suchen wir die Tür nach Keiwon, Eliar.«

Der Morgen dämmerte über den sanften Hügeln von Wekti, als Eliar, Althalus und Bheid durch eine Tür in eine Weidengruppe an der Straße aus dem Süden traten. Althalus begab sich an den Rand des Weidengehölzes, um auf die Stadt zu blicken.

Keiwon lag am östlichen Ufer des Medyos, an die hundert Meilen von der antiken Ruinenstadt Awes entfernt. Es war eine reizlose Ansiedlung wie fast alle Provinzhauptstädte. In mancher Hinsicht erwies Keiwon sich als schäbige Nachahmung Deikas, mit einem Forum, einem Stadtplatz und einem Tempel – nur war alles viel kleiner. Die Stadt war eine Ansammlung von Stilwidrigkeiten; die Statuen waren aus Holz, und so wirkten sie auch: hölzern und klobig. Die Statthalter, die Wekti Jahrhunderte lang regiert hatten, waren Bürokraten aus der Reichsstadt von Deika gewesen, und kein zweitklassiger Bürokrat litt je unter der Last künstlerischer Vollendung – oder sonst einer. Sie hatten nur das Ziel verfolgt, dass Keiwon Deika so ähnlich sah wie möglich. Die Folge war, dass die Stadt im Gegensatz zu Deika keinen Höhenflug erlebt hatte, sondern in die Niederungen der Bedeutungslosigkeit gestürzt war.

Der Kherdhos-Tempel grenzte an den Palast des Statthalters und war eine stümperhafte Nachahmung des Tempels zu Deika, fand Althalus. Er hatte sich zwar nicht lange in Deika aufgehalten, als er fünfundzwanzig Jahrhunderte zuvor den Salzhändler Kweso berauben wollte, doch die Ähnlichkeiten weckten das seltsame Gefühl in ihm, das alles schon einmal erlebt zu haben und er fragte sich unwillkürlich, ob Exarch Yeudon vielleicht auch bissige Hunde hielt.

Bheid blickte voller Unbehagen auf seine neue Gewandung. »Wie möchtet Ihr, dass ich auftrete, Althalus?«, fragte er.

»Ich würde es mit Überheblichkeit versuchen, Bheid. Schaffst du das?«

»Ich kann es versuchen.«

»Du musst es tun, nicht versuchen. Wenn du Erfolg haben willst, musst du dich in diese Rolle hineinversetzen. Du überbringst eine äußerst wichtige Botschaft von Exarch Emdahl an Exarch Yeudon und darfst keinen Zweifel daran lassen, dass du jeden tötest, der sich dir in den Weg stellt.«

»Töten?«

»Du musst es ja nicht wirklich tun, Bheid. Aber drohe damit. Du trägst das Habit eines Würdenträgers deines Ordens. Also gib damit an.«

»Wie lautet denn die Botschaft, die ich überbringe? Vielleicht sollte ich sie niederschreiben.«

»Auf gar keinen Fall. Du möchtest doch nicht, dass sie in die falschen Hände gerät! Es ist eine mündliche Botschaft und nur für Yeudons Ohr bestimmt. Sie muss sich in etwa so anhören: Dein Exarch hat vor kurzem entdeckt, dass Daeva einen Feldzug begonnen hat, um die Welt zu erobern. Da euer Exarch so unsagbar heilig ist, hat er seine traditionsbedingte Erbitterung gegenüber den abtrünnigen Weißkutten überwunden und eilt ihnen im bevorstehenden Krieg gegen die Mächte der Finsternis zu Hilfe.«

Bheid blinzelte.

»Wir brauchen irgendeine glaubhafte Erklärung für die Horden barbarischer Arumer, die morgen oder übermorgen in Keiwon eintreffen werden, nicht wahr? Ich erfinde das jetzt aus dem Stegreif, also hat es noch seine Mängel, die wir aber bestimmt bereinigen können. Yeudon weiß wahrscheinlich schon, dass sich an seiner Nordgrenze Ansuner sammeln, aber du musst so tun, als brächtest du ihm bestürzende Neuigkeiten. Tu entsetzt und erwähne ein paar Dinge, mit denen du seine ungeteilte Aufmerksamkeit gewinnst – das Ende der Welt, eine Invasion durch Horden von Teufeln, das Erlöschen der Sonne wie eine Kerze, die ausgepustet wird – so etwas in der Art. Dann stellst du Eliar als Sprecher für die arumischen Stämme vor, und anschließend erklärst du Yeudon, dass ich der Kämmerer unserer heiligen Mission bin, die es sich zum Ziel gesetzt hat, die Welt vor den Mächten der Finsternis zu retten.«

»Ist das nicht ein bisschen dick aufgetragen, Althalus?«

»Natürlich. Es ist ja auch nur ein grober Entwurf. Du kannst daran ändern, was du für richtig hältst, Bheid. Lass deiner Fantasie freien Lauf. So, wie du bei Ambho in Kweron vorgegangen bist, habe ich völliges Vertrauen in deine Fähigkeit, überzeugend zu lügen.«

Bheid wand sich. »Aber mir ist untersagt, jemanden zu belügen«, wehrte er sich.

»Wenn du es recht bedenkst, erkennst du selbst, dass diese Lüge der Wahrheit gefährlich nahe kommt. Wir bieten wirklich Hilfe an und dieser bevorstehende Krieg ist tatsächlich ein Kampf zwischen Gut und Böse. Ich schlage lediglich vor, dass du einige Dinge zu erwähnen vergisst, die Yeudon wahrscheinlich nicht verstehen kann.

Würdest du ihn mit der nackten Wahrheit konfrontieren, ließe er dich vermutlich als gemeingefährlichen Verrückten ins Verlies werfen. Erzähl ihm nur so viel von der Wahrheit, wie du glaubst, dass er verdauen kann, und vertusche das Übrige. Sag ihm, dass die Arumer kommen, um in diesem Krieg für ihn zu kämpfen, dann wird er dich mit offenen Armen aufnehmen. Wir müssen unseren Fuß in die Tür kriegen, Bheid, und das ist die schnellste Möglichkeit, die ich weiß.« Er blickte zur Sonne, die soeben aufgegangen war. »Begeben wir uns in die Stadt. Die Weißkuttenträger im Tempel dürften inzwischen aufgestanden sein.«

Beim Betreten des Tempels setzte Bheid eine hochmütige Miene auf und verlangte von den Kirchenmännern in einem Tonfall, der keinen Widerspruch duldete, umgehend zu Exarch Yeudon geleitet zu werden. Althalus beobachtete ihn, schwieg jedoch. Mit ein bisschen Übung, dachte er, könnte Bruder Bheid einen ganz anderen Beruf erfolgreich ausüben.

Doch nicht alle Weißkutten ließen sich von Bheids Auftreten einschüchtern. Im Vorzimmer des Exarchen saß ein übereifriger Priester an einem kleinen Tisch. Er hatte den gleichen überheblichen Gesichtsausdruck, über den Althalus in Deika so verärgert gewesen war. »Ihr müsst warten, bis Ihr aufgerufen werdet«, teilte er Bheid hochmütig mit.

»Wenn dieser Narr sich nicht sofort von seinem Hintern erhebt, tötest du ihn, Eliar«, befahl Bheid düster.

»Ihr seid der Befehlshaber, mein Scopas«, entgegnete Eliar und zog den Dolch.

»Ihr würdet es nicht wagen!« Der so von sich überzeugte Vorzimmerwächter plagte sich auf die Füße, doch der Hochmut auf seinem Gesicht wich blanker Angst.

»So ist es schon besser. Geh und sag deinem Exarchen, dass Scopas Bheid mit einer dringenden Botschaft vom Exarchen der Schwarzkutten hier ist. Es mag zwar nicht das Geschick der Welt davon abhängen, wie schnell du gehorchst, deines aber sehr wohl! Beweg dich!«

Der verängstigte Priester in der weißen Kutte stolperte zur Tür des Exarchen.

»Dem habe ich Beine gemacht, was?«, murmelte Bheid grinsend.

»Du machst das genau richtig, Bheid«, lobte Althalus.

»Der Exarch ist bereit, Euch zu empfangen, Eminenz«, meldete der eingeschüchterte Wächter mit tiefer Verbeugung.

»Wird auch Zeit«, brummte Bheid. Dann führte er Althalus und Eliar in das prunkvolle Studiergemach Yeudons.

An den Wänden standen Regale mit Büchern und Schriftrollen, und Lammfellläufer lagen auf dem polierten Steinboden. Exarch Yeudon war ein dünner, fast ausgemergelter Mann in weißer Kutte mit großer Kapuze. Er hatte silbriges Haar und ein von tiefen Falten gezeichnetes Gesicht, das den Gefährten erheitert entgegenblickte. »Was hat Euch so lange aufgehalten, Scopas Bheid?«, fragte er mit leichtem Lächeln.

»Sind wir einander bereits begegnet, Eminenz?«, fragte Bheid.

»Nicht persönlich, Scopas, aber ich habe ständig Berichte erhalten – in ziemlich verängstigtem Tonfall –, seit Ihr den Tempel betreten habt. Ich hatte fast schon erwartet, dass Ihr meine Tür einrammt.«

»Ich gebe zu, dass ich ein wenig unhöflich war. Ich fürchte, das liegt an der Botschaft meines Exarchen. Ich entschuldige mich.«

»Das ist nicht nötig, Scopas Bheid. Hättet Ihr Bruder Akhas wirklich getötet?«

»Wahrscheinlich nicht«, antwortete Bheid. »Im Lauf der Jahre habe ich allerdings festgestellt, dass das Wort ›töten‹ einem sehr schnell die Türen öffnet.«

»Nun, Bruder Akhas hat es jedenfalls Beine gemacht. Sagt mir, Scopas Bheid, was kann so wichtig sein, dass Ihr mit Mord gedroht habt, um es mir mitzuteilen?«

»An Eurer Nordgrenze braut sich etwas zusammen, Eminenz«, sagte Bheid ernst.

»Das ist uns bereits bekannt, Scopas Bheid. Gibt es sonst noch etwas?«

»Die Sache ist wesentlich ernster, als sie auf den ersten Blick zu sein scheint, Eminenz – jedenfalls so ernst, dass sie meinen Exarchen bewegt hat, Euch Unterstützung anzubieten.«

»Ist die Sonne erloschen, als ich nicht darauf geachtet habe?«, rief Yeudon sichtlich erstaunt. »Was kann Emdahl derart erschüttert haben, dass er so weit geht?«

»Habt Ihr vielleicht von einem Mann namens Ghend gehört, Eminenz?«, fragte Bheid vorsichtig.

Yeudons Gesicht wurde kreidebleich. »Das ist nicht Euer Ernst!«

»Ich fürchte ja, Eure Eminenz. Wir Schwarzkutten haben Quellen, die den Weiß- oder Braunkutten nicht zugänglich sind. Exarch Emdahl hat vergangene Woche erfahren, dass einige von Ghends Knechten die Stämme von Südansu aufwiegeln. Offenbar plant Gelta, die Königin der Nacht, in Wekti einzufallen.«

»Also hat Daeva das Spiel eröffnet«, stellte Yeudon mit zitternder Stimme fest. »Er kommt aus Nahgharash heraus.«

»Es hat den Anschein, Eminenz. Das jedenfalls hat Exarch Emdahl veranlasst, seine gewohnte Feindseligkeit Eurem Orden gegenüber beseite zu schieben und Euch seine Hilfe anzubieten. Die verschiedenen Orden kennen kaum Einigkeit untereinander, aber wir wissen, dass Daeva unser aller Erzfeind ist.«

»Wir sind verloren, Scopas Bheid«, stöhnte Yeudon verzweifelt. »Wir sind Priester, keine Soldaten. Wir können uns diesen Wilden aus Ansu nicht zum Kampf stellen.«

»Das ist Exarch Emdahl durchaus bewusst, Eminenz. Er hat bereits Schritte unternommen, Leute hierher zu bringen, die einen Krieg zu führen verstehen. Er hat die Schatzkammer unseres Ordens geöffnet und Söldner aus Arum angeworben. Sie werden Wekti bald erreichen, und selbst Gelta und Pekhal werden ihre liebe Not haben, sich gegen diese heulenden Barbaren zur Wehr zu setzen.«

»Heulende Barbaren?«, rief Eliar empört aus.

»Nur eine Redewendung, Eliar«, entschuldigte sich Bheid und wandte sich wieder dem bleichen Yeudon zu. »Dieser junge Mann im Kilt ist Eliar. Er spricht im Namen der Stammeshäuptlinge von Arum. Ich ersuchte ihn, mich zu begleiten, um meine Worte zu bestätigen. Er wird auch Eure Nordgrenze aufsuchen, um sich für die Generäle der künftigen Armee ein Bild des Landstrichs zu machen.«

»Ihr geht sehr schnell vor, Scopas Bheid«, bemerkte Yeudon.

»Ich habe sämtliche Dämonen der Hölle auf den Fersen, Eminenz.« Bheid verzog angewidert das Gesicht. »Das macht mir Beine. Dieser andere Herr, der mich auf meiner Mission begleitet, ist Meister Althalus. Er ist für die geldlichen Dinge zuständig. Er hat viele Länder bereist und versteht es, Aufträge nach wirtschaftlichen Gesichtspunkten zu erledigen. Um es ein wenig deutlicher auszudrücken: Er weiß, welche Leute zur Mitarbeit bestochen werden können.«

»Ihr Schwarzkutten seid verschlagener, als ich dachte«, bemerkte Yeudon.

»Wir sind der älteste Orden, Eminenz«, entgegnete Bheid beinahe betrübt, »und wir haben mehr Erfahrung mit dem wahren Lauf der Dinge in der wirklichen Welt als die heiligen Männer in den weißen oder braunen Kutten. Eure Orden sind arglos, was die Unlauterkeit der meisten Menschen betrifft. Wir Schwarzkutten mussten uns bereits vor Jahrtausenden von jeder Illusion verabschieden, und eine Welt ohne Illusionen ist ein düsterer Ort. Wir sehen die Welt, wie sie wirklich ist, nicht wie wir sie gern hätten. Unsere Motive sind im Grunde genommen so rein wie die Euren, nur unsere Methoden sind mitunter ein wenig sündhaft. Um unsere Ziele in einer unvollkommenen Welt zu erreichen, bedienen wir uns aller Mittel, die wir für erforderlich halten.«

»Vielleicht sollte ich ein wenig Unterricht bei euch nehmen«, meinte Yeudon.

»Haltet die Augen und Ohren offen, Eminenz«, riet ihm Althalus. »Beobachtet und lernt.« Dann grinste er verschmitzt. »Und da wir Verbündete sind, werden wir Euch für den Unterricht einen Sonderpreis berechnen.«

»Jetzt zurück zum Haus?«, fragte Eliar, als sie in das Dickicht vor den Mauern Keiwons zurückgekehrt waren.

Althalus dachte nach. »Besuchen wir erst einmal Albron«, entschied er. »Wir sollten die Sache in Gang bringen. Ich möchte morgen Früh schon eine Vorhut in Keiwon haben. Gelta fackelt nicht lange. Sie könnte jederzeit über die Grenze vordringen. Wir müssen also vorbereitet sein.«

Eliar hatte vorsichtshalber die genaue Stelle der Tür markiert. Sie gingen durchs Haus und zu Häuptling Albrons Arbeitskammer.

»Ich hatte gehofft, dass Ihr Euch sehen lasst, Althalus«, begrüßte Albron sie. »Da ist eine Sache, über die wir reden müssen.«

»Ach?«

»Ich habe mir seit der Zusammenkunft den Kopf darüber zerbrochen, aber mir fällt nur eine Lösung ein. Allerdings wird sie Dweia vermutlich gar nicht gefallen.«

»Warum nicht? Wo liegt das Problem, Albron?«

»Ich fürchte, wir müssen Sergeantgeneral Khalor in das Geheimnis der Türen einweihen.«

»*Was?*«

Albron hob eine Hand. »Hört mich an, mein Freund. Wenn wir den ganzen Unsinn mit Rang und Stand beiseite lassen, ist es schließlich Khalor, der unsere Truppen befehligt. Und wenn er vom Vorhandensein der Türen keine Ahnung hat, kann er die strategischen Vorteile nicht nutzen, die sie uns bieten. Wenn Ihr es recht bedenkt, Althalus, ist es viel wichtiger, dass er darüber Bescheid weiß als ich.«

»Mein Häuptling sieht das vollkommen richtig, Althalus«, pflichtete Eliar ihm bei. »Sergeantgeneral Khalor ist der beste Truppenführer von ganz Arum, und wenn wir ihn in das Geheimnis der Türen einweihen, kann er sie auf eine Art und Weise einsetzen, die wir anderen uns nicht einmal vorstellen können.«

»Ich muss mit Dweia darüber reden«, murmelte Althalus.

»Ihr versteht doch, worauf ich hinaus will, nicht wahr?«

»Oh, ich verstehe durchaus. Es dürfte allerdings kein Honiglecken sein, Dweia die Sache beizubringen.«

»In Wekti gibt es nichts, womit wir arbeiten könnten, Dweia«, erklärte Althalus ihr am Abend, als sie allein im Turmgemach waren. »Wenn Bheids Einschätzung auch nur ungefähr stimmt, gibt es im ganzen Land niemand, der Rückgrat besitzt.«

»Es könnte doch sein, dass du völlig falsch liegst und eine große Überraschung erlebst, was den Mut dieser Leute angeht, Schatz«, meinte sie.

»Ich würde mir keine zu großen Hoffnungen machen.« Dann wappnete er sich. »Da wäre noch etwas. Albron hat mich darauf hingewiesen.«

»Und worauf?«

»Die wichtigste Person unserer Aktionen in Wekti – und überall, wo Ghend etwas im Schilde führt – ist wahrscheinlich Sergeantgeneral Khalor. Wir mögen ja die großartigen Ideen haben, doch er ist derjenige, der sie verwirklichen muss.«

»Er scheint mir durchaus fähig zu sein.«

»Er ist ein guter Soldat, daran besteht kein Zweifel.« Althalus zauderte. »Es gibt keine Möglichkeit, es dir vorsichtig beizubringen, Dweia, also rücke ich unverblümt damit heraus. Albron meint, wir sollten Khalor in das Geheimnis der Türen einweihen.«

»Das hört sich vernünftig an«, antwortete sie ruhig.

»Emmy!«, rief er ungläubig.

»Ich bin einverstanden, Althalus. Also weise Khalor ein, wie wir die Türen benutzen.«

»Wehrst du dich denn gar nicht?«

»Willst du das denn?«

»Nein – aber ich war ganz sicher, dass du dagegen sein würdest!«

»Warum sollte ich?«

»Ich dachte, das Haus und was wir mit seinen Türen tun können, wäre ein tiefes dunkles Geheimnis.«

»Wie, in aller Welt, bist du auf diese lächerliche Idee gekommen? Ghend weiß alles über die Türen. Er hat in Nahgharash seine eigenen Türen und kann damit das gleiche tun wie wir mit unseren. Warum sollten wir die Türen vor unseren Freunden verbergen, wenn unsere Feinde sich damit auskennen? Das ergäbe doch keinen Sinn, oder?«

»Was ist hier los, mein Häuptling?«, fragte Sergeant Khalor heftig, während er sich auf dem langen Korridor umschaute. »Das ist nicht die Waffenkammer!«

»Nein, Sergeant, das ist sie nicht«, entgegnete Albron.

»Wo sind wir? Und wie sind wir hierher gelangt?«

»Es ist ein Teil der Welt, von dem nur wenige Menschen wissen, Sergeant«, sagte Althalus. »Es gibt natürlich eine Erklärung für das, was wir soeben getan haben, aber sie ist sehr kompliziert. Sagen wir nicht einfach, dass gewisse Regeln, die sonst üblich sind, hier nicht gelten, und belassen es dabei. Wenn du zur Stadt Kanthon unten in Treborea wolltest, wie würdest du es angehen?«

»Ich würde ein Pferd stehlen und mehrere Wochen lang südostwärts reiten. Aber was sollte ich in Kanthon?«

»Ich habe die Stadt nur auf gut Glück ausgewählt, Sergeant. Ich weiß, dass du schon mal dort warst und sie wieder erkennen würdest. Zufällig weiß ich eine andere Möglichkeit, dorthin zu kommen. Führe uns, Eliar.«

»Jawohl. Es ist nur ein Stück weiter den Korridor hinunter.«

Sergeant Khalor blickte seinen jungen Schützling ungläubig an, schwieg jedoch.

»Hier ist sie«, sagte Eliar schließlich und öffnete die Tür.

Sergeant Khalor schaute kurz auf die Stadt jenseits der Schwelle. »Das sieht tatsächlich wie Kanthon aus«, stellte er beinahe gleichmütig fest. Dann blickte er Albron an. »Haben wir nichts Besseres zu tun, mein Häuptling? Das ist ja alles recht unterhaltsam, aber ich muss Truppen auf einen langen Marsch vorbereiten.«

»Du glaubst also nicht, dass das dort unten wirklich Kanthon ist, Sergeant?«, fragte Althalus.

»Oh, natürlich ist es Kanthon, Meister Althalus«, erwiderte Khalor mit beißendem Spott. »Jeder weiß, dass Naturgesetze auf Leute wie Euch nicht zutreffen. Wie wär's, schnell mal zur Rückseite des Mondes zu springen, damit wir die Aussicht bewundern können?«

»Möchtest du einen Spaziergang durch die Stadt machen, Sergeant?«, fragte Albron.

»Wenn ich durch dieses Gemälde steige, werde ich es zerreißen, mein Häuptling.«

»Es ist kein Gemälde, Khalor. Es ist tatsächlich die Stadt Kanthon.«

»Habt Ihr getrunken?«, entfuhr es Khalor.

»Das ist ein guter Gedanke.« Althalus nickte. »Wie wär's, wenn wir alle in die Stadt gehen und uns in eine Schenke setzen?«

Eliar führte sie über die Schwelle auf die Straße zum Stadttor. Er blieb nur kurz stehen, um die Lage der Tür zu markieren.

Der Spott schwand von Khalors Gesicht, als sie dem Tor näher kamen. »Das macht das blonde Mädchen aus Kweron – Leitha –, nicht wahr?«, flüsterte er. »Sie ist also doch eine Hexe!«

»Fühlst du dich bei dem Gedanken wohler, Sergeant?«, fragte Althalus. »Hör zu, der Zweck dieser übertrieben theatralischen Darbietung soll dir etwas klarmachen, was du noch recht nützlich finden wirst. Möchtest du jetzt gleich ein Bier? Wir können in die Stadt gehen und uns ein paar Humpen genehmigen, aber wenn es dir damit nicht eilt, würde ich dir gern erst ein paar andere Dinge zeigen.«

»Das Bier kann warten«, antwortete Khalor, kniff die Augen zusammen und blickte Althalus an. »Wenn das ein Spielchen ist, Meister Althalus, bin ich sehr, sehr enttäuscht von Euch. Wie wär's, wenn wir uns eine andere Stadt ansehen? Doch diesmal entscheide ich.«

»Warum nicht? Welche Stadt möchtest du denn sehen?«

Khalor schaute Albron und Eliar misstrauisch an. »Bhagho.«

»Wo in aller Welt liegt Bhagho?«, fragte Albron. »Und wann warst du dort?«

Khalor grinste Althalus an. »Damit habt Ihr nicht gerechnet, nicht wahr? Und Ihr konntet keine Illusion der Stadt erschaffen.«

»Nein, da hast du Recht. Du bist ein kluger Mann, Khalor. Also, auf nach Bhagho, Eliar.«

Sergeant Khalor verbrachte die nächste Stunde damit, Städte zu nennen, von denen die meisten über das Flachland verstreut waren, und Eliar führte sie getreu zu jeder einzelnen.

»Das muss irgendein Zauber sein«, murmelte Khalor schließlich, »aber ich kann mir einfach nicht denken, wie Ihr das bewerkstelligt.«

»Und wenn es kein Zauber ist?«

»Dann hab ich den Verstand verloren.«

»Sagen wir, dass es weder ein Zauber ist, noch dass du den Verstand verloren hast. Und sagen wir weiter, dass du einen Trupp Söldner – oder auch eine ganze Armee – von Häuptling Albrons Festung zu einer weit entfernten Stadt führst. Wäre es da nicht sehr nützlich, auf diese Art voran zu kommen?«

»Wenn sich das wirklich so machen lässt, wie es den Anschein hat, könnte ich meinen Häuptling auf den Thron der ganzen Welt setzen!«, rief Khalor.

»Eine interessante Vorstellung«, murmelte Albron.

»Vergesst es!«, riet Althalus ihm.

Ein aufgeregter junger Schäfer stand in Exarch Yeudons Studiergemach, als Eliar Althalus, Bheid und Khalor ins Zimmer führte. Der Schäfer hatte feurig rotes, beinahe orangefarbenes Haar und trug einen Lammfellumhang. »Sie kamen auf Pferden geritten, Eminenz!«, rief der junge Mann, »und sie haben meine Schafe gemetzelt!«

»Beruhige dich, Salkan«, sagte der silberhaarige Exarch zu ihm und bedeutete Bheid und den anderen, nichts zu sagen.

»Aber denen hab ich's gezeigt«, fuhr der Schäfer heftig fort. »Ich hab ihrer drei getötet! Die werden mir keine Schafe mehr umbringen!«

»Ich bin sicher, dass diese drei dich nicht mehr belästigen werden«, murmelte Yeudon. »Ich habe Besucher, Salkan. Würde es dir etwas ausmachen, kurz im Vorzimmer zu warten?«

»Vielleicht sollte er bleiben, Eminenz«, schlug Althalus vor. »Ich glaube, er weiß einiges, das uns nützen kann.«

»Ihr kommt wahrhaftig herum, Scopas Bheid«, bemerkte Yeudon.

»Mein Exarch ermahnte uns stets, mit Eifer ans Werk zu gehen, Eminenz«, entgegnete Bheid. »Eifer führt zum Ziel, meint er. Ich möchte Euch General Khalor vorstellen, den Heerführer der Arumer, die sich bereits Eurer Westgrenze nähern.«

»Eminenz.« Khalor verneigte sich knapp. »Hättet Ihr etwas dagegen, wenn ich mit Eurem jungen Besucher spreche? Er hat unsere Feinde gesehen, und ich würde gern mehr darüber erfahren.«

»Selbstverständlich, General Khalor«, erwiderte Yeudon.

»Du heißt Salkan?«, fragte Khalor den Rotschopf.

»Ja, Herr.«

»Aus wie vielen Reitern bestand der Trupp, der dich überfiel?«

»Wenigstens ein Dutzend«, antwortete Salkan. »Ich war ein bisschen aufgeregt, darum hab ich sie nicht gezählt.«

»Wo genau haben deine Schafe geweidet?«

»In der Nähe der Grenze, aber man weiss nicht genau, wo sie da oben verläuft. Es ist offenes Weideland und es gibt es keinerlei Kennzeichnungen.«

»Ich glaube, dagegen muss ich etwas unternehmen«, sagte Khalor. »Aber dazu können wir später kommen. Diese Männer, die dich angegriffen haben – was für Waffen trugen sie?«

»Speere«, antwortete Salkan.

»Kurze? Oder waren sie lang?«

»Ziemlich lang.«

»Haben sie damit geworfen oder vom Pferd aus nach deinen Schafen gestochen?«

»Vom Pferd aus gestochen. Ich kann mich nicht erinnern, dass irgendeiner einen Speer geworfen hätte.«

»Hatten sie noch andere Waffen?«

»Krummschwerter, glaub ich.«

»Und Streitäxte?«

»Ich hab keine gesehen.«

»Wenn sie auf dem Pferd saßen und du zu Fuß warst, wie ist es dir da gelungen, diese drei Männer zu töten?«

»Mit meiner Schleuder, Herr. Alle Hirten in Wekti tragen Steinschleudern. Wir müssen oft Wolfsrudel vertreiben, deshalb üben wir viel mit unseren Schleudern.«

»Wohin zielt ihr?«

»Gewöhnlich nach dem Kopf.«

»Ihr tragt keine Speere oder Bogen?«

»Sie wären uns nur im Weg, Herr. Eine Schleuder ist ganz leicht und Steine findet man überall.«

»Ich dachte, Schleudern wären Kinderspielzeuge.«

»O nein, General Khalor«, versicherte ihm Althalus. »In meiner Jugend trug ich jahrelang eine Schleuder bei mir. Sie half mir, dass ich nicht hungern musste.«

»Könnte man ein Pferd damit töten?«

»Mit Leichtigkeit. Der Knochen zwischen den Augen eines Pferdes ist nicht sehr stark. Ich habe schon lange nicht mehr mit einer Schleuder geschossen, aber ich bin ziemlich sicher, dass ich ein Pferd aus hundert Schritt zu Fall bringen könnte.«

»Das ist ein bisschen schwer zu glauben, Althalus.«

»Ich habe Kaninchen aus fünfzig Schritt Entfernung erlegt – und ein Pferd ist viel größer als ein Hase.«

Sergeant Khalor grinste plötzlich breit. »Ich glaube, meine Aufgabe ist soeben viel leichter geworden. Ihr habt Euch sehr getäuscht, Althalus. Die Wekti haben durchaus eine Armee, und sie ist genau das, was ich brauche.«

»Ich bin nicht sicher, dass ich Euch folgen kann, General Khalor«, sagte Yeudon verwirrt.

»Fußsoldaten sind im Kampf gegen Reiterei sehr im Nachteil, Eminenz«, erklärte Khalor. »Die Reiterei kommt viel schneller voran als wir und drängt uns außerdem mit der Wucht ihrer Pferde zurück. Ich werde entlang der Hügelkuppen Gräben ausheben lassen und die Hänge mit zugespitzten Pflöcken spicken. Außerdem lasse ich Taue spannen, um die Feinde zum Stolpern zu bringen. Aber das wird zum größten Teil nur Schau sein, eine Ablenkung.

Unsere Feinde sind Krieger hoch zu Ross. Sie werden die Hänge hinaufstürmen und meine Gräben angreifen. Sobald sie in Schussweite der Schleudern Eurer Schäfer kommen, werden sie jedoch anhalten.«

»Unsere Religion verbietet das Töten von Mitmenschen, General.«

»Der junge Salkan hat drei Männer getötet, nicht wahr?«

»Bei der Verteidigung seiner Schafe, General. Unter solchen Umständen ist das Töten erlaubt.«

»Macht Euch keine Sorgen, Eminenz. Ich will gar nicht, dass Eure Hirten Menschen töten. Sie sollen die Pferde erschießen. Unsere Feinde sind Reiter, die wahrscheinlich den größten Teil ihres Leben auf dem Pferderücken verbracht haben. Sie werden inzwischen so o-beinig sein, dass sie kaum noch richtig gehen können. Nachdem Eure Schäfer jedoch ihre Pferde getötet haben, müssen sie zu Fuß und noch dazu hangauf gehen, um unsere Gräben zu erreichen. Bis dahin wird ihr Kampfgeist bereits gebrochen sein und sie werden auf eine Weise kämpfen müssen, die ihnen nicht vertraut ist. Es wird ein Kinderspiel für uns.«

»Woher wollt Ihr wissen, dass ihr Kampfgeist gebrochen sein wird?«

»Ein Reiter hängt sehr an seinem Tier, Eminenz. Manch einer liebt sein Pferd sogar mehr als seine Frau. Wir werden uns einer Armee flennender Krüppel gegenüber sehen, die versuchen, in einem Hagel von Wurfspeeren und Pfeilen hangauf anzugreifen. Nur wenige von ihnen werden meine Gräben erreichen. Aber ich sollte jetzt losziehen und mich nach geeigneten Stellungen für meine Verteidigungslinie umschauen.«

»Wird es nicht sehr zeitraubend sein, durch ganz Nordwekti Gräben auszuheben?«, fragte Yeudon.

Khalor zuckte die Schultern. »Nicht zu sehr. Ich habe viele Soldaten, Eminenz, die fleißig graben werden, weil die Gräben der einzige Schutz sind, der ihnen das Leben bewahrt.«

»Eine Zeit lang haben wir noch Tageslicht«, meinte Althalus, als sie zum Haus zurückkehrten. »Es reicht, dass wir uns das Gelände anschauen können. Bheid, wie wär's, wenn du Dweia berichtest, was wir heute bislang erreicht haben. Aber rede nicht mehr als unbedingt nötig über die Sache, bei dem es um das Töten der Pferde geht. Dweia kann manchmal übertrieben empfindsam sein. Versichere ihr, dass wir bald zurück sind. Eliar, auf nach Nordwekti.«

Es war ein trüber Nachmittag, als Eliar Althalus und Khalor durch eine Tür auf einen grasigen Hügel führte.

Sergeant Khalor schaute sich um.

»Keine Bäume«, stellte er fest.

»Deshalb nennt man es auch Weideland, Sergeant«, erklärte Althalus. »Die Landstriche mit Bäumen heißen bei uns Wälder.«

»Ihr solltet Euch das wirklich abgewöhnen, Althalus! Da es hier keine Bäume gibt, müssen wir die Pflöcke mitbringen, die wir benötigen.«

»Althalus!«, zischte Eliar. »Pekhal ist irgendwo da draußen!«

»Wo?«

»Das weiß ich nicht, aber er ist ziemlich nahe. Der Dolch singt es mir.«

»Wie wär's, wenn du ihn dazu bringst, ein bisschen genauer zu sein?«

Eliar umklammerte den Dolchschaft, und sein Gesicht wirkte mit einem Mal angespannt. »Sie sind an der anderen Seite dieses Hügels«, flüsterte er.

»Sie?«

»Ich glaube, Ghend ist bei ihm.«

»Bring uns ins Haus zurück! Sofort!«

»Aber …«

»Tu, was er sagt!«, knurrte Khalor.

»Jawohl.«

Eliar brachte sie zu der Stelle zurück, wo sich die Tür befand, und sie kehrten auf den Korridor des Hauses zurück. »Wohin wollt Ihr jetzt, Althalus?«, fragte Eliar.

»Ich weiß nicht, ob es sich machen lässt, aber ich möchte, dass du eine Tür findest, die ungefähr zehn Fuß von der Stelle entfernt ist, wo Ghend und Pekhal stehen. Dann öffne sie so leise du kannst. Ich will nicht durch die Tür, sondern hier auf dem Korridor bleiben und belauschen, was sie reden.«

»Also, daran hätte ich nicht mal gedacht«, gestand Khalor bewundernd. »Schaffst du das, Eliar?«

»Ich bin mir nicht sicher, Sergeant, aber wir können es ja versuchen.« Eliar drückte eine Hand auf die Tür neben der, durch die sie soeben zurückgekommen waren. »Das dürfte die Richtige sein«, wisperte er. Er drückte behutsam auf die Klinke und öffnete vorsichtig ein paar Zoll.

Ganz nahe vor der Tür standen Ghend und Pekhal in kniehohem Gras. Der Westhimmel war glühend rot und wogende schwarze Wolken zogen über den feurigen Sonnenuntergang. Hinter den beiden Männern sah Althalus ein riesiges Feldlager, das sich über das ganze Tal unterhalb des Hügels erstreckte.

Ghend trug immer noch den eigenartigen archaischen Helm wie in Nabjors Lager, und seine brennenden Augen blitzten den barbarischen Pekhal an.

»Ich will, dass du und Gelta mit dieser Spielerei Schluss macht! Hört auf, über die Grenze zu jagen und jeden umzubringen, dem ihr begegnet!«

»Wir vernichten nur Spähtrupps, Gebieter«, behauptete Pekhal.

»Ach ja? Manchmal ist sie sogar noch ärger als du, Pekhal. Du solltest sie zügeln. Sag ihr, sie muss auf dieser Seite der Grenze bleiben. Wie lange wird es dauern, bis der Rest der Armee eintrifft?«

»Mindestens zwei Wochen. Drei Stämme sind noch unterwegs.«

»Sag ihr, ich gebe ihr eine Woche. Wir müssen unseren Zug machen, ehe Althalus die Grenze befestigen kann. Sag Gelta, sie soll sich zurückziehen und diese Streifzüge über die Grenze unterlassen. Wir ziehen in einer Woche los, ob du und Gelta bereit seid oder nicht. Ich muss Althalus stets einen Schritt voraus sein.«

»Ihr macht Euch seinetwegen zu viele Sorgen«, spottete Pekhal.

»*Du* solltest dir lieber Sorgen machen, Pekhal. Althalus geht schneller vor und weiß die Möglichkeiten des Hauses besser zu nutzen, als ich dachte. So, zieh dich jetzt zurück, und keine Streifzüge mehr nach Wekti, verstanden? Du machst ihn nur auf uns aufmerksam.«

»Jawohl, Gebieter«, entgegnete Pekhal mürrisch.

22

»Mach die Tür zu, Eliar«, wisperte Althalus.

Eliar nickte und schloss leise die Tür.

»Nun, Khalor?«, wandte Althalus sich an den tüchtigen Heerführer der Arumer. »Haben wir genug Zeit, uns auf sie vorzubereiten?«

Khalor blinzelte nachdenklich. »Es wird knapp«, antwortete er. »Aber mit ein bisschen Glück ...« Er zuckte die Schultern.

»Ich habe meistens Glück gehabt«, sagte Althalus. »Doch sicherheitshalber sollten wir mit Dweia reden.«

»Wer ist dieser Dweia?«, fragte Khalor.

»Er ist eine *sie*, Sergeant«, erklärte Eliar. »Und ich glaube, du wirst sie mögen.«

»Wo lebt sie denn?«

»Hier«, antwortete Althalus. »Das ist ihr Haus.«

»Dann ist sie eine Edelfrau?«

»Sie ist noch sehr viel mehr, Sergeant«, entgegnete Eliar.

Althalus ging ihnen voraus durch den Korridor zu der granitenen Treppe, die zum Turmgemach führte. »Sie ist die meiste Zeit hier«, sagte er, als sie die Stufen hinaufstiegen.

Oben angekommen fanden sie auch die anderen vor. Dweia, Andine und Leitha waren in ein Gespräch über Haarmode vertieft, Bheid las im Buch, und Gher blickte mit gelangweilter, unzufriedener Miene aus dem Nordfenster auf die Gletscher.

»Nett von dir, dich wieder mal sehen zu lassen, Althalus«, bemerkte Dweia trocken.

»Wir waren sehr beschäftigt und ziemlich viel unterwegs. Übrigens, das ist Sergeantgeneral Khalor, der aber nur mit Sergeant angeredet werden möchte. Er wird unsere Truppen in Wekti befehligen.«

»Sergeant.« Dweia begrüßte ihren Gast mit einem leichten Nicken.

»Das ist ein beachtliches Haus, hohe Herrin, das Ihr hier habt.«

»Freut mich, dass es dir gefällt. Mein Bruder überließ es mir – vor längerer Zeit.«

»Es ist sehr – ungewöhnlich.«

»Das ist es in der Tat, Sergeant.« Ein eigenartiges Lächeln huschte über ihre vollkommenen Lippen.

»Wir sind in Wekti gut vorangekommen«, berichtete Althalus. »Bruder Bheid hat dir ja sicher alles über unsere Besprechung mit Exarch Yeudon erzählt. Der Exarch ist zwar etwas argwöhnisch, was unsere Beweggründe betrifft, aber er ist nicht in der Lage, sich uns zu widersetzen. Sergeant Khalor hat sich das Gelände angeschaut, wo wir die Ansuner erwarten. Er meint, dass es sich mit Gräben, gespitzten Pfählen und dergleichen verteidigen lässt. Oh, fast hätte ich's vergessen. Wir haben Ghend gesehen.«

»Ihr habt was?« Ihre Stimme klang unwirsch.

»Er sah gut aus. Wir hatten keine Gelegenheit, mit ihm zu reden, sonst hätte er dir sicher Grüße ausrichten lassen.«

»Du kannst mich wirklich wütend machen, Althalus.«

»Althalus ist eine Idee gekommen, wie sich die Türen noch auf andere Weise benutzen lassen. Auf den Gedanken wäre nicht einmal ich gekommen«, warf Eliar eifrig ein. »Habt Ihr gewusst, dass man durch einen Türspalt im Korridor hören kann, worüber Leute reden, die draußen in der Nähe stehen?«

»Ja, das ist wohl machbar«, entgegnete Dweia. »Aber ich verfüge über andere Möglichkeiten, darum habe ich so etwas nie tun müssen.«

»Das wirklich Gute daran ist, dass die Leute, die man belauscht, gar nicht wissen, dass man da ist. Solange wir auf unserer Seite der Tür bleiben, können sie uns nicht sehen.«

Dweia blickte Althalus neugierig an. »Wie bist du eigentlich auf diese Idee gekommen?«

»Wahrscheinlich, weil ich daran denken musste, wie ich mir früher meinen Lebensunterhalt verdient habe«, antwortete er. »Wichtig ist jedoch, dass wir mitbekommen haben, wie Ghend seinen Vasallen Pekhal zurechtwies, weil er und Gelta anscheinend des Öfteren auf der Wekti-Seite ihren Vergnügungen nachgingen, ohne Ghend zuvor um Erlaubnis gefragt zu haben. Dann erteilte er Pekhal den Befehl, in genau einer Woche von heute an gerechnet in Wekti einzufallen.«

»Kannst du bis dahin unsere Verteidigungsstellungen errichten, Sergeant?«, fragte Dweia.

»Ich denke schon, hohe Herrin. Sobald wir einen Teil unserer

Truppen entlang der Grenze haben, werde ich Kundschafter ausschicken. Ich muss wissen, ob wir es mit Reiterei oder mit Fußsoldaten zu tun bekommen.«

»Wahrscheinlich mit beidem«, meinte Dweia. »Pekhal ist Fußsoldat, und Gelta hat fast ihr ganzes Leben auf dem Rücken von Pferden verbracht.«

»Das ist außerordentlich hilfreich zu wissen, hohe Herrin. Althalus übergeht Einzelheiten gern oder macht seine Späßchen darüber.«

Sie lächelte. »Ich weiß. Er kann manchmal sehr aufreibend sein, nicht wahr?«

Khalor zuckte die Schultern. »Er ist zurzeit recht nützlich, hohe Herrin, solange ich seine merkwürdigen Scherze ertragen kann. Ich glaube, sein ganzes Problem rührt daher, dass er sich einbildet, ein lustiger Bursche zu sein. Doch wenn man es recht betrachtet, ist er gar nicht so spaßig. Aber ich werde schon noch lernen, mit ihm zurechtzukommen.«

Althalus bedachte Khalor mit einem finsteren Blick.

»Werdet Ihr schon wieder gefoppt, Althie?«, fragte Leitha mit scheinbarem Mitgefühl. »Armer alter Junge.«

»Ich nehme an, Ihr habt die Verantwortung für das alles, hohe Herrin«, wandte Khalor sich an Dweia.

»Mehr oder weniger. Letztendlich tut Althalus für gewöhnlich, was ich ihm auftrage. Würde es dir etwas ausmachen, die Befehle einer Frau auszuführen, Sergeant?«

»Nicht sonderlich. Ich nehme lieber Befehle von einer klugen Frau entgegen als von einem engstirnigen Mann. Aber wir müssen möglichst sofort eine Entscheidung treffen. Ich kümmere mich zwar um Strategie und Taktik, doch Ihr müsst mir sagen, nach welchem Angriffsplan ich mich richten soll.«

»Könntest du mir das näher erklären, Sergeant?«

»Unsere Feinde, Pekhal und Gelta, wollen nächste Woche in Wekti einfallen, und ich werde mich ihnen entgegenstellen. Wie weit wollt Ihr, dass ich gehe? Ich kann ihnen blutige Nasen verpassen und es dabei bewenden lassen, wenn Ihr möchtet.«

»Aber das würdest du nicht gern, nehme ich an.«

»Stimmt, hohe Herrin. Doch ich habe nichts mit der politischen Seite dieses Krieges zu tun. Ein guter Soldat meidet Politik und Religion. Doch wenn Ihr wollt, dass ich sie nur verdresche und nach Hause jage, dann tu ich's.«

»Aber du wärst nicht erfreut darüber.«

»Nein, hohe Herrin. Wenn ich sie nicht hart genug anfasse, werden sie nächsten Monat wiederkommen und ich muss Truppen an dieser Grenze zurücklassen, die ich dringend anderswo benötige.«

»Und die Ausweichmöglichkeit?«

»Vernichtung, hohe Herrin. Wenn ich alles töte, das sich entlang dieser Grenze herumtreibt, muss ich nicht dorthin zurück, um wieder für Ordnung zu sorgen. Es ist brutal, blutig und schmutzig, aber schließlich handelt es sich um einen Krieg, nicht um ein Teekränzchen. Ihr seid eine Dame, und Damen haben ein weiches Herz. Trotzdem kann ich Euch nur raten, mir keine Beschränkungen aufzuerlegen.«

»Brandschatzen-kämpfen-töten?«

»Genau.«

»Also gut, Sergeant, ich lege dich nicht an die Kette.«

»Ihr und ich, hohe Herrin, wir werden gut miteinander auskommen«, sagte Khalor mit eisigem Lächeln.

Trotz Khalors Ungeduld bestand Dweia darauf, dass alle zum Abendessen blieben. »Die Damen fühlen sich ausgeschlossen, Schatz«, erklärte sie Althalus, als sie allein waren. »Wir wollen doch, dass alle in unserer Familie zufrieden sind, nicht wahr?«

»Ich stehe ziemlich unter Zeitdruck, Dweia.«

»Du vergisst, wo wir sind, Schatz. Diese entspannenden Augenblicke werden dir in deinem Zeitplan nicht fehlen, da die Zeit sich hier so bewegt – oder nicht –, wie ich es bestimme.«

Die Damen brauchten eine ziemliche Weile, sich für das Abendessen schön zu machen, das einem fürstlichen Bankett gleichkam. Andine kümmerte sich wieder unaufhörlich um Eliar und füllte dreimal seinen Teller, ehe er an seine Kehle deutete und ihr versicherte, er sei »bis hier voll«.

»Wie lange geht das schon so?«, fragte Khalor Althalus.

»Ziemlich lange.«

»Ich hatte mich bereits gefragt, weshalb Eliar seine liebe Not hat, sich hier zu konzentrieren. So etwas in der Art spielt sich auch zwischen dem Priester und der Hexe ab, nicht wahr? Ob Ihr Dweia wohl überreden könnt, mit den Hochzeiten bis nach dem Krieg zu warten? Verheiratete Männer geben keine guten Soldaten ab.«

»Sie hat das durchaus im Griff«, beruhigte ihn Althalus. »Ich glaube, sie ist ebenfalls der Meinung, dass man Kriege und Heiraten nicht vermischen soll, Sergeant.« Dann blickte er über die Tafel zu Dweia. »Würdest du dich gekränkt fühlen, wenn wir uns während des Essens über den bevorstehenden Einsatz unterhalten?«, fragte er sie.

»Solange ihr nicht zu bildhaft werdet, nein.«

»Ich halte es für das Beste, wenn Eliar Bruder Bheid nach Keiwon zurückbringt«, sagte Althalus. »Es gibt dort einen rotschopfigen Schäfer, den Sergeant Khalor für die Kriegsvorbereitungen brauchen wird. Wir möchten, dass er so viele Hirten wie nur möglich zusammentrommelt und an die Grenze bringt.«

Bheid blickte ihn erstaunt an. »Ihr wollt sie tatsächlich den ganzen weiten Weg zu Fuß gehen lassen?«

»Wir werden sie die nächsten Tage noch nicht brauchen, deshalb sollten wir sie uns vom Leibe halten, bis die Gräben ausgehoben und die Hänge gespickt sind. Wenn sie es rechtzeitig bis zu den Gräben schaffen, gut. Falls sie am Tag vor dem Einfall aber noch zu weit entfernt sind, kann Eliar die Türen benutzen, um die Männer in die Gräben zu bringen.«

»Soll ich bei Bheid in Keiwon bleiben?«, erkundigte sich Eliar.

»Nein, bring ihn lediglich dorthin, und komm gleich zurück. Dann führst du Khalor und mich zu Albron. Wir müssen uns entscheiden, welchen Stamm wir für den Bau dieser Befestigungen einsetzen. Und ich brauche vielleicht eine Art Ermächtigung, diesen Stamm in Marsch zu setzen.«

Khalor schnaubte abfällig. »Ein oder zwei Fässer Goldmünzen dürften die einzige Ermächtigung sein, die Ihr benötigt. Ich glaube, ich werde Gwetis Stamm mit der Aufgabe betrauen. Das Wort ›Gold‹ genügt, sich Gwetis uneingeschränkter Aufmerksamkeit zu versichern.«

»Wir sollten den Anstand wahren, Khalor. Ich möchte Häuptling Albron in keiner Weise kränken.«

»Verzeiht«, warf Gher plötzlich ein, »ich hab da 'ne Idee.«

»Mach dich auf was gefasst, Sergeant«, warnte ihn Althalus. »Gher kann sehr erfindungsreich sein, wenn es um diese Türen geht. Einige seiner Ideen sind so kompliziert, dass sogar ich Schwierigkeiten habe, sie zu verstehen. Also, raus damit, Gher.«

»Diese Schlacht wird doch nicht die einzige sein, die wir schlagen müssen, oder?«

»Sicher nicht. Sie ist nur die erste.«

»Wär's dann nicht eine gute Idee, alle Arumer jetzt loszuschicken?«

»Wohin?«, fragte Khalor neugierig.

»Das ist eigentlich nicht wichtig.«

»Ich verstehe nicht ganz, mein Junge.«

»Nun, es dauert doch eine Weile, sie in Marsch zu setzen, nicht wahr? Ich mein', sie müssen erst ihre Ausrüstung packen, sich von ihren Liebsten verabschieden, noch ein- oder zweimal einen über den Durst trinken und dergleichen. Das ist doch üblich so, oder?«

»Ja, so in etwa.«

»Es könnt aber irgendwann in nächster Zeit sein, dass der eine oder andere von Ghends Knechten uns überrascht und wir in aller Eile eine Menge Soldaten brauchen. Wenn sie bereits in den Korridoren des Hauses hin und her marschieren, kann Eliar sie rasch durch eine Tür verschwinden lassen und sie werden in ungefähr einer Minute dort sein, wo man sie braucht.«

»Du meinst, sie einfach im Kreis umhermarschieren lassen?« Eliars Stimme klang verwirrt.

»Warum nicht? Dann braucht Emmy ihnen nicht mal vorzutäuschen, dass sie seit Monaten unterwegs sind. Einige werden tatsächlich lange Zeit marschieren. Ihr werdet ständig sieben oder acht Armeen zur sofortigen Verfügung haben und müsst sie bloß durch die richtige Tür schicken.«

Khalor wandte sich ungläubig an Althalus. »Wäre das wirklich möglich?«

»Ich denke schon. Wir müssen zwar noch ein paar Einzelheiten ausarbeiten, aber die Grundidee ist durchaus brauchbar.«

»Hab ich was überseh'n, Althalus?«, fragte Gher.

»Wir werden ihnen sagen müssen, wo sie kämpfen sollen, Gher. Es wird uns kaum etwas anderes übrig bleiben, als ihnen das vor dem Aufbruch mitzuteilen.«

Gher zuckte die Schultern. »Sagt ihnen, sie müssen in Fiddel-Faddel oder in Hoppeti-Hop gegen die Tsching-Bums oder die Firlefanzier kämpfen. Erfindet Namen. Wenn ich das richtig mitgekriegt hab', ist es den Arumern völlig egal, wo der Krieg ist oder gegen wen sie kämpfen. Hauptsache sie kriegen ihr Geld.«

»Ich wusste doch, dass an dieser Idee etwas faul ist!«, triumphierte Althalus rechthaberisch.

»Hab ich was überseh'n?«, fragte Gher niedergeschlagen.

»Das unangenehme Wort ›bezahlen‹ kam zur Sprache, Gher. Sobald sie losmarschieren, muss ich bezahlen.«

»Aber Ihr müsst sie für die Zeit da draußen bezahlen, und die ist dort kürzer als hier – oder vielleicht auch länger. Wenn Ihr das berechnet, glaub ich, dass Ihr insgesamt weniger bezahlen müsst. Außerdem habt Ihr gesagt, dass in dem Keller, in dem Euer Gold lagert, das Licht Eurer Laterne nicht mal die Wände erreicht hat. Wenn dieser Keller so groß ist, habt Ihr so viel Gold, dass es gar nichts mehr bedeutet.«

Althalus starrte den Jungen an. Die Dringlichkeit mit der Ghend Pekhal seine Befehle erteilte, hatte erkennen lassen, dass Ghend sich fürchtete. Althalus war der Meinung gewesen, dass Ghends Furcht ihm galt, doch offenbar stimmte das nicht. Dieser krausköpfige Junge, der noch keine zehn Jahre alt war, schien derjenige zu sein, der Ghend wirklich Angst einjagte.

»Das stimmt, Althie«, murmelte Emmy in seinem Kopf. »Aber ich liebe dich trotzdem noch – auch wenn du gerade auf den zweiten Platz abgerutscht bist.«

»Es gibt bessere Krieger in Arum als Gwetis Stamm, mein Häuptling«, sagte Khalor ein paar Stunden später zu Albron in dessen Arbeitsstube. »Aber sie sind die Besten, wenn es um Befestigungsanlagen geht.«

Albron nickte. »Das wird Gweti gefallen«, bemerkte er. »Seine Männer sind mit Schaufel und Hacke viel geschickter als mit dem Schwert.«

Khalor nickte. »Ich muss gestehen, ich mag sie nicht sonderlich, aber in dieser Lage sind sie genau das, was ich brauche. Auf keinen Fall möchte ich jemanden wie Twengor. Er wäre für diese Art von Schlacht zu unberechenbar.«

»Kannst du mir schon sagen, wie du vorgehen wirst, Sergeant?«, wollte Albron wissen.

»Ich arbeite noch an Einzelheiten, mein Häuptling, aber ich habe ein paar Überraschungen für Pekhal und Gelta parat.«

»Ach?«

»Wie sich herausgestellt hat, sind die Wekti gar nicht so friedfertig und schicksalergeben, wie wir alle dachten. Sobald es darum geht, ihre Schafe zu schützen, können sie sogar ziemlich kriegerisch werden. Sie benutzen Steinschleudern – und ich rede nicht von Kinderspielzeug. Wir haben einen jungen Hitzkopf kennen gelernt, der drei von Geltas Reitern getötet hat, als sie seine Herde angriffen.«

»Mit einer Schleuder?« Albron wirkte verblüfft.

»Ein Stein zwischen die Augen tötet schneller als ein Schwert in den Bauch, mein Häuptling. Geltas Ansuner sind Reiter, und das hat mir zuerst ein wenig Sorgen gemacht, aber jetzt nicht mehr. Die Ansuner können ihren Sturmangriff zwar auf den Pferden beginnen, doch bevor sie die Gräben erreichen, sind sie zu Fuß. Ich werde den Schäfern befehlen, die Pferde zu töten. Der Schädelknochen eines Pferdes ist zwischen den Augen so dünn wie ein Blatt Pergament, und ein gut gezielter Stein aus einer Schleuder kann ein Pferd auf der Stelle töten. Dann müssen die Ansuner hangauf zu Fuß kämpfen – und sie haben keine Ahnung von der Taktik eines Fußsoldaten-Trupps.«

»Sehr schlau, Sergeant.«

»Das ist erst der Beginn, mein Häuptling. Ich werde den Stamm des alten Häuptlings Delur unweit vom Schlachtfeld auf der Westseite einsetzen, und ich kenne viele Leute drunten in Plakand. Ich werde die Plakander gut dafür bezahlen, dass sie uns ein Reiterheer stellen – sie sind noch bessere Reiter als die Ansuner. Sie werden um die Ostseite von Wekti herbeikommen und haben eine Woche Zeit, sind also an Ort und Stelle, wenn die Schlacht beginnt. Ich werde dafür sorgen, dass Pekhals Ansuner sich bei dem Versuch verausgaben, Gwetis Befestigungen anzugreifen, und dann rufe ich Delurs Männer und die Plakander herbei, damit sie sich von hinten auf die Ansuner stürzen. Ich glaube nicht, dass es viele Überlebende geben wird, mein Häuptling.«

»Hervorragend, Khalor! Ganz hervorragend!«

»Ich muss gestehen, ich bin selbst sehr angetan, mein Häuptling. Ich möchte mir jedoch gern Melgor ausleihen, den Gatten Eurer

Schwester. Ich werde herumhetzen wie ein Hund mit brennendem Schwanz, um alles in Gang zu setzen. Und ich weiß, dass Häuptling Gweti seine Leute ermutigt, sich beim Ausheben der Gräben Zeit zu lassen. Deshalb brauche ich jemanden, der auf sie achtet und hin und wieder mal die Peitsche knallen lässt. Diese Befestigungen müssen vor Ende der Woche fertig sein, auch wenn der arme ausgemergelte Gweti dann weniger Gold sehen wird.«

»Ich kümmere mich selbst darum, Sergeant«, erklärte Albron.

»Wie meint Ihr das?«

»Ich halte es für angebracht, mir selber mal die Füße nass zu machen, Khalor. Ich verbringe meine ganze Zeit damit, hier Geschäfte zu tätigen. Weißt du, dass ich seit dem Tod meines Vaters kein einziges Mal bei einem der Kriege dabei war, zu denen ich euch ausgeschickt habe? Ich bin es leid, nur den Geschäftsmann zu spielen. Ich möchte ein richtiger Arumer sein.«

»Ihr seid nicht gut genug, Albron«, sagte Khalor unverblümt.

»Ich lerne schnell, Khalor. Ob es dir gefällt oder nicht, ich bin der Häuptling, und ich werde mich nach Wekti begeben und die Peitsche über Gwetis Grabenausschaufler schwingen.«

Khalor wand sich. »Erklärt Euch wenigstens bereit, Melgor als Berater mitzunehmen, mein Häuptling. Er kann seine Muskeln spielen lassen, falls einer von Gwetis Leuten mit Euch darüber streitet, wie lange es dauert, eine Schaufel Erde aus einem Graben zu werfen.«

»So gut komme ich nun auch wieder nicht mit dem Mann meiner Schwester aus, Khalor. Ich bin Häuptling und weiß, wie man sich Gehorsam verschafft. Ich werde mich selbst um die Gräben kümmern, Sergeant!« Er grinste beinahe jungenhaft.

»Was hat Euch dazu veranlasst, mein Häuptling?«

»Die Erregung, Khalor. Trotz der zahllosen Stunden, die ich damit verbringen muss, Zahlen zusammenzurechnen und Stapel von Münzen zu zählen, bin ich eben doch ein Arumer. Und wenn das Horn erschallt, gerät mein Blut in Wallung. Das wird vielleicht der wichtigste Krieg der Geschichte, und ich lasse mich nicht davon ausschließen!«

Khalor seufzte. »Gewiss, mein Häuptling. Ich verstehe.«

Eliar kehrte am folgenden Morgen von Keiwon zurück. »Exarch Yeudon war nicht gerade begeistert«, berichtete er. »Er hat nicht damit gerechnet, dass irgendwelche seiner Schäfer kämpfen müssen. Offenbar gefällt es ihm wirklich, dass andere die Arbeit für ihn tun. Bheid hat jedoch dafür gesorgt, dass er seine Einsteilung ändert.«

»Und wie?«, fragte Althalus.

»Es ging etwa so: ›Wenn Ihr nicht daran interessiert seid, einen Teil des Kampfes mitzubestreiten, machen wir uns die Mühe auch nicht.‹ Yeudon sah das fast sofort ein. Wohin geht's jetzt?«

»Zu Gwetis Halle. Sehen wir zu, dass wir seine Grabenschaufler so schnell wie möglich zur Grenze von Wekti bringen.« Althalus blickte Dweia fragend an, die am Tisch saß und müßig durch das Buch blätterte. »Hatte Gher in etwa Recht, als er über die Türen zur Allzeit redete?«

»Mehr oder weniger«, antwortete sie. »Warum fragst du?«

»Ich fürchte, ich werde mehr Zeit brauchen, als ich habe. Mir gefällt zwar die Vorstellung, dass alle Arumer Stämme in den Korridoren des Hauses umher marschieren, aber es wird eine geraume Weile dauern, bis ich sie endlich in Bewegung gesetzt habe. Falls Eliar mich durch eine Tür in die vergangene Woche bringen könnte, um mir dafür genügend Zeit zu geben, dürfte alles an Ort und Stelle sein, bevor Pekhal und Gelta angreifen. Weißt du, es gefällt mir nicht, wenn ich wegen der fehlenden Zeit unruhig werde. Ich möchte schließlich keine Fehler machen.«

»Wir kümmern uns darum, Schatz. Bring erst einmal Gwetis Männer auf Trab, dann komm hierher zurück. Ich muss Eliar so einiges erklären. Die Türen zur Allzeit sind etwas anders als die zu Überallhin und das Verfahren ist ebenfalls anders.«

»Schon gut. Hol eines dieser Fässer mit Gold, Eliar, und dann auf zu Gwetis Halle.«

Eliar legte die Hand um den Dolchknauf und runzelte leicht die Stirn. Dann nickte er, fast als hätte jemand – oder etwas – zu ihm gesprochen. »Die Tür ist nicht weit von der zu Häuptling Albron entfernt«, erklärte er. Dann nahm er eines der Fässer und stieg Althalus und Khalor voraus die Treppe hinunter.

»Wie lange seid ihr zwei schon verheiratet, Althalus?«, fragte Khalor, als sie den Korridor entlangschritten.

»Wie bitte?«

»Ihr und die Dame, die für alles verantwortlich ist. Ihr seid doch verheiratet, oder?«

»Wie kommst du auf diese Idee?«

»Ihr seid nicht verheiratet?«, vergewisserte Khalor sich ungläubig. »Ihr benehmt Euch aber, als wärt Ihr's.«

Althalus lachte. »Ich glaube, das stimmt. Vermutlich wird es irgendwann dazu kommen, dass wir heiraten, aber zuvor gibt es noch einige Förmlichkeiten zu beachten. Die Erlaubnis ihrer Familie zu erlangen dürfte ein wenig kitzlig sein.«

»Das ist die Tür«, erklärte Eliar.

»Was ist auf der anderen Seite?«, wollte Althalus wissen.

»Die große Tür, die sich zu der Halle öffnet, in der Gweti seinen Männern Befehle erteilt.«

»Ihr überlasst das Reden lieber mir, Althalus«, bat Khalor. »Ich habe Gweti bei der Sitzung den Wind aus den Segeln genommen und weiß, wie ich sie setzen muss, um ihn in die gewünschte Richtung zu steuern.«

»Und das macht dir Spaß, stimmt's, Khalor?« Althalus zwinkerte ihm verschmitzt zu.

Khalor grinste. »Gweti einen Knüppel zwischen die Beine zu werfen ist eine meiner Lieblingsbeschäftigungen, Althalus.«

Eliar führte sie durch die Tür in eine muffig riechende, sehr große Halle, in der Gweti an einem derben Holztisch hockte und Kupfermünzen zählte.

»Ich bin gekommen, Eure Männer abzuholen, Häuptling Gweti«, sagte Khalor statt einer Begrüßung mit barscher Stimme.

Gweti bemühte sich hastig, die Münzen vor ihm auf dem Tisch zu verbergen. »Du kommst unerwartet, Sergeant.« Dann legte sich ein verschlagener Ausdruck auf sein eingefallenes Gesicht. »Aber ich bin froh darüber, denn wir haben bei der Sitzung etwas übersehen.«

»Ach? Ich war der Meinung, dass wir so gut wie alles bedacht haben. Die Bezahlung erfolgt pro Mann und Tag, nicht wahr?«

»Das schon, aber wir haben den Tagessatz für ihre Waffen vergessen. Gute Schwerter und Streitäxte sind teuer, Sergeant.«

»Wir stellen die Waffen zur Verfügung, Häuptling Gweti«, erklärte Althalus.

Gweti wollte protestieren. »Aber …«

»Wir verdingen Männer, Gweti, nicht die minderwertigen Schwerter in Eurem Zeughaus.«

»Und was ist mit ihren Stiefeln?«, fragte Gweti mit beinahe weinerlicher Stimme. »Es ist ein weiter Weg bis hinunter ins Tiefland, da werden meine Männer gewiss ihre Stiefel zuschanden laufen.«

»Auch darum kümmern wir uns. Ihr könnt mich nicht betrügen, Gweti. Ihr macht Euch nur lächerlich. Aber vielleicht habt Ihr ja darüber reden wollen, wie viel Ihr für die Marschverpflegung Eurer Männer zu bezahlen gedenkt?«

Gwetis Augen drohten aus den Höhlen zu treten. »Das ist wahnwitzig!«

»Es sind Eure Männer, Gweti. Ihr seid für ihre Versorgung verantwortlich, nicht ich. Wenn die Hälfte verhungert, habt Ihr es Euch selbst zuzuschreiben. Ich mache Euch einen Vorschlag, Gweti: Ich bezahle Euch wie ausgemacht pro Mann und Tag, und als Gegenleistung für ihre Waffen und Stiefel verköstigen wir Eure Leute, solange sie in unseren Diensten stehen.«

»Das ist nicht gerecht!«, empörte sich Gweti.

»So ist das Leben. Entscheidet Euch, Gweti. Sonst wende ich mich an Häuptling Delur, und Ihr könnt wieder mit Euren Kupferstücken spielen. Aber rasch, Gweti, rasch. Ich bin sehr in Eile.«

Eliar stellte das Fass auf Gwetis Tisch, öffnete es und nahm eine Hand voll Goldmünzen heraus.

Gweti fuhr auf: »Ihr seid nicht …« Abrupt hielt er inne, als Eliar die Goldmünzen zurück ins Fass klimpern ließ.

»Abgemacht?«, fragte Althalus scharf.

»Na gut, ihr Diebe!«, knurrte Gweti. »Die Abmachung gilt.«

»Wie lange werdet Ihr brauchen, Eure Männer zusammenzurufen?«

»Sie sind schon hier, Kämmerer Althalus. Ich erteile ihnen den Befehl zum Abmarsch, sobald Ihr mich bezahlt habt. Ich verlange einen Monat im Voraus.«

»Macht Euch nicht lächerlich. Eine Woche!«

»Kommt nicht in Frage!«

»Nimm das Fass, Eliar«, befahl Althalus. »Wir gehen zu Häuptling Delur.«

»Schon gut, schon gut«, rief Gweti hastig. »Regt Euch nicht auf. Dann also eine Woche.«

»Es ist ein Vergnügen, Geschäfte mit Euch zu machen, Häuptling Gweti.« Althalus verzog das Gesicht zu einem Grinsen. »Bezahl ihn, Eliar. Dann wollen wir aufbrechen. Arya Andine mag es gar nicht, wenn man sie warten lässt.«

»Ihr macht mich mit Eurer Herumhetzerei völlig fertig, Althalus«, beklagte Eliar sich, als sie ein paar Stunden später zurück im Haus waren. »Von diesem Hin und Her zwischen Überall und Allzeit bin ich so dünn geworden, dass das Licht allmählich durch mich hindurchscheint.«

»Tu, was er dir sagt, Eliar«, befahl Sergeant Khalor, »und hör auf, dich zu bemitleiden.« Er blickte auf die unbewegten Gesichter von Häuptling Gwetis Männern, die in ihren Kilts durch den Korridor stapften. »Sie sehen fast so aus, als schliefen sie.«

»Fast«, pflichtete Althalus ihm bei. »Aber im Kopf sind sie wach. Sagen wir besser halb wach. Sie glauben, dass sie durch die Berge von Kagwher marschieren. Sie haben keinerlei Bezug mehr zur Echtzeit. In der letzten halben Stunde haben sie ihr Lager mindestens ein dutzend Mal aufgeschlagen und abgebaut – in ihrer Einbildung. Noch vor Ende des Tages sind sie in Wekti, aber sie werden überzeugt sein, dass sie einen Monat oder länger marschiert sind. Bleib jetzt bei ihnen, Khalor. Brüll ein paar Befehle, damit sie wissen, dass du da bist. Halte sie aber vom Nordflügel des Hauses fern, denn in spätestens einer Stunde werden Häuptling Delurs Männer dort in den Korridoren herumstreifen.«

»Wie schafft Ihr es bloß, das alles im Gedächtnis zu behalten?«

»Es ist ein wenig kompliziert, Khalor, aber als berufsmäßiger Schwindler bin ich an Schwierigkeiten gewöhnt.« Althalus lachte.

»Was ist daran so komisch?«, fragte Khalor.

»Gher hatte Recht. Ich bezahle Gweti und die anderen Häuptlinge für die Zeit, die bei ihnen vergeht, und das Haus schluckt die Zeit, die sie normalerweise für einen Marsch durch die Berge brauchen würden. Ich fürchte, Häuptling Gweti wird bitter enttäuscht sein, wenn ich ihm seine Männer zurückbringe, nachdem nur zwei Wochen verstrichen sind.«

»Ihr habt wahrhaftig die Seele eines Diebes, Althalus«, sagte Khalor anklagend.

»Oh, danke, Sergeant.«

»Das war nicht als Lob gedacht.«

»Reine Ansichtssache. Gut, Eliar, kehren wir in die vergangene Woche zurück. Ich habe ein paar ganz besondere Pläne für Smeugor und Tauri.«

»Und welche?«

»Ich möchte, dass sie keinerlei Verbindung zu Ghend aufnehmen können, deshalb werde ich darauf bestehen, dass sie ihre Männer persönlich führen und nicht einen Unterführer damit beauftragen. Ich will die beiden unter meiner unmittelbaren Aufsicht.«

Althalus war der Erschöpfung nahe, nachdem es ihm und Eliar gelungen war, sämtliche Stämme der Arumer im Haus unterzubringen. Er ließ sich zum Abendessen auf seinen Stuhl fallen. »Ich könnte jetzt eine ganze Woche schlafen«, erklärte er.

»Bestimmt nicht«, widersprach Dweia, »im Höchstfall anderthalb Tage. Versuch nicht uns anzuschwindeln, Althie. Du amüsierst dich köstlich.«

»Ja, irgendwie macht es Spaß«, gab er zu. »Ich habe heute tatsächlich nichts sonderlich Anstrengendes getan, aber ich war an so vielen Orten, dass alles wie verschwommen ist. Seit Sonnenaufgang habe ich die acht Arumer Stämme im Auge gehabt. Ich weiß gar nicht, wie oft ich durchs Haus gestapft bin.«

»Da ist noch etwas, das es klarzustellen gibt, Althalus«, sagte Andine. »Wenn Ihr Euch einbildet, dass Leitha und ich nur hier herumsitzen und Däumchen drehen, täuscht Ihr Euch gewaltig. Sobald Ihr Euch das nächste Mal hinausbegebt, begleiten wir Euch!«

»O nein, das kommt nicht in Frage!«, wehrte er ab. »Ich werde Euch zwei nicht in eine Gefahr bringen, die gleich von zwei Seiten droht.«

»Was soll das schon wieder heißen?«

»Es hat etwas mit ›Knaben-Personen‹ und ›Mädchen-Personen‹ zu tun. Ich habe Krieger in Dienst genommen, keine Chorknaben, und Soldaten sind oft sehr direkt, wenn sie etwas haben wollen. Die Arumer wären für dich und Leitha wahrscheinlich eine größere Gefahr als die Ansuner.«

»Warum lässt du das nicht mich in die Hand nehmen, Althalus?«, schlug Dweia vor. »Iss dein Abendbrot und sieh zu, dass du ein wenig schläfst. Du hast morgen wieder einen anstrengenden Tag vor dir.«

Die Stimme des Geistes der Finsternis wimmerte und wimmerte, und der Widerhall dieses Lautes drückte dunkel und schwer auf das sanfthügelige Land der Ansuner.

Im Tal bekriegten Männer sich mit Steinen. Scharf und spitz waren diese Steine und hell das frische Blut, und es füllte Pekhals Herz mit Freude, dieses Blut zu sehen.

Und wisset, Gelta, die unerbittliche Königin der Nacht ritt auf ihrem mitternachtschwarzen Streitross den Hang empor. Und von ihrer Steinaxt troff das Blut der gefallenen Feinde.

»Sie fliehen! Sie fliehen!«, frohlockte die Königin der Nacht. »Alle fliehen vor mir, mein viehischer Kamerad. Und immer, immer wird es so sein. Kein Sterblicher wagt sich meinem Zorn zu stellen!«

»Ihr seid meine wahre Schwester, Königin der Nacht«, sprach der viehische Pekhal. »Denn mir deucht, das Blut ist auf Eurer Zunge so süß wie auf der meinen. In dieser Nacht werden wir vom Fleisch unserer Feinde ein Festmahl halten, und die Nacht wird von unserem Frohlocken widerhallen.«

»Und wohin wenden wir uns morgen und am Tag darauf, geliebter Bruder?«, fragte die narbengesichtige Königin der Nacht mit ihrer rauen Stimme. »Ganz Ansu ist mein, mein! Welches Land, welche Stadt wird als Nächstes unter meinem unüberwindlichen Willen fallen?«

»Richtet Euren Zorn mit aller Kraft gegen jene Stadt, welche die Menschen heilig nennen«, sprach der viehische Pekhal, »und wisset, dass ich meine Hand in eine Zeit strecken werde, die noch kommt und Euch und alle Eurer Krieger mit wundersamer Wehr rüste. Werft die Waffen aus Stein von Euch, Königin der Nacht, denn ich werde Euch und die Euren mit Stahl bestücken. Und auf Euren Befehl hin werden die Ketzer von Awes Deiwos von sich weisen und sich stattdessen vor Euch und mir und unserem Gebieter Ghend auf die Knie werfen. Und wisset, dass in den bisherigen Tempeln Deiwos' das Lob Daevas gepriesen wird und dass süßes, süßes Blut von den Altären strömt«

»Awes wird mein, teurer Bruder!«, frohlockte die Königin der

Nacht im Taumel der Verzückung. »Deiwos wird vertrieben, und Daeva herrscht über die ganze Welt!«

Das verzweifelte Wimmern löste sich in einem verzückten Schrei, und das Herz der Königin der Nacht pochte heftig in erwartungsvoller Gier.

23

Beim Frühstück war die Stimmung allseits gedämpft. »Haben wir wieder alle das Gleiche geträumt?«, wandte Gher sich an Dweia und schüttelte sich.

Sie nickte.

»Hab ich's mir doch gedenkt«, murmelte der Junge. »Da war wieder dies heulende Wimmern aus der Ferne. Es ist doch nicht tatsächlich so passiert, oder? Ich mein', wie diese zwei in einer vergangenen Zeit miteinander geredet haben, so war's doch nicht wirklich, oder? Sie haben irgendwas anders gemacht, nicht wahr?«

»Es gefiel ihnen nicht, wie die Dinge tatsächlich verliefen, darum sind sie in der Zeit zurück und haben ihr einen anderen Verlauf gegeben«, erklärte Dweia. »Gelta konnte nie ganz Ansu unterwerfen, und sie hat Pekhal erst viel später kennen gelernt.«

Das bleiche Gesicht Leithas war von Grauen gezeichnet.

»Was hast du denn, meine Liebe?«, fragte Andine sie besorgt. »Diese kleine Begegnung war wirklich nicht schön, aber ...« Sie zögerte.

»Ihr Gespräch ließ uns nur die Oberfläche dessen erahnen, was sie beabsichtigen, Andine. In ihren Köpfen ging viel, viel Schlimmeres vor.«

»*Das* kannst du auch?«, entfuhr es Bheid. »Sie waren doch bloß unwirkliche Erscheinungen! Du konntest wahrhaftig ihre Gedanken hören?«

»Es war unmöglich für mich, sie nicht zu hören, Bheid«, entgegnete sie, aufgewühlt und angeekelt von dem, was in ihr Bewusstsein gedrungen war. »Pekhal und Gelta sind viehischer, als man für möglich halten kann. Dieses entsetzliche Gemetzel erfüllte beide mit unbeschreiblicher Lust.«

»Ich würde an deiner Stelle nicht weiter darüber nachdenken,

Leitha!«, wies Dweia sie nachdrücklich an. »Du musst verdrängen, was du gehört hast. Schließlich war es nur ein Traum, und wahrscheinlich war er viel mehr an dich gerichtet als an uns übrige.«

»An mich?«

»Ghend weiß, wer du bist, und hat Kenntnis von deinen besonderen Fähigkeiten, Leitha. Diese kleine Darbietung hat er sich wahrscheinlich für dich ausgedacht. Ghend hat versucht, dir etwas so Grauenvolles zu zeigen, dass du Angst hast, deine Gabe je wieder einzusetzen. Stähle dein Herz, Leitha. Das war sicher nicht das letzte Mal, dass er es versucht. Er fürchtet sich vor dir, darum wird er *alles* unternehmen, dich davon abzuhalten, das zu tun, was dir zu tun bestimmt ist.«

»Da ist noch etwas, das wir bedenken sollten«, warf Althalus ein.

»Und das wäre?«, fragte Dweia.

»Ghend arbeitet wahrscheinlich schon lange auf diese Invasion in Wekti hin, meinst du nicht?«

»Zweifellos.«

»Dann hat er gewiss Spitzel am Hof des Natus' von Wekti – und im Tempel von Kherdhos.«

»Da bin ich sicher.«

»Deshalb hat Andines Vorschlag, wenn man es so nennen kann, etwas für sich. Sie und Leitha müssen uns nach Wekti begleiten.«

»Kommt nicht in Frage!«, wehrte Bheid ab. »Es ist viel zu gefährlich.«

»Wir können sie beschützen, Bheid«, versicherte ihm Althalus. »Wir brauchen Leitha unbedingt in Keiwon. Ich muss wissen, wer dort Ghends Spione sind.«

»Wenn wir so besorgt sind, Mädchen-Personen mitzunehmen, warum verkleiden wir sie dann nicht als Knaben-Personen?«, schlug Gher vor.

»Gher«, sagte Andine sanft, »Mädchen-Personen sehen nicht ganz so aus wie Knaben-Personen. Wir haben einen etwas anderen Körperbau.« Sie holte tief Atem, um es ihm zu zeigen. »Siehst du, was ich meine?« Sie deutete auf das vordere Teil ihres Gewandes.

Gher errötete tief. »Oh!«, murmelte er. »Aber tät losere Kleidung nicht vielleicht …«, stammelte er, und sein Gesicht glühte noch mehr.

Andine kicherte.

»Das war nicht nett von dir, Liebes«, schalt Leitha sie. Dann blickte sie Eliar an. »Häuptling Albron hat doch Diener, nicht wahr?«

»Diener würde ich sie nicht gerade nennen«, entgegnete Eliar. »Er hat Stallburschen, die sich um seine Pferde kümmern, und Gesinde in der Küche. Aber Diener wie an einem Hof hat er nicht.«

»Das können die Leute in Wekti aber nicht wissen, oder?«

»Wahrscheinlich nicht, nein.«

»Dann werden sie auch nicht wissen, dass Albron keine Diener im üblichen Sinne hat, oder?«

»Ich nehme es nicht an.«

Leitha musterte Andine von Kopf bis Fuß. »Würdest du bitte einen Augenblick aufstehen, Liebes?«

Andine erhob sich. »Was hast du vor, Leitha?«

»Du bist sehr klein, nicht wahr?« Leitha schürzte die Lippen.

»Dafür kann ich nichts!«

»Stellst du dich neben sie, Gher?«, bat Leitha.

»Wenn du möchtest.« Gher ging um den Tisch herum zu Andine.

»Ich dachte mir, dass sie in etwa die gleiche Größe haben«, murmelte Leitha. »Wenn wir sie in gleiche Kleidung stecken und Andines Haar unter einer Kappe verbergen …«

»Du denkst an Pagen?«, fragte Andine. Sie blickte Althalus an. »Meint Ihr, wir würden damit durchkommen?«

»Gut möglich«, antwortete er, »vor allem, wenn Albron noch ein paar andere livrierte Lakaien nach Wekti mitnimmt. Ich werde Yeudon um geeignete Unterkunft für sie ersuchen. Und da diese Diener keine Soldaten sind, brauchen sie ihren Häuptling nicht zu den Befestigungen zu begleiten. Wir können Leitha in dieser Gruppe unterbringen. Dann müsste sie in der Lage sein, Spitzel herauszufinden.«

»Wirst du auch Page sein, Leitha?«, fragte Andine die Freundin.

»Ich bin größer als du und Gher, Liebes«, erwiderte Leitha. »Man würde mir nicht glauben, dass ich erst zehn bin.« Sie strich sich nachdenklich übers Gesicht. »Wie würde ich mit einem falschen Bart aussehen, was meint ihr?«

Bheid überschlug sich schier vor Lachen. Leitha wandte sich ihm mit blitzenden Augen zu. »Hör sofort auf!«, fuhr sie ihn an.

»Da ist noch etwas, das wir erledigen müssen, bevor ihr alle nach Keiwon aufbrecht«, sagte Dweia nachdenklich.

»Kommst du denn nicht mit, Em?«, fragte Althalus erstaunt.

»Ich halte es für besser, wenn ich hier bleibe. Ich kann vom Fenster aus ein Auge auf unsere Feinde haben und es euch wissen lassen, falls sie eine Überraschung planen.«

»Von dem Fenster ist es weit nach Wekti, Em.«

»Es war auch weit nach Deika in jener Nacht, als Kwesos Hunde dich hetzten, Schatz, und ich hatte keine Schwierigkeiten zu sehen, was sich tat. Das Fenster ist dort, wo ich es haben will, Althalus. Komm und sieh selbst.« Sie erhob sich und führte ihn zum Fenster.

Die Berge von Kagwher waren verschwunden, und Althalus blickte auf sanfthügeliges Weideland. »Ist das Wekti?«, erkundigte er sich.

»Nordwekti, ja – nahe der Grenze nach Ansu. Das ist in etwa das Gebiet, in dem die Kämpfe stattfinden werden. Also, Sergeant Khalor wird unsere Truppen in der Schlacht befehligen. Ich halte es für angebracht, wenn er das von hier aus tut, statt von dort unten. Nicht nur, weil er hier einen besseren Überblick hat, es gibt da noch viel wichtigere Gründe.«

»Ach?«

»Ghends Knecht Koman verfügt über eine ähnliche Gabe wie Leitha, und wenn Khalor sich irgendwo auf dem Schlachtfeld aufhielte, könnte Koman jeglichen Befehl in seinem Kopf lesen, noch ehe er über seine Lippen käme. Koman kann jedoch nichts von dem hören, das hier geschieht.«

»Wird es nicht ein wenig schwierig für Khalor, vom Haus aus Befehle zu erteilen? Er kann zwar ziemlich laut brüllen, aber es ist ein weiter Weg bis da hinunter, Em.«

»Deshalb werden wir noch eine weitere Tür benötigen.« Sie streckte eine Hand aus und tätschelte die steinerne Wand neben dem Fenster. »Genau hier, würde ich sagen. Sie wird aber nicht ganz wie die übrigen Türen im Haus sein. Deshalb musst du ihr ein anderes Aussehen geben, damit Eliar weiß, dass sie etwas Besonderes ist.«

»Wohin soll sie denn führen, Em?«

»Dorthin, wohin wir wollen, dass sie führt – gewöhnlich zu der Stelle, die Khalor vom Fenster aus sehen kann. Eliar wird die Befehle seines Sergeanten an unsere Truppen übermitteln.«

»Einen großen Vorteil sehe ich nicht darin, Em. Koman kann Eliar genauso gut hören, wie er Khalor hören kann, oder nicht?«

»Nur wenn er weiß, wo Eliar ist. Und wenn Eliar unsere Tür benutzt, wird er so schnell rein und raus springen, dass Koman sich nicht auf ihn einstellen kann. Wir werden ein bisschen üben, aber lass uns erst einmal die Tür an Ort und Stelle bringen. Mach sie zu einer Bogentür, Althalus, und versieh sie mit Messingangeln und einem Zierknauf, damit Eliar erkennt, dass es sich um keine gewöhnliche Tür handelt. Benutz ›*peri*‹. Das ist ein bisschen förmlicher, und wir werden sie statt des schlichten Wortes ›Tür‹ besser ›Portal‹ nennen, wenn wir von ihr sprechen. Es ist wichtig, dass Eliar einen anderen Eindruck von ihr hat. Mach jetzt die Tür, Althalus.«

»Dein Wunsch ist mir Befehl, Em.« Er dachte nach, erinnerte sich an jenen Eingang im Rundbogenstil, den er in Dweias Tempel in Maghu gesehen hatte, konzentrierte sich darauf und sagte: »*Peri.*«

»Sehr schön, Althalus«, lobte sie ihn, als das Portal erschien. »Genau was wir wollen.« Dann drehte sie sich um und blickte durch das Gemach zu Eliar und Gher. Gher redete lebhaft auf Eliar ein, der ein wenig verwirrt wirkte.

»Eliar, komm zum Fenster«, rief Dweia. »Ich möchte dir etwas zeigen.«

»Sofort, Emmy.« Eliar sprang auf.

»Ihr übrigen solltet euch das ebenfalls anschauen«, wandte Dweia sich an die anderen.

Alle gingen zum Fenster.

»Eine neue Tür«, stellte Andine fest. »Wohin führt sie?«

»Dort hinunter«, antwortete Leitha und deutete zum Fenster.

»Das ist doch nicht Kagwher, oder?« Bheid warf einen Blick hinaus.

»Nein«, erwiderte Dweia. »Es ist Nordwekti, in etwa da, wo wir gegen die Ansuner kämpfen werden. Dieses neue Prunkportal ist nicht wie die anderen Türen im Haus, die im Gegensatz zu dieser an einen bestimmten Ort führen. Dieses Portal kann sich überall dort öffnen, wo wir es wollen. Sobald der Kampf beginnt, wird Sergeant Khalor seinen Platz an diesem Fenster einnehmen, und Eliar wird Khalors Befehle hinunter zum Schlachtfeld bringen.« Sie blickte

Leitha an. »Wie lange benötigst du normalerweise, dich auf die Gedanken einer bestimmten Person einzustellen, Liebes?«

»Das hängt davon ab, wo sie sich befindet und wie viele Leute um sie herum sind, Dweia – und wie laut es in ihrer Nähe ist«, antwortete Leitha. »Inmitten einer Schlacht dürfte es sehr schwierig sein.«

»Genau das meine ich auch. Wenn Eliar durch diese Tür geht, um Sergeant Khalors Befehle an die Männer zu übermitteln, wird er dort und wieder zurück sein, ehe Koman auf ihn aufmerksam werden kann.«

»Entschuldigt«, meinte Gher, »hab ich richtig verstanden, was Ihr gesagt habt, Emmy? Ich mein', ist dieses Portal, wie Ihr es nennt, neben dem Fenster wirklich die Tür zu Überallhin?«

»So ziemlich.«

»Und zur Jederzeit auch? Ich mein', könnt Eliar durch dieses Portal zu der großen Kirche in Keiwon gehen und vor dreißig Jahren dort sein?«

»Ja. Warum fragst du?«

»Was für eine praktische Tür!«, rief Gher begeistert. »Wie wär's wenn du damit gleich ausprobierst, worüber wir grad geredet haben, Eliar?«

»Wir könnten es versuchen«, entgegnete Eliar zweifelnd. Er runzelte die Stirn. »Ich kann mir nicht vorstellen, wie dieser Ort aussieht.«

»Ich glaub', er wird wie gar nichts ausseh'n, Eliar. Das bedeutet es nämlich. Probier's und sieh, was passiert.«

»Na gut, Gher.« Eliars Augen wirkten abwesend und er griff nach dem Messingzierknauf.

Die Tür veränderte sich plötzlich. Die Messingangeln und das feste Holz verschwanden und der Türbogen wurde zu einem unförmigen Loch voll absoluter Dunkelheit.

»NEIN!«, schrie Dweia durchdringend.

»Ich wollte doch bloß versuchen …«, begann Eliar.

»Hör auf! Verdräng diesen Gedanken! Und tu das nie wieder!« Die Wände schienen unter der Heftigkeit von Dweias Stimme zu erbeben.

Eliar zuckte zusammen, und das Portal nahm seine vorherige Festigkeit wieder an.

»Was hast du getan, Eliar?«, fragte Andine streng.

»Es war nicht meine Idee«, verteidigte Eliar sich. »Gher wollte wissen, wie die Tür zu Nirgendwo und Keinerzeit aussieht.«

»Halte dich völlig von dieser Idee fern, Eliar!«, befahl Dweia. »Denk nicht einmal mehr daran!«

»So gefährlich kann's doch nicht sein, oder?« Trotzdem klang Ghers Stimme verängstigt.

»Überleg, Gher. Überleg, was du Eliar gebeten hast zu tun. Was läge hinter dieser Tür, die er beinahe geöffnet hätte?«

»Nichts so schrecklich Gefährliches. Wär's dahinter nicht einfach leer? Ich wollt bloß seh'n, wie Nichts aussieht. Ich hab über Jederzeit und Überall nachgedenkt und die Idee dann umgedreht, damit ich die andere Seite davon seh'n kann. Da bin ich dann auf die Idee von Keinerzeit und Nirgendwo gekommen. Tät das dann nicht die Tür zur Leere sein?«

»Genau. Diese Leere ist ein allesverschlingender Schlund, Gher, in dem verschwindet, was immer in seine Nähe gerät – Menschen, Häuser, Monde, Sonnen und Sterne. Hör auf mit deinen Versuchen, Gher! Vertrau deine wirren Ideen nicht mehr Eliar an, bevor du nicht mit mir darüber gesprochen hast. Diese Tür, die du dir vorgestellt hast, ist die eine, die wir *nie* öffnen dürfen!«

»Ich wollte, ich hätte einen Esel«, stöhnte Eliar unter der Last des Fasses, das er durch die Straßen der Rinderstadt Kherdon im Nordwesten von Plakand schleppte.

»Wir haben einen.« Khalor grinste. »Er heißt Eliar.«

»Woher kennst du diesen Mann, zu dem wir wollen?«, fragte Althalus den Sergeanten.

»Vor einigen Jahren kämpften wir in einem Krieg auf derselben Seite. Wir haben gemeinsam militärische Strategien gegen die Armee Kapros droben in Equero ausgearbeitet. Meine Fußsoldaten beschäftigten die Kaproser an einer Stelle, und Kreuters Reiterei schlug von hinten zu.«

»Kreuter?«

»Ja. Er ist der Häuptling eines Stammes drüben in Ostplakand und hauptsächlich Rinderzüchter. Aber er verdient sich nebenbei Geld, indem er seine Reiter für Kriege in den zivilisierten Ländern anwerben lässt. Denn nachdem die Plakander gehört hatten, dass die arumischen Stämme als Söldner reich wurden, beschlossen auch sie, auf diese Weise Geld zu verdienen. Kreuter und ich kommen gut miteinander aus. Ich weiß, dass ich ihm trauen kann, deshalb dachte ich gleich an ihn, als mir die Idee kam, die Ansuner mit Reiterei von hinten anzugreifen. Wenn Kreuter sagt, er ist zu einer bestimmten Zeit an einem bestimmten Ort, weiß ich, dass er da sein wird, wenn ich ihn brauche.«

»Du hast im Lauf der Jahre eine Menge Verbindungen geknüpft, Sergeant, nicht wahr?«

»Ich kämpfte in vielen Kriegen an vielen Orten, Althalus, und habe mir in den meisten Ländern im Flachland Freunde gemacht.«

»Du bist sicher, dass Kreuter hier ist?«

»Er kommt jeden Sommer her, um den Rinderkäufern aus den zivilisierten Ländern Kühe anzubieten. Wenn er noch nicht da ist, ist er nach hier unterwegs – oder gerade auf dem Rückweg. Ich werde mich umhören. Falls er noch nicht eingetroffen oder bereits auf dem Heimweg ist, können wir ihn finden. Für so was wurden diese Türen ja gemacht.« Khalor hielt vor einem größeren Blockhaus, vor dessen Eingangstür ein Schild mit nicht sehr kunstvoll gemalten Weintrauben hing. »Das ist Kreuters Lieblingstaverne«, sagte er. »Versuchen wir es zuerst einmal hier.«

Sie traten in eine schmuddelige Gaststube, aus der ihnen ein aufdringlicher Geruch entgegenschlug. Obwohl es noch früh am Morgen war, lungerte eine größere Zahl lärmender Zecher herum.

»Wir haben Glück«, stellte Khalor fest. »Der dort in der Ecke ist Kreuter.« Er kniff die Augen zusammen und spähte durch die rauchige Luft zu einem stämmigen Mann hinüber, der auf einer Bank saß. »Und was noch besser ist, er scheint verhältnismäßig nüchtern zu sein. Gehen wir zu ihm.«

Sie bahnten sich einen Weg durch die Menge zu dem kräftig gebauten Häuptling. Kreuter hatte lehmbraunes Haar und einen Bart, dessen Ende offenbar mit einem scharfen Messer gerade geschnitten war. Seine Hände waren groß wie Schaufeln, und er hatte Schultern wie ein Ochse.

»Hoppla, wenn das nicht mein alter Freund Khalor ist!«, rief er ihnen entgegen. »Was tust du hier in Plakand, Khalor?«

»Wenn du's genau wissen willst – dich suchen! Wie geht es dir?«

»Kann nicht klagen. Was gibt es denn?«

»Hast du deine Kühe schon verkauft?«

»Gestern. Ich dachte mir, ich gönn mir ein paar Tage, um den Abschluss zu begießen, bevor ich meine Männer zum Rückweg zusammentrommle.«

»Dann hab ich dich also gefunden, bevor du mit der ›Begießerei‹ so richtig angefangen hast. Hast du kommenden Monat schon was Wichtiges vor?«

»Bis jetzt noch nicht. Ist was im Busch?«

»Ich hab da einen kleinen Krieg in Arbeit. Ich könnte einen größeren Reitertrupp gut brauchen und dachte sofort an dich. Bist du interessiert?«

»Wir können ja darüber reden. Wo wird denn dein Krieg geschlagen, Khalor? Meine Männer und ich haben einen langen Rinderabtrieb hinter uns, und falls dein Krieg drüben in Perquaine ist, müsste die Bezahlung schon sehr gut sein.«

»Sie *ist* sehr gut, Kreuter, und der Krieg findet fast vor deiner Haustür statt.«

»Ach? Ich hab in letzter Zeit nichts dergleichen gehört. Wo genau?«

»In Nordwekti.«

»In Wekti gibt es nichts, das einen Krieg wert wäre.«

»Außer seiner Lage. Den Südansunern ist es offenbar langweilig geworden, und weil es ihnen Spaß macht, andere zu berauben und zu töten, haben sie beschlossen, Wekti zu überrennen, um Medyo und Equero anzugreifen. Den Leuten, für die ich arbeite, wäre es lieber, wenn sie das nicht täten, und erst recht möchten sie nicht, dass Krieg in ihren Städten tobt. Ich habe eine Verteidigungslinie quer durch Nordwekti errichtet, um die Ansuner aufzuhalten. Aber wenn wir es dabei beließen, hätte ich einen langen, mühsamen Sommer vor mir.«

»Du möchtest also, dass ich sie von hinten angreife?«, vermutete Kreuter.

»Das hat doch gut geklappt, als wir gegen die Kaproser ins Feld gezogen sind.« Khalor zuckte die Schultern. »Die Ansuner werden dicht gedrängt vor meiner Befestigung kämpfen. Wenn du von hinten angreifst, können sie nicht davonlaufen. Ich werde für den Auftrag nicht pro Tag bezahlt, sondern erhalte eine feste Summe. Es hätte deshalb keinen Sinn, die Sache in die Länge zu ziehen.«

Kreuter blinzelte zur Decke. »Die Ansuner sind nicht halb so gut, wie sie sich einbilden, und ihre Pferde taugen auch nicht viel«, überlegte er laut. »Ist die Bezahlung wirklich gut?«

»Ich kann mich nicht beschweren.«

»Ein kurzer Krieg für großzügigen Sold, und im Herbst wieder zuhaus, hm, Khalor?«

»Wenn wir zusammenarbeiten.«

»Du kannst mit mir rechnen, mein Freund.«

»Ich brauche dich in fünf Tagen an Ort und Stelle«, erklärte Khalor. »Und ich möchte, dass du einen weiten Bogen nach Osten ziehst, damit die Ansuner nicht ahnen, dass du kommst.«

»Du brauchst mir das Offensichtliche nicht klarzumachen, Khalor. Reden wir lieber über die Bezahlung. Wie lange wird es dauern, bis ich Geld sehe?«

»So lange wie dieser junge Mann hier braucht, seinen hölzernen Säckel zu öffnen«, antwortete Khalor mit breitem Grinsen.

»Von einem hölzernen Säckel hab ich noch nie gehört«, sagte Kreuter.

»Er ist der letzte Schrei, Häuptling Kreuter«, warf Althalus ein. »Öffne den Säckel, Eliar, und kommen wir zum Geschäft.«

»Man erwartet es von uns, Exarch Yeudon«, sagte Albron und seine Miene drückte dabei deutlich sein Bedauern aus, als er mit seinem Gefolge die geräumige Zimmerflucht betrat, die von den Kherdos-Priestern für den arumischen Kriegsführer vorbereitet worden war. »Seit die Stämme Arums für die zivilisierten Länder in den Krieg ziehen, sehen wir uns mehr oder weniger gezwungen, uns ihrer Lebensart anzupassen. Um ehrlich zu sein, ich hätte diese Dienerschaft lieber zuhaus gelassen. Ich brauche keine Pagen und keinen Hofwahrsager, wenn ich einen Krieg führe, aber irgendwie ist zu meinem größten Leidwesen der Anschein wichtiger geworden als die Wirklichkeit.«

»Das ist der Fluch der Zivilisation, Häuptling Albron.« Yeudon lächelte leicht. »Wenn Ihr glaubt, dass ein arumischer Kriegsführer mit Dienerschaft belastet ist, dann seht Euch erst mal das Leben eines hohen kirchlichen Würdenträgers an.« Er blickte auf die in einen Kapuzenumhang gewandete Leitha. »Glaubt ihr Arumer wirklich, dass Seher die Wahrheit verkünden?«

»So war es zumindest. Einige der rückständigeren Häuptlinge weigerten sich sogar, ihre Kilts zu wechseln, ehe sie nicht zuvor einen Seher befragt hatten. Ich bin über solche Albernheiten längst hinaus. Wenn Ihr nichts dagegen habt, würde ich gern meine Pagen, den Seher und meinen Diener hier lassen, wenn ich mich zu den Befestigungen begebe. Ach ja, wird Zeit, dass ich in meine Arbeitskleidung schlüpfe und aufbreche. Der Exarch der Schwarzkutten hat mich nicht um des gesellschaftlichen Ansehens wegen angeworben.«

»Dann überlasse ich Euch Euren Vorbereitungen, Häuptling Albron.« Yeudon verneigte sich knapp und verließ die Zimmerflucht.

»Ihr seid sehr geschickt, Häuptling Albron«, lobte Andine und schaute sich in dem prächtig ausgestatteten Gemach um. Die Arya von Osthos trug eine scharlachrote Livree, genau wie Gher, und ihr langes Haar hatte sie in ihrer beutelähnlichen Mütze untergebracht.

»Ich habe die zivilisierte Welt hin und wieder besucht, Prinzessin.« Albron zuckte die Schultern. »Daher weiß ich, was von einem Mann meines Standes erwartet wird.«

»Hast du schon Hinweise auf Ghends Spitzel aufgeschnappt, Leitha?«, wollte Bheid wissen.

»Eine Menge.« Sie schob ihre Kapuze zurück. »Ghend hat ein paar Leute drüben im Palast des Natus', aber die meisten befinden sich hier im Tempel. Ghend weiß offenbar, dass Natus Dhakrel in Wekti nicht viel zu sagen hat.«

»Und ist im Tempel etwas Bedeutendes im Gange?«, fragte Althalus.

»Eigentlich nicht. Die meisten, die Ghend hier untergebracht hat, sind Spitzel, keine Verschwörer. Ich würde Euch aber raten, Yeudon in nicht allzu viele Dinge einzuweihen. Zwei von Ghends Knechten halten sich ganz in seiner Nähe auf, und es könnte ihm unbeabsichtigt etwas über die Lippen kommen.«

»Wir hatten ohnehin vor, ihm nur das Allernotwendigste anzuvertrauen«, entgegnete Albron. »Ihr solltet lieber Eure Kapuze wieder über den Kopf ziehen, Leitha«, riet er ihr.

»Sie ist ziemlich warm«, klagte sie.

»Tut mir leid, aber ein arumischer Seher hält sein Gesicht immer bedeckt. Ich nehme an, das soll ihn noch geheimnisvoller machen.«

Er lachte leise. »Dadurch bin ich überhaupt erst auf die Idee gekommen, Euch als Seher zu vermummen. Häuptling Twengors Vater hatte einen Seher, der ihn dreißig Jahre lang beriet. Erst nachdem dieser Seher gestorben war, entdeckten sie, dass er gar kein Mann gewesen ist.«

»Es ist besser, als einen falschen Bart anzukleben, Leitha«, tröstete Andine sie.

Ein wenig enttäuscht gestand Leitha: »Ich hatte mich eigentlich darauf gefreut, mit einem Degen anzugeben und meinen Schnurrbart zu zwirbeln.«

»Ich bin sicher, du wärst sehr überzeugend gewesen«, sagte Andine, »aber nur, solange du nicht zu schnell gegangen wärst.«

»Was willst du denn damit sagen?«

»Du schwingst, meine Liebe.«

»Ich tue was?«

»Schwingen. Alles an dir ist in Bewegung, wenn du gehst. Du wackelst nicht nur mit den Hüften, wie Frauen es häufig tun, sondern schwingst mit dem ganzen Körper. Ist dir das auch schon aufgefallen, Bruder Bheid?«

Bheids Gesicht lief rot an.

»Das dachte ich mir«, sagte Andine.

Leitha spielte die Verwunderte. »Das hättest du mir wirklich sagen können, Bheid. Wenn es dir so gefällt, könnte ich doch …«

»Wir sollten uns über etwas anderes unterhalten«, unterbrach Bheid sie.

»Überlassen wir die Kinder ihrem Spaß, Althalus«, schlug Albron vor. »Khalor wartet bei den Gräben auf uns.«

»Ist gut.«

Eliar legte die Hand auf den Türknauf und konzentrierte sich kurz. Dann öffnete er die Tür und führte sie in den nach feuchter Erde riechenden Graben, den Häuptling Gwetis Männer durch die Schafweiden von Nordwekti aushoben.

»Ah!«, wurden sie von Sergeant Khalor begrüßt. »Irgendwelche Probleme drunten in Keiwon, mein Häuptling?«

»Alles ging glatt, Sergeant«, versicherte ihm Albron. Er schaute sich um. »Sie kommen schneller voran, als ich dachte.«

»Gebhel ist ein tüchtiger Mann, mein Häuptling.«

»Gebhel?«

»Er ist der Sergeant von Gwetis Truppen. Sobald er die Faust seines Häuptlings nicht mehr im Nacken hat, macht er alles richtig. Gweti hat seinen Männern befohlen, sich so viel Zeit zu lassen wie nur möglich, egal was sie tun. Sie lächeln und nicken, damit er zufrieden ist, und dann beachten sie ihn nicht mehr. Ich habe mit Gebhel gesprochen, kaum dass er und seine Leute hier eingetroffen waren. Ich hatte kaum zu Ende gesprochen, da steckten seine Vermesser bereits die Gräben ab. Er geht sehr überlegt vor, und es ist nicht das erste Mal, dass er so etwas macht.« Khalor drehte sich um und deutete nach Osten. »Diese Kammlinie folgt in etwa dem ausgetrockneten Bachbett und ist ideal für unsere Zwecke. Der Hang führt ziemlich steil zu unseren Befestigungen. Das ist immer ein Vorteil, weil alles was nicht befestigt ist hangab rollt. Gebhel hat da ein paar interessante Vorschläge, womit wir die Ansuner beglücken können, wenn sie unsere Gräben zu stürmen versuchen. Ich werde ihn Euch vorstellen, und er wird Euch alles erklären. Ich würde an Eurer Stelle gut zuhören, mein Häuptling. Gebhel ist ein wahres Genie, wenn es um Schützengräben und Stellungskrieg geht.«

»Er ist bestimmt nicht so fähig wie du.«

»Er ist noch fähiger, mein Häuptling. Für den Angriff taugt er zwar nicht viel, aber er ist ein Meister der Verteidigung. Er zwingt seine Feinde, zu ihm zu kommen. Das ist zwar nicht gerade die beste Methode, einen Krieg zu gewinnen, wohl aber eine sehr gute, ihn nicht zu verlieren. Es mag schon sein, dass er ein wenig zu lange und zu tief in der Erde herumgräbt, doch das macht Häuptling Gweti glücklich. Meistens geben Sergeant Gebhels Feinde nach ein paar Monaten zweckloser – und kostspieliger – Angriffe auf seine Erdbefestigungen auf und kehren nach Hause zurück.«

»Das ist beinahe wie ein Sieg, Sergeant.«

»Manchmal vielleicht, diesmal wahrscheinlich nicht. Aber darum habe ich mich bereits gekümmert. Ich will, dass Gebhel seine Stellung hält, nichts weiter. Ich habe andere Truppen für unseren Angriff, der die ansunischen Angreifer ausrotten wird. Kommt mit, Häuptling Albron, ich stelle Euch Gebhel vor, und dann müssen Eliar, Althalus und ich ins Haus zurückkehren. Ich will Häuptling Delurs Männer nach Elkan in den Norden Equeros bringen, damit sie unsere Westflanke sichern können, wenn es so weit ist.«

Sergeant Gebhel war ein stämmiger Mann mit buschigem Bart

und kahlem Kopf. Unter seinem Kilt ragten Beine dick wie Baumstämme hervor. Er redete mit einer trockenen, tiefen, fast gleichmütigen Stimme. »Ich freue mich, Euch kennen zu lernen«, sagte er nicht sehr überzeugend. »Hat Khalor Euch die Situation erklärt?«

»Ihr seid hier, um Gräben auszuheben.«

»Das habe ich nicht gemeint. Ihr wisst doch, dass *ich* hier die Befehle gebe, nicht wahr?«

»Natürlich, Sergeant. Ich bin hier, um zu lernen, nicht um zu führen. Ich studiere den Krieg, Sergeant Gebhel. Khalor hat mir versichert, dass du der Beste bist, wenn es um Verteidigung geht, und ich bin hierher gekommen, um von dir zu lernen.«

»Das hier ist kein Schulhaus, Häuptling Albron«, brummte Gebhel. »Mir wird die Zeit fehlen, Euch Unterricht zu erteilen.«

»Ich werde nicht im Weg herumstehen, Sergeant«, versprach Albron. »Das meiste kann ich durch Zuschauen lernen.«

»Ich habe andere Eisen im Feuer«, wandte Khalor sich an sie, »darum werde ich euch eurer Arbeit überlassen, hebt also fleißig Gräben aus. Ich komme bald wieder.«

Althalus, Eliar und Khalor standen an einer Tür, die aus einem der Korridore im Nordflügel des Hauses führte. »Bist du sicher, dass es die richtige Tür ist?«, fragte Khalor. »Ich sehe noch niemanden kommen.«

»Es ist die Tür, die wir brauchen, Sergeant«, beharrte Eliar. »Häuptling Delurs Männer werden bald hier sein.«

Khalor brummte. Dann blickte er Althalus neugierig an. »Was vermeinen Delurs Männer eigentlich zu sehen, während sie durch diese Korridore wandern?«

»Die Berge von Kagwher«, antwortete Althalus.

Khalor ließ nicht locker. »Dann können sie also weder die Wände noch die Decke der Korridore sehen?«

»Nein, sie sehen Bäume und Berge und Himmel. Es ist eine Art von Beeinflussung, Sergeant. Wenn ich davon reden würde, wie heiß es seit einiger Zeit ist, würdest du bald in Schweiß ausbrechen.«

»Seid Ihr es, der das mit den Männern anstellt?«

Althalus lachte. »Auf so etwas verstehe ich mich zwar ziemlich gut, Khalor, aber nicht *so* gut. Nein, Dweia kümmert sich um das alles. Es ist ihr Haus. Es tut mehr oder weniger alles, was Dweia ihm befiehlt. – Worauf warten wir eigentlich?«

»Auf Hauptmann Dreigon. Er ist der Heerführer von Häuptling Delurs Truppen. Er und ich haben schon in einigen Kriegen gefochten. Was Erdbefestigungen betrifft, reicht er zwar nicht an Gebhel heran, aber dafür ist er ein Meister, wenn es um Überraschungsangriffe geht.«

»Da kommen sie«, flüsterte Eliar und deutete den Korridor entlang.

Eine große Gruppe bekilteter Männer stapfte scheinbar ziellos auf sie zu. Ein Mann mit düsterem Gesicht und silbergrauem Haar führte sie an.

»Wo seid ihr so lange geblieben, Dreigon?«, rief Khalor ihm entgegen.

»Ich habe Beeren gepflückt, Khalor«, anwortete der Mann mit dem düsteren Gesicht spöttisch. »Was tust du hier oben?«

»Ich habe mich nur vergewissert, dass ihr nicht zu spät zu dem Freudenfest kommt. Wenn du ein paar Minuten übrig hast, sollten wir uns vielleicht unterhalten.«

»Also gut«, erklärte Dreigon sich einverstanden. Er drehte sich um. »Ihr geht weiter, Leute, ich hole euch schon ein.« Dann nahm er seinen Helm ab und schaute sich um. »Ich hasse die Berge«, brummte er. »Sie sind zwar schön anzuschauen, aber es ist ziemlich beschwerlich, sie zu durchqueren.«

»Das stimmt«, bestätigte Khalor.

»Wie kommt Gebhel mit den Gräben zurecht?«

»Er ist weiter, als er sein müsste. Aber du kennst ja Gebhel.« Khalor verzog das Gesicht.

»O ja«, bestätigte Dreigon. »Manchmal glaube ich, er stammt von einem Maulwurf ab. Vor ein paar Jahren waren wir unten in Perquaine von gegnerischen Seiten angeheuert worden, und ich musste seine Erdbefestigungen angreifen. Das hat uns viele Männer gekostet. Womit werden wir es diesmal zu tun bekommen, Khalor?«

»Reiterei – zumindest anfangs, aber ich habe so das Gefühl, dass auch Fußsoldaten eingesetzt werden, nur haben meine Späher sie noch nicht aufgespürt.«

»Hast du eine Ahnung, wann es losgeht?«

Khalor nickte. »Da hatten wir Glück. Einer meiner Kundschafter kroch durch Dickicht und belauschte eine Einsatzbesprechung. Wir haben noch vier Tage, bis der Spaß beginnt.«

»Und wo?«

»Daran arbeite ich noch.«

»Arbeite schneller. Gebhels Befestigungen können wahrscheinlich gut zwei Wochen standhalten, egal was sich dagegen wirft, aber ich muss wissen, wohin es geht – möglichst bald. Wenn ich meine Leute erst fünfzig Meilen bis zum Schlachtfeld führen muss, kommen sie nicht mehr als die Frischesten dort an.«

»Ihr seid der Stadt Elkan in Nordequero bereits recht nahe, Dreigon. Ihr werdet wahrscheinlich noch ein oder zwei Tage haben, euch auszuruhen, und du kannst die Truppe formieren. Ich gebe dir umgehend Bescheid, sobald ich herausgefunden habe, wo der Hauptangriff auf Ghebels Gräben stattfinden soll.«

»Tu das, Khalor. Ich hasse es, zu einem Krieg zu spät zu kommen.«

»Ohne dich wär es auch nur das halbe Vergnügen, alter Freund.«

Auf den Hängen unterhalb von Gebhels teilweise fertig gestellten Gräben herrschte rege Betriebsamkeit, als Eliar Khalor und Althalus durch die Tür zurück nach Nordwekti brachte. Häuptling Albron wirkte selbstzufrieden, als er sie mit den Worten: »Ah, da seid ihr ja«, begrüßte. »Habt ihr Hauptmann Dreigon und seine Männer nach Elkan gebracht?«

»Sie werden heute Abend dort sein, mein Häuptling«, antwortete Khalor. »Sind von den Schäfern schon welche da?«

»Gebhels Kundschafter haben eine Art Vorhut erspäht, zwei Gruppen. Schau den Hang hinunter, Sergeant. Ich habe Gebhel überredet, seinem Wald aus zugespitzten Pflöcken etwas hinzuzufügen.«

Khalor kletterte aus dem Graben und blickte den Hang hinunter. »Büsche?«, wunderte er sich. »Warum Büsche zwischen die Pflöcke setzen?«

»Das sind keine gewöhnlichen Büsche, Sergeant«, erklärte ihm Albron. »Die Wekti, die in dieser Gegend zu Hause sind, nennen ihn ›Höllenbusch‹, denn er hat drei Zoll lange Dornen – fast wie Stahlnadeln. Er wächst wild am Flussufer. Ich habe vor ein paar Stunden versehentlich eines dieser Höllendinger gestreift. Als meine Wunden zu bluten aufhörten, habe ich mir überlegt, dass diese Büsche gute Verstärkungen unserer Barrikaden sein könnten.«

»Ihr habt doch nicht etwa versucht, Gebhel zu befehlen, sie einzusetzen, oder?«

»Nein, dazu kenne ich ihn zu gut. Ich habe ihm einen Zweig von einem dieser verflixten Büsche gezeigt und gesagt: ›Ist das nicht interessant?‹. Da hat er sofort aufgehorcht.«

»Ihr habt ihn also nicht direkt darauf hingewiesen?«

»Nein, immerhin verstehe ich viel mehr von Diplomatie als von Krieg, Sergeant. Ich habe mich nicht in Gebhels Angelegenheiten eingemischt und auch seine Autorität nicht untergraben, wenn du dir darüber Sorgen machst. Es ist immer noch er, der die Befehle erteilt, doch jetzt hört er zu, wenn ich nebenbei einen Vorschlag fallen lasse.«

»Ihr seid in dieser Hinsicht besser, als ich dachte, mein Häuptling.« Khalor blickte wieder den Hang hinunter. »Aber warum habt Ihr und Gebhel die Pflöcke an den Stellen ausgelichtet, wo keine Büsche sind? Ihr gebt den Ansunern damit regelrechte Straßen frei – direkt zu eurer Eingangstür.«

»Das sind keine Straßen, Sergeant. Es sind eine Art Trichter. Nachdem die ansunische Reiterei auf diese Büsche stößt, werden sie auf sehr bedauernswerten Pferden sitzen. Wenn sie die Tiere dann noch so sehr antreiben und ihnen in die Flanken treten – die Gäule werden sich nie wieder in diese Barrikaden wagen. Daraufhin müssen die Ansuner leichtere Wege hangauf suchen. Und die haben Gebhel und ich für sie vorbereitet. Sobald die Schäfer hier sind, werden wir sie am oberen Ende dieser Trichter verbergen und sie anweisen zu warten, bis die vorderen Reihen der Ansuner auf halber Höhe sind. Dann springen sie alle gleichzeitig auf und töten die Pferde im Dutzend. Die Nachfolgenden werden von toten Gäulen überrollt. Gebhel ist so gut wie sicher, dass die Kombination von Höllenbüschen, Trichtern und Steinschleudern die Ansuner völlig entmutigen und aus unseren Gräben fern halten wird. Fällt dir etwas ein, das wir vergessen haben?«

Khalor runzelte die Stirn. »Drängt mich nicht, ich überlege.«

»Überleg so viel du willst, Sergeant«, prahlte Albron. »Wir haben an alles gedacht. Wir werden noch hier sein, wenn deine Freunde eintreffen.«

»Nur das ist wichtig, mein Häuptling. Wenn Ihr und Gebhel sie hier aufhalten könnt, bringe ich Kreuter und Dreigon in Stellung. Wir warten, bis die Ansuner angreifen, dann weise ich Dreigons Fußsoldaten und Kreuters Reiterei an, die Ansuner von hinten zu stürmen. Wir werden am Hang Hundefutter aus ihnen machen.«

»Unser Häuptling ist wundervoll, nicht wahr, Sergeant?«, rief Eliar begeistert.

»Halt den Mund, Eliar!«, schnaubte Khalor.

»Jawohl, mein Sergeant«, sagte Eliar gehorsam, grinste dabei aber heimlich.

Je mehr Zeit verging, desto kribbliger wurde Althalus. Gebhels Gräben waren einstweilen noch hüfthohe Furchen und er glaubte nicht, dass sie in der verbleibenden Zeit fertig gestellt werden konnten. »Wir haben nur noch drei Tage, Eliar«, wandte er sich nach dem Abendessen in Häuptling Albrons Zimmerflucht im Tempel von Keiwon an seinen jungen Freund. »Wenn Gebhels Gräben nicht fertig sind, wird Gelta ihn über den Haufen reiten.«

»Sergeant Khalor sagt, dass Gebhel schon viel weiter ist, als es den Anschein hat«, beruhigte Eliar ihn. »Ich glaube, das Schwierigste beim Ausheben eines Grabens besteht darin, durch die Grasnarbe zu kommen. Sobald sie aus dem Weg ist, wird die Arbeit leichter und es geht viel schneller. Wenn ich es recht verstehe, wird die Hälfte von Gebhels Leuten weitergraben, jetzt wo die Grasnarbe fort ist. Die andere Hälfte wird die Pflöcke einschlagen und andere Hindernisse vor dem Graben errichten. Sergeant Khalor ist überzeugt, dass sie bereit sind, wenn es so weit ist.«

Da stürmte Andine durch die Tür. »Eliar!«, rief sie. »Ich muss sofort nach Osthos!«

»Beruhige dich, Andine«, mahnte Althalus. »Worum geht es denn?«

»Leitha hat herausgefunden, dass Ghend den Krieg in Treborea so schnell wie möglich neu aufleben lassen will. Der Schwachkopf in Kanthon sammelt bereits seine Streitkräfte. Ich muss nach Osthos und meinen Schatzmeister warnen. Dieses Herumlaufen und durch Türen springen ist ja recht unterhaltsam, aber ich habe Pflichten in Osthos. Bitte, Althalus, bringt mich heim.«

»Tu lieber, was sie sagt, Althalus«, murmelte Dweias Stimme in seinem Kopf. »Die Lage ist wahrscheinlich nicht so ernst, wie sie glaubt, aber es ist besser, wenn du sie besänftigst.«

»Was hat Ghend denn vor?«

»Ich glaube, er möchte, dass wir uns aufteilen. Er ist dir immer noch voraus, Althie, aber nicht sehr viel. Dieser Angriff auf Osthos könnte eine List sein, uns aus unseren Stellungen zu locken. Ghend weiß von Leithas Gabe; deshalb wäre es durchaus möglich, dass er sie in Keiwon mit falschen Informationen füttern will.«

»Er mag ja von Leitha wissen«, entgegnete Althalus, »aber ich glaube nicht, dass er über Gher Bescheid weiß. Die Idee des Kleinen, sämtliche Stämme Arums ins Haus zu holen, um sie kurzfristig irgendwohin auf der Welt zu befördern, hat die Lage verändert.«

»Übertreib nicht mit deiner Selbstsicherheit, Althie. Dieser neue Krieg in Treborea ist möglicherweise nur eine Finte, aber mit Sicherheit wissen können wir es nicht. Bring Andine heim, damit sie Schatzmeister Dhakan warnen kann, und schaff sie dann sofort nach Keiwon zurück. Ich möchte auf keinen Fall, dass das Mädchen da draußen unbeaufsichtigt herumläuft.«

24

Es war früh am nächsten Morgen, als Eliar Althalus und Andine durch die Tür in Schatzmeister Dhakans Studiergemach hoch oben im Palast von Osthos führte.

Der silberhaarige Schatzmeister blickte verärgert von seinem Schreibpult auf. »Wer hat euch erlaubt ...« Er hielt inne und schüttelte ungläubig den Kopf. »Eliar! Was in aller Welt tust du denn hier?«

»Ich gehorche nur Befehlen, Euer Liebden«, antwortete Eliar.

»Und Althalus? Seid Ihr es wirklich?«

»Soviel ich weiß, Schatzmeister Dhakan. Ihr seht gut aus.«

»Ich lebe noch, wenn Ihr das meint. Ich dachte, Ihr wolltet Eliar in die Salzminen von Ansu verkaufen.«

»Ich habe beschlossen, ihn lieber zu behalten. Er ist ein recht brauchbarer Bursche – hin und wieder.«

»Erkennt Ihr mich denn nicht mehr, Dhakan?«, fragte die noch als Page verkleidete Andine verschmitzt.

»Meine Arya!«, rief er und erhob sich. »Wo seid Ihr bloß gewesen? Auf der Suche nach Euch habe ich fast ein Jahr lang das Unterste zuoberst gekehrt!«

Andine eilte zu ihm und schlang die Arme um seinen Hals. »Lieber, lieber Dhakan!«, rief sie gerührt. »Ihr habt mir so sehr gefehlt!«

»Ich verstehe das alles nicht, Athalus. Was habt Ihr mit meiner Arya gemacht?«

»Nun, ich habe sie sozusagen ausgeliehen.«

»Das treffendere Wort dürfte wohl ›entführt‹ sein, Althalus!«

»Es war nicht seine Schuld, lieber Dhakan«, versicherte ihm Andine. »Er handelte im Auftrag der Einen und Einzigen, der wir jetzt beide dienen.«

»Ihr habt Euch verändert, Arya Andine.«

»Ihr meint, ich bin ein wenig erwachsen geworden?« Sie lachte. »Wie in aller Welt habt Ihr mich zuvor ausstehen können? Ich war unmöglich.«

»Nun, ein wenig, vielleicht.«

»Ein wenig? Ich war ein verzogenes Balg! Wärt Ihr bereit, meine Entschuldigung anzunehmen für alle meine Unarten, mit denen ich Euch nach meiner Thronbesteigung quälte? Eure Geduld war schier übermenschlich. Ihr hättet mich übers Knie legen und tüchtig versohlen müssen!«

»Andine!«

»Sollten wir nicht zusehen, dass wir weiterkommen?«, meinte Eliar ein wenig ungeduldig. »Wir haben noch eine Menge zu tun.«

»Er hat Recht, Andine«, pflichtete Althalus ihm bei.

»Ja. Aber er ist so aufreizend, wenn er Recht hat.«

»Ich nehme an, Eure Gefühle für den jungen Mann haben sich geändert, meine Arya«, sagte Dhakan.

»Nun, ja, gewissermaßen. Meistens will ich ihn gar nicht mehr umbringen. Jetzt füttere ich ihn stattdessen. Im Grunde war es gar nicht seine Schuld, dass er meinen Vater getötet hat. Ich weiß jetzt, wer dafür verantwortlich ist, und Eliar wird diesen Missetäter für mich umbringen. Ist das nicht lieb von ihm?«

»Ich verstehe gar nichts mehr, Althalus«, gestand Dhakar.

»Es gibt da jemand, der will die Welt mit einem gewaltigen Donnerschlag untergehen lassen, Schatzmeister Dhakan«, sagte Althalus, »aber meine Gefährten und ich werden etwas dagegen unternehmen. – Erzähl ihm, was vorgeht, Andine. Wir können wirklich nicht lange hier bleiben.«

»Ich werde mich kurz fassen«, versprach sie. »Der Aufruhr, den Althalus erwähnte, ist kein Zufall, Dhakan. Da ist ein Mann in Nekweros, der hinter alldem steckt. Er hat überall Verbündete, die Unruhe stiften, damit er die Herrschaft über die Welt an sich reißen kann. Der Schwachkopf in Kanthon gehört zu diesen Verbündeten, und es wird nicht mehr lange dauern, bis er erneut versuchen wird, die Tore Osthos' einzurennen.«

»Hat dieser Narr wieder arumische Söldner in Dienst genommen?«

»Nein, damit hat er diesmal Pech. Ich habe bereits jeden Arumer angeheuert, der mit einer Waffe umgehen kann.«

Dhakan erblasste sichtlich. »Arya Andine!«, rief er erschrocken. »Das wird die Schatzkammer leeren! Wie viel habt Ihr diesen heidnischen Barbaren versprochen?«

»Althalus hat das Geld zur Verfügung gestellt, Dhakan. Es hat mich keine Kupfermünze gekostet. Erklär ihm, was zu tun ist, Eliar, und was möglicherweise auf uns zukommt.«

»Ja, Andine.« Eliar nickte. »Es sieht in etwa so aus, Schatzmeister Dhakan: Wir wissen nicht genau, wann die Kanthoner in Euer Gebiet einfallen werden, aber lange wird es wahrscheinlich nicht mehr dauern. Wir haben eine Armee und werden zu Eurer Hilfe kommen, nur befinden wir uns bereits mitten in einem anderen Krieg, den wir erst beenden müssen, ehe wir hierher eilen können. Ich weiß, wie tüchtig Eure Soldaten sind, denn ich habe schon gegen sie gekämpft.«

»Ich glaube, ich erinnere mich«, entgegnete Dhakan trocken.

»Wir wissen nicht, wie groß die Armee sein wird, die Kanthon gegen Euch marschieren lässt, Euer Liebden, aber voraussichtlich um ein Beachtliches größer als Eure. Ihr werdet auf freiem Feld nicht viel gegen sie ausrichten können, also versucht es am besten gar nicht erst. Das Sicherste ist, den Feind hinzuhalten. Tötet so viele Gegner, wie Ihr könnt, ohne zu viele Eurer eigenen Männer in Gefahr zu bringen. Beschränkt Euch also auf kleine Scharmützel,

Hinterhalte und dergleichen. Zieht Euch zurück, so wie Andines Vater es das letzte Mal getan hat. Nützt den Vorteil der fast unüberwindbaren Mauern Eurer Stadt. Schafft Eure Männer dahinter und schließt die Tore. Ich verspreche Euch, dass ich hier bin und der Belagerung ein Ende setze, ehe die Nahrungsmittel knapp werden.«

»Ich kann nicht bleiben, Dhakan«, sagte Andine, »deshalb müsst Ihr meine Stadt halten. Bitte lasst nicht zu, dass unsere Feinde Osthos zerstören.«

»Ich kann nicht mehr als es versuchen, meine Arya«, entgegnete Dhakan zweifelnd. »Ich fürchte jedoch, dass die Zeit ebenso unser Feind sein wird wie die Kanthoner. Die besten Absichten der Welt können keine Armee über Nacht hierherschaffen.«

»Eliar *wird* hier sein, wenn Ihr ihn braucht, Dhakan«, versicherte Andine. »Das verspreche ich Euch hoch und heilig.« Dann schlang sie noch einmal die Arme um den Hals des alten Herrn und küsste ihn schmatzend. »Bis später, mein lieber, lieber Freund.«

Gegen Mittag begaben Eliar und Althalus sich zu Sergeant Khalor und Häuptling Albron in die Gräben nahe dem Ostufer des Flusses Medyo. »So macht man es nicht, mein Häuptling«, erklärte Sergeant Khalor. »Nur ein Schwachkopf greift mit seiner Hauptmacht entlang einer breiten Front an. Die übliche Strategie ist, seine Truppen an einem bestimmten Punkt zu sammeln und dann wie ein Speerstoß durchzubrechen.«

»Aber wo?«

»Das ist ja das Problem, mein Häuptling. Wir wissen nicht, wo die Ansuner zuschlagen werden. Wir wissen nur, dass es morgen Nachmittag so weit ist, jedoch nicht, wo sie ihre Hauptmacht einsetzen werden.«

»Wie würden wir es machen, wenn wir an ihrer Stelle wären?«

»Ich wüsste ein Dutzend strategisch geeignete Punkte, wo ich angreifen würde, wäre ich an ihrer Stelle. Wenn man einen Hauptvorstoß beabsichtigt, wählt man ein günstiges Gelände: Gehölz, in dem man unbemerkt vorankommt, einen nicht zu steilen Hang, schwächere Verteidigungsanlagen und dergleichen. Dann sucht man verschiedene weit davon entfernte Stellen aus und lässt mehrere Trupps Ablenkungsangriffe unternehmen. Sie sollen den Großteil der Verteidiger aus ihren Stellungen locken – und sie zwingen, ihre Reserven einzusetzen. Wenn man dann den Hauptvorstoß beginnt, haben die Verteidiger an der Stelle keine Truppen mehr, die sich einem entgegenstellen könnten.«

»Aha«, murmelte Albron nachdenklich. »Wenn ich dich recht verstehe, wäre die beste Strategie, diese ersten Attacken gar nicht zu beachten und an Ort und Stelle zu bleiben, bis der wirkliche Angriff beginnt.«

»Stimmt. Aber wie will man wissen, welcher der wirkliche Angriff ist? Ich habe einmal in einem Krieg drunten in Perquaine gekämpft. Mein Gegner war einer dieser Burschen, die unendlich lange warten können. Ich habe ihn überlistet, indem ich meinen Hauptvorstoß in der Morgendämmerung unternahn und die Ablenkungsmanöver erst begannen, nachdem ich bereits so gut wie über ihm war. Weil mein Gegner überzeugt war, dass es sich bei meinem ersten Angriff nur um eine Ablenkung handelte, zog er einen Großteil der Männer aus dem Hauptkampf zurück, um sich gegen die Scheinangriffe zu verteidigen.«

»Es ist fast wie ein Spiel, nicht wahr?«

»Es ist das beste Spiel, das es gibt, mein Häuptling.« Khalor grinste plötzlich. »Das Wort ›Strategie‹ heißt soviel wie, den Feind zu überlisten und sämtliche Schliche des Gegners zu erkennen.« Khalor tippte sich an die Stirn. »Kriege werden hier gewonnen, mein Häuptling, nicht da draußen in den Gräben. Im Augenblick würde ich einen Monatssold geben, wenn ich wüsste, wo Pekhal seinen Hauptvorstoß unternimmt.«

»Wirklich?«, fragte Althalus. »Du würdest mir das nicht schriftlich geben, oder, Sergeant?«

»Nicht, wenn ich mit Euch rede, o nein!«

»Spielverderber!«

»Ich glaube, ich weiß, was Ihr vorhabt, Althalus«, warf Eliar ein. »Euch ist doch klar, dass Bheid an die Decke geht, wenn Ihr auch nur den Vorschlag macht, nicht wahr?«

»Oh, er wird schon wieder herunterkommen. Ich werde Leitha in keine echte Gefahr bringen. Wir schaffen sie morgen Abend hierher zu den Gräben und lassen sie ein wenig in Pekhals Kopf herumstöbern. Sie wird wieder in Keiwon sein, ehe der Kampf beginnt.«

»Sollten wir sie nicht lieber schon heute Nachmittag herbringen?«, meinte Häuptling Albron. »Das würde uns mehr Zeit geben, Vorbereitungen zu treffen.«

»Wir brauchen keine Zeit, mein Häuptling«, erinnerte ihn Eliar. »Dafür sind ja die Türen da.«

»Pekhal hat höchstwahrscheinlich Zugang zu eigenen Türen«, fügte Althalus hinzu. »Deshalb wollen wir Leitha nicht früher als zehn bis zwölf Stunden vor Kampfbeginn hier haben. Ghend weiß über ihre Fähigkeiten Bescheid und könnte versuchen, ihr falsche Informationen zuzuspielen. Wenn er Pekhal und Gelta anwiese, hier zuzuschlagen, und Leitha bekäme es mit, würden wir unsere Hauptstreitkräfte hier einsetzen. Erteilte Ghend dann jedoch gegen Mitternacht neue Befehle und der Angriff findet anderswo statt, würden wir uns nicht in der richtigen Stellung befinden. Selbst mithilfe der Türen könnte das äußerst knapp werden.«

»Bedeutet das nicht, dass Leitha Pekhal finden muss?«, fragte Khalor. »Einfache Soldaten haben für gewöhnlich keine Ahnung, wo genau sie sind. Könnte Pekhal sie hereinlegen? Ich meine, wenn er ständig ›da drüben‹ denkt, statt ›genau hier‹ – würde sie das täuschen?«

»Dafür ist Pekhal nicht klug genug«, antwortete Althalus. »Eine Lüge auszusprechen ist eines, doch eine zu denken übersteigt seine Fähigkeiten. Gelta könnte vielleicht ein wenig überzeugender sein, aber nicht viel. Pekhal und Gelta sind Primitive, Sergeant, also erwartet nichts Außergewöhnliches von ihnen. Wenn es um Strategie geht, gilt für sie immer noch der Grundsatz ›Brandschatzen-Kämpfen-Töten‹, also werden sie nichts allzu Kompliziertes unternehmen. Morgen, wenn Leitha hier ist, werden wir mehr erfahren.«

»Aus dem Süden kommen Leute herauf«, meldete Eliar. »Ich glaube, es ist Salkan mit seinen Schäfern.«

»Sie haben nicht lange gebraucht«, lobte Häuptling Albron.

»Sie haben auch nicht viel zu schleppen, mein Häuptling«, gab Khalor zu bedenken. Er beschirmte die Augen mit einer Hand und starrte auf die sich nähernden Hirten. »Einfach unmöglich!«, schnaubte er abfällig.

»Was?« Albron blickte ihn fragend an.

»Sie können nicht einmal richtig marschieren. Sie laufen umher wie eine Hühnerschar, einmal da und einmal dorthin.«

»Sie sammeln Steine, Sergeant«, erklärte Althalus. »Die Wahl guter Steine ist wichtig, wenn man mit einer Schleuder schießt.«

»Ein Stein ist ein Stein, Althalus.«

»Da seid Ihr im Irrtum. Einmal fand ich den vollkommenen Stein und trug ihn etwa fünf Jahre mit mir herum, bis ich ein Ziel fand, das ich seiner für würdig hielt. Der Stein war makellos rund und glatt, etwa von der Größe eines Hühnereis, und sein Gewicht stimmte genau.«

»Was habt Ihr damit getötet?«, fragte Eliar. »Rotwild?«

»Nein, Eliar, ich würde einen so vollkommenen Stein nicht an ein Hirschkalb vergeuden.« Althalus lächelte grimmig. »Ich war in Kagwher, als ich ihn einsetzte. Es gab da einen Kerl, der mich wegen einer lächerlichen Kleinigkeit jagte, die genau genommen die ganze Sache überhaupt nicht wert war. Nach einer Woche wurde ich es jedenfalls müde, ihm auszuweichen, also machte er mit meinem Lieblingsstein Bekanntschaft – mitten zwischen den Augen. Damit fand die Verfolgung ein sehr plötzliches Ende.« Althalus seufzte. »Aber ich vermisse diesen Stein immer noch.«

»Ich lasse es nicht zu!«, brauste Bheid am folgenden Tag im Keiwon-Tempel auf, als Althalus seinen Plan erklärte. »Ich werde es nicht einmal in Erwägung ziehen, meine Leitha in solche Gefahr zu bringen!«

»Meine Leitha?«, murmelte das blonde Mädchen.

»Du weißt schon, was ich meine.«

»Vielleicht. Die Dinge entwickeln sich, nicht wahr? Ich glaube, wir sollten uns darüber unterhalten – nachdem ich von den Gräben zurück bin.«

»Du wirst dich nicht dorthin begeben! Ich verbiete es dir!«

»Mir verbieten?« Leithas sonst so sanfte Stimme wurde stählern. »Ich bin nicht dein Besitz, Bheid. ›Meine Leitha‹ ist eines. ›Verbieten‹ etwas anderes.«

Bheid begann zu stammeln. »Ich habe nicht gesagt …« Dann versuchte er es auf eine andere Weise. »Es wäre mir wirklich lieber, wenn du den Gräben fernbleibst, Leitha, bitte!«, flehte er sie an. »Ich würde verrückt, wenn dir dort etwas passierte.«

»Du bist schon verrückt, wenn du glaubst, du könntest mich herumkommandieren.«

»Da hast du dich ins eigene Fleisch geschnitten, Bruder Bheid«, stellte Andine fest. »Du solltest dir überlegen, was du sagst, bevor du mit etwas herausplatzt, das dir gerade zu schaffen macht.«

»Ich werde Leitha nicht in Gefahr bringen, Bheid«, versprach Althalus dem jungen Priester. »In den Gräben ist eine ganze Armee, die sie beschützen wird, außerdem wird sie den größten Teil der Zeit im Haus verbringen. Wir werden nur die Korridore auf und ab gehen und rasch durch die Türen schauen, bis sie herausgefunden hat, wo Pekhal und Gelta sich befinden. Sergeant Khalor muss wissen, wo ihr Hauptangriff stattfindet, damit er Vorbereitungen treffen kann, sie gebührend zu empfangen. Deshalb soll Leitha lauschen. Sobald sie herausgefunden hat, was wir wissen müssen, lasse ich sie von Eliar sofort hierher zurückbringen, damit du dich die nächsten paar Wochen ständig bei ihr entschuldigen kannst.« Er schaute aus dem Westfenster. »Fast schon Sonnenuntergang. Schaffen wir Leitha zu den Gräben, Eliar.«

»Es ist ganz bestimmt ungefährlich für sie?«, fragte Andine.

»Ganz bestimmt«, versicherte ihr Althalus.

»Wenn es wirklich so ungefährlich ist, warum gehen wir dann nicht alle? Bruder Bheid kann wie eine Glucke auf Leitha aufpassen, und Gher und ich können uns Eure Vorbereitungen ansehen und vielleicht einen oder mehrere Vorschläge einbringen. Meine mögen ja nicht viel wert sein, aber Ghers Anregungen sind gewiss sehr nützlich, nicht wahr?«

»Es kann nicht schaden, Althalus«, warf Eliar ein. »Gher sieht die Welt mit anderen Augen als wir übrigen, da könnte es schon sein, dass ihm etwas einfällt, auf das wir gar nicht kämen.«

»Da hat er Recht, Schatz«, murmelte Dweia in Althalus' Kopf.

»Von mir aus.« Althalus warf die Hände in die Höhe. »Bring uns alle zu den Gräben, Eliar.«

»Was immer Ihr sagt, Althalus.«

Eliar schaute sich wachsam um, als sie sich Albron und Khalor in dem Graben am Medyo-Ufer anschlossen. »Wo ist Gebhel, Sergeant Khalor?«, erkundigte er sich.

»Ich habe durchblicken lassen, dass die Barrikaden ein paar Meilen östlich von hier ein wenig schwach aussehen. Daraufhin ist er sofort los. Ich weiß, wo er sich befindet, also können wir ihn umgehen. Gebhel ist ein guter Mann, doch ein wenig zu schwerfällig, als dass er irgendetwas von unseren Möglichkeiten begreifen könnte.« Missbilligend blickte er auf die anderen, die hinter Eliar herankamen. »Das hier ist nicht gerade für eine Besichtigungstour geeignet, Althalus«, brummte er.

»Es war nicht meine Idee, Sergeant.«

»Versucht auf sie aufzupassen.« Dann blickte Khalor auf Leitha, die immer noch als Seher vermummt war. »Ihr solltet Eure Kapuze über das Gesicht gezogen lassen«, riet er ihr. »Prinzessin Andine sieht aus wie ein Page, deshalb wird sie keine sonderliche Aufmerksamkeit erregen. Aber Euer Anblick könnte bei Gebhels Truppen Gelüste erregen.«

»Was immer du für angebracht hältst, Sergeant«, entgegnete sie. »Was soll ich für dich herausfinden?«

»Ich möchte nur genau wissen, wo Pekhal und Gelta ihre Truppen zusammengezogen haben. Denn dort wird wahrscheinlich der Hauptangriff stattfinden.«

»Wenn sie Türen haben wie wir, könnten sie uns aber von anderswo überfallen, Sergeant«, warnte Eliar.

»Ich weiß. Du wirst morgen auf dem Damm bleiben müssen, Eliar. Halt die Angeln der Tür zu ›Anderswo‹ gut geölt, denn es könnte leicht sein, dass du Gebhels Männer in aller Eile befördern musst. Wir werden uns daran machen, den Großteil der Truppen in jene Gräben zu stecken, die der Hauptstreitmacht des Feindes gegenüberliegen. Wenn Pekhal und Gelta anderswo angreifen, müssen wir sofort reagieren.«

»Ich soll also nach einer großen Zahl Soldaten Ausschau halten?«, vergewisserte Leitha sich.

»Zwanzig- oder dreißigtausend mindestens«, antwortete Khalor.

»Hm.« Gher blickte Eliar an. »Du kannst doch eine deiner Türen genau dorthin bringen, wo du möchtest, nicht wahr?«

»Mit einer Abweichung von höchstens einem halben Zoll, Gher. Warum?«

Gher streckte eine Hand aus und legte sie oben auf den Graben. »Wie wär's mit genau hier?«

»Großer Gott!«, entfuhr es Häuptling Albron. »Daran haben wir nie gedacht, nicht wahr, Sergeant? Wenn der Gegner das tut, ist er in unseren Gräben, bevor wir ihn kommen sehen!«

»Vielleicht auch nicht, mein Häuptling.« Eliar legte die Hand um den Dolchgriff und kniff die Augen zusammen. »Ich glaube, das kann ich verhindern. Aber erst muss ich mit Emmy darüber reden.«

»Sag schon, Eliar!«, schnaubte Khalor.

»Es hängt alles davon ab, wie nahe unsere Türen jenen in Nahgharash sind, Sergeant. Wenn sie übereinstimmen, brauche ich nur unsere Tür aufzumachen, wenn sie ihre öffnen.«

»Großartig, Eliar«, sagte Andine spöttisch. »Statt in Wekti einzufallen, fallen sie ins Haus ein.«

»Das kann ich verhindern, Andine«, beruhigte er sie. »Sie werden genauso wenig wissen, wo sie sind, wie Hauptmann Dreigon und seine Leute. Sie reiten durch ihre Tür drüben in Nahgharash, gelangen durch meine Tür ins Haus und reiten dann durch eine andere meiner Türen, die sich am Fuß des Hanges öffnet. Wenn ich diese drei Türen dicht genug aneinander bekomme, kann ich sie wahrscheinlich für den Rest des Sommers den Hügel stürmen lassen.« Er grinste.

»Was ist so komisch, Eliar?«, fragte Khalor scharf.

»Ich glaube, sie werden diese Tür nicht einmal sehen, Sergeant. Und wenn ich es richtig anstelle, werden sämtliche Pfeile, die sie auf unsere Leute schießen, unten am Fuß des Hügels herauskommen. Sie werden also mit jedem Schuss ihre eigenen Reserven in den Rücken treffen.«

»Tolle Idee!«, rief Gher begeistert. »Dann müssen unsre Leute kaum was tun – außer rumstehen und zugucken, wie die Bösen sich gegenseitig umbringen tun.«

»Wir kommen vom Thema ab«, schalt Khalor. »Eines nach dem anderen! Hört Ihr schon irgendetwas von der anderen Seite, Leitha?«

»Du hast doch gewusst, dass etwa eine Viertelmeile flussauf mehrere hundert Ansuner warten?«

Khalor nickte. »Ja, ich ließ sie beobachten. Sie bauen Flöße. Sie werden wahrscheinlich kurz vor der Morgendämmerung flussab treiben. Aber sie entkommen uns nicht. Gebhel hat alles für eine Begrüßung vorbereitet.«

»Entlang der Hügelkette auf der ansunischen Seite befinden sich einige Reiter«, fuhr Leitha fort.

»Berittene Späher«, tat Khalor sie ab. »Sie sind nicht von Bedeutung.«

»Begeben wir uns eine Meile ostwärts, Eliar«, bat Leitha.

Die Versetzung ging so rasch von sich, dass Althalus das Haus nur flüchtig bemerkte, ehe sie bereits wieder im Graben standen.

Leitha konzentrierte sich kurz und schüttelte dann verneinend den Kopf. »Ich höre dieselben Leute. Versuchen wir es fünf Meilen weiter, Eliar.«

»Gut.« Er führte sie durch eine Tür, die anscheinend nur er zu sehen vermochte.

»Ich höre immer noch die gleichen Leute«, sagte Leitha besorgt, »zwar schwächer, aber es sind tatsächlich dieselben Personen. Entfernen wir uns zehn Meilen, Eliar. Offenbar kann ich weiter hören, als ich dachte.«

»Bist du sicher, dass keine fehlen?«, fragte Khalor.

»Ich würde sie hören, wenn sie sich in unserer Nähe befänden, Sergeant«, versicherte sie ihm.

Sie legten in kürzester Zeit etwa siebzig Meilen zurück, doch Leitha stieß lediglich auf ein paar berittene Spähtrupps.

Gegen Mitternacht hielt sie inne. »Hier!«, rief sie triumphierend. Dann runzelte sie die Stirn. »Nein, das ist wohl doch nicht die Hauptstreitmacht, die du erwartest, Sergeant. Es sind nur zwischen drei- und vierhundert Mann. Sie scheinen zu feiern.«

»Ein alter ansunischer Brauch«, erklärte Khalor. »Ich glaube nicht, dass eine ansunische Armee je nüchtern in eine Schlacht gestürmt ist.«

»Wenn es nur etwa vierhundert sind, ist das vermutlich eines der Ablenkungsmanöver, von denen du gesprochen hast, Khalor«, meinte Albron.

»Wahrscheinlich.« Khalor nickte. »Machen wir weiter.«

»Einen Augenblick!«, rief Leitha plötzlich.

»Was ist?«, fragte Althalus.

»Ich habe soeben Pekhal berührt!«, zischte sie. »Und Gelta ebenfalls!«

»Wo?«, fragte Khalor aufgeregt.

»Ich bin mir nicht sicher. Warte.« Sie hob das Gesicht zu den Sternen.

»Ich kann mir nicht vorstellen, dass sie dort oben sind, Leitha«, sagte Andine.

»Pssst«, warnte Leitha. »Ich versuche über dieses besoffene Gegröle hinweg zu hören.« Wieder runzelte sie die Stirn und konzentrierte sich mit aller Kraft. Schließlich lächelte sie. »Oh, das ist schlau«, murmelte sie bewundernd.

»Was führen sie im Schilde?«, fragte Althalus.

»Es gibt da eine gewaltige Höhle im Hügel, etwa eine halbe Meile von hier. Eine ganze Stadt würde Platz darin finden. In dieser Höhle warten Tausende von Männern und Pferden. Ich spüre, dass ihr Hauptangriff direkt hier stattfinden wird – doch erst lange nach Sonnenaufgang. Jene, die sich näher an diesen Gräben sinnlos besaufen, wissen überhaupt nichts von der Armee in der Höhle. Sie bilden sich ein, dass sie einer der Ablenkungstrupps sein werden, von denen du gesprochen hast, Sergeant. Ich nehme an, Koman steckt dahinter.«

»Wer ist Koman?«, fragte Häuptling Albron.

»Einer von Ghends Helfern. Er hat die gleiche ›Gabe‹ wie ich. Jedenfalls muss es jemand sein, der weiß, wie man diese Gabe anwendet. Er hat viel Lärm und das Grölen Betrunkener zwischen mir und der Armee veranstaltet, und die Felsen um die Höhle dämpfen die Geräusche der Männer und Pferde im Innern. Ich wäre vielleicht gar nicht darauf gekommen, wären nicht Koman und dieser abtrünnige Priester Argan ins Freie getreten, um ungestört ein Gespräch zu führen. Sie haben ihre eigene, nicht sehr schmeichelhafte Meinung über Pekhal und Gelta. Ich gewann den Eindruck, dass sie sich des Öfteren absondern, um ihren Gefühlen Luft zu machen; aber darum geht es hier nicht. Jedenfalls ist dies der Ort, von dem aus der Angriff erfolgen wird. In der Morgendämmerung werden diese Besoffenen mit ihrem Ablenkungsmanöver beginnen. Sie werden knapp außerhalb der Reichweite unserer Pfeile herumfuchteln, Krach machen, Fackeln schwenken und schließlich davonreiten. Anschließend kommt es zu weiteren Ablenkungsmanövern an anderen Stellen. Eine Stunde nach Sonnenaufgang werden die in der Höhle…« Sie unterbrach sich abrupt. »Wartet!«, zischte sie. »Etwas stimmt nicht!« Erschrocken holte sie Luft. »Passt auf!«, rief sie dann. »Sie benutzen ihre Türen!«

Althalus schaute wild um sich und bemerkte ein kurzes Flackern oberhalb des Grabens. Dann riss Khnom eine Tür weit auf. Hinter Ghends kleinwüchsigem Knecht sah er flüchtig eine Stadt ganz aus Feuer. Doch schon stieß Gelta Khnom aus dem Weg und stürmte, ihre archaische Steinaxt schwingend, in den Graben.

»Eliar!«, brüllte Althalus. »Hinter dir!«

Doch Geltas primitive Waffe sauste bereits auf den Kopf des jungen Arumers herab.

Auf Althalus' Warnung hatte Eliar sich halb umgedreht, und Geltas Axt traf seinen Hinterkopf. Er stürzte mit dem Gesicht voran in den lehmigen Boden.

Gelta kreischte triumphierend, während Khnom noch auf sie zustürmte, um sie zurück zu dem grässlichen Portal zu ziehen.

Als die zwei die offene Tür erreichten, hallte Ghends Stimme aus den feurigen Gewölben Nahgharashs wider. »Damit bist du außer Gefecht gesetzt, Althalus!«, frohlockte er.

Das Portal an der Rückseite des Grabens verschwand, und nur das Echo von Ghends hämischem Gelächter war noch für kurze Zeit zu hören.

25

»*Nein!*«, schrie Andine gellend. Sie rannte zu ihrem gefallenen Liebsten, warf sich neben seinen reglosen Körper auf die Knie und drückte ihn hilflos weinend an sich.

»Schaff sie weg von ihm, Althalus!«, befahl Dweias Stimme in seinem Kopf. »Sie macht es nur schlimmer!«

»Er lebt noch?«, fragte Althalus stumm.

»Natürlich! Beeil dich, Althalus!«

Althalus zog die verzweifelte junge Frau fort von Eliar. »Hör auf, Andine!« Er zwang sich zur Ruhe. »Eliar ist nicht tot, aber schwer verwundet, also schüttle ihn nicht so!«

»Zieh dich zurück, Althalus«, wies Dweia ihn an. »Ich muss mit Leitha reden.« Er spürte, wie sie ihn aus dem Weg schob. »Leitha«, befahl sie, »ich möchte, dass du genau tust, was ich dir sage.«

»Es war eine Hinterlist!«, jammerte Leitha. »Ich hätte erkennen müssen, dass es zu einfach war!«

»Für Selbstvorwürfe haben wir jetzt keine Zeit. Ich muss wissen, wie schlimm Eliar verletzt ist.«

»Ich habe versagt, Dweia«, schluchzte Leitha. »Alles, was mit dieser Höhle zu tun hatte, war eine Falle, und ich bin geradewegs hineingetappt.«

»Hör auf!«, befahl Dweia scharf. »Versetz dich sofort in Eliars Gehirn. Ich muss wissen, was du darin siehst.«

Leithas Blick verlor sich wie in weiter Ferne. »Da ist nichts, Dweia«, meldete sie hilflos. »Sein Geist ist völlig leer.«

»Ich sagte ›Gehirn‹, Leitha, nicht ›Geist‹. Geh ganz tief. Hier, mach es so.« Eine Reihe unerklärlicher Bilder flimmerte in Althalus' Kopf.

»Ist das möglich?«, staunte Leitha.

»Tu es einfach! Steh nicht herum und stell dumme Fragen. Ich muss wissen, wie schwer verletzt er ist.«

Leithas bleiches Gesicht verzerrte sich vor Anstrengung.

»Nicht so!«, hörte Althalus seine Stimme in Dweias Tonfall sagen. Weitere Bilder zuckten durch sein Bewusstsein.

»Oh«, murmelte Leitha. »Jetzt verstehe ich. So etwas habe ich bisher noch nie getan.« Ihr Gesicht entspannte sich und ihr Blick wirkte abwesend. »Blut«, sagte sie. »Es ist sehr dunkel. Es quillt ganz hinten in seinem Gehirn.«

»Ist es viel? Sprudelt es hervor?«

»Nein, so stark nicht, aber es ist mehr als nur ein Sickern.«

»Das habe ich befürchtet. Wir müssen ihn fortbringen, Sergeant Khalor. Heben wir ihn aus dem Graben und tragen ihn in einen warmen, gut beleuchteten Raum.«

»Ihr seid nicht mehr Althalus, oder?« Khalor starrte ihn an.

»Ich bin es, Dweia. Ich muss Althalus als Mittelsmann benutzen, denn die Zeit reicht nicht, dass ich selbst kommen könnte. Ruf einige Männer, die Eliar tragen sollen, aber befiehl ihnen, behutsam zu sein.«

»Könnt Ihr ihn heilen? Diese hässliche Hexe hat ihm einen harten Hieb verpasst.«

»Zum Glück nicht hart genug. Er hat in dem Augenblick, als sie zuschlug, den Kopf gedreht. Aber wir müssen ihn schnellstens an einen Ort bringen, wo wir ihn behandeln können.«

»Gebhel hat ein Zelt auf dem Hügel hinter dem Graben stehen lassen, Sergeant«, meldete Albron sich zu Wort. »Er benutzte es als Befehlsstand, während seine Männer diesen Teil der Gräben aushoben.«

»Besser als nichts«, brummte Khalor. »Ich hole ein paar Männer.«

»Da gibt's so einiges, das ich nicht ganz verstehe.« Häuptling Albron blickte Althalus leicht verwirrt an.

»Dweia spricht durch Althalus zu uns, Häuptling Albron«, erklärte Bheid. »Sie ist im Haus und wir sind hier. Vermutlich gäbe es andere Möglichkeiten sich zu verständigen, doch dies dürfte die schnellste sein – und die am wenigsten beunruhigende für die Männer um uns. Eine aus dem Nichts erschallende Stimme würde viel Aufsehen erregen. Sie sprach anfangs nur durch Althalus zu uns.«

»Sie kann Eliar doch heilen, nicht wahr?«, fragte Albron besorgt. »Ohne seine Türen sind wir hier wahrscheinlich verloren.« Dann blickte er Althalus scharf an. »Darum ging es doch von Anfang an, nicht wahr? Diese ganze Sache mit den betrunkenen Ansunern jenseits des Tales und der Höhle voll Männer und Pferde war nur eine List, uns zu diesem Teil der Gräben zu locken, damit sie Eliar töten konnten. Ohne Eliar und die Türen können wir uns nicht wirkungsvoll verteidigen.«

»Das wird sich ändern, sobald wir Eliar wieder auf den Beinen haben.«

»Und was ist, wenn uns das nicht gelingt?«

»Bitte fangt nicht mit ›was ist, wenn …‹ an, Häuptling Albron«, bat Althalus ihn müde. »Wir haben schon Sorgen genug.«

Gebhels Befehlsstand war ein großes Zelt mit mehreren Feldbetten, einem bauchigen Ofen und einem Tisch, auf dem Karten und Diagramme lagen. Die sechs Arumer, die Sergeant Khalor damit beauftragt hatte, trugen Eliar auf einer rasch zusammengebastelten Bahre hinein und legten ihn behutsam mit dem Gesicht nach unten auf eines der Feldbetten.

»Komm herein, Leitha«, hörte Althalus die stumme Aufforderung Dweias an das bleiche Mädchen. »Du und Althalus müsst jetzt zusammenarbeiten. Eliars Gehirn blutet und das Blut kann nirgends abfließen. Es wäre vielleicht günstiger gewesen, hätte Gelta ihn mit der Schneide getroffen, weil das Blut herausrinnen könnte, doch so kann es nirgendwo hin und verursacht Druck. Wenn das zu lange andauert, wird der Druck Eliars Hirn zerquetschen und ihn töten.«

»Willst du damit sagen, dass wir ihm die hintere Seite seines Kopfes abnehmen müssen, Em?«, fragte Althalus erschrocken.

»Mach dich nicht lächerlich, Althalus. Wir können den Druck durch zwei kleine Löcher im Hinterkopf ablassen. Sobald Leitha den genauen Ort der Blutung festgestellt hat, benutzt du ein Wort aus dem Buch, um diese Löcher zu öffnen.«

»Das ist alles?«, fragte Althalus. »Es hört sich schrecklich einfach an – als würde ein Handwerker ein Abzugsrohr einsetzen.«

»Das kommt der Sache ziemlich nahe.«

»Und das wird ihn heilen? Ich meine, mehr ist nicht erforderlich?«

»Ein bisschen schon noch, aber das können wir erst tun, wenn der Druck weg ist. Fangt endlich an! Jede Minute zählt. Zunächst aber brauchen wir besseres Licht. Benutz *›leuk‹*, Althalus. Das Zeltdach soll auf die gleiche Weise glühen wie die Kuppel des Turmgemachs.«

»Gut. Brauchen wir sonst noch etwas?«

»Lass einen dieser Wekti-Hirten holen. Wir benötigen bestimmte Pflanzen für einen Umschlag und ein paar andere, um einen Heiltrank zu brauen. Die Schäfer kennen sich mit den hiesigen Pflanzen besser aus als die Arumer.«

»Gher«, sagte Althalus nun laut, »such diesen rothaarigen Schäfer Salkan und bring ihn hierher. Und beeil dich!«

»Sofort.« Gher flitzte aus dem Zelt.

»Wir müssen Eliars Hinterkopf scheren, bevor wir anfangen können«, sagte Dweia.

»Bheid, ist dein Rasiermesser scharf?«, fragte Althalus.

»Selbstverständlich, Althalus.«

»Gut. Dweia möchte, dass du Eliars Hinterkopf glattrasierst.«

»Althalus!«, protestierte Andine.

»Schick sie schlafen, Althalus«, wies Dweia ihn an. »Sag *›leb‹*. Sie würde nur im Weg sein, außerdem sollte sie ohnehin nicht zusehen.«

»Stimmt«, bestätigte Althalus stumm. Dann sagte er laut: »Andine?«

»Ja?«

»*›Leb‹*, Andine. *›Leb‹*.«

Ihre Augen wurden blicklos, und sie sank in seinen Armen zusammen. Er trug sie zur anderen Seite des Zeltes und legte sie sanft auf eines der unbenutzten Feldbetten.

»Wie sollen wir es jetzt angehen, Dweia?«, erkundigte Leitha sich.

»Sobald Bheid den Hinterkopf des Jungen glattrasiert hat, wirst du die Punkte finden, an denen das Gehirn blutet. Dann drückst du einen Finger darauf, um Althalus zu zeigen, wo genau sie sind. Danach wird Althalus mit dem Wort *›bher‹* ganz behutsam kleine Löcher durch Eliars Schädeldach bohren. Durch diese Löcher tritt das Blut aus, und der Druck lässt nach.«

»Hat man so etwas schon einmal getan, Dweia?«, fragte Leitha.

»Noch nicht sehr oft«, gestand Dweia. »Die meisten Leute, die von sich behaupten, Heiler zu sein, sind Scharlatane – oder Schlimmeres – und wissen kaum etwas über die Körperfunktionen. Doch ein paarmal haben sehr begabte Heiler das Problem erkannt. Bedauerlicherweise hatten sie nicht die richtigen Instrumente und kannten außerdem die Gefahr von Ansteckungen nicht. Deshalb säuberten sie auch nicht, was sie an Instrumenten benutzten, ehe sie Löcher in den Kopf des Kranken bohrten. Althalus jedoch wird weder Hammer, Meißel, noch Feuersteinmesser benutzen. Er bohrt mit einem Wort aus dem Buch, und der Umschlag, den wir machen, müsste eine Ansteckung verhindern.«

»Dein ›Müsste‹ gibt mir zu denken, Em. Wenn ich darauf wetten würde, wie stünden die Chancen?«, fragte Althalus.

»Etwa halb und halb – vielleicht ein kleines bisschen besser. Aber wir haben keine Wahl, nicht wahr?«

»Nein, haben wir wohl nicht.«

Gher führte den rotschopfigen Salkan ins Zelt. »Endlich hab ich ihn gefunden«, sagte der Junge. »Wie geht es Eliar?«

»Es ging ihm schon besser.« Bheid wischte sein Rasiermesser an einem zerknüllten Lappen ab.

»Warum schabst du ihm sein Haar ab?«

»Althalus muss an die Haut heran. Da sind die Haare im Weg.«

»Mach dich auf was gefasst! Wenn Eliar aufwacht, jagt er dich mit einem Prügel. Ohne sein Haar wird er komisch aussehen.«

»Wir müssen einen Umschlag machen, Salkan«, erklärte Dweia dem jungen Wekti durch Althalus' Lippen. »Dafür brauchen wir bestimmte Blätter und Wurzeln. Eliar wurde schwer verwundet, und wir wollen verhindern, dass es zu einer Infektion kommt.«

»Ich glaube, ich weiß in etwa, was Ihr brauchen werdet, Meister Althalus«, versicherte ihm der Hirt. »Ich habe schon viele verletzte Schafe geheilt. Geht es Euch nicht gut? Eure Stimme klingt so merkwürdig.«

»Es ist etwas passiert, das nicht hätte geschehen dürfen«, antwortete Dweia. »Es hat auch meine Stimme angegriffen. Aber zurück zum Umschlag – welche Pflanzen verwendest du gewöhnlich dafür?«

Salkan rasselte mehrere Namen herunter, die Althalus nicht kannte.

»Das dürfte ziemlich nahe kommen. Aber vielleicht weißt du auch, wo ein Grünbeerenbaum wächst. Bring mir davon ein paar Beeren.«

»Sie sind giftig, Meister Althalus«, warnte der junge Mann.

»Wir werden das Gift herauskochen«, erklärte Dweia, »und die anderen Heilmittel werden ihm die schädliche Wirkung nehmen. Ein Grünbeerenumschlag verhindert Ansteckung und unterbindet das Bluten. Dann brauche ich noch ein paar andere Pflanzen für einen Heiltrank, den wir Eliar eingeben werden.« Sie nannte die Namen.

»Seid Ihr sicher, dass Ihr wisst, was Ihr tut?«, fragte Salkan zweifelnd.

»Vertrau mir. Geh mit ihm, Gher, und nimm einen Korb mit. Bring uns die Beeren, so schnell du kannst. Sie müssen länger kochen als die anderen Zutaten.«

»Was immer Ihr möchtet …« Dann verließen er und Salkan das Zelt.

»Mach Feuer in dem Ofen, Althalus«, wies Dweia ihn an, »und stell ein paar Töpfe mit Wasser zum Kochen auf. Sobald das Wasser zu brodeln anfängt, sag das Wort ›*gel*‹, um es keimfrei zu machen.«

»Ich dachte ›*gel*‹ lässt etwas gefrieren.«

»Nun, gewissermaßen.«

»Du verlangst von mir, dass ich kochendes Wasser gefriere? Das macht doch keinen Sinn, Em.«

»Tu, was ich dir sage, Schatz. Vertrau mir. Es ist eine Art Reinigung. Wir müssen das mehrere Male tun, während wir den Umschlag machen und den Heiltrank bereiten, den wir Eliar eingeben werden, sobald du ihm die Löcher in den Kopf gebohrt hast. Du musst auch deine Hände mit diesem Heiltrank einreiben. Alles was Eliar berührt, muss vollkommen sauber sein.«

»Das verstehe ich nicht ganz, Em.«

»Sauber ist gut, schmutzig ist schlecht. Hast du auch das nicht verstanden?«

»Sei lieb«, murmelte er.

»Das wird doch nicht für immer so bleiben, Em?« Althalus betrachtete seine Hände. Er hatte sie in dem ungewöhnlichen Sirup gewaschen, den er aus verschiedenen Zutaten gekocht hatte. »Ich bekäme Schwierigkeiten, wenn ich mal in die Situation komme und erklären muss, weshalb meine Hände grün sind.«

»Das Grün schwindet mit der Zeit. So, und jetzt betupf Eliars Hinterkopf damit und fang endlich an. Hör mir gut zu, Althalus. Wir haben nicht vor, mit Wucht in Eliars Schädel vorzustoßen, deshalb musst du das Wort *›bher‹* jedes Mal ganz sanft sagen. Beim ersten Mal sollst du nur die Haut durchdringen, dann gelangst du zu einer sehr dünnen Schicht Fleisch. Mit einem neuerlichen *›bher‹* hebst du diese Schicht ab. Tupf das Blut mit dem Linnentuch ab und wasch diese Wunde ebenfalls mit dem grünen Sirup, bevor du in die Schädelhöhle bohrst. Spül das Loch aus, das du bohrst, um die Knochensplitter zu entfernen.«

»Das sind wir schon mehrere Male durchgegangen, Em.«

»Einmal mehr wird nicht schaden. Wir müssen sichergehen, dass du weißt, was du tust, bevor du anfängst. Ich möchte, dass du sofort aufhörst, wenn du durch das Schädeldach gedrungen bist. Zwischen dem Knochen und dem Gehirn ist eine feste Haut. Spül auch hier gründlich aus, erst dann darfst du weiter vordringen. Noch Fragen?«

»Ich kann mir nicht vorstellen, dass wir irgendetwas ausgelassen haben, Em.«

»Gut. Dann fang zu bohren an.«

Hoch spritzendes Blut traf Althalus ins Gesicht.

»Sein Herz ist kräftig«, stellte Dweia fest, als Althalus sich das Blut aus dem Gesicht wischte.

»Wie erkennt Ihr das?« Leithas lautlose Stimme hallte in Althalus' Kopf wider.

»Bei jedem Herzschlag spritzt Blut empor.«

»Ihr Damen seid schon ziemlich kaltblütig«, sagte Althalus gereizt. »Das hier ist Eliar! Wir sprechen nicht von einem löchrigen Eimer.«

»Sei nicht so gefühlsduselig, Althalus«, rügte Dweia. »Leg jetzt den Umschlag auf die Wunde und bohr dann auch ein Loch auf der linken Seite.«

»Wie viele, glaubst du, brauchen wir insgesamt?«

»Das hängt davon ab, was Leitha feststellt, nachdem wir mit diesen zweien fertig sind. Der Umschlag müsste das Blut in den beiden Löchern stillen, und dann dürfte Leitha imstande sein, mögliche weitere Wunden zu entdecken.«

»Wie kann der Umschlag die Blutung stillen, Dweia?«, erkundigte Leitha sich.

»Er ist ein Adstringens, ein Mittel, das die Blutgefäße zusammenzieht. Ein wenig vergleichbar mit sauren Früchten, die einem den Mund pelzig machen. Deshalb brauchten wir die Grünbeeren. Sie sind gar nicht so giftig, wohl aber so sauer, dass die Leute meinen, sie müssten tödlich sein. Mach dich wieder an die Arbeit, Althalus! Du wirst nicht fürs Herumstehen bezahlt.«

»Bezahlt? Ich werde nicht bezahlt, Em.«

»Darüber reden wir ein andermal. Bohre, Althalus, bohre.«

»Was habt ihr getan?«, rief Andine heftig, als sie den dicken Verband um Eliars Kopf sah.

»Das willst du gar nicht wirklich wissen, Liebes«, beruhigte Leitha sie. »Es war ziemlich eklig.«

»Dann sagt mir wenigstens, was ihr mit *mir* angestellt habt!«

»Althalus hat dich einschlafen lassen, Andine«, erklärte Bheid. »Du warst schrecklich aufgeregt, und Dweia wollte nicht, dass du dich einmischst und noch mehr erregst.«

»Wie sehr liebst du Eliar, Andine?« Dweia bediente sich erneut Althalus' Stimme.

»Ich würde für ihn sterben.«

»Das wäre jetzt nicht sehr sinnvoll, Liebes. Ich möchte, dass du ihm ein Heilmittel eingibst. Das ist nicht viel anders, als ihn zu füttern, wie du es in letzter Zeit getan hast. Du und Bheid werdet das übernehmen, denn Althalus und Leitha müssen Khalor und Albron helfen, die Ansuner in Schach zu halten, bis Eliar wieder auf dem Damm ist.«

»Ihr braucht mir nur zu sagen, was ich tun soll, Dweia«, versicherte Andine.

»Siehst du das Schüsselchen auf dem Tisch und das Glasröhrchen?«

»Ist das brauner Sirup in der Schüssel?«

»Nicht direkt, Liebes. Es ist das Heilmittel. Eliar muss regelmäßig davon bekommen.«

»Dreimal täglich oder so?«

»Nein, viel öfter und regelmäßig und jeweils nicht viel mehr als ein paar Tropfen. Dafür ist das Glasröhrchen da. Ein Strich um das Röhrchen zeigt an, wie viel du ihm einflößen musst. Du nimmst das Röhrchen, tauchst es bis zu diesem Strich in das Heilmittel und legst einen Finger über das obere Ende des Röhrchens. Dann schiebst du es Eliar in den Mund und nimmst den Finger weg. Dadurch tropft das Mittel in seinen Mund. Versuch es einmal, damit du weißt, wie es geht.«

Andine trat an den Tisch und tauchte das Röhrchen in die sirupartige Flüssigkeit. Dann verschloss sie es oben mit einem Finger. »So?«, fragte sie.

»Genau richtig.«

Andine schob das Röhrchen in Eliars Mund und hob den Finger. »Das ist einfach«, sagte sie zuversichtlich. »Wie oft muss ich das tun?«

»Einmal nach hundert Herzschlägen.«

»Meinen Herzschlägen?«

»Nein, Andine, du bist ja gesund. Bruder Bheid wird sich an die andere Seite des Bettes setzen und die Hand auf Eliars Herz legen, damit er die Schläge zählen kann. Bei hundert wird er dich dann auffordern, Eliar sein Mittel zu geben.«

»Warum flößen wir ihm nicht gleich drei- oder viermal am Tag eine größere Menge ein?«, fragte Bheid.

»Weil der Sirup leicht giftig ist und eine Überdosis nicht gut für ihn wäre.«

»Und was genau bewirkt dieses Mittel?«

»Es hebt die schädliche Wirkung des Grünbeerenumschlags auf, mit dem Althalus die Blutung gestillt hat. Das Gehirn benötigt Blut, Bruder Bheid, deshalb dürfen wir den Fluss nicht völlig unterbinden. Wir wagen uns da an eine sehr unbestimmte Grenzlinie zwischen zu viel und zu wenig Blut.«

»Wie lange müssen wir das tun?«, fragte Andine.

»Wahrscheinlich zehn, im Höchstfall zwanzig Stunden. Passt genau auf – ihr beide. Diese regelmäßigen Dosen sind ungeheuer wichtig. Ohne sie könnte Eliar tiefer in die Bewusstlosigkeit sinken und nie wieder erwachen.«

»Wenn es stimmt, was Ihr sagt, ist das vielleicht gar nicht die Stelle, wo der Hauptangriff auf die Gräben stattfindet.« Sergeant Khalor blickte Althalus besorgt an. »Wenn dieser ganze Lärm und die Höhle eine Hinterlist waren, um Eliar zu genau dieser Stelle zu locken und ihn zu töten, könnten sie mit ihrer Hauptmacht ganz woanders zuschlagen.«

»Solche Schlussfolgerungen wären etwas zu scharfsinnig für Pekhal und Gelta, Sergeant«, widersprach Althalus. »Sind sie noch in der Höhle, Leitha?«, fragte er das blonde Mädchen.

»Ja. Ich kann zwar nicht viel hören, das Sinn ergibt, aber es befinden sich offenbar noch genauso viele Personen in der Höhle wie zuvor.«

»Es sind nur noch zwei Stunden bis zum Morgengrauen«, überlegte Khalor laut. »Sie müssten sich bereits in Marsch setzen, wenn sie uns irgendwo anders angreifen wollten. Besteht die Möglichkeit, dass Eliar bis dahin wieder auf den Beinen ist?«

»Damit würde ich nicht rechnen, Sergeant«, antwortete Althalus.

»Nun, wir haben auch früher Kriege ohne ihn geführt.« Khalor zuckte die Schultern. »Gebhels Barrikaden und diese Wekti-Hirten können überall entlang der Gräben Angriffe abwehren, bis wir Verstärkung heranschaffen. Wenn es nicht anders geht, müssen wir es eben so machen.«

»Emmy!« Althalus sandte einen suchenden Gedanken aus, während er und Leitha der Grabenlinie folgten.

»Brüll nicht so, Althalus«, schalt sie ihn.

»Entschuldige. Kannst du sehen, was sich im Zelt tut?«

»Natürlich.«

»Wie geht es Eliar?«

»Die Blutung an der Oberfläche ist gestillt. An ein paar Stellen sickert noch ein bisschen Blut, aber wir haben es gut im Griff.«

»Bekommt sein übriges Gehirn genug Blut?«

»So weit ich es sehen kann, ja.«

»Gut. Es wird wohl noch eine ziemliche Weile dauern, bis er wieder völlig hergestellt ist, nicht wahr?«

»Offensichtlich. Warum fragst du?«

»Dass Khalor die Schlacht von deinem Fenster aus leitet, ist in dem Moment unmöglich geworden, als Gelta Eliar auf den Schädel schlug, also müssen wir uns etwas anderes einfallen lassen. Khalor hat Gebhel gesagt, er hätte Späher, welche die Ansuner im Auge behielten. Das entsprach natürlich nicht der Wahrheit, da Khalor selbst sie beobachten wollte – durch dein Fenster. Da dies nicht mehr möglich ist, müssen wir ein paar Änderungen vornehmen. Khalor kommt nicht an dein Fenster heran, aber dir steht es zur Verfügung. Also wirst du das Kundschaften für uns übernehmen müssen. Du gibst an mich weiter, was du siehst, ich sag es Khalor, und er kann Boten zu Gebhel schicken, um ihn auf dem Laufenden zu halten. Erfüllt das nicht den gleichen Zweck wie ursprünglich geplant?«

»Wahrscheinlich, ja. Benutz ein paar von diesen Wekti-Hirten als Boten. Schäfer sind notgedrungen schnelle Läufer. Ich glaube, Salkan wäre eine gute Wahl.«

»Er wird nicht sehr erfreut darüber sein, Em. Der junge Hitzkopf will mit seiner Schleuder auf die Ansuner losgehen! Trotz aller frommen Anweisungen, die Yeudon ihm erteilte, bin ich sicher, dass Salkan nicht die Absicht hat, Steine an Pferde zu vergeuden. Bestimmt hat er vor, häufig daneben zu werfen und statt der Pferde Ansuner zu töten.«

»Ein Grund mehr ihn aus den Gräben zu holen, Schatz. Wir wollen Exarch Yeudon ja nicht mehr als nötig in Bestürzung bringen. Stellen wir diesen Botendienst auf. Trödle nicht, Althie. Der Morgen graut bereits am östlichen Horizont. Es kann nicht mehr lange dauern, bis es ziemlich laut wird.«

»Sieben-tausend-sieben-hundert-und-sieben-und-siebzig«, murmelte Leitha, »sieben-tausend-sieben-hundert-und-sieben-und-siebzig Achtel, geteilt durch sechzehn und ein Viertel«, fügte sie fast geistesabwesend hinzu.

»Was macht dieser vermummte Kerl, Khalor?«, fragte Sergeant Gebhel heftig.

»Er ist ein Rechenkünstler«, log Khalor und zuckte die Schultern. »Er arbeitet an einer Flugbahn für Katapultgeschosse.«

»Ich habe diese Leute nie verstehen können«, gestand Gebhel. »Sie reden fast nur in Zahlen. Manchmal glaube ich, dass sie sogar Witze in Zahlen erzählen.«

»Ich habe nicht viel Zeit, Gebhel«, erinnerte ihn Khalor. »Meine Kundschafter haben mir die Stellen mitgeteilt, wo die Ansuner sich sammeln. Das hier liegt ziemlich in der Mitte. Vielleicht möchtest du da deinen Befehlsstand errichten?«

Gebhel blickte nach Osten, wo der Himmel sich aufzuhellen begann; dann schaute er auf die flackernden Fackeln über dem Tal. »Das ist offenbar nicht die Stelle, wo ihre Hauptmacht meine Gräben stürmen wird«, meinte er. »Niemand fuchtelt mit Fackeln an einem Ort herum, den er geheim halten will.«

»Darauf würde ich nicht schwören, Gebhel«, entgegnete Khalor. »Vielleicht sollen wir genau *das* denken.«

»Stimmt.« Gebhel nickte. »So was Ähnliches hab ich selbst schon ein paarmal gemacht.«

»Hauptsache, du bist für alles bereit.« Khalor drehte sich um und deutete zu einem Hügel hinter ihren Gräben. »Dort oben beziehe ich Stellung. Es sind immer noch einige meiner Kundschafter unterwegs. Ich habe eine Reihe von Signalen mit ihnen ausgemacht, damit sie mich in Kenntnis setzen können, wie der Stand der Dinge ist. Ich schicke einen Wekti-Schäfer zu dir, der dir alles meldet, was wir herausgefunden haben.«

»Wie geht's dem jungen Eliar?«

»Er ist immer noch bewusstlos. Diese hässliche Hexe hat ihm übel mitgespielt. Zwei Heilkundige betreuen ihn, aber es ist noch verfrüht zu erkennen, ob er völlig genesen wird.«

»Dann können wir nur hoffen.« Gebhel blickte nach Osten. »Es wird bald Tag, Khalor, wir sollten uns besser auf unsere Posten begeben – auch wenn es kein aufregender Krieg zu werden verspricht.

Ich habe schon manches Mal gegen ungeschickte Gegner gekämpft, doch diese Ansuner sind an Dummheit nicht zu übertreffen.«

»Sie sind Reiter, Gebhel«, schnaubte Khalor abfällig. »Ihre Pferde übernehmen den größten Teil des Denkens für sie.« Er schaute zum Osthimmel. »Du hast Recht, es wird heller. Ich sollte zusehen, dass ich den Hügel hinaufkomme. Der junge Bursche, der mein Bote sein wird, hat feuerrotes Haar. Du wirst ihn auf Anhieb erkennen, wenn er sich nähert.«

Gebhel nickte. »Gut. Und jetzt steh mir nicht mehr im Weg herum, Khalor, ich habe zu tun.«

»Eliar scheint es schon ein klein wenig besser zu gehen«, wandte Häuptling Albron sich statt einer Begrüßung an Khalor, Althalus und Leitha, als diese das Zelt erreichten. »Er atmet bereits kräftiger.«

»Wir müssen diesen Jungen rasch wieder auf die Beine kriegen«, sagte Khalor. »Ich habe eine riesige Armee in den Korridoren des Hauses zusammengezogen und kann nicht einen Mann davon einsetzen, ehe Eliar so weit genesen ist, die Türen für sie zu öffnen.«

»Ich glaube, Gebhel ist tüchtig genug, die Ansuner lange Zeit aufhalten zu können, Khalor«, meinte Albron.

»Althalus«, murmelte Dweia, »bring Leitha ins Zelt. Sie soll einen raschen Blick in Eliars Kopf werfen.«

»Wird gemacht, Em«, antwortete er stumm. Dann sagte er laut: »Sehen wir uns den Jungen an, Leitha.«

»Ist gut.«

»Dweia muss mit dir reden«, murmelte er, nachdem sie das Zelt betreten hatten.

»Ja, ich habe sie gehört.«

»Mach Platz, Althalus«, befahl ihm Dweias Stimme.

Er seufzte. »Ja, Liebes.«

»Jetzt«, sagte Bheid müde zu Andine.

Die zierliche Arya schob das Glasröhrchen in den Mund des jungen Arumers.

»Dring wieder in seinen Kopf ein, Leitha«, wies Dweia sie an. »Beschreib mir, was du siehst.«

Leitha nickte. Althalus verspürte ein eigenartiges Tasten und hörte so etwas wie ein Murmeln. »Was ist das für ein merkwürdiges Geräusch?«, fragte er.

»Unterbrich sie nicht, Althalus«, rügte Dweia. »Sie ist gerade sehr beschäftigt.»

»Die Blutung scheint aufgehört zu haben«, meldete Leitha. »Nein, wartet!« Sie runzelte leicht die Stirn, und wieder spürte Althalus so etwas wie ein Tasten. »Da ist immer noch eine Stelle, aus der ein wenig Blut dringt. Sie ist nicht sehr groß und befindet sich tief im Innern.«

»Ist sein Bewusstsein zurück?«, erkundigte Dweia sich.

»Nun – gewissermaßen«, antwortete Leitha. »Es ist ein wenig losgelöst. Ich glaube, er träumt.«

»Das bedeutet, dass er zu sich kommt«, sagte Dweia nachdenklich. »Bruder Bheid, es ist an der Zeit, die Vorgehensweise zu ändern. Zähle zwischen den Verabreichungen des Mittels bis zweihundert.«

»Geht es ihm schon besser?«, fragte Andine hoffnungsvoll.

»Die Blutung ist fast völlig gestillt, Liebes«, erklärte Leitha.

»Wird er bald aufwachen?«

»Noch lange nicht, Andine«, antwortete Dweia. »Er träumt jetzt, aber das ist nicht mehr als der erste Schritt. Gib ihm weiterhin regelmäßig das Mittel ein, bis er sich rührt. Dann genügt es, wenn du jeweils vierhundert Herzschläge wartest. Sobald er aufwacht und etwas sagt, rufst du sofort Leitha und hörst auf, ihm das Mittel einzuflößen. Ich komme dann wieder hierher und sehe ihn mir an.«

»Wäre es nicht besser, wenn Ihr hier bleibt, Dweia?«, meinte Bheid.

»Vermutlich, aber da ist auch noch dieser kleine Krieg, Bruder Bheid. Genau wie um Eliar muss ich mich auch darum kümmern.«

Khalor und Albron spähten über das Tal, wo die betrunkenen Ansuner im ersten Morgenlicht ihre Pferde sattelten.

»Wie geht es Eliar?«, erkundigte sich Albron.

»Ich glaube, er ist über den Berg«, antwortete Althalus, »aber das heißt noch nicht, dass er bereits genesen ist.«

»Ich will Euch ja nicht kritisieren, Althalus«, sagte Khalor, »aber warum habt Ihr darauf beharrt, dass ich diesen Salkan als Bote nehme? Er ist vermutlich ein netter Junge, aber er kann kaum ein Schwert von einem Speer unterscheiden.«

»Wir wollen ja auch nicht, dass ein ausgebildeter Soldat die

Nachrichten an Gebhel übermittelt. Koman belauscht da draußen unsere Gedanken, und Salkan wird jedes Mal zwei Botschaften tragen, wenn er zu Gebhels Gräben läuft, eine für Gebhel und eine ganz andere für Koman. Übt schon mal ein langes Gesicht, meine Herren. Dweia ist fast sicher, dass Eliar sich erholen wird, aber ich werde Salkan sagen, dass keine Hoffnung mehr für ihn besteht. Ghend soll auf keinen Fall herausfinden, dass Eliar sich auf dem Weg der Besserung befindet. Dann nämlich würde er seine gesamten Streitkräfte gegen die Gräben vorrücken lassen, um zu siegen, ehe Eliar wieder auf den Beinen ist. Ist er dagegen überzeugt, dass Eliar im Sterben liegt, wird er sich Zeit lassen und versuchen, seine Verluste niedrig zu halten. Eliar braucht diese Zeit, um sein Bewusstsein wiederzuerlangen, und Salkans falsche Botschaften verschaffen uns diese Zeit.«

»Hat dieses Heilmittel nicht gewirkt?«, fragte Salkan.

»Ich fürchte nein, Salkan«, erwiderte Althalus düster. »Eliars Zustand hat sich verschlechtert. Er wird es wohl nicht schaffen. Sergeant Khalor braucht deshalb jemand, der Eliars Platz als Bote einnimmt.«

»Ein Grund mehr, diese Ansuner allesamt zu töten, nicht wahr?«, rief der Rotschopf hitzig. »Eliar war mein Freund, und diese Schufte haben ihn umgebracht!«

»Im Krieg werden Menschen getötet, Salkan«, grollte Sergeant Khalor. »Das ist nun mal so.«

»Was befiehlst du, General Khalor?« Salkans jungenhaftes Gesicht wurde hart.

Althalus zog Leitha zur Seite. »Und?«

»Er ist unendlich begeisterungsfähig«, antwortete sie. »Er versteht nicht wirklich, was vor sich geht, aber er wird alles tun, was man ihm sagt. Er ist schrecklich aufgeregt über diesen Krieg – und sehr zornig darüber, was Eliar angetan wurde.«

»Gut. Könnte ihm auffallen, dass manches sich nicht reimt?«

»Ich glaube nicht. Er ist sehr erregbar und hat tiefsten Respekt vor Khalor. Er wird alles tun, was der Sergeant ihm befiehlt. Zurzeit ist er so aufgebracht, dass seine Gedanken wirr sind. Koman wird ihnen nicht sehr viel entnehmen können – außer der Geschichte, die Ihr gerade über Eliars Zustand erfunden habt.«

»Also verdient er sich seinen Sold.«

»Ihr bezahlt ihn tatsächlich?«

»Vielleicht – wenn es den Anschein hat, dass wir ihn im nächsten Krieg brauchen.«

26

Allmählich wurde es heller in Sergeant Gebhels Gräben und entlang dem gegenüberliegenden Kamm, doch im Tal dazwischen herrschte noch Dunkelheit. Die betrunkenen Ansuner auf der anderen Seite des Hanges zündeten Feuer an und schwenkten ihre Fackeln. Ihr Kriegsgebrüll hallte von den nahen Hügeln wider.

»Vorsicht ist offenbar nicht Teil des ansunischen Wesens«, bemerkte Albron. »Nur ein Narr würde annehmen, dass diese brüllenden Verrückten da drüben die Hauptstreitkraft sind.«

Khalor nickte beipflichtend. »Sie übertreiben zwar ein bisschen, aber sie sind wirklich ziemlich besoffen. Genau hier wird der Hauptangriff auf Gebhels Gräben stattfinden, und der trunkene Lärm da drüben soll uns glauben machen, dass es nicht der Fall ist. Unser Hauptproblem liegt darin, dass Gebhel sich wahrscheinlich täuschen lässt, und ich kann ihn nicht auf diese Truppen in der Höhle hinweisen, da Koman jede Botschaft erlauscht, die ich zu den Gräben hinunter sende. Würden die feindlichen Generäle auch nur ahnen, dass wir von der versteckten Armee dort drüben wissen, würden sie sofort ihre Pläne ändern und anderswo zuschlagen.«

»Gebhel ist kein Neuling in diesem Spiel, Sergeant Khalor«, erinnerte Althalus den Arumer. »Ich bin sicher, er ist schlau genug, sich von dem Theater da drüben nicht täuschen zu lassen.«

»Trotzdem wäre ich beruhigter, hätte er mehr Männer in seinen Gräben«, entgegnete Khalor düster. »Aber ich wage es nicht, ihm irgendwelche rätselhaften Botschaften zu senden.«

Gher zupfte Althalus am Ärmel. »Fragt Emmy, ob sie da drüben bei der Höhle nicht Nebel machen könnt'.«

»Das könnte ich, Gher«, antwortete Dweia durch Althalus, »aber warum?«

»Ich weiß nicht sicher, ob's was bringen wird, aber manchmal schaut Nebel doch wie Rauch aus, nicht wahr?«

»Nicht sehr, nein. Worauf willst du hinaus, Gher?«

»Ich hab mir gedenkt, dass wir nicht wirklich Späher da drüben in der Nähe der Höhle haben, und Koman kann uns nicht hören, weil Leitha Zahlen wirr durcheinander aufsagt, und das macht ihn wild. Er kann nur eins wirklich hören: was Salkan Sergeant Gebhel sagt. Wenn wir wollten, könnten wir vorten, dass wir einen Spitzel da drüben haben und …«

»Vorten?«, fragte Althalus verblüfft.

»Ich glaube, er meint ›vortäuschen‹, Althalus«, murmelte Dweia. »Wenn Gher aufgeregt ist, neigt er dazu, Wörter zusammenzuziehen.«

»Sprich weiter, Gher«, forderte Althalus ihn auf, »aber so, dass wir es verstehen können.«

»Also: Emmy legt Nebel vor die Höhle, und Sergeant Khalor hört von seinem vorten Späher, dass Rauch aus der Höhle kommt und schickt sofort Salkan zu Sergeant Gebhels Graben, damit er ihm auszurichtet, dass jemand in der Höhle ist, aber man nicht sagen kann wie viele. Ghend schaut dann schnell nach und sieht den Nebel und wird glauben, dass unser vorten Späher nicht gescheit genug ist, dass er den Unterschied zwischen Nebel und Rauch kennt. Darum tät er nur denken, dass Sergeant Khalor einen Fehler gemacht hat. Sergeant Gebhel gehört nicht zu denen, die sich auf Wagestücke einlassen, drum wird er extra Männer herrufen, denn es könnt ja eine Armee in der Höhle sein. Ghend wird vielleicht fluchen, weil wir einen Fehler gemacht haben, aber er tät nicht wissen, dass wir 's bestimmt wissen, drum wird er keinen Grund sehen, warum er seine Pläne ändern sollt', nicht wahr?«

Sergeant Khalor blickte blinzelnd zum Osthimmel und kratzte nachdenklich seine Wange. »Dieser Junge ist unbezahlbar, Althalus«, murmelte er schließlich. »Dumme Fehler wie der, den er gerade beschrieben hat, passieren in Kriegen ständig, darum sind sie nicht außergewöhnlich. Gebhel wird bleiben, wo er ist, und Koman wird es nicht im Geringsten ungewöhnlich finden. Ghend kommt um den Überraschungseffekt und das Ganze führt zur Belagerung von Gebhels Gräben. Das dürfte Eliar die Zeit geben, die er zur Genesung braucht. Sobald er wieder auf den Beinen ist, können wir zu unserem ursprünglichen Plan zurückkehren.«

»Dann hab ich 's gut gemacht?«, vergewisserte Gher sich eifrig.

»Sehr gut, Junge.« Khalor grinste. »Such Salkan, dann kann's losgehen.«

Das stahlgraue Licht der Morgendämmerung senkte sich in das Tal unterhalb von Sergeant Gebhels Gräben, und die volltrunkenen Ansuner am gegenüberliegenden Hang taumelten zu ihren Pferden, um mit ihrem Ablenkungsangriff zu beginnen. Aus irgendeinem Grund lachten sie schallend.

»Sie benehmen sich, als wäre es ein Witz für sie«, bemerkte Albron.

»Auf seltsame Weise ist es auch so, mein Häuptling«, entgegnete Khalor. »Wir sollen dieses Ablenkungsmanöver nicht ernst nehmen – das ist zumindest beabsichtigt. Ich glaube jedoch nicht, dass Ghend jetzt lacht. Ich kann mir vorstellen, dass Ghers nebeliger Rauch ihm an diesem Morgen jeden Spaß nimmt.«

Die Ansuner kletterten in ihre Sättel und galoppierten den Hang hinunter auf Sergeant Gebhels äußere Befestigungen zu. Ihr Kriegsgeheul war mit Lachen vermischt.

»Wird Gebhel überhaupt auf diesen Ablenkungsangriff achten?«, fragte Albron.

»Ich denke schon«, antwortete Khalor. »Die Ansuner mögen das ja für lustig halten, aber Gebhel versteht im Krieg keinen Spaß. Ich bin sicher, er hat schon einen Empfang für sie vorbereitet.«

Als die Ansuner den Fuß des Hanges erreichten, schnellten Gebhels Katapulte Körbe voll schweren Steinen in die Luft über den Angreifern.

»Ich wett', das tut scheußlich weh«, murmelte Gher, als die Steine auf die Ansuner herunterhagelten.

»Davon bin ich überzeugt«, pflichtete Althalus ihm bei.

»Sie machen sich bereit!«, meldete Leitha, als die Sonne am Osthorizont aufging. »In wenigen Minuten werden sie aus der Höhle kommen.«

»Das ist närrisch!«, rief Khalor. »Sie wissen doch, dass sie uns nicht mehr überraschen können! Was hält Ghend davon?«

»Ghend ist nicht in der Höhle, Sergeant«, antwortete Leitha. »Gelta erteilt dort den Befehl.«

»Das erklärt es, Sergeant.« Althalus nickte. »Gelta ist immer noch für ›brandschatzen-kämpfen-töten‹, wenn es um Strategie geht. Sie ist fast so dickschädelig wie Pekhal. Hat sie irgendeine Art Plan, Leitha?«

»Nichts wirklich Vernünftiges. Sie wird ihre Leute zur Hügelkuppe auf der anderen Seite führen und warten, bis sie alle deutlich sichtbar aufgereiht sind. Daraufhin wird ihr Trompeter uns ein Ständchen spielen, und dann stürmen sie den Hang herunter.«

»Typisch Reiterei.« Khalor zuckte die Schultern. »Gher, sag Salkan, er soll zu Gebhel hinunterlaufen und ihm melden, dass die Ansuner sich zum Sturm bereitmachen.«

»Bin schon unterwegs, Sergeant Khalor.«

»Da kommen sie!« Althalus deutete über das flache Tal.

Die ansunischen Reiter tauchten soeben auf dem gegenüberliegenden Grat auf. Dort hielten sie an, schwangen ihre Schwerter oder Lanzen und erhoben ihr Schlachtgeheul.

»Typisch Reiterei«, sagte Khalor nochmals abfällig.

»Was ist typisch, Sergeant?«, fragte Albron.

»Dieses ganze Getue da drüben. Ich weiß gar nicht, woran es liegt, dass Leute, die auf einem Pferd sitzen, unbedingt angeben müssen. Ein guter Soldat verhält sich ruhig, bis der Kampf beginnt. Diese unreifen Burschen da drüben ertragen allein die Vorstellung nicht, dass man sie nicht bemerken könnte. Ein Reitersoldat wendet mehr Zeit und Mühe auf, gesehen zu werden, als fürs Kämpfen.«

»Gut für den Gegner, denn es erleichtert den Bogenschützen die Arbeit«, fügte Althalus hinzu.

»Das stimmt allerdings«, bestätigte Khalor. »Es erklärt vielleicht auch, warum nur wenige Reitersoldaten ihren einundzwanzigsten Geburtstag erleben.« Dann lachte er. »Na gut, wenn mein Gegner sich dumm anstellt, umso besser für mich.«

Die Trompeten schallten über das Tal und die ansunische Reiterei begann ihren Sturm. Schlachtrufe brüllend und Waffen schwenkend donnerten sie den Hang hinunter. Gelta überwachte sie auf ihrem Streitross vom Kamm aus. Sie spornte die Reiter schreiend an und schwang ihre Streitaxt.

Es war sehr beeindruckend, als die soeben aufgegangene Sonne auf den Säbelklingen der Ansuner, die den Hang herabstürmten, glühte und blitzte. Doch das änderte sich schlagartig, als sie den Fuß des Hanges erreichten. Pferde stürzten und wälzten sich auf dem Boden – und häufig auch über ihre Reiter.

»Was geht da unten vor?«, fragte Albron. »Ich dachte, die Schäfer würden ihre Schleudern erst einsetzen, wenn die Pferde näher heran sind.«

»Stolperseile«, erklärte Khalor. »Nach dem Täuschungsmanöver im Morgengrauen schickte Gebhel ein paar Männer hinunter, um Pflöcke in den Boden zu schlagen und dazwischen Seile zu spannen. Das hohe Gras verbirgt die Seile, sodass die Pferde sie nicht bemerkten. Hätten die Ansuner auch nur ein bisschen Verstand, hätten sie das Gras vor ihrem Sturm niedergebrannt. Jetzt müssen sie ein wenig vorsichtiger vorgehen. Das wiederum wird sie langsamer und zu einem leichteren Ziel für die Hirten machen.«

Aus dem Sturm der Ansuner war vorsichtiges Traben geworden, und das Kriegsgeheul klang nicht mehr sehr überzeugend, als Salkan, dessen rotes Haar in der aufgehenden Sonne glühte, den Berg hinauf eilte. »General Gebhel hat gestattet, dass meine Jungs sich die Ansuner vornehmen dürfen, General Khalor«, rief er stolz. »Ich habe ihnen ausgerichtet, auf die Pferde zu zielen, nicht auf die Männer. Manche waren gar nicht erfreut darüber. Offenbar denken sie nicht mehr wie Schäfer.«

»Kriege verändern die Menschen«, entgegnete Khalor.

»Sie sind nicht alle aus der Höhle gekommen«, meldete Leitha. »Etwa ein Drittel hält sich dort noch auf.«

»Ausgeruhte Männer und Pferde als Unterstützung für später«, erklärte Khalor. »Habt Ihr irgendwo in der Nähe Fußsoldaten geortet, Leitha?«

Leitha hob leicht das Gesicht und ihre Augen blickten scheinbar in weite Ferne. »Noch nichts«, antwortete sie nach einem Moment. »Stimmt etwas nicht, Sergeant?«

»Sie machen das nicht richtig«, sorgte Khalor sich. »Pekhal ist zwar nicht der Gescheiteste, aber selbst er müsste wissen, dass es ein sträflicher Fehler ist, eine befestigte Stellung nur mit Reiterei einnehmen zu wollen. Lauscht auf Fußtruppen, Leitha. Die Dinge laufen jetzt gut für mich, beinahe zu gut, und ich möchte keine Überraschungen erleben.«

Nachdem sie die Stolperseile entfernt hatten, stürmten die Ansuner weiter und folgten unüberlegt Häuptling Albrons Trichter, die nicht mehr so viele Hindernisse aufwiesen.

In den Gräben tat sich erst etwas, als sie die kaum sichtbaren Markierungen Albrons entlang der Hangseite erreichten. Nun aber kletterten Salkans Schäfer aus den Gräben, die Schleudern wurfbereit. Auf einen scharfen Befehl Gebhels sandten sie einen Steinhagel auf die Angreifer.

Sofort brach in den vorderen Reihen ein wildes Durcheinander aus, als zahllose Pferde um sich tretend den Hang hinunterrollten und die nachfolgenden Reitersoldaten behinderten. Das Kriegsgebrüll wich dem schmerzlichen Wiehern verletzter Tiere und den verstörten Schreien der Reiter, und der Sturm stockte.

Schließlich brach der Angriff zusammen. Die Ansuner warfen sich herum und ergriffen die Flucht.

Die schallende Stimme Geltas, der Königin der Nacht, war unüberhörbar. Sie ließ sich lang und breit über »Feigheit« und »Unfähigkeit« aus und bezog die Vorfahren und wahrscheinlichen Nachfahren ihrer Ansuner mit ein. Geltas Wortwahl war überaus anschaulich.

»Ich weiß von vielen dieser Wörter nicht einmal, was sie bedeuten«, gestand Häuptling Albron.

»Ihr seid ein feiner Herr, mein Häuptling«, erinnerte ihn Khalor. »Ihr sollt auch gar nicht wissen, was sie bedeuten.«

»Werden sie es noch einmal versuchen?«

»Ganz sicher«, antwortete Khalor. »Das ist ja der Zweck ihrer Stimmgewaltigkeit. Ich vermute, dass vor Sonnenuntergang noch zwei weitere Angriffe stattfinden.«

»Werden sie denn nicht erst diese Hindernisse aus dem Weg räumen?«

»Dafür sind sie ja gedacht, mein Häuptling. Das Entfernen eines jeden Pflocks und jedes Eurer Büsche wird Gelta das Leben eines Mannes oder eines Pferdes kosten. Aber ich glaube nicht, dass sie das sehr berührt.«

»Warum setzen sie denn keine Katapulte oder Enterhaken ein, um die Hindernisse wegzuräumen?«

Khalor zuckte die Schultern. »Auf diese Idee sind sie wahrscheinlich noch gar nicht gekommen. Man sieht selten, dass Reitersoldaten Katapulte hinter sich her ziehen. Sie halten das vermutlich für ein Zeichen der Schwäche.«

»Er hat Recht, Häuptling Albron«, sagte Leitha betrübt. »Das Leben ihrer Leute bedeutet Gelta nicht das Geringste. Es macht ihr sogar Spaß, sie sterben zu sehen.«

»Das ist Wahnsinn!«

»Es ist sogar noch schlimmer«, entgegnete Leitha. »Ich tue mein Bestes, mich von einigen Gedanken Geltas fern zu halten. Der Anblick von Blut – gleichgültig wessen – erweckt in ihr Gefühle, die ich lieber nicht beschreiben möchte.«

Von den Schreien und Flüchen der Königin der Nacht angetrieben, stürmten die Ansuner den mit zugespitzten Pfählen gespickten Hang hinauf. Ihre Verluste waren ungeheuer. Die Leichen von Männern und die Kadaver von Pferden lagen dicht an dicht auf der unteren Hälfte des Hanges verstreut. Althalus bemerkte jedoch zornig, dass die scheinbar sinnlosen Angriffe die Verteidigungslinien schwächten. »Wenn sie so weiter machen, werden sie bei Einbruch der Nacht in den Gräben sein«, teilte er Khalor seine Besorgnis mit.

»Wohl kaum«, widersprach der Sergeant. »Wir haben Gebhel nicht zum Zuschauen angeheuert.«

Bis zum Spätnachmittag hatten die verzweifelten Angriffe der Ansuner, von den letzten paar Reihen abgesehen, alle Pflöcke und ineinander verflochtene Höllenbüsche entfernt. Dann riefen Geltas Trompeten ihre Truppen auf den gegenüberliegenden Hügel zurück.

»Haben sie aufgegeben, General Khalor?«, fragte Salkan.

»Nein, Junge. Sie lassen ihren Pferden nur ein bisschen Zeit, sich zu erholen. Die Hindernisse sind zum größten Teil entfernt und die Sonne wird bald untergehen. Ich nehme an, dass Gelta noch einen Angriff befehlen wird. Wahrscheinlich ist sie überzeugt, dass ihre Männer diesmal den Durchbruch schaffen.«

»Wir müssen etwas unternehmen, General!«

»Gebhel hat bereits etwas unternommen, Salkan. Die Ansuner wird eine ziemlich unangenehme Überraschung erwarten, wenn sie diesen Hang heraufstürmen.«

»Was für eine Überraschung?«, fragte Albron.

»Haltet die Augen auf, mein Häuptling. Schaut zu und lernt.«

Die Sonne näherte sich dem westlichen Horizont, als Geltas Trompeten wieder erschallten und die Ansuner losstürmten. Die meisten Hindernisse waren überwunden, und die Ansuner galoppierten mit Trimphgebrüll den nahezu freien Hang hinauf.

Da rollten ihnen Dutzende mit spitzen Pflöcken gespickte Baumstämme entgegen.

»Das ist einer der Hauptgründe, Gräben entlang eines Kamms auszuheben, Häuptling Albron«, erklärte ihm Khalor. »Kommt nicht oft vor, dass etwas hangauf rollt, meistens rollt es hinunter. Ein zwanzig Fuß langer Baumstamm wiegt ungefähr eine Tonne, wenn nicht mehr. Wenn man Löcher hineinbohrt, Pflöcke hineinschlägt, sie anspitzt und den Stamm dann rollen lässt, macht er jedem, der seinen Weg kreuzt, das Leben sehr ungemütlich.«

»Ich dachte, diese gespickten Stämme wären nur Teil der Befestigungsanlagen«, murmelte Albron.

»Das dachten die Ansuner offenbar auch, mein Häuptling. Ich vermute, es ist das erste Mal, dass sie es mit ausgebildeten Fußsoldaten zu tun bekommen. Wir haben alle möglichen netten Überraschungen für sie bereit.«

Die gespickten Stämme rollten und hüpften die Hügel hinunter und zermalmten und verkrüppelten Pferde. Der ansunische Angriff geriet ins Stocken; dann wendeten die völlig verstörten Reiter ihre Tiere und flüchteten.

Auf dem gegenüberliegenden Hügel stieß die Königin der Nacht wieder ohrenbetäubende Verwünschungen aus.

»Ich glaub', die mag dich nicht sehr, Sergeant Khalor«, meinte Gher.

Khalor grinste boshaft. »Ist das nicht bedauerlich?«

»Fangt Ihr inzwischen irgendwelche Gedanken Pekhals auf?«, wandte Khalor sich an Leitha.

»Seit früh am Morgen nicht die geringsten, Sergeant«, antwortete sie. »Wohl aber Hinweise von anderen, dass er sich entfernt hat.«

»Das habe ich befürchtet«, brummte Khalor.

»Stimmt etwas nicht, Khalor?«, fragte Albron.

»Ich nehme an, er ist unterwegs, um Fußsoldaten zu holen. Ihr habt ja gesehen, was heute geschah. Reiterei kann bei Befestigungen wie der unseren praktisch nichts ausrichten. Falls Pekhal mit einer Armee Fußsoldaten zurückkehrt, fürchte ich, dass es morgen ziemlich unangenehm wird.«

»Eliar erwacht, Althalus«, murmelte Dweia in seinem Kopf. »Schauen wir, wie er zurechtkommt. Nimm Leitha mit, ich brauche sie vielleicht.«

»Ist gut, Em.« Althalus winkte Leitha zu sich und beide betraten das beleuchtete Zelt.

»Er bewegt sich ein wenig«, rief Andine ihnen hoffnungsvoll entgegen. »Also wird er wieder gesund, nicht wahr?«

»Das wird sich zeigen«, antwortete Dweia. »Flöß ihm jetzt alle vierhundert Herzschläge ein Röhrchen voll ein. Einige dieser Pflanzen sind nicht ganz ungefährlich, deshalb dürfen wir ihm nicht mehr geben, als unbedingt sein muss.«

»Ihr habt uns nicht gesagt, dass diese Kräuter giftig sind!«, beschuldigte Andine sie.

»Fast jede Arznei ist giftig, Andine – jedenfalls, wenn man zu viel davon nimmt. Wir haben ihm das Heilmittel, das nur für ihn gebraut ist, seit gestern Nacht regelmäßig eingegeben, deshalb bin ich sicher, dass der Genesungsprozess bald einsetzt. Es wäre schließlich nicht viel geholfen, hätten wir sein Gehirn geheilt, dafür aber sein Herz angehalten, nicht wahr?«

»Er wird gleich aufwachen, Dweia«, meldete Leitha. »Er kann uns reden hören, versteht jedoch nicht recht, was wir sagen.«

»Was glaubst du, Em, wann er wieder auf den Beinen sein wird?«, fragte Althalus stumm.

»Ein paar Tage wird's schon noch dauern – wahrscheinlich eine Woche.«

»Emmy!«, rief er bestürzt. »Wir brauchen Zugang zu den Türen! Wenn Pekhal Fußsoldaten für den Angriff auf die Gräben sammelt, bleibt uns keine Woche!«

»Beruhige dich, Althalus. Sobald Eliar wach ist, kann er die Türen zum Haus öffnen. Und wenn er erst hier ist, hat er alle Zeit der Welt, vollkommen zu genesen. Im Haus kann ich mit der Zeit machen, was mir beliebt!«

»Das habe ich ganz vergessen«, gestand er. »Eliar wird nicht einmal gehen müssen, nicht wahr? Bheid und ich können ihn tragen. Er selbst muss nur imstande sein, den Türknauf zu berühren. Sobald er im Haus ist, kannst du ihm Monate geben, sich völlig zu erholen, während hier nicht mal eine Minute vergeht.«

»Althalus tut sich wirklich nicht leicht mit solchen Fragen, was meint Ihr, Dweia?«, murmelte Leitha.

»Schon gut«, entgegnete Althalus gereizt. »Die Aufregung hat mir zu schaffen gemacht, das ist alles. Ich fühlte mich von Zeitmangel bedroht, seit Gelta dem armen Eliar auf den Schädel geschlagen hat. Ich werde mich viel besser fühlen, wenn Emmy mir die Sorge um die Zeit abnimmt.«

»Mir tut der Kopf weh«, klagte Eliar schwach und schlug die Augen auf.

»Er ist wach!«, jubelte Andine und umarmte den Verletzten stürmisch.

»Hör sofort auf damit, Andine!«, befahl Dweia.

»Tut mir leid«, entschuldigte Andine sich. »Es ist nur ...« Sie verzog das Gesicht. »Ihr wisst schon, was ich meine.«

»Was ist passiert?«, fragte Eliar, »und wo sind wir hier?«

»Khnom öffnete an der Rückseite des Grabens eine Tür, Eliar«, erklärte ihm Leitha, »und Gelta rannte heraus, schlug dir die Axt auf den Kopf und verschwand wieder durch die Tür, ehe wir sie erwischen konnten.«

»Das erklärt wohl meine Kopfschmerzen«, murmelte der junge Arumer.

Gher schaute durch die Zelttür. »Ich hab Eliars Stimme gehört. Er ist also wach?«

»Leise, Gher!«, zischte Althalus. »Salkan darf nicht erfahren, dass Eliar wieder bei Bewusstsein ist.«

»Oh, natürlich!« Gher blickte sich rasch um. »Das hätte ich fast vergessen.« Er trat ein.

»Wie lange war ich weggetreten?«, fragte Eliar.

»Fast einen ganzen Tag«, antwortete Bheid. »Gelta hat dir gestern gegen Mitternacht diesen Schlag verpasst, und jetzt ist die Sonne längst wieder untergegangen.«

»Oh, deshalb ist es so dunkel. Gibt es einen bestimmten Grund, weshalb wir keine Lampen anzünden? Schleichen Feinde auf der Suche nach uns in der Gegend herum?«

»Was redest du da, Eliar?«, fragte Andine erschrocken. »Es ist nicht dunkel hier im Zelt. Das ganze Dach strahlt.«

»Davon merke ich nichts, Andine. Ich kann nicht einmal die Hand vor den Augen sehen.« Er hielt die Rechte vors Gesicht und bewegte die Finger. »Ich glaube, ich bin blind.«

»Das hatte ich befürchtet«, wandte Dweia sich stumm an Althalus.

»Das verstehe ich nicht, Em. Gelta hat seinen Hinterkopf getroffen, nicht sein Gesicht. Wie kann der Schlag da etwas mit seinen Augen zu tun haben?«

»Seine Augen sind wahrscheinlich vollkommen in Ordnung, Althalus, aber der Teil seines Gehirns, der ihnen das Sehen ermöglicht, befindet sich genau dort, wo Gelta ihn getroffen hat. Offenbar arbeitet dieser Teil jetzt nicht.«

»Können wir den Schaden nicht irgendwie beheben?«

»Ich weiß es nicht, Althalus. Eliar ist dort und ich bin hier. Wenn ich ihn ins Haus zurückbringen könnte, ließe sich vielleicht etwas machen. Aber er ist der einzige, der die Tür zum Haus öffnen kann, und um sie zu öffnen, muss er sie sehen.«

»Sieht so aus, als befinden wir uns in großen Schwierigkeiten, Em. Wir könnten zwar eine Bahre machen und ihn zum Haus tragen, aber dazu würden wir Monate oder länger brauchen, und inzwischen hat Ghend Wekti an sich gerissen – und den größten Teil von Medyo ebenfalls. Danach wird er Richtung Westen marschieren und nichts wird ihn aufhalten – schon deshalb nicht, weil jeder unserer arumischen Söldner im Haus festsitzt.«

»Ich arbeite daran, Althalus.«

»Arbeite schneller, Liebes. Das hier macht nicht mehr viel Spaß.«

»Gibt es denn nicht irgendeine Möglichkeit, dass Dweia …?«, begann Häuptling Albron kläglich.

Althalus schüttelte den Kopf. »Nicht ohne die Türen. Der Dolch ist der Schlüssel zu ihnen, und diesen Schlüssel hat Eliar; aber er kann ihn nicht sehen und deshalb nicht einsetzen. Dweia hat sich das mit dem Dolch einfallen lassen, um ihrem Bruder Daeva den Zutritt zum Haus zu verwehren.«

»Wir sind noch nicht tot, Althalus«, sagte Sergeant Khalor zuversichtlich. »Ich habe einen Kurier zu Kreuter gesandt und ihn gebeten, so schnell wie möglich hierher zu kommen. Ich bin sicher, dass Gebhel bis zu seiner Ankunft durchhalten kann.«

Da trat Leitha aus dem Zelt.

»Wie geht es Eliar?«, erkundigte sich Häuptling Albron.

»Unverändert. Er kann nichts sehen. Ich habe soeben etwas erfahren, das ihr Herren wissen solltet. Pekhal ist zurück. Er war in Regwos und brachte eine Armee Fußsoldaten mit.«

»Wie nahe sind sie?«, fragte Khalor.

»Sie sind bereits in der Höhle. Pekhal und Gelta machen eifrig Pläne für morgen.«

»Ich muss so viel über diese Pläne wissen, wie Ihr herausfinden könnt, Leitha«, sagte Khalor düster. »Aber ich fürchte, dass morgen kein sehr erfreulicher Tag für uns sein wird.«

Althalus stand im Zelt und schaute abwesend zu, wie Andine Eliar fütterte. »Em«, sandte er seinen Gedanken aus.

»Ja?«, antwortete sie sofort.

»Besteht nicht vielleicht eine Möglichkeit, dass ich das Buch benutze, um Eliars Augenlicht wiederherzustellen? Vielleicht wenn ich ihm befehle zu sehen und dabei das richtige Wort sage, könnte ich die Verletzung umgehen und dadurch erreichen, dass er wieder sieht, selbst wenn das tatsächlich nicht ganz der Fall ist.«

»Nein, Althalus. Vielleicht würde es dir gelingen, dass er wahrnehmen kann, was *du* siehst, aber das würde unser Problem nicht lösen, da die Türen sich dir ja nicht zeigen. Es besteht eine Verbindung zwischen Eliar und dem Dolch, die es ihm gestattet, diese Türen zu sehen und zu benutzen. Die einzige Möglichkeit, durch die unser unmittelbares Problem sich vielleicht lösen ließe, wäre, wenn du …« Sie hielt inne, und langes Schweigen setzte ein.

»Ist dir etwas eingefallen, Em?«, fragte Althalus voller Hoffnung.

»Vielleicht«, antwortete sie. »Mir gefällt die Idee zwar nicht, weil mit ziemlicher Sicherheit etwas unterbrochen wird, das sehr wichtig ist, aber wir haben wohl keine andere Wahl.«

»Du sprichst in Rätseln, Em.«

»Stör mich jetzt nicht, Althalus. Ich muss mich konzentrieren und mir etwas ausdenken, das uns aus diesen Schwierigkeiten bringt.«

Sergeant Khalor und Häuptling Albron standen in Leithas Nähe, als Althalus aus dem Zelt trat. Beide beobachteten das bleiche Mädchen eindringlich.

»Hat sie bereits etwas herausfinden können?«, fragte Althalus die beiden Arumer leise.

»Nichts von Bedeutung«, antwortete Khalor. »Ich glaub, sie streiten noch.«

»Seid still«, rügte Leitha sie scharf. »Wenn ihr reden wollt, geht woanders hin.«

»Verzeih«, entschuldigte Khalor sich.

Sie warteten, hielten fast den Atem an.

»Ah!«, sagte Leitha. »Endlich sind sie zu einer Einigung gelangt. Ghend hat ein bisschen nachhelfen müssen.«

»Ist Ghend dort?«, fragte Althalus.

Sie schüttelte den Kopf. »Nur seine Stimme war kurz zu hören, er selbst ist sehr weit weg.«

»Worüber haben sie sich gestritten?«, wollte Häuptling Albron wissen.

»Sie planen für morgen Früh eine kleine Überraschung für Sergeant Gebhel – und für diese Überraschung wollen sowohl Pekhal als auch Gelta sorgen. Ghend hat Pekhal damit beauftragt, und darüber ist Gelta nicht allzu glücklich.«

»Was ist das für eine Überraschung?«, fragte Khalor gespannt.

»Sie wollen Gebhels Gräben im ersten Tageslicht von beiden Seiten angreifen.«

»Von rechts und links?«, wollte Albron wissen.

»Nein. Von vorn und hinten.«

»Das ist unmöglich!«, rief Khalor.

»Nicht, wenn Khnom da ist«, widersprach Leitha. »Er wird die Tür hinter Gebhels Gräben öffnen, und Pekhal wird seine Fußsoldaten von dort zum Angriff führen – aber erst nachdem Geltas Reiterei einige dieser sinnlosen Angriffe hangauf unternommen hat.«

»Sie haben den Hang gestern von fast sämtlichen Hindernissen befreit«, erinnerte Albron. »Da könnte Geltas Sturm möglicherweise gar nicht so sinnlos sein.«

»Nein, mein Häuptling«, entgegnete Khalor. »Gebhels Männer haben seit Sonnenuntergang die Pflöcke wieder eingeschlagen, die Stolperleinen befestigt und diese Höllenbuschbarrikaden erneut errichtet. Wenn morgen die Sonne aufgeht, wird Gelta sich genau dem gleichen Problem gegenüber sehen wie gestern. Gelta ist nur Teil eines von Ghend geplanten Ablenkungsmanövers, glaube ich.

Sie soll Gebhels Aufmerksamkeit auf sich lenken, damit Pekhals Angriff von hinten eine vollständige Überraschung wird. Jetzt, da wir davon wissen, können wir Gebhel warnen und er kann entsprechende Schritte unternehmen.« Er runzelte die Stirn. »Es wird viel von ihm fordern. Er muss Trupps aus den übrigen Gräben abziehen, um Pekhal abwehren zu können. Der morgige Tag dürfte sich als sehr interessant erweisen.« Er schaute sich um. »Salkan!«, rief er.

»Ja, General Khalor?«, antwortete der Rotschopf mit schläfriger Stimme.

»Roll dich aus deinen Decken, Junge. Du musst eine Nachricht zu den Gräben bringen.«

»Ja, General«, antwortete Salkan gähnend.

»Wir brauchen Leitha, Schatz«, murmelte Dweia. »Sie könnte der Schlüssel zu unserem derzeitigen Problem sein – aber nur wenn sie bereit ist mitzumachen. Ich weiß nicht genau, wie weit ihre ›Gabe‹ reicht, aber offenbar viel weiter, als nur Gedanken zu belauschen. Sie machte den ersten Schritt, als ich sie zwang, Eliars Geist, also seine Gedanken, von seinem Gehirn zu trennen, um seine Verletzungen zu orten. Der nächste Schritt ist wahrscheinlich sehr schwierig für sie, und vielleicht weigert sie sich – vielleicht weigert sich aber auch Eliar. Ich glaube, du musst mit ihnen reden. Sehr eindringlich.«

»Wozu soll ich sie denn überreden, Em?«

»Leitha unternimmt nichts, Althalus. Sie greift nicht ein. Sie hört nur zu, was andere denken. Wir müssen sie dazu bringen, dass sie tiefer in Eliars Geist dringt – viel tiefer als üblich, wenn sie Geheimnisse anderer zu ergründen versucht – und wenn sie das tut, wird Eliar in ihren Geist dringen. Das wird sie ihm vielleicht verweigern. Leitha hat sich daran gewöhnt, die Gedanken anderer zu vernehmen, weil sie es schon ihr Leben lang tut. Aber die Vorstellung, dass jemand ihre Gedanken wahrnimmt, könnte sie erschrecken.«

»Warum? Sie sollte inzwischen daran gewöhnt sein.«

»An die Vorstellung, ja, aber nicht daran, dass es ihr tatsächlich widerfährt. Der Geist beider wird miteinander verschmelzen, sodass eine dauerhafte Verbindung zwischen ihnen entsteht.«

»So etwas wie die Verbindung zwischen dir und mir?«

»Ja. Und diese Verbindung könnte gewisse zwischenmenschliche Gefühle verändern, die sie jedoch genau so belassen will, wie sie sind. Wir können nur hoffen, dass es nicht dazu kommt, aber Eliars Augenlicht zurückzuerlangen ist zurzeit wichtiger als alles andere.«

27

Als Althalus das Zelt betrat, sagte er in einem Tonfall, der keinen Widerspruch duldete: »Wir haben Dringendes zu erledigen. Emmy wird es euch erklären, also passt gut auf!«

Da nahm Dweia ihn zur Seite. »Empfängst du inzwischen wenigstens einen Lichtschimmer, Eliar?«, fragte sie.

»Nicht den geringsten, Emmy«, antwortete er niedergeschlagen. »Für mich ist es noch so schwarz wie am Grund eines tiefen Brunnens. Ich verstehe nur nicht, wieso ein Schlag auf den Hinterkopf meine Augen blind machen konnte.«

»Weil sich dort der primitivste Teil des Gehirns befindet, Eliar. Sinne wie das Sehen, Hören, Riechen und so weiter. Ein Käfer kann nicht denken, aber er kann sehen. Der vordere Teil deines Gehirns denkt, der hintere veranlasst die einfacheren Dinge.«

»Was können wir tun?«, fragte Andine, in Tränen aufgelöst. »Ich habe noch nie gehört, dass ein Blinder wieder sehend wurde.«

»Wenn die Augen verletzt sind, besteht auch kaum die Aussicht, Liebes«, erklärte Dweia. »Doch Eliars Augen sind völlig unversehrt. Sein Gehirn wurde verletzt, als Gelta ihn mit ihrer Streitaxt traf. Wir haben die gefährliche Blutung gestillt, die durch den Schlag entstanden ist, indem wir die Löcher in seinen Hinterkopf bohrten. Es ist möglich, dass diese Verletzung, die Eliar fast umgebracht hätte, mit dem Verlust seines Augenlichts zu tun hat. Falls es sich nur um einen Bluterguss oder eine Quetschung handelt, wird es mit der Zeit von selbst heilen. Dann wird er wieder sehen können – und wenn er wieder sehen kann, ist er auch imstande, die Türen zu benutzen. Zurzeit kann er das allerdings nicht. Aber ich brauche ihn im Haus, um ihn mir näher anzuschauen und festzustellen, wie ernst seine Verwundung ist.«

»Du sagst ihnen nicht alles, Em, oder?«, fragte Althalus stumm.

»Nicht ganz«, gestand sie. »Wenn die Verletzung an jenem Teil seines Gehirns zu groß ist, wird er wahrscheinlich für immer blind bleiben. Aber behalt das für dich, Althalus.« Dann verdrängte sie ihn aufs Neue und übernahm wieder seine Stimme. »Wir müssen Eliar zum Haus schaffen, doch er ist der Einzige, der mit den Türen umzugehen versteht. Wir befinden uns in einer beinahe ausweglosen Lage. Deshalb brauche ich jetzt Leithas Hilfe.«

»Wie könnte ich ihm helfen, die Türen des Hauses zu sehen?«, fragte Leitha verwundert.

»Indem du ihm deine Augen leihst, Liebes.«

»Sie lassen sich nicht herausnehmen, Göttin.«

»Ich weiß – und er würde sie ohnedies nicht benutzen können, genauso wenig wie seine eigenen.«

»Ich weiß nicht, worauf Ihr hinaus wollt, Emmy.« Eliar hob den Kopf leicht vom Kissen.

»Halt dich ruhig«, befahl Andine und drückte seinen Kopf sanft auf das Kissen zurück, »sonst fängt es wieder an zu bluten.«

»Was genau denkt Eliar jetzt, Leitha?«, fragte Dweia.

»Habt Ihr mir nicht untersagt …?«

»Es handelt sich um einen Notfall, Liebes, also darfst du es jetzt.«

»Nun«, murmelte Leitha und ihre Augen blickten scheinbar ins Leere, »er ist sehr unglücklich. Er ist sicher, dass er den Rest seines Lebens blind bleiben wird, und er wünscht sich, der Axthieb hätte ihn getötet.«

»Na ja …«, wandte Eliar ein, »so in etwa. Als Blinder bin ich für keinen von großem Nutzen, nicht wahr?«

»Hör sofort damit auf!«, rief Andine, umarmte ihn und brach in Tränen aus.

»Beruhige dich, Andine!«, befahl Dweia der zierlichen Arya. »Du bringst uns alle ganz durcheinander. Hast du irgendetwas gespürt, als Leitha durch deinen Geist wanderte, Eliar?«

»Ich weiß nicht recht. Eigentlich hat es sich nur warm angefühlt. Hat das etwas zu bedeuten?«

»Ja. Möglicherweise dauert es gar nicht so lange, wie ich dachte. Sei ehrlich, Leitha, was empfindest du für Eliar?«

Leitha zuckte die Schultern. »Ich liebe ihn.«

»Leitha!«, rief Andine bestürzt.

»Doch nicht so, Andine«, beruhigte Leitha sie. »Ich liebe ihn auf dieselbe Weise wie ich dich liebe – oder Gher. Für Bheid empfinde ich ein wenig anders, aber darüber können wir uns später einmal unterhalten. Wir sind wie eine Familie, weißt du, und es ist normal, dass ein Mensch seine Familienangehörigen liebt. Das erlebe ich immer wieder, wenn ich in den Köpfen anderer lausche.«

»Geh ein wenig tiefer, Leitha«, schlug Dweia vor, »und gib irgendeinen Laut von dir, damit Eliar weiß, dass du dort bist.«

Plötzlich verdüsterte ein Ausdruck tiefen Abscheus Leithas Miene. »Ihr wisst nicht, was Ihr von mir verlangt, Dweia!«, rief sie. »Das kann ich nicht.«

»Wo ist das Problem, Leitha?«, fragte Bheid.

»Du weißt ja nicht, was damit verbunden ist, Bheid«, antwortete sie mit schriller Stimme.

»Du hast Angst vor irgendetwas, nicht wahr, Leitha?«, fragte Andine. »So schrecklich kann es doch nicht sein.«

»Es muss eine andere Möglichkeit geben, Dweia«, sagte das bleiche Mädchen flehend.

»Ich fürchte nein. So schlimm wird es nicht werden, Leitha. Eliar ist ein netter, unkomplizierter junger Bursche, darum wirst du auf nichts stoßen, womit du nicht umgehen kannst.«

»Aber er ist ein Mann, Dweia.«

»Das ist mir nicht entgangen.«

»Würde mir bitte jemand sagen, was hier vorgeht?«, bat Eliar. »Was soll Leitha tun, Emmy? Und warum ist sie so entsetzt darüber?«

»Es ist nichts Ernstes, Eliar«, erwiderte Dweia.

»Ich *muss* es ihm erklären, Dweia!«, entschied Leitha. »Gewisse grundsätzliche Dinge scheint es für Euch nicht zu geben.« Ihre Stimme war tonlos, beinahe unfreundlich.

»Verheimlichst du uns etwas, Em?«, fragte Althalus.

»Sie macht viel Lärm um Nichts«, antwortete Dweia gereizt.

»Nichts?«, brauste Leitha auf. »Ihr habt eine seltsame Erklärung für das Wort ›Nichts‹, Dweia.«

»Ich finde, wir sollten offen darüber reden, Em«, schlug Althalus vor. »Du versuchst da etwas Hinterlistiges, nicht wahr, Kätzchen?«

»Das ist gemein von dir, Althalus!«, fauchte sie.

»Du hast dich selbst verraten, Em. Wo liegt das Problem, Leitha?«

»Wenn ich so tief unter die Oberfläche von Eliars Geist gehe, wie Dweia es verlangt, kann ich nie mehr heraus.« Leitha schauderte. »Sein und mein Geist werden sich aneinander drängen wie verängstigte Kinder, und ich werde nie wieder gänzlich für mich sein.«

»Na und? Wir sind einander sowieso sehr nahe, nicht wahr?«

»So nahe nun auch wieder nicht! Eliar ist ein Mann und ich bin eine Frau. Du wusstest doch, dass es Unterschiede zwischen Männern und Frauen gibt, Althalus?«

»Sei nicht so«, murmelte er. »Bist du sicher, dass du deinen Geist nicht von dem Eliars lösen kannst?«

»Meint Ihr, dass Ihr Euren Geist von dem Dweias lösen könnt?«

Das überraschte Althalus sichtlich. »So weit geht das?«

»Natürlich, Althalus. Es ist das Gleiche.«

»Gibt es denn gar keine andere Möglichkeit, Em?«, fragte er stumm.

»Nein, Althalus. Diese Verbindung zwischen Leitha und Eliar muss bestehen, sonst funktioniert es nicht. Die Sinne befinden sich auf einer tieferen Bewusstseinsebene, deshalb müssen Leithas und Eliars Geist völlig miteinander verschmolzen sein – so wie deiner und meiner.«

»Ich verstehe jetzt, wo das Problem liegt«, sagte Althalus. »Aber vielleicht ist es ja gar kein so großes Problem. Es könnte sich sogar als sehr nützlich erweisen.«

»Was führst du nun wieder im Schilde, Althalus?«

»Sieh zu, Em. Sieh zu und lerne.«

»Das hängt mir bereits zum Hals heraus, Althalus!«

»Ich bin sicher, du kommst darüber hinweg.« Althalus blinzelte die anderen an. »Also gut, Kinder. Mutter ist da eine interessante Idee gekommen, die wir in Erwägung ziehen sollten, ehe wir weitermachen.«

»Mutter?«, fragte Bheid verwirrt.

»Ist sie das nicht?«, erwiderte Althalus. »Ihr alle habt erlebt, wie sie sich verhält. Sie ist wie eine Schwalbe mit einem Nest voll Jungen.«

»Das kommt der Wahrheit durchaus nahe«, meinte Leitha.

»Ich dachte mir, dass du es so siehst, Leitha«, sagte er. »Ich greife nur auf, was du zuvor erwähnt hast. Wir sind eine Art Familie, und das bedeutet, dass Eliar dein Bruder ist und du seine Schwester bist, nicht wahr?«

»Nun …« Leitha runzelte die Stirn.

»Wenn du tiefer in seinen Geist dringst, wird es zu dieser Verbindung kommen, von der du geredet hast, aber ist sie denn nicht bereits vorhanden? Keiner von euch spricht darüber, trotzdem gibt es sie, nicht wahr? Und ist Andine nicht deine Schwester? Auch da besteht eine Verbindung, stimmt's?«

»Ich glaube schon«, gab Leitha zu.

»Warum machst du dann ein solches Getue? Du bist mit Eliar verbunden, seit wir alle Kweron verlassen haben. Du musst es lediglich offen eingestehen. Vielleicht wollen wir das später noch ausweiten und jeden in dieser Familie miteinander verbinden. Das könnte sich als außerordentlich nützlich erweisen. Liebe ist etwas Schönes, Leitha. Du brauchst keine Angst davor zu haben.«

»Ich habe das Gefühl, dass ich auf ausgesprochen schlaue Weise beeinflusst werde.« Leitha wusste nicht, ob sie lachen oder weinen sollte. »Was hältst du davon, Eliar?«

»Ich habe mich immer schon gefragt, wie es wäre, Geschwister zu haben.« Er lächelte ein wenig verlegen. »Ich glaube, wir müssen es sowieso tun, Leitha. Du weißt wie Emmy ist. Außerdem würde ich wirklich gern wieder sehen können.«

Sie strich ihm sanft über die Wange. »Na, dann schauen wir mal, was wir tun können, Bruder«, sagte sie liebevoll.

Leitha ging sehr langsam und scheu vor und manchmal errötete sie heftig, wie auch Eliar. »Es ist wirklich nicht von so großer Bedeutung, Kinder«, versicherte Dweia den anderen. »Das sind nur körperliche Unterschiede. Sie haben wenig mit dem zu tun, was ihr tatsächlich seid. Wir alle sind uns zu jeder Zeit unserer Körper bewusst und diese Bewusstheit sollte euch nicht aus der Fassung bringen.« Sie machte eine Pause, und Althalus spürte, wie sie überlegte. »Fangen wir mit Geschmack und Geruch an«, schlug sie schließlich vor. »Diese Wahrnehmungen sind ziemlich einfach. Geh und hol mir eine Blume, Gher.«

»Irgendeine?«, fragte der Junge.

»Eine mit möglichst starkem Duft.«

»Ich bin gleich wieder da«, versprach Gher und rannte aus dem Zelt.

»Nimm eine von diesen Grünbeeren, Althalus«, wies Dweia ihn

stumm an. »Schweig darüber. Sieh nur zu, dass du sie in Leithas Mund kriegst.«

»Ich dachte, die Beeren sind giftig.«

»Nur wenn man eine Hand voll davon schluckt.«

Althalus winkte knapp, um Leitha auf sich aufmerksam zu machen, dann drückte er rasch einen Finger auf die Lippen.

Sie nickte.

Althalus trat an den Tisch und nahm eine der kleinen Grünbeeren. Damit kehrte er zum Bett zurück, gab sie Leitha und deutete auf ihren Mund.

Wieder nickte sie und schob sie in den Mund. Als sie die Beere zerbiss, verzog sie das Gesicht und kräuselte die Lippen.

»Das schmeckt ja scheußlich!«, rief Eliar. Auch er verzog das Gesicht und versuchte auszuspucken.

»Es ist das Wundervollste, das du je gekostet hast, Eliar«, versicherte Dweia. »Das geht ja großartig!«

Die kleine gelbe Blume, die Gher brachte, damit Leitha daran roch, löste bei Eliar Lachen aus. »Blutest du stark, Gher?«, fragte er den Jungen.

»Bluten?«, erwiderte Gher verwundert.

»Das ist eine Blüte vom Höllenbusch, oder? Sie riecht fast so stechend, wie die Dornen scharf sind.«

»Es funktioniert, nicht wahr, Em?«, jubelte Althalus stumm.

»Bisher ja. Nimm Leitha jetzt zur Seite und flüstere ihr etwas zu. Ihre Nasen und Münder scheinen miteinander verbunden zu sein. Jetzt wollen wir sehen, wie es mit den Ohren ist.«

Nachdem Eliar Wort für Wort wiederholt hatte, was Althalus Leitha zugeflüstert hatte, wies Dweia Althalus an, Leithas Fuß zu kitzeln. Sofort riss Eliar seinen Fuß zurück.

»Vier von vier!«, erklärte Dweia laut. »Jetzt kommen wir zu den wirklich wichtigen. Ich möchte, dass du deine Wange an die von Eliar legst und dass deine Augen so nahe an seinen sind wie möglich. Denk an nichts Besonderes und blicke zum Zeltdach hinauf statt in jemandes Gesicht. Stellen wir erst einmal fest, ob er das Licht sehen kann, bevor wir zu Einzelheiten übergehen.«

Leitha nickte und kniete sich neben Eliars Bett. Dann drückte sie vorsichtig ihr Gesicht an seines.

»Ich kann sehen!«, rief Eliar. »Es ist nicht mehr dunkel!«

»Beweg ganz langsam die Augen, Leitha«, wies Dweia sie an. »Er muss sich hier an einiges gewöhnen. Schau jetzt Andine an.«

»Ist gut«, bestätigte Leitha.

»Sie wirkt irgendwie anders«, beschwerte Eliar sich.

»Leitha sieht sie nicht auf dieselbe Weise wie du, Eliar«, erklärte Dweia. »Frauen sehen Frauen ein wenig anders als Männer. Aber ich glaube nicht, dass wir uns jetzt darüber unterhalten müssen. Kannst du sie deutlich erblicken?«

»Ja, aber irgendwie ist sie nicht mehr im Mittelpunkt.«

»Was soll das heißen?«, fragte Andine verärgert.

»Er wollte dich nicht kränken, Liebes«, beruhigte Dweia sie. »Er sieht dich durch Leithas Augen und die sind nicht genau dort, wo die seinen sind. Es wird ein Weilchen dauern, bis er sich daran gewöhnt hat, aber wenigstens haben wir den schwierigen Teil überstanden.«

Dweia sprach mit ruhiger, gleichmütiger Stimme durch Althalus, doch er wand sich innerlich, als ihr Frohlocken in seinem Kopf widerhallte.

»Dort ist nichts, Eliar«, wehrte Leitha ab und wandte sich wieder dem jungen Mann zu, der auf der Kante des Feldbettes saß.

»Bitte sieh mich nicht an, Leitha«, sagte er schaudernd. »Mir wird übel, wenn ich mich von dort sehe, wo du bist.«

»Entschuldige.« Sie wandte rasch den Blick ab. »Ich kann leider immer noch nichts sehen, was einer Tür auch bloß ähnelt.«

Eliar streckte einen Arm aus und tupfte auf die leere Luft zwischen ihnen. »Aber sie ist doch genau hier! Horch!« Er klopfte mit den Fingerknöcheln, und nun konnten alle hören, dass er auf Holz pochte. Leitha streckte die Hand aus, berührte aber nichts.

»Gerade hast du deinen Arm durch die Tür gesteckt!«, rief Eliar. »Was ist da los, Emmy? Diese Tür ist so fest wie eine steinerne Wand, aber für Leitha war sie offenbar überhaupt nicht da!«

»Die Türen sind nur für dich Wirklichkeit, Eliar«, erklärte Dweia mit der von Althalus geborgten Stimme. »Für niemand sonst – es sei denn, du führst ihn hindurch. Alle möglichen Leute gehen von der einen oder anderen Seite durch die Tür und wissen nichts davon. Der Dolch hat damit zu tun, und er kompliziert die Sache. Kannst du aufstehen?«

»Es geht mir jetzt gut, Emmy – von diesen Kopfschmerzen abgesehen.«

»Steh ganz langsam auf. Leitha und Andine können dich stützen und werden darauf achten, dass du nicht fällst. Du wirst dich jetzt der Augen Leithas bedienen, deshalb wird die Klinke nicht genau dort sein, wo deine Hand sie vermutet. Deshalb musst du ein wenig tasten, bis du sie berührst. Sobald du die Klinke in der Hand hast, öffnest du die Tür, und ihr drei könnt heimkehren.«

»Leitha und Andine werden doch gleich wieder zurückkommen, nicht wahr?«, fragte Bheid.

»Nein, sie bleiben hier bei Eliar und mir.«

»Einen Moment!«, protestierte Althalus. »Wir brauchen Leitha hier. Wir haben bereits die Türen verloren. Wenn wir auch noch unsere Ohren verlieren, geraten wir in wirklich große Schwierigkeiten!«

»Ich brauche Leitha hier viel dringender als ihr sie dort, Schatz. Ihr könnt ein Weilchen ohne sie auskommen, ich dagegen nicht. Lass uns nicht darüber streiten, Althalus. Wir machen es so, wie ich gesagt habe.«

Leitha und Andine halfen Eliar auf die Beine und stützten ihn, während er nach der Türklinke tastete, die nur er zu sehen vermochte. Da schloss seine Hand sich um irgendetwas. »Da ist sie!«, rief Eliar, und die drei verschwanden.

»Wann kommt Leitha zurück?«, fragte Khalor besorgt.

»Das ist leider unbestimmt, Sergeant«, antwortete Althalus. »Es hängt davon ab, wie schwer verwundet Eliar ist. Wenn es nur eine Quetschung ist oder so etwas, das bloß zu heilen braucht, wird es nicht lange dauern. Ist es aber etwas Ernsthaftes, dürfte längere Zeit vergehen. Eliar benötigt Leithas Augen, bis die seinen wieder genesen sind.«

»Ich dachte, Dweia kann die Zeit im Haus anhalten«, meinte Albron.

»Auch das hat etwas mit den Türen zu tun«, entgegnete Althalus. »Ich weiß nicht, was Emmy tun muss, damit Eliar wieder mit den eigenen Augen sehen kann, doch bis es so weit ist, wird die Zeit wahrscheinlich voranschreiten. Es ist alles sehr kompliziert.«

»Jetzt fehlen mir auch noch meine Ohren!«, klagte Khalor.

»Ohne Leitha als Lauscherin habe ich keine Möglichkeit zu erfahren, was der Feind als nächstes versuchen wird.«

»Vielleicht muss Gebhel ganz aus den Gräben hinaus, Sergeant«, überlegte Albron. »Er könnte ein paar Meilen zurückweichen und neue schaufeln.«

»Das hieße nur das Unvermeidbare verzögern, mein Häuptling«, gab Khalor zu bedenken. »Gelta würde ihn weiterhin von vorn angreifen, und Pekhals Fußsoldaten kämen von hinten durch Khnoms Türen.«

»Fällt dir ein Ausweg ein, Sergeant?«, fragte Althalus.

»Es gibt einen sehr *schrecklichen* Ausweg«, antwortete Khalor bedrückt.

»Was willst du damit sagen?«

»Man nennt es den ›Letzten Widerstand‹, Althalus – und schrecklicher geht es kaum noch.« Er schaute sich um. »Wo ist Salkan? Er kennt sich hier besser aus als ich.«

»Wonach suchen wir, Sergeant?«, fragte Albron.

»Einen steilen Hügel, mein Häuptling. Gebhel kann den Grat befestigen und den Feind geraume Zeit aufhalten – zumindest bis Kreuter hier ist. Khnoms Türen werden dort nichts nützen, denn Gebhels Männer haben freien Ausblick in alle Richtungen, infolgedessen gibt es gar keine rückwärtige Seite.«

»Könnten sie Gebhel nicht einfach umgehen und nach Keiwon marschieren?«

»Das wäre keine gute Idee, mein Häuptling. Zwar sind Pekhal und Gelta wirklich nicht allzu klug, doch ich halte nicht einmal diese beiden für so dumm, eine arumische Armee hinter sich zurückzulassen.«

»Was meinst du, wie lange Gebhel in einer solchen Lage durchhalten könnte?«, fragte Althalus.

Khalor zuckte die Schultern. »Mindestens eine Woche – vielleicht sogar zwei, wenn er genug Verpflegung und Wasser hat.«

»Das könnte genügen«, meinte Althalus. »Es hängt alles davon ab, ob Emmy Eliars Augen heilen kann und wie lange sie dazu braucht. Meinst du, Gebhel kann heute durchhalten?«

Khalor nickte. »Da er Pekhal erwartet, wird er Vorkehrungen treffen. Er wird bei Sonnenuntergang noch in seinem Graben sein. Sobald es dunkel ist, holen wir ihn heraus und bringen ihn zu einem schönen steilen Hügel. Der Krieg ist noch nicht vorüber, Althalus. Im Grunde genommen hat er kaum angefangen.«

»Gebhel weiß, was er tut«, versicherte Khalor Althalus, Bheid und Albron, als der erste Hauch von Morgengrauen sich am Osthimmel abzeichnete. »Ohne Leitha werden wir zwar leicht im Nachteil sein, aber wir kennen die Pläne des Gegners so weit, dass wir es schaffen – zumindest heute.«

»Und morgen?«, fragte Albron spitz.

»Das kommt darauf an, ob Althalus und ich einen steilen Hügel finden und wie weit im Hinterland er ist.«

Die Dämmerung warf ihre dunklen Schatten, als Gher und Salkan den Hang von den Gräben heraufkamen.

»Gher sagt, Ihr wollt mich sehen, General Khalor?«, fragte der junge Schäfer.

»Stimmt. Du kennst dich doch in der Gegend ziemlich gut aus, nicht wahr?«

»Ich hüte Schafe in diesem Teil Wektis, General, da ist mir jeder Busch und Stein vertraut.«

»Gut. Ich brauche einen hohen, sehr steilen Hügel, Salkan, fast schon einen Berg. Gibt es eine solche Erhebung in der Nähe?«

Salkan runzelte die Stirn. »Daiwers Turm ist ein paar Meilen südlich von hier. Auf ihn passt die Beschreibung.«

»Wer ist Daiwer?«, fragte Bheid.

»Er war ein verrückter Einsiedler, der vor ein paar hundert Jahren hier gelebt hat, Hochwürden. Man erzählt, dass er sich für den einzigen Menschen auf der Welt hielt, der Gott wahrhaftig liebte, und er glaubte, dass alle anderen Lebenden Knechte des Teufels wären. Als er den steinernen Höcker zum ersten Mal sah, war er überzeugt, dass Gott den Felsen nur für ihn erschaffen hatte. Er ragt gut tausend Fuß aus dem umliegenden Weideland und die Wände sind sehr steil, fast senkrecht.«

»Wie ist dieser Einsiedler dann hinaufgekommen?«, wollte Khalor wissen.

»An der Südseite des Turms ist ein Felssturz, General. Es ist schwierig, hinauf zu gelangen, aber ich habe es selbst einmal geschafft. Jedenfalls, Daiwer kletterte hinauf und hauste in einer Höhle ganz oben. Man erzählt, dass er jedes Mal Steinbrocken den

Felssturz hinunter gerollt hat, wenn jemand hinaufzusteigen versuchte. Ich glaube, er wollte wirklich allein sein.«

»Dort oben müsste eigentlich Wasser sein«, überlegte Khalor laut.

»O ja, General Khalor. Hinter der Höhle gibt es eine Quelle. Ich weiß nicht, wie das Wasser einen Weg dort hinauf findet, aber es ist da – und es ist klar und süß und kalt.«

»Nur ein Rinnsal?«, fragte Khalor.

»Nein, General, es ist eine sprudelnde Quelle.«

»Was meinst du, Khalor?«, fragte Althalus.

»Es klingt ziemlich wie das, wonach ich suche«, antwortete der Sergeant. »Wie wär's, wenn wir es uns ansehen?«

»Ja, das sollten wir. Gebhels Männer haben ein paar frei herumlaufende ansunische Pferde eingefangen. Leih doch drei aus, dann kann Salkan uns zu diesem Turm führen, und wir begutachten ihn.«

Die drei Männer zügelten ihre Pferde, als sie kurz nach Morgengrauen über eine Hügelkuppe kamen und einen steilen Felsen aus dem sanften Hügelland aufragen sahen.

»Wie kann so etwas mitten in diesem Grasland entstanden sein?«, fragte Khalor, während er wie gebannt auf den Gipfel starrte. »Es sieht fast wie ein Berg aus, der sich verirrt hat.«

»Ich glaube nicht, dass das ›Wie‹ eine Rolle spielt, Sergeant«, meinte Althalus, »sondern, ob er für unsere Zwecke geeignet ist.«

»Wenn es uns gelingt, auf den Gipfel zu kommen, ist er genau richtig«, versicherte Khalor. »Falls Gebhel genug Verpflegung hat, kann er diesen Felsen jahrelang halten.«

»Nicht solange ich Häuptling Gweti pro Tag für seine Armee bezahlen muss. Sehen wir uns diesen Felssturz mal an. Salkan ist ja selbst schon fast eine Gämse, und nur weil er da hinauf kommt, heißt das noch lange nicht, dass andere es auch schaffen.«

Die drei kehrten gegen Mittag zu den Gräben zurück. »Wenn Gott Zähne hätte, würde einer davon vermutlich so aussehen, Gebhel«, erklärte Khalor dem glatzköpfigen, bärtigen Krieger Gwetis. »Er ragt gut tausend Fuß aus dem Grasland empor.«

»Ein Steilhang?«, erkundigte Gebhel sich.

»Hang kann man es kaum nennen, Sergeant Gebhel«, warf Althalus ein. »Der Turm, wie er hier heißt, hat nahezu senkrechte Wände. Am Fuß liegen Schutt und Felsbrocken, die bis ins Weideland verstreut sind, und selbst dieser Geröllhang ist abschreckend steil. Und sobald man am Turm ist, meint man, dass höchstens ein Vogel bis zu seiner Spitze gelangen könnte.«

»Wenn meine Männer nicht zum Gipfel hinaufkommen, was soll er uns da nutzen?«, fragte Gebhel gereizt.

»Oh, es gibt eine Möglichkeit hinaufzuklettern«, versicherte Salkan. »Es sieht aus, als wäre irgendwann ein Stück des Gipfels abgebrochen. Dort ist jetzt ein Felssturz. Er ist viel steiler als die Hänge an seinem Fuß und nicht sehr breit, aber es ist uns gelungen, an der Stelle zum Gipfel zu gelangen. Von dort oben sieht man meilenweit!«

»Da muss irgendetwas faul sein«, befürchtete Gebhel. »So etwas Vollkommenes habe ich noch nie gesehen.«

»Er hat kein Dach, Sergeant«, sagte Althalus. »Ihr werdet wohl nass werden, wenn es regnet. Ich kann für ausreichend Verpflegung und Wasser sorgen, nicht aber für Trossknechte und Marketenderinnen.«

»Siehst du«, wandte Gebhel sich an Khalor. »Ich wusste, dass an dieser Sache was faul ist.«

»Was hat sich getan, während wir weg waren?«, erkundigte Khalor sich in ernsterem Tonfall.

»Diese Hexe hat den ganzen Morgen ihre Reiter in den Tod gehetzt.« Gebhel zuckte die Schultern.

»Noch nichts hinter deinen Gräben?«

»Nein. Offenbar haben deine Spione da etwas missverstanden, Khalor. Hinter unseren Gräben hat sich rein gar nichts bewegt. Es sei denn, du erwartest einen Überraschungsangriff durch Hasen.«

»Halt du mal deine Reserven gut versteckt bereit«, riet ihm Khalor. »Du wirst ganz bestimmt noch vor Sonnenuntergang von Fußsoldaten angegriffen.«

Wieder zuckte Gebhel die Schultern. »Wenn du meinst.«

»Hast du schon Pläne für den Rückzug aus den Gräben?«

»Wer braucht denn Pläne, um die Flucht zu ergreifen? Sobald es heute dunkel wird, befehle ich meinen Männern, aus den Gräben zu steigen, und wir ziehen südwärts. Würdest du mir einen Gefallen tun?«

»Gern. Welchen?«

»Borg mir deinen jungen Rotschopf aus. Ich möchte zwei Kompanien meiner Leute auf Gottes Zahn in Stellung bringen. Damit die Männer sich nicht im Stockdunkeln bewegen müssen, würde ein Feuer da oben uns sehr helfen.«

»Klingt vernünftig.«

»Sergeant Gebhel!«, rief einer der Männer aus dem Graben. »Sie kommen wieder!«

»Wenn du mich entschuldigen würdest, Khalor, ich hab da diesen kleinen Krieg, um den ich mich kümmern muss«, brummte Gebhel.

»Selbstverständlich, ich wünsche dir einen angenehmen Tag.«

»Auf deinen Spott kann ich verzichten!«

»Es ist Dweias Idee«, behauptete Althalus, als er mit Khalor und Albron in dem hohen Gras nahe dem Zelt versteckt lag. Tatsächlich hatte er in den letzten Stunden keinen Ton von Dweia gehört.

»Schafe?«, fragte Albron ungläubig. »Ich sehe den Sinn nicht.«

»Sie werden verhindern, dass Koman etwas über die Männer herausfindet, die Gebhel auf der Rückseite dieses Hügels verborgen hat, Häuptling Albron«, erklärte Althalus. »Es gibt auf der Welt nichts Hirnloseres als Schafe. Sie blöken die ganze Zeit. Wenn man es recht überlegt, ist eine Schafherde sogar noch besser als Brüche zusammenzählen, wenn man versucht, einen Geistegel wie Koman aus den Gedankengängen zu vertreiben.«

»Ich habe nicht die Absicht, Euch zu widersprechen«, brummte Khalor. »Wenn Dweia Schafe will, bekommt sie ihre Schafe. Glaubt Ihr, es gibt wenigstens eine kleine Vorwarnung, wenn Pekhal durch Khnoms Türen hinter den Gräben stürmt?«

»Wahrscheinlich nicht.«

»Gebhel hat Vorbereitungen getroffen, Sergeant«, versicherte ihm Albron. »Die Rückseite seiner Grabenlinie ist nicht ganz so ungeschützt, wie es den Anschein haben mag.«

»Ja, auf dem Gebiet ist Gebhel Fachmann«, bestätigte Khalor. »Es wird gar nicht so vieler Hindernisse bedürfen, um Pekhal den Spaß zu verderben. Noch ehe seine Leute fünfzig Fuß weit kommen, wird Gebhels Reserve sich auf sie stürzen.« Khalor hob den Kopf, um über das Tal hinter Gebhels Gräben zu spähen. »Da kommt die Hexe schon wieder!«

Die Königin der Nacht erschien inmitten der ansunischen Armee entlang des fernen Grates. Die Waffe, die sie schwang, schien dieselbe Steinaxt zu sein, mit der sie beinahe Eliar getötet hätte. Sie hielt kurz inne und vergewisserte sich, dass ihre Reiter an Ort und Stelle waren; dann schwang sie ihre primitive Waffe und deutete damit auf Gebhels Gräben. »Zum Sturm!«, rief sie mit schriller Stimme. »Tötet! Tötet! Tötet!«

Ihre Reiterei stieß ein Kriegsgeheul aus, schwang die Säbel und brandete wie eine tosende Welle den Hang hinunter.

Da bemerkte Althalus eine plötzliche, flüchtige Dunkelheit am Hang hinter Gebhels Gräben, beinahe so, als hätte sich kurz eine Wolke vor die Sonne geschoben.

Und dann setzte Pekhal wie aus dem Nichts zum Sturm an. Gefolgt von einer wilden Armee Fußsoldaten, die ein schauerliches Triumphgeheul ausstießen, stürmte er heran. »Schlachtet alle ab!«, brüllte er.

»Das sind Regwoser«, erklärte Khalor ruhig, ehe er aufstand und mit einer weit ausholenden Handbewegung Gebhels versteckter Reserve den Befehl zum Angriff erteilte.

Pekhal und seine Fußsoldaten stürmten auf die scheinbar unverteidigte Rückseite des Grabens zu. Im letzten Moment schoss ein wahrer Wald aus zugespitzten Pfählen aus einer dünnen Schicht Erde empor.

»Dieser Dieb!«, empörte sich Khalor.

»Wer ist ein Dieb?«, fragte Albron verblüfft.

»Gebhel. Das ist genau die gleiche List, mit der ich ihn vor ein paar Jahren in Perquaine hereingelegt habe.«

Von der Wucht des Ansturms wurden die vorderen Reihen von Pekhals Armee auf die Pfähle gespießt. Als der Angriff stockte, erhoben Gebhels Bogenschützen sich im Graben und sandten ihre Pfeile sirrend zu den Angreifern hinüber.

Die Regwoser Fußsoldaten wichen zurück, und Gebhels Reserve stürmte über die Hügelkuppe hinter ihnen.

Die von Panik erfüllten Schafe, welche diese Reservearmee wirkungsvoll vor Koman verborgen hatten, machten den Kampf hinter den Gräben noch um einiges schwieriger. Von Gebhels Reserve angetrieben quollen sie wie eine riesige weiße Woge über die Hügelkuppe, rannten blindlings den Hang hinunter und lähmten dieserart Pekhals Fußsoldaten, als sie rund um die Armee und mitten hindurch liefen.

»So etwas sieht man nicht oft«, bemerkte Sergeant Khalor. »Ich kann mich nicht erinnern, wann ich das letzte Mal gesehen habe, wie eine Schafherde eine Armee angriff.«

»Das ist der letzte Schrei, Sergeant«, sagte Althalus. »Kampfschafe sind groß im Kommen.« Er verspürte leichte Bitterkeit bei diesen Worten. Die Sache mit der Schafherde war ganz allein seine Idee gewesen, aber er hatte sie Dweia zugeschrieben, um seine arumischen Freunde zum Mitmachen zu bewegen. Der Einfall hatte sich als weitaus wirkungsvoller erwiesen, als er zu hoffen gewagt hatte, doch er würde keine Anerkennung dafür ernten. Das war nicht fair!

Gebhels Reserve preschte hinter den durchgehenden Schafen den Hang hinunter und stürzte sich auf Pekhals verwirrte Soldaten.

Den Mund vor Wut weit aufgerissen sah Pekhal, wie die Schafe über seine Männer hinwegtrampelten und Gebhels Leute ihren wolligen Verbündeten folgten, wobei sie jeden Regwoser niedermachten, der ihnen in den Weg geriet.

Am Ausgang dieses Kampfes gab es keinen Zweifel. Pekhal stieß ein beinahe tierhaftes Heulen der Wut und Enttäuschung aus, drehte sich heftig fluchend um und floh durch Khnoms Tür. Seine Armee überließ er ihrem unvermeidlichen Schicksal.

28

»Das ist ein Felsen nach meinem Geschmack!«, rief Sergeant Gebhel beeindruckt, als sie über eine Hügelkuppe kamen und Daiwers Turm im bleichen Mondschein hoch aus dem Weideland ragen sahen. »Wo ist dieser Felssturz, den du erwähnt hast, Khalor?«

»Auf der anderen Seite. Wir werden wahrscheinlich einen Verteidigungsgürtel um seinen Fuß errichten müssen. Du hast eine Menge Leute und der Felssturz ist nicht sehr breit.«

»Genau wie es sein soll, Khalor. Ich will keinen breiten Weg, der zu meiner Stellung hinauf führt. Meine Männer werden bestimmt nicht lange brauchen, bis sie oben sind. Die Vorhut hat den Felsrutsch hinauf bereits Seile befestigt, und die Nachhut, die ich noch in den Gräben zurückließ, dürfte vertuschen können, dass wir alles zusammengepackt haben und aufgebrochen sind. Wenn man bedenkt, was wir den Ansunern gestern angetan haben, bin ich sicher, dass sie nicht mit unserem Rückzug rechnen. Wir haben den größten Teil ihrer Fußsoldaten hinter unseren Gräben aufgerieben und große Lücken in ihrer Reiterei hinterlassen. Ein Rückzug nach einem Sieg wäre sehr ungewöhnlich. Möglicherweise wird ihnen erst morgen bewusst, dass wir nicht mehr dort sind. Und sie werden eine ganze Weile brauchen, bis sie Ersatz herbeischaffen. Ich gebe es nicht gern zu, Khalor, aber deine Überlegung ist strategisch richtig.«

»Freut mich, dass du sie gutheißt.«

»Das habe ich nicht gesagt. Ich meinte bloß, dass es eine interessante strategische Neuheit ist.«

»Wäre es möglich, dass sie einfach einen Bogen um uns schlagen und nach Keiwon marschieren?«, fragte Bheid, als sie sich auf den Weg zu Daiwas Turm machten.

»In einem Krieg ist alles möglich, nehme ich an«, brummte Gebhel, »aber es wäre nicht sehr wahrscheinlich. Nur ein Schwachkopf zieht weiter und lässt eine feindliche Armee in seinem Rücken. Ich hätte allerdings nichts dagegen, wenn wir sie einstweilen los wären. Es ist Verstärkung zu uns unterwegs, wir brauchen also nur Zeit. Kreuters Reiterei dürfte in wenigen Tagen eintreffen, und die Männer des alten Häuptlings Delur sollten eigentlich nicht weit hinter ihm sein. Ich werde einfach auf diesem so genannten Turm sitzen und auf sie warten. Falls der Feind Keiwon einnimmt, erobern wir es zurück, sobald unsere Verstärkung hier ist.«

»Wird dadurch nicht ein großer Teil der Stadt in Schutt und Asche gelegt?«

»Städte werden sowieso zu wichtig genommen. Und es ist nicht meine Stadt. Also werde ich keine schlaflosen Nächte haben, falls sie dem roten Hahn zum Opfer fällt. Ich habe schon Städte zum Spaß und zur Bereicherung niedergebrannt, seit ich ein Junge war.« Er blickte Khalor an. »Wie sieht's mit Verpflegung und Wasser aus?«

»Das fanden wir an dem Felsen besonders anziehend, Sergeant

Gebhel«, log Althalus ohne Hemmung. »Bruder Bheid hörte von einem Mönchsorden der Wekti-Religion, der versessen war auf völlige Abgeschiedenheit. Die frommen Männer hatten sich da oben eingenistet und eine ziemlich große Höhle mit einer Quelle dahinter als Lager eingerichtet. So viel ich gehört habe, schleppten sie Jahrzehnte lang Nahrungsmittel diesen Felsrutsch hinauf und verstauten sie in der Höhle – Weizen, Trockenobst, Speck, gedörrtes Rindfleisch – was man eben so braucht. Als wir gestern den Turm erklommen, schauten wir in dieser Höhle nach. Da gibt es eine Unmenge Kisten und Fässer.«

»Was ist denn aus diesen Mönchen geworden?«

Althalus zuckte die Schultern. »Offenbar gab es Meinungsverschiedenheiten, welcher von ihnen der Ober-ober-was-auch-immer ihres heiligen Ordens werden sollte. Es war eine dieser Streitigkeiten, die mit viel Geschrei anfingen und mit Dolchen und Äxten endeten. So laut es anfangs war, nach geraumer Zeit wurde es totenstill.«

»Gott beschütze uns vor der Religion!«, hauchte Gebhel.

»Amen«, sagte Althalus und achtete nicht auf Bheids entsetztes Gesicht.

»Habt Ihr irgendetwas von Dweia gehört?«, wandte Bheid sich flüsternd an Althalus, als sie nebeneinander den Felssturz hinaufkletterten.

»Keinen Ton«, gestand Althalus. »Und wahrscheinlich werde ich auch nichts von ihr hören. Koman lauscht da draußen irgendwo, und Emmy ist zu klug, mir etwas mitzuteilen, das er nicht erfahren darf.«

»Könnt Ihr ihn denn nicht mit Zahlen ablenken – mit Achteln und Vierteln und Dritteln –, wie Leitha es tut?«

»Nicht sehr lange. Ich bin ziemlich sicher, dass Koman sich auf mich konzentrieren wird, weil Ghend weiß, dass ich hier die Verantwortung übernommen habe. Wenn sie mir etwas mitteilte, würde es früher oder später vermutlich durchsickern.«

»Hat sie gesagt, dass sie Euch nichts Wichtiges mitteilen wird?«

»Das brauchte sie nicht. Ich kenne Emmy gut genug, um zu wissen, wie sie denkt. Wenn nur die Quetschung heilen muss, damit Eliar wieder sehen kann, wird er sich uns wahrscheinlich noch heute wieder anschließen. Muss Dweia jedoch Eingriffe vornehmen, wird es länger dauern.« Althalus verschwieg die Möglichkeit, dass Eliar blind blieb.

»Ihr nehmt das sehr gelassen hin, Althalus«, sagte Bheid beinahe vorwurfsvoll.

»Würde ich mich darüber erregen, würde es an den Gegebenheiten auch nichts ändern. Hab Vertrauen, Bheid. Wenn du fest genug glaubst, wird vielleicht alles gut.«

»Würde es Euch sehr stören, wenn ich mir ein wenig Sorgen mache?«

»Nicht so lange du es dir nicht anmerken lässt.«

Nachdem sie etwa eine halbe Stunde den steilen Felssturz hinaufgeklettert waren, bat Gebhel um eine kurze Rast.

»Du bist vom angenehmen Leben in den Gräben wohl ganz aus der Übung gekommen«, spöttelte Khalor.

»So schnell rennst du hier ja auch nicht hinauf.«

»Es wäre schließlich nicht höflich, dich zurückzulassen, oder?«

»Hattest du tatsächlich vor hinaufzurennen, Khalor?«

»Nein, so verrückt bin ich nun auch wieder nicht. Diese Seile, die deine Vorhut den Felsrutsch hinauf angebracht hat, machen den Aufstieg bedeutend angenehmer – vor allem wenn es dunkel ist. Salkan ist gestern mit Althalus und mir am helllichten Tag hinaufgestiegen, und ich musste nach Luft ringen, als wir oben angelangt waren.«

»Wie ist es denn da oben?«

»Nicht sehr einladend, um ehrlich zu sein.«

»Ich habe nicht vor, jemand einzuladen. Wo ist diese Höhle mit der Verpflegung und dem Wasser?«

»An der hinteren Seite. So wie es da droben aussieht, hat möglicherweise ein Erdbeben auf dieser Seite eine dicke Felsschicht abgespalten, die daraufhin hinuntergekippt ist. Das nahm dieser Seite die Festigkeit, und ein großer Teil dessen, was oben war, ist ins Rutschen gekommen und der Felsschicht gefolgt. Das hat uns den Gesteinsrutsch eingebracht. Offenbar ist die Nordseite fester. Es gibt einen Hang über diesem Rutsch, der zu einer Felsspitze führt, die hundert oder mehr Fuß höher ist als der übrige Turm. Die Höhle befindet sich am Ende des Hangs in dieser Spitze.«

»Sollte es zum Schlimmsten kommen, könnte die Höhle sich als sehr nützlich erweisen.«

»Hoffen wir, dass es nicht dazu kommt.«

»Das wäre unwahrscheinlich, Khalor«, meinte Gebhel. »Um zu uns zu gelangen, muss der Feind diesen Felsrutsch hinauf kommen, und ich hab so das Gefühl, dass es ein paar neue Steinlawinen geben wird. Es ist sehr schwierig, sich zu konzentrieren, wenn Felsbrocken über einen hinwegrollen.«

»Du nimmst also an, dass du alle deine Leute hinaufkriegst, bevor Geltas Reiterei aus dem Norden herunter stürmt«, brummte Khalor.

»Ich hoffe es zumindest.«

»Entschuldigt«, rief Gher ein paar Schritt links von ihnen.

»Wappne dich, Gebhel«, warnte Khalor. »Dieser Junge brütet eine gute Idee nach der anderen aus.«

»Er ist bloß ein kleiner Junge!«, schnaubte Gebhel.

»Vielleicht macht gerade das seine Einfälle so interessant. Sein Kopf ist nicht mit Vorurteilen voll gestopft. Lass hören, Gher.«

»Die Soldaten der bösen Hexe reiten doch alle auf Pferden, nicht wahr?«

»Stimmt. Darum nennt man sie Reiterei, Gher«, antwortete Khalor.

»Ja, das hab ich gehört. Ich mein', manche Tiere, die zu Menschen gehören, sind an Feuer gewöhnt – Hunde und Katzen vor allem –, aber andere Tiere wie Pferde und Kühe und Schafe fürchten sich vor Flammen. Und rund um diesen Felsen ist meilenweit Grasland, nicht wahr? Der Felsen wird nicht brennen, das Gras wahrscheinlich schon, meint ihr nicht?«

Gebhel nickte. »Möglich, aber nur wenn ein kräftiger Wind nachhilft. Es ist eine interessante Idee, Junge, nur glaube ich nicht, dass sie durchführbar ist, wenn das Wetter nicht mitmacht.«

Gher blickte rasch zu Althalus, doch der schüttelte fast unmerklich den Kopf und drückte flüchtig einen Finger auf die Lippen. Dann sagte er laut: »Wir können uns später darüber unterhalten, meine Herren. Jetzt sollten wir uns auf das Klettern konzentrieren.«

Sergeant Gebhel seufzte und setzte sich wieder in Bewegung, indem er sich an den Seilen in die Höhe zog.

»Wohin läuft das Wasser, wenn es mitten in diesem kleinen Teich hochgesprudelt ist?«, fragte Gebhel interessiert, als Althalus ihn zu der Höhle geführt hatte, um ihm die Verpflegung zu zeigen, die er am Tag zuvor herbeigezaubert hatte.

»Ich habe keine Ahnung, Sergeant. Wir waren in Zeitnot, deshalb konnte ich mich nicht näher umsehen.«

Gebhel schöpfte ein wenig Wasser mit den Händen und kostete. »Süß«, bemerkte er.

»Ist Quellwasser nicht immer süß, Sergeant?«, fragte Bheid.

»Nein.« Gebhel wischte sich die Hände an seinem Kilt ab. »Die Quelle neben Häuptling Gwetis Halle schmeckt nach Schwefel und ist so heiß, dass man sich die Hand darin verbrennen könnte. Deine Felsspitze wird immer brauchbarer, Khalor. Sobald meine Zelte hier oben sind, lasse ich von meinen Männern ein Lager um die Höhlenöffnung errichten.«

»Wir haben nicht die Absicht auf Dauer hier zu bleiben, Gebhel«, meinte Khalor.

»Wollen wir wetten? Ich bin sicher, Häuptling Gweti wird ganz verrückt nach deinem Turm sein, Khalor. Die Worte ›tödliche Falle‹ schreien einem hier fast überall entgegen, und wenn Gweti sie nur hört, wird er außer sich vor Freude sein.«

Beim ersten Tageslicht hatte bereits ein volles Drittel von Gebhels Männern den Felsrutsch hinter sich und war entlang den Rändern des Hanges ausgefächert, der zur Felsspitze an der Nordseite des Gipfels führte. Während das Licht heller wurde, legten jene Männer an Geschwindigkeit zu, die sich immer noch auf dem steilen Pfad befanden, aber es war offensichtlich, dass sie den Gipfel nicht vor Mittag erreichen würden.

Bheid kehrte von dem Sims zurück, der die nördliche Felsspitze teilweise umgab, wo er Ausschau gehalten hatte. »Wir bekommen Besuch, Althalus«, meldete er leise. »Es ist zwar noch nicht hell genug, um zu erkennen, wie viele es sind, aber es handelt sich auf jeden Fall um Reiter, die aus nördlicher Richtung kommen.«

»Und wir haben uns eingebildet, dass Gelta anderthalb Tage braucht, ehe sie unsere Abwesenheit entdeckt«, sagte Althalus mürrisch. »Wahrscheinlich steht sie mit einem Prügel über Koman und er lauscht seit Mitternacht den Gedanken von Gebhels Nachhut.«

Er benetzte einen Finger, hob ihn und drehte ihn hoffnungsvoll herum. »Nichts«, brummte er schließlich enttäuscht. »Nicht ein Windhauch. Dabei würde ein fröhliches Grasfeuer uns vielleicht genug Zeit verschaffen, den Rest von Gebhels Leuten den Felsrutsch herauf zu kriegen, bevor Gelta hier ist. Aber ohne Wind, der das Feuer fächelt, breitet es sich nicht aus.« Er biss die Zähne zusammen und sandte einen stummen Ruf an Dweia. »Emmy!«, rief er. »Ich brauche dich!«

Er erhielt keine Antwort.

»Es ist wichtig, Em!«, versuchte er es noch einmal. »Ich bin in Schwierigkeiten!«

Die Stille in seinem Geist war bedrückend. »Sie antwortet nicht«, sagte er laut.

»Ihr meint Dweia?«, fragte Bheid.

Althalus nickte. »Ich bin völlig von ihr abgeschnitten – wahrscheinlich, damit Koman nichts über Eliars Befinden erfahren kann.«

»Könnt Ihr in dieser Sache denn gar nichts ohne ihre Hilfe tun?«

»Ich kenne das Wort nicht, das ich brauchte, Bheid. Ich kann mich nicht erinnern, je auch nur eine Erwähnung von ›Wind‹ im Buch gelesen zu haben.«

Gher, der in der Nähe gestanden hatte, fragte: »Das Buch hilft doch uns und nicht den anderen, oder?«

»Das hoffen wir sehr«, antwortete Althalus.

»Dann wird es doch wegen einer dummen kleinen Regel nicht gleich sauer sein, oder? Gibt's nicht vielleicht ein Wort, das so viel wie ›wachsen‹ bedeutet oder ›mach es stärker‹?«

»Ich habe manchmal ›*peta*‹ benutzt, wenn ich Nahrung oder Wasser machte.« Althalus' Stimme klang zweifelnd. »Gestern habe ich es sogar sehr oft benutzt, als ich diese Höhle mit ausreichend Verpflegung für Gebhels Männer füllte. Woran hast du gedacht, Gher?«

»Wie wär's, wenn Ihr Euch hier einfach an den Rand stellt und ein paarmal pustet und blast und dann dieses Wort sagt? Das Buch versteht ja vielleicht, was Ihr damit wollt.«

Althalus runzelte die Stirn. »Ich glaube nicht, dass es klappt.«

»Ihr werdet es nie erfahren, wenn Ihr es nicht versucht, Althalus.«

»Es wird nicht einfach.«

»Versucht es.«

»Emmy hätte es mir gesagt, wenn das alles wäre, was notwendig ist.«

»Versucht es.«

»Ich glaube nicht, dass es klappt, Gher.«

»Versucht es.«

Zweifelnd trat Althalus dicht an den Rand und holte tief Luft. Dann blies er, als wollte er eine Kerze auspusten, und sagte widerwillig: *»Peta.«*

Nichts geschah. »Ich hab dir ja gleich gesagt, dass es nicht klappt, Gher.«

»Hätt's vielleicht aber, wenn Ihr's so gesagt hättet, als tätet Ihr felsenfest überzeugt sein. Macht's noch mal«, forderte Gher ihn auf, »und sagt das Wort sofort, wenn Ihr gepustet habt. Das Buch muss wissen, dass Ihr es wirklich ernst meint.«

Althalus blickte Gher scharf an, da ihm ein unbestimmter Verdacht kam. Dann schaute er über das Grasland unten und blies so fest er konnte. Gleichzeitig stieß er, das Wort *»Peta«* hervor, so gut es möglich war.

Tief unten sah er im blassen Licht des Morgengrauens, dass das Gras plötzlich wie von starker Hand auf den Boden gedrückt wurde. Gleich den Wellen einer stürmischen See breitete dieses Phänomen sich rasch aus.

»Hab's doch gesagt!«, murmelte Gher selbstzufrieden.

»Es weht nicht mal ein Hauch, Meister Althalus«, versuchte der rothaarige Schäfer es ihm auszureden.

»Vertrau mir, Salkan. Zünde du mit deinen Gefährten Feuer an, und ich werde für genug Wind sorgen, es auszubreiten.«

Salkan kniff argwöhnisch die Augen zusammen. »Ihr Leute seid nicht wie andere, nicht wahr? Ich meine, ihr könnt Dinge tun wie sonst niemand, stimmt's?«

»Ich erkläre dir alles später, mein Sohn«, versprach Bheid. »Wir führen keinen gewöhnlichen Krieg, und es geschehen Dinge, die mit üblichen Worten nicht zu erklären sind. Wenn Althalus sagt, dass etwas geschehen wird, dann wird es auch geschehen, ob natürlich oder nicht.«

»Seid Ihr ein Zauberer?«, fragte Salkan Althalus.

»So ähnlich«, antwortete Althalus.

»Unsere Priester sagen, dass Zauberer einen Pakt mit dem Teufel haben.«

»Nicht alle«, beruhigte ihn Bheid. »Althalus hat zwar seine Fehler, aber alles in allem handelt er in höherem Auftrag. Wir gefährden unsere Seelen keineswegs, indem wir mit ihm zusammenarbeiten.«

»Seid Ihr da ganz sicher, Hochwürden?«

Bheid nickte. »Vollkommen, Salkan. Unsere Feinde sind es, die einen Pakt mit dem Teufel haben. Wir stehen auf der Seite des Guten.«

Salkan zuckte die Schultern. »Wenn Ihr es sagt. Man kann mich nicht gerade als religiös bezeichnen, aber ich möchte nichts Verkehrtes tun.«

»Trödelt nicht herum, wenn du und deine Jungs unten seid, Salkan«, wies Althalus ihn an. »Nehmt eure Fackeln, setzt das Gras in Brand und schließt euch dann sofort Sergeant Gebhels letztem Trupp unten am Felsrutsch an. Ich möchte, dass du und deine Leute die Nachhut bilden. Es wäre ja möglich, dass ein paar Ansuner dem Feuer ausweichen können. Also haltet eure Schleudern bereit. Dann folgt ihr Gebhels Männern den Hang hinauf und schneidet die Seile hinter euch durch.«

»Was immer Ihr befehlt, Meister Althalus«, erwiderte Salkan und kehrte zu seinen Freunden zurück.

»Ich glaube, wenn das alles vorbei ist, werde ich Yeudon diesen Jungen abspenstig machen«, sagte Bheid nachdenklich. »Er könnte sich in unserem Orden als sehr nützlich erweisen.«

»Darüber kannst du dir später Gedanken machen«, entgegnete Althalus. »Jetzt sollten wir uns erst einmal darauf konzentrieren, lange genug am Leben zu bleiben, dass wir die Sonne noch untergehen sehen. Kehren wir zu deinem Sims zurück. Ich muss wissen, was da draußen vorgeht, aber ich möchte Gebhel nicht dabei haben, wenn ich Wind mache.«

Salkan und seine Schäferfreunde brauchten etwa eine Viertelstunde, das Gras rund um den Turm anzuzünden. Danach rannten sie rasch zurück und schlossen sich dem letzten Trupp von Gebhels Männern am Fuß des Felsrutsches an.

»Da kommt sie!«, rief Gher und deutete nach Norden.

Althalus blickte über das träge Grasfeuer. Geltas Ansuner, die aus der Ferne wie Ameisen aussahen, galoppierten durch das Weideland auf den Turm zu. »Ich hoffe, das funktioniert so, wie es soll«, brummte er und holte tief Luft. Dann wandte er den Blick Geltas heranpreschender Reiterei zu und stieß pustend das Wort *›Peta‹* aus.

Eine sanfte Brise erfasste die Grasfeuer auf der ihm zugewandten Seite des Turmes.

»Das Feuer breitet sich aus, Althalus!«, rief Gher, der über den Rand spähte. »Aber wir brauchen stärkeren Wind!«

»Ich arbeite daran.« Althalus nahm einen weiteren tiefen Atemzug und wiederholte den Vorgang.

Das Feuer zu beiden Turmseiten loderte auf und dunkler Rauch wehte nach Norden. Doch die Feuer an der Nordseite wirkten immer noch träge.

»Der Turm hält Euren Wind auf, Althalus«, meldete Bheid. »Ich glaube, so wird das nichts.«

»Warum richtet Ihr den Wind nicht geradewegs den Felsen hinunter auf die Feuer, die nicht so gut brennen wie die an den Seiten?«, schlug Gher vor.

»Ich habe noch nie erlebt, dass Wind senkrecht bläst.«

»Versucht es.«

Althalus sandte *»Peta«* brausend die Steilwand des Turmes hinunter.

Die trägen Grasfeuer an der geschützten Nordseite loderten hoch auf und breiteten sich wie eine gewaltige Flutwelle aus Flammen über die Ebene aus.

Geltas Ansuner zügelten ihre Rosse und starrten auf den tosenden Flammenwall, der auf sie zukam. Dann machten sie kehrt und flüchteten, so schnell ihre Pferde sie trugen.

»Ich glaube, Ihr könnt Euren Wind jetzt abstellen, Althalus«, brüllte Bheid durch das Heulen des Sturms. Er klammerte sich an die Felsblöcke hinter ihm, um nicht über den Sims gefegt zu werden.

»Das werde ich gern tun, Bheid«, rief Althalus zurück, »sobald mir einfällt, wie das geht.«

»Ich weiß es nicht, Althalus«, gestand Gher. »Es erschien mir einfach richtig. Wir arbeiten für Emmy, genau wie das Buch, also tät es sich doch nicht quer stellen, oder?« Der Junge runzelte die Stirn. »Irgendwie versteh ich's aber nicht. Ich kann kaum lesen, drum weiß ich auch nicht viel über Bücher. Vielleicht war es doch was anderes, das mich drauf gebracht hat.«

»Was zum Beispiel?«, fragte Althalus über den nachlassenden Sturm hinweg.

»Emmy möcht nicht mit Euch reden, weil Ihr was herausfinden könntet, das Koman auf keinen Fall aus Eurem Kopf zupfen darf. Es könnt schon sein, dass sie mir diese Idee eingegeben hat – so ähnlich wie Sergeant Khalor Salkan benutzt hat, um Koman Lügen zuzuspielen, als wir drunten im Graben waren.«

»Das würde es erklären, Althalus«, pflichtete Bheid dem Jungen bei. »Dweia kann nicht wirklich etwas vor Euch verbergen, weil Ihr einander zu nahe steht. Gher wäre da der richtige Träger. Ihm fallen stets komische Ideen ein, deshalb würdet Ihr gar nicht meinen, dass bei seinen Vorschlägen etwas nicht mit rechten Dingen zugeht.«

»Ich hätte es eigentlich ahnen müssen«, gestand Althalus. »Es klang sehr wie Emmy, als er ständig ›Versucht es!‹ wiederholte. Aber im Grunde ist es mir völlig egal, woher die Idee kam. Hauptsache, sie hatte Erfolg.«

Als der tobende Sturm sich gelegt hatte und nur noch eine sanfte Brise über das Land strich, ging die vom Rauch der Grasfeuer verschleierte Sonne beinahe scheu am östlichen Horizont auf.

»Da draußen ist keine Spur von ihnen zu sehen«, sagte Albron erfreut. »Die Grasfeuer könnten sie bis nach Ansu zurückgejagt haben.«

»Das ist Wunschdenken, mein Häuptling«, stellte Khalor fest. »Wahrscheinlicher ist, dass sie alle in ihre Höhle geflohen sind.« Er zupfte nachdenklich an einem Ohrläppchen. »Ich würde eine funkelnde Münze geben, wenn ich wüsste, was sie vorhaben. Aber ohne Leitha können wir es nicht erfahren. Natürlich kann ich mir so allerlei vorstellen, aber darauf möchte ich mich lieber nicht verlassen.«

»Sag mir trotzdem, an welche Möglichkeiten du denkst.«

»Wahrscheinlich planen sie etwas Herkömmliches. Sie hatten sicher nicht damit gerechnet, dass wir uns auf diese Weise zurückziehen würden. Wir hatten ihnen in Gebhels Gräben gezeigt, wer die Oberhand hat, und unter normalen Umständen hätten wir unsere Stellung gehalten. Es ist höchst ungewöhnlich, dass eine Armee das Hasenpanier ergreift, nachdem sie einen Sieg wie wir errungen hat. Und Ungewöhnliches auf einem Schlachtfeld macht Feldherrn sehr nervös. Ich vermute, dass sie durch ein paar kleinere Angriffe herausfinden wollen, was wir beabsichtigen. Sie haben genug von Überraschungen, darum werden sie wohl eine Zeit lang sehr vorsichtig sein.«

»Du erwartest also vorerst nichts Außergewöhnliches?«

Khalor schüttelte den Kopf. »Die nächsten paar Tage bestimmt nicht. Wir haben ihnen mehrmals unerwartet die Hölle heiß gemacht, Althalus – mit Gebhels Fallstricken, mit den stacheligen Höllenbüschen, mit Steine schleudernden Schäfern und dem Angriff durch Gebhels Reservetruppen. Jedes Mal wenn sie sich etwas ausgedacht hatten, fiel uns eine bessere Antwort ein. Ich glaube, sie werden sich unserer neuen Stellung mit allergrößter Vorsicht nähern. Ich an ihrer Stelle würde es jedenfalls tun.«

Es war Mittag, als die letzten von Gebhels Männern oben auf Daiwers Turm ankamen, dicht gefolgt von Salkans Hirten. »Sollen wir jetzt die Seile durchschneiden, General Khalor?«, rief der junge Rotschopf hinauf, als er eine Stelle mehrere Meter vom oberen Ende des Felssturzes erreicht hatte.

»Versuch doch mal, ob du sie nicht einfach hochziehen kannst, Salkan«, rief Khalor hinunter. »Guter Strick ist teuer, also sehen wir lieber, dass wir ihn heil hinaufbringen.«

»Wir werden es versuchen, General.«

»Sergeant Khalor ist Arumer durch und durch, nicht wahr?«, sagte Bheid zu Althalus. »Er hasst es, irgendwas zu vergeuden, das Geld kostet.«

»Und darüber bin ich froh, Bheid. Schließlich bin ich es, der für all das bezahlt.«

Gher, der zum Zeitvertreib Steine über die Felskante geworfen hatte, kam über das steinige Plateau zu ihnen. »Mir ist grad was eingefallen.«

»Heraus damit, Junge. Dir ist doch nicht etwa eine Idee gekommen, wie man niedergebranntes Gras wieder anzünden kann, oder?«

»Ich glaub nicht, dass das möglich wär', Sergeant Khalor, jedenfalls nicht vor nächstes Jahr. Nein, es geht um die Türen.«

»Wir haben jetzt aber keine Türen, Gher«, erinnerte ihn Althalus.

»Wir nicht, aber unsere Feinde. Und sie werden versuchen, die Türen zu benutzen, um oben an diesem Felsrutsch herauszuspringen. Und wenn dann Sergeant Gebhels Männer alle damit beschäftigt sind, sie abzuwehr'n, werden sie irgendwo hinter unseren Leuten herausspringen, so wie sie's bei den Gräben gemacht haben, nicht wahr?«

»So ungefähr jedenfalls würde ich es machen, wenn ich noch Türen hätte«, antwortete Khalor. »Was meinst du, was wir dagegen tun sollten?«

»Also, ich hab mir diesen Haufen Steine bei der Höhle angeseh'n. Ist das nicht so ähnlich wie ein Turm auf einem anderen Turm? Wenn ein paar von Sergeant Gebhels Männern oben auf dem Felsrutsch große Steine und so was auf die Bösen hinunterrollen täten, könnten die Übrigen eine Art Fort um die Vorderseite der Höhle bauen und ein paar andere könnten auf den Steinhaufen raufklettern, der auch wie ein Turm ist, und Speere auf die Bösen werfen, die den Hang zur Höhle rauflaufen, und Pfeile können sie auch auf sie schießen. Wär dieser Turm auf dem großen Turm nicht ein besserer Platz, um gegen die Feinde zu kämpfen als von oben auf dem Felsrutsch?«

»Nennt einen Preis, Althalus«, sagte Khalor. »Ich bezahle Euch jede Summe für diesen Jungen.«

»Du bringst mich in Schwierigkeiten, wenn du so redest, Khalor«, entgegnete Althalus.

»Es ist vorstellbar, Khalor«, sagte Gebhel zögernd, »und es wird den Angreifern arg zu schaffen machen. Sie werden Tausende verlieren, die sich den Felsrutsch emporkämpfen, und wenn sie dann endlich oben anlangen, sehen sie ein neuerliches Fort vor sich. Ich glaub', da werden die meisten Heimweh kriegen. Mir jedenfalls würd's so ergehen.« Er blinzelte Khalor an. »Was wird dir als Nächstes einfallen?«

»Oh, ich weiß nicht«, antwortete Khalor. »Ich vermute, wir könnten eine Art Turm oben auf die Felsspitze bauen, wenn du möchtest.«

»Und dann einen Turm auf diesen Turm? Und einen weiteren, und noch einen? Und immer höher hinauf, bis wir schließlich einen Turm mit Angeln am Boden bauen müssen?«

»Wozu sollten wir Angeln brauchen, Gebhel?«

»Wir müssten den Turm zur Seite kippen, um den Mond vorbei zu lassen.«

»Sehr komisch, Gebhel«, sagte Khalor trocken.

Gebhel grinste. »Freut mich, dass du meiner Meinung bist.«

Am Spätnachmittag waren Geltas Ansuner über das verbrannte Grasland zurückgekehrt und hatten den Turm völlig eingekreist. Gebhels Männer entdeckten bald, dass ein Felsbrocken, den sie oben über den Rand des Turms rollten, tausend Fuß weiter unten aufprallte, dabei emporsprang und sich hüpfend ziemlich weit von ihrer Festung entfernte. Sie fanden das sehr unterhaltsam.

Die Ansuner waren jedoch nicht so erfreut darüber und zogen sich gut eine halbe Meile zurück.

Sergeant Gebhel kam von der Barrikade oben am Felsrutsch. »Warum schießen diese Schäfer mit ihren Schleudern ziellos Steine den Felsrutsch hinunter?«, fragte er verärgert.

»Bloß so zum Spaß vermutlich.« Khalor zuckte die Schultern. »Was stört es dich? Die Steine liegen herum, sie kosten uns nichts.«

Gebhel brummte irgendetwas und kehrte zu seinen Männern oben zurück.

»Warum tun sie es wirklich, Althalus?«, erkundigte Albron sich.

»Es ist mir eingefallen«, gestand Gher. »Ich hab über diese Türen nachgedenkt. Durch eine offene Tür kommt man rein und wieder raus, nicht wahr? Und der Bursche, der die Tür aufmacht, muss doch direkt dahinter stehen, richtig? Wenn ein Stein diesen Felsrutsch gerade in dem Moment runtersirrt, in dem Khnom seine Tür losmacht, könnt's doch sein, dass er geradewegs ins Gesicht getroffen wird. Und wenn Khnoms Gehirn getroffen wird, haben die Bösen keine Türen mehr, und wir brauchen keine schlimmen Überraschungen mehr fürchten. Ich hab Salkan gesagt, wenn sie Steine überall hin auf dem Felsrutsch schießen, werden sie früher oder später jemand treffen, und der schreit dann, sodass Sergeant Gebhels Männer gewarnt werden, dass böse Leute sich anschleichen wollen. Salkan hat das für eine gute Idee gehalten, darum tut er's.«

»Wie genau hast du aufgepasst, als Pekhal hinter Gebhels Gräben durch Khnoms Tür kam, Bheid?«, fragte Althalus an diesem Abend.

»Ich glaube nicht, dass mir viel entgehen konnte. Warum fragt Ihr?«

»Ist dir irgendetwas Merkwürdiges aufgefallen, bevor er herausstürmte?«

Bheid runzelte die Stirn. »Meint Ihr dieses flüchtige Flimmern?«

»Genau. Ich wollte nur sicher sein, dass ich es mir nicht bloß eingebildet habe. Wie würdest du es beschreiben?«

»Oh, ich weiß nicht.« Bheid suchte nach einem passenden Vergleich. »Es war fast so, als würde ein winziger Schatten an der Sonne vorbeirasen, nicht wahr?«

»Das trifft es ziemlich gut.« Althalus nickte. »Ich kann es nicht bestätigen, weil Emmy jetzt nicht mit mir redet, aber es würde mich nicht wundern, wenn es jedes Mal passiert, sobald jemand eine der Türen benutzt.«

»Es könnte daran liegen, dass das Licht auf den zwei Seiten nicht ganz dasselbe ist, Althalus. Auf der einen oder der anderen ist es vielleicht etwas heller oder dunkler.«

»Das wäre eine Erklärung. Ich habe jedenfalls den starken Verdacht, dass es jedes Mal geschieht. Es ist uns nur noch nie zuvor aufgefallen, weil wir immer mitten drin waren. Aber dieses Flimmern ist möglicherweise die einzige Warnung, die wir vor einem Feindangriff bekommen.«

Sergeant Gebhels Männer verbrachten den größten Teil der Nacht damit, eine feste Mauer vor der Höhlenöffnung zu errichten und sie sowohl zur Ost- wie zur Westseite des Turmes zu verlängern.

»Sie arbeiten sehr schnell, nicht wahr?«, stellte Gher bewundernd fest.

»Sie haben auch eine Menge Übung«, erwiderte Althalus.

»Darum geht es in Kriegen«, grübelte Gher. »Eine Seite baut Mauern oder Barrikaden, und die andere reißt sie nieder.«

»Das ist Teil der langen und traurigen Menschheitsgeschichte«, warf Bheid düster ein. »Früher oder später versucht jeder sich etwas einfallen zu lassen, das andere von ihm fern hält.«

»Das hat Emmy schon seit langem heraus, richtig?«, stellte Gher fest. »Niemand gelangt in ihr Haus, wenn sie es nicht will.«

Bheid nickte bestätigend. »Dieser Abgrund vor ihrer Haustür entmutigt Besucher. Er erfüllt den Zweck eines Burggrabens.«

»Burggräben sind doch mit Wasser gefüllt, nicht wahr?«, überlegte der Junge. »Könnten wir so was nicht auch machen? Ich mein', Althalus hat doch eine Quelle hinten in der Höhle.«

Bheid schüttelte den Kopf. »Man brauchte einen Fluss, um einen so großen Graben zu füllen, Gher.«

»Einen Moment, Bheid.« Althalus hatte eine plötzliche Idee.

»Es ist eine sehr gute, brauchbare Quelle, Althalus«, sagte Bheid, »aber wohl kaum ein Fluss.«

»Sie könnte aber einer werden. Ich werde mich mit Khalor darüber unterhalten.«

»Manchmal seid Ihr genauso schlimm wie Gher, Althalus.«

»O danke, Bheid.«

»Es war nicht als Kompliment gemeint, Althalus.«

»Mag sein, Bheid, aber es hat sich so angehört.«

»Ein interessanter Einfall, Althalus«, pflichtete Khalor ihm bei. »Aber wie sollen wir das Gebhel beibringen? Fast alle seine Männer arbeiten an der Mauer. Ich kann mir nicht vorstellen, dass er die Hälfte abziehen wird, damit sie einen Graben ausheben.«

»Ich glaube nicht, dass ich sehr viel Hilfe brauchen werde, Khalor«, meinte Althalus. »Ich weiß, wie ein Burggraben aussieht.«

Häuptling Albron starrte ihn ungläubig an. »Ihr wollt ihn ganz allein ausheben?«

»Ich habe da so meine eigenen Möglichkeiten, Albron«, erinnerte ihn Althalus. »Wenn ich das Wort ›Graben‹ sage, wird unmittelbar vor Gebhels Mauer einer entstehen.«

»Und wie wollt Ihr ihm das erklären?«

»Ich hatte eigentlich gar nicht die Absicht, es zu erklären. Wir haben alle viel zu viel Zeit mit dieser oder jener Erklärung vergeudet. Ich werde es ganz einfach tun. Ghend und seine Leute bringen mich zur Raserei, darum werde ich ihnen zeigen, wie schlecht das für sie ist.«

Gher tippelte den Sims entlang auf sie zu. »Ich hab gedenkt, die Bösen täten durch ihre Türen zu uns herkommen.«

»Ich bin sicher, das werden sie auch«, erwiderte Khalor.

»Warum lagern sie dann weit da draußen auf dem flachen Land? Ich hab grad ein paar kleine Feuer dort gesehen. Sie sind viele, viele Meilen entfernt.«

»Bist du sicher?«, fragte Albron.

»Es ist Nacht, Häuptling Albron, und im Dunkeln kann man Feuer – sogar kleine – von weit her sehen, schon gar, wenn man auf einem so hohen Gipfel ist wie unserm.«

»Zeig sie mir«, forderte Khalor ihn auf. »Ich brauche wirklich keine weiteren Überraschungen. Kommt mit, mein Häuptling. Sehen wir es uns an.«

»Meint Ihr, dass Dweia Euch das richtige Wort zukommen lassen wird, wie sie es das letzte Mal getan hat?«, fragte Bheid.

»Das braucht sie nicht«, antwortete Althalus. »Diesmal weiß ich, welches Wort ich benutzen muss. Die einfachen Wörter kenne ich ziemlich gut. Das Wort für ›graben‹ habe ich schon sehr oft verwendet. Wenn ich meinen Kopf benutzt hätte, als du und ich und Eliar meine private Goldmine in Perquaine öffneten, wäre es viel leichter gewesen.«

»Was werdet Ihr unternehmen, dass aus Eurer Quelle mehr Wasser sprudelt? Kennt Ihr auch dafür das richtige Wort?«

Althalus zuckte die Schultern. »Ich werde das Gleiche benutzen wie beim Wind, als ich wollte, dass er stärker bläst.«

»Es besteht ein ziemlicher Unterschied zwischen Wind und Wasser, Althalus.«

»Eigentlich nicht. Gher hat mir die Augen geöffnet, als er meinte, dass das Buch uns helfen will. Emmy ist diejenige, die sich auf Einzelheiten versteift. Das Buch scheint viel großzügiger zu sein. Es wird einen Graben vor Gebhels Mauer geben, Bheid, und er wird voll Wasser sein, wenn Pekhals Fußsoldaten angreifen. Vertraut mir.«

»Ich glaub immer noch, dass zwei Armeen da draußen sind, Sergeant Khalor«, beharrte Gher, als die drei Gefährten zurückkehrten. »Diese Feuer sind zu regelmäßig verteilt, als dass es Überreste von unserem gestrigen Grasfeuer sein könnten. Außerdem hat unser Feuer sich nordwärts ausgebreitet, und diese Brände sind weit draußen im Osten und Westen.«

»Ein großes Feuer erzeugt seinen eigenen Wind, Junge«, erklärte Khalor geduldig. »Ich habe über einem Feuer Wirbelwinde aufsteigen sehen, und ein Wirbelwind kann Funken in jede Richtung tragen.«

»Tut mir leid, aber ich glaub, du täuschst dich.«

»Du kannst glauben, was du willst, Junge, nur versuch nicht, es mir unter die Nase zu reiben.«

Die nahende Morgendämmerung erhellte langsam den Himmel, und Althalus wurde von Moment zu Moment unruhiger. Er fuhr fast aus der Haut, als Gher unmittelbar hinter ihm *»Ghre«* sagte. »Schleich dich nicht so an mich heran, Gher«, wies Althalus ihn zurecht.

Ghers Miene war reglos, und seine Augen wirkten leer. Er deutete auf einen verkümmerten Busch und rief erneut: *»Ghre!* Sag es schon, Althalus!«

Althalus blinzelte ihn verwirrt an. *»Ghre?«*

»Frag nicht, Althalus – sag es!«

Der Tonfall war so vertraut, dass Althalus lachen musste.

»So langsam machst du mich wütend, Althalus. Blick auf den Busch und sag *›ghre‹*.«

»Dein Wunsch ist mir Befehl, Em.« Er grinste breit, deutete gleichmütig auf den Busch und sagte: *»Ghre.«*

Sofort wuchsen dem Busch neue Triebe und Blätter, während er unverkennbar größer wurde.

»Also, das war sehr hinterlistig!«, stellte Althalus bewundernd fest.

»Was?«, fragte Gher verwirrt.

»Du weißt gar nicht, was soeben passiert ist, Gher?«

»Nichts ist passiert, Althalus«, antwortete der Junge. »Ich bin rübergekommen, um Euch zu sagen, dass Sergeant Khalor sich täuscht. Wovon habt Ihr gesprochen?«

»Nichts Wichtiges, Gher«, log Althalus. »Nur tue mir einen Gefallen und bleib heute Morgen in meiner Nähe. Ich fühl mich viel besser, wenn du da bist.«

Die Sonne war noch nicht ganz aufgegangen, als etwas anderes hörbar wurde als das Sirren und Aufschlagen steinerner Geschosse aus den Schleudern der Hirten. Das Klirren von Steinen auf Stahl erklang, und schon quoll eine Horde gerüsteter Männer, die Schilde vor sich hielten, hinter großen Felsbrocken auf den letzten vierzig, fünfzig Schritt des Steinrutsches hervor.

»Sie sind fast schon oben!«, rief Bheid.

Das schien Gebhels Männer allerdings nicht sonderlich zu erschrecken. Beinahe gleichmütig stemmten sie die Felsblöcke ihres scheinbaren Verteidigungswalls hoch und kippten sie den Rutsch hinunter, geradewegs auf den anstürmenden Feind.

»Zurück!«, befahl Gebhel, und seine Truppe eilte den Hang hinauf und hinter die Schutzmauer vor dem Höhleneingang.

»Das war wirklich sehr klug!«, lobte Khalor seinen glatzköpfigen Freund.

»Du hast doch nicht im Ernst geglaubt, wir wollten diesen Felsrutsch halten, Khalor?«

»Ich dachte, ihr würdet zumindest eine Weile so tun.«

»Und meine Männer in Gefahr bringen? Unsere Verpflegung und das Wasser sind in der Höhle, darum werde ich mich darauf konzentrieren, sie zu schützen. Wenn unsere Feinde den Gipfel deines seltsamen Felsens einnehmen wollen, sollen sie doch. Ich bin nur an dem Teil mit der Höhle interessiert.«

»Warum unternehmen sie denn nichts?«, fragte Bheid etwa eine Stunde später, nachdem die Sonne ganz aufgegangen war und Gebhels Männer sich hinter ihrer Wehrmauer verschanzt hatten.

»Sie sind verwirrt, Bheid«, erklärte ihm Khalor, »und haben wahrscheinlich ziemliche Angst. Gebhel hat sie noch bei jedem Angriff überlistet. Kein einziges Mal kam es so, wie sie erwartet hatten. Ghebel hält die Stellungen, wenn er es ihrer Meinung nach nicht tun sollte und zieht sich zurück, wenn es scheinbar keinen Grund dafür gibt. Sie haben keine Ahnung, was er als Nächstes tun wird.«

»Außer dass es sie eine Menge Kameraden kostet, egal was er tut«, fügte Häuptling Albron hinzu.

»Sag *›twei‹*, Althalus«, befahl Gher mit unbewegtem Gesicht und blicklosen Augen.

»Ich dachte eher an *›dhigw‹*, Em«, widersprach er. »Ich glaube nicht, dass ein Erdbeben hier oben auf dem Turm eine so gute Idee ist.«

»Etwa fünfzig Schritt südwärts von dieser Felsspitze verläuft ein Riss von Ost nach West«, erklärte Gher unbewegt. »Wenn du ihn mit einem Beben erweiterst, hast du genau den Graben, den du brauchst.«

»So geht das nicht, Em! Ich will den Graben direkt vor Gebhels Befestigung. Wenn ich ihn so weit davon entfernt entstehen lasse, werden Pekhals Truppen einfach hindurch schwimmen und den Angriff fortsetzen.«

»Du wirst ja schließlich doch tun, was ich will, Althalus. Also widersprich nicht!«

Er warf die Arme hoch. »Schon gut, Em«, gab er nach.

»Dann sag *›ekwer‹*, um Wasser in den Graben zu füllen.«

»Ja, Liebes. Das wollte ich sowieso, aber eine Bestätigung ist nett.«

»Oh, halt den Mund!«

Etwa auf halbem Weg hangab von Gebhels Befestigung schien die Luft zu schimmern und eine große Armee Regwoser Fußsoldaten stürmte aus Khnoms Tür.

»Noch nicht«, wies Gher Althalus an.

»Lass mich das machen, Em. Ich glaube allerdings immer noch nicht, dass der Graben an der richtigen Stelle ist.«

»Vertrau mir.«

Die gegnerischen Fußsoldaten stürmten mit Triumphgeheul den Hang hinauf, auf Gebhels Fort zu, während Bogenschützen und Salkans Schäfer sie von oben mit Pfeilen und Steinen eindeckten.

»Jetzt, Althalus!«, rief Gher.

»twei«, brüllte Althalus und deutete auf den Boden direkt vor der angreifenden Armee.

Ein tiefer, grollender Donner ertönte. Der ganze Turm schien zu zittern wie bei einem Erdbeben. Ein laut knirschendes Krachen verlief von Ost nach West durch den Turm, und lose Erde stürzte in einen breiten Spalt, der sich plötzlich unmittelbar vor dem Feind öffnete. Der so entstehende Graben war etwa zwanzig Fuß breit und fast ebenso tief.

Der Feind hielt sofort an.

Da stürmte Pekhal wütend auf den Hang unmittelbar unter diesem neuen Hindernis. »Zum Angriff!«, brüllte er. »Angriff! Angriff! Tötet sie alle!«

Die Soldaten mit den Sturmleitern eilten vorwärts, um sie in den Graben zu schieben, und Pekhals Truppen strömten den Hang hinunter.

Immer mehr Leitern wurden zu den Männern hinabgelassen, die sich bereits im Graben befanden, und rasch an die vordere Wand gelehnt, damit Pekhals Armee ihren Angriff fortsetzen konnte.

»Worauf wartet Ihr, Althalus?«, rief Bheid. »Sie greifen immer noch an.«

»Erst sollen so viele Feinde wie möglich in diesem Graben sein«, entgegnete Althalus ruhig.

»Ihr habt einen großen Fehler gemacht, Althalus!«, rief Albron heftig. »Euer Graben verläuft an beiden Seiten zum Rand des Turms. Das Wasser wird so rasch davonfließen, wie es hereinkommt. Die Männer im Graben werden sich nicht einmal die Füße nass machen.«

»Das dürfte wohl davon abhängen, wie viel Wasser ich in den Graben gieße, nicht wahr?«, entgegnete Althalus düster. Er spähte den Hang hinunter. »Sieht aus, als wären es die meisten.« Er beobachtete, wie die Nachhut von Pekhals Armee in den Graben hinunterkletterte. Dann schwang er eine Hand nach unten und rief: »*Ekwer!*«

Die Vorderseite seines behelfsmäßigen Grabens schäumte plötzlich auf, als ein neuer Fluss durch seinen sorgfältig vorbereiteten Kanal brauste. Im Gegensatz zu anderen Flüssen strömte dieser jedoch nach zwei Seiten, sowohl nach Osten wie nach Westen, und als diese Flüsse den Rand des Turms erreichten, verliefen sie je in einem gewaltigen Wasserfall, der tausend Fuß zu den felsigen Hängen unten am Turm in die Tiefe donnerten.

Die wilde Strömung erfasste Pekhals Armee und riss die Männer zum Rand der beiden tosenden Wasserfälle, wo sie schreiend auf die Felsblöcke tief unten geschleudert wurden.

»Großer Gott!«, entfuhr es Bheid entsetzt, als er sah, wie Pekhals Armee im wahrsten Sinne des Wortes zerschmettert wurde.

»Seht!«, rief Häuptling Albron. »Da ist Dreigon! Er kommt aus der Höhle!«

Althalus wirbelte erstaunt herum, als Häuptling Delurs silberhaariger Hauptmann die Männer seines Stammes aus der Höhle herausführte, um sich Gebhels Truppen hinter der Wehrmauer anzuschließen.

»Das hast du nicht erwartet, Althie«, sagte Dweia selbstgefällig durch Gher.

Pekhal kreischte wie ein Wahnsinniger auf der anderen Seite des tosenden Flusses, der soeben seine Armee davongerissen hatte. In seiner Wut schlug er mit dem Schwert um sich und tötete blindlings jene seiner Männer, die das Pech hatten, in seiner Reichweite zu stehen.

Alle starrten wie gelähmt auf Eliar, der plötzlich aus scheinbar leerer Luft erschien. Der junge Arumer war bis an die Zähne bewaffnet und schwang drohend sein Schwert. »Pekhal!«, donnerte er. »Verschwinde, solange du noch kannst! Flieh, oder ich töte dich auf der Stelle!«

»Aber du bist *tot*!«, krächzte der Wilde.

»Nicht ganz«, versicherte Eliar und knirschte mit den Zähnen. »Wähle, Pekhal! Flieh oder stirb!« Dann schritt er mit gesenktem Schwert auf den verstörten Barbaren zu.

Pekhal kletterte über die Leichen der Männer, die er soeben getötet hatte, wobei er Flüche ausstieß und sein riesiges Schwert schwang.

Althalus schüttelte seine Verblüffung ob dieser unerwarteten Wendung ab und beobachtete aufmerksam, wie Eliar geschickt den ersten heftigen Schlag des Wilden abwehrte und sogleich sein Schwert federleicht über Pekhals Wange zog.

Blut spritzte von Pekhals Gesicht, er zuckte zusammen.

Wieder schwang Eliar seine Waffe, und nur mit Mühe gelang es Pekhal, den Hieb mit seinem Schild abzuwehren.

Aufs Neue schlug Eliar zu. Das Klirren der Schwerter folgte rascher aufeinander, und bald fiel es Althalus schwer, einen Schlag vom anderen zu unterscheiden. Es war jedoch offensichtlich, dass Eliar der bessere Fechter war. Pekhal verließ sich ausschließlich auf rohe Gewalt und ließ sich von seiner Wut treiben. Er wurde jedoch zusehends verzweifelter, als Eliar jeden seiner Hiebe blockierte oder parierte und weiterhin seine Klinge blitzschnell über Pekhals Gesicht zog, wobei jedes Mal Blut floss.

Verrückt vor Wut warf Pekhal seinen Schild von sich und packte den Schwertgriff mit beiden Händen. Er führte einen wuchtigen Überhandschlag nach Eliars Kopf, verfehlte aber sein Ziel, als der Arumer das Schwert geschickt mit seiner Klinge ablenkte.

Plötzlich ging Eliar seinerseits zum Angriff über und schwang die Waffe mit zunehmend heftigeren Schlägen nach Pekhals Kopf und Schultern. In einem verzweifelten Versuch seinen Kopf zu schützen, hob Pekhal das Schwert und hielt es waagerecht, um Eliars Hiebe abzuwehren.

Da holte Eliar weit aus und seine Klinge schnitt durch Pekhals Handgelenk, dass Hand und Schwert durch die Luft wirbelten.

»Töte ihn, Eliar!«, brüllte Sergeant Khalor.

Doch zu jedermanns Erstaunen ließ Eliar sein Schwert fallen und zog den Dolch unter dem Gürtel hervor. Er hielt die flache Klinge vor Pekhals Augen.

Pekhal schrie gellend, als er versuchte, die Augen mit der linken Hand zu schützen, während das Blut aus dem Stumpf der Rechten schoss.

»Geh!«, donnerte Eliar. »Geh jetzt und kehre nie wieder zurück!«

In diesem Augenblick wurde der vor Furcht bebende Khnom heftig durch seine flirrende Türöffnung gestoßen. Er schoss vorwärts, bekam den verstümmelten und schreienden Pekhal zu fassen und zerrte ihn zurück.

Dann verschwanden beide, und das schimmernde Flimmern von Khnoms Tür gab es nicht mehr.

FÜNFTER TEIL

Andine

29

»Wie bist du hier heraufgekommen, Dreigon?«, fragte Sergeant Gebhel Häuptling Delurs silberhaarigen Hauptmann, als sie einander am Rande des Flusses begegneten, der in zwei Richtungen strömte und zu beiden Seiten von Daiwers Turm als Wasserfall in die Tiefe toste.

Dreigon zuckte die Schultern. »Durch die Höhlen natürlich. Du hast doch von diesen Höhlen unter deinem Berg gewusst, oder?«

»Ich weiß nur von der einen, aus der ihr gerade herausgekommen seid«, antwortete Gebhel. »Willst du behaupten, dass es noch mehr gibt?«

»Du wirst offenbar alt, Gebhel«, bemerkte Dreigon. »Der ganze Berg ist von Höhlen durchzogen. Du hast Glück gehabt, dass ich sie gefunden habe und nicht eure Feinde. Wenn sie davon gewusst hätten, wären sie bestimmt direkt hinter dir herausgekommen. Du hast dir wohl nicht einmal die Mühe gemacht nachzusehen, oder?«

»Reib es mir nicht auch noch unter die Nase, Dreigon«, entgegnete Gebhel mürrisch. »Ich hatte in den letzten Tagen alle Hände voll zu tun.«

»Dieses Erdbeben hat die Dinge unten in den Höhlen ziemlich aufregend gemacht, das darfst du mir glauben«, sagte Dreigon und verdrehte die Augen.

Gebhel nickte. »Das kann ich mir vorstellen.«

»Sergeant Khalor«, rief Eliar, als er und der Rotschopf Salkan vom östlichen Wasserfall zu ihnen herüberkamen, »dein Freund Kreuter ist da unten und hat sich über die Ansuner hergemacht.«

»Endlich!« Khalor atmete auf, während sie alle zum Rand stapften, um hinunterzublicken. »Ich möchte wissen, warum er so lange gebraucht hat. Er hätte schon vorgestern da sein sollen.«

»Ich hab gar nicht gewusst, dass wir Reitersoldaten haben«, wandte Salkan sich an Eliar.

»Mein Sergeant weiß eben, wie man Kriege führt«, entgegnete Eliar.

»Aber manchmal nimmt er es mit der Wahrheit nicht so genau«, beschwerte Salkan sich. »Er hat mir weisgemacht, dass du im Sterben liegst und ich hab ihm geglaubt.«

»Das war notwendig, Salkan«, erklärte Bheid. »Unsere Feinde

hatten eine Menge Spitzel in unseren Gräben, und wir wollten nicht, dass sie von Eliars Genesung erfuhren.«

»Mir hättet Ihrs ruhig sagen dürfen, Hochwürden. Ich kann Geheimnisse für mich behalten.«

»So ging es noch besser, Salkan«, erwiderte Bheid. »Eliar ist dein Freund, und wir wollten, dass du sehr wütend warst, weil ihm das zugestoßen war. Du wärst wahrscheinlich nicht so zornig gewesen, hättest du gewusst, dass er gar nicht am Sterben war. Es ging nicht darum, dir etwas vorzumachen, sondern dass du unwissentlich falsche Botschaften für unsere Feinde übermitteln solltest.«

»Ihr Schwarzkutten seid viel hinterlistiger als unsere Priester«, brummte Salkan.

»Das müssen wir dann und wann sein, Salkan, denn Kirchenpolitik ist mitunter sehr kompliziert.«

»Ich glaub', ich bleib beim Schafehüten«, meinte Salkan. »Hin und wieder kommt der eine oder andere Priester vorbei und will mich überreden, ebenfalls Geistlicher zu werden. Aber das hat mich noch nie interessiert. Ich weiß, wie man sich um Schafe kümmert, aber um Menschen ...?« Er spreizte die Hände. »Ihr wisst schon, was ich meine.«

Bheid nickte. »Allerdings, Salkan.«

»Dein junger Eliar versteht wirklich gut, mit seinem Schwert umzugehen, Khalor«, stellte Dreigon fest.

Khalor zuckte die Schultern. »Ja, er könnte sich noch machen.«

»Aber was hat er da mit seinem Dolch herumgefummelt? Er hätte diesen wilden Irren mit seinem Schwert vierteilen können. Warum hat er es da von sich geworfen und seinen Dolch gezogen?«

»Der Dolch ist ein uraltes ansunisches Relikt, Hauptmann Dreigon«, log Althalus. »Die Ansuner sind ein abergläubisches Volk. Sie sind überzeugt, dass es nichts Schlimmeres gibt, als diesem Dolch näher als fünfzig Meilen zu kommen. Der junge Eliar fuchtelte damit vor Pekhal herum, damit er allen in Ansu erzählen kann, dass diese gefährliche Klinge sich in unserem Besitz befindet, nachdem er den Gegner laufen ließ. Ich kann beinahe dafür garantieren, dass sich zumindest die nächsten zehn Generationen niemand in Ansu auch nur in die Nähe der Wekti-Grenze wagen wird – egal wer es befiehlt.«

»Den Aberglauben anderer zu nutzen ist bestimmt sehr schlau, aber wie seid Ihr in diesen Krieg verwickelt worden? Häuptling Delur hat erwähnt, dass Ihr der Regierung von Osthos angehört.«

»Es ist alles Teil des gleichen Krieges, Hauptmann«, erklärte Althalus. »Es gibt da in Nekweros einen sehr machtgierigen Mann, der Kaiser werden möchte. Er hat sich schon seit einiger Zeit mit allen möglichen Hohlköpfen verbündet.«

»Seid Ihr diesem Möchtegernkaiser schon mal begegnet?«

»Ein paarmal, ja. Wir kommen nicht besonders gut miteinander aus.«

»Ihr hättet ihn töten sollen, als Ihr die Gelegenheit hattet.«

»Damit hätte ich meine arumischen Freunde arbeitslos gemacht. Das wäre nicht sehr freundschaftlich gewesen, nicht wahr, Hauptmann?«

»Ich verstehe nicht, wieso plötzlich ein Fluss in diesem Graben ist«, sagte Sergeant Gebhel unvermittelt. »Und auch nicht wie dieser Graben auf einmal von ganz allein entstand.«

»Ach, das«, brummte Althalus wegwerfend. »Das war nichts, Sergeant. Ich hab mich bloß zurückgelehnt und ein Wunder vollbracht, nichts weiter.«

»Ach, wirklich?«

»Hast du noch nie zuvor Wunder erlebt?«

»Ich meine es ernst, Althalus. Was ist tatsächlich passiert?«

»Du traust es mir also nicht zu?«

»Kaum.«

»Du nimmst der Sache den ganzen Spaß, Sergeant. Nun ja, offenbar war es reiner Zufall. Der Turm steht anscheinend auf nicht allzu festem Untergrund. Das hätte uns bereits klar werden müssen, als wir ihn sahen. Irgendetwas muss ihn schließlich aus den flachen Wiesen rundum emporgehoben haben. Außerdem haben wir uns nicht die Mühe gemacht, die Höhle gründlich zu erforschen, in der sich die Quelle befindet. Wären wir ein Stück tiefer vorgedrungen, hätten wir auch diese andere Höhle gefunden, durch die Hauptmann Dreigon mit seinen Leuten kam. Bei brüchigem Untergrund und einsturzgefährdeten Höhlen kann die ganze Umgebung sich plötzlich verändern. Bricht bei einem Erdbeben die Decke einer Höhle ein, hat man plötzlich einen Graben, ohne auch nur eine Schaufel angerührt zu haben.«

»Ja, das hört sich verständlich an«, gab Gebhel zu. »Aber woher ist das Wasser gekommen?«

»Wahrscheinlich von demselben Ort wie die Quelle.« Althalus zuckte die Schultern. »Wen schert es, woher das Wasser kam, Sergeant? Es hat uns den Hals gerettet.«

Gebhel blieb hartnäckig. »Wasser fließt nicht bergauf!«

»Nein, für gewöhnlich nicht. Es ist nur eine Annahme, aber ich könnte mir vorstellen, dass hier irgendwo ein großer unterirdischer Fluss aus dem Gebirge von Kagwher oder sonst wo herunter kommt. Wie gesagt, der Boden ist hier nicht allzu fest. Wahrscheinlich wurde dieser Fluss vor ein paar Jahrhunderten durch einen Erdrutsch aufgestaut, seither hat sich ein gewaltiger Druck gebildet. Das neue Erdbeben löste diesen Druck – gerade rechtzeitig, um die Truppen mitzureißen, die deine Stellung angriffen.«

»Reiner Zufall?«, brummte Gebhel skeptisch.

»Wir können auch sagen, ein Wunder, wenn Zufälle dir so zuwider sind«, meinte Althalus.

»Das könnte Euch so passen, Althalus!«, schnaubte Gebhel.

»Sobald die Sonne untergeht, solltest du und der Rest der Familie heimkommen, Althalus«, forderte Dweia ihn auf.

»Ja, allerdings«, pflichtete eine andere Stimme ihr bei.

Althalus blinzelte. Die zweite Stimme in seinem Kopf gehörte Andine. »Was geht bei euch vor?«, fragte er.

»Die Familie wächst«, antwortete Dweia. »Es hat uns beschäftigt, während Eliar allmählich gesund wurde. Ich hatte es nicht beabsichtigt, aber ich glaube, es ist ganz gut so.«

»Leitha fühlte sich dadurch besser, Althalus«, fügte Eliar hinzu. »Es war ihr nicht wohl, so ganz allein mit mir, darum hat Emmy Andine eingeladen, ebenfalls hereinzukommen. Eine Zeit lang war in meinem Kopf ein ziemliches Gedränge.«

»Wir wollen jetzt nicht in Einzelheiten gehen«, schalt Dweia. »Bheid und Gher sind nicht dabei, und ich möchte auf keinen Fall, dass Koman lauscht. Warten wir bis zum Abend, dann können wir uns ungestört unterhalten.«

»Es ist schön, wieder zu Hause zu sein.« Althalus schaute sich nach ihrer langen Abwesenheit im Turmgemach um.

»Wie lange hat es gedauert, bis deine Augen besser wurden, Eliar?«, fragte Gher.

»Nach ein paar Tagen konnte ich Lichtschimmer sehen«, antwortete Eliar. »Es dauerte allerdings noch eine Weile, bis ich Einzelheiten zu erkennen vermochte.«

»Dann muss Emmy die Zeit angehalten haben.«

»Ich habe nicht besonders aufgepasst«, gestand Eliar. »Es sind sehr viele Dinge geschehen, die viel interessanter waren.«

»Vielleicht solltest du mich das erklären lassen, Eliar«, meinte Dweia.

»Was hat Euch dazu gebracht, durch Gher zu Althalus zu reden?«, fragte Bheid.

»Nun, er war da«, antwortete sie, »und ich fand es passend. Immerhin ging es darum, unsere Pläne vor Koman zu verbergen. Althalus begriff das ziemlich schnell. Hätte Ghend gewusst, dass Eliar sich von dem Hieb erholt, hätte er anders gehandelt.«

Bheid war immer noch neugierig. »Sind wirklich Höhlen unter diesem Turm?«

»Bei weitem nicht so viele, wie Hauptmann Dreigon glaubt«, erwiderte Eliar lächelnd. »Die meisten hatten wir hier im Haus vorgetäuscht. Nachdem er sein Lager draußen auf der großen Weide aufgeschlagen hatte, führte ich ihn etwa eine halbe Meile auf euren Berg zu und dann durch eine Tür zurück ins Haus. Näher wollten wir ihn nicht an Koman heranlassen. Inzwischen hatte Leitha an Komans Schwelle Stellung bezogen, und jedes Mal, wenn er ahnte, was wir wirklich taten, warnte sie mich, damit wir ihn von der Fährte ablenken konnten. Gleichzeitig überwachte Andine Kreuter und dessen Plakander in ihrem Lager und gab mir über deren Pläne Bescheid.« Er tippte sich mit einem Finger an die Stirn. »Wir haben hier fast die ganze Nacht Kriegsrat gehalten.«

Bheid sah aus, als wäre er gern dabei gewesen.

»Du kannst dich uns anschließen, wenn du möchtest«, lud Leitha ihn ein.

»Ich mache da nicht mit!«, erklärte Gher.

»Es tut nicht weh, Gher«, versicherte Andine.

»Lasst mich in Ruhe!«

»Er hat Recht«, wandte Dweia sich an Andine. »Er ist für bestimmte Vorstellungen noch etwas zu jung. Bheid, andererseits …«

»Das finde ich auch.« Leitha bedachte den Priester mit einem listigen Blick. »Komm, Bruder Bheid, komm mit mir. Ich nehme mich deiner an.«

»Das kommt mir irgendwie bekannt vor«, sagte Althalus stumm zu Dweia.

»Glaubst du etwa, da wird sich je etwas ändern?«

Es war Nachmittag und Althalus stand am Fenster und beobachtete, wie Kreuters Reiterei mit den ansunischen Reitern am Fuß von Daiwers Turm aufräumte.

Eliar schloss sich ihm an. »Sie sind sogar noch besser, als Sergeant Khalor sagte, nicht wahr?«

»Das brauchst du hier nicht«, sagte Althalus laut.

»Ich habe es mir schon richtiggehend angewöhnt«, entgegnete Eliar. »So geht es viel schneller. Man kann eine ganze Idee übermitteln, ohne nach den passenden Worten suchen zu müssen, um sich verständlich zu machen.«

»Wie fühlst du dich?«, erkundigte Althalus sich. »Du warst nicht in bester Verfassung, als du und die Damen zurück zum Haus aufbrachen.«

»Jetzt geht es mir gut, Althalus. Ich habe dann und wann noch Kopfschmerzen, doch Emmy sagt, das wäre ganz normal. Sogar mein Haar wächst nach. Habt ihr irgendeine Spur von Gelta gesehen?«

Althalus schüttelte den Kopf. »Ich glaube, sie hat genug von diesem Krieg und ist geflüchtet. Ihre Ansuner sollen offenbar sehen, wie sie allein zurechtkommen.«

»Wenn das bekannt wird, dürfte Gelta es nicht mehr leicht haben, neue Truppen anzuwerben.«

»Wie bedauerlich. – Ist das nicht Kreuter, der den Felsrutsch heraufsteigt?«

Eliar spähte aus dem Fenster. »Ja, könnte schon sein.« Dann runzelte der junge Arumer die Stirn. »Ist das eine Frau bei ihm?«

»Sieht ganz so aus. Ist zwar noch ziemlich tief unten, aber es ist meines Erachtens tatsächlich eine Frau. Ich glaube, wir versetzen uns mal hinunter und schauen, was los ist.« Er drehte sich halb um. »Emmy«, rief er. »Eliar und ich kehren für kurze Zeit nach Wekti zurück. Kreuter kommt den Felsrutsch herauf – wahrscheinlich, um sich den Rest vom Sold zu holen. Ich möchte mich kurz mit ihm unterhalten. Vielleicht brauchen wir ihn noch.«

»Verspätet euch nicht zum Abendessen, Althalus«, ermahnte sie ihn.

»Nein, Em. Brechen wir auf, Eliar.«

Eliar nickte und griff nach dem Knauf seines Portals.

»Ich glaube, von allen Männern auf der Welt hast du das meiste Glück, Khalor«, keuchte der wohlbeleibte Mann, während er sich die letzten paar Fuß des Felsrutsches hinauf plagte. »Dieser komische Berg, über den du da gestolpert bist, sollte bestimmt ein Musterbeispiel für das Wörtchen ›unbezwingbar‹ sein. Also wirklich, ich möchte ihn nicht angreifen müssen.«

»Sag mal, bringst du jetzt schon deine Frauensleute in den Krieg mit?« Sergeant Khalor betrachtete das Mädchen neugierig.

»Das ist meine Nichte Astarell«, stellte Kreuter die große dunkelhaarige junge Frau vor, die ihn begleitete. »Ihr Vater – mein Bruder – starb vor kurzem und ich musste sie unter meine Fittiche nehmen, zumindest bis ich ihrem älteren Bruder ein wenig Verstand eingebläut habe.«

»Eine dieser Familienstreitigkeiten?«

»Mein Neffe ist ein Halunke durch und durch. Er fädelte eine Geldheirat mit irgend so einem alten Lustgreis für Astarell ein und ließ sich dafür sogar bezahlen. Ich würde ihm am liebsten den Hals umdrehen. Leider fand ich das alles erst nach unserem kleinen Gespräch in Kherdon heraus, darum hatte ich keine Wahl, als Astarell mitzubringen.«

»Deshalb hast du so lange gebraucht, hierherzukommen!«

»Lächerlich, Khalor. Astarell kann besser reiten als die meisten meiner Männer. Ich wäre schon vor ein paar Tagen hier gewesen, hättest du es dir nicht anders überlegt.«

»Was sagst du da?«

Dicht gefolgt von seiner Nichte, kletterte Kreuter das letzte Stück des Felsrutsches hinauf. »Zuerst schickst du mir einen Boten, der mich zur Eile auffordert, und dann einen anderen, der mir ausrichtete, dass ich mir Zeit lassen soll. Es fehlte nicht mehr viel, und ich hätte kehrt gemacht und wäre nach Plakand zurückgereist.«

»Ich habe nur einen Boten gesandt, Kreuter.«

»Zu mir sind zwei gekommen!«

»Ich würde sagen, dass jemand von der anderen Seite seine Spielchen mit uns treibt«, warf Althalus ein. »Wir sollten uns etwas einfallen lassen, um im nächsten Krieg so etwas zu verhindern. Unsere Feinde scheinen sehr tüchtige Spitzel zu haben.«

»Losungsworte würden vielleicht helfen«, meinte Kreuters Nichte.

»Nicht wenn die gegnerischen Spitzel tatsächlich so gut sind, wie sie zu sein scheinen, edle Dame«, widersprach Häuptling Albron. »Ach, übrigens, mein Name ist Albron.«

»Meine Manieren lassen zu wünschen übrig«, entschuldigte Khalor sich. »Dieser gut aussehende junge Bursche ist mein Stammeshäuptling, der sich selbst eingeladen hat, um den Krieg zu studieren.«

»Er war auch kaum im Weg«, bemerkte Gebhel. »Sein Höllenbusch hat sich in den Gräben als sehr nützlich erwiesen.«

»Warum tragen diese Männer Röcke, Onkel?«, fragte Astarell neugierig.

»Ich bin nie dazu gekommen, sie zu fragen, Kind«, antwortete Kreuter sanft. »Ich bin sicher, sie haben einen Grund dafür. Warum trägst du einen Rock, Khalor?«

Khalor blickte ihn unfreundlich an. »Würdest du diese Frage anders stellen – solange du noch alle deine Zähne hast?«

»Man nennt diese Röcke Kilts, edle Astarell«, erklärte Häuptling Albron der jungen Frau. »Jeder Stamm hat für seine Kilts ein unterschiedlich gewebtes Muster. Auf diese Weise kann man auf dem Schlachtfeld sofort Freund und Feind erkennen.«

»Es sieht gar nicht so schlecht aus, Häuptling Albron.« Sie betrachtete seine nackten Beine. »Habt Ihr gewusst, dass Ihr Grübchen an den Knien habt?«

Albron errötete, und Astarell lachte silberhell.

Althalus eilte ihm zur Hilfe. »Wie wär's, wenn wir uns in den Schatten setzen? Wir haben noch allerlei zu besprechen.«

»Ich würde gern helfen, Khalor«, sagte Kreuter, nachdem Althalus die Rechnung in einem Zelt nahe der Höhlenöffnung beglichen hatte. Er hob den Beutel Goldmünzen, den er soeben erhalten hatte. »Die Bezahlung ist gut, aber ich muss als Nächstes unbedingt dieses kleine Problem in Ordnung bringen. Ich weiß nicht, wie lange ich brauchen werde, meinen Neffen aufzuspüren und zur Vernunft zu bringen, bevor ich Astarell unbesorgt zu Hause lassen kann.«

»Ich komme schon allein zurecht, Onkel«, versicherte ihm Astarell. »Ich kann mit einem Messer umgehen, und falls dieser stinkige alte Wüstling, der mich meinem Bruder abgekauft hat, sich in meine Nähe wagt, werde ich mit der Klinge in seinen Gedärmen wühlen.«

»Sie ist eine kleine Tigerin, nicht wahr?«, wandte Dreigon sich an Gebhel.

»Sie hat Feuer«, bestätigte Gebhel.

»Es gibt vielleicht eine Lösung des Problems«, meinte Albron. »Ich kenne einen sicheren Ort, an dem Astarell den Ausgang des Krieges in Treborea abwarten könnte. Es befinden sich noch andere Damen dort, es wäre also nicht unschicklich. Und niemand gelangt ungebeten in dieses Haus.«

»Wir können sie nicht dorthin bringen, mein Häuptling«, protestierte Khalor.

»Warum nicht? Sie ist eine Angehörige von Häuptling Kreuters Familie, und wir sind Kreuters Verbündete. Ihre Sicherheit sollte uns nicht weniger am Herzen liegen als ihm.«

Khalor blickte Althalus an. »Was meint Ihr?«

»Vielleicht. Aber wir müssen besonnen vorgehen.« Dann warf er einen raschen Blick auf Albron, der Astarell unentwegt anstarrte. »Du kennst Albron besser als ich«, flüsterte er. »Sehe ich es richtig? Er scheint von Kreuters Nichte sehr angetan zu sein.«

»Das ist mir auch aufgefallen«, bestätigte Khalor. »Wir sollten da nachhelfen. Wenn er verheiratet ist, wird er vielleicht gesetzter und redet mir nicht mehr bei der Arbeit dazwischen.«

»Wenn ich es Dweia so erkläre, könnte es klappen. Sie hilft gern nach, sobald es um Eheschließungen und dergleichen geht.«

»Zuerst werdet Ihr Euch aber so allerlei anhören müssen, Althalus.«

Althalus zuckte die Schultern. »Daran bin ich gewöhnt.«

»Bheid ist dauernd rot worden«, berichtete Gher, als Althalus und Eliar ins Haus zurückkamen. »Und manchmal sind ihm regelrecht die Augen hervorgequollen. Er stand ja auch allein gegen drei Mädchen-Personen, die ihn wahrscheinlich gleichzeitig aus drei Richtungen angefallen haben. Ich glaub', er sieht die Welt jetzt nicht mehr so wie zuvor.«

»Da bin ich sicher.« Eliar nickte. »So geht es mir jedenfalls.« Der junge Arumer runzelte leicht die Stirn. »Ich glaube allerdings, dass es mir schon viel länger so geht. Seit Andine mich gefüttert hat, würde ich sagen.«

»Bruder Bheid hatte so seine Meinung über Frauen – eine Meinung, die unbedingt geändert werden musste«, bemerkte Althalus. »Egal mit welchen Weisheiten seine Lehrer ihn voll stopften, Frauen *haben* Verstand. Er funktioniert zwar nicht immer so wie der unsere, aber er ist dem von uns Männern deshalb nicht unterlegen. Ich möchte, dass ihr euch beim Abendessen ruhig verhaltet. Ich muss Emmy wieder mal etwas schmackhaft machen.«

»Diese Astarell-Sache?«, vermutete Eliar.

»Richtig.«

»Wer is' Astarell?«, fragte Gher.

»Kreuters Nichte«, antwortete Althalus. »Sie und Häuptling Albron scheinen sich sehr füreinander zu interessieren. Und Khalor möchte unbedingt, dass Albron heiratet. Albron hätte gern, dass wir Astarell ins Haus bringen – aus Sicherheitsgründen, wie er behauptet, aber ich habe so das Gefühl, dass es mehr ist als das.«

»Die Knaben-Personen und Mädchen-Personen-Sache?«, fragte Gher und verzog das Gesicht.

»Nun ja, es hat ziemlich viel damit zu tun, aber es gibt auch militärische Gründe. Ich glaube, wir werden Kreuter später ebenfalls noch brauchen, und jetzt macht er sich große Sorgen um seine Nichte. Wenn sie in Sicherheit ist, wird er uns zur Verfügung stehen. Wenn er um sie fürchtet, dann nicht.«

»Ich sehe da kein sonderliches Problem, Althalus«, erklärte Dweia sich einverstanden, nachdem Althalus ihr die Sache beim Abendessen dargelegt hatte.

»Keine Einwände?«, fragte er erstaunt. »Kein Fauchen? Kein Aufplustern des Schwanzes? Du nimmst mir ja den ganzen Spaß, Em.«

»Ich kann dafür sorgen, dass Kreuters Nichte nicht zu viel über das Haus herausfindet, Althalus. Ich nehme an, Häuptling Albron will sie hierher begleiten?«

»Nach allem, was ich gesehen habe, könnte nicht mal ein Ochsengespann ihn mehr als zehn Fuß von ihr wegzerren, Emmy«, warf Eliar ein. »Bei ihm scheint es ein ziemlich schlimmer Fall dieses Knabe-Mädchen-Dings zu sein.«

»Das ist schön«, schnurrte sie.

»Dürfte ich Euch um einen Gefallen bitten, Dweia?«, warf Bheid nun ein.

»Warst du heute wirklich brav?«

»Ich habe es versucht – es ist natürlich nicht einfach, mit drei Damen auf dem Buckel *nicht* brav zu sein.« Bheid blinzelte nachdenklich zur Decke. »Da wir hier jetzt ohnehin gewisse Türen öffnen, möchte ich fragen, ob wir nicht auch diesen Schäfer Salkan hierher bringen könnten? Ich würde mich gern eingehend mit dem jungen Burschen unterhalten. Ich kann spüren, dass er gewaltige, noch im Verborgenen schlummernde Fähigkeiten hat, und es würde mir leid tun, wenn sie ungenutzt blieben. Sich um Schafe zu kümmern ist ja sicher sehr schön, aber es fordert Salkan nicht wirklich.«

»Wollen wir neue Priester anwerben, Bruder Bheid?« Leitha zog die Brauen hoch.

»Das wird uns während der Probezeit im Orden eingehämmert, Leitha«, antwortete er. »Neue Begabungen zu fördern ist eine unserer vorrangigen Pflichten.«

»Und welche Religion hast du dir für diesen jungen Mann gedacht, Bheid?«, fragte Dweia.

»Ich bin mir noch nicht ganz sicher«, gestand er, »aber ich finde, wir sollten uns den Burschen nicht entgehen lassen.«

»Eigentlich ging alles recht gut«, fasste der silberhaarige Dreigon am nächsten Morgen zusammen, als sich die Befehlshaber mit Eliar und Althalus in einem großen Zelt am Höhleneingang zusammensetzten.

»Sieht man davon ab, dass ich meine Gräben aufgeben musste«, brummte Gebhel.

»Hör auf zu jammern, Gebhel«, wies Khalor ihn zurecht. »Dieser Berg war noch wirksamer als deine Gräben.«

»Meine Männer haben viel Zeit mit dem Ausheben verloren!«

»Sie haben ihren Sold bekommen.«

»Wann werden dein Häuptling und meine Nichte voraussichtlich in diesem Haus eintreffen, Khalor?«, erkundigte sich Kreuter.

»In ungefähr einer Woche«, antwortete Khalor ausweichend. »Ich habe ihnen genügend von meinen Leuten mitgegeben, dass sie sicher dorthin kommen, und ich verspreche dir, dass dein Neffe dieses Haus nicht finden wird.«

»Gut. Ihr habt etwas von einem weiteren Feldzug angedeutet. Um was geht es – und wo?«

Khalor zuckte die Schultern. »In Treborea erhitzen sich die Gemüter. Das ist der Krieg, für den wir euch eigentlich angeworben haben. Der, den wir gestern hier beendeten, fand im Grunde genommen auf einem Nebenschauplatz statt. Seien wir ehrlich, meine Herren, keiner von uns hat dieses Scharmützel sonderlich ernst genommen. Es gab eine gewisse strategische Verbindung zu dem großen Krieg, wenn wir ihn so nennen wollen, aber das war auch schon alles.«

»Dann handelt es sich also um einen Krieg im Krieg?«, fragte Kreuter.

»Ja, und es ist mehr oder weniger immer derselbe Feind. Der Hauptunruhestifter befindet sich in Nekweros. Ich könnte mir vorstellen, dass wir letztendlich alle dorthin müssen, um ihn unmissverständlich aufzufordern, die Aufwiegelei zu beenden.«

»Da würden wir nur uns selbst brotlos machen«, schnaubte Gebhel. »Das wäre schrecklich dumm von uns, Khalor. Ist dieser Feldzug in Treborea eine Ausweitung der Streitigkeiten zwischen Kanthon und Osthos?«

»In etwa.«

»Du hast doch das letzte Mal für die Kanthoner gearbeitet, nicht wahr? Werden wir wieder auf derselben Seite kämpfen?«

»Nein, Gebhel. Wir haben die Seiten gewechselt. Die Arya von Osthos hat uns bessere Bezahlung geboten.«

»Das genügt mir«, sagte Kreuter. »Ich arbeite für Geld, nicht fürs Vergnügen. Ist irgendetwas Ungewöhnliches zu erwarten?«

»Wahrscheinlich nicht«, antwortete Khalor. »Alles was wir bisher erfahren haben, deutet auf eine herkömmliche Auseinandersetzung hin. Eines steht jedenfalls fest: Ich werde mehr Reiterei benötigen.«

»Darum kann ich mich kümmern«, versprach Kreuter. »Ich

kehre nach Plakand zurück und stelle weitere Männer mit Pferden in Dienst.« Er blickte Althalus an. »Ich werde ein paar Fässer von Eurem Gold brauchen.«

Althalus zuckte die Schultern. »Damit hatte ich gerechnet.«

»Geld spornt die Stute an«, zitierte Kreuter.

»Wäre sie nicht auch mit Hafer zufrieden?«

»Sie vielleicht schon, ich nicht.«

Khalor lehnte sich im Stuhl zurück und blinzelte zum Zeltdach. »Ich habe mich in letzter Zeit nicht mehr mit der Lage in Treborea beschäftigt«, gestand er, »aber wenn es keine Überraschungen gibt, dürfte es sich um die üblichen Gegebenheiten handeln. Ich habe Zugang zu einigen nicht allzu weit entfernten Stämmen, die ich gleich zu Anfang des Krieges einsetzen will. Ihr braucht euch nur in Richtung Osthos in Marsch zu setzen, meine Herren. Die Schatzkammer dort platzt aus allen Nähten; deshalb gibt es genug Geld für uns alle. Ich könnte mir vorstellen, dass die Lage sich bis zu eurem Eintreffen gefestigt hat. Wenn ihr dann in die Kämpfe eingreift, ist das Kriegsglück auf unserer Seite.«

»Ich könnte die Schäfer gut gebrauchen«, sagte Dreigon.

»Einen Moment«, protestierte Gebhel. »Sie unterstehen mir!«

»Ich dachte, du wolltest diesmal nicht mitmachen«, erinnerte ihn Khalor.

Gebhel zuckte die Schultern. »Ich muss ohnehin in diese Richtung, und ich bin ziemlich sicher, Gweti möchte, dass ich mich beteilige.« Er grinste. »Außerdem, wenn ich spät genug eintreffe, brauche ich nicht bei irgendwelchen langweiligen Belagerungen mitzumachen. Ich komme zu deinem Entsatz, Khalor. Du darfst also dankbar sein – und großzügig –, nachdem ich deinen Hintern aus dem Feuer gezogen hab'.«

»Wie nahe bist du mit Häuptling Gweti verwandt, Gebhel?« Khalor blickte ihn argwöhnisch an.

»Wir sind Vettern dritten Grades«, gestand Gebhel.

»Dachte ich's mir. Gewisse Wesenszüge sind unverkennbar.«

»Alle lieben das Geld, Khalor. Meine Familie vielleicht ein bisschen mehr als andere.«

»Yeudons Erlaubnis zu bekommen, Salkan und seine Jungs aus Wekti mitzunehmen, könnte sich als etwas schwierig erweisen«, meinte Bheid.

»Erlaubnis, pah«, schnaubte Gebhel. »Ich werde ihnen Gold anbieten, dann können sie ihre blökenden Schafe gar nicht schnell genug loswerden.«

Dreigon seufzte. »Dann wird mir wohl nichts übrig bleiben, als dein Angebot zu erhöhen.«

»Das würdest du doch nicht wirklich tun!«, rief Gebhel.

»Wart's ab.« Dreigon grinste breit.

Am Spätnachmittag führte Eliar Althalus und Bheid durch den Haupteingang des Tempels in Keiwon.

»Gibt es Neuigkeiten vom Krieg?«, erkundigte sich der weißgewandete Priester in Exarch Yeudons Vorzimmer interessiert.

»Man könnte es so ausdrücken, dass wir gesiegt haben«, erwiderte Eliar.

»Deiwos sei gepriesen!«, rief der Priester.

»Deiwos hatte nichts damit zu tun«, meinte Eliar. »Wir hatten die bessere Armee.«

»Ist Exarch Yeudon sehr beschäftigt?«, fragte Bheid höflich.

»Für Euch hat er ganz sicher Zeit, Scopas Bheid«, versicherte der Weißgewandete. »Er wies mich an, Euch sofort vorzulassen. Er macht sich große Sorgen wegen des Einfalls der Feinde.«

»Ich glaube, darüber braucht er sich jetzt keine Sorgen mehr zu machen«, murmelte Althalus. »Würdet Ihr ihn wissen lassen, dass wir da sind?«

»Ich werde euch sofort anmelden.« Der Priester trat zur Tür hinter seinem Tisch, öffnete sie und steckte den Kopf ins Studiergemach des Exarchen. »Scopas Bheid ist hier, Eminenz.«

»Führe ihn sofort herein, Bruder Akhas«, erklang Yeudons aufgeregte Stimme.

»Jawohl, Eminenz.« Der Priester öffnete die Tür weiter und verbeugte sich vor Bheid. »Bitte tretet ein, Scopas Bheid«, sagte er respektvoll, beinahe unterwürfig.

Bheid ging seinen Freunden voraus in Yeudons prunkvolles Studiergemach. Er verbeugte sich knapp. »Gute Neuigkeiten, Eminenz. Der Feind wurde zurückgeschlagen. Die Gefahr ist gebannt.«

»Wir sind gerettet!« Yeudons faltiges Gesicht verzog sich zu einem dankbaren Lächeln.

»Jedenfalls für den Augenblick«, warf Althalus ein.

»Ihr glaubt, der Feind könnte zurückkommen?«

»Womit? Es sind nicht viele übrig. Sergeant Khalor ist ein sehr gründlicher Mann. Er hat die Ansuner nicht bloß geschlagen, er hat sie in den Boden gestampft und Hundefutter aus ihnen gemacht. Trotzdem kann es nicht schaden, ein paar Männer entlang der Grenze zu postieren, damit sie die Augen offen halten – sicherheitshalber.«

»Ob Salkan und die anderen Schäfer diese Grenze halten könnten?«, fragte Yeudon.

»Da gibt es ein kleines Problem, Eminenz«, antwortete Althalus. »Unsere Feldherrn waren sehr beeindruckt von Euren Hirten und beanspruchen sie deshalb für den Krieg, der drüben in Treborea ausbricht.«

»Ich verbiete es!« Yeudon sprang auf. »Ich lasse nicht zu, dass meine Kinder den Ketzereien des Westens ausgesetzt werden! Kein Wekti darf unser Vaterland ohne meine ausdrückliche Genehmigung verlassen!«

»Ist Euer Glaube so schwach, Eminenz?«, fragte Bheid. »Fürchtet Ihr Euch so sehr vor anderen Gedanken und Glaubenslehren, dass Ihr meint, Eure Leute an die Kette legen zu müssen?«

»Meine Herren«, warf Althalus ein, »wir wollen uns doch nicht in theologischen Debatten verlieren. Das Ganze ist ein Geschäft. Wir sind hierher gekommen und haben Euch den Allerwertesten gerettet, Exarch, und als Entgelt dafür nehmen wir Salkan und die Schäfer. Nichts ist umsonst, Yeudon. Wenn Ihr etwas wollt, müsst Ihr dafür bezahlen. Zu Eurer Beruhigung – was in Treborea geschieht, ist Teil des gleichen Krieges, den wir hier kämpften. Unser Erzfeind ist nach wie vor Daeva; deshalb sind Salkans Hirten Euer Beitrag zum Kampf zwischen Gut und Böse. Macht Euch das nicht stolz?«

Yeudon funkelte ihn an. Dann wurden seine Augen schmal, und er blickte Bheid an. »Da ist etwas, das ich nicht ganz verstehe, Scopas Bheid. Vielleicht könntet Ihr es mir erklären.«

»Ich werde es versuchen, Eminenz.«

»Ich habe einen Boten zu Exarch Emdahl gesandt, um ihn meiner Dankbarkeit zu versichern, aber er hatte offenbar nicht die geringste Ahnung, was ich damit meinte. Offenbar hat er noch nie von Euch gehört. Ist das nicht merkwürdig?«

»Ihr dürft nicht Bheid die Schuld daran geben, Yeudon«, sagte Althalus milde. »Er wollte Euch nicht täuschen, doch ich zwang ihn dazu, weil wir auf diese Weise einfacher und schneller unser Ziel erreichten. Wir hätten Euch sagen können, was wirklich vorgeht, doch das hätte Euch vermutlich zu sehr erschüttert.«

»Dann war alles Täuschung!«, empörte sich Yeudon.

»Nicht ganz, nein. Bheid sagte Euch ja schon, dass wir die Befehle einer höheren Macht ausführen, und das ist die Wahrheit. Er hat diese Wahrheit nur ein wenig entstellt, als er Exarch Emdahl als diese höhere Macht bezeichnete. Genau genommen kommen unsere Befehle von einer Macht, die um ein Vielfaches höher ist als Emdahl – oder Ihr.«

»Deiwos, nehme ich an«, sagte Yeudon spöttisch.

»Nein, seine Schwester. Dieser Krieg, der die Welt zu zerreißen droht, ist im Grunde ein Familienzwist, der kriegerische Formen annahm. Deiwos hat einen Bruder und eine Schwester, die nicht miteinander auskommen. Das Buch erklärt es in allen Einzelheiten.«

»Buch?«

»Das Weiße Buch. An Eurer Stelle würde ich dem Schwarzen Buch nicht trauen. Natürlich konnte ich nicht darin lesen, als Ghend es mir zeigte, darum bin ich auch nicht wirklich mit seinem Inhalt vertraut. Von Dweia weiß ich jedoch, dass er eine Verzerrung der Wahrheit ist. Ich nehme an, Daeva hat das Buch verfasst, um dann laut damit prahlen zu können, er allein hätte das Universum erschaffen.«

»Ihr habt das Buch gesehen?« Yeudons Gesicht war kreidebleich geworden und seine Hände zitterten.

»Nichts von alledem würde sonst einen Sinn ergeben.«

»Ich dachte, die Bücher wären lediglich alte Mythen.«

»Nein, sie sind nur allzu wirklich, Yeudon. Das Weiße Buch habe ich von vorn bis hinten gelesen – denn die Göttin Dweia stand mit einem Prügel über mir, um sicherzugehen, dass ich nicht eine Zeile übersprang.«

»Ich verstehe das nicht.«

»Nichtverstehen ist der erste Schritt zur Weisheit, sagt Dweia gern. Die Götter sehen die Welt nicht wie wir, Yeudon, und so sehr wir auch versuchen, sie dazu zu bringen, Dinge zu unseren Gunsten zu verändern, setzen sie doch ihren eigenen Willen durch, und wir sind es, die verändert werden. Ob es uns gefällt oder nicht, wir müssen tun, was die Götter wollen.«

»Ich nehme an, Ihr seid der Hohe Priester der Göttin Dweia?«, schloss Yeudon.

Bheid brach in schallendes Gelächter aus.

»Habe ich etwas Komisches gesagt?« Yeudons Augen verengten sich gekränkt.

»Kein Mensch auf der Welt ist so wenig zum Priester geeignet wie Althalus, Eminenz.« So sehr Bheid sich auch bemühte, er konnte nicht zu lachen aufhören. »Er ist ein Lügner, ein Dieb und ein Mörder. Und jedes Mal, wenn Dweia ihm eine Anweisung erteilt, streitet er mit ihr darüber.«

Althalus zuckte die Schultern. »Niemand ist vollkommen. Ich würde wirklich nicht so weit gehen, mich Priester zu nennen. Ich bin Dweias Beauftragter – so wie Ghend der Beauftragte Daevas ist. Zu Beginn der ganzen Geschichte habe ich für Ghend gearbeitet, aber das änderte sich, als ich Dweia kennen lernte. Jetzt arbeite ich für sie, auch wenn sie nicht immer gutheißt, auf welche Art und Weise. Und ich finde meine Lösung für das Gesamtproblem besser als ihre, auch wenn ich nur ein schlichter Mensch bin.«

»Das ist Gotteslästerung!«, rief Yeudon.

»Na und? Ich glaube, Dweia wird mir verzeihen, wenn erst alles überstanden ist. Im Grunde genommen muss ich nur Ghend töten, um diesem ganzen Unsinn ein Ende zu machen. Dweia würde es mir wahrscheinlich ein paar hundert Jahre lang vorwerfen, aber so etwas hat sie schon einmal getan, und sie wird sich schließlich beruhigen.«

»Ihr würdet doch nicht ernsthaft wagen, Eurer Göttin gegenüber ungehorsam zu sein?«

»Es ist kein Ungehorsam, Yeudon. Sie will, dass etwas getan wird – und ich werde es tun. *Wie* ich das anstelle, ist meine Sache, nicht ihre. Genau genommen sind Götter schlichte Gemüter. Die Göttlichkeit scheint sie ein bisschen kindisch zu machen. Das könnte daran liegen, dass sie immer bekommen, was sie wollen – und vielleicht ist das der Grund, weshalb ich da bin. Wenn ich Dweia hin und wieder enttäusche, hilft es ihr möglicherweise, erwachsen zu werden.«

Yeudon starrte ihn entsetzt an.

»Wahrscheinlich belügt er sie«, fügte Bheid hinzu. »Zunächst glaubt sie ihm vermutlich nicht, doch Althalus kann das Blaue vom Himmel lügen, und schließlich kauft sie es ihm ab.«

»Ich würde gern länger bleiben und weiter mit Euch darüber reden, Exarch Yeudon«, behauptete Althalus, »doch Dweia wartet zu Hause auf uns und sie mag es gar nicht, wenn man zu spät zum Essen kommt.«

»Das ging ja schnell«, lobte Dweia, als die drei durch Eliars Prunkportal ins Turmgemach zurückkehrten.

Bheid schaute sich rasch um. »Wo sind Häuptling Albron und Astarell?«, fragte er.

»Unten im Speiseraum mit Leitha, Andine und Gher«, antwortete Dweia. »Ich finde es sinnlos, wenn sie zu viel Zeit hier im Turm verbrächten. Wie ist es in Keiwon gelaufen?«

»Ich habe es mit Diplomatie versucht, doch Althalus schob mich einfach zur Seite und deckte den armen Yeudon mit mehr Wahrheit ein, als er zu verdauen bereit war. Althalus kann sehr direkt sein, wenn er in Eile ist.«

»Yeudons zur Schau getragene Frömmigkeit ist mir ein Dorn im Auge. – Wurde schon entschieden, ob wir Salkan zum privaten Teil des Hauses bringen sollen?«

»Bruder Bheid hält es für eine gute Idee«, antwortete Dweia, »und es dürfte keine allzu großen Schwierigkeiten mit sich bringen, solange wir ihn vom Turm fern halten, genau wie Astarell und Albron.«

»Warten wir damit, bis er sich mit Gebhel und Dreigon in einem der Korridore hier befindet, Em«, schlug Althalus vor. »Dann fällt es nicht auf, wenn Eliar und ich ihn uns schnappen. Natürlich könnten wir ihn jetzt schon herbringen, aber dann müsste ich eine Menge Lügen verbreiten, um alle zufrieden zu stellen, und das ist auf die Dauer ziemlich ermüdend.«

»Was immer du für richtig hältst, Schatz. Ach, übrigens, Andine möchte Schatzmeister Dhakan in Osthos besuchen. Sie ist überzeugt, dass die Kanthoner bald angreifen werden. Nimm Sergeant Khalor mit, damit er unsere gegenwärtige Strategie erklären kann.«

»Was immer du möchtest, Em.«

Es war früher Abend, als Eliar Althalus, Andine und Khalor auf den Korridor vor Schatzmeister Dhakans Studiergemach im Palast von Osthos führte. Dann klopfte er an die Tür der Studierstube.

»Ich bin beschäftigt«, erklang Dhakans Stimme. »Versucht es später noch einmal.«

»Ich bin's, Dhakan«, rief Andine. »Ich habe gute Neuigkeiten für Euch.«

Dhakan öffnete die Tür. »Verzeiht, meine Arya«, entschuldigte er sich mit tiefer Verbeugung. »Den ganzen Tag haben Leute an meine Tür geklopft, die schlechte Neuigkeiten für mich hatten. Kommt herein. Kommt herein!«

»Ist er nicht ein Schatz?«, sagte Andine voller Zuneigung.

»Das ist Sergeant Khalor, Dhakan«, stellte Althalus ihm den Arumer vor. »Wir waren auf dem Rückweg zu diesem neuerlichen Krieg, den wir bei unserem letzten Besuch hier erwähnten, und trafen ihn nahe der Grenze zu Equero. Khalor war der Sieger in dem anderen Krieg und seine Heere sind auf dem Marsch. Er interessiert sich dafür, wie die Dinge hier zurzeit stehen.«

»Sergeant«, grüßte Dhakan Khalor mit knappem Nicken. »Nun, die Dinge verliefen hier nicht sonderlich gut, fürchte ich.«

»Die Kanthoner sind ins Land eingedrungen?«

Dhakan nickte. »Vor mehreren Tagen. Sie verfügen über eine gewaltige Armee. Unsere Streitkräfte konnten sie nicht lange aufhalten.«

Khalor deutete auf die große Karte hinter Dhakans Schreibpult. »Zeigt es mir.«

Dhakan nickte. »Das Grenzland von Treborea ist weder sehr fruchtbar noch reich an Bodenschätzen, darum hat auch niemand Anspruch darauf erhoben. Die Kanthoner fielen in unser Gebiet nördlich dieses Sees ein. Sie verfügten über eine beachtliche Armee von Söldnern.«

»Reiterei oder Fußsoldaten?«

»Beides, Sergeant.«

»Habt Ihr eine Ahnung, woher diese Söldner kamen?«

»Das ist nicht leicht zu sagen, Sergeant. Die meisten Treboreaner können Arumer und Kagwherer nicht unterscheiden.«

»Ich kann es vielleicht, wenn ich sie sehe.« Khalor deutete auf drei Namen auf der Karte. »Sind das Städte oder nur Dörfer?«

»Städte.«

»Haben sie Stadtmauern?«

Dhakan nickte. »Die von Kadon und Mawor sind gut befestigt, aber die von Poma ist halb verfallen. Im Grunde gehören diese drei Städte zur Föderation von Osthos. Vor ein paar Jahrhunderten waren sie freie Stadtstaaten, und als die Kanthoner zum ersten Mal nach einem Kaisertum strebten, schlossen wir uns zur Abwehr zusammen. Die Fürsten dieser drei Städte prahlen immer noch mit ihrer Unabhängigkeit, doch letztendlich führen sie nur Osthos' Befehle aus.«

Khalor schüttelte den Kopf. »Die Staatswissenschaften der Tiefländer sind noch komplizierter als ihre Religionen.«

»Es gehört zu den Freuden der Zivilisation, Sergeant Khalor, die Dinge schwieriger zu machen als sie sind«, sagte Dhakar trocken. Dann wurde seine Miene ernst. »In den vergangenen Jahrhunderten sahen wir uns häufig gezwungen, Krieg gegen die Kanthoner zu führen. Bei diesen Kriegen standen stets die Städte im Mittelpunkt, da nur dort Reichtümer zu finden sind. Diesmal allerdings ist es anders. Der Feind tötet jeden, der ihm in den Weg kommt.«

»Doch nicht etwa auch die Landleute?«, rief Andine.

»Ich fürchte ja, meine Arya«, entgegnete Dhakan.

»Das ist verrückt! Die Bauern haben nichts mit den Kriegen zwischen den Städten zu tun. Nie zuvor hat jemand Bauern getötet. Sie sind unverzichtbar! Wer soll die Feldfrüchte anbauen, von denen wir uns ernähren, wenn nicht der Landmann?«

»Das scheint die Eindringlinge nicht zu kümmern, meine Arya. Jedenfalls fliehen die Bauern voller Entsetzen und verstopfen sämtliche Straßen in den Süden.«

»Vielleicht wollen die Invasoren genau das erreichen«, überlegte Khalor laut. »Wenn diese drei Städte voll von Flüchtlingen sind, sobald die Belagerung beginnt, werden die Lebensmittel nicht lange reichen und die Städte können nicht durchhalten.«

»Das ist eine unmenschliche Kriegführung, Sergeant«, entrüstete sich Dhakan.

»Wir haben es auch mit einem unmenschlichen Gegner zu tun, Schatzmeister Dhakan.« Khalor blickte wieder auf die Karte.

»Lasst mich raten, Euer Liebden. Ist einer der Heerführer dieser Invasoren eine Frau?«

»Woher wisst Ihr das?«

»Wir hatten bereits mit ihr zu tun. Sie heißt Gelta und nennt sich selbst ›Königin der Nacht‹. Sie ist eine Wahnsinnige mit Schultern wie ein Stier, und sie liebt den Geschmack von Blut.«

»Eine Frau?«, rief Dhakan.

»Sie ist keine gewöhnliche Frau, Euer Liebden«, entgegnete Althalus, »und dies ist kein gewöhnlicher Krieg. Der Aryo von Kanthon ist nicht viel mehr als eine Marionette und jemand anders zieht die Fäden.«

»Meine Streitkräfte sind bereits unterwegs, Schatzmeister Dhakan«, beruhigte ihn Khalor. »Ich möchte mir diese Städte anschauen, doch das Wichtigste ist zurzeit, Truppen dorthin zu verlegen, um den Vormarsch der Eindringlinge zu verzögern. Das verschafft mir ausreichend Zeit, mich der Befestigungen anzunehmen. Wir brauchen jemanden zwischen Gelta und diesen Städten. Ich möchte mich nicht zum Essen an einen Tisch mit ihr setzen müssen.«

»Smeugor und Tauri«, schlug Althalus vor.

»Doch nicht diese beiden!«, rief Andine entsetzt. »Sie sind Abtrünnige, Althalus. Sie werden uns bei jeder Gelegenheit verraten.«

»Sie werden es versuchen«, entgegnete Althalus, »aber ich werde ihnen stets ein paar Schritte voraus sein. Ob sie wollen oder nicht, Smeugor und Tauri werden einen beachtlichen Beitrag zu unserem Sieg leisten.«

Das Laub war rot wie Blut, als die Königin der Nacht sich auf dem Thron des mächtigen Osthos niederließ. Und wisset, die gefangene Arya von Osthos wurde in Ketten herbeigezerrt, sich auf die Knie zu werfen vor der furchtbaren Königin, die alle niedergemetzelt hatte, die ihr im Weg gewesen.

»Unterwirf dich, schwaches Kind«, befahl die finstere Königin. »Sollte mir deine Erniedrigung gefallen, lasse ich dir vielleicht das Leben.« Das allzu vertraute, gefürchtete Wimmern erfüllte den Saal.

Und die Arya Andine kniete nieder, um ihre Unterwürfigkeit zu bekunden.

»Das Gesicht auf den Boden!«, befahl die grausame Gelta. »Ich will sehen, dass deine Demütigung vollkommen ist.«

Weinend senkte Arya Andine das Gesicht, bis es die Steine des Bodens berührte.

Und das Herz Geltas strömte über und der Geschmack des Sieges auf ihrer Zunge war süß, unendlich süß.

Frohlockend drückte sie den Fuß, der in einem derben Stiefel steckte, auf den zarten Nacken der unterworfenen Arya und rief: »Alles, was dein war, Andine, ist jetzt mein, wahrhaftig alles, selbst dein Leben und dein Blut.«

Und das grausame Frohlocken der Königin der Nacht hallte ebenso durch den Marmorpalast der gestürzten Arya von Osthos wie das fürchterliche Wimmern.

30

»Was hatte ich für einen schrecklichen Albtraum!«, stöhnte Astarell am nächsten Morgen beim Frühstück.

»Ich habe auch nicht sehr gut geschlafen«, gestand Häuptling Albron.

Dweia blickte die beiden an; dann machte sie eine Handbewegung. *»Drem!«*, murmelte sie.

Albron und Astarell erstarrten mit offenen Augen.

Sergeant Khalor blinzelte verwirrt und fächelte mit einer Hand vor dem Gesicht seines Häuptlings, aber der schien es nicht zu bemerken. »Was geht hier vor?«, fragte er scharf.

»Wir müssen uns unterhalten, Sergeant«, sagte Althalus, »und es ist besser, wenn Albron und Astarell nicht von dem Gespräch hören.«

»Hexerei?«, fragte Khalor erschrocken.

»So würde ich es nicht bezeichnen, wenngleich es auf dieser Linie liegt. Du wirst inzwischen bemerkt haben, dass vieles in diesem Haus ungewöhnlich ist. Astarell und dein Häuptling können ein Nickerchen machen, während wir beschäftigt sind. Dafür werden wir vermutlich noch öfter sorgen, damit gewisse Dinge im Rahmen bleiben.«

»Ja, Kreuter wäre es bestimmt nicht recht, wenn die Dinge zwischen Albron und seiner Nichte zu weit gingen.«

»Genau. Doch wenn gewisse Formalitäten erledigt sind, bräuchte

Kreuter sich nicht mehr den Kopf zu zerbrechen. Vielleicht solltest du es vorsichtig zur Sprache bringen, wenn du dich das nächste Mal mit ihm unterhältst.«

»Es würde in der Tat einige Probleme lösen«, bestätigte Khalor. »Was sollte dieses Gerede über Albträume?«

»Hast du vergangene Nacht geträumt, Sergeant?«, fragte Dweia.

»Ein wenig. Es ergab keinen Sinn, aber wann ist das bei Träumen schon der Fall?«

»Oh, es ergab Sinn«, widersprach Dweia. »Sogar beachtlichen.«

»Was führt Ghend jetzt schon wieder im Schilde?«, erkundigte Bheid sich erstaunt. »Ich dachte, er will die Vergangenheit ändern, aber dieser neue Traum hat auf die Zukunft hingedeutet, nicht wahr?«

»Könnte sein, dass ihn die Verzweiflung packt«, meinte Dweia nachdenklich. »Er hatte nicht viel Glück mit seinen Visionen der Vergangenheit, und ich empfange ein Gefühl großer Unzufriedenheit von meinem Bruder. Es könnte sein, dass er Ghend ein Ultimatum gestellt hat. An der Zukunft herumzupfuschen ist außerordentlich gefährlich.« Sie drehte den Kopf. »Konntest du Geltas Geist während dieses Traums berühren, Leitha?«

Das blasse Mädchen nickte. »Vieles war mit voller Absicht in Szene gesetzt. Gelta fügte Dinge zusammen, die nicht ganz der Wahrheit entsprachen. Der Krieg verläuft bei weitem nicht so gut für sie, wie dieser Traum schließen lässt.«

Khalor blickte die Anwesenden der Reihe nach an. »Ich vermute, das war nicht das erste Mal, dass ihr alle denselben Traum hattet.«

»Die Bösen woll'n mit unsren Gedanken spielen, Sergeant Khalor«, erklärte Gher. »Dieser Ghend schickt dummes Zeug in unsre Träume, das gar nicht wirklich passiert ist, weil wir glauben soll'n, dass es doch so war. Der Traum letzte Nacht war nicht über eine vergang'ne Zeit wie sonst. Ich denk', dieser Traum soll in etwa einem Monat wahr werden.«

»Wie bist du zu diesem Schluss gekommen, Gher?«, fragte Bheid.

»Die Blätter an den Bäumen vor dem Zimmer, in dem Andine auf dem Boden gelegen hat, war'n rot. Deutet das nicht auf Herbst hin?«

Khalor kniff die Augen zusammen. »Das stimmt. Soll das heißen, was wir in dem Traum gesehen haben, geschieht in ungefähr sechs Wochen tatsächlich?« Er blickte Dweia an. »Steht das fest? Oder könnte dieser Ghend sich zurückschleichen und Schnee auf den Boden streuen und uns dann alles noch mal träumen lassen?«

»Ich glaube nicht, dass er das wagen würde, Sergeant«, antwortete Dweia. »Bei einer Traumvision in der Zeit zu springen kann zu einem Paradoxon führen. Zwei völlig unterschiedliche Dinge, die zur selben Zeit am selben Ort geschehen, könnten die Wirklichkeit vernichten, und das dürfte auch Ghend zu gefährlich sein. Die Vergangenheit zu verändern ist ziemlich unbedenklich – wenn man damit nicht zu weit geht. Die Veränderung der Zukunft dagegen ist etwas ganz anderes.«

»Die Vergangenheit ist bereits geschehen, Dweia«, erinnerte Bheid sie. »Sie kann nicht verändert werden!«

»Das ist auch nicht nötig, Bheid. Die Traumvision verändert nur unsere Erinnerung an die Vergangenheit. In der wirklichen Welt hat Gelta nie die absolute Herrschaft in Ansu errungen. Mit Mord und Totschlag hat sie die Macht über sechs Stämme in Südansu an sich gerissen; dann aber taten die anderen sich zusammen und überwältigten sie. Doch sie erinnert sich nicht daran. Sie ist überzeugt, dass ganz Ansu ihr gehört, und mit seinen Traumvisionen kann Ghend sämtliche Ansuner dazu bringen, das ebenfalls zu glauben. Deshalb griffen die Ansuner Wekti an, als Gelta es ihnen befahl.«

»Ergab das für alle anderen denn überhaupt Sinn?«, fragte Eliar düster.

»So kompliziert is' das gar nicht, Eliar«, versicherte Gher. »Diese Traumdinger sind bloß fauler Zauber.«

»Es so zu sehen ist wahrscheinlich das Beste«, lobte ihn Dweia. »Zwar ist es ein wenig komplexer, aber ›fauler Zauber‹ ist gar nicht so verkehrt – vorausgesetzt, die Traumvisionen beschäftigen sich mit der Vergangenheit. Diesmal jedoch versucht Ghend uns eine Zukunftsvision einzugeben.«

»Wie können wir sie verhindern?«, fragte Andine heftig.

»Das wollen wir gar nicht, Liebes«, antwortete Dweia voller Zuneigung. »Ich halte es für das Beste, wenn wir bei diesem Traum mitspielen.«

»Nein!«, rief Andine schrill. »Ich werde mich nicht vor dieser pockennarbigen Kuh zu Boden werfen!«

»Du übersiehst da etwas, Andine«, rügte Dweia. »Hat der Dolch dir nicht ›Gehorche‹ gesagt, als du die Klinge gelesen hast?«

»Aber das bedeutet ganz gewiss nicht, dass ich Gelta gehorchen soll!«

»Die Bedeutungen der Worte auf dieser Dolchklinge sind ein wenig rätselhaft, Liebes. Eliar las das Wort ›Führe‹, doch das bedeutete nicht, dass er eine Armee befehligen sollte, sondern dass er dazu bestimmt war, die Türen zu öffnen. Leitha las ›Lausche‹, doch sie lauscht nicht mit den Ohren. Als du die Anweisung ›Gehorche‹ gelesen hast, bekamst du die Mittel, Gelta zu besiegen.«

»Ich werde ihr nicht gehorchen! Lieber sterbe ich!«

»Dieser Ausweg steht dir nicht offen, Liebes. Es braucht dir nicht zu gefallen, Andine, du musst es nur tun!«

»Ich bin sicher, ihr könnt euch auch ohne mich mit diesen Dingen beschäftigen«, warf Sergeant Khalor ein. »Ich möchte mir die drei Städte anschauen.«

»Warte noch ein paar Minuten, Sergeant«, hielt Althalus ihn zurück. »Erst will ich mit Smeugor und Tauri reden. Ich halte es für angebracht, Truppen dorthin zu entsenden, um die Invasion zu verzögern.« Er blickte Leitha an. »Du kommst besser mit, denn ich möchte genau wissen, was diese beiden denken, ehe ich sie losschicke.«

Leitha machte einen übertriebenen Knicks vor ihm. »Wie Ihr befehlt, o ruhmreicher Führer.«

»Würdest du dich ein wenig mit ihr darüber unterhalten, Bheid?«, wandte Althalus sich an den Priester in der schwarzen Kutte. »Ich muss mich schon um genug Dinge kümmern und kann auf diese kleinen Sticheleien verzichten.«

»Aber Althalus«, sagte Leitha mit gespielter Verwunderung, »wie könnt Ihr so etwas Unfreundliches auch nur denken?«

Althalus und Leitha schritten durch die stillen Korridore des Hauses zum Südostflügel, und Althalus erklärte dabei einige Seltsamkeiten. »Sie sehen weder die Wände noch den Boden, Leitha. Sie sind überzeugt, dass sie sich irgendwo in den Bergen von Kagwher befinden.«

»Wie macht Ihr das, Althalus?«, fragte das blonde Mädchen.

»Nicht ich mache es, also frag nicht mich. Emmy kümmert sich um so etwas.«

»Ihr liebt sie sehr, nicht wahr?«

»Es ist noch viel mehr. – Wie dem auch sei, die beiden Stämme glauben, auf einem Pass zu sein. Sie machen gerade Rast. Ich werde dich in einer Türöffnung postieren, die sich in der Nähe befindet, dann begebe ich mich zu ihnen und erteile ihnen den Marschbefehl. Ich muss wissen, wie sie insgeheim darauf reagieren und was sie versuchen werden, um sich vor der Ausführung dieses Befehls zu drücken. Wir können gut auf unliebsame Überraschungen verzichten.«

»Ich werde mein Bestes tun«, versprach sie.

Sie bogen in einen Seitenkorridor, und Althalus sah eine Armee Arumer ein Stück voraus. »Das dürfte weit genug sein, Leitha. Warte hier.«

Wie stets in einem solchen Fall hatte Althalus ein seltsames Gefühl der Orientierungslosigkeit, als er sich dem Lager näherte. Es war, als würde er zwei Bilder gleichzeitig wahrnehmen. Zwar konnte er den Korridor ziemlich gut sehen, erkannte zugleich aber aus den Augenwinkeln die Berge von Kagwher; trotzdem überlagerte beides einander verschwommen. Auch die Entfernungen stimmten nicht; die beiden Posten traten fast auf der Stelle, ohne es zu wissen, als sie Althalus zum Pavillon ihrer Häuptlinge führten.

»Guten Morgen, meine Herren«, begrüßte Althalus das abstoßende Paar. »Wie ist das werte Befinden?«

»Das Ganze ist eine Unverschämtheit!«, beschwerte sich der beleibte pickelgesichtige Smeugor sofort. »Wir sind Häuptlinge, und Ihr verlangt von uns, dass wir uns mit den gewöhnlichen Söldnern durchschlagen.«

»Ihr habt das Gold genommen, Häuptling Smeugor«, erinnerte ihn Althalus, »jetzt ist die Zeit gekommen, dass Ihr es Euch verdient.«

»Worum geht es?«, erkundigte sich Tauri, der Mann mit dem schütteren blonden Haar.

»Die Kanthoner sind in osthosisches Gebiet eingefallen«, antwortete Althalus. »Jetzt geht es richtig los. Ruft eure Truppenführer, damit ich die Einzelheiten mit ihnen besprechen kann.«

»Wir sind die Stammeshäuptlinge, Althalus«, erklärte Smeugor von oben herab. »Wir geben die Anweisungen als Befehle an sie weiter.«

»Verzeiht meine Offenheit, Häuptling Smeugor«, sagte Althalus, »aber ihr beide versteht weniger als nichts von militärischen Unternehmungen. Ich muss sichergehen, dass eure Truppenführer genau wissen, was vorgeht und was ich von ihnen erwarte. Es darf keine Missverständnisse geben!«

»Ihr geht zu weit, Althalus«, entrüstete Tauri sich. »Wir entscheiden, welche Befehle unsere Männer erhalten.«

»Dann endet eure Bezahlung von diesem Augenblick an. Kehrt nach Arum zurück.«

»Wir haben eine Vereinbarung!«, rief Smeugor. »Ihr könnt sie nicht einfach missachten!«

»Das kann ich sehr wohl. Entweder ihr ruft eure Truppenführer herbei, oder ihr könnt eure Sachen für den Rückmarsch packen. Ich spreche für Arya Andine, und ihr werdet tun, was ich euch sage, oder ihr kommt in Schwierigkeiten!«

Tauri ging zu dem Posten vor dem Eingang des Pavillons. »Du – wie du auch heißt – hol Wendan und Gelun, und beeil dich!«

»Jawohl, mein Häuptling.« Althalus entging das Feixen des Postens nicht, als Tauri sich von ihm abgewendet hatte. Die beiden abtrünnigen Häuptlinge standen bei ihren Stammesbrüdern offenbar nicht in sehr hohem Ansehen.

»Was genau habt Ihr mit uns vor, Althalus?« Smeugors Augen wirkten verkniffen.

»Die Invasoren kommen rascher voran, als uns lieb ist. Wir bereiten eine besondere Begrüßung für sie vor, zu der sie nicht zu früh erscheinen dürfen. Ich will, dass eure Leute sie ein wenig aufhalten.«

»Es ist ein weiter Weg, Althalus«, wehrte Tauri ab. »Wie sollten wir rechtzeitig dort ankommen?«

»Indem ihr euch in Bewegung setzt. Sofort, und im Laufschritt.«

»Mir gefällt Euer Tonfall nicht, Althalus.«

»Wie bedauerlich. Ihr seid nun fast schon einen Monat unterwegs und nicht sehr weit gekommen. Jetzt könnt ihr das Versäumte aufholen. Wir sind im Krieg, meine Herren, nicht auf einem Vergnügungsausflug. Erteilt euren Leuten den Befehl, das Lager abzubrechen. Ihr werdet noch in dieser Stunde losmarschieren!«

»Du hast nach uns geschickt, mein Häuptling?«, wollte ein hagerer Söldner wissen, als er und ein sehr großer Mann eintraten.

»Ja, Gelun«, antwortete Tauri. »Das ist Althalus, einer der Knechte unserer Auftraggeber. Er hat Anweisungen für euch – draußen. Häuptling Smeugor und ich wollen ungestört frühstücken.«

»Wie Ihr befehlt, mein Häuptling.« Hauptmann Gelun salutierte zackig. »Wenn du mit uns kommst, Althalus, können wir das Ganze in allen Einzelheiten besprechen.«

»Natürlich. Übrigens bin ich Kämmerer Althalus und niemandes Knecht.« Er verneigte sich knapp vor Smeugor und Tauri. »Genießt euer Frühstück, meine Herren, aber macht es kurz.« Er folgte den beiden Truppenführern aus dem Zelt.

»Bilde ich es mir nur ein oder verspürte ich wirklich einen Hauch von Verachtung?«, fragte der hoch gewachsene Begleiter von Hauptmann Gelun.

»Du bist Hauptmann Wendan, nicht wahr?«, erkundigte Althalus sich.

»Zu Euren Diensten, Meister Althalus«, erwiderte der Hochgewachsene.

»Das kann ich nur hoffen. Ich hatte nicht viel Glück, diesem Paar da drinnen etwas verständlich zu machen.«

»Erstaunlich«, murmelte Gelun spöttisch. »Wendan und ich haben keine Schwierigkeiten, sie zu überzeugen, dass wir marschieren müssen – außer wir werden unvorsichtig und meinen, dass eine Meile pro Tag nicht genügt.«

»Welcher Teufel hat Eure Arya geritten, uns diese beiden Einfaltspinsel aufzuhalsen?«, fragte Wendan.

»Psst, Wendan«, mahnte Gelun, »du solltest die Männer nicht hören lassen, was du von unseren verehrten Häuptlingen hältst. Das ist schlecht für ihren Kampfgeist.«

»Arya Andine ist nicht wirklich mit dem arumischen Gefüge der Stämme vertraut«, erklärte Althalus. »Sie dachte, dass es überall so ist wie bei Twengor, der seine Männer selbst anführt. Ich habe ihr klarzumachen versucht, dass es bei Smeugor und Tauri nicht der Fall ist, aber sie schien mich nicht recht verstanden zu haben. Offenbar ist sie immer noch der Meinung, dass diese beiden die Befehlshaber sind. Nun, sie ist eben noch sehr jung.«

»Mit der Zeit ändert sich das bei jedem«, entgegnete Gelun. »Hier ist unser Zelt, Althalus. Tretet ein und lasst uns zur Sache kommen.«

»Ich habe eine Karte mitgebracht.« Althalus langte unter seinen Kittel und brachte eine von Khalors sorgfältig gezeichneten Karten zum Vorschein. Er rollte sie auf und breitete sie auf dem schlichten Tisch aus. »Die Armee von Kanthon ist vergangene Woche ins Hoheitsgebiet von Osthos eingefallen und nähert sich diesen drei Städten. Wir müssen dafür sorgen, dass sie nicht so rasch vorankommt.«

»Wer ist der Oberbefehlshaber unserer Streitkräfte?«, erkundigte Wendan sich.

»Kennt Ihr Sergeantgeneral Khalor?«

»O ja«, antwortete Wendan. »Er und ich kämpften ein paarmal auf verschiedenen Seiten. Wenn Ihr Khalor habt, braucht Ihr uns gar nicht.«

»Ist er so tüchtig?«, fragte Gelun.

»Man sollte ihn lieber nicht zum Feind haben.«

Gelun brummte: »Ihr wisst doch, was zur Hinhaltetaktik gehört, nicht wahr, Althalus?«

»Hauptsächlich Hinterhalte und die Zerstörung von Brücken.«

»Haltet Ihr Euch lieber an Staatskunst und Diplomatie, Althalus«, riet Wendan. »Kriege sind ein klein wenig anders. Soldaten werden mehrmals am Tag hungrig und müssen versorgt werden. Wenn man darauf achtet, dass sie nichts zu essen bekommen, verzögert man ihren Vormarsch am wirksamsten. Die Erntezeit dürfte begonnen haben – vielleicht haben die Kanthoner mit ihrem Einfall darauf gewartet. Ich hoffe, Eure Arya hängt nicht zu sehr am Weizenertrag dieses Jahres, denn damit wird es schlecht aussehen, wenn Gelun und ich das Grenzland erreicht haben. Wir werden alles auf fünfzig Meilen in der Runde in Brand setzen.«

»Und jeden Brunnen vergiften, den wir finden«, fügte Gelun hinzu.

»Vergiften?« Althalus erschrak.

»Nun, darauf läuft es hinaus, wenn man ein Pferd oder eine Kuh oder sonst ein Tier hineinwirft, das mehr als eine Woche tot ist. Das Wasser ist dann nicht mehr trinkbar.«

»Und wenn gerade kein totes Vieh herumliegt, kann man auch Leichen nehmen. Daran mangelt es in einem Krieg nicht«, meinte Wendan.

Althalus schüttelte sich angewidert. »Könnt ihr Smeugor und Tauri davon abhalten, sich einzumischen?«

Gelun rümpfte die Nase. »Alles, was mehr als eine Meile von ihrem Pavillon entfernt ist, könnte sich genauso gut am Ende der Welt befinden. Unsere ruhmreichen Führer sind keine großen Freunde körperlicher Betätigung. Wendan und ich salutieren zackig, wenn die beiden uns etwas befehlen, doch sobald wir außer Sicht- und Hörweite sind, tun wir, was *wirklich* getan werden muss. Sagt Sergeant Khalor, dass wir ihm Invasoren schicken, die entsetzlich hungrig und durstig sein werden. Er wird schon wissen, was er mit ihnen anfangen soll.«

»Aber lasst uns die Karte hier«, bat Wendan. »Wenn Ihr uns nun entschuldigen würdet. Es wird Zeit, dass wir unseren Männern den Marschbefehl erteilen.«

»Viel Spaß«, wünschte ihnen Althalus und verließ das Zelt.

»Euch mangelt es noch an guten Umgangsformen, Althalus«, bemerkte Leitha, als er sich ihr wieder anschloss. »Wart Ihr nicht etwas zu barsch zu Smeugor und Tauri?«

»Ich hätte noch barscher sein können. Was haben sie gesagt, nachdem ich gegangen war?«

»Sie sind furchtbar aufgeregt und außerordentlich besorgt. Seit der Zusammenkunft in Albrons Festung ist es ihnen nicht gelungen, sich mit Ghend in Verbindung zu setzen. Im Augenblick sind sie ziemlich ratlos, wie es scheint. Gewöhnlich läuft es so ab, dass Argan ihnen Botschaften von Ghend überbringt und ihre Nachrichten mit zurücknimmt, doch sie haben ihn seit Wochen nicht gesehen. Das verstehen sie nicht, und es macht ihnen schreckliche Angst. Sie wissen, dass Ghend sie bestrafen wird – möglicherweise mit einem grausamen Tod –, falls sie etwas falsch machen.«

»Wie bedauerlich«, spöttelte Althalus. »Wir sollten zusehen, dass wir in den Turm zurückkommen, ehe Khalor aus der Haut fährt.«

»Da ist noch etwas, Althalus«, sagte Leitha mit besorgter Miene, »aber ich werde nicht recht schlau daraus.«

»Ach?«

»Argan ist derjenige, der Spione für Ghend anwirbt – gewöhnlich mit Bestechungen. Das hat er zumindest in Wekti getan. In Treborea ist es etwas anders. Er bestichet zwar immer noch alle möglichen Staatsdiener, doch ich habe von Smeugor und Tauri immer wieder das Wort ›Bekehrung‹ aufgefangen, das ihnen grauenvolle Furcht einjagt. Sie nehmen zwar mit Vergnügen Geld von Argan, aber es sind offenbar einige Bedingungen damit verknüpft.«

»Das hat uns gerade noch gefehlt«, brummte Althalus. »Ich hasse es, wenn Religion mit Politik verknüpft wird.«

»Ich dachte mir jedenfalls, dass Ihr es wissen solltet, Althalus.«

»Vielen Dank.« Er blickte sie an. »Wie kommt Bheid eigentlich zurecht? Gher sagte, er hat sehr verlegen ausgesehen, als du gewisse Türen für ihn geöffnet hast – du weißt schon, was ich meine.«

Sie kicherte. »Er war nicht ganz bereit für manche Dinge, die damit zu tun hatten. Es störte ihn nicht, Ideen auszutauschen, aber bei Gefühlen hat ihm der Austausch arg zu schaffen gemacht.«

»Würde dich ein Vorschlag kränken, Leitha?«, fragte Althalus behutsam, als sie sich der Turmtreppe näherten.

»Das kommt auf den Vorschlag an.«

»Würdest du die nächste Zeit ein wenig sanfter mit Bheid umgehen?«

»Was versteht Ihr unter ›sanfter‹?«

»Sorg dafür, dass er nicht ständig errötet. Und lass die ›schlimmen Gedanken‹ – zumindest bis er sich daran gewöhnt hat, Fremde in seinem Kopf zu haben.«

»Aber er ist so süß, wenn er errötet«, erwiderte sie schmollend.

»Such dir vorerst eine andere Unterhaltung. Ich habe das dumpfe Gefühl, dass wir Bheid in Kürze mit klarem Verstand brauchen, also leg eine Pause ein mit deinem Hüftwackeln und den Anzüglichkeiten. Er entkommt dir sowieso nicht, Leitha, also benimm dich!«

»Jawohl, Pappi.«

»Was soll das denn schon wieder?«

»Ihr wart so väterlich, Althalus. Im Grunde genommen wart Ihr das die ganze Zeit, wisst Ihr – wahrscheinlich weil Ihr uns als Kinder seht. Dabei seid Ihr alles andere als der Vatertyp, doch für uns seid Ihr der einzige Vater, den wir haben – lieber Pappi.«

»Das genügt, Leitha!«

»Werdet Ihr mir jetzt den Hintern versohlen – mit bloßen Händen?«, fragte sie erwartungsvoll und klimperte mit den Wimpern.

»Schluss damit!«

»Ja, lieber Pappi.«

An den Wachen am Tor von Kadon kam man nicht so schnell vorbei. Eingehend befragten sie Althalus, Eliar und Sergeant Khalor, ehe sie den dreien Zugang zur Stadt gewährten. Althalus kochte vor Wut, als sie durch die schmalen Straßen zu Herzog Olkars Palast schritten.

»Ihr dürft nicht vergessen, dass wir Krieg haben, Althalus«, versuchte Khalor ihn zu beruhigen. »Diese Männer hätten ihre Pflicht nicht erfüllt, hätten sie uns einfach hindurchgewinkt.«

»Aber ich hatte diesen Passierschein mit Andines Unterschrift!« Althalus deutete auf das Schreiben.

»Das mag ja recht beeindruckend sein, aber nur die wenigsten Soldaten können lesen. Die Wachen haben lediglich getan, was sie tun mussten. Hört auf, Euch darüber zu ärgern.«

»Die Mauern scheinen ziemlich stabil zu sein«, bemerkte Eliar.

»Stabil genug«, pflichtete Khalor ihm bei. »Für Verteidigungszwecke sind sie ein wenig fantasielos, aber ein paar Veränderungen dürften das bereinigen.«

»Was für Veränderungen?«

»Überleg doch, Eliar. Was fügt man einer Mauer hinzu, um jemandem das Leben schwer zu machen, der in eine Stadt eindringen will?«

»Einen Überhang, vielleicht?«

»Der könnte nicht schaden. Steile Mauern erschweren das Erklimmen. Ein Überhang macht es fast unmöglich. Sonst noch was?«

»Schießscharten. Eine Brustwehr möglicherweise, damit Schützen alle Angreifer mit Pfeilen eindecken können, die ihr Glück mit Sturmleitern versuchen.«

»Auch diese Veränderungen waren sinnvoll.«

»Warum tust du das, Khalor?«, fragte Althalus.

»Was?«

»Diese Prüfungsaufgaben stellen?«

Khalor zuckte die Schultern. »Man erwartet von mir, dass ich Lehrer bin, Althalus. Und Lehrer stellen Prüfungsaufgaben. Die letzte Prüfung allerdings muss man vor dem Feind bestehen. Wenn meine Schüler nach der Schlacht noch leben, haben sie die Prüfung bestanden. Ihr solltet den Passierschein von Andine jetzt bereithalten. Der Palast des Herzogs liegt gleich dort drüben, und wir sind zu sehr beschäftigt, als dass wir unsere Zeit in einem Warteraum vertrödeln dürfen.«

Tatsächlich verschaffte Andines Passierschein ihnen sofortigen Einlass in das prunkvolle Studiergemach Olkars von Kadon. Der Herzog war ein dünkelhafter, geistig etwas schwerfälliger Mann mittleren Alters. »Das alles ist sehr schlecht für die Staatsfinanzen, edler Althalus«, beklagte er sich, nachdem alle Platz genommen hatten. »Meine Stadt ist überfüllt mit Bauerntölpeln, die erwarten, dass ich sie durchfüttere.«

»Auf dem Land draußen werden sie Opfer der Invasoren, Hoheit. Wenn die Bauern im nächsten Frühjahr nicht mehr leben, wer soll dann die Saat ausbringen?«

»Ja, das ist natürlich zu bedenken«, sagte Olkan unwillig. »Dieser Krieg wird doch nicht allzu lange dauern, oder? Ich muss Ware liefern, und die Straßen sind zurzeit nicht sicher.«

»Es wird noch schlimmer, Durchlaucht«, erwiderte Khalor unverblümt. »In einer Woche, spätestens in zehn Tagen, werdet Ihr unter Belagerung stehen. Eure Stadtmauer muss verstärkt werden und Ihr braucht einen ausreichenden Lebensmittelvorrat. Meine Truppen werden die Belagerer zwar schlagen, aber Ihr solltet lieber dafür sorgen, dass Ihr genügend Vorräte habt, die bis zum Herbst reichen.«

»Herbst?«, rief Olkar entsetzt. »Das nimmt uns jegliche Hoffnung auf Gewinn für dieses Jahr.«

»Zumindest werdet Ihr noch am Leben sein, wenn das nächste kommt«, gab Althalus zu bedenken. »Jeder hat dann und wann ein schlechtes Jahr.«

»Ich muss mit Euren Baumeistern reden, Durchlaucht«, sagte Khalor. »Sie müssen rasch Verbesserungen an Eurer Stadtmauer vornehmen. Ich hätte da einige Vorschläge. Ach ja, da wäre noch etwas. Ein Heer arumischer Söldner ist zur Verteidigung Eurer Stadt unterwegs. Die Männer brauchen Quartier.«

»Können sie ihr Lager denn nicht vor der Mauer aufschlagen?«, jammerte Olkar.

Khalor schwieg, bedachte den Herzog jedoch mit einem finsteren Blick.

»Nun ja«, sagte Olkar schließlich, »wenn ich es recht bedenke, sollten sie wohl in den Schutz der Stadtmauern kommen.« Er seufzte. »Arumer sind laut und rüpelhaft. Könnt ihr dafür sorgen, dass sie sich besser benehmen, solange sie hier in Kadon sind? Unsere Bürger sind auf Schicklichkeit bedacht und werden sich über Rüpel erregen.«

Khalor zuckte die Schultern. »Wenn Ihr die Arumer für Rüpel haltet, steht es Euch frei, Eure Stadt selbst zu verteidigen.«

»Nein, nein, das ist schon in Ordnung, Sergeantgeneral«, versicherte Olkan ihm rasch.

»Dachte ich mir doch, dass Ihr es so sehen würdet, Durchlaucht«, sagte Khalor. »Würdet Ihr jetzt nach Euren Baumeistern senden, damit ich ihnen alles erklären kann? Ich habe heute noch sehr viel zu tun.«

»Welchen Stamm willst du zur Verteidigung von Kadon einsetzen?«, fragte Althalus Khalor, als sie die Stadt wieder verließen.

»Laiwons Leute«, antwortete Khalor. »Laiwon ist fast so tüchtig wie Twengor und verfügt obendrein noch über einigen Sachverstand. Sein Stamm wurde schon bei mehreren Belagerungen eingesetzt; er kennt sich also aus. Ich möchte nicht, dass er die Belagerer vertreibt. Diese Stadt und ihr hochnäsiger Herzog werden ein Drittel der Invasoren für uns beschäftigen, solange ich es für richtig halte.« Er blickte über die Schulter zurück zur Stadt. »Ich glaube nicht, dass man uns von dort aus noch sehen kann. Also auf nach Poma, Eliar.«

»Jawohl, Sergeant.«

Sie durchquerten rasch das Haus und traten innerhalb der Stadt Poma hinaus. »So meiden wir die Torwächter«, erklärte Eliar.

Khalor starrte ungläubig auf die Stadtmauer. »Das gibt es doch nicht!«, rief er bestürzt.

Althalus betrachtete blinzelnd die Mauer. »Nicht sehr erfreulich«, stellte er fest.

»Ein heftiger Nieser würde sie umpusten«, entrüstete Khalor sich. »Wer hat in dieser Stadt eigentlich das Sagen?«

»Dhakan nannte ihn Bherdor«, antwortete Althalus.

»Ich hätte da noch ein paar andere Namen für ihn!«, brummte Khalor. »Reden wir mal mit diesem Schwachkopf.«

Der Palast sah wie eine Ruine aus. Der Putz bröckelte von den Wänden; mehrere zerbrochene Fenster waren mit Brettern verschlagen, statt neue Scheiben einzusetzen, und den Innenhof hatte man offensichtlich seit Monaten nicht gekehrt – oder besser: ausgeschaufelt.

Andines Passierschein verschaffte ihnen umgehend Zutritt zu einem simplen Studierzimmer und dem nicht weniger simplen Herzog.

Bherdor war den Kinderschuhen offenbar noch nicht lange entwachsen. Er hatte einen schwächlichen Körper und ein dem entsprechendes Wesen. »Ich weiß, dass die Dinge nicht ganz so sind, wie sie sein sollten«, entschuldigte er sich mit zittriger Stimme, nachdem Althalus ihn wegen des Zustands der Stadtmauer zurechtgewiesen hatte. »Aber meine arme, arme Stadt taumelt am Rande völliger Zahlungsunfähigkeit dahin. Um dem entgegenzuwirken wollte ich die Steuern erhöhen, doch die Kaufleute warnten mich, dass eine Steuererhöhung die heimische Wirtschaft völlig zusammenbrechen ließe.«

»Was ist denn Euer Steuersatz?«, erkundigte Althalus sich.

»Dreieinhalb Prozent«, erwiderte Bherdor bebend. »Haltet Ihr das für zu hoch?«

»Achtzig Prozent wären hoch. Dreieinhalb sind ein Witz. Kein Wunder, dass Ihr in einem verfallenen Saustall haust.«

»Es ist zu spät, jetzt noch etwas zu unternehmen«, erklärte Khalor. »Die Stadtmauer wird im Höchstfall zwei Tage standhalten. Am besten, ich schicke Twengor hierher. Ich fürchte, es wird zu Straßenkämpfen kommen, und dafür ist Twengor der Richtige – sofern er nüchtern ist.« Er blickte den verängstigten Herzog Bherdor an. »Eure habgierigen Kaufleute werden eine ebenso schnelle wie nachdrückliche Lektion über die Notwendigkeit eines vernünftigen Steuersatzes erteilt bekommen. Nach ein paar Wochen eines Kampfes von Haus zu Hause – und der unvermeidlichen Plünderung durch beide Armeen – wird nicht viel von Poma übrig sein. Eure Kaufherren haben Euch nach Strich und Faden betrogen, Euer Liebden, doch nach diesem Krieg werden auch sie keinen Reichtum mehr vorzuweisen haben.«

»Großer Gott!«, entfuhr es Khalor beim Anblick der Stadtmauer von Mawor. »Seht euch das an!«

»Einschüchternd wäre wohl untertrieben«, meinte Althalus, der auf die gewaltige Verteidigungsanlage Mawors starrte.

»Einschüchternd? Nicht um alles Geld der Welt würde ich diese Stadt belagern. Aber Steuerzahler wäre ich hier auch nicht gern. Wie hieß der Herzog gleich?«

»Nitral, wenn ich mich recht entsinne«, antwortete Eliar. »Schatzmeister Dhakan sagte, er sei Baumeister und habe vor zwanzig Jahren damit begonnen, die ganze Stadt neu errichten zu lassen.«

»Jedenfalls werden wir an dieser Mauer nichts verbessern müssen, das steht fest.« Khalor betrachtete blinzelnd die Stadt. »Ich würde sagen, Mawor ist so gut wie uneinnehmbar. Ich glaube, ich kommandiere jemanden hierher, der diesen Vorteil wirklich zu nutzen versteht.«

»Wie wär's mit Eisenkinn?«, meinte Eliar.

»Genau an den habe ich gedacht. Er wäre der ideale Mann für diese Stadt.«

»Wer ist ›Eisenkinn‹?«, fragte Althalus.

»Ein Häuptling. Sein Kinn ragt noch weiter aus dem Gesicht als seine Nase«, erklärte Khalor. »Er redet fast nie und ist der sturste Bursche von ganz Arum. Solbald er sich erst einmal auf etwas versteift hat, lässt er nicht mehr locker. Wenn wir Koleika Eisenkinn nach Mawor bringen, mag Gelta die Stadt zwar belagern, aber sie wird nicht hinein- und auch nicht mehr von hier wegkommen.«

»Das verstehe ich nicht«, gestand Althalus.

»Sobald Gelta zum Rückzug bläst, wird Koleika durch das Tor stürmen und ihre Armee niedermetzeln.« Khalor blinzelte. »Es passt zu dem, was Leitha uns über Geltas Gedanken in ihrem Traum erzählt hat. Es gab da etwas, das den Vormarsch der Eindringlinge nach Osthos verhinderte. Ich glaube, das könnte durchaus das Zusammentreffen dieser Festung mit Eisenkinn gewesen sein. Die beiden gemeinsam ergeben eine natürliche Falle. Die Invasion endet genau hier.« Khalor lachte. »Unsere Feinde tun mir fast leid. Kommt, gehen wir in die Stadt und besuchen diesen genialen Baumeister. Wir teilen ihm mit, dass Koleika auf dem Weg hierher ist, und was er zu erwarten hat. Dann können wir nach Osthos zurückkehren und ich werde mich mit den Generälen von Andines Armee unterhalten.«

Es war inzwischen Spätsommer, und eine beinahe unerträgliche Hitze lastete auf Osthos. Auf Andines Bitte hin hatte Schatzmeister Dhakan die Generäle herbeibeordert. Sie hatten sich im Thronsaal versammelt, wo sie schwitzend und müßig plaudernd herumstanden, während sie auf das Erscheinen ihrer Arya warteten.

»Gebt ihnen ein wenig Zeit, alles zu verarbeiten, meine Arya«, riet Dhakan, der durch einen Türspalt am Eingang des Thronsaals spähte.

»Ist die Armee von Osthos so groß, dass Ihr so viele Generäle braucht?«, fragte Khalor.

»Rang und Titel sind in Osthos erblich, Sergeant«, erklärte Dhakan. »Im Lauf der Jahrhunderte wurde unsere Armee ein wenig kopflastig. Der einzige Vorteil bei so vielen Generälen ist die entfernte Möglichkeit, dass wenigstens einer weiß, was er tut.«

»Ihr seid ein Zyniker, Euer Liebden.«

»Das bringt ein langes Leben manchmal mit sich, Sergeant.« Dhakan lächelte schwach. »Würde es Euch kränken, wenn ich Euch als Feldmarschall vorstellte?«

»Wozu sollte das gut sein?«

»Von dem Titel Sergeantgeneral werden sie nur den vorderen Teil hören, wie ich sie kenne, und Sergeanten haben in unserer Armee nicht viel zu sagen, mein Freund. Unsere Obristen und Generäle und Besserwisser werden von einem Sergeanten kaum Notiz nehmen.«

»Ich werde sie rasch eines Besseren belehren«, versprach Khalor mit finsterem Lächeln. Er blickte Andine an, die in ihrer Amtsrobe schwitzte. »Würde es dir viel ausmachen, Kleines, wenn ich einige Möbelstücke zerbräche?«

»Gönn dir das Vergnügen, Sergeant.« Sie lächelte spitzbübisch. »Sollten wir jetzt hineingehen, Dhakan?«

»Ja. Wir haben sie lange genug warten lassen. Bitte töte nicht zu viele von ihnen, Sergeant. Staatsbegräbnisse sind sehr teuer.«

»Ich werde mich um Mäßigung bemühen«, versprach Khalor. Er trat zu einer der schwergerüsteten Wachen an der Tür. »Darf ich mir deine Axt ausborgen, Soldat?«, bat er höflich.

Der Mann blickte Schatzmeister Dhakan fragend an.

Dhakan zuckte zusammen, befahl jedoch: »Gib ihm die Axt.«

»Jawohl, Euer Liebden.« Der Soldat reichte Khalor die Streitaxt mit dem langen Schaft.

Khalor wog sie in den Händen; dann strich er mit dem Daumen über die Schneide. »Genau richtig.« Er tippte auf den Arm des Wächters. »Du bist ein guter Soldat«, lobte er.

»Vielen Dank, Herr.« Der Mann stand stramm.

»Wir sollten weitermachen, bevor es noch wärmer wird«, meinte Khalor. »Wie wär's, wenn ihr alle vorausgeht? Dann kann Schatzmeister Dhakan den Generälen erklären, wer ich bin. Und von da ab übernehme ich.«

»Versuch, nicht zu viel Blut auf dem Boden zu spritzen, Khalor«, bat Andine halb im Ernst. »Auf Marmor sind Flecken schwer wegzukriegen.«

»Ich werde darauf achten«, versprach Khalor.

Dhakan winkte den wartenden Trompetern zu, die einen ausgedehnten Tusch schmetterten.

Dann schritt Andine, gefolgt von Eliar in der schweren Rüstung, würdevoll zu ihrem Thron. Die Generäle, die für den Augenblick verstummt waren, verbeugten sich.

»Halt die Ohren offen, Leitha«, murmelte Althalus. »Es besteht kaum Zweifel, dass Argan einige Generäle angeworben hat.«

»Ich werde sie finden«, versprach das blonde Mädchen.

Die Katze Emmy putzte sich auf dem Thron sorgfältig das Gesicht. Als Andine näher kam miaute sie fragend.

»Da bist du ja!«, rief Andine und hob Emmy hoch. »Wo hattest du dich verkrochen, du ungezogenes Kätzchen?« Emmy auf den Armen, nahm Andine auf dem Thron Platz, und die Generäle setzten ihre Gespräche fort.

Am vorderen Rand des Thronpodests befand sich ein Rednerpult. Schatzmeister Dhakan stellte sich dahinter und klopfte mit den Fingerknöcheln auf die schräge Ablage. »Ich bitte um eure Aufmerksamkeit, meine Herren.«

Der Großteil der Generäle achtete nicht auf ihn.

»Ruhe!«, befahl Andine mit schneidender Stimme.

Sogleich unterbrachen die Generäle ihre Unterhaltung.

»Danke, meine Arya«, murmelte Dhakan.

»Was soll das, Dhakan?«, rief ein wohlbeleibter General in vergoldetem Brustpanzer.

»Wir befinden uns im Krieg, General Terkor«, antwortete Dhakan. »Ist Euch das nicht aufgefallen?«

Der General lächelte spöttisch. »Kommt zur Sache, Dhakan. Möglichst ehe es in diesem Raum noch heißer wird.«

»Eure Worte zeugen nicht von Achtung, Terkor«, beklagte Dhakan sich. »Wie dem auch sei, ich möchte euch jetzt alle mit einem gewissen Sergeantgeneral Khalor bekannt machen. Ich empfehle euch, außerordentlich höflich ihm gegenüber zu sein, da er ein bisschen reizbar ist. Es wäre nicht ratsam, sich unbeliebt bei ihm zu machen, denn er wird euch befehligen.«

»Ich bin General, Dhakan!«, brauste Terkor auf. »Ich nehme keine Befehle von Sergeanten entgegen!«

»Wir werden Euch sehr vermissen, General Terkor«, murmelte Dhakan. »Aber Ihr sollt eine schöne Beerdigung bekommen.«

Khalor trat aus der Tür und schlenderte scheinbar gleichmütig zum Thronpodest, die Streitaxt in der Rechten. »Wenn Ihr gestattet«, wandte er sich an Schatzmeister Dhakan und deutete auf das Rednerpult.

»Selbstverständlich, Sergeant Khalor.« Dhakan trat höflich zur Seite.

Khalor stellte sich hinter das Pult und hörte stumm den Generälen zu, die empört durcheinander redeten.

Das Krachen des zersplitternden Holzes, als die Streitaxt das Pult spaltete, ließ augenblicklich jeden Laut verstummen.

»Da geht's schon los mit den Möbeln«, murmelte Andine und verdrehte die Augen himmelwärts.

»Guten Morgen, meine Herren«, donnerte Khalor mit einer Stimme, die über den gesamten Paradeplatz schallte. »Wir haben viel zu besprechen, also haltet den Mund und hört gut zu.«

»Was bildest du dir eigentlich ein?«, brüllte General Terkor und stellte sich in Positur.

»Ich werde Euch zweiteilen, wenn Ihr noch einmal das Maul aufmacht«, drohte Khalor. »Und jetzt wollen wir diesen ganzen Unsinn mit Rang und Titel vergessen. Ich bin Arumer, da bedeuten Ränge nicht dasselbe wie hier im Tiefland. In meinem Stamm heißt ›Sergeantgeneral‹ so viel wie ›Oberbefehlshaber‹. Doch auch das wollen wir jetzt übergehen.« Er hob die Streitaxt. »Seht ihr die hier? Sie ist zurzeit mein Rang und gibt mir das Sagen bei dieser kleinen Zusammenkunft. Wenn jemand etwas dagegen hat, bin ich gern zu einer handfesten Aussprache bereit – gleich hier.«

»Das sagt er jedes Mal«, flüsterte Eliar den anderen auf dem Podest zu. »Aber aus irgendeinem Grund nimmt niemand seine Herausforderung an.«

Die Generäle starrten auf die Streitaxt, die Khalor hoch ausgestreckt hielt.

»Sehr gut, meine Herren«, lobte der Sergeant, »wir kommen anscheinend doch recht gut miteinander aus. Wie ihr wisst oder wissen müsstet, hat dieser Schwachkopf in Kanthon eine Armee angeworben, die kürzlich in euer Land einfiel. Und eure entzückende Arya hat mich verpflichtet, diese Armee wieder nach Hause zu schicken. Unser Gegner ist – auf den ersten Blick – der Aryo von Kanthon. Ich kenne ihn sehr gut, da ich bei seinem letzten Krieg gegen Osthos seine Streitkräfte befehligt habe. Er heißt Pelghat. Offenbar fehlt ihm jeder Verstand. Ich hoffe, euch nicht damit zu beleidigen, meine Herren, aber dieser ständige Krieg hier in Treborea langweilt mich allmählich, deshalb möchte ich ihn ein für alle Mal beenden. Ihr werdet euch nur um die Verteidigung dieser Stadt bemühen müssen, um nichts weiter. Was ich in den anderen Städten tue, braucht euch nicht zu interessieren. Mischt euch nicht ein, oder ihr werdet es bitter bereuen. Arya Andine hat mich angeworben, in diesem Krieg für sie zu kämpfen, und das werde ich tun. Dieser junge Bursche neben ihrem Thron ist Korporal Eliar. Er arbeitet für mich. Wenn er an euch herantritt, spricht er für mich, also keine Widerrede! Ich habe diesen Feldzug in allen Einzelheiten geplant und bringe Armeen aus Orten herbei, von denen ihr wahrscheinlich noch nie gehört habt. Ich weiß genau, was ich tue und brauche keinen Rat – und keine Einmischung – von Besserwissern. Als erstes werde ich die Invasoren vernichten und dann die Stadt Kanthon zerstören. Dies wird der letzte Krieg in Treborea sein, meine Herren, also genießt es, so lange ihr könnt.«

Khalor fuhr mit dem Daumen über die Schneide der Streitaxt. »Ich fürchte, ich habe da eine kleine Scharte verursacht.« Er blickte zu dem Posten an der Tür des Thronsaals. »Tut mir leid, Soldat«, entschuldigte er sich. »Ich danke dir, dass du mir die Axt geborgt hast. Benutze reichlich Wasser auf dem Stein, wenn du die Schneide wetzt.«

»Jawohl, mein Sergeantgeneral!« Der Soldat schlug die Hacken zusammen.

»Ihr Herren könnt von Glück reden, dass ihr Soldaten wie diesen Jungen habt«, wandte Khalor sich wieder an die Generäle und verlagerte seinen Griff um den Schaft der Axt. »Da, Soldat, fang auf!«, rief er dem Posten zu. Er schwang den Arm und warf die Axt, dass sie über die Köpfe der sich ängstlich duckenden Generäle wirbelte. Der junge Türwächter fing die Waffe geschickt.

»Gut gemacht«, rief Khalor.

Der Soldat bedankte sich mit erfreutem Grinsen und nahm seinen Posten an der Tür wieder ein.

31

Nachdem Andine die verstörten Generäle entlassen hatte, führte sie ihre Freunde zu ihren Privatgemächern. »Würdet ihr mich bitte kurz entschuldigen, ich muss mich umziehen.« Sie zupfte an ihrer schweren Robe. »Ich fange langsam an zu schmelzen. Brokat ist ja recht hübsch, aber nicht das Richtige für den Sommer.«

Die anderen ließen sich in die bequemen Sessel des Wohnzimmers der Arya fallen. »Eure Rede an die Generäle war ziemlich schroff, Sergeant Khalor«, bemerkte Schatzmeister Dhakan, »aber wenigstens haben sie eingesehen, worum es geht.«

»Ich freue mich, dass Ihr zufrieden wart, Euer Liebden.« Khalor grinste breit.

»Ihr hättet sie doch nicht wirklich alle niedergemetzelt, oder?«

»Wahrscheinlich nicht«, gab Khalor zu, »aber das wussten sie ja nicht.«

»In einer Kriegerkultur aufzuwachsen muss sehr aufregend sein.«

»Es hat seine guten Seiten, Euer Liebden. Das Schwierige ist nur, lange genug zu leben, um erwachsen zu werden. Ein Grünschnabel, dessen Bart eben erst zu sprießen beginnt, neigt zum Prahlen, und früher oder später muss er dafür geradestehen. Natürlich artet das zumeist in einer bewaffneten Auseinandersetzung aus, und Grünschnäbel mit Schwertern und Streitäxten kämpfen zu lassen ist gar nicht gut.« Khalor blickte Althalus an. »Ich glaube, ich sollte mit Eurer Frau sprechen.«

»Ich wusste gar nicht, dass Ihr verheiratet seid, Meister Althalus«, sagte Dhakan überrascht.

Althalus zuckte die Schultern. »Meine Frau verlässt selten das Haus.«

»Ihr habt ein festes Zuhause?«

»Nun, es ist ihr Haus. Eine nette gemütliche Hütte, in der wir uns daheim fühlen.«

Die Katze Emmy tappte herbei und blieb vor Sergeant Khalors Sessel sitzen. Sie blickte ihn mit ihren grünen Augen eindringlich an und miaute fragend.

»Hör auf damit, Em«, rügte Althalus.

Sie bedachte ihn mit einem kalten Blick und legte die Ohren zurück.

»Das ist die merkwürdigste Katze, die mir je untergekommen ist«, murmelte Khalor.

»Wir verdanken ihr sehr viel, Sergeant«, warf Dhakan ein. »Vor etwa einem Jahr hat sie Eliar das Leben gerettet.«

Andine kehrte in einem hauchdünnen, ärmellosen Gewand zurück. Sie setzte sich und tupfte auf ihren Schoss. »Komm her, Emmy«, sagte sie liebevoll.

Emmy widmete Althalus einen herablassenden Blick, der Bände sprach, und sprang auf Andines Schoss.

»Liebes Kätzchen.« Andine streichelte sie zärtlich. Dann blickte sie Sergeant Khalor an. »Wie geht es weiter?«

»Ich muss mir die Invasoren näher anschauen, meine kleine Arya«, antwortete er. »Ich erkenne die meisten Armeen der Welt auf einen Blick, denn jede hat ihre besonderen Eigenheiten. Sich mit dem Feind vertraut zu machen ist sehr wichtig. Zwar habe ich Gelta im Krieg in Wekti ziemlich gut kennen gelernt, aber ich würde mir gern ihre Soldaten anschauen, ehe ich weitere Entscheidungen treffe.«

»Ihr solltet Euch das lieber noch einmal überlegen«, riet Dhakan. »Ihr seid unentbehrlich. Ihr dürft nicht die Gefahr eingehen, dass der Feind Euch sieht.«

»Ich habe eine Möglichkeit zu beobachten, ohne selbst bemerkt zu werden, Euer Liebden«, erwiderte Khalor. »Es geschieht auf eine Weise, die entweder sehr neu ist oder so alt, dass der Rest der Menschheit vergessen hat, wie's geht. Althalus' Frau hat uns in Wekti mit diesem Geheimnis vertraut gemacht. Deshalb muss ich mit ihr reden – so schnell wie möglich.«

»Wo ist Gher?«, fragte Eliar stumm, nachdem sie in den Turm zurückgekehrt waren.

»Er spielt«, antwortete Leithas Stimme in Althalus' Kopf.

»Muss das sein?«, rügte Althalus die beiden. »Könnt ihr diese kleine Unterhaltung nicht unter euch belassen?«

»Eliar hat noch keine große Erfahrung auf diesem Gebiet, Schatz«, murmelte Dweia. »Du hast damals ziemlich lange gebraucht, bis du gelernt hast, nicht zu brüllen, wenn ich mich recht entsinne.«

»Gher brütet doch nicht wieder etwas aus, oder?«, erkundigte Eliar sich nun leiser.

»Er ist mit Sergeant Gebhels Männern im Ostkorridor. Salkan lehrt ihn, mit einer Schleuder umzugehen«, erklärte Leitha.

»Das war mein Vorschlag, Althalus«, gestand Bheid. »Gher und Salkan haben sich abgesetzt. Ich hielt es für die unverfänglichste Möglichkeit, Salkan zu diesem Teil des Hauses zu bringen.«

»Ich müsste eines Eurer Fenster benutzen, hohe Herrin«, wandte Khalor sich an Dweia. »Arya Andines Generäle sind sich offenbar nicht im Klaren darüber, was die Zusammensetzung der Invasoren angeht, deshalb würde ich mich gern selbst vergewissern.«

»Natürlich, Sergeant«, erklärte Dweia sich einverstanden.

Khalor schaute sich rasch um. »Ihr habt doch nicht meinen Häuptling und Kreuters Nichte allein gelassen?«

»Sie machen wieder ein Nickerchen, Sergeant.«

»Wie wär's, wenn du Gher und Salkan holst, Eliar?«, schlug Althalus stumm vor. »Wenn wir Salkan handzahm machen wollen, sollten wir damit anfangen.«

»Begleite ihn, Schatz«, murmelte Dweia.

»Ich? Warum?«

»Wir müssen Gher davon abhalten, gleich zu viel auszuplaudern. Wir wollen Salkan behutsam eingewöhnen. Gher neigt dazu, die Dinge hin und wieder zu überstürzen.«

»Richtig, Em«, pflichtete Althalus ihr bei.

»Gerade das ist wichtig, Gher«, sagte Salkan soeben, als Eliar und Althalus sich ihnen im Ostkorridor des Hauses näherten. »Jeder Dummkopf kann eine Schleuder über dem Kopf herumwirbeln. Wichtig ist vor allem, dass er den Stein zum rechten Zeitpunkt fliegen lässt. Auge und Hand müssen zusammenarbeiten.«

»Es ist viel schwerer, als es aussieht, nicht wahr?«, sagte Gher.

»Ah, da bist du ja, Gher«, rief Althalus. »Wir haben dich überall gesucht.«

»Ist was passiert?«

»Das nicht, aber Emmy meint, da ihr ihrem Haus so nahe seid, könntet ihr sie besuchen. Ihre Einladung gilt auch für Salkan.«

»Ich hatte keine Ahnung, dass es in den Bergen hier Häuser gibt«, wunderte Salkan sich.

»Das muss auch niemand wissen, Salkan«, wandte Eliar sich an den Rotschopf. »Emmy legt keinen Wert auf ungebetene Besucher.«

Salkan schaute sich um. »Ich sehe keine Straßen, nicht einmal Wege oder Pfade.«

»Wir bemühen uns, keine Fährten zu hinterlassen«, erklärte Althalus. »Emmys Haus ist mit wertvollen Dingen ausgestattet, und es gibt Räuber in diesen Bergen.« Er drehte sich um und deutete auf den Korridor hinter ihm. »Das Haus liegt an der anderen Seite dieser Kerbe im Grat. Es ist fast schon Zeit zum Abendessen, und Emmy kann viel bessere Mahlzeiten zubereiten als Sergeant Gebhels Feldköche. Kommt, ihr werdet es nicht bereuen.«

»Zum Kämpfen in einem Krieg gehört viel mehr als Schwerter und Pfeile und Schleudern, Salkan«, machte Sergeant Khalor dem jungen Wekti klar, nachdem sie ein Abendessen genossen hatten, das einem Festbankett zur Ehre gereicht hätte. Er tippte sich an die Stirn. »Der wirklich wichtige Teil eines Krieges geht hier drinnen vor sich. Du musst schneller denken als der Feind.«

»Ich bin kein richtiger Soldat, General Khalor«, entgegnete Salkan. »Manchmal packt mich die Wut, aber in der Regel kümmere ich mich nur um meine Schafe.«

»Ich glaube, du unterschätzt dich, Junge«, meinte Häuptling Albron. »Du hast in kürzester Zeit eine Truppe zusammengestellt, wie es Ähnliches in Wekti nie gegeben hat. Und deine Leute haben beträchtlich zu unserem Sieg beigetragen.«

»Ob es dir gefällt oder nicht, Salkan«, wandte Althalus sich nun an den Rotschopf, »du befehligst Truppen, deshalb halte ich es für das Beste, wenn du einige Zeit hier bleibst und dir ein paar Ratschläge von Khalor geben lässt.«

»Wie Ihr meint, Meister Althalus«, erklärte Salkan sich einverstanden. »Vielleicht kann Eliar mich nach dem Abendessen in General Gebhels Lager zurückbringen, damit ich meine Sachen holen und mit meinen Freunden reden kann.«

»Wird gemacht, Salkan«, versprach Eliar.

»Das hast du gut gedreht, Althalus«, murmelte Dweia.

»Es war nicht schwierig, Em. Der junge Salkan ist immer zu einem Gefallen bereit – wenn man ihm einen glaubhaften Grund dafür nennt. Jetzt, da er hier im Haus ist, hat jeder Zugang zu ihm – Bheid, Khalor, Gher und vielleicht sogar ich. Noch ehe der Sommer vorbei ist, werden wir ihn zu irgendetwas bekehrt haben.«

Der Rauch brennender Kornfelder verdunkelte den Himmel von Treborea und die Straßen waren von flüchtenden Bauern verstopft. Sergeant Khalor beobachtete die Ereignisse am nächsten Vormittag durch das Fenster. »Ich glaube, ich werde ein wenig zu alt für so etwas«, murmelte er mit düsterer Miene.

»Du hast den Krieg nicht erfunden, Sergeant«, versuchte Dweia ihn zu beruhigen. »Kannst du aus dieser Höhe alles gut genug sehen?«

Khalor blickte hinunter auf die brennenden Felder. »Könnten wir uns ein Stück nach Norden bewegen, ehe wir ein bisschen tiefer gehen? Dort unten spielen sich wahrscheinlich Dinge ab, die ich nicht unbedingt aus nächster Nähe betrachten möchte.«

»Das kann ich verstehen«, versicherte sie ihm.

Im Turm hatte man nicht das Gefühl, sich zu bewegen, doch die Aussicht durchs Südfenster veränderte sich ständig.

»Könnten wir hier ein wenig tiefer gehen, hohe Herrin?«, bat Khalor. »Ich würde mir diese Soldaten gern näher ansehen.«

»Selbstverständlich, Sergeant.«

Althalus gesellte sich am Fenster zu ihnen.

»Ihre Fußsoldaten sind offenbar hauptsächlich Kweroner und Regwoser«, stellte Khalor fest. »Ich sehe auch ein paar Kagwherer, aber nicht viele.«

»Und diese Reiter?«, fragte Althalus.

»Hauptsächlich Rinderknechte aus dem Grenzland zwischen Perquaine und Regwos«, antwortete Khalor. »Sie sitzen recht gut auf ihren Pferden, aber ich würde sie nicht zur Reiterei ersten Ranges zählen. Kreuters Plakander werden nicht viel Mühe mit ihnen haben. Unter den übrigen sind allerdings einige Leute, mit denen ich mich nicht auskenne. Wisst ihr, wer die Burschen in den schwarzen Rüstungen sind, die offenbar die Befehle erteilen?«

»Das sind Nekweroser, Sergeant«, antwortete Dweia. »Ghend hat gern seine eigenen Söldnerführer.«

»Ich glaube nicht, dass ich je einen Nekweroser gesehen habe.«

»Dann hast du Glück gehabt.«

»Streichen sie ihre Rüstungen an, dass sie so schwarz aussehen?«

»Nein. Dass die Rüstungen schwarz sind, liegt an der Art und Weise, wie sie geschmiedet sind – und an dem Ort, an dem sie entstanden. Diese Führer sind nicht vollkommen menschlich, Sergeant, und sie tragen ihre Rüstung nicht so sehr zum Schutz, sondern um ihr Aussehen zu verbergen, das dir bestimmt nicht behagen würde.«

Eliar und Gher kamen die Treppe vom Speisesaal herauf, um sich den anderen im Turm anzuschließen. »Die Damen reden schon wieder von Gewandung«, berichtete Gher missmutig, »und Bheid quatscht mit Salkan über Schafe. Eliar und mich interessiert das alles nicht, drum haben wir gedenkt, wir kommen lieber rauf und schau'n nach, wie's um den Krieg steht.«

»Was macht mein Häuptling?«, erkundigte Khalor sich.

»Das Gleiche wie schon seit ein paar Tagen«, antwortete Eliar. »Er sitzt da und himmelt Astarell an.« Er blinzelte und legte die Hand um den Dolchgriff. »Ist das da unten Treborea?«, fragte er, nachdem er ans Fenster getreten war.

Althalus nickte. »Ja. Dein Sergeant wollte sich die feindlichen Truppen anschauen.«

»Ghend ist irgendwo da unten!«, sagte Eliar beunruhigt. »Der Dolch wäre mir fast aus dem Gürtel gesprungen.«

Khalor blickte ihn an. »Weißt du wo?«

»Ich glaube, bei dem niedergebrannten Dorf dort im Osten.«

Der Boden unter ihren Füßen verschwamm ein wenig, und Althalus fühlte sich leicht schwindelig, als seine Augen ihm zeigten, dass er sich bewegte, während der Rest seines Körpers das Gegenteil behauptete.

»Da ist er!«, flüsterte Eliar und deutete auf zwei Gestalten neben den noch rauchenden Überresten einer Bauernkate.

»Wer ist bei ihm?«, fragte Khalor leise.

»Argan«, erwiderte Dweia knapp.

Eliar runzelte die Stirn. »Der abtrünnige Priester?«

»Ja. Ghend mag Argan nicht sehr. Er ist ihm viel zu gebildet; schließlich ist Ghend im Grunde genommen ein Barbar. Obendrein ist Argan sehr ehrgeizig und davon überzeugt, dass sein blondes Haar auf die Zugehörigkeit zu einer überlegenen Rasse hinweist. Das war übrigens auch der Grund, dass er aus der Priesterschaft ausgestoßen wurde.«

»Ich muss hören, was sie sagen, hohe Herrin«, drängte Khalor.

Dweia nickte, und mit einem Mal war Ghends Stimme deutlich zu vernehmen. »Es ist mir egal, was du von ihnen hältst, Argan, aber nimm Verbindung zu ihnen auf. Sie müssen ihren Soldaten befehlen, damit aufzuhören, das Getreide abzufackeln, sonst muss meine Armee hungern.«

»Sind Gelta und die anderen Söldner denn nie auf den Gedanken gekommen, Verpflegung mitzunehmen?«, fragte Argan.

»Sie sind Wilde, und Wilde fressen das Land so kahl wie Raupen die Bäume.«

»Gelta hat Ähnlichkeit mit einer Kuh«, bemerkte Argan, »und sie riecht auch so. Ich werde Smeugor und Tauri befehlen, das Niederbrennen einzustellen, aber ich glaube nicht, dass es viel nutzen wird.«

»Was redest du da?«

»Ihr solltet wirklich besser auf Eure angeheuerten Knechte achten, alter Junge. Ihr habt viel Gold an die beiden vergeudet. Sie haben zwar Titel, doch keine echte Befehlsgewalt. Ihre Truppenführer haben das Kommando.«

»Dann befiehl ihnen, sich von ihren Ärschen zu erheben und den Befehl selbst zu übernehmen. Ich will, dass dieses Niederbrennen ein Ende hat!«

»Ich werde ihnen ausrichten, was Ihr gesagt habt, alter Junge – wenn Ihr meint, dass es etwas nutzt. Ich bin zwar nicht Eurer Meinung, aber das macht Ihr und der Gebieter unter euch aus, nicht wahr?«

»Hältst du Verbindung mit Yakhag?«, fragte Ghend.

»Natürlich, alter Junge. Ich habe ihn gut im Griff. Yakhag kratzt sich ohne meine Erlaubnis nicht einmal die Nase.«

»Sag ihm, er soll die Nekweroser gut im Zaum halten. Ich möchte nicht, dass Althalus zu früh von ihnen erfährt.«

»Ich weiß, was ich tue, Ghend.«

»Kommst du in Osthos voran?«

»Ein wenig. Unsere Religion übt auf bestimmte Titelträger einen gewissen Reiz aus. Die so genannten Hochwohlgeborenen halten absolut nichts von dem Wörtchen ›Demut‹, und das wirkt sich zu unseren Gunsten aus.«

»Kümmere dich um diese Schwachköpfe, Argan«, befahl Ghend, »aber rüttle erst einmal Smeugor und Tauri wach.«

»Sofort, großer Führer«, entgegnete Argan mit spöttischer Verbeugung.

»Gibt es eine Möglichkeit, Argan zu töten, bevor er mit Smeugor und Tauri reden kann?«, wandte Khalor sich an Dweia.

»Nein, Sergeant. Argan ist dazu bestimmt, später noch gewisse Dinge zu tun, also lassen wir ihn besser am Leben.«

»Wir müssen diese Begegnung verhindern!«, beharrte Khalor. »Wenn diese zwei Verräter das Kommando selbst übernehmen, wird mit dem Niederbrennen Schluss gemacht, aber es ist der Verpflegungsmangel, der die Invasoren zurückhalten wird.«

»Entschuldigt«, warf Gher schüchtern ein.

»Sprich, Junge«, forderte Khalor ihn auf.

»Warum stecken wir Smeugor und diesen Dingsda nicht einfach in ein Zimmer hier im Haus? Dann könnt der Priesterbursche nicht an sie ran, richtig?«

»Das ist gar keine so schlechte Idee, Khalor«, meinte Althalus.

»Schon, aber wie könnten wir das Wendan und Gelun erklären?«

»Vielleicht sollten wir allen sagen, dass dieser Argan ein gedungener Meuchler ist. Und vielleicht auch, dass es Gelta richtig wütend gemacht hat, weil die Felder abgefackelt worden sind, und dass sie Argan bezahlt, damit er Smeugor und diesem Dingsda die Kehlen aufschlitzen tut. Das würde den beiden bestimmt solche Angst machen, dass sie gleich davonlaufen, um sich irgendwo zu verkriechen. Dann suchen wir ein starkes Fort irgendwo ganz oben auf 'nem Berg und sagen ihnen, dass sie dort sicher sind – viele Wächter, die Argan nicht reinlassen und so was. Und wenn sie dann glauben, dass sie im Fort sind, sind sie's gar nicht wirklich. Sie sind hier im Haus. Die Wachen werden denken, dass Argan rein will, damit er ihnen den Hals umdreh'n kann, drum werden sie auf der Hut vor ihm sein. Und er wird glauben, dass sie sich im Fort verkriechen, damit Ghend ihnen nichts tun kann, weil sie den ganzen Weizen und anderes Zeug verbrennen. Tät das nicht hinhau'n?«

»Wenn Ihr mir diesen Jungen schon nicht verkaufen wollt, Althalus, wie wär's, wenn ich ihn an Kindes statt annehme?«, fragte Khalor ein wenig kläglich.

»Nein, Sergeant.« Dweia schloss Gher besitzergreifend in die Arme. »Er gehört mir, und ich gebe ihn nicht her!«

»Hab ich's gut gemacht, Emmy?«, fragte Gher die Göttin.

»Sehr gut, Gher«, versicherte sie ihm und schmiegte ihre Wange an sein Lockenhaar.

»Lass ihn doch«, brummte Gelun. »Ich leihe ihm sogar meinen Dolch, wenn er so versessen darauf ist, sie umzubringen.«

»Nicht mitten in einem Krieg«, wehrte der hoch gewachsene Hauptmann Wendan ab. »Es würde nur zu einem fürchterlichen Wirrwarr wegen ihrer Nachfolge kommen. Du kannst Gift darauf nehmen, dass unsere Stammesbrüder ohne Smeugor und Tauri viel besser dran wären, aber darum können wir uns nach dem Krieg kümmern.«

»Höre ich da so was wie den Beginn einer Meuterei?«, fragte Althalus.

»Nur Gerede«, brummte Gelun mürrisch. »Ich hätte zwar nichts dagegen, an zwei feierlichen Beerdigungen teilzunehmen, aber Wendan hat Recht. Hier ist nicht der richtige Ort dafür, und die rechte Zeit ist es schon gar nicht.«

»Khalor hat einen sicheren Ort für eure Häuptlinge gefunden, meine Herren«, teilte Althalus ihnen mit. »Es ist ein mehrere hundert Jahre altes verlassenes Fort. Entlang dieser Grenze ist es immer schon zu Unruhen gekommen, darum gibt es auch die Ruinen vieler gut befestigter Forts. Dieses eine ist noch ordentlich erhalten und trutzig. Ein größerer Trupp eurer Leute müsste in der Lage sein, den gedungenen Mörder in die Flucht zu jagen. Mehr als ein paar Instandsetzungen am Dach dürften nicht nötig sein.«

»Mit festen Wänden und ausreichend Wachen rundum ist es beinahe ein Kerker, nicht wahr?«, murmelte Wendan. »Es wird aussehen, als würden sie dort vor dem Meuchler beschützt, aber in Wirklichkeit können wir das Fort dazu benutzen, Smeugor und Tauri festzuhalten.«

»Vielleicht könnten wir ja sogar vergessen, wo wir sie hingebracht haben, wenn es Zeit ist heimzukehren«, fügte Gelun hinzu.

»Mein Gedächtnis, was Einzelheiten betrifft, lässt in letzter Zeit ein wenig nach«, sagte Wendan und verzog das Gesicht.

»Das ist nicht verwunderlich, Hauptmann Wendan«, meinte Althalus. »Ihr müsst Euch hier um sehr viele Dinge kümmern. Sorgt dafür, dass diese Begrüßungsfeuer nicht erlöschen, meine Herren. Nachdem die Invasoren ihre Pferde verspeist haben, werden sie sich wahrscheinlich über ihre Schuhe hermachen, und Barfüßige marschieren nicht sehr schnell. Lasst die Zeichnung von dem Meuchler herumgehen, damit alle eure Leute wissen, wie er aussieht. Solltet ihr das Glück haben, ihn vom Leben in den Tod schicken zu können, glaube ich nicht, dass ihr das unbedingt Smeugor und Tauri mitteilen müsst.«

»Sie sind bedeutende Männer, deren Gedanken sich mit bedeutenden Dingen beschäftigen, Althalus. Da würden wir doch gar nicht daran denken, sie mit so unwichtigen Kleinigkeiten zu behelligen«, versicherte Wendan ihm grinsend.

»Du bist sehr zuvorkommend, Hauptmann Wendan.« Althalus machte eine übertriebene Verbeugung. »Ich lasse wieder von mir hören, meine Herren. Ich wünsche euch einen schönen Krieg.«

»Allmählich erkennen sie ihre verzweifelte Lage«, bemerkte Sergeant Khalor von seinem Ausguck am Südfenster des Turms. »Auf dem Land gibt es nichts mehr zu beißen. Wenn es ihnen nicht bald gelingt, eine Stadt einzunehmen, werden sie verhungern. Ich glaube, wir sollten Laiwon und seine Männer jetzt ins Stadtinnere von Kadon bringen. Kümmere dich darum, Eliar.«

»Jawohl, mein Sergeant.« Eliar salutierte zackig.

»Ich begleite ihn«, erklärte Althalus. »Häuptling Laiwon und Herzog Olkan sehen die Dinge mit anderen Augen und es könnte zu kleineren Meinungsverschiedenheiten zwischen ihnen kommen.«

»Kleineren?«, murmelte Andine. »Ich glaube, Laiwon hat nicht die geringste Ahnung, was das Wort ›Diplomatie‹ bedeutet, oder?«

»Nun ja, er ist ein wenig grob«, gab Khalor zu.

»Ich werde mich um ihn kümmern«, versprach Althalus. »Holen wir ihn, Eliar.«

»Gut. Sein Stamm ist irgendwo im Südwestflügel.«

»Wie kommen du und Andine miteinander zurecht?«

Eliar verdrehte die Augen. »Erinnert Ihr Euch an die Zeit, als ich ständig Hunger hatte?«

Althalus lachte. »O ja, ich hatte beinahe Angst, dich in einen Wald mitzunehmen, weil ich mir da kein Nickerchen hätte leisten können, denn ich war sicher, dass du in der Zwischenzeit die meisten Bäume angeknabbert hättest.«

»Ganz so schlimm war ich nicht!«, entrüstete Eliar sich.

»Aber fast.«

»Andine hat mich davon geheilt. Jetzt wird mir manchmal schon beim Anblick von Speisen übel. Jedes Mal wenn ich mich umdrehe, habe ich das Gefühl, Andine steht mit irgendwelchen Häppchen da, um sie mir in den Mund zu stopfen.«

»Sie liebt dich, Eliar«, sagte Althalus. »Einige Frauen – und alle Vögel – sind der Ansicht, dass Liebe durch den Magen geht.«

»Vielleicht. Aber manchmal wünsche ich mir wirklich, sie würde mir ihre Zuneigung auf andere Weise zeigen.«

»Ich bin sicher, das kommt noch, Eliar, aber einstweilen verhindert Dweia es. Wenn das nicht mehr der Fall ist, solltest du allerdings auf der Hut sein.«

Eliar errötete heftig. »Könnten wir nicht über etwas anderes reden?«, bat er.

»Ja, sicher«, antwortete Althalus belustigt. »Über das Wetter vielleicht?«

Sie gelangten in den Südwestflügel des Hauses und sahen Laiwons Stamm; mit dem vertrauten leeren Gesichtsausdruck stapften die Männer dahin. »Sie glauben, sie befinden sich im Vorgebirge von Südkagwher«, erklärte Eliar leise. »Emmy hat mir beigebracht, wie ich den Geist der Männer vorbereiten muss, bevor ich sie von einem Ort zum anderen befördere. Ich weiß nicht, wie sie es schafft, aber wenn ich den Leuten sage, dass irgendetwas bereits geschehen ist, sorgt Emmy dafür, dass sie sich daran erinnern, als hätten sie es tatsächlich erlebt. Emmy hat wegen der Ortsnamen ein großes Getue gemacht. Sie hat mich angewiesen, stets die Namen zu nennen. Sobald ich sie sage, sehen die Leute den Ort und erinnern sich, dass sie ein oder zwei Monate marschiert sind, um dorthin zu gelangen.«

»Ich dachte mir schon, dass es ähnlich vonstatten geht. Emmy besteht also darauf, dass du die Ortsnamen sagst?«

»Das hat sie mir endlos lange klargemacht. Ich glaube, wenn ich diese Namen nicht sage, würden die Leute, die ich dort hinbringe, den Ort gar nicht sehen.«

»Wörter sind für Götter sehr wichtig, nehme ich an. Sind das da vorn nicht Laiwons Männer?«

Eliar spähte durch den Korridor. »Ihre Kilts haben Laiwons Muster. Jedenfalls sieht es von hier so aus. Aber das ist immer schwer zu sagen; es könnten auch Twengors Leute sein. Und wir möchten ja nicht versehentlich Twengor nach Kadon schicken.«

»Auf gar keinen Fall«, bestätigte Althalus. »Khalor würde dich ganz schön fertig machen, und von Dweia bekäme ich's vermutlich Monate lang zu hören.«

Bald darauf stellten sie fest, dass es sich tatsächlich um Laiwons Männer handelte. Sie ließen sich zum Häuptling führen. »Was macht Ihr denn hier, Kämmerer Althalus?«, fragte Laiwon erstaunt.

»Euch suchen.«

»Jetzt haben wir Euch ja gefunden«, warf Eliar hastig ein. »Ihr habt eine größere Strecke zurückgelegt, als wir dachten. Die Stadt Kadon liegt gleich da drüben hinter dem Hügel, und weil ihr am nächsten seid, möchte Sergeant Khalor, dass ihr mit den Standortsoldaten die Stadt verteidigt. Der Feind ist nur noch zwei Tage entfernt und wird Kadon gewiss belagern. Hattet ihr irgendwelche Schwierigkeiten auf dem Weg von Kagwher hierher?«

Laiwon zuckte die Schultern. »Nichts von Bedeutung. Die Kanthoner scheinen sich auf ihre Invasion zu konzentrieren. Sie haben uns nicht mal bemerkt. Wie steht's für uns im Krieg? Ich habe schon lange nichts Neues mehr gehört.«

»Die Invasoren sehen bereits ziemlich ausgehungert aus«, berichtete Althalus. »Smeugors und Tauris Männer haben Feuer an die Felder gelegt und nun haben die Eindringlinge nicht mehr viel zu beißen.«

»Ich hätte Smeugor und Tauri gar nicht so viel Verstand zugetraut, dass sie auf diese Idee gekommen sind.«

»Sind sie auch nicht. Das haben ihre Truppenführer in die Hand genommen.«

»Hätte ich mir denken können. Wie gut ist denn die Mauer der Stadt Kadon?«

»Besser als sie war. Sergeant Khalor hat ein paar interessante Verbesserungsvorschläge gemacht«, erwiderte Eliar.

»Khalor weiß eben, was nötig ist«, sagte Laiwon trocken. »Ich nehme an, ich soll dafür sorgen, dass keine Belagerer in die Stadt gelangen? Soll ich die Stadt einfach nur halten?«

»Genau«, bestätigte Althalus. »So lange Ihr das tut, ist ein Drittel der Invasoren beschäftigt.«

»Das ist ziemlich langweilig«, brummte Laiwon.

»Aber Ihr werdet dafür bezahlt, Häuptling Laiwon.«

»Wo wollt Ihr meinen Onkel einsetzen?«

»Ein Stück weiter im Osten liegt Poma«, antwortete Althalus. »Die Stadtmauer dort ist ein schlechter Witz. Die Invasoren werden deshalb keine große Mühe haben, in die Stadt einzudringen. Khalor meinte, Euer Onkel Twengor würde sich über Scharmützel und Häuserkämpfe freuen.«

Laiwon seufzte. »Immer kriegt er den ganzen Spaß!«

Althalus machte sich daran, Herzog Olkor über Laiwons Anrücken zu verständigen. Der nüchterne Geschäftsmann wirkte ein wenig besorgt. »Sie werden doch nicht etwa meine Stadt niederreißen?«, fragte er.

»Das bezweifle ich. Möglicherweise schlagen sie ein paar Fenster ein und zertrümmern Bänke und Tische in den Schenken, aber ich glaube nicht, dass sie allzu viele Häuser niederbrennen.«

Herzog Olkan starrte ihn entsetzt an.

»Das war nicht ernst gemeint, Durchlaucht.« Althalus lachte. »Häuptling Laiwon hat seine Männer ganz gut im Griff. Listet die Schäden auf und schickt mir eine Rechnung, wenn der Krieg vorüber ist.«

Olkans Miene verriet seine Gedanken.

»Eine genaue aufgelistete Rechnung, Durchlaucht«, warnte Althalus. »Schiebt mir ja nichts unter, denn ich werde mir alles ganz genau anschauen, bis hin zu sämtlichen Scherben jeder einzelnen Fensterscheibe. Versucht also gar nicht erst, mich zu beschwindeln, Herzog. Wie wär's, wenn Ihr Euch jetzt zum Tor begebt und die tapferen Verteidiger Eurer schönen Stadt willkommen heißt?«

Herzog Olkan und Häuptling Laiwon konnten einander auf den ersten Blick nicht ausstehen, und Althalus musste eingestehen, dass er nicht ganz unschuldig daran war. So hatte er versäumt, die Kilts zu erwähnen, und Olkans heftige Reaktion auf die herkömmliche arumische Bekleidung war deutlich zu vernehmen. »Die tragen ja *Röcke*!«, tönte es belustigt und erstaunt, erschreckt und entsetzt von der Stadtmauer, als der Herzog und seine Leute die heranrückenden Truppen sahen. Häuptling Laiwon bekam es in die falsche Kehle und näherte sich dem Tor mit Gewittermiene. Althalus musste mit Engelszungen reden, um Blutvergießen zu verhindern.

Dann war da noch der Rauch. Der Wind – in den vergangenen Wochen hatte er von West nach Ost geweht – hatte die Stadt vom Rauch der brennenden Felder verschont. Doch während der vergangenen Nacht hatte der Wind sich gelegt und nun stiegen schwarze Rauchsäulen hinter den arumischen Truppen zum Himmel.

»Was brennt da draußen?«, erkundigte Herzog Olkan sich misstrauisch.

»Getreidefelder, nehme ich an«, erwiderte Laiwon gleichmütig.

»Seid Ihr wahnsinnig?«, brüllte Olkan.

»Möglich«, antwortete Laiwon. »Denn wäre ich bei klarem Verstand gewesen, hätte ich diesen Einsatz von vornherein abgelehnt. Der Feind ist in Euer Land eingefallen, Stadtmensch, und da draußen sind ein paar Stämme, die dafür sorgen, dass er nicht zu schnell voran kommt. Felder in Brand zu stecken ist in einer solchen Lage üblich. Die meisten Menschen rücken nicht gern durch Flammen vor, aber das ist nicht der eigentliche Grund, weshalb wir Feuer legen.«

»Eure Leute verbrennen riesige Vermögen!«

Laiwon zuckte die Schultern. »Was macht das schon? Das Land ist jetzt ohnedies Feindgebiet. Ihr habt die Ernte bereits an dem Tag verloren, als der Gegner einfiel, und er hatte wahrscheinlich vor, seine Truppen mit Euren Feldfrüchten zu ernähren. Das kann er jetzt nicht mehr, also wird seine Versorgung immer schwieriger. Jeder feindliche Soldat, der verhungert, ist einer weniger, den wir töten müssen. Ihr habt doch nicht tatsächlich geglaubt, unter diesen Umständen die diesjährige Ernte einbringen zu können?«

»Aber sie ist *mein*!«, empörte Olkan sich. »Ich habe schon dafür bezahlt!«

»Ihr könnt ja versuchen, die Befehlshaber der feindlichen Truppen vor Gericht zu stellen«, entgegnete Laiwon belustigt. »Ihr würdet allerdings ein paar schwer bewaffnete Büttel benötigen, sie vor einen Richter zu zerren. Wir haben zurzeit Wichtigeres zu tun. Wo habt Ihr Unterkunft für meine Männer vorbereitet?«

»An der Seeseite, am hinteren Ende der Stadt, befinden sich einige leere Lagerhäuser«, antwortete Olkan seufzend. »Sie dürften für Eure Leute gut genug sein. Ich will nicht, dass ihr Aufsehen im Stadtinnern erregt, also betretet sie durch das hintere Tor.«

»Jetzt reicht's mir aber!«, sagte Laiwon gefährlich ruhig. »Gebt mir den noch ausstehenden Sold gleich jetzt, Althalus, dann verabschieden wir uns. Ich schleiche mich durch niemandes Hintertür!« Er drehte sich zu seinen Leuten um. »Wir sind hier fertig, Brüder. Auf, wir kehren nach Hause zurück!«

»Das könnt ihr nicht tun!«, protestierte Olkan.

»Mir gefällt Eure Einstellung nicht, kleiner Mann. Verteidigt Eure lausige Stadt doch selbst!«

Es kostete Althalus eine gute Stunde, diese kleine Unstimmigkeit zu beheben, wobei er Herzog Olkan heftig auf die Zehen treten musste. Schließlich zog Olkan gekränkt von dannen, und Laiwon spuckte auf die Stelle, wo der habgierige und eingebildete Treboreaner gestanden hatte. »Sperrt ihn in seinem Palast ein, wenn Euch nichts Besseres einfällt, Althalus«, forderte der Häuptling, »aber haltet mir diesen hochnäsigen Esel vom Leib, oder ich bringe ihn um! Und jetzt werde ich mir die Mauer anschauen und wahrscheinlich noch ein paar Befestigungen hinzufügen.«

»Ihr habt das Kommando, Häuptling Laiwon«, entgegnete Althalus und verneigte sich.

»Jetzt macht Ihr Euch auch noch lustig über mich«, brummte Laiwon gereizt.

»Eure Hauptleute haben Spione ausgeschickt«, wandte Althalus sich an Smeugor und Tauri, »und die haben herausgefunden, dass die Invasoren euch meuchlings töten lassen wollen. In diesem Fort aber werdet ihr sicher sein.«

»Töten? Mich?« rief der pickelgesichtige Smeugor entsetzt.

»So etwas ist in einem Krieg nicht unüblich, Häuptling Smeugor«, entgegnete Althalus unbewegt. »Ihr könnt es sogar als Kompliment auffassen. Wenn der Feind euch so sehr hasst, dass er euch und Tauri ermorden lassen will, ist das ein Zeichen, dass ihr irgendetwas richtig macht.«

»Wir haben doch kaum etwas getan!«, rief Tauri.

»Wie wahr«, sagte Althalus trocken. »Ich nehme an, der Grund ist wohl der, dass eure Leute ihre Arbeit sehr gut machen.«

»Was genau tun eigentlich Wendan und Gelun?«, fragte Smeugor heftig.

Althalus zuckte die Schultern. »Die Invasion begann im Spätsommer, und das war kein Zufall, müsst ihr wissen. Die Getreidefelder sind um diese Zeit erntereif und die Söldner des Aryos von Kanthon hatten die Absicht, sie zu plündern, während sie südwärts zogen. Doch Wendan und Gelun haben dafür gesorgt, dass sie da draußen nichts Essbares mehr vorfinden. Sie haben die Felder und Weiden in Brand gesetzt. In einem Umkreis von fünfzig Meilen gibt es weder Nahrung für die Männer noch Futter für die Pferde, und so verhungern die einen wie die anderen.«

»Das haben wir nicht befohlen!« Tauris Gesicht war plötzlich kreidebleich geworden.

»Das war auch nicht nötig, Häuptling Tauri. Es ist das in Kriegszeiten übliche Vorgehen. Das Wörtchen ›Aufhalten‹ bedeutet in einem solchen Fall ›Niederbrennen‹. Ich dachte, das wüsstet Ihr.«

»Davon habe ich noch nie gehört. Befehlt Wendan und Gelun, sofort damit aufzuhören!«

»Warum sollte ich? Es wirkt, Tauri. Die Angreifer kommen nur sehr langsam voran und unsere Armeen haben Zeit für die nötigen Vorbereitungen. Eure Männer tun genau das, wofür ich euch zwei bezahle.«

»Aber ... aber ...«, wollte Tauri protestieren.

Da stieß Smeugor ihm den Ellbogen in die Rippen. »Wir sind erfreut, dass unsere Männer ihre Sache so gut machen«, sagte er, auch wenn sein Tonfall nicht sehr überzeugend war.

»Ich würde diesem Fenster fernbleiben, meine Herren«, warnte

Althalus. »Irgendein Bogenschütze da draußen könnte vielleicht einen Treffer erzielen.« Er langte unter seinen Kittel und zog ein Stück Papier hervor. »Einer unserer Spione ist künstlerisch begabt. Das ist eine Zeichnung des Burschen, der angeworben wurde, euch zwei zu ermorden. Eure Wachen in diesem Fort haben ebenfalls eine solche Zeichnung, damit sie wissen, nach wem sie Ausschau halten müssen. Im Fort seid ihr sicher, deshalb würde ich es nicht verlassen, wenn ich an eurer Stelle wäre. So, jetzt entschuldigt mich, ich habe heute noch viel zu erledigen.«

»Wie ist es gelaufen, Meister Althalus?«, erkundigte Gher sich gespannt nach Althalus' Rückkehr aus dem Gemach, in dem sie Smeugor und Tauri in Verwahrung genommen hatten.

Althalus grinste. »Glatter als ein frisch gefangener Aal, Gher. Beide haben Argan auf der Zeichnung sofort erkannt. Sie wissen, dass er ihnen wahrscheinlich eine Botschaft von Ghend bringen wird. Unser kleines Märchen, dass Argan ein gedungener Meuchler ist, rechtfertigt ihre Schutzhaft, wenn wir es so nennen wollen. Die beiden Pechvögel können nicht einmal protestieren, ohne Argwohn zu erregen. Und schlimmer noch – wie sollen sie Ghend erklären, dass es nicht ihre Idee war, die Getreidefelder niederzubrennen? Deshalb befürchten sie, dass er tatsächlich jemanden schicken wird, um sie zu töten. Sie sind zurzeit in einer ziemlichen Zwickmühle, denn was sie auch tun, irgendjemand *wird* sie umbringen.«

»Ich wett', das macht sie verrückt.« Gher grinste schadenfroh.

»Sie würden am liebsten die Wände hochgehen. Natürlich könnten wir ihnen sagen, was wir wissen – dass sie für Ghend arbeiten und wir sie deshalb eingesperrt haben.«

»Das tät den Spaß verderben, Meister Althalus. Ist es nicht viel luster, sie im Ungewissen zu lassen?«

»Ja, Gher. Viel, viel ›luster‹.« Althalus schaute sich im Turmgemach um. »Was brüten denn die Damen da drüben aus?«

»Emmy bringt Andine bei, wie man schauspielert«, erklärte Gher. »Es hat was mit dem Traum zu tun, der wo uns alle so erschreckt hat, wie die böse Hexe der armen Andine so übel mitspielte. Andine ist richtig wütend geworden, als Leitha ihr gesagt hat, dass zwei von ihren Generälen für Ghend arbeiten. Sie wollt sie lebenden Leibs hauten.«

»Hauten?«

»Ich nehm an, damit hat sie gemeint, dass sie ihnen die Haut abziehen lasst. Aber Emmy hat Nein gesagt. Sie will, dass Andine so tut, als ob sie sich mit gar nichts auskennt, als ob sie bloß jung und dumm und ängstlich ist und sich sogar vor ihrem eignen Schatten fürchten tut und so.«

»Andine? Ängstlich?«

»Sie is' auch noch nicht sehr gut darin«, gab Gher zu. »Vor allem hat sie Müh mit ihrer Stimme. Emmy will, dass sie weinerlich und verzagt klingt, aber Andine schafft das einfach nicht. Sie versucht immer noch mit ihrer Stimme, das Glas in den Fenstern zerspringen zu lassen. Sie ist süß, wenn sie Wut hat, nicht wahr?«

»Das hängt davon ab, gegen wen ihre Wut gerichtet ist, Gher«, gab Althalus zu bedenken. »Wenn du vor ihr stehst und sie mit ihrer Stimme loslegt, würdest du sie vermutlich nicht so süß finden.«

»Da habt Ihr wahrscheinlich Recht. Sie hat mich ein paarmal angeschrien, und das hat mir nicht so gut gefallen.«

»Wo ist Häuptling Albron?«

»Unten, mit der Pferdedame. Sie bringt ihm ein paar Kniffe von den Pferdesoldaten bei, wenn sie im Krieg kämpfen. Ich glaub aber nicht, dass Albron viel lernt. Aus irgendeinem Grund, hinter den ich noch nicht gekommen bin, macht es ihm Spaß, sie anzuschau'n, und damit ist er so beschäftigt, dass er ihr gar nicht richtig zuhört, glaub ich.«

»Wahrscheinlich nicht.«

»Das hat doch was mit dem Knaben- und Mädchenpersonen-Dings zu tun, nicht wahr? Mir wär lieber, wenn sie das lassen täten würden, wenn ich in der Nähe bin. Es macht mich immer richtig kribblig. Meistens weiß ich nicht, was sie als Nächstes machen.«

Althalus kratzte sich nachdenklich die Wange. »Ich glaube, wir kommen diesem kleinen Gespräch, das ich schon einmal erwähnt habe, ein gutes Stück näher, Gher.«

32

»Ich kann das nicht!« Andines Stimme hallte in ihren Köpfen wider. »Ich werde mich dieser pockennarbigen Hexe nicht beugen, egal was sie mit mir anstellt!«

»So geht das nicht, Em«, murmelte Althalus in einem tieferen, abgeschiedeneren Teil ihres Bewusstseins. »Lass mich das in die Hand nehmen.«

»Warum kann sie nicht einfach tun, was man ihr sagt?«, brauste Dweia auf.

»Ich kümmere mich darum, mein Kätzchen. Geh, putz dein Gesicht oder tu sonst was. Du verstehst dich sehr gut aufs Herumschnüffeln, aber das hier ist ein wenig komplizierter.« Abrupt hielt er inne. »Halt dich da raus, Leitha!«

Leitha, die am Marmortisch saß und das Buch durchblätterte, blickte ihn mit großen Unschuldsaugen an.

»Ich meine es ernst, Leitha! Halt dich raus, solange du nicht eingeladen bist!« Dann blickte er Andine an, die noch wutschnaubend neben dem Nordfenster stand. »Unterhalten wir uns«, sagte er laut.

»Das wird euch auch nichts nützen«, fauchte sie. »Ich werde es nicht tun!«

»Warum nicht?«

»Ich bin die Arya von Osthos, und Gelta ist nicht mehr als ein wildes Tier!«

»Bedeutet das nicht, dass du klüger bist als sie?«

»Natürlich!«

»Davon merkt man jetzt nicht viel, Andine.«

»Was soll das schon wieder heißen?«

»Wenn man einem Tier eine Falle stellt, braucht man einen Köder, kleine Prinzessin. Für einen Vogel verwendet man dazu Körner. Bei einem Wolf oder Bären benutzt man Fleisch. Gelta ist eine andere Art von Tier, deshalb muss man auch eine andere Art von Köder benutzen. Wir wollen doch schließlich ›gebackene Gelta‹ zum Abendessen, nicht wahr?«

»Das ist widerlich, Althalus!«

»Es war nur bildlich gesprochen, Andine. Man würde eine Menge Gewürze brauchen, um Gelta genießbar zu machen. Der Köder, den wir benutzen, muss so appetitlich sein, dass sie ihm nicht widerstehen kann. Das ist deine Aufgabe, Andine. Sei unwiderstehlich. Sei sanft. Sei zart und köstlich – bis sie dich berührt. Das ist der Augenblick, da wir die Falle zuschnappen lassen und Gelta zum Backofen befördern.«

Andines Augen wurden schmal, als sie darüber nachdachte. »Unter einer Bedingung, Althalus«, entgegnete sie.

»Und die wäre?«

»Ich bekomme ihr Herz.«

»Andine!«, krächzte Leitha. »Du bist ja noch schlimmer als Gelta!«

»Bildlich gesprochen, natürlich«, berichtigte Andine sich.

»Sie wird ihre Sache gut machen, Althalus«, murmelte Dweia. »Ändere nichts.«

»Warum?«, fragte Salkan den geduldig zuhörenden Bheid während eines Gesprächs, das offenbar schon den größten Teil des Vormittags dauerte, als Althalus den Speisesaal betrat, um Eliar zu suchen.

»So war es schon immer«, gab Bheid dem jungen Schäfer zu verstehen.

»Das bedeutet nicht, dass es richtig ist, Bruder Bheid«, entgegnete Salkan. »Wenn jemand zu Gott reden will, muss er es jederzeit tun können und an jedem Ort, der ihm beliebt. Er sollte nicht zu einem Tempel gehen und einem geldgierigen Priester etwas bezahlen müssen, damit der seine Bitten weiterleitet. Ich will dich nicht beleidigen, Bruder Bheid, aber nach allem, was ich gesehen hab, sind die Priester mehr an Geld interessiert als an Gott – oder am Wohlbefinden ihrer Mitmenschen.«

»Ich fürchte, da hat er Recht, Bheid«, warf Eliar ein. »Es sieht wirklich so aus, als streckten Priester ständig die Hand aus, um sie sich mit Geld füllen zu lassen.«

»Nicht die wahren Priester!«, widersprach Bheid.

»Das mag sein«, räumte Salkan ein, »aber wie soll man die wahren Priester von den falschen unterscheiden? Sie tragen doch alle die gleichen Kutten, nicht wahr? Ich bleib bei meinen Schafen. Ich glaub wirklich nicht, dass ich einen sehr guten Priester abgeben würde. Ich habe nie gelernt zu schwindeln.«

»Ich würde ihn nicht weiter bedrängen, Bheid«, riet Althalus ihm stumm. »Salkan ist noch nicht bereit – und du auch nicht!«

»Was soll das heißen?«, fragte Bheid heftig.

»Deine theologische Einstellung hat sich im vergangenen Sommer beachtlich geändert, wie ich mich entsinne. Ich glaube, du solltest dich erst mal eingehend mit Emmy unterhalten, bevor du hinaus in die Welt stürmst, um die Heiden zu bekehren.« Dann blickte Althalus über den Tisch auf Eliar und sagte laut: »Dein Sergeant braucht uns, Eliar.«

»Ist gut.« Eliar stand auf und kam um den Tisch herum.

»Was hat Bheid im Sinn?«, fragte er, als sie auf dem Korridor waren.

»Ich bin mir nicht ganz sicher«, gestand Eliar. »Er denkt ein wenig wirr. Emmy hat ein großes Loch in seinem Geist zurückgelassen, als sie ihm klargemacht hat, dass Astrologie purer Unsinn ist. Und es wurde noch schlimmer mit ihm, nachdem Leitha ihn in die Familie gezerrt hat.«

»Diese ›Familienzusammenführung‹ war vielleicht ein Fehler«, meinte Althalus.

»Ich weiß nicht. Anfangs hielt ich es auch für keine so gute Idee, aber nachdem Leitha, Andine und ich ins Haus zurückgekehrt waren, fand ich es recht angenehm.«

»Du hast dich verändert, Eliar, nachdem du vereinnahmt wurdest.«

»Habt Ihr Euch denn nicht verändert, nachdem Emmy Euch vereinnahmt hat?«

»Ich glaube schon. Es ist gar nicht so einfach, sich daran zu gewöhnen, nicht wahr?«

»Wahrhaftig nicht.« Eliar seufzte. »Ihr hattet es leicht, Althalus. Die Einzige, mit der Ihr anfangs zurechtkommen musstet, war Emmy. Mir schwirrten gleich drei Frauen im Kopf herum. – Wozu braucht Sergeant Khalor mich jetzt?«

»Er will mit Kreuter und Dreigon reden und weiß nicht genau, in welchem Teil des Hauses sie herumwandern. Rede nicht darüber, Eliar, aber ich glaube, dass dein Sergeant sich im Haus immer noch ein wenig unbehaglich fühlt. Deine Türen sind großartig, solange du sie öffnest. Khalor will meines Erachtens keine Risiken eingehen. Er hatte einen flüchtigen Blick auf Nahgharash, als Gelta mit ihrer Axt von hinten auf dich zurannte, und er möchte keinesfalls, dass diese Tür noch einmal geöffnet wird.«

»Sie glauben, dass sie am Westufer des Dasosees in Equero lagern«, erklärte Althalus Sergeant Khalor, als Eliar sie den Ostkorridor entlang zu einem ziemlich großen Zeltlager führte. »Wir sollten sie nicht verwirren und deshalb nichts sagen, was damit nicht im Einklang steht.«

»*Ich* bin ziemlich verwirrt«, gestand Khalor. »Warum soll es ihnen besser gehen?« Dann lächelte er. »Tut mir leid, Althalus, aber das musste einmal heraus.«

Sie fanden Kreuter und Dreigon, der seinen Kilt trug, in einem Zelt mitten auf dem Korridor. Khalor reichte ihnen die Karte, die er für sie vorbereitet hatte.

»Du bist gut im Kartenzeichnen, Khalor«, stellte der silberhaarige Dreigon fest. »Sind die Entfernungen einigermaßen genau?«

Khalor nickte. »So genau, wie ich ermitteln konnte. Die Karte, die ich hatte, stimmte nicht ganz, deshalb musste ich ein paar Änderungen vornehmen.«

»Können diese drei Städte lange durchhalten?«, wollte Kreuter wissen.

»Kadon etwa drei Monate«, antwortete Khalor. »Laiwon gibt dort die Befehle. Er weiß, was man tut, damit es die Belagerer teuer zu stehen kommt.«

»Das weiß er allerdings«, bestätigte Dreigon.

»Ich werde Koleika Eisenkinn in Mawor einsetzen«, fuhr Khalor fort. »Der Herzog von Mawor hatte offenbar schon vor längerer Zeit beschlossen, seine Stadt in eine uneinnehmbare Festung zu verwandeln. Die Wohnhäuser sind nicht besonders fest gebaut, aber gegen die Mauer möchte ich nicht anrennen müssen. Ich glaube, dass diese Verbindung – die Wehrmauer und Koleika, der sturste Mann der Welt – den Angreifern schwer zu schaffen machen dürfte.«

»Was ist mit dieser dritten Stadt – Poma?«, fragte Kreuter.

»Da haben wir ein Problem«, gab Khalor zu. »Vermutlich würde schon eine milde Frühlingsbrise die Stadtmauer zum Einsturz bringen. Ich werde Twengor dorthin abkommandieren. Ich bin sicher, dass die Straßen und Häuser zu Kriegsschauplätzen werden, und da ist Twengor sehr brauchbar.«

»Wenn er nüchtern ist«, fügte Dreigon hinzu.

»Hat dieser Twengor Probleme mit dem Trinken?«, fragte Kreuter.

»Das könnte man so sagen«, antwortete Dreigon. »Er schafft es normalerweise schon vor dem Mittagessen, ein ganzes Fass Bier in sich hineinzugießen. Natürlich kann er dann am Nachmittag nicht mehr gerade stehen, aber das betrachtet er nicht als Problem. Er neigt allerdings dazu, jede Stadt, in die er kommt, in Schutt und Asche zu legen. Er ist selbst fast so groß wie ein Haus und wenn er nach einer Sauftour durch die Straßen torkelt, hinterlässt er meist eine Spur der Verwüstung.«

»Ich hasse es, mit einem Säufer zusammenarbeiten zu müssen«, brummte Kreuter.

»Ich werde ihn schon ausnüchtern«, versprach Althalus.

»Ich weiß nicht recht«, meinte Kreuter zweifelnd. »Ich habe noch nie einen Trunkenbold gekannt, der mit dem Bechern aufhören konnte.«

»Vertrau mir, Kreuter«, sagte Althalus.

»Wie geht es eigentlich Astarell?«, fragte Kreuter an Khalor gewandt.

»Großartig, Kreuter. Mein Häuptling ist ganz hingerissen von ihr.«

»Wirklich? Wir sollten über diese Sache nachdenken. Natürlich könnte ich Astarells schuftigen Bruder umbringen – und auch den alten Lüstling, der sie zu kaufen suchte –, aber das würde wahrscheinlich Kriege in ganz Plakand auslösen. Vielleicht sollte ich mit ihr reden, was sie von der Idee hält. Dein Häuptling ist wirklich ein gut aussehender Bursche, und vielleicht empfindet sie ja etwas für ihn. Behalten wir es im Auge, Khalor. Es könnte eine Menge Probleme lösen.«

»Das denke ich auch, Kreuter. Wenn ich meinen Häuptling verheiraten kann, bleibt er vielleicht daheim und kommt mir nicht mit allen möglichen unausgegorenen Vorschlägen.«

Häuptling Twengor war stockbesoffen, als Althalus und Khalor am nächsten Morgen den Nordkorridor entlang stapften. Der beleibte arumische Stammesführer hockte halb zusmmengesunken auf einem stabilen Stuhl am Ende eines langen Brettertischs in der Mitte seines Lagers. Er hatte ein offenes Bierfass vor sich stehen und grölte vor sich hin.

»Es wird uns den ganzen Tag kosten, ihn nüchtern zu kriegen«, murmelte Khalor Althalus zu, als sie zu dem Betrunkenen geführt wurden.

»Vielleicht nicht«, meinte Althalus und durchforschte sein Gedächtnis nach seinen Erfahrungen in früher Jugend.

»Ho! Khalor«, brüllte Twengor und schwenkte sein Trinkhorn. »Setz dich und halt dich ran! Du musst noch eine Menge nachholen!«

»Ja, du hast einen ordentlichen Vorsprung«, stellte Khalor fest.

»Kein Wunder. Ich becher ja schon volle drei Tage.«

Das war gut zu wissen. Wenn Twengor drei Tage gebraucht hatte, seinen derzeitigen Zustand zu erreichen, mochte es schneller gehen, ihn durchs hintere Ende nach draußen zu schaffen, als ihn herumzudrehen und zurückzubringen. Althalus blickte auf Twengors tiefrotes Gesicht und murmelte: *»Egwrio.«*

Twengor verdrehte die Augen und rutschte schlaff vom Stuhl. Unter dem Tisch fing er lautstark zu schnarchen an.

»Ich glaub', unscherm Häuptling kommscht du nimmer nach, Khalor«, meinte einer von Twengors Truppenführern und klatschte sich mit trunkenem Gelächter auf die Schenkel.

Althalus erweiterte die Idee – und das uralte Wort –, die den bärtigen Twengor niedergestreckt hatte, und ein plötzliches, nur von lautem Schnarchen unterbrochenes Schweigen erfasste das Lager im Nordkorridor.

»Was habt Ihr getan?«, fragte Khalor.

Althalus zuckte die Schultern. »Ich glaube, man nennt es die Dinge beschleunigen. Die Männer sind ohnehin in diese Richtung marschiert, aber sie hätten wahrscheinlich noch den restlichen Tag gebraucht, um dort anzukommen, wo sie jetzt sind.«

»Trotzdem werden sie noch einen Tag brauchen, um ihren Rausch auszuschlafen«, gab Khalor zu bedenken.

»Nein, nicht wirklich«, entgegnete Althalus. Er blickte den Korridor zurück. »Du kannst jetzt hereinkommen, Eliar«, rief er.

Eliar schloss sich ihnen an. Er fächerte die Hand vor seinem Gesicht. »Sie riechen nicht gerade gut.«

»Atme nicht zu tief ein«, ermahnte Althalus ihn. »Durch welchen Ausgang gelangen wir zur Straße unmittelbar vor Poma?«

Eliar deutete auf eine Tür ganz in ihrer Nähe.

»Öffne schon mal. Ich werde diese Männer in Marsch setzen.«

»Sie schlafen doch alle, Althalus.«

»Das wissen wir, sie aber nicht.«

»Das ergibt doch überhaupt keinen Sinn, Althalus«, meinte Khalor.

»Wart's nur ab.« Althalus blickte Eliar an. »Ich brauche nicht nur die Tür auf die Straße nach Poma, sondern auch die zur letzten Woche.«

»Zur letzten Woche?«, wiederholte Eliar verwirrt.

»Nur die Zeit kann einen Betrunkenen nüchtern machen. Ich werde für diese Burschen mindestens eine Woche brauchen. Unsere besoffenen Freunde setze ich in Marsch, während sie schlafen. Dann wirst du sie zur vergangenen Woche und zurück führen. Anschließend bringen wir sie auf die Straße nach Poma.«

»Wäre es nicht einfacher, dieselbe Tür zu benutzen?«

»Kannst du das denn?«, fragte Althalus erstaunt.

»Ich glaub schon.« Eliar legte die Hand auf den Dolchknauf und konzentrierte sich. »Ja«, sagte er zuversichtlich. »Jetzt vergiss es nicht wieder. Es ist der Türrahmen«, murmelte er mehr zu sich selbst. »Die Tür ist der Ort, aber der Rahmen ist die Zeit.«

»Wisst Ihr, was er da redet?«, fragte Khalor.

»In etwa«, antwortete Althalus. »Twengor und seine Männer werden sich in die vergangene Woche und wieder zurück in unsere Gegenwart begeben, während sie durch die Tür treten. Hier sind sie Besoffene, dort nüchterne Soldaten, weil sie – dank dem einen Schritt durch die Tür – zwei Wochen Zeit haben, um nüchtern zu werden. Und da sie im Schlaf marschieren, werden sie nicht wissen, was tatsächlich geschehen ist.«

»Tut es einfach, meine Herren, erklärt es nicht«, bat Khalor. »Manchmal seid ihr beide so schlimm wie Gher.«

»Das kann doch nicht wahr sein!«, rief Häuptling Twengor bei einem ersten Blick auf die Stadtmauer von Poma heftig.

»Herzog Bherdor fehlt es am nötigen Rückgrat, Häuptling Twengor«, erklärte Khalor. »Die Kaufleute in seiner Stadt wollen keine Steuern bezahlen, und Bherdor kann sich nicht durchsetzen.«

»Ich möchte hier freie Hand, Althalus«, verlangte der jetzt völlig nüchterne Arumer. »Mischt Euch nicht ein.«

»Was habt Ihr im Sinn, Häuptling Twengor?«

»Ich sorge dafür, dass diese Kaufleute ihre Steuern in Schweiß bezahlen. Sie werden die Mauer eigenhändig befestigen!«

»Ich glaube nicht, dass sie sich dazu herablassen.«

»Ich habe eine Peitsche, Althalus. Glaubt mir, sie werden sich fügen! So, und jetzt wollen wir diesen rückgratlosen Herzog aufsuchen.«

Sie betraten die Stadt. Twengors Zorn wuchs, als sie durch die von Kaufleuten beherrschte Innenstadt schritten, wo die Läden eher Palästen ähnelten als Kontoren. Das Gesicht des arumischen Häuptlings war hart, als sie schließlich Herzog Bherdors verwahrloste Residenz erreichten.

»Das ist Häuptling Twengor, Durchlaucht«, stellte Althalus den ungeschlachten Arumer dem schwächlichen Herzog von Poma vor. »Er wird Eure Stadt verteidigen.«

»Den Göttern sei Dank!«, rief der junge Bherdor mit zittriger Stimme.

»Ich werde so einiges brauchen, Durchlaucht«, sagte Twengor barsch. »Wir werden doch zusammenarbeiten, oder?«

»Selbstverständlich, Häuptling Twengor! Selbstverständlich!«

»Gut. Ich möchte in einer halben Stunde jeden Bürger Pomas auf dem Platz vor Eurem Palast sehen. Ich muss mit den Leuten reden.«

»Ich weiß nicht, ob sie kommen werden, Häuptling Twengor. Die Kaufleute mögen es nicht, wenn ich sie bei ihren Geschäften störe.«

»Oh, sie werden kommen, Herzog Bherdor«, entgegnete Twengor überzeugt. »Sagt ihnen, dass meine Männer jeden hängen, der sich weigert – sie werden von den Schildern über den Türen ihrer prächtigen Läden baumeln.«

»Das würdet Ihr nicht wagen!«

»Ihr werdet schon sehen.«

»Nüchtern ist er ein anderer Mensch, nicht wahr?«, flüsterte Eliar Sergeant Khalor zu.

»O ja«, bestätigte Khalor. »So war er früher immer – bevor er es sich zu Gewohnheit machte, jedes Bierfass zu leeren, an dem er vorbei kam. So klar war sein Verstand seit zehn Jahren nicht mehr.«

Twengor stellte einige seiner Männer zur Begleitung der Palastwache ab, die in die Stadt marschierte, um die Bürger aufzufordern, sich auf dem Residenzplatz zu versammeln. Gegen zwölf Uhr mittags hatten sich alle, die aufrecht stehen und weder blind noch taub waren, auf dem Platz eingefunden. Die prunkvoll gewandeten Kaufleute schienen aus irgendeinem Grund sehr ungehalten zu sein und tuschelten aufgebracht miteinander.

»Äh – verzeiht«, sagte Herzog Bherdor, der auf dem Balkon seines Palastes stand, mit verlegener Stimme. »Entschuldigt.«

Die Menge beachtete ihn nicht.

»Überlasst das mir, Durchlaucht«, riet Twengor. Dann trat er mit der Streitaxt in der Hand an die Balkonbrüstung. »Ruhe!«, donnerte er.

Sofort wurde es völlig still auf dem Platz.

»Die Kanthoner sind in die Länder der Arya von Osthos eingefallen. Einige von euch haben vielleicht davon gehört, doch wie auch immer, ich bin Twengor von Arum und werde dafür bezahlt, eure Stadt zu verteidigen. Das bedeutet, dass ich die Befehle erteile, und ich werde jeden hängen, der nicht gehorcht.«

»Das werdet Ihr nicht wagen!«, rief ein Kaufmann.

»Überzeug dich. Sieh dich um, Stadtmensch. Die Männer mit Schwertern und Streitäxten sind Angehörige meines Stammes und tun, was ich ihnen sage. Das macht mich zum Befehlshaber von Poma, und der erste Punkt auf meiner Liste lautet: die Stadtmauer befestigen.«

»Das ist Herzog Bherdors Sache, nicht unsere«, erklärte ein weiterer Kaufmann.

»In welcher Stadt wohnt ihr?«, fragte Twengor scharf. »Wenn die Kanthoner erst die Mauer eingerannt haben, werden sie Poma niederbrennen und jeden umbringen, der hier lebt. Macht das diese Mauer nicht zu eurer Sache?« Twengor legte eine Pause ein, um seine Worte einwirken zu lassen. »Ihr wart alle so schlau, eurem Herzog weiszumachen, dass ihr keine Zehnprozentsteuer bezahlen könnt. Die Kanthoner werden eine Hundertprozentsteuer erheben, weil sie euch nämlich alles wegnehmen, auch euer Leben! So, und nun macht euch daran, die Mauer zu verstärken!«

»Woher bekommen wir Steine dafür?«, rief jemand in der Menge.

Twengor schaute über die Stadt. »Sogar von hier sehe ich Steine aller Art, die geeignet sind: Häuser, Läden, Lagerschuppen … Vielleicht werdet ihr alle in Zelten hausen, wenn der Krieg vorbei ist, aber zumindest seid ihr noch am Leben. Das ist das Beste, das ich euch bieten kann. Also, an die Arbeit!«

»Eine feine Rede«, lobte Khalor.

»Ich konnte mit Worten immer schon gut umgehen«, entgegnete Twengor bescheiden.

»Das müsst Ihr Euch anseh'n, Meister Althalus!« Gher stand grinsend am Fenster, als Althalus, Khalor und Eliar in den Turm zurückkehrten. »Dieser Argan will sich ins Fort stehl'n, um an Smeugor und diesen Dingsda ranzukommen. Er wird ganz schön dumm schauen, wenn er rausfindet, dass sie gar nicht wirklich dort sind.«

»Wie ist es in Poma gelaufen?«, erkundigte Andine sich.

»Twengor hat den Bürgern auf seine zurückhaltende Weise beigebracht, was zu tun ist. Jetzt versuchen sie sich alle in einem neuen Handwerk. Sie sind zwar keine guten Maurer, aber sie strengen sich wirklich an.«

»Wird die Stadtmauer halten?«

»Unmöglich«, schnaubte Khalor. »Ich habe Dreigon und Gebhel einige von Salkans Schäfern abspenstig gemacht. Nun hat Twengor außer seinen Bogenschützen auch noch Steinschleuderer. Sein wirkliches Ziel besteht darin, in Poma Platz zu schaffen, damit diese Burschen ungehindert auf den Feind schießen können, sobald er in die Stadt eingedrungen ist. Er sorgt für Freiraum zum Kämpfen – und wenn er das erst erreicht hat, wird von Poma nicht mehr viel übrig sein.«

Althalus und Gher blickten zu dem Bergfort, in dem Smeugor und Tauri sich angeblich verkrochen hatten. »Wo ist Argan?«, fragte Althalus. »Ich kann ihn nicht entdecken.«

»Er hat sich grad in den Büschen an der Westseite versteckt«, erklärte Gher. »Er kann sich wirklich gut anschleichen. Er wartet, bis es dunkel ist, bevor er sich hineinstiehlt, um Smeugor und dem Dingsda auszurichten, dass sie aufhör'n sollen, die Weizenfelder niederzufackeln. Er wird sie dort natürlich nicht finden, wohl aber den Zettel, den Eliar und ich dort hingebracht haben.«

»Zettel?«

»Hat Eliar Euch denn nicht davon erzählt?«

»Wahrscheinlich habe ich es nur vergessen. Erzähl es mir, Gher.«

»Also, wir haben von Smeugor und diesem Dingsda geredet. Ich hab Eliar gefragt, warum diese zwei Truppenführer ihre verhassten Häuptlinge nicht einfach abmurksen. Eliar hat mir erklärt, dass das zu einem furchtbaren Kampf führen tät'. Arumer haben komische Ansichten über so was, nicht wahr?«

»Arumer haben komische Ansichten über vieles, Gher. Aber du wolltest mir doch von dem Zettel erzählen.«

»Ach, richtig. Also, ich hab dran gedenkt, wie wir Smeugor und dem Dingsda gesagt haben, dass Ghend richtig wütend auf sie ist, weil sie die vielen Feuer gelegt haben, und da hat's bei mir plötzlich Klick gemacht. Wenn wir's so anstellen, dass Ghend tatsächlich ganz was Verrücktes über Smeugor und den Dingsda glauben tät, würd er sie wirklich abmurksen wollen. Und wenn Ghend sie umbringt, brauchen die Truppenführer es nicht tun und es tät zu keinem Kampf unter den Arumern kommen. Die wären stattdessen wütend auf Ghend. Macht das Sinn?«

»Der Zettel, Gher!«, sagte Althalus fest. »Erzähl mir vom Zettel und bleib bei der Sache!«

»Ich hab doch bloß erklären wollen, warum wir es gemacht haben, Meister Althalus«, verteidigte Gher sich. »Wie auch immer, dieser Argan schleicht so gut, dass er ins Fort kommen wird, egal wie viele Wachen da sind, drum haben Eliar und ich einen Zettel geschrieben, von dem er denken soll, dass er von Sergeant Khalor ist. Eliar hat ihn geschrieben, weil ich noch nicht so gut schreiben kann. Wir haben's vier- oder fünfmal machen müssen, bis wir's richtig hingekriegt haben. Auf dem Zettel steht, dass Smeugor und der Dingsda weiterhin so tun sollen, als ob sie noch für Ghend arbeiten täten und sie sollen die Schuld für die Feuer auf ihre Truppenführer schieben. Dann steht noch drauf, dass sie den anderen von Ghends Knechten seinen Kriegsplan entlocken und an uns weitergeben sollen, damit wir wissen, was sie tun werden, *bevor* sie's tun. Dann haben Eliar und ich noch geschrieben, wie viel Gold wir den beiden zahlen werden. Außerdem haben wir behauptet, dass unsre Seite sich wegen dem Krieg wirklich Sorgen macht und so. Und zum Schluss haben wir noch ein paar wirklich hässliche Sachen über Emmys Bruder dazu gefügt. Glaubt Ihr, das bringt was, Meister Althalus?«

»Wahrscheinlich – wenn es Ghend genau so verwirrt wie mich.«

»Oh, ich hab noch was ausgelassen. Ich war ein bisschen durcheinander, weil Ihr immer wieder wegen dem Zettel gedrängt habt.«

»Ich werde mich in Geduld üben«, versprach Althalus dem Jungen. »Was hast du denn ausgelassen?«

»Na ja, wenn wir den Krieg gewinnen, wär's doch Unsinn, Smeugor und den Dingsda im Haus zu behalten, nicht wahr?«

»So könnte man es wohl sehen.«

»Eliar und ich haben gedenkt, es wär vielleicht nicht schlecht, wenn wir sie durch eine Tür irgendwo hinausschieben täten, wo Ghend sie ganz schnell finden kann. Ghend wird richtig sauer sein, weil er grad wieder einen Krieg verloren hat, drum wird er bestimmt ganz was Schreckliches mit ihnen anstellen, wenn er die zwei abmurkst. Damit zahlen wir's ihnen heim, dass sie uns verraten haben. Und weil Ghend sie umbringt, machen die zwei Truppenführer sich ihre Hände nicht schmutzig und es wird keine Kämpfe in Arum geben. Passt das nicht alles gut zusammen?«

»Sieht so aus«, gab Althalus zu.

»Darum hab ich Euch zum Fenster zum Zuschauen gerufen. Ich möcht', dass Ihr das Gesicht von diesem Argan seht, wenn er den Zettel liest. Und später, falls wir nicht zu viel zu tun haben, können wir vielleicht auch noch Ghends Gesicht seh'n, wenn Argan ihm den Zettel zeigt. Hab ich das nicht gut gemacht?«

Althalus lachte schallend. »Ja, sehr gut, Gher.«

Gleich nach dem Frühstück am nächsten Morgen begaben Eliar, Althalus und Sergeant Khalor sich durch die Korridore des Hauses zum Lager von Häuptling Koleika Eisenkinn und brachten ihn zur Straße nach Mawor.

»Ihr Götter!«, entfuhr es dem sonst so schweigsamen Koleika. »Seht euch diese Mauer an!«

»Beeindruckend, nicht wahr?«, entgegnete Khalor.

»Es muss ein Vermögen gekostet haben, so etwas zu erbauen!«

»Soviel ich gehört habe, studiert Herzog Nitral seit vielen Jahren die Baukunst«, erklärte Althalus. »Er ist nach Deika und Awes und in andere Städte gereist, nur um Skizzen der öffentlichen Gebäude und Stadtmauern zu machen. Mawor liegt unmittelbar am Osthos und ist eine sehr wohlhabende Stadt. Als Herzog Nitral dort auf den

Thron stieg, beschloss er, seinem Steckenpferd nachzugehen und Mawor zur prächtigsten Stadt von ganz Treborea zu machen.«

Eisenkinn nickte. »Ich würde sagen, da fehlt nicht mehr viel. Ich bin froh, dass wir auf seiner Seite sind. Diese Stadt würde ich ungern angreifen.«

»Müsst Ihr auch nicht«, versicherte Khalor. »Wie lange werdet Ihr Mawor halten können? Was meint Ihr?«

»Der Fluss sorgt dafür, dass wir keinen Wassermangel haben, und wenn die Lebensmittel in den Lagerhäusern ausreichend sind – zehn Jahre mindestens.«

»Wir wollen doch nicht hoffen, dass der Krieg so lange dauert«, warf Althalus ein. »Aber ihr sollt nicht nur die Stadt halten. Noch wichtiger ist es, den Feind davon abzubringen, nach Osthos weiterzuziehen.«

»Sobald sie ihre Truppen erst hier eingesetzt haben, kann ich sie auch halten!« Koleika reckte sein Kinn noch weiter vor. »Das hier ist die perfekte Falle. Ich lasse sie herankommen und mit der Belagerung beginnen. Versuchen sie jedoch sich zurückzuziehen, stürme ich aus der Stadt und falle über sie her wie die Plagen der Götter. An mir kommen sie nicht vorbei, Althalus, das schwöre ich Euch.«

»Das war die wohl längste Rede, die ich Euch je halten hörte, Häuptling Koleika«, bemerkte Khalor.

»Tut mir leid«, entschuldigte Koleika sich knapp. »Ich habe mich hinreißen lassen. – Diese Stadtmauer ist wirklich beeindruckend!«

»Gehen wir jetzt in die Stadt«, forderte Althalus ihn auf. »Wir stellen Euch Herzog Nitral vor, dann könnt ihr zwei alles besprechen.«

Herzog Nitral war bei ihrer Ankunft jedoch nicht in seinem Palast. »Seine Durchlaucht ist unten am Fluss«, erklärte ihnen ein Wächter. »Er beaufsichtigt dort Bauarbeiten. Es dürfte etwas mit dem Hafen zu tun haben.«

»Das ist ungewöhnlich«, bemerkte Khalor. »Hab noch nie gehört, dass ein Edelmann so etwas selbst in die Hand nimmt.«

Der Wächter lachte. »Ihr kennt unseren Herzog eben nicht. Wenn ihm die Durchführung eines seiner Vorhaben nicht schnell genug geht, schlüpft er aus seinem Wams und packt selbst mit an. Er ist sich nicht zu schade, Hand in Hand mit einem gelernten Maurer Ziegel zu legen. Wie man sich erzählt, stellt er sich dabei ebenso geschickt an wie die Handwerker. Dabei geht eine Menge teure Kleidung in Fetzen, aber das scheint ihm egal zu sein.«

»Ich freue mich wirklich schon darauf, einen solchen Mann kennen zu lernen«, sagte Koleika. »Wenn es ihm nichts ausmacht, sich die Hände schmutzig zu machen, ist er Künstler und Handwerker zugleich. Deshalb ist die Stadtmauer so schön.«

Sie gingen durchs Flusstor und gelangten auf eine breite gepflasterte Straße unterhalb der hohen Mauer. Anlegstellen zogen sich am Ufer des Osthos entlang, und Scharen von Arbeitern waren eifrig dabei, sie mit Überdachungen zu versehen.

»Nitral?«, antwortete ein Vorarbeiter auf ihre Frage. »Er ist am oberen Pier. Die Männer haben dort Schwierigkeiten, die Stützpfosten ins Flussbett zu treiben.«

Als Althalus und seine Freunde den Nordpier erreichten, sahen sie, dass die Arbeiter besorgt in das schlammige Wasser starrten.

Da tauchte ein Mann, den Althalus als Nitral erkannte, an die Oberfläche und schnappte keuchend nach Luft. »Wir sind da unten auf Grundgestein gestoßen«, erklärte er den Arbeitern auf dem Pier. »Ich fürchte, wir müssen bohren, um die Stützpfeiler setzen zu können.«

»Es sind ein paar Fremde hier, die Euch sprechen wollen, Durchlaucht«, rief ein Arbeiter hinunter.

»Sag ihnen, ich bin beschäftigt.«

»Äh – sie sind hier neben mir, Durchlaucht.«

Koleika schlüpfte bereits aus seiner Lederkleidung. »Vorsicht«, warnte er den Herzog. »Ich komme rein.« Dann tauchte er geschmeidig vom Pier und verschwand unter der Wasseroberfläche.

Es kam Althalus so vor, als bliebe Koleika endlos lange unter Wasser. Er ertappte sich dabei, dass er unwillkürlich die Luft anhielt.

Da stieß Eisenkinn etwa zwanzig Fuß vom Pier entfernt prustend mit dem Kopf aus den Fluten. »Ihr könnt Euren Pfeiler hier einschlagen, Durchlaucht«, rief er, nachdem er wieder zu Atem gekommen war. »Es gibt da einen drei Fuß breiten Riss im Grundgestein direkt unter mir.«

Herzog Nitral trat Wasser neben dem Pier. »Markiert die Stelle!«, rief er seinen Arbeitern zu.

»Jawohl, Durchlaucht«, rief der Vorarbeiter zurück.

Eisenkinn schwamm zum Pier. »Ich vermute, diese Überdachungen sind zum Schutz der Fracht, wenn Schiffe entladen werden?«, wandte er sich an den Herzog von Mawor, der sich noch immer im Wasser befand.

»So ist es«, bestätigte Nitral. »Ich habe einen Freund auf der anderen Seite des Flusses. Der wird Weizen von den Perquainern kaufen und mit dem Schiff nach Mawor befördern, sobald die Stadt belagert wird. Die Versorgung mit Brot soll nicht durch irgendwelche Feindschiffe gestört werden. – Ihr scheint eine Menge von Befestigungen zu verstehen, mein Freund.«

»Ich kann sie bauen, wenn es sein muss«, antwortete Koleika, »aber meine Arbeit ist viel leichter, wenn die Befestigungen bereits vorhanden sind. Übrigens, mein Name ist Koleika. Ich wurde angeworben, Euren Feinden die Hölle heiß zu machen.«

»Ich freue mich, Euch kennen zu lernen, Häuptling Koleika.« Der Herzog hielt ihm die Hand entgegen.

»Könnten wir mit den Begrüßungsformalitäten warten, Durchlaucht?«, bat Koleika. »Ich bin kein sehr guter Schwimmer und brauche im Augenblick beide Hände. Sind wir hier unten so weit fertig?«

»Ich glaube, den Rest können meine Männer erledigen«, meinte Nitral.

»Wie wär's dann, wenn wir aus dem Wasser steigen? Der Fluss ist sehr kalt.«

33

Es muss etwas mit der Form ihrer Arme zu tun haben, überlegte Althalus. Er beobachtete Dweia, die nachdenklich am Tisch saß, eine Hand müßig auf dem Buch. Die unendliche Vollkommenheit ihrer Arme machte ihm die Knie weich.

»Du starrst mich schon wieder an, Althie.« Sie schaute nicht einmal auf.

»Ja. Aber ich habe einen guten Grund dafür. Du hast sehr schöne Arme, weißt du das?«

»Ja.«

»Natürlich ist auch alles andere an dir sehr hübsch, doch irgendwie sind es immer deine Arme, die meinen Blick als Erstes anziehen.«

»Ich freue mich, dass sie dir gefallen, aber du solltest an etwas anderes denken, Althie. Du lenkst mich ab. Ruf bitte die Kinder, Schatz, ich muss mit ihnen reden. Oh, und schick Albron, Astarell und Salkan ein Weilchen schlafen – sicherheitshalber.«

»Dein Wunsch ist mir Befehl, Em.« Althalus sandte seinen Gedanken in das immer noch nicht sehr vertraute Gruppenbewusstsein. »Emmy möchte uns im Turm sprechen«, verkündete er stumm.

»Du brüllst schon wieder, Althalus«, rügte Dweia.

»Ich vergesse es manchmal noch. Der Zugriff zu den anderen ist eben nicht so, wie es nur zwischen dir und mir gewesen ist.«

»Unsere Beziehung reicht auch viel tiefer, Schatz.«

»Ich weiß – und wir können uns nach wie vor privat unterhalten, nicht wahr?«

»Natürlich. Unsere besondere Beziehung ist ausgesprochen privat und besteht nur zwischen dir und mir. Niemand kann dort eindringen. Ich könnte mir vorstellen, dass es in nicht allzu ferner Zeit noch zwei ähnlich private Beziehungen geben wird.«

»Eine zwischen Eliar und Andine, und die zweite zwischen Leitha und Bheid?«

»Richtig. Aber sag es ihnen nicht, Schatz. Sie sollen es selbst herausfinden. Ich bin gespannt, wie lange sie dazu brauchen.«

»Wie du meinst, Em.« Da fiel ihm plötzlich etwas ein. »Was sollen wir wegen Salkan unternehmen? Bheid verbringt viel Zeit und Mühe damit, den Jungen zu bekehren, aber ich bin nicht sicher, dass er etwas erreicht. Ich glaube nicht, dass Salkan einen guten Priester abgäbe. Erstens ist er zu selbstständig dafür und zweitens hat er keine hohe Meinung von der Priesterschaft.«

»Halten wir uns da einstweilen heraus, Schatz. Bheid steckt in einer persönlichen Krise.«

»Was?«

»Du und Eliar habt ihn aus seiner traditionellen Schwarzkuttenpriesterschaft gerissen, deshalb quält ihn Schuldbewusstsein. Ich glaube, er betrachtet seine Versuche, Salkan zu bekehren, als eine Art Buße.«

»Das verstehe ich nicht ganz, Em.«

»Bheid hat das Gefühl, seinen Orden im Stich gelassen und sein Gelübde gebrochen zu haben. Ich glaube, er will seinem Orden einen Ersatz anbieten.«

»Du meinst, er will sich mit Salkan aus der Priesterschaft freikaufen?«

»Das ist eine etwas grobe Wortwahl, aber sie kommt der Sache sehr nahe. Lass sie einfach in Frieden, Althalus. Es wird nicht mehr lange dauern, dann braucht Bheid einen klaren Kopf, und wenn er sich von seinen Problemen befreien kann, indem er Salkan mit allen Mitteln zu bekehren versucht, dann lass ihn. Salkan wird dadurch sicher keinen geistigen Schaden erleiden. So, und jetzt gönne Albron, Astarell und Salkan ein Nickerchen. Du und ich und die Kinder haben zu tun.«

»Ich möchte etwas mit Euch besprechen, Dweia«, sagte Andine, als alle sich im Turmgemach eingefunden hatten. »Könnten wir nicht in meinem Palast in Osthos wohnen, statt hier im Haus? Ich sollte wirklich dort sein – schon für den Fall, dass Dhakan mich braucht.«

»Egal was geschieht, Andine, es entgeht mir nicht«, versicherte ihr Dweia. »Es hat seine Gründe, dass wir im Haus sind und nicht in deinem Palast. Zum Beispiel gibt es hier keine Spione.«

»Erlaubt, dass Leitha mir sagt, wer diese Spione sind, und ich mache sehr schnell Schluss mit ihnen.«

»Das ist eines der Dinge, über das wir uns jetzt unterhalten werden«, entgegnete Dweia. Die Göttin schaute sich um. »Ihr alle seid in den letzten Tagen mit den verschiedensten Vorschlägen gekommen. Einige waren recht klug, andere ziemlich töricht, aber das tut nichts zur Sache. Keiner dieser Vorschläge wird in die Tat umgesetzt, bevor Gelta den Palast in Osthos betritt.« Sie blickte Bheid streng an. »Hörst du, was ich sage, Bheid?«

»Selbstverständlich, Göttin«, antwortete er rasch.

»Dann rufe deine Meuchelmörder zurück.«

Althalus blickte den jungen Priester erstaunt an. »Was hast du denn ausgebrütet, Bheid?«, fragte er neugierig.

Bheid errötete leicht. »Ich darf wirklich nicht darüber reden, Althalus.«

»Ich erlaube es dir!«, sagte Dweia finster.

Bheid wand sich. »Nun …«, begann er voll Unbehagen. »Kirchenpolitik wird manchmal ziemlich undurchsichtig, und hin und wieder – nicht sehr oft, das dürft Ihr mir glauben – weicht jemand vom richtigen Weg ab und macht sich unbeliebt. Gegen diese Leute dürfen zwar rechtliche Schritte unternommen werden, doch öffentliche Verhandlungen und dergleichen können für den einen oder anderen höheren Kirchenmann peinlich werden. In einem solchen Fall hat die Kirche eine andere Möglichkeit.«

»Gedungene Meuchler, nehme ich an«, brummte Althalus.

»Das ist eine unfeine Beschreibung, Althalus«, entrüstete Bheid sich. »Wir nennen sie Assassinen.«

»Und wen willst du meucheln lassen?«

»Ich wünschte, Ihr würdet dieses Wort nicht benutzen.«

»Es ist in meinem Gewerbe gang und gäbe. Heraus mit der Sprache, Bheid. Auf wen hast du es abgesehen?«

»Aryo Pelghat von Kanthon. Solange er auf dem Thron von Kanthon sitzt, wird es in Treborea Kriege geben.«

»Welch ein wundervoller Einfall!«, rief Andine begeistert.

»Wir werden jetzt einige Regeln aufstellen«, bestimmte Dweia streng. »Keine Morde, keine Armeen aus Nirgendwo, keine Treibjagd auf Spitzel und keine Meutereien unter den arumischen Stämmen, ehe Gelta Andines Thronsaal in Osthos betreten hat. Ihr werdet nichts tun, was die Traumvision verändern könnte. Verursacht kein Paradoxon, das würde mich nämlich sehr wütend machen!«

»Wenn diese Traum-Dinger so wichtig sind, warum denken wir uns dann nicht eigene aus?«, fragte Gher.

Dweia blickte ihn amüsiert an. »Warum, glaubst du, sind wir alle hier, Gher?«

»Weil Meister Althalus hinter uns her war und uns befohlen hat herzukommen?«

»Und warum hat er das getan?«

»Ich weiß nicht. Vielleicht, weil Ihr es ihm befohlen habt?«

»Warum sollte er mir gehorchen?«

»Alle gehorchen Euch, Emmy.«

»Warum?«

»Weil wir es müssen. Ich weiß nicht warum, aber wir müssen es.«

»Richtig. Daevas Traumvisionen sind aufdringlich. Meine sind viel feiner. Es gehört nicht viel dazu, die Wirklichkeit zu verändern, Gher. Manchmal kann etwas so Einfaches wie ein Wort die Dinge ungeheuerlich verändern – was übrigens schon der Fall ist.« Sie blickte Andine an. »Welches Wort hast du auf der Dolchklinge gelesen, Liebes?«

»Gehorche«, antwortete Andine.

»Und was wird mit Gelta geschehen, wenn du ihr gehorcht hast, nachdem sie dir befahl, dich vor ihr auf den Boden zu werfen?«

»Sie wird in meinem Verlies enden.«

Dweia blickte den Jungen an. »Noch Fragen, Gher?«

Er grinste sie an. »Keine, Emmy. Ich glaube, ich hab's begriffen.«

»Das freut mich«, sagte sie voller Zuneigung.

Die Invasion von Kanthon hatte so lange gestockt, bis endlich lange Reihen von Versorgungswagen mit Verpflegung für die hungernden Truppen südwärts rollten. Statt weiterhin Getreidefelder niederzubrennen, stellten Gelun und Wedan von nun an dem Nachschub des Feindes Hinterhalte. Die Ladungen der Wagen, die den Arumern entgingen, reichten jedoch, dass die Invasoren zumindest einige Tage zu essen hatten, und so wurde der Vormarsch auf Kadon fortgesetzt. Es dauerte nicht lange und die Stadt war umzingelt.

Eliars und Khalors Laune verschlechterte sich zusehends.

»Ihr zwei könntet euch abwechseln«, riet Leitha. »Ihr müsst schließlich nicht beide Tag und Nacht wach bleiben.«

»Sie hat Recht, Eliar«, meinte Khalor. »Wie wär's, wenn du ein bisschen schläfst?« Khalor blickte vom Fenster auf Kadon hinunter.

»Wie wär's, wenn *du* dich auf Ohr legst, mein Sergeant«, entgegnete Eliar. »Sie bauen jetzt erst einmal ihr Lager auf und holen ihre Belagerungsmaschinen.«

»Du weckst mich sofort, wenn sich irgendetwas Ungewöhnliches tut?«

»Ich hab schon oft genug Wache geschoben, Sergeant. Da weiß ich in etwa, was ich zu tun habe.«

»Ich bin wirklich ein bisschen müde«, gab Khalor zu.

»Dann geh ins Bett.«

»Jawohl, Herr.« Khalor grinste schwach.

»Auf die Gesundheit meines Vorgesetzten zu achten gehört zu meinen Pflichten, Sergeant.«

Khalor gähnte. »Geh nicht zu weit.«

»Süße Träume, Sergeant«, wünschte ihm Leitha.

»Unter den gegebenen Umständen verzichte ich lieber auf Träume. Allein die Vorstellung, dass Gelta zu mir ins Bett kriechen könnte, lässt mir das Blut stocken.« Khalor gähnte erneut und stieg die Teppe hinunter.

»Ich möchte unbedingt seh'n, ob es bringt, was es bringen soll«, bat Gher. »Das dauert doch gar nicht lang, wirklich.«

»Tut mir leid, Gher«, entgegnete Eliar, »aber mein Sergeant würde mir die Haut abziehen, wenn ich meinen Posten verließe.«

»Worüber seid ihr zwei euch uneins?«, erkundigte Dweia sich.

»Gher will, dass ich meinen Posten verlasse, damit wir Argan folgen können«, antwortete Eliar.

»Es ist wichtig, Emmy«, versuchte Gher sie zu überzeugen. »Wir haben diesen Brief von Sergeant Khalor im Fort lassen, wo Smeugor und Dingsda sich angeblich verkrochen haben. Meint Ihr nicht auch, dass wir nachseh'n sollten, ob's wirklich bringt, was es soll?«

»Er hat Recht, Em«, warf Althalus ein. »Wenn der Brief Ghend davon überzeugt, dass Smeugor und Tauri erneut die Seiten gewechselt haben, wird er sich ihrer annehmen, und dann müssen Gelun und Wendan sich nicht die Hände schmutzig machen. Meuterei im Krieg ist wirklich keine gute Idee. In den arumischen Stämmen gibt es die Blutsippschaft, und wenn ein paar Vettern zweiten Grades mit Begriffen wie Familienbande und dergleichen daherkommen, könnten die beiden Stämme möglicherweise ihren Kampf gegen die Invasoren einstellen und stattdessen übereinander herfallen. Das wollen wir doch nicht, oder?«

»Das Fenster muss bleiben, wo es ist!«, beharrte Eliar.

Dweia seufzte. »Männer!«, sagte sie zu Leitha.

»Entmutigend, nicht wahr?«, antwortete das blonde Mädchen. Dann lächelte sie Althalus herausfordernd an. »Ich sehe noch drei Fenster hier im Turm, Pappi«, spöttelte sie. »Sind sie Euch noch nicht aufgefallen?«

»Sorg dafür, dass sie damit aufhört, Dweia«, bat Althalus.

»Aber du hast doch verstanden, worauf sie hinaus will?«

»Kannst du das wirklich?«

»Natürlich. Ich dachte, das wüsstest du.«

»Manchmal passt Pappi nicht richtig auf«, bemerkte Leitha.

»Dein Pappi-Getue geht mir allmählich auf die Nerven, Leitha«, schimpfte Althalus.

»Oh«, spöttelte Leitha. »Das tut mir aber leid.«

Dweia verhinderte Althalus' Entgegnung. »Lassen wir Eliar auf seinem Posten, während wir Ghends langes Gesicht beobachten«, schlug sie vor und führte die anderen zum Nordfenster.

»Da kenne ich mich aber nicht aus«, bemerkte Bheid und spähte durchs Fenster auf ein nächtliches Lager. »Wo ist das genau, Dweia?«

»Das weiß ich selbst nicht so recht. Ich habe mich auf Ghend konzentriert, nicht auf irgendeinen Ort, darum richtete das Fenster sich direkt auf ihn, ohne sich in Problemen zu verhaspeln, die mit Ländern und Gegenden zu tun haben.«

»Was für ein tolles Fenster!«, rief Gher begeistert.

»Ich bin auch recht zufrieden damit«, sagte Dweia.

»Ist das nicht Argan?« Leitha deutete auf einen einzelnen Reiter, der sich dem Lager näherte.

»Wahrscheinlich.«

»Ist es nur Zufall?«, fragte Andine.

»Nein«, entgegnete Dweia. »Was wir hier sehen, geschah vor zwei Tagen.« Sie lächelte leicht. »Ich habe viel Übung darin. Es ist eine viel interessantere Art und Weise, Geschichte zu studieren, als staubige alte Bücher zu lesen.«

Argan trieb sein erschöpftes Pferd im Galopp zur Mitte des Lagers, riss am Zügel und saß ab. »Bring mich sofort zu Ghend!«, schnaubte er einen der Krieger in schwarzer Rüstung an, die Dweia als Nekweroser erkannt hatte.

»Jawohl, Hochwürden«, antwortete der Mann mit hohlklingender Stimme.

Doch Ghend war bereits aus dem schreiend bunten mittleren Pavillon getreten. »Wo warst du so lange?«, fragte er Argan mit scharfer Stimme.

»Ich habe Smeugor und Tauri gesucht«, erwiderte Argan. »Das habt Ihr mich doch geheißen.«

»Hast du meinen Befehl an sie weitergegeben?«

»Das hätte ich gern, alter Junge, aber ich konnte sie nicht finden. Wie sich herausstellte, sind sie gar nicht in dem Fort.«

»Was redest du da?«

»Ich habe den verborgensten Winkel abgesucht, doch es gab keine Spur von ihnen – außer der hier.« Argan hielt Ghend ein Blatt Papier hin.

»Was ist das?«

»Lest. Ich würde sagen, es spricht für sich.«

Ghend las Sergeant Khalors Brief im Schein einer rauchenden Fackel. »Unmöglich!«, rief er.

»Sagt das Koman, alter Junge«, meinte Argan selbstgefällig. »Es ist ihm entgangen, nicht mir.«

»Diese beiden Schwachköpfe haben nicht genug Verstand, Koman zu übertölpeln«, widersprach Ghend.

»Sie hatten vielleicht Hilfe, Ghend«, sagte Argan jetzt sehr ernst. »Koman ist nicht der Einzige auf der Welt, der Gedanken lesen kann. Die Hexe aus Kweron hat ihn schon einmal hereingelegt, wenn ich mich recht entsinne.«

»Das werden sie mir büßen!«, fuhr Ghend auf.

»Erst werdet Ihr sie finden müssen. Im Fort sind sie ganz gewiss nicht. Ich könnte mir vorstellen, dass es für die beiden jetzt nur darauf ankommt, sich nicht von Euch erwischen zu lassen. Erst nahmen sie Euer Geld, und dann haben sie auch bei diesem Khalor abkassiert. Sie haben Euch um ein ordentliches Sümmchen betrogen, Ghend. Sie lächelten und nickten, und dann ließen sie Eure gesamte Armee fast verhungern. Und weil sie wissen, was ihnen droht, werden sie nicht leicht zu finden sein.«

Ghends Augen brannten. »Ich werde sie erwischen, Argan.«

»Yakhag könnte sie wahrscheinlich für Euch aufspüren.«

»Nein. Halte Yakhag verborgen. Ich nehme mich Smeugors und Tauris selbst an.«

»Wie Ihr meint, alter Junge«, entgegnete Argan.

Das Südfenster des Turms blickte auf die Stadt Kanthon, und Bheid beschrieb Eliar den Weg zu einer kleinen Taverne im Viertel der Kaufleute.

»Ich werde die Tür nicht offen lassen, während ihr drin seid«, sagte Eliar zu Bheid und Althalus. »Pfeift, wenn ihr heim wollt.«

»Ihr braucht wirklich nicht mitzukommen, Althalus«, sagte Bheid mit leicht besorgtem Blick.

»Was macht dir so zu schaffen, Bheid?«, fragte Althalus.

»Nun«, murmelte der Schwarzkuttenpriester voller Unbehagen. »Ich dürfte wirklich niemanden auf diese Leute aufmerksam machen. Es ist eines der am besten gehüteten Geheimnisse der Kirche.«

»Ich wollte, du würdest endlich erkennen, wohin du gehörst, Bheid. Dweia ist ziemlich verärgert über dein Komplott, und ich bin mitgekommen, damit ich sie beruhigen kann. Ich persönlich bin nicht so sehr gegen deine Idee wie Dweia, aber ich würde mir eure Meuchelmörder ganz gern selbst anschauen, um herauszufinden, ob sie wirklich Fachleute sind oder bloß religiöse Fanatiker.«

»Na gut.« Bheid warf die Hände hoch. »Wie Ihr meint, Althalus.«

»Gehen wir.«

Sie traten durch Eliars Tür und kamen in der Gasse hinter der Taverne heraus. Beide trugen die hier übliche Kleidung, um nicht aufzufallen, und mischten sich unter die wenigen Vorübergehenden.

Das Äußere der Taverne wirkte gediegen, beinahe schlicht, und zwei offenbar gut betuchte Kaufleute standen am Eingang und unterhielten sich über das Wetter. Bheid ging Althalus voraus und gestikulierte auf unauffällige Weise. Sofort machten die beiden Männer ihm höflich Platz. »Es ist nur eine Vorsichtsmaßnahme«, sagte Bheid leise zu Althalus. »Der Wirt hat es nicht gern, wenn Fremde von der Straße hereinkommen.« Dann lächelte er schwach. »Ich warne Euch lieber gleich. Nehmt keinen zu tiefen Schluck von dem Bier, das hier eingeschenkt wird. Es dient nur als Vorwand und schmeckt nicht sehr gut. Uneingeweihte, die durch Zufall hier einkehren, kommen so gut wie nie wieder in diese Taverne, nachdem sie von dem Gebräu gekostet haben.«

»Schmeckt es wirklich so schlecht?«

»Noch schlechter. Das Haus soll wie eine Taverne aussehen, mehr nicht.« Bheid ging zu einem Tisch ganz hinten in der Gaststube. »Ich hole uns zwei Humpen und spreche mit dem Wirt, dass er Sarwin und Mengh holen lässt.«

»Deine Auftragsmeuchler?«

Bheid nickte. »Bin gleich wieder da.«

Althalus nahm Platz und schaute sich um. Die wenigen Gäste trugen Straßenkleidung, und ihre Bierkrüge standen unbeachtet auf den Tischen, während sie sich in gemessenem Tonfall unterhielten. Beinahe gegen seinen Willen war Althalus beeindruckt. Die Taverne, einschließlich der meisten Gäste, war eine geschickte Täuschung. Er hatte das sichere Gefühl, dass sofort ein Streit ausbrechen würde – gefolgt von einer Schlägerei –, falls jemand hier erschien, der unerwünscht war.

Bheid kehrte mit zwei Krügen Bier zurück. Althalus roch daran und hatte nicht mehr das geringste Bedürfnis, auch nur einen Schluck zu nehmen.

»Grässlich, nicht wahr?«, murmelte Bheid.

»Es ließe sich vielleicht zum Sockenwaschen verwenden«, antwortete Althalus. »Wie lange gibt es diese so genannte Taverne denn schon?«

»Ein paar Jahrhunderte ganz sicher. Bei der treboreanischen Priesterschaft handelt es sich um Schwarzkutten – das heißt, dass sie den richtigen Gott anbeten –, aber sie weigern sich, die Oberhoheit unseres Heiligen Exarchen anzuerkennen. Seit Tausenden von Jahren versuchen wir ihnen klarzumachen, dass ihre Einstellung der Ketzerei nahe kommt, doch …« Bheid hielt inne, als er Althalus' Lächeln bemerkte. »Was ist los?«, fragte er.

»Überleg doch, Bheid. Hat sich deine theologische Einstellung in letzter Zeit nicht auch ein wenig geändert?«

»Ich habe nur versucht …« Bheid lachte verlegen. »Es ist wahrscheinlich reine Angewohnheit und übermannt mich hin und wieder. Wenn man es recht bedenkt, besteht kein großer Unterschied zwischen der treboreanischen und der medyonischen Theologie. Wir sind geteilter Meinung über Kirchenpolitik, doch das ist im Grunde genommen schon alles. Wie dem auch sei, diese Taverne ist eine Art geheimer Außenposten der wahren Religion – wenn es so etwas überhaupt gibt – und für uns ein Treffpunkt, wo wir die Politik der Schwarzkutten fördern können.«

»Hin und wieder auch durch Mord, nehme ich an.«

»Hin und wieder, ja. Das kommt natürlich nicht oft vor, aber die Möglichkeit besteht.«

»Du brauchst dich nicht vor mir zu rechtfertigen, Bheid«, versicherte Althalus. »Ich bin in dieser Beziehung sehr verständig. Ich vermute, dass eure Meuchelmörder eine Art Gehalt bekommen?«

»Ja, ein Jahressalär und eine Prämie für jeden erfolgreich ausgeführten Auftrag.«

»Dann sind sie also keine Fanatiker, die für ihren Gott töten?«

»Um Himmels willen, nein! Fanatiker wollen gefasst und hingerichtet werden, denn das macht sie zu Märtyrern, und Märtyrer werden mit dem Himmelreich belohnt. Unsere Assassinen sind Fachleute, die nie gefasst werden.«

»Das ist die richtige Einstellung. Man sollte nur jemand verdingen, der sein Handwerk von Grund auf gelernt hat. Einen erfahrenen Fachmann.«

»Ah, da sind sie schon!« Bheid blickte zum Hintereingang.

Die zwei Männer, die soeben eintraten, waren von so alltäglichem Aussehen, das man sie kaum bemerkte. Das Wort »mittelmäßig« passte in jeder Beziehung zu ihrem Äußeren. Sie waren weder groß noch klein, weder dick noch dünn, und ihre Haut- und Haarfarbe weder hell noch dunkel. Auch ihre Kleidung war weder schäbig noch vornehm. »Ich verstehe einfach nicht, was in Engena gefahren ist, Mengh«, sagte einer der beiden, während sie sich dem Tisch näherten. »Nichts ist ihr recht. Sie mag unser Haus nicht mehr, unsere Nachbarn, nicht einmal unseren Hund.«

»Frauen werden mitunter merkwürdig, Sarwin«, entgegnete Mengh weise. »Sie denken nicht wie wir. Bring ihr ein paar Geschenke mit und zeig ihr deine Fürsorge. So mache ich es immer, wenn Pelquella ihre Zicken bekommt. Es sind nicht einmal so sehr die Geschenke, die sie erfreuen. Es ist die Aufmerksamkeit, die man den Frauen widmet. Wenn man sie gleichgültig behandelt, bringt man sich in Teufels Küche.« Mengh warf einen raschen Blick auf Bheid. »Hallo, Meister Bheid. Ihr wart schon eine geraume Weile nicht mehr hier.«

»Ich hatte viel zu tun«, erwiderte Bheid. »Setzt euch zu uns, meine Herren.«

Die Assassinen nahmen am Tisch Platz und bestellten Bier.

»Ich bin sehr froh, euch zu treffen, denn wir müssen etwas besprechen.«

»Worum geht es?«, erkundigte Mengh sich.

»Dieses Geschäft, über das wir bei unserer letzten Begegnung hier geredet haben.«

Die beiden Assassinen blickten unmissverständlich auf Althalus.

»Das ist mein Partner Althalus«, machte Bheid ihn bekannt. »Mein zumeist schweigsamer Partner. Es hat sich da etwas ergeben, über das er persönlich mit euch sprechen möchte. Wir mussten unsere Pläne kurzfristig ändern.«

»Ändern?«, fragte Sarwin scharf. »Soll das heißen, dass Ihr unsere Dienste nicht mehr braucht?« Seine Augen wirkten hart.

»Das hat er nicht gesagt, Freund«, warf Althalus sofort ein. »Es hat sich lediglich eine Änderung im Zeitplan ergeben. Es bleibt bei der Höhe der Bezahlung und dem Auftrag. Wir möchten nur ein wenig abwarten – die derzeitige Marktlage, müsst ihr wissen. Ehe wir den großen Fisch an Land ziehen können, muss einiges geschehen. Falls ihr, meine Herren, zu früh zuschlagt, könnte es unsere Gegenspieler warnen, und das wollen wir unbedingt vermeiden. Ich bin verantwortlich für die Einzelheiten in mehreren anderen Städten, und Meister Bheid ist für die hiesigen zuständig. Die zeitliche Abstimmung ist gerade in unserem Geschäft von allergrößter Wichtigkeit.«

»Einer der Vorteile unseres Berufes ist der, dass der Zeitpunkt von keiner so großen Bedeutung ist, wenn wir etwas erledigen«, dozierte Mengh mit unbewegtem Gesicht. »Wir können es aufschieben, wenn Ihr wollt. Meister Bheid braucht uns nur Bescheid zu geben, sobald der Auftrag durchgeführt werden soll. Möchtet ihr darauf trinken, meine Herren?« Er hob fragend den Krug.

Althalus verzog das Gesicht. »Lieber nicht.«

»Das hatte ich gehofft.« Sarwin schob seinen Krug so weit wie möglich von sich.

»Seid Ihr sehr beschäftigt, Althalus?«, fragte Khalor am nächsten Morgen.

»Nicht sehr. Warum?«

»Könntet Ihr vielleicht nach Twengor drüben in Poma sehen? Nicht dass ich mir ernsthaft Sorgen um Poma mache – Twengor weiß, was er tut –, aber ich würde mich gern auf dem Laufenden halten. Wenn die Invasoren ihre Sache richtig machen, müssten sie zumindest ein Drittel ihrer Truppen in Poma eingesetzt haben. Aber diese Kämpfe in den Straßen, mit Heckenschützen und so weiter, sind sehr gefährlich, und falls es ihnen gelingen sollte, Twengor zu schlagen oder sich aus dem Staub zu machen, hätte Gelta zusätzliche hunderttausend Mann oder mehr für ihren Einsatz in Mawor. Ich würde ja gern selbst nach dem Rechten sehen, habe zurzeit aber ziemlich viel zu tun. Wenn Twengor glaubt, dass seine Gegner sich absetzen könnten, möchte ich es schnell wissen.« Er zögerte kurz. »Um ehrlich zu sein, Althalus – aber das ist nur zwischen uns –, ich muss wissen, ob Twengor noch nüchtern ist. Falls er einen Rückfall hat, sollte ich es umgehend erfahren.«

»Ich wecke Eliar sofort«, versprach Althalus.

»Ich bin doch eben erst ins Bett gekommen«, beschwerte sich der Junge, als Althalus ihn aus dem Schlaf riss.

»Es wird nicht lange dauern.«

»Ich werde mit Dweia darüber reden müssen«, brummte Eliar. »Alle sind besorgt, dass Sergeant Khalor genug Schlaf kriegt, aber niemand denkt an mich.«

»Du bist der Türöffner, Eliar. Hör auf zu jammern. Wir werden die übliche Tür nach Poma öffnen.«

»Warum nicht das Prunkportal im Turm?«

»In Poma finden Straßenkämpfe statt. Ich würde ungern im falschen Haus herauskommen. Außerdem benutzt Khalor das Fenster neben der Tür.«

»Ich verstehe, was Ihr meint. Die übliche Tür nach Poma ist im Ostkorridor.«

»Nimm vorsichtshalber dein Schwert mit.«

»In Ordnung.«

Sie tapsten durch das stille Haus und spähten im Ostkorridor durch mehrere Türen, bis sie Twengors Hauptquartier entdeckten. Poma lag inzwischen zum größten Teil in Schutt und Asche. Viele Häuser brannten.

»Was ist, Althalus?«, erkundigte Twengor sich, als einer seiner Männer die beiden Besucher in die Stube führte, in welcher der vierschrötige Häuptling neben einem Fenster kauerte.

»Nichts Ungewöhnliches, Twengor«, erwiderte Althalus. »Wir wollten nur nachschauen, wie die Dinge stehen.«

»Auch hier tut sich nichts Ungewöhnliches – hoppla, ich würde mich ducken, wenn ich Ihr wäre! In dem Haus gegenüber lauert ein Bogenschütze, der sein Handwerk versteht. Ein paarmal hätte er mir fast einen Scheitel gezogen. Ich hab zwei von diesen Wekti-Schäfern im zweiten Stock postiert, die nur darauf warten, den Kerl gut ins Ziel zu kriegen.«

»Wie machen die Wekti sich?«

»Gar nicht schlecht. Ich habe ein paar sehr gute Bogenschützen, aber sie brauchen ständig Nachschub an Pfeilen, während Steine sich überall auflesen lassen.«

»Wieviel von der Stadt haben die Invasoren bereits eingenommen?«

»Fast das ganze Nordviertel.«

»Fast?«

»Es gibt ein ständiges Hin und Her. Der Feind wirft einen größeren Trupp gegen ein Wohnhaus oder Geschäft. Meine Bogenschützen und die Schäfer sorgen dafür, dass sie das teuer zu stehen kommt. Wir halten das Haus eine Zeit lang, dann ziehen wir uns zurück.« Der bärtige Häuptling grinste. »Unsere Gegner haben jedoch gelernt, auf vorschnelle Siegesfeiern zu verzichten.«

»Ach?«

»Die Einnahme eines Hauses, das jeden Augenblick über Euch einstürzen kann, wäre ein hohler Sieg, findet Ihr nicht? Bevor der Feind die Stadtmauer niederriss, hatten meine Männer reichlich Zeit, die Wände und Decken fast jeden Hauses in Poma – nun ja, vorzubereiten. Wir stützen sie mit Holzpfeilern, solange wir uns darin aufhalten, nehmen die Pfeiler jedoch mit, sobald wir das Haus aufgeben. Wenn ich es recht bedenke, wurden beim Einsturz dieser Häuser mehr Gegner getötet als von meinen Männern. Zuerst müssen sie sich den Zutritt erkämpfen und dann stürzt das Haus über ihnen ein. Ich habe meinen Leuten versichert, dass nichts dagegen einzuwenden sei, wenn sie laut genug lachen, dass der Feind es hören kann, sobald sie vor einem Trümmerhaufen stehen.«

»Ihr seid ein schlimmer Bursche, Twengor.«

»Ich weiß. Und ich genieße es.«

»Aber wenn kein Wohnhaus oder Geschäft sicher ist, werden die Bürger nach dem Krieg nicht zurückzukehren wagen, oder?«, fragte Eliar.

»Das ist bedauernswert, ja«, entgegnete Twengor gleichmütig.

»Hätten diese habgierigen Kaufleute ihre Steuern bezahlt, würde die Stadtmauer vielleicht der Belagerung standgehalten haben und wir hätten keine solchen Schritte unternehmen müssen. Bis dies alles vorüber ist, wird von Poma nicht mehr viel übrig sein, aber das ist nun wirklich nicht meine Sache.«

»Besteht die Möglichkeit, dass die Invasoren Poma einfach aufgeben und weiterziehen?«, fragte Althalus. »Khalor ist deshalb ein wenig besorgt. Er möchte nicht, dass der Feind einfach nach Mawor weitermarschiert – oder schlimmer noch, Mawor links liegenlässt und sich direkt nach Osthos wendet.«

»Ich habe sie hier so gut wie eingeschlossen, Althalus«, beruhigte ihn Twengor. »Ich überließ ihnen ein paar Stadtteile nahe dem Durchbruch in der nördlichen Stadtmauer, nur um sie weit genug nach Poma hineinzulocken, dass ein Rückzug fast unmöglich ist – erst recht, wenn meine Bogenschützen und die Wekti mit ihren Schleudern von jedem Dach des Nordviertels auf sie zielen. Nein, sie sitzen hier in der Falle.« Twengor spähte aus dem Fenster, dann lachte er boshaft. »Kommt her und seht euch das an.«

Althalus und Eliar traten zu ihm.

»Meine Männer haben mir gerade ein Zeichen gegeben. Dieses Haus gegenüber hat uns in den letzten drei Tagen die Laune verdorben. Einer meiner Jungs hat soeben etwas dagegen unternommen.«

Ein Pfeil sirrte durchs Fenster.

»*Das* hat mir die Laune verdorben«, erklärte Twengor. »Niemand konnte an diesen Burschen ran. Seht jetzt!«

Wolken öligen Rauchs wogten aus den Fenstern des halbverfallenen Hauses gegenüber.

»Das Haus ist doch aus Stein erbaut«, bemerkte Althalus. »Wie habt Ihr es in Brand setzen können?«

»Nicht das Haus brennt, mein Freund.« Twengor grinste. »Einer der größten Nichtsteuerzahler ist zufällig ein Kaufmann, der mit Wolle handelt. Wir leerten sein Lager und füllten die Keller vieler Häuser mit Wolle. Dann tränkten wir die Wolle mit Lampenöl und aufgewärmtem Schweineschmalz. Einer meiner Bogenschützen hat soeben einen brennenden Pfeil durch ein Kellerfenster des Hauses dort drüben geschossen. Rauch einzuatmen ist nicht sehr gesund, wie ich hörte, doch was mich besonders begeistert: Das Haus ist der Palast dieses Wollhändlers gewesen.«

Althalus grinste. »Ich würde meinen, seine Steuern sind gerade sehr gestiegen.«

»Das kann man wohl sagen, Althalus. Richtet Khalor bitte aus, dass ich hier in Poma alles im Griff habe. Ich sorge für Gerechtigkeit und halte den Feind fest.«

»Ich werde es ihm sagen. Könntet Ihr die Eindringlinge aus der Stadt verjagen, falls nötig?«

»Das wäre nicht schwierig. Aber warum? Khalor möchte doch, dass ich sie hier festhalte.«

»Nur eine Zeit lang, Häuptling Twengor. Wir haben Reiterei in Reserve, um mit dem Feind aufzuräumen, sobald das Laub sich rot gefärbt hat. Ich gebe Euch Bescheid, wenn es an der Zeit ist. Dann könnt Ihr Euren Besuchern die Tür weisen, und sie werden draußen für die Unterhaltung der Reiterei sorgen.«

»Dann dürften wir noch vor dem Winter alle wieder zu Hause sein.«

»Das war unsere Absicht. Krieg im Winter ist sehr lästig.«

»Ganz meine Meinung. Lasst es mich wissen, Althalus, dann verjage ich unsere ungebetenen Besucher aus Poma, und wir können für die Heimreise packen.«

»Keine Siegesfeier, Twengor?«

»Diesmal nicht. Am Morgen ohne bohrende Kopfschmerzen aufzuwachen ist zwar fast ungewohnt für mich, aber ich möchte mich noch länger daran erfreuen. Sagt Khalor, dass ich immer noch nüchtern bin und dass ich den Feind jederzeit aus der Stadt vertreiben kann. Das wollte er doch wissen, nicht wahr?«

»Ihr habt mich also durchschaut?«

»Natürlich. Jetzt, da ich nicht mehr alles doppelt sehe, sind mein Blick und mein Verstand klar. Verzieht Euch, Althalus. Ich bin beschäftigt.«

34

»Wie ist es Euch geglückt, an meiner Armee da draußen vorbeizugelangen?«, fragte Koleika, als Althalus, Eliar und Khalor in Herzog Nitrals Palast in Mawor eingelassen wurden.

»Wir kamen mit einem Eurer Versorgungsschiffe über den Fluss«, log Althalus. »Es gehörte ziemliche Überredungskunst dazu, aber schließlich glaubte uns der Kapitän, dass wir Freunde sind.«

»Wie sieht es mit Kadon und Poma aus?«, erkundigte Herzog Nitral sich.

»In Kadon geht alles viel glatter, seit Laiwon Herzog Olkar in seinem Palast eingesperrt hat, Durchlaucht«, antwortete Khalor.

»Er hat *was*?«, rief Nitral.

»Olkar hat sich überall eingemischt«, erklärte Althalus. »Und er regte sich jedes Mal schrecklich auf, wenn ein Ladenfenster zersprang oder Laiwon einen Teil der städtischen Arbeiter rekrutierte. Ich glaube, Herzog Olkar versteht nicht recht, was das Wort ›Krieg‹ bedeutet.«

»Jedenfalls wurde Laiwon seiner ständigen Einmischung leid und sorgt jetzt dafür, dass er den Palast nicht verlassen kann«, fügte Khalor hinzu. »Die Stadtmauer von Kadon hält, und die Stadt ist in keiner echten Gefahr.«

»Wie steht es mit Poma?«

»Das ist eine andere Sache. Der Kampf wird in den Straßen der Stadt ausgetragen. Wenn Twengor es geschafft hat, wird von Poma nicht viel übrig sein.«

Nitral seufzte. »Der arme Bherdor.«

»Es ist seine eigene Schuld, Durchlaucht. Mit ein bisschen Durchsetzungsvermögen hätte er die Stadtmauer befestigen können. Aus strategischer Sicht war die verwahrloste Mauer allerdings genau richtig. Die Belagerer gelangten in die Stadt, und Twengor sorgt dafür, dass sie darin bleiben, bis ich ihm Bescheid gebe, sie hinauszulassen.«

Ein schwer bewaffneter treboreanischer Soldat betrat das Gemach und meldete: »Der Feind greift erneut am Haupttor an.«

»Zeit, sich an die Arbeit zu machen.« Der Herzog griff nach seinem reich verzierten Helm.

»Haben sie schon oft angegriffen, Häuptling Koleika?«, fragte Eliar, während sie aus dem Hof des Palastes auf die Straße traten.

Koleika zuckte gleichmütig mit den Schultern. »Täglich drei- oder viermal. Sie wissen offenbar nicht so recht, was sie tun und verlieren sehr viele Männer.«

»Ein dummer Feind ist ein Gottesgeschenk«, sagte Khalor.

»Dieser Feind ist nicht nur mit Dummheit gesegnet«, erklärte Koleika, »der Befehlshaber ist noch dazu eine Frau.«

»Eine große, hässliche Frau mit schriller Stimme?«, vergewisserte Khalor sich.

»O ja.«

»Unterschätzt sie nicht, Koleika«, warnte Althalus. »Sie ist keine gewöhnliche Frau.«

»Ihr hattet schon mit ihr zu tun?«

»Ja, in Wekti. Das Leben ihrer Krieger bedeutet Gelta nichts. Sie setzt erbarmungslos all ihre Kräfte ein, um zu bekommen, was sie will.«

»Das ist Wahnsinn!«, rief Koleika.

»Eine gute Beschreibung für Gelta«, meinte Althalus. »Sie ließe sich allenfalls von Pekhal etwas sagen, aber der ist nicht mehr bei ihr.«

Die Stimme der Königin der Nacht kreischte in voller Lautstärke, als Althalus und die anderen die Zinnen an der Ostseite der Stadt erreichten. Geltas Katapulte schmetterten mit eintöniger Regelmäßigkeit gewaltige Steine gegen die Mauer. »Mir reicht es jetzt!«, knurrte Herzog Nitral. »Ich habe ein Vermögen für die Marmorverkleidung der Außenwand ausgegeben und sie bricht nun alles in Scherben. Entschuldigt mich, meine Herren. Ich werde jetzt sofort etwas dagegen unternehmen.« Er schritt über die Brustwehr zu mehreren seltsam aussehenden Maschinen.

»Was ist das?«, erkundigte Eliar sich neugierig.

»Nitral nennt sie Armbrüste«, erklärte Koleika. »Sie sind so etwas wie übergroße Bogen und schießen Speere eine halbe Meile weit. Nitral und ich haben uns eine Möglichkeit ausgedacht, wie wir das Leben der Katapult-Besatzungen da draußen ziemlich interessant gestalten können.«

Herzog Nitral brüllte einen scharfen Befehl an die Männer bei den Armbrüsten, und gleich darauf jagte eine dichte Wand aus brennenden Speeren in hohem Bogen durch die Luft.

»Sehr hübsch«, bemerkte Khalor, »aber ich verstehe nicht recht ...«

»Abwarten!« Koleika rieb sich schadenfroh die Hände.

Die feurigen Speere landeten in einer beinahe anmutigen Formation auf den Belagerungsmaschinen des Feindes. Sofort strömte von den Geschossen Feuer in alle Richtungen und hüllte die Katapulte ein.

»Was ist passiert?«, rief Eliar erstaunt.

»Ein Speer konnte immer nur einen Mann töten«, antwortete Koleika, »und das auch nur, wenn er traf. Darum habe ich Nitral vorgeschlagen, die Stahlspitzen durch Tontöpfe mit kochendem Pech zu ersetzen.« Er verzog das Gesicht. »Wenn man Nitral einen Vorschlag macht, muss man mit allem rechnen. Er hat meine Idee aufgegriffen und erweitert. Die Sache mit dem kochenden Pech hat ihm so gut gefallen, dass er Öl, Schwefel und noch etwas hinzugefügt hat, das seine Brauer aus gutem, starkem Bier herauskochen. Ein Funke genügt, diese Mischung zu entzünden. Und ihr habt sicher bemerkt, dass jeder Speer einen brennenden Lappen um den Schaft gebunden hatte.«

In Flammen stehende Männer rannten aus den lodernden Feuern hervor, die ihre Belagerungsmaschinen umhüllt hatten, und schrien vor Schmerzen.

»Das liegt hauptsächlich an dem Pech in der Mischung«, erklärte Koleika. »Pech klebt gut und wenn der Tontopf zerbricht, spritzt die Mischung über alles und jeden ringsum. Und dann entzünden die brennenden Lappen die Mischung.« Er blickte auf das furchtbare Bild in der Tiefe. »Sie sehen fast wie Kometen am Nachthimmel aus, findet ihr nicht? Eigentlich ein recht hübscher Anblick.«

»Damit hatten sie offenbar nicht gerechnet«, meinte Khalor.

»Bestimmt nicht. Es ist das erste Mal, dass wir es ausprobieren.«

»Woher habt ihr dann diese Treffsicherheit?«

»Als Baumeister kennt Nitral sich mit Berechnungen aus. Zwei Tage lang hat er versucht, mir alles über Neigungswinkel, Zahlen und dergleichen zu erklären. Viel habe ich nicht davon verstanden, aber er hat mir versichert, dass es funktionieren würde – wie sich jetzt ja auch gezeigt hat.«

»Es sieht so aus, als stimmten seine Berechnungen, Häuptling Koleika«, meinte Khalor und blickte noch immer staunend auf das todbringende Feuerwerk. »Könnt Ihr Nitral das Rezept für diese Suppe entlocken, die er in die Töpfe gefüllt hat? Ich glaube, ein Kampf ließe sich rasch entscheiden, wenn man dem Feind so gründlich einheizt. Habt Ihr bereits Einzelheiten ausgearbeitet, wie Ihr die Belagerer davon abhalten könnt, hier aufzugeben und nach Osthos weiterzumarschieren?«

»Bei diesem Versuch würden sie mehr als die Hälfte ihrer Armee verlieren«, antwortete Koleika. »Ich habe den Fluss an meiner Hintertür, Osthos jedoch liegt flussabwärts. Ich kann meine Leute mit Booten ausschicken, um Hinterhalte für alle Truppen zu legen, die südwärts marschieren. Und sobald sie einen Teil der Belagerer abziehen, öffne ich das Haupttor und stürme hinaus, um sie in einen Kampf zu verstricken. Nitrals Feuer hat der Sache nur den letzten Schliff gegeben. Ich halte die Burschen so sehr auf Trab, dass sie gar nicht zu einem Rückzug kommen. Der Winter wird ihnen den Rest geben.«

»Mehr ist nicht nötig, Häuptling Koleika«, lobte Althalus. »Wenn sie Osthos nicht vor dem ersten Schnee erreichen, haben wir diesen Krieg gewonnen.«

Dweia saß allein im Turm, als Althalus, Eliar und Khalor zurückkehrten. Sie wirkte nachdenklich, beinahe schwermütig und ihre Stimme war gedämpft. »Ich glaube, es ist an der Zeit, Kreuter und Dreigon in Marsch zu setzen, Khalor. Wir müssen ganz sichergehen, dass Gelta keine vollständige Armee zusammenkratzt, bevor sie sich nach Osthos begibt. Wenn Leitha es während des Traums richtig gedeutet hat, wird Gelta nur zwei Regimenter bei sich haben. Wir müssen dafür sorgen, dass es so bleibt.«

»Ich verstehe immer noch nicht, wie sie mit nur zwei Regimentern in die Stadt gelangen will«, brummte Khalor.

»Althalus und ich werden uns mit dieser Frage beschäftigen, während du und Eliar euch zu Kreuter und Dreigon begebt. Das Laub verfärbt sich bereits, also muss Gelta sich bald in Marsch setzen. Wir müssen uns vergewissern, dass sie mit keinen unangenehmen Überraschungen aufwartet.«

»So ist es«, bestätigte Khalor. »Komm, Eliar, reden wir mit Kreuter und Dreigon.«

»Jawohl, mein Sergeant.«

»Du siehst so bedrückt aus, Em«, sagte Althalus, nachdem die beiden gegangen waren.

Sie seufzte. »Der Herbst drückt immer auf mein Gemüt«, gestand sie. »Zu dieser Jahreszeit wird die Welt alt, und der Winter lauert bereits über den Rand der nächsten Woche.« Sie räkelte sich und gähnte. »Außerdem schlief ich vor Beginn der Menschheit den ganzen Winter hindurch.«

»Wie die Bären?«, fragte er erstaunt.

»Bären sind schlauer, als sie aussehen, Althalus. Im Winter gibt es im Grunde genommen nichts zu tun, deshalb ist er eine gute Zeit, sich richtig auszuruhen. Wenn das alles erst vorbei ist, sollten wir es dann und wann versuchen.« Sie schien wieder unternehmungslustiger zu werden. »Komm zum Fenster, Althalus. Spionieren wir ein wenig.«

»Wie du meinst, Em.«

Im Lager des Feindes außerhalb der Mauer von Mawor herrschte Tumult, in dessen Mittelpunkt sich die Königin der Nacht befand.

Da kam Argan in Begleitung eines schwarzgerüsteten Nekwerosers aus einem der Zelte. »Was hat sie denn jetzt schon wieder, General Ghoru?«, fragte Argan den Kanthoner.

»Die Lage ist nicht so, wie sie es möchte, Argan, und das erregt sie stets fürchterlich.«

»Das ist Euch also auch nicht entgangen«, sagte Argan trocken. »Habt Ihr eine Möglichkeit, Euch hier zurückzuziehen?«

»Nicht die geringste, Argan. Ich kann die Stadt nicht einnehmen, und wenn ich meine Truppen abmarschieren lasse, stürmt der Feind aus der Stadt und vernichtet meine ganze Armee. Richtet Ghend aus, dass er zur Einnahme dieser Stadt viel zu wenig Männer zur Verfügung gestellt hat.«

Gelta kreischte weiterhin unentwegt Verwünschungen.

»Bring sie zur Ruhe, Yakhag!«, befahl Argan gereizt.

Sein Begleiter hob das Visier seines schwarzen Helms und näherte sich der tobenden Königin der Nacht, ohne ihre Steinaxt zu beachten.

»Ich dachte, die Nekweroser sind allesamt Dämonen«, wandte Althalus sich an Dweia. »Der da schaut wie ein Mensch aus.«

»Sieh ihn dir näher an, Althalus«, riet sie mit eisiger Stimme. »Das ist Yakhag. Er ist schlimmer als alle Dämonen in Nahgharash.«

Althalus betrachtete den Mann in der schwarzen Rüstung genauer. Yakhags unbewegtes Gesicht war leichenblass; er hatte eingefallene Wangen, und seine Augen wirkten auf schaurige Weise leblos. Leise sagte er etwas zur Königin der Nacht und sie wich zitternd vor ihm zurück.

»Sie hat Angst vor ihm!«, rief Althalus. »Ich dachte, Gelta wüsste nicht einmal, was Angst ist.«

»Jeder in Nahgharash hat Angst vor Yakhag«, entgegnete Dweia. »Er macht sogar Ghend ein wenig nervös, glaube ich.«

»Warum gehört er dann nicht dem Inneren Kreis an?«

»Wahrscheinlich, weil Ghend keine Macht über ihn hat. Yakhag untersteht Daeva direkt. Er ist ein Ungeheuer.«

»Aber er führt doch Argans Befehle aus.«

»Du kennst Nahgharashs Politik nicht, Althalus. Und das ist auch gut so. Nahgharash ist das reinste Tollhaus!«

»Gelta muss in drei Tagen unbedingt in Osthos sein, Ghoru«, sagte Argan, »mit einer Armee. Wie viele Mann könnt Ihr entbehren?«

»Im Höchstfall zwei Regimenter. Das genügt wohl kaum, Osthos einzunehmen.«

»Wir werden sehen«, erwiderte Argan. »Zwei Regimenter dürften ausreichen für das, was ich vorhabe. Ich werde mir einige Trugbilder ausdenken, welche die Verteidiger von Osthos dazu bringen werden, sich mit uns an den Verhandlungstisch zu setzen.«

»Trugbilder?« Ghoru rümpfte die Nase. »Mit vorgetäuschten Soldaten kann man keinen Krieg gewinnen, Argan.«

»Seid da nicht so sicher, Ghoru. Setzt diese zwei Regimenter in Marsch. Ich muss mit Ghend und dann mit Gelta reden. Yakhag und ich holen unsere Truppen danach schon ein.«

Ghoru spreizte die Hände. »Ihr müsst es wissen, Argan.«

Ein prunkvoll gewandeter Höfling stürzte in das Gemach des Schatzmeisters. »Schatzmeister Dhakan! Der Feind kommt!«

»Beruhigt Euch, Mann!«, wies Dhakan ihn zurecht. »Schreit nicht herum, nennt mir Einzelheiten. Wie viele – wie weit entfernt?«

»Millionen, Euer Liebden!«

»Weiko, Ihr könntet nicht einmal bis tausend zählen, wenn Euer Leben davon abhinge.«

»Die heranmarschierende Armee erstreckt sich von einem Horizont zum anderen, Euer Liebden«, versicherte ihm der angstschlotternde Höfling. »Wir sind verloren!«

»Ihr dürft gehen, Weiko«, befahl Dhakan ihm kalt.

»Aber …«

»Sofort, Weiko! Und schlagt die Tür nicht zu.«

Der Höfling sah aus, als wollte er protestieren, verließ das Gemach dann aber doch.

»Das ist noch einer«, wandte Leitha sich an Andine.

»Tatsächlich?« Andines Stimme klang erstaunt. »Dann weiß Ghend wohl nicht mehr, was er tut. Niemand am Hof nimmt Weiko ernst.«

»Er ist klüger, als es den Anschein hat«, erklärte Leitha ihrer Freundin. »Er gehört einem dieser Kulte an, die Argan im Tiefland gegründet hat. Man hat ihm einen hohen Posten in der neuen Regierung von Osthos versprochen, und Argan befahl ihm, für Angst und Schrecken zu sorgen. Der Plan dient dazu, dich zu überzeugen, Osthos kampflos zu übergeben.«

»Das Wort ›Kult‹ taucht immer wieder auf«, bemerkte Bheid. »Worum geht es in diesen geheimen Religionen eigentlich wirklich, Leitha?«

»Möchtest du das ehrlich wissen?«

»Ich sollte es wohl, meinst du nicht? Früher oder später werde doch ich es sein, der ihnen entgegentreten muss.«

»Schön. Dann stelle alles, was du je gelernt hast, auf den Kopf, das kommt der Sache ziemlich nahe. Argan weiß genau, welche Belohnungen er seinen Anhängern versprechen muss. Ein jeder hat insgeheim gewisse dunkle Begierden – Geld, Macht, Fleischeslust – das Übliche eben. Argan predigt die Erfüllung dieser Begierden. So gut wie alles, was in deinen Augen Sünde ist, ist in Argans neuer Religion eine Tugend. Ich kann dir nähere Einzelheiten nennen, wenn du möchtest«, erbot sie sich schelmisch.

»Äh – nein, Leitha.« Bheid errötete. »Das genügt.«

»Du bist ein Spielverderber.«

»Das genügt, Leitha!«, rügte Althalus sie stumm.

Andine stand auf und trat ans Fenster.

»Die Blätter haben fast schon die richtige Farbe, und die Nächte werden kälter. Wie lange sollen wir die Verhandlungen hinziehen, Althalus?«

»Morgen ist der Tag, an dem scheinbar alles geschehen soll. Wir wollen, dass unser und Geltas Zeitplan übereinstimmen. Würdest du dich heute ergeben – oder übermorgen –, wäre Emmy durchaus imstande, einen Knoten in ihren Schwanz zu knüpfen.«

»Wir haben uns noch nie ergeben, meine Arya«, sagte Dhakan. »Ihr wisst nicht zufällig, wo ich eine weiße Fahne hernehmen soll?«

»Du könntest ihm einen deiner Unterröcke leihen, Liebes.« Leitha blitzte der Schalk aus den Augen. »Das würde der ganzen Sache eine persönliche Note verleihen.«

»Sehr komisch, Leitha«, entgegnete Andine ungehalten. Sie drehte sich zu ihrem Schatzmeister um. »Ich verbiete Euch, selbst hinauszugehen, Dhakan.«

»So war es nicht geplant, Andine«, sagte Althalus.

»Wer soll dann als unsere Unterhändler auftreten? Es muss jemand sein, der sich auskennt.«

»Das ist klar«, antwortete Althalus, »darum übernehme ich es.«

Die Königin der Nacht ritt an der Spitze der Truppen und zügelte ihr Streitross, als Althalus und Eliar mit einem Zug von Andines Soldaten unter einer weißen Fahne durch das Haupttor kamen. Gelta kreischte ein paar Befehle, und ihre Krieger errichteten hastig einen schreiend bunten Pavillon für die bevorstehende Unterhandlung.

Althalus widmete der Scheinarmee einen flüchtigen Blick. Von Osthos' Mauer aus hatte die riesige Armee durchaus echt ausgesehen. Doch nun, aus der Nähe erkannte er, dass sie sich keinen Zoll bewegte. Sie war so unbelebt wie ein Gemälde. »Ghend braucht mehr Übung«, murmelte er Eliar stumm zu.

»Ich verstehe nicht, Althalus«, gestand der Jungkrieger.

»Wenn man etwas näher an sein Trugbild herankommt, sieht man, dass es bloß eine Täuschung ist. Einige dieser Pferde haben alle vier Beine über dem Boden, und die Wimpel ragen von den Lanzen, als wären sie aus Holz. Es ist das Bild einer Armee, Eliar, nichts weiter. Diese beiden Regimenter um das gestreifte Zelt sind alles, was Gelta als Truppen hat. Halt die Hand nahe am Dolchgriff, wenn wir diesen Pavillon betreten, Junge. Gelta ist unzurechnungsfähig, es könnte also sein, dass du ihr den Dolch zeigen musst, um sie zur Vernunft zu bringen.«

»Ich werde keinen Blick von ihr lassen«, versprach Eliar.

Sie saßen vor dem Pavillon ab. Althalus zog die weiße Toga, die er sich von Schatzmeister Dhakan ausgeliehen hatte, über eine Schulter und setzte ein hochmütiges Gesicht auf. »He, du, Bursche«, wandte er sich an einen von Geltas Generälen, »geleite mich zu deinem Führer, und zwar rasch!«

Dem General drohten die Augen aus den Höhlen zu quellen, doch er beherrschte sich. Wortlos trat er an das gestreifte Zelt und hielt die Klappe auf. Herablassend warf Althalus dem General eine Kupfermünze vor die Füße und betrat mit Eliar den Pavillon. »Für deine Mühe«, sagte er näselnd.

»Geht Ihr nicht etwas zu weit?«, wisperte Eliar bestürzt.

»Ich bereite mich nur vor«, murmelte Althalus.

Die Königin der Nacht saß auf einem primitiv gearbeiteten Klappstuhl und bemühte sich um eine majestätische Haltung.

Althalus verneigte sich knapp. »Ich bin Trag und vertrete Ihre Majestät Andine, Arya von Osthos. Was wollt Ihr?«

»Öffnet das Stadttor!«, forderte Gelta.

»Nicht ohne zuvor die Bedingungen ausgehandelt zu haben«, entgegnete Althalus mit hochmütiger Miene.

»Vielleicht lass ich dir den Kopf, wenn du genau tust, was ich dir befehle«, antwortete Gelta.

So dicht in ihrer Nähe konnte Althalus erkennen, wie hässlich Gelta tatsächlich war. Tiefe Pockennarben zeichneten ihr Gesicht, und ihre große Nase schien bereits mehrmals gebrochen zu sein. Sie hatte winzige Schweinsaugen und mehr als nur eine Spur von Schnurrbart. Ihre Schultern hätten zu einem Ochsen gepasst, und sie roch ranzig.

»Werte Dame«, entgegnete Althalus eisig, »dies ist weder die Zeit noch der Ort für Drohungen. Die Umstände haben Euch einen geringen Vorteil verschafft, deshalb hat meine Arya mich beauftragt, mich nach Euren Bedingungen zu erkundigen.«

»Es gibt keine Bedingungen, du eingebildeter Laffe«, brauste Gelta auf. »Öffnet mir das Stadttor, oder ich zerstöre euer Kaff!«

»Bemüht Euch, die Wirklichkeit zu sehen, Gelta«, erwiderte Althalus. »Nehmt Euch einen Augenblick, um hinauszugehen und die Mauer von Osthos zu betrachten. Unsere Stadt wird durchhalten, egal, was Ihr gegen ihre Mauer werft. Eine Belagerung wäre jedoch ein wenig unerfreulich für die Bürger. Nun, ich will nicht länger um den heißen Brei herumreden. Wie viel verlangt Ihr, damit Ihr uns in Ruhe lasst?«

»Du bist sehr schlau – und sehr mutig, Trag.« Diesmal schnurrte

Gelta beinahe. »Ich werde dir jedoch nicht auf den Leim gehen. Eure Stadt kann meinen Truppen nicht standhalten. Komme was wolle – morgen Mittag werde ich im Palast eurer Arya sein.«

Althalus behielt seine Miene gelangweilter Überheblichkeit bei, obwohl er am liebsten einen Freudentanz aufgeführt hätte. Gelta hatte soeben unbeabsichtigt den genauen Zeitpunkt der Traumvision erwähnt. »Das glaubt vielleicht Ihr«, entgegnete er von oben herab. »Der Winter ist nicht fern und die Mauer von Osthos kann gewiss bis zum Frühjahr standhalten – wobei sich noch die Frage stellt, um welches Frühjahr welchen *Jahres* es sich handelt. Doch um unnötiges Blutvergießen zu vermeiden, hat meine Arya beschlossen, Euch die Stadt für eine Woche zum Plündern zu überlassen – aber nicht länger! Als Gegenleistung für dieses großmütige Angebot, werdet Ihr Euch morgen bis zum Spätvormittag zurückhalten, damit die Bürger ungeschoren die Stadt verlassen können.«

Geltas Gesicht verfinsterte sich, doch Yakhag, der hinter ihrem Stuhl stand, umklammerte ihre Schulter mit einer Faust im Rüsthandschuh und beugte sich vor, um ihr etwas zuzuflüstern.

Gelta zuckte kurz vor Yakhags Berührung zurück, beherrschte sich dann aber. Ihre Miene wurde unverkennbar listig. »Eure Bürger wären mir ohnehin nur im Weg«, sagte sie rau. »Doch eure Arya und ihre Staatsmänner müssen im Palast bleiben und werden sich mir morgen vor der Mittagsstunde ergeben.«

»Das erscheint mir eine erfüllbare Bitte zu sein«, antwortete Althalus.

»Das war keine Bitte«, schnaubte Gelta barsch.

»Nun, dann eine sprachliche Abwandlung«, murmelte Althalus höflich. »Eure Aussprache deutet auf ansunische Herkunft hin, schöne Gelta, und die Sprache, deren man sich hier in Treborea bedient, hat sich in den vergangenen Jahrtausenden beachtlich erweitert. Ich werde meine Arya von Eurer Forderung unterrichten und gegen Sonnenuntergang mit ihrer Antwort zurückkehren. Und noch etwas: kein Feuer! Wenn Ihr auf diese Bedingung nicht eingeht, endet die Unterhandlung noch ehe sie richtig begonnen hat.«

»Warum sollte ich etwas niederbrennen, das mir gehört?«

»Eine gute Frage. Ich bin überzeugt, dass Ihr Euren Aufenthalt im Palast meiner Arya genießen werdet. Er verfügt über viele Annehmlichkeiten, die Ihr vielleicht nicht gewohnt seid. Ich kann Euch nur raten, die Bäder zu nutzen.«

Ein Hauch von Lächeln huschte über Yakhags Lippen, obwohl seine Augen weiterhin wie tot wirkten, und Althalus schauderte.

Dann schüttelte er diesen kurzen Anflug des Grauens ab und verneigte sich wieder knapp vor der Königin der Nacht. »Bis morgen, edle Gelta«, verabschiedete er sich höflich. Rasch verließ er mit Eliar den Pavillon, ehe Gelta die Bedeutung der Bemerkung völlig klar geworden war, über die sich sogar der finstere Yakhag amüsiert hatte.

»Es ist ihr entschlüpft, Em«, berichtete Althalus, als er und Eliar sich wieder zu den anderen im Turmgemach gesellten. »Ich glaube nicht einmal, dass es ihr aufgefallen ist. Dagegen bin ich sicher, dass es Yakhag nicht entgangen ist. Ich glaube, ihm entgeht überhaupt nichts. Mir stockt das Blut allein schon bei seinem Anblick. Wie auch immer, Geltas Auftritt ist für morgen Mittag geplant.«

»Können wir bis dahin alles bereithaben, Sergeant?«, fragte Dweia.

»Eliar wird zwar heute Nacht nicht viel zum Schlafen kommen«, erwiderte Khalor, »aber wir werden es schaffen.«

»Ich muss ihn mir eine halbe Stunde ausborgen«, warf Bheid ein, »damit ich meinen Assassinen in Kanthon Bescheid geben kann.«

Dweia nickte. »Außerdem wollen wir Smeugor und Tauri in das Fort zurückbringen. Da nun Ghend sich ihrer annehmen wird, sollten wir es ihm leicht machen. Konntest du verstehen, was Yakhag plant, Leitha?«

»Er hat mich blockiert, Dweia, und ich weiß nicht wie. Es erschien mir fast, als wäre er tot.«

»In gewisser Weise ist er das auch, Liebes«, antwortete Dweia. »Und du solltest nicht versuchen, seine Barriere zu durchdringen. Er ist sogar noch älter und verderbter als Ghend.«

»Gelta hat Angst vor ihm«, warf Eliar ein.

»Alle haben Angst vor Yakhag, sogar Ghend«, sagte Dweia ernst. »Daeva hält ihn in Nahgharash für Notfälle bereit.«

»Macht es dich nicht stolz, Liebes, dass er in dir einen Notfall sieht?«, fragte Leitha Andine schalkhaft.

Andine schüttelte den Kopf. »Das könnte ich nicht behaupten.« Sie wandte sich an Dweia. »Wann soll ich Dhakan bitten, sämtliche Spitzel und Kultisten in meinem Palast zusammentreiben zu lassen?«

»Das bringen wir am besten heute Abend hinter uns«, entschied Dweia. »Sobald sie alle in deinem Verlies sitzen, kann Khalor die Verstärkung herbeischaffen, um Geltas Soldaten gefangen zu nehmen, sobald sie den Palast betritt.«

»Das klappt großartig, nicht wahr?«, sagte Gher begeistert. »Die Bösen glauben bis morgen Mittag, dass sie ganz obenauf sind, und dann merken sie erst, wie sehr sie sich getäuscht hab'n, nicht wahr?«

»Das ist die höchste Belohnung für eine gute Täuschung, Gher.« Althalus grinste. »Es ist nicht so sehr Geld oder Besitz, sondern die Befriedigung, wenn man seinen Gegner überlistet und ihm klar wird, wie man ihn hereingelegt hat. Morgen um diese Zeit wird Ghend sich bestimmt am liebsten in den Hintern beißen.«

»Du bist ein schrecklicher Mensch, Althalus«, rügte ihn Dweia.

»Sei doch ehrlich, Em«, entgegnete er. »Lässt die Vorstellung, dass Daeva sich in den Hintern beißen könnte, dein Herz nicht auch ein kleines bisschen höher schlagen?«

»Das ist etwas ganz anderes.« Naserümpfend warf sie den Kopf zurück.

»Ich würde jetzt nicht nachhaken, Althalus«, riet ihm Leitha.

Während der Nacht ging die Evakuierung von Osthos vonstatten. Die Einwohner trugen Fackeln, als sie zu Geltas Unterhaltung aus dem Südtor strömten. Sobald die Straßen zum größten Teil verlassen waren, trieben Schatzmeister Dhakans Leute sämtliche Personen im Palast zusammen, die Leitha als Agenten des Feindes erkannt hatte. Etwa zwei Stunden vor dem Morgengrauen führte Khalor mit Eliars Hilfe den kahlköpfigen Sergeant Gebhel und sechs Regimenter von Gwetis Fußsoldaten nach Osthos.

»Ich nehme an, dass die meisten ihre Waffen von sich werfen, sobald sie dich sehen, Gebhel«, meinte Khalor. »Natürlich werden auch einige Unbelehrbare darunter sein. Beweis ihnen vor den Augen aller Anwesenden, wozu du imstande bist, dann werden die anderen schnell spuren.«

»Und was soll ich mit diesen anderen tun, sobald ich sie gefangen genommen habe?«, brummte Gebhel.

»Das ist mir völlig egal«, antwortete Khalor. »Es dürften insgesamt etwa zehntausend sein. Mit etwas Glück begegnest du ja vielleicht einem Sklavenhändler.«

Gebhels Augen leuchteten auf. »Kein schlechter Gedanke.«

»Ich bekomme zwanzig Prozent!«, forderte Khalor.

»Lächerlich. Im Höchstfall fünf!«

»Fünfzehn!«

»Du hast gewusst, dass wir uns auf zehn einigen würden, Khalor«, brummte Gebhel verärgert. »Wieso hast du überhaupt mit diesen übertriebenen zwanzig Prozent angefangen?«

Khalor zuckte die Schultern. »Einen Versuch war es wert.«

»Verschwinde, Khalor. Ich muss meine Männer in Stellung bringen.«

»Aber sieh bloß zu, dass ihr außer Sicht bleibt, bis ich dir das Zeichen gebe.«

»Möchtest du vielleicht auch noch, dass ich ihnen befehle, ihre Schuhe anzuziehen, o mächtiges militärisches Genie?«

»Du kannst manchmal wirklich beleidigend sein, Gebhel.«

»Dann hör auf, mir zu sagen, wie ich meine Arbeit zu machen hab! Verschwinde endlich!«

Khalor lachte, als er mit Althalus zum Palast zurückkehrte. »Ich mag ihn«, gestand er.

»Darauf wäre ich nie gekommen«, murmelte Althalus.

Der Morgen war hell und klar, und der Herbst hatte die Welt mit bunten Blättern geschmückt.

»Kau nicht an den Nägeln, Andine«, ermahnte Leitha ihre zierliche Freundin.

»Ich bin so kribbelig, Leitha«, klagte Andine.

»Dweia wird nicht zulassen, dass dir etwas passiert.«

»Das ist es nicht, Leitha. Meinst du nicht, dass wir das Ganze noch einmal proben sollten?«

»Liebes, das haben wir bereits mindestens ein dutzend Mal. Wenn du es jetzt nicht kannst, lernst du es nie.«

»Es ist ja nur, dass ich vor jedem öffentlichen Auftritt so unruhig werde«, gestand Andine. »Sobald ich angefangen habe, ist alles in Ordnung. Es ist das Warten, das mir so zu schaffen macht.« Sie streckte die zitternde Rechte aus. »Sieh dir das an! Das passiert mir jedes Mal.«

»Du wirst es großartig machen, Liebes.« Leitha schloss das Mädchen in die Arme.

Eliar betrat Dhakans Studiergemach. »Sie schüren gerade ihre Essensfeuer, Althalus«, meldete er. »Sobald Geltas Regimenter gefrühstückt haben, sind sie marschbereit.«

»Sie schon«, entgegnete Althalus, »aber ich glaube, Gelta wird noch ein Weilchen warten wollen. Sie soll am Mittag den Fuß auf Andines Nacken setzen. Tut sie es zu früh, wird wahrscheinlich alles schief gehen – ebenso wenn sie es zu spät tut.«

»Ich wollte, Emmy wäre hier!«

»Sie ist hier, Eliar«, versicherte Althalus. »Auch wenn wir sie nicht sehen können, ist sie hier.«

Die Zeit schleppte sich scheinbar endlos dahin. Endlich, etwa zwei Stunden vor Mittag, trat die Königin der Nacht aus ihrem Pavillon und brüllte Befehle. Ihre Soldaten eilten zu ihren Pferden, saßen auf und formierten sich. Dann schwang auch Gelta sich in den Sattel und wartete offensichtlich auf etwas.

Schließlich kamen Argan und Yakhag aus dem bunten Pavillon. Argan sagte kurz etwas zur Königin der Nacht, und ein flüchtiger Streit brach zwischen ihnen aus.

Yakhag schlug die gepanzerte Faust auf seine schwarze Rüstung. Sofort verstummten Gelta und Argan mit sichtlich verstörter Miene.

Yakhag sprach ziemlich lange zu ihnen. Wie immer war sein Gesicht ausdruckslos und seine Augen wie tot.

Gelta protestierte einmal, doch wieder schlug Yakhag die Faust auf die Rüstung.

»Das ist eine ungewöhnliche Weise, andere zum Schweigen zu bringen«, stellte Khalor fest. »Offenbar ist eine Drohung damit verbunden.«

»Sieht so aus«, bestätigte Althalus. »Emmy will nicht über Yakhag reden, aber ich habe gesehen, dass Gelta große Angst vor ihm hat.«

»Ich dachte, sie kennt das Wort Angst überhaupt nicht.«

»Emmy hat erwähnt, dass alle Angst vor Yakhag haben.«

»Warum nennt Ihr, Eliar und Gher Eure Frau immer ›Emmy‹?«

»Es ist einer dieser Kosenamen unter Eheleuten. Eliar und Gher haben ihn aufgeschnappt und offenbar gefällt er ihnen. Achte auf Yakhag, Khalor. Ghend und Argan führen etwas im Schild, und was immer das ist, Yakhagh ist der Schlüssel dazu. Etwas geht hier vor, das ich nicht verstehe, und das mag ich gar nicht.«

Die Tore in der Stadtmauer von Osthos standen weit offen und waren unbewacht, um dem Feind zu zeigen, dass alle Einwohner ihre Häuser verlassen hatten. Gelta ritt mit Yakhag triumphierend in die Stadt und die breite Prunkstraße entlang zum Palast, dicht gefolgt von den beiden kanthonesischen Regimentern.

»Sie hat keine Wachen zur Sicherung des Tores abkommandiert!«, wunderte Khalor sich.

»Gelta ist ein Landei, Sergeant«, entgegnete Althalus. »Sie hat nicht viel Erfahrung mit Städten.«

Als die Königin der Nacht den Palast erreichte, kreischte sie mehrere Befehle, und ihre Regimenter umstellten das gewaltige Gebäude.

»Wir könnten Gebhel jetzt rufen«, schlug Khalor vor. »Das würde diesem Unsinn gleich ein Ende bereiten.«

»Dann würden wir Andine den ganzen Spaß verderben und es wochenlang von ihr zu hören bekommen.«

»Da habt Ihr Recht. Sie hat zwar eine hübsche Stimme, aber ich hasse es, wenn sie dieses Organ gegen mich erhebt.«

Als sie den Thronsaal erreichten, probte Andine ihre Unterwürfigkeit.

»Übertreibt sie es nicht ein wenig?«, fragte Khalor leise.

»Ihre Zuschauer werden nicht sehr feinfühlig sein«, antwortete Althalus. »Hör mir noch einmal gut zu, Khalor. Andine wird vor Gelta niederknien, und das ist dein Zeichen, die Sache ins Rollen zu bringen. Sobald Andines Knie den Boden berühren, sollen Gebhels Truppen sich der kanthonischen Soldaten um den Palast annehmen, und die Leute, die du hier versteckt hast, müssen Geltas Leibwächter überwältigen. Ihr werdet seltsame Geräusche hören, aber achtet nicht darauf.«

»Eure Frau hat mir das schon alles erklärt, Althalus«, entgegnete Khalor.

»Tatsächlich? Sie hat mir nichts davon gesagt.«

»Vielleicht wollte sie Euch überraschen. Ich weiß, wo ich sein und was ich tun soll. Wie wär's, wenn Ihr jetzt hineingeht und mich meine Arbeit hier draußen machen lasst?«

Vor sich hin brummelnd ging Althalus in den Thronsaal.

Es mochte reiner Zufall sein – war es wahrscheinlich aber nicht –, dass das auf üble Weise vertraute Wimmern in dem Augenblick durch Andines Palast zu hallen begann, als Althalus den Thronsaal betrat und nur einen Augenblick später die Königin der Nacht an der Tür erschien. Argan und Yakhag folgten ihr dichtauf. »Was ist das für eine Dirne, die meinen Thron schändet?«, kreischte Gelta.

»Ich – ich bin Andine, die Arya von Osthos«, antwortete Andine mit zitternder Stimme.

»Das warst du! Jetzt bist du's nicht mehr! Lasst die Dirne in Ketten legen – von ihren eigenen Dienern, damit jene, die mir getreu folgen, nicht durch die Berührung dieses Scheusals besudelt werden.«

»Würdet Ihr das übernehmen, edler Trag?«, wandte Argan sich amüsiert an Althalus.

»Euer Wunsch ist mir Befehl.« Althalus verneigte sich. Irgendetwas stimmte hier nicht. Weder Argan noch Yakhag waren bei der ursprünglichen Traumvision dabei gewesen.

Er trat jedoch rasch zum Thron. Andine hatte alles gut geprobt, trotzdem … »Sag keinen Ton und blick auf den Boden«, riet er ihr stumm. »Gelta versucht, dich zu etwas Unüberlegtem herauszufordern.«

»Ich bringe sie um!«, zischte Andine in stummer Wut.

Althalus hatte vorsichtshalber ähnliche Ketten versteckt, wie man sie Andine im Traum angelegt hatte, und befestigte die Schellen nun um ihre Hand- und Fußgelenke. »Wehr dich nicht«, warnte er sie stumm durch den roten Schleier ihrer Wut. »Sie sind nicht verschlossen.« Dann packte er sie scheinbar grob am Arm und zog sie vom Thron.

»Dein Dienst wird belohnt werden, Trag«, versprach Gelta und schritt zum Thron. »Verkünde allen anderen, dass ihre Unterwerfung der Pfad zum Leben ist.«

»Es soll sein, wie Ihr befehlt, o Königin der Nacht.« Althalus verbeugte sich tief.

Das Wimmern stieg an und ließ die Wände beben.

Dann bestieg Gelta, die Königin der Nacht, mit gebieterischem Gehabe und düsterer Befriedigung den goldenen Thron von Osthos.

»Unterwirf dich mir, schwaches Kind«, befahl die finstere Königin, »und sollte mir deine Erniedrigung gefallen, lasse ich dir vielleicht dein Leben.«

Wieder fasste Althalus Andines Arm, und diesmal zerrte er sie das Thronpodest hinauf. »Du weißt, was du zu tun hast«, sandte er seinen Gedankenbefehl aus. »Tu es!«

Andine warf sich auf die Knie. »Macht mit mir, was Euch beliebt, mächtige Königin«, flehte sie mit so zitternder Stimme wie nur möglich. »Nur verschont meine geliebte Stadt.«

»Rede weiter«, forderte Althalus sie auf. »Jedes Wort, das du sagst, verändert Ghends ursprüngliche Version.«

»Seid gnädig, gefürchtete Königin!« Andines Stimme hob sich über einen neuerlichen Laut, der sich mit dem Wimmern vermischte, das Ghends Traumvisionen stets begleitete.

Althalus blickte scharf auf Eliar, der mit Bheid und Salkan unter den verängstigten Höflingen stand. Das Gesicht des jungen Mannes war grimmig, und er hatte den Dolch halb gezogen. Offenbar hatte Dweia den anderen Anweisungen erteilt, ohne Althalus miteinzuschließen.

»Das Gesicht auf den Boden!«, befahl die grausame Gelta der knienden Arya. »Ich will sehen, dass deine Demütigung vollkommen ist.«

Da hörte Althalus gedämpfte Geräusche von außerhalb des Palasts: Schreie, die durch das Wimmern sowie den Gesang des Dolches kaum zu vernehmen waren. Sergeant Gebhel war offenbar pünktlich.

Mit einem Mal erklang Leithas Stimme scharf in seinem Kopf. »Althalus, sie sind echt! Es ist keine Täuschung!«

»Wovon sprichst du?«

»Die Armee vor der Stadt! Sie ist echt! Es sind viele Tausende und sie rücken zu den Toren vor!«

Althalus begann stumm seine Unachtsamkeit zu verwünschen. Ghend hatte seine eigenen Türen und seinen eigenen Türhüter. Offenbar hatte Yakhag etwas damit zu tun, aber alles ging zu schnell, als dass er diesen Gedanken hätte weiterverfolgen können. Ghends Traumvision erfüllte sich bereits.

Und weinend senkte Arya Andine das Gesicht, bis es die Steine des Bodens berührte, während das Wimmern zu einem Kreischen wurde.

Und das Herz Geltas war voll und der Geschmack des Sieges auf ihrer Zunge war süß, unendlich süß.

Und dann setzte sie frohlockend den Fuß in dem harten Stiefel auf den zarten Nacken der unterworfenen Andine und rief: »Alles, was dein war, Andine, ist jetzt mein, wahrhaftig, selbst dein Leben und dein Blut!«

Und das grausame Frohlocken der Königin der Nacht schallte durch den Marmorpalast der gefallenen Arya von Osthos, in dem das furchtbare Wimmern widerhallte.

Khalors Soldaten hätten zu diesem Zeitpunkt Geltas Wachen überwältigen sollen, doch die schwarzgerüsteten Nekweroser standen noch an jeder Tür des Thronsaals, und Kampfgeräusche auf den Korridoren kündeten davon, dass Khalors Männer auf unerwarteten Widerstand gestoßen waren.

»Was ist los, Althalus?« Bheids stummer Schrei klang schrill. »Warum bewachen die Soldaten des Feindes immer noch die Türen?«

»Das ist Yakhag zu verdanken. Er hat eine Armee nach Osthos geschafft, als wir nicht darauf geachtet haben.«

Der Gesang des Dolches stockte, als das triumphierende Kreischen noch lauter wurde.

»Ich habe dich hereingelegt, nicht wahr?«, wandte Argan sich selbstgefällig an Althalus. »Du hättest wirklich besser aufpassen müssen. Du magst für Ghend ja ein ebenbürtiger Gegner sein, aber an mich kommst du bei weitem nicht heran.« Dann wandte er sich Bheid zu. »Endlich begegnen wir uns, Bruder. Wie schön, dass du zu mir gekommen bist. So hast du mir die Mühe erspart, dich suchen zu müssen. Es ist wirklich zu schade, dass wir keine Zeit haben zu plaudern, aber ich bin derzeit schrecklich beschäftigt.« Dann wandte er sich seinem schwarzgerüsteten Begleiter zu. »Yakhag«, sagte er gleichmütig, »sei so nett und töte diesen Priester für mich.«

Yakhag nickte ausdruckslos und schritt mit dem schweren Schwert auf Bheid zu.

Doch Salkan riss Eliars Schwert aus der Scheide und sprang vor seinen Mentor. »Erst müsst Ihr an mir vorbei!« Ungeübt schwang der jugendliche Hitzkopf die Klinge.

Yakhag zuckte ausdruckslos die Schultern. Er schlug die Waffe des Schäfers gleichmütig mit seinem Schwert zur Seite, wonach er es ihm bis zum Griff durch den Leib stieß.

Salkan krümmte sich im Todeskampf, und Eliars Schwert schlitterte über den Boden von Andines Thronsaal.

»Aus dem Weg, Bheid!«, rief Eliar gellend, als sie beide dem Schwert nachsprangen.

Doch Bheid erreichte es vor ihm. Er packte es, drehte sich um, schob Eliar aus dem Weg und stürzte sich mit Mordlust in den Augen auf Yakhag, der sich bemühte, seine Klinge aus Salkans schlaffer Leiche zu ziehen.

Althalus erkannte, dass Bheid noch nie zuvor ein Schwert geführt hatte, denn er schwang es wie eine Axt, mit beiden Händen um den Griff, und schlug auf Yakhags Helm ein.

Bheids dritter Hieb schleuderte den Helm durch die Luft, und Yakhag hob die Arme, um seinen Kopf zu decken.

»Stoß zu, Bheid!«, brüllte Eliar. »Stoß! Stoß!«

Unbeholfen verlagerte Bheid seinen Griff um das Heft von Eliars Schwert und stieß die Spitze gegen Yakhags schwarzen Brustpanzer. Sie drang nur geringfügig ein, doch Bheid begann sie hin und her zu zerren, wodurch er langsam das Loch im Stahl vergrößerte. Dann hielt er die Klinge still und warf sich mit voller Kraft auf den Schwertgriff, und drückte noch einmal heftig nach. Blut sprudelte aus Yakhags Mund.

Yakhag schrie laut auf und langte verzweifelt nach der Klinge, die Bheid entschlossen durch seinen Körper trieb.

Bheids Gesicht verzerrte sich vor Hass, und er drückte noch heftiger auf den Schwertgriff.

Noch einmal schrie Yakhag und seine Hände fielen von der Klinge.

Bheid warf sich abermals mit der Kraft, die nur die Wut verleiht, auf das Heft des Schwertes. Ganz deutlich vernahm Althalus, wie die Spitze gegen den stählernen Rückenpanzer scharrte.

Einen flüchtigen Moment las Althalus so etwas wie einen Hauch von Erleichterung in Yakhags Augen; dann erschauerte der schwarzgerüstete Wilde und brach neben Salkans Leiche zusammen.

Entsetzt starrte Bheid auf den Mann, den er soeben getötet hatte. Er brach in Tränen aus und schluchzte schließlich wie ein Kind.

Wieder einmal war das eigenartige Flackern zu sehen, als Khnom aus dem Nirgendwo erschien, den wie gelähmten Argan am Arm fasste und durch eine Tür zog, hinter der Flammen loderten. Sofort verschwand diese Tür – und mit ihr alle schwarzgerüsteten Nekweroser, die jeden Eingang des Thronsaals bewacht hatten.

»Weg mit deinem Fuß, du stinkende Hexe!« Andines unüberhörbare Stimme brach das lähmende Schweigen im Thronsaal. Das schrille Wimmern stockte und das Lied des Dolches schwoll an.

Geltas Augen weiteten sich überrascht und ihre Hand zuckte zum Schwert.

»Das würde ich lassen«, riet ihr Sergeant Khalor. »Es sind zehn Pfeile auf Euer Herz gerichtet, Gelta. Wenn Ihr Euer Schwert auch nur einen Zoll aus der Scheide zieht, ist das Euer Tod.«

Gelta erstarrte.

»Runter von meinem Thron!«, befahl Andine. Sie erhob sich, und ihre Ketten fielen klirrend zu Boden.

Gelta starrte sie ungläubig an. »Das kann nicht sein!«, kreischte sie.

»So ist es aber«, entgegnete Andine. »Also runter von meinem Thron, oder ich selbst vertreibe dich mit einer Axt!«

»Ich hab eine Armee!«, schrillte Gelta. »Sie wird die ganze Stadt dem Erdboden gleichmachen!«

»Hast du denn nicht aufgepasst?«, fragte Althalus. »Deine Armee ist verschwunden, als Yakhag starb. Du bist ganz allein, Gelta.«

»In Ketten mit dieser stinkenden Kuh!«, befahl Andine. »Und werft sie ins Verlies.«

Die Palastwachen stürzten sich auf die sich wehrende Königin der Nacht, und Althalus schloss Andines Ketten um ihre Hand- und Fußgelenke.

Die Wachen zerrten Gelta zu einer Seitentür, als das Lied des Dolches plötzlich noch lauter ertönte.

»Einen Moment«, bat Eliar, während er sein Schwert aus Yakhags Leiche zog. »Ich muss der Gefangenen erst noch etwas zeigen.«

Gelta drehte sich um, den Rücken zur Tür.

Eliar steckte sein Schwert in die Scheide und zog den Dolch.

»Ihr solltet Euch das ansehen, ehe Ihr geht«, sagte er finster. Dann hielt er die Dolchklinge vor ihre Augen.

Gelta schrie gellend vor Pein und versuchte ihre geketteten Arme schützend vor die Augen zu heben. Sie wich gegen die Tür zurück, die lautlos aufschwang.

Die Königin der Nacht stürzte rückwärts durch die Tür – und verschwand.

»Was hast du getan?«, schrie Andine Eliar so durchdringend an, dass die Fenster klirrten.

Eliar zuckte bedauernd die Schultern. »Emmy hat es mir befohlen, Andine. Es war nicht meine Idee.«

»Ich wollte dieses Weibsstück ins Verlies werfen lassen!«

»Ich glaube, Emmy hat dir soeben deinen Fußabstreifer entwendet, Liebes«, murmelte Leitha. »Jetzt wirst du dir die Füße anderswo abputzen müssen.«

»Wo ist sie, Eliar? Wo hat diese Tür sie hingebracht?«

»Sie ist jetzt im Haus«, antwortete Eliar. »Emmy hat ein ganz besonderes Zimmer für sie hergerichtet. Es ist ein recht hübsches Zimmer, nur hat es keine Tür. Nach allem, was Emmy mir erzählt hat, ist es Gelta schon des Öfteren gelungen, sich aus Kerkern zu befreien. Aus diesem aber gibt es kein Entrinnen.«

»Wie lange will Emmy sie dort behalten?«

Eliar zuckte die Schultern. »Das hat sie nicht gesagt, aber ihrer Miene nach wird es wohl für immer sein.«

»Für immer!« Andines Augen weiteten sich vor Entsetzen.

»Zumindest für immer«, meinte Eliar, »wenn nicht sogar ein bisschen länger.«

In Andines Thronsaal setzte plötzliche Stille ein, die nur von Bheids hoffnungslosem Schluchzen gebrochen wurde.

SECHSTER TEIL

Leitha

35

»Nichts zu machen, Althalus«, sagte Khalor düster. »Er ist tot.«

»Der Sergeant hat Recht, Althalus«, murmelte Dweia. »Wir haben Salkan verloren.«

»Kannst du denn gar nichts tun, Em?«

»Ich fürchte, es geht nicht. Auch meiner Macht sind Grenzen gesetzt.«

Althalus fluchte.

»Ich fühle mich genauso«, brummte Khalor. »Ich mochte diesen Jungen wirklich – wie wir alle, glaube ich.«

»Bheid nimmt es offenbar schrecklich schwer.«

»Aber er hat das Richtige getan!« Khalor stupste den dahingestreckten Yakhag mit dem Fuß. »Wer war dieser Kerl überhaupt?«

»Da bin ich mir nicht ganz sicher«, gestand Althalus. »Offenbar irgendein Außenseiter, der nur auf Argan hörte. Ich glaube nicht, dass Ghend Macht über ihn hatte. Es tat sich da eine ganze Menge, das ich nicht verstand.«

»Jedenfalls haben wir gesiegt. Das ist alles, was wirklich zählt.« Plötzlich runzelte Khalor die Stirn. »Ich dachte, Priester könnten gar nicht töten. Verstößt das nicht gegen die Gebote ihrer Religion?«

»So vertraut bin ich mit dem Kirchengesetz nun auch wieder nicht«, erwiderte Althalus. »Ich glaube, Bheid hat durchgedreht, nachdem Yakhag seinen jungen Schützling abgeschlachtet hat.«

»Ihr solltet vielleicht ein bisschen auf ihn achten«, riet Khalor. »Er ist kein Arumer mit Erfahrung in solchen Dingen. Ein Arumer nimmt es sich nicht so zu Herzen, wenn er einem Gegner das Lebenslicht ausblasen muss. Aber ein Priester aus dem Tiefland ...«

Althalus warf einen Seitenblick auf Bheid. »Er scheint mir gar nicht so erschüttert zu sein.«

»Genau deswegen mache ich mir Sorgen, Althalus. Er hat soeben einen guten Freund verloren – und er tat etwas gänzlich Verbotenes. Seine unbewegte Miene gibt mir zu denken. Ich würde ihn eine Zeit lang nicht in die Nähe einer Klinge oder irgendeiner scharfen Spitze lassen.«

Althalus schüttelte unwillig den Kopf. »Bheid tut nichts Unüberlegtes.«

»Sicher nicht – normalerweise. Aber sein Zustand ist derzeit alles andere als normal.«

»Gut, ich werde ihn im Auge behalten«, versprach Althalus. »Schaffen wir die zwei Leichen aus seiner Sicht. Und dann bringen Eliar und ich ihn zum Haus und überlassen ihn Emmys Fürsorge.«

Khalor nickte. »Ja, das ist sicher das Beste.«

»Das dürfte eine Zeit lang dauern, meine Arya«, sagte Schatzmeister Dhakan zwei Tage später abgekämpft, als sie sich in Andines Thronsaal eingefunden hatten. »Wir haben die Höflinge nicht eingeweiht, bevor diese Barbarin Osthos überfiel.«

»Das wäre auch nicht ratsam gewesen, Dhakan«, pflichtete Andine ihm bei, »der Palast wimmelte nur so von bezahlten Agenten des Feindes.«

»Das ist zum Glück vorbei«, murmelte Leitha.

»Bedauerlicherweise hat es auch zu diesem unguten Ausbruch von Überängstlichkeit beigetragen«, gab Dhakan zu bedenken. »Ich zweifle ja nicht daran, dass sie alle auf der Lohnliste des Feindes standen, aber Lakaien und Stallburschen mit hochwohlgeborenen Hofleuten in das selbe Verlies zu werfen, lässt den Verdacht aufkeimen, dass allzu willkürlich vorgegangen wurde. Für einige dieser Verhaftungen gibt es nicht gerade eine schlüssige Erklärung.« Dhakan strich sich abgespannt übers Gesicht. »Ich bin überzeugt, dass Leitha nicht einen dieser feindlichen Agenten falsch verdächtigt hat, aber wie können wir so etwas vor einem Gericht erklären?« Er seufzte.

»Ihr seid völlig erschöpft, nicht wahr, Dhakan?«, sagte Andine mitfühlend.

»Das kann ich leider nicht leugnen, meine Arya. Es gab hier in letzter Zeit kaum noch eine ruhige Minute.«

»Wie wär's, wenn Ihr etwas esst und Euch dann schlafen legt«, schlug sie vor.

»Es ist noch sehr viel zu tun«, entgegnete er.

»Das kann warten. Geht zu Bett, Dhakan.«

»Aber …«

Sie richtete sich auf ihrem Thron hoch auf. »Begebt Euch in Euer Gemach! Sofort!«, befahl sie und deutete zur Tür.

»Jawohl, Mütterchen«, erwiderte er mit leichtem Lächeln. Dann drehte er sich um und schlurfte aus dem Saal.

»Ich liebe diesen alten Herrn«, murmelte Andine zärtlich.

»Wer hätte das gedacht«, spöttelte Leitha.

Eliar und Gher betraten den Saal. »In Poma ist auch alles zu Ende«, berichtete Eliar. »Twengor jagte die Feinde aus der Stadt, und Kreuter sowie Dreigon haben ihnen den Rest gegeben.«

»Wo ist Khalor?«, fragte Althalus.

»Er steht wie angewurzelt an diesem Fenster«, antwortete Gher. »Keine zehn Pferde könnten ihn da wegbringen.«

»Er will, dass ich sofort zurückkomme«, fügte Eliar hinzu, »falls er die Tür benutzen muss. Ich soll Euch ausrichten, dass Twengor auf dem Weg hierher ist, um sein Geld zu holen. Der Sergeant schlägt vor, dass wir uns zusammensetzen, sobald Kreuter und Dreigon mit Kadon und Mawor fertig sind.«

»Das ist keine schlechte Idee«, meinte Althalus. »Wie geht es Bheid?«

»Er schlaft fast die ganze Zeit«, antwortete Gher. »Emmy sagt, das ist das Beste für ihn.«

»Er wird doch wieder ganz gesund, nicht wahr?«, fragte Leitha besorgt.

»Er benimmt sich schon ein bisschen komisch, wenn Emmy ihn aufweckt«, sagte Gher. »Er redet über Sachen, die ich nicht versteh'. Und wenn er isst, lasst Emmy ihn erzählen, so viel er will, und dann macht sie, dass er wieder schlaft. Hab keine Angst, Leitha. Emmy lasst ihn schon nicht komisch bleiben. Sie macht ihn wieder heil, und wenn sie ihn dazu auseinander nehmen und wieder zusammentun muss.«

Leitha schauderte. »Was für eine schreckliche Vorstellung!«

»Du kennst doch unsre Emmy«, entgegnete Gher.

Die Bürger, die bei Geltas Ankunft aus der Stadt geflohen waren, kehrten zurück, und in Osthos war beinahe wieder der Alltag eingekehrt, als Häuptling Twengor in Begleitung von Herzog Bherdor eintraf. Althalus staunte, dass Twengor immer noch völlig nüchtern war.

»Wo ist Khalor?«, fragte der vollbärtige Häuptling, nachdem Althalus ihm sein Gold ausbezahlt hatte.

»Geschäftlich unterwegs«, antwortete Althalus ausweichend.

»Er kommt wirklich viel herum.«

»Er ist ja auch für den Verlauf eines ziemlich großen Krieges verantwortlich.«

»Genau darüber möchte ich mit ihm reden. Er hielt nicht hinter dem Busch, dass er sich für Kanthon etwas ziemlich Dauerhaftes ausgedacht hat, sobald wir seine Armeen in den Boden gestampft haben. Da wir auf unserem Heimweg sowieso in diese Richtung müssen, finde ich, dass er und ich uns unterhalten sollten.«

»Das kann wahrscheinlich nicht schaden. Ich sehe, Ihr habt Herzog Bherdor mitgebracht.«

Twengor nickte. »Er ist ein guter Junge, aber so weichherzig, dass die Kaufleute seiner Stadt ihn zum Narren hielten, was die Steuern anging. Jetzt, da Poma in Schutt und Asche liegt, kann er von Grund auf neu anfangen. Ich riet ihm, einige Befehle von Osthos aus zu erteilen. Wenn er Poma neu aufbauen will, braucht er Geld, und das bekommt er am ehesten durch Steuern. Bherdor hat mit solchen Gedankengängen seine Probleme. Er möchte nur, dass die Bürger von Poma ihn lieben. Hätte ich ihn dort gelassen, würden die Kaufleute sich wie Geier auf ihn stürzen. Er muss lernen, sich Autorität zu verschaffen, und dafür ist hier der beste Ort, wie ich finde.«

»Ihr habt Euch erstaunlich geändert, Häuptling Twengor.«

»Ihr meint, weil ich nüchtern geblieben bin?«

»Ja, das hat etwas damit zu tun.«

Twengor wechselte das Thema. »Es tut mir leid, was dem rothaarigen Schäfer passiert ist. Es hat diese Wekti-Jungen, die für mich arbeiteten, ganz schön mitgenommen. Hat jemand in dieser Sache etwas unternommen?«

»Ja. Bruder Bheid.«

»Ich habe nicht die Beerdigung gemeint, Althalus.«

»Ich auch nicht. Bheid hat dem Mann, der Salkan getötet hat, ein Schwert zwischen die Rippen gerammt.«

»Ein Priester?«, vergewisserte Twengor sich ungläubig. »Ich dachte, die dürften so was nicht.«

»Ich nehme an, Bheid hielt eine Ausnahme für angebracht.«

»Ich werde die Leute aus dem Tiefland niemals verstehen!«

Bis die Invasoren endlich aus Andines Reich vertrieben waren, standen die Bäume kahl, und der Herbst war dem Winter gewichen. Nun hatten die Herzöge und Stammeshäuptlinge sich in Osthos zusammengefunden, um weitere Schritte in Erwägung zu ziehen.

»Worauf es schließlich hinausläuft, ist die Versorgung mit Nahrungsmitteln«, sagte Herzog Nitral eines düsteren Nachmittags in der Sitzungskammer. »Die Getreidefelder niederzubrennen, während der Feind vorstieß, war sehr vernünftig, doch jetzt, da der Winter ins Land gezogen ist, sehen wir es mit anderen Augen.«

»Ich hätte vielleicht eine Lösung«, warf Herzog Olkor von Kadon ein. »Ich habe gute Beziehungen zu den Getreidehändlern von Maghu. Ich bin sicher, dass sie keine übertriebenen Preise verlangen werden. Es gibt ja mehr als genug Feldfrüchte in Perquaine.«

»Wir müssen zuerst die Bauern versorgen«, sagte Andine. »Ich habe nicht vor, meine Kinder hungern zu lassen.«

»Deine Kinder?«, fragte Eliar verblüfft.

»Emmy hat mit ihr gesprochen«, erklärte Gher seinem Freund, »und du weißt ja, wie Emmy über so was denkt.«

»Das wird die Schatzkammer leeren, meine Arya«, warnte Schatzmeister Dhakan.

»Das lässt sich nicht ändern, es ist ein Notfall!«

»Die Mutter von Treborea hat gesprochen«, sagte Leitha. »Hört auf sie, sonst schickt sie euch alle hungrig zu Bett.«

»Das ist nicht komisch, Leitha!«, brauste Andine auf.

Gher grinste sie frech an. »Mir hat's gefallen.«

»Die Zustände in Perquaine dürften momentan etwas chaotisch sein«, warnte Herzog Nitral Olkor. »Der Großteil der Invasoren westlich des Osthos ist hinüber nach Perquaine geflüchtet, als Kreuter und Dreigon der Belagerung von Mawor ein Ende bereiteten. Außerdem herrscht ohnehin ein merkwürdiger religiöser Aufruhr da drüben.«

»Sie streiten sich über Religion?«, fragte Twengor ungläubig. »Das ist doch nicht viel anders, als wenn man sich über das Wetter streitet!«

»Hin und wieder neigen die Perquainer zu solchen Verrücktheiten.« Nitral zuckte die Schultern. »Herumzusitzen und zu lauschen, wie das Getreide wächst, führt offenbar zu sinnlosem Gerede.«

»Die Getreidehändler von Maghu beten das Geld an, so wie ich«, gab Olkar zu bedenken. »Deshalb werden wir auch recht gut miteinander auskommen.«

»Ich sehe schon, dieses Problem verlangt nach einer raschen Lösung«, bemerkte Sergeantgeneral Khalor. »Ich weiß, es ist nicht üblich und widerspricht allem, was ich in meiner Ausbildung gelernt habe, aber wir sollten uns wohl in den Sattel schwingen und sogleich gegen Kanthon ziehen.«

»Ein Krieg im Winter?«, fragte Koleika Eisenkinn zweifelnd. »Das ist doch die ungünstigste Jahreszeit!«

»Es wird kein richtiger Krieg werden, Koleika«, erklärte ihm Twengor. »Alle Söldner, die für Kanthon kämpften, sind geflüchtet, als Kreuter und Dreigon über sie herfielen, und der Aryo von Kanthon starb letzte Woche unter mehr als mysteriösen Umständen. Jedenfalls wurde er eines Morgens tot in seinem Bett aufgefunden. Wir brauchen auf unserem Heimweg nach Arum nur einen kleinen Umweg über Kanthon zu machen und die Leute dort zur Aufgabe aufzufordern. Ich kann mir nicht vorstellen, dass sie sich dagegen entscheiden. Ihr?«

»Twengor kennt sich aus, meine Herren«, warf Häuptling Albron ein. »Sehen wir zu, dass wir Treborea so rasch wie möglich verlassen.« Er lächelte leicht. »Ich bin sicher, die Mutter von Treborea wird uns schrecklich vermissen, doch wenn wir jetzt auch noch in ihrer Speisekammer herumstöbern, wird sie uns wahrscheinlich persönlich aus der Stadt werfen.«

Astarell, die neben Albron saß, stupste ihn.

»Ja?« Er blickte sie verliebt an.

»Frag meinen Onkel«, sagte sie knapp. »Jetzt gleich!«

»Das ist wirklich nicht der passende Zeitpunkt, Liebes.«

»Tu's, Albron, bevor du es vergisst.«

»Sollten wir damit nicht lieber warten, bis wir unter uns sind?«

»Wolltest du es geheim halten?«

»Nein, natürlich nicht, aber ...«

»Tu's jetzt, Albron!«

»Ja, Liebes.« Albron räusperte sich. »Häuptling Kreuter«, begann er förmlich.

»Ja, Häuptling Albron. Was kann ich für Euch tun?« Ein Lächeln, beinahe ein Grinsen, zog über die Lippen des blondbärtigen Plakanders.

»Es geht um eine ernste Sache, Onkel«, schalt Astarell.

»Tut mir leid, Liebes. Ich vermute, Ihr habt eine Bitte, Häuptling Albron?«

»Ich möchte Euch in aller Form um die Hand Eurer Nichte Astarell ersuchen«, erwiderte Albron.

»Darauf wäre ich nie im Leben gekommen.«

»Würdest du bitte damit aufhören, Onkel!«, fauchte Astarell.

»Es ist ja nicht böse gemeint, Kind.« Kreuter grinste sie jetzt offen an. »Was hältst du davon? Du könntest eine schlechtere Partie machen. Albron versteht zwar nicht viel von Pferden, ist ansonsten aber ein netter Kerl.«

»Oh«, sagte Astarell mit schelmischem Lächeln. »Er ist annehmbar.«

»Astarell!«, protestierte Albron.

»Na gut, Astarell«, sagte Kreuter, »wenn du das wirklich willst, habe ich nichts dagegen. Häuptling Albron, Ihr habt meine Erlaubnis, meine Nichte zu heiraten. Macht das alle glücklich?«

Astarell blickte nachdenklich drein. »Tausend Pferde, würde ich sagen.«

»Ich weiß nicht, was du meinst, Liebes«, gestand Kreuter.

»Meine Mitgift, Onkel. Tausend Pferde erscheint mir genau richtig – und natürlich mein Hochzeitsgewand.«

»Tausend?« Kreuter rief es fast. »Bist du wahnsinnig?«

»Du liebst mich doch, nicht wahr, Onkel? Du willst mich nicht einfach loswerden, oder?«

»Natürlich liebe ich dich, Astarell, aber gleich tausend Pferde?«

»Damit beweist du allen in Plakand, wie hoch du mich schätzt, liebster Onkel Kreuter«, sagte sie süß.

»Habt Ihr sie dazu angestiftet, Albron?«, fragte Kreuter.

»Ich höre das erste Mal davon!« Albron blickte Astarell völlig verwirrt an. »Was in aller Welt sollen wir mit tausend Pferden?«

»Das ist mir im Grunde völlig egal. Doch die Zahl drückt meinen Wert aus. Ich bin keine Bettlerin von der Straße.«

Albron und Kreuter wechselten einen hilflosen Blick. »Ja, Astarell«, seufzten beide schließlich einträchtig.

Als der königliche Tross nordwärts aus Osthos ritt, hatte der Winter sich bereits in Mitteltreborea eingenistet und schmutziggraue Wolken verbreiteten Kälte und Düsternis über der vom Krieg verheerten Landschaft.

In Mawor machten sie kurz Rast, ehe sie um den See nach Kadon weiterritten. »Hier verlasse ich Euch jetzt, meine Arya«, verabschiedete Herzog Olkar sich. »Ich werde mit den Getreidehändlern in Maghu so gut verhandeln, wie ich nur kann. Ich befürchte jedoch, sie werden versuchen, mich zu übervorteilen.«

»Das müssen wir leider in Kauf nehmen, Olkar«, entgegnete Andine. »Ich brauche unbedingt Brot für mein Volk.«

»Ich glaube, ihr zwei überseht da etwas«, warf Althalus ein. »In Kanthon gibt es Getreidespeicher, und dort war – noch – kein Krieg. Sobald wir die Stadt eingenommen haben, werden diese Speicher unser Eigentum. Darauf solltet Ihr hinweisen, Herzog Olkar, wenn Ihr mit diesen Blutsaugern in Maghu verhandelt. Ich würde Worte wie ›Notlage‹ und ›Hunger‹ überhaupt nicht in den Mund nehmen. Verwendet stattdessen ›Unvorhersehbares‹ und ›möglicher Verderb‹.«

»Ihr habt so etwas wohl schon einmal selbst gemacht, Kämmerer Althalus?«, fragte Olkar.

»Ich habe hin und wieder den einen oder anderen hochnäsigen Kaufmann hereingelegt, Durchlaucht«, gestand Althalus. »Und es besteht wahrhaftig kein großer Unterschied zwischen dem, was Ihr tut und was ich früher getan habe.«

Olkar grinste ihn plötzlich an. »Das sollte doch ein Geheimnis bleiben.«

»Er ist genau der Richtige für diesen Auftrag, Andine«, versicherte Althalus der Arya. Dann wandte er sich wieder Olkar zu. »Ihr solltet die Verhandlungen ein wenig in die Länge ziehen, bis ich mich Euch anschließe, nachdem ich mir die Getreidespeicher von Kanthon angeschaut habe. Wir wollen doch mit der Lage vertraut sein, ehe wir Geld zum Fenster hinauswerfen, nicht wahr?«

»So habe ich es mir auch vorgestellt«, bestätigte Olkar.

Als sie Herzog Olkars Palast erreichten, fanden sie die Hauptleute Gelun und Wendan vor. »Wir bedauern melden zu müssen, dass die Häuptlinge unserer hehren Stämme in diesem glorreichen Krieg den Heldentod fanden.« Bei diesen Worten legte sich nicht die Spur eines Lächels auf die Lippen des hoch gewachsenen Hauptmanns Wendan.

»Ganz Arum trauert mit Euch, Hauptmann«, behauptete Albron mit unbewegter Miene.

»Ist damit der Förmlichkeit Genüge getan?«, fragte Hauptmann Gelun.

»Ich denke schon«, meinte Twengor. »Wir dürfen uns doch nicht von unserer Trauer übermannen lassen, oder?«

»Ich trage es mit Fassung«, versicherte ihm Gelun.

»Wer übernimmt ihre Nachfolge?«, erkundigte Koleika Eisenkinn sich brüsk.

»Ich fürchte, das ist noch ungewiss«, antwortete Wendan. »Es gibt keine direkte Erbfolge – nur ein paar Vetter zweiten Grades und einige Neffen.«

»Ist jemand gut im Redenhalten?«, Koleika ließ den Blick über die restlichen Häuptlinge schweifen.

»Albron dürfte der Beste sein«, schlug Laiwon vor. »Zumindest kann er lesen, also könnte er vielleicht auch Gedichte aufsagen.«

»Ist mir da etwas entgangen?«, fragte Andine verwirrt. »Hier in Treborea wird die Erbfolge durch Blutsverwandtschaft bestimmt – Konsanguinität nennt man das, glaube ich.«

»Wir Arumer sind da nicht ganz so streng, kleine Mutter«, entgegnete Twengor mit leichtem Lächeln. »In einer Lage wie dieser können die anderen Häuptlinge Vorschläge machen. Wir müssen schließlich mit den neuen Häuptlingen auskommen, darum haben unsere ›Vorschläge‹ ein beachtliches Gewicht.« Er blickte die anderen Häuptlinge an. »Würde ich irgendwelche Regeln verletzen, wenn ich Gelun und Wendan als die annehmbarsten Kandidaten vorschlage?«

»Ich halte das für eine gute Wahl«, entgegnete Laiwon.

»Ich dachte, wir haben diese Entscheidung bereits getroffen«, warf Koleika ein. »Sind wir uns alle einig?«

Die übrigen Häuptlinge nickten.

»Ich werde mich daranmachen, an meiner Rede zu arbeiten.« Albron blickte Hauptmann Wendan an. »Auf welch heldenhafte Art und Weise sind Smeugor und Tauri eigentlich ums Leben gekommen? Vielleicht kann ich das in meine Trauerrede einfügen.«

»Das solltet Ihr lieber bleiben lassen«, wehrte Wendan ab. »Es war nicht sehr angenehm. Es hatte etwas mit Feuer und langen Eisenspießen zu tun.« Der Hauptmann blickte auf Andine, Leitha und Astarell. »Ich glaube nicht, dass die Damen Einzelheiten hören möchten.«

»Äh – nein«, pflichtete Albron ihm bei, »wahrscheinlich nicht. Ich werde es beschönigen und ihr Dahinscheiden als ›heroisch‹ bezeichnen.«

»Das dürfte das Beste sein«, pflichtete Gelun ihm bei.

»Wo sind eure Leute momentan?«, erkundigte sich Twengor.

»Oben, nahe der Grenze«, antwortete Wendan. »Ich glaube zwar nicht, dass die Kanthoner etwas unternehmen werden, aber es kann nicht schaden, auf Nummer sicher zu gehen.«

»Ein guter Gedanke«, lobte Twengor. »Wie wär's, wenn wir uns auf den Weg machen und die Formalitäten hinter uns bringen? Dann können wir anschließend gegen Kanthon marschieren und an der Krönung teilnehmen, ehe wir alle heimkehren.«

»Von welcher Krönung sprecht Ihr da, Häuptling Twengor?«, fragte Andine leicht verwirrt.

»Von Eurer, natürlich, kleine Mutter«, antwortete er beinahe zärtlich. »Ich halte es für angebracht, Euch zur Kaiserin von Treborea zu krönen – gleich nachdem wir die Stadt Kanthon gebrandschatzt haben.«

»Kaiserin?« Andines Augen wurden ganz groß.

»Klingt doch gut, meint Ihr nicht?« Twengor blinzelte verschmitzt.

»Heil Ihrer Kaiserlichen Majestät, Andine von Treborea!«, rief Leitha.

»Also, das ist wirklich eine interessante Idee«, meinte Andine.

»Kau nicht an den Nägeln, Liebes«, riet Leitha ihr stumm. »Sie würden schrecklich aussehen.«

Häuptling Albron hielt eine feierliche Trauerrede und überging die Charaktermängel der dahingeschiedenen Häuptlinge Smeugor und Tauri. Danach erhoben sich die Stammeshäuptlinge und Generäle der Armeen von Arum und schlugen Gelun und Wendan als »vorläufige Nachfolger« vor.

»›Vorläufige‹?«, murmelte Leitha Althalus zu. »Was soll das nun wieder bedeuten?«

»Ein paar Jahrhunderte lang«, erklärte Althalus. »Das ist in Arum nicht selten. Entfernte Verwandte empfinden es nicht als

Kränkung, wenn ein neuer Häuptling das Wörtchen ›Interim‹ vor seinem Titel trägt. Nach ein paar Generationen wird er ohnehin fallen gelassen.«

»Werden Männer nie erwachsen?«, fragte sie kopfschüttelnd.

»Nicht, wenn wir es vermeiden können.«

Es gab einige Diskussionen unter den nun führerlosen Stämmen von Südarum, und einige hitzige Streitgespräche über die Bezeichnung. Schließlich einigte man sich auf einen Kompromiss. »Interim« siegte über »vorläufig«, und die Sache wurde festgelegt, ohne dass es dabei zu einem größeren Handgemenge gekommen wäre.

Anschließend erhob Häuptling Albron sich noch einmal und wandte sich an die versammelten Stämme. »Brüder, unsere huldvolle Auftraggeberin möchte ein paar ihrer Gedanken mit uns teilen.«

»Was soll das?«, wandte Althalus sich heftig an Leitha.

»Andine wird eine Rede halten, Pappi«, erwiderte Leitha. »Macht Euch das nicht stolz?«

»Musst du so sein, Leitha?«

»Hin und wieder ja.«

Die zierliche Andine kletterte auf einen verlassenen Erntewagen, damit die hoch gewachsenen Arumer sie auch alle sehen konnten. »Meine Freunde«, begann sie mit ihrer eindringlichen Stimme. »Die Krieger der schönen Berge von Arum sind auf der ganzen Welt unübertroffen, und ich bin überwältigt von dem großartigen Sieg, den ihr für mich errungen habt. Meine Feinde sind geschlagen und jetzt marschieren wir gegen Kanthon. Ich hatte beabsichtigt, diese Stadt zu zerstören, doch eure Demonstration der Vernunft hat meinen Entschluss geändert. Der Erzfeind von Osthos, der Aryo von Kanthon, ist tot. Die Steine der Stadt taten nichts, mich zu beleidigen, und Steine zu Staub zermalmen würde wohl nicht viel bringen, nicht wahr?«

Alle lachten darüber.

»Mit ganz Arum hinter mir, könnte ich über Kanthon herfallen und den Bürgern meinen Willen aufzwingen, doch was würde mir das bringen – außer ewiger Feindschaft. Voller Staunen sah ich heute, wie eines der kriegerischsten Völker der Erde sich zur Vernunft bekannte und eine Rückkehr zu den Stammeskriegen alter Zeit vermied. Ich bin nur eine törichte Maid, doch die Lektion in

Vernunft, die ich heute erfahren durfte, hat sich mir unauslöschlich eingeprägt. Darum werde ich mich nicht als Eroberin nach Kanthon begeben, sondern als Befreierin. Wir werden Kanthon nicht niederbrennen, die Stadt nicht plündern und den Bürgern nichts antun. Weisheit wird uns leiten, so wie sie euch heute bei eurer Entscheidung geleitet hat. Ich werde eurem Beispiel folgen, meine mutigen Krieger – mutig schon deshalb, weil ihr euch heute gegen den Kampf entschieden habt.«

Keiner lachte mehr, und als Andine von ihrem selbst erwählten Podest stieg, herrschte nachdenkliches Schweigen.

Da erhob sich Häuptling Twengor. »Sie bezahlt uns«, erinnerte er die Söldner, »deshalb werden wir tun, was sie will. Sollte jemand Probleme damit haben, steht es ihm frei, sich an mich zu wenden. Ich werde es ihm erklären, in allen Einzelheiten, wenn nötig.«

»Hübsche Rede«, murmelte Leitha.

»Welche?«, fragte Althalus.

»Ratet mal, lieber Pappi. So, wie ich Andine kenne – und ich kenne sie gut –, hat sie beide verfasst. Twengors Nachwort passte ein bisschen zu gut ans Ende ihres Vortrags, als dass es reiner Zufall hätte sein können, meint Ihr nicht?«

Spät an diesem Abend setzte Althalus sich mit Dweia in Verbindung. »Wir müssen reden, Em«, sandte er seinen Gedanken aus.

»Probleme?«

»Ich habe Leitha nicht mehr im Griff. Sie wird von Tag zu Tag unberechenbarer. Sie versucht es zu verbergen, aber ihre Sorge um Bheid macht sie krank. Wie geht es ihm?«

»Unverändert. Ich habe ihn schlafen lassen – genauer gesagt, seinen Schlaf erzwungen. Jedes Mal, wenn ich ihn wecke, stößt er ins gleiche Horn.«

»Wie lange geht das nun schon so?«

»Gut einen Monat.«

»Und er hat sich immer noch nicht beruhigt?«

»Nicht merklich. Er gibt sich die Schuld an Salkans Tod, Althalus. Und er ist entsetzt darüber, was er Yakhag angetan hat. Ich habe Schwierigkeiten, ihn seine Priesterausbildung vergessen zu lassen.«

»Er muss schnell wieder zu sich finden, Em! Perquaine steht am

Rande des Chaos, und es wird wohl nicht lange mehr dauern, bis wir dorthin müssen, nicht wahr?«

»Wahrscheinlich nicht.«

»Die Perquainer werden in einen Religionskrieg gedrängt, den offenbar Argan heraufbeschwört. Bheid ist doch dazu bestimmt, mit Argan fertig zu werden, richtig?«

»Ich glaube schon.«

»Dann wird es langsam Zeit, dass er wieder alle seine fünf Sinne beisammen hat. Falls wir Bheid verlieren, verlieren wir auch Leitha. Sie ist die Verletzbarste der Gruppe, und ohne Bheid zerbricht sie.«

»Du bist scharfsichtiger als ich dachte, Schatz.«

»Hast du vergessen, dass ich mir früher meinen Lebensunterhalt gar nicht hätte verdienen können, ohne die Stärken und Schwächen der Menschen zu erkennen? Noch ein paar Tage und Leitha wird beim nächsten Krach wie eine Fensterscheibe zersplittern.«

»Ich arbeite daran, Schatz. Bheid wird vielleicht sehr viel älter sein, wenn du ihn das nächste Mal siehst, aber das spielt keine Rolle, solange er hier ist. Wenn er Jahre braucht, um über seine vermeintliche Schuld hinwegzukommen, werde ich dafür sorgen, dass er sie kriegt.«

Vor den weit geöffneten Toren Kanthons standen keine Wachen und die Straßen waren menschenleer, als Andine an der Spitze ihres Gefolges zum Palast ritt. Sergeant Gebhel strich sich seufzend über den kahlen Schädel. »Wir hätten hier ein Vermögen einsacken können«, klagte er.

»Und einen Krieg fortgeführt, der nichts mehr eingebracht hätte«, erinnerte ihn Khalor.

»Häuptling Gweti wird nicht sehr glücklich darüber sein, dass es hier in Treborea zu dauerhaftem Frieden kommt.«

»In jedem Leben muss auch mal Regen fallen, Sergeant«, sagte Leitha ernst.

»Als ob ich das nicht wüsste«, brummte Gebhel, »und Gweti wird dafür sorgen, dass über mir viele dunkle Wolken aufziehen, die ihre Schleusen öffnen, wenn ich ihm melde, dass es keine treboreanischen Kriege mehr geben wird.«

Khalor stellte mehrere Trupps ab, um den Palast gründlich nach Bewaffneten zu durchsuchen und um Hofleute, die in der Stadt geblieben waren, zu einer »Besprechung mit der Befreierin« in den Thronsaal zu bitten.

»Ah, Schatzmeister Aidhru«, begrüßte Dhakan einen ältlichen Höfling, der sichtlich verängstigt Andine und ihrem Gefolge entgegenblickte. »Wie ich sehe, ist es Euch geglückt, die Unbilden der letzten Tage zu überleben.«

»Mit Mühe und Not«, antwortete der alte Herr. »Aber was macht Ihr hier, Dhakan? Ich dachte, Ihr hättet Euch angesichts Eures hohen Alters längst zur Ruhe gesetzt.«

»Ihr seid nicht jünger als ich, Aidhru«, erinnerte ihn Dhakan. »Warum in aller Welt habt Ihr zugelassen, dass Pelghat diesen sinnlosen Krieg so weit ausgedehnt hat?«

Der greise kanthonesische Staatsmann spreizte hilflos die Hände. »Er ließ sich nicht mehr von mir beraten.« Plötzlich blinzelte er. »Seid Ihr das wirklich, Sergeant Khalor?«, fragte er überrascht. »Ich dachte, Ihr wärt im letzten Krieg hier unten gefallen.«

»So schnell bringt mich nichts um, Euer Liebden.«

»Wie ich sehe, habt Ihr die Seiten gewechselt.«

»Bessere Bezahlung«, erklärte Khalor.

»Habt Ihr unsere göttliche Arya bereits kennen gelernt, Aidhru?«, fragte Dhakan.

Der Kanthoner blickte auf Andine. »Sie ist ja noch ein Kind!«, bemerkte er. »Nach allem, was ich über sie gehört habe, müsste sie dreißig Fuß groß sein.«

»Das liegt an ihrer Stimme, mein Freund«, entgegnete Dhakan. »Andine ist sehr zierlich. Aber es gelingt ihr immer wieder, sich Gehör zu verschaffen.«

»Seid nicht so«, rügte Andine ihn sanft.

»Jawohl, kleine Mutter.« Dhakan verbeugte sich vor ihr.

»Ich wollte, Ihr würdet damit aufhören!«

»Verzeiht, Majestät«, entschuldigte sich Dhakan. »Es ist Leithas Einfluss, wisst Ihr.« Dann sagte er förmlich: »Schatzmeister Aidhru, ich habe die Ehre, Euch meiner Arya vorzustellen, Majestät Andine von Osthos.«

Aidhru verbeugte sich tief.

»Das, meine Arya, ist Schatzmeister Aidhru von Khanton, Berater des mittlerweile dahingeschiedenen Aryo Pelghat.«

»Man sollte vor dem Titel Berater vielleicht das Wörtchen ›missachtet‹ einfügen. Als es mit Pelghat zu Ende ging, hat er sich geweigert, mich noch einmal zu empfangen. Einige Fremde hatten ihr Lager im Thronsaal aufgeschlagen, und Pelghat hörte nur auf sie.«

»Das war uns bekannt«, warf Althalus ein. »Um der Wahrheit die Ehre zu geben, ging es in diesem letzten Krieg überhaupt nicht um Kanthon. Er war das Ergebnis einer sehr alten Meinungsverschiedenheit zwischen mir und einem Mann namens Ghend.«

»Ah!«, stöhnte Aidhru schaudernd. »Mir stockte das Blut, wenn ich nur im selben Raum mit ihm war.« Dann deutete der kanthonesische Staatsmann auf den Thron. »Möchtet Ihr nicht Euren neuen Thron ausprobieren, Arya Andine?«, fragte er höflich.

»Nein, Schatzmeister Aidhru, das möchte ich nicht. Er ist ein wenig zu protzig für meinen Geschmack, und ich bin wirklich nicht als Eroberin gekommen. Wie der edle Althalus soeben erklärte, ging es bei diesem letzten Krieg um ihn und diesen schrecklichen Ghend.« Sie lächelte gewinnend. »Tatsächlich, Schatzmeister Aidhru, waren Kanthon und Osthos nur mit hineingezogen worden. Und wir haben jetzt Wichtigeres zu tun, als alte Meinungsverschiedenheiten aufzuwärmen. Das eigentliche Schlachtfeld war Mitteltreborea, und wir haben fast unsere gesamte Getreideernte eingebüßt. Wir stehen vor einem langen, hungrigen Winter, Schatzmeister, doch selbst wenn es Kanthon und Osthos in den Ruin treibt, werde ich das Volk nicht hungern lassen.«

»In diesem Punkt sind wir uns völlig einig, Arya Andine.«

»Gibt es hier einen Sitzungssaal?«, erkundigte Dhakan sich. »Meine Füße schmerzen, und ich glaube, wir haben eine längere Besprechung vor uns. Wir sollten es uns deshalb ein wenig bequem machen.«

»Darf ich einige Sachverständige hinzuziehen, Arya Andine?«, bat Aidhru.

»Gewiss, Schatzmeister«, antwortete sie rasch. »Ihr, Dhakan und ich würden vielleicht den ganzen Tag nur überlegen, ohne zu brauchbaren Ergebnissen zu kommen. Für solche Fälle haben wir schließlich Fachleute, nicht wahr?«

»Ihr seid wahrhaftig zu beneiden«, sagte Aidhru zu Dhakan. »Eure Arya ist nicht nur hübsch anzuschauen, sie hat auch das Herz auf dem rechten Fleck. Ihr könnt Euch nicht vorstellen, wie schlimm hier alles war, als Pelghat den Thron bestiegen hatte!

Wenn ich genau wüsste, wer den Tod dieses Verrückten eingefädelt hat, würde ich vor ihm auf die Knie fallen und ihm die Füße küssen.«

Andine hob einen ihrer niedlichen Füße und betrachtete ihn kritisch. »Sie sind zurzeit nicht allzu sauber, Schatzmeister Aidhru«, meinte sie mit verschmitztem Lächeln. »Vielleicht können wir darauf zurückkommen, sobald ich gebadet habe.«

Aidhru blinzelte. »Ich hätte es mir denken können«, sagte er und musste plötzlich lachen. »Wie wär's, wenn wir einen weichen Sessel in einem warmen Gemach für unseren knurrigen alten Freund hier suchen? Dann können wir uns in aller Gemütlichkeit über gedungene Mörder, Regierungsformen und die Frage unterhalten, wie in aller Welt wir das Volk von Treborea bis nächstes Frühjahr satt bekommen.«

Die Ratskammer, zu der Schatzmeister Aidhru sie führte, war groß und bequem ausgestattet.

»Ich könnte Bier bringen lassen«, schlug Aidhru mit einem Blick auf die riesenhaften Arumer vor.

»Nicht für mich, trotzdem danke«, entgegnete Häuptling Twengor. »Doch etwas zu essen wäre nicht schlecht.«

»Fühlst du dich nicht wohl, Onkel?«, fragte Häuptling Laiwon erstaunt.

»Ich fühle mich sogar sehr wohl, Junge, und möchte nicht, dass sich daran etwas ändert«, antwortete Twengor. »Ich weiß nicht, wie es Althalus gelungen ist, alle Rückstände von zehn Jahre Saufen aus meinem Blut zu entfernen. Jedenfalls habe ich mich nicht mehr so gut gefühlt, seit ich ein Knabe war, und ich will kein Wagnis mehr eingehen.«

»Hättest du etwas dagegen, wenn ich das freundliche Angebot nicht ablehne?«, fragte Laiwon.

»Es ist dein Bauch – und dein Schädel.«

Alle ließen sich in den weichen Sesseln am Konferenztisch nieder. Althalus eröffnete die Sitzung.

»Wir brauchen genaue Zahlen«, begann er, »um zu wissen, wie viele Münder wir füttern müssen und wie viel Getreide sich in den Speichern von Kanthon, Osthos und den anderen treboreanischen Städten befindet. Sobald wir diese Zahlen überdacht haben, wissen wir, wie viel Getreide fehlt.« Er blickte Aidhru an. »Unsere kleine

Mutter hat bereits Schritte unternommen, die Sache ins Rollen zu bringen.«

Andines Stimme hob sich auf die bekannte, eindringliche Weise. »Würdet Ihr damit aufhören? Ich bin niemandes ›kleine Mutter‹.«

»Sie könnte Euch vielleicht versohlen«, warf Leitha ein, »aber wahrscheinlich nicht zu fest.«

»Kommen wir wieder zur Sache«, fuhr Althalus fort. »Arya Andine hat bereits Herzog Olkar nach Maghu drüben in Perquaine gesandt. Olkar ist selbst Kaufmann und kennt die meisten dortigen Getreidehändler. Sobald ich genau weiß, wie viel hier fehlt, begebe ich mich nach Maghu und teile Olkar mit, wie viele Tonnen Getreide wir brauchen werden. Ich glaube nicht, dass wir die gesamte Ernte dieses Jahres aufkaufen sollten.«

»Großer Gott, nein!«, entfuhr es Aidhru, »das dürfte jede Schatzkammer von Treborea leeren.« Er blickte Andine unsicher an. »Ehe ich zu viele Erklärungen abgebe, Arya Andine, müsste ich wissen, als was ich mich hier betrachten darf. Bin ich Kriegsgefangener, Geisel, Sklave?«

»Wir denken uns einen Titel für Euch aus, Schatzmeister Aidhru«, versprach sie.

»›Kaiserlicher Berater‹ hört sich schön an«, schlug Leitha vor. »Unserer Andine gefällt der Titel ›Kaiserin von Treborea‹. Nicht wahr, Liebes?«

»Nicht mehr, Leitha«, entgegnete Andine. »Eine solche Wahnvorstellung hege ich nicht mehr. Nennen wir Kanthon einstweilen ›Protektorat‹. Es ist ein ziemlich unbestimmter Begriff, der nicht zu viele Leute kränken wird – und er ist nur vorläufig. Sehen wir erst einmal zu, dass wir durch den Winter kommen und Ghends sämtliche Knechte ausrotten, bevor wir uns etwas Dauerhafteres einfallen lassen. Bei ›Protektorat‹ wird es natürlich nicht bleiben. Das ist nur vorläufig – bis sich alles beruhigt hat.«

»Was vermutlich nicht mehr als zwei Jahrhunderte dauern wird«, flüsterte Twengor seinem Neffen zu.

»Oder drei«, murmelte Laiwon. »Im Höchstfall fünf.«

36

»Es ist nicht ganz so schlimm, wie Andine offenbar annimmt, Em«, berichtete Althalus der Göttin, als er und Eliar auf dem Weg nach Maghu und zu Herzog Olkar kurz in den Turm kamen. »Dhakan hat seine jährliche Bestandsaufnahme im Kopf, und als wir das Getreide in den kanthonischen Speichern dazurechneten, stellten wir fest, dass wir gar nicht so viel brauchen, wie wir anfänglich glaubten. Hast du was dagegen, wenn ich mich aus unserer privaten Goldmine bediene, um beim Getreidekauf auszuhelfen?«

»Warum willst du das tun, Schatz?«, fragte sie.

»Nun, anderenfalls würden viele von Andines Untertanen hungern, und sie würde jahrelang jammern und klagen, wenn nicht irgendjemand sie unterstützt.«

»Und?«

»Was meinst du mit ›und‹?«

»Es sind doch nicht ausschließlich Andines Sorgen, die dich dazu bewegen. Oder, Schatz?«

»Das Gold steckt in jener Grube, Em, und leistet nichts Nützliches. Es ist ja auch nicht so, als würde es mir wirklich etwas bedeuten.«

»Du weigerst dich also, es offen zuzugeben, Althalus?«

»Was zuzugeben?«

»Dass du dir nicht weniger Sorgen um die einfachen Leute in Treborea machst als Andine. Mitgefühl ist keine Schande, Althalus. Du brauchst dich dessen nicht zu schämen.«

»Trieft das nicht von Gefühlsduselei, Em?«

Sie warf die Hände hoch. »Ich geb's auf! Ich wollte dich nur loben, du Dummkopf!«

»Mir wäre lieber, du würdest es für dich behalten. Ich habe schließlich meinen Ruf zu wahren, und Weichherzigkeit könnte die Meinung der Leute über mich ins Schwanken bringen.«

»Wird Bheid überhaupt wieder vernünftig?«, erkundigt Eliar sich.

»Manchmal ist er es schon jetzt«, antwortete Dweia, »dann aber redet er ohne ersichtlichen Grund wieder wirres Zeug.«

»Wo befindet er sich eigentlich?«, fragte Althalus.

»In einem leeren Zimmer als eine Art Einsiedler. Ich könnte natürlich an ihm herumpfuschen, würde es jedoch nur ungern tun. Es ist auf die Dauer besser, wenn er von selbst zu sich findet. Früher oder später muss er sich dem Geschehen in Osthos stellen. Würde ich seine seelischen Wogen glätten, könnten seine Probleme unter die Oberfläche sinken und plötzlich wieder auftauchen – wahrscheinlich zur falschen Zeit am falschen Ort.«

»Wie lange kann es denn noch dauern, bis er wieder der alte ist?«, wollte Eliar wissen. »Leitha vermisst ihn sehr, sie kann nicht einmal mehr seine Gedanken fühlen.«

»Das tut er mit Absicht, Eliar«, erklärte Dweia. »Er macht jetzt Schreckliches durch und möchte sie damit nicht beunruhigen. Ich habe die Zeit für ihn angehalten, weil es eben die Zeit ist, die alle Wunden heilt, auch die seelischen.« Sie richtete sich auf und blickte Althalus an. »Halte in Maghu Augen und Ohren offen, Schatz. In Perquaine geht etwas Unerklärliches vor. Versuch, etwas Genaueres zu erfahren.«

»Wenn ich mich recht entsinne, sprach Herzog Nitral von einem drohenden Glaubenskrieg, Emmy«, meinte Eliar. »Könnten religiöse Streitigkeiten die Leute dort so sehr in Aufruhr versetzt haben?«

»Möglich. Wo sind die übrigen Kinder, Althalus?«

»Mit den Häuptlingen auf dem Weg nach Arum, um an der Hochzeit von Albron und Astarell teilzunehmen.«

»Das ist schön«, sagte sie erfreut.

»Du hältst viel von Hochzeiten, nicht wahr, Em?«

»Du hast doch nicht vergessen, wer ich bin, Althie?«

»Wie sollte ich. So, und jetzt auf nach Maghu, Eliar. Ich brauche etwa zehntausend Tonnen Getreide, hauptsächlich Weizen. Wir sollten es kaufen, ehe die Preise nach oben gehen.«

»Das wird sich machen lassen, Althalus.« Herzog Olkar nickte. »Wenn ich für Einkauf und Lieferzeit den richtigen Zeitpunkt wähle, müsste ich diese Menge Getreide ohne überraschende Preiserhöhung erstehen können – und bei jeweils tausend Tonnen sollte ich sogar einen guten Rabatt bekommen.«

»Ihr seid ein noch größerer Gauner als ich, Olkar.«

»Danke für das Kompliment, Althalus«, entgegnete Olkar grinsend.

»Geht hier in Perquaine etwas vor?«, erkundigte Althalus sich. »Herzog Nitral hat von religiösem Gezänk gesprochen, das unter Umständen eine Gefahr für die innere Sicherheit bedeutet.«

»Dass Religion etwas damit zu tun hat, ist mir neu«, antwortete Olkar. »Es gibt allerdings Unruhen unter der Bauernschaft, doch dazu kommt es angeblich etwa alle zehn Jahre. Es liegt an den Großgrundbesitzern. Perquainer neigen dazu, Millionen für Paläste auszugeben. Die Bauern leben in windschiefen Katen, und der Unterschied zwischen ›Euren Palästen‹ und ›unseren Katen‹ ist allzu offensichtlich. Die Vorstellung von ›komfortabel, aber nicht protzig‹ ist den Perquainern noch unbekannt. Die Reichen prahlen, und das gefällt den Bauern gar nicht. Aber das ist ja nichts Neues.«

»Ich werde hier ein bisschen herumschnüffeln«, sagte Althalus. »Falls es in Kürze tatsächlich zu einem größeren Bauernaufstand kommt, sollten wir unser Getreide kaufen und über die Grenze schaffen, ehe jemand Feuer legt.«

»Das wagen diese Landleute nie«, entgegnete Olkar abfällig.

»Wir wollen kein Wagnis eingehen, Herzog Olkar. Wenn wir in dieser Sache einen Fehler machen, wird Arya Andine uns zur Rechenschaft ziehen. Und dann werden wir ihre wütende Stimme selbst dann hören, wenn sie ihren Thron in Osthos nicht verlässt.«

»Damit mögt Ihr Recht haben«, pflichtete Olkar ihm bei. »Vielleicht sollte ich lieber gleich ein paar Hundert Wagen mieten.«

»Das würde ich an Eurer Stelle tun. Eliar kann Euch dabei helfen. Ich werde mich inzwischen umhorchen. Ich will herausfinden, was in Perquaine wirklich vorgeht.«

»Mein Ururgroßvater war zu seiner Zeit einer der besten Einbrecher der Welt«, prahlte Althalus vor den anderen Gästen einer Kaschemme im Hafenviertel. »Aber er war ein einfacher Bursche aus den Bergen und hatte noch nie zuvor Papiergeld gesehen. Dort, von wo er kam, war das Geld rund und gelb und klimperte. Er hatte keine Ahnung, dass er in einem Vermögen wühlte, darum wandte er dem bedruckten Papier den Rücken und schlich davon.«

»Tragisch«, murmelte einer der Meisterdiebe und schüttelte den Kopf.

»Das kann man wohl sagen«, pflichtete Althalus ihm bei. »Wie ich von meinem Vater weiß, hat in unserer Familie in zehn Generationen niemand auch nur einen Tag ehrliche Arbeit geleistet – mit Ausnahme eines Schwarzen Schafs von Großonkel, der Schreiner war. Und dieser Vorfall hier in Maghu war das einzige Mal in Hunderten von Jahren, dass welche aus meiner Sippe echtem Geld so nahe waren. Es ist ein dunkler Punkt in unserer Familienehre, deshalb bin ich nach Perquaine gekommen, um diese Ehre reinzuwaschen.«

»Welchem Gewerbe gehst du denn nach?«, fragte ein langfingriger Taschendieb.

»Oh, ich hab mich da nicht festgelegt. Einmal diesem, einmal jenem. Ich weiß, dass es heißt, Schuster bleib bei deinem Leisten, aber wenn die Schergen hinter einem wagemutigen Straßenräuber her sind und ihn hängen wollen, ist es für ihn besser, er verkauft sein Pferd und seinen Schlapphut und räumt eine Zeit lang in einer anderen Stadt Taschen aus.«

»Das klingt vernünftig«, pflichtete ein drahtiger Fassadenkletterer mit langer Nase ihm bei. »Aber du hast dir eine schlechte Zeit ausgesucht. Bei uns in Perquaine geschehen seltsame Dinge.«

»Das hat mir schon jemand gesagt, als ich hier ankam. Er war bloß nicht mehr ganz nüchtern, darum verstand ich nicht so ganz, was er eigentlich meinte. Er faselte etwas von Religion. Nimmt hier denn irgendjemand die Religion so wichtig?«

»Wer ein bisschen Grips im Kopf hat, nicht«, antwortete der Fassadenkletterer, »aber weiter unten im Süden soll's einen neuen Orden geben. Die Weißkutten, Braunkutten und Schwarzkutten haben wir ja alle schon mal gesehen, aber wie ich gehört hab', tragen die Priester dieses neuen Ordens rote Kutten. Sie predigen ›soziale Gerechtigkeit‹, prangern die ›Unterdrückung durch Großgrundbesitzer‹ an und bemitleiden die ›hungernden Bauern‹. Es ist natürlich alles völliger Unsinn, doch die Bauern fallen darauf rein. Aber die haben ja auch keinen Verstand, sonst blieben sie schließlich keine Bauern, oder?«

»Also, ich möchte ganz bestimmt kein Bauer sein«, versicherte Althalus. »Wahrscheinlich ist es hier in Perquaine nicht viel anders als sonst wo. Die Großgrundbesitzer begaunern die Bauern, und wir die Kaufleute. Deshalb stehen wir in der Rangordnung auch ganz oben.«

»Mir gefällt, wie du das siehst«, wandte der Fassadenkletterer sich an die anderen Gäste seiner Zunft. »So gesehen sind wir wahre Edelleute, richtig?«

»Ob diese Unruhen der Bauern zu irgendwas führen?«, fragte Althalus.

Der Fassadenkletterer zuckte die Schultern. »Wahrscheinlich werden ein paar protzige Häuser abgefackelt und dann müssen einige fette Großgrundbesitzer dran glauben. Natürlich kommt es zu Plünderungen – doch die Rotkutten werden den Bauern die ganze Beute abpredigen. Jeder Priester bildet sich ein, dass ihm wenigstens die Hälfte allen Reichtums auf der Welt zusteht. Darum findet man in armen Ländern auch nicht viele Priester. Dieser so genannte ›Bauernaufstand‹ ist nichts weiter als Schwindel. Die Rotkutten werden die Bauern aufwiegeln, die Bauern werden kopflos herumrennen, ihre Mistgabeln schwenken und alles stehlen, was nicht niet- und nagelfest ist. Danach werden ihnen die Rotkutten alles, was sie erbeutet haben, wieder abschwindeln.«

Althalus schüttelte den Kopf. »Wo soll das enden?«

Der Fassadenkletterer lachte zynisch. »Die Reichen werden erkennen, von woher der Wind weht und diese neuen Priester bestechen. Daraufhin ändern sich die Predigten. Statt der ›sozialen Gerechtigkeit‹ werden sie ›Friede und Demut‹ preisen. Und aus ›gerechter Anteil‹ wird ›himmlische Belohnung‹. Es ist derselbe alte Schwindel wie eh und je, mein Freund. Schließlich besinnen die Priester sich ihrer ›Bürgerpflicht‹ und schwärzen alle Anführer des Aufstands bei den Behörden an. Über kurz oder lang werden dann in ganz Perquaine die Bäume mit baumelnden Bauern geschmückt sein. So enden Revolutionen immer.«

»Du hast eine sehr zynische Art, die Welt zu sehen, mein Freund«, bemerkte Althalus.

»Ich habe tief in die Herzen meiner Mitmenschen gesehen, und um ehrlich zu sein, ich würde lieber in eine Senkgrube blicken.«

»Du hast da jedoch eine interessante Möglichkeit aufgeworfen«, stellte Althalus nachdenklich fest. »Wenn wir alle in grüne – meinetwegen auch blaue – Kutten schlüpften und den Bauern angeblich im Namen irgendeiner neuen Gottheit predigten – nein, besser noch einer sehr alten, längst vergessenen –, könnten wir doch den gleichen Schwindel abziehen wie diese Rotkutten. Es hat ganz den Anschein, als ließe sich mit Religion viel Geld machen.«

»Ich glaube, ich weiß genau die richtige Gottheit dafür«, warf der Taschendieb grinsend ein.

»Ach?«

»Ja. Dweia.«

Althalus verschluckte sich beinahe.

»Immerhin war sie vor ein paar tausend Jahren die Göttin von Perquaine«, erklärte der Taschendieb. »In Maghu gibt es sogar einen Dweia-Tempel – auch wenn die Braunkutten ihn sich unter den Nagel gerissen haben. Wenn mich nicht alles täuscht, steht Dweias Statue sogar noch in einem staubigen Winkel. Dweia wäre perfekt für so einen Plan.«

Der langnasige Fassadenkletterer lachte, dann warf er sich in Pose und hob segnend eine Hand. »Versammelt euch zum Gebet, o meine Kinder«, rief er mit tönender Stimme, »und betet zu Dweia, der einstigen und künftigen Göttin des fruchtbaren Perquaine. Fleht sie an, o meine Brüder und Schwestern, auf dass sie zurückkehren und die Ungläubigen aus unserem geliebten Perquaine vertreiben möge, um unserem Mutterland Ruhm und Glanz wiederzubringen.«

»Amen!«, rief der Taschendieb und brach in Gelächter aus.

Althalus zitterte heftig, als er die Kaschemme verließ.

»Das ist es also«, murmelte Dweia, als Althalus ihr erzählte, was er von der Unterwelt in Maghu erfahren hatte.

»Das also ist was, Schatz?«

»Ghend lässt seine Fantasie spielen. Die Daeva-Priester in Nekweros tragen rote Kutten.«

»Dann ist dieser Bauernaufstand also etwas mehr als nur die Aufwiegelei einer Gruppe von Opportunisten? Die Bauern sollen zur Anbetung deines Bruders bekehrt werden.«

»Unmöglich erscheint es mir nicht. Mit seinen konventionellen Kriegen hatte Ghend bisher nicht viel Glück. Jetzt versucht er politische Revolution mit religiöser Überzeugung zu vermischen.«

»Da braut er ja etwas ziemlich Unverdauliches zusammen.«

»So ist es. Ich weiß nur nicht, wie er Daeva als Freund des Volkes hinstellen will. Was Überheblichkeit betrifft, ist Daeva sogar noch ärger als Deiwos. Wir sollten Albrons Heirat schnell hinter uns bringen, damit wir uns wieder mit Maghu befassen können, ehe ganz Perquaine in Flammen aufgeht.« Dweia blickte Eliar an. »Wir werden die Türen benutzen, um alle Hochzeitsgäste zu Albrons Halle zu bringen.«

»Ich glaube nicht, dass das Wetter mitspielt, Emmy«, meinte Eliar. »Würden wir auf normale Weise reisen statt durchs Haus, wäre es tiefster Winter, bevor wir das Fort meines Häuptlings erreichten. Es sähe allerdings glaubhafter aus, würden ein paar Schneestürme toben.«

»Ich würde da lieber nicht eingreifen. Die Gletscher fangen zu schmelzen an, und es wäre zu gefährlich. Sag den anderen, sie sollen des Öfteren von ›ungewöhnlichem Wetter‹ und ›sehr mildem Winter‹ reden. Das machte es unauffällig.«

»Wie geht es Bheid?«, erkundigte Eliar sich.

»Ziemlich unverändert. Er versinkt immer noch in seiner Schuld – oder vielmehr, was er dafür hält.«

»Wie lange, glaubt er, dass er bereits hier ist?«

»Da ist er nicht sicher. Er bringt Echtzeit und Hauszeit durcheinander.«

»›Hauszeit‹ gefällt mir, Em«, bemerkte Althalus.

»Das freut mich, Schatz.«

»Dann sollten wir uns an die Arbeit machen«, wandte Althalus sich an Eliar. »Je eher wir deinen Häuptling verheiratet haben, desto schneller können wir nach Perquaine zurück und Ghend ein paar Steine in den Weg legen.«

Eliar und Althalus schlossen sich den anderen in den Ausläufern des arumischen Gebirges an. Dann führte ihr ›Held des Hauses‹ sie durch eine Tür zu einem Korridor im Nordflügel.

»Du wirst immer geschickter, Eliar«, lobte Khalor. »Ich wusste genau, was du tust, trotzdem fiel mir nicht auf, wann wir durch die Tür traten.«

»Übung, mein Sergeant«, entgegnete Eliar bescheiden.

»Wo kommen wir hinaus, Althalus?«

»Nur wenige Meilen südlich von Albrons Halle. Emmy möchte diese Hochzeit hinter sich bringen, damit wir uns auf den Aufstand in Perquaine konzentrieren können. Oh, bevor ich es vergesse – wir sollen überrascht tun, wie mild der Winter ist. Wir kommen sechs Wochen früher an, als es auf dem üblichen Weg möglich gewesen wäre. Deshalb wird es auch nicht so kalt und schneereich sein, wie jeder erwartet.«

»Ich werde eine überraschte Miene üben«, versprach Khalor trocken.

»Ich möchte dich wirklich mit ihr bekannt machen, Andine«, sagte Eliar beim Frühstück am nächsten Tag zur zierlichen Arya. »Schließlich wird sie in nicht allzu ferner Zukunft mit dir verwandt sein.«

»Ihr werdet Eliars Mutter gern haben, Andine«, warf Albron ein. »Sie ist eine sehr schöne und obendrein auch sehr nette Dame.«

»Warum wohnt deine Mutter nich' inner Siedlung, Eliar?«, fragte Gher neugierig.

Eliar zuckte die Schultern. »Mein Vater hat das Haus gleich außerhalb erbaut, und ich glaube, Mutter hat nie daran gedacht umzuziehen. Es hängen zu viele Erinnerungen daran, sagt sie.«

Albron seufzte. »Es ist eine der großen Tragödien unseres Stammes. Eliars Vater, Agus, war einer der herausragendsten Helden unserer Geschichte. Er und Khalor waren fast wie Brüder.«

»Ja«, bestätigte Khalor, »wir standen einander sehr nahe.«

Althalus fand, dass seine Stimme ungewohnt sanft klang.

»Wäre ich ein Dichter, würde ich eine Romanze über die erste Begegnung von Agus und Alaia schreiben. Eliars Mutter heißt Alaia, müsst ihr wissen«, erklärte Albron.

»Ein schöner Name«, sagte Leitha mit trauriger Stimme.

»Ja, wahrhaftig«, bestätigte Albron. »Und Eliar hat sehr viel von seinem Vater. Khalor hatte damals Alaia mit Agus bekannt gemacht. Ich war Zeuge ihrer ersten Begegnung und werde nie vergessen, was geschah. Kaum hatte Alaia Agus erblickt, waren sie einander in Liebe verfallen. Stimmt's, Khalor?«

Khalor nickte nur stumm.

»Wir haben uns Alaia nie aufgedrängt«, fuhr Albron fort. »Ich glaube, sie ist immer noch in Trauer.«

»Nicht mehr völlig, mein Häuptling«, entgegnete Eliar. »Sie freut sich stets, wenn sie mich sieht, und sie schickt Besucher nicht weg, wenn sie zu ihr wollen.«

»Ich möchte diese Dame gern kennen lernen«, warf Astarell ein. »Wie wär's, wenn wir ihr einen kurzen Besuch abstatten und sie zu unserer Hochzeit einladen?«

»Eine großartige Idee!«, rief Albron freudig. »Eliar, geh du mit Sergeant Khalor zu deiner Mutter und sag ihr, dass wir kurz vorbeikommen möchten. Es wäre schließlich nicht sehr höflich, wenn wir alle unangemeldet vor ihrer Haustür stünden, nicht wahr?«

»Wir gehen sofort los, mein Häuptling«, antwortete Eliar begeistert.

Doch Khalor blickte ein wenig schwermütig drein.

Alaias Blockhaus war aus sorgfältig bearbeiteten Stämmen erbaut und hatte ein steiles Satteldach. Es stand etwas abseits der Siedlung, die sich dicht an Albrons steinerne Festung schmiegte. Vor der Küchentür gab es einen kleinen Garten.

Eliars Mutter war eine hoch gewachsene, schlanke Frau Ende dreißig mit kastanienfarbenem Haar und tiefblauen Augen.

»Sie sieht wundervoll aus!«, flüsterte Andine Leitha aufgeregt zu.

»Das ist mir nicht entgangen«, antwortete Leitha.

»Sehe ich halbwegs annehmbar aus?«, fragte Andine ängstlich.

»Großartig«, versicherte ihr Leitha. »Sei nicht so zappelig.«

»Aber sie ist doch Eliars Mutter und ich möchte, dass sie mich mag.«

»Alle mögen dich, Andine. Du bist so liebenswert, dass dir alle Herzen zufliegen.«

»Hör auf, mich zu necken, Leitha!«

»Nein. Das tue ich viel zu gern.«

»Häuptling Albron.« Alaia begrüßte ihn mit einem anmutigen Knicks. »Ihr ehrt mein Haus mit Eurem Besuch.«

»Wir sind es, die uns geehrt fühlen, Alaia.« Albron verneigte sich.

»Das ist Andine, Mutter«, stellte Eliar ihr die Arya von Osthos vor.

Als Alaia lächelte, war es, als ginge die Sonne auf. Ohne lange nachzudenken, streckte sie dem zierlichen Mädchen die Arme entgegen.

Andine eilte zu ihr und sie umarmten sich herzlich.

»Du bist ja wirklich ein sehr kleines Mädchen«, stellte Alaia voll Zuneigung fest. »Eliar hat mir zwar erzählt, dass du nicht gerade groß bist, aber dass du *so* zierlich bist, damit hatte ich nicht gerechnet.«

»Würde es helfen, wenn ich mich auf die Zehenspitzen stelle?«

»Du gefällst mir genauso, wie du bist«, versicherte ihr Alaia. »Eliar sagte, du hast die schwere Arbeit übernommen, ihn zu füttern.«

»Ja. Das ist jetzt meine Lebensaufgabe.«

»Das ist wahrhaftig Schwerstarbeit, wenn man so zierlich ist wie du.«

»Ich schaffe es schon, Alaia. Und seit ich immer wenigstens einen Bissen zu essen für ihn bereithalte, sind auch die Möbelstücke vor ihm sicher.«

Beide lachten und blickten den jungen Mann zärtlich an.

»Wir müssen miteinander reden, Althalus«, wandte Leitha sich stumm an ihn. »Da ist etwas, das Ihr wissen solltet.«

»Ist es dringend?«

»Wahrscheinlich nicht, trotzdem sollten wir uns gleich in aller Ruhe darüber unterhalten. Ich glaube nicht, dass man uns hier sehr vermissen wird.«

»Du bist wieder einmal sehr geheimnisvoll«, entgegnete er, während sie unauffällig das Blockhaus verließen.

»Seid nicht so grantig, Pappi.«

Sie gingen durch Alaias kleinen Garten zu einem Wäldchen mit sehr hohen Bäumen.

»Heraus damit, Leitha«, forderte Althalus sie auf.

»Sergeant Khalor fühlt sich gar nicht wohl in seiner Haut.«

»Weil er Eliars Mutter nicht leiden kann?«

»Ganz im Gegenteil. Er und Alaia sind früher einmal ›miteinander gegangen‹, wie man so schön sagt, bevor er sie mit Elias' Vater Agus bekannt machte.«

»Ach, wirklich?«

»Ihr habt doch gehört, wie Häuptling Albron es beschrieben hat? Bei Agus und Alaia war es Liebe auf den ersten Blick. Khalor ist sehr feinfühlig; er hat es sofort bemerkt. Er liebte Alaia – und so ist es immer noch –, aber er und Agus waren sich so nahe wie Brüder, deshalb verbarg er seine Gefühle und überließ Alaia ihm.«

»Das ist eine traurige Geschichte, nicht wahr?«

»Sie wird noch trauriger. Nachdem Agus in einem dieser sinnlosen Kriege im Tiefland gefallen war, dachte Khalor, er dürfe wieder hoffen. Doch nach dem Tod ihres Mannes war Alaia beinahe zerbrochen und hat seither all die Jahre wie eine Einsiedlerin gelebt. Als Eliar seine Ausbildung als Söldner begann, nahm Khalor ihn unter seine Fittiche. Wenn Ihr näher auf die beiden achtet, werdet Ihr bemerken, dass sie mehr wie Vater und Sohn sind denn wie Sergeant und Korporal.«

»Stimmt, jetzt wo du es erwähnst, kann ich nur sagen, dass Khalor sich wirklich sehr um Eliar kümmert. Empfindet Alaia noch irgendetwas für Khalor?«

»Sie sieht ihren ältesten Freund in ihm. Doch als ich ein wenig tiefer ging, gewann ich das Gefühl, es könnte etwas mehr werden – wenn Khalor in ihrer Gegenwart nur ein wenig lockerer wäre.«

»Das hat uns gerade noch gefehlt«, brummte Althalus. »Mir wäre wohler, hättest du mir das nicht erzählt, Leitha.«

»Ich möchte nur nicht, dass Ihr Euch in die Nesseln setzt, Pappi.«

»Was soll das schon wieder heißen?«

»Dweia wird die Geschichte sehr interessant finden, meint Ihr nicht? Und wenn Ihr versäumt, sie darauf aufmerksam zu machen, könnte sie sehr unzufrieden mit Euch sein.«

»Hättest du diese traurige kleine Geschichte für dich behalten, dann wüsste ich von nichts!«

»Aber, Pappi«, sagte sie mit großen Unschuldsaugen, »ich möchte doch keine Geheimnisse vor Euch haben. Außerdem, hätte ich Euch die Geschichte nicht erzählt, hätte wahrscheinlich *ich* mich in die Nesseln gesetzt. Ich mag Euch sehr, Pappi, aber so sehr nun auch wieder nicht. Und jetzt, da Ihr es wisst, müsst Ihr Euch darum kümmern. Seid Ihr nicht stolz auf mich, weil ich so hinterlistig sein kann?«

»Ich bin richtiggehend glücklich. Und noch viel glücklicher wäre ich, wenn du endlich mit diesem ›Pappi‹-Gerede aufhörst«, klagte er.

Sie wirkte plötzlich unendlich verlassen und brach in Tränen aus.

»Was ist denn jetzt schon wieder?«

»Lasst mich in Ruhe«, schluchzte sie. »Geht weg!«

»Nein, Leitha, das werde ich nicht. Was quält dich?«

»Ich dachte, Ihr wärt anders. Geht weg!«, Sie schluchzte noch immer.

Wie von selbst schlossen seine Arme sich um sie. Sie wehrte sich ein wenig; dann aber wimmerte sie und klammerte sich an ihn.

Offensichtlich konnte sie in ihrem Zustand nicht vernünftig reden, deshalb beschloss Althalus widerstrebend, es auf ›die andere Weise‹ zu tun.

Leithas Gedanken waren chaotisch, als Althalus behutsam in ihr Bewusstsein drang.

»Haltet Euch da raus!«, flehte sie stumm.

»Nein, das werde ich nicht«, entgegnete er laut.

Eine Unzahl von Erinnerungen aus dem Städtchen Peteleya in Kweron überflutete ihn, und schmerzhaft spürte er ihre Einsamkeit. Trotz ihrer »Gabe« war Leitha in beinahe völliger Abgeschiedenheit aufgewachsen. Ihr Vater starb schon vor ihrer Geburt, und ihre Mutter verfiel zunehmend dem Wahnsinn. Leithas unheimliche Fähigkeit, die Gedanken ihrer Mitmenschen zu lesen, hatte den Kindern in Peteleya Angst gemacht, deshalb hatte sie niemals Freunde gehabt.

Und sie war in Furcht aufgewachsen. Der Schatten des lüsternen Hexenjägers Ambho hing immer noch dunkel und drohend über ihren Erinnerungen. Sein Hass und seine Begierde waren mit jedem Jahr gewachsen. Verzweifelt versuchte Leitha ihm aus dem Weg zu gehen, doch er folgte ihr wie ein Schatten auf Schritt und Tritt. Und diese grauenhaften Fantasien, die ihm bei ihrem Anblick durch den Kopf gingen, hatten Leitha mit einem solchen Schrecken erfüllt, dass sie kaum eines vernünftigen Gedankens fähig gewesen war.

Obwohl sie von seinen Absichten wusste, war sie Ambho völlig schutzlos ausgeliefert gewesen. Schließlich war es zu dieser öffentlichen Anschuldigung gekommen und dieser Farce, die er Gerichtsverhandlung genannt hatte – und dann zur unvermeidlichen Verurteilung zum Tod auf dem Scheiterhaufen.

Schließlich war Bheid nach Peteleya gekommen, hatte von Erdbeben und Lawinen gesprochen und sie vor dem Feuertod errettet.

»Die Idee war nicht von ihm ausgegangen, Leitha.« Althalus sprach wieder laut. »Emmy hat uns geschickt, und der Dolch hatte auch damit zu tun.«

»Das weiß ich jetzt, Pappi, aber damals war ich völlig am Ende. Es gab ja keine Hoffnung mehr für mich. Und dann, nachdem Eliar mir den Dolch gezeigt hatte, war ich nicht mehr allein, ich hatte plötzlich eine Familie – und das hatte Bheid mir ermöglicht – zumindest sah ich es damals so.«

»Und jetzt liebst du ihn.«

»Ich dachte, das wäre ziemlich offensichtlich, Pappi.«

»Schon wieder dieses Wort!«

»Ihr erinnert Euch wohl nicht mehr, was Ihr gesagt habt, Althalus. Es ist Teil der Bedeutung des Wortes ›Familie‹. Als wir zurück nach Wekti kamen und Eliar seines Augenlichts beraubt war, seid Ihr mir mit Euren Worten ›Familie‹ und ›Geschwister‹ und all den anderen klugen Erklärungen auf die Nerven gegangen, die Ihr erfunden habt, damit ich meine Gegenwehr aufgebe und Eliar in meinen Geist lasse. War Euch nicht klar, dass Ihr Euch mir damit als Vater angeboten habt? Ich brauchte wirklich einen Vater, und Ihr seid für mich aus freiem Willen einer geworden. Jetzt ist es zu spät, Euch aus dieser Schlinge zu ziehen.«

Althalus gab es auf. »In deinen Worten steckt tatsächlich eine gewisse, wenngleich abwegige Logik. Wenn ich also dein ›Pappi‹ sein soll, dann nenn mich ruhig so.«

»Oh, schön!«, rief sie mit gespielter Begeisterung. »Also, Pappi, sagt mir, was wir wegen dem armen Bruder Bheid unternehmen können.«

»Emmy kümmert sich darum.«

»Nein, Pappi, da täuscht Ihr Euch. Das ist Eure Sache. Dweia wartet darauf, dass Ihr es erkennt.«

»Wie kommst du denn darauf?«

»Ich habe meine Möglichkeiten, gewisse Dinge zu erfahren, Pappi, das dürft Ihr mir glauben.« Ihr bleiches Gesicht wurde nachdenklich. »Der Tag wird kommen, an dem Bheid und ich bestimmten Personen Schreckliches antun müssen. Und wir beide werden jemanden brauchen, der uns die Kraft dazu gibt. Ich glaube, dieser Jemand werdet Ihr sein.«

»Könntest du nicht ein bisschen genauer sein, Leitha? ›Schreckliches‹ ist arg verschwommen.«

»Mehr kann ich jetzt nicht sagen, Pappi. Dweia weiß, worum es geht und versucht, es vor mir zu verheimlichen. Aber ein bisschen dringt doch zu mir durch. Ihr müsst Bheid wieder zur Vernunft bringen, Althalus. Er muss voll einsatzfähig sein! Ich kann es nicht allein tun!«

Gegen ihren Willen brach sie wieder in Tränen aus. Althalus schloss sie in die Arme und hielt sie, bis sie sich beruhigt hatte.

»Bring mich zum Haus«, wandte Althalus sich an Eliar, als sie von Alaias Haus zu Albrons Halle zurückkehrten.

»Eilt es?«

»Wahrscheinlich. Ich muss mit Emmy reden. Sie treibt wieder einmal ihre Spielchen und macht mich wütend.«

»Ihr werdet Euch in Schwierigkeiten bringen, Althalus.«

»Das wäre nicht das erste Mal. Wenn wir dort sind, wartest du am besten im Speisesaal auf mich.«

»Wird es so schlimm?«

»Wahrscheinlich, und du willst bestimmt nicht dabei sein, wenn Emmy und ich loslegen.«

Althalus und Eliar blieben unauffällig zurück, während die anderen weiter durch die Siedlung gingen. In einer Sackgasse öffnete Eliar eine Tür, die nur er sehen konnte.

»Ich halte Euch die Daumen, Althalus«, versprach Eliar am Fuß der Treppe zum Turmgemach.

Althalus brummelte irgendetwas und stapfte die Stufen hinauf.

»Welch freudige Überraschung«, rief Dweia, als Althalus die Tür aufstieß.

»Hör auf damit, Em. Du wusstest, dass ich komme, und du weißt genau warum!«

»Du bist heute aber griesgrämig.«

»Schluss damit! Warum hast du nicht gesagt, was du von mir erwartest?«

»Bheid war noch nicht bereit, Schatz.«

»Zu dumm. Ich werde ihn bereitmachen! Und nur damit du es weißt, du hast Leitha ziemlich arg zugesetzt, und das erlaube ich nicht!«

»Du nimmst diese ›Pappi‹-Sache sehr ernst, nicht wahr?«

»Allerdings. Wo ist Bheid?«

»Du wirst ihm doch nicht wehtun?«

»Das hängt davon ab, wie stur er ist. Vielleicht muss ich seinen Kopf ein paarmal gegen die Wand rammen, aber ich werde ihn zur Vernunft bringen. Und dann unterhalten wir uns etwas eingehender!«

Sie kniff die Augen zusammen. »Mir gefällt dein Tonfall nicht, Althalus.«

»Du wirst dich daran gewöhnen. Also, wo ist Bheid?«

»Hinter der zweiten Tür links auf dem Korridor, der vom Speisesaal geradeaus führt. Aber ich glaube nicht, dass er dich einlassen wird.«

»Wie will er mich aufhalten?« Althalus wandte sich brüsk ab und nahm zwei Stufen auf einmal die Treppe hinunter.

»Schlag seinen Kopf nicht wirklich gegen die Wand!«, rief Dweia ihm nach.

Vor Bheids Tür blieb Althalus kurz stehen, um seinen Zorn unter Kontrolle zu kriegen. Dann erst rief er: »Bheid! Ich bin es, Althalus. Mach die Tür auf!«

Keine Reaktion.

»Bheid, mach auf! Sofort!«

Im Zimmer hinter der Tür blieb es still.

Althalus beschloss im letzten Augenblick keines des halben Dutzend Worte aus dem Buch zu verwenden, um die Tür zu öffnen. Stattdessen trat er sie ein.

Bheid kauerte bartstoppelig und mit leerem Blick in einer Ecke des zellengleichen Raums und schlug immer wieder den Kopf gegen die Wand.

»Schluss damit!«, befahl Althalus. »Und steh auf!«

»Ich bin verloren«, stöhnte Bheid. »Ich habe getötet.«

»Das ist mir nicht entgangen«, brummte Althalus schulterzuckend. »Du hast es nicht sehr sauber getan, aber es erfüllte seinen Zweck. Doch wenn du es dir zur Gewohnheit machen willst, solltest du erst ein wenig üben.«

Bheid blinzelte ungläubig. »Versteht Ihr denn nicht?«, rief er heftig. »Ich bin Priester, mir ist Töten verboten!«

»Du hattest keine Skrupel, als du diese Mörder angeheuert hast, um den Aryo von Kanthon zu töten.«

»Das war ganz und gar nicht dasselbe!«

»Ach nein? Wo liegt denn der Unterschied?«

»Ich habe den Arya nicht persönlich getötet.«

»Das sind Spitzfindigkeiten, Bheid, und das weißt du. Die Sünde – wenn du es so nennen willst – liegt in der Absicht, nicht in dem Dolch, der die Tat ausgeführt hat. Yakhag hat Salkan umgebracht, und was du getan hast, war genau richtig. Wenn einer deinen Freund tötet, sollst du seinen Mörder töten!«

»Aber ich bin Priester!«

»Das ist mir nicht entgangen. Nur welcher Religion? Du kannst mit Emmy darüber reden, doch sie sieht die Welt ein wenig anders als ihr Bruder. Aber das tut alles nichts zur Sache. Wenn du Leitha die Tür zu deinem Geist nicht öffnest, mache ich mit dieser Tür das Gleiche wie mit der zu deiner Zelle. Dass du dich in Schuldgefühlen und Selbstmitleid ergehst, macht Leitha schlimm zu schaffen, du Narr! Es ist mir egal, wie viele Leute du umbringst, Bheid, aber wenn du Leitha weiterhin wehtust, ramme ich dir die Faust die Kehle hinunter und reiß dir das Herz heraus!«

»Es war meine Schuld, dass Salkan getötet wurde.«

»Stimmt. Na und?«

Bheid starrte ihn entsetzt an.

»Du hast doch nicht gedacht, ich würde eine Entschuldigung für dich finden, oder? Wenn etwas geschehen ist, dann ist es geschehen. Es gibt keine Strafen oder Belohnungen, Bheid, nur Nachwirkungen. Du hast einen Fehler begangen, damit muss du allein fertig werden. Ich lasse nicht zu, dass du deine Schuld wie Abfall über der ganzen Familie auskippst. Finde dich damit, es ist nicht mehr zu ändern.«

»Ich bin ein Mörder!«, rief Bheid.

»Aber kein sehr guter. Jetzt hör endlich zu winseln auf und mach dich an die Arbeit.« Althalus schaute sich in dem Wirrwarr der Zelle um. »Räum hier gründlich auf, und dann richte dich selbst ein wenig her. Du wirst mich zu Häuptling Albrons Halle begleiten und dort eine Trauung vollziehen.«

»Ich kann nicht!«

»O doch. Du wirst – und wenn ich mit einem Prügel hinter dir stehen muss. Also los, beweg dich!«

Der Hochzeitstag von Albron und Astarell begann klar und kalt. Aufgrund der Jahreszeit beschränkte sich die Dekoration in der großen Halle auf Tannenzweige und bunte Stoffschleifen.

Da beim traditionellen Junggesellenabschied am Vorabend ordentlich gebechert worden war, hatten die meisten Häuptlinge, Generäle und die Edelmänner, die von weither gekommen waren, an diesem Morgen einen Brummschädel. Aus irgendeinem Grund amüsierte Twengor sich köstlich darüber.

Alaia hatte sich der Brautjungfern angenommen. Während der Woche vor der Hochzeit hatten die Mädchen entweder genäht oder albern gekichert, wie Althalus es sah.

Gweti und der greise Delur waren ebenfalls zur Feier erschienen, da die Hochzeit eines Stammeshäuptlings die Anwesenheit sämtlicher arumischen Häuptlinge vorsah. Gweti zog sich gleich nach der Ankunft in einen Schmollwinkel zurück. Andines Entscheidung, die Stadt Kanthon nicht zur Plünderung freizugeben, wurmte ihn immer noch.

Die Trauung war für Mittag angesetzt. Althalus vermutete, dass es sich dabei um eine der Traditionen der Arumer handelte – wohl hauptsächlich, um den Teilnehmern am Junggesellenabschied die Möglichkeit zu geben, sich ein wenig davon zu erholen und um für das Trinkgelage nach der Trauung wieder frisch zu sein. Arumer nahmen ihre Feiern offenbar sehr ernst.

Es hatte der Hochzeit wegen kleine religiöse Auseinandersetzungen gegeben, da der Gott der Arumer ein Berggott namens Bherghos war, während die Plakander den Hirtengott Kherdhos verehrten.

»Bruder Bheid wird die Trauung vollziehen!«, hatte Althalus in einem Tonfall verkündet, der keinen Widerspruch duldete und die Meinungsverschiedenheiten sofort beendete.

Als die Mittagsstunde nahte standen Albron, Khalor, Kreuter, und Bheid in seinem schwarzen Ornat vor dem Eingang der großen Halle und warteten auf die Braut mit ihren Brautjungfern Andine und Leitha.

Althalus befand sich bereits mit den übrigen Gästen in der Halle, und in dem Moment, als sich die große hintere Tür für Astarell und ihre Brautjungfern öffnete, stieg ihm ein sehr vertrauter Duft in die Nase. Erstaunt drehte er sich um und blickte geradewegs in Dweias Gesicht. »Was tust du hier?«, würgte er hervor.

»Ist schon gut, Schatz«, beruhigte sie ihn. »Ich habe eine Einladung.«

»Das ist es nicht. Ich dachte, du kannst dich in deiner wahren Gestalt nicht außerhalb des Hauses sehen lassen.«

»Wie kamst du auf diese lächerliche Idee?«

»Weil du es bisher noch nie getan hast. Du hast dich immer in Emmy die Katze verwandelt, deshalb dachte ich, du darfst dich auf der Welt nicht in deiner richtigen Form zeigen.«

»Niemand hat die Macht, mir etwas zu verbieten oder zu gestatten! Ich dachte, das weißt du.« Dann schürzte sie die Lippen, deren vollkommene Schönheit Althalus stets aufs Neue überwältigte. »Nun, ich gebe zu, ich tu's auch nicht sehr oft, weil ich zu viel Aufsehen errege.«

»Warum wohl«, murmelte er.

»Sei lieb, Althalus.« Nach kurzer Pause fragte sie: »Hast du dich von deiner Verstimmung erholt?«

»Verstimmung?«

»Na ja, du bist mir arg wütend erschienen, als du das letzte Mal im Haus warst.«

»Ich habe meine Verstimmung an Bheid ausgelassen.«

»Du hast seinen Kopf doch nicht wirklich gegen die Wand gerammt, oder?«

»Nicht zu sehr. Ah, da kommt Astarell.«

Die Braut strahlte vor Glück, als sie durch den Mittelgang der Halle schritt, und Albrons Miene verriet, wie sehr er sie anbetete.

»Gib mir dein Taschentuch, Althalus.« Dweia schniefte.

Er blickte sie verdutzt an. »Du weinst doch nicht etwa, Em?«

»Bei Hochzeiten weine ich immer, Althalus. Du nicht?«

»Bei so vielen Hochzeiten war ich noch nicht, Em«, gestand er.

»Dann solltest du dich daran gewöhnen, Schatz. So wie ich die Welt sehe, Althalus, sind Hochzeiten sehr wichtig. Und jetzt sei still und gib mir endlich dein Taschentuch.«

»Ja, Schatz.«

37

»Müsst Ihr denn wirklich schon weg, Althalus?«, fragte Häuptling Albron zwei Tage später.

»Ich fürchte, ja.« Althalus machte es sich noch bequemer in seinem Sessel in einem der oberen Räume von Albrons Fort. »In Perquaine braut sich so allerhand zusammen, und ich möchte nicht, dass es uns über den Kopf wächst. Wenn Ihr nichts dagegen habt –

und selbst falls doch –, möchte ich Khalor bei mir behalten, da ich ihn aller Wahrscheinlichkeit nach da unten brauchen werde und nicht extra hierher zurückkommen will, um ihn zu holen.«

»Ich habe nichts dagegen, Althalus. Vielleicht kann ich Euch auf diese Weise ein wenig für Eure Hilfe danken.«

»Meine Hilfe wofür?«

»Tut nicht so, Althalus! Meint Ihr, ich weiß nicht, dass Ihr bei meiner Vermählung mit Astarell die Hand im Spiel hattet?«

Althalus zuckte die Schultern. »Es löste mehrere Probleme.«

»Was geht in Perquaine eigentlich wirklich vor?«

»Rein oberflächlich gesehen, ein Bauernaufstand.«

Albron schüttelte den Kopf. »Die Tiefländer haben kein Verständnis für das gemeine Volk, nicht wahr?«

»Nicht das Geringste. Die Edelleute brauchen zu viel Zeit, sich im Spiegel zu bewundern, als dass sie auf die Bürger achten könnten. Wie ich gehört habe, kommt es etwa alle zehn Jahre zu Unruhen. Man sollte meinen, nach dem fünften oder sechsten Mal hätte den hohen Herren klar werden müssen, dass sie etwas falsch machen.«

»Das wollen wir doch nicht hoffen, denn wenn die Tiefländer anfangen, sich wie vernünftige Menschen zu benehmen, werden die arumischen Stämme arbeitslos.«

»Ich habe noch eine Bitte an Euch, Albron.«

»Nur heraus damit.«

»Könntet Ihr Andine und Leitha eine Zeit lang hier behalten?«

»Gern. Aber warum? Sie wären im Haus doch sicher, oder?«

»Ich möchte Leitha ein Weilchen von Bruder Bheid fern halten. Er macht gerade eine seelische Krise durch, und ich halte es für das Beste, wenn er sie allein überwindet. Leitha sollte da nicht hineingezogen werden. Bheid und ich, sowie Eliar und Khalor, werden ziemlich oft durchs Haus kommen, und ich halte es für angebracht, dass uns die beiden jungen Damen nicht zufällig über den Weg laufen können.«

»Und Gher?«

»Gher behalte ich bei mir. Er hat immer wieder sehr interessante Einfälle.«

»Ja, nicht wahr?« Albron lächelte. »Oh, noch etwas. Wenn es in Perquaine zu offenen Kampfhandlungen kommt, schickt bitte Eliar hierher. Ehe Ihr zweimal blinzeln könnt, werde ich eine ganze Armee in den Korridoren von Dweias Haus bereithaben.«

»Ich werde daran denken.« Althalus erhob sich. »Doch als Erstes solltet Ihr Eure Männer an den Koppeln einsetzen. Sobald Kreuter zurück in Plakand ist, wird er Astarells Mitgift hierher treiben. Ihr werdet von Pferden überschwemmt.«

»Wie nett, dass Ihr mich erinnert«, sagte Albron düster.

»Schon gut, mächtiger Häuptling.« Althalus grinste.

»Die Perquainer stammen von den Treboreanern ab«, erzählte Dweia an diesem Abend Althalus und den anderen. »Die Osthosier sandten zu Anfang des achten Jahrtausends Schiffe in den Westen, um neues Ackerland zu erschließen. Die Kanthoner wollten ihnen nicht nachstehen und so taten sie es ihnen gleich. Sie gründeten beide dort ihre Kolonien. Der ständige Krieg zwischen Kanthon und Osthos interessierte die Perquainer nicht. Sie hielten sich heraus und konzentrierten sich auf den Anbau ihrer Feldfrüchte. Durch den fast immer währenden Aufruhr in Treborea gingen gewisse Beschränkungen unter den verschiedenen gesellschaftlichen Schichten verloren. So kam es, dass die treboreanischen Bauern ein eigenes Standesbewusstsein entwickeln konnten, im Gegensatz zu denen von Perquaine, die mehr oder weniger Landeigene sind.«

»Was is'n Landeigener, Emmy?«, fragte Gher.

»Landeigene sind Eigentum des Landbesitzers. Wenn bei solchen Besitzverhältnissen ein Stück Land den Eigentümer wechselt, gehören die Landeigenen dem neuen Landbesitzer.«

»Dann sind sie also Sklaven?«, fragte Eliar.

»Nicht direkt«, antwortete Dweia. »Sie sind Teil des Landes, nichts weiter. Ein Landeigener ist ein bisschen besser dran als ein Sklave, aber nicht viel.«

»Das tät ich mir nicht gefallen lassen«, empörte Gher sich. »Ich tät über die Berge davonrennen.«

Dweia nickte. »So etwas geschieht auch immer wieder.«

»Ist es ein vereintes Land?«, wollte Khalor wissen. »Oder sind all diese Baronien und Herzogtümer selbstständig? Ich meine, gibt es dort eine zentrale Regierung?«

»In der Theorie ist Maghu die Hauptstadt«, antwortete Dweia,

»aber niemand schert sich darum. Die Macht in Perquaine liegt hauptsächlich in den Händen der Priesterschaft.«

»Stimmt«, bestätigte Bheid, »und die Priesterschaft in Perquaine ist die schlimmste überhaupt. Den Vorrang haben die Braunkutten, die weit mehr an Reichtum und Privilegien interessiert sind, denn am Wohlergehen der unteren Gesellschaftsschichten. Die Schwarzkutten – mein Orden – sind dort ebenfalls vertreten, genau wie die Weißkutten, doch gegenüber den anderen sind wir eher unbedeutend. Im Lauf der Jahrhunderte haben die drei Orden sich auf ein ungeschriebenes Abkommen geeinigt, nämlich, dass wir uns nicht in die Angelegenheiten der anderen mischen.«

»Ich habe vor kurzem eine Spelunke in Maghu besucht«, warf Althalus ein, »und die Gauner dort unterhielten sich über die Lage in Südperquaine. Offenbar nutzt Ghend die Notlage der perquainischen Bauern aus. In den Küstenstädten wiegeln selbsternannte Priester die Bauernschaft zur Rebellion auf.«

»Selbsternannte?«, fragte Bheid scharf.

»In der Kaschemme war man ziemlich sicher, dass diese Unruhestifter keine echten Priester sind. Sie tragen rote Kutten, predigen wirtschaftliche Gerechtigkeit und ziehen über habgierige Großgrundbesitzer, Edelleute und über bestechliche Priester her. Bedauerlicherweise stimmt das meiste, was sie sagen. In Perquaine werden die Bauern wirklich nicht gut behandelt, und die Braunkutten unterstützen die Reichen und die Edelleute, die den Armen auch noch den letzten Rest ihrer Habseligkeiten rauben.«

»Einen Orden, dessen Angehörige rote Kutten tragen, gibt es nicht«, rief Bheid beunruhigt aus.

»O doch, den gibt es sehr wohl, Bheid«, widersprach Dweia. »Die Priester von Nekweros tragen scharlachrote Kutten. Mein Bruder hat diese leuchtende Farbe immer schon geliebt.«

»Wollt Ihr damit sagen, dass die Bauern von Perquaine zur Verehrung des Widersachers Daeva bekehrt werden sollen?«

»Wahrscheinlich nicht.« Sie zuckte die Schultern. »Jedenfalls noch nicht, wenngleich es darauf hinausläuft. Im Augenblick jedoch scheinen die Rotkutten sich in Perquaine auf eine gesellschaftliche Veränderung zu konzentrieren. In einem System, in dem die Edelleute die Oberhoheit haben, gibt es zu viele Ungerechtigkeiten – wahrscheinlich, weil diese hohen Herren die Bauern als niedere

Menschen betrachten. In der Vergangenheit kam es häufig zu Aufständen, doch sie haben nie etwas bewirkt, weil die Anführer dieser Aufstände im Grunde genommen nur die Stellungen und Vorrechte der Edelleute und Großgrundbesitzer wollten, die sie anprangerten. Das einzige, was durch einen Aufstand tatsächlich verändert werden kann, ist die Umgangssprache, in der sich plötzlich Schlagworte wie Gesinnung, Umsturz oder Kampf zwischen den Klassen finden.«

Althalus überlegte. »Wer ist der Oberste der Braunkutten in Perquaine, Bheid?«

»Exarch Aleikon. Der Haupttempel der Braunkutten war früher in Deika in Equero, doch nach dem Fall des Deikanischen Reichs ließen sie sich in Maghu nieder. Sie haben dort einen wirklich prächtigen Tempel.«

»Danke«, sagte Dweia lächelnd.

»Ich fürchte, ich verstehe nicht«, gestand Bheid verwirrt.

»Es ist mein Tempel, Bheid. Die Braunkutten haben ihn vor ein paar Jahrtausenden beschlagnahmt.«

»Davon wusste ich nichts«, murmelte Bheid.

»Die Braunkutten geben das auch nicht gerne zu. Irgendwie gefällt es ihnen nicht, dass es eine Göttin gibt.«

»Geht es den Bauern denn wirklich so schlecht?«, fragte Khalor. »Es gibt immer und überall Unzufriedene, die sich über die Zustände erregen, aber zumeist liegt es nur an Gier und Neid.«

»Das Fenster verrät auch in diesem Fall die Wahrheit«, versicherte Dweia. »Vergewissere dich selbst.«

»Das werde ich«, antwortete Khalor. »Ich möchte wissen, womit wir es tatsächlich zu tun haben.«

Das Bild jenseits des Südfensters verschwamm und zeigte schließlich ein winterliches Feld vor einer grauen, aufgewühlten See. »Südperquaine, unweit der Hafenstadt Egni«, erklärte Dweia.

»Warum ist dort Tag, wenn bei uns doch grad Nacht ist?«, fragte Gher.

»Weil wir weiter nördlich sind«, antwortete Dweia.

»Was hat das damit zu tun?«, wunderte sich der Junge.

»Althalus kann es dir erklären.« Dweia lächelte leicht.

»Da täuschst du dich, Em. Ich kann ihm nur sagen, dass es jedes Jahr so ist, aber ich weiß immer noch nicht so recht warum.«

»Ich habe es dir vor langer Zeit erklärt, Schatz.«

»Ich weiß. Trotzdem kapiere ich es nicht.«

»Du hast mir aber gesagt, dass du es verstanden hast.«

Er zuckte die Schultern. »Da habe ich gelogen. Das war leichter, als dir zuzuhören, wenn du es mir ein drittes Mal erklärt hättest.«

»Du solltest dich was schämen!«, rügte sie ihn.

»Es scheint dort Spätnachmittag zu sein«, bemerkte Khalor und blinzelte zum Westhorizont. »Was machen diese Bauern im Winter auf den Feldern?«

»Sie schlagen die Zeit tot«, erwiderte Dweia. »Der Edelmann, dem dieses Feld gehört, will nur dafür sorgen, dass seine Landeigenen beschäftigt sind.«

Die ausgehungerten und vor Schmutz starrenden Bauern trugen Lumpen aus Rupfen, die sie mit Schnurresten zusammengebunden hatten. Ein grimmig blickender Aufseher, dem nicht die geringste Nachlässigkeit zu entgehen schien, trieb die Opfer, die gefrorene Erde mit fast unbrauchbaren Hauen bearbeiteten, mit einer Peitsche an.

Da kam ein prunkvoll gewandeter Edelmann zu dem Aufseher geritten. »Ist das alles, was diese Kerle heute fertig gebracht haben?«

»Der Boden ist gefroren, edler Herr«, erklärte der Aufseher. »Es ist reine Zeitverschwendung.«

»Ihre Zeit gehört mir!«, betonte der Edelmann. »Wenn ich ihnen befehle zu graben, dann haben sie auch zu graben. Sie brauchen nicht zu wissen weshalb.«

»Ich verstehe, edler Herr«, erwiderte der Aufseher, »aber es würde helfen, wenn wenigstens ich es wüsste.«

»Da draußen sind Aufwiegler, Alkos«, sagte der Edelmann. »Wir werden unsere Landeigenen so beschäftigt halten, dass sie gar nicht dazukommen, sich ketzerische Reden anzuhören.«

»Ah«, entgegnete der Aufseher. »Das ergibt wenigstens Sinn. Aber Ihr werdet ihnen mehr zu essen geben müssen. Ein Dutzend brach heute völlig entkräftet zusammen.«

»Unsinn«, schnaubte der Edelmann. »Damit wollen sie uns nur täuschen, und dafür hast du die Peitsche, Alkos. Beschäftige sie, bis es dunkel wird, dann kannst du sie essen gehen lassen. Und mach ihnen unmissverständlich klar, dass sie sich im Morgengrauen wieder hier einzufinden haben.«

»Edler Herr«, protestierte der Aufseher, »sie haben nichts zu essen außer Gras!«

»Wenn Rinder davon satt werden, dann wohl auch dieses Gesindel. Sorg für Zucht und Ordnung, Alkos! Ich muss jetzt in meinen Palast zurück. Das Abendessen dürfte jeden Augenblick serviert werden, und ich bin schier am Verhungern.«

»Du hast da eine Schau für uns abgezogen, nicht wahr, Em?«, beschuldigte Althalus sie stumm.

»Nein, Schatz«, antwortete sie traurig. »Das musste ich nicht. So stehen die Dinge wirklich – und es wird noch schlimmer.«

Das Bild vor dem Fenster verschwamm aufs Neue. Althalus und die anderen sahen nun in ein pompöses Gemach, in dem ein aufgedunsener Edelmann auf einer Polsterbank lungerte und geistesabwesend mit einem vergoldeten Dolch spielte.

Es klopfte an der Tür und ein stämmiger Soldat trat ein. »Er sagte ›Nein‹, edler Herr«, meldete er.

»Was soll das heißen, ›Nein‹?«, rief der Edelmann.

»Er ist ausgesprochen stur, edler Herr, und er scheint sehr an seiner Tochter zu hängen.«

»Dann töte ihn! Die Maid muss hier sein, ehe die Nacht anbricht!«

»Der oberste Richter hat gesagt, dass wir keine Bauern mehr töten dürfen, edler Herr«, entgegnete der Soldat. »Diese roten Priester schlachten jede Hinrichtung für Propagandazwecke aus, um die Bauernschaft noch weiter aufzuwiegeln.«

»Das ist das Lächerlichste, was ich je gehört habe!«

»Ich weiß, aber der oberste Richter wird an Eure Tür pochen, noch ehe der Morgen graut, falls ich diesen sturen alten Narren umbringe.« Der Soldat kniff tückisch die Augen zusammen. »Es gibt eine andere Möglichkeit, Herr. Der Vater dieses Mädchens ist ein Krüppel. Ein Ackergaul hat ihn letztes Jahr getreten und ihm ein Bein zerschmettert. Er kann nicht arbeiten und hat außer der hübschen Tochter noch acht Kinder.«

»Und?«

»Warum drohe ich ihm nicht einfach, dass Ihr ihn aus dieser Lehmhütte verjagt, wenn er Euch nicht seine Tochter überlässt? Es ist jetzt Winter, und seine ganze Familie wird ohne Unterschlupf und Nahrung erfrieren und verhungern. Ich glaube, das wird er einsehen.«

Der Edelmann grinste spöttisch. »Großartig, Sergeant. Sag ihm, dass er die Kate verlassen muss, noch ehe es wieder hell wird, wenn seine Tochter nicht vor Einbruch der Nacht hier ist.«

»Kannst du die Tür zu diesem Anwesen finden, Eliar?«, fragte Khalor finster.

»Kein Problem, mein Sergeant. Soll ich mein Schwert mitnehmen?«

»Kann nicht schaden.«

»Noch nicht, meine Herren«, hielt Dweia sie zurück. »Wir sind nicht ganz fertig.«

Erneut verschleierte sich der Blick durchs Fenster, ehe das Innere einer anderen Behausung zu erkennen war. Ein hagerer Edelmann mit hartem Gesicht saß vor mehreren Urkunden an einem Tisch und sprach mit einem Priester in brauner Kutte. »Ich habe sie viele Male studiert, Bruder Sawel«, sagte er, »und mir fällt keine Lösung des Problems ein. Ich will die Brunnen, aber die Bürger dieser Ortschaft haben seit tausend Jahren Brief und Siegel darauf. Mit dem Wasser dieser Brunnen könnte ich Hunderte von Morgen Land erschließen.«

»Beruhigt Euch, Euer Liebden«, erwiderte der Priester. »Wenn Ihr das richtige Dokument für Eure Zwecke nicht findet, müssen wir eben eines verfassen.«

»Würde das vor Gericht denn anerkannt?«

»Gewiss, Herr. Mein Scopas wird den Vorsitz führen, und er schuldet mir ein paar Gefälligkeiten. Sobald ich ihm meine ›überraschende neue Entdeckung‹ vorlege, wird er seine Entscheidung fällen. Die Einwohner werden vertrieben und die Ortschaft mitsamt ihrem Brunnen wird in Euren Besitz übergehen. Dann könnt Ihr die Katen niederreißen oder als Ställe benutzen.«

»Werden wir damit wirklich durchkommen, Bruder Sawel?«, fragte der Baron zweifelnd.

Der Priester zuckte die Schultern. »Wer könnte sich uns widersetzen? Der Adel beherrscht das Land, und die Kirche beherrscht die Gerichte. Ganz unter uns, Euer Liebden, wir können tun und lassen, was wir wollen.«

Dweia blickte den Sergeanten an. »Nun, Khalor, beantwortet das deine Frage?«

»Durchaus, hohe Herrin. Doch warum mischen wir uns ein? Nach allem, was ich gesehen habe, ist eine Rebellion längst überfällig. Schließen wir doch einfach die Grenzen von Perquaine und gestatten den Bauern, der Herrschaft des Adels und der Kirche ein Ende zu bereiten.«

»Das geht schon deswegen nicht, weil die falschen Leute die Rebellion anführen.«

»Dann sollten wir was unternehmen!«, sagte Gher.

»Das werden wir auch.«

»Wäre es dann nicht recht nützlich, wenn wir uns die Leute anschauen, die dahinterstecken?«, meinte Khalor. »Jetzt, da es Pekhal und Gelta nicht mehr gibt, muss schließlich jemand anders das Kommando führen, und den Gegner zu kennen ist sehr wichtig.«

»Das stimmt, Khalor«, pflichtete Dweia ihm bei. »Also, sehen wir uns ein wenig um.«

Althalus trat einen Schritt zurück und sandte einen forschenden Gedanken zu Bheid aus. Das Gehirn des jungen Priesters war ein Chaos widerstreitender Gefühle. Sein Leid und seine Schuld waren zwar immer noch da, aber es war auch ein Gefühl wie Zorn zu spüren. Die grausame Willkür der Herrschenden in Perquaine drängte Bheids Abscheu vor sich selbst immer mehr in den Hintergrund.

»Es ist ein Anfang, Schatz«, murmelte Dweias Geiststimme. »Setz ihn jetzt nicht unter Druck. Ich glaube, er kommt von allein zu sich.«

»Du hast ein paar Dinge übertrieben, nicht wahr, Em?«

»Ein wenig«, gestand sie. »Die Gedanken der meisten Personen, die wir beobachtet haben, waren nicht ganz so offenkundig, wie ich es eingerichtet habe. Die Leute werden sie vermutlich auch nicht laut äußern.«

»Du schwindelst also schon wieder, Em.«

»Ja, aber wenn es dafür sorgt, dass Bheid wieder zu sich findet, ist nichts dagegen einzuwenden.«

»Ich muss feststellen, dass deine Moralvorstellungen sehr dehnbar sind.«

»Wie kannst du so etwas sagen! Beobachte Bheid aufmerksam, Schatz. Er wird allerlei sehen und hören, was ihn vielleicht wieder auf festen Boden zurückbringt.«

Der Schleier vor dem Südfenster wich dem Ausblick auf ein längst zerfallenes Haus auf einem Hügel, der auf die See weit im Süden schaute. In der Ruine war ein Zelt errichtet, vor dem ein kleines Feuer brannte. Der blonde ehemalige Priester Argan stand vor dem Feuer und trat nach einem Haufen Schutt.

»So machst du bloß deine Schuhe kaputt«, erklang eine raue Stimme aus der Dunkelheit.

»Wo warst du so lange?«, fragte Argan heftig, als der grauhaarige Koman sich dem Feuer näherte.

»Ich hab mich umgehört, das wolltest du doch.«

»Und? Hast du was entdeckt?«

»Es ist noch niemand zum Angriff übergegangen, wenn es das ist, was dir solche Sorgen macht. Ich glaube, dass sie gar nicht verstehen, was du tust, Argan. Althalus konnte ich nicht aufspüren, aber das ist nicht ungewöhnlich. Wahrscheinlich hält er sich in dieser Burg am Ende der Welt auf, und sie ist außerhalb meiner Reichweite. Hast du was von Ghend gehört?«

»Nein, er ist in Nahgharash und bemüht sich, den Gebieter zu besänftigen.«

Ein schwaches Lächeln huschte über Komans hartes Gesicht. »Du bist sehr schlau, Argan, das muss ich zugeben. Du hast Yakhag aus Nahgharash gelockt und bist daher für seinen Tod verantwortlich, doch Ghend muss dafür büßen.«

»Das hat er nun davon, dass er meine Idee als die seine ausgab«, antwortete Argan mit selbstbewusstem Feixen. »Ghend giert nach dem Lob des Gebieters.«

»Ach, das ist sogar dir aufgefallen?«, sagte Koman trocken.

»Der Plan wäre aufgegangen«, behauptete Argan. »Yakhag war die ideale Antwort auf diese hinterhältige Taktik, die Althalus sich für Gelta einfallen ließ. Dann aber verlor Bheid den Kopf und tötete Yakhag, bevor wir ihn aufhalten konnten.«

»Ich habe dich zu warnen versucht, Argan, aber du wolltest ja nicht auf mich hören.«

»Ich dachte nicht, dass er so weit gehen würde«, entgegnete Argan beinahe kläglich. »Es war ein Verstoß gegen die obersten

Regeln. Ich wurde wegen wesentlich geringerer Vergehen aus der Priesterschaft ausgeschlossen.«

»Ich glaube sowieso nicht, dass Yakhag mir so sehr fehlen wird«, fügte Koman hinzu. »Allein sein Anblick hat mir kalte Schauder über den Rücken gejagt. Sogar Ghend hatte Angst vor ihm. Der Gebieter war der einzige, der sich in seiner Gegenwart wohlfühlte.«

»Ich weiß«, murmelte Argan düster. »Aber mit ihm als Rückendeckung hätte ich Ghend aus der Gunst des Gebieters verdrängen und seinen Platz einnehmen können. Alles ging gut, bis dieser Wahnsinnige in der schwarzen Kutte ihn umbrachte und mir dadurch den Weg zur Macht versperrte.«

Koman zuckte die Schultern. »Wenn du so darüber denkst, dann töte ihn doch. Khnom könnte dich wahrscheinlich in Dweias Haus bringen.«

»Hör auf mit dem Unsinn, Koman. Ich würde es ebenso wenig betreten wie du.«

»Es war nur ein Vorschlag, hochwürdiger Argan«, spöttelte Koman. »Da du so scharf darauf bist, diesen Schwarzkittel zu töten, nahm ich natürlich an, dass es dir nichts ausmachen würde, selbst dabei umzukommen.«

»Rache ist süß, alter Junge«, brummte Argan, »aber man muss am Leben sein, um sie auskosten zu können. Ich nehme mir Bheid schon noch vor. Momentan brauche ich jedoch zusätzliche Rotkutten für diesen Aufstand. Hol mir so viele aus Nahgharash, wie der Gebieter auf die Welt loszulassen bereit ist. Ich möchte spätestens im Frühjahr den Tempel von Maghu übernehmen. Wenn wir uns unterwegs zu lange Zeit lassen, könnte es leicht sein, dass Althalus uns dort mit einer Armee erwartet.«

»Es soll alles geschehen, wie du befiehlst, ehrwürdiger Meister«, antwortete Koman mit spöttischer Verbeugung.

»Was war dieser Yakhag eigentlich, hohe Herrin?«, fragte Khalor. »Ich weiß, dass Gelta Angst vor ihm hatte, aber auch Ghend?«

»Er war eine Kreatur ohne jegliche Empfindungen.« Dweia schüttelte sich leicht. »Er kannte weder Liebe, noch Hass, noch Furcht, noch Ehrgeiz – eben gar nichts. Er war völlig gefühlsleer. Es ist durchaus möglich, dass Argan mit seinem Komplott gegen Ghend Erfolg gehabt hätte, wäre er am Leben geblieben.«

»Die Bösen kommen nicht so gut mit'nander aus wie wir, nich'?«, bemerkte Gher. »Wir versuchen 'nander zu helfen, aber die andern wollen 'nander immer bloß umbringen.«

»Daeva zieht es so vor, Gher«, erwiderte Dweia. »Nach Ansicht meines Bruders war Yakhag der vollkommene Verbündete.«

»Yakhag sah es aber nicht so«, warf Althalus ein. »Er wollte nur eins: sterben.«

»Darum geht es in Nahgharash, Schatz«, sagte Dweia.

»Irgendwann müssen wir etwas gegen Nahgharash unternehmen«, brummte Khalor.

»Woran dachtest du dabei?«, fragte Dweia.

»Da bin ich mir noch nicht im Klaren. Wir könnten vielleicht einmarschieren und das Feuer löschen. Ich sollte Euch lieber nicht vorenthalten, dass ich gerade über diesen Krieg nicht sehr begeistert bin. Wenn es nicht zu drastischen Veränderungen kommt, werden wir auf der falschen Seite eingreifen. Die Revolte ist längst überfällig – egal, wer dazu aufwiegelt.«

»Damit beschäftige ich mich gerade, Khalor«, beruhigte ihn Althalus. »Unser erster Schritt sollte sein, zu dem Exarchen der Braunkutten vorzudringen. Sagtest du nicht, dass er Aleikon heißt, Bheid?«

Bheid nickte. »Mein Exarch hat noch ein paar andere Namen für ihn, aber die sollten wir im Beisein von Damen lieber nicht aussprechen.«

»Wenn Aleikon billigt, was wir gerade gesehen haben, untertreibt dein Exarch wahrscheinlich sogar, Bheid«, fügte Khalor hinzu. »Was habt Ihr in dieser Beziehung vor, Althalus?«

Althalus zuckte die Schultern. »Die Braunkutten sind habgierig, und ich verstehe mich sehr gut darauf, habgierige Leute hereinzulegen. Vorerst brauche ich Exarch Aleikons' ungeteilte Aufmerksamkeit. Nehmen wir an, ein sagenhaft reicher Edler aus Equero oder Medyo pilgert aus irgendeinem Grund nach Maghu. Würde er Schwierigkeiten haben, eine Audienz bei Aleikon zu erhalten, Bheid?«

»Das glaube ich nicht, schon gar nicht, wenn er diese Pilgerfahrt unternimmt, um Buße für seine Sünden zu tun. Das Wort ›Buße‹ hat einen verheißungsvollen Klang in den Ohren von Würdenträgern der Braunkutten.«

»Dachte ich's mir doch. Ich werde mich in teure Gewandung werfen, auf jeden hochmütig hinabblicken und ein vornehmes Haus kaufen oder mieten. Dann kann mein persönlicher Kaplan sich zum Tempel begeben und bei Exarch Aleikon um eine Audienz für mich ersuchen.«

»Ich nehme an, dass ich Euer Kaplan sein darf.«

»Ein großartiger Einfall, Bheid. Wie kommst du nur auf all diese schlauen Ideen?«, spöttelte Althalus.

»Es ist eine Gabe«, entgegnete Bheid trocken.

»Was sollen wir sagen, wenn einer fragt, wo Ihr herkommt, Meister Althalus?«, fragte Gher.

»Das ist unwichtig, solange es weit weit entfernt ist.«

»Versuch es mit Kenthaigne, Schatz«, riet Dweia.

Er runzelte die Stirn. »Ich glaube, davon habe ich schon mal gehört. Wo genau liegt es?«

»Es ist der antike Name für die Gegend zwischen dem Apsa- und dem Meidasee in Equero. Er wird schon seit mehreren Äonen nicht mehr benutzt.«

Althalus zuckte die Schultern. »Klingt irgendwie hübsch. Also gut, dann bin ich der Herzog von Kenthaigne und hab meinen Thron durch mehrere Morde errungen. Jetzt quält mich mein Gewissen und ich hätte gern die göttliche Vergebung. Sieht jemand Löcher in dieser Geschichte?«

»Jetzt ist er wieder ganz in seinem Element«, bemerkte Khalor. »Warum sagt Ihr den Leuten zur Abwechslung nicht mal die Wahrheit, Althalus?«

»Khalor, kannst du dir vorstellen, was geschieht, wenn ich nach Maghu gehe und lautstark verkünde, dass ich der Abgesandte der Göttin Dweia bin? Sie würden mich für wahnsinnig halten und in den Kerker werfen, meinst du nicht? Die Wahrheit ist manchmal der falsche Weg.«

»Wir sollten Leitha und Andine nach Hause holen, Schatz«, riet Dweia stumm.

»Ist Bheid denn schon so weit? Denn falls immer noch Gefahr besteht, dass er durchdreht, will ich Leitha nicht in seiner Nähe haben.«

»Er erholt sich recht gut. Allmählich versteht er, wer und was Yakhag wirklich war, deshalb hat er das Schlimmste überstanden. Bring Leitha zurück, bevor er wieder auf sinnlose Gedanken kommt.«

»Dein Wunsch ist mir Befehl, Em«, bestätigte Althalus.

»Ich brauche das Geld so gut wie sofort, Hoheit«, gestand der heruntergekommene Graf Baskoi verzweifelt. »Ich habe Schulden bei einigen Leuten, für die Geduld ein Fremdwort ist.«

»Die Würfel haben Euch in letzter Zeit offenbar im Stich gelassen«, meinte Althalus.

»Ihr könnt Euch nicht vorstellen, wie unfreundlich sie seit Kurzem sind.«

»Euer Haus gefällt mir recht gut.« Athalus schaute sich in dem prunkvollen Salon um. »Es könnte sein, dass ich länger in Maghu bleiben muss. Da würde ich ungern in einem verwahrlosten Gasthof absteigen, mit Schaben als Nachbarn und Wanzen als Bettgefährten. Sagen wir, ich bezahle Euch sofort für ein halbes Jahr. Falls die Priester im Tempel mir eine längere Buße auferlegen, können wir ja immer noch einen dauerhafteren Vertrag abschließen.«

»Ich bin einverstanden, Herzog Althalus. Hättet Ihr etwas dagegen, wenn ich einen Teil meiner persönlichen Habe auf dem Dachboden abstelle?«

»Nein, natürlich nicht. Und sobald Ihr damit fertig seid, redet mit meinem Kaplan, Bruder Bheid. Er wird Euch den Preis bezahlen, den Ihr nennt.«

»Und es lässt sich wirklich nicht machen, dass ich auf dem Speicher wohne – oder unten im Keller?«, vergewisserte Baskoi sich kläglich.

»Es wäre wirklich keine gute Idee, Graf Baskoi«, entgegnete Althalus. »Ich habe Feinde, gegen die Eure Gläubiger harmlose Kinder sind. Ihr wollt bestimmt nicht im Haus sein, wenn sie mir einen Besuch abstatten.«

»Vielleicht bekomme ich ja eine Kammer in einem Wirtshaus«, meinte Baskoi.

»Ich würde an Eurer Stelle aber jene Kaschemmen meiden, in denen Würfelspiele beliebt sind. Wenn Würfel einen nicht mögen, ist es das Beste, ihnen fernzubleiben.«

Graf Baskoi nickte trübsinnig.

»Ihr seid der Herzog von wo?«, fragte Herzog Olkar von Kadon kopfschüttelnd.

»Kenthaigne«, antwortete Althalus.

»Die Geschichte habt Ihr gerade erfunden, Athalus, oder?«

»Ja, zu einem großen Teil. Wie kommen wir auf dem Getreidemarkt voran?«

»Sehr gut«, antwortete Olkar selbstzufrieden. »Der vergangene Sommer war einer der besten seit zwölf Jahren. Hier in Perquaine gab es eine Rekordernte, und das drückt die Preise. Ich habe bereits viertausend Tonnen auf den Weg nach Kanthon gebracht. Es ist nur ein wenig schwierig, genügend Gefährte zu requirieren. Wenn der offenbar bevorstehende Bauernaufstand noch einen Monat auf sich warten lässt, könnte ich diese Aktion zu einem zufrieden stellenden Abschluss bringen.«

»Andine wird glücklich sein, das zu hören, Durchlaucht.«

»Was soll diese ›Herzog-von-Kenthaigne‹-Sache, Althalus?«

»Das ist der Köder, mit dem ich hier Auskunft zu erlangen hoffe, und zwar von der Priesterschaft. Wenn Ihr gerade daran denkt, dann erwähnt doch so nebenbei, dass der Herzog von Kenthaigne, der so reich ist, dass er sich mit einem goldenen Taschentuch schneuzt, nach Maghu gepilgert ist, um Vergebung für seine schweren Sünden zu erbitten.«

»Wenn sich das herumspricht, wird jeder Priester in Perquaine Euch die Haustür einrennen«, warnte Olkar.

»Genau das ist meine Absicht.« Althalus grinste boshaft. »Dann brauche ich nicht lange nach ihnen suchen.«

»Aber Ihr werdet tief in den Säckel greifen müssen.«

»Geld ist nicht alles, Olkar.«

»Ihr habt gut reden.«

»Unser Heiliger Exarch Aleikon hat vom Leid Eurer Seele gehört, Herzog Althalus«, sagte der in eine braune Kutte gehüllte Priester, der bereits bei Tagesanbruch an der Tür geklopft hatte.

»Ich hatte darum gebetet.« Althalus verdrehte fromm die Augen himmelwärts.

»Eure seelische Not geht dem Heiligen Aleikon sehr zu Herzen, Durchlaucht«, versicherte der Priester, »und unser Exarch ist wahrscheinlich der wohltätigste Mensch auf Erden. Er gewährt

Euch sofortige Audienz in seiner Privatkapelle im mittleren Tempel.«

»Ich bin überwältigt von dieser Ehre, Hochwürden. Bitte kehrt umgehend zum Tempel zurück und richtet Eurem Heiligen Exarchen aus, dass ich mit meinem Gefolge seinem Ruf umgehend Folge leisten werde.«

»Das werde ich, Hoheit. Bitte sagt mir, wann unser Heiliger Exarch Aleikon mit Eurem Besuch rechnen kann.«

»Ich würde mich an Eurer Stelle beeilen, zum Tempel zurückzukommen, Hochwürden. Denn wenn Ihr auch nur ein wenig trödeln solltet, werde ich noch vor Euch dort sein. Die Last meiner Schuld ist so schwer, dass ich sie absetzen muss, will ich nicht unter ihr zusammenbrechen.«

»Ich werde die Beine in die Hand nehmen, Hoheit«, versprach der Priester.

Als Braunkutte gegangen war, bemühte Sergeant Khalor sich ohne viel Erfolg, sein Lachen zu unterdrücken.

»Hast du ein Problem, Khalor?«, fragte Leitha.

»Seine Durchlaucht hier trug ein wenig dick auf.« Khalor lachte jetzt lauthals.

»Das ist eine von Pappis kleinen Schwächen«, pflichtete Leitha ihm bei. »Er vergeudet keine Zeit mit einem Löffel, wenn er eine Schaufel nehmen kann.«

Der antike Dweiatempel war zweifellos das prächtigste Bauwerk von ganz Maghu. Die Braunkutten hatten sich einige Mühe gegeben, die allzu offensichtlichen Beweise zu verbergen, dass der Tempel zu Ehren einer Fruchtbarkeitsgöttin errichtet worden war, und die übertrieben vielbusige Statue vom Altar entfernt.

Der Priester, der Althalus an diesem Morgen besucht hatte, kam aus einer Tür hinter dem Altar herbeigeeilt, um sie zu begrüßen. Sichtlich verwirrt blickte er auf Althalus' Begleiter.

»Meine Sünden haben mir viele Feinde geschaffen, Hochwürden«, erklärte Althalus. »Es wäre unklug gewesen, meine Töchter schutzlos zu Hause zu lassen. Es gibt auch noch weitere Gründe, dass ich sie nicht aus den Augen lassen möchte, doch es wäre unschicklich, diese einem Manne gegenüber zu erwähnen, der das Keuschheitsgelübde abgelegt hat.«

Braunkutte blinzelte, dann errötete er heftig. »Oh«, murmelte er und ließ das Thema fallen. Stattdessen drehte er sich um und führte sie durch die Tür auf einen schlecht beleuchteten Korridor und zu einer schweren Kirschholztür. »Die Privatkapelle unseres Heiligen Exarchen.« Er klopfte höflich an.

»Herein«, erklang eine Stimme hinter der Tür.

Der Priester öffnete und führte Althalus und seine Begleitung in die Kapelle. »Heiliger Aleikon«, er kniete flüchtig nieder, »ich habe die Ehre, Euch Seine Durchlaucht Althalus von Kenthaigne vorstellen zu dürfen.« Dann erhob er sich und verließ die Kapelle rückwärts gehend, wobei er sich bei jedem zweiten Schritt verbeugte.

Exarch Aleikon war ein dicker Mann mit sehr kurz geschnittenem blondem Haar und ernster Miene. »Ich fühle mich geehrt, Durchlaucht«, sagte er verbindlich zu Althalus, »aber ich dachte, Ihr wolltet ein Gespräch unter vier Augen, damit wir gründlich auf Eure Sünden eingehen können.«

»Gespräche unter vier Augen sind ein Luxus, den ich mir nicht leisten kann, Eminenz. Heilige Männer sprechen von Sünden, weltlichere jedoch von Verbrechen. Der Ehrgeiz trieb mich auf den Herzogsthron, doch die Mittel und Wege, durch die ich diesen Thron errang, haben mir viele Feinde geschaffen. Diese beiden liebreizenden jungen Damen sind meine Töchter Leitha und Andine. Das Kind ist ihr Page. Der Priester im schwarzen Gewand ist Bruder Bheid, mein persönlicher Kaplan. Wie mir selbst droht meiner gesamten Begleitung ständige Gefahr, deshalb muss sie jederzeit von Leibwächtern beschützt werden, so wie ich. Khalor und Eliar sind die zwei mutigsten Krieger von ganz Kenthaigne.«

»Das Herzogtum von Kenthaigne ist Tausende von Jahren alt, Eminenz«, erzählte Althalus dem Exarchen eine Weile später in dessen Studiergemach. »Und im Lauf der endlosen Jahrhunderte haben wir Käuflichkeit zu einer Kunstform erhoben. Mir ist jeder Richter hörig und die Priesterschaft tanzt nach meiner Pfeife. Dazu bedurfte es lediglich Geld, und mir untersteht die Schatzkammer. Meine Untergebenen haben auf bittere Weise gelernt, dass es gefährlich ist, mich zu hintergehen. Wenn ich etwas will, nehme ich es mir, und wenn irgendjemand dagegen protestiert, lasse ich ihn unauffällig verschwinden. Alles wäre wunderbar, hätte ich in letzter Zeit nicht diese grauenvollen Albträume.«

»Albträume?«, fragte der Exarch.

»Habt Ihr je von einem Ort namens Nahgharash gehört, Eminenz?«

Aleikon erblasste.

»Ah!«, sagte Althalus. »Ihr habt davon gehört. Nun, ich habe diesen Ort gesehen. Er ist abscheulich! Die Häuser sind aus Feuer und die Menschen tanzen als flackernde kleine Flammen auf den Straßen. Sie schreien und winden sich in ewiger Qual. Es ist dieses Schreien, das mir durch und durch geht. Ich höre es jetzt immerzu, selbst wenn ich wach bin. Ich habe alles, was ein Mensch sich nur wünschen könnte – außer wohltuendem Schlaf. Deshalb bin ich nach Maghu gekommen, Eminenz. Wenn Ihr diese Albträume verbannen könnt, zahle ich, was Ihr wollt.«

»Verspürt Ihr echte Reue, mein Sohn?«, fragte Aleikon.

»Reue? Lächerlich. Ich habe getan, was ich tun musste, um zu bekommen, was ich haben wollte. Sagt Eurem Gott einfach, dass er an Geld von mir haben kann, was er will, wenn er mich von diesen Albträumen befreit.«

»Er ist hin und her gerissen«, erklärte Leithas Gedankenstimme. »Natürlich will er unbedingt Euer Geld, aber er weiß, dass er diese ›Albträume‹ nicht verbannen kann.«

»Sehr gut, dann scheint es ja wie erhofft zu laufen.«

»Was genau ist denn Euer Plan, Althalus?«, erkundigte Bheid sich neugierig.

»Du brauchst bloß aufzupassen. Pass auf und lerne.«

»Ich werde um göttliche Führung beten, Herzog Althalus«, versicherte ihm Exarch Aleikon mit besorgter Stimme. »Wenn Ihr mich morgen wieder aufsucht, werden wir über eine angemessene Buße reden.«

Althalus erhob sich. »Ich tue, was Ihr für richtig haltet, Exarch Aleikon«, versicherte er ihm mit gottesfürchtiger Verbeugung. »Und ich werde morgen im frühen Tageslicht mit so viel Gold wieder hier sein, wie ich tragen kann – falls ich kommende Nacht gut schlafe.«

»Ihr benehmt Euch unmöglich, Pappi!«, murmelte Leitha.

»Ja, ich fand mich auch gut«, entgegnete Althalus selbstgefällig.

38

»Seine Eminenz fühlt sich – äh, unpässlich, Durchlaucht«, erklärte der Priester, der zu Graf Baskois Haus gekommen war, Althalus am nächsten Morgen im Tempel.

»Ach?«

»Zweifellos hat er etwas Falsches gegessen«, fügte der Priester hastig hinzu.

»Es soll ja hier in letzter Zeit einige Fälle von Magenverstimmung gegeben haben, wie ich hörte.« Althalus nickte. »Wann, glaubt Ihr, wird er sich wieder wohl genug fühlen, mich zu empfangen? Irgendwann später am Tag?«

»Ich fürchte nein, Hoheit. Morgen vielleicht.«

»Er ist schrecklich verstört, Pappi«, meldete Leitha stumm. »Exarch Aleikon erwachte schreiend kurz vor Morgengrauen – und er schreit immer noch. Die Braunkutten befürchten, dass er vom Wahnsinn befallen ist.«

Althalus setzte sich mit Dweia in geheime Verbindung. »Was hast du da wieder ausgeheckt, Em?«

»Ich habe mich nur deiner Idee bedient, Schatz«, schnurrte sie. »Sie war zu gut, sie ungenutzt zu lassen. Wie in aller Welt bist du bloß auf Albträume gekommen?«

Er zuckte die Schultern. »Ich brauchte etwas Ungewöhnliches, um mir Aleikons Aufmerksamkeit zu sichern, Em. Unser erfundener Herzog von Kenthaigne ist ein zu großer Schurke, als dass er sich wegen früherer Vergehen Gewissensbisse machte. Deshalb musste ich mir etwas ziemlich Arges einfallen lassen, warum ich Hilfe suchend nach Maghu geeilt bin. Nach einiger Überlegung kam mir die Idee von Albträumen über Nahgharash.«

»Interessant.«

»Nun, soviel ich weiß, werden die Novizen aller drei Orden mit grauenvollen Beschreibungen von Nahgharash voll gestopft. Also sprach auch ich von Feuer und Verdammnis, um mir Aleikons Aufmerksamkeit zu sichern. Tatsächlich war es nur ein nachträglicher Einfall – oder vielleicht göttliche Eingebung.«

»Nennen wir es, was es ist. Ein Geniestreich, Schatz.«

»So weit würde ich nicht gehen, Em.«

»Ich schon. Du hast ihn nur so hingeworfen, aber ich hob ihn auf und rannte damit los. Durch Khnoms Türen hast du flüchtige Blicke auf Nahgharash werfen können, doch das war nur ein von außerhalb gesehenes Bild. Aleikons Albträume dagegen trugen ihn zu dieser Stätte, und Nahgharash ist ein Ort völliger Verzweiflung. Deshalb war Yakhag auch dankbar, dass Bheid ihn getötet hat. Der Tod ist die Befreiung von Nahgharash.«

»Aleikon wird sich doch von dieser Schreckensreise erholen, oder? Ich brauche ihn noch.«

»Lassen wir ihn ein Weilchen schmoren, Schatz. Nach einer Woche Albträume wird er sich mit fast allem einverstanden erklären. Wie wär's, wenn du die Kinder heimbringst, Althalus? Wir müssen etwas besprechen.«

Auf den Straßen von Maghu wimmelte es von schwer bewaffneten Soldaten, als Althalus und seine Freunde zu Graf Baskois Haus zurückkehrten. Sämtliche Soldaten wirkten ein wenig furchtsam und blieben in dichten Gruppen beisammen. Althalus hielt einen Straßenhändler an, der einen Karren Erdrüben schob. »Was geht hier vor, Nachbar?«, fragte er ihn.

Der Händler zuckte die Schultern. »Prinz Marwain zeigt seine Macht, vermute ich. Ich nehme an, Ihr habt von den Bauernunruhen gehört.«

»Ich bin erst gestern Abend in Maghu angekommen.«

»Ach? Woher kommt Ihr denn?«

»Aus Equero. Ich bin geschäftlich hier. Was bringt die Bauern denn so auf?«

»Das Übliche. Hin und wieder empören sie sich darüber, wie schlecht die Welt sie behandelt. Und jedes Mal schickt Prinz Marwain dann seine Truppen auf die Straßen. Er will jedermann zeigen, dass er das Sagen in der Stadt hat.«

»Die Bürger der Stadt lassen sich von den Bauerntölpeln in ihre höchst eigenen Angelegenheiten mit hineinziehen?«

Der Rübenhändler schnaubte verächtlich. »Wir doch nicht! Allerdings gibt es in den Armenvierteln schon ein paar Unzufriedene. Unser edler Prinz will, dass sie die wahre Situation hier verstehen. Solange man sich nicht einmischt, hat man von den Soldaten nichts zu befürchten. Seid Ihr an ein paar Erdrüben interessiert?«

»Tut mir leid, Nachbar, aber aus irgendeinem Grund bekommen

mir Erdrüben nicht. Du kannst dir nicht vorstellen, was sie mit meinem Magen anstellen.«

»Ah«, sagte der Händler. »Mir geht es mit Zwiebeln so.«

»Schön zu wissen, dass ich nicht der einzige mit einem empfindlichen Magen bin. Ich wünsche dir noch einen schönen Tag, Nachbar.«

»Ich habe von diesem Prinz Marwain gehört, Althalus«, sagte Andine, als sie die Straße zu Graf Baskois Haus überquerten. »Er ist ein gewissenloser Tyrann, der eine sehr hohen Meinung von seiner eigenen Bedeutung hat.«

»Dann werden wir ihn vielleicht von diesem Irrtum befreien müssen«, warf Sergeant Khalor düster ein.

»Wir haben eine gewisse Zeitspanne«, erklärte Dweia, als alle im Turmgemach beisammensaßen. »Argan geht sorgfältig vor und festigt seine Kontrolle über eine Stadt, ehe er sich die nächste vornimmt. Ein Aufstand ist nicht wie eine Invasion von außerhalb. Was ist das übliche Vorgehen, wenn ein Exarch handlungsunfähig ist, Bheid?«

Bheid lehnte sich zurück und blinzelte zur Zimmerdecke.

»Unter normalen Umständen würde die Kirchenleitung das Märchen vom ›Unwohlsein‹ des Exarchen aufrechthalten, Dweia«, antwortete er. »Die meisten täglich anfallenden Entscheidungen trifft ohnehin die Verwaltung der Kirche. Der Exarch ist deshalb nicht viel mehr als das Aushängeschild. Die derzeitigen Umstände sind aber nicht normal. Der Bauernaufstand in Südperquaine ist ein Notfall erster Ordnung. Sobald es so aussehen wird, als käme Exarch Aleikon nicht zu Sinnen, wird ein ranghöherer Scopas die Exarchen Emdahl und Yeudon zu einer Besprechung des Hohen Kirchenrats bitten.«

»Ist das in etwa vergleichbar mit der Zusammenkunft der Stammeshäuptlinge in Arum?«, fragte Sergeant Khalor.

»Ja.« Bheid nickte. »Im Falle einer Glaubenskrise ist der Beschluss des Hohen Kirchenrats unanfechtbar. Emdahl und Yeudon könnten Aleikon ablösen oder vielleicht sogar so weit gehen, die Braunkutten zu entmachten oder sie für immer zurück in die Abgeschiedenheit ihrer Klöster schicken. Ich glaube jedoch nicht, dass sie tatsächlich so weit gingen, denn das könnte einen Glaubenskrieg auslösen, der die zivilisierte Welt umkrempelt.«

»Und Argan könnte sich damit Liebkind machen«, fügte Althalus hinzu.

»Das mag er ja glauben«, widersprach Dweia. »Aber die Situation bietet einige interessante Möglichkeiten. Wir entledigten uns Pekhals durch Khalors Berg und den Fluss, der in zwei Richtungen strömte, und wir lockten Gelta durch Andines scheinbare Unterwürfigkeit nach Osthos. Die Strategie der List ist nicht zu unterschätzen.«

»Ich wusste, dass du das einmal einsehen würdest, Em.«

»Das verstehe ich nicht ganz«, gestand Andine.

»Es ist eine alte Streitfrage, Prinzesschen«, erklärte Althalus. »Emmy machte sich daran, mich Wahrheit, Gerechtigkeit und Sittlichkeit zu lehren, und ich erbot mich, ihr beizubringen, wie man lügt, betrügt und stiehlt. Ich glaube, ich hatte da mehr Erfolg.«

Dweia zuckte die Schultern. »Was immer die besten Ergebnisse erzielt. Momentan bin ich jedenfalls dafür, dass Exarch Aleikon weiterhin von Nahgharash träumt. Kehr zum Tempel zurück, Bruder Bheid. Ich muss wissen, wer jetzt, da Aleikon dazu nicht imstande ist, die Entscheidung für die Braunkutten trifft. Außerdem möchte ich, dass du alles über ihn herausfindest, was du nur vermagst, damit ich ihn dazu bringen kann, eine Einladung an Emdahl und Yeudon zu senden. Ich möchte die beiden so schnell wie möglich hier in Maghu sehen.«

»Sein Name ist Eyosra, Althalus«, meldete Bheid an diesem Abend nach seiner Rückkehr zu Graf Baskois Haus. »Er ist ein Scopas der Braunkutten, ein Prinzipienreiter und eine Krämerseele! Die anderen in der Ordenleitung können ihn nicht ausstehen, weil er in ihren Büchern ständig Unstimmigkeiten aufdeckt. Er ist sehr groß, sehr dünn und sehr bleich.«

»Das klingt nicht sehr ermutigend«, meinte Althalus. »Ein Federfuchser hat gewöhnlich nicht so viel Macht.«

»Scopas Eyosra ist Kämmerer der Braunkutten, Althalus.« Bheid lächelte. »In einem Orden, der von Habsucht regiert wird, hat derjenige das Sagen, der das Geld verwaltet.«

»Verständlich. Was meinst du, wird ihn dazu bringen, um Hilfe zu rufen?«

»Verschwendung, vielleicht. Falls es Dweia gelingt, Aleikon in einen Menschen zu verwandeln, der mit Geld nur so um sich wirft, wird Eyosra wahrscheinlich aus der Haut fahren.«

»Ich werde mit Emmy darüber reden«, versprach Althalus. »Ich bin sicher, ihr wird etwas einfallen.«

»Er scheint wieder zu sich zu finden, Em«, teilte Althalus ihr mit, als er und Eliar ins Haus zurückgekehrt waren. »Wenn er dauernd mit irgendetwas beschäftigt ist, wird er seine eingebildeten Probleme wahrscheinlich bald vergessen.«

»Zumindest ist es besser, als seinen Kopf gegen die Wand zu schmettern.«

»Habt Ihr das wirklich getan, Althalus?«, fragte Eliar.

»Ganz so schlimm war es nicht. Wirklich. Wie dem auch sei – Bheid möchte, dass wir einem gewissen Scopas Eyosra Dampf unter dem Hintern machen. Er ist der Kämmerer der Braunkutten und ein Mann, der jede Münze dreimal umdreht, ehe er sie ausgibt. Bheid meint, eine plötzliche Verschwendungssucht des Exarchen Aleikon würde Scopas Eyosra rasch bei den anderen Exarchen Hilfe suchen lassen.«

»Eine Neugestaltung meines Tempels vielleicht?«, schlug sie vor.

Althalus schwenkte zweifelnd die Hand. »Es kommt darauf an, woran du denkst.«

»Vorrangig an die Instandsetzung meines Altars. In den guten alten Zeiten war er vergoldet. Die Braunkutten kratzten als Erstes das Gold ab, als sie ihn für sich beanspruchten. Wenn ich Aleikon die Idee eingäbe, den Altar wieder in alter schimmernder Pracht erstehen zu lassen …«

»Wenn ich mich recht entsinne, ist er ziemlich groß. Für einen neuen Überzug bräuchte man sehr viel Gold, nicht wahr?«

»Allerdings – mehrere Tonnen.«

»Ich werde mal sehen, was Bheid dazu meint, aber ich glaube, das wäre genau der richtige Trick, Em. Der Schatzkammer der Braunkutten so viel Gold zu entnehmen, würde Eyosra zweifellos in die Luft gehen lassen.«

»Argan hat die Küstenstädte – Egni, Athal, Pella und Bhago –jetzt so gut wie in der Hand«, berichtete Sergeantgeneral Khalor eine Woche später, als wieder alle im Turmgemach versammelt waren.

»Er hat mehrere Aufwiegler auf dem Fluss von Athal nach Leida gesandt und über Land von Bhago nach Dail, um den Bauern in diesen Gebieten den Aufruhr zu predigen.«

»Was meinst du, wann wird er die Truppen nach Maghu in Marsch setzen?«, fragte Bheid.

»Frühestens in zwei Monaten. Er überstürzt nichts. Argan ist von völlig anderem Wesen als Pekhal und Gelta. Er ist sehr vorsichtig«, meinte Khalor. »Ich finde jedoch, dass wir etwas unternehmen sollten, die Reise dieser beiden anderen Exarchen zu beschleunigen. Kirchenleute führen gewöhnlich endlose Diskussionen, ehe sie sich zu Entscheidungen durchringen – das ist nicht auf dich gemünzt, Bheid.«

»Ist schon gut, es stimmt ja. Vielleicht will man damit Entscheidungen ausweichen.« Bheid blickte Dweia an. »Aber der Sergeant hat Recht. Wir sollten die Exarchen Emdahl und Yeudon so schnell wie möglich hierherbringen, bevor noch mehr Zeit vergeht. Sie müssen wichtige Maßnahmen treffen, und Argan ist immerhin schon unterwegs.«

Dweia schürzte die Lippen. »Ich werde das Gedächtnis einiger Personen ein wenig ändern, dann kann Eliar die Exarchen durch das Haus nach Maghu bringen.«

»Argans Pöbel ist auf dem Weg flussauf von Egni nach Leida. Sie kommen allerdings nicht sehr schnell voran.«

»Was hält sie auf?«, fragte Eliar.

»Plünderungen, hauptsächlich.« Khalor verzog das Gesicht. »Eine undisziplinierte Armee auf ein Land mit Städten und Dörfern loszulassen ist die sicherste Methode, am Bestimmungsort ohne Truppen dazustehen.«

»Hast du nicht mal gesagt, dass ein dummer Gegner ein Göttergeschenk ist?«, fragte Eliar verschmitzt.

»Schon möglich, trotzdem geht es mir gegen den Strich. Es ist berufswidrig.«

»Sind die von Bhago bereits nach Dail aufgebrochen?«, wollte Althalus wissen.

Khalor schüttelte den Kopf. »Sie sind noch dabei Bhago zu brandschatzen. Die Stadt muss erst völlig niederbrennen, ehe die Bauern auch bloß daran denken weiterzuziehen.«

Bheid blickte den Sergeanten erstaunt an. »Werden geplünderte Städte deshalb immer niedergebrannt?«

»Ja, natürlich. Ich dachte, das weiß jeder. Ein hingebungsvoller Plünderer verlässt eine Stadt nicht, bevor die Flammen seinen Rückzug vereiteln könnten.«

»Mach dir deshalb keine Sorgen, Althalus«, sagte Dweia.

»Aber die Berechnungen stimmen nicht, Em. Eyosras Bote braucht mehrere Wochen bis zum Tempel der Schwarzkutten in Deika und sogar noch länger bis Keiwon. Wenn Emdahl und Yeudon schon morgen Früh in Maghu eintreffen, wird Eyosra bestimmt sehr misstrauisch.«

Seufzend verdrehte sie die Augen himmelwärts.

»Ich wollte, du würdest das lassen, Em«, klagte er.

»Dann stell dich nicht dümmer, als du bist, Schatz. Ich kenne mich mit dem Zeitproblem aus und habe mich bereits darum gekümmert. Wir verändern Zeit und Entfernung jetzt schon so lange, inzwischen müsstest du wirklich wissen, dass Meilen und Minuten das bedeuten, was ich möchte. Niemand wird etwas bemerken, also hör auf, dir den Kopf darüber zu zerbrechen.«

»Schon gut, Em, was immer du sagst. Hat Aleikon noch Albträume?«

»Vereinzelt, ja. Wir möchten, dass er freundlich und fügsam ist, wenn Emdahl und Yeudon ihre Entscheidungen treffen.«

»Was für Entscheidungen?«

»Halt Augen und Ohren offen, Althalus. Und lerne daraus.«

Exarch Emdahl war ein kräftiger Mann mit schnarrender Stimme und einem von Falten gezeichneten Gesicht. Er und Exarch Yeudon trafen an einem eisigen Spätnachmittag ein und setzten sich sofort mit Scopas Eyosra und den anderen ranghöheren Braunkutten zusammen.

»Er ist wie ein Stier, Pappi«, berichtete Leitha. »Er setzt sich über alle im Tempel hinweg und scheint eine ganze Menge mehr zu wissen, als er von Rechts wegen wissen sollte.«

»Unser Orden ist darauf spezialisiert, alles Wissenswerte zusammenzutragen«, erklärte Bheid. »Auf dieser Welt gibt es kaum etwas, wovon mein Exarch nicht erfährt. Ich habe gehört, dass er ziemlich kurz angebunden sein kann, wenn er es mit einer Ausnahmesituation zu tun bekommt. Wir sollten sehr behutsam mit ihm umgehen.«

»Da bin ich mir nicht so sicher«, entgegnete Althalus. »Wenn er an der Wahrheit interessiert ist, kann ich ihm mehr davon geben, als er zu bewältigen imstande ist. Exarch Emdahl mag ja wie ein Stier in einer Herde Ochsen sein, aber ich habe stärkere Hörner als er.«

Der Bote der Braunkutten-Hierarchie erschien am nächsten Morgen mit einem amtlichen Dokument, in dem die Anwesenheit des Herzogs von Kenthaigne im Tempel »erbeten« wurde.

»Seid ein guter Junge und teilt den Exarchen mit, dass wir kommen werden, sobald es sich ermöglichen lässt«, sagte Althalus in herablassendstem Tonfall zu dem aufgeblasenen Boten.

Bheid wand sich. »Ihr führt Euch schlecht ein, Althalus«, warnte er stumm.

»Es ist meine Absicht, Emdahl ein wenig zappeln zu lassen«, erklärte Althalus. »Warten wir eine halbe Stunde, dann erscheinen wir im Tempel. Ich glaube, du solltest dich im Hintergrund halten, Bheid. Ich werde Emdahl ziemlich hart ins Gebet nehmen, wenn man das bei einem Priester sagen darf. Ich möchte nicht, dass er seinen Zorn an dir auslässt.«

Sie blieben noch eine Zeit lang in Baskois bequemem Salon sitzen. »Gehen wir jetzt zum Tempel«, bestimmte Althalus schließlich, »und machen uns ein paar Kirchenmänner gefügig.«

»Geht Ihr nicht ein wenig zu weit?«, fragte Andine.

»Natürlich«, antwortete Althalus verschmitzt. »Ich will Emdahls ungeteilte Aufmerksamkeit.«

Beim Betreten des Tempels ernteten sie einige unfreundliche Blicke. Althalus achtete nicht auf die offene Feindseligkeit und marschierte geradenwegs zu Aleikons Privattempel. »Sind sie da drin?«, fragte er den Priester, der als erstes zu ihm gekommen war.

»Äh – nein, Hoheit«, erhielt er zur Antwort. »Exarch Aleikon fühlt sich immer noch nicht wohl, und die Exarchen Emdahl und Yeudon besprechen sich im Leseraum.«

»Dann solltet Ihr mich sofort zu ihnen führen.«

Der Priester eilte voraus. Althalus marschierte in eisiger Ruhe hinter ihm her.

»Es dürfte gleich so weit sein, Durchlaucht«, flüsterte der aufgeregte Priester, als sie zu einer Bogentür gelangten.

»Ihr wart in den vergangenen Wochen sehr hilfreich, junger Mann«, sagte Althalus, »darum möchte ich Euch nicht in Schwierigkeiten bringen. Habt Ihr nicht etwas Unaufschiebbares in einem anderen Teil des Tempels zu tun?«

»Das lässt sich einrichten, Durchlaucht«, antwortete der Priester dankbar und eilte davon.

»Was hast du vor?«, fragte Dweia stumm aus dem Haus.

»Mir ihre Aufmerksamkeit sichern, Em. Ich werde einige Anstandsregeln missachten und sogleich zu Yeudon und Emdahl vordringen. Ich habe nicht vor, nach ihrer Pfeife zu tanzen, wie sie es wahrscheinlich von mir erwarten.«

Er stieß heftig die Tür auf und ging auf Emdahl und Yeudon zu. »Ich hörte, dass ihr mich sehen wollt«, sagte er zu den beiden verblüfften Kirchenmännern. »Hier bin ich. Was habt ihr für ein Problem?«

»Wieso kommt Ihr erst jetzt?«, fragte Emdahl scharf.

»Das übliche Vorgehen, Eminenz«, antwortete Althalus mit einem übertriebenen Kratzfuß. »Da man Besucher gewöhnlich eine gewisse Zeit im Vorgemach abkühlen lässt, übernahm ich das selbst in komfortablerer Umgebung. Wir haben vieles zu besprechen, meine Herren, also lasst uns zur Sache kommen. Was genau wollt Ihr wissen?«

»Alles«, antwortete Emdahl eisig. »Beginnen wir gleich mit der wichtigsten Frage. Wer seid Ihr, Althalus? Es gibt seit einiger Zeit in diesem Teil der Welt beträchtliche Unruhen, und Ihr scheint mit Euren Leuten bei einigen mitten drin zu stecken. Wo immer Ihr wart, Ihr habt Euch wider die Mächtigen erhoben, und das entspricht nicht dem natürlichen Lauf der Dinge, wie wir ihn sehen. Die Kirche will wissen, was Ihr vorhabt.«

Althalus ließ sich in einen Sessel am anderen Ende des Tisches fallen und lehnte sich zurück. »Wieviel Wahrheit seid Ihr zu akzeptieren bereit, Exarch Emdahl?«

»Soviel – oder mehr – als Ihr bereit seid mir mitzuteilen. Fangen wir damit an, wer Ihr seid.«

Althalus zuckte die Schultern. »Ist das alles? Das sollte nicht lange dauern. Ich heiße Althalus, aber das wisst Ihr ja. Ich bin ein

Dieb und Betrüger, und wenn es sich lohnt, auch Meuchler. Geboren wurde ich vor sehr, sehr langer Zeit, und ich hatte eine ausgedehnte Pechsträhne, bevor das alles begann. Ein Mann namens Ghend – ein Jünger des Widersacher Daevas – wandte sich an mich. Er verdingte mich, ihm etwas aus Kaghwher zu stehlen, das er ein Buch nannte. Ich begab mich zum Haus am Ende der Welt, wo sich dieses Buch befand. Dort war eine Katze – nur dass es sich um keine echte Katze handelte. Das anmutige Geschöpf ist die Göttin Dweia, die Schwester Deiwos' und Daevas. Ihr habt doch gewusst, dass Deiwos und Daeva Brüder sind, nicht wahr, Emdahl? Nun, wie auch immer, die Katze, die ich Emmy nenne, lehrte mich das Buch Deiwos' zu lesen. Vor etwa zwei Jahren verließen sie und ich das Haus und scharten gewisse Personen um uns. Es handelt sich bei ihnen um einen jungen Arumer namens Eliar; um Andine, die Arya von Osthos; einen Schwarzkuttenpriester, der Bheid heißt; einen Dieb namens Gher, der noch ein Kind ist; und um die Geistleserin Leitha. Dann begaben wir uns zum Haus und erblickten die wahre Gestalt der Göttin Dweia. Sie erklärte uns so allerlei. Daraufhin verließen wir das Haus, um in dem unvermeidlichen Krieg zwischen Gut und Böse Schluss mit Ghend und seinen Knechten zu machen. Damit kommen wir zur derzeitigen Lage. Wir haben bereits zwei seiner Handlanger ausgeschaltet, nämlich Pekhal und Gelta, und sind nun nach Perquaine gekommen, um mit dem ausgestoßenen Priester Argan und Ghends Geistleser Koman ein Ende zu machen. Ihr, meine Herren, könnt mir dabei helfen oder mir aus dem Weg gehen. Das ist gänzlich Euch überlassen. Aber ich warne Euch. Wenn Ihr versuchen solltet, mich zu behindern, vernichte ich Euch und alle, die Ihr gegen mich aufbringen wollt. Ich bin zu Dingen fähig, die Ihr Euch nicht einmal im Traum vorstellen könnt. Also, behindert mich nicht.« Althalus legte eine Pause ein. »War das hart genug für Euch, Emdahl?«

Exarch Emdahls Augen drohten aus den Höhlen zu quellen.

»Noch etwas«, fügte Althalus hinzu. »Dweia hat Exarch Aleikon ein wenig beeinflusst, um sich Eure Aufmerksamkeit zu sichern. Der arme Kerl ist nicht wirklich verrückt geworden. Dweia hat ihm in seinen Träumen nur Bilder von Nahgharash gezeigt – und schon sehr wenige können auch dem gläubigsten Mann arg zusetzen.«

»Nahgharash ist lediglich eine Metapher, Althalus«, warf Yeudon kopfschüttelnd ein. »Man bedient sich ihrer, um dem Bösen einen Namen zu geben.«

»Ich fürchte, Ihr seht das verkehrt, Yeudon«, entgegnete Althalus. »Nahgharash ist viel wirklicher als Eure gewöhnlich und recht obskure Definition vom Bösen und von der Sünde. Es ist keine Metapher, das kann ich Euch versichern. Ich habe ein paarmal einen glücklicherweise nur flüchtigen Blick darauf geworfen – zumeist wenn Ghend mich zu überraschen versuchte.«

»Wo genau liegt denn Nahgarash?«

»Es ist angeblich eine ungeheuerliche Höhle unter den Bergen von Nekweros, eine Stätte des ewigen Feuers. Tatsächlich ist es allerdings jeweils dort, wo Ghend es haben will. In dieser Beziehung hat es Ähnlichkeit mit dem Haus am Ende der Welt, das im selben Augenblick an jedem Ort und zu jeder Zeit sein kann.« Althalus lächelte leicht. »Es gibt eine Alternative zu diesem scheinbaren Paradoxon, doch daran sollten wir nicht einmal denken. Gher spielte mit der Vorstellung von ›Nirgendwo und Keinerzeit‹, und Dweia ging beinahe die Wände hoch. Ich vermute, dass jenseits von gut und böse ein alles verschlingendes Chaos herrscht, das imstande ist, sich im Handumdrehen das ganze Universum einzuverleiben. Doch kehren wir zur Frage der Wirklichkeit zurück. Wenn man es recht bedenkt, sind das Haus und Nahgharash die absolute Realität, und was wir die reale Welt nennen, ist nur ein Abbild von ihnen. Das lässt darauf schließen, dass wir die Metaphern sind – oder Vorstellungen, wenn Euch das besser gefällt –, und dazu bestimmt, die Realität des Kampfes zwischen Dweia und Daeva auszutragen.« Er lachte. »Darüber könnten wir Jahrhunderte diskutieren, nicht wahr? Doch momentan haben wir diesen kleinen Krieg am Hals und sollten uns lieber darauf konzentrieren. In diesen anderen Realitäten sind Zeit und Raum nicht auf dieselbe Weise konstant wie in der uns vertrauten Welt. Scopas Eyosra sandte eine Botschaft an euch, meine Herren, und ersuchte euch, umgehend nach Maghu zu kommen, weil Exarch Aleikon in Gefahr stand, wahnsinnig zu werden. In dieser Welt hätte die Botschaft sechs Wochen gebraucht, euch zu erreichen, und ihr wiederum hättet sechs Wochen benötigt, hierher nach Maghu zu gelangen. Solltet ihr interessiert sein, ein wenig nachzuforschen, würdet ihr herausfinden, dass Eyosras' Botschaft Anfang letzter Woche

Maghu verließ. Emmy hätte es noch schneller erledigen können, aber sie zieht es vor, kein großes Aufsehen zu machen.« Er blickte Emdahl und Yeudon an. »Ihr scheint mich nicht zu verstehen, meine Herren.«

»Ich glaube, Ihr seid noch verrückter als Aleikon«, schnaubte Emdahl.

»Aleikon ist nicht verrückt, Exarch Emdahl«, warf Leitha ein. »Er hat Albträume von Nahgharash – und sie kommen nicht aus ihm. Dweia verursacht sie. Die Idee war, ihn wahnsinnig erscheinen zu lassen, um Euch beide hierher zu locken. Da dieser Plan aufging, dürfte Aleikon sich umgehend erholen.«

»Ihr seid die Hexe, nicht wahr?«, fragte Emdahl scharf.

»Das reicht mir allmählich!«, brauste Leitha auf.

»Ich tät da ganz vorsichtig sein, Herr Hoher Priester«, warnte Gher. »Leitha hat vor nichts und vor niemand Angst, und wenn Ihr sie wütend macht, schmilzt sie Euren Verstand zu einer Drecklache.«

»So ein Unsinn!«, explodierte Emdahl. »Ihr gehört alle ins Irrenhaus. Wir sind die Führer des Glaubens und wir sagen Euch, was Ihr glauben dürft und was nicht!«

»Zeig ihm wie er sich täuscht, Leitha«, forderte Althalus sie laut auf.

»Ja, Pappi, das sollte ich wirklich.« Sie blickte den strengen Exarchen der Schwarzkutten an. Dann seufzte sie. »Wie unendlich traurig«, bedauerte sie ihn. »Deiwos gibt es wirklich, Eminenz. Er ist keine Erfindung der Priesterschaft, um die Einfältigen gefügig zu machen. Eure Unsicherheit und Euer Seelenschmerz sind unnötig. Peinigt Euch nicht weiterhin Eurer Zweifel wegen.«

Emdahls Miene wirkte plötzlich völlig verstört und er begann heftig zu zittern. »Wie ...«, begann er, verstummte dann aber.

»Leitha hat diese Gabe, mein Exarch«, erklärte Bheid sanft. »Sie kann Eure innersten Gedanken hören.«

»Ich wollte, ihr würdet aufhören, es ›Gabe‹ zu nennen«, klagte Leitha. »Es ist eher ein Fluch. Ich will gar nicht hören, was sich mir ungewollt eröffnet.«

»Ich werde dieser Sache leid, Althalus«, meldete Dweia sich stumm. »Zieh dich zurück, ich übernehme.«

Eine Wand des hohen Gewölbes der Bibliothek verschwand

plötzlich und an ihrer statt war Dweias makelloses Gesicht zu sehen. Es war so schön, so majestätisch und so riesig, dass Althalus unwillkürlich zusammenfuhr. Ihre vollkommenen Arme waren dort verschränkt, wo sich der Fußboden befunden hatte, und ihr Kinn ruhte auf den Armen. »Ich vergesse manchmal, wie klein ihr Menschlein doch seid«, murmelte sie. »So winzig, so unvollkommen.« Sie hob den furchterstarrten Emdahl behutsam in die Höhe und stellte ihn auf ihre Handfläche. Dann griff sie auch nach Yeudon und postierte ihn neben seinen Amtsbruder. »Rückt das die Dinge in die richtige Perspektive?«, fragte sie.

Die beiden Exarchen klammerten sich aneinander und quiekten wie Mäuse.

»Hört damit auf«, schalt sie und ihre Stimme klang seltsam sanft. »Ich bin nicht gekommen, euch etwas anzutun. Althalus ist zwar nicht der Vertrauenswürdigste, aber diesmal hat er in jeder Beziehung die Wahrheit gesagt, und dies ist keine Illusion. Ich will, dass ihr zwei euch gehorsam verhaltet und genau das tut, was Althalus euch sagt. Ihr werdet mir doch nicht mit langen Einwänden kommen, meine Herren?«

Emdahl und Yeudon, die sich immer noch voll Entsetzen aneinander klammerten, schüttelten heftig den Kopf.

»Ich wusste, dass ihr gute Jungen seid«, murmelte sie. Dann streckte sie einen Riesenfinger aus und streichelte jeden unendlich sanft. »So winzig«, murmelte sie aufs Neue und setzte sie behutsam in ihre Sessel zurück. »Bring sie her, Althalus«, bat sie, »und Aleikon ebenfalls. Sie müssen ein paar Entscheidungen treffen, die sie viel Zeit kosten könnten. Hier im Haus kann ich ihnen so viel geben, wie sie brauchen.«

Exarch Aleikon zitterte am ganzen Leib, als Althalus und Eliar ihn durch die Tür ins Turmgemach führten. »Du bist vielleicht etwas zu weit mit ihm gegangen, Em«, meinte Althalus stumm. »Diese Albträume, die du ihm aufgezwungen hast, und jetzt noch das Haus sind möglicherweise mehr, als er durchsteht.«

»Ich kümmere mich um ihn«, versprach sie.

Althalus fasste Aleikon sanft am Arm und führte ihn an den Marmortisch, an dem Dweia mit Emdahl und Yeudon saß. Er bemerkte, dass ein dickes Tuch das Buch verbarg.

»Ihr seht nicht gut aus, Aleikon«, schnarrte Emdahl.

»Wo sind wir?« Aleikon starrte verwirrt um sich.

»Das wissen wir selbst nicht so genau«, antwortete der silberhaarige Yeudon. »Die Wirklichkeit scheint momentan sehr weit entfernt zu sein.«

»Das hängt vermutlich von Eurer Definition der Wirklichkeit ab«, entgegnete Emdahl. »Könnt Ihr Aleikons Verstand in Ordnung bringen, Göttlichkeit?«, ersuchte er Dweia. »Wir drei müssen Entscheidungen treffen, doch Aleikon ist nicht so ganz bei sich.«

»Vielleicht haben wir ihm wirklich ein wenig zu arg zugesetzt.« Dweia blickte in Aleikons gequältes Gesicht. »Deine Albträume sind vorüber, Aleikon. Sie haben ihren Zweck erfüllt.« Sie zog die schwere Decke vom Buch. »Gib mir die Hand, Aleikon«, forderte sie ihn auf.

Der Exarch des Braunkutten-Ordens streckte die zittrige Hand aus. Dweia legte sie sanft auf das in weißes Leder gebundene Buch. »Entspanne dich. Meines Bruders Buch wird alle Erinnerungen an deine Albträume verbannen.«

»Ist das …?«, fragte Yeudon ehrfürchtig.

»Ja, es ist das Buch Deiwos'«, antwortete Althalus. »Es ist wirklich sehr interessant, wenn man sich erst damit vertraut gemacht hat. Anfangs ist es ja ziemlich schwerfällig. Dweias Bruder hat Schwierigkeiten, sich auf eine Sache zu konzentrieren.«

»Sei lieb«, rügte sie ihn.

»Tut mir leid«, entschuldigte Althalus sich.

Aleikon blickte plötzlich verklärt drein.

»Das dürfte einstweilen genügen«, meinte Dweia. »Wir sollten nicht zu schnell vorgehen. Ihr Herren müsst nüchterne Dinge besprechen, da würde religiöse Ekstase nur stören.«

»Dürfte ich …?«, flehte Yeudon und streckte die Hand mit sehnsüchtigem Blick nach dem Buch aus.

»Gestatte ihnen, es zu berühren, Em«, riet Althalus. »Denn wenn sie es nicht tun, denken sie an nichts anderes, und wir haben schließlich viel zu erledigen.«

Dweia blickte die Exarchen streng an. »Wenn ihr euch einbildet, dass ihr das Buch berühren müsst, nun, meinetwegen. Aber kein heimlicher Blick hinein!«

Althalus lachte bei diesen Worten laut auf.

»Was ist so komisch?«, fragte Dweia verärgert.

»Nichts, Em«, antwortete er mit vorgetäuschter Arglosigkeit. »Ich fand es nur lustig.«

Exarch Emdahls Gesicht war sehr nachdenklich, als er sich an den Marmortisch setzte. »Es besteht kein Zweifel, dass die Kirche von ihrem ursprünglichen Kurs abgekommen ist«, wandte er sich bedrückt an Aleikon und Yeudon. »Wir haben versucht, die Reichen und Mächtigen zu beeindrucken, indem wir sie nachäfften, und schließlich wurden wir noch arroganter und stolzer als sie. Die Verbindung zu den gewöhnlichen Sterblichen haben wir völlig verloren, und das hat dem Feind Tür und Tor geöffnet ...«

»Stellt euch der Realität, Emdahl«, unterbrach Aleikon ihn abrupt. »Die Kirche muss in der wirklichen Welt leben, so unvollkommen sie auch sein mag. Ohne die Hilfe des Adels hätten wir unsere Aufgaben niemals erfüllen können.«

»Und haben wir das denn so gut geschafft, Aleikon?«, schnarrte Emdahl. »Mir kommt es ganz so vor, als bräche alles um uns herum zusammen.«

»Ich glaube, wir kommen ein wenig vom Thema ab«, meinte Althalus. »Wenn euer Haus brennt, habt ihr auch nicht die Zeit zu streiten, welcher Eimer zum Löschen am besten ist. Ich finde, wir sollten uns die Brandstifter ansehen und uns mit ihnen vertraut machen.«

»Ich glaube nicht, dass wir Zeit dazu haben, Althalus«, widersprach Yeudon.

»In Emmys Haus spielt Zeit keine Rolle«, warf Gher ein, »und Entfernung tut's auch nicht, aber das ist ganz natürlich, weil Zeit und Entfernung dasselbe sind. Alles auf der Welt bewegt sich ständig, weil die Welt Teil vom Himmels is' und der Himmel sich immerzu bewegen tut. Wenn wir über Meilen reden, reden wir in Wirklichkeit über Stunden – wie lang es von hier nach dort dauert. Ich glaub', drum kann niemand Emmys Haus seh'n, denn auch wenn es immer da ist, kann Emmy es hier anderswo sein lassen.«

»Ist dieser Knabe richtig im Kopf, Althalus?«, fragte Emdahl verwirrt.

»Er denkt nur schneller, als es sonst irgendjemand kann«, antwortete Althalus, »und er geht mit seinen Vorstellungen weiter als wir anderen. Ein längeres Gespräch mit ihm würde Euer Weltbild wahrscheinlich auf den Kopf stellen.«

»Oder Euer Hirn würde sich umdrehen«, fügte Sergeantgeneral Khalor hinzu. »Manchmal glaube ich, dass Gher nicht einmal auf derselben Welt lebt wie wir anderen. Sein Verstand ist so flink, dass außer Dweia niemand mit ihm Schritt halten kann.«

Die drei Exarchen blickten den kleinen Jungen überrascht und dann nachdenklich an.

»Vergesst es!«, sagte Dweia hart. »Der Junge gehört mir und wird mein bleiben! Erzähl ihnen von den Fenstern, Gher.«

»Is' gut, Emmy.« Gher blickte die drei ernst an. »Weil das Haus überall is', kann man durch die Fenster überall hin gucken, wo Emmy will. Dadurch können wir rausfinden, was die Bösen grad tun und was sie als Nächstes machen wollen. Das Tolle an den Fenstern ist, dass wir die Bösen sehen und hören können und sie gar nicht wissen, dass wir direkt hinter ihnen sind – nur dass wir's gar nicht wirklich sind.« Gher runzelte die Stirn. »Das ist schrecklich schwer zu erklären«, murmelte er. »Ich weiß, was sich tut, aber ich kenn einfach nicht die richtigen Worte, um es irgendjemand anders klarzumachen. Wenn das Haus überall ist, tät das nicht bedeuten, dass es nirgendwo ist? Ich mein', nicht wirklich nirgendwo, sondern bloß so irgendwie nirgendwo. Wenigstens ist es nirgendwo genug, dass die Bösen uns sehen täten, wenn wir sie beobachten.«

»Ich glaube, das Wort, das du suchst, ist ›allgegenwärtig‹«, meinte Emdahl. »Es ist Teil der üblichen Beschreibung Gottes. Wenn Gott überall ist, kann der Mensch sich nicht vor ihm verstecken.«

»Jetzt fühl ich mich gleich viel besser, Herr Priester«, sagte Gher dankbar. »Ich hab schon gedenkt, dass ich der Einzige bin, der je auf solche Ideen gekommen ist, und da fühlt man sich wirklich allein.«

»Daran solltest du dich vielleicht gewöhnen, Junge«, riet Emdahl. »Du scheinst Dinge zu begreifen, die andere selbst nach lebenslangem Studium nur oberflächlich zu berühren imstande sind.« Emdahl seufzte bedauernd. »Welch einen Theologen könnten wir aus diesem Jungen machen, hätten wir ihn zuerst entdeckt.«

»Er kommt von sich aus sehr gut zurecht, Emdahl. Lasst die Finger von ihm«, warnte Dweia.

»Ohne geistige und geistliche Führung können auch die klügsten Gedanken sehr gefährlich sein«, meinte Emdahl.

»Dieser Ansicht sind auch meine beiden Brüder. Welch ein Glück für Gher, dass ich ihn gefunden habe.«

»Sind sie wirklich Eure Brüder, Dweia?«, fragte Emdahl mit ungewohnt gedämpfter Stimme.

»Es ist ein wenig kompliziert, Emdahl, doch das Wort ›Bruder‹ kommt der Sache ziemlich nahe. Also, wie wär's, wenn wir alle zum Fenster gingen und herausfinden, was die ›Bösen‹ im Schilde führen?«

Das Licht vor dem Fenster verschwamm und verdunkelte sich.

»Was geht da vor?«, fragte Yeudon erschrocken.

»Das Fenster bewegt sich, Eminenz«, erklärte Bheid. »Es begibt sich von hier nach dort – und ich vermute, auch von dann nach wann, wenn man die Lichtveränderung in Betracht zieht.« Er blickte Dweia an. »Was sehen wir hier jetzt?«

»Die Stadt Leida im südlichen Mittelperquaine – gestern Abend.«

»Das ist doch Koman, der dort durch die Gasse schleicht, nicht wahr, Em?« Althalus spähte durch das schwindende Licht.

»Offenbar. Ich hab zwar nach Argan gesucht, aber das Haus hat seinen eigenen Willen. Deiwos ist manchmal sehr faul, und das Haus tut alles, um die Dinge zu vereinfachen.«

»Die Vorstellung, dass eine Gottheit faul ist, dürfte dir ein Weilchen zu denken geben, Bheid.«

»Bitte tu das nicht, Leitha«, flehte Bheid sie an. »Ich habe auch so schon genug Schwierigkeiten – und halte dich jetzt meinem Geist fern. Ich möchte nicht, dass du siehst, was darinnen ist.«

Exarch Emdahl blickte Bheid und Leitha nachdenklich an, schwieg jedoch.

Da öffnete Koman in der schmutzigen, halbdunklen Gasse eine ramponierte Tür und betrat ein Haus.

Wieder verschwamm das Bild, während das Fenster Ghends Geistleser in eine heruntergekommene Kammer folgte, in der Argan wartete. »Hast du etwas Brauchbares herausgefunden?«, sagte er statt einer Begrüßung.

Der weißbärtige Koman setzte sich. »Der hiesige Herrscher heißt

Arekad und hat den Titel Herzog angenommen. Er ist genauso dumm, wie es die anderen waren.«

»Das war zu erwarten, alter Junge«, entgegnete der blonde Priester in der scharlachroten Kutte. »Was ist mit dem hiesigen Scopas?«

»Er ist einer dieser typischen Kirchenmänner der Braunkutten. Dem Herzog schmeichelt er, und aus dem einfachen Volk presst er so viel Geld heraus, wie er nur kann. Hier gärt es bereits, Argan. Wahrscheinlich genügt schon eine flammende Predigt, den Topf zum Überkochen zu bringen.«

Argan lächelte. »Du musst das nicht unbedingt Ghend an die Nase hängen, alter Junge, aber ich hatte nie großes Vertrauen in diese offenen Feldzüge. Die Grundmauern zu unterwandern ist bequemer. Pekhal und Gelta wären besser in der finsteren Urzeit geblieben, wohin sie gehörten. Hätte Ghend von vornherein auf mich gehört, wären Wekti und Treborea längst unser und die anderen Länder würden die Tore weit öffnen, um uns freudig willkommen zu heißen.«

»Möglich, aber das ist für dich und mich nicht so wichtig, Argan. Ghend muss sich vor dem Gebieter verantworten, nicht wir. Ich glaube, dass der Gebieter immer ungeduldiger wird. Wir haben wirklich nicht alle Zeit der Welt, die Sache zu Ende zu bringen. Diese Kriege in Wekti und Treborea waren Zeitverschwendung, und das ist Ghend zuzuschreiben, nicht uns.«

»Da kann ich dir nur beipflichten, alter Junge. Wir wollen Herz und Seele der Leute, nicht ihre Körper, und der Schlüssel dazu ist der Tempel Dweias in Maghu. Wenn du und ich ihn dem Gebieter als Geschenk darbringen können, versetzt er unserem ›glorreichen Führer‹ vielleicht den Laufpass.«

»Wir sind ehrgeizig.« Koman grinste.

»Ich bin für diesen Posten besser geeignet, als Ghend es je sein könnte, alter Junge. Das weißt du so gut wie ich. Wenn wir das hier erledigt haben, werde ich zu Daevas Rechten in Nahgharash sitzen und du zu seiner Linken, und die Welt wird uns untertan sein.«

»Das ist ein hübsches Bild, Argan, aber zuerst einmal musst du an Ghend vorbei – und das dürfte gar nicht so einfach sein.«

»Althalus ist ohne größere Schwierigkeiten an ihm vorbeigekommen.«

»Du bist tüchtig, Argan, aber so tüchtig nun auch wieder nicht.«

»Das wird sich noch herausstellen, alter Junge. Machst du mit?«

»Nur bis zu einem gewissen Punkt. Falls Ghend herausbekommt, was du vorhast, stehst du allein da.«

»Anders möchte ich es gar nicht, alter Junge. So, jetzt werden wir Ghend berichten, wie weit die Dinge gediehen sind. Wir wollen es aber keineswegs zu einfach aussehen lassen, wenn du weißt, was ich meine.«

Althalus wälzte sich im Bett und rückte immer wieder sein Kopfkissen zurecht, bis er allmählich einschlief.

Der riesige Tempel in Maghu wirkte verlassen, bis zwei Frauen mit Staubtüchern, Besen und Mopps hereinkamen, um sauber zu machen. Sie trugen Schürzen und Kopftücher. Und als sie eintraten, sang der Dolch zu ihnen.

Die eine Frau war die bleiche, blonde Leitha, die andere die vollkommene Dweia. Die bleiche Leitha setzte sich weinend auf die Steine des Tempelbodens und brachte ein hauchdünnes Gewand zum Vorschein. Schluchzend riss sie einen Ärmel davon aus. Sie warf ihn in die unbewegte Luft, und der Dolch schrie auf, als der Ärmel in der Luft verschwand.

Und Dweias Antlitz war betrübt.

Immer noch weinend riss die bleiche Leitha den zweiten Ärmel von dem hauchdünnen Gewand, warf auch ihn in die Luft. Und wieder schrie der Dolch, als der Ärmel verschwand.

Während Tränen über ihr Gesicht strömten, riss Leitha das hauchdünne Gewand in kleine Fetzen, die sie einen nach dem anderen den verschwundenen Ärmeln hinterher warf. Als sie fertig war, gab es das hauchdünne Gewand nicht mehr, und die bleiche Leitha warf sich mit der Stirn auf den Boden vor dem Altar und weinte wie ein Kind mit gebrochenem Herzen.

Die vollkommene Dweia tröstete sie jedoch nicht, sondern schwebte auf den Altar, hielt inne und bürstete ihn mit allergrößter Sorgfalt ab. Den Staub und Schmutz fing sie in ihrer vollkommen geformten Hand auf und warf ihn in die Luft.

Dann sorgte sie dafür, dass sich das Fenster öffnete, welches die Menschen Bheid nannten. Da blies ein kräftiger Wind aus dem

Fenster Bheid. Und der Dolch sang, und der Staub und Schmutz verschwanden.

Die Göttin blickte sich mit stiller Befriedigung um. »Und jetzt«, rief sie, »ist mein Tempel wieder unbefleckt und makellos.«

39

»Habt ihr gut geschlafen, meine Herren?«, fragte Althalus ironisch lächelnd am nächsten Morgen die Exarchen im Speisesaal.

»Ziemlich gut«, antwortete der silberhaarige Yeudon, »nur hatte ich einen recht eigenartigen Traum, der mir einfach nicht aus dem Sinn will.«

»Lasst mich raten. Zwei Frauen säuberten den Tempel. Eine zerriss ein Gewand, die andere staubte den Altar ab. War der Traum in etwa so?«

»Woher wisst Ihr das?«, fragte Yeudon verblüfft.

»Ihr seid nicht der Einzige, der vergangene Nacht diesen Traum hatte. Wir haben das schon mehrere Male erlebt. Diesmal aber war der Traum wahrscheinlich ein Geschenk Dweias. Alle bisherigen Träume hatte Daeva gesandt, und solche Träume möchtet Ihr gewiss nicht.«

»Ihr solltet wahrhaftig alles über Träume wissen, Yeudon«, warf Exarch Emdahl ein wenig bissig ein. »Ihr Weißkittel macht mehr Geld mit dem Traumdeuten als mit der Sterndeuterei. Was war dieses seltsame Singen, Althalus?«

»Das Lied des Dolches, Emdahl. Die von Daeva gesandten Träume klingen völlig anders. Die meisten bedeuten nicht sehr viel, doch wenn dieses Singen beginnt, heißt es aufzuhorchen. Gewöhnlich sind Traumvisionen ein Gegenentwurf der Wirklichkeit. Jene Träume, die sich uns früher aufdrängten, waren Versuche Ghends, gewisse Ereignisse in der Vergangenheit zu beeinflussen, um die unmittelbare Zukunft zu verändern. Sie waren fast alle sehr schnell und sehr leicht zu durchschauen, doch der Traum der vergangenen Nacht hätte komplizierter nicht sein können. Das liegt wahrscheinlich daran, dass Emmy viel subtiler vorgeht als ihre Brüder. Wenn ich diese Traumvision richtig deute, hatte sie mit der Reinigung von Dweias Tempel in Maghu zu tun.«

»Das ist unser Tempel!«, protestierte Exarch Aleikon.

»Jetzt vielleicht, doch vor ein paar tausend Jahren war es der ihre. Wenn sie beschließt, wieder dort einzuziehen, werdet ihr auf der Straße sitzen. Wie auch immer, wir unterhielten uns gestern über Metaphern, und das ist vielleicht die beste Möglichkeit, diesen Traum zu deuten. Dweia und Leitha werden den Tempel säubern, das steht fest, doch nicht indem sie ihn putzen und Staub wischen. Im Lauf der Jahre ist euer Orden verderbt geworden. Ihr seid zu sehr auf Geld und Macht aus, und so wie ihr das einfache Volk behandelt, hat es Ghends Helfershelfer Argan die Tür geöffnet. Er ist ein ausgestoßener Priester, deshalb versteht er zu predigen. Und seine Predigten prangern hauptsächlich die Ungerechtigkeiten eures Ordens an. Er findet ein sehr offenes Ohr. Ghend versuchte es erfolglos mit militärischen Einmärschen in Wekti und Treborea. Jetzt geht er auf Argans Vorschlag ein, sich Aufständen zu bedienen, und das ist viel gefährlicher. Offenbar will Dweia diesmal persönlich eingreifen, und wenn sie Hausputz macht, dann bis zu den Grundfesten. Sie wird alles wegfegen, was sie beleidigt. Es könnte deshalb durchaus dazu kommen, dass ihr Braunkittel gemeinsam mit Argan und Koman auf dem Kehricht landet.«

»Das würde Deiwos nicht zulassen!«, rief Aleikon.

»Da wäre ich mir nicht so sicher, Eminenz. Dweia und ihr Bruder haben zwar des öfteren Meinungsverschiedenheiten, aber sie lieben einander. Deiwos ist ein zurückgezogen lebender Gott, Dweia dagegen ist gern mitten im Geschehen. Wenn Ihr sie beleidigt, wird sie etwas unternehmen, und Deiwos wird sich nicht einmischen.«

Die drei Exarchen blickten Dweia verunsichert an, doch sie lächelte und schwieg.

»Emmy hat mit ihrem Traumding vorgegriffen, nicht wahr?«, wandte Gher sich an Althalus. »Ich mein', es ist noch nicht passiert, stimmt's? Mit dem Vorgreifen mein ich, es war so wie der Traum, den wir alle hatten, wo die böse Hexe den Fuß auf Andines G'nick gestellt hat, nicht wahr?«

»Wahrscheinlich«, pflichtete Althalus ihm bei. »Emmy springt so viel in der Zeit umher, dass es manchmal schwierig ist zu erkennen, *wann* sie ist. Diesmal hatte ich allerdings so eine Art ›Noch-nicht‹-Gefühl, und wenn ich mich nicht sehr täusche, bekommt unser lieber Bruder Bheid eine wichtige Rolle in diesem Spiel zugewiesen.«

»›Noch nicht‹ stimmt, Schatz«, murmelte Dweia tief in Althalus' Kopf. »Es muss noch einiges geschehen, ehe es so weit ist. Gleich nach dem Frühstück wollen wir ins Turmgemach gehen und nachschauen, was Argan tut.«

»Wie du willst, Em«, entgegnete Althalus.

»Wo ist das, Sergeant Khalor?«, fragte Bheid, als sie sich zu dem hartnäckigen Arumer am Westfenster des Turms gesellten.

»Dail«, antwortete Khalor. »Nachdem jemand endlich zur Besinnung kam und Feuer an Bagho legte, sammelten die Bauern ihr Plündergut ein und setzten sich in nordöstliche Richtung in Bewegung. Die Befestigung von Dail ist ein Witz. Ich kann mir nicht vorstellen, dass die Stadt lange durchhalten wird. Argan und Koman sind dort, und ich glaube, dass Argan sich auf eine zündende Rede vorbereitet.«

»Es wird Predigt genannt, Sergeant«, sagte Bheid leicht ungehalten.

Khalor zuckte die Schultern. »Wie auch immer. Ich bin Arumer und mit kirchlichen Begriffen nicht vertraut. Wenn irgendein Idiot aufspringt und brüllt: ›Mein Gott ist besser als deiner‹, achte ich höchstens insoweit darauf, dass ich meinen Geldbeutel verstecke.«

»Sehr klug«, murmelte Althalus. »Ich bin gespannt, wie tüchtig Argan tatsächlich ist. Da es ihm gelungen ist, die Räder hier in Perquaine ins Rollen zu bringen, dürfte er ein guter Redner sein.«

»Da kommen sie«, meldete Eliar am Fenster.

»Meine Herren, vielleicht möchtet Ihr Euch die Konkurrenz anhören«, schlug Althalus den Exarchen vor. »Ich bin sicher, dass Argan sein Bestes tun wird, so viele wunde Punkte anzuprangern wie nur möglich.«

Ein gewaltiger Mob zerlumpter Bauern schleppte sich über die froststarren Felder Nordperquaines zur düsteren Stadtmauer von Dail. Vereinzelt hoben sich prächtig Gewandete aus der Menge ab – ein deutlicher Beweis, dass auch die Kleiderkammern der Edelleute geplündert worden waren.

Exarch Aleikon erblasste. »Ich wusste nicht, dass es so viele sind«, sagte er bestürzt. »Das hört ja gar nicht auf!«

»Es ist Winter«, schnarrte Emdahl, »da haben sie nicht viel anderes zu tun.«

Khalor blickte auf die wütende Volksmenge. »Das sieht gar nicht gut aus«, murmelte er düster. »Sie sind zwar keine ausgebildeten Kämpfer und nur auf Beute aus, aber es scheint, als hätte jeder Bauer Perquaines sich der Rebellion angeschlossen. Gegen diesen Mob da draußen kriegerisch vorzugehen ist unmöglich – so viele Soldaten hat ganz Arum nicht. Und keiner unserer Stammeshäuptlinge wäre so dumm, es zu versuchen. Der Adel vergisst offenbar immer wieder, wie viele Bauern es gibt. Sobald sie erst einmal aufgewiegelt sind und ein Ziel haben, hält nichts sie auf.«

»Mir scheint, Ihr habt Euch die falsche Seite ausgesucht«, bemerkte Yeudon nicht ganz ohne Schadenfreude. »Die Aristokratie von Perquaine hat das Geld, aber die Bauern haben die zahlenmäßige Übermacht. Ich würde mich an Eurer Stelle schleunigst in Sicherheit bringen.«

»Koman«, sagte Leitha plötzlich. »Und Argan.«

»Wo?«, fragte Bheid.

»Da vorn, an der Spitze der Meute. Sie sitzen in dem Planwagen.«

»Könnten wir ein wenig näher heran, edle Herrin?«, bat Khalor Dweia. »Es kann nicht schaden, sie zu belauschen.«

»Selbstverständlich, Sergeant.« Sie machte eine Handbewegung zum Fenster.

Das Bild verschwamm flüchtig; dann erschien ein klappriger, von zwei müden Ochsen gezogener Karren, der über den gefrorenen Boden holperte.

»Wissen deine Leute, was sie tun müssen?«, wandte Argan sich an Koman. Argan trug eine mit Flicken versehene rote Kutte, und er hatte sich offensichtlich seit Wochen nicht mehr barbiert.

»Du machst dir zu viele Sorgen«, entgegnete Koman. »Alles ist so vorbereitet, wie du es wolltest.« Koman trug Rupfenstücke, die da und dort mit Bindfaden zusammengehalten wurden. »Stell einfach die Fragen, Argan, dann wirst du die erwünschten Antworten bekommen. Ich finde, du solltest diese Schmutzfinken so richtig anfeuern. Die ursprüngliche Begeisterung lässt allmählich nach, und dieses unkontrollierte Brandschatzen in den Küstenstädten verringert die Zahl deiner Anhänger. Bauern, die nichts zu verlieren haben, folgen so gut wie jedem, doch wenn einer gerade seinen Beutel mit Gold gefüllt hat, will er lange genug leben, es auch auszugeben.«

»Ich feure sie schon wieder an, alter Junge«, versicherte Argan ihm zuversichtlich. »Ich kann mit meinen Predigten selbst die Vögel auf den Bäumen in Bann schlagen. Ist Ghend irgendwo in der Nähe?«

Koman schüttelte den Kopf. »Jedenfalls nicht nahe genug, dass ich ihn aufspüren könnte. Ich vermute, er ist nach wie vor in Nahgharash, denn der Gebieter kann ihm Yakhags Tod noch immer nicht vergeben.«

»Wie bedauerlich«, spöttelte Argan. »Die Dinge stehen gut für uns, nicht wahr? Sobald wir Dweias Tempel in Maghu für den Gebieter erobert haben, kommt er vielleicht auf die Idee, dass er Ghend gar nicht mehr braucht.«

»Warten wir mit dem Feiern, bis wir Maghu eingenommen haben, Argan«, riet Koman. »Du darfst nicht vergessen, dass Althalus auch jetzt irgendwo da draußen ist, und er hat Ghend bisher noch jedes Mal überlistet. Du musst erst an ihm vorbei, bevor du den Tempel einnehmen kannst, und ich bin mir gar nicht sicher, dass du dazu imstande bist.«

»Ihr scheint Euch einen Namen im feindlichen Lager gemacht zu haben, Althalus«, schnarrte Emdahl.

»Ich verstehe mein Handwerk«, entgegnete Althalus beinahe abfällig. »Das weiß jeder.«

»Bieg hier ab, Koman«, forderte Argan ihn auf, als sie etwa eine halbe Meile von den Toren Dails entfernt waren. »Fahr auf die kleine Erhebung dort, damit alle mich sehen können. Und sorg dafür, dass mich auch jeder hören kann.«

»Kein Problem«, brummte Koman und lenkte das erschöpfte Ochsengespann in Richtung der Anhöhe.

»Das verstehe ich nicht ganz«, meinte Emdahl. »Dieser Mob erstreckt sich meilenweit! So laut kann gar niemand reden, dass alle ihn hören könnten.«

»Dafür sorgt Koman, Eminenz«, warf Leitha ein.

»Und wie?«

Sie zuckte die Schultern. »Das weiß ich nicht.«

»Es ist einer dieser kleinen Kniffe, Emdahl«, erklärte Althalus.

»Beherrscht Ihr ihn auch?«

»Wenn ich es wirklich wollte. Allerdings brauchte ich dazu erst das richtige Wort von Emmy. Die Bücher haben damit zu tun, und das macht es immer etwas kompliziert.«

»Also eine Art Wunder?«

»Nun – in etwa. Aber darüber können wir ein andermal reden. Hören wir uns jetzt an, was Argan zu sagen hat.«

Als ihr klappriger Wagen auf der Hügelkuppe anlangte, zog der blonde Argan die zerlumpte Kapuze hoch, um sein Gesicht zu verbergen. Er richtete sich im Wagen auf, während Komans Leute die ungestüme Menge beruhigten. Als sich schließlich fast alle Blicke auf Argan richteten, warf er seine Kapuze nach hinten und hob den Kopf mit edler Duldermiene. »Meine Brüder und Schwestern«, rief er mit gefühlstriefender Stimme.

Die Menge wurde vollkommen still.

»Meine Brüder und Schwestern«, wiederholte Argan, »viel haben wir gelitten auf unserer Suche nach Gerechtigkeit. Jetzt herrscht bitterer Winter, der eisige Nordwind schneidet in unser Fleisch, und der gefrorene Boden erschwert uns das Vorankommen. Barfuß und in dünnen Lumpen haben wir uns durch Perquaine gekämpft, während der Frost uns in eisiger Grausamkeit umklammert hält. Wir hungern und dursten, doch nicht nach Brot und Wasser. Unser Hunger und Durst gehen viel tiefer. Und was ist das so schwer zu erreichende Ziel, das wir uns gesetzt haben?«

»Gerechtigkeit!«, brüllte ein stämmiger Bauer mit einer Stimme wie Donnergrollen.

»Ein gut gewähltes Wort, mein Bruder«, bestätigte Argan. »Gerechtigkeit, wahrhaftig. Doch wer verwehrt uns den Weg zur Gerechtigkeit?«

»Die Edelleut'!«, schrie ein anderer Bauer.

»So ist es. Doch das Wort ›edel‹ ist bei ihnen fehl am Platze – nach allem, was sie seit endlosen Jahrhunderten tun, um uns zu erniedrigen und auszubeuten. Das schöne Perquaine ist ein fruchtbares Land mit überreichen Ernten, doch wie viel davon bekommen wir?«

»Nichts!«, kreischte eine schmuddelige Frau mit wirrem verfilztem Haar.

»Wie wahr, meine Schwester«, pflichtete Argan ihr bei. »Nichts. Nichts ist unser Frühstück, und Nichts ist unser Abendbrot. Wir schlagen uns den Bauch mit Nichts voll. Wir plagen uns unser Leben lang, dem reichen Land Perquaine Nahrung zu entringen, und Tonnen voll Nichts ist unser Lohn. Jene, die sich Edelleute nennen, haben uns alles genommen und verlangen trotzdem mehr und mehr. Und weil wir nichts mehr haben, das wir ihnen geben können, bestrafen sie uns mit Peitsche und Stock – nicht um ihre Habgier zu stillen, sondern um ihre Grausamkeit zu befriedigen. Ist das edel?«

»Nein!«, riefen Hunderte von Stimmen.

»Wir verhungern inmitten des Überflusses, meine Brüder und Schwestern, und jene, die sich edel nennen, setzen uns den Fuß auf den Nacken, weil sie sich einbilden, dass es ihr gottgegebenes Recht ist. In Perquaine wäre es sogar ein weniger grausames Schicksal, ein Pferd oder ein Hund zu sein. Doch lasst uns dies noch etwas weiter führen, meine Brüder und Schwestern. Wir haben unter der Knute unserer Unterdrücker gestöhnt und kennen diese Tyrannen nur allzu gut. Hat je einer einen Edelmann gesehen, der seine linke Hand von seiner rechten unterscheiden kann?«

Die Menge brüllte vor Lachen.

»Oder seine eigenen Schuhe anziehen?«

Wieder Gelächter.

»Oder sich den Hintern kratzen, wenn er juckt?«

»Er geht zu weit!«, knurrte Emdahl.

»Das muss er bei diesen Zuhörern, Eminenz«, erklärte Althalus. »Das Volk vom Lande ist nun mal ein bisschen derb.«

»Da unsere unendlich edlen Edelleute zu dumm sind, den Tag von der Nacht zu unterscheiden«, fuhr Argan fort, »ist es offensichtlich, dass jemand sie auf dem Pfad der Unterdrückung und Ungerechtigkeit anführen muss. Wer oder was, glaubt ihr, mag das sein, meine Brüder und Schwestern?«

»Die Kirche!«, erschallte eine tiefe Stimme aus der Mitte des wilden Haufens.

»Das war geschickt«, bemerkte Exarch Yeudon.

»Ihr gebt diesem Abtrünnigen doch nicht etwa Recht?«, entrüstete sich Aleikon.

»Ich sprach von seiner Geschicklichkeit, nicht von seiner Aussage, Aleikon«, entgegnete Yeudon. »Er ist ein sehr guter Redner. Daran besteht kein Zweifel.«

»Dann sind Grausamkeit und Unterdrückung ein Wesenszug des wahren Gottes?«, fragte Argan die Menge.

»Nein«, antworteten etwa ein Dutzend Stimmen.

»Dann muss man wohl annehmen, dass die Kirche von Perquaine vom Weg abgewichen ist, den Gott ihr gewiesen hat. Das aber ist nicht sonderlich überraschend. Die Braunkutten sind berüchtigt dafür, in ihrer Gier nach Reichtum und Macht die Worte und Absichten Gottes zu verschleiern oder für ihre Zwecke umzudeuten. Uns fordern sie zu Demut und Unterwerfung auf – und die Edelleute werden angehalten, uns zu unterdrücken. Wir tragen verschlissene Lumpen und hausen in baufälligen Katen, die uns nicht vor dem Wetter schützen können. Die Edlen aber tragen Samt und Seide und dicke Pelze, und sie wohnen in prunkvollen Palästen. Und wer hat diesen verwöhnten – und dummen – Edelleuten gesagt, dass es so richtig ist?«

»Die Braunkutten«, schrillte eine Stimme aus dem Mob.

»Unsere Frauen müssen sich den hochwohlgeborenen Lüstlingen hingeben. Und wer sagt den Aristokraten, dass die Vergewaltigung von Bauernmaiden keine Sünde ist?«

»Die Braunkutten!«, brüllte die Menge.

»Und was müssen wir tun, um der Lehre des wahren Gottes zu folgen?«

»Töten!«, schrie eine einsame Stimme.

»Und wen müssen wir töten?«

»Die Edelleute!«

»Und wer trägt die Schuld mit ihnen?«

»Die Braunkutten!«

»Dann müssen wir auch die Braunkutten töten?«

»Ja!«

»Aber der Mensch braucht Priester, die ihm den richtigen Weg weisen. Sagt mir, Bürger von Perquaine, welchem Orden würdet ihr eure Seele anvertrauen?«

»Den Rotkutten!«, riefen Komans strategisch gut verteilte Helfershelfer.

Da trat der stämmige Bursche mit der tiefen Donnerstimme aus der Menge. »Führt uns, Bruder Argan!«, bat er. »Sagt uns, was wir tun müssen, um nicht in den Klauen unserer Unterdrücker zu verrecken.«

Argans Gesicht nahm einen Ausdruck übertriebener Demut an. »Ich bin unwürdig, mein Bruder«, entgegnete er sanft.

»Nicht so unwürdig wie Exarch Aleikon«, widersprach der Stämmige. »Befreit uns aus der Unterdrückung. Gebt uns Gerechtigkeit.«

»Ist dies der Wille aller hier Anwesenden?«

»Ja!«, hallte es wie eine einzige Donnerstimme über die gefrorene Ebene.

»Dann folgt mir durch die Tore von Dail, meine Brüder und Schwestern. Und wohin wollen wir ziehen, sobald Dail geläutert ist?«

»Nach Maghu!«

Der zu allem entschlossene Mob drängte nach vorn, und die Tore von Dail vermochten ihm keinen Widerstand zu bieten.

»Das war übelste Stimmungsmache!«, protestierte Aleikon. »So schlimm sind die Dinge in Perquaine gar nicht.«

»Ach nein?«, entgegnete Yeudon sarkastisch. »Ihr Braunkutten seid berüchtigt für eure Habgier. Ich gebe es nicht gern zu, doch dieser Bursche in der roten Kutte hat die reine Wahrheit gesagt, und wenn wir nur ein bisschen ehrlich wären, müssten wir zugeben, dass dieser Bauernaufstand vollkommen gerechtfertigt ist.«

»Nicht hier, Yeudon!«, schnarrte Emdahl. »Ich halte es für angebracht, dass wir drei ungestört und ausführlich über die Lage reden.« Er blickte Althalus an. »Wir brauchen eine Kammer, wo dies möglich ist – sehr weit von hier.«

»Der Turm am Ende des Westkorridors«, schlug Dweia vor. »Zeig ihnen den Weg, Eliar.«

Eliar nickte. »Wenn Ihr mir folgen würdet, meine Herren.«

Emdahl blickte Leitha eindringlich an, dann zwinkerte er ihr verstohlen zu.

»Was sollte das?«, fragte Bheid, nachdem die Exarchen das Gemach verlassen hatten.

»Dein Exarch hat mich gerade aufgefordert, unbemerkt an ihrer Sitzung teilzunehmen«, antwortete Leitha. »Er wusste, dass ich es sowieso tun würde, aber er will es auch. Er hat etwas vor, das Althalus ›reinlegen‹ nennen würde, und wir sollen dabei mitmachen.«

»Könntest du ein bisschen weniger geheimnisvoll tun, Leitha?«, bat Andine ihre Freundin.

»Emdahl sieht in den gegenwärtigen Unruhen in Perquaine eine große Chance«, erklärte Leitha. »Der Orden der Braunkutten ist durch und durch käuflich, und Emdahl hat sich einen, wie er glaubt, genialen Plan ausgedacht. Er will den Braunkutten ihren Hauptsitz der Macht direkt unter den Füßen wegziehen. Ohne die Unterstützung der Aristokratie von Perquaine dürften sie zu einem Bettelorden absinken.«

Andine kicherte. »Eine großartige Idee. Wie will Emdahl das anstellen?«

»Er bastelt noch an den Einzelheiten, aber im Großen und Ganzen will er Argans Predigten benutzen, um Aleikon so zu verängstigen, dass er seinem Rat folgt, mit dem gesamten Orden aus Perquaine zu fliehen. Emdahl wird natürlich immer wieder die Wörtchen ›vorläufig‹ und ›einstweilen‹ einflechten, damit Aleikon nicht durchschaut, dass es keine Rückkehr nach Maghu für ihn geben wird, wenn dies alles überstanden ist.«

»Mein Exarch ist sehr schlau«, warf Bheid stolz ein. »Wenn die Lage sich hier in Perquaine wieder beruhigt hat, wird Aleikon feststellen müssen, dass er überlistet wurde und nun die Schwarzkutten das Sagen haben, was die Religion bestrifft.«

Leitha lächelte verschmitzt. »Nicht ganz. Emdahl arbeitet noch an bestimmten Einzelheiten. Du darfst nicht vergessen, dass ein Streit zwischen den Schwarz- und Braunkutten zu einem Krieg führen würde, gegen den der Bauernaufstand ein Kinderspiel wäre.«

»Du verbirgst etwas vor mir, Leitha«, beschuldigte Bheid sie.

Sie blickte ihn mit großen Unschuldsaugen an. »Würde ich so etwas tun? Ausgerechnet ich?«

Bheid warf die Hände hoch. »Frauen!«, murmelte er.

Die Sitzung im Turm am Ende des Westkorridors dauerte mehrere Tage. Eliar, der den drei Exarchen die Mahlzeiten brachte, berichtete, dass es bei den Disputen sehr lebhaft zuging.

Am Nachmittag eines schneereichen Tages kehrten die hohen Kirchenherren zu Dweias Turmgemach zurück. Aleikon wirkte mürrisch, während Emdahl und Yeudon auf zurückhaltende Weise zufrieden zu sein schienen.

»Wir sind zu einer Entscheidung gelangt«, verkündete Emdahl. »Die Krise in Perquaine ist eine unmittelbare Folge unserer Politik. Hauptsächlich ist Aleikon dafür verantwortlich, aber auch uns trifft Schuld. Wir alle haben uns auf die Mächtigen konzentriert und das einfache Volk vernachlässigt. Wir dachten, die Mächtigen könnten den Bürgern befehlen, unsere Lehrsätze zu akzeptieren, aber das war ein Trugschluss, wie nicht anders zu erwarten. Die Mächtigen können den Untergebenen befehlen, was sie tun müssen, aber nicht, was sie denken oder glauben sollen. Der rotkuttige Argan schlachtet unseren folgenschweren Irrtum aus und benutzt ihn dazu, den Tempel von Maghu an sich zu reißen – und es wird ihm gelingen, wenn wir nicht sofort etwas unternehmen.«

»Sofort könnte nicht mehr rechtzeitig genug sein, Eminenz«, sagte Andine spitz. »Der Adel von Perquaine ist berüchtigt dafür, wie schlecht er die Armen behandelt, und die Braunkutten sind nicht besser. Ich mag zwar ein törichtes Mädchen sein, aber sogar ich weiß, dass das Wohl eines jeden Landes weit mehr von den Bauern und Arbeitern abhängt als von der Aristokratie. Die drei Orden haben das einfache Volk so oft im Stich gelassen, dass es euch nie mehr trauen wird.«

»Genau wie ich sagte«, entgegnete Emdahl und blickte Yeudon und Aleikon an. »Seht ihr, meine lieben Freunde, sogar dieses niedliche Kind hat erkannt, was wir falsch gemacht haben.«

»Schon gut, Emdahl«, erwiderte Aleikon ätzend. »Ihr braucht es uns nicht unter die Nase zu reiben. Kommt zur Sache, damit wir weitermachen können.«

»Welch großartige Idee, Aleikon.« Emdahl nickte. »Wir benötigen jemanden, der diesen Hetzreden Argans entgegenwirkt. Aber es darf kein Angehöriger der bekannten Orden sein, denn kein Bürger, der seine fünf Sinne beisammen hat, würde den Schwarz- oder Braunkutten je wieder auch nur ein Wort glauben.«

»Stimmt«, bestätigte Althalus. »Was wollt ihr Herren also tun?«

»Wir brauchen ein neues Manifest, das ist alles.« Emdahl zuckte die Schultern. »Ein Manifest, in dem keiner der erwähnten Fehler und Irrtümer enthalten sein darf. Und wir brauchen vor allem eine Stimme, um die neue Lehre unters Volk zu bringen.«

»Was genau ist diese Überraschung, die du dir ausgedacht hast, Emdahl?«, fragte Dweia.

»Wir haben einen neuen Orden gegründet, mit anderen Kutten als unseren. Er wird nicht verseucht sein von den Dingen, derer wir uns schuldig gemacht haben. Die Brüder dieses Ordens werden sich der Armen und Entrechteten annehmen, und sie werden nicht in Palästen wohnen und nicht mit dem Adel verkehren.«

»Es könnte ein Anfang sein«, meinte Bheid. »Aber verzeiht meinen Zweifel, Exarch – wird dieser neue Orden Zeit genug haben, den Predigten Argans entgegenzuwirken? Argan hat eine Unzahl von Aufgewiegelten um sich geschart, die er noch vor Ende dieser Woche nach Maghu führen wird.«

»Nun, es wird begnadeter Predigten bedürfen, Bruder Bheid, aber ich bin überzeugt, dass Ihr es schafft.«

Bheids Gesicht wurde totenbleich. »Ich?«, krächzte er.

»Es war einer der wenigen Punkte, auf die wir uns schnell einigten, Exarch Bheid«, warf Yeudon ein. »Ihr seid die einzig logische Wahl. Euer Orden wird graue Kutten tragen und ein Armutsgelübde ablegen. Die Frage der Keuschheit kam während unserer Diskussion zur Sprache, aber dann dachten wir, dass wir vielleicht die Göttin Dweia beleidigen würden, wenn wir darauf beharrten.«

»Eine weise Entscheidung«, bemerkte Leitha.

»Es steht überhaupt nicht zur Debatte!«, sagte Bheid fest. »Ich bin nicht einmal mehr Priester.«

»Die Weihe ist unwiderruflich«, schnarrte Emdahl, »ebenso wie Euer Gelübde.«

»Ich habe einen Mann ermordet, mein Exarch«, gestand Bheid düster.

»Ihr habt was?«

»Ich habe in Arya Andines Thronsaal einen Mann mit dem Schwert durchbohrt. Ich bin verdammt!«

Ein breites Lächeln legte sich auf Aleikons pausbackiges Gesicht. »Das ändert alles, nicht wahr, Emdahl? Ich glaube, ich werde Maghu doch nicht verlassen.«

»Es ist wirklich ein Problem, Emdahl«, warf Yeudon ernst ein. »Ein Mörder kann nicht Priester sein.«

»Habt Ihr vergessen, Yeudon, dass wir alle irgendwann einmal den einen oder anderen Meuchelauftrag erteilt haben?«, widersprach Emdahl.

»Aber wir haben nicht selbst zur Waffe gegriffen. Es mag eine Spitzfindigkeit sein, doch Mord mit eigener Hand ist und bleibt eine Todsünde. Ehe Bruder Bheid nicht Buße dafür getan hat, kann er nicht befördert werden.«

»Wen habt Ihr getötet, Bheid?«, fragte Emdahl.

»Er hieß Yakhag, Eminenz«, antwortete Andine an seiner statt. »Und ich finde, dass Bheid übertrieben hat. Yakhag war kein Mann im eigentlichen Sinne des Wortes. Er war mehr Dämon denn Mensch. Sogar Ghend hatte Angst vor ihm. Der unmittelbare Anlass war, dass Yakhag einen jungen Burschen abgeschlachtet hatte, den Bruder Bheid in die Priesterschaft einführen wollte. Exarch Yeudon kann Euch mehr über diesen jungen Mann erzählen. Er war ein Schäfer namens Salkan.«

»Salkan ist tot?«, rief Yeudon bestürzt.

»Leider, Eminenz. Yakhag erhielt von Argan den Befehl, Bheid zu töten. Salkan entriss Eliar das Schwert und stellte sich schützend vor Bheid. Yakhag erschlug Salkan, worauf Bheid auf Yakhag losging und ihn tötete. Da dieser Vorfall sich in Treborea zutrug, ist unsere Rechtsprechung zuständig. Und unseren Gesetzen zufolge kann bei einer kriegerischen Auseinandersetzung nicht von Mord die Rede sein.«

»Bruder Bheid untersteht dem Kirchengesetz!«, rief Aleikon rasch. »Und ehe er nicht gesühnt hat, kann er in keinem Orden ein Amt innehaben.« Er blickte Emdahl schadenfroh an. »Euer schlauer Plan hat sich in Luft aufgelöst.«

»Vielleicht auch nicht«, warf Yeudon ein. »Was versteht Ihr unter ›Sühne‹, Aleikon?«

»Beten, fasten, Abgeschiedenheit, harte Arbeit – welche Bestrafung sein Exarch für angemessen hält. Ihr könnt Euch da nicht herauswinden!«

»Nehmen wir uns doch einmal den Begriff ›harte Arbeit‹ vor«, riet Yeudon. »Ich glaube, die derzeitige Lage in Perquaine verlangt vom Exarchen der Graukutten härtere Arbeit, als sonst ein Mensch auf der Welt sie leisten muss. Bruder Bheid kann seine Todsünde nur durch die schwierigste Arbeit überhaupt büßen.«

»Arbeit als Buße«, bestätigte Emdahl. »Wundervoll, Yeudon.«

»Das ist bloße Spitzfindigkeit!«, schimpfte Aleikon.

»Gewiss«, gab Emdahl zu. »Aber eine sehr nützliche. Genau genommen gehört Bruder Bheid immer noch zum Orden der Schwarzkutten, deshalb habe ich bei seiner Buße das letzte Wort, nicht wahr?«

»Nun, rechtlich gesehen, ja«, gab Aleikon widerwillig zu.

»Also gut. Erledigen wir erst einmal einige Formalitäten. Darf ich Euren Tisch benutzen, Göttin?«

»Selbstverständlich, Exarch Emdahl«, sagte Dweia.

Emdahl setzte sich an den Marmortisch und zog seine Kapuze hoch. »Habt die Güte und legt dem Gericht die Anklage vor, Yeudon.«

»Das ist aber nicht die korrekte Verfahrensweise!«, protestierte Aleikon.

»Das hängt davon ab, wer den Vorsitz führt, Aleikon«, entgegnete Emdahl. »Bruder Bheid gehört meinem Orden an und untersteht daher meiner Gerichtsbarkeit. Die Verhandlung und der Urteilsspruch liegen in meiner Hand. Das Gericht erwartet die Anklage, Exarch Yeudon.«

Auch Yeudon zog die Kapuze hoch. »Die Anklage lautet auf Mord, heiliger Emdahl, und der Angeklagte hat sich schuldig bekannt.«

»Angeklagter, was habt Ihr dazu zu sagen?«, fragte Emdahl streng. »Rasch, beeilt Euch, Bheid. Das Abendessen wartet.«

»Ich bin schuldig, mein Exarch«, antwortete Bheid mit gebrochener Stimme, »denn ich habe den Mann namens Yakhag vorsätzlich getötet.«

»Seid Ihr bereit, Euch dem Urteil dieses Gerichts zu unterwerfen?«

»In jeder Hinsicht, mein Exarch.«

»Der Angeklagte muss den Urteilsspruch kniend entgegennehmen«, ordnete Emdahl an.

Zitternd sank Bheid auf die Knie.

Emdahl legte geistesabwesend die Hand auf das Buch. »Der Angeklagte wird des Mordes für schuldig befunden«, erklärte er förmlich. »Hat der Angeklagte noch etwas zu sagen, bevor das Gericht das Urteil fällt?«

»Ich … äh …«, stammelte Bheid.

»Das habe ich auch nicht angenommen«, unterbrach Emdahl ihn. »Das Gericht verurteilt Euch für den Rest Eures Lebens zu Schwerstarbeit, und zwar werdet Ihr sie als Exarch der Graukutten leisten – und mögen die Götter Erbarmen mit Eurer jämmerlichen Seele haben.«

»Aber …«

»Haltet den Mund, Bheid!«, schnaubte Emdahl. »Auf die Füße mit Euch – und macht Euch an die Arbeit!«

»Das war sehr gerissen, Emdahl«, lobte Althalus, als sie den anderen die Treppe hinunter zum Abendessen folgten.

»Freut mich, dass es Euch gefallen hat.« Emdahl grinste. »Aber es war nicht alles meine Idee. Sühne durch harte Arbeit – das ist Yeudon eingefallen. Ich wundere mich, dass Ihr nicht selbst daran gedacht habt.«

»Ich sehe die Welt nicht auf die gleiche Weise wie ihr Priester«, antwortete Althalus. »Ich bin Berufsverbrecher, darum errege ich mich auch nicht über die unterschiedlichen Sünden. Yakhag musste getötet werden, aber das konnte Bheid einfach nicht begreifen, so sehr ich mich auch bemühte. Ein bisschen Erfolg hatte ich erst, als ich ihn mit dem Kopf gegen die Wand schmetterte.«

»Eine interessante Spielart«, bemerkte Emdahl. »Bheid litt unter seinem Schuldgefühl. Wir brauchen ihn in einer bestimmten Position; deshalb musste ich diese Position als Strafe hinstellen. Er wollte unbedingt bestraft werden. Jetzt bekommen wir beide genau, was wir wollten.«

»So wie ich.«

»Das verstehe ich nicht ganz.«

»Bheids Schuldgefühl trennte ihn von Leitha, und das machte ihr so sehr zu schaffen, dass sie der Verzweiflung und Hoffnungslosigkeit nahe war.«

»Ihr redet von der Hexe? Ich dachte, nichts könnte sie berühren. Sie scheint aus Stein zu sein, nicht wahr?«

»Das hat nur den Anschein, Emdahl. Tatsächlich ist sie sehr zerbrechlich und braucht Liebe. Sie hat mich als ihren Vater auserkoren. Ausgerechnet mich!«

»Da hat sie gar nicht so falsch gewählt«, bemerkte Emdahl. »Ihr habt zwar Eure Fehler, Althalus, aber es ist offensichtlich, dass Ihr

Eure kleine Familie und Eure Freunde liebt. Mit ein bisschen Ausbildung würdet Ihr einen guten Priester abgeben – aber das seid Ihr im Grunde genommen ja ohnehin. Ihr seid Exarch der Kirche Dweias, nicht wahr?«

»So förmlich sind wir nicht, Yeudon. Emmy ist viel lockerer als ihre Brüder. So lange wir sie lieben, ist sie vollkommen glücklich. Sie schnurrt sogar.«

»Schnurrt?«

»Das zu erklären würde zu lange dauern.«

»Es ist wahrscheinlich das Beste, was wir in dieser kurzen Zeit tun können, Bheid«, sagte Emdahl, als sie ein paar Tage später zum Tempel in Maghu zurückgekehrt waren. »Aleikon war nicht sehr glücklich darüber, aber wir einigten uns schließlich, dem Orden der Graukutten freie Hand zu lassen. Anfangs wird der Zustrom nicht sehr groß sein. Das Armutsgelübde schreckt die meisten Priester ab, deshalb werdet Ihr zunächst nicht sehr viele Freiwillige haben.«

»Es wird allerdings einige Unfreiwillige geben«, warf Yeudon trocken ein.

»Nein!«, wehrte Bheid heftig ab. »Meine Herren, ihr werdet meinen Orden nicht als Müllhalde für die bei euch Unerwünschten nutzen!«

»Einen Moment, Exarch Bheid«, entgegnete Aleikon. »Euer Orden ist noch keine Woche alt. Ihr untersteht immer noch uns dreien!«

»Dann lassen wir das Ganze!« Bheids Gesicht wurde hart. »Wenn ihr durch mich nur das einfache Volk beschwichtigen wollt, um die gegenwärtigen Unruhen zu beenden, will ich nichts damit zu tun haben. So etwas würde lediglich den gleichen Fehlern Tür und Tor öffnen, durch die Argan überhaupt erst Zutritt fand. Seht ihr das nicht ein?«

»Damit hat er Recht«, gab Emdahl widerwillig zu. Dann verzog er das Gesicht. »Sieht ganz so aus, als hätte ich mir einen der Guten durch die Lappen gehen lassen. Wäre ich aufmerksamer gewesen, hätte ich Bruder Bheid ausbilden können, damit er später meine Nachfolge antritt.«

»Nicht, wenn zuerst ich auf ihn aufmerksam geworden wäre«, wandte Yeudon ein.

»Emmy will mit Euch reden, Althalus«, sagte Eliar leise, als alle Exarch Aleikons prunkvolles Arbeitsgemach verließen.

»Ach? Habe ich mich bei ihr wieder in die Nesseln gesetzt?«

»Das hat sie nicht gesagt, und ich glaube es auch nicht. Wie wär's, wenn wir die Tür zu Eurem Zimmer benutzen? Ich werde davor Wache halten.«

Sie gingen durch den Tempelkorridor zu den Gemächern, die Exarch Aleikon ihnen zur Verfügung gestellt hatte, und Eliar öffnete die Tür zu Althalus' Zimmer. Gleich dahinter befand sich die vertraute Treppe.

Dweia streckte Althalus die Arme entgegen und schmiegte sich an ihn. »Hast du Schwierigkeiten, Emmy?«, fragte er.

»Nein, es geht alles recht gut. Bheid macht sich sogar besser, als ich erwartet hatte. Aber ich möchte dir etwas erklären. Es ist wichtig, dass du weißt, was tatsächlich vor sich geht.«

»Ich dachte, das sei offensichtlich, Em.«

»Nicht völlig, Schatz. Die Worte auf der Dolchklinge sind etwas komplexer, als es den Anschein hat. Was hat dein Wort dir befohlen?«

»›Suche!‹ Bedeutete das nicht, dass ich umherwandern und die anderen finden sollte?«

»Es geht sogar noch ein bisschen weiter, Liebster. Du solltest auch mich finden!«

»Das hatte ich doch bereits.«

»Nicht wirklich. Du hattest Emmy gefunden, die Katze, aber mich noch nicht, als du den Dolch zum ersten Mal gesehen hast.«

»Hm. Vermutlich nicht. Wie sieht es weiter aus?«

»Dazu kommen wir erst noch, Althalus. Als Eliar das Wort ›Führe!‹ las, dachte er, es bedeute, dass er eine Armee führen solle. Aber so war es ganz und gar nicht. Andine las ›Gehorche!‹, und dadurch besiegte sie Gelta.«

»Gut, bis hierher kann ich dir folgen. Leithas Wort war ›Lausche!‹, nur tut sie es nicht mit den Ohren. Wir haben ihre besondere Fähigkeit schon viele Male genutzt.«

»Es wird komplizierter, wenn sie Koman begegnet.«

»Das dachte ich mir bereits. Sie weiß, was sie dann tun muss, und es gefällt ihr kein bisschen. Sie hat sich an meiner Brust ausgeweint, nachdem sie angefangen hatte, mich ›Pappi‹ zu nennen. Was genau soll sie mit Koman tun?«

»Ihn belauschen, Althalus. Und wenn sie lauscht, wird Koman nicht mehr hören können. Es ist ein sehr subtiles Vorgehen.«

»Aber schlimm für Leitha?«

»Sehr, sehr schlimm. Deshalb braucht sie so dringend deine Zuneigung. Schelte sie nicht, wenn sie dich ›Pappi‹ nennt. Es ist ein Hilferuf. Beruhige sie, so gut du kannst.«

»In dieser Traumvision, die du uns geschickt hast, hat sie ein hauchdünnes Gewand zerfetzt. Was sollte dieses Gewand darstellen?«

»Das war Koman, Schatz.«

»Sie wird ihn in Fetzen reißen? Ist das nicht grausig?«

»Viel mehr als grausig, Schatz«, entgegnete Dweia traurig, »aber es muss geschehen. Als Nächstes kommen wir zu Bheid. ›Erleuchte!‹ ist vielleicht das komplizierteste der Dolchwörter. Bheid wird letztendlich Argan und seine Rotkutten als das aufdecken, was sie wirklich sind: die Priesterschaft Daevas.«

»Das ist mir in der Traumvision aber nicht aufgefallen.«

»Dann hast du nicht aufgepasst. Was habe ich getan?«

»Du hast den Staub vom Altar in deine Hand gebürstet, dann hast du ihn in die Luft geworfen, und ein Windstoß vom Fenster blies ihn fort.« Althalus runzelte die Stirn. »Auf seltsame Weise war Bheid dieses Fenster. Das hat mich durcheinander gebracht.«

»Bheids Aufgabe ist es zu ›erleuchten‹, deshalb das Fenster. Fenster lassen Licht herein, aber auch Luft. Der Traum verwandelte Argan in Staub, ich warf ihn in die Luft, und die Brise, die durchs Fenster Bheid kam, blies den Staub Argan hinweg. Betrachte diese Traumvision als Metapher.« Sie hielt nachdenklich inne. »Das ist wirklich ein sehr nützliches Wort. Alles Mögliche kann als Metapher erklärt werden.«

»Und was wird tatsächlich mit Argan geschehen – in nicht-metaphorischem Sinne?«

»Sein Körper wird den Zusammenhalt verlieren und die winzigen Staubpartikel, die ursprünglich Argan waren, werden in die Luft schweben. Dann wird das Fenster Bheid eine Brise hereinlassen. Eine gute steife Brise reinigt die Luft und lässt die Wahrheit ein. Das ist eine andere Art von ›Erleuchtung‹, nicht wahr?«

»Wird Argans Körper je wieder seinen Zusammenhalt zurückbekommen?«

»Nein, das glaube ich nicht.«

»Also tötet Bheid erneut, nicht wahr? Es war nur eine Übung, als er Yakhag erstach. Seine eigentliche Aufgabe ist, Argan das Lebenslicht auszublasen. Warum diese ganze Taktik der Täuschung, Em? Warum bist du nicht offen damit herausgerückt und hast mir gesagt, du möchtest, dass Bheid Argan umbringt?«

Sie kniff die grünen Augen zusammen und zischte ihn an.

Althalus lachte erfreut. »Oh, ich liebe dich so sehr, Em!« Er nahm sie in die Arme und rieb zärtlich die Nase an ihrem Hals.

Plötzlich kicherte sie fast mädchenhaft und zog die Schulter hoch, um ihren Hals zu bedecken. »Bitte tu das nicht, Althalus«, flehte sie ihn an.

»Warum nicht?«, tat er unschuldig.

»Weil es kitzelt.«

»Bist du kitzlig, Emmy?«

»Darüber unterhalten wir uns ein andermal.«

Er grinste sie verschmitzt an. »Ich kann es kaum erwarten.«

40

Man sah es Bheid an, wie unwohl er sich in dem prunkvollen Sessel in Exarch Aleikons ehemaligem Arbeitsgemach fühlte. »Muss ich wirklich dieses Zimmer benutzen, Althalus?«, fragte er kläglich, nachdem sie sich seit etwa einer Woche in Maghu befanden.

Althalus zuckte die Schultern. »Nicht, wenn du es nicht willst. Was hast du daran auszusetzen?«

»Es ist zu luxuriös. Ich versuche Priesteranwärter für einen Bettelorden anzuwerben. Dafür ist das hier wirklich nicht die richtige Umgebung.«

»Dann such dir ein anderes Zimmer aus. Wie kommst du mit der Rekrutierung zurecht?«

»Nicht gut«, gab Bheid zu. »Die meisten Bewerber glauben immer noch, dass der Weg in der Priesterschaft unweigerlich zu Reichtum und Macht führt. Sobald ich erkläre, was von ihnen erwartet wird, erlischt ihr Interesse. Jene, die sich nicht abschrecken lassen, sind gewöhnlich Braunkutten im geheimen Auftrag. Aleikon tut sein Möglichstes, meinen Orden zu unterwandern, doch glücklicherweise macht Leitha mich auf seine Leute aufmerksam. Ich kann froh sein, wenn ich täglich drei brauchbare Anwärter bekomme.«

»Du solltest dich in den Priesterseminaren umschauen, Bheid«, riet Althalus. »Da sind sie jung genug, dass ihnen Idealismus vielleicht noch etwas bedeutet.«

Die Tür ging auf und Leitha trat zögernd ein. »Bist du sehr beschäftigt?«, fragte sie Bheid.

»Kann ich nicht behaupten. Es hat sich offenbar herumgesprochen, dass es mir mit dem Armutsgelübde für meinen Orden ernst ist. Komm, setz dich zu uns.«

Leitha durchquerte das geräumige Gemach. »Könntest du es unmöglich machen, dass wir hier belauscht werden, Pappi?«, fragte sie stumm. »Aleikon hat mehrere Personen hinter den Wänden versteckt, die ihm jedes Wort berichten.«

»Damit hätten wir rechnen müssen«, murmelte Althalus. Er runzelte die Stirn und blätterte in Gedanken durch das Buch. »Ah, das könnte es zuwege bringen!«

»Warum fragt Ihr nicht Dweia?«, schlug Leitha vor.

»Ich möchte wissen, ob ich nicht selbst das Richtige finden kann«, antwortete Althalus. Er fächelte mit einer Hand in der Luft und sagte: *»Kadh-leu.«*

»›*Kadh-leu*‹?«, hörte er Dweias fragende Stimme ungläubig in seinem Kopf.

»Ich habe Schwierigkeiten mit dem Negieren, Em«, gestand er. »Wenn ich jemandem befehlen will, etwas Bestimmtes zu tun, fällt mir meist das richtige Wort ein, nicht aber, wenn ich ihm was verbieten möchte. Hat mein ›*Kadh-leu*‹ seinen Zweck erfüllt?«

»Auf seine Weise, ja. Aleikons Spitzel werden dich zwar hören, aber nicht darauf achten – oder was sonst jemand sagt. Sie werden von nun an ein wenig seltsam sein.«

»Alle Priester sind seltsam. Anwesende natürlich ausgeschlossen, Bheid.«

»Da ist noch etwas«, fuhr Leitha fort. »Aleikon ist gar nicht glücklich über die Entscheidung, die im Haus getroffen wurde, darum versteckt er viele seiner Braunkutten unter den Bürgern von Maghu, natürlich getarnt. Er hat Prinz Marwain zwar von dem neuen Orden erzählt, aber Bruder Bheids Namen nicht erwähnt – noch nicht. Marwain ist nicht gerade ein Ausbund an Klugheit, und Aleikon hat das weidlich ausgenutzt. Er ist ziemlich sicher, dass er Marwain dazu bringen kann, so zu tun, als würde er die Graukutten akzeptieren. Doch sobald Bheid ein Ende mit Argan gemacht und den Bauernaufstand niedergeschlagen hat, beabsichtigt Aleikon, Marwain nach Maghu zurückmarschieren zu lassen. Dann wird er seine vorherige Position wieder einnehmen, den Graukuttenorden mit Stumpf und Stiel ausrotten und Perquaine wieder in die Hand der Braunkutten geben.«

»Sie wollen also, dass ich ihnen das Eisen aus dem Feuer hole, und danach bringen sie mich um?«, fragte Bheid düster.

»Dann sollten wir rasch etwas gegen sie unternehmen«, meinte Althalus.

»Ich bin nicht an Massenmord interessiert, Althalus.«

»Daran hatte ich auch nicht gedacht, Bheid.« Althalus grinste. »Sondern an eine längere Reise Aleikons und Marwains.«

»Ach? Und wohin sollen sie reisen?«, fragte Bheid.

»Ein gutes Stück weiter als nur über die Grenze nach Westtreborea. Es kann nicht schaden, wenn sie so weit entfernt sind, dass sie sehr alt sein werden, bevor sie Maghu wieder erreichen. Rufen wir jetzt die übrigen Kinder und machen uns auf den Heimweg. Emmy kann uns helfen, eine neue Residenz für Aleikon und Marwain zu finden – auf der Rückseite des Mondes vielleicht.«

»Warum bringen wir sie nicht einfach um?«, fragte Gher, nachdem sie das Haus erreicht hatten. »So können einem böse Leute keine Streiche mehr spielen, nicht wahr?«

»Hast du dem Jungen einen Floh ins Ohr gesetzt, Althalus?«, fragte Dweia anklagend.

»Nicht in letzter Zeit, Em. Gher braucht mich nicht für originelle Ideen. Ich will diese beiden nur weit genug weg haben, dass sie frühestens in fünfzig oder sechzig Jahren zurückkommen können – sofern sie es dann noch wollen.«

»Ich glaube, Dhweria wäre genau der Ort, der dir vorschwebt, Schatz.«

»Wo liegt Dhweria?«

»Jenseits der Ostküste von Plakand.«

»Plakand hat eine Küste?«, staunte Eliar. »Ich dachte, es wäre nur endloses Grasland.«

»Nichts ist endlos, Eliar, denn die Welt ist eine Kugel. Die Ostküste von Plakand ist ungefähr tausend Meilen von Kherdon entfernt. Und Dhweria ist eine sehr große Insel, etwa zweitausend Meilen von dieser Küste entfernt.«

»Wie ist es dort?«, erkundigte Bheid sich.

»Ähnlich wie in Hule – Urwald mit riesigen Bäumen und vielen wilden Tieren.«

»Keine Menschen?«, fragte Gher.

»Doch, es gibt dort Menschen, aber Aleikon und Marwain werden sich nicht mit ihnen unterhalten können, weil die Leute sie nicht verstehen.«

Gher blickte Dweia erstaunt an. »Sind sie blöd oder was?«

»Nein, sie sprechen nur eine andere Sprache.«

»Menschensprache ist Menschensprache, Emmy. Hunde sagen wau-wau, Vögel tirili, und Menschen sagen Worte. Das weiß jeder.«

»Nein, Gher«, entgegnete Dweia sanft. »Es gibt mehrere Tausend menschliche Sprachen.«

»Das ist dumm!«

»›Dumm‹ trifft in vieler Beziehung auf die Menschen zu, Gher. Wie auch immer, die Insel ist etwas größer als Treborea und ein einziger Wald. Die Menschen dort sind noch sehr primitiv. Ihr Werkzeug ist aus Stein, ihre Kleidung aus Fellen, und der Anbau von Feldfrüchten ist auf ein oder zwei Sorten Rüben beschränkt.«

»Keine Boote?«, fragte Althalus.

»Lediglich Flöße.«

»Es dürfte nicht so leicht für zwei Männer sein, ein Floß über zweitausend Meilen offenen Wassers zu rudern«, meinte Andine.

»So gut wie unmöglich, Liebes«, bestätigte Dweia. »Das ist der Hauptgrund, weshalb ich Dhweria vorschlug. Aleikon ist ein kirchlicher Würdenträger und Marwain ein Edelmann. Weder der eine noch der andere hat je selbst mit Werkzeugen gearbeitet, sie werden also nicht imstande sein, ein brauchbares Boot zu bauen. Wenn wir sie dorthin versetzen, werden sie wohl bleiben müssen, für immer.«

Gher grinste schadenfroh. »Sie werden uns schrecklich fehl'n, nicht wahr?«

»Wir müssen tapfer sein und uns damit abfinden«, seufzte Leitha.

»Ich bin sehr tapfer, Leitha«, versicherte Gher. »Wenn ich die Zähne zusammenbeiß', halt ich's vielleicht aus.«

»Ich liebe diesen Jungen«, sagte Leitha voll Zuneigung.

»Wovon redet Ihr da, Bheid?«, fragte Aleikon ungehalten, als die Exarchen am nächsten Morgen Bheids Bitte um eine Besprechung nachgekommen waren.

»Ich versuche nur, Euer Leben zu retten, Aleikon. Ihr habt Argans Predigt vor Dail gehört. Die Bauern und Arbeiter metzeln jeden Priester nieder, der nicht schnell genug rennen kann. Ich muss Euch in Sicherheit bringen.«

»Es gibt sichere Verstecke«, entgegnete Aleikon abfällig.

»Was Ihr nicht sagt!«, warf Althalus ein. »Die Bauern und Arbeiter sind überall. Ein aufmerksames Augenpaar genügt, Euch und Eure Braunkutten aufzuspüren. Bheid hat Recht. Wenn Ihr am Leben bleiben wollt, verlasst das Land – und nehmt Prinz Marwain gleich mit.«

»Ich finde, dass Ihr auf ihn hören solltet, Aleikon«, schnarrte Exarch Emdahl. »Und vielleicht sollten wir das auch tun, Yeudon, Ihr und ich. Wir haben Bheid auserkoren, sich mit der Lage hier in Perquaine auseinanderzusetzen. Warum lassen wir ihn nicht in Ruhe seine Arbeit tun?«

»Das ist wahrscheinlich das Beste«, pflichtete Yeudon ihm bei.

Ein müde aussehender Priester betrat das Studiergemach und wandte sich an Aleikon. »Prinz Marwain ist hier, mein Exarch«, meldete er. »Er verlangt eine sofortige Audienz.«

»Wir sind hier noch nicht ganz fertig, Bruder«, sagte Bheid. »Richtet Marwain aus, dass er warten muss.«

Aleikons pausbackiges Gesicht erbleichte. »Das könnt Ihr nicht tun!«, krächzte er. »Marwain ist der Herrscher von Maghu. Niemand wagt es, ihn warten zu lassen!«

»Die Zeiten ändern sich, Aleikon«, sagte Althalus philosophisch. »Es wird Marwain gut tun, wenn er das einsieht.«

»Niemand wird Bheids Graukutten ernst nehmen, wenn wir anderen noch zu sehen sind«, murmelte Emdahl. »Wir haben ihn angeheuert, eine Arbeit zu erledigen. Stehen wir nicht im Weg herum.«

»Aber ...«, wollte Aleikon protestieren.

»Euer Haus steht in Flammen, Aleikon«, gab Yeudon zu bedenken. »Rettet Euch, so lange es noch möglich ist – und nehmet Eure sämtlichen Braunkutten mit. Wir haben es hier nicht mit gewöhnlichen Menschen zu tun. Das musste ich während der ansunischen Invasion in Wekti auch einsehen, und was sich hier in Perquaine tut, ist eine Fortsetzung dieses Krieges. Nicht alle unsere Feinde sind Menschen. Die Tore von Nahgharash wurden geöffnet, Aleikon, und Ihr wisst, was das bedeutet.«

Bei der Erwähnung von Nahgharash erbleichte Aleikon. Offenbar machten seine Albträume ihm immer noch zu schaffen.

»Noch etwas, Exarch Aleikon«, sagte Leitha mit freundlicher Stimme. »Ruft die Braunkutten lieber zurück, die auf Euer Geheiß die Bevölkerung unterwandert haben. Sie können sich nicht wirklich verstecken, wisst Ihr. Koman kann sie aufspüren, und Argan wird sie verheizen. Bruder Bheid ist der einzige, der mit Argan fertig werden kann. Also flieht mit Euren Braunkutten, solange Ihr noch eine Gelegenheit dazu habt.«

»Ich glaube, wir haben die Möglichkeiten dieser Besprechung voll ausgeschöpft«, bemerkte Emdahl. »Rufen wir Marwain herein, ehe er überkocht. Geben wir ihm seinen Marschbefehl und sehen wir zu, dass er verschwindet.«

Prinz Marwain schien mit seinem tiefroten Gesicht einem Schlaganfall nahe zu sein, als er ins Studiergemach stürmte. »Wie könnt ihr es wagen?«, schrie er. »Wisst ihr nicht, wer ich bin? So hat man mich noch nie beleidigt!«

»Wir hatten ein Problem, Hoheit«, bemühte Aleikon sich, die Wogen zu glätten. »Es ist Euch vielleicht nicht entgangen, dass wir uns in einer schweren Krise befinden.«

»Dieser Bauernaufstand?«, schnaubte Marwain abfällig. »Ihr lasst Euch zu leicht ins Bockshorn jagen, Aleikon. Ich werde dieser Rebellion ein jähes Ende bereiten, sobald sie Maghu erreicht. Ein Wort von mir, und die Aufständischen sind tot.«

»Das ist sehr unwahrscheinlich, Prinz Marwain«, entgegnete Emdahl in aller Offenheit. »Es sind um ein Tausendfaches mehr Bauern, als Ihr Soldaten habt.«

»Wer ist dieser Mann, Aleikon?«, fragte Marwain scharf.

»Exarch Emdahl von den Schwarzkutten, Hoheit.«

»Lassen wir mal frische Luft herein«, schnarrte Emdahl. »Wir haben soeben ein Konzil des Hohen Kirchenrats beendet, und die Kirche braucht der weltlichen Obrigkeit in rein religiösen Belangen nicht Rede und Antwort zu stehen. Aufgrund der gegenwärtigen Krise bilden wir die Kirche um. Der Orden der Graukutten wird die Braunkutten in Equeros ablösen, und letztere werden das Land verlassen.«

»Wieso wurde ich nicht zurate gezogen?«, brauste Marwain auf. »Ihr könnt solche Entscheidungen nicht ohne meine Erlaubnis treffen!«

»Wir haben es soeben getan.«

»Ich verbiete es!«

»Verbietet nach Herzenslust, Prinz Marwain«, warf Yeudon nun ein. »Die Braunkutten haben in Perquaine keine Befugnisse mehr. Wenn Ihr irgendwelche religiösen Fragen habt, müsst Ihr sie mit Exarch Bheid vom Orden der Graukutten klären.«

»Ich werde meine Garde zu den Waffen rufen und euch alle in meinen Kerker werfen lassen!«, plusterte Marwain sich auf. »Niemand trifft derartige Entscheidungen ohne meine Genehmigung!«

»Nun, Bheid, wie wollt Ihr dieses kleine Problem beheben?«, fragte Emdahl listig.

»Exemplarisch.« Bheids Gesicht wurde finster, als er den aufgeblasenen Edelmann anschaute. »Die Entscheidung des Konzils ist endgültig. Die anderen Orden sind bereits dabei, Perquaine zu verlassen, und wie schon gesagt, wir Graukutten lösen sie ab. Wir sind jetzt die Kirche, und ich bin ihre Stimme. Also haltet den Mund und hört mir zu!«

Exarch Aleikon zuckte zusammen.

»Mir fehlt die Zeit für Diplomatie, Prinz Marwain, deshalb werde ich Euch den Stand der Dinge unverblümt darlegen. Ihr und die übrigen Edelleute habt das gemeine Volk mit Billigung der Braunkutten lange Zeit unterdrückt, bis die Dinge zu gären anfingen. Eure Überheblichkeit und Brutalität hat gewissen Personen – denen Ihr bestimmt nicht begegnen wollt – Tür und Tor geöffnet. Diese Personen haben das einfache Volk von Perquaine so sehr aufgewiegelt, dass nur noch Blut die Rache der Rebellen befriedigen kann, und es ist Euer Blut, Prinz Marwain, hinter dem diese Leute her sind.«

Marwains Gesicht verlor jede Farbe.

»Jetzt scheint Ihr zu verstehen«, fuhr Bheid fort. »Was sich

Maghu nähert, ist keine Armee, sondern eine entfesselte mordgierige Horde, die alles überrennt, was Ihr entgegenzusetzen habt. Tausende und Abertausende dieser Entrechteten werden in Maghu einfallen und jeden töten, der ihnen in die Quere kommt. Wahrscheinlich stellen die Aufrührer als erstes Euren aufgespießten Schädel über dem Tor zur Schau. Auf jeden Fall werden sie Maghu brandschatzen.«

»Gott würde das nicht erlauben!«

»Darauf würde ich mich nicht verlassen, Hoheit. Ich kenne Gott ein bisschen besser als Ihr und weiß, dass er sich gewöhnlich nicht in die Angelegenheiten Sterblicher einmischt.«

»Das wird allmählich ermüdend«, murmelte Althalus. »Weißt du, welche Tür zu der Insel führt, von der Em gesprochen hat, Eliar?«

»Ja, in etwa. Aber wir werden die Tür doch jetzt nicht benutzen?«

»Wieso nicht? Ich mache Marwain irgendwas von einem Geheimgang im Keller weis. Dann bringen wir ihn und Aleikon nach unten. Nimm dort irgendeine der Türen zum Haus. Dann kannst du die beiden zu der Insel schaffen. Pass auf, was ich zu Marwain sage und sorg dafür, dass die Dinge meinen Worten in etwa entsprechen.«

»Wird gemacht, Althalus.«

Althalus schritt durch das Gemach zu dem prächtig gewandeten Marwain. »Verzeiht, Hoheit«, sagte er höflich. »Ich bin Althalus und manchen als Herzog von Kenthaigne bekannt.«

»Ich habe von Euch gehört, Durchlaucht.« Marwaine verneigte sich knapp.

Auch Althalus verneigte sich. »Ich musste eine persönliche Angelegenheit aufschieben, um Exarch Bheid bei gewissen Verbindlichkeiten und in praktischen Dingen zu helfen. Diese Kirchenleute haben manchmal Schwierigkeiten damit – ist Euch das auch schon aufgefallen?«

Marwain lachte. »Sehr oft, Durchlaucht.«

»Das dachte ich mir.« Althalus warf einen raschen Blick auf Aleikon. Dessen hölzerne Miene ließ darauf schließen, dass Dweia ihn bereits beeinflusst hatte. »Wie auch immer, als ich von dieser Menschenmasse hörte, die sich Maghu nähert, begann ich nach einem Fluchtweg Ausschau zu halten. Exarch Bheid mag ja glauben, dass er mit Gebeten eine Lösung findet, aber ich verlasse mich lieber auf mich selbst. Während ich im Tempel herumschnüffelte, fand ich eine großartige Möglichkeit, Maghu völlig unbemerkt zu verlassen. Da ich Euch nicht in die Hände dieser wilden Meute fallen lassen möchte, bin ich bereit, dieses Geheimnis mit Euch zu teilen.« Er seufzte theatralisch. »Ich bin manchmal so höflich, dass ich mich selbst nicht verstehe.«

Marwain grinste breit. »Wir werden großartig miteinander auskommen, Herzog Althalus.«

»Davon bin ich überzeugt. Es besteht zurzeit keine große Eile, da die Rebellen ja noch nicht da sind. Doch wenn es so weit ist, könnte der Tumult hier sehr groß werden, und es besteht die Möglichkeit, dass wir dann nicht beisammen sind. Deshalb halte ich es für angebracht, Euch – und Exarch Aleikon – diesen rettenden Geheimgang gleich zu zeigen, damit Ihr ihn im Notfall auch ohne mich findet.«

»Sehr edelmütig von Euch, Herzog Althalus. Wo ist dieser Geheimgang denn?«

»Im Keller natürlich, wie fast alle Fluchtwege. Nach den Spinnweben zu schließen, durch die ich in diesem alten Tunnel hindurchwaten musste, wurde er seit Jahrhunderten nicht mehr benutzt. Er erstreckt sich unter den Straßen und endet in einem Wäldchen weit außerhalb der Stadtmauer. Niemand wird sehen, wie wir ihn betreten, und auch nicht, wenn wir ihn verlassen.«

»Wir werden ihn vielleicht gar nicht brauchen«, meinte Marwain, »aber es kann nicht schaden, ihn uns anzusehen, eh, Aleikon?«

»Wie Hoheit befehlen«, entgegnete Aleikon stumpf.

»Führe uns, Eliar«, forderte Althalus den Arumer auf.

»Was sehen sie?«, sandte Althalus einen raschen Gedanken an Eliar.

»Spinnweben, Fackellicht, ein paar Mäuse. Wie alte Tunnel eben aussehen.«

»Wie weit ist es noch?«

»Wir sind gleich da. Die Tür führt zu einer winzigen Lichtung im Wald. Wenn wir sie erreichen, müsst Ihr mir einen Augenblick Zeit geben, eine kleine Änderung vorzunehmen. In Maghu ist es

Morgen, auf Dhweria dagegen Nacht. Ich muss für etwa die gleiche Tageszeit sorgen wie hier, damit Marwain nicht misstrauisch wird.«

Althalus nickte.

Eliar ging rasch voraus, blieb kurz stehen und blickte über die Schulter. »Hier ist es«, rief er zurück.

»Endlich«, brummte Marwain. »Ich dachte schon, Euer Geheimgang endet nie, Herzog Althalus.«

»Maghu ist eine ziemlich große Stadt, Hoheit«, erinnerte ihn Althalus. »Sobald wir in dem Wäldchen herauskommen, sollten wir uns rasch vergewissern, dass niemand uns beobachtet. Geht Ihr mit dem Exarchen zum gegenüberliegenden Ende der Lichtung und seht Euch dort um, während Eliar und ich uns der Seite zuwenden, die zur Stadtmauer führt. Wir wollen schließlich nicht, dass irgendein großmäuliger Bauer allen in der Stadt erzählt, er hätte beobachtet, wie wir uns aus dem Staub machen, oder?«

»Auf keinen Fall«, pflichtete Marwain ihm bei. »Es ist wichtig, dass wir uns gründlich umschauen. Anschließend treffen wir uns am Eingang des Geheimtunnels, richtig?«

»Richtig«, bestätigte Althalus. »Vielleicht seht Ihr drüben nach, ob es eine Schlucht oder einen überwachsenen Weg gibt, der nach Osten führt. Wir sollten vorausplanen, falls wir uns tatsächlich aus der Stadt stehlen müssen.«

»Ihr scheint Euch sehr gut auf solche Dingen zu verstehen, Herzog Althalus.«

»Ich hatte eine ziemlich aufregende Kindheit, Hoheit. Es war für einen Edelmann nicht ungefährlich, in Kenthaigne aufzuwachsen. Wir treffen uns also in etwa einer halben Stunde wieder.«

»Ist gut«, bestätigte Marwain. »Kommt, Aleikon.« Die beiden überquerten die Lichtung und traten in den Wald.

»Em«, rief Althalus stumm.

»Ja, Schatz?«, antwortete sie sofort.

»Lass Aleikon die Dinge vielleicht eine Zeit lang anders sehen. Die beiden sollen ruhig eine Weile im Wald herumwandern, bevor sie auf die schlechte Neuigkeit aufmerksam werden.«

»Was immer dich glücklich macht, Schatz.«

Althalus streckte die Hand aus und tätschelte nachdenklich die offene Tür. »Merk dir, wo sie sich genau befindet«, wies er Eliar an. »Sie könnte sich noch als recht nützlich erweisen. Emmy mag es gar nicht, wenn ich jemand umbringe, und das gibt mir eine Ausweichmöglichkeit. Holen wir die anderen und kehren ins Haus zurück. Ich glaube, wir sollten eine kleine private Besprechung einberufen.«

Khalor hatte den ganzen Tag am Fenster in Dweias Turmgemach gestanden. Sein Miene war düster, als Althalus mit den Freunden eintrat. »Ich glaube, zwei Wochen«, sagte er soeben. »Sie sammeln unterwegs ihre Leute und verstärken ihre Position auf dem Weg nach Norden, dabei ist das nicht einmal eine wirkliche Armee da unten. Es ist ein undisziplinierter Haufen und die meisten sind viel mehr am Plündern interessiert als an Religion oder einer Verbesserung der Zustände für die unteren Schichten.«

»Das ist bei Rebellionen selten anders«, entgegnete Dweia traurig. »Die Theoretiker halten idealistische Reden. Ihre Anhänger jubeln und klatschen – flüchtig –, dann machen sie sich daran, alles von Wert an sich zu reißen.«

»Du bist heute Abend recht zynisch, Em«, bemerkte Althalus.

»Ich habe das alles schon so viele Male erlebt, Schatz«, murmelte sie müde. »Eine hehre Idee, kaum geboren, wird durch den Schmutz gezogen.« Sie seufzte und schien ihre Schwermut abzuschütteln. »Da ist so einiges, das ihr wissen müsst. Der Traum, den ich euch geschickt habe, bestimmte das Was und Wo.«

»Ich weiß, dass Ihr und Leitha im Tempel von Maghu wart«, sagte Andine, »aber was habt ihr da genau getan?«

»Hausputz«, antwortete sie. »Leitha entledigte sich dieses Schurken Koman. Bheid und ich beschäftigten uns mit Argan.«

»Das ist das Wo und Was, Emmy«, warf Gher ein, »aber was ist mit dem Wann-Teil? Ghend fummelt immer mit dem Wann-Teil rum, wenn er mit einem dieser Traumdinger ankommt. Ist Euer Traumding jetzt passiert? Oder ist es vielleicht in einem anderen Wann?«

»Es war nicht in der Welt von Jetzt, Gher. Damit eine Traumvision wirklich funktioniert, muss sie entweder in der Vergangenheit oder Zukunft stattfinden. Ihr Zweck ist, Dinge zu verändern. Es besteht zwar die entfernte Möglichkeit, Ereignisse im Jetzt zu verändern, es ist jedoch einfacher, wenn man in der Zeit rückwärts geht – oder vorwärts.«

»Ich fürchte, da bin ich nicht so recht mitgekommen«, gestand Andine.

»Das liegt daran, dass Emmy sich nicht wirklich entschieden hat«, erklärte Gher. »Ich glaub', es müssen noch ein paar Dinge passieren, bevor sie mit dem Wann-Teil sicher sein kann. Sie kennt sich mit dem Was und Wo aus, aber mit dem Wann-Teil kann sie erst sicher sein, wenn die bösen Leute zu der Stadt mit dem komischen Namen kommen.«

»Maghu«, half Leitha ihm aus.

»Ja, wahrscheinlich«, sagte Gher. »Ich glaub jedenfalls, dass Emmy wartet, bis Argan und die andern in die Kirche kommen, bevor das Wann sie auswählt. Es ist wohl so ähnlich wie damals in Wekti, wo wir alle von dem Irgendwann geträumt haben, wie die Axt von der bösen Hexe aus einem scharfen Stein gemacht worden ist.«

»Ich liebe diesen Jungen«, sagte Leitha wieder einmal voll Zuneigung. »Ich könnte wochenlang über die Bedeutung von ›Irgendwann‹ grübeln. Du solltest Schreiben lernen, Gher. Du hast die Seele eines Poeten.«

Gher errötete. »Aber nein. Ich kenn bloß nicht immer das richtige Wort für was ich denk', drum muss ich mir selber Wörter ausdenken. Na ja, Argan und sein Freund – nur dass sie gar keine wirklichen Freunde sind – werden in diese Kirche stürmen, aber wenn sie durch die Tür sind, wird es drin nicht Jetzt sein. Die einfachen Leut', die ihnen folgen, werden ganz schön dumm dreinschau'n, weil's ganz so aussieht, als wären ihre Führer grad zu Nichts geworden, und dann wird die Menge einen Bammel krieg'n. Und ich wett', sie werden sich denken, das dies Revoluschon-Zeug gar nicht mehr viel Spaß macht. Also werden sie einfach umdreh'n und heimgeh'n, und wir werden kaum welche von ihnen umbringen müssen. Das ist der beste Weg, Krieg zu führ'n, findet ihr nicht?«

»Du hättest hin und wieder mal Atem holen sollen, Gher«, meinte Andine zärtlich. »Deine Begeisterung geht manchmal mit dir durch.«

»Habt Ihr die Zeit, die Ihr benutzen werdet, schon ausgewählt, Emmy?«, erkundigte Eliar sich.

»Eine Zeit, in welcher der Tempel mir gehört.«

»In der Vergangenheit?«

»Vielleicht«, antwortete Dweia mit geheimnisvollem Lächeln. »Es könnte stattdessen auch in der Zukunft sein.«

»Habt Ihr vor, in Euren Tempel zurückzukehren, Dweia?«, fragte Bheid ein wenig besorgt.

»Ich habe ihn nie verlassen, Bheid. Es ist nach wie vor mein Tempel und wird es auch immer bleiben.« Sie blickte ihn verschmitzt an. »Wenn du einmal nicht so beschäftigt bist, sollten wir über die rückständige Pacht reden, die deine Kirche mir schuldet. Sie hat sich nämlich ordentlich zusammengeläppert, weißt du.«

»Wie haben sie ihre Gesichter verändert, Emmy?«, fragte Gher neugierig, als sie vom Fenster aus beobachteten, wie sich sechzehn Tage später verschiedene Rotkuttenpriester durch die gewaltige Menge von Bauern und Arbeitern bewegten, die ihr Lager vor dem Tor von Maghu aufgeschlagen hatten. »Sie haben doch drüben in Equero diese Stahldinger von ihren Helmen hängen gehabt, aber hier in Perquaine sind ihre Gesichter nicht versteckt.«

»Es ist nur eine Illusion, Gher. Daeva versteht sich sehr gut auf Illusionen, und er hat sie seine Priester gelehrt.«

»Was wollen wir machen, dass sie ausseh'n, wie sie wirklich ausseh'n, wenn es so weit ist?«

»Wir müssen nichts tun«, antwortete sie. »Das ist Eliars Aufgabe. Sobald er ihnen den Dolch zeigt, ist es aus mit der Illusion.«

»Ich wollt', ich hätt auch so einen Dolch.«

»Du brauchst keinen, Gher. Du kannst die Wirklichkeit besser sehen und verstehen als sonst jemand.«

»Noch nicht ganz, glaub ich, aber ich arbeite dran.«

»Ist es dir schon gelungen, die Stadt zu säubern, Bheid?«, wollte Khalor wissen.

»Mehr oder weniger, Khalor. Es halten sich noch einige in den Kellern und auf den Dachböden in den Elendsvierteln der Stadt auf.« Bheid lächelte schwach. »Sie werden sich Argans Meute anschließen, sobald sie durch das Stadttor kommt. Und natürlich haben sie einen Vorsprung beim Plündern.«

»Warum müssen sie immer alles anzünden?«, wandte Bheid sich an Althalus, als sie von der Säulenhalle des Tempels aus beobachteten, wie ganze Stadtviertel in Flammen aufgingen.

»Das weiß ich auch nicht, Bheid. Es könnte unbeabsichtigt sein. Plünderer sind gewöhnlich recht aufgeregt und werden manchmal unvorsichtig. In diesem Fall würde ich jedoch sagen, die Feuer sind mit voller Absicht gelegt, um die Edelleute für ihre Grausamkeit zu bestrafen.«

»Das ist Dummheit, Althalus.«

»Natürlich. Aber der Pöbel ist nun mal dumm – für gewöhnlich ist er nur so schlau wie der Dümmste unter ihnen.«

Bheid streckte vorsichtig eine Hand aus, als wolle er etwas direkt vor ihnen berühren.

»Hör auf, dir Sorgen darüber zu machen, Bheid. Der Schild befindet sich an Ort und Stelle und nichts kann ihn durchdringen, außer deiner Stimme, natürlich.«

»Seid Ihr sicher?«

»Vertrau mir, Bheid. Niemand wird dich mit Pfeilen spicken oder dir mit einer Axt den Schädel spalten. Leitha würde mein Hirn in Brand setzen, wenn ich zuließe, dass dir was passiert. Sind deine Leute in Position?«

Bheid nickte. »Sie werden sich mit den hiesigen Rebellen unter die Menge mischen.« Er seufzte bedauernd. »Ich wünschte, wir müssten es nicht auf diese Weise machen, Althalus. Es erscheint mir so unehrlich.«

»Na und? Ist es nicht besser, eine Menschenmenge auf meine Art unter Kontrolle zu halten als auf Marwains?«

»Da kann ich Euch natürlich nicht widersprechen.«

»Sie kommen!« Althalus deutete zur gegenüberliegenden Seite des Platzes, wo soeben einige mit Mistgabeln und Hauen bewaffnete Männer auftauchten. »Ich verschwinde jetzt lieber außer Sicht und sehe vom Fenster aus zu. Es ist direkt hinter dir, etwa vier Fuß über deinem Kopf. Sollte irgendwas schief gehen, hole ich dich raus. Gehen wir es lieber noch einmal durch.«

»Das sind wir doch schon ein dutzend Mal und öfter, Althalus«, wehrte Bheid ab.

»Tu mir den Gefallen, Bheid. Also, du gehst hinaus auf den Portikus, um Argan und Koman zu begrüßen, sobald sie die Freitreppe erreichen. Eliar wartet am Tor des Tempels. Argan und Koman werden große Töne spucken.«

»Und Koman wird jeden meiner Gedanken belauschen.«

»Nein, Leitha wird das verhindern, indem sie sein anderes Ohrenpaar mit Lärm füllt. Danach könnte es gefährlich werden. Argan wird Einlass in den Tempel begehren, und du erlaubst es ihm. Das ist der Zeitpunkt, da du nach rechts ausweichst und den Weg für sie frei machst.«

»Ich weiß. Und Eliar öffnet die Tempeltür und geht zur linken Seite des Portikus.«

»Du hast es dir ja tatsächlich gemerkt«, spöttelte Althalus. »Der Sinn unseres kleinen Theaters ist, Eliar zwischen Argan und Koman und dem Mob zu platzieren, der ihnen folgt. Sobald Eliar den Dolch hebt, werden Argan und Koman nach einer Seite rennen, und die Aufständischen nach der anderen. Emmy will keine Menschenmenge im Tempel haben, während sie arbeitet. Dann hältst du deine kleine Predigt vor der Menge, sagst Amen und schließt dich den Damen im Tempel an. Trödle nicht, Bheid. Emmy kann sich nicht daran machen, Argan in seine Bestandteile aufzulösen, ehe du nicht an Ort und Stelle bist.«

»So oft wie wir das durchgegangen sind, würde ich's wahrscheinlich im Schlaf können.«

»Mir ist lieber, du bleibst wach und hältst Augen und Ohren offen. Sollte sich irgendetwas Unerwartetes ergeben, müssten wir möglicherweise kleinere Änderungen vornehmen, und wenn ich sage ›spring‹, musst du springen. Und das ist keine Aufforderung zu einer ausgedehnten Debatte.«

»Bist du nicht ein bisschen arg streng mit ihm, Schatz?«, murmelte Dweia.

»Es muss manchmal sein, um Bheid an der Leine zu halten, Em. Hin und wieder hat er ungewöhnliche Einfälle. Wie kommt Leitha zurecht?«

»Sie weiß, dass es unbedingt notwendig ist, was von ihr erwartet wird. Hilf ihr, so viel du nur kannst, Althalus.«

Er nickte und nahm seinen Platz am Fenster ein.

Argans Knechte in ihren roten Kutten befanden sich an der Spitze der Aufrührer, die näher kamen. Der Platz vor der Freitreppe des Tempels füllte sich mit erwartungsvollen Bürgern. Dann drängten Argan und Koman sich nach vorn. »Zum Tempel!«, brüllte Argan.

»Bewahre Haltung, Bheid«, mahnte Althalus. »Sie kommen nicht an dich heran, egal was sie versuchen.«

»Das ist mir schon klar«, erwiderte Bheid.

Althalus drehte sich halb zu Eliar um. »Du solltest dich jetzt hinunterbegeben, und bleib unauffällig.«

»Ich weiß, was ich zu tun habe, Althalus.« Eliar zog die Kapuze der grauen Kutte hoch, in die er geschlüpft war. Dann öffnete er die Tür neben dem Fenster und trat an seinen Posten am Tempeleingang.

Argan und Koman erreichten den Fuß der Freitreppe. »Zur Seite, wenn Euch Euer Leben lieb ist!«, brüllte Argan zu Bheid hinauf.

»Was ist Euer Begehr?«, fragte Bheid seltsam förmlich.

»Das dürfte doch offensichtlich sein, alter Junge«, entgegnete Argan spöttisch. »Wir übernehmen jetzt den Tempel. Tretet zur Seite, so lange Ihr noch könnt. Von jetzt an sind die Rotkutten die Kirche von Perquaine.«

Die Aufständischen brüllten und drängten vorwärts.

»Seid Ihr sicher, das Ihr den Tempel in Besitz nehmen möchtet, Argan?«, fragte Bheid.

»Ich werde ihn auch bekommen! Maghu gehört jetzt mir, und ich werde vom Tempel aus über Perquaine herrschen.«

Bheid verneigte sich knapp. »Ich lebe nur, um zu dienen«, sagte er. »Der Tempel harrt Euer.« Er trat nach rechts, um den Weg zur Tempeltür frei zu geben.

Argan und Koman stiegen die Freitreppe hinauf, dicht gefolgt von den Rotkutten.

Bheid drehte sich leicht um und nickte Eliar zu.

Der junge Arumer legte die Hände an die schwere Tür und öffnete sie weit. Dann trat er nach links, den Kopf scheinbar in Demut gesenkt.

Argan und Koman zuckten zusammen. Hinter der offenen Tür loderte Feuer, und qualvolle, verzweifelte Schreie schallten hinaus auf den Tempelplatz. Die Bauern und Arbeiter wichen mit entsetztem Gesicht zurück.

»Wollt ihr jetzt noch in den Tempel?«, fragte Bheid die völlig verstörte Menge.

»Es ist nur eine Täuschung!«, rief Argan mit schriller Stimme, »ein Trugbild!«

»Ihr wart schon in Nahgharash, Bruder Argan«, rief Bheid. »Ihr wisst genau, dass die Bilder, die Ihr seht, Wirklichkeit sind.«

Eliar bewegte sich unauffällig zwischen den Säulen der linken

Seite des Portikus. Als er die Stelle erreichte, wo Althalus den Marmor mit Farbe markiert hatte, blickte er zum Fenster und nickte.

»Predige, Bheid!«, befahl Althalus.

Bheid kehrte an seine vorherige Position zurück und stand so zwischen der Menge und Ghends Knechten. Er hob die Stimme und sprach zu der angsterfüllten Menge: »Nehmt euch diese Offenbarung zu Herzen, meine Kinder! Die Hölle erwartet euch, und die Teufel sind bereits in eurer Mitte!« Er winkte Eliar, und der junge Mann kam zu ihm. »Seht euch um, meine Kinder«, rief Bheid, »und schaut die wahren Gesichter der Rotkutten!«

Eliar holte seinen Dolch hervor und streckte ihn vor sich aus; dabei drehte er sich langsam, damit alle auf dem Platz ihn sehen konnten.

Argan und Koman schrien schrill auf und schlugen die zitternden Hände vor die Augen.

In der Menge gellten ebenfalls Schreie, und Argans Rotkutten wanden sich in Qualen, als ihre menschlichen Züge wie schmelzendes Wachs zerflossen.

Selbst Althalus fuhr zusammen. »Sehen sie wahrhaftig so aus?«, fragte er Dweia.

»In Wirklichkeit sogar noch scheußlicher. Das ist nur die Oberfläche dessen, was sie tatsächlich sind.«

Die Kreaturen in den roten Kutten boten einen grässlichen Anblick. Ihre Schuppenhaut war mit Schleim verschmiert, und triefende Fänge ragten aus ihrem Maul, während ihre Körper zu furchterregender Größe anschwollen.

»Erschaut das Versprechen Argans, meine Kinder!«, donnerte Bheid. »Folgt ihm, wenn ihr wollt, oder kommt zu den Graukutten. Wir werden euch führen und euch vor den Dämonen von Nahgharash beschützen und vor der Ungerechtigkeit jener, die sich eure Gebieter nennen. Wählt, meine Kinder! Wählt!«

»Er ist Exarch Bheid!«, erklärte ein strategisch geschickt in der Menge postierter Graukuttenpriester laut. »Er ist der heiligste Mann auf Erden!«

»Hört auf ihn!«, rief ein anderer. »Die Graukutten sind die einzigen Freunde, die wir haben.«

Die Worte verbreiteten sich rasch durch die verängstigte Menge, während ein Teufel nach dem anderen verschwand.

Den Dolch wie zum Angriff gezückt, wandte Eliar sich um und schritt auf das ängstlich zurückweichende Paar am Tor des Tempels zu.

Mit verzweifeltem Wimmern schlug Koman die Hände vor die Augen und rannte in den Tempel, dicht gefolgt von Argan.

Doch während sie durch die Tür rannten, verschwanden sie.

Und der Dolch sang in frohlockender Erfüllung und sein Gesang weihte Dweias Tempel aufs Neue. Blumen schmückten die Wände des Heiligtums, und Brot, Früchte und goldener Weizen waren als Opfergaben auf dem Altar dargebracht vor der gigantischen Marmorstatue der Göttin des Obst- und Ackerbaus und der Wiedergeburt.

Althalus, der noch am Fenster im Haus stand, versuchte die Poesie seiner Wahrnehmung des Tempels zu verdrängen. »Es ist nur ein Bauwerk«, brummte er, »aus Stein gemacht, nicht aus Träumen.«

»Würdest du damit aufhören, Althalus!« Dweias Stimme in seinem Kopf klang verdrossen, und merkwürdigerweise schien sie von der Marmorstatue hinter dem Altar zu kommen.

»Wenigstens einer von uns muss mit dem Kopf in der Wirklichkeit bleiben, Em«, entgegnete er.

»Das ist die Wirklichkeit, Liebster. Hör auf, sie verunstalten zu wollen.«

Mit Tränen in den Augen warf die bleiche Leitha einen flehenden Blick zum Fenster. »Helft mir, Vater!«, beschwor sie Althalus. »Helft mir, oder ich muss sterben.«

»Nicht solange noch ein Funken Leben in mir ist, meine Tochter«, versicherte er ihr. »Erschließe mir deinen Geist, auf dass ich dir bei dieser schrecklichen Aufgabe beistehen mag.«

»So ist es viel besser«, säuselte Dweia wie ein mildes Frühlingslüftchen.

»Du beharrst also darauf?«, zwang Althalus die Worte stumpf hervor.

»Ich führe dich dabei, Geliebter. Besser sanft geleitet zu werden, als mit Zwang zur Pflicht getrieben.«

»Mir deucht, ein drohender Ton haftet deiner lieblichen Stimme an, o Emerald«, säuselte auch Althalus. Wenn Dweia dieses Spiel treiben wollte, kostete es ihn nichts, mitzumachen.

»Wir werden noch darüber sprechen, Althalus. Doch nun leihe deinen Gedanken und deine Kraft unserer blassen Tochter, die dich so sehr benötigt, auf dass sie die Aufgabe erfüllen kann, die ihr auferlegt ward!«

Und so geschah es, dass Althalus' Geist sich behutsam mit dem Geist des sanften Mädchens verband, das im Herzen seine Tochter war, sodass ihre Gedanken eins wurden.

Und der Gesang des Dolches jubilierte.

Und mit der Vereinigung ihrer Gedanken teilte Althalus die Qual seiner Tochter und drang eine geringe Spanne zurück zu der Zeit, da die bleiche Leitha das erste Mal diese Leere verspürte, welche alle anderen umgibt, die sie jedoch noch nie zuvor gekannt hatte.

Und da verstand er schließlich und nahm das Schrecknis der furchtbaren Aufgabe seiner Tochter wahr. »Komm zu mir, mein geliebtes Kind«, sprach er, »und ich werde dein Schutz und Schirm sein.«

Und ihr Gedanke, der ihn überflutete, war voll Dankbarkeit und Liebe.

Und dann richteten sie ihren vereinten Gedanken zu dem vom Glück verlassenen Koman. Und Komans Geist wurde überspült von einem Laut, der kein Laut war, denn wisset, noch nie zuvor hatte Komans Geist Stille gekannt.

Murmelnd, murmelnd plätscherten die Gedanken jener, die sich vor dem Tempel befanden, über Koman, so wie die Gedanken anderer in den Gewölben seines Geistes gesungen hatten, seit er seinen ersten Atemzug tat.

Da näherte sich die bleiche Leitha dem Diener Ghends, und argwöhnisch richtete er seinen Geist auf sie und wandte sich ab von den herumirrenden Gedanken jenseits der Tempelmauern.

Und die leidende Leitha schloss sanft jene Tür hinter dem wachsamen Koman.

Und der erstaunte Koman tastete um sich und suchte mit seinem Geist jenen Laut, der jederzeit mit ihm gewesen war.

Doch wisset, er war nun nicht mehr mit ihm, und der Geist Komans schrak zurück vor dem Schrecken der Stille. Da klammerte er sich mit seinem Gedanken an Argans Geist, trotz der Verachtung, die er für den abtrünnigen Priester hegte.

Doch die bleiche Leitha, der Tränen über die Wangen flossen, sandte ihren sanften Gedanken aus, und wisset, die offene Tür zwischen den Gedanken Komans und Argans schloss sich für immer.

Und Koman schrie, als noch tiefere Leere ihn umgab.

Und er fiel auf den Boden des Heiligen Tempels der Göttin Dweia und klammerte sich in unendlicher Verzweiflung an den Gedanken, der sie war, und sie schloss im selben Augenblick jene Türen, die allzeit für ihn offen gestanden hatten.

Und die Seele Althalus' war voller Mitleid.

»Ich flehe dich an, geliebter Vater«, schrie der von Schmerz durchdrungene Gedanke der blassen Leitha, »richte nicht deine Verachtung für diese Grausamkeit auf mich. Sie ist nicht mein, sondern die Grausamkeit des unabänderlichen Schicksals.«

Und Althalus verhärtete sein Herz gegenüber dem vom Glück verlassenen Koman und beobachtete finster, wie die bleiche Leitha den letzten Auftrag erfüllte, den das unabänderliche Schicksal ihr auferlegt hatte.

»Lebwohl, mein unglücklicher Bruder«, flüsterte Leitha unter Tränen, als sie mit behutsamer Endgültigkeit ihren Gedanken von Ghends Diener zurückzog.

Und wisset, unendliche Leere und ewige Stille senkten sich auf den von der Güte des Geschicks verlassenen Koman herab, der reglos auf dem glänzenden Tempelboden lag. Und sein Schrei war ein Schrei der tiefsten Verzweiflung, denn er war so einsam wie nie zuvor. Dann kauerte er sich zusammen wie ein ungeborenes Kind im Mutterleib, und seine Stimme erlosch und fürder sein Geist.

Und Leitha schrie wimmernd ihr Entsetzen hinaus, und Althalus hüllte sie in seinen tröstenden Gedanken, um die schreckliche Unumstößlichkeit dessen, was sie getan hatte, von ihren Gedanken fern zu halten.

Und während der Geist seines Begleiters für immer und ewig schwand, war Argans Gesicht von Entsetzen gezeichnet.

Doch vom Altar erschallte die Stimme der Göttin Dweia. Streng sprach sie: »Allein deine Gegenwart besudelt meinen heiligen Tempel, Argan, Diener des Ghend.«

Und wisset, was kalter Marmor gewesen war, war nunmehr warmes Fleisch, und in all ihrer gigantischen Größe drückte Dweia auf ihn, der kein Priester mehr war.

Und wahrhaftig war Argan verdammt und unfähig, auch nur einen Finger zu rühren.

Fürder sprach die Göttin: »Du wurdest aus der Priesterschaft ausgestoßen, Argan, und seither waren dir alle Tempel verschlossen, denn du bist unrein. Nun muss ich dieses heilige und der Andacht geweihte Haus von der Besudelung reinigen.«

Und die Göttin Dweia betrachtete geringschätzig den Armseligen, der zitternd vor ihr stand. »Mir deucht, das wird sich als keine schwere Arbeit erweisen.« Sie schürzte die Lippen. »Du bist nur Staub, verstoßener Priester, und Staub lässt sich rasch entfernen.« Sie streckte den wohlgerundeten Arm aus, hielt die Hand nach oben, als würde sie etwas Unbedeutendes heben.

Und wisset, der flachshaarige und von der Kirche ausgestoßene Argan wurde hochgehoben und stand allein in der Luft vor der Göttin, die ihn als zu leicht befunden hatte. Und Ghends Diener wurde körperlos wie schimmernde Staubkörnchen, die noch die Form dessen beibehielten, der einst die Wirklichkeit namens Argan gewesen war.

»Komm zum Fenster, Bheid«, rief ihn Althalus. »Es ist ganz dein – oder vielleicht *bist* du es. Emmys Traum war ein bisschen kompliziert.«

Bleich und zitternd gesellte Bheid sich zu Althalus ans Fenster. »Was soll ich tun, hochverehrte Göttin?«, fragte er demütig.

»Du brauchst nur das Fenster zu öffnen«, wies sie ihn an. »Der Tempel muss gelüftet werden.«

Gehorsam öffnete Bheid das Fenster. Da erhob sich davor ein gewaltiger Wind, der um seine Schultern heulte und durch das Fenster in den Tempel Dweias fuhr.

Und die schimmernden Staubkörnchen, die Argan gewesen waren, wurden von dem gewaltigen Sog mitgerissen. Zurück blieb nur der Widerhall seiner Verzweiflungsschreie, der sich mit dem Gesang des Dolches vermischte.

Und Befriedigung lag auf dem Antlitz der Göttin Dweia, die da sprach: »Nunmehr ist mein Tempel wieder makellos rein.«

Und der Gesang des Dolches hob sich in unbeschreiblicher Schönheit, als er dem heiligen Ort seinen Segen gab.

SIEBTER TEIL

Gher

41

Althalus saß allein in Dweias Turmgemach und blickte nachdenklich auf das schimmernde Flackern von Gottes Feuer jenseits des Randes der Welt. So viel er wusste, erfüllte es keinen nützlichen Zweck, es war ein grandioses Naturschauspiel. Diese Lichterscheinungen am Nordhimmel zu betrachten, war auf eigenartige Weise entspannend, und Althalus brauchte jetzt Entspannung.

Ohne Argan und seine Rotkutten war der Bauernaufstand ins Stocken geraten, Bheid dagegen hatte mit überraschender und untypischer Schnelligkeit mit seinen Graukutten die höchsten kirchlichen Ränge besetzt. Seine Neigung, über jede Entscheidung endlos zu grübeln, schien der Vergangenheit anzugehören. Jedem Widerstand trotzend ging er unbeirrbar seinen Weg, fast wie eine jüngere Ausgabe von Exarch Emdahl. Anfangs hatte die Aristokratie von Perquaine ihn als einen der ihren betrachtet, doch er hatte dafür gesorgt, dass sie die Wahrheit erkannten – spätestens als sie bestürzt einsehen mussten, dass die Graukutten nicht an Bestechungen interessiert waren und sich von Drohungen nicht einschüchtern ließen.

Als nach dem langen Winter endlich der Frühling nahte, erkannten die Edelleute, dass Exarch Bheid die Zügel in der Hand hielt. Es war an der Zeit, die Felder zu bestellen, doch die Bauernschaft verkündete, dass nicht ein Samenkorn ohne Bheids Erlaubnis gesät werden würde. Und Bheid hatte offenbar nicht die Absicht, diese Erlaubnis zu erteilen. Zunächst plusterten die Edlen sich entrüstet auf.

Bheid beachtete sie nicht.

In den südlichen Regionen von Perquaine wich der Winter dem Frühling zuerst. Der dortige Adel wurde immer verzweifelter, als seine Äcker unbestellt blieben. Seine Ersuchen an Exarch Bheid wurden zusehends drängender.

Bheid antwortete mit einer Reihe von »Vorschlägen«.

Die Edelleute bebten vor Zorn, als sie diese hörten.

Bheid zuckte die Schultern und kehrte nach Maghu zurück.

Während das Frühjahr voranschritt, wurden Bheids ursprüngliche »Vorschläge« zu Anordnungen, und einer nach dem anderen der inzwischen von Panik erfüllten Edlen von Südperquaine fügte sich widerwillig. Sie hielten sich auch an die Zugeständnisse, die Bheid ihnen entrungen hatte. Der Frühling war schon vorangeschritten, als Bheid sich in den Norden begab und wie ein Schlachtross unerbittlich jeden niederwarf, der sich ihm in den Weg stellte. Mehrere der überheblichsten Edlen erklärten seine Anordnungen für unverschämt. Bheid lächelte nur und statuierte ein Exempel an ihnen. Rasch wurde offenkundig, dass Exarch Bheid es auch so meinte, wenn er »letztes Angebot« sagte. Eine Vielzahl riesiger Ländereien in Mittelperquaine blieben in diesem Jahr brach liegen.

Nach ein paar Wochen gab Bheid es auf, seine Fähigkeit zu erklären, an drei oder vier verschiedenen Orten fast gleichzeitig zu sein. Wilde Gerüchte über den neuen Exarchen verbreiteten sich wie Lauffeuer. Im Frühsommer brachte jeder dem »Heiligen Bheid« die allergrößte Ehrfurcht entgegen. Die Aristokratie war nicht sehr glücklich darüber, wie er die Tradition gebrochen hatte, doch die Betroffenen schwiegen wohlweislich.

»Es funktioniert jedenfalls«, murmelte Althalus zu sich.

»Fangt Ihr an, Selbstgespräche zu führen, Pappi?«, fragte Leitha, die gerade die Tür geöffnet hatte.

»Ich hab nur laut gedacht«, antwortete er.

»Ah, würde jeder das tun, würde ich nicht mehr gebraucht. Dweia lässt Euch ausrichten, dass es Zeit zum Abendessen ist.« Ihre Stimme klang niedergeschlagen.

Althalus erhob sich und blickte das bleiche Mädchen forschend an. »Machen dir die Geschehnisse in Maghu immer noch zu schaffen?«, fragte er mitfühlend.

Sie zuckte die Schultern. »Es musste sein. Ich wünschte nur, die Aufgabe wäre nicht mir zugefallen.«

»Du wirst mit der Zeit darüber hinwegkommen, Leitha«, versicherte er ihr.

»Trotzdem fühle ich mich jetzt auch nicht besser«, entgegnete sie. »Wir sollten hinuntergehen. Ihr wisst, dass Dweia es nicht mag, wenn wir zu spät zum Essen kommen.«

»O ja!«, bestätigte er, als sie die Treppe hinabstiegen. »Hat Bheid ein wenig geschlafen? Er sah völlig erschöpft aus, als er heute Morgen von Maghu zurückkam.«

»Er hat sich ins Bett gelegt. Ich weiß aber nicht, ob und wie lange er geschlafen hat. Er hat jetzt sehr viel zu tun.«

»Sicher, aber früher oder später muss er lernen, auch andere mit wichtigen Arbeiten zu betrauen. Er kann nicht alles selbst tun.«

»Das hat er noch nicht ganz begriffen«, bemerkte Leitha.

»Schade, dass Khalor nicht hier ist. Er könnte ihm besser als sonst jemand erklären, wie er das anstellen muss.«

»Ich glaube nicht, dass Ihr momentan mit Dweia darüber reden solltet, Pappi. Als sie Khalor heimgesandt hat, erteilte sie ihm ein paar sehr genaue Anweisungen, was Eliars Mutter betrifft. Dweia zu bitten, ihn zurückzuholen, würde ihr wahrscheinlich nicht gefallen.«

»Ich habe mich schon gewundert, weshalb er so schnell verschwand.«

»Jetzt wisst Ihr es. Ich an Eurer Stelle würde mich aber heraushalten.«

Dweia hatte für diesen Abend gebackenen Schinken aufgetischt, der so köstlich war wie immer. Soviel Althalus wusste, gab es keine Küche im Haus; zumindest hatte er noch nie eine gesehen. Aber aus nahe liegenden Gründen benötigte Dweia auch keine.

Bheid sah auch jetzt noch völlig erschöpft aus, doch Althalus beschloss, sich herauszuhalten und dem Gefährten keine guten Ratschläge zu erteilen. Offenbar musste Bheid selbst dahinter kommen.

Gher hatte seine Portion wie üblich in Windeseile verschlungen und saß nun zappelig auf dem Stuhl, denn Dweias eiserne Regel erlaubte nicht, dass irgendjemand sich vom Tisch erhob, ehe nicht alle fertig gegessen hatten.

Althalus, der ohnehin nichts anderes zu tun hatte und ebenfalls mit dem Essen fertig war, schob seinen Teller zurück und kramte in seinem Gedächtnis nach irgendetwas, das Gher ablenken würde. »Habe ich dir schon einmal die Geschichte über meinen Umhang mit den Wolfsohren erzählt?«, fragte er den gelangweilten kleinen Jungen.

»Ich glaube nicht. Ist es eine schöne Geschichte?«

»Alle meine Geschichten sind schön, Gher«, versicherte ihm Althalus. »Das müsstest du inzwischen wissen.«

»Ist es eine wahre Geschichte oder eine, die du beim Erzählen erfindest? Ich mag die wahren lieber, aber die anderen sind auch ziemlich nett.«

»Wie kannst du den Unterschied erkennen, Gher?«, fragte Leitha.

»Wenn Althalus erst einmal anfängt, scheinen seine Geschichten sich selbstständig zu machen.«

»Erzählt bitte, Althalus«, bat Gher ungeduldig.

Althalus lehnte sich zurück. »Es war vor langer, langer Zeit – noch bevor ich von Emmys Haus oder vom Rand der Welt oder den Büchern oder überhaupt von irgendetwas gehört hatte, worauf wir hier in letzter Zeit gestoßen sind. Ich bin hinunter ins Tiefland gewandert, um mir die Zivilisation anzuschauen – und, was mir viel wichtiger war –, um zu sehen, wo dort die reichen Männer lebten. Zu jener Zeit fand ich die Reichen schrecklich aufregend.«

»War das damals, wo Euch diese Hunde gehetzt haben und Ihr vom Papiergeld gehört habt?«

»Ja, das war auf dieser Reise. Wie du dir wahrscheinlich vorstellen kannst, war meine Laune nicht die beste. Ich wollte nichts mehr von der Zivilisation wissen und wanderte zurück nach Hule, wohin ich gehörte. Was ich im Flachland auch versuchte – nichts hat sich so ergeben, wie es hätte sollen, deshalb war ich griesgrämig, vorsichtig ausgedrückt.« Althalus ließ den Blick um den Tisch schweifen und sah, dass Gher nicht der einzige war, der gespannt zuhörte. Es tat gut zu wissen, dass er seine Zuhörer noch in Bann zu schlagen vermochte.

»Wie auch immer«, fuhr er fort, »ich musste durch Arum, um nach Hule zu gelangen. Doch machte ich mir keine Sorgen darüber, da ich mit den Arumern immer recht gut ausgekommen war. Nun, ich stapfte also die südlichen Ausläufer des Gebirges von Arum hinauf. Es war Spätsommer, und mich dürstete, und als ich an einer Schenke vorbeikam, beschloss ich auf einen oder auch zwei Becher guten Met einzukehren. Doch die Leute im Tiefland verstanden es offenbar nicht, Met zu brauen. Immerhin bekam ich Wein, aber der hinterlässt bei mir einen sauren Geschmack im Mund – und er stieß mir fast so sauer auf wie alles, was im Flachland für mich schief gegangen war.«

»Ich hoffe, du kommst bald zur Sache, Althalus«, sagte Dweia.

»Es ist meine Geschichte, Em«, antwortete er unerschüttert, »also erzähle ich sie so, wie es sich gehört. Du brauchst ja nicht zuhören, wenn du nicht willst.«

»Mach schon weiter, Althalus«, sagte sie ungeduldig.

»Wie du möchtest, Em. Also, Gher, da war ein halbbetrunkener

Herumtreiber in der Schenke, der ständig von einem Stammeshäuptling redete, der angeblich der reichste Mann von ganz Arum war. Ich hab nicht sonderlich auf sein Geplappere geachtet, weil damals von vierzig oder fünfzig Arumern behauptet wurde, sie seien ›die reichsten Männer von Arum‹.«

»Ja, davon erzählt man oft«, warf Eliar ein.

»Ich gebe gern zu, dass ich das Thema Geld schon immer sehr interessant fand«, gestand Althalus, »aber zu dem Zeitpunkt hatte es mir mehr der Wolfsfellumhang angetan, den der Bursche trug. Zu jener Zeit war es keineswegs ungewöhnlich, dass manche sich in Kleidung aus den Häuten wilder Tiere hüllten, aber dieser besondere Umhang war doch ein bisschen ungewöhnlich. Wer immer ihn angefertigt hatte – er hatte die Ohren an dem Wolfsfell gelassen, und sie ragten keck aus der Kapuze des Umhangs. Der Mantel sah sehr flott aus. Nun, der Bursche, der ihn am Leibe trug und nicht genug kriegen konnte von seiner Geschichte über den reichsten Mann, war ein typischer arumischer Schenkenhocker – betrunken, dumm und nicht gerade reinlich. Die Vorderseite des Umhangs wies zahlreiche Flecken auf – Essensreste und Fett. Der Mantel war vermutlich nicht einmal ausgebürstet worden, seit der Kerl das erste Mal hineingeschlüpft war. Zweifellos war es ein viel zu schönes Kleidungsstück für einen wie ihn, deshalb beschloss ich, etwas zu unternehmen.«

Gher kicherte. »Und ich wett', ich weiß genau, was Ihr ausgebrütet habt.«

»Greif nicht vor, Gher«, rügte Althalus. »Nun, wie ich schon erwähnte, der Kerl war bereits ziemlich angeheitert, als ich in die Schenke kam, und ich sorgte dafür, dass sein Becher nie leer wurde. Bei Einbruch der Nacht war er stockbesoffen. Ich beschloss, die Sache zu einem Ende zu bringen, darum schlug ich vor, dass wir zwei ein bisschen frische Luft schöpften. Er hielt das für eine wunderbare Idee. Er taumelte dahin, bis wir uns ein gutes Stück von der Schenke entfernt hatten. Ich schaute mich rasch um, ob uns auch niemand sehen konnte, dann schlug ich ihm den Griff meines Schwerts über den Schädel. Er stürzte, als hätte man ihm den Boden unter den Füßen weggezogen.«

Gher lachte vergnügt. »Das ist eine wirklich schöne Geschichte, Althalus! Wie ging es dann weiter?«

»Nun, in meinem damaligen Gewerbe nannte man es ›Besitzübereignung‹. Zuerst habe ich ihm meinen schönen neuen Umhang ausgezogen und mir dann seinen Geldsäckel genommen. Er war ziemlich leicht, aber doch schwerer als meiner. Dann betrachtete ich seine Schuhe genauer. Sie waren nicht neu, wie ich sie auch drehte und wendete, aber meine waren so abgetragen, dass das Licht hindurchgeschienen hätte, wäre ich auf die Idee gekommen, sie in die Höhe zu halten. Nachdem ich all mein neues Eigentum an mich genommen hatte, schwand der sauere Geschmack der Zivilisation aus meinem Mund.«

»Was ist denn aus dem Umhang worden?«, fragte Gher.

Althalus seufzte. »Je weiter ich ins Landesinnere von Arum kam, desto mehr Leuten begegnete ich, die mir Geschichten über diesen reichen Stammeshäuptling erzählten.«

»Dann ist die Geschichte noch gar nicht zu Ende?«, rief Gher begeistert. »Ich mag Geschichten, die immer weitergeh'n.«

»Die meisten jüngeren Leute ziehen solche Geschichten vor«, Althalus nickte, »auch einige, die nicht mehr so jung sind. Manche Geschichten haben einen Anfang, einen Mittelteil und ein Ende. Andere enden nie, vielleicht weil die Personen, die darin vorkommen, noch leben.«

»Das sind grad die Geschichten, die ich mag«, erklärte Gher. »Was ist dann passiert?«

»Nun, was geschehen ist, könnte Zufall gewesen sein, aber wenn Emmy in der Nähe ist, muss man vorsichtig mit dem Wort ›Zufall‹ umgehen. Es stellte sich heraus, dass der reiche Stammeshäuptling, von dem der frühere Besitzer meines Umhangs erzählt hatte, damals ›zufällig‹ der Häuptling jenes Stammes war, dem Albron jetzt befiehlt. Er hieß Gosti Fettwanst und hatte eine Brücke, für die er Maut erhob …«

»Was ist Maut?«, warf Gher ein.

»Wenn man für die Benutzung einer eigentlich öffentlichen Straße oder Brücke eine Gebühr verlangt. Aber du willst sicher, dass ich weitererzähle, nicht wahr?«

Als Gher heftig nickte, fuhr Althalus fort.

»Die Gäste einer kleinen Dorfschenke berichteten, dass diese Mautbrücke eine wahre Goldmine war.«

»Hast du je von diesem Gosti gehört, Eliar?«, fragte Gher neugierig. »Wenn er damals der Häuptling von deinem Stamm war, muss es doch Geschichten über ihn geben.«

»O ja«, erwiderte Eliar. »Und wohl keine wird so oft erzählt wie die, der wir jetzt lauschen. Wie auch immer, in unserer Geschichte wird Althalus als Gauner hingestellt. Althalus' persönliche Version mag sich jedoch ein wenig davon unterscheiden.«

»Jedenfalls erzählte man überall in Arum, wie reich dieser Gosti war«, fuhr Althalus fort. »Deshalb beschloss ich, diesem reichen fetten Mann einen Besuch abzustatten, um festzustellen, ob er tatsächlich so viel Gold gehortet hatte.«

»Um ihn dann auszurauben?«, fragte Gher begeistert.

»Falls sich die Gelegenheit ergab, ja. Wie auch immer, ich wanderte zu Gostis Fort und verschaffte mir durch lustige Geschichten Zutritt. Wie gesagt, das war vor sehr, sehr langer Zeit und damals war noch alles ziemlich primitiv. Albrons Festung ist mehr oder weniger eine Burg mit Steinmauern und Marmorboden. Gosti Fettwanst hauste in einem Palisaden-Fort mit glatt getrampeltem Lehmboden und hielt seine Schweine in der großen Halle, in der gegessen wurde.«

Von Andine erklang ein würgender Laut.

»Das war sehr zweckmäßig, Andine«, erklärte Althalus. »Wenn man im Speiseraum Schweine hat, braucht man die Essensreste nicht ständig zum Abfallhaufen zu tragen.«

»Würdet Ihr bitte damit aufhören!«, schimpfte Andine.

»Verzeih«, bat Althalus. »Wie dem auch sei, ich verbrachte den ganzen Winter damit, Gosti Geschichten und Witze zu erzählen, an seinem Tisch zu essen – und mich verstohlen nach seiner Schatzkammer umzuschauen. Zuvor musste ich natürlich das Schloss zu diesem Ort der Reichtümer näher in Augenschein nehmen.«

»Natürlich.« Gher grinste.

»Als dann der Frühling kam und den Schnee auf den Bergpässen schmolz, hielt ich es für angebracht, Gosti und seinen Hausschweinen Lebewohl zu sagen. Eines Nachts suchte ich seine Schatzkammer heim und bekam den Schreck meines Lebens. Dieses Gerede über unendlichen Reichtum war tatsächlich nur Gerede. Es gab kein bisschen Gold in der Schatzkammer, nur Kupfermünzen und ein paar angelaufene Münzen aus Messing. Ich Pechvogel hatte einen ganzen Winter für nichts und wieder nichts vergeudet. Jedenfalls nahm ich mir so viel von Gostis Münzen, wie ich nur konnte, ohne dass sie mich behinderten, und stahl mich noch vor dem Morgengrauen davon.«

»Was hatte das mit Eurem Wolfsohrumhang zu tun?«

»Darauf wollte ich gerade kommen, Gher. Gosti war wirklich nichts weiter als der fette Häuptling eines unbedeutenden Stammes, und er sehnte sich verzweifelt nach Ruhm und Anerkennung. Ich gab ihm genau das, was er sich wünschte. Er verbreitete, ein Meisterdieb habe seine Schatzkammer geleert und schleppe nun mehrere Dutzend Säcke voller Gold mit sich. Er versprach eine Belohnung für meine Ergreifung und beschrieb unter anderem meinen wunderschönen Umhang. Mir blieb gar nichts anderes übrig, als mich seiner zu entledigen.«

»Tragisch«, murmelte Leitha.

»Diese Geschichte ist aber gar nicht gut ausgegangen«, meinte Gher traurig.

»Nicht alle Geschichten haben ein glückliches Ende, mein Junge«, sagte Althalus.

»Warum richten wir sie nicht so, dass sie ausgeht, wie sie ausgehen sollte.«

»Wenn ich die Geschichte das nächste Mal erzähle, könnte ich vielleicht ein paar Dinge ändern, damit sie ein besseres Ende hat«, erwiderte Althalus.

»Das hab ich nicht gemeint. Ich hab damit nicht sagen wollen, dass wir bloß die Geschichte ändern sollen, sondern die Dinge, die da passiert sind. Dann geht alles so aus, wie wir's wollen.« Gher runzelte leicht die Stirn. »Ihr habt damals Ghend noch nicht gekannt, oder?«

»Nein, ich habe ihn erst kennen gelernt, als ich schließlich aus Arum herauskam und mich zu Nabjors Lager in Hule begab. Ich wusste damals noch nicht einmal etwas von ihm, doch ich nehme an, er wusste von mir. Als er in Nabjors Lager auftauchte, erwähnte er, dass er mir seit Monaten gefolgt war. Aber was hat Ghend damit zu tun?«

»Ihr habt gesagt, dass er Euch gefolgt ist.«

»Das hat er jedenfalls behauptet.«

»Dann könnt's mit meiner Idee funktionieren. So lang er dort ist und hinter Euch her, können wir ihn vielleicht dazu benutzen, die Geschichte besser zu machen.«

»Gher«, rügte Bheid mit gequälter Miene. »Ich wollte, du würdest dich entscheiden. Redest du hier von der Geschichte oder von der Wirklichkeit?«

»Sind sie denn nicht ein und dasselbe? Ein wirklich guter Geschichtenerzähler ändert seine Geschichte immer, um sie besser zu machen. Und wo wir doch diese Türen gleich hier im Haus haben, können wir das ja auch mit der Wirklichkeit tun, nicht wahr?«

»Man kann nicht zurück in die Vergangenheit und sie dann ändern, Gher«, warf Andine ein.

»Warum nicht? Ghend hat das von Anfang an getan. Warum soll er allein den ganzen Spaß haben?« Gher kratzte nachdenklich seinen Lockenkopf. »Lasst mich noch ein bisschen daran arbeiten, Althalus. Ich hab so ein Gefühl, dass wir die Dinge so richten können, dass Ihr diesen Umhang behalten könnt, den Ihr so gern gemocht habt. Und vielleicht, wenn ich ganz fest nachdenk', können wir gleichzeitig Ghend was Schlimmes passieren lassen.«

Eliar gähnte herzhaft. »Ich weiß ja nicht, wie es euch geht, aber ich bin reif fürs Bett.«

»Wir sollten alle zu Bett gehen«, meinte Dweia, »bevor Althalus mit einer weiteren Geschichte anfängt.«

Althalus schlief in dieser Nacht sehr gut, doch Ghers Augen waren rot und geschwollen, als er sich gähnend zum Frühstück setzte.

»Fühlst du dich nicht wohl?«, fragte Dweia.

»Ich hab nicht gut geschlafen, Emmy«, antwortete er. »Es ist schwer einzuschlafen, wenn man so viel zum Nachdenken hat.«

»Du brauchst deinen Schlaf, Gher«, ermahnte sie ihn.

»Ich hol's schon wieder nach, wenn ich erst ein paar Maschen hinkrieg in dem Dings, an dem ich arbeit'.«

»Was macht dir denn so zu schaffen, Gher?«, fragte Andine.

»Na ja, es hat alles mit diesem Wolfspelzumhang angefangen, von dem Althalus uns gestern Abend erzählt hat. Er hat ihn wegwerfen müssen, nachdem er dem fetten Kerl was gestohlen hat, weil der Fette jedem den Umhang beschrieben hatte. Wenn wir's so richten wollen, dass Althalus den Mantel nicht fortwerfen muss, dann müssen wir irgendwas tun, dass der Fette nicht davon geredet hat.«

»Das dürfte bestimmt nicht leicht sein, Gher«, meinte Althalus zweifelnd. »Gosti war das Geld egal, das ich ihm stahl, weil es nahezu wertlos war. Im Grunde genommen hat er nur damit geprahlt und es weidlich ausgenutzt, dass ich es mitnahm.«

»Oh, das hab ich sofort geseh'n, Althalus«, erwiderte der Junge, »und es ist mir schon was eingefallen, wie wir da rumkommen. Ihr braucht bloß jemand, der Euch beim Ausräumen der Schatzkammer hilft.«

»So gut kannte ich damals in Arum niemand, Gher, und man wählt keinen völlig Fremden zum Komplizen aus.«

»Aber Ihr habt später jemand kennen gelernt, der da genau richtig gewesen wär'. Ihr habt die Türen vergessen.«

»Und wer wäre dieser Jemand gewesen?«

»Ich denk da an Ghend. Er hat Euch gekannt, auch wenn Ihr nix von ihm gewusst habt. Er hat gut vor Euch ausschau'n woll'n, weil er wollt', dass Ihr das Buch für ihn stehlt. Also hätt er doch mitmachen müssen, wenn Ihr ihn aufgefordert hätt', mit Euch den Fetten zu beklauen, nicht wahr?«

»Möglich, aber ich habe ihn damals ja nicht einmal bemerkt.«

»Könnten wir das nicht mit einem dieser Traumdinger ändern? Das war meine erste Idee. Ich hab mir gedenkt, dass er Euch überallhin nachgeschlichen ist, und dass wir Emmys Fenster benutzen könnten, damit wir genau die rechte Zeit finden, wo wir's tun können. Sagen wir, wenn Ihr in einer dieser Schenken wart, wo die Leut' über den Fetten geredet haben und Ghend draußen gelauscht hat. Dann tut Emmy dieses Traumding, und Ghend ist nicht mehr draußen, sondern in der Schenke. Jeder Dieb auf der Welt erkennt einen anderen fast auf den ersten Blick, nicht wahr?«

»Ich jedenfalls hatte damit nie größere Schwierigkeiten.«

»Na also! Wenn Ihr zwei von dem fetten Reichen gehört habt, nehmt Ihr Ghend beiseite und schlagt vor, den Großbauchkerl zu besuchen. Damit habt Ihr Ghend an der Angel, denn er tät bestimmt nicht wagen, Nein zu sagen, weil dann vielleicht Ihr Nein sagen tät', wenn er später mit Euch über das Buch redet.«

»Ich bin immer wieder begeistert, wie der Verstand dieses kleinen Jungen funktioniert«, sagte Leitha. »Der Plan ist perfekt. Ghend hätte keine Wahl als mitzumachen.«

»Ich habe wirklich keine Hilfe gebraucht, Gher«, wandte Althalus ein.

»Nicht mit dem Diebstahl, aber er hat ja das Problem nicht verursacht. Es war, wie Ihr weggerannt seid, dass Ihr Euren Umhang wegschmeißen musstet, nicht wahr?«

»Wie hätte sich etwas daran geändert, wäre Ghend mein Komplize gewesen?«

»Wenn Ihr es richtig machen tät', müsstet Ihr gar nicht versuchen wegzurennen. Nehmen wir an, dass Ihr und Ghend eine Menge Gold aus dieser Schatzkammer klaut.«

»Aber da hat es ja gar keines gegeben, Gher. Das sagte ich dir doch.«

»Das könnten wir schnell ändern. Wir haben doch noch diese Fässer voll Gold, mit dem wir die Arumer in Emmys Turm angeheuert haben, nicht wahr? Wir befördern eins davon in diese Schatzkammer, kapiert? Und dann brecht Ihr und Ghend ein und klaut es. Der Fette weiß gar nicht, dass es da war, aber das ist egal, denn es ist ja nicht er, den Ihr beschwindeln wollt, weil Ihr ja in Wirklichkeit hinter Ghend her seid. Nachdem Ihr dieses Fass Gold geklaut habt, teilt Ihr es auf, und dann sagt Ihr zu Ghend, dass es besser wär', wenn Ihr Euch trennen und in verschiedene Richtungen davonreiten tät'. Dann springt Ihr auf Euer Ross und reitet davon, und Ghend reitet woanders hin. Sobald Euch keiner mehr sehen kann, gebt Ihr Euren Anteil von dem Gold Eliar, damit er es hierher zurückbringt, und dann eilt Ihr zu Gostis Fort zurück und tut so, als wärt ihr gar nicht weg gewesen. Dann weckt Ihr Gosti auf und sagt ihm, dass Ihr gesehen habt, wie Ghend in seine Schatzkammer eingebrochen ist. Gosti weiß aber nix von dem Gold, das wo wir in seine Schatzkammer geschmuggelt haben, darum denkt er, dass da nur Münzen aus Kupfer und Messing drin waren. Aber er möcht doch, dass die Leut' ihn für reich halten, drum macht er ein großes Getue, wie wütend er ist, weil Ghend ihn beklaut hat, und er beschreibt Ghend allen, die er sieht. Und jetzt is's Ghend, der um sein Leben rennen muss, während Ihr in Gostis Fort herumsitzt, als hättet Ihr gar nix angestellt. Ihr sitzt vor dem Feuer und esst Hühner und erzählt Geschichten, wie Ihr's den ganzen Winter getan habt. Und alle von Arum jagen hinter Ghend her, weil sie glauben, dass er 'ne Menge Gold hat, das wo sie ihm klauen können. Nach einer Woche oder so sagt Ihr Gosti, dass Ihr weg müsst, weil Ihr was zu tun habt. Und Ihr reitet nach Hule und sagt Ghend, dass Ihr ganz leicht weggekommen seid. Und wenn er Euch erzählt, wie sie ihn gehetzt haben, tut Ihr so, als würd er Euch leidtun. Er weiß nicht, dass Ihr ihn reingelegt habt und glaubt, Ihr seid sein Freund. Und wenn er Euch dann anheuert, dass Ihr das Buch für ihn klaut, bringt Ihr ihn dazu, dass er Euch seinen Anteil von dem Gold gibt, das wo Ihr aus Gostis Schatzkammer geklaut habt – bloß dass Ihr es gar nicht wirklich geklaut habt, weil wir es überhaupt erst dort hingebracht haben. Meint Ihr nicht, dass das klappt?«

»Habt Ihr irgendetwas davon verstanden, Althalus?«, fragte Andine leicht verwirrt.

»Das meiste, ja«, antwortete er. Er blickte Dweia an. »Wäre das machbar, Em? Die Vorstellung, Ghend hereinzulegen, wärmt mir das Herz.«

»Es ist zumindest nicht unmöglich«, erwiderte sie. »Auch wenn es nicht viel Sinn macht, könnten wir's versuchen.«

»Dweia«, rief Bheid entsetzt. »Das ist eine Verfälschung der Realität. Wenn Ihr die Vergangenheit ändert, wer weiß, was dann aus der Gegenwart wird!«

»Wir haben bereits geseh'n, wie die jetzt ausschaut, Bheid«, warf Gher ein, »und da gibt's eine Menge, was wir nicht mögen tun. Wär es nicht luster, jetzt eine andere zu machen? Wenn wir das Damals oft genug ändern, kommen wir bestimmt irgendwann auf ein Jetzt, das wo uns ganz genau passt und gleichzeitig Ghend durch'nander bringt. Das hat er doch mit seinen Traumdingern getan, nicht wahr? Er will, dass das Jetzt so wird, wie er's will. Und das können wir auch. Und wenn wir's schließlich schaffen, kann Althalus seinen Umhang behalten, den er so gern mag.«

»Aber wenn wir immer wieder an der Vergangenheit herumfeilen, ist nichts mehr beständig!«

»Wo bleibt dein Abenteuergeist, Bheid?«, fragte Leitha. »Die Beständigkeit ist manchmal sehr langweilig, findest du nicht auch? Wäre es nicht luster, in einer Welt zu leben, die Gher jederzeit nach Belieben ändern kann?«

»Luster?«

»Ist es nicht logisch, dass sich außer den Umständen auch die Sprache verändern wird? Willkommen in Ghers Welt, Exarch Bheid.«

»Das genügt, Leitha«, tadelte Dweia abwesend. Althalus bemerkte jedoch, dass sie Gher auf seltsame Weise anblickte.

Am nächsten Tag nach dem Abendessen schob Dweia ihren Teller zur Seite und ließ den Blick um die Tafel schweifen. »Ich habe fast den ganzen Tag über etwas nachgedacht und finde, dass wir uns alle damit befassen sollten.«

»Führt Ghend schon wieder was im Schilde?«, fragte Eliar.

»Soweit ich weiß nichts, das uns interessieren müsste. Was jetzt zur Debatte steht, sind ... Abwandlungen. Mir kam eine ungewöhnliche Idee, während wir Althalus und Gher zuhörten, wie sie sich über Veränderungen der Realität unterhielten.«

»Wir haben es nicht ganz so ernst genommen, Em«, versicherte ihr Althalus.

»Ich schon!«, rief Gher enttäuscht. »Ich hab's für eine tolle Idee gehalten.«

»Das war sie auch, Gher«, beruhigte ihn Dweia. »Du bist nur nicht weit genug damit gegangen.«

»Was meint Ihr damit?«

»Du hast diesem lächerlichen Umhang zu viel Beachtung geschenkt.«

»Also wirklich!«, protestierte Althalus.

»Wenn du wahrhaftig wieder einen Umhang mit Ohren haben willst, mein Herzblatt, mache ich dir einen. Was hältst du von Eselsohren?«

»Das würdest du nicht wagen!«

»Ich würde es zumindest nicht tun, wenn du jetzt so nett wärst und mich nicht mehr aufhältst. Also«, fuhr sie fort, »sobald jemand Gher eine Geschichte erzählt, überlegt er, wie er sie verbessern könnte. Diesmal fiel ihm eine sehr interessante Möglichkeit ein. Nehmen wir an, wir erschaffen eine Traumvision, die in einer Zeit spielt, in der Althalus ein einfacher Dieb war. Es könnte durchaus sein, dass er den armen Ghend dazu bringt, bei der legendären Beraubung von Gosti Fettwanst mitzumachen. Das eigentliche Ziel von Ghers ursprünglicher Überlegung war dafür zu sorgen, dass Althalus diesen lächerlichen Umhang behalten konnte. Aber das ist wahrhaftig kein Ziel, für das der Aufwand sich lohnt. Es ist fast, als erbaute man eine ganze Burg, nur damit man in einem der Gemächer einen Haken anbringen kann. Ghers Idee ist einfach viel zu gut, sie an eine solche Kleinigkeit zu verschwenden, findet ihr nicht?«

»Ich hab sie für luster gehalten«, sagte Gher enttäuscht.

»Ich glaube, ich weiß was, wie wir sie viel lusterner machen können.« Sie lächelte ihm liebevoll zu. »Mir gefiel der Teil, in dem Althalus Ghend überlistet, sein Komplize zu werden, und noch mehr der, in dem Althalus Ghend an Gosti verrät, damit Ghend um sein Leben laufen muss. Danach aber bringt es nichts mehr. Eine so großartige Idee wie deine sollte ein größeres Ziel haben als einen dummen Umhang.«

»Aber Althalus tät in meinem Plan doch das ganze Gold kriegen«, erinnerte Gher sie.

»Vergiss nicht, dass es ursprünglich sowieso sein Gold war.«

»Ja – schon. Aber die Idee war, dass Ghend es eine Zeit lang haben sollte und Althalus es ihm dann abluchst.«

»Warum benutzt du den Plan nicht, um etwas von Ghend zu stehlen, das viel wichtiger ist als Gold?«

»Was gibt's denn was, das wichtiger ist als Gold?«, fragte Gher ungläubig.

»Darauf kommen wir in Kürze, Gher. Mir ist aufgefallen, dass du deine Überlegungen immer mit den Worten beginnst: ›Was tät' sein, wenn …?‹ Mir ist jedoch ein anderes ›Wenn‹ eingefallen als dir. Was wäre, wenn Althalus deinen Plan nutzte, aber nicht um seinen Umhang zu behalten, oder um Ghend das Gold abzuschwindeln, das ohnehin ihm gehörte, und stattdessen Ghends Buch stiehlt?«

»Großer Gott!«, entfuhr es Bheid.

»Du wolltest natürlich ›große Göttin‹ sagen, Exarch Bheid, nicht wahr? Aber ich bin momentan ziemlich beschäftigt. Ist es von großer Wichtigkeit, was du einzuwenden hast?«

»Das wäre eine Katastrophe, wenn Althalus Ghend das Buch wegnähme und verbrennt«, murmelte Eliar.

»Daran dachte ich nicht, Eliar«, entgegnete Dweia. »Außerdem würde Ghends Buch gar nicht brennen. Das Ganze ist etwas komplexer. Ghends Plan war vermutlich, das Buch Deiwos' nach Nahgharash zu bringen. Natürlich wäre nichts daraus geworden. Er hätte zwar die zwei Bücher gehabt, nicht jedoch das dritte.«

»Es gibt nur zwei Bücher, Dweia«, warf Bheid ein.

»Da täuschst du dich, Bheid«, entgegnete sie. »Es gibt drei – das Buch Dweios', das Buch Daevas, und mein Buch.«

Bheid riss die Augen weit auf. »Euer Buch. Ich habe noch nie davon gehört, dass Ihr ein Buch habt! Wo ist es?«

»Hier. Eliar hat es zurzeit unter seinen Gürtel gesteckt.«

»Das ist ein Dolch, kein Buch!«, wandte Bheid ein.

Dweia seufzte. »Was genau ist ein Buch, Bheid?«

»Ein Dokument – Seiten mit Schrift darauf.«

»Der Dolch hat Schrift auf der Klinge, nicht wahr?«

»Aber doch nur ein Wort!«

»Nur eines, das du lesen kannst. Althalus hat ein anderes gelesen, Eliar ein wiederum anderes, und Andine sowie Leitha lasen ebenfalls andere. Die Bücher meiner Brüder sprechen über Allgemeingültiges, meines spricht über Individuelles. Es sagte jedem von euch nur ein Wort, und ihr werdet euch danach richten und euer Leben lang versuchen, das Wort zu deuten. Deiwos' Buch bleibt hier, wo es vollkommen sicher ist. Mein Buch musste hinaus in die Welt, deshalb verlieh ich ihm zu seinem Schutz das Aussehen eines Dolches. Warum, glaubst du, ertrugen Pekhal und die anderen nicht, es auch nur anzuschauen? Sie alle kennen Dolche, und dieser unterscheidet sich nicht von Tausenden anderer. Sie sehen nicht den Dolch, wenn Eliar ihnen die Klinge vors Gesicht hält, sondern mein Buch, und das erschreckt sie so sehr! Sie können mein Buch nicht anschauen, weil es sie richtet.«

Eliar hatte den Dolch unter dem Gürtel hervorgezogen und betrachtete ihn eingehend. »Für mich sieht er nach wie vor nur wie ein Dolch aus.«

»Das soll er ja auch.«

»Welche Farbe hat er?«, fragte Gher. »Ich mein', wenn er wieder ein Buch ist. Ghends ist schwarz, das aufm Tisch weiß. Welche Farbe hat Euers?«

»Gold natürlich. Schließlich ist es das wertvollste der drei.«

»Dürften wir es sehen – in seiner wahren Form?« Tiefes Verlangen sprach aus Bheids Stimme.

»Noch nicht, Bheid. Die Zeit dafür kommt erst. Es müssen mehrere Dinge geschehen sein, bevor es seine wahre Form annimmt. Darüber müssen wir sprechen, denn deswegen sind wir jetzt zusammengekommen. Wenn wir Ghers Plan zur Grundlage nehmen und Ghend durch eine Traumvision zwingen, sich Althalus beim Raub in Gostis Fort anzuschließen, bedeutet das, dass auch Daevas Buch mit dabei sein wird, denn Ghend trennt sich nie von ihm.«

»Oh, jetzt kapier ich, wie das geh'n soll, Emmy.« Gher nickte. »Wenn Althalus und Ghend in Gostis Fort sind, klaut Althalus das Buch, während Ghend schlaft.«

Dweia schüttelte den Kopf. »Nein, Althalus stiehlt das Schwarze Buch erst, wenn Ghend zu Nabjors Lager in Hule kommt.«

»Warum machen wir dann dieses ganze Theater in Gostis Fort?«, fragte Bheid heftig. »Lassen wir diesen Teil doch einfach aus und konzentrieren uns darauf, das Schwarze Buch zu stehlen, wenn Ghend in Hule ist.«

»Das geht nicht, weil Ghend sich sofort an Althalus' Fersen heften würde, wenn das Buch über Nacht verschwände. Nein, wir müssen uns etwas einfallen lassen, ihn eine Zeit lang aufzuhalten, und ich glaube, mit einer Fälschung könnte es uns gelingen. Ich kann eine herstellen, doch zuvor muss ich das Original sehen und berühren.«

»Wenn du das Buch hier hast, warum sollten wir es ihm dann überhaupt zurückbringen?«, fragte Althalus. »Es genügt doch, wenn du mir die Fälschung gibst. Ich stecke sie ihm in seine Satteltasche. Er wird den Unterschied niemals erkennen.«

»Nein, Schatz«, wehrte sie ab. »Irgendwann würde Ghend es aufschlagen und darin lesen, und dann wüsste er sofort, dass es nicht das echte Buch ist. Nein, ich möchte nicht, dass das geschieht, bevor er dich beauftragt hat, das Weiße Buch zu stehlen. Ein paar winzige Veränderungen in der Vergangenheit werden die Gegenwart nicht wirklich beeinträchtigen. Aber wenn Ghend Daeva aus Nahgharash ruft, um das Schwarze Buch wiederzubeschaffen, wäre die Gegenwart nicht mehr zu erkennen. Althalus braucht die Fälschung, um sie gegen das Schwarze Buch auszutauschen, und ich bin die einzige, die ein täuschend ähnliches Duplikat herstellen kann. Außerdem wird es ›luster‹ sein, wenn wir es so machen.«

»Hm, luster«, murmelte Bheid. »Was soll daran lustig sein?«

»Wenn Althalus Spaß an irgendetwas hat, schafft er es viel besser, Bheid«, entgegnete Dweia mit leichtem Lächeln. »Und wenn man es recht bedenkt, trifft das auf so gut wie jeden zu.« Sie blickte Althalus schelmisch an. »Wenn ich mich recht entsinne, haben wir so etwas wie einen Pakt geschlossen, nachdem du hier angekommen warst. Ich sollte dich lehren, das Buch zu lesen, und du wolltest mir als Gegenleistung das Lügen, Betrügen und Stehlen beibringen. War da nicht auch so was wie eine Wette?«

»Jetzt wo du's erwähnst, erinnere ich mich wieder recht gut daran.«

»Nun, Schatz, was meinst du? Ist mein kleiner Plan hinterlistig genug für deinen Geschmack?«

»Sogar so sehr, dass selbst ich verwirrt bin.«

»Hab ich's richtig gemacht?«, sagte sie in unverkennbarer Imitation von Ghers häufigster Frage.

Althalus lachte. »Ja, sehr gut, Em. Wenn ich es recht bedenke, sogar perfekt.«

»Natürlich.« Sie warf den Kopf zurück. »Ich bin in jeder Beziehung perfekt, hast du das etwa nicht gewusst?«

»Ich verstehe den Sinn der ganzen Sache nicht«, gestand Andine verwirrt. »Was wollen wir denn mit Ghends Buch, nachdem Althalus es gestohlen hat? Wenn es sich nicht verbrennen lässt, wie sollen wir es dann vernichten?«

Dweias Miene wurde sehr ernst. »Wir bringen es hierher«, antwortete sie. »Darum ging es die ganze Zeit. Wenn die drei Bücher sich in demselben Raum und derselben Zeit befinden, wird etwas sehr Wichtiges geschehen.«

»Ach?«, fragte Bheid. »Was denn?«

»Das weiß ich nicht genau. Es war noch nie der Fall. Meine Brüder und ich hatten unsere kleinen Meinungsverschiedenheiten, doch die Bücher hatten nie damit zu tun. Sie sind die drei elementaren Bestandteile der Schöpfung, und es ist unmöglich vorauszusagen, was passieren wird, wenn sie zusammenkommen. Bei nur zweien wäre es leicht, doch da es drei sind ...« Sie zuckte die Schultern und spreizte die Hände. »Wer weiß?«

»Wäre es dann nicht besser, das Risiko gar nicht erst einzugehen?«, fragte Bheid besorgt.

»Diese Wahl steht uns nicht mehr offen«, antwortete sie. »Ich bin mir nicht ganz sicher, weshalb Daeva beschloss, diesmal die Bücher mit hineinzuziehen. Aber er hat es getan, und unsere freie Entscheidung erlosch in dem Moment, als er Ghend befahl, Althalus anzuheuern, Deiwos' Buch zu stehlen. Jetzt müssen wir die Sache zu Ende führen und abwarten, was geschieht.«

42

Es war einmal an einem Tag im Spätsommer, dass Althalus der Dieb und sein kindlicher Begleiter kühn das bewaldete Gebirge von Arum emporritten. Der sanfte Gesang des Dolches geleitete sie, und Althalus' Herz war voller Glück, denn er war in einen Umhang aus prächtigem Pelz gewandet.

Und eines goldenen Morgens gelangten sie zu einer Schenke am Weg, wo sie einkehrten, um sich von den Mühen ihres Rittes mit Speis und Trank zu erquicken. Sie traten in eine Gaststube mit niedriger Bohlendecke, hell von der strahlenden Morgensonne, ließen sich an einem feingearbeiteten Tisch nieder und riefen dem Wirt zu, ihnen den hellen, schäumenden Met zu kredenzen, und der Gesang des Dolches umschmeichelte ihre Ohren.

In seiner immer währenden Wachsamkeit ließ Althalus die Blicke schweifen, und siehe da, an einem Tisch an der anderen Stubenseite gewahrte er ein bekanntes Gesicht. Verwundert war Althalus der Dieb, denn so sehr er sich mühte, vermochte er sich nicht zu entsinnen, weshalb dies Gesicht ihm dermaßen vertraut deuchte oder woher er es kannte. Lang und schwarz und fettig waren die Haarsträhnen des Fremden, tiefliegend und brennend seine Augen. Der neben ihm saß und sein Weggefährte zu sein schien, der war ein kleiner Mann mit verschlagener Miene und kriecherischem Gebaren.

Und wisset, auch andere weilten an diesem Ort. Freundlichen Tones sprachen sie von einem gewissen Stammeshäuptling in Arum, der im ganzen Lande nicht sehr liebevoll »Gosti Fettwanst« genannt ward.

»Wahrhaftig hab ich schon von ihm gehört«, sprach Althalus, »doch verwundert's mich, dass ein Häuptling, und wäre er noch so unbedeutend, sich so nennen ließe, denn ein solcher Name spricht von gar wenig Achtung.«

»Es ist nur eine von Gostis Eigentümlichkeiten, Wanderer«, entgegnete einer von jenen, die diesen goldenen Morgen untätig in der Schenke verstreichen ließen. »Recht hast du, dass eine solche Schmähung jeden anderen Stammeshäuptling von Arum in seiner Ehre beleidigen würde, doch Gosti trägt seinen Wanst voller Stolz und prahlt sogar damit, dass er seine Füße seit Jahren nicht mehr schauen kann.« Belustigt schien der Sprecher und seine Augen zwinkerten voll gutmütigem Frohsinn.

»Man erzählt sich, dass er über alle Maßen reich ist«, sagte Althalus der Dieb, stets auf eine lohnende Gelegenheit bedacht.

»Reich ist ein armseliges Wort für Gostis Schätze«, warf ein anderer Gast ein.

»Verdankt er sie der glücklichen Entdeckung einer Goldmine?«, erkundigte Althalus sich hoffnungsvoll.

Da lachte ein weiterer Gast, während der Gesang des Dolches leiser wurde. »Nein, Wanderer«, sprach der Mann. »Nicht auf den Stamm Gostis lächelte die Glücksgöttin, obgleich mir scheint, dass einstmals doch ein Hauch ihres Lächelns über ihn huschte. Vor wenigen Jahren stieß ein Wanderer in den Bergen auf eine Ader feinsten Goldes. Doch der Wanderer war ein Dummkopf, denn er sprach lang und breit und laut über seinen glücklichen Fund zu vielen anderen in vielen Schenken, wo guter schwerer Met zu haben ist. Und die Kunde von seiner Entdeckung verbreitete sich rasch in den Landen der Arumer. Viele brachen auf, in den Bergen ihr Glück zu suchen.«

Und verwundert blickte Althalus der Dieb.

»Es ist eine gar einfache Sache, Wanderer«, warf ein weiterer Gast in der Schenke am Weg ein. »Vor wenigen Jahren fiel des fetten Gostis Vater in einer Stammesfehde, und so wurde Gosti Häuptling. Gar manche zweifelten an seiner Eignung, doch Galbak, Gostis Vetter väterlicherseits – ein riesenhafter Mann mit dem Wesen eines zornigen Bären – stand Gosti hilfreich zur Seite. So erwogen sie wohlweislich, ihre Zweifel für sich zu behalten. Schlechthin wird angenommen, dass Männern von gewaltigem Umfang bloss geringer Verstand zu Eigen ist, doch trifft dies nicht auf Häuptling Gosti zu. Das Heim seiner Väter erhebt sich am Ufer eines tosenden Flusses, der so wild ist, dass man sagt, er könne einem Menschen selbst den Schatten entreißen. Und niemand ist so mutig – oder so töricht –, auch nur zu versuchen, diesen Fluss zu durchqueren, obgleich es in beiden Richtungen fünf Tage beschwerlichsten Weges zur nächsten Furt sind. So erdachten der schlaue Gosti und der riesenhafte Galbak den Plan, eine Brücke über den reißenden Fluss zu errichten und eine hohe Maut für die Überquerung des wilden Wassers zu fordern. Anfangs brachte es ihnen nur Kupfermünzen ein, doch nach der Entdeckung des Goldes in den nahen Bergen verlangte Gosti statt Kupfer gleißendes Gold. Zwar sind die Berge Arums von malerischer Schönheit, doch ein Mann, der ein mühsames Jahr damit verbracht hat, Zoll um Zoll im harten Gestein zu schürfen, hat wohl geringes Interesse an landschaftlichem Reiz. Ihn dürstet nach starkem Met, und er hungert nach der Gesellschaft liebreizender Maiden, die sich nicht darum scheren, ob ein Mann schmutzig ist und sein Haar verfilzt, solange sein Säckel prall voll Gold ist. Wie du dir denken kannst, bezahlen solche Männer für die Überquerung der Brücke, was immer der schlaue Gosti an Maut von ihnen verlangt, um zu den Freuden zu kommen, die am anderen Ufer auf sie warten. Und so ist Gostis Schatzkammer zum Bersten voll von dem Gold, das andere voller Frohsinn den Bergen entrangen.«

»Richtet Eure Augen auf das Gesicht von Ghend«, flüsterte das Kind Gher. »Mir scheint, seine Gedanken folgen den Euren, mein Lehrer.«

Und verwundert war Althalus der Dieb, denn sein Begleiter Gher äußerte sich auf höchst ungewohnte Weise; er war des Lesens und Schreibens nicht kundig und ein noch ungeschliffenes Juwel. Doch beschäftigte der schlaue Althalus sich nicht länger mit dieser Eigentümlichkeit, sondern widmete sich stattdessen Ghends Gesicht und las unverhohlene Habgier aus der Miene des Mannes, wie sie in jenem Gewerbe, dem Althalus sich verschrieben hatte, nicht fremd war.

»Mir deucht, wir täten klug daran, uns an diesen vertrauten Fremden Ghend zu wenden«, flüsterte das Kind Gher. »Denn sollte sich ergeben, dass sein Gedanke dem Euren gleicht – woran ich keine Zweifel hege –, würdet Ihr und der Fremde dann nicht in der Verfolgung Eures gemeinsamen Zieles aufeinander stoßen?«

Und es schien Althalus, dass der kindhafte Gher weise sprach, und so beschloss er, seinem klugen Rat zu folgen.

»So ist es nicht passiert«, murmelte Althalus, als er von seinem Traum in einen Zustand zwischen Schlafen und Erwachen glitt.

»Psst!«, befahl Dweia. »Schlaf weiter, sonst bringen wir dies nie zu Ende.«

»Ja, Liebes«, antwortete er mit einem tiefen Seufzer und sank in seinen Traum zurück.

Während der goldene Morgen sich zum goldenen Mittag wandelte, leerten Ghend, der Mann mit dem strähnigen Haar, und sein verschlagener Begleiter Khnom ihre Metbecher und erhoben sich, um aufzubrechen.

Da standen auch der listige Althalus und der kindliche Gher auf, um die Schenke zu verlassen.

Und wie es sich ergab, waren ihre Rosse nebeneinander angebunden, und der schlaue Althalus sprach scheinbar gleichmütig zu dem feueraugigen Ghend: »Mir scheint, deine Gedanken sind wie die meinen, da die Kunde von dem Gold in deinem Geist ebenso Funken schlug, wie's bei mir der Fall gewesen.«

»Wahrlich«, erwiderte Ghend mit barscher Stimme. »Hübsch leuchtet Gold in meinen Augen und klingelt wie Musik in meinen Ohren.«

»Nicht anders ergeht es mir«, gestand der listige Althalus. »Doch rät die Umsicht, dass wir uns darüber aussprechen, denn folgten wir getrennt demselben Weg, würden wir uns allzeit in die Quere kommen, und unser Plan wäre zum Scheitern verdammt.«

»Weise sind deine Gedanken, fürwahr«, sprach Ghend. »Entfernen wir uns ein Stück von diesem Ort und unterhalten uns. Mir deucht, du hast einen Pakt bei diesem Unternehmen im Sinn, und ich muss sagen, das könnt mich wohl reizen.«

»Nun, Althalus«, fragte Dweia am nächsten Morgen beim Frühstück, »was hältst du davon als Ausgangspunkt?«

»Was habt Ihr mit meinem Mund 'tan, Emmy?«, fragte Gher verwirrt. »Ich weiß ja nicht mal, was manche der Wörter bedeuten!«

»Es war wunderschön, Gher«, lobte Andine. »Du hast geredet wie ein Dichter.«

»Ich hab doch gar nicht so geredet, Andine«, wehrte Gher ab. »Ich glaub', Emmy hat mir eine von ihren Pfoten in den Mund gesteckt und mir die Zunge verdreht.«

»Es war, was man den ›Hochstil‹ nennt, Gher«, erklärte Bheid. »Aber ich bezweifle, dass irgendwann irgendjemand so gesprochen hat.«

»Es ist sehr lange her, dass diese Art von Sprache üblich war«, entgegnete Dweia. »Doch kommen wir jetzt lieber zur Sache. Wirst du mit den Anregungen, die ich dir gegeben habe, weitermachen können, Althalus, oder brauchst du mehr?«

»Ich denke, das dürfte genügen, Em. Ghend war dort und er war interessiert. Das ist im Grunde genommen alles, was ich brauche.«

»Solang wir das durchzieh'n, is' es doch egal, was für komische Wörter aus meinem Mund kommen, nicht wahr?«, fragte Gher.

»Mir deucht, damit habt Ihr den Nagel auf den Kopf getroffen, o liebreizender Gher«, spöttelte Leitha.

»Macht, dass sie damit aufhört, Emmy«, bat Gher.

»Doch nichts davon hätte wirklich geschehen können«, wandte Eliar ein. »Es gab damals keine Goldfunde.«

»Jetzt – oder vielmehr damals – gab es sie schon«, widersprach Dweia. »Es war keine große Veränderung, Eliar. Die Goldadern wurden alle in einem Dutzend oder mehr Jahren ausgebeutet, was nichts Bedeutsames zur Folge hatte. Das einzige von Wichtigkeit ist Ghends Beteiligung an dem Diebstahl. Sonne, Erde und Mond werden weiterhin unbeirrt ihren Bahnen folgen. Eine belanglose Abweichung in der Geschichte der Menschen wird nichts am Universum ändern. Doch da ist etwas, woran du denken solltest, Althalus. Unsere Traumvision geschah jetzt. Du und Gher werdet euch daran erinnern, weil ihr euch vergangene Nacht im Haus aufgehalten habt. Wenn ihr in die Vergangenheit zurückkehrt, wird Ghend dagegen nichts davon wissen, da die Vergangenheit für ihn noch nicht geschehen ist.«

Althalus grinste boshaft. »Mehr brauche ich nicht, Em. Ich werde ihm übel mitspielen. Wann sollen wir losziehen?«

»Hattest du für heute etwas Wichtiges vor?«

»Nichts, Em. Gar nichts.«

»Dann könnt ihr gleich nach dem Frühstück aufbrechen.«

Ihre Vorbereitungen nahmen nicht viel Zeit in Anspruch. Natürlich musste Althalus sein stählernes Schwert zurücklassen, doch das machte ihm nichts aus. Das Bronzeschwert, das er getragen hatte, bevor er zum Haus kam, war ihm ohnedies ein lieber alter Gefährte. Dweia nahm ein paar Veränderungen an Althalus' und Ghers Kleidung vor, die Knöpfe unnötig machte. Und Eliar begab sich rasch zu Häuptling Albrons Festung, um zwei Pferde zu holen. Bei seiner Rückkehr strahlte er über das ganze Gesicht. »Sergeant Khalor sendet Euch seine besten Grüße, Emmy«, sagte er. »Ich soll Euch ausrichten, dass alles in etwa so verläuft, wie Ihr es Euch wünscht.«

»Das ist gut.« Sie lächelte. »Hast du genug Geld, Althalus?«, fragte sie dann.

»Ich glaube schon. Falls ich mehr brauche, lange ich einfach in jemandes Tasche.«

»Das möchte ich eigentlich nicht«, entgegnete sie missbilligend.

»Es ist Teil deiner Ausbildung, Em«, erinnerte er sie. »Jetzt, da du dich entschlossen hast zu lügen, zu betrügen und zu stehlen, werde ich dir zeigen, wie du in einem solchen Fall vorzugehen hast. Pass gut auf, Em, und lerne daraus.«

»Geh, Althalus!«, befahl sie und deutete zur Tür.

»Jawohl, edle Herrin.«

Eliar brachte Althalus und Gher durch sein Prunkportal zu einem Pfad, der sich einen Berg in Südarum hinaufschlängelte. »Ich habe Eure Pferde gleich da drüben angebunden.« Er zeigte auf ein nahes Dickicht.

Althalus nickte. »Begib dich jetzt außer Sicht, Eliar. Ghend ist wahrscheinlich nicht weit von hier, und wir wollen schließlich nicht, dass er dich sieht.«

»Ist gut«, antwortete Eliar. »Ich werde am Fenster sein. Wenn Ihr etwas braucht, dann ruft.« Er verschwand.

Gher, der wieder in Lumpen gekleidet war, schüttelte sich. »Es ist gruslig. Obwohl ich weiß, was er tut, lauft's mir kalt über'n Rücken, wenn er plötzlich weg is'.«

Althalus ließ den Blick in die Runde schweifen, um sich zurechtzufinden. »Pass gut auf, Gher«, sagt er ernst. »Etwa eine halbe Meile voraus kreuzt ein anderer Weg den Pfad. Ich nehme den hier, während du die Pferde holst und sie durch den Wald zu dieser Kreuzung führst. Dort treffen wir uns und tun so, als hätten wir's schon lange so geplant.«

»Warum?«, fragte Gher erstaunt.

»Weil Ghend mir in Nabjors Lager erzählte, dass er mir schon lange Zeit gefolgt war. Er könnte ganz in der Nähe sein, vielleicht ist er es aber auch nicht. Ich will jedenfalls keine Risiken eingehen. Ich war allein und zu Fuß, als ich Maghu verließ, und wenn Ghend mir folgte, möchte ich nicht, dass irgendwas geschieht, das keine logische Erklärung hat. Falls er tatsächlich hinter mir herstapft, ist er wahrscheinlich todmüde, und ich will nicht, dass sich etwas daran ändert. Denn wenn er hellwach ist, fallen ihm möglicherweise Dinge auf, die er lieber nicht bemerken sollte.«

»Ihr versteht Euch sehr gut auf solche Dinge«, stellte Gher fest.

Althalus zuckte die Schultern. »Ich bin der Beste«, erwiderte er bescheiden. »Ach, noch was. Ich weiß, dass Andine und Leitha versuchen, dir die Sprache fehlerfrei beizubringen. Vergiss das jetzt. Ich möchte, dass du scheinbar wieder ein schlichter Bauernbub bist – also rede auch wie einer. Vielleicht erkennt Ghend dann nicht, wie klug du wirklich bist.«

Gher begab sich ins Dickicht, und Althalus schlenderte den Pfad entlang. Dabei versuchte er, sich an jede Einzelheit gewisser Geschehnisse zu erinnern, die sich vor fünfundzwanzig Jahrhunderten zugetragen hatten, damit er sie geringfügig ändern konnte. Das Wörtchen »geringfügig« wiederholte er für sich.

Gher saß auf einem Baumstumpf an der Kreuzung, und die Pferde waren an kräftigen Büschen angebunden.

»Ah, du hast meine Nachricht also bekommen«, rief Althalus ihm entgegen.

»Na ja, in etwa«, entgegnete Gher laut. »Du hast dir keinen so guten Boten ausgesucht, Althalus. Er war ganz schön betrunken, als er mir gesagt hat, was du willst. Drum war ich mir nicht ganz sicher, ob ich ihn richtig verstanden hab'.«

»Er war der Einzige, den ich in der kurzen Zeit überhaupt finden konnte. Jedenfalls scheinst du genug verstanden zu haben, dass du hierher gekommen bist.«

»Ich hab mehr geraten als sonst was. Wo woll'n wir von hier aus hin?«

»Ich möchte nach Hule zurück, wohin ich gehöre. Von der Zivilisation habe ich mehr gehabt, als ich ertragen kann. Hast du zufällig auf dem Weg hierher irgendwelche Schenken gesehen? Ich stapfe schon ziemlich lang dahin und hab gewaltigen Durst.«

»Ein paar Meilen weiter gibt's eine kleine Ortschaft«, antwortete Gher und stand auf. »Bestimmt hat sie auch eine Schenke.«

»Gut.« Althalus nickte. »Sitzen wir auf und schauen nach.«

Sie gingen zu den Pferden und Gher flüsterte: »Hab ich's richtig gemacht, Althalus?«

»Großartig, Gher. Falls Ghend uns belauscht hat, weiß er jetzt alles, was wir möchten, dass er weiß.«

»Und wenn er uns nicht belauscht hat?«

»Sorge ich in der Schenke dafür, dass er es erfährt.«

»Das braucht Ihr nicht«, erklang Eliars Stimme in Althalus' Kopf.

»Ghend ist nur zwanzig Fuß von Euch entfernt und hat Khnom bei sich.«

»Dann läuft alles, wie es laufen soll«, sandte Althalus seinen Gedanken zurück. »Danke, Eliar.«

»Nichts zu danken«, murmelte Dweias Stimme. »Ach, übrigens, ich habe Khnom ermutigt, an Becher voller Met zu denken, was ihn ganz sicher sehr durstig macht. Deshalb werden er und Ghend wahrscheinlich schon in der Schenke sein, wenn ihr zwei ankommt.«

»Ermutigt?«

»Irgendwann werde ich dir zeigen, wie das geht, Schatz. Es ist gar nicht schwer.«

»Gut. Reiten wir los, Gher.« Althalus stupste sein Pferd.

Die Schenke war nicht viel anders als in Althalus' Erinnerung, nur waren ein zottiger grauer und ein müder brauner Gaul draußen angebunden. »Der Graue ist Ghends Pferd«, sagte Althalus beim Absitzen leise zu seinem kindlichen Freund. »Binden wir unsere Tiere daneben an.«

»Ist gut«, bestätigte Gher. »Krieg ich auch Met?«

»Nein!«, bestimmte Dweia.

»Bedauere, Em«, entgegnete Althalus sehr entschieden. »Wenn er nichts trinkt, könnte Ghend argwöhnisch werden. Aber ich werde darauf achten, dass der Junge sich zurückhält.«

»Darüber reden wir noch, Althalus!« Dweias Stimme klang drohend.

»Es ist immer ein Vergnügen, sich mit dir zu unterhalten, Em«, versicherte er ihr.

Nachdem sie ihre Pferde angebunden hatten, betraten sie die Schenke. »Sie sind da drüben«, flüsterte Gher und deutete mit dem Kinn.

»Wir wollen nicht zu nahe bei ihnen sitzen«, murmelte Althalus.

Sie nahmen an einem grob gezimmerten Tisch nahe der Tür Platz, und Althalus bestellte Met.

»Das ist ein schöner Umhang, den du hast, Freund.« Der Wirt stellte zwei große irdene Becher Met auf den Tisch.

Althalus zuckte die Schultern. »Er hält mir den Wind vom Rücken.«

»Wieviel verlangt er?«, hob einer der Gäste ungläubig die Stimme und blickte den Mann an, der offenbar etwas Unerwartetes gesagt hatte.

»Eine ganze Unze Gold«, antwortete dieser. »Und Gosti Fettwanst hat ein Dutzend Mann mit Streitäxten dort stehen, die darauf achten, dass man auch bezahlt, bevor man die Brücke überquert.«

»Das ist ungeheuerlich!«

»Immer noch besser als zu schwimmen. Und die nächsten Furten sind fünf Tagesritte entfernt – sowohl flussauf wie flussab. Diese Brücke gibt Gosti das Recht, anderen das Geld aus dem Beutel zu ziehen. Die ganzen Goldadern sind auf der anderen Seite des Flusses, doch keiner gelangt zu ihnen – oder kommt von dort zurück –, wenn er Gosti Fettwanst nicht noch reicher macht.«

»Entschuldigt«, wandte Althalus sich an die Männer. »Ich habe zufällig gehört, was ihr gesagt habt. Mein junger Freund und ich sind unterwegs nach Hule, aber ich fürchte, wir werden einen anderen Weg suchen müssen, falls diese Brücke sich an der Strecke befindet, die wir eingeschlagen haben.«

»Wenn ihr nach Hule wollt, werdet ihr kein Problem haben, Fremder. Der Weg dorthin verläuft auf dieser Seite des Flusses, da braucht ihr niemand was zahlen. Die andere Seite ist es, die einiges kosten würde. Da drüben gibt's Gold, und Gosti Fettwanst sorgt dafür, dass jeder, der danach suchen will, dafür bezahlen muss.«

»Wie in aller Welt ist ein Stammeshäuptling zu einem solchen Beinamen gekommen?«, fragte Althalus. »Sehr respektvoll finde ich ihn nicht.«

»Du müsstest Ghosti erst kennen, um das zu verstehen«, erklärte ein anderer Gast. »Du hast Recht, dass so ein Beiname für alle anderen arumischen Häuptlinge eine Beleidigung wäre, aber Gosti ist stolz auf seinen Bauch. Er lacht sogar, wenn er damit prahlt, dass er seine Füße seit Jahren nicht mehr schauen kann.«

»Wenn er von jedem, der über die Brücke will, eine Unze Gold fordert, dürfte er allmählich ganz schön reich sein.«

»Oh, er ist reich«, bestätigte der Gast, der die Höhe der Maut erwähnt hatte. »Er ist stinkreich!«

»Ließ er diese Brücke errichten, als er von den Goldfunden in den Bergen hörte?«

»Nein, sie stand schon, ehe etwas davon bekannt wurde. Es begann Jahre zuvor. Da fand eine Stammesfehde statt, musst du wissen, und Gostis Vater, der damals Häuptling war, kam dabei ums Leben. Dadurch wurde Gosti sein Nachfolger, ob es jemand passte oder nicht – und den meisten hat es nicht gepasst, denn Gosti war nicht sonderlich beliebt. Schließlich erwartet man, dass ein Häuptling so etwas wie ein Held ist, und ein fetter Kerl sieht eben nicht gerade heldenhaft aus. Aber Gosti hat da einen Vetter – Galbak ist sein Name –, der ist sieben Fuß groß und hinterlistiger als eine Schlange. Niemand, der auch nur ein bisschen Grips hat, legt sich mit ihm an. Gosti war noch nie so richtig voller Tatendrang, eben weil er so fett ist, und die meisten Fetten sind stinkfaul. Doch ist es so, dass Häuptlinge dann und wann andere Häuptlinge besuchen müssen, und ein Ritt von fünf Tagen zur nächsten Furt konnte Gosti gar nicht begeistern. Da befahl er seinen Männern, eine Brücke über den Fluss zu errichten. Wie sie dann fertig war, kam ihm die Idee von jedem, der nicht zu seinem Stamm gehörte, Maut für die Überquerung der Brücke zu verlangen. Anfangs war die Gebühr nur eine Kupfermünze, doch nach der Entdeckung des Goldes oben in den Bergen stieg der Preis beachtlich.«

»Eine ganze Unze Gold ist weit mehr als nur beachtlich, mein Freund«, sagte Althalus trocken. »Warum sollte jemand, der klaren Verstandes ist, so viel bezahlen?«

»Wenn einer sechs Monate damit zugebracht hat, ein Loch in einen Berg zu hauen, zahlt er es gern, denn er hat Durst nach was Kräftigem und sehnt sich nach der Gesellschaft von hübschen Maiden, denen es egal ist, wie übel einer stinkt, solange sein Beutel prall von Gold ist. Gostis Fort liegt direkt gegenüber dem einzigen Weg, der aus den Bergen führt. Also kriegt er seinen Anteil von allem Gold, das geschürft wurde und muss sich nicht mal selbst die Hände schmutzig machen. Ich glaube nicht, dass schon ein passendes Wort für Gostis Reichtum erfunden wurde, soviel Gold hat er.«

Gher stupste Althalus. »Seht Euch Ghend an«, flüsterte er. »Er is' schon ganz weg!«

Althalus schaute rasch in die Gesichter der anderen Gäste und bedachte auch Ghend nur mit einem kurzen Blick. Der Mann mit den fettigen Strähnen und den brennenden Augen war blass und sein Gesichtsausdruck eine groteske Maske unverhohlener Gier.

»Ich glaub', er hat grad unsern Haken geschluckt«, sagte Gher zufrieden. »Wir müssen ihn bloß noch an Land zieh'n.«

»Wo genau ist diese Mautbrücke?«, erkundigte Ghend sich. »Mein Freund und ich sind ebenfalls auf dem Weg nach Norden – wahrscheinlich in die ungefähre Richtung wie diese beiden anderen Reisenden –, und wenn dieser Gosti so habgierig ist, wie ihr sagt, kommt er vielleicht noch auf den Gedanken, nicht nur Mautgebühr für seine Brücke zu verlangen, sondern auch noch für die Straße nach Hule.«

»Ich glaube nicht, dass er so weit gehen würde«, entgegnete der Mann, der Gostis Lebensgeschichte erzählt hatte. »Das würden sich die anderen Häuptlinge nicht gefallen lassen. Es käm zu einem Krieg.«

»Vielleicht«, meinte Ghend zweifelnd, »aber ich glaube, mein Freund und ich möchten das Gebiet dieses Habgierigen lieber hinter uns haben, ehe ihm einfällt, sein kleines Reich doch noch zu erweitern.« Er leerte seinen Metbecher und erhob sich. »Es war mir ein Vergnügen, meine Herren«, verabschiedete er sich spöttisch. »Wir sollten uns irgendwann einmal wieder zusammensetzen.« Dann verließ er mit Khnom die Schenke.

»Gehen wir«, forderte Althalus Gher leise auf.

»Ich hab meinen Met noch nicht ausgetrunken!«, protestierte der Junge.

»Du hast mehr als genug gehabt. Wir gehen jetzt!«

Sie traten aus der Tür und stellten wie erwartet fest, dass Ghend und Khnom noch damit beschäftigt waren, ihre Pferde loszubinden. »Habt ihr einen Augenblick Zeit, meine Freunde?«, fragte Althalus.

»Wir sind in großer Eile«, entgegnete Khnom unwirsch.

»Es dauert nur einen Moment«, versicherte Althalus. Dann blickte er Ghend an. »Wenn ich deine Miene richtig gedeutet habe – und ich habe Erfahrung darin –, hast du die Geschichte über Gosti Fettwanst und das Gold, das er zusammenrafft, sehr interessant gefunden.«

»Sie hat meine Aufmerksamkeit erregt«, gestand Ghend barsch.

»Dachte ich's mir. Du siehst aus, als hättest du einige Berufserfahrung vorzuweisen.«

»Von welchem Beruf reden wir hier? Ich handle weder mit Töpfen und Pfannen noch mit Schafen, wenn du das meinst.«

»Das meine ich nicht, Freund. Ich meine die Übertragung von Eigentum vom alten zu einem neuen Besitzer und dergleichen.«

»Oh, dieser Beruf! Es stimmt, mein Begleiter und ich beschäftigen uns hin und wieder damit.«

»Ich habe mich also nicht getäuscht, dass deine Augen aufleuchteten, als diese Bauerntölpel von dem Fetten und seiner Brücke erzählten. Ich muss zugeben, das hat auch mich nicht kalt gelassen.«

»Und?«

»Nun, wenn wir beide zufällig den Fetten mit der Absicht besuchten, einen Teil seines Goldes an uns zu nehmen, würden wir wahrscheinlich bei fast jedem Schritt übereinander stolpern.«

»Das wär möglich«, räumte Ghend ein.

»Ich werde Gosti auf jeden Fall einen Besuch abstatten. Falls du es auch vorhast – wäre es da nicht besser, wenn wir uns verbündeten, statt miteinander im Wettstreit zu liegen? Wenn ich dich zu überlisten versuche, und du versuchst, mich zu überlisten, wird der Fette *uns* möglicherweise überlisten, dich und mich, und wir könnten alle am Galgen enden.«

»Das ist der Überlegung wert«, gab Ghend zu. »Bist du gut in deinem Beruf?«

»Er ist der Beste auf der Welt«, warf Gher stolz ein. »Ihr tätet's nicht glauben, wie viel er von meiner Familie für meine Ausbildung verlangt! Althalus könnt sogar Dinge von Gott stehlen!«

»Also, das würde ich gern sehen«, kicherte Khnom.

»Ihr braucht Althalus bloß sagen, wo Gott sein Haus hat, und ihm dann aus dem Weg geh'n«, prahlte Gher.

»Ich finde, wir sollten uns etwas eingehender darüber unterhalten«, meinte Ghend. »Aber reiten wir erst einmal los. Die Türschwelle einer Schenke ist nicht der rechte Ort für diese Art von Unterhaltung.«

»Das Gleiche wollte ich gerade ebenfalls vorschlagen«, sagte Althalus. »Du hast einen guten Riecher.«

Alle saßen auf und ritten durch die Ortschaft auf ein Waldstück dahinter zu.

»Such uns einen geeigneten Flecken, Gher«, wies Althalus den Jungen an.

»Mach ich.« Gher stupste sein Pferd mit den Fersen und galoppierte voraus.

»Er scheint ein kluges Kerlchen zu sein«, bemerkte Khnom.

»Manchmal vielleicht ein wenig zu klug«, entgegnete Althalus säuerlich. »Jedes Mal, wenn ich mir einen simplen Plan für einen simplen Einbruch ausgedacht habe, macht er ihn kompliziert, weil er unbedingt etwas hinzufügen muss.«

»Ach, übrigens«, Ghend nahm seinen seltsamen Bronzehelm ab, »mein Name ist Ghend, und das ist Khnom.«

»Ich bin Althalus. Der Junge heißt Gher.«

»Ich glaub', ich hab eine gute Stelle gefunden«, rief Gher. »Da is' eine Wiese mit ein paar Bäumen in der Mitte. Dort kann uns niemand nicht hören und auch nicht beieinander sehen. Und niemand kann sich anschleichen, ohne dass wir's nicht merken.«

»Führ uns hin«, befahl Althalus.

»Es is' gleich da drüben.« Gher deutete nach links.

Die Wiese lag an einem ziemlich steilen Hang und die Baumgruppe in ihrer Mitte befand sich mehrere hundert Fuß vom Rand des Waldes ringsum entfernt.

»Tun wir's wie meistens?«, fragte Gher, als sie in dem Gehölz absaßen. »Vorten, dass wir uns nicht kennen, wenn wir hinkommen?«

»Vorten?« fragte Khnom mit verblüffter Miene.

»Gher erfindet manchmal Worte«, erklärte Althalus. »Was er meint ist ›vortäuschen‹ – und sein Vorschlag ist gar nicht schlecht. Gosti soll lieber nicht denken, dass wir zusammengehören. Ich finde, wir sollten tatsächlich so tun, als würden wir uns nicht kennen und uns ins Gostis Festung möglichst aus dem Weg gehen. Wir müssen uns sein Vertrauen erschleichen, und das wird eine Zeit lang dauern. Außerdem wäre es ratsam, dass wir uns ein paar überzeugende Lügen einfallen lassen, aber das ist für Männer in unserem Gewerbe sicher kein Problem.«

»Nein, das ist es wohl nicht«, pflichtete Ghend ihm bei. »Dann ist es bestimmt das Beste, wenn wir uns gleich hier trennen.«

»Richtig«, pflichtete Althalus ihm bei. »Wie wär's, wenn du und Khnom von hier nach Norden reitet? Dann warten Gher und ich ungefähr eine Stunde und reiten nach Osten. Wenn jemand uns sehen sollte, wird er nicht bemerken, dass wir zusammengehören.«

»Du bist wirklich klug, Althalus«, sagte Ghend bewundernd. »Du hast ein gutes Auge für Einzelheiten. Wenn das alles vorbei ist, sollten wir uns in Ruhe unterhalten. Ich habe vielleicht einen lohnenden Auftrag für dich. Doch rauben wir erst einmal diesen Gosti aus.«

»Ja, eines nach dem anderen. Habt ihr zwei genug Gold bei euch, um über diese Brücke zu kommen?«

»Reichlich«, antwortete Ghend. »Brauchst du welches?« Seine Stimme klang verschlagen.

»Falls ich Ja sagte, würde unsere Partnerschaft gleich hier enden, stimmt's?«

»Vermutlich.«

»Die sind sich aber schnell einig geworden, was?«, sagte Gher zu Khnom.

»Wenn wir geblinzelt hätten, würden wir es gar nicht mitbekommen haben«, bestätigte Khnom. »Wir haben es hier mit Meistern ihres Fachs zu tun, mein Junge. Wir können ›vorten‹, dass wir es nicht wissen, aber wir sollten lieber unsere Augen offen halten.«

»Da hast du sicher Recht.«

»Gher und ich werden etwa einen Tag nach euch Gostis Brücke überqueren«, sagte Althalus. »Und wir halten uns in seinem Fort voneinander fern. – Ist euch mein Umhang aufgefallen?«

»Wie hätten wir ihn übersehen können?«, antwortete Ghend.

»Meistens lasse ich die Kapuze einfach runterhängen, aber wenn ich sie über den Kopf ziehe und man die Wolfsohren sehen kann, bedeutet das, dass ich mit dir reden muss, einverstanden?«

Ghend nickte. »Und ich werde es mit meinem Bronzehelm so ähnlich machen. Meistens habe ich ihn am Gürtel hängen. Setze ich ihn jedoch auf, weißt du, dass ich mit dir reden will.«

»Das scheint sich alles recht gut zu machen«, meinte Althalus. »Ich glaube, mehr haben wir zurzeit nicht zu besprechen. Erst müssen wir uns umschauen, ehe wir uns über nähere Einzelheiten unterhalten. Sobald wir wissen, wo sich die Schatzkammer des Fetten befindet und wie gut sie geschützt ist, können wir unseren Plan genauer ausarbeiten.«

»Einverstanden«, murmelte Ghend.

»Gut, dann solltet ihr zwei jetzt bessere aufbrechen. In Gostis Fort sehen wir uns wieder.«

»Nur werden wir vorten, dass wir uns noch nie zuvor gesehen haben.« Khnom grinste Gher verschwörerisch zu.

»Er lernt schnell, nicht wahr?«, wandte Gher sich an Althalus. »Wenn wir genügend Gold erbeuten, kann ich ihn vielleicht kaufen und ausbilden.«

Das überraschte sogar Althalus.

Gher grinste ihn spitzbübisch an. »Macht Euch keine Sorgen nicht, Althalus, noch seid Ihr der Beste. Um besser als Ihr zu werden, brauch ich wenigstens noch einen Monat oder zwei – vielleicht sogar drei.«

Ghend lachte, als er und Khnom sich auf ihre Pferde schwangen und nach Norden ritten.

43

»Es geht mir ganz und gar gegen den Strich«, wandte Khnom sich an seinen Verbündeten, während Althalus und die anderen am Fenster standen und beobachteten, wie die beiden nordwärts zu den Landen von Gostis Stamm ritten. »Müssen wir diesen schmierigen Dieb wirklich mit der Hälfte des Goldes entkommen lassen?«

»Wir brauchen ihn, Khnom«, antwortete Ghend. »Außer du möchtest das Haus von Deiwos betreten und das Buch stehlen.«

»Lieber nicht.« Khnom schüttelte sich. »Ich habe da so einiges gehört, was Dweia mit Menschen macht, die sie verärgern. In kochendem Pech zu schwimmen klingt im Vergleich dazu noch angenehm.« Dann warf Khnom einen verschlagenen Seitenblick auf Ghend. »Was soll geschehen, wenn er das Buch für uns gestohlen hat? Dann brauchen wir ihn nicht mehr, also könnten wir ihm die Gurgel durchschneiden und uns seine Hälfte von Gostis Gold nehmen, nicht wahr? Sobald er das Buch abgeliefert hat, sind wir fertig mit ihm.«

Ghend lachte spöttisch. »Ich täusche mich wohl nicht in der Annahme, dass du für deine Mitmenschen nicht allzu viel übrig hast, oder?«

»Jedenfalls nicht, wenn sie mir im Weg sind«, gab Khnom zu. »Ich liebe Gold, Ghend, und werde nicht ruhen, bis alles mir gehört!«

»Außer meinem Anteil«, entgegnete Ghend. »Oder hast du vor, auch den an dich zu bringen?«

»Nein, nein! Natürlich nicht!«, antwortete Khnom eine Spur zu schnell. »Althalus und dieser kluge kleine Junge sind eine andere Sache. Du und ich sind wie Brüder, doch diese beiden Fremden sind uns nur im Augenblick von einigem Nutzen. Sie sollen uns bloß helfen, den Fetten zu berauben und dann das Buch zu stehlen. Sobald sie das getan haben, können wir uns ihrer entledigen.«

»Erinnere mich daran, dir nie den Rücken zuzuwenden, Khnom.«

»Du hast nicht den geringsten Grund, dir deshalb Sorgen zu machen, lieber Bruder«, versicherte Khnom mit falscher Freundlichkeit.

»Noch nicht, jedenfalls«, fügte Ghend hinzu.

»Sie mögen einander nicht, stimmt's?«, meinte Gher.

»Nein, nicht sonderlich«, antwortete Dweia. »Ghend hat Khnom das Leben gerettet, nachdem dieser aus Ledan vertrieben worden war. Doch Dankbarkeit ist für Khnom ein Fremdwort. Pass gut auf ihn auf, Gher. Er ist verschlagen, heimtückisch und völlig ohne Skrupel, und du bist für ihn zuständig.«

»Ich?«

»Ja, natürlich. Eliar nahm sich Pekhal in Wekti vor, Andine überlistete Gelta in Treborea, Leitha und Bheid machten in Perquaine Schluss mit Argan und Koman. Jetzt bist du an der Reihe mit Khnom.«

»Ich glaub nicht, dass das so schwierig sein wird, Emmy«, entgegnete der Junge. »Der Dolch hat ›Täusche!‹ zu mir gesagt. Bedeutet das nicht, dass ich ihn reinlegen soll? Einmal hab ich das schon getan, als wie mir die Idee mit dem Traumdingsda eingefallen ist, das jetzt macht, dass Ghend mir und Althalus hilft, Gosti auszurauben, nicht wahr? Ich bin Khnom so weit voraus, dass er nicht mal weiß, wohin ich geh'.«

»Werde nicht überheblich, Gher«, rügte sie ihn. »Khnom ist klüger als es den Anschein hat. Alles muss so simpel wie nur möglich aussehen. Wenn du dich zu auffallend benimmst, wird er spüren, dass etwas nicht mit rechten Dingen zugeht, und dann wird er ständig auf der Hut sein. Er weiß bereits, wie schlau du bist. Er muss weiterhin glauben, dass du es darauf abgesehen hast, Gosti hereinzulegen – nicht Ghend. Sorg dafür.«

»Ich werd daran denken, Emmy«, versprach Gher.

Am Vormittag, zwei Tage später, erreichten Ghend und Khnom Gostis Mautbrücke und sahen sich gezwungen zu warten, während der stämmige Mautner eine hitzige Auseinandersetzung mit einem zerlumpten Möchtegern-Goldsucher hatte.

»Und wenn ich schwör, dass ich zurückkomme und bezahle, nachdem ich Gold gefunden hab?«, bat der Mann beinahe flehend.

»Lächerlich!«, entgegnete der tätowierte Mautner abfällig. »Wenn du nicht jetzt bezahlst, kommst du nicht über die Brücke.«

»Das ist nicht gerecht!«, beklagte sich der Zerlumpte. »Da droben ist das ganze Gold, und du willst mich nicht über den Fluss lassen, dass ich mir meinen Anteil holen kann!«

»Du hast wohl überhaupt kein Gold, oder?«

»Noch nicht, aber ich werde reich sein, sobald ich Gold finde.«

»Du vergeudest bloß meine Zeit. Mach Platz und lass die Reisenden durch, die bezahlen können.«

»Ich hab genauso viel Recht, hier zu sein, wie sie!«

»Wächter!«, rief der Mautner zwei Männern in Fellkleidung zu, die mit Bronzeäxten bewaffnet dastanden. »Dieser Narr versperrt die Brücke. Er will über den Fluss. Werft ihn hinein, dann sehen wir, wie gut er schwimmen kann.«

Die zwei Muskelmänner setzten sich in Bewegung, gingen auf den Zerlumpten zu.

»Das werde ich meinem Häuptling melden!«, drohte der Mann. Dann drehte er sich um und rannte davon, wobei er Verwünschungen über die Schulter brüllte.

»Geschieht das oft?«, fragte Ghend den Tätowierten.

»Ständig. Du kannst dir nicht vorstellen, was man mir schon alles versprochen hat. Höchstens einer von zehn hat das Geld für die Maut.«

»Wie viel?« erkundigte Ghend sich barsch.

»Ein Goldstück pro Mann.«

Ghend öffnete seinen Säckel beinahe gleichmütig und holte zwei Münzen heraus. »Wie komme ich zu eurem Häuptling? Ich habe etwas Geschäftliches mit ihm zu besprechen.«

»Er ist im Fort auf der anderen Seite des Flusses. Höchstwahrscheinlich in der Esshalle.«

»Ich möchte ihn nicht gerade beim Essen stören.«

»Dann musst du lange warten. Gosti isst von früh am Morgen bis spät in die Nacht. Mach dir deshalb keine Sorgen, er kann auch beim Essen zuhören.«

Einer der Wächter lachte. »Gleichzeitig mampfen und reden, damit hat er eher Probleme. Er schmatzt und schlürft, und wenn er zu reden versucht, spuckt er einen Teil des Essens wieder aus. Darum ist es vor ihm ziemlich unsauber.«

»Ich werde daran denken und ihm nicht zu nahe kommen«, sagte Ghend. Dann ritt er mit Khnom über die Brücke.

»Sie sehen kein bisschen wie Arumer aus«, meinte Eliar. »Warum tragen sie keine Kilts wie echte Stammesbrüder?«

»Die Handelsverbindung zwischen Arum und Wekti gibt es noch nicht«, erklärte Dweia.

»Was hat das mit ihrer Kleidung zu tun?«

»Kilts sind aus Wolle gewebt, Eliar. Und Arumer sind nicht an Schafzucht interessiert. Du darfst nicht vergessen, dass es dort fünfundzwanzig Jahrhunderte früher ist als für uns. Damals trugen die meisten Bergbewohner Kleidung aus Tierfellen, und ihre Waffen waren aus Bronze.«

»Welch seltsame Lebensweise«, murmelte Eliar abfällig.

»Das ist eine bessere Brücke als die ursprüngliche«, stellte Althalus fest. »Die alte hätte ein heftiges Niesen zum Einsturz gebracht.«

»War der Mann mit den Bildern auf seiner Haut derselbe wie damals?«, fragte Gher.

»Derselbe, ja, aber bei den höheren Gebühren benimmt er sich strenger«, antwortete Althalus. Dann spähte er blinzelnd zu dem Fort auf der anderen Seite des Flusses. »Es ist größer als bei meinem letzten Besuch. Könnten wir ein wenig näher herangehen, Em? Ich würde gern sehen, was geändert wurde.«

»Selbstverständlich, Schatz.«

Für einen kurzen Augenblick war alles außerhalb des Fensters unscharf; dann blickte Althalus von oben auf Gostis Fort hinunter und konnte nun jede Einzelheit erkennen. »Das letzte Mal befand sich die Scheune am Nordende außerhalb der Fortbefestigung, und die Schweine haben sich frei auf dem Hof herumgetrieben. Jetzt sind sie in Pferchen.«

Alles in Gostis Fort war ordentlicher als zuvor. Der jetzt stabilere Hauptbau aus kräftigen Baumstämmen blickte wie zuvor auf den Fluss und die Mautbrücke. Auf dem Innenhof befanden sich mehrere Werkstätten und Pferche. Die Stallungen schlossen an die alte Scheune an der Nordseite des Hofes an, und Schmiede, Gerberei und Schreinerei reihten sich entlang der Ostbefestigung von der

Halle zur Scheune. »Sobald wir dort sind, müssen wir uns gründlich umschauen«, sagte Althalus zu Gher.

»Das mache ich«, antwortete Gher. »Niemand achtet sonderlich auf neugierige Jungs.«

»Gute Idee.«

»Sie bringen Ghend ins Fort zu Gosti«, wandte Leitha sich an Althalus. »Vielleicht wollt Ihr zuhören.«

»Ja, ich möchte nicht, dass Ghend seiner Fantasie allzu freien Lauf lässt.«

Wieder verschwamm das Bild vor dem Fenster flüchtig, und Althalus blickte hinunter auf Gosti und seinen Tisch.

»Er ist grotesk!« Andine schüttelte sich.

»Ganz ohne Grund nennt man ihn sicher nicht ›Gosti Fettwanst‹«, meinte Eliar angewidert.

»Wie kann jemand, der so fett ist, sich überhaupt bewegen?«, fragte Andine staunend.

»Das tut er doch gar nicht«, antwortete Althalus. »Er schläft sogar in diesem Sessel – und meistens futtert er selbst während seiner Nickerchen.«

Ein Stammesbruder in Fellkleidung und mit einem Speer mit Bronzeklinge bewaffnet geleitete Ghend und Khnom zu dem Fetten. »Die Fremden wollen mit dir reden, Gosti«, meldete er. »Es geht um ein Geschäft.«

Gosti wischte sich die fetttriefenden Hände an seinem riesigen Kittel ab. »Ich bin stets bereit, über Geschäfte zu reden.«

»Der hier heißt Ghend«, sagte der Stammesbruder. »Er ist derjenige, der mit dir reden will.«

Gosti rülpste. »Freut mich, dich kennen zu lernen. Um welche Art von Geschäft geht es denn?«

»Nun, um kein sehr großes, Häuptling Gosti. Ich muss einiges in Equero erledigen. Gewöhnlich reite ich durch Perquaine und Treborea dorthin, doch es gibt da einige Personen entlang dieses Weges, die mir nicht sonderlich gewogen sind. Deshalb beschloss ich, mit meinem Diener die nördliche Route nach Equero zu nehmen. Bedauerlicherweise verschob sich unsere Abreise, und nun werden wir wohl die Berge nicht mehr hinter uns bringen, ehe Schnee fällt. Da hab ich mich gefragt, ob ich dich wohl überreden könnte, uns für den Winter hier aufzunehmen.«

»Überreden?«, fragte Gosti, wobei er einen Knochen abnagte.

»Er meint ›bezahlen‹, Häuptling Gosti«, übersetzte Khnom.

»Das ist ein Wort nach meinem Herzen!« Gosti gluckste und versprühte dabei Schweinefett bis zur gegenüberliegenden Seite des Tisches. »Sprich mit meinem Vetter Galbak. Er wird für eure Unterbringung sorgen.« Gosti drehte sich leicht zur Seite und winkte einem Riesen von Mann mit kurz geschnittenem Bart und achatharten Augen zu. »Kümmere dich um ihre Bedürfnisse, Galbak«, befahl er.

»Ist gut, Vetter«, antwortete Galbak mit tiefer, grollender Stimme.

»Der ist aber groß«, stellte Eliar fest.

»Größer als ein Haus«, pflichtete Gher ihm bei. »Wir sollten ihm lieber nicht aufn Schlips treten, aber in der Zeit dort gibt's sowieso noch keine Schlipse nicht, denk ich.«

»Deine Sprache ist schlimmer als zuvor!«, entrüstete Andine sich. »Wir haben dir doch beigebracht, dich gewählt auszudrücken!«

»Das gehört zu unserem Plan, Andine«, erklärte er. »Althalus will, dass ich wie ein Bauernbub rede, damit Ghend und Khnom nicht ahnen, wie gerissen ich wirklich bin. Ich soll klug sein, mich aber dumm benehmen. Ich weiß nicht genau warum, aber wenn er's so will, tu ich's.«

»Es ist zumindest amüsant«, meinte Leitha.

»Wann brechen wir auf, Althalus?«, fragte Gher.

»Warten wir ein paar Tage. Es ist sehr wichtig, dass Ghend und Khnom sich erst einmal mit den dortigen Gegebenheiten vertraut machen, und die Leute im Fort sollen sich an ihre Anwesenheit gewöhnen. Wenn wir zu früh eintreffen, könnte möglicherweise jemand eine Verbindung zwischen uns ahnen. Alle sollen glauben, dass ich Ghend nie zuvor gesehen habe.«

Althalus und Gher verbrachten die nächsten beiden Tage damit zu beobachten, wie Ghend und Khnom sich eingewöhnten. »Das dürfte genügen«, sagte Althalus am Nachmittag des zweiten Tages. »Wir ziehen morgen Vormittag los.«

Am nächsten Morgen erteilte Dweia den beiden beim Frühstück jede Menge Ratschläge – die Althalus zum größten Teil unbeachtet ließ.

»Das tut sie oft, nicht wahr?«, sagte Gher zu Althalus, als sie

Eliar zum Südflügel des Hauses folgten, wo die Pferde untergebracht waren.

Althalus zuckte die Schultern. »Es kostet uns nichts herumzusitzen und ihr zuzuhören, und wenn sie das glücklich macht…«

»Aber Ihr tut niemals nie genau, was sie Euch anschafft.«

»Nicht sehr oft, das stimmt«, gab Althalus zu. »Wir wollen etwa zehn Meilen südlich der Mautbrücke rauskommen, Eliar – nur für den Fall, dass Gosti Späher in der Nähe seines Forts postiert hat.«

»Ist gut«, bestätigte Eliar.

Die Blätter der Weiden, die das Ufer des tosenden Flusses säumten, färbten sich bereits rot, als Althalus und Gher nordwärts durch Arum zu Gostis Fort ritten. »Überlass das Reden an der Brücke mir, Gher«, ermahnte ihn Althalus. »Ich muss da etwas ins Rollen bringen.«

Es war fast Mittag, als sie die Brücke erreichten, und der Mautner hielt sie auf und forderte zwei Unzen Gold. »Das ist ein schöner Umhang, Freund«, bemerkte der Tätowierte, nachdem Althalus die Gebühr bezahlt hatte.

»Er schützt vor dem Wetter.« Althalus zuckte gleichmütig die Schultern.

»Wo hast du ihn her?«

»Droben aus Hule«, antwortete Althalus wie beim letzten Mal. »Weißt du, ich bin auf diesen Wolf gestoßen. Er wollte mich anspringen und mir die Gurgel aufreißen, um mich danach zum Abendbrot zu vertilgen. Also, ich mag ja Wölfe eigentlich recht gern – sie singen so hübsch –, aber so gern auch wieder nicht, wenn ich der Hauptgang sein soll. Nun, ich hatte zufällig mein Würfelpaar bei mir, und es gelang mir, diesen Wolf zu überzeugen, dass es wesentlich interessanter wäre, es auszuwürfeln, statt uns auf dem Boden herumzurollen und zu versuchen, einander zu zerfleischen.«

Genau wie damals war der Mautner ganz gefesselt von dieser fantasievollen Geschichte über das Würfelspiel mit dem Wolf, und Gher schien es ebenfalls zu sein. Althalus freute sich, dass er das Erzählen tatsächlich nicht verlernt hatte, und er dehnte die Geschichte aus, indem er immer ungeheuerlichere Einzelheiten erfand.

»Also, das ist vielleicht eine Geschichte, Freund!« Der grinsende

Mautner klatschte Althalus mit fleischiger tätowierter Hand auf den Rücken. »Gosti muss sie hören!« Er drehte sich zu einem der grinsenden Wächter um. »Übernimm du hier«, wies er ihn an. »Ich möchte unseren Freund hier Gosti vorstellen.«

»Ja, tu das.«

»Das war eine furchtbar gute Geschichte, Althalus«, sagte Gher bewundernd, während sie dem Mautner über die Brücke folgten.

»Freut mich, dass sie dir gefallen hat.«

»War das die gleiche, die Ihr ihm beim letzten Mal erzählt habt?«

»Ja, ich habe sie nur etwas ausgeschmückt.«

Sie folgten dem fellgekleideten Mann durch die Ansiedlung und das Tor des Forts in die Esshalle, wo Gosti gerade Riesenbrocken aus einem gebratenen Schweineschlegel riss.

»Ho, Gosti!«, rief ihr Führer, um den Fetten auf sie aufmerksam zu machen. »Das ist Althalus. Lass dir von ihm erzählen, wie er zu seinem schönen wolfsohrigen Umhang gekommen ist.«

»Na gut«, brummte Gosti und nahm einen tiefen Schluck Met aus seinem Trinkhorn. »Es stört dich doch nicht, wenn ich dabei weiteresse, oder?«

»Keineswegs, Gosti«, erwiderte Althalus, »ich möchte doch nicht, dass du vor meinen Augen vom Fleisch fällst.«

Gosti blinzelte, dann brüllte er vor Lachen, dass Bratenschmalz über den ganzen Tisch sprühte.

Althalus schaute sich rasch in der rauchigen Halle um. Er sah Ghend und Khnom nahe der Feuergrube sitzen. Ghend nickte unmerklich und setzte seinen seltsamen Bronzehelm auf.

Althalus begann eine noch ausgedehntere Version seiner Geschichte vom Würfelspiel mit dem Wolf zu erzählen, und am Spätnachmittag hatten er und Gher ihre eigenen Sessel neben dem ungeheuerlich fetten Mann.

Nach Sonnenuntergang begann Gosti endlich einzunicken, und der riesenhafte bärtige Galbak lehnte sich über den Tisch. »Wenn du und dein Junge fertig seid, Althalus, bringe ich euch zu einer Unterkunft, wo ihr schlafen könnt. Wenn Gosti zu schnarchen anfängt, macht keiner ein Auge zu.«

»Ich bin wirklich ein bisschen müde, Galbak«, gestand Althalus. »Geschichten zu erzählen kann recht anstrengend sein.«

Galbak lachte. »Du brauchst mir nichts vorzumachen, Althalus, du hast jede Minute genossen.«

Althalus grinste ihn an und erhob sich zusammen mit Gher. »Du scheinst Gostis rechte Hand zu sein, Galbak«, sagte er, als sie die Halle durchquerten.

»Wohl eher seine linke«, brummte Galbak. »Mit seiner rechten stopft er das Essen in sich hinein.« Dann seufzte er. »Das wird ihn noch umbringen, fürchte ich. Ein wenig rundlich zu sein, dagegen ist nichts einzuwenden, aber Gosti geht zu weit. Er kann nicht mehr im Liegen schlafen, und manchmal kriegt er kaum noch Luft.«

»Du wirst wohl sein Nachfolger, oder?«

»Wahrscheinlich, aber ich sehne es nicht herbei. Gosti und ich sind wie Brüder, und ich bin gezwungen zuzuschauen, wie er sich zu Tode frisst.«

Ghend erhob sich von der Bank, auf der er und Khnom gesessen hatten. »Das war eine beachtliche Geschichte, Fremder«, sprach er Althalus seine Anerkennung aus.

»Das ist Ghend«, stellte Galbak ihn vor. »Und das sein Diener Khnom. Sie sind von Regwos und überwintern hier.«

»Freut mich, Ghend«, sagte Althalus höflich. »Vielleicht werden wir uns ja im Lauf des Winters näher kennen lernen.«

»Vielleicht.« Ghend setzte sich wieder.

Galbak führte Althalus und Gher weiter. »Ich würde mir da nicht zu viel versprechen, Althalus. Ghend hält offenbar nichts von Gesellschaft. Selbst der lustigste Witz würde ihm kein Lächeln entlocken. Ich habe ihn kein einziges Mal lachen gehört, seit er hier ist.«

Althalus zuckte die Schultern. »Manche sind eben so.« Er blickte flüchtig zurück und sah, wie Khnom mit übertriebenen Mundbewegungen das Wort »Stallungen« andeutete. Er nickte knapp und folgte Galbak aus der Esshalle.

Der Raum, in den Gostis Vetter sie führte, hatte weder eine Tür noch ein einziges Möbelstück. In einer Ecke befand sich nur ein Haufen Stroh, der anscheinend als Lagerstatt dienen sollte. »Nicht gerade heimelig«, entschuldigte Galbak sich, »aber Gosti hasst es, für etwas anderes als Essen Geld auszugeben.«

»Wir kommen schon zurecht«, versicherte ihm Althalus. »Der Junge und ich können unsere Decken von den Pferden holen.«

Galbak verabschiedete sich. »Dann also bis zum Morgen.«

»Es scheint recht gut zu gehen, nicht wahr, Althalus?«, bemerkte Gher, als sie durchs Fort zu den Stallungen schlenderten. »Ihr habt Pläne mit diesem Riesen, nicht wahr?«

»Ja, ich habe das Gefühl, dass er uns noch recht nützlich sein kann. Gosti ist offenbar nur mit Essen beschäftigt und überlässt alles, was die Führung des Stammes und sonstiges betrifft, seinem Vetter. Das mag sich noch als wichtig erweisen.«

Sie kamen an verschiedenen nach vorne offenen Werkstätten vorbei, und nach der ebenfalls vorn offenen Scheune in der Nordostecke der Umzäunung betraten sie die Stallungen entlang ihrer Nordseite. Ghend und Khnom warteten bereits in der Düsternis eines Stalles.

»Ihr habt lange gebraucht herzukommen«, knurrte Ghend.

»Es besteht kein Grund zur Eile«, entgegnete Althalus. »Auf den Pässen liegt bereits Schnee, also werden wir vor dem Frühjahr nirgendwo hingehen.«

»Das weiß ich, Althalus, aber ich habe mich schon gefragt, ob du es dir vielleicht anders überlegt hast.«

»Und Gosti das ganze Gold überlasse? Wie kommst du auf diese Idee? Habt ihr die Schatzkammer bereits aufgespürt?«

Ghend nickte. »Sie ist auf dem Hauptgeschoss. Ein Stück hinter der Esshalle eine niedrige Treppe hinauf. Ich hatte noch keine Gelegenheit hineinzuschauen, aber ich vermute, dass sie einen Holzboden hat – wahrscheinlich gespaltene Baumstämme. Niemand mit ein bisschen Verstand bewahrt Gold in einer Kammer auf dem Erdboden auf.«

»Schon gar nicht in einer Gegend, in dem alle mit Schürfwerkzeugen herumlaufen«, pflichtete Althalus ihm bei. »Wird die Kammer bewacht?«

»Den ganzen Tag und die ganze Nacht, aber das dürfte kein großes Problem sein. Die Wachen vor der Tür nehmen sich jeweils zwei Krüge Met mit. Wenn wir bis nach Mitternacht warten, schnarchen sie wahrscheinlich schon, und wir können sie töten, ohne dass sie aufwachen.«

Althalus nickte. »Habt ihr das Schloss sehen können?«

»Das wird uns keine Schwierigkeiten machen«, versicherte ihm Khnom. »So was kann ich im Schlaf öffnen. Wir könnten es gleiche heute Nacht angehen.«

»Zu gefährlich«, warf Gher rasch ein. »Ihr seid erst ein paar Tage hier, und ich und Althalus sind noch keinen Tag nicht da. Wahrscheinlich beobachten sie uns heimlich, indem dass wir doch Fremde sind. Und dieser finst're Riese Galbak hat den Wächtern b'stimmt gesagt, dass er ihnen dass Fell bei lebendem Leib abzieh'n tät', wenn sie sich voll saufen und einschlafen. Wir sollten warten, bis sie sich an uns gewöhnt haben – und bis dahin reicht der Schnee 'nem großen Ross bis zum Bauch.«

»Er hat Recht.« Althalus nickte. »Ich will da draußen unbehindert fliehen können, nachdem wir das Gold gestohlen haben. Galbak hat lange Beine und kann wahrscheinlich anderthalb Tage lang rennen wie ein Hirsch, bevor ihm der Atem ausgeht. Kein Einbruch ist gelungen, ehe man nicht mit der Beute in Sicherheit ist.«

»Du kennst dich gut aus, Althalus«, bemerkte Ghend.

»Ich habe schon früh gelernt, dass man gründlich planen muss, wenn man Erfolg haben will. Wir haben einen langen Winter vor uns, aber wir haben auch genügend Arbeit, uns beschäftigt zu halten. Wir müssen jeden Zoll dieses Forts erforschen, um unseren Weg selbst mit geschlossenen Augen zu finden. Unser Hauptproblem liegt darin, dass wir uns innerhalb einer Einzäunung befinden. Hereinzukommen war leicht, aber wieder hinauszugelangen könnte sich als sehr schwierig erweisen.«

»Ich habe gute Erfahrung mit Feuer gemacht«, warf Khnom ein. »Das Fort ist schließlich aus Holz und Leute, deren Häuser brennen, sind zu beschäftigt, als dass sie auf etwas anderes achten könnten als auf das Feuer.«

»Es wäre eine Möglichkeit«, räumte Althalus ein, »aber sehen wir uns erst mal nach einer anderen um. Ein Feuer würde uns einen Vorsprung von höchstens zwei Stunden verschaffen, das ist nicht gerade viel. Ich könnte was Hübsches zusammenlügen und damit aus dem Tor kommen, wenn das der einzige Weg wäre. Wie auch immer, wir dürfen die Wächter auf gar keinen Fall töten. Blut erregt fast ebenso viel Aufmerksamkeit wie Feuer. Genauso wenig dürfen wir das Schloss der Schatzkammer beschädigen. Wenn wir richtig vorgehen, werden sie frühestens nach einem Tag bemerken, dass sie bestohlen wurden. Und mit einem ganzen Tag Vorsprung schaffen wir es bis nachhause. Bei nur fünf Minuten jedoch wären die Schwierigkeiten fast unüberwindbar.«

»Und wir sollten immer vorten, dass wir einander nich' kennen«, fügte Gher hinzu. »Wir dürfen nich' g'sehen werden, wie wir mit'ander reden und so.«

»Wir haben einen ganzen Winter, die Einzelheiten auszuarbeiten«, meinte Althalus zuversichtlich. »Ich werde nicht viel helfen können, weil ich vorhabe, Gosti und die anderen in dieser Halle wann immer möglich mit Witzen und komischen Geschichten zu unterhalten. Da bleibt die meiste Arbeit an euch dreien hängen. Jetzt sollten wir aber umgehend in den Hauptbau zurück. Man behält uns nämlich tatsächlich im Auge, und wenn wir zu lange verschwunden bleiben, wird wahrscheinlich jemand nach uns suchen.«

Ghends Augen brannten, als er Althalus in dem düsteren Licht anstarrte. »Lass uns in Verbindung bleiben, wenn das alles vorbei ist. Ich möchte dir diesen Vorschlag unterbreiten, den ich schon erwähnt habe.«

»Ich bin jederzeit bereit, ihn mir anzuhören, mein Freund«, antwortete Althalus. »Doch jetzt rasch zurück, ehe jemand neugierig wird, wo wir sind.«

Althalus und Gher holten ihre Decken und überquerten den Hof zum Hauptbau. »Das muss Euch richtig komisch vorkommen, Althalus«, murmelte Gher, während sie ihre Decken auf dem Strohhaufen in der Ecke der ihnen zugeteilten offenen Kammer ausbreiteten. »Ich mein', Ihr habt das ja alles schon mal erlebt, nicht wahr?«

»Es gibt genug Unterschiede, es interessant zu machen«, entgegnete Althalus. »Wenn wir es recht bedenken, ziehen wir hier einen doppelten Betrug durch. Wir beschwindeln Gosti auf die eine, Ghend auf die andere Weise. Das genügt, mich auf Trab zu halten.«

Eine Woche nachdem Althalus und Gher in Gostis Fort angelangt waren, schlug der Winter zu. Heftige Schneestürme mit heulendem Wind warfen sich gegen die Häuser. Im Innern jedoch war es warm und trocken, und Althalus unterhielt Gosti und seine Männer in der Esshalle mit Witzen und Geschichten. Er gab sich auch Mühe, Galbak besser kennen zu lernen. Der riesenhafte Mann mit den achatharten Augen schien ständig schwermütig zu sein. Der Grund war leicht zu erkennen. Arumer sind von Natur aus ungemein treu, und Galbaks enge Verwandtschaft mit Gosti erhöhte seine Anhänglichkeit zum Häuptling noch. Offensichtlich fraß Gosti sich geradewegs ins Grab. Der fette Mann bekam beim Sprechen kaum noch Luft und konnte sich ohne Hilfe nicht mehr aus seinem Sessel erheben.

»Ich schätze, er macht es noch zwei Jahre, Althalus«, sagte Galbak eines schneereichen Nachmittags, als nur sie beide nach den Pferden in den Stallungen sahen. »Im Höchstfall drei. Gosti war niemals dünn, aber zehn Jahre ständigen Futterns haben ihn in einen Koloss verwandelt. Es wäre leichter, über ihn hinwegzuspringen, als um ihn herumzugehen.«

»Wie eine Bohnenstange sieht er wirklich nicht aus«, bestätigte Althalus.

»Er war nicht immer so. Als Kinder spielten wir und rannten herum wie alle anderen Jungen auch. Doch nachdem sein älterer Bruder gestorben war, wusste Gosti, er würde der nächste Häuptling sein. Da fing er an, sich voll zu stopfen. Je mehr er aß, desto mehr wollte er. Jetzt kann er gar nicht mehr aufhören.«

»Das ist bedauerlich, Galbak, aber was kannst du dagegen tun?«

»Nicht sehr viel. Er achtet kaum noch auf irgendwas, das um ihn vorgeht. Deshalb blieb mir nichts anderes übrig, als die Verantwortung für ihn zu übernehmen. Ich führe Buch über das Gold, das sich in seiner Schatzkammer häuft. Er sieht es nicht einmal mehr an. Ich erstatte ihm wöchentlich Bericht, und wenn er die neueste Summe hört, veranstaltet er wieder ein Festgelage.« Galbak zuckte die Schultern. »Er ist fett, aber auch glücklich.«

Zu diesem Zeitpunkt änderte Althalus seinen Plan ein wenig. Ganz offensichtlich war Gosti nicht viel mehr als ein Aushängeschild. Der eigentliche Häuptling war Galbak – er würde es sein, der nach dem Diebstahl die Befehle erteilte. Auf gewisse Weise erleichterte das die Sache. Gosti aus tiefem Schlaf zu wecken war vermutlich unmöglich. Und ihm dann, nachdem man ihn endlich wach gekriegt hatte, zu erklären, dass ein Einbruch verübt worden sei, würde ein bis zwei Stunden dauern. Galbaks Reaktion dagegen wäre gewiss blitzschnell.

Der Winter zog sich dahin und Althalus konzentrierte sich darauf, Gosti zu unterhalten. Er überließ es weiterhin Gher, Khnom und Ghend, alles für den Einbruch auszukundschaften. Dann, eines Nachts, als das Feuer in der Grube unmittelbar vor Gostis Tisch niedergebrannt war, bekam Althalus durch Zufall eine Meinungsverschiedenheit zwischen zwei weißhaarigen Arumern mit.

»Du bist ein Schwachkopf, Egnis«, sagte einer der beiden knorrigen alten Krieger abfällig. »Es gibt keine andere Tür in der Scheune.«

»Ganz bestimmt gibt es eine zweite!«, entgegnete Egnis hitzig. »Du kannst es natürlich nicht wissen, weil du dein Leben lang keine harte Arbeit getan hast. Seit vierzig Jahren sitzt du fast nur auf dem Hintern. Ich hab jeden Sommer Heu durch diese Tür geschleppt, als ich ein junger Bursche war!«

»So weit zurück kannst du dich gar nicht erinnern. Du weißt ja nicht mal mehr, was heute Morgen war.«

»Es gibt eine Hintertür in der Scheune!«

»Es gibt keine!«

»Es gibt doch eine!«

»Es gibt keine!«

Gosti schnarchte laut, während Egnis und Merg sich weiterhin stritten. Althalus erhob sich unauffällig und begab sich in die Scheune, um der Sache nachzugehen.

An der rückwärtigen Wand häufte sich Heu. Althalus kletterte auf den Stapel und tastete dahinter an der Wand. Er fand ziemlich schnell, wonach er suchte. Es bestand kein Zweifel, dass Egnis Recht hatte. Althalus spürte eine runde Stange, die durch ein nicht gerade kleines Loch in einer vorstehenden Bohle führte. Nach weiterem Suchen ertastete er auch das andere Loch. Er schob die Stange zuerst nach einer, dann nach der anderen Seite. »Na so was«, murmelte er. »Ist das nicht interessant?« Dann kletterte er den Heustapel hinunter, bürstete sich ab und machte sich auf die Suche nach Gher.

Er fand den Jungen in der Küche, wo er sich mit Essen voll stopfte.

»Du dürftest jetzt erst mal genug haben, Gher. Such Ghend und richte ihm aus, dass ich ihn sprechen möchte.«

»Wieder im Stall?«

»Nein, in der Scheune. Es gibt dort etwas, das uns die Dinge sehr erleichtern wird.«

»Ich schau', dass ich ihn find'.«

»Tu das.« Beinahe abwesend nahm Althalus sich ein Stück Brot und tauchte es in einen Topf mit noch warmer Tunke.

Es dauerte keine Viertelstunde, als Gher mit Ghend und Khnom die Scheune betrat.

»Was ist los, Althalus?«, fragte Ghend. »Ist etwas schief gegangen?«

»Nein, im Gegenteil. Ich habe zufällig einen Streit zwischen zwei alten Männern mit angehört.«

»Was für eine merkwürdige Weise sich die Zeit zu vertreiben«, sagte Khnom. »Worüber haben sie sich denn gestritten?«

»Über diese Scheune.«

»Wie kann man sich über eine Scheune streiten?« Ghends Tonfall war abfällig.

»Sie hatten wahrscheinlich nichts Besseres zu tun. Jedenfalls waren sie damit beschäftigt, sich an ›die gute alte Zeit‹ zu erinnern, wie alte Knacker es gern tun. Da kam einer auf eine Hintertür in der Scheune zu sprechen. Der andere behauptete, dass es nie eine gegeben habe, der erste aber schwor Stein und Bein, er hätte die Tür in seiner Jugend selbst benutzt. Ich ließ die beiden streiten und schaute mich hier um. Seht ihr den Heustapel an der hinteren Wand?«

Ghend blinzelte in dem schwachen Licht. »Nicht besonders deutlich. Du hättest eine Fackel mitbringen sollen.«

»In eine Scheune? Damit hätten wir schnell Aufmerksamkeit erregt, Ghend, alter Junge. Wie dem auch sei, ich kletterte den Heustapel hinauf und tastete dahinten an der Wand. Da ist ein riesiger Riegel – und wenn es einen Riegel gibt, muss es auch eine Tür geben. Wenn wir sie aufkriegen, brauchen wir unseren neuerworbenen Reichtum nicht durchs Haupttor zu schleppen.«

»Das ist wirklich eine gute Neuigkeit«, meinte Khnom. »Darüber hatte ich mir schon Sorgen gemacht.«

»Dem Zustand der Holzwände dieser Scheune nach zu urteilen, ist sie wahrscheinlich ein paar Generationen älter als der Palisadenzaun des Forts. Das ist natürlich nur eine Vermutung, aber ich glaube, Gostis Leute haben die Palisade erst nach der Entdeckung des Goldes in den Bergen errichtet und nachdem Gosti die Mautgebühr für die Brücke erhöht hatte. Zuvor brauchte man keinen Zaun, weil es nichts zu stehlen gab. Jetzt aber sehr wohl. Das Heu dieses

Stapels ist alt. Das neuere – das vom Schnitt des letzten Sommers – ist oben auf dem Heuboden. Ich weiß es natürlich nicht mit Sicherheit, aber ich glaube, dieser Heustapel ist schon lange da. Wahrscheinlich hat man ihn aufgehäuft, bevor der Palisadenzaun angelegt wurde. Da es die Scheunenwand damals schon gab, hat man sie einfach in die Palisade eingefügt. Es hätte schließlich nicht viel Sinn ergeben, eine neue Wand davor zu errichten, wenn schon eine da war. Gher kann morgen hinausgehen, scheinbar im Schnee spielen und sich dabei umschauen. Falls es eine Tür gibt – und falls wir sie aufkriegen –, können wir unsere Pferde hindurchführen und lange fort sein, bevor jemand uns vermisst.«

»Das ist ein weiterer Grund auf die Schneeschmelze zu warten, bevor wir Gostis Schatzkammer einen Besuch abstatten«, meinte Khnom. »Spuren im Schnee würden uns verraten. Ich glaube, unsere Erfolgschance hat sich jetzt verdoppelt.«

»Im Schnee spielen?«, entrüstete sich Gher.

»Bau einen Schneemann«, schlug Khnom vor. »Kleine Jungs machen das gern.«

»Bloß wenn sie nichts Besseres nicht zu tun haben«, entgegnete Gher. »Ich nutz meine Zeit lieber damit zu lernen, wie man klaut. Ich glaub', ich weiß gar nicht, wie man einen Schneemann baut.«

»Nimm Khnom mit, Gher«, schlug Althalus vor. »Er kann dir sicher zeigen, wie man es macht.«

»O danke, Althalus«, brummte Khnom verärgert.

»Nicht der Rede wert.« Althalus grinste breit. »Ich möchte, dass ihr zwei euch die Außenwand sehr sorgfältig anseht. Wir wollen schließlich nicht warten, bis wir getan haben, wozu wir hergekommen sind, und erst danach feststellen, ob wir diese Tür öffnen können oder nicht.«

Khnom seufzte. »Nein, bestimmt nicht.«

»Also gut«, fuhr Althalus fort, »nachdem wir fertig sind und uns durch die Hintertür gestohlen haben, sollten wir uns trennen. Gher und ich reiten nach Süden und sorgen dafür, dass wir möglichst viele Hufabdrücke hinterlassen. Der Boden ist im Frühjahr weich, deshalb dürfte das besonders auf dem Weg nach Süden den Fluss entlang nicht schwierig sein. Ghend, du reitest mit Khnom nach Norden, aber haltet euch dem Weg fern. Am besten ihr schlagt euch durch die Büsche. Gher und ich werden, so schnell es geht, durch jede Ortschaft auf dem Weg galoppieren und uns lautstark bemerkbar machen.«

»Man wird euch erwischen und aufhängen«, warnte Khnom.

»So weit kommt es nicht«, sagte Althalus. »Ich kenne eine felsige Strecke auf diesem Weg, auf der man gar keine Spuren hinterlassen kann. Dort biegen wir ab und reiten die Berge hinauf. Gostis Leute werden überhaupt nicht mitkriegen, dass wir den Weg in Richtung Süden verlassen haben. Sie werden uns weiterhin dort suchen – und bis ihnen ein Licht aufgeht, sind Gher und ich meilenweit weg.«

»Warum wollt ihr die ganzen Risiken auf euch nehmen, Althalus?«, fragte Ghend misstrauisch.

»Weil ich es besser kann als ihr zwei. Ich weiß, dass wir damit durchkommen. Bei euch ist das nicht so sicher. Reitet einfach weiter nordwärts nach Hule. Und wenn ihr dort jemandem begegnet, dann fragt ihn nach dem Weg zum Lager von Nabjor. Gher und ich werden euch da treffen. Du hast einen geschäftlichen Vorschlag erwähnt und ich möchte gern mehr darüber hören – nachdem wir die Sache hier abgeschlossen haben.«

Khnom grinste. »Ein Diebstahl nach dem anderen, richtig?«

»Genau. Bringen wir den ersten mal hinter uns. Dann können wir uns über den nächsten unterhalten.«

44

Der Winter schleppte sich dahin, doch schließlich musste er dem Frühling weichen. Inzwischen kannten die Diebe jeden Winkel von Gosti Fettwansts Fort im Schlaf. Jetzt galt es nur noch auf die Schneeschmelze zu warten.

Althalus fielen immer wieder gute Gründe ein, dass er etwas auf dem Hof zu tun hatte. Als Zeichen hatten die vier eine Wechte in einem nahen Bergpass ausgesucht. »Sobald sie verschwindet, verschwinden auch wir«, hatte Althalus seinen Mitverschwörern erklärt.

Es mochte reiner Zufall sein – allerdings zögerte Althalus, dieses Wort noch zu benutzen –, jedenfalls erzählte ihm Galbak, dass der Stamm jedes Frühjahr ein Fest veranstaltete. »Gosti wurde bei

Frühlingsanfang geboren. Wir Arumer haben keinen Kalender wie die Flachländer und können deshalb die Tage nicht so genau bestimmen. Deshalb feiern wir Gostis Geburtstag, wenn in den Bergen jenseits des Flusses der letzte Schnee schmilzt. Genau mag das ja nicht sein, aber es ist genau genug, meine ich.«

»Es ist der Gedanke, der zählt«, lobte Althalus scheinheilig und zog die wolfsohrige Kapuze über den Kopf.

»Friert dich?«, fragte Galbak.

»Nur ein Zug im Nacken.«

Ungefähr eine Viertelstunde später trafen die vier Diebe einander im Pferdestall. »Stimmt etwas nicht?«, erkundigte Ghend sich.

»Ganz im Gegenteil«, erwiderte Althalus. »Vor einer Weile hat Galbak mir von einem schönen alten Brauch erzählt. Sobald der Schnee auf den Bergen rundum schmilzt, wird Gostis Geburtstag groß gefeiert. Und wenn ein Arumer vom Feiern redet, meint er damit ein endloses Saufgelage. Es könnte keinen besseren Zeitpunkt für uns geben. Bei Sonnenuntergang gibt es keinen nüchternen Arumer mehr im Fort. Gegen Mitternacht werden sie alle so stockbesoffen sein und schnarchen, dass das Fort um sie herum einstürzen könnte, ohne dass sie es merken.«

»Das kommt für uns ja wie bestellt!« Khnom grinste von einem Ohr zum anderen. »Unser Fest beginnt, sobald ihres endet.«

»Und am nächsten Morgen wird es allen zu schlecht gehen, als dass sie uns verfolgen könnten!«, jubelte Gher.

»Das ist wirklich ein wunderbares Geschenk«, fügte Ghend boshaft hinzu. »Gosti wird diesen Geburtstag niemals vergessen.«

»Er hat uns gut aufgenommen, deshalb finde ich, dass wir ihm etwas schulden«, meinte Althalus. »Das Fest auszurichten dürfte etwa eine Woche dauern, das gibt uns genügend Zeit für unsere Vorbereitungen. Die Hintertür der Scheune mag vielleicht nicht mehr ganz so wichtig sein, aber wir sollten sie trotzdem benutzen, denn wir möchten ja nicht, dass sich zu viele der Bewohner des Forts an unseren heimlichen Abschied erinnern. Und da ist noch etwas. Nach dem langen Winter in den Boxen werden die Pferde ziemlich ungestüm sein. Wir sollten sie deshalb vor unserem großen Tag ausreiten. Da wir dann in Eile sein werden, wird die Zeit nicht reichen, es unseren Pferden lang und breit zu erklären.«

»Du denkst wirklich an alles, Althalus, was?«, fragte Ghend.

»Ich bemühe mich jedenfalls. Es ist die beste Versicherung, nicht am nächsten Galgen zu baumeln.«

»Wie wär's mit Zierwerk?«, schlug Gher vor.

»Ich fürchte, das habe ich nicht ganz verstanden, Junge«, brummte Khnom.

»Wenn wir vorten, dass wir Tannenzweige und Zapfen und so was holen wollen, damit wir die große Halle schmücken können, hätten wir eine gute Ausrede, mit den Pferden zu reiten, damit sie sich wieder daran gewöhnen tun, nich' wahr? Wir täten bei dem großen Fest mithelfen und so dazugehör'n. Niemand hätt keinen Grund nicht zu glauben, dass wir an was andres denken, als dass wir eine gute Zeit haben wollen.«

»Schlau, Gher«, lobte Ghend. »Sehr schlau. Es wird uns auch die Möglichkeit geben, uns den Fluchtweg bei Tageslicht anzuschauen.«

»Ich werde Galbak das mit der Dekoration vorschlagen«, versprach Althalus. »Aber jetzt sollten wir zurückkehren, ehe jemand uns vermisst. Halten wir Augen und Ohren offen und achten wir auf alles, was um uns herum vorgeht. Schließlich möchten wir an Gostis Geburtstag keine unliebsamen Überraschungen erleben.«

Althalus und Gher warteten im Stall, bis Ghend und Khnom den Hof überquert hatten; dann schlenderten sie in die Scheune. »Bist du schon mal von einem Heuboden gesprungen, Gher?«, fragte Althalus.

»Warum sollte jemand das tun wollen?«

»Weil es Spaß macht. Man braucht natürlich einen weichen Haufen Heu zum Landen. Du solltest dich daranmachen, den Stapel vor der Hintertür unter den Rand des Heubodens zu schaffen.«

»Das ist aber eine Menge Heu, Althalus«, beklagte Gher sich.

»Du kannst dir Zeit lassen. Du musst es erst am Tag der Feier von der Hintertür weggeschafft haben. Falls jemand reinkommt und dich dabei sieht, sag ihm, du tust es, weil du etwas Weiches brauchst, wenn du vom Heuboden springst.«

»Das ist aber furchtbar viel Arbeit, Althalus!«

»Der Lohn ist ja auch nicht schlecht. Ich werde Galbak erklären, was du tust – ›kleine Jungs können es nach einem langen Winter nicht erwarten sich auszutoben‹, oder so was Ähnliches. Wenn Galbak weiß, warum du es tust, wird er sich nicht weiter darum kümmern.«

»Warum bleibt so was immer an mir hängen?«

»Es gehört zu deiner Erziehung, Gher. Außerdem wird die körperliche Betätigung gut für dich sein.«

»Ihr seid gemein, Althalus!«

»Das gehört zu meiner Aufgabe, Gher. Jemand muss diesen Heustapel von der Tür wegräumen. Täten Ghend oder ich es, würden die Arumer neugierig. Tust du es aber und erklärst ihnen warum, werden sie gar nicht mehr auf dich achten, weil sie glauben, dass du nur spielst.«

Am nächsten Mittag spähte Galbak zu den Bergen, die sich steil von der Schlucht erhoben, durch die der Fluss toste. »Sieht gut aus«, stellte er fest. »Wir werden Gostis Geburtstag in fünf Tagen feiern.«

Alle rundum brachen in Jubelrufe aus.

»Wird alles bereit sein?«, fragte Khnom an diesem Abend, als die Diebe im Stall zusammengekommen waren.

»Sieht ganz so aus«, erwiderte Althalus. »Wir müssen nur noch unsere Pferde wieder ans Reiten gewöhnen. Aber auf keinen Fall dürfen wir beisammen gesehen werden. Wie kommst du mit dem Heustapel zurecht, Gher?«

»Ich werd noch lang brauchen, Althalus. Da ist 'ne Riesenmenge Heu vor der Tür.«

»Ich werd mal schauen, ob ich dir Hilfe besorgen kann.«

»Wie wollt Ihr das machen?«

Althalus grinste ihn an. »Du wirst schon sehen. Pass gut auf, dann kannst du was lernen.«

Als sie zur großen Halle zurückkehrten, schüttelte Althalus schmunzelnd den Kopf.

»Was ist so lustig, Althalus?«, erkundigte Galbak sich neugierig.

»Mein kleiner Freund. Ist dir schon mal aufgefallen, wie kleine Jungen zu schmollen und sich zu beschweren anfangen, wenn man ihnen irgendeine Arbeit gibt?«

»Ich habe nie darauf geachtet. Aber jetzt, da du's erwähnst, kann ich mir schon vorstellen, dass es ihnen gegen den Strich geht.«

»Aber sobald sie etwas Bestimmtes spielen wollen, würden sie sogar versuchen einen Berg abzutragen. Ich habe Gher erzählt, was meine Brüder und ich als Kinder gern getan haben, und sofort war er Feuer und Flamme. Wir hatten zu Hause auf unserem Hof eine alte, windschiefe Scheune, die wie geschaffen für uns war. Meine Brüder und ich haben uns im Winter oft die Zeit damit vertrieben, vom Heuboden auf das weiche Heu darunter zu springen – das macht Spaß, solange man auf etwas Weichem landet. Jedenfalls hat Gher sich in den Kopf gesetzt, es ebenfalls zu versuchen. Seither verbringt er fast seine ganze Zeit damit, den riesigen Berg Heu aus der Scheune vor den Heuboden zu schleppen.«

»Was du nicht sagst!« Galbak lachte herzhaft.

»Du kannst dir nicht vorstellen, wie er sich abrackert!«

»Was habt ihr denn gemacht, nachdem ihr vom Heuboden gesprungen seid, Althalus?«, fragte einer der Stammesbrüder neugierig.

»Wir sind die Leiter wieder raufgeklettert und aufs Neue hinuntergesprungen«, antwortete Althalus. »Wir bekamen nie genug davon. Für jemand, der keine Flügel hat, kommt es dem Fliegen so nahe wie's nur eben möglich ist.«

»Hört sich gut an«, sagte der Mann nachdenklich.

Als Gher am nächsten Morgen zur Scheune ging, stellte er fest, dass er reichlich Hilfe beim Transport des Heustapels vor der lange vergessenen Tür hatte. Dann begann das Springen, und die Scheune mit dem Heuboden wurde schnell zum beliebtesten Ort im Fort und der Ansiedlung. Gher war nicht sonderlich erfreut darüber. »Ich komm nicht mal zum Heuboden rauf«, nörgelte er. »Die Arumer sind den ganzen Tag an der Leiter und springen, und ich kann zuschau'n.«

»Hör auf zu jammern«, sagte Althalus. »Sie haben die Arbeit für dich getan, oder nicht? So, jetzt wollen wir unsere Pferde ausreiten. Ich muss sowieso mit Emmy reden.«

Sie trotteten aus dem Fort, angeblich um nach Tannenzweigen, Zapfen und anderem Zierwerk zu suchen. Kaum befanden sie sich zwischen den Bäumen, blickte Althalus auf. »Ich muss mit dir reden, Em«, sagte er zu der leeren Luft über ihnen.

»Bring sie heim, Eliar«, hörte er sie unmittelbar über seinem Kopf sagen, und einen Moment darauf stand Eliar auf dem Waldpfad vor ihnen.

Althalus und Gher banden ihre Pferde fest und folgten dem jungen Arumer ins Turmgemach des Hauses.

»Gibt's irgendwas?«, fragte Dweia spitzbübisch.

»Wie lange wirst du Ghends Buch benötigen, Em?«, fragte Althalus. »Wenn es länger als für ein paar Augenblicke ist, müssen wir uns eine Ablenkung Khnoms durch Gher einfallen lassen.«

»Du machst dir immer noch zu viele Sorgen über solche Dinge, Schatz. Du weißt doch, dass die Zeit hier anders ist als da draußen, aber du vergisst es anscheinend immer wieder!«

»Reib es mir nur unter die Nase. Ich möchte jedenfalls, dass wir nirgends etwas übersehen, Em. Ich werde jetzt das Ganze für dich durchgehen, dann kannst du mir sagen, ob ich etwas ausgelassen habe.«

»Ist gut, Schatz.«

»Wir werden Gostis Schatzkammer gegen Mitternacht an seinem Geburtstag plündern. Bis dahin dürften sich alle bewusstlos gesoffen haben. Ich werde mich persönlich darum kümmern.«

»In der Beziehung wollte ich Euch etwas fragen, Althalus«, unterbrach ihn Bheid. »Ich kenne ein paar Männer, die eine ganze Woche fast ohne Unterbrechung Bier trinken können und trotzdem auf den Beinen bleiben. Was geschieht, wenn einer von Gostis Leuten diese ungewöhnliche Fähigkeit besitzt?«

Althalus feixte. »Daran arbeite ich bereits, Bheid. Du erinnerst dich doch an Nitral, oder?«

»Ihr meint den Herzog von Mawor, der die Belagerer seiner Stadt mit flüssigem Feuer eindeckte, nicht wahr?«

»Richtig. Dieses ›flüssige Feuer‹ war eine Mischung aus kochendem Pech, Schwefel, Erdöl und einer Flüssigkeit, die Brauer aus gewöhnlichem Bier gewinnen können. Genau dieses Zeug verstärkt die Wirkung von Bier, Wein und Met und macht die Trinker schwach in den Knien und verwirrt im Kopf. Ich werde den Met für das Fest damit würzen. Wer davon trinkt, wird um Mitternacht nicht mehr wach sein.«

»Sehr, sehr heimtückisch«, bemerkte Leitha.

Althalus setzte eine Unschuldsmiene auf. »Ich habe nicht vor, jemanden zu zwingen, dass er davon trinkt, Leitha. So, nun aber weiter: Ghend und ich ziehen den Einbruch durch, während Gher und Khnom die Pferde satteln und die Hintertür der Scheune öffnen. Ich lass mir Zeit mit dem Diebstahl, damit Gher Khnom ablenken und Eliar unauffällig Ghends Buch zustecken und es dann wieder in Ghends Satteltasche verstauen kann, sobald Emmy damit fertig ist. Anschließend werden Ghend und ich das Gold zu den Pferden schleppen und es an unsere Sättel hängen. Dann reiten wir alle durch die Hintertür. Sobald wir außer Sichtweite des Forts sind, trennen wir uns. Ghend und Khnom galoppieren nordwärts nach Hule, Gher und ich ›vorten‹ südwärts, Richtung Treborea zu reiten. Sobald Ghend und Khnom uns nicht mehr sehen können, werden wir unseren Anteil am Gold Eliar übergeben, damit er ihn hierher zurückbringen kann. Dann schleichen wir uns wieder ins Fort und legen uns schlafen.« Er machte eine Pause. »Findet ihr irgendwelche Lücken in meinem Plan?« Er ließ den Blick in die Runde schweifen. Niemand sagte etwas.

»Gut, dann weiter«, fuhr er fort. »Am Morgen täusche ich vor, einen furchtbaren Brummschädel zu haben. Und wie es der Zufall so will, fällt mir auf, dass Ghend und Khnom nicht in der Halle erscheinen. Plötzlich erinnere ich mich, dass ich gegen Mitternacht gesehen habe, wie Ghend sich mit irgendwas sehr Schwerem über den Hof stahl.«

»Wird das genügen?«, fragte Andine. »Wenn Ihr allen dieses Gift gegeben habt, werden sie sich tatsächlich sehr schlecht fühlen.«

»Es ist kein richtiges Gift, Andine. Noch am Vormittag werden Gostis Männer auf Ghends Fährte sein.«

»Da ist eine Lücke in Eurem Plan, Pappi!«, triumphierte Leitha. »Habt Ihr Ghend nicht angewiesen, sich vom Nordpfad fern zu halten?«

»Und ob. Ich möchte nicht, dass er die Spuren sieht, die ich für Gostis Männer deutlich auf diesem Pfad lege – auch nicht jene Spuren, die von der Hintertür der Scheune zum Nordpfad führen. Ich werde dafür sorgen, dass selbst ein Blinder Ghend folgen könnte. Jetzt wisst ihr, was ich zu tun beabsichtige. Der Rest ist Gher überlassen.«

»Und wie sieht dein Plan aus, Gher?«, fragte Leitha den Jungen.

»Ich bin mir noch nich' ganz sicher«, gestand Gher. »Es wird mir aber bestimmt was einfallen.« Dann bedachte der krausköpfige Junge Leitha mit einem verschmitzten Blick. »Vertrau mir«, fügte er in einer gekonnten Imitation von Althalus' häufig benützter Redewendung hinzu.

»O je«, seufzte Leitha. »Nicht du auch noch.«

»Es gehört zu meiner Erziehung«, erklärte Gher ihr grinsend.

Der Tag vor Gostis Geburtstag war wolkenlos und sonnig, doch Galbak wirkte irgendwie unzufrieden.

»Was bedrückt dich, mein Freund?«, fragte Althalus.

»Ich hatte eine Überraschung für Gosti geplant, aber ich fürchte, ich lass sie lieber.«

»Was für eine Überraschung?«

»Ich dachte, es wär ein Spaß, wenn wir ihn am Morgen seines Geburtstags zur Scheune tragen würden und ihn vom Heuboden runterschubsten.«

»Es hätte vielleicht alle anderen erheitert, aber ich glaube nicht, dass Gosti allzu begeistert davon gewesen wäre. Aber warum hast du deinen Plan geändert?«

»Der Boden der Scheune ist nicht fest genug, Gostis Gewicht zu tragen. Ins Heu zu springen, macht großen Spaß, doch durch den Boden zu krachen und in der Jauchegrube zu landen, würde Gosti nicht begeistern.«

»Da hast du sicher Recht«, pflichtete Althalus ihm bei. »Aber es hätte Spaß gemacht, seine verdatterte Miene zu sehen.«

Als Althalus und Gher in ihre Schlafkammer zurückkehrten, sagte Eliar in Althalus' Kopf: »Ich bin soeben fertig geworden, Euer Gebräu in den Met zu mischen.«

»Hoffentlich nicht in allen!«

»Nein«, beruhigte ihn Eliar, »ich habe es nur in die zehn letzten Kannen im Vorratsraum gegeben. Alle vorderen sind unvermischt. Sie dürften bis zum Abend reichen. Euer Spezialgebräu wird sicher erst nach dem Abendessen aufgetischt.«

»Großartig.« Althalus rieb sich die Hände. »Ich möchte nicht, dass sie vor dem Abend schon sinnlos betrunken sind. Wenn einer bereits gegen Mittag seinen Rausch ausgeschlafen hat, könnte er vor Mitternacht wach sein. Hast du den gemischten Met gekostet?«

»Emmy hat's nicht erlaubt«, entgegnete Eliar bedauernd.

»Dann sollte ich wohl in der Küche vorbeischauen und herausfinden, ob das Gebräu wirklich stark genug ist.« Er zögerte. »Davon brauchst du Emmy nicht unbedingt zu erzählen.«

»Sie steht neben mir, Althalus.«

»Oh! Hallo, Em. Wie war dein Tag bisher?«

»An meinem Tag war nichts auszusetzen«, antwortete sie. »Deiner aber könnte noch unliebsame Überraschungen bringen, wenn du zu viel von dem Gepansche probierst.«

»Ist das eine Drohung, Em?«

»Nein, ein Versprechen.«

Althalus drehte sich um und begab sich mit Gher in die Küche. Er tauchte ein Trinkhorn in eine der vorderen Kannen im Vorratsraum. Nachdem er gekostet hatte, probierte er einen Schluck aus einer der hinteren Kannen. Sogleich rang er keuchend nach Luft und seine Augen füllten sich mit brennenden Tränen.

»Hat Eliar es richtig gemacht?«, flüsterte Gher.

»O ... ja ...«, krächzte Althalus.

»Werden Gostis Männer den Unterschied denn nicht merken?«

»Ich glaube nicht. Sie sind bestimmt schon ziemlich betrunken, wenn die letzten zehn Kannen aufgetischt werden.«

Althalus blinzelte zur Küchentür. »Gegen Abend fängst du an, die Wächter vor der Schatzkammer mit Met zu versorgen. Zunächst der übliche, später der vermischte. Ghend ist mir etwas zu schnell mit dem Dolch zur Hand, deshalb möchte ich nicht, dass die Männer wach sind, wenn wir den Einbruch begehen. Ich habe zwar meine Zweifel, dass irgendjemand in Gostis Halle nüchtern genug sein wird, nach den Wächtern zu sehen, aber falls doch, will ich sichergehen, dass keiner mit durchgeschnittener Kehle endet. Denn selbst der besoffenste Arumer würde in einem solchen Fall Alarm schlagen.«

»Muss man bei einem Einbruch immer so viele Einzelheiten bedenken?«, fragte Gher. »Ich hab in letzter Zeit das Gefühl, dass Ihr sogar die Blätter an dem Baum gleich außerhalb vom Tor zählt.«

»Ganz so weit gehe ich nun wieder nicht. Aber wenn man einen Einbruch plant, sollte man jede Möglichkeit in Erwägung ziehen. Der Dieb, der an alles denkt, wird dem Bestohlenen stets einen Schritt voraus sein.«

»Ich werd's mir merken.«

»Gut. Mischen wir uns jetzt unter die anderen. Gosti dürfte bald aufwachen. Er hatte seit sechs Stunden nichts mehr zu essen, und länger hält er es gewöhnlich nicht aus.«

»Schläft er deshalb in seinem Sessel am Tisch?«

»Nun, das ist einer der Gründe. Der Hauptgrund ist jedoch, dass er sich nicht mehr fortbewegen kann. Er meidet jede körperliche

Betätigung. Und er wiegt so viel wie ein Ackergaul. Ich glaube, seine Beine können ihn nicht mehr tragen.«

Die Geburtstagsfeier begann förmlich. Galbak hielt eine ziemlich langweilige Rede, um das Fest zu eröffnen, und schloss sie mit einem Trinkspruch auf den fetten, unförmigen Häuptling.

Der Trinkspruch wurde mit allergrößter Begeisterung aufgenommen.

Gosti strahlte alle flüchtig an, dann fiel er ausgehungert über sein Frühstück her.

Althalus geduldete sich, bis der Fette seinen ärgsten Hunger mit einem halben Schinken gestillt hatte, bevor er sich im Stuhl zurücklehnte und begann: »Ho, Gosti, habe ich dir schon die Geschichte von dem Verrückten erzählt, dem ich mal in Nordkagwher begegnet bin?«

»Ich glaube nicht, Althalus«, antwortete Gosti mampfend. »Wie konntest du erkennen, dass er verrückt war? Ich hab noch keinen Kagwherer gesehen, der nicht seltsam gewesen ist.«

»Dieser war noch seltsamer als die meisten, Gosti. Er wanderte da oben nahe am Rand der Welt herum und verbrachte den Großteil seiner Zeit damit, zu Gott zu reden. Ich habe gehört, dass eine ganze Reihe von Menschen das tun, aber dieser Bursche glaubte, dass Gott ihm antwortet.«

»Das ist wirklich verrückt«, pflichtete Galbak ihm bei.

»Erzähl uns die Geschichte, Althalus«, bat ein anderer Stammesbruder.

»Nun, es ist schon geraume Zeit her. Ich wanderte geschäftlich von Hule nach Kagwher, müsst ihr wissen, und eines Morgens wachte ich in der Nähe des Randes der Welt auf und hörte jemand reden.« Althalus beschrieb den gebeugten verrückten Greis, dann dichtete er ihm eine Geschichte an, die wenig mit der Wahrheit zu tun hatte.

Im Lauf des Vormittags und frühen Nachmittags wurde es zusehends lauter und es kam zu den ersten Raufereien. Erst beim Abendessen kehrte wieder so etwas wie Feststimmung ein, als die ersten Kannen des mit dem Spezialgebräu vermischten Mets gebracht wurden.

Etwa eine Stunde später begann das Grölen von Liedern; dann setzte nach und nach trunkenes Schnarchen ein.

»Geh und bring den Wächtern an der Schatzkammer Nachschub vom starken Met, Gher«, wies Althalus ihn leise an. »Dann sattle die Pferde.«

»Wird gemacht.«

»Und denk daran, du musst Khnom lange genug ablenken, dass Eliar Ghends Buch zu Emmy bringen kann.«

»Natürlich denk ich daran«, versicherte Gher.

Khnom stahl sich aus der Halle, kurz nachdem Gher gegangen war. Ein paar Augenblicke später gab Althalus Ghend das verabredete Zeichen.

Der Mann mit den brennenden Augen stülpte sich den Bronzehelm auf den Kopf und zog sich unauffällig zurück.

Althalus zählte langsam bis hundert, dann stand auch er auf. Nach einem Blick auf die trunken schnarchenden Arumer ging er zur Tür.

»Warum die Verzögerung?«, flüsterte Ghend.

»Ich habe mich nur vergewissert, dass niemand mehr wach ist. So, machen wir uns an die Arbeit.«

Sie schlichen den Korridor entlang und die drei Stufen zur Schatzkammer hinauf. Die beiden Wachen lagen schnarchend auf dem Boden unmittelbar vor den Stufen.

»Sollen wir sie erstechen?«, fragte Ghend.

»Auf keinen Fall«, wehrte Althalus entschieden ab. »Tote erregen Aufmerksamkeit, und die können wir am wenigsten gebrauchen. Nachdem wir das Gold gestohlen haben, verschließe ich die Schatzkammertür wieder und wir lassen scheinbar alles so zurück, wie wir es vorgefunden haben. Mit ein bisschen Glück wird die nächsten paar Tage niemand diese Tür öffnen, und das wird uns einen guten Vorsprung geben.«

»Fein durchdacht«, lobte Ghend.

»Freut mich, dass du zufrieden bist.« Althalus stieg die drei Stufen zur Schatzkammertür hinauf und begutachtete das Schloss eingehend.

»Wirst du Schwierigkeiten damit haben?«, erkundigte Ghend sich besorgt.

Althalus schnaubte abfällig. »Selbst Gher könnte dieses Schloss öffnen.« Er zog eine lange Bronzenadel aus seinem Stiefel, tastete damit im Schloss herum und wurde mit einem lauten Klicken belohnt. »Geschafft!« Er öffnete die schwere Tür ein Stück. »Geh jetzt hinein. Ich ziehe die Tür so weit wie möglich hinter uns zu.«

Ghend nickte und schlüpfte ins Innere.

Althalus nahm die brennende Fackel aus dem Bronzering neben der Tür, dann folgte er Ghend in die Kammer. Im Schein der Fackel schauten die beiden sich zum ersten Mal in der Schatzkammer um.

Eine große Zahl von Säcken aus Tierhäuten waren an den Wänden aufgestapelt. »Das wird uns Zeit kosten«, bemerkte Ghend.

»Nicht viel«, entgegnete Althalus. »Nicht einmal ein so schlampiger Mann wie Gosti würde Gold und Kupfer im selben Stapel aufbewahren.« Er steckte die Fackel in den Bronzering an der Wand hinter dem Tisch; dann trat er an den nächsten Stapel und schüttelte einen der Säcke. »Kupfer«, stellte er fest.

»Woher willst du das wissen?«

»Ich erkenne es am Klang. Kupfermünzen klingeln nicht so melodisch wie Gold.« Althalus durchstöberte die Säcke. »Ah, wir kommen der Sache schon näher. Dieser Sack fühlt sich an, als wäre er voll Sand, und ist viel schwerer als die anderen.«

»Sand?«

»Den Goldgräbern fehlt die Ausrüstung, ihre Funde einzuschmelzen, deshalb müssen sie die Mautgebühr in Goldsplittern bezahlen. Mit Münzen bezahlen nur jene, die von der anderen Seite kommen.« Althalus band einen der Säcke auf und schöpfte eine Hand voll blitzender Goldsplitter heraus. Dann ließ er die Splitter in einem glitzernden goldenen Schauer zurück in den Sack rieseln. »Hübsch, nicht wahr?«

Ghend war wie gelähmt, seine Augen schienen zu lodern.

»Hilf mir, die hier auszusortieren«, wies Althalus ihn an. »Wir wollen schließlich nicht versehentlich einen Sack Kupfermünzen mitschleppen, nicht wahr?«

Sie brauchten etwa eine Viertelstunde, die Säcke durchzusehen und die mit dem Gold auf den Tisch zu stapeln.

»Ich glaube, das sind alle«, meinte Althalus schließlich. Dann hob er nachdenklich einen der Säcke mit dem goldvermischten Sand. »Etwa fünfzig Pfund«, schätzte er.

»Na und?«, fragte Ghend.

»Wir haben nur vier Pferde, Partner, und falls Gostis Männer früher als erwartet aufwachen und uns hinterher jagen, müssen unsere

Rosse leichtfüßig wie aufgescheuchte Rehe laufen können. Deshalb sollten wir nicht mehr als zwei Säcke an jedes Pferd hängen, vier an Ghers, vielleicht, aber das könnte später Anlass zu Streitigkeiten geben. Belassen wir es bei acht Säcken.«

»Aber es sind fast zwanzig Säcke hier!«, protestierte Ghend.

»Nimm so viele du willst, aber wenn das zusätzliche Gewicht deinem Pferd zu schaffen macht und Gostis Männer dich erwischen, wirst du keine Gelegenheit mehr haben, dein Gold auszugeben.«

»In den Stallungen sind noch jede Menge Pferde.«

»Fehlende Pferde erregen nicht weniger Aufmerksamkeit als tote Wächter. Wir haben jetzt eine gute Chance auf einen Vorsprung von drei Tagen. Doch wenn wir Gostis Leute töten und seine Pferde stehlen, können wir gleich hier bleiben und auf den Henker warten. Ich reise lieber ohne großes Gepäck und überlebe. Doch es ist dir überlassen, was du tust.«

Ghend seufzte bedauernd. »Ich glaube du hast Recht.«

»Die Goldmünzen sind in gesonderten Säcken und liegen bereits auf dem Tisch«, erinnerte Althalus seinen Komplizen mit dem strähnigen fettigen Haar. »Das Gold der Münzen muss auch nicht erst aus dem Sand geschmolzen werden, bevor wir es ausgeben können. Also fangen wir schon an. Wir schleppen die Säcke einstweilen in die Küche, dann kehre ich hierher zurück und verschließe die Tür. Danach schaffen wir unsere Beute zur Scheune. Ich glaube zwar nicht, dass irgendjemand im Fort wach ist, aber wir sollten trotzdem vorsichtig sein.«

Jeder trug zwei der schweren Säcke durch den Korridor zur Küche und kehrte zurück, zwei weitere Säcke zu holen. Als sie aus der Schatzkammer traten, setzte Althalus seine auf der obersten Stufe ab. »Geh du schon voraus«, riet er Ghend. »Ich komme nach.«

»Wie lange wirst du hier noch brauchen?«

»Ich möchte, dass alles genauso aussieht wie zuvor. Falls Galbak einen Blick in die Schatzkammer werfen sollte, darf ihm nicht auffallen, dass etwas fehlt. Und dem Schloss darf man auch nichts anmerken. Wenn wir Glück haben, kommt er erst nach einer Woche dahinter, dass Gosti bestohlen wurde.«

»Sehr schlau, Althalus«, sagte Ghend bewundernd. »Aber lass uns nicht zu lange warten.« Er drehte sich um und trug seine zwei Säcke zur Küche, während Althalus wieder in die Schatzkammer trat und die Tür hinter sich schloss. Rasch öffnete er mehrere Säcke mit Kupfermünzen und leerte sie auf den Boden, dann schüttete er Goldsand darüber und kippte den Tisch um. »So müsste es gehen«, murmelte er. Er verließ die Kammer, steckte die Fackel in den Bronzering zurück und verschloss die Tür sorgfältig.

»Das hat nicht lange gedauert«, stellte Ghend fest, als Althalus sich zu ihm in die Küche gesellte.

»Ich kann sehr schnell sein, wenn es sein muss«, erwiderte Althalus. »Falls Galbak morgen diese Tür öffnet, wird er genau das sehen, was er sehen soll. Aber jetzt zur Scheune mit unserer Beute. Wir wollen bei Sonnenaufgang schon weit weg von hier sein.«

Wieder nahm jeder zwei Säcke und trug sie dicht an der Wand entlang und vorbei an den offenen Werkstätten zur Ostpalisade des Forts.

»Warum habt ihr so lang gebraucht?« Ghers heiseres Flüstern klang schrill. »Ich bin hier fast verrückt geworden!«

»Beruhige dich, Gher! Was hast du denn?«

»Wir haben Schwierigkeiten, Althalus!«

»Nicht so laut!«, zischte Ghend. »Was ist los?«

»Das ist los!« Gher deutete auf eine reglose Gestalt nahe der Scheunentür. »Das ist Khnom, falls ihr ihn nicht erkennen tut. Wir hatten schon die Pferde gesattelt und warteten nur noch auf euch, als dieser betrunkene Arumer reintorkelte und was davon lallte, vom Heuboden zu springen. Khnom hat versucht zu erklären, warum wir da waren, aber der Arumer war zu besoffen und hat's nicht kapiert. Er hat sich eingebildet, dass wir vor ihm springen wollten, drum hat er Khnom den Holzeimer da drüben über den Schädel gezogen. Dann ist der besoffene Arumer die Leiter raufgestiegen und vom Heuboden runtergehüpft und auf dem harten Fußboden aufgeschlagen. Ich glaub', er hat sich den Hals gebrochen, jedenfalls schnauft er nicht mehr. Ich hab ihn mit Heu zugedeckt, damit man ihn nicht gleich sieht. Khnom atmet schon noch, aber ich krieg ihn nicht wach. Was können wir tun?«

»Öffne die Hintertür«, befahl Althalus. »Ghend und ich holen das restliche Gold. Sobald wir zurück sind, werden wir sehen, was wir mit Khnom tun können.«

Ghend murmelte Verwünschungen auf ihrem Weg zur Küche.

»Warum musste ausgerechnet so was Verrücktes passieren!«, haderte er heiser.

»Vielleicht hilft es, wenn wir Khnom Wasser ins Gesicht schütten«, meinte Althalus. »Wenn ihn das nicht zu sich bringt, binden wir ihn auf den Sattel, und du musst sein Pferd führen. Wir dürfen ihn auf keinen Fall zurücklassen. Galbak könnte wahrscheinlich in einer halben Minute die Wahrheit aus ihm herausquetschen.«

Sie schleppten die restlichen vier Säcke Gold zur Scheune. »Hat er sich schon gerührt?«, wandte Ghend sich an Gher.

»Nicht mal mit der Wimper hat er gezuckt, obwohl ich ihm kaltes Wasser ins Gesicht gegossen hab'. Der Arumer hat ihn mit diesem Kübel ganz schön hart getroffen.«

Ghend kniete sich neben seinen Freund, zwickte ihn die Nase und schlug ihm ins Gesicht.

»Was ist wirklich passiert, Gher?«, flüsterte Althalus, als er sicher war, dass Ghend sie nicht hören konnte.

»Ich war's, der Khnom den Eimer übergezogen hat«, gestand Gher. »Khnom ist wirklich hinterlistig, und ich hab gedenkt, dass er von mir erwartet, dass ich's auch bin – vielleicht, dass ich mich hinter ihn stehl und in den Rücken stech oder irgend so was. Da hab ich mir überlegt, dass die beste Weise hinterlistig zu sein die ist, nicht hinterlistig zu sein. Darum bin ich mit diesem Eimer auf ihn zugegangen, als tät ich mich gar nicht erinnern, dass ich ihn noch in der Hand halt'. Er hat mich direkt angeschaut, als ich auf ihn zugekommen bin, und hat sogar gelächelt. Ich hab nicht mal geblinzelt oder so. Ich hab bloß den Kübel nach seinem Kopf geschwungen, so fest ich konnte. Er hat schrecklich verwundert ausgeseh'n, als er hingefallen ist. Dann hab ich ihm den Eimer noch ein paarmal übern Schädel gezogen, bis Emmy mir befohlen hat, dass ich aufhör'n soll. Sie hat's wohl für komisch gehalten, denn sie hat gelacht. Dann hat sie mir versprochen, sie würd's so machen, dass Khnom sich nicht erinnern kann, dass ich ihn geschlagen hab'.« Gher blickte zutiefst verlegen drein. »Es war nicht sehr pfiffig, nicht wahr? Ich hab mich nicht auf Zehenspitzen angeschlichen oder sonst wie, wie ich's wahrscheinlich hätte tun sollen. Ich bin einfach auf Khnom zugegangen und hab ihm den Eimer auf den Kopf gehauen.«

Es kostete Althalus große Mühe, nicht laut loszulachen. »Du

hast es gut gemacht, Gher«, versicherte er dem Jungen, während er immer noch gegen das Lachen ankämpfte. »Du hast es wirklich gut gemacht.«

»Eliar hat Ghends Buch zu Emmy gebracht und ist dann augenblicklich damit zurückgekommen«, berichtete Gher weiter. »Ich nimm an, sie hat damit getan, was sie hat tun wollen. Und jetzt ist das Buch wieder dort, wo's war.«

»Also haben wir getan, was wir tun mussten, und nur das ist wichtig. Binden wir unser Gold an die Sättel und machen uns zum Abritt bereit.«

45

Ghend kochte vor Wut, als sie die Goldsäcke an den Sätteln befestigten, und fluchte Verwünschungen in einem Dialekt, den Althalus nicht recht zu deuten vermochte. »Es hätte schlimmer kommen können, Ghend«, beruhigte er ihn. »Sicher, es ist umständlich, Khnoms Pferd führen zu müssen, aber wenn er am Sattel festgebunden ist, wird er nicht runterfallen. Gher und ich sorgen dafür, dass niemand euch folgt, ihr braucht also nicht zu galoppieren.«

»Du hast wohl Recht.« Ghend trat an die offene Hintertür der Scheune und spähte zum Sternenhimmel empor. »Was meinst du, wie lange es bis zum Morgen ist?«

»Vier Stunden mindestens. Wir haben viel Zeit.«

»Wirst du wirklich später nach Hule kommen?«, fragte Ghend. »Da ist immer noch die andere Sache, über die ich mit dir reden möchte.«

»Wir werden kommen«, versprach Althalus. »Warte du mit Khnom dort in Nabjors Lager. Wir arbeiten gut zusammen, Ghend, und der Gedanke an eine weitere Partnerschaft ist verlockend.«

»Wann wirst du mit Gher dort sein können? Was meinst du?«

»Es hängt viel davon ab, wie bald Gostis Männer sich von der Geburtstagsfeier erholen. Wenn wir einen zweitägigen Vorsprung bekommen, werden Gher und ich nur einen Tag später eintreffen. Sollten sie uns aber dicht auf den Fersen sein, könnte es zwei Wochen dauern. Aber Nabjor bietet in seinem Lager eine Menge Zeitvertreib, ihr werdet euch bestimmt nicht langweilen.«

Sie hoben den reglosen Khnom in den Sattel und banden ihn daran fest. »Nimm Khnom und reite einstweilen voran«, sagte Althalus zu Ghend. »Gher und ich werden hier noch aufräumen und euch dann drüben am Rand des Wäldchens treffen.«

»Aufräumen?«, fragte Ghend erstaunt.

»Wir werden dafür sorgen, dass alles genau so aussieht wie vor dem Fest. Denn wenn etwas anders wäre, würde vielleicht jemand neugierig.«

»Was macht ihr mit dem toten Arumer?«

»Wir werden Heu auf ihn häufen. Es ist immer noch kalt genug, dass er die nächsten Tage nicht zu stinken anfängt. Und nachdem Galbak unseren kleinen Besuch in der Schatzkammer entdeckt, wird es sowieso keinen großen Unterschied mehr machen. Hast du einen Strick, Ghend?«

»Strick?«

»Ja, oder ein Seil oder sonst was. Ich muss den Riegel an der Tür irgendwie von außen schließen. Wir wollen doch nicht wegreiten und die Tür offen lassen, dass der Wind sie hin und her schwingen lässt und Galbak zu denken gibt, bevor er von dem Diebstahl erfährt.«

»Nein, lieber nicht.« Ghend kramte in seinen Sattelbeuteln; dabei nahm er auch das Buch heraus.

Althalus hielt den Atem an.

»Kannst du damit etwas anfangen?« Ghend streckte ihm einen langen Lederriemen entgegen.

»Ich glaub schon. Danke.«

»Nichts zu danken.« Ghend steckte das Buch in den Sattelbeutel zurück und knüpfte ihn zu. »Halte dich nicht mehr zu lange hier auf, Althalus«, sagte er, während er sich in den Sattel schwang. »Ich möchte bis zum Morgen schon weit weg sein.« Er ritt durch die Tür und führte Khnoms Pferd hinter sich.

»Warum wart Ihr gerade so unruhig?«, fragte Gher.

»Ich war mir nicht sicher, ob er etwas an dem Buch gespürt hat«, gestand Althalus. »Emmys Berührung hätte es möglicherweise verändern können.«

»Ihr werdet die Tür nicht wirklich verriegeln, oder?«

»Natürlich nicht. Ich wollte es nur erwähnen, bevor Ghend auf die Idee kam.« Er tat so, als würde er von außen am Riegel hantieren. Das Sternenlicht war zwar nicht sonderlich hell, doch Ghend hatte sehr seltsame Augen, und Althalus wusste nicht, wie gut sein Feind im Dunkeln sehen konnte. Dann saßen er und Gher auf und folgten der durch Büsche sichtgeschützten Strecke zwischen den Palisaden und dem Wäldchen, um sich noch einmal mit Ghend zu treffen.

Khnom war immer noch bewusstlos, darum riet Althalus Ghend erneut, vorsichtshalber langsam zu reiten. »Wenn Khnoms Pferd galoppiert, könnte unser schlafender Freund zur Seite rutschen und das arme Tier dadurch ins Stolpern geraten, und du müsstest Khnom wieder hinaufsetzen. Sobald er wach ist, kommt ihr schneller voran. Haltet euch vom Hauptweg fern und seid leise, wenn ihr an einer Ortschaft vorbei kommt. Gher und ich werden unübersehbare Spuren hinterlassen und genug Lärm machen, damit Galbak glaubt, wir wären alle vier nach Süden geritten. Du dürftest keine Schwierigkeiten haben, aber sei trotzdem vorsichtig.«

»Ist gut«, antwortete Ghend. »Wir sehen uns dann in Nabjors Lager.«

Althalus wendete sein Pferd. »Auf gen Süden, Gher.«

Nachdem Ghend und sein bewusstloser Begleiter außer Sicht waren, zügelte Althalus sein Pferd. »Bist du da, Eliar?«, rief er über die Schulter.

»Wo habt Ihr denn gedacht, dass ich sein würde?« Eliars Stimme erklang direkt hinter ihm.

»Es hätte ja sein können, dass Andine oder Bheid dich mit Beschlag belegt haben. Ich gebe dir jetzt unser Gold. Bring es an einen sicheren Ort.«

»Ich werde gut darauf aufpassen«, versprach Eliar.

»Althalus«, murmelte Dweia.

»Ja, Em?«

»Du könntest es in die Schatzkammer zurückbringen.«

»Ich bin doch nicht verrückt.«

»Du brauchst es nicht, Schatz. Du hast schließlich deine eigene Goldmine.«

»Ich habe schwer für dieses Gold geschuftet. Ich hab nicht die Absicht, es zurückzugeben.«

»Irgendwie wusste ich, dass du das sagen würdest.«

Althalus hob die Säcke einen nach dem anderen über den Kopf, und Eliars Arme griffen scheinbar aus dem Nichts danach. Dann galoppierten Althalus und Gher zu der unverschlossenen Hintertür in die Scheune und ritten zurück ins Lager. »Bringen wir die Pferde gleich in den Stall zurück und nehmen ihnen die Sättel ab«, sagte Althalus, während er die Tür verriegelte. »Dann gehen wir in Gostis Halle und wecken Galbak. Ich möchte nicht, dass Ghend einen zu großen Vorsprung gewinnt.«

»Habt Ihr genügend Pferdespuren auf dem Pfad hinterlassen, dass Galbak und seine Leute ihnen folgen können?«

»O ja«, versicherte Althalus. »Die Fährten von zwei Pferden führen von der Hintertür der Scheune zum Ende von Gostis Gebiet. Sie sind so deutlich, dass ein Kind ihnen folgen könnte. Aber da Galbak und seine Männer sich nicht besonders gut fühlen werden, habe ich es ihnen ganz leicht gemacht.«

»Seid Ihr sicher, dass Ihr Galbak wirklich wach kriegt?«, fragte Gher, während er seinem Pferd den Sattel abnahm. »Er war schrecklich betrunken, als wir aus der großen Halle raus sind.«

»Eliar hat sich bereits darum gekümmert – so ähnlich, wie er's mit Häuptling Twengor getan hat. Galbak hat eine schnelle Reise nach Übermorgen gemacht, und als Eliar ihn zurückbrachte, waren die ärgsten Nachwirkungen des Saufgelages überstanden. Er wird zwar noch immer nicht ganz nüchtern sein, aber er wird verstehen, was ich ihm sage.«

Nachdem ihre Pferde versorgt waren, vergewisserte Althalus sich noch einmal, dass alles wieder an seinem gewohnten Platz war. »So«, sagte er zu Gher, »jetzt zahlen wir es Ghend heim.«

»Ich hab schon gedenkt, es kommt nicht mehr so weit.«

»Wenn wir in der Halle sind, möchte ich, dass du dich in Galbaks Nähe legst.«

»Und vorten, dass ich schlaf', ja?«

»Richtig. Ich werde ihm eine hübsche Geschichte erzählen, in der du gar nicht vorkommst. Bleib ruhig liegen und halt die Augen geschlossen, bis Galbak zu fluchen anfängt – das wird er ganz bestimmt, nachdem er meine Geschichte gehört hat.«

Gosti schnarchte in seinem gewaltigen Sessel am Kopfende des Tisches, und die meisten seiner Männer lagen wie hingeworfen auf dem Fußboden. Althalus bemerkte, dass das allgemeine Schnarchen da und dort von lautem Stöhnen unterbrochen wurde. »Sie scheinen zu sich zu kommen«, wandte er sich an den Jungen. »Leg dich an deinen Platz und tu so, als würdest du schlafen,«

Gher streckte sich rasch neben Galbak aus, der sich unruhig herumwälzte.

Althalus schlurfte zum Tisch, drückte die Hände an den Kopf und verzog das Gesicht zur Leidensmiene. Dann kniete er sich neben Gostis Vetter und schüttelte ihn leicht. »Galbak«, krächzte er. »Ich glaube, du solltest aufwachen.«

Galbak schnarchte.

Althalus schüttelte ihn heftiger. »Galbak«, rief er. »Wach auf. Da stimmt was nicht!«

Galbak ächzte. »O ihr Götter«, fluchte er und hob eine zitternde Hand zur Stirn.

»Galbak!«, rief Althalus jetzt lauter und rüttelte ihn erneut. »Aufwachen!«

»Althalus?« Galbak öffnete die geschwollenen roten Augen. »Was ist los?«

»Mit dem Met stimmte was nicht. Mir war eine gute halbe Stunde speiübel und ich bin auf den Hof hinaus. Da habe ich was gesehen, das du wissen solltest.«

»Mir platzt der Schädel!«, stöhnte Galbak. »Lass mich weiterschlafen. Was immer du mir sagen willst, kann bis zum Morgen warten.«

»Dann kann es zu spät sein«, entgegnete Althalus besorgt.

»Ich kann mich ja täuschen, aber ich glaube, ihr seid ausgeraubt worden.«

»Was?« Galbak richtete sich abrupt auf und presste beide Hände an den Kopf. »Himmel!«, stöhnte er. »Wovon redest du, Althalus?«

»Wie gesagt, bin ich vor einer Weile auf dem Hof gewesen und habe meinen Magen entleert. Mir war nach dem Saufen ja schon öfter übel, aber so schlimm noch nie. Jedenfalls, als ich wieder in die Halle wollte, habe ich gesehen, wie zwei Männer über den Hof schlichen. Sie schleppten offenbar sehr schwere Säcke. Als sie an den Fackeln vorbeigekommen sind, habe ich sie erkannt. Es waren Ghend und sein Diener Khnom. Ihrem Verhalten nach wollten sie nicht, dass jemand sie bemerkt. Da ist Khnom einer der Säcke runtergefallen und es hat irgendwie geklingelt. Ich kann's nicht beschwören, Galbak, aber es hat sich wie ein Sack voll Geld angehört.«

Galbak riss die Hände vom Gesicht und starrte Althalus ungläubig an.

»Wie dem auch sei«, fuhr Althalus fort, »sie sind zu den Stallungen, und kurz danach hörte ich ein Knarren, als würde eine klemmende Tür geöffnet. Und dieses Knarren schien von hinten aus der Scheune zu kommen. Gleich darauf galoppierten zwei Pferde weg. Vielleicht solltest du einen raschen Blick in Gostis Schatzkammer werfen. Mein Kopf war immer noch nicht ganz klar, also könnte es sein, dass ich mir alles bloß eingebildet habe. Trotzdem kann's nicht schaden, wenn du vorsichtshalber in der Schatzkammer nachsiehst.«

Galbak plagte sich auf die Beine. Dann krümmte er sich und übergab sich. »Komm mit!«, krächzte er, nachdem er seinen Magen entleert hatte.

Sie eilten auf den Korridor und zur Schatzkammer. Die Wächter lagen noch friedlich schnarchend auf dem Boden. Galbak stieg über sie hinweg und versuchte die Tür zu öffnen. Dann lachte er schwach. »Du hast mir einen tüchtigen Schrecken eingejagt, Althalus. Aber die Tür ist noch verschlossen, es kann also nichts passiert sein. Du musst einen Albtraum gehabt haben.«

»Ich hatte schon viele Albträume, aber wenn *das* einer war, dann war's der erste, bei dem ich mich übergeben musste. Ich würde mich viel besser fühlen, wenn du in die Schatzkammer hineinschaust, ob wirklich alles in Ordnung ist.«

»Vielleicht hast du Recht«, räumte Galbak ein, »und ein Blick kostet ja nichts.« Er holte einen schweren Bronzeschlüssel aus dem Beutel an seinem Gürtel, schloss die Tür auf, nahm eine Fackel aus einer Halterung an der Mauer und trat ein.

Althalus unterdrückte ein Grinsen. Das erste, was Galbak sehen konnte, mussten der Haufen Kupfermünzen auf dem Boden und der umgekippte Tisch sein.

Galbak stürmte fluchend aus der Schatzkammer. »Du hattest Recht. Komm mit.«

Althalus nickte und folgte dem riesenhaften Arumer zurück in die Halle. »Hoch mit euch!«, brüllte Galbak und weckte die Stammesbrüder mit unsanften Fußtritten. »Man hat uns beraubt!«

»Was sagst du da, Galbak?«, fragte Gosti schlaftrunken.

»Deine Schatzkammer wurde geplündert, Gosti! Jemand hat das Schloss aufgekriegt und ist in der Kammer gewesen. Überall auf dem Boden liegen Kupfermünzen, und mehrere Säcke Gold fehlen!«

»Du bist betrunken, Galbak«, sagte Gosti abfällig. »Das Tor ist verschlossen. Niemand kann unbemerkt ins Fort.«

»Er war bereits im Fort«, entgegnete Galbak heftig. »Ghend und sein Diener haben dich bestohlen. Althalus hat gesehen, wie sie schwere Säcke weggeschleppt haben.« Er machte sich wieder daran, die schnarchenden Männer mit Fußtritten zu traktieren. »Marsch in die Stallungen, und sattelt die Pferde!«, befahl er. »Die Diebe können noch nicht sehr weit gekommen sein. Also los!«

»Würde mir jemand erklären, was los ist?«, fragte Gosti.

»Sag ihm, was du mir gesagt hast, Althalus«, forderte Galbak ihn auf.

Althalus erzählte seine Geschichte noch einmal und schloss: »Als Letztes hörte ich Pferde nach Norden galoppieren.«

»Hast du gesehen, wie sie durchs Tor gelangt sind?«

»Nein«, gestand Althalus. »Aber ich habe gehört, wie sie weggeritten sind!«

»Das muss jemand außerhalb des Forts gewesen sein«, meinte Gosti. »Das Tor ist der einzige Weg hinaus.«

»Du täuschst dich, Gosti«, widersprach der Grauhaarige, an den Althalus sich als Egnis erinnerte. »In der Scheune gibt es eine Hintertür. Seit Jahren hat niemand sie mehr benutzt, aber es gibt sie noch. Vielleicht ist sie ja mit Brettern verschlagen worden, aber dieser Ghend war lange genug hier, dass er sie hat entfernen können.«

»Galbak!«, brüllte Gosti, »schau mal in die Schatzkammer!«

»Ich hab dir doch gesagt, dass ich das schon getan habe. Man hat dich bestohlen, Vetter.«

»Dann verfolg diese Halunken!«, keifte Gosti. »Hol mein Gold zurück!«

»Das versuch ich ja, du fetter Trampel!«

»Nett«, murmelte Gher Althalus zu.

»Freut mich, dass es dir gefallen hat.«

»Was tun wir jetzt?«

»Du bleibst hier. Falls jemand dich fragt, dann sag, ich bin auf den Hof, weil ich mich wieder übergeben muss. Wir dürfen uns den Verfolgern nicht anschließen. Ich möchte nicht, dass Ghend uns unter ihnen sieht.«

Galbak weckte auch den Rest der Stammesbrüder mit Fußtritten und Verwünschungen. Etwa eine Viertelstunde später fanden sich alle mit ihren Pferden auf dem Hof ein. Galbaks Späher hatten die Fährte entdeckt, die Althalus sorgsam von der Rückseite der Scheune zum Pfad durch die Schlucht gelegt hatte. Das Tor schwang auf, und Galbak ritt seinen Männern zur Verfolgung der Diebe voraus.

Obwohl alles genau nach Plan verlaufen war, verspürte Althalus eine seltsame Unzufriedenheit, als er in Gostis Halle zurückkehrte. Er mochte Galbak ehrlich und war ganz und gar nicht stolz darauf, dass er ihn so hatte hereinlegen müssen. Gewiss, der Plan hatte es unbedingt erforderlich gemacht, und letztendlich war der Zweck löblich, aber trotzdem …

»Galbak hat eine gute Chance, die Diebe zu fangen, Gosti«, beruhigte er den Häuptling. »Ghend und Khnom haben höchstens eine Stunde Vorsprung und sind mit der Gegend nicht so vertraut wie Galbak.« Er lächelte dem fetten Häuptling zu. »Es mag ja merkwürdig klingen, aber Ghends Habgier hilft uns dabei.«

»Das verstehe ich nicht, Althalus«, gestand Gosti.

»Gold ist schwer«, erklärte Althalus, »und wenn Galbak Recht hat, fehlen acht Säcke aus deiner Schatzkammer.«

Gosti ächzte. »Acht Säcke!«, jammerte er.

»Es wäre besser, wenn Ghends Gier sogar noch weiter gegangen wäre, aber acht Säcke dürften auch genügen. Ghend und Khnom haben ja nur zwei Pferde, und das Gewicht dieser Säcke wird ihnen ordentlich zu schaffen machen. Galbak und seine Männer dagegen haben nichts Schweres bei sich und kommen deshalb schneller voran. Ich schätze, dass sie die Diebe am Nachmittag einholen werden.«

»Ich verstehe, Althalus.« Ein Grinsen der Erleichterung zog über Gostis verschwitztes Gesicht.

»Offenbar mag dein Gold dich, Gosti. Sieh doch, wie es mit dir und Galbak zusammenarbeitet, um die Diebe zu fassen.«

»Wahrhaftig, nicht wahr? Daran hatte ich noch gar nicht gedacht.«

»Du bist als Besitzer dieses Goldes bestimmt, Gosti, und nun tut es alles, um zu dir zurückkehren zu können.«

»Mir gefällt deine Denkweise, Althalus.«

»Es schadet nie, die Dinge von ihrer besten Seite zu sehen.«

Althalus und Gher blieben nach dem Diebstahl noch ein paar Tage in Gostis Fort. Ihr fetter Gastgeber wurde zusehends bedrückter, weil Galbaks Boten keine guten Neuigkeiten brachten.

»Es ist Zeit, dass wir weiterziehen«, sagte Althalus am Morgen des dritten Tages zu Gher. »Wir reiten über Gostis Brücke und treffen Eliar drüben am Fluss. Dann geht's zurück zum Haus.«

»Ich dachte, wir wollten nach Hule, um dort auf Ghend zu warten.«

»Darüber möchte ich erst noch mit Emmy reden. Wir haben hier ziemlich an der Realität herumgebastelt, und ich glaube, wir sollten die Dinge ein wenig zurückändern, ehe wir uns zu weit von ihr entfernen. Soweit ich es sehen kann, haben wir nur eine neue Möglichkeit geschaffen. Wenn wir daran herumpfuschen, könnten sich Dutzend und mehr ergeben. Mit zweien käme ich vielleicht gerade noch zurecht, doch zwölf oder vierzehn könnten mein Denkvermögen übersteigen.«

»Aber es wäre viel luster«, meinte Gher mit glänzenden Augen.

»Vergiss es«, brummte Althalus.

Sie packten ihre Habe zusammen und begaben sich zu Gostis Halle. »Wir würden wirklich noch gern bleiben, Gosti«, versicherte Althalus. »Aber ich habe für dieses Frühjahr eine Verabredung mit einem Mann in Maghu. Er wäre außerordentlich verärgert, würde ich ihn bis zum Sommer warten lassen.«

»Ich verstehe, Althalus.« Gosti nickte.

»Wir würden gern deine Brücke überqueren, aber ich bin zurzeit ein bisschen knapp bei Kasse. Meinst du …?«

»Ich lasse meinen Leuten an der Brücke Bescheid geben«, versprach Gosti. »Ich glaube, so viel schulde ich dir. Deine Geschichten haben einen langen düsteren Winter aufgehellt, außerdem hast du den Diebstahl gemeldet. Wenn du Ghend nicht aus dem Fort hättest schleichen sehen, hätte es vielleicht eine Woche dauern können, ehe wir dahinter gekommen wären, dass er uns beraubt hat.«

»Ich hatte gehofft, dass du uns die Mautgebühr erlassen würdest. Das nächste Mal, wenn wir durch Arum kommen, werden wir dich besuchen. Dann kannst du uns erzählen, wie Galbak Ghend erwischt und als Leckerbissen für die Wölfe an einen Baum genagelt hat.«

»Ich glaube nicht, dass Galbak so etwas tun würde, Alhalus.«

»Vielleicht könntest du es ihm raten, wenn du das nächste Mal wieder einen Boten zu ihm schickst.«

Gosti grinste boshaft. »Das wäre tatsächlich eine gute Geschichte, nicht wahr?«

»Das glaube ich auch. Und wenn sie sich herumspricht, würde bestimmt lange Zeit niemand mehr auch nur auf den Gedanken kommen, dich zu bestehlen.«

Dann sattelten Althalus und Gher ihre Pferde und ritten aus Gostis Fort. Der Mautner an der Brücke winkte sie durch.

»Das ist recht gut gegangen, nicht wahr, Althalus«, sagte Gher stolz.

»Fast perfekt, Gher«, pflichtete Althalus ihm bei. »Ich wollte nur, wir hätten Galbak nicht beschwindeln müssen.«

»Warum macht Euch das etwas aus?«

Althalus zuckte die Schultern. »Ich mag ihn, und dass ich ihn betrügen musste, hat einen schlechten Geschmack auf meiner Zunge zurückgelassen.«

»Eliar ist da vorn!«, rief Gher. »Wenn wir uns beeilen, kann Emmy uns vielleicht was zu essen machen. Ihr Essen hat mir im Winter richtig gefehlt.«

»Mir auch, Gher.«

Eliar winkte ihnen und sie folgten ihm in den Wald. »Emmy ist sehr beeindruckt, Althalus«, sagte der junge Mann. »Ich hätte nie gedacht, dass sie billigt, was Ihr getan habt, aber sie hat die ganze Zeit gelacht, als Ihr Ghend an der Nase herumgeführt habt.«

»Sie hat eine künstlerische Ader, Eliar«, erklärte Althalus, »und der Schwindel, den Gher und ich mit Ghend durchzogen, war ein wahres Kunstwerk. Nur noch ein wenig Zeit, und ich habe einen der besten Diebe der Welt aus ihr gemacht.«

Sie brachten ihre Pferde durch die Tür zum Südflügel des Hauses und stiegen kurz darauf die Stufen zu Dweias Turmgemach hinauf.

»Heil den hehren Helden«, begrüßte Leitha sie.

»Warum frotzelst du immer so?«, fragte er.

»Es ist keine Frotzelei, sondern eine Art der Zuneigung, Pappi.« Sie schenkte ihm ein strahlendes Lächeln.

»Dürfte ich die Imitation des Buches sehen, die du gemacht hast, Em?«

»Sie liegt auf der Marmorbank, Schatz.«

Althalus betrachtete das schwarze Buch. »Es sieht genau wie das echte aus.«

»Natürlich.«

Er hob den Deckel der Schatulle und nahm das oberste Pergamentblatt heraus.

»Irgendwie scheint es anders zu sein«, bemerkte er.

»Das liegt wahrscheinlich daran, dass du es jetzt lesen kannst«, meinte Dweia.

»Ja, vielleicht. Als Ghend mir damals das echte Buch zeigte, ergab es überhaupt keinen Sinn für mich. Ich sehe, dass einige Wörter immer noch rot geschrieben sind.« Er runzelte die Stirn. »Ich war sicher, inzwischen alles Schriftliche lesen zu können, aber diese Worte in Rot lassen sich nicht deuten.«

»Das möchtest du auch gar nicht. Leg die Seite zurück in die Schatulle.«

»Dürfen wir sehen, was Ghend macht, Emmy?«, bat Gher. »Ich wette, er fühlt sich schrecklich elend.«

»Nun, sehr wohl ist ihm im Augenblick jedenfalls nicht.« Andine kicherte boshaft.

»Warst du nicht sehr grob zu Khnom?«, sagte Bheid tadelnd zu Gher. »Der Dolch befahl dir zu ›täuschen‹, nicht ihm den Schädel einzuschlagen.«

»Es ist mir auch gar nich' so leicht fallen«, gestand Gher, als sie das Gemach zum Südfenster durchquerten. »Ich wollte den Dolch nicht enttäuschen, andrerseits musste ich Khnom lang genug aus dem Weg haben, dass ich an Ghends Buch rankonnte. Dann kam mir die Idee, dass ›täuschen‹ bedeuten könnt, ›tu was mit Khnom, womit er nicht rechnet‹. Und einen Eimer über den Schädel zu kriegen, damit hat er bestimmt nicht gerechnet.«

»Nun, das ist wohl eine ungewöhnliche Art von Logik«, räumte Bheid ein.

»Es steht gar nicht gut für den armen Ghend«, meldete Leitha vom Fenster. »Galbak hetzt ihn bis aufs Blut.«

»Wie bedauerlich«, murmelte Althalus abwesend.

»Was macht dir so zu schaffen, Althalus?«, fragte ihn Dweia. »Ich dachte, du würdest dich freuen, dass sich alles so gut ergeben hat.«

»Das bin ich in gewisser Weise auch«, antwortete er. »Ich wünschte nur, ich hätte es ein klein wenig anders erledigen können.«

»Es macht Althalus zu schaffen, dass er Galbak beschwindeln musste, während wir Ghend reingelegt haben«, erklärte Gher. »Althalus und Galbak haben sich wirklich gut verstanden, und Althalus mag Freunde nicht betrügen.«

»Moral, Althalus?«, fragte Dweia scheinbar erstaunt.

»Ethik, Em«, verbesserte er sie. »Es ist ein Unterschied zwischen Ethik und Moral. Das weißt du doch, oder?«

»Nun, meine Sichtweise ist ein wenig anders, Schatz«, entgegnete sie. »Vielleicht können wir ein paar Jahrhunderte lang darüber diskutieren, wenn das hier vorbei ist.«

»Tut Khnom nicht das Gleiche wie Eliar?«, fragte Gher plötzlich. »Ich mein', ist er nicht Ghends Türöffner?«

»Gewissermaßen«, antwortete Dweia.

»Warum haben sie dann solche Schwierigkeiten da unten? Wenn wir fliehen müssten, brauchten wir doch bloß nach Eliar brüllen. Er tät eine Tür für uns öffnen, wir täten durcheilen und kämen irgendwo tausend oder vielleicht sogar hundert Meilen entfernt raus.«

»Das liegt nicht ganz an ihnen, Gher. Daeva hält seine Knechte an der kurzen Leine. Er ist kein Freund von Einfallsreichtum, und er ist sehr empfindlich, was seine Türen in Nahgharash betrifft. Er will nicht, dass seine Leute sie ohne seine Erlaubnis benutzen. Wer es doch tut, den bestraft er auf furchtbare Weise.«

»Das ist doch dumm, Emmy«, meinte Gher.

»Und keine schlechte Beschreibung für meinen Bruder – vielmehr für meine beiden Brüder.«

»Dweia!«, entrüstete sich Bheid.

»Sie sind auf unterschiedliche Weise dumm, Bheid. Aber dumm ist dumm, wie immer man es auch beschönigend nennen mag. Sowohl Deiwos wie Daeva basteln gern herum – an Dingen und an Menschen. Ich bin ein bisschen lockerer als sie. Ich habe festgestellt, dass alles in etwa so wird, wie ich es gern hätte, solange meine Anhänger mich lieben.« Dann blickte sie Althalus an. »Hattest du die Absicht, dich in nächster Zeit nach Hule zu begeben, Schatz?«

»Ich würde gern mit dir darüber reden, Em«, antwortete er ernst. »Haben wir die Wirklichkeit nicht schon genug verändert?«

»Ich verstehe nicht ganz.«

»Es war Frühherbst, als Ghend das letzte Mal in Nabjors Lager kam. Wie viel kann sich ändern, wenn er im Frühsommer dort eintrifft? Wenn er mich anwirbt, das Buch zu stehlen, werde ich dann nicht ungefähr drei Monate früher im Haus eintreffen? Und wenn dem so ist, wie viele andere Dinge werden sich dann ebenfalls ändern?«

Dweia runzelte leicht die Stirn. »Da bist du auf einen wunden Punkt gestoßen, Althalus. Es gibt sehr vieles, das mehr oder weniger so bleiben sollte, wie es ist.«

»Das ist doch gar nicht so schwierig, Emmy«, warf Gher ein. »Wir brauchen es bloß so machen, dass Ghend und Khnom Galbak nicht ganz so leicht entkommen. Wir können von Eurem Fenster aus zuschauen und jedes Mal, wenn er die Hufspuren von seinem Pferd verwischt, kann Eliar eine neue Fährte hinter ihm legen, auf die Galbak stößt. So wird Ghend einen ziemlich aufregenden Sommer haben, und er wird erst ungefähr zur richtigen Zeit in Nabjors Lager kommen.«

»Das ist einen Versuch wert, Em«, pflichtete Althalus dem Jungen bei. »Und wenn wir es so machen, besteht keine sonderliche Eile, zu Nabjors Lager zu kommen. Zumindest wird es mir genug Zeit geben, ein Bad zu nehmen und mir was Frisches anzuziehen.«

»Ich glaube, ich falle gleich in Ohnmacht.«

»Hör auf, deine Witzchen darüber zu machen, Em. Nach ein paar Jahrhunderten wird Baden zur Gewohnheit.«

»Du wirst dich doch von diesem lächerlichen Umhang trennen, nicht wahr?«

»Kommt nicht in Frage! Ich habe einen ganzen Winter damit verbracht, es so zu deichseln, dass ich meinen wolfsohrigen Umhang behalten kann!«

»Und ich dachte, der Zweck dieses Winters wäre gewesen, Ghend so auszutricksen, dass du sein Buch stehlen kannst.«

»Das natürlich auch, aber der Hauptzweck war, diesen Umhang zu behalten.«

Sie seufzte. »Ich glaube, wir sind noch lange nicht so weit, wie ich dachte.«

46

»Es ist schön, wieder zu Hause zu sein«, sagte Gher, als er und Althalus im Frühherbst nordwärts durch das bewaldete Hule ritten. »Mir haben die Bäume irgendwie gefehlt.« Da runzelte er die Stirn. »Aber es sind gar nicht die gleichen Bäume, oder?«

»Manche vielleicht schon«, antwortete Althalus. »Die kleineren.«

»Leben Bäume denn so lang'?«

»Einige, ja.«

»Und sie werden immer größer, nicht wahr?«

»Oh, ich könnte mir vorstellen, dass es da eine Grenze gibt.«

»Was ist das eigentlich für ein Ort, zu dem wir reiten?«

»Du wirst ihn wahrscheinlich wieder erkennen, Gher. Dort bist du zu uns gekommen – gleich nachdem Eliar und ich dich erwischten, als du unsere Pferde stehlen wolltest. Es ist einer dieser ›wichtigen Orte‹, auf die wir von Zeit zu Zeit stoßen.«

»Das ist gruslig«, murmelte Gher.

»Darüber musst du mit Emmy reden.« Althalus blickte zu den Baumriesen hinauf. »Wir haben eine Menge geändert, während wir unserer Aufgabe nachgingen, aber die Bäume sind noch dieselben, und ich bin sicher, dass sich auch Nabjors Lager nicht so sehr verändert hat.« Er grinste. »Aber diesmal fühle ich mich besser. Das letzte Mal hatte ich mieseste Laune, weil ich ein ganzes Jahr lang vom Pech verfolgt wurde.« Er legte den Kopf schief, um einem fernen Klang zu lauschen, den sie immer wieder hörten, seit sie durch die Tür nach Hule geritten waren. »Das ist ebenfalls ganz anders. Beim letzten Mal war es dieses Wimmern, das wir so oft hörten. Diesmal ist es Eliars Dolch.«

»Das bedeutet, dass wir gewinnen werden, nicht wahr?«

»Es ist schwer, das mit Sicherheit zu sagen, aber ich glaube, diesmal sieht es viel besser aus.« Althalus blickte auf den Pfad. »Nabjors Lager ist gar nicht mehr weit. Ich werde dich mit ihm bekannt machen. Du solltest wieder in dein altes Kauderwelsch verfallen. Ghend wird bald eintreffen und würde sich wundern, wenn du anders sprichst als in Gostis Fort. Ein guter Dieb sollte auf so etwas achten. Wenn du jemand betrügen willst, ist es unabdingbar, dass du eine andere Person darstellst.«

»Vorten, dass ich sie bin, nicht ich?«

»Richtig – ein Dieb hat eine große Auswahl an vorten Persönlichkeiten. Er kann sich mit der Zeit recht gut in sie hineinversetzen und sich in jedem Fall immer genau der richtigen bedienen.« Althalus kratzte sich nachdenklich an der Wange. »Ich glaube, diesmal werde ich den glücklichen Althalus vorten – das heißt, ich muss es gar nicht vorten, es ist wirklich so. Das letzte Mal habe ich kaum etwas anderes getan, als über mein Pech zu jammern. Aber wenn man sich glücklich fühlt, ist man besser drauf.«

»Dann wisst Ihr, wo's langgeht?«

»So ist es, Gher. Das letzte Mal hatte Ghend die Sache im Griff, diesmal gebe ich den Ton an. Mach du einfach bei der Geschichte mit, die ich mir für Nabjor einfallen lasse. Sie wird zwar nicht viel mit der Wahrheit zu tun haben, aber das ist nicht so wichtig.«

»Ich glaub', da täuscht Ihr Euch, Althalus«, widersprach Gher. »Wir verändern die Dinge, also ist jede Geschichte, die Ihr jemand erzählt, diesmal wahr, richtig? Ihr könnt jetzt nicht wirklich vorten.«

Althalus blinzelte.

»Ich an Eurer Stelle tät als erstes die Hunde im Haus dieses Reichen in Deika abschaffen. Wenn er keine Hunde hat, verläuft der Einbruch ganz anders, oder nicht? Das Schöne an der Sache ist, dass Ihr alles ändern könnt, das Euch damals nicht gefallen hat. Das ist Euer Traumding, darum könnt Ihr es so ausgehen lassen, wie Ihr wollt. Ganz egal, was für eine Geschichte Ihr erzählt, sie wird sich als wahr herausstellen.«

»Ich krieg schon Kopfweh vom Zuhören, Gher!«

»So schwierig ist es wirklich nicht, Althalus. Es ist sogar ganz leicht, wenn Ihr Euch nur daran erinnert, dass alles wahr ist, was Ihr sagt. Ihr könnt nicht lügen, auch wenn Ihr es möchtet.«

»Du machst meine Kopfschmerzen noch schlimmer.« Althalus zügelte sein Pferd. »Ich gebe Nabjor lieber Bescheid, dass wir kommen. Er mag es nicht, wenn irgendjemand einfach bei ihm hereinschneit.« Er hob die Stimme. »Ho, Nabjor! Ich bin's, Althalus! Wenn's dir Recht ist, komm ich zu dir!«

»Hallo, Althalus!«, brüllte Nabjor zurück. »Herzlich willkommen! Ich hatte schon befürchtet, die Equeroaner oder die Treboreaner hätten dich irgendwo da unten an einen Baum geknüpft.«

»Wo denkst du hin, Nabjor. Du müsstest inzwischen wissen, dass niemand mich je erwischt. Ist dein Met schon reif? Der, den du letztes Mal hattest, als ich vorbeikam, war noch etwas grün.«

»Komm rein und überzeug dich selber«, lud Nabjor ihn ein. »Der neue ist recht gut ausgefallen.«

Althalus und Gher ritten zur Lichtung, und Althalus blickte seinen alten Freund schwermütig an, als das Damals und das Jetzt sich in seinem Kopf überschnitten. Ihm war klar, dass Nabjor in der Welt, aus der er und Gher kamen, um die Vergangenheit zu besuchen, längst tot war. Aber hier war Nabjor immer noch der Alte: groß, stämmig, mit verschmitzten Augen, und er trug den gewohnten zotteligen Bärenfellkittel.

Althalus saß ab und schüttelte dem alten Freund herzlich die Hand. »Wer ist der Junge?«, fragte Nabjor.

»Er heißt Gher«, antwortete Althalus. »Ich habe ihn sozusagen als Lehrling unter meine Fittiche genommen. Er ist sehr vielversprechend.«

»Willkommen, Gher«, begrüßte Nabjor auch ihn. »Setzt euch, ihr zwei. Ich hole uns Met, dann könnt ihr mir alles über die Pracht der Zivilisation erzählen.«

»Keinen Met für den Jungen!«, wehrte Althalus rasch ab. »Gher hat eine ältere Schwester, die gegen stärkere Getränke zu Felde zieht. Lügen, Betrügen oder Stehlen stören sie überhaupt nicht, aber sie kann einem wochenlang in den Ohren liegen, wenn es um die schlichteren Freuden des Lebens geht. Sollte sie durch Zufall erfahren, dass ich Gher Met trinken lasse, würde sie ihn vielleicht sofort nach Hause holen.«

»Ein paar von der Sorte sind mir auch schon über den Weg gelaufen«, sagte Nabjor. »Manchmal sind Frauen wirklich ziemlich merkwürdig. Ich habe Apfelsaft, der noch nicht zu Most gegoren ist. Wäre das was für deinen Lehrling?«

»Ich kann mir nicht vorstellen, dass sie an Apfelsaft was auszusetzen hätte.«

»Gut, dann also Met für uns und Saft für Gher. Auf dem Spieß da drüben brutzelt ein Stück Waldbüffel. Bedient euch. Ich bring euch auch noch einen Laib Brot.«

Althalus und Gher setzten sich auf einen gefällten Baumstamm am Feuer und schnitten sich große Stücke aus der brutzelnden Keule, während Nabjor zwei Becher mit schäumendem Met füllte und einen dritten mit goldenem Apfelsaft. »Wie ist es dir drunten in der Zivilisation ergangen?«, fragte er.

Althalus wurde klar, dass dies der ausschlaggebende Moment war. Er würde die Dinge ändern. »Es übertraf meine kühnsten Erwartungen. Meine Glücksgöttin lächelte bei jedem Schritt. Sie scheint mich immer noch über alle Maßen zu lieben.« Er nahm einen tiefen Schluck aus seinem Becher. »Da ist dir wirklich ein ausgezeichneter Met gelungen, mein Freund!«

»Ich dachte mir, dass er dir schmeckt.«

»Es ist schön, wieder hier zu sein, wo es Met zu trinken gibt. Dort unten in der Zivilisation wissen sie offenbar gar nicht, wie man ihn braut. In ihren Schenken bieten sie nur sauren Wein an. Wie war das Geschäft?«

»Gar nicht schlecht«, erwiderte Nabjor zufrieden. »Es spricht sich herum, was ich hier zu bieten habe. Inzwischen weiß fast jeder in Hule, dass er nur zu Nabjors Lager zu kommen braucht, wenn er einen guten Becher Met zu einem vernünftigen Preis haben will. Und wenn er die Gesellschaft einer hübschen Dame sucht, ist er hier genau richtig. Falls er auch noch über etwas Wertvolles gestolpert ist, das er ohne peinliche Fragen verkaufen möchte, weiß er, dass ich mit mir darüber reden lasse.«

»Mach so weiter, Nabjor, und du wirst reich sterben.«

»Wenn du nichts dagegen hast, würde ich lieber reich leben. Aber genug von mir, erzähl du mir doch mal, was du da unten im Flachland erlebt hast. Wir haben einander über ein Jahr nicht gesehen, da gibt es bestimmt eine Menge zum Nachholen.«

Althalus grinste breit. »Du wirst nicht glauben, wie gut alles lief, Nabjor. Was ich auch angepackt habe, ist mir gelungen.« Voller Zuneigung legte er die Hand auf Ghers Schulter. »Dieser Junge hat ein Glück, das meinem in nichts nachsteht. Vereint kann nichts schief gehen. Das wurde uns klar, als wir nach Deika kamen und all diese prächtigen Steinhäuser bewunderten. Durch ›Zufall‹ hörten wir, wie sich ein paar Müßiggänger über einen reichen Salzhändler namens Kweso unterhielten. Ich bin mir ganz sicher, dass es gar kein Zufall war. Mein Glück lenkte uns aus einer Richtung, und Ghers Glück aus der anderen. Falls du in letzter Zeit Salz gekauft hast, wirst du sicher verstehen, dass ein Salzhändler reicher werden kann als jeder Goldschürfer.«

»O ja!«, bestätigte Nabjor. »Sie sind die größten Halsabschneider überhaupt.«

»Nun ja«, fuhr Althalus fort, »wir fanden das Haus dieses Kweso und ich schickte Gher zur Tür, damit er fragte, wo einer der Nachbarn wohnte. In Wirklichkeit sollte er sich das Schloss von Kwesos Tür genau anschauen.«

»Es war kein besonderes Schloss, Nabjor«, fügte Gher hinzu. »Es war groß und sah fest aus, aber ich hätt's mit dem Daumennagel aufkriegt.«

»Ist dieser Junge tatsächlich so tüchtig?« Nabjor blickte Althalus fragend an.

»Warum, glaubst du, hab ich ihn als Lehrling genommen? Aber um es kurz zu machen, zwei Tage später gingen wir gegen Mitternacht zu Kwesos Haus, brachen das Schloss auf und schlichen ins Haus. Die Dienerschaft schlief tief und fest, und Kweso schnarchte, dass die Wände wackelten. Aber er hörte rasch damit auf, als ich ihm die Spitze meines Dolchs an die Kehle setzte, und zeigte sich sehr hilfsbereit. Wenige Minuten später waren Gher und ich stolze Besitzer von sehr viel Geld. Wir dankten Kweso für seine Gastlichkeit, fesselten ihn und stopften ihm einen Lappen in den Mund, damit er den Schlaf seines Gesindes nicht störte. Danach verließen wir die prächtige Stadt Deika. Wir kauften uns sogar Pferde. Jetzt, da wir reich sind, brauchen wir nicht mehr zu Fuß gehen.«

»Und wo seid ihr von dort aus hin?«, erkundigte sich Nabjor, den Althalus' Geschichte fesselte.

»Nach Kanthon, eine Stadt in Nordtreborea. Ihr neuer Herrscher hat seltsame Ideen, was Steuern angeht.«

»Was sind Steuern?«

»Da bin ich mir selbst nicht ganz sicher. Es ist offenbar so, dass die Leute dafür zahlen müssen, damit sie in ihren eigenen Häusern wohnen dürfen und die kostbare Luft atmen, die der Herrscher so großzügig zur Verfügung stellt. Atmen ist in Kanthon sehr teuer und kostet etwa die Hälfte von allem, was man besitzt. Deshalb halten die einheimischen Reichen es für keine gute Idee, ihren Reichtum zu zeigen, und aus diesem Grund sind wacklige alte Möbel in Kanthon sehr teuer. Und die Reichen lernen bei Maurern, wie man Bodenfliesen auslegt, damit die Steuereintreiber nicht sehen können, welche Fliesen ausgewechselt wurden und unter welchen Löcher sind, in denen die Reichen ihren Schmuck und ihr Gold verstecken. Mein Glück – und Ghers – führte uns in eine Schenke, in der die Mauerer und Steinmetze von Kanthon verkehren. ›Zufällig‹ redeten sie von einem Burschen, der soeben ein Vermögen von seinem Onkel geerbt hatte. Sie überschlugen sich schier vor Lachen über seine Pfuscharbeit, als er das Versteck seines Schatzes tarnen wollte. Ihren Worten zufolge war dieser Kerl einer der Taugenichtse, die sich die ganze Nacht in den zweifelhaften Weinhäusern unten beim Fluss herumtrieben, und wahrscheinlich waren seine Hände noch zittrig vom Suff gewesen, als er das Versteck hatte tarnen wollen. Und die Diener dieses Burschen führten ein ähnliches Lotterleben wie ihr Herr, was es Gher und mir noch leichter machte. Die Diener versicherten ihrem Herrn, sein Haus gut zu hüten, sodass er ganz beruhigt ausgehen und sich vergnügen könne. Doch keine Viertelstunde nachdem er gegangen war, verschwanden sie ebenfalls.«

Nabjor lachte. »So ein Pech!«

»Nun, Gher und ich kamen in jener Nacht zu noch mehr Geld. Inzwischen hatten wir bereits so viel, dass es lästig wurde, all die Münzen mit uns herumzuschleppen. Darum suchten wir nach unserer Abreise von Kanthon ein abgeschiedenes Fleckchen und vergruben sie dort – und das war nicht das letzte Mal. Wir haben da unten Geld an mindestens einem halben Dutzend Plätzen versteckt, um es nicht ständig mit uns herumschleppen zu müssen. Und ehe wir es uns versahen, vermehrte es sich weiter.«

Nabjor lachte. »Weißt du, ich kann mich einfach nicht erinnern, wann ich dieses Problem zuletzt hatte.«

Althalus überging sein Erlebnis mit dem Papiergeld, weil Nabjor bestimmt allein schon die Vorstellung, mit Papier zu bezahlen, allzu fremdartig gewesen wäre. »Ich könnte noch tagelang von all den Betrügereien und Diebstählen erzählen, die wir da unten durchgezogen haben, aber unsere größte Ausbeute machten wir ausgerechnet in Arum.«

»Ich habe gehört, dass sie da unten auf Gold gestoßen sind.« Nabjor nickte. »Sag bloß nicht, dass du selbst eine Schaufel in die Hand genommen und Gold geschürft hast.«

»Ich doch nicht!«, wehrte Althalus fast beleidigt ab. »Das habe ich andere für uns tun lassen. Gher und ich waren auf dem Weg von Perquaine und beeilten uns, rasch nach Hule zurückzukommen. Wir machten Rast in einer Schenke am Weg. Da war ein Bursche in einem prächtigen Umhang aus Wolfsfell. Die Ohren des Tieres zierten die Kapuze.«

Nabjor beäugte Althalus' Umhang. »Wie ich sehe, hat er offenbar den Besitzer gewechselt. Hast du ihn mit einem Schwindel an dich gebracht, oder hast du ihn dem Burschen etwa abgekauft?«

»Du hast vielleicht Ideen, Nabjor! Ich stehle Gold, ich gebe es nicht aus. Nun, wie auch immer, die Gäste in dieser Schenke erzählten von einem Gosti Fettwanst, dem eine Mautbrücke gehörte, die zufällig die einzige Möglichkeit war über einen bestimmten Fluss zu gelangen, der zwischen dem Rest von Arum und dem Gebiet dahinrauschte, wo man vor Kurzem auf Gold gestoßen war. Die Mautgebühr, die Gosti verlangte, war mehr als unverschämt, aber die Leute bezahlten sie, und Gosti wurde von Stunde zu Stunde reicher. Nun, eine solche Gelegenheit konnte ich mir natürlich nicht entgehen lassen und ich beschloss, mir die Sache näher anzusehen.«

»Nachdem du bestimmte Besitzverhältnisse geklärt hattest?« Nabjor blickte bedeutungsvoll auf den Wolfsfellumhang.

»Das is' ganz schnell gangen«, warf Gher feixend ein. »Der Kerl in dem Umhang trat nach einer Weile aus der Schenke. Althalus ist ihm hinterher, schlug ihm den Schwertgriff über den Schädel, und nahm ihm seinen Umhang und die Schuhe weg.«

Nabjor zog fragend eine Braue hoch.

»Ich gebe ja zu, ich bin da ein bisschen weit gegangen, aber meine Schuhe fielen beinahe auseinander. Und so nötig hatte der Bursche Schuhe ohnehin nicht, denn es sah nicht so aus, als würde er sich weit von der Schenke entfernen. Jedenfalls saßen Gher und ich auf und ritten weiter. Nach ungefähr einem Tag machten wir wieder in eine Schenke Rast. Auch dort redeten die Gäste von Gosti Fettwanst. Gher und ich erfuhren weitere Einzelheiten. Mir wurde klar, dass Gosti zu bestehlen ein bisschen mehr als ein flotter Diebstahl sein würde und dass wir wahrscheinlich Hilfe brauchten. Da machte sich unser Glück wieder bemerkbar. Meines war schon immer ein bisschen hinterlistig, und Ghers ist sogar noch ärger. Da saßen auch zwei Kerle in dieser Schenke herum, die gar nicht wie Arumer aussahen. Mir entging nicht, dass ihre Augen bei dem Wörtchen Gold jedes Mal aufleuchteten, deshalb zweifelte ich nicht, dass sie im gleichen Gewerbe tätig waren wie wir. Wir redeten mit ihnen, nachdem wir alle die Schenke verlassen hatten, und beschlossen, Partner zu werden, statt uns gegenseitig Steine in den Weg zu legen.«

»Wir sind aber getrennt zu Gostis Fort geritten«, fügte Gher hinzu. »Wir hatten ausgemacht zu vorten, dass wir einander nicht kannten. Die anderen Stehler hießen Ghend und Khnom, und wir sind nicht mal in ihre Nähe gegangen – nicht, wo irgendwelche von Gostis Leuten uns hätten sehen können. Aber des Nachts haben wir uns in den Stallungen getroffen und auch in der Scheune, um unsere Pläne zu machen. Wir sind den ganzen Winter im Fort geblieben und kannten schließlich jeden Stein und jeden Balken. Althalus hat zufällig gehört, wie zwei alte Knacker sich wegen einer Hintertür in der Scheune stritten. Der eine hat behauptet, es gibt eine Tür und der andere, dass es keine gibt. Die zwei hatten so viel Spaß mit ihrem Streit, dass sie gar nicht nachschauen wollten, wer nun Recht hatte. Aber Althalus und ich haben uns umgesehen, und tatsächlich, da gab's ein Tor, nur war eine Menge Heu davor aufgestapelt, und ich sollte es wegschaffen. Althalus befahl mir zu vorten, dass ich vom Heuboden aufs Heu springen wollte. Aber ich war gar nicht glücklich, dass ich das ganze Heu allein dorthin schleppen sollte. Nur dass es dann gar nicht dazu gekommen ist, denn als die Arumer hörten, was ich da machte, dachten sie, dass ins Heu springen luster war als bloß herumsitzen und zuschau'n, wie Gosti sich die ganze Zeit Essen in den Mund stopfen tut und immer fetter wird. Also haben sie mir geholfen, den Heustapel hinzuschaffen. Obwohl ich viel von der Arbeit selber getan hab', konnt ich nicht öfter als zwei-, dreimal ins Heu springen, weil die Arumer sich bis weit auf den Hof hinaus anstellten, damit sie runterspringen konnten. Und ich find', dass war gar nicht gerecht, oder?«

Nabjor starrte Gher staunend an. »Macht er überhaupt keine Pause, um Luft zu holen?«, fragte er Althalus verwirrt.

»So genau habe ich noch nicht darauf geachtet, aber es könnte sein, dass er Kiemen oder so was unterm Kragen hat. Ich habe ihn schon zwei Stunden reden gehört, ohne dass er auch nur einmal Luft geholt hätte. Wenn er erst mal anfängt, ist es besser, man macht es sich bequem, denn es kann sehr lange dauern. Wie dem auch sei, schließlich ist Frühling geworden, und Gostis Vetter erzählte mir, dass sie Gostis Geburtstag immer feierten, wenn der letzte Schnee auf den Pässen schmolz. Das passte uns gut in den Kram. Die Pfade würden wieder passierbar sein und die Besoffenen in Gostis Halle hätten sich nicht mal durch ein Erdbeben oder einen Vulkanausbruch aus dem Rausch reißen lassen.«

Nabjor schmunzelte. »Großartig!«

»Wir hätten's uns nicht besser wünschen können. Wie auch immer, Gher und Khnom gingen zu den Stallungen, um die Pferde zu satteln, während Ghend und ich über die im Suff schnarchenden Männer stiegen, die vor der Schatzkammer Wache halten sollten. Ich öffnete das Schloss, das sehr beeindruckend aussah, aber von einem vierjährigen Kind hätte geknackt werden können. Dann traten wir in Gostis Schatzkammer, um unser Gold anzuschauen.«

»War es sehr viel?«, fragte Nabjor aufgeregt.

»Mehr als wir tragen konnten.«

»Ich könnte eine Menge Gold tragen, Althalus.«

»So viel auch wieder nicht. Ich brauchte einige Zeit, bis ich Ghend klarmachen konnte, dass ein Diebstahl erst dann erfolgreich ist, wenn man sich mit der Beute in Sicherheit bringen kann. Er hatte die verrückte Idee, Pferde zu stehlen, um alles aufladen zu können, und ähnlichen Unsinn. Aber schließlich überzeugte ich ihn, dass des Seilers Strick zu entgehen unser Hauptziel war, nachdem wir uns ein paar Säcke aus der Schatzkammer angeeignet hatten, und dass Aufmerksamkeit zu erregen nicht das Richtige wäre.«

»Was ist aus diesem Ghend geworden?«, fragte Nabjor.

»So genau weiß ich es nicht. Nachdem wir Gostis Fort verlassen hatten, trennten wir uns – um Verfolger in Gewissensnot zu bringen –, und falls ihnen die Flucht gelingen sollte, wollten wir uns hier treffen. In Gostis Fort erwähnte Ghend, dass er ein lohnendes Geschäft mit mir besprechen wollte, und an so was bin ich immer interessiert.«

»Bist du im vergangenen Jahr nicht zu genug Geld gekommen, dass du in Ruhestand treten könntest?«

Althalus lachte. »Ich wüsste nicht, was ich dann mit meiner Zeit anfangen sollte, Nabjor. Auf dem Bärenfell liegen und Däumchen drehen ist nichts für mich.«

»Soll ich nachschenken?«

»Ich dachte schon, du würdest nie fragen.« Althalus streckte ihm den leeren Becher entgegen.

Nabjor ging mit ihren Bechern zu dem Spalt zwischen zwei stehenden Felsblöcken, wo er seine Metkannen aufbewahrte.

»Gut gemacht, Schatz«, vernahm Althalus Dweias Stimme. »Es ist dir gelungen, dieses und das letzte Mal so geschickt zu vermengen, dass es fast unmöglich ist, beides zu trennen.«

»Das ist angeboren, Em. Man muss immer ein bisschen Wahrheit unter Lügen mischen. Wie Gher meint, ist die Geschichte, die ich diesmal erzählt habe, die Wahrheit, und die vom letzten Mal war gelogen.«

»Hör auf zu prahlen, Althalus«, rügte sie ihn.

Nabjor kehrte mit den gefüllten Bechern zurück, und zu dritt saßen sie bis lange nach Anbruch der Dunkelheit plaudernd am Feuer. Althalus bemerkte, dass sich eine neue Dirne im Lager seines Freundes befand. Sie hatte verruchte Augen und einen aufreizenden Gang, und er dachte, dass es unter anderen Umständen wahrscheinlich Spaß machen würde, sie näher kennen zu lernen. Doch das wäre Emmy bestimmt gar nicht recht.

Nach einer Weile fielen Gher die Augen zu, doch Althalus und Nabjor unterhielten sich noch fast bis Mitternacht. Dann holte Althalus die Decken, die sie hinter ihren Sätteln zusammengerollt hatten. Er hüllte den Jungen ein, ohne ihn aufzuwecken und kuschelte sich in seine eigene Decke nahe dem niederbrennenden Feuer, wo er fast augenblicklich einschlief.

Gher stand am nächsten Morgen schon früh auf, doch Althalus schlief lange. Es gab ja auch nichts Dringendes zu erledigen, also fand er, dass es genau die richtige Zeit war, versäumten Schlaf nachzuholen. Er brauchte seinen klaren Verstand, wenn Ghend und Khnom eintrafen, und jemand, der nicht ausgeschlafen ist, könnte etwas tun, das er wachen Geistes nicht einmal in Erwägung zöge.

Am späten Vormittag erhob er sich schließlich, und als er zum Bach schlenderte, um sich Wasser ins Gesicht zu spritzen, sah er Gher neben der Dirne mit den verruchten Augen auf einem Baumstamm sitzen. Das Haar des Jungen sah frisch gewaschen aus, und die Dirne schien einen seiner Socken zu stopfen. Althalus schüttelte den Kopf. An Gher schien etwas zu sein, das jede Frau in seiner Nähe veranlasste, den Jungen zu bemuttern. Andine tat es, und Leitha ebenfalls, wenngleich in geringerem Maße. Emmy zählte nicht wirklich, denn sie bemutterte jeden.

Althalus und Gher genossen das faule Leben in Nabjors Lager fast eine ganze Woche, bis eines Tages, als Wolken über den Himmel rasten und die Sonne verdeckten, Ghend und Khnom angeritten kamen.

»Na, endlich!«, rief Althalus zur Begrüßung. »Was hat euch so lange aufgehalten?«

»Ich dachte, du wolltest uns Galbak vom Hals halten«, entgegnete Ghend und rutschte müde von seinem erschöpften Pferd. »Er war uns schon dicht auf den Fersen, noch ehe die Sonne ganz aufgegangen war.«

»Das gibt's doch nicht! Bist du sicher, dass du dich dem Weg nach Hule wirklich fern gehalten hast?«

»Wir haben alles genauso gemacht, wie du es geraten hast«, versicherte Khnom, »aber nichts ging so, wie's sollte. Ich glaube dieser verdammte Galbak hat das Blut eines Schweißhundes. Jedes Mal, wenn wir über weichen Boden ritten, glätteten wir sorgfältig unsere Spuren, aber er folgte uns immer weiter. Das war der schlimmste Sommer meines Lebens. Wir versuchten sogar einen Fluss zwanzig Meilen weit aufwärts zu waten, trotzdem blieb Galbak auf unserer Fährte. Wie seid ihr entkommen?«

Althalus zuckte die Schultern. »Wir hatten keine Schwierigkeiten. Wir ritten eine Weile südwärts und hinterließen, wie abgemacht, genügend Spuren. Dann wählten wir eine felsige Stelle, an der wir die Straße verließen. Anschließend überquerten wir die Berge von Kagwher und kamen aus der Richtung nach Hule. Wir waren ganz sicher, dass euch zweien die Flucht mühelos geglückt ist. Warum ist Galbak einem Weg völlig ohne Spuren gefolgt statt dem, wo die Fährten nicht zu übersehen waren?«

»Ich glaube, er hat uns überlistet, Althalus«, sagte Ghend düster. »Vielleicht haben wir's ein wenig zu offensichtlich gemacht. Anscheinend ist Galbak so gerissen, dass er Fährten misstraut, die ihm direkt in die Augen springen.«

»Ich verstehe einfach nicht, wie Galbak sich so schnell an eure Fersen heften konnte«, log Althalus. »Er lag sternhagelvoll in der Halle, als ich sie verließ. Ich war ganz sicher, dass er nicht vor Mittag aufwachen würde – und auch dann noch hätte ihm zu übel sein müssen, als dass Gostis Gold ihn auch nur im Geringsten interessiert hätte.«

»Ich glaube, wir haben beide nicht bedacht, wie groß Galbak ist«, meinte Ghend. »Ein solcher Riese verträgt viel mehr als ein kleinerer Mann.«

»Hauptsache, ihr konntet ihn schließlich abhängen. Und hier seid ihr sicher. Setzt euch und lasst jetzt alle Fünfe gerade sein.« Er drehte sich um. »Met, Nabjor!«, rief er, »und sorg dafür, dass unsere Becher gar nicht erst leer werden. Das sind die beiden Freunde, von denen ich dir erzählt habe, und sie hatten einen sehr schlimmen Sommer.«

Ghend ließ sich müde auf einen der Stämme an der Feuergrube fallen und rieb sich das Gesicht. »Ich könnte eine Woche schlafen.«

»Da bist du hier genau richtig«, versicherte ihm Althalus. »Wie habt ihr zwei es schließlich geschafft, Galbak abzuhängen?«

»Reines Glück«, antwortete Khnom. »Arumer jagen viel in ihren Bergen – Rehe, Bären und diese riesigen Hirsche mit dem großen Geweih –, deshalb sind sie auch ausgezeichnete Fährtenleser. Egal, was wir taten, wir konnten sie einfach nicht abschütteln, bis wir uns eine ganze Woche lang in einer Höhle hinter einem Wasserfall verkrochen. Und dann kam es zu einem dieser Hitzegewitter, wo man meint, dass es von allen Seiten regnet. Ich bin sicher, dass wir Spuren hinterließen, als wir aus der Höhle ritten, aber dieser Regen wusch sie weg, kaum dass wir sie hinterlassen hatten. Wir schafften es zum Grat, und danach war es leicht.«

Nabjor brachte Met, und die beiden Neuankömmlinge entspannten sich. »Bedient euch von der Keule am Spieß«, forderte Nabjor sie auf.

»Wieviel kostet es?«, erkundigte Khnom sich.

»Macht euch keine Gedanken, Althalus hat schon bezahlt.«

»Oh, danke, Althalus, das ist wirklich sehr zuvorkommend von dir«, sagte Khnom.

»Ich habe euch schließlich so gut wie eingeladen hierher zu kommen«, erinnerte Althalus. »Außerdem sind wir jetzt alle so stinkreich, dass Geld nicht mehr der Rede wert ist, nicht wahr?«

»Hast du tatsächlich euren Anteil an einen Ort wie diesen mitgenommen?«, fragte Khnom.

»Sehe ich wirklich so dumm aus, Khnom?«, antwortete Althalus. »Wir haben nur genug für die nötigen Ausgaben eingesteckt und das Übrige an einem sicheren Platz untergebracht.«

»Und wo ist der?«

»Er wäre bestimmt nicht so sicher, würden wir es allen Leuten erzählen, hab ich Recht?«

Bittere Enttäuschung huschte über Khnoms Gesicht, und Althalus lächelte insgeheim. Zu wissen, dass wahrscheinlich vier Säcke Gold in der Nähe versteckt waren und es keine Möglichkeit gab herauszufinden, wo genau diese Säcke waren, bereitete Khnom vermutlich mehr Schmerzen als Ghers Eimer.

Sie tranken noch ein paar Becher Met und aßen einige Scheiben vom gegrillten Büffel. Als Ghend und Khnom sich ein wenig wohler fühlten, hielt Althalus es für an der Zeit, zur Sache zu kommen. »Du hast im Winter etwas von einem geschäftlichen Vorschlag erwähnt, Ghend. Ist dieses Geschäft ins Wasser gefallen oder willst du es noch durchziehen?«

»Nein auf die erste Frage, ja auf die zweite. Ich schulde jemandem in Nekweros einen Gefallen, und niemand bei klarem Verstand würde diesen Jemand enttäuschen wollen – wenn du verstehst, was ich meine.«

»Einer von denen, nehme ich an?«

»Wer es wagt, ihn zu enttäuschen, lebt gewöhnlich nicht lange genug, es zu bereuen. Wie auch immer, da ist etwas, das er wirklich haben möchte, und er hat unmissverständlich angedeutet, dass ich es ihm besorgen soll. Dummerweise befindet sich dieses Etwas in einem Haus drüben in Kagwher, und das bringt mich in arge Verlegenheit. Ich bin nämlich in Kagwher nicht mehr sonderlich beliebt. Khnom und ich hatten dort vor zwei Jahren ziemlich viel Erfolg, und die Kagwherer sind sehr nachtragend. Da sind ein paar Burschen – verglichen mit denen ist Galbak ein sanftmütiges Lamm. Und diese Burschen sind ganz versessen darauf, mich wiederzusehen.«

»Ich verstehe dein Problem, Ghend. Es gibt auch so einige Gegenden, die ich meiden muss.«

»Eben. Du bist ein sehr guter Dieb, Althalus, und ich weiß, dass ich mich auf dich verlassen kann. Ich halte dich für genau den Richtigen.«

»Ich bin ja auch der Beste«, entgegnete Althalus schulterzuckend.

»Da hat er Recht, Ghend«, warf Nabjor ein, der soeben frischen Met brachte. »Althalus kann alles stehlen, was zwei Enden oder ein Oben und Unten hat.«

»Das dürfte eine leichte Übertreibung sein«, meinte Althalus. »Doch wie auch immer, worauf ist dieser freundliche Bursche drüben in Nekweros denn so versessen? Irgendein Juwel vielleicht?«

»Nein, kein Juwel. Was er will – und wofür er auch bezahlen wird –, ist ein Buch.«

»Das Wörtchen ›bezahlen‹ gefällt mir«, sagte Althalus, »doch jetzt kommt der schwierige Teil. Was in aller Welt ist ein Buch?«

Ghend blickte ihn durchdringend an. »Du kannst nicht lesen, oder?«

»Lesen ist für Priester, Ghend, und ich will nichts mit Priestern zu tun haben, wenn es sich vermeiden lässt.«

Ghend runzelte die Stirn. »Das könnte die Sache etwas komplizieren.«

»Ghend, alter Freund, ich weiß nicht das Geringste übers Steineschleifen, aber ich habe im Lauf der Zeit eine Menge Juwelen gestohlen. Ebenso wenig habe ich die leiseste Ahnung, wie man Gold aus Felsbrocken kocht, trotzdem habe ich schon sehr viel Gold an mich gebracht. Beschreib mir einfach, wie dieses Buchding aussieht, dann stehle ich's für dich – sofern der Preis in Orndung geht und du mir verrätst, wo ich es finden kann.«

»Ja, das könntest du wahrscheinlich.« Ghend nickte. »Zufällig habe ich ein Buch bei mir. Wenn ich es dir zeige, wirst du wissen, wonach du suchen musst.«

»Genau«, bestätigte Althalus. »Bring dein Buch her, dann können Gher und ich es uns anschauen. Wir brauchen ja nicht wissen, was es sagt, um imstande zu sein, es zu stehlen, oder?«

»Nein, das braucht ihr wohl nicht.« Ghend stand auf, ging zu seinem Pferd, griff in den Lederbeutel, den er an seinen Sattel gebunden hatte, holte sein Schwarzes Buch hervor und kam damit zum Feuer. »Das ist ja bloß ein Lederkasten«, bemerkte Gher.

»Wichtig ist, was sich darin befindet«, entgegnete Ghend und hob den Deckel. Er holte ein Blatt Pergament heraus und reichte es Althalus. »So sieht Schrift aus«, sagte er. »Wenn du eine Schatulle wie diese entdeckst, solltest du sie öffnen und dich vergewissern, dass Blätter wie dieses hier darin sind, nicht etwa Knöpfe oder Stricknadeln.«

Althalus hielt das Pergament in die Höhe und täuschte einen Blick tiefster Verwunderung vor. »Das soll Schrift sein? Na meinetwegen. Ich finde, es sieht eher wie Kindergekritzel aus.«

»Du hältst es verkehrt herum«, erklärte ihm Khnom.

»Oh!« Althalus drehte die Seite herum, blickte aber erneut verständnislos darauf. »Das ergibt immer noch keinen Sinn.«

Althalus musste sich sehr zusammennehmen, um dieses schreckliche Blatt nicht ins Feuer zu werfen. Das Buch Daevas war nichts für Leute mit schwachen Nerven; manche der Wörter schienen vor seinen Augen aufzulodern. Noch einmal behauptete er, dass ihm diese sonderbare Schrift nichts sagte, und reichte Ghend das Pergament zurück. »Aber das ist nicht wichtig. Hauptsache ich weiß, dass ich mich nach einer schwarzen Schatulle mit Blättern aus hauchdünnem Leder umsehen muss.«

»Die Schatulle, die du uns besorgen sollst, ist weiß«, berichtigte Ghend, während er ehrfürchtig das Blatt zurücklegte. »Also, bist du an dem Auftrag interessiert?«

»Ich brauche noch ein paar Einzelheiten«, antwortete Althalus. »Wo genau ist dieses Buch, und wie gut ist es geschützt?«

»Es befindet sich im Haus am Ende der Welt drüben in Kagwher.«

»Ich weiß, wo Kagwher ist«, sagte Althalus, »aber ich hatte keine Ahnung, dass die Welt dort endet. Und wo in Kagwher ist dieser Ort?«

»Oben im Norden. In dem Teil von Kagwher, der im Winter keine Sonne sieht und wo es im Sommer keine Nacht gibt.«

»Ein eigenartiger Wohnort.«

»Stimmt. Aber der Besitzer des Buches wohnt dort auch nicht mehr. Dir wird sich also niemand in den Weg stellen, wenn du das Haus betrittst, um das Buch zu stehlen.«

»Ich kann nicht behaupten, dass ich traurig darüber wäre. Kannst du mir ein paar Orientierungspunkte beschreiben? Ich komme schneller voran, wenn ich weiß wohin ich muss.«

»Du brauchst bloß dem Rand der Welt zu folgen. Wenn du dann ein Haus siehst, wirst du wissen, dass du am richtigen Ort angelangt bist. Es ist das einzige Haus dort oben.«

Althalus trank seinen Met aus. »Hört sich ziemlich einfach an. Wenn ich das Buch in meinen Besitz gebracht habe, wie kann ich dich dann finden, um meinen Lohn zu kriegen?«

»Ich werde dich finden, Althalus.« Ghends tief liegende Augen schienen noch heißer zu brennen. »Glaub mir, ich werde dich finden. Du wirst es also tun?«

»Ich sagte, ich werde es mir durch den Kopf gehen lassen. Wie wär's, trinken wir noch ein paar Becher von Nabjors Met? Nachdem ich zu Geld gekommen bin, können wir's uns leisten.«

Sie unterhielten sich und tranken Met bis lange nach Sonnenuntergang, und schließlich begann Nabjor auffällig zu gähnen.

»Warum gehst du nicht zu Bett, Nabjor?«, fragte Althalus.

»Ich muss mich ums Geschäft kümmern.«

»Zeichne einfach an, wie weit die Kanne jetzt noch voll ist, Nabjor«, meinte Gher, »und am Morgen zeichnest du es wieder an. Dann weißt du genau, wie viel wir getrunken haben. Ich kann die Becher für die anderen nachfüllen.«

Nabjor blickte Althalus fragend an. Althalus nickte zustimmend.

»Ich bin wirklich ziemlich müde«, gestand Nabjor. »Macht es euch ehrlich nichts aus, euch selbst zu bedienen?«, vergewisserte er sich.

»Bestimmt nicht«, versicherte Khnom. »Wir sind alte Freunde und werden gewiss keinen Streit anfangen und die Einrichtung zertrümmern.«

Nabjor lachte. »Ich würde ein paar entrindete Baumstämme kaum als Einrichtung bezeichnen. Also dann, gute Nacht, meine Herren.« Er überquerte die Lichtung zu der einfachen Blockhütte, die seine Wohnstatt war.

Wie versprochen bediente Gher die Männer am Feuer. Althalus fiel bald auf, dass sein Met ein wenig eigenartig schmeckte, und er vermutete, dass auch das Gebräu, das Ghend und Khnom tranken, mit irgendetwas angereichert war – allerdings nicht mit Wasser.

Es dauerte nicht lange, bis der Met bei Ghend und Khnom seine Wirkung zeigte. Sie waren schon bei ihrem Eintreffen im Lager erschöpft gewesen; jetzt aber konnten sie sich nicht mehr aufrecht halten. Das Feuer in Ghends Augen wurde matt, und Khnom taumelte im Sitzen von einer Seite zur anderen. Nach zwei weiteren Bechern des Gesöffs rutschten beide vom Baumstamm und fingen zu schnarchen an.

»Woher hast du diesen Spezial-Met?«, fragte Althalus seinen kleinen Freund.

»Die Dame, die mir die Socken gestopft hat, hat mir davon erzählt. Nabjor braucht ihn hin und wieder für seine Gäste – wenn sie eine Menge Geld haben, aber nicht damit rausrücken wollen.«

»Was hast du da ausgeheckt, Althalus?«, erkundigte Nabjor sich heiser, als er aus seiner Hütte kam. »Sind das nicht deine Freunde?«

»Nun ja, eigentlich nicht, Nabjor. Geschäftspartner vielleicht, aber Freunde? Nein. Ghend versucht mich hereinzulegen. Er möchte, dass ich etwas für ihn stehle, das viel wertvoller ist, als er zugeben will, und es befindet sich an einem Ort, der so gefährlich ist, dass Ghend sich fürchtet, den Gegenstand selbst zu stehlen. So benimmt sich doch kein Freund, oder?«

»Wohl kaum«, pflichtete Nabjor ihm bei. »Aber töte sie bitte nicht hier.«

»Oh, wir werden sie nicht töten, Nabjor.« Althalus grinste boshaft. »Ich werde Ghend nur beweisen, dass ich viel schlauer bin als er. Hol unsere Kopie des Buchs, Gher.«

Gher grinste übers ganze Gesicht. »Sofort, Althalus.«

»Ich dachte, du wusstest gar nicht, wie ein Buch aussieht«, sagte Nabjor. »Jedenfalls hast du das sehr überzeugend kundgetan.«

»So was nennt man sich dumm stellen, Nabjor«, erklärte Gher. »Es ist leichter, jemand zu betrügen, wenn der sich für gescheiter hält.« Gher ging zu ihren Sätteln und holte das Buch hervor, das Dweia ihnen gegeben hatte. »Möchtest du, dass ich sie jetzt austausche, Althalus?«

»Ja. Und achte darauf, dass Ghends Sattelbeutel wieder so aussieht wie zuvor, wenn du fertig bist.«

»Und möchtet Ihr mir vielleicht auch noch die Windeln wechseln?«

»Der Junge hat ein loses Mundwerk«, stellte Nabjor fest.

»Wem sagst du das? Aber er ist tüchtig, darum lasse ich es mir gefallen.« Er fischte eine Goldmünze aus seinem Säckel und hielt sie Nabjor hin. »Tu mir einen Gefallen, alter Freund. Ghend und Khnom haben eine ordentliche Menge von deinem besonderen Met getrunken, bevor sie eingeschlafen sind, und sie werden sich nach dem Aufwachen nicht besonders gut fühlen. Gewiss brauchen sie eine Medizin. Gib ihnen so viel von diesem Trank, wie sie in sich hineinschütten können. Und wenn sie sich dann übermorgen wieder schlecht fühlen, behandle sie noch einmal mit der gleichen Medizin.«

»Wie hast du das mit meinem Spezial-Met herausgefunden?«

»Ich habe ein ähnliches Gebräu hin und wieder selbst benutzt, Nabjor; deshalb erkenne ich die Wirkung.«

»Wirst du auch ihr Gold stehlen?«

»Nein, ich möchte nicht, dass sie sich allzu sehr aufregen und sich möglicherweise Ghends Buch zu genau ansehen. Es ist eine recht gute Kopie, aber nicht ganz wie das Original. Halt die Zwei betrunken und glücklich, und wenn sie fragen, dann sag ihnen, dass ich nach Kagwher bin, um dieses andere Buch für sie zu stehlen.«

Nabjor grinste. »Wenn das alles vorbei ist, dann komm zurück und erzähl mir, wie es ausgegangen ist.«

»Das werde ich«, versprach Althalus, obwohl er wusste, dass es das letzte Mal war, dass er Nabjor begegnete. »Sei der zuvorkommende Wirt, mein Freund, und verhindere, dass Ghend und Khnom auf die unsinnige Idee kommen, Gher und mir zu folgen. Ich mag es nicht, wenn mir jemand bei der Arbeit zuschaut. Also mach sie hier schön betrunken, damit ich ihnen nicht irgendwo oben in den Bergen das Lebenslicht ausblasen muss.«

»Du kannst dich auf mich verlassen, Althalus«, versprach Nabjor und griff rasch nach der Goldmünze in der Hand seines Freundes.

47

Althalus verspürte ein seltsam unwirkliches Gefühl, fast als träumte er, als er in Ghers Begleitung von Nabjors Lager ostwärts durch die späte Nacht ritt. Ihre sorgfältig durchdachte Veränderung der Vergangenheit war gut gegangen – fast *zu* gut, vielleicht. Es waren keine einschneidenden Änderungen gewesen, aber sie hatten einiges in Bewegung gesetzt, das Althalus nicht völlig verstand.

»Ihr seid so still«, wandte Gher sich zwischen den mächtigen Bäumen an ihn.

»Ich fühle mich irgendwie beklommen«, gestand Althalus. »Ich habe Angst, dass wir unbeabsichtigt irgendwelche Türen geöffnet haben, die lieber geschlossen hätten bleiben sollen.«

»Emmy kann das schon richten.«

»Ich glaube nicht, dass es ihre Aufgabe ist – eher die meine.«

»Wie lange sollen wir eigentlich noch so herumtrotten? Wir brauchten doch bloß Eliar rufen und im Handumdrehen sind wir zu Hause.«

»Das dürfte nicht ratsam sein, Gher. Es ist zwar nur so eine Ahnung, aber beim letzten Mal sind Dinge geschehen, die wir meines Erachtens in Betracht ziehen müssen.«

»Zum Beispiel?«

»Das weiß ich nicht, darum bin ich ja so unruhig. Jedenfalls halte ich es für besser, hier auf dem Weg zu bleiben.«

»Habt Ihr das Emmy schon gesagt?«

»Noch nicht. Irgendwann erfährt sie es sowieso.«

»Sie wird ganz schön sauer auf Euch sein.«

Althalus zuckte die Schultern. »Das wäre nicht das erste Mal. Ich finde, wir haben genug der Vergangenheit verändert. Wir haben Ghend betrogen, ich konnte meinen Umhang behalten, und wir haben Daevas Buch gestohlen. Das reicht. Irgendetwas ist letztes Mal geschehen, das unbedingt auch diesmal geschehen muss – denn wenn nicht, könnte alles wie ein Kartenhaus in sich zusammenfallen.«

»Seid Ihr sicher, dass Ihr nicht versehentlich aus Ghends Becher getrunken habt? Was Ihr da sagt, macht keinen Sinn.«

»Wir werden sehen.«

Der Morgen graute nebelverhangen über den tiefen Wäldern

von Hule, als Althalus und Gher zwischen den gigantischen Bäumen hindurch ihren Weg nach Osten fortsetzten. »Wir müssen auf Wölfe achten«, warnte Althalus.

»Wölfe?«, fragte Gher erstaunt. »Ich hab gar nicht gewusst, dass es in Hule Wölfe gibt.«

»Hat es aber – oder vielmehr, es gibt sie im Jetzt. Es ist ein anderes Hule, als du gekannt hast und mit dem wir vertraut sind. Es ist viel wilder, als es in kommenden Zeiten sein wird. Die Wölfe dürften jedoch kein großes Problem sein, da wir diesmal auf Pferden sitzen und schneller sind als sie. Aber halte trotzdem Augen und Ohren offen.«

»Damals war es richtig aufregend, nicht wahr?«

»Manchmal zu sehr. Reiten wir schneller, Gher. Wenn Nabjor tut, worum ich ihn gebeten habe, wird es eine ganze Weile dauern, bis Ghend dahinter kommt, was wir getan haben. Trotzdem möchte ich sehr weit weg sein, wenn es ihm dämmert.«

»Was könnte er denn tun?«

»Uns eine ganze Armee in den Weg stellen, vielleicht. Du darfst nicht vergessen, dass er in dieser Zeit auf Pekhals und Geltas Hilfe zurückgreifen kann.«

»Das hatte ich vergessen«, gestand Gher.

»Zum Glück habe ich daran gedacht.«

»Vielleicht sollten wir eine Zeit lang galoppieren.«

»Gute Idee, Gher.«

Dank ihrer schnellen Pferde legten sie die Strecke von Nabjors Lager zum Rand des gewaltigen Waldes in der halben Zeit zurück, die Althalus damals zu Fuß gebraucht hatte. Die Wälder lichteten sich, als sie zum Hochland von Kagwher hinaufritten, nach Norden abbogen und so denselben Weg nahmen wie Althalus vor fünfundzwanzig Jahrhunderten.

Die Luft wurde kälter, je weiter sie nordwärts kamen, und in einer frostigen Nacht, als sie an ihrem Lagerfeuer saßen, sah Althalus das vertraute Bild am Nordhimmel. »Ich glaube, wir sind schon ziemlich nahe«, sagte er zu Gher.

»Wirklich?«

Althalus deutete nach Norden. »Gottesfeuer«, erklärte er. »Ich kann es nicht beschwören, aber mir ist, als würde bald eines jener

Ereignisse eintreten, die wenigstens in etwa so ablaufen sollen wie beim letzten Mal.«

»Ich wünschte, Ihr könntet mir ein paar Hinweise geben, wonach wir Ausschau halten müssen.«

»Wenn ich das wüsste! Ich kann nur hoffen, dass ich überhaupt darauf aufmerksam werde, wenn es so weit ist.«

»Das hoff ich auch. Es ist schon bald Winter, und wir sind sehr weit weg von zu Hause.«

»Wir schaffen es rechtzeitig, Gher«, versicherte Althalus. »Wenigstens da bin ich mir ganz sicher. Ich mache es ja nicht zum ersten Mal.«

Kurz vor Sonnenaufgang am nächsten Morgen erwachten sie von einer Stimme – eine Stimme, die Althalus erkannte. »Hab keine Angst«, sagte er leise zu Gher. »Das ist der Verrückte, von dem ich Gosti erzählt habe. Er ist nicht gefährlich.«

Er war ein gebeugter, knorriger Greis, der mithilfe eines Stockes dahinschlurfte. Sein Haar und Bart waren von silbrigem Weiß, und er war in Felle gekleidet. Tiefe Falten und Runzeln zeichneten sein Gesicht, und seine Augen blickten klug und wachsam. Er redete mit wohlklingender Stimme in einer Sprache, die Althalus nicht kannte, die ihm aber trotzdem seltsam vertraut vorkam.

»He, du dort«, rief er dem Verrückten zu. »Hab keine Angst, wir tun dir nichts.«

»Wer ist da?« Der alte Mann fasste seinen Stock jetzt mit beiden Händen und schwang ihn.

»Wir sind Reisende und haben uns verirrt, wie's aussieht.«

Der Greis senkte den Stock. »Man sieht hier nicht viele Reisende. Sie mögen unseren Himmel offenbar nicht.«

»Uns ist der Himmel vergangene Nacht auch aufgefallen. Warum geschieht das?«

»Es ist eine Warnung, sagt man. Manche glauben, die Welt ende ein paar Meilen weiter nördlich von hier, und sie glauben auch, dass Gott Feuer am Nachthimmel brennen lässt, um den Menschen zu verkünden, dass ihr Weg hier zu Ende ist.«

Althalus runzelte leicht die Stirn. Der Greis schien durchaus nicht so verrückt zu sein wie beim letzten Mal, und er sah auch nicht ganz so aus wie damals. »Das hört sich an, als wärst du anderer Ansicht als jene, die glauben, dass irgendwo hier in der

Nähe die Grenze zwischen der Welt und dem Nichts verläuft«, meinte er.

Der Greis zuckte die Schultern. »Die Menschen können glauben, was sie wollen. Sie täuschen sich natürlich, aber das kann mir egal sein, nicht wahr?«

»Mit wem hast du gerade geredet?« Althalus bemühte sich, das Gespräch so zu lenken, wie es damals gewesen war.

»Mit mir selbst, natürlich. Oder siehst du hier irgendjemanden, mit dem ich mich unterhalten könnte?« Dann richtete der Greis sich unwirsch auf und warf seinen Stock von sich. »So geht es nicht, Althalus. Du hast zu vieles verändert. Unser Gespräch kann nicht mehr so sein wie das letzte Mal.« Er verzog das Gesicht. »Es war ja auch eine ziemlich dumme Unterhaltung, wenn ich mich recht entsinne, und wir haben jetzt Wichtigeres zu erörtern. Wenn du ins Haus zurückkehrst, dann sag meiner Schwester, dass ich sie liebe.« Er lächelte leicht. »Dweia und ich haben über zu viele wesentliche Dinge entgegensetzte Meinungen, trotzdem liebe ich sie. Richte ihr aus, dass sie diesmal ganz besonders vorsichtig sein muss. Dieser Plan, den ihr da ausgeheckt habt, war ohne Zweifel sehr schlau, aber er ist auch außerordentlich gefährlich. Unser Bruder ist klug genug, dass er inzwischen ahnt, worum es geht; deshalb wird er sich gewiss nicht einfach kampflos geschlagen geben.«

Althalus war fassungslos. »Seid Ihr, wer ich glaube, dass Ihr seid?« Das ›Ihr‹ kam von selbst.

»Kannst du das Offensichtliche nicht ohne all diese dummen Fragen hinnehmen, Althalus? Ich hätte wahrhaftig geglaubt, dass Dweia dir das inzwischen ausgetrieben hat.«

»Wart Ihr es, den ich auch das letzte Mal hier getroffen habe?«

»Natürlich. Dweia hat im Haus auf dich gewartet, und du weißt ja selbst, wie sehr sie es hasst, warten zu müssen. Du hast ein paar Orientierungshilfen gebraucht, darum bin ich hierher gekommen, um sie dir zu geben. Diesmal kennst du den Weg bereits, also erteile ich dir stattdessen einige gute Ratschläge.«

»Gute Ratschläge? Meint Ihr damit nicht eher Befehle?«

»Aber nein, Althalus. Du musst deine eigenen Entscheidungen treffen – und selbstverständlich die Konsequenzen tragen.«

»Dweia erteilt uns ständig Befehle.«

»Ich weiß. Sie versucht sogar, mich herumzukommandieren. Aber ich achte für gewöhnlich gar nicht darauf.«

»Macht das die Dinge nicht schrecklich laut?«, fragte Gher.

»Sehr laut, doch es bereitet auch Spaß. Sie ist richtig süß, wenn ihr Temperament mit ihr durchgeht, darum sporne ich sie oft dazu an. Es ist ein Spiel, mit dem wir uns schon sehr, sehr lange Zeit vergnügt haben. Aber da es sich um eine reine Familienangelegenheit handelt, habt ihr zwei nichts damit zu tun.« Das Gesicht des Greises wurde sehr ernst. »Du wirst Ghend noch einmal wiedersehen, Althalus, und dann musst du auf ihn vorbereitet sein.«

»Was erwartet man von mir?«

»Das musst du selbst entscheiden. Als du in die Vergangenheit zurückgekehrt bist und Änderungen vornahmst, hast du unbeabsichtigt auch manches andere umgewandelt. Wie schon gesagt – dein Plan war sehr klug, das gebe ich zu, aber nicht ganz ungefährlich. Ghends Rache wird schrecklich sein. Es kann dazu kommen, dass er in seiner Wut Türen öffnet, die besser für alle Zeiten geschlossen blieben. Deshalb musst du etwas Ähnliches tun. Wenn du in dich gehst und darüber nachdenkst, wird dir einfallen, was du unternehmen musst. Aber sei äußerst vorsichtig, wenn es so weit ist! Ich habe viel Zeit und Mühe in diesen Ort gesteckt, und ich hätte nicht gern, dass du ihn zunichte machst.«

»Zunichte?«

»Das Wort ist nicht allzu genau, aber es gibt keines, das beschreiben könnte, was passiert, wenn ihr nicht vorsichtig seid. Ich an deiner Stelle würde den Türen einstweilen fernbleiben. Ihr habt sie benutzt, um die Realität zu ändern, und ihr beginnt Dinge zu verlagern, die in Ruhe gelassen werden sollten. Es wäre keine gute Idee, jetzt auch noch an den Jahreszeiten herumzupfuschen.«

»Darüber habe ich mir auch schon Gedanken gemacht. Sogar schon bevor wir Hule verließen.«

»Es ist dir geglückt, wenigstens etwas richtig hinzubekommen. Beim ersten Mal hast du das Haus bei Anbruch des Winters erreicht. Ich an deiner Stelle würde dafür sorgen, dass es diesmal nicht anders ist. Alles hat seine bestimmte Zeit, und je wichtiger etwas ist, desto notwendiger ist der richtige Zeitpunkt. Du solltest das Haus natürlich nicht zu spät erreichen – doch zu früh anzukommen, könnte sich als ebenso gefährlich erweisen.«

»So etwas dachte ich mir schon. Ich werde dafür sorgen, dass wir das Haus zu genau der gleichen Zeit erreichen.«

»Gut.« Der Greis betrachtete Althalus nachdenklich. »Ich verstehe wirklich nicht, was Dweia gegen deinen Umhang hat. Ich finde, er sieht prächtig aus.«

»Ja, der Meinung war ich auch immer.«

»Du würdest ihn wohl nicht verkaufen?«

Althalus wand sich.

»Schon gut, Althalus, ich werde nicht darauf bestehen. Doch es gibt da etwas, auf das ich sehr, sehr großen Wert lege.«

»Ach?«

»Behandle meine Schwester gut. Wenn du sie enttäuschst oder ihr wehtust, musst du dich bei mir verantworten. Habe ich mich klar genug ausgedrückt?«

Althalus schluckte und nickte.

»Ich bin froh, dass wir einander verstehen. Es war nett, mit dir zu plaudern. Ich wünsche dir noch einen schönen Tag.« Damit schlenderte der Greis vor sich hin pfeifend weiter.

»Also, so was passiert nun wirklich nicht jeden Tag«, sagte Gher mit zittriger Stimme. »Ihr habt gesagt, dass auf unserem Weg zurück zum Haus etwas Wichtiges geschehen würde. Das war es doch, nicht wahr?«

»Ich glaube nicht, dass es noch zu etwas Wichtigerem kommen könnte.«

»Meint Ihr, wir sollten Eliar rufen, damit er Emmy ausrichtet, dass wir ein bisschen später kommen?«

»O nein!«, entgegnete Althalus, »der alte Mann benutzte zwar immer wieder das Wörtchen ›Ratschlag‹, aber ich habe sehr wohl verstanden, was er gemeint hat. Wir sollen den Türen fernbleiben – wahrscheinlich auch den Fenstern. Ich will in dieser Beziehung kein Wagnis eingehen.«

»Emmy hat uns bestimmt sowieso durchs Fenster beobachtet, glaubt Ihr nicht?«

»Da bin ich mir fast sicher. Sie behält mich gern im Auge. Packen wir unsere Sachen zusammen und reiten weiter. Wir haben noch ein ordentliches Stück vor uns, und wir wollen doch nicht zu spät ankommen.«

Sie gönnten sich ein rasches Frühstück, dann ritten sie nordwärts zum Rand des Abgrunds, den Althalus für sich immer noch das Ende der Welt nannte.

»Ich dachte, dieser Baum wäre abgestorben, Althalus.« Gher runzelte die Stirn. »So tot find ich ihn gar nicht.«

Althalus blickte scharf zum Rand der Welt. Der Baum war immer noch verkrüppelt und knochenweiß, trug jetzt aber Laub – herbstbunte Blätter in Rot und Gold krönten ihn in aller Pracht.

»So war er vorher nicht, oder?«, fragte Gher.

»Nein«, antwortete Althalus verwirrt.

»Wieso lebt er jetzt wieder? Was meint Ihr?«

»Ich habe nicht die geringste Ahnung, Gher.«

»Meint Ihr, dass es etwas bedeutet?«

»Ich weiß es nicht. Eine Sache mehr, über die ich mir Gedanken machen muss.«

»Sollen wir anhalten und schauen, ob sich was tut?«

»Soviel Zeit haben wir nicht. Reiten wir weiter.« Althalus lenkte sein Pferd in östliche Richtung, dem Rand des Abgrunds folgend.

»Es sieht da draußen anders aus, als wir es von Emmys Haus gesehen haben.« Gher deutete nach Norden.

»Kein Eis«, murmelte Althalus.

»Nein, gar keines. Was ist aus dem ganzen Eis dort im Norden geworden?«

»Es ist noch nicht so weit vorgedrungen. Wir sind ja immer noch im ›Damals‹. Das ›Jetzt‹ findet erst in der Zukunft statt, in etwa zweitausend Jahren.« Althalus unterbrach sich. »Nun hast du mich so weit, dass ich es tue. Dieses Herumspielen mit der Zeit stellt seltsame Dinge mit dem Kopf an.«

Gher grinste ihn an. »Darum ist es doch so viel Spaß.«

»Ich glaube, ich hatte für eine Weile genug Spaß.« Althalus schaute sich um. »Halt die Augen nach Hasen und Murmeltieren offen«, wies er Gher an. »Wir haben nicht viel zu essen. Es bleibt uns also nichts anderes übrig, als auf dem Rest unserer Reise von dem zu leben, was die Natur uns zu bieten hat.«

Der Abend breitete sich im fernen Norden aus, als Althalus und Gher um einen Felsvorsprung ritten und in einem kleinen Gehölz verkrüppelter Kiefern ein Feuer brennen sahen. »Wir müssen vorsichtig sein«, mahnte Althalus. »Das Feuer ist neu. Letztes Mal gab es hier keins.«

Sie schauten sich um, doch niemand schien in der Nähe zu sein.

»Wer hat dieses Feuer gemacht, Althalus?«, fragte Gher. »Feuer machen sich doch nicht von allein, oder?«

Ein vertrauter Duft deutete auf eine bestimmte Möglichkeit. »Das Abendessen ist fertig, Gher«, wandte Althalus sich an den Jungen. »Wir sollten essen, bevor's kalt wird. Du weißt ja, wie Emmy ist, wenn wir verspätet zum Essen kommen.«

Gher blickte ihn verständnislos an, dann begriff er. »Wisst Ihr, Emmy ist manchmal so schlau, dass es nicht zum Aushalten ist. Sie will uns wissen lassen, dass sie uns mit ihrem Bruder hat sprechen sehen, ohne dass sie hierher kommt und es uns ins Gesicht sagt. Also hat sie uns stattdessen was zum Abendessen gemacht.«

Althalus atmete den köstlichen Duft ein, der von einem Topf am Feuer aufstieg. »Meine Aufmerksamkeit ist ihr sicher.« Er schwang sich von seinem Pferd. »Essen wir.«

»Ich bin bereit.« Gher grinste. »Genau genommen mehr als bereit.«

Es gab keinen Zweifel, wem sie diese Köstlichkeit am einsamen Lagerfeuer verdankten, denn jeder Bissen besaß den vertrauten Geschmack von Dweias Kochkünsten. Althalus und Gher aßen beide zu reichlich, was aber kein Wunder war; schließlich hatten sie geraume Zeit nichts Ordentliches mehr in den Magen bekommen.

Eine Woche, vielleicht auch zwei oder drei Tage mehr, wanderten sie weiter am Rand der Welt entlang, während der Herbst sich unerbittlich dem Winter näherte. Dann eines Abends, nachdem sie gegessen hatten, blickte Gher nach Norden. »Das Feuer da draußen schaut heute schrecklich hell aus, nicht wahr?«, sagte er.

»Sehen wir es uns an«, schlug Althalus vor und erhob sich.

»Warum nicht?« Auch Gher stand auf.

Sie verließen ihr Lager, gerade als der Mond aufging, und schlenderten hinüber zum Rand der Welt.

Der Mond liebkoste die schleierfeinen Hauben der tief ruhenden Wolken und brachte sie zum Leuchten. Natürlich hatte Althalus dergleichen schon öfter gesehen, nur war es hier ein wenig anders. Auf seinem nächtlichen Weg entzieht der Mond dem Land, der See und dem Himmel alle Farbe, doch über die Farben von Gottes Feuer besaß er keine Macht, und die brandenden Wellen des Regenbogenlichts am Nordhimmel ließen auch die Wolkenhauben flammend rot erglühen. Fast hatte es den Anschein, als spielten sie dort mit dem bleichen Schein des Mondes und ermutigten das Regenbogenfeuer zu dieser zauberhaften, beinahe sinnlichen Darbietung. Benommen vom Spiel des farbigen Lichts, das sie umgab und einzuhüllen schien, legten Althalus und Gher sich in das weiche braune Gras und beobachteten das Werben des Mondes und des Gottesfeuers.

Und dann hörten sie von weit entfernt aus den Bergen Kagwhers den süßen Gesang von Eliars Dolch. Althalus lächelte. Auch das war diesmal anders.

Er schlief in dieser Nacht mühelos ein. Das Gottesfeuer am Nordhimmel und das Lied des Dolches, das aus dem Wald aufstieg, waren vollkommen aufeinander abgestimmt; alles passte genau zusammen, so wie es sollte. Kurz vor Anbruch der Morgendämmerung verdrängte ein anderer Traum den vom schimmernden Feuer und dem einschmeichelnden Gesang.

Ihr Haar besaß die Farbe des Herbstes und ihr Körper die üppige Vollendung, die ihn vor Sehnsucht nach ihr erbeben ließ. Sie trug eine kurze, archaische Tunika und ihr Haar war kunstvoll geflochten. In ihrer heiteren Gelassenheit sahen ihre Zügen irgendwie fremdartig aus. Auf der Reise, die er vor kurzem in die zivilisierten Lande im Süden unternommen hatte, hatte er die antiken Statuen bewundert, und das Gesicht seiner Traumbesucherin ähnelte mehr jenen dieser Skulpturen als denen jetzt lebender Menschen. Ihre Stirn war hoch, ihre Nase von edelster Form, und ihre fein geschwungenen Lippen versprachen alle sinnlichen Verlockungen. Ihre großen tiefgrünen Augen schienen ihm ins Innere der Seele zu blicken.

Ein leichtes Lächeln huschte über ihre Lippen. Sie streckte die Hand aus. »Komm«, forderte sie ihn sanft auf. »Komm mit mir. Ich werde für dich sorgen.«

»Ich wollte, ich könnte es«, hörte er sich entgegnen und verfluchte seine Zunge. »Ich würde es gern, aber es ist so schwierig fortzukommen.«

»Wenn du mit mir kommst, wirst du nie zurückkehren«, sprach sie mit ihrer erregenden Stimme, »denn wir werden zwischen den Sternen wandeln und dein Glück wird dich nie mehr verlassen. Deine Tage werden voll Sonne sein und deine Nächte voll Liebe.

Komm, komm mit mir, Geliebter. Ich werde für dich sorgen.« Sie lächelte verheißungsvoll, drehte sich um und bedeutete ihm mit einer Bewegung ihrer Hand, mit ihr zu gehen.

Benommen folgte er ihr und sie schritten dahin zwischen Wolken und Mond, und das Gottesfeuer hieß sie willkommen und segnete ihre Liebe.

Und als er am Morgen erwachte, war sein Herz voller Zufriedenheit.

Die Tage wurden kürzer und die Nächte kälter, während Althalus und Gher dem Rand der Welt nordostwärts folgten. Nach etwa einer Woche gelangten sie in eine vertraute Gegend. »Wir kommen bald zum Haus, nicht wahr?«, fragte Gher eines Abends nach dem Essen.

Althalus nickte. »Wahrscheinlich morgen gegen Mittag. Wir werden jedoch eine Weile warten müssen, bevor wir eintreten dürfen.«

»Warum?«

»Weil ich das letzte Mal erst gegen Abend über die Brücke gegangen bin, und ich finde, wir sollten es dabei belassen. Ghend hat von Anfang an Traumvisionen benutzt – und jede ist für ihn schief gegangen. Es sieht so aus, als mag irgendetwas nicht, wenn wir mit Dingen herumspielen, die längst geschehen sind. Deshalb sorge ich dafür, dass diesmal alles so nahe an die Ereignisse von damals herankommt, wie nur möglich – dass ich die gleichen Schritte an denselben Stellen mache, dass ich mich zur gleichen Zeit wie damals an der Nase kratze, und so weiter. Was immer da draußen ist und nicht mag, wenn wir an der Vergangenheit herumpfuschen – ich möchte auf gutem Fuß damit stehen. Sobald wir zwei im Haus sind, müssen wir nicht mehr so vorsichtig sein, aber bis dahin heißt es gut aufpassen.«

Am nächsten Vormittag gelangten sie zum Haus. Althalus wurde bewusst, dass er es seit langer Zeit nicht mehr von außen gesehen hatte. Obwohl es in Wirklichkeit viel größer war, als es von hier den Anschein hatte, sah es immer noch sehr beeindruckend aus. Es erhob sich von einem Felsvorsprung über dem Abgrund und war offenbar nur durch eine Zugbrücke zu erreichen, die es vom Rest der Welt trennte. Althalus war ziemlich sicher, dass das Haus genau da bleiben würde, wo es war, selbst wenn die übrige Welt verschwinden sollte.

Sie saßen ab und setzten sich auf den Felsblock, hinter dem

Althalus sich vor fünfundzwanzig Jahrhunderten versteckt hatte, als er zum ersten Mal hier gewesen war.

Gegen Mittag kamen Andine und Leitha mit einem großen Henkelkorb über die Brücke. »Essen!«, rief Leitha.

»Ist Emmy bös' auf uns?«, fragte Gher besorgt.

»Nein«, entgegnete Andine. »Sie scheint sogar sehr erfreut darüber zu sein, wie die Dinge sich entwickelt haben.«

»Dweia möchte, dass ihr noch ein bisschen wartet, bevor ihr über die Brücke kommt«, richtete Leitha ihnen aus. »Es ist noch nicht ganz so weit.«

Althalus nickte. »Ich weiß.«

»Behaltet das Turmfenster im Auge. Bheid wird eine Laterne schwenken, um euch wissen zu lassen, wann ihr heimkommen dürft.« Sie lächelte flüchtig. »Das gehört zu seiner Aufgabe, nicht wahr?«

»Wieso?«, wunderte Gher sich.

»Der Dolch befahl ihm zu erleuchten, oder etwa nicht?«

»Versuchst du zu spaßen?«

»Wie kommst du darauf?« Dann lächelte sie wieder. »Der arme Bheid starrt auf den Boden, seit er gesehen hat, wie ihr zwei euch mit Dweias Bruder unterhalten habt«, sagte sie zu Althalus. »Damit hat er ganz und gar nicht gerechnet.«

»Ich auch nicht«, gestand Althalus, »und deshalb werde ich ein ernstes Wort mit Emmy reden müssen. Ich bin ganz sicher, dass sie ihren Bruder das letzte Mal erkannt hat, aber sie hat es nicht der Mühe wert befunden, mir zu sagen, wer der Verrückte wirklich war. Wie wär's, wenn ihr Mädchen wieder ins Haus geht? Es ist ziemlich kalt hier draußen.«

Althalus und Gher aßen zu Mittag; dann warteten sie und schauten immer wieder zum Turmfenster hinauf.

Die Sonne stand tief am südlichen Horizont, als sie Licht am Fenster flackern sahen. »Das ist es, Gher«, stellte Althalus fest und stand auf. »Gehen wir heim.«

»Ich bin bereit.«

Sie führten ihre Pferde über die Brücke und auf den Innenhof, wo Eliar sie empfing. Er nahm die Zügel und sagte: »Ich versorge die Pferde. Emmy erwartet euch im Turmgemach. Vergesst Ghends Buch nicht.«

»Ist gut«, erwiderte Althalus. »Nimm das Buch, Gher.«

Sie traten ins Haus und stiegen die Treppe zum Turmgemach hinauf.

Dweia stand am Kopfende der Treppe, und Althalus wurde bewusst, wie sehr sie ihm gefehlt hatte. »Habt ihr das Buch?«, rief sie ihnen entgegen.

»Tut mir schrecklich leid, Em«, antwortete Althalus. »Aber es war so kalt und wir brauchten es, um unterwegs Feuer zu machen.«

»Sehr komisch, Althalus.«

»Ich bin froh, dass du es so siehst.«

»Ich hab es hier, Emmy!« Gher tätschelte den Lederbeutel in seiner Hand.

»Gut. Bring es herauf, aber lass es einstweilen im Beutel.«

Am Kopf der Treppe umarmte Dweia Althalus heftig. »Geh ja nicht wieder fort!«

»Nicht, wenn es nicht sein muss, Em«, versicherte er ihr.

»Dürfen wir jetzt das Buch sehen?«, fragte Bheid erwartungsvoll, als sie das Turmgemach betraten.

»Nein«, entgegnete Dweia. »Das ist nicht nötig.«

»Dweia!«, protestierte er.

»Ich möchte nicht, dass du es berührst, und schon gar nicht, dass du irgendetwas daraus liest. Wir haben es hierher geholt, um es zu vernichten.«

»Was soll ich damit tun, Emmy?«, fragte Gher.

»Schieb es einstweilen unter das Bett«, erwiderte sie gleichmütig.

»Warum vernichten wir das schreckliche Ding nicht sofort?«, fragte Andine heftig.

»Nicht vor dem Morgen, Liebes. Wir brauchen unbedingt helles Tageslicht, wenn wir die Bücher zusammen bringen. Jeder Hauch von Dunkelheit muss sich aufgelöst haben, ehe wir anfangen.«

»Ihr seid grausam, Dweia!«, klagte Bheid.

»Sie beschützt dich nur, Bheid«, versicherte ihm Leitha. »Sie kennt deinen Hunger nach Büchern, sogar nach diesem. Doch es stehen Dinge in Ghends Buch, von denen du gar nichts wissen möchtest.«

»Heißt das, du weißt, was drinsteht?«

»Nur in groben Umrissen, Bheid. Ich halte mich davon fern, so weit ich nur kann.«

»Dieses Gespräch führt zu nichts«, schalt Dweia. »Wie wär's, wenn wir jetzt zum Abendessen hinuntergehen?«

»Möchtet Ihr, dass ich hier bleibe und das Buch bewache, Emmy?«, fragte Eliar.

»Weshalb?«

»Nun, sollte nicht jemand darauf aufpassen – nur für den Fall, dass Ghend versucht sich hereinzuschleichen und das Buch zurückzustehlen?«

»Ghend kann das Haus nicht betreten, Eliar«, entgegnete sie. »Es sei denn, jemand lädt ihn ein.«

Bei diesen Worten wurde Althalus einiges klar. Er wusste, was er jetzt zu tun hatte. »Ich muss etwas mit dir besprechen, Eliar«, sagte er, als sie zur Treppe gingen. »Später.«

»Ist gut, Althalus.«

»Bist du sicher, dass du weißt, was du tust, Liebster?«, fragte Dweia, als sie mit Althalus allein war.

»In etwa schon. Dein Bruder hat Andeutungen gemacht, und ich kenne Ghend gut genug, um zu wissen, was er versuchen wird. Misch dich nicht ein, Em. Ghend ist meine Aufgabe, und ich löse sie auf meine Weise.«

»In meinem Haus wird niemand getötet, Althalus!«

»Ich habe nicht vor, ihn zu töten, Em. Ich werde ihm etwas viel Schlimmeres antun.«

»Es ist gefährlich, nicht wahr?«

»Ein erholsamer Spaziergang wird es wohl nicht«, gab er zu. »Der Zeitpunkt ist bedrohlich und muss ganz genau eingehalten werden. Also stör mich nicht und lenk mich nicht ab – und halt mir unbedingt die anderen vom Leib. Ich weiß, was getan werden muss, darf aber auf keinen Fall gestört werden.«

»Bist du sicher, du schaffst es?«

»Dein Bruder schien jedenfalls der Meinung zu sein. Ach, übrigens, ich soll dir ausrichten, dass er dich liebt.«

»Machst du Witze?«

»Hast du denn nicht gehört, was er gesagt hat?«

»Leider nicht sehr deutlich.«

»Dann hast du das Beste an unserem Gespräch versäumt. Aber ich will dir nicht vorenthalten, dass du deinen Bruder um den kleinen Finger gewickelt hast. Er verehrt dich.«

Sie fing zu schnurren an. »Erzähl mir mehr«, bat sie.

»Wir können die Sache jetzt in Angriff nehmen«, sagte Dweia am nächsten Morgen nach dem Frühstück. »Es ist helles Tageslicht. Gehen wir hinauf.«

Sie erhoben sich vom Tisch, doch während die anderen sich zur Tür begaben, winkte Althalus Eliar zu und beide blieben im Esszimmer. »Pass gut auf, was ich dir jetzt sage«, wies Althalus den Jungen an. »Es ist sehr, sehr wichtig.«

»Was soll ich tun, Althalus?«

»Sobald wir im Turmgemach sind, möchte ich, dass du dich zu dem Fenster begibst, wo sich dein Prunkportal befindet. Tu völlig gleichmütig. Sobald du sicher bist, dass niemand dich beobachtet, musst du diese Tür entriegeln und sie einen winzigen Spalt öffnen.«

»Haltet Ihr das für eine gute Idee? Ich meine, wenn Ghend nach einer Möglichkeit sucht, ins Haus zu gelangen und dieses Portal nicht verschlossen ist …«

»Er soll sehen, dass es nicht verschlossen ist! Wenn er sich an mir rächen will, möchte ich, dass er durch diese Tür kommt und nicht, dass er sich von hinten anschleicht.«

»Oh, jetzt verstehe ich. Wann wollt Ihr, dass ich das andere tu'?«

»Warte auf mein Zeichen. Du musst unbedingt bereit sein, wenn ich dir den Befehl erteile. Wir haben nur wenige Sekunden, also richte dich darauf ein. Und wenn Emmy dich anschreit, beachtest du sie gar nicht und tust, was ich dir sage!«

»Ihr bringt mich in Schwierigkeiten, Althalus.«

»Ich erkläre es Emmy, sobald alles vorüber ist. Denk daran, es ist unbedingt erforderlich, dass du allein auf mich hörst, sobald es angefangen hat. Wenn wir es nicht vollkommen richtig machen, wird keiner von uns den heutigen Sonnenuntergang erleben – sofern es dann überhaupt noch eine Sonne gibt und etwas, wohinter sie untergehen kann.«

»Ihr macht mir Angst, Althalus.«

»Gut, dann bin ich wenigstens nicht der Einzige, der sich fürchtet.«

»Was trödelt ihr zwei?«, rief Dweia die Treppe hinunter.

»Wir kommen ja schon, Em«, antwortete Althalus. »Reg dich nicht auf.«

»Also, sobald wir angefangen haben«, begann Dweia, nachdem Althalus und Eliar nun ebenfalls im Turmgemach waren, »möchte ich, dass ihr alle so weit wie möglich zurücktretet, denn es könnte gefährlich werden. Hol jetzt das Buch, Gher.«

Der Junge ging zum Bett und kniete sich nieder, um unter dem Marmorpodest nach dem Lederbeutel zu tasten. Als er ihn hatte, brachte er ihn zu Dweia.

»Nimm das Buch heraus, Gher«, wies sie ihn an und legte die Hände hinter den Rücken.

»Es tut Euch nichts, Emmy«, versicherte er ihr. »Es fühlt sich ein bisschen komisch an, aber es ist nicht glühend heiß oder so was.«

»Das hängt wahrscheinlich davon ab, wer es in die Hand nimmt, Gher. Hol es aus dem Beutel und leg es auf den Tisch neben unser Buch. Pass aber ja auf, dass sie einander nicht berühren!«

»Wie Ihr wollt.« Er knüpfte den Beutel auf, langte hinein und zog die große Schatulle aus schwarzem Leder heraus. »Mir ist, als wär's jetzt ein bisschen schwerer.« Dann legte er die Schatulle auf den glänzenden Marmortisch. »Ist das in etwa, wo Ihr es haben wollt?«, fragte er.

»Schieb es ein ganz klein wenig näher an das Weiße heran«, erwiderte Dweia.

Er schob die schwarze Schatulle über die Tischplatte zur weißen. »Ist es so richtig?«

Sie blickte auf die beiden Schatullen. »Nahe genug, glaube ich.«

»Es geschieht nichts, Dweia«, stellte Bheid fest.

»Noch nicht«, entgegnete sie. »Weil noch eines fehlt. Gib mir deinen Dolch, Eliar.«

»Ist gut, Emmy.« Er zog seinen Dolch unter dem Gurt hervor.

Althalus warf einen raschen Blick zum Südfenster und sah, dass das Prunkportal einen Spalt geöffnet war. Eliar drehte inzwischen den Dolch um und hielt Dweia den Schaft hin.

»Nicht so.« Sie streckte beide Hände aus, die Handteller nach oben. »Leg den Dolch jetzt quer über meine Hände.«

»Was immer Ihr sagt, Emmy.« Eliar tat wie geheißen.

Sie wandte sich dem Tisch zu und hielt den Dolch über die zwei Bücher. »Jetzt warten wir.«

»Worauf, Emmy?«, fragte Gher neugierig.

»Auf den rechten Moment.«

»Wird eine Glocke klingeln oder so was?«

»Nein. Aber ich bin sicher, dass wir es alle merken. Wahrscheinlich spürt man es sogar auf der anderen Seite der Welt.«

»Oh, eins von diesen Dingen.«

»Diese Dinge, wie du es nennst, sind eine Art Familientradition. Wir tun sie sehr häufig in meiner Familie.«

Plötzlich erzitterte das Haus, wie von einem Sturm gerüttelt, und der Himmel vor den Fenstern verdunkelte sich.

Der Dolch in Dweias Handtellern schien sich zu bewegen und zu verschwimmen, und sein eindringlicher Gesang hob sich frohlockend, als die Waffe sich in gestaltlosen Dunst verwandelte.

»Was passiert?«, rief Bheid erschrocken.

Doch Dweia antwortete nicht, denn der Dunst über ihren Händen verdichtete sich zu einer schmalen goldenen Schatulle, die dort glühte, wo Eliars Dolch sich befunden hatte.

Die Dunkelheit, die das Haus eingehüllt hatte, wurde plötzlich von dem goldenen Glühen aus Dweias Buch verdrängt. Und die schwarzen Wolken, die vorübergehend das Licht verborgen hatten, bäumten sich am Horizont auf, als das goldene Strahlen des Buches und das Regenbogenlicht des Gottesfeuers die Finsternis verschlang.

»Du hast mir gefehlt«, sagte Dweia innig zu ihrem Buch. »Endlich ist die Zeit gekommen, dass du tust, wofür ich dich zu Anbeginn erschaffen habe.« Sie legte das Goldene Buch sanft auf die anderen Bücher und achtete darauf, dass es die Kluft zwischen dem Buch Deiwos' und dem Daevas überbrückte.

Das Zittern des Hauses wurde heftiger, und von tief aus der Erde kam ein Ton so leise, dass er mehr zu spüren, denn zu hören war. Und vom Himmel und den nahen Bergen erklang das vertraute Wimmern der Verzweiflung und vermischte sich mit dem Gesang des Dolches.

»Seid still, ihr zwei«, murmelte Dweia abwesend. »Ich versuche mich zu konzentrieren.«

Das goldene Licht des Buches verstärkte sich und hüllte den Tisch in blendende Helligkeit. »Bleibt, wo ihr seid!«, warnte Dweia die Gefährten. »Es beginnt!«

Dünner weißer Rauch erhob sich aus dem blendenden Licht.

»Brennen die Bücher?«, rief Bheid mit schriller Stimme.

»Nur Ghends«, antwortete Dweia. »Das war der Zweck unserer Bemühungen – von Anfang an.«

»Ich dachte, Ihr habt gesagt, dass es nicht verbrannt werden kann«, flüsterte Andine verstört.

»Nicht von gewöhnlichen Flammen«, antwortete Dweia. »Das Feuer auf dem Tisch ist kein wirkliches Feuer.«

»Es ist die Wahrheit, Andine«, sagte Leitha.

»Aber …«

»Psst, Liebes«, ermahnte das bleiche Mädchen sie, »und rühr dich nicht vom Fleck.« Dann blickte sie rasch Althalus an. »Er kommt!«, warnte sie ihn.

»Ich weiß«, entgegnete Althalus grimmig. »Ich habe ihn erwartet.«

Eliars Tür schwang weit auf. Ghend, ganz in Flammen gehüllt, gefolgt vom brennenden Khnom kamen herein. In einer Rüstung aus Feuer steckten sie, und ihre Waffen waren flammende Schwerter.

»Ich bin gekommen, mir zurückzuholen, was mein ist!«, verkündete Ghend mit Donnerstimme. Weiße Flammen loderten in seinen Augen, in denen der Wahnsinn tobte.

Das brennende Paar verbarg einen Großteil von Eliars Tür, trotzdem sah man hinter den beiden eine weitere Tür, die sich aus dem unsäglichen Grauen geöffnet hatte. Es schien Althalus, dass diese Tür den Blick auf eine Stadt aus Feuer bot. Die Häuser waren Flammensäulen und die Straßen flüssiges Feuer. Eine ungeheure Menge unkenntlicher, wimmernder Wesen brannte in den Feuerstraßen, von Blitzen umzuckt.

Ghend hob sein Flammenschwert. »Erschaue das Werkzeug deiner Verdammnis, Dieb!«, grollte er, während Blitze um sein Gesicht schossen und sein Haar brennend den Kopf umkränzte. Und dann schritt Ghend unaufhaltsam auf Althalus und den in goldenes Licht gebadeten Tisch zu, und seine Füße hinterließen brennende Spuren auf dem Marmorboden.

Doch Althalus hob die Hand und sprach: »*Leoht!*« Und ein Wall aus reinstem Licht verwehrte Ghend den Weg, und Ghend heulte und alle flammenden Heerscharen Nahgharashs mit ihm.

In wilder Verzweiflung schlug Ghend nach dem Lichtwall, der ihm den Weg versperrte, während Blitze um ihn zuckten und sein Flammenschwert wirkungslos gegen die Barriere hieb, die Althalus mit einem einzigen Wort vor ihm errichtet hatte.

»Du wirst dein Schwert zerbrechen, Ghend«, warnte Althalus gleichmütig. »Glaub mir, du kommst nicht hindurch, wenn ich es nicht will. Bist du bereit, mir zuzuhören?«

Immer noch in Flammen gebadet, packte Ghend den Griff seines Flammenschwerts nun mit beiden Händen und hieb mit aller Kraft gegen den Wall aus Licht.

»Du vergeudest nur Zeit, Ghend«, sagte Althalus, »und dir bleibt nicht mehr viel.«

»Was tust du da?«, rief Dweia heftig.

»Halt dich da heraus, Em!«, sagte Althalus streng. »Das ist eine Sache allein zwischen Ghend und mir!«

Ghend senkte sein Flammenschwert, doch seine Augen brannten noch heißer, und das schrille Heulen der Horden von Nahgharash umgab ihn.

»Du musst eine Wahl treffen, Ghend«, sagte Althalus zu seinem vor Wut wahnsinnigen Feind, »und zwar jetzt. Du kannst auf diesem Irrsinn beharren und die schrecklichen Folgen tragen, oder du kannst es dir überlegen und diese Tür schließen.«

»Bist du verrückt?«, kreischte Ghend, während die Flammen noch heißer um ihn loderten.

»Schließ die Tür, Ghend«, sagte Althalus. »Das Feuer wird erlöschen, wenn du es tust. Nimm dich zusammen und sei vernünftig. Schließ Nahgharash und Daeva aus. Das ist deine einzige Chance zu entkommen.«

»Entkommen?«, rief Ghend schrill. »Die Welt ist in meiner Hand, du Narr! Ich kann alles haben – für immer und für alle Zeit!«

»Nicht ohne dein Buch, und du wirst es nicht rechtzeitig erreichen, um es noch benutzen zu können. Du hast verloren, Ghend. Ich habe dich besiegt. Gestehe es ein, und du bleibst vielleicht am Leben. Wenn nicht, bleibt dir nur der Tod. Wähle, Ghend! Triff deine Wahl jetzt, damit wir weitermachen können. Die Zeit verrinnt!«

»Ich will mein Buch!«

»Bist du sicher?«

Ghend setzte seinen Angriff auf den Lichtwall fort, und Althalus verspürte eine plötzliche Erleichterung, als er erkannte, dass er nun zu tun vermochte, was ihm bisher verwehrt geblieben war. »Jemand wird davon hören«, murmelte er. Dann senkte er die Hand und sagte: *»Ghes!«*

Der immer noch brennende Ghend stolperte nach vorn, als die Barriere aus goldenem Licht flackerte und verschwand, und das wimmernde Heulen der Heerscharen von Nahgharash erhob sich zu einem Triumphgeschrei.

Althalus trat zur Seite, während sein verzweifelter Feind zum Tisch stürmte. Der in Flammen gehüllte Ghend zögerte kurz, dann warf er sein Flammenschwert von sich und streckte beide Arme aus, als wolle er alle drei Bücher an sich reißen. Doch als seine Hände in das goldene Licht tauchten, erhob sich der Jubelgesang des Dolches, und mit einer wütenden Verwünschung zog Ghend die Hände erschrocken zurück.

»Du hast doch nicht wirklich gedacht, dass ich das zulasse, oder?«, fragte Althalus. »Du kannst dein Buch nehmen, wenn du glaubst, dass du es tun musst, doch unsere Bücher bleiben hier. Schnell, Ghend, schnell! Die Zeit ist fast verstrichen.«

Ghend knurrte wild und packte das schwelende Schwarze Buch. »Wir sind noch nicht fertig miteinander, Althalus!«, kreischte er, während er sich der Tür zuwandte.

»O doch, Bruder.« Es war nicht die Stimme Althalus', obgleich sie über seine Lippen kam. Dann schallte sie wie Donner: »Jetzt, Eliar!«

Ein dumpfes Geräusch war zu vernehmen, als das Portal neben Dweias Fenster verschwand. An seiner statt war ein formloses Loch, gefüllt mit der leeren Dunkelheit von Nirgendwo und Nirgendwann.

Jenseits dieses formlosen Loches sah Althalus die flammenden Häuser und wimmernden Kreaturen aus Feuer, welche in einem Wort ›Nahgharash‹ waren, in den flüssigen Feuerstraßen der Stadt der Verdammten versinken, und die brennenden Flüsse tosten über den Rand eines unvorstellbaren Abgrunds in das absolute Nichts. Und jetzt verschmolzen Straßen und Häuser, und jene, die in den Flammen gehaust hatten, schrien in unendlicher Qual, bis ihre Schreie von der völligen Stille verschlungen wurden.

Der flammende Khnom, vor Panik wimmernd, versuchte sich an den Kanten des formlosen Loches festzuhalten, das einst das Portal gewesen war, doch seine Mühe war vergebens, und unerbittlich wurde er in das Nichts gezogen und schwand auf Nimmerwiedersehen durch das Tor dieser Welt.

Der in Feuer gerüstete Ghend, der sein brennendes Buch noch an sich gedrückt hielt, schlug mit dem freien Arm um sich und versuchte verzweifelt, sich an irgendetwas zu klammern, als die Leere jenseits der offenen Wand ihn über den glatten Marmorboden des Turmgemachs zog. Schreiend, fluchend plagte er sich, die Nägel in den Marmor zu krallen, doch auch er glitt unentrinnbar seinem furchtbaren Geschick entgegen. Im letzten Moment blickte er seinen Feind mit flehenden Augen ins Gesicht und streckte eine Hand nach ihm aus. »Althalus!«, rief er. »Hilf mir!«

Und dann verschwand auch er durch das schreckliche Tor, das Buch noch immer an die Brust gedrückt. Seine Schreie vereinten sich mit denen Khnoms und verstummten schließlich, als beide für immer und ewig in das Nichts stürzten, das sie zu sich geholt hatte.

»Schließ die Tür, Eliar«, bat Althalus mit tiefem Bedauern. »Wir haben es geschafft.«

Epilog

»Es war eines dieser Dinge, die man mit eigenen Augen sehen muss, sonst würde man's nicht glauben, Twengor«, erzählte der kahlköpfige Gebhel dem bärtigen Häuptling. In Erinnerungen schwelgend, saßen Althalus und seine Freunde im Frühsommer des nächsten Jahres – am Vorabend der Hochzeit von Khalor und Alaia –, in Albrons Halle. »Dieses komische Ding ragte aus dem Weideland von Nordwekti wie ein gewaltiger Baumstumpf, nur dass man wohl nicht so rasch auf einen Baumstumpf von tausend Fuß Höhe stößt.«

»Ich verstehe immer noch nicht, was in dich gefahren ist, Gebhel, dass du deine Gräben aufgegeben hast«, sagte der kürzlich zum Häuptling gewählte Wendan. »Es war mir gerade gelungen, die ansunische Reiterei aufzureiben und den Überraschungsangriff aus dem Hinterhalt niederzuschlagen. Warum hast du nicht abgewartet? Deine Gräben waren doch offenbar gut.«

»Khalors Späher hatten uns gemeldet, dass Nachschub für die Ansuner unterwegs war, also würden sie unsere Gräben lange vor Kreuter und Dreigon erreichen«, erklärte Gebhel. »Gräben sind gut und schön, aber nur, wenn man nicht von einer Übermacht überrannt wird. Sie waren uns um das Fünffache überlegen. Hättest du da an unserer Stelle nicht auch gemacht, dass du weiterkommst?«

»Es ist jedenfalls alles gut gegangen«, warf Sergeant Khalor ein. »Ich muss gestehen, ich hatte selbst so einige Zweifel, was diesen Turm betraf, aber der Brunnen und das Lebensmittellager in der Höhle haben mich überzeugt.«

»O ja.« Gebhel grinste breit. »Gestattet mir einen Rat, meine Herren, ich würde mich aus einem Würfelspiel mit Khalor raushalten. Er hatte geradezu unverschämtes Glück. Sogar die Natur scheint auf seiner Seite zu sein.«

»Ach ja?«, meinte Koleika Eisenkinn.

»Ein Sturm bläst an einem bisher stillen Morgen, gerade wenn er ihn braucht, um ein Grasfeuer anzufächern. Dann kommt es zu einem Erdbeben, das oben auf dem Turm einen Spalt aufreisst, und zwar direkt vor diesem Wahnsinnigen, der auf uns einstürmt. Und um dem Fass den Boden auszuschlagen, strömt plötzlich ein Fluss in zwei Richtungen und spült die gesamte Feindarmee davon.« Gebhel strich sich abwesend über die Glatze. »Es gab da sehr vieles, das ich nicht verstehen konnte.«

»Würdest du die Möglichkeit einer göttlichen Fügung in Erwägung ziehen, Sergeant?«, fragte Bheid.

»Ich bin Arumer, Bruder Bheid«, entgegnete Gebhel. »Wir beschäftigen uns nicht mit solchen Dingen.« Dann zuckte er die Schultern. »Ich weiß nicht, wem wir all diese glücklichen Umstände verdanken. Ich bin ganz einfach froh, dass Khalor und ich in diesem Krieg auf derselben Seite standen.«

»Also, ich kann bloß sagen, dass seine Glückssträhne noch nicht zu Ende ist«, warf Twengor grinsend ein. »Ich habe die Dame gesehen, die er morgen heiraten wird. So viel Glück hat man nicht so schnell.«

Althalus lehnte sich in seinem Sessel zurück und lächelte. Jedes Mal, wenn sich mehr als drei Arumer zusammensetzten, erzählten sie über kurz oder lang Kriegsgeschichten. Und diese Geschichten wurden von Mal zu Mal wilder. Nach einiger Zeit entwickelten sie sich zu Legenden – und bei Legenden erwartet man gar nicht, dass alles wahr ist. Und nach noch ein paar Jahren dachte bestimmt kein Arumer mehr, dass es tatsächlich einen Fluss gegeben hatte, der in zwei Richtungen geströmt war; und einen singenden Dolch, und ein bleiches blondes Mädchen, das die Gedanken der Menschen um sie herum zu vernehmen vermochte. Die Ereignisse der letzten zwei Jahre würden in die Sagenwelt eingehen, und Emmy würde auf Samtpfötchen davonschleichen, und niemand würde wissen, wie weit sie mit Möglichkeiten oder mit der Wirklichkeit gespielt hatte.

»Du schon, Schatz, nicht wahr?«, schnurrte ihre sanfte Stimme in seinem Kopf.

»Ich zähle nicht, Em«, antwortete er. »Irgendwo und irgendwann habe ich den Begriff ›unmöglich‹ abgelegt. Ich errege mich über kaum noch etwas.«

»Ich bin überzeugt, mir wird etwas einfallen, das dich noch überraschen kann, Liebster«, schnurrte sie.

Bruder Bheid nahm die Trauung von Khalor und Alaia vor. Dweia, die sich nur oberflächlich getarnt hatte, nahm an der Feierlichkeit teil und schloss sich dann den Gästen in Albrons Halle an.

»Ich glaube, mir ist eine Möglichkeit eingefallen, ein bestimmtes Problem zu lösen, Schatz«, flüsterte sie Althalus stumm zu.

»Ach? Und welches Problem war das, Em?«

»Dazu kommen wir noch, Liebster. Zuvor müssen jedoch noch zwei Paare vermählt werden.«

»Ich bin nicht ihr Vater, Em!«, protestierte Althalus ein paar Tage später, als sie allein im Turm saßen.

»Widersetz dich gar nicht erst, Althalus. Du brauchst nur eine väterliche Miene zu ziehen und deine Erlaubnis zu erteilen. Es ist ein uraltes Ritual, und für Mädchen sind Rituale sehr wichtig. Mach dich nicht darüber lustig, Althalus. Ich warne dich!«

»Schon gut, Em. Deshalb brauchst du deinen Schwanz nicht zu verknoten.«

»Diese Bemerkungen von wegen ›Schwanz verknoten‹ gehen mir auf den Geist, Althie«, rügte sie ihn scharf. »Sie waren von Anfang an nicht lustig und werden es mit jedem Mal weniger.«

»Du bist heute reichlich schlecht gelaunt, Em. Was hast du denn?«

»Unsere Kinder verlassen uns, Althalus. Eliar und Andine werden nach Osthos zurückkehren, und Bheid wird mit Leitha in Maghu leben.«

»Wir haben immer noch Gher, Em. Und bis er erwachsen ist, vergeht noch viel Zeit.«

»Darüber müssen wir uns unterhalten, Schatz. Gher hatte nie auch nur im entferntesten eine normale Kindheit. Ich glaube, wir sollten da etwas unternehmen – nach der Hochzeit.«

»Es stehen noch zwei Hochzeiten aus, Em.«

»Machen wir bloß eine daraus, Liebster. Die Trennung ist schmerzlich genug. Wir sollten nicht auch noch zwei Feiern veranstalten, wo uns schon bei einer zum Weinen zumute ist.«

»Was meinst du, wer die Trauung vollziehen soll? Emdahl, vielleicht?«

»Nicht in meinem Tempel, o nein!«

Althalus blinzelte.

»Du selbst?«, fragte er ungläubig.

»Natürlich, Dummkopf. Es sind schließlich meine Kinder, und ich möchte, dass es richtig gemacht wird.«

»Was immer du meinst, Em.«

An einem goldenen Sommermorgen saß Althalus im Turmgemach und tat so, als würde er im Buch lesen, während Dweia, prächtig anzusehen, neben dem Südfenster thronte.

Die Tür schwang auf und Gher trat ein, wieder einmal in seinem Pagenkostüm. »Ich soll ausrichten tun, dass sie Euch sehen wollen, Althalus. Andine hat eine Rede für mich vorbereitet, aber Ihr wollt sie doch nicht wirklich hören, hab ich Recht?«

»Sag sie trotzdem auf, Gher«, wies Dweia ihn an. »Und tu's in der Hofsprache.«

»Muss ich das unbedingt, Emmy?«, fragte er unwillig.

»Die Damen würden es vorziehen.«

Gher seufzte. »Na gut, Emmy, wenn Ihr's wollt.« Er räusperte sich. »Allmächtiger Vater«, redete er Althalus an. »Eure Kinder flehen Euch an, sie in einer Sache von allergrößter Dringlichkeit anzuhören.«

»Tu du's auch richtig, Althalus«, ermahnte ihn Dweia.

»Wenn du darauf bestehst, Em.« Althalus richtete sich auf. »Versichere meinen edlen Sprösslingen, dass ich willens bin, ihrer Bitte zu lauschen, mein Sohn«, antwortete er Gher. »Und von möglicherweise unvorhergesehenen Ansprüchen abgesehen bin ich gern bereit, jeden ihrer Wünsche zu erfüllen, soweit mir unsere über alles geliebte Göttin die erforderliche Macht gewährt.«

»Unvorhergesehene Ansprüche?«, fragte Dweia.

»Nur eine Vorsichtsmaßnahme, Em. Wir wollen die Mitgift doch in angemessenem Rahmen halten.«

Arm in Arm betraten Andine und Eliar, beide in feierlicher Gewandung, das Turmgemach, dicht gefolgt von Leitha und Bheid.

Die Kratzfüße und Knickse waren zweifellos eine Spur übertrieben.

»Wir treten an diesem Tag vor Euch, edler, geliebter Vater«, begann Andine, »insofern wir von Euch in alljeglichen Belangen geleitet werden müssen – und insofern es auch so sein soll. Der edle Eliar und der heilige Bheid ersehnen sich, in Bälde Euch unsere Bitte vorzutragen. Doch erlaubt mir gnädigst zu erwähnen, dass meine geliebte Schwester und ich uns ihren Wünschen in dieser Hinsicht voll und ganz anschließen. Lange und angestrengt haben wir es in Erwägung gezogen, und wahrlich scheint es offenbar, dass einige Menschen glücklich genannt werden dürfen, solltet Ihr uns die Gnade erweisen, unsere demütige Bitte zu erfüllen.«

»Und ist es dein Ersehnen, glorreiche Arya, dieser Bitte in endloser Weile und zahllosen Worten Gewicht zu geben?« Althalus übertrieb die förmliche Rede mit voller Absicht. »Denn sollte deine Bitte noch länger währen, erscheint es mir gnädig, dem tapferen Eliar und dem gerechten Bheid zu gestatten, Platz zu nehmen.«

»Es ist nicht richtig, dass Ihr so was sagt!«, brauste Andine auf. »Macht, dass er damit aufhört, Dweia!«

»Sei lieb, Althalus«, rügte Dweia ihn. »Sprich weiter, Andine.«

Die zierliche Rednerin setzte ihre wortreiche Bitte fort, und Althalus unterdrückte immer wieder sein Gähnen.

»Ich würde nie auf den Gedanken kommen, mich mit unserer geliebten Arya in der Kunst der Rede messen zu wollen«, ergriff Leitha nun das Wort, »deshalb komme ich sofort zur Sache. Der Exarch der Graukutten hat mein Gefallen gefunden, liebster Pappi. Ich will ihn. Gebt ihn mir.«

»Leitha!«, entrüstete Andine sich. »Das ist nicht die Art und Weise, wie es getan werden muss!«

»Nun, meine Herren«, wandte Althalus sich an Eliar und Bheid, »was haltet ihr davon?«

»Andine und ich möchten heiraten«, sagte Eliar ohne Umschweife. »Ist das in Ordnung?«

»Ich hab nichts dagegen«, versicherte ihm Althalus. »Was hältst du davon, Em?«

»Ich kann damit leben«, antwortete sie mit einem sanften Lächeln.

»Das wäre dann geklärt. Wolltest du etwas hinzufügen, Bheid?«

»Ich glaube nicht, dass es noch viel zu sagen gibt. Ich begehre Leitha so sehr, wie sie mich begehrt – vielleicht sogar noch etwas mehr. Eine formelle Hochzeit wäre wahrscheinlich eine gute Idee, denn gewisse Dinge werden zweifellos geschehen – mit oder ohne Zeremonie.«

»Es besteht kein Zweifel, er macht Fortschritte, findet ihr nicht?«, murmelte Leitha verschmitzt.

Andine versuchte aus dem Missgeschick wenigstens noch eine Spur der bisherigen Förmlichkeit zu retten. »Wie entscheidet der mächtige Althalus über unser untertäniges Ersuchen?«

»Würde ein schlichtes Ja jemanden aus der Fassung bringen?«

»Ist das alles?«, brauste Andine auf. »Nur Ja, mehr nicht?«

»Es hat einen gewissen abrupten Charme«, bemerkte Leitha. »Nun, wenn niemand was dagegen hat, sollten Bheid und ich der Idee ›mit oder ohne Zeremonie‹ ein wenig gründlicher nachgehen, meint ihr nicht?«

Bheid errötete heftig.

Nun ergab es sich, dass an einem bestimmten Tag, als der goldene Herbst seine Pracht über das Land gebreitet hatte, vielerlei Volk von weit und breit aus allen den Menschen bekannten Landen im hohen Tempel der Göttin Dweia im prächtigen Maghu zusammenkamen. Und duftend schmückten Blumen den Altar, und trunken vor Glück waren alle, die sich hier eingefunden hatten, um Zeugen der Verbindung zu sein, die an diesem wunderschönen Tag vollzogen werden sollte.

Und die Göttin Dweia, Mutter und Erzeugerin jeden Lebens, lächelte, und ihr Lächeln verbannte alle Sorgen, und die Anwesenden gerieten in Verzückung.

Und wisset: Sie, die alles bemuttert, war voll von Liebe, und ihr sanftes Antlitz wuchs zu gewaltiger Größe, da kein menschliches Wesen Gefäß einer so unendlichen Liebe zu sein vermochte. Und sie sprach in einer uralten Zunge, denn so, wie Dweia die Mutter der Liebe war, war diese Zunge, in der sie redete, die Mutter aller Sprachen, wo immer und wann immer es Menschen gab. Seltsam und fremdartig klang diese Zunge, in der sie sprach, und doch verstanden alle Anwesenden klar und unmissverständlich ihre Bedeutung, denn Dweia sprach zu den Herzen und dem Geist, nicht zu den Ohren.

Und die Mutter der Liebe sprach von Liebe zu jenen, die vor sie getreten waren, damit sie ihre Vereinigung segne. Und wisset: Sie öffnete Türen zwischen ihnen, die nie zuvor geöffnet worden waren. Und des hoch gewachsenen Eliars Geist wurde für alle Zeit mit dem Geist der zierlichen Andine verbunden. Und zu den Worten dieser uralten Sprache verschmolz ihr Geist, um nie wieder getrennt zu werden, und auf diese Weise wurden sie vermählt.

Dann wandte die Göttin Dweia sich dem heiligen Bheid und der bleichen Leitha zu. Bekümmert waren Herz und Geist Bheids, denn im Zorn hatte er einen Menschen niedergeschlagen mit einem tödlichen Hieb, und diese alte Schuld lastete schwer auf seiner Seele.

Und wisset, die Göttin Dweia befreite den leidenden Priester mit unendlicher Liebe von seiner Sünde, und seine Seele ward wieder rein. Und auf die gleiche Weise schenkte die Göttin der bleichen Leitha Vergebung. Denn groß war der Schmerz Leithas gewesen über Taten, welche die Erfordernis ihr aufgezwungen hatten, und der Schmerz Komans zehrte noch am Herzen der sanften Leitha. Behutsam nahm die Göttin Dweia alle Erinnerung an das Geschick Komans aus dem Geist ihrer bleichen Tochter, auf dass ihre Seele wieder gesunden möge. Und so wurde das leidvolle Paar von seiner Seelenqual erlöst, und ihre Herzen und ihr Geist wurden miteinander verbunden, und auch sie wurden dieserart vermählt.

Und selbst die Steine von Dweias antikem Tempel sangen frohgemut und vertrieben die Strenge und Düsternis der Priesterschaft, welche diesen heiligen Ort an sich gerissen und ihn seinem anbestimmten Zweck entfremdet hatten, welcher da Liebe und Freude war und wieder ist.

Und ganz Maghu schallte von dem Frohlocken von Dweias Tempel wider.

»Gher, die Sache ist die. Wir können nicht ganz sicher sein, dass Ghend hinter den Unruhen und Scherereien der vergangenen Jahre steckte, oder ob sie der naturbedingten Querköpfigkeit vieler Leute da draußen in der ›wirklichen Welt‹ zuzuschreiben war, wie sie es nennen. Ich fürchte, wir müssen in den kommenden Jahren ein Auge auf sie haben. Ich habe diese dummen Kriege wirklich satt.«

»Warum überlasst Ihr das nicht mir, Althalus?«, erbot Gher sich. »Wenn Ihr das Haus verlasst, um Euch auf der Welt nach Unruhestiftern umzuschauen, wird Emmy sauer auf Euch sein. Ich glaube, sie will, dass Ihr hier bleibt.«

»Sie wird noch sauerer auf mich sein, wenn ich dich da allein hinausschicke.«

Gher runzelte kurz die Stirn; dann schnippte er mit den Fingern. »Ich glaub', ich hab da eine Lösung, Althalus«, sagte er.

»Das kann ich nur hoffen. Mir fällt offenbar rein gar nichts ein, das Emmy nicht verärgern würde. Also rück raus mit deiner Idee.«

»Nach allem, was ich über die letzten Jahre weiß, sieht es doch so aus, dass jeder Dummkopf, der einen Krieg anfangen will, sich als erstes mal an Sergeant Khalor wendet, meint Ihr nicht? Jedenfalls, als wir da draußen unseren Krieg kämpften, walzte Khalor alle nieder, die sich ihm in den Weg stellten. Also wenn jemand einen Krieg anfangen und ihn auch gewinnen will, tät er sich doch an Khalor wenden, glaubt Ihr nicht?«

»Du weißt schon, dass wir da ein wenig nachgeholfen haben?«

»Natürlich haben wir das, aber die Dummköpfe wissen's nicht, weil wir das doch heimlich gemacht haben, ohne uns sehen zu lassen. Ich wette, dass inzwischen jeder da draußen glaubt, dass Khalor hundert Fuß groß ist, dass er auf Wasser geh'n und 'nen Berg bloß mit der Faust auseinander brechen kann.«

»Worauf willst du hinaus, Gher?«

»Na ja, ich hab mir denkt, wenn Ihr möchtet, dass ich woanders bin, wo ich Unruhen schnüffeln kann, bevor sie überhaupt anfangen, sollt ich mich vielleicht näher an Khalor heften als wie sein eig'ner Schatten.«

»Dann würde es dir nichts ausmachen, das Haus zu verlassen und bei Khalor und seiner Frau zu leben?«

»Ich und Khalor kommen gut mit'nander aus, Althalus. Und Eliars Mutter kann ich im Handumdreh'n um mein' kleinen Finger wickeln. Ich kann's machen, dass mich jede Frau auf der Welt bemuttert und verhätschelt. Ich brauch bloß den ›armen kleinen Waisenjungen‹ spiel'n, dann wird sie richtig lieb zu mir. Bestimmt dauert's nicht lang', dann gehört mir Eliars alte Kammer. Und ich werd's mir nicht anmerken lassen, wie schnell ich denken kann. Ich werd einfach rumsitzen mit leerem Blick, als tät nichts in meinem Kopf vorgeh'n. Aber dabei halt ich Augen und Ohren weit offen. Und wenn irgendjemand zu Khalor oder Albron kommt, der Arumer für irgend 'nen Krieg irgendwo anheuern will, lass ich mir nichts entgeh'n und geb Euch sofort Bescheid. Dann könnt Ihr und ich zu diesem Holzkopf geh'n und ihm sagen, dass wir ihm die Leber rausschneiden und sie ihm ins Maul stopfen, wenn er seinen Krieg nicht auf der Stelle vergisst.«

»Wird es dir denn nicht schwer fallen, Emmy und mich und das Haus zu verlassen?«

»Emmy hat diesen Knaben-und-Mädchenpersonen-Blick grad ganz schlimm, Althalus. Sagt ihr lieber nicht, dass ich das gesagt hab', aber ich tät eine Zeit lang lieber woanders sein. Wenn ich in Arum bei Khalor und den andern Burschen bin, hab ich wenigstens jemand, mit dem ich mich unterhalten kann. Außerdem werd ich doch was ziemlich Wichtiges tun, nicht wahr?«

»Das hört sich vielversprechend an, Gher«, sagte Althalus, scheinbar nicht so recht überzeugt. »Ich muss es mir gründlich durch den Kopf gehen lassen, und dann schauen wir erst einmal, was Emmy davon hält.«

»Das hast du wirklich geschickt angestellt«, sagte Dweia bewundernd.

»Hast du was anderes erwartet? Wenn ich will, dass jemand etwas gern tut, lenke ich ihn so, dass er glaubt, es wäre seine eigene Idee. Wir wollten, dass Gher von Khalor und Alaia aufgenommen wird, weil es das Beste für ihn wäre. Ich habe ihn nur unauffällig auf den richtigen Weg gelenkt, bis ihm selbst die Idee kam. Hätten wir ihm vorgeschlagen, dorthin zu gehen, wäre er auf den Gedanken gekommen, dass wir ihn loswerden wollen. Das hätte ihm unendlich wehgetan, und ich will ihm nicht wehtun, ebenso wenig wie du. So bekommt Gher ein dauerhaftes Zuhause und eine Familie, die er nie gehabt hat, und Khalor und Alaia bekommen einen Sohn – ohne die Mühe, selbst einen in die Welt setzen zu müssen. Alles hat sich ergeben, wie du es wolltest, Em, und das ist auch der Grund, weshalb du mich zu dir geholt hast, nicht wahr?«

»Du hast es gut gemacht, Althie«, entgegnete sie mit einem strahlenden Lächeln.

Er lehnte sich im Sessel zurück. »Versteh mich jetzt nicht falsch, Em. Ich mag die Kinder sehr, aber es ist schön, dass wir das Haus wieder für uns allein haben. Wie werden wir uns jetzt die Zeit vertreiben, nachdem wir die Welt gerettet und die Kinder verheiratet oder anderweitig versorgt haben?«

»Ich überlege mir etwas«, versprach sie in einem Tonfall, der wenig Zweifel daran ließ, was sie meinte.

Genau wie in seinem Traum kam sie zu ihm, während Mond und Gottesfeuer einander in ihrem Schimmer übertrafen und das Lied des Dolches ihnen ein Ständchen brachte.

Ihr Haar besaß die Farbe des Herbstes und ihr Körper die üppige Vollendung, die ihn vor Sehnsucht nach ihr erbeben ließ. Und ihre Züge wirkten beinahe ein wenig fremdartig in ihrer heiteren

Gelassenheit. Und sie streckte ihm die Hand entgegen und sagte: »Komm, komm mit mir. Ich werde für dich sorgen.«

»Mit größter Freude«, antwortete er, »denn ich bin der Welt um mich müde. Und wohin werden wir uns begeben, Geliebte? Und wann werden wir zurückkehren?«

»Wenn du mit mir kommst, wirst du nie zurückkehren«, sagte sie mit wundersam melodischer Stimme. »Denn wir werden zwischen den Sternen wandeln und das Glück wird dich nie mehr verlassen. Deine Tage werden voll Sonne sein und deine Nächte voll Liebe. Komm, komm mit mir, Geliebter. Ich werde für dich sorgen.« Und sie nahm ihn bei der Hand und führte ihn die vertraute Treppe hinauf zum Turm des Lichtes, der schon zuvor ihr Zuhause gewesen war.

Und nachdem sie eingetreten waren, wurde die Tür eins mit der Wand des Turms. Die Tür und alle anderen Türen waren nicht mehr.

Und zufrieden war Althalus' Herz, denn jetzt war er wieder zu Hause, und nie mehr würde er fortziehen.

Mehrere Jahre – oder Jahrhunderte – später, als wieder einmal der Frühling das Haus am Ende der Welt besuchte, saß Althalus gelassen am Tisch und blätterte durch die Seiten des Buches.

Ein vertrauter Laut erklang von dem mit Pelzroben bedeckten Bett, und Althalus blickte hinüber zu seiner Gemahlin. »Was hat das zu bedeuten, Em?«, fragte er verwundert. »Ich dachte, die Katze Emmy gehört mehr oder weniger der Vergangenheit an.«

»Wovon redest du?«, fragte Dweia mit dem herbstfarbenen Haar.

»Du schnurrst, Em.«

Da lachte sie. »Ja, das tue ich wohl«, gab sie zu. »Alte Gewohnheiten lassen sich schwer ablegen.«

»Es ist ein angenehmes Geräusch, Em, und es stört mich wirklich gar nicht so sehr.«

Sie setzte sich auf und räkelte sich genussvoll. »Es kommt vielleicht daher, dass ich glücklich bin. Nichts kann Glücklichsein so gut ausdrücken wie Schnurren.«

»Auch ich bin glücklich, Em, aber ich kann es auch ohne Schnurren sein.«

»Komm her zu mir, Liebster«, bat sie. »Ich habe eine Neuigkeit, die ich mit dir teilen möchte.«

Sorgfältig legte er die Seiten in die weiße Schatulle zurück und ging zum Bett. »Der Frühling kam früh in diesem Jahr«, bemerkte er, während er einen Blick durch das Südfenster auf die Berge warf.

»Und er wird wahrscheinlich viel länger dauern als üblich«, fügte sie hinzu.

»Ach? Wieso?«

»Die Welt feiert, Schatz.«

»Ein besonderes Ereignis?« Er setzte sich neben sie.

»Ein ganz, ganz besonderes, Liebster.« Sie fuhr zärtlich über sein Gesicht.

»Wolltest du es geheim halten?«

»Es ließe sich nicht lange geheim halten, Schatz.« Sie lächelte geheimnisvoll und strich sanft über ihren leicht gerundeten Leib.

»Ich glaube, du isst vielleicht ein bisschen zu viel, Em«, bemerkte er.

»Eigentlich nicht.« Sie bedachte ihn mit einem verschmitzten Blick. »Du bist heute ein bisschen begriffsstutzig, Schatz. Was führt bei einer Frau dazu, dass sie füllig wird, ohne dass sie zu viel isst?«

»Meinst du das ernst?«, rief er.

Wieder strich sie über ihren Leib. »Wenn nicht ich, dann er oder sie ganz bestimmt. Wir bekommen ein Kind, Althalus!«

Er starrte sie in völliger Fassungslosigkeit an. Plötzlich spürte er, wie seine Augen feucht wurden.

»Weinst du, Althalus? Ich dachte, das kannst du gar nicht.«

Er nahm sie in die Arme und drückte sie an sich, während Freudentränen über sein Gesicht strömten. »Oh, ich liebe dich, Em!«, war alles, was er herausbrachte.

ENDE

David und Leigh Eddings
DIE GROSSEN MAGIER DER FANTASY

Mit ihren vielbändigen Romanzyklen
haben David und Leigh Eddings seit den neunziger Jahren weltweit eine große Leserschaft gewonnen. Ihre Fantasy-Romane liegen vollzählig im Programm der Verlagsgruppe Lübbe vor.

Von David und Leigh Eddings
sind bisher erschienen:

DAS AUGE ALDURS
Band 1: *Belgarath der Zauberer*
Band 2: *Polgara die Zauberin*
Als gebundene Ausgaben in der »Bibliothek der Phantastischen Literatur« (Band 28301, 28312).
Im Bastei-Lübbe Taschenbuch (Band 20386, 20416).

Der Riva-Kodex
Als gebundene Ausgabe in der »Bibliothek der Phantastischen Literatur« (Band 28320).

Von David Eddings sind erschienen:

DIE BELGARIAD-SAGA
Band 1: *Kind der Prophezeiung*
Band 2: *Zauber der Schlange*
Band 3: *Spiel der Magier*
Band 4: *Turm der Hexer*
Band 5: *Duell der Zauberer*
Im Bastei-Lübbe Taschenbuch (Band 20189, 20196, 20203, 20209, 20215).

Die Malloreon-Saga
Band 1: *Herren des Westens*
Band 2: *König der Murgos*
Band 3: *Dämon von Karanda*
Band 4: *Zauberin von Darshiva*
Band 5: *Seherin von Kell*
Im Bastei-Lübbe Taschenbuch (Band 20125, 20129, 20134, 20143, 20170).

Die Elenium-Trilogie
Band 1: *Der Thron im Diamant*
Band 2: *Der Ritter vom Rubin*
Band 3: *Die Rose aus Saphir*
Als gebundene Ausgaben mit Schutzumschlag im Gustav Lübbe Verlag.
Im Bastei-Lübbe Taschenbuch (Band 20268, 20240, 20250).
Auch als Sammelband unter dem Titel *Elenium*, gebunden mit Schutzumschlag, im Gustav Lübbe Verlag.

Die Tamuli-Trilogie
Band 1: *Die Schimmernde Stadt*
Band 2: *Das Leuchtende Volk*
Band 3: *Das Verborgene Land*
Als gebundene Ausgaben mit Schutzumschlag im Gustav Lübbe Verlag.
Im Bastei-Lübbe Taschenbuch (Band 20331, 20335, 20339).

Die einzelnen Zyklen sind in sich geschlossen, wobei »Das Auge Aldurs«, »Die Belgariad-Saga« und »Die Malloreon-Saga« eine Einheit bilden. Die Hintergründe dazu sind in *Der Riva-Kodex* enthalten. Für neue Leser bietet die »Belgariad-Saga« den besten Einstieg in diese Welt. »Die Elenium-Trilogie« ist in einer anderen Welt angesiedelt, und »Die Tamuli-Trilogie« schließt unmittelbar daran an.

EIS
KWERON
HULE
NEKWEROS
Petelya
Nabjors Lager
ARUM
Gostis Fort
REGWOS
Dail
Maghu
Kadon
PERQUAINE
Mawor
Weros
Agwesi
Bhago
Bhago
Athal
Osthos
Gagan
Leida
Maghu
Osthos
Dwenos
Markossee
Markos
Pella
Athal
Egni
Kailo
Ayos
Ayos
Badyo